Томас

# МАНН

Томас

# МАНН

## Волшебная гора

аст
ИЗДАТЕЛЬСТВО
Астрель
МОСКВА

УДК 821.112.2
ББК 84 (4Гем)
М23

Thomas Mann
DER ZAUBERBERG

*Перевод с немецкого В. Станевич, В. Куреллы*

Печатается с разрешения издательства
S.Fischer Verlag GmbH, Frankfurt am Main.

**Манн, Т.**
М23 Волшебная гора : [роман; пер. с нем.] / Томас Манн. — М.: АСТ: Астрель, 2011. — 829, [3] с.

ISBN 978-5-17-073348-4 (ООО «Изд-во АСТ») (С.: Заруб. классика)
ISBN 978-5-271-34984-3 (ООО «Изд-во Астрель»)
Компьютерный дизайн А.А. Барковской

ISBN 978-5-17-062998-5 (ООО «Изд-во АСТ») (С.: Золотая классика)
ISBN 978-5-271-34983-6 (ООО «Изд-во Астрель»)
Оформление дизайн-студии «Графит»
Компьютерный дизайн М.Р. Хафизова

История об обитателях дорогого туберкулезного санатория в Швейцарских Альпах, где время течет незаметно, жизнь и смерть как бы утрачивают смысл и значимость, а мельчайшие нюансы человеческих отношений, напротив, приобретают болезненную остроту.

Любовь, веселье, дружба, вражда, ревность – для обитателей санатория все эти чувства словно отмечены тенью небытия.

Кто-то из них выздоровеет и навсегда покинет Альпы. Кто-то умрет.

Но никто еще не знает, какой будет его судьба...

УДК 821.112.2
ББК 84 (4Гем)

# ВСТУПЛЕНИЕ

История Ганса Касторпа, которую мы хотим здесь рассказать, — отнюдь не ради него (поскольку читатель в его лице познакомится лишь с самым обыкновенным, хотя и приятным молодым человеком), — излагается ради самой этой истории, ибо она кажется нам в высокой степени достойной описания (причем, к чести Ганса Касторпа, следует отметить, что это именно *его* история, а ведь не с любым и каждым человеком может случиться история). Так вот: эта история произошла много времени назад, она, так сказать, уже покрылась благородной ржавчиной старины, и повествование о ней должно, разумеется, вестись в формах давно прошедшего.

Для истории это не такой уж большой недостаток, скорее даже преимущество, ибо любая история должна быть прошлым, и чем более она — прошлое, тем лучше и для ее особенностей как истории и для рассказчика, который бормочет свои заклинания над прошедшими временами; однако приходится признать, что она, так же как в нашу эпоху и сами люди, особенно же рассказчики историй, гораздо старее своих лет, ее возраст измеряется не протекшими днями, и бремя ее годов — не числом обращений Земли вокруг Солнца; словом, она обязана степенью своей давности не самому *времени*; отметим, что в этих словах мы даем мимоходом намек и указание на сомнительность и своеобразную двойственность той загадочной стихии, которая зовется временем.

Однако, не желая искусственно затемнять вопрос, по существу совершенно ясный, скажем следующее: особая давность нашей истории зависит еще и от того, что она происходит на некоем рубеже и *перед* поворотом, глубоко расщепившим нашу жизнь и сознание... Она происходит, или, чтобы избежать всяких форм настоящего, скажем, происходила, произошла некогда, когда-то, в стародавние времена, в дни перед великой войной, с началом которой началось столь многое, что потом оно уже и не переставало начинаться. Итак, она происходит перед тем поворотом, правда незадолго до него; но разве характер давности какой-нибудь истории не становится тем глубже, совершеннее и сказочнее, чем ближе она к этому «перед тем»? Кроме того, наша история, быть может, и по своей внутренней природе не лишена некоторой связи со сказкой.

Мы будем описывать ее во всех подробностях; точно и обстоятельно, — ибо когда же время при изложении какой-нибудь истории летело или тянулось по подсказке пространства и времени, которые нужны для ее развертывания? Не опасаясь упрека в педантизме, мы скорее склонны утверждать, что лишь основательность может быть занимательной.

Следовательно, одним махом рассказчик с историей Ганса не справится. Семи дней недели на нее не хватит, не хватит и семи месяцев. Самое лучшее — и не стараться уяснить себе заранее, сколько именно пройдет земного времени, пока она будет держать его в своих тенетах. Семи лет, даст Бог, все же не понадобится.

Итак, мы начинаем.

# ГЛАВА ПЕРВАЯ

## ПРИЕЗД

В самый разгар лета один ничем не примечательный молодой человек отправился из Гамбурга, своего родного города, в Давос, в кантоне Граубюнден. Он ехал туда на три недели — погостить.

Из Гамбурга в Давос — путь не близкий, и даже очень не близкий, если едешь на столь короткий срок. Путь этот ведет через несколько самостоятельных земель, то вверх, то вниз. С южногерманского плоскогорья нужно спуститься на берег Швабского моря, потом плыть пароходом по его вздымающимся волнам, над безднами, которые долго считались неисследимыми.

Однако затем путешествие, которое началось с большим размахом и шло по прямым линиям, становится прерывистым, с частыми остановками и всякими сложностями: в местечке Роршах, уже на швейцарской территории, снова садишься в поезд, но доезжаешь только до Ландкварта, маленькой альпийской станции, где опять надо пересаживаться. После довольно продолжительного ожидания в малопривлекательной ветреной местности вам наконец подают вагоны узкоколейки, и только с той минуты, когда трогается маленький, но, видимо, чрезвычайно мощный паровозик, начинается захватывающая часть поездки, упорный и крутой подъем, которому словно конца нет, ибо станция Ландкварт находится на сравнительно небольшой высоте, но за ней подъем идет по рвущейся ввысь, дикой, скалистой дороге в суровые высокогорные области.

Ганс Касторп — так зовут молодого человека — с его ручным чемоданчиком из крокодиловой кожи, подарком дяди и воспитателя — консула Тинапеля, которого мы сразу же и назовем, —

Ганс Касторп, с его портпледом и зимним пальто, мотающимся на крючке, был один в маленьком, обитом серым сукном купе; он сидел у окна, и так как воздух становился к вечеру все свежее, а молодой человек был баловнем семьи и неженкой, он поднял воротник широкого модного пальто из шелковистой ткани. Рядом с ним на диване лежала книжка в бумажной обложке — «Ocean steamships»[1], которую он в начале путешествия время от времени изучал; но теперь она лежала забытая, а паровоз, чье тяжелое хриплое дыхание врывалось в окно, осыпал его пальто угольной пылью.

Два дня пути уже успели отдалить этого человека, к тому же молодого, — а молодой еще не крепко сидит корнями в жизни, — от привычного мира, от всего, что он считал своими обязанностями, интересами, заботами, надеждами, — отдалить его гораздо больше, чем он, вероятно, мог себе представить, когда ехал в наемном экипаже на вокзал. Пространство, которое переваливалось с боку на бок между ним и родным домом, кружилось и убегало, таило в себе силы, обычно приписываемые времени; с каждым часом оно вызывало все новые внутренние изменения, чрезвычайно сходные с теми, что создает время, но в некотором роде более значительные. Подобно времени, пространство рождает забвение; оно достигает этого, освобождая человека от привычных связей с повседневностью, перенося его в некое первоначальное, вольное состояние, и даже педанта и обывателя способно вдруг превратить в бродягу. Говорят, что время — Лета; но и воздух дали — такой же напиток забвения, и пусть он действует менее основательно, зато — быстрее.

Нечто подобное испытывал и Ганс Касторп. Он вовсе не собирался придавать своей поездке особое значение, внутренне ожидать от нее чего-то. Напротив, он считал, что надо поскорее от нее отделаться, раз уж иначе нельзя, и, вернувшись совершенно таким же, каким уехал, продолжать обычную жизнь с того места, на котором он на мгновение прервал ее. Еще вчера он был поглощен привычным кругом мыслей — о только что отошедших в прошлое экзаменах, о предстоящем в ближайшем будущем поступлении практикантом к «Тундеру и Вильмсу» (судостроительные верфи, машиностроительный завод, котельные мастерские) и желал одного — чтобы эти три недели прошли как можно скорее, — желал со всем нетерпением, на какое, при своей уравновешенной

[1] «Океанские пароходы» (*англ.*).

натуре, был способен. Но теперь ему начинало казаться, что обстоятельства требуют его полного внимания и что, пожалуй, не следует относиться к ним так уж легко. Это вознošение в области, воздухом которых он еще никогда не дышал и где, как ему было известно, условия для жизни необычайно суровы и скудны, начинало его волновать, вызывая даже некоторый страх. Родина и привычный строй жизни остались не только далеко позади, главное — они лежали где-то глубоко внизу под ним, а он продолжал возноситься. И вот, паря между ними и неведомым, он спрашивал себя, что ждет его там, наверху. Может быть, это неразумно и даже повредит ему, если он, рожденный и привыкший дышать на высоте всего лишь нескольких метров над уровнем моря, сразу же поднимется в совершенно чуждые ему области, не пожив предварительно хоть несколько дней где-нибудь не так высоко? Ему уже хотелось поскорее добраться до места: ведь когда очутишься там, то начнешь жить, как живешь везде, и это карабканье вверх не будет каждую минуту напоминать тебе, в сколь необычные сферы ты затесался. Он выглянул в окно: поезд полз, извиваясь по узкой расселине; были видны передние вагоны и паровоз, который, усиленно трудясь, то и дело выбрасывал клубы зеленого, бурого и черного дыма, и они потом таяли в воздухе. Справа, внизу, шумели воды; слева темные пихты, росшие между глыбами скал, тянулись к каменно-серому небу. Временами попадались черные туннели, и когда поезд опять выскакивал на свет, внизу распахивались огромные пропасти, в глубине которых лежали селения. Потом они снова скрывались, опять следовали теснины с остатками снега в складках и щелях. Поезд останавливался перед убогими вокзальчиками и на конечных станциях, от которых отходил затем в противоположном направлении; тогда все путалось, и трудно было понять, в какую же сторону ты едешь и где какая страна света. Развертывались величественные высокогорные пейзажи с их священной фантасмагорией громоздящихся друг на друга вершин, и тебя несло к ним, между ними, они то открывались почтительному взору, то снова исчезали за поворотом. Ганс Касторп вспомнил, что область лиственных лесов уже осталась позади, а с нею, вероятно, и зона певчих птиц, и от мысли об этом замирании и оскудении жизни у него вдруг закружилась голова и ему стало не по себе; он даже прикрыл глаза рукой. Но дурнота тут же прошла. Он увидел, что подъем окончен, — перевал был преодолен. И тем спокойнее поезд побежал по горной долине.

Было около восьми часов вечера, и сумерки еще не наступили. Вдали открылось озеро, его воды казались стальными, черные пихтовые леса поднимались по окружавшим его горным склонам; чем выше, тем заметнее леса редели, потом исчезали совсем, и глаз встречал только нагие, мглистые скалы.

Поезд остановился у маленькой станции, — это была Давос-деревня, — Ганс Касторп услышал, как на платформе выкрикнули название: он был почти у цели. И вдруг совсем рядом раздался голос его двоюродного брата Иоахима Цимсена, и этот неторопливый гамбургский голос проговорил:

— Ну здравствуй! Что же ты не выходишь? — И когда Ганс высунулся в окно, под окном, на перроне, оказался сам Иоахим, в коричневом демисезонном пальто, без шляпы, и вид у него был просто цветущий. Иоахим рассмеялся и повторил: — Вылезай, не стесняйся!

— Я же еще не доехал, — растерянно проговорил Ганс Касторп, не вставая.

— Нет, доехал. Это деревня. До санатория отсюда ближе. У меня тут экипаж. Давай-ка свои вещи.

Тогда, взволнованный приездом и свиданием, Ганс Касторп смущенно засмеялся и передал ему в окно чемодан, зимнее пальто, портплед с зонтом и тростью и даже книгу «Ocean steamships». Затем пробежал по узкому коридору и спрыгнул на платформу, чтобы, так сказать, самолично приветствовать двоюродного брата, причем поздоровались они без особой чувствительности, как и полагается людям сдержанным и благовоспитанным. Почему-то они всегда избегали называть друг друга по имени, боясь больше всего на свете выказать излишнее душевное тепло. Однако называть друг друга по фамилии было бы нелепо, и они ограничивались простым «ты». Эго давно вошло у них в привычку.

Неподалеку стоял человек в ливрее и фуражке с галунами, наблюдая за тем, как они торопливо и несколько смущенно пожимают друг другу руку, причем молодой Цимсен держался совсем по-военному; затем человек этот подошел к ним и попросил у Ганса Касторпа его багажную квитанцию, — это был портье из интернационального санатория «Берггоф»; он сказал, что получит большой чемодан приезжего на станции «Курорт», а экипаж доставит господ прямо в санаторий, они как раз поспеют к ужину. Портье сильно хромал, и первый вопрос, с каким Ганс Касторп обратился к двоюродному брату, был:

— Он что — ветеран войны? Почему он так хромает?

— Ну да! Ветеран войны! — с некоторой горечью отозвался Иоахим. — Это болезнь сидит у него в коленке, или, верней, сидела, ему потом вынули коленную чашку.

Ганс Касторп понял свою оплошность.

— Ах так! — поспешно сказал он, не останавливаясь, поднял голову и бросил вокруг себя беглый взгляд. — Ты же не станешь уверять меня, что у тебя еще не все прошло? Выглядишь ты, будто уже получил офицерский темляк и только что вернулся с маневров. — И он искоса посмотрел на двоюродного брата.

Иоахим был выше и шире в плечах, чем Ганс Касторп, и казался воплощением юношеской силы, прямо созданным для военного мундира. Молодой Цимсен принадлежал к тому типу темных шатенов, которые встречаются нередко на его белокурой родине, а и без того смуглое лицо стало от загара почти бронзовым. У него были большие черные глаза, темные усики оттеняли полные, красиво очерченные губы, и он мог бы считаться красавцем, если бы не торчащие уши. До известного момента его жизни эти уши были его единственным горем и заботой. Теперь у него было достаточно других забот. Ганс Касторп продолжал:

— Ты ведь потом вместе со мной вернешься вниз? Не вижу, почему бы тебе не вернуться...

— Вместе с тобой? — удивился Иоахим и обратил к нему свои большие глаза, в которых и раньше была какая-то особая мягкость, а теперь, за минувшие пять месяцев, появилась усталость и даже печаль. — Когда это — вместе с тобой?

— Ну, через три недели?

— Ах так, ты мысленно уже возвращаешься домой, — заметил Иоахим. — Но ведь ты еще только приехал. Правда, три недели для нас здесь наверху — это почти ничто. Но ты-то явился в гости и пробудешь всего-навсего три недели, для тебя это очень большой срок! Попробуй тут акклиматизироваться, что совсем не так легко, должен тебе заметить. И потом — дело не только в климате: тебя ждет здесь немало нового, имей в виду. Что касается меня, то дело обстоит вовсе не так весело, как тебе кажется, и насчет того, чтобы «через три недели вернуться домой», это, знаешь ли, одна из ваших фантазий там, внизу. Я, правда, загорел, но загар мой главным образом снежный, и обольщаться им не приходится, как нам постоянно твердит Беренс; а когда было последнее общее обследование, то он заявил, что еще полгодика мне уж наверняка здесь придется просидеть.

— Полгода? Ты в своем уме? — воскликнул Ганс Касторп. Они вышли из здания станции, вернее — просто сарая, и уселись в желтый кабриолет, ожидавший их на каменистой площадке; когда гнедые тронули, Ганс Касторп возмущенно задвигался на жестких подушках сиденья. — Полгода? Ты и так здесь уже почти полгода! Разве можно терять столько времени!..

— Да, время, — задумчиво проговорил Иоахим; он несколько раз кивнул, глядя перед собой и словно не замечая искреннего возмущения двоюродного брата. — До чего тут бесцеремонно обращаются с человеческим временем — просто диву даешься. Три недели для них — все равно что один день. Да ты сам увидишь. Ты все это еще сам узнаешь... — И добавил: — Поэтому на многое начинаешь смотреть совсем иначе.

Ганс Касторп незаметно продолжал наблюдать за ним.

— Но ведь ты все-таки замечательно поправился, — возразил он, качнув головой.

— Разве? Впрочем, я ведь тоже так считаю, — согласился Иоахим и, выпрямившись, откинулся на спинку сиденья; однако опять сполз и сел боком. — Конечно, мне лучше, — продолжал он, — но окончательно я еще не выздоровел. В верхней части левого легкого, где раньше были хрипы, теперь только жесткое дыхание, это не так уж плохо, но внизу дыхание еще очень жесткое, есть сухие хрипы и во втором межреберном пространстве.

— Какой ты стал ученый, — заметил Ганс Касторп.

— Нечего сказать, приятная ученость! Как мне хотелось бы вместо санатория очутиться в армии и вытряхнуть всю эту ученость из головы, — ответил Иоахим. — А потом у меня все еще появляется мокрота, — он небрежно и раздраженно передернул плечами — новый для него жест, который ему не шел, — затем из бокового кармана вытащил до половины некий предмет, показал кузену и тут же спрятал; это была плоская, слегка изогнутая фляжка синего стекла с металлической крышкой. — Такие штуки носит с собой большинство из нас здесь наверху, — пояснил он. — И прозвище ей дали весьма остроумное. А на пейзаж ты обратил внимание?

Ганс Касторп и так смотрел во все глаза.

— Замечательно, — сказал он.

— В самом деле? — спросил Иоахим.

Оставив за собой неравномерно застроенную длинную улицу, которая тянулась вдоль узкоколейки, они свернули влево, переехали через полотно железной дороги, через мост над потоком, и экипаж стал подниматься в гору по отлогому шоссе, навстречу лесистым склонам. Там, на поросшей травою площадке, немного выше курорта, стояло длинное здание, обращенное фасадом на юго-запад, с увенчанной куполом башенкой и множеством балкончиков, благодаря чему оно издали напоминало пористую губку со множеством ячеек; в этом здании уже вспыхивали вечерние огни. Быстро надвигались сумерки. Легкое сияние зари, ненадолго оживившее затянутое тучами небо, уже угасло, и природа погрузилась в то переходное состояние — тусклое, мертвенное и печальное, — которое предшествует окончательному наступлению ночи. Длинная, слегка изгибавшаяся между гор долина с ее селениями теперь тоже повсюду осветилась, и не только она: местами загорелись огни и на обоих ее склонах — на правом, крутом, где террасами поднимались строения, и на левом, покрытом лугами, по которому разбегались тропинки, терявшиеся в плотной черноте хвойных лесов. Далекие кулисы гор там, где долина сужалась, были окрашены в синевато-серый цвет. Поднялся ветер, вечерний холодок давал себя знать.

— Нет, говоря по правде, я не нахожу все это уж таким потрясающим, — заметил Ганс Касторп. — А где же у вас тут глетчеры, фирны, мощные горные гиганты? Эти вершинки вон там, по-моему, не бог весть как высоки.

— Нет, они высокие, — возразил Иоахим. — Видишь, где проходит граница лесов? Она почти всюду очень отчетлива, там кончаются ели, а с ними кончается все и уже ничего нет, только скалы, как ты, вероятно, заметил. Видишь, справа от Шварцхорна — высокий зубец? Там есть даже глетчер! Вон то, синее... Он не велик, но это настоящий глетчер, все как полагается, глетчер Скалетта. А там — Пиц Мишель и Тинценхорн, отсюда их не видно, они всегда покрыты снегом, круглый год.

— Вечным снегом, — проговорил Ганс Касторп.

— Да, если хочешь, вечным. Все эти горы, конечно, очень высоки. Но ты подумай, ведь мы сами находимся отчаянно высоко. Тысяча шестьсот метров над уровнем моря. Поэтому мы их высоты и не замечаем.

— Да, ну и лезли же мы сегодня вверх! Признаюсь, меня прямо жуть брала! Тысяча шестьсот метров! Это приблизительно пять тысяч футов, если не ошибаюсь. В жизни своей не был на такой высоте. — И Ганс Касторп с любопытством глубоко вдохнул в себя чуждый ему воздух. Он был свеж — и только. В нем не хватало ароматов, содержания, влаги, он легко входил в легкие и ничего не говорил душе.

— Превосходно! — заметил он из вежливости.

— Да, воздух тут знаменитый. Впрочем, местность показывает себя сегодня вечером не с лучшей стороны. Иногда все видно гораздо яснее, особенно при снеге. Но в конце концов эти пейзажи быстро надоедают. Нам всем здесь наверху они ужасно надоели, можешь мне поверить, — закончил Иоахим, и его губы скривились гримасой отвращения. У Ганса Касторпа невольно возникло чувство, что Цимсен преувеличивает, не владеет своим раздражением, — что было опять-таки на него не похоже.

— Как странно ты говоришь, — заметил Ганс Касторп.

— Разве я говорю странно? — спросил Иоахим с некоторой тревогой и повернулся к двоюродному брату...

— Нет, нет, прости, это только так, минутное впечатление! — поспешил заверить его Ганс Касторп. Он имел в виду выражение Иоахима «нам здесь наверху», ибо тот употребил его уже два или три раза; оно-то и казалось Гансу Касторпу странным, чем-то пугало и вместе с тем манило.

— Как видишь, наш санаторий расположен выше курорта, — продолжал Иоахим. — На пятьдесят метров. В проспекте сказано сто, но на самом деле всего на пятьдесят. Выше всех стоит санаторий «Шацальп», — в той стороне, отсюда не видно. Зимой им приходится спускать свои трупы на бобслеях, так как дороги становятся непроходимыми.

— Свои трупы? Ах да! Но послушай, — воскликнул было Ганс Касторп. И вдруг им овладел смех, бурный, неудержимый смех; этот смех так потряс его грудную клетку, что несколько одеревеневшее от резкого ветра лицо молодого человека даже скривилось болезненной гримасой. — На бобслеях! И ты об этом рассказываешь совершенно спокойно? Ну, знаешь, за эти пять месяцев ты стал прямо циником!

— И вовсе не циником, — возразил Иоахим, пожав плечами. — Почему? Ведь трупам все равно... Впрочем, может быть, здесь у нас и становятся циниками. Сам Беренс — настоящий старый циник, а кроме того, чудесный малый, бывший корпорант и, как видно, блестящий хирург. Потом есть еще Кроковский — ассистент Беренса, ничего не скажешь, толковая голова. В проспекте особенно подчеркивается его деятельность. Дело в том, что он занимается с пациентами расчленением души.

— Чем он занимается? Расчленением души? Вот гадость! — воскликнул Ганс Касторп, и тут его веселье перешло все границы: он уже не мог владеть собой. После всего, что ему пришлось услышать, это «расчленение души» переполнило чашу, и он так начал хохотать, что слезы потекли у него из-под руки, которой он, наклонившись вперед, прикрыл глаза. Иоахим тоже искренне рассмеялся — смех, казалось, его успокоил, — и когда лошади шагом доставили их по крутой и извилистой подъездной аллее к главному входу интернационального санатория «Берггоф», молодые люди вышли из экипажа в самом веселом расположении духа.

## НОМЕР 34

Справа, между воротами и крытым подъездом, находилась будка портье; оттуда вышел служащий, по внешности француз, — он перед тем сидел у телефона и читал газету; француз был в такой же серой ливрее, как и хромой на вокзале, и он повел их куда-то через ярко освещенный вестибюль, по левую сторону которого находились гостиные. Ганс Касторп мимоходом заглянул в них — они были пусты.

— А где же пациенты? — спросил он.

Иоахим ответил:

— Лежат на воздухе. Сегодня мне дали отпуск, так как я должен был встречать тебя. А обычно я после ужина тоже лежу.

Еще немного, и Ганс Касторп опять расхохотался бы.

— Что? Вы лежите на балконе даже ночью, в туман? — спросил он дрогнувшим голосом...

— Да, таково предписание врачей, с восьми до десяти. А теперь пойдем, посмотри свою комнату и вымой руки.

Они вошли в лифт, который обслуживал француз. Пока они поднимались, Ганс Касторп вытер глаза.

— Фу, даже устал от смеха... Совсем обессилел, — сказал он, дыша ртом. — Ты мне нарассказал таких чудес... А уж насчет расчленения души — это переполнило чашу, всему есть предел! Потом я, вероятно, все-таки немного устал от путешествия. У тебя тоже зябнут ноги? А лицо почему-то горит... Даже неприятно. Наверное, сейчас будет ужин? Я, кажется, проголодался. Как у вас тут наверху — кормят прилично?

Они шли по коридору, и дорожка из кокосовых волокон совершенно заглушала их шаги. Сквозь молочные колокольчики абажуров с потолка лился бледный свет. Стены, выкрашенные масляной краской и словно отлакированные, поблескивали жесткой белизной. Откуда-то появилась медицинская сестра в белом чепце и в пенсне, шнурок она заложила за ухо; вероятно, протестантка, — видно, что в ней нет настоящей преданности своей профессии, ее снедает любопытство и угнетает скука. В двух местах коридора перед белыми лакированными дверями стояли какие-то баллоны — пузатые, с короткими горлами, но спросить, для чего они, Ганс Касторп забыл.

— Вот и твоя комната, — сказал Иоахим, — номер тридцать четвертый. Справа — я, слева — русская супружеская чета, — правда, они несколько распущенны и шумливы, но иначе нельзя было устроить. Ну как?

Двери были двойные, между ними вешалка для платья. Иоахим включил верхний свет, и в его трепетной ясности комната показалась Гансу Касторпу уютной и мирной: белая практичная мебель, белые плотные обои — их можно было мыть, — чистенький линолеум на полу и холщовые занавески, на которых согласно современным вкусам был выткан несложный веселенький узорчик. В открытую настежь балконную дверь видны были огни в долине и доносилась далекая танцевальная музыка. К приезду кузена добряк Иоахим поставил в вазу на комоде букетик цветов, все, что удалось собрать после покоса, — пучок кашки и несколько колокольчиков, сорванных им собственноручно на горных склонах.

— Очень мило с твоей стороны, — сказал Ганс Касторп. — А какая симпатичная комната! Тут можно спокойно и приятно прожить две-три недели!

— Два дня тому назад здесь умерла одна американка, — вдруг сказал Иоахим. — Беренс сразу предупредил, что она не дотянет до твоего приезда и можно будет отдать эту комнату тебе. При ней был ее жених, английский морской офицер, но не скажу, чтобы он владел собой. То и дело выбегал в коридор и плакал, точно мальчишка. А потом начинал втирать в кожу кольдкрем — он побрился и от слез жгло щеки. Вечером у американки кровь хлынула горлом, два кровотечения — и конец. Но ее унесли вчера утром, и потом тут, конечно, все выпарили формалином, он, знаешь ли, считается в таких случаях отличным средством.

Ганс Касторп слушал кузена с какой-то взволнованной рассеянностью. Засучив рукава и став перед объемистым умывальником, никелированные краны которого поблескивали в электрическом свете, он неприметно скользнул взглядом по опрятно застеленной кровати из белого металла.

— Все выпарили... Это здорово, — с довольно неуместной развязностью заметил он, тщательно вымыв и вытерев руки. — Да, метилальдегида не выдерживает самая живучая бактерия, — $H_2CO$, но от него щиплет в носу, верно? У вас тут первым условием является бес-спорно строжайшая чистота... — Он произнес «бес-спорно» как два отдельных слова, хотя двоюродный брат, став студентом, отучился от этого довольно распространенного произношения и говорил «беспорно»; затем продолжал с большой словоохотливостью: — Что я еще хотел сказать... Ах да, вероятно, морской офицер брился безопасной бритвой, но, по-моему, такой бритвой, если ее хорошенько наточить, скорее можно порезаться, чем опасной, таков по крайней мере мой личный опыт, ведь я пользуюсь и той и другой... Ну, а когда соленая вода попадает на раздраженную кожу, конечно больно, и он, наверно, привык на службе мазаться кольдкремом, тут ничего особенного нет... — Ганс Касторп продолжал болтать; он сообщил, что у него в чемодане припасено двести штук «Марии Манчини» — это его любимые сигары, на таможне осматривали спустя рукава... Потом передал приветы от разных лиц на родине. — Разве здесь не топят? — вдруг прервал он себя и, подбежав к трубам, пощупал их рукой.

— Нет, нас приучают к холодку, — ответил Иоахим. — Но в августе, когда начинает работать центральное отопление, будет гораздо теплее.

— В августе, в августе! — повторил Ганс Касторп. — А мне сейчас холодно! Мне ужасно холодно, и зябнет именно тело, а лицу почему-то очень жарко — вот, тронь, видишь, как у меня щеки горят!

Предложение тронуть его лицо весьма мало соответствовало характеру Ганса Касторпа и неприятно подействовало на него самого.

— Это от воздуха и не имеет никакого значения. У самого Беренса целый день синие щеки. Некоторые люди так и не привыкают. Ну, go on[1], а то нам уже не дадут поесть, — сказал Иоахим.

В коридоре опять показалась сестра, она с любопытством следила за ними близорукими глазами. Но на первом этаже Ганс Касторп вдруг остановился, словно пригвожденный к месту: из-за

[1] Пошли (*англ.*).

поворота донеслось какое-то совершенно отвратительное клокотание, негромкое, но до того мерзкое, что молодой человек сделал гримасу и изумленно посмотрел на кузена. Это был кашель, и, очевидно, кашлял человек. Однако такого кашля Ганс Касторп никогда и ни при каких обстоятельствах не слышал, в сравнении с ним любой кашель показался бы мощным выражением здоровья и жизненных сил, — а тут человек кашлял без всякого вкуса и удовольствия, не отчетливыми и равномерными толчками, а, казалось, он бессильно барахтается в гуще каких-то выделений своего организма.

— Да, — сказал Иоахим, — его дело плохо, настоящий австрийский барин, понимаешь ли, изысканный, прямо-таки созданный быть аристократическим наездником. А теперь вот в таком состоянии. Но он еще ходит.

Они двинулись дальше, и Ганс Касторп снова заговорил о кашле австрийца.

— Не забудь, — сказал он, — что я ничего подобного никогда не слышал, все это для меня в новинку, и, конечно, производит впечатление. Ведь есть так много разных кашлей, — сухой и влажный, влажный менее опасен, как все утверждают, и, уж конечно, лучше, чем такой вот лай. Когда у меня в юности (он так и сказал: «в юности») бывала ангина, я лаял, как волк, и все радовались, если лай становился влажным, до сих пор помню. Но я даже не подозревал, что можно так кашлять, — это даже не кашель живого человека, он не сухой, но и влажным его не назовешь, это совсем не то слово; когда так кашляют, кажется, будто видишь человеческое нутро — а там только липкое месиво да слизь...

— Ну, — отозвался Иоахим, — мне-то приходится слышать его каждый день. Так что можешь не расписывать.

Но Ганс Касторп не успокаивался и повторял все вновь и вновь, что при таком кашле видишь нутро человека. Когда они наконец вошли в ресторан, его усталые с дороги глаза возбужденно блестели.

## В РЕСТОРАНЕ

Ресторан был элегантен, уютен, ярко освещен. В него попадали из холла, первые двери направо, и, как сообщил Иоахим, рестораном пользовались главным образом вновь прибывшие больные, обитатели санатория, почему-либо опоздавшие к обеду или ужину, и те, у кого были гости. Здесь праздновались дни рождений, отъезды, благоприятные результаты общих обследований.

— Иной раз тут даже устраиваются пиры, — продолжал рассказывать Иоахим, — подают шампанское.

Сейчас в ресторане сидела только одна дама лет тридцати; она читала книгу, что-то напевая и слегка постукивая по столу средним пальцем левой руки. Когда молодые люди заняли столик, она переменила место, чтобы сидеть к ним спиной.

— Нелюдимка... — вполголоса пояснил Иоахим, — всегда является в ресторан с книгой. Она попала в санаторий совсем молоденькой девушкой и с тех пор так тут и живет.

— Ну, тогда ты, в сравнении с ней, еще новичок, с твоими пятью месяцами, и будешь им, если проторчишь здесь даже целый год, — сказал Ганс Касторп; в ответ Иоахим передернул плечами, — опять этот жест, ему раньше несвойственный, — и взялся за меню.

Они расположились у окна, на возвышении, это было самое лучшее место в зале. И вот они сидели друг против друга на фоне кремовой шторы, и на их лица падал свет настольных ламп, смягченный красными абажурами. Ганс Касторп сложил перед собой только что вымытые руки, затем неторопливо и с удовольствием потер их, как делал обычно, когда садился за стол, — может быть, потому, что его предки имели обыкновение молиться перед супом. Их столик обслуживала приветливая, расторопная девушка в черном платье и белом переднике, с широким, румяным и безусловно здоровым лицом; Ганс Касторп очень смеялся, узнав, что кельнерш здесь зовут «столовые девы». Кузены заказали бутылку «Грюо Лароз», причем, когда «дева» подала его, Ганс Касторп отправил вино обратно, чтобы его получше подогрели. Ужин был отличный: суп из спаржи, фаршированные помидоры, жаркое с самым разнообразным гарниром, особенно вкусное сладкое, сыр и фрукты. Он усердно ел, хотя его аппетит оказался меньше, чем он предполагал. Но у него была привычка усердно есть, даже когда не хотелось, он ел много просто из самоуважения.

Иоахим не слишком оказывал честь вкусным кушаньям: ему уже надоела эта стряпня, заявил он, всем им тут наверху она приелась, и у них принято бранить здешний стол. Ведь когда проживешь в этом месте тридцать лет и три года... но пил с большим удовольствием и даже самозабвенно; тщательно избегая всяких слишком чувствительных выражений, он вторично высказал свою радость по поводу того, что наконец-то есть человек, с которым можно перекинуться разумным словом.

— Нет, это чудесно, что ты приехал, — заявил он, и в его обычно спокойном голосе прозвучало тайное волнение. — Откровенно говоря, твой приезд для меня — целое событие. Хоть какое-то разнообразие, я хочу сказать — хоть какая-то перемена, что-то новое в этом вечном, невыносимом однообразии...

— Но ведь время у вас тут, наверно, просто летит, — заметил Ганс Касторп.

— И летит и тянется, как посмотреть, — ответил Иоахим. — В сущности, оно стоит на месте, это же не время и это не жизнь — какая там жизнь, — продолжал он, покачав головой, и снова налил себе вина.

Выпил и Ганс Касторп, хотя его лицо уже пылало. Однако ему все еще было холодно, и он ощущал во всем теле какое-то неведомое, радостное и вместе с тем томительное беспокойство. Он так и сыпал словами, оговаривался, но, пренебрежительно махнув рукой, не прерывал себя, чтобы поправиться. Впрочем, оживлен был и Иоахим, а когда напевающая дама вдруг встала и удалилась, их беседа потекла еще веселей и непринужденнее. Они жестикулировали вилками, с набитым ртом строили многозначительные мины, пожимали плечами, смеялись, кивали и, едва проглотив кусок, снова подхватывали нить разговора. Иоахим расспрашивал о Гамбурге, коснулся предполагаемого углубления русла Эльбы.

— Теперь начнется новая эра! — заявил Ганс Касторп. — Новая эра развития нашего судоходства, — этого переоценить нельзя. Пятьдесят миллионов мы вкладываем в виде единовременного бюджетного расхода. А мы знаем, что делаем, можешь не сомневаться.

Впрочем, несмотря на всю важность, которую Ганс Касторп придавал вопросу об Эльбе, он тотчас перескочил на другое и потребовал, чтобы Иоахим рассказал ему подробнее относительно жизни «здесь наверху», а также о пациентах санатория, за что тот принялся с охотой, ибо рад был возможности выговориться и поделиться впечатлениями. Ему пришлось повторить свой рассказ о трупах, которые спускают вниз на бобслеях, и еще раз подтвердить, что это сущая правда. А так как Гансом Касторпом снова овладел неудержимый смех, расхохотался и он и, видимо, смеялся с удовольствием, от души; потом сообщил еще много смешного, чтобы поддержать веселое настроение. Например, за его столом сидит некая дама, фрау Штёр, — она довольно серьезно больна, — и вот эта дама — хотя она супруга музыканта из Канштата, но таких невежд он еще не видывал, — она говорит «дезинфисцировать», и притом — вполне серьезно. А ассистента Кроковского она называет «Фомулюс». Вот и слушай ее без смеху и виду не подавай. Кроме того, она сплетница, как, впрочем, почти все здесь наверху... а про другую даму, некую фрау Ильтис, она говорит, что та носит при себе «стерилет». Она называет стилет «стерилетом» — восхитительно, правда? — И, откинувшись на спинки стульев, полулежа, они так расхохотались, что у обоих задергалось все тело и почти одновременно началась икота.

Но лицо Иоахима вдруг потемнело, он вспомнил о собственной участи.

— Да, вот мы сидим и смеемся, — начал он со страдальческим выражением лица — от сотрясений диафрагмы его речь то и дело прерывалась, — а даже сказать трудно, когда я отсюда выберусь; если Беренс говорит — еще полгода, он обычно называет наименьший срок, и нужно быть готовым к гораздо большему. Но ведь это жестоко, посуди сам, и для меня очень плохо. Ведь я уже кончал училище и мог бы в следующем месяце сдать экзамен на офицера. Вместо этого я тут торчу без дела, с градусником во рту, считаю курьезы невежественной фрау Штёр, а драгоценное время уходит. В нашем возрасте год — это немало, там внизу жизнь приносит за год столько перемен, таких можно добиться успехов... А я тут должен протухать, как застоявшаяся вода в яме... бездельничать, как ленивый болван, — нет, это вовсе не грубое сравнение...

Ганс Касторп почему-то спросил в ответ, можно ли тут достать портеру, и когда двоюродный брат с некоторым удивлением взглянул на него, то увидел, что тот сейчас заснет, — собственно говоря, уже заснул.

— Да ты спишь! — сказал Иоахим. — Пойдем, время лечь обоим.

— Никакого времени нет, — пробормотал Ганс Касторп, едва ворочая языком. Все же он последовал за Иоахимом деревянной походкой и слегка сутулясь, точно человек, который буквально падает от усталости; но вдруг решительно взял себя в руки, когда Иоахим, проходя через холл, который был теперь лишь слабо освещен, сказал:

— Вон Кроковский. По-моему, следует скоренько тебя представить.

Доктор Кроковский сидел в одной из гостиных перед камином, на свету, рядом с открытой выдвижной дверью и читал газету. Он встал, когда молодые люди подошли к нему, и Иоахим, вытянувшись по-военному, заявил:

— Разрешите, доктор, представить вам моего двоюродного брата Ганса Касторпа из Гамбурга. Только что приехал.

Доктор Кроковский приветствовал вновь прибывшего с веселой солидностью и ободряющей сердечностью, словно хотел показать, что с глазу на глаз с ним — всякое смущение излишне, а уместно лишь радостное доверие. Был он лет тридцати пяти, широкоплечий, плотный, гораздо ниже ростом стоявших перед ним молодых людей, так что ему приходилось склонять голову набок, чтобы заглянуть им в лицо, — и необычайно бледный какой-то прозрачной, почти фосфоресцирующей бледностью, которую еще подчеркивали темные жаркие глаза, чернота бровей и довольно длинная, разделенная надвое борода, уже чуть серебрившаяся сединой. На нем был черный слегка потертый костюм с двубортным пиджаком, черные же полуботинки с верхом, как у сандалий, серые шерстяные носки и мягкий отложной воротник — такой воротник Ганс Касторп видел до сих пор только на фотографе в Данциге и нашел, что он придает Кроковскому что-то артистическое. Ласково улыбаясь, так что в чаще бороды блеснули его желтые зубы, и тряхнув молодому человеку руку, он сказал баритоном и с несколько тягучим иностранным акцентом:

— Добро пожаловать, господин Касторп! Надеюсь, вы скоро привыкнете и будете чувствовать себя хорошо у нас. Осмелюсь спросить, вы к нам приехали как пациент?

Ганс Касторп делал просто трогательные усилия держаться как подобает воспитанному юноше и побороть сонливость. Его злило, что он в такой плохой форме, и, с самолюбивой обидчивостью молодости, он уже воображал, что улавливает в улыбке и ободряющем тоне ассистента скрытую насмешку. Отвечая Кроковскому, он упомянул о трех неделях, а также о сданных экзаменах и добавил, что, слава Богу, вполне здоров.

— Вот как? — удивился доктор Кроковский и, словно поддразнивая его, склонил голову на плечо, улыбнувшись еще шире... — Ну, тогда вы — феномен, достойный всестороннего изучения! Мне еще ни разу не приходилось встречать вполне здорового человека. Какие же экзамены вы сдали, осмелюсь спросить?

— Я — инженер, — ответил Ганс Касторп скромно, но с достоинством.

— Ах, инженер! — Улыбка доктора Кроковского словно померкла, она стала как будто менее широкой и сердечной. — Что ж, молодец! Значит, ни вашему телу, ни вашей душе здесь не понадобится врачебная помощь?

— Нет, огромное спасибо! — Ганс Касторп в страхе чуть не попятился.

Лицо доктора Кроковского вновь просияло торжествующей улыбкой, он снова тряхнул руку молодого человека и громко возгласил:

— Ну, так спите спокойно, господин Касторп, — с полным сознанием своего безупречного здоровья! Спите спокойно и до свидания! — Этим он как бы отпустил молодых людей и, сев в кресло, опять взялся за газету.

Лифтера уже не было, они стали подниматься но лестнице пешком, молча, несколько смущенные встречей с Кроковским. Иоахим проводил Ганса Касторпа до комнаты номер тридцать четыре, куда хромой действительно уже доставил его багаж, и кузены еще поболтали с четверть часика, пока Ганс Касторп вынимал ночное белье и принадлежности для умывания и курил толстую некрепкую сигарету. Сегодня он обошелся без сигары, и это казалось ему каким-то удивительным и необъяснимым событием.

— Лицо у него очень значительное, — начал молодой человек, выпуская клубы дыма. — И бледное... совсем восковое. Но обувь... Послушай, это же ужас! Какие-то серые шерстяные носки, сандалии... Он под конец на меня не обиделся?

— Кроковский довольно чувствителен, — согласился Иоахим. — Тебе не следовало так категорически отказываться от лечения, по крайней мере — психического. Он не любит, когда уклоняются от его помощи как врача. Ко мне он тоже не очень-то благоволит — я недостаточно ему доверяю. Но время от времени я все же рассказываю ему свои сны, должен же он хоть что-нибудь расчленять.

— Ну, тогда он, наверное, на меня обиделся, — с досадой заметил Ганс Касторп. Он был недоволен собой: вот задел кого-то... Кроме того, усталость охватила его с новой силой.

— Спокойной ночи, — сказал он, — я прямо с ног валюсь.

— В восемь я буду у тебя, пойдем завтракать, — сказал Иоахим и удалился.

Ганс Касторп сделал кое-как свой ночной туалет. Едва он успел потушить лампочку, стоявшую на ночном столике, как сон сморил его, но он тут же испуганно очнулся, вспомнив, что на этой самой кровати всего два дня назад кто-то умер. «И, наверно, не один здесь умирал», — сказал он себе, словно это могло послужить утешением. «Просто смертный одр, обыкновенный смертный одр». И заснул.

Но как только он погрузился в сон, начались сновидения, и они не прекращались почти до утра. Главным образом ему снился Иоахим Цимсен в странной позе, словно тело его было вывихнуто; Иоахим съезжал на бобслее по косой дороге. Лицо его покрывала такая же бледность, как у доктора Кроковского, а впереди сидел австрийский аристократ; черты лица у него были самые неопределенные, как у человека, о котором ничего не знаешь, кроме его кашля. И он правил. «Нам же здесь наверху это совершенно безразлично», — заявил вывихнутый Иоахим, а потом оказалось, что это у него, а не у австрийца, такой ужасный клокочущий кашель. Поэтому Ганс Касторп горько заплакал и тут же решил, что ему надо бежать в аптеку и купить себе кольдкрему. Но у дороги сидела фрау Ильтис с остренькой мордочкой и держала что-то в руке, очевидно, свой «стерилет», — оказалось, всего-навсего безопасную бритву; это заставило Ганса Касторпа снова рассмеяться. Так его швыряло из одних сновидений в другие, пока в полуоткрытую балконную дверь не просочилось утро, — оно и разбудило его.

# ГЛАВА ВТОРАЯ

## О КРЕСТИЛЬНОЙ КУПЕЛИ И О ДЕДУШКЕ В ДВОЯКОМ ОБРАЗЕ

Ганс Касторп сохранил о родительском доме лишь смутные воспоминания, отца с матерью он почти не знал. Оба умерли один за другим — между его пятым и седьмым годом; сначала мать, — она совершенно неожиданно, незадолго до родов, скончалась от закупорки сосудов, последовавшей за воспалением нервов, от эмболии, как определил болезнь доктор Хейдекинд; закупорка и вызвала мгновенный паралич сердца: мать только что хохотала, сидя в постели, и казалось, она просто упала навзничь от смеха, однако это случилось с ней лишь потому, что она умерла. Нелегко было примириться с этим Гансу-Герману Касторпу, его отцу, и так как он горячо любил жену, да и сам был не из крепких, то не выдержал этого удара. С того времени ум его как-то ослабел и расстроился; поглощенный тоской, он допустил в делах некоторые ошибки, так что фирма «Касторп и сын» понесла чувствительные убытки; через два года, весной, во время инспекции складов в ветреном порту, он заболел воспалением легких; его потрясенное сердце не вынесло высокой температуры, поэтому, несмотря на всю тщательность, с какой его лечил доктор Хейдекинд, он сгорел в пять дней и последовал за женой в семейный склеп, причем многие почтенные бюргеры проводили его на кладбище Св. Екатерины до могилы, расположенной в живописнейшем месте, с видом на ботанический сад.

Его отец, сенатор, пережил сына, хотя и не намного; недолгое время до его смерти, последовавшей также от воспаления легких, причем старик очень мучился и упорно боролся с болезнью, ибо в отличие от сына Ганс-Лоренц Касторп был могучей натурой, пустившей крепкие корни в жизнь, — это недолгое время, всего каких-нибудь полтора года, осиротевший Ганс Касторп прожил в доме деда. Дом занимал узкий земельный участок на Эспланаде, он был построен в начале прошлого века, в духе северного классицизма и выкрашен в прочный, но унылый цвет; по бокам главного входа стояли два пилястра, полуподвальный этаж был поднят на пять ступеней над землей, еще два этажа высились над бельэтажем, где окна доходили до полу и были защищены чугунными литыми решетками.

Здесь находились только парадные покои и светлая, выложенная штучным деревом столовая, три окна которой с винно-красными занавесками глядели в садик за домом. И вот, в течение тех полутора лет, что старик еще прожил, каждый день ровно в четыре часа дед и внучек обедали вдвоем в этой столовой; им прислуживал старик Фите; в ушах у него были серьги, а на фраке — серебряные пуговицы; он носил такой же батистовый галстук, как и сам хозяин дома, и совершенно так же прятал в него бритый подбородок, причем дедушка называл его на «ты» и в разговоре с ним неизменно пользовался нижненемецким наречием: не шутки ради, — дед был совершенно лишен юмористической жилки, — а самым серьезным образом, оттого что считал нужным так разговаривать с простонародьем — со складскими рабочими, почтальонами, кучерами и слугами. Гансу Касторпу это нравилось, и еще больше нравилось, когда Фите отвечал барину на том же диалекте и, стоя за ним слева, наклонялся на правую сторону, чтобы сенатору было удобнее подставлять правое ухо, ибо на левое он был глуховат. А так старик слышал все, что говорил слуга, и, кивая головой, продолжал кушать; он сидел очень прямо между спинкой стула красного дерева и столом, едва склоняясь над тарелкой, внук же, сидевший напротив, созерцал бессознательно, однако с глубоким вниманием, скупые, изысканные движения старческих рук — сухих, но красивых и белых, его выпуклые остроугольные ногти, перстень с зеленой печаткой на указательном пальце правой руки и то, как дед берет на кончик вилки немного мяса, овощей и картофеля и, сделав ей навстречу легкое движение головой, подносит ко рту. Потом Ганс Касторп опускал глаза на собственные, еще неловкие руки и чувствовал, что в них уже заложена способность со временем так же держать нож и вилку и действовать ими так же изысканно.

Другой вопрос, который мальчик задавал себе, был о том, научится ли он когда-нибудь погружать, как и дед, свой подбородок в белый странно широкий галстук — скорее шейный платок, закрывавший почти целиком низко вырезанный воротничок какого-то необычного образца, причем острые уголки воротничка царапали деду щеки. Ведь для этого надо было быть таким же старым, ибо никто на свете, кроме деда да его слуги Фите, уже не носил подобных галстуков и воротничков. А жаль, маленькому Гансу Касторпу очень нравилось, как старик опирается подбородком на этот широкий белоснежный шейный платок, и когда внук уже стал взрослым, это продолжало нравиться ему по воспоминаниям; тут было что-то, вызывавшее одобрение самой сущности его натуры.

Когда обед был кончен, салфетки свернуты и засунуты в серебряные кольца — в те времена Ганс Касторп нелегко справлялся с этой задачей, ибо салфетки были очень велики, целые скатерти, — сенатор поднимался со стула, который Фите тут же отодвигал, и, шаркая ногами, следовал в «кабинет», чтобы выкурить сигару; порою за ним шел туда и внук.

Своим существованием «кабинет» был обязан тому, что столовую в три окна сделали во всю ширину дома и места хватило не на три гостиных, как полагалось при таком типе домов, а лишь на две, причем одна из них, расположенная перпендикулярно к столовой и с одним окном на улицу, оказалась не в меру длинной. Тогда от нее отделили четвертую часть, это и был «кабинет» — узкая комната с верхним светом, сумрачная и скудно обставленная; в ней находились: этажерка, на которой стоял ящик сенатора с сигарами, ломберный стол, где хранились всякие соблазнительные вещи — карты для виста, фишки, раздвижные дощечки с мелкими зубчиками, аспидная доска, бумажные мундштуки для сигар и прочая дребедень, а также стеклянный шкаф в духе рококо из палисандрового дерева, стоявший в углу и затянутый изнутри желтыми шелковыми занавесками.

— Дедушка, — обычно говорил маленький Ганс Касторп, войдя в кабинет, и приподнимался на цыпочки, чтобы дотянуться до уха старика, — покажи мне, пожалуйста, купель!

А дед, который и так уже откинул полы своего длинного сюртука из мягкой материи и вытащил из кармана брюк связку ключей, отпирал стеклянный шкаф, откуда на мальчика веяло странно приятным и непривычным ароматом. В шкафу хранились всякие вышедшие из употребления, а потому страшно интересные предметы: пара причудливо изогнутых серебряных канделябров, украшенный деревянной резьбой поломанный барометр, альбом с дагерротипами, ликерный ящичек из кедрового дерева, маленький турок, очень жесткий под своей пестрой шелковой одеждой и снабженный часовым механизмом, который когда-то заставлял его бегать по столу, но уже давно испортился, старинная модель корабля и совсем внизу — даже мышеловка. Старик брал со средней полки сильно потемневшую серебряную чашу, стоявшую на серебряной тарелке, и показывал мальчику то и другое, причем, сняв чашу с тарелки, давал рассматривать их порознь и пускался в объяснения, которые внук уже слышал много раз.

Первоначально чаша и тарелка существовали порознь — это было бесспорно, но малышу объяснялось каждый раз заново; однако вот уже ровно сто лет, говорил дед, как была приобретена эта чаша, и они употребляются вместе. Чаша была очень красива, простой и благородной формы, созданная согласно строгим вкусам начала прошлого века. Гладкая и цельная, она покоилась на круглой подставке и была изнутри вызолочена; однако время стерло позолоту, и осталось только немного желтоватого блеска. Единственным украшением служил изящный венок из роз и зубчатых листьев, опоясывавший верхний край. Что касается тарелки, то о ее гораздо большей древности явно говорили цифры на внутренней стороне: «1650» было там написано вычурными цифрами, причем вокруг них шел орнамент, выгравированный в тогдашней напыщенной и причудливой «модной манере» и состоявший из сплетения гербов и арабесок — не то звезд, не то цветов. А на обратной стороне были выведены пунктиром и разнообразными шрифтами имена всех тех, кто, в ходе времени, являлся владельцем этой тарелки. Их было уже семь, — возле каждого стояла дата получения ее по наследству, и старик в широком галстуке указывал пальцем с перстнем на всех по очереди. Мальчик видел здесь имя отца, деда и прадеда, а затем частица «пра» в устах старика удваивалась, утраивалась и учетверялась; мальчуган слушал, склонив голову набок, взор его становился задумчивым или бездумно-мечтательным, как бы уходил вглубь, а губы принимали какое-то благоговейно-дремлющее выражение, и это пра-пра-пра-пра — этот загадочный звук могилы и засыпанного времени, выражавший вместе с тем благочестиво сбереженную связь между настоящим, между собственной жизнью мальчика и тем, что было давно-давно, действовал на него особым образом — примерно так, как это и отражалось на его лице. Ему чудилось, будто, слыша это «пра», он вдыхает затхлый холодок, царивший обычно в церкви Св. Екатерины или в склепе Св. Михаила, будто чувствует на себе веяние таких мест, где идешь, держа шляпу в руках, почтительно наклонившись вперед и почему-то ступая на цыпочках, ему чудилось, будто он слышит нездешнюю, умиротворенную и гулкую тишину этих мест, а глухой слог «пра» вызывал в нем ощущение духовности, смешанное с ощущением смерти и истории, — и все это действовало на мальчика благотворно; может быть, даже именно ради этого слога, только чтобы еще раз услышать его и повторить, он так часто просил деда показать купель.

Затем дед ставил чашу обратно на тарелку и давал малышу заглянуть в ее гладкое, чуть золотящееся нутро, которое вдруг вспыхивало от света, падавшего с потолка.

— Вот уже скоро восемь лет, — говорил дед, — как мы держали тебя над нею, и вода, которой тебя крестили, стекала в нее... Кистер Лассен из церкви Святого Иакова лил ее в горсть нашему доброму пастору Бугенхагену, а оттуда она лилась на твой вихор и в чашу. Но мы ее перед тем подогрели, чтобы ты не испугался и не расплакался, а ты и не заплакал, наоборот — ты кричал перед тем так, что Бугенхагену нелегко было произнести свою речь, но когда на тебя полилась вода, ты вдруг затих — будем надеяться, что из уважения к святому таинству. На днях минет сорок четыре года, как крестили твоего покойного отца и с его головы в чашу стекала вода. Это происходило здесь, в доме его родителей, наверху в зале, перед средним окном; его еще крестил старик пастор Езекиил, тот самый, кого французы, когда он был юношей, чуть не расстреляли за то, что он в своих проповедях громил их за разбой и поджоги, — он тоже давным-давно на небесах. А семьдесят пять лет тому назад меня самого крестили в этой же зале, и они держали мою голову над чашей, которая стоит вот тут на тарелке, и пастор произносил те же слова, что и над тобой и над твоим отцом, и так же стекала теплая чистая вода с моих волос (тогда их было у меня на голове немногим больше, чем сейчас) в эту золотую чашу.

Ребенок поднимал глаза и смотрел на старчески сухощавую голову деда — она ведь тоже была склонена над купелью в тот далекий час, о котором он рассказывал внуку, — и в душе мальчика возникало уже не раз изведанное им ощущение какой-то дремотной и мечтательной жути, чего-то, что проходит и все же стоит на месте, что в своих изменениях пребывает неизменным, исчезает и возвращается, оставаясь головокружительно единым. Это чувство появлялось у него и раньше, его прикосновения он ждал и жаждал; отчасти ради него мальчику и хотелось, чтобы ему все вновь и вновь показывали эту неподвижно стоящую на месте и все-таки странствующую реликвию семьи.

Когда потом, уже будучи молодым человеком, Ганс Касторп думал о себе, то ему становилось ясно, что образ деда запечатлелся в его душе гораздо глубже и отчетливее и представлялся ему более значительным, чем образ родителей; причиной этого являлась, может быть, особая симпатия к деду, чувство особого сродства с ним, ибо внук и наружностью был очень похож на него — насколько розовый юнец может походить на поблекшего и окостеневшего семидесятилетнего старца. Несомненно, эти чувства вызывал и сам дед, который, бесспорно, являлся в семье наиболее характерной и красочной фигурой.

С точки зрения общественного развития время, еще задолго до кончины Ганса-Лоренца Касторпа, уже перекатилось через него и унеслось вперед. Он был глубоко верующим христианином и членом реформатской общины, строго придерживался старых традиций, с трудом шел на какие-либо новшества и так упрямо отстаивал необходимость ограничить аристократией круги, способные управлять государством, как будто жил в четырнадцатом веке, когда ремесленники в упорной борьбе с исконным вольным патрициатом начали завоевывать себе места и голоса в городской думе. Его деятельность совпала с десятилетиями бурного подъема и многообразных переворотов, с десятилетиями стремительного прогресса, шествовавшего форсированным маршем и неизменно требовавшего от общества высокой жертвенности и дерзаний. Но его, старика Касторпа, видит Бог, отнюдь не радовали те прославленные и блистательные победы, которые одерживал дух новой эпохи. Обычаи отцов и старинные учреждения он ставил гораздо выше, чем все эти рискованные попытки расширить гавани или другие безбожные причуды больших городов; поэтому он тормозил и угашал все новое, где только мог, и будь его воля — в управлении страной и поныне царила бы та же допотопная идилличность, которой отличалась его собственная контора.

Таким представлялся бюргерам старик Касторп и при жизни, и после смерти; пусть маленький Ганс Касторп ничего не смыслил в государственных делах, но у него, наблюдавшего характер деда с чисто детской тихой созерцательностью, складывались в основном те же впечатления — без слов, а потому и без критики; это были скорее непосредственные живые восприятия, и когда они позднее возникали уже как осознанные воспоминания, они оставались столь же невыразимыми в словах и неподдающимися анализу, но полными прежней жизнеутверждающей силы. Как уже было сказано, здесь играло немалую роль то глубокое сродство, та симпатия и связь между дедом и внуком, которые соединяли их, минуя звено одного поколения, что случается в семьях нередко. Дети и внуки взирают на отцов и дедов, чтобы восхищаться ими, а, восхищаясь, учатся у них и развивают в себе заложенное в них отцами и дедами наследие.

Сенатор Касторп был тощ и долговяз. Годы взяли свое — его спина и шея согнулись, но, не желая выдавать этой согбенности, он упорно выпрямлял свой стан, а уголки губ, уже лежавших не на зубах, а на обнаженных деснах (старик пользовался искусственной челюстью лишь во время еды), он старался с достоинством держать опущенными; желая также скрыть, что голова у него начала трястись, он принимал гордую осанку и опирался подбородком на воротничок — привычка, особенно пленявшая маленького Ганса Касторпа.

Дед любил нюхать табак, он хранил его в продолговатой черепаховой табакерке с золотыми инкрустациями и из-за этой склонности употреблял только красные носовые платки, причем кончик обычно вывисал из заднего кармана его сюртука; хотя эта привычка и казалась несколько смешной при столь достойном внешнем облике, однако ее легко можно было извинить преклонным возрастом — либо как одну из тех вольностей, которую старость разрешает себе сознательно, из чудачества, либо как одну из тех слабостей, которые появляются у глубоких стариков, но ими не осознаются. Во всяком случае Ганс Касторп своим по-детски зорким взглядом подметил за дедом эту единственную слабость. И семилетнему мальчику и, позднее, взрослому человеку, когда он обращался к своим воспоминаниям, казалось, что будничный облик деда — это еще не его истинная, подлинная сущность. В истинной действительности он выглядит иначе, прекраснее и ближе к своему подлинному облику — как на своем портрете во весь рост, висевшем раньше в столовой родителей, а теперь перекочевавшем вместе с маленьким Гансом Касторпом в дом на Эспланаде, где его водрузили в гостиной над широким диваном, обитым красным шелком.

Художник изобразил Ганса-Лоренца Касторпа в одежде члена магистрата; это была строгая, почти ритуальная одежда прошлого столетия, — она сохранила на века дух тогдашней городской общины, важный и вместе предприимчивый, — и надевалась в самых торжественных случаях, как бы для того, чтобы церемониально претворять прошлое в настоящее и настоящее — в прошлое, тем самым подтверждая неизменную связь всех вещей и добротную надежность почтенной купеческой подписи.

Сенатор Касторп стоял во весь рост на полу из красноватых плит, фоном служили готические арки и колонны. Он стоял, опустив подбородок и углы рта, устремив вдаль задумчивый взгляд голубых глаз с отеками под ними, в черном, ниже колен, одеянии, похожем на мантию, открытом спереди и обшитом широкой меховой каймою. Из широких с буфами верхних отороченных мехом рукавов выступали более узкие нижние, из простого сукна; кружевные манжеты закрывали руки до середины пальцев. На стройных старческих ногах были черные шелковые чулки и башмаки с серебряными пряжками, шею охватывали крахмальные, широкие и пышные брыжи, спереди они были плоские, по бокам стояли вверх, а из-под них на жилет спускалось еще плоеное батистовое жабо. Под мышкой сенатор держал старомодную шляпу с полями и суживающейся кверху тульей.

Портрет, написанный известным художником, был превосходен, выдержан в манере старинных мастеров, очень подходившей к данному сюжету и будившей в зрителе воспоминания об испано-нидерландском позднем средневековье. Маленький Ганс Касторп частенько разглядывал эту картину. Он, конечно, не понимал мастерства живописца, но какое-то более общее и глубокое понимание у него возникало; и хотя он видел деда таким, как на холсте, всего один раз, в минуту его торжественного въезда в ратушу, да и то лишь мельком, все же, как мы уже отмечали, дед на картине казался мальчику подлинным и настоящим, а дед в жизни — образом будничным и временным, вспомогательным и весьма несовершенным.

Он потому и находил что-то необычное и волшебное в будничном деде, ибо хоть и неумело, но сопоставлял эти два образа, сравнивал их и видел в будничном тайные и полустертые черты подлинного: пусть этот стоячий воротничок и белый широкий галстук старомодны, но можно ли было назвать старомодной самую восхитительную часть его одежды, а именно — испанские брыжи, по отношению к которым и галстук и воротничок явно служили только переходом? То же относилось и к старинному цилиндру, который дед носил на улице; в более высокой действительности ему соответствовала фетровая шляпа на портрете. Прообразом же длинного и широкого сюртука маленькому Гансу Касторпу представлялась отороченная мехом мантия.

Поэтому, когда его однажды позвали, чтобы проститься с мертвым дедом, он сказал себе, что вот теперь дед покоится во всей полноте и законченности своего настоящего, совершенного облика. Это было в зале, в той самой зале, где они так часто сиживали друг против друга за обеденным столом. Теперь посередине стояли погребальные носилки, заваленные венками, и на них в гробу, обитом серебряным глазетом, лежал дед. Он боролся с воспалением легких долго и упорно, хотя, казалось, был лишь гостем в современной жизни и еще только примерялся к ней; и вот он уже покоился на парадном смертном ложе, и даже не скажешь: как победитель или как побежденный, во всяком случае лицо его выражало строгую умиротворенность, от борьбы с болезнью черты осунулись, нос заострился; тело было до половины накрыто одеялом, на котором зеленела пальмовая ветвь, голова была высоко поднята на подушках, так что подбородок особенно твердо упирался в брыжи; а в руки, полуприкрытые длинным кружевом манжет, — хотя пальцам искусно придали естественный вид, от них веяло неприкрытым холодом и безжизненностью, — в руки деда всунули распятие из слоновой кости, на которое сенатор, казалось, смотрел из-под опущенных век не отрываясь.

Ганс Касторп в начале последней болезни деда не раз заходил к нему в комнату, но когда дело приблизилось к развязке, уже там не бывал. Ребенка щадили и не хотели, чтобы он видел борьбу умирающего с болезнью, хотя эта борьба обострялась главным образом по ночам; поэтому он мог лишь догадываться о чем-то по удрученным лицам домочадцев, по заплаканным глазам старого Фите и постоянным приходам и уходам врачей; но событие, перед лицом которого он оказался, войдя в залу, мальчик понял так, что дед наконец торжественно освободился от своего промежуточного облика и обрел подлинный и окончательный, а это можно было только приветствовать, хотя старик Фите и плакал, непрерывно тряся головой, да плакал и сам Ганс Касторп, так же как он плакал, глядя на свою столь недавно умершую мать, а потом на отца, который тоже лежал перед ним неподвижный и чужой.

Ибо смерть оказывала свое действие на душу и на умонастроение, особенно на умонастроение, маленького Ганса Касторпа уже в третий раз и притом — в столь юные годы. Поэтому для него не были новостью ни само зрелище смерти, ни впечатления от него, а, напротив, они были очень знакомы; и, невзирая на естественное огорчение, он, так же как и в первые два раза, и даже в большей степени, держался спокойно и рассудительно, без всякой слезливости. Еще не понимая практических последствий, которые эти события имели для его собственной жизни, и с беспечностью ребенка уверенный в том, что люди все-таки о нем позаботятся, мальчик, стоя у гроба близких, даже выказывал какое-то, тоже детское, равнодушие и озабоченную деловитость; и так как это происходило уже в третий раз и он чувствовал себя многоопытным, в нем сквозила преждевременная серьезность, хотя на этот раз он и плакал чаще от потрясения и легче заражался горем других, что было вполне естественно. Через три-четыре месяца после кончины отца он забыл о смерти; теперь он снова вспомнил о ней, и повторились тогдашние впечатления — совершенно те же и в те же минуты; но они заслоняли прошлые своим несравнимым своеобразием.

Если бы их проанализировать и заключить в слова, то эти впечатления можно было бы примерно выразить так. Со смертью для него соединялось благоговейное чувство чего-то глубокого, скорбного и прекрасного, то есть духовного, и вместе с тем ощущение чего-то совершенно противоположного, очень материального, очень плотского, о чем никак не скажешь, что оно прекрасно, глубоко, вызывает благоговение или хотя бы скорбь. Торжественно-духовное было выражено в пышном убранстве тела, в роскошных цветах, в пучках пальмовых ветвей, как известно символизирующих мир божественный, и еще яснее в распятии, лежавшем между мертвых пальцев того, кто был когда-то его дедом, в благословляющем Спасителе Торвальдсена, поставленном в головах покойника, и в канделябрах, которые высились по обе стороны гроба и сейчас тоже выглядели как-то по-церковному. Более точный и утешительный смысл всех этих предметов состоял, очевидно, в том, что дед окончательно возвратился к своему подлинному и истинному облику. Но, кроме того, все они, как заметил маленький Ганс Касторп, хотя не хотел в этом признаться, — особенно груды цветов и, главное, туберозы, которых было больше всего, — имели и другой смысл, другую, более практическую цель, а именно: приукрасить, заглушить или не допустить до сознания мысль о том другом, что таила в себе смерть и что не было ни прекрасным, ни даже скорбным, а скорее чем-то почти непристойным, низменно телесным.

Вероятно, из-за этого мертвый дед казался совсем чужим, и вовсе даже не дедом, а восковой куклой в натуральную величину, которую смерть подсунула вместо него; над ней и совершалась вся эта благоговейная и почетная церемония. Значит, тот, кто лежал перед ним, вернее *то,* что лежало перед ним, уже не было самим дедом, а лишь его оболочкой, и она — Ганс Касторп понимал это — состояла не из воска, а из особой материи, *только* из материи: отсюда — ее непристойность и почти полное отсутствие скорбности, ибо ее нет ни в чем, что связано с плотью и *только* с нею. И маленький Ганс Касторп рассматривал желтую, как воск, бледную и твердую материю, из которой состояла эта мертвая кукла в рост человека, рассматривал лицо и руки бывшего деда. Вот на его неподвижный лоб села муха и начала поднимать и опускать хоботок. Старый Фите осторожно согнал ее, стараясь при этом не коснуться лба, причем его лицо почтительно омрачилось, словно он не хотел, да и не должен был знать о том, что делает его рука; это выражение добродетельной строгости, видимо, относилось к тому, что дед был теперь только плотью и больше — ничем. Но муха, поднявшись в воздух и полетав, тут же снова опустилась на палец деда, неподалеку от распятия из слоновой кости. И в то время как это происходило, Гансу Касторпу почудилось, что он еще явственнее ощутил уже знакомый, легкий, но удивительно упорный запах, и этот запах пробудил в нем стыдное воспоминание об одном однокласснике, страдавшем неприятным для других недугом, почему все его сторонились; аромат поставленных совсем близко тубероз, видимо, должен был заглушить навязчивый запах, однако, несмотря на их пышность и строгость, это им не удавалось.

Мальчик несколько раз стоял у гроба: в первый раз — вдвоем со старым Фите, во второй -- вместе с двоюродным дедом Тинапелем, виноторговцем, и обоими дядями — Джемсом и Петером, и потом еще в третий раз, когда у открытого гроба собралась на несколько минут группа по-праздничному одетых портовых рабочих, чтобы проститься с бывшим главою торговой фирмы «Касторп и сын». Затем состоялись похороны, зал был переполнен, и пастор Бугенхаген из церкви Св. Михаила, — он же крестил Ганса Касторпа, — облачившись в испанские брыжи, произнес надгробное слово, а затем, следуя в дрожках непосредственно за катафалком, за которым тянулся длиннейший хвост экипажей, беседовал с маленьким Гансом Касторпом. Потом кончился и этот отрезок жизни, и мальчик тут же попал в другой дом и другую обстановку — уже во второй раз за свою молодую жизнь.

## ЖИЗНЬ У ТИНАПЕЛЕЙ И ДУШЕВНОЕ СОСТОЯНИЕ ГАНСА КАСТОРПА

Вреда от этого никакого не произошло: мальчика взял к себе его опекун, консул Тинапель, и Гансу Касторпу не пришлось жалеть об этом, ни в отношении себя самого — это-то уж бесспорно, — ни в отношении его интересов, хотя о них он тогда еще не думал. Консул Тинапель, дядя покойной матери мальчика, стал управлять тем, что осталось после Касторпов, продал недвижимость, взял на себя ликвидацию фирмы «Касторп и сын, импорт и экспорт» и в результате выколотил из всех этих операций около четырехсот тысяч марок, что и составило наследство Ганса Касторпа; на эти деньги консул приобрел устойчивые бумаги, причем, ничуть не оскорбляя своих родственных чувств, в начале каждого квартала регулярно оставлял себе из поступавших процентов с этих бумаг два процента комиссионных.

Дом Тинапелей стоял в глубине большого сада, у Гарвестехудской дороги, и выходил на лужайку, где не разрешалось произрастать ни одной сорной травинке, на городской питомник роз и на реку.

Каждое утро консул отправлялся в свою контору, находившуюся в старом городе; хотя у него был отличный выезд, он совершал весь путь пешком, для моциона, ибо страдал приливами крови к голове, и в пять часов пополудни возвращался, тоже пешком, домой, после чего Тинапели в высшей степени культурно обедали. У консула Тинапеля были водянисто-голубые глаза навыкате и нос, покрытый сетью багровых жилок, на котором сидели золотые очки; человек он был солидный, одевался в лучшее английское сукно, носил седую шкиперскую бороду, а на отекшем мизинце левой руки перстень с крупным бриллиантом. Жена его давно умерла. У него было два сына — Петер и Джемс, один поступил во флот и редко приезжал домой, другой служил в виноторговле отца и должен был стать наследником фирмы. Хозяйство уже много лет вела некая Шаллейн, дочь золотых дел мастера из Альтоны; вокруг ее пухлых запястий неизменно белели накрахмаленные рюши, и она усердно заботилась о том, чтобы на завтрак и ужин подавалось как можно больше холодных блюд — крабов и лососины, угрей, гусиной грудинки и ростбифа с томатным соусом; она бдительно надзирала за наемными лакеями, когда у консула Тинапеля бывал званый обед без дам, и она же по мере сил старалась заменить маленькому Гансу Касторпу мать.

Ганс Касторп рос в ужасном климате, с ветрами и туманами, рос, если можно так выразиться, не снимая желтого резинового плаща, и чувствовал себя при этом очень хорошо. Правда, легкое малокровие у него наблюдалось уже с раннего детства, это говорил и доктор Хейдекинд и настаивал на том, чтобы за третьим завтраком, после школы, мальчику непременно давали добрый стакан портера — как известно, напитка весьма питательного; кроме того, доктор Хейдекинд приписывал ему кровообразующие свойства; во всяком случае, портер усмирял буйных духов жизни, просыпавшихся в теле Ганса Касторпа, и успешно содействовал его склонности «клевать носом», как выражался дядя Тинапель, говоря попросту — сидеть распустив губы и грезить наяву. Но, в общем, он был здоров и ловок, хорошо играл в теннис и греб, хотя, говоря по правде, предпочитал, вместо того чтобы самому налегать на весла, сидеть на уленхорстской пристани, потягивать хорошее вино и слушать музыку, созерцая освещенные лодки, между которыми, среди пестрых отражений, плавно скользили лебеди; и достаточно было послушать, как он чуть глуховатым, ровным голосом рассуждает обо всем спокойно и разумно с легким нижненемецким акцентом, достаточно было взглянуть на этого корректного блондина с тонко очерченным лицом, чем-то напоминавшим старинные портреты, и наследственным бессознательным высокомерием, которое сказывалось в некоторой суховатости и ленивой медлительности, — и никто не усомнился бы, что Ганс Касторп является крепким и подлинным порождением этой почвы, что он тут как нельзя более к месту; да и сам он, задай себе Ганс Касторп такой вопрос, ни на минуту в том не усомнился бы.

Ведь этой атмосферой большого приморского города, влажной, насыщенной запахами мировой торговли и сытой жизни, — этим воздухом дышали его отцы и деды, дышал им и он в полном единодушии с предками, спокойно и уверенно, считая, что иначе и быть не может. Он привык к испарениям воды, угля, смолы, к пряным ароматам разнообразнейших колониальных товаров, он видел, как в гавани огромные подъемные краны неторопливо, умно и с чудовищной мощью, словно подражая рабочим слонам, извлекают тонны грузов — мешки, тюки и ящики, бочки и баллоны — из чрева стоящих на якоре морских судов и переносят их в товарные вагоны и на склады. Он видел коммерсантов в желтых резиновых плащах, — такой же носил и он, — спешивших в полдень на биржу, где, как он знал, началась очередная горячка, и кто-нибудь из них мог легко быть поставлен в необходимость, чтобы поддержать свои кредиты, спешно разослать приглашения на званый обед. Он наблюдал (впоследствии его интересы были связаны именно с этой областью) суету на верфях, мамонтовые туши поставленных в доки судов, ходивших в Азию и Африку, высоких, словно башни, с обнаженными винтами и килями, подпертых гигантскими сваями; чудовищно беспомощные на суше, они были осыпаны армиями казавшихся карликами рабочих, которые стругали, забивали гвозди, красили; под навесом эллингов, окутанных клубами тумана, высились остовы будущих кораблей, а инженеры, держа в руках конструкционные чертежи и таблицы Ленца, давали указания строителям. Все это были картины, знакомые Гансу Касторпу с детства, они вызывали в нем лишь ощущение чего-то привычного и родного, частью чего был он сам; причем ощущения эти достигали особенной силы, когда он с Джемсом Тинапелем или двоюродным братом Цимсеном, Иоахимом Цимсеном, посиживал воскресным утром в Альстерском павильоне, завтракая копченым мясом с булкой и стаканом старого портвейна, а затем, откинувшись на спинку стула, с упоением затягивался сигарой. Ибо его натура в том и сказывалась, что он любил хорошую жизнь и, невзирая на свою малокровную и утонченную наружность, жаждал, как ненасытный малыш груди матери, грубых и сочных радостей существования.

Легко и не без достоинства носил он бремя высокой цивилизации, которую господствующая верхушка местного демократического купечества передавала своим детям по наследству. Он был всегда опрятен, как только что вымытый младенец, и одевался лишь у того портного, который был признан молодыми людьми его круга. Небольшой, но тщательно помеченный инициалами запас белья, хранившийся в отделениях его английского шкафа, находился под неусыпным наблюдением Шаллейн; когда Ганс Касторп еще был студентом, он регулярно отправлял домой белье для стирки и починки (ибо твердо был убежден, что прилично умеют гладить только в Гамбурге), и если манжета одной из его нарядных шелковых рубашек оказывалась потертой, это могло искренне его расстроить. Руки у него были холеные, с нежной и свежей кожей, хотя по своей форме и не отличались особой аристократичностью; он носил платиновый браслет в виде цепочки и родовой дедовский перстень с печаткой; зубы у него были слабые, часто болели, и во рту кое-где поблескивали золотые пломбы.

Стоя и на ходу он слегка выставлял вперед нижнюю часть тела, почему и казался не очень стройным; но за столом держался безукоризненно. Если же он болтал с соседом (рассудительно и с легким нижненемецким акцентом), то, не сгибаясь, слегка повертывался к нему корпусом и чуть касался локтями стола, когда разнимал птицу или особым ножом и вилочкой искусно извлекал розовое мясо из клешни омара. Окончив трапезу, он прежде всего испытывал потребность ополоснуть пальцы в мисочке с душистой водой, затем в русской папиросе, не оплаченной пошлиной и купленной с рук в порядке безобидной контрабанды. За папиросой обычно следовала сигара весьма приятной бременской марки «Мария Манчини», о которой еще будет речь впереди и чей ядовито-пряный вкус действовал так успокоительно, смешиваясь с вкусом кофе. Желая уберечь свои запасы табачных изделий от вредного воздействия парового отопления, Ганс Касторп хранил их в погребе, куда и спускался каждое утро, чтобы положить в портсигар дневную порцию курева. И он бы с явным неудовольствием стал есть масло, поданное куском, а не в виде рифленых шариков.

Читатель видит, что мы стараемся вспомнить все, говорящее в пользу Ганса Касторпа, но в своих оценках не хватили через край и показываем его не лучше и не хуже, чем он есть на самом деле. Ганс Касторп не гений и не дурак, и если мы избегаем называть его «посредственностью», то по причине, не имеющей никакого отношения к его уму и весьма мало — к его скромной особе; мы делаем это из уважения к его судьбе, которой склонны придавать сверхличное значение. Мыслительных способностей Ганса Касторпа вполне хватало, чтобы удовлетворять требованиям реальной гимназии, притом без особых усилий, да и никакие обстоятельства, никакая предстоящая ему задача не принудили бы его к чрезмерным усилиям: не столько потому, что он боялся повредить себе, сколько оттого, что он не видел никаких причин для такого перенапряжения, вернее — *бесспорных* причин; и, может быть, мы потому и не назвали бы его посредственностью, что он каким-то образом ощущал отсутствие этих причин.

Человек живет не только своей личной жизнью, как отдельная индивидуальность, но — сознательно или бессознательно — также жизнью целого, жизнью современной ему эпохи; и если даже он считает общие и внеличные основы своего существования чем-то безусловно данным и незыблемым и далек от нелепой мысли критиковать их, как был далек наш Ганс Касторп, то все же вполне возможно, что он смутно ощущает их недостатки и их воздействие на его нравственное самочувствие. Перед отдельным человеком могут стоять самые разнообразные задачи, цели, надежды и перспективы, и он черпает в них импульсы для более высоких трудов и усилий; но если в том внеличном, что окружает его, если, несмотря на всю внешнюю подвижность своей эпохи, он прозревает в самом существе ее отсутствие всяких надежд и перспектив, если ему открывается ее безнадежность, безвыходность, беспомощность и если на все — сознательно или бессознательно — поставленные вопросы о высшем, сверхличном и безусловном смысле всяких трудов и усилий эта эпоха отвечает глухим молчанием, то как раз у наиболее честных представителей человеческого рода такое молчание почти неизбежно вызывает подавленность, оно влияет не только на душевно-нравственный мир личности, но и каким-то образом на ее организм, на ее физический состав. Если эпоха не дает удовлетворительных ответов на вопросы «зачем», то для достижений, превосходящих обычные веления жизни, необходимы либо моральное одиночество и непосредственность, — а они встречаются весьма редко и по существу героичны, — либо мощная жизненная сила. Ни того, ни другого у Ганса Касторпа не было, вот почему его, вероятно, все же следовало назвать посредственностью, хотя ничуть не в обидном смысле этого слова.

Все это характерно не только для внутренней жизни данного молодого человека в его школьные годы, но и для последующих лет его жизни, когда он уже изберет свою гражданскую профессию. Что касается его успехов при прохождении гимназического курса, то следует отметить, что два раза ему даже пришлось остаться на второй год. Но, в общем, ему помогло его происхождение, городское воспитание, а также довольно значительные способности к математике, хотя и не ставшие страстью. И когда он получил свидетельство вольноопределяющегося одногодичника, то решил окончить гимназический курс, говоря по правде, главным образом потому, что так можно было продлить привычное и неопределенное состояние, в котором он находился столько лет, и оттянуть решение вопроса о том, чем же больше всего хочется стать Гансу Касторпу, ибо он этого еще не знал даже в старшем классе, и когда потом наконец решил (сказать, что решил именно он, было бы, пожалуй, преувеличением), то почувствовал, что с таким же успехом мог бы выбрать и другую профессию.

Одно было верно — корабли ему всегда ужасно нравились. Еще маленьким мальчиком покрывал он страницы своих блокнотов карандашными рисунками рыбачьих катеров, лодок с овощами и пятимачтовиков, и когда в пятнадцать лет ему была дана возможность, сидя на привилегированных местах, любоваться спуском двухвинтового почтового парохода «Ганза», построенного на верфях «Блом и Фосс», он после этого нарисовал акварелью и со всеми деталями это стройное судно, причем рисунок оказался очень удачным, и консул Тинапель даже повесил его у себя в конторе; особенно искусно и любовно были изображены прозрачные морские волны цвета бутылочного стекла, и кто-то сказал консулу Тинапелю, что у Ганса Касторпа — талант, из него может выйти хороший маринист; мнение это консул спокойно мог передать своему воспитаннику, ибо Ганс Касторп, услышав его, только добродушно рассмеялся: его ничуть не прельщали ни беспрерывная работа, ни полуголодное существование, на которое обречены художники.

«Средства у тебя небольшие, — говаривал не раз дядя Тинапель, — мои деньги в основном перейдут к Джемсу и Петеру, то есть они останутся в деле, а Петер будет получать ренту. То, что принадлежит тебе, помещено прочно и приносит тебе устойчивый доход. Но существовать на проценты в наше время — дело нелегкое, если не иметь по крайней мере в пять раз больше, чем ты; а чтобы здесь, в городе, играть известную роль и жить, как ты привык, нужно еще прилично зарабатывать, запомни это, сынок».

Ганс Касторп запомнил и стал искать профессию, которая придала бы ему вес и в собственных глазах, и в глазах людей; а когда он наконец выбрал — это случилось по инициативе старика Вильмса, компаньона фирмы «Тундер и Вильмс», который однажды, за субботним вистом, сказал консулу Тинапелю, что хорошо бы Гансу Касторпу изучить кораблестроение — это же идея — и поступить к нему, а он уж за мальчиком присмотрит; юноша тут же проникся глубоким уважением к своей профессии, решив, что хотя она чертовски тяжелая и ответственная, зато превосходная, совершенно необходимая и замечательная и уж во всяком случае больше подходит к его миролюбивой натуре, чем профессия, избранная его двоюродным братом Цимсеном, сыном сводной сестры его покойной матери, жаждавшим непременно стать военным. Притом у Иоахима Цимсена слабые легкие, вот он и стремится к деятельности, при которой много бываешь на воздухе и о серьезной, напряженной умственной работе едва ли может быть речь, и для него эта профессия — самая подходящая, с легким пренебрежением говорил себе Ганс Касторп. Ибо почтительно склонялся перед трудом, хотя сам легко уставал от работы.

Здесь мы принуждены возвратиться к уже высказанным ранее мыслям, к предположению, что воздействие эпохи на отдельного человека захватывает даже его физическую организацию. Как мог бы Ганс Касторп не уважать труд? Это было бы просто противоестественно. Весь строй окружающей жизни заставлял его относиться к труду как к чему-то заслуживающему самого неоспоримого и глубокого почитания; да, в сущности, и не было ничего, достойного большего почитания, труд служил как бы основным мерилом человека, его пригодности или непригодности для жизни, он являлся абсолютным принципом эпохи, он, так сказать, сам говорил за себя. Поэтому почитание труда было у Ганса Касторпа прямо-таки религиозным и, поскольку он отдавал себе в том отчет, безоговорочным. Другой вопрос — любил ли он труд; а любить его он не мог, как ни уважал, и по той простой причине, что труд не шел ему впрок. Напряженная работа отзывалась на его нервах, он скоро уставал и откровенно сознавался, что, говоря по правде, предпочитает досуг, ничем не отягченный, не обремененный свинцовым грузом тяжелой работы, свободное время, не ограниченное препятствиями, которые надо преодолевать с зубовным скрежетом. Это противоречие в его отношении к труду, если говорить вполне серьезно, должно было как-то разрешиться. Быть может, его тело, так же как и дух, — сначала дух, а через него и тело, — скорее согласились бы работать с большей радостью и упорством, если бы в сокровенных глубинах души — тут для него самого было много неясного — Ганс Касторп поверил бы в труд как в безусловную ценность, как в самоочевидную основу жизни и на этом успокоился бы. Здесь опять возникает вопрос о том, «посредственность» ли он, или стоит выше посредственности; однако мы предпочли бы не связывать себя определенным ответом, ибо вовсе не хотим быть панегиристами, воспевающими хвалу Гансу Касторпу, и готовы допустить, что для него труд, быть может, являлся просто некоторой помехой к ничем не омраченному наслаждению «Марией Манчини».

Военная служба его не привлекала. Ей противилась его внутренняя природа, она и удержала его от этого шага. Возможно также, что военный врач Эбердинг, бывавший в доме у Гарвестехудской дороги, в разговоре с Тинапелем был поставлен в известность о том, что, если бы молодому Касторпу пришлось взять в руки оружие, это явилось бы серьезным препятствием для его занятий наукой, начатых за пределами Гамбурга.

И вот скоро его голова, работавшая неторопливо и хладнокровно, ибо Ганс Касторп и в другом городе сохранил успокаивающую привычку пить во время завтрака портер, — скоро его голова уже была набита всякими сведениями по аналитической геометрии, дифференциальному исчислению, механике, начертательной геометрии и графостатике; он стал делать расчеты водоизмещения судна с грузом и без груза, остойчивости, дифферентовочного сдвига и метацентра, хотя иной раз все это давалось ему нелегко. Технические чертежи, все эти шпанты, ватерлинии и продольные разрезы получались у него не так удачно, как некогда получилось изображение «Ганзы», плывущей в открытом море; но если надо было усилить абстрактную наглядность с помощью чувственной, наложить тушью тени и раскрасить поперечные разрезы яркими, материальными красками, Ганс Касторп делал это лучше, чем большинство товарищей.

Когда он приезжал домой на каникулы, то каждому становилось ясно, что этот очень опрятный, очень хорошо одетый молодой человек с маленькими рыжеватыми усиками и несколько сонливым лицом молодого патриция, несомненно, достигнет почетного положения в жизни, и люди, которые интересовались делами города и умели разбираться в семейных и личных обстоятельствах, — а таких в самоуправляющемся городе-государстве обычно бывает большинство, — эти сограждане испытующе поглядывали на него, спрашивая себя, до какой же роли в обществе дорастет со временем молодой Касторп. Ведь он унаследовал определенные традиции, принадлежность к старинному хорошему роду, и, без сомнения, настанет день, когда с его особой придется считаться как с политическим фактором. Он будет членом городской думы и депутатом, будет издавать законы, ему выпадет на долю почетное участие в государственных заботах, он войдет в какой-нибудь административный отдел, может быть, в финансовую комиссию или в строительную, к его мнению будут прислушиваться и считаться с ним при голосованиях. Было также небезынтересно, к какой же партии примкнет со временем молодой Касторп! Говорят, наружность обманчива, но его внешний облик именно таков, какого не бывает у людей, на которых могли бы рассчитывать демократы; кроме того — он вылитый дед. Последует ли внук его примеру и станет тормозом прогресса, консервативным элементом? Могло быть так, а могло быть и наоборот. В конце концов он же инженер, будущий кораблестроитель, участвующий в создании международных связей, представитель техники. Поэтому не исключено и то, что Ганс Касторп примкнет к радикалам, станет бунтовщиком, невежественным разрушителем старинных зданий и пейзажных красот, как не знающий удержу еврей или лишенный пиетета американец, предпочитающий постепенному и естественному прогрессу жизненных условий резкий разрыв с почтенными традициями прошлого и готовый вовлечь государство в рискованные эксперименты; это тоже могло быть. Заложена ли в его натуре уверенность, что «их благоразумия» отцы города, перед которыми парные часовые у входа в ратушу берут на караул, знают все лучше всех, или он будет склонен поддерживать в городской думе оппозицию? В его голубых глазах под рыжеватыми бровями нельзя было прочесть ответы на эти вопросы, вызывавшие любопытство сограждан, да этих ответов не знал и сам Ганс Касторп, ибо был еще не исписанной жизнью страницей.

Когда он начал свое путешествие, во время которого мы с ним познакомились, ему шел двадцать третий год. Позади остались четыре семестра, проведенные им в Данцигском политехникуме, и еще четыре — в механических высших школах Брауншвейга и Карлсруэ; он только что одолел основные экзамены, — правда, без особого блеска и торжественных тушей, однако вполне прилично, — и намеревался поступить к «Тундеру и Вильмсу» инженером-практикантом, дабы увенчать свои познания необходимым практическим опытом. Но тут его путь неожиданно свернул в сторону.

Перед главными экзаменами ему пришлось работать упорно и напряженно, и когда он, сдав их, вернулся домой, то казался еще более вялым и бледным, чем бывают обычно юноши его типа. Всякий раз, когда доктор Хейдекинд его видел, он сердился и требовал, чтобы Ганс Касторп переменил климат, и притом радикально. Нордернеем или Виком на Фёре в этот раз не поможешь, и если хотят знать его мнение, то Гансу Касторпу, перед тем как поступать на верфи, следовало бы провести недельки две-три в высокогорной местности.

Все это прекрасно, сказал консул Тинапель своему племяннику и воспитаннику, но тогда на это лето их дороги разойдутся, ибо его, консула Тинапеля, никакими силами не затащишь в горы. Горы не для него, ему нужно приличное атмосферное давление, иначе у него будут приливы. Пусть уж Ганс Касторп отправляется туда один. Пусть воспользуется случаем и навестит Иоахима Цимсена.

Предложение это возникло совершенно естественно: дело в том, что Иоахим Цимсен был болен, — не так, как Ганс Касторп, а по-настоящему, и притом настолько серьезно, что все переполошились. С детства был он предрасположен к катарам и лихорадкам, недавно в его мокроте действительно обнаружили кровь, и ему пришлось сломя голову мчаться в Давос, к его величайшему горю и досаде, ибо он стоял почти у цели своих желаний. Подчиняясь воле семьи, он два-три семестра изучал юридические науки, но затем, следуя неудержимому влечению, все же подал заявление в юнкерское училище и уже был принят. И вот он сидит шестой месяц в интернациональном санатории «Берггоф» (главный врач — гофрат доктор Беренс), где скука смертная, как он писал в открытках. И если Ганс Касторп перед поступлением к «Тундеру и Вильмсу» хочет сделать хоть что-нибудь для своего здоровья, то пусть тоже приедет сюда наверх и немного развлечет своего бедного кузена, это будет самое лучшее для обоих.

Наступила середина лета, когда Ганс Касторп наконец решился на эту поездку; уже подходил к концу июль.

Он ехал на три недели.

# ГЛАВА ТРЕТЬЯ

## ДОСТОЙНАЯ ОМРАЧЕННОСТЬ

Ганс Касторп так устал накануне, что боялся проспать, и поднялся даже раньше, чем следовало, зато мог не спеша отдаться своим утренним привычкам; то были привычки высокоцивилизованного человека, в которых главную роль играли резиновый тазик, деревянная мыльница с зеленым лавандовым мылом и соломенный помазок; кроме того, предстояли не только заботы о чистоте и уходе за телом — надо было также вынуть вещи из чемодана и разложить их. Водя посеребренной бритвой по намыленным душистой пеной щекам, он вспомнил свои сумасбродные сны и, покачивая головой, снисходительно улыбнулся с тем чувством превосходства, с каким человек, бреющийся при дневном свете разума, вспоминает ночную чепуху сновидений. Вполне отдохнувшим он себя не чувствовал, однако молодой день освежил его. Вытирая руки, он вышел с напудренными щеками, в фильдекосовых кальсонах и красных сафьяновых туфлях на балкон, который тянулся вдоль всего этажа и лишь против каждой комнаты был как бы поделен на ложи не доходившими до перил стенками из матового стекла. Утро было свежее и мглистое. На ближних вершинах неподвижно лежали длинные пласты тумана, а на более отдаленных хребтах висели пухлые громады туч — белых и серых. Местами приоткрывались полосы и прогалины голубого неба, и когда через них падал солнечный луч, дома поселка в долине ярко вспыхивали белизною на фоне покрывавших склоны темных хвойных лесов. Откуда-то доносилась утренняя музыка, вероятно, из того же отеля, где вчера вечером был концерт. Смягченные расстоянием, звучали аккорды хорала, потом загремел марш, и Ганс Касторп, который очень любил музыку, ибо действовала она на него совершенно так же, как портер за завтраком — то есть глубоко успокаивала и слегка оглушала, погружая в какое-то дремотное состояние, — с удовольствием слушал, склонив голову набок, причем рот у него приоткрылся, глаза чуть покраснели.

Внизу вилась дорога, поднимавшаяся к санаторию, по ней он вчера вечером приехал. В сырой траве откоса на коротком стебле распустилась горечавка, похожая на звезду. Часть площадки была превращена в сад и обнесена оградой; он увидел усыпанные гравием дорожки, цветочные клумбы, а под высокой елью — искусственный грот. На крытой жестью галерее, выходившей на южную сторону, стояли шезлонги, а перед нею торчал красновато-коричневый шест, на котором время от времени развевался флаг фантастической расцветки — белый с зеленым, и эмблемой медицины — змеей, обвивающей жезл.

В саду Ганс Касторп заметил женщину, уже немолодую, с угрюмым, почти трагическим лицом. Она была вся в черном, спутанные черные с проседью волосы прикрывал черный прозрачный шарф; женщина быстрым и равномерным шагом ходила взад и вперед по дорожкам, сгибая колени, деревянно опустив руки, глядя из-под насупленного лба в поперечных морщинах прямо перед собой черными, как угли, глазами, под которыми обозначились мешки. Ее уже стареющее, по-южному бледное лицо с большим, горестно кривившимся ртом напоминало Гансу Касторпу портрет знаменитой трагической актрисы, который он однажды видел, и ему стало жутко оттого, как эта черная, бледная женщина, видимо, сама того не замечая, старается шагать в такт гремевшей снизу маршевой музыке.

С задумчивым участием смотрел на нее Ганс Касторп, и ему казалось, что от этой скорбной фигуры потускнел свет утреннего солнца. Одновременно он воспринимал и многое другое — какие-то звуки в комнате слева, где, по словам Иоахима, жила русская супружеская чета; эти звуки также не соответствовали веселому свежему утру и словно пачкали его чем-то липким. Ганс Касторп вспомнил, что уже вчера вечером слышал нечто подобное, но из-за крайней усталости не обратил на это особого внимания. Теперь он явственно различал какую-то возню, хихиканье, пыхтенье, и вскоре непристойный характер этой возни стал молодому человеку совершенно очевиден, хотя вначале он из добродушия и старался все объяснить самым безобидным образом. Впрочем, добродушие это можно было истолковать различно: более пресно — как чистоту души, более возвышенно — как суровую стыдливость, более уничижительно — как лицемерие и боязнь правды и даже как благочестивый и мистический страх перед грехом; впрочем, в чувствах Ганса Касторпа было всего этого понемножку. Его лицо достойно омрачилось, он как бы желал подчеркнуть, что не хочет, да и не должен знать ничего о подобных вещах: выражение добродетельной скромности, хотя и не слишком оригинальное, появлялось у него в совершенно определенных случаях.

С той же добродетельной миной он ушел с балкона, не желая больше подслушивать, ибо происходившее за стеной считал событием очень серьезным, почти потрясающим, хотя здесь оно и совершалось с хихиканьем. Однако в комнате возня стала еще слышнее. Супруги, видимо, гонялись друг за другом среди мебели и вещей, вот упал стул, они схватили другой, кажется, наконец обнялись, затем он услышал шлепки и поцелуи, а в виде аккомпанемента к этой незримой сцене из долины неслись музыкальные фразы пошлого, захватанного вальса. Ганс Касторп стоял с полотенцем в руке и, против воли, снова прислушивался. И вдруг под слоем пудры густо покраснел: то, что явно подготовлялось, началось, любовная игра, без всяких сомнений, сменилась животным актом.

«Боже мой! Ах, черт! — подумал он, отвернулся и принялся заканчивать свой туалет, стараясь производить как можно больше шума. — Что ж, в конце концов они супруги, — продолжал он свои размышления, — пусть целуются на здоровье, с этой стороны все в порядке. Но среди бела дня, когда все проснулись, это уж слишком! Мне кажется, они и вчера вечером вели себя так же. А потом — ведь они больны, раз они здесь, или по крайней мере один из них болен, и следовало бы хоть немного поберечься. Но самое скандальное в том, что стены такие тонкие и все так отчетливо слышно, это просто безобразие! Когда строили, очевидно, гнались за дешевизной, за постыдной дешевизной! Неужели я потом встречусь с этими людьми и меня даже представят им? Это было бы в высшей степени неприятно». Но тут Ганс Касторп удивился другому, он почувствовал, что румянец, окрасивший перед тем его только что побритые щеки, на них остался, а также ощущение обжегшей лицо горячей волны; это был тот же сухой жар лица, замеченный молодым человеком еще вчера вечером; жар во время сна исчез, а сегодня, словно воспользовавшись случаем, снова появился, что отнюдь не смягчило отношения Ганса Касторпа к соседям: выпятив губы, он презрительно пробормотал нечто весьма резкое по их адресу и снова принялся освежать лицо водой, но сделал ошибку, ибо раздражающее ощущение жара усилилось. Поэтому, когда двоюродный брат сигнализировал ему, постучав в стенку, голос Ганса Касторпа дрожал от досады, и на вошедшего Иоахима он не произвел впечатление человека, отдохнувшего за ночь и полного утренней бодрости.

## ЗАВТРАК

— Здравствуй, — сказал Иоахим. — Ну как прошла твоя первая ночь здесь наверху? Ты доволен?

Иоахим был уже готов для прогулки — спортивный костюм и толстые башмаки, пальто перекинуто через руку, в боковом кармане явственно обрисовывается плоская фляжка. Он и сегодня был без шляпы.

— Спасибо, — отозвался Ганс Касторп, — ничего. О дальнейшем судить не берусь. Правда, сны я видел довольно сумбурные, а потом у дома тот недостаток, что стены очень звукопроницаемы, это неприятно. А кто та черная вон там, в саду?

Иоахим тотчас понял, кого он имеет в виду.

— А, «Tous les deux»[1], — сказал он, — так у нас ее все зовут, она только это и говорит. Понимаешь, она мексиканка, ни слова по-немецки, да и по-французски — только чуть-чуть. Живет в санатории уже пять месяцев, у нее тут старший сын, совершенно безнадежный случай, теперь ему уже недолго осталось жить, микробы сидят у него везде, он, можно сказать, насквозь отравлен, в последней стадии эта болезнь похожа на тиф, говорит Беренс; во всяком случае, для всех, кто имеет отношение к юноше, это ужас. А две недели тому назад сюда приехал второй сын, чтобы проститься с братом, прямо красавец парень, как и тот, оба они красавцы, огненные глаза, дамы прямо с ума посходили. Потом оказалось, что он и внизу уже покашливал, а вообще был весел и бодр. Но представь себе, как только очутился здесь — сразу температура 39,5, страшный озноб, его сейчас же, понимаешь, укладывают в постель, и если он когда-нибудь поднимется, говорит Беренс, это

[1] «Оба» (*фр.*).

будет чудо, какое-то особое везение. Его давно следовало отправить сюда наверх... Да, вот с тех пор мать и бродит по саду, если не сидит у него, и когда с ней заговоришь, она всегда отвечает одно: «Tous les deux», ибо знает только эти слова, а здесь нет сейчас никого, кто бы говорил по-испански.

— Вот оно что, — пробормотал Ганс Касторп, — интересно, скажет она мне то же самое, если я с ней познакомлюсь? Это звучало бы очень странно... то есть комично и страшно, — продолжал он и вдруг испытал те же ощущения, что и накануне: веки отяжелели и горят, как будто он долго плакал, а в глазах появился тот же блеск, который был вызван вчера поразившим его кашлем австрийца. И вообще у него возникло такое чувство, что возобновилась связь со вчерашним днем, что он опять вошел в курс здешней жизни, которая после его пробуждения была временно как бы прервана. Впрочем, он готов, заявил Ганс Касторп, брызнул на платок лавандовой водой, несколько раз приложил его ко лбу и к скулам. — Если хочешь, мы можем tous les deux идти завтракать, — пошутил он с какой-то вызывающей игривостью, а Иоахим вместо ответа мягко взглянул на него и загадочно улыбнулся; улыбка была меланхолической и слегка насмешливой, но почему — он, видимо, решил оставить про себя. Удостоверившись, что сигары при нем, Ганс Касторп взял трость, пальто, надел шляпу — из упрямства, ибо слишком крепко был убежден в том, что знает, как должен выглядеть цивилизованный человек, и не мог так легко на какие-то три недели отменить свои взгляды и перенять новые, чуждые ему обычаи, — и двоюродные братья отправились завтракать; они спустились по лестнице и пошли коридорами, причем Иоахим время от времени указывал на дверь той или иной комнаты и называл фамилии обитателей — немецкие и другие, чуждо звучавшие иностранные, сопровождая это короткими пояснениями относительно характера данного лица и серьезности его заболевания.

Иные уже возвращались после завтрака, и когда Иоахим здоровался с кем-нибудь, Ганс Касторп вежливо приподнимал шляпу. Он был смущен и нервничал, как обычно нервничают молодые люди, когда должны предстать перед большим обществом совершенно чужих им людей, к тому же его мучило сознание, что у него мутные глаза и красное лицо, хотя это было верно только отчасти. Он был скорее бледен.

— Да, чтобы не забыть! — вдруг проговорил он с какой-то непонятной горячностью. — Ты вполне можешь представить меня той даме в саду, если только это удобно, я ничего не имею против. Пусть говорит мне свое «tous les deux», ничего, я же подготовлен, я понимаю и отнесусь к этим словам как надо. А с русской парой я не желаю знакомиться, слышишь? Категорически не желаю. Это невоспитанные люди, и если уж я вынужден прожить три недели рядом с ними и нельзя устроить иначе, то я знать их не хочу и имею на это полное право, заявляю тебе со всей решительностью.

— Хорошо, — ответил Иоахим. — Разве они тебе так мешали? Да, они до известной степени варвары — словом, нецивилизованны, я же тебя предупреждал. Он всегда приходит к столу в кожаной куртке, до того заношенной, что я просто удивляюсь; почему Беренс не сделает ему замечания. Она тоже не вполне прилична, хотя носит шляпу с перьями... Впрочем, можешь не беспокоиться, они сидят далеко от нас — за «плохим» русским столом, ибо есть еще «хороший» русский стол, где сидят только русские аристократы, — и едва ли тебе придется с этой парой встретиться, даже если бы ты и захотел. Тут вообще нелегко заводят знакомства, хотя бы по одному тому, что среди нас очень много иностранцев; у меня у самого мало знакомых, несмотря на то что я здесь давно.

— Кто же из них двух болен? — спросил Ганс Касторп. — Он или она?

— Кажется, он, да, конечно, только он, — ответил Иоахим с явной рассеянностью, в то время как они снимали верхнее платье в гардеробе столовой. Затем они вошли в просторный светлый зал с невысоким сводчатым потолком; зал был полон жужжаньем голосов и звоном посуды, «столовые девы» бегали туда и сюда с кофейниками, над которыми вился пар. В зале стояло семь столов в продольном направлении и только два — поперек. Каждый стол предназначался для десяти человек, но, судя по числу приборов, не все места были заняты. Ганс Касторп сделал несколько шагов в сторону и оказался перед своим местом: ему накрыли на короткой стороне среднего стола, стоявшего между двумя поперечными. Взявшись за спинку стула, молодой человек церемонно и приветливо поклонился своим сотрапезникам, с которыми Иоахим его тут же торжественно познакомил, но едва ли разглядел их лица, и тем менее дошли до его сознания их фамилии. Только фамилия и внешний облик фрау Штёр запомнились ему, запомнилось красное лицо и жирные пепельно-белокурые волосы. В невежественность суждений фрау Штёр поверить было нетрудно, ибо выражение ее лица говорило о явной глупости и ограниченности. Молодой человек сел за стол, с удовольствием отметив, что и первый завтрак здесь считается такой же серьезной трапезой, как обед или ужин.

На столе стояли горшочки с мармеладом и медом, мисочки с рисовой и овсяной кашей, тарелки с омлетом и холодным мясом; особенно щедро было подано масло, и кто-то уже снял стеклянный колпак, прикрывавший швейцарский сыр «со слезкой», чтобы отрезать себе кусок, а посреди стола высилась ваза с сушеными и свежими фруктами. «Столовая дева» в черном и белом осведомилась у Ганса Касторпа, что ему угодно: какао, кофе или чай. Она была совсем маленькая, словно девочка, со старообразным длинным личиком, — да это же карлица, решил он с испугом. Он взглянул на двоюродного брата, но тот лишь вздернул плечи и брови, словно хотел сказать: «Ну и что же?» Поэтому Ганс Касторп склонился перед силой фактов и с подчеркнутой вежливостью, именно потому, что перед ним была карлица, попросил чаю и принялся за рисовую кашу с сахаром и корицей, причем его взгляд скользил и по другим кушаньям, которых ему хотелось испробовать, а также по сидевшим за семью столами пациентам; они ведь были коллегами Иоахима, его товарищами по несчастью, и все носили в себе ту же болезнь; сейчас они оживленно болтали, поглощая завтрак.

Зал был обставлен в стиле модерн, вносящем в самую деловитую простоту штрихи некоторой фантастики. Он был довольно длинный, но не очень широкий, вокруг шло подобие крытой галереи, где стояли серванты; широкие арки этой галереи были обращены внутрь, к столам. Столбы, поддерживающие арки, были до половины обшиты деревом, обработанным под сандаловое, и выше — побелены, так же как верхняя часть стен и потолок, и украшены шаблонами в виде веселых пестрых полос, повторявшихся и на широких подпружных выгибах свода. Над столами поблескивало несколько люстр из яркой латуни; каждая — в виде трех лежащих друг над другом кругов, связанных между собой изящным металлическим плетением; на нижнем, словно маленькие луны, висели матовые тюльпаны электрических ламп. В зале было четыре стеклянных двери — две на дальнем конце, они вели на веранду, третья слева — прямо в холл и, наконец, четвертая — в вестибюль, через нее вошел Ганс Касторп, ибо Иоахим провел его по другой лестнице, чем вчера вечером.

Справа от Ганса Касторпа сидело тщедушное создание в черном, с лиловатым цветом лица и тускло горевшими щеками; оно пило кофе и намазывало масло на булку; он решил, что это швея или домашняя портниха, оттого что искони этот образ связывался для него с кофе и намазанной маслом булкой. Слева его соседкой была барышня англичанка, тоже не первой молодости, очень некрасивая, с иссохшими, словно озябшими пальцами; она читала написанные круглым почерком письма с родины и прихлебывала кроваво-красный чай. За ней сидел Иоахим, потом фрау Штёр, облаченная в клетчатую шерстяную блузу. Опершись на локоть, она держала сжатую в кулак левую руку подле своей щеки, что не мешало ей кушать, и, видимо, старалась придать себе во время разговора высокообразованный вид, вздергивала верхнюю губу, открывая узкие и длинные заячьи зубы. Вскоре подле нее уселся молодой человек с жидкими усиками и таким выражением лица, словно у него во рту было что-то очень невкусное, и принялся за еду в глубоком молчании. Он вошел, когда Ганс Касторп уже сидел, затем, ни на кого не глядя, опустил подбородок на грудь, приветствуя соседей по столу, и занял свое место, показывая решительное нежелание знакомиться с новым обитателем санатория. Может быть, он был слишком болен, чтобы еще придавать значение таким условностям или вообще интересоваться окружающими. На несколько мгновений против него присела на стул молодая девушка, очень светлая блондинка. Она вылила в тарелку бутылку простокваши, быстро съела ее, загребая ложкой, и тут же снова удалилась.

Разговор за столом отнюдь не был оживленным. Иоахим болтал из вежливости с фрау Штёр, он осведомился о том, как она себя чувствует, и выразил корректное сожаление по поводу ее ответа, что можно было бы желать лучшего. Она жаловалась на «вялость». «Я такая вялая», — говорила она, растягивая слова, и при этом кривлялась, как самая некультурная женщина. Когда она встала, у нее уже было 37,3, что же будет к вечеру! Домашняя портниха сообщила, что у нее тоже такая температура, но она, наоборот, чувствует какое-то возбуждение, какую-то тревогу, непрерывное беспокойство, как будто ей предстоит что-то необыкновенное и решающее, хотя ничего подобного нет, это чисто физическое волнение, без каких-либо причин. Она, видимо, все же не была домашней портнихой, ибо выражалась очень правильно, пользуясь почти научным языком. Однако Ганс Касторп нашел эту возбужденность или хотя бы разговор о ней чем-то неуместным, почти неприличным для столь ничтожной и невзрачной особы. Он спросил у портнихи, а потом у фрау Штёр, давно ли они здесь наверху (оказалось, что первая — пять месяцев, вторая — семь), призвал на помощь все свои скудные познания в английском языке и осведомился у соседки справа, что за чай она пьет (это был настой шиповника) и приятен ли он на вкус, на что она даже с жаром заверила его, что очень вкусен, а потом стал смотреть в зал, где одни входили, другие выходили: на первый завтрак не обязательно было являться всем одновременно.

Вначале Ганс Касторп опасался каких-либо тягостных впечатлений, но вынужден был разочароваться: здесь, в столовой, все протекало очень спокойно и не было чувства, что находишься в обители горя. Загорелые молодые люди обоего пола появлялись в столовой, напевая, разговаривали с «девами» и набрасывались на завтрак, обнаруживая при этом могучий аппетит. Были здесь и более зрелые люди, супружеские пары, целое семейство с детьми, говорившее по-русски, были подростки. Почти на всех женщинах он видел обтягивающие фигуру вязаные кофточки из шерсти или шелка — так называемые свитеры, белые и цветные, с отложным воротником и боковыми карманами, и когда женщины стояли, засунув руки в эти карманы, и болтали, они казались очень изящными. За иными столами среди завтракающих по рукам ходили фотографии, недавние, бесспорно сделанные самими пациентами; за другими обменивались почтовыми марками. Больные говорили о погоде, о том, как они спали, какая у кого оказалась температура, когда они держали во рту градусник. Большинство были веселы, — вероятно, без особой причины, а лишь потому, что их не тревожили непосредственные заботы и они находились в обществе многих людей. Правда, кое-кто сидел, подперев голову руками, глядя перед собой невидящим взором. Но им не мешали глядеть перед собой и не обращали на них внимания.

Вдруг Ганс Касторп вздрогнул от обиды и негодования. Грохнула одна из дверей, та, которая находилась слева и вела прямо в холл: кто-то дал ей самой захлопнуться или даже пустил ее с размаху, притом с таким шумом, который Ганс Касторп не терпел, ненавидел с детства. Может быть, ненависть была вызвана его воспитанием, может быть, это была врожденная идиосинкразия, но он не выносил хлопанья дверями и способен был, кажется, прибить всякого, кто провинился бы в этом у него на глазах. Кроме того, верхняя часть двери состояла из небольших стекол, поэтому хлопанье дверью сопровождалось еще звоном и дребезгом. «Черт возьми, — подумал Ганс Касторп в бешенстве, — что за треклятая небрежность!» Но тут с ним заговорила портниха, и ему так и не удалось установить, кто именно совершил столь возмутительное деяние. И когда он ответил портнихе на ее вопрос, морщины, залегшие между его белокурыми бровями, не разгладились и с лица не сошло страдальческое выражение.

Иоахим осведомился относительно врачей; да, они уже были здесь, отозвался кто-то, и ушли в ту минуту, когда появились двоюродные братья. Тогда и ждать незачем, сказал Иоахим. В течение дня он, конечно, найдет случай представить им Ганса Касторпа. Однако в дверях они почти столкнулись с гофратом Беренсом, который в сопровождении доктора Кроковского стремительно входил в столовую.

— Гопля, осторожнее, господа! — сказал Беренс. — Дело могло кончиться очень плохо для мозолей обеих сторон. — Он говорил с резко выраженным нижнесаксонским акцентом, тянул слова и мямлил.

— Ну вот и *вы*, — обратился он к Гансу Касторпу, которого Иоахим, сдвинув каблуки, ему представил. — Что ж, очень рад. — И подал молодому человеку широченную, словно лопата, руку. Это был костлявый человек, головы на три выше Кроковского, уже совсем поседевший, с крутым затылком, крупными, навыкате, чуть слезящимися синими глазами, вздернутым носом и коротко подстриженными усиками, которые казались перекошенными из-за шрама, белевшего в уголке верхней губы. Иоахим сказал правду о его щеках — они были синими; таким образом, голова его казалась особенно красочной и еще оттенялась белым хирургическим халатом, вернее белым кителем с хлястиком; китель был ниже колен и открывал полосатые брюки и громадные ножищи в желтых, уже поношенных высоких ботинках со шнурками. В профессиональной одежде был и доктор Кроковский, с той разницей, что халат с резиновыми нарукавниками у него был люстриновый, черный, сшитый наподобие длинной блузы и особенно подчеркивал бледность его лица. Он держался только как ассистент и ни в какой мере не участвовал в знакомстве с вновь прибывшим, хотя едва уловимая усмешка на его губах показывала, что его подчиненное положение кажется ему более чем странным.

— Двоюродные братья? — спросил гофрат, показав рукой сначала на одного из молодых людей, потом на другого и глядя на них как-то снизу своими налитыми кровью синими глазами... — Он что — тоже мечтает напялить военный мундир? — обратился Беренс к Иоахиму и мотнул головой в сторону Ганса Касторпа... — Боже упаси, да? — И продолжал, обращаясь уже непосредственно к Гансу Касторпу: — Я сразу заметил — в вас есть что-то такое гражданское, комфортабельное, а не бряцающее оружием, как у этого вот ротного командира. Держу пари, вы были бы лучшим пациентом, чем он. Я сразу по человеку вижу, толковый из него выйдет пациент или нет, чтобы быть пациентом — для этого тоже нужен талант, талант для всего нужен, а у этого мирмидонца таланта нет ни на грош. Насчет маршировок — не знаю, а к тому, чтобы быть больным — никакого. Поверите ли — все время стремится уехать, терзает и мучит меня и ждет не дождется, когда его там внизу заберут в казарму. Усердие неслыханное, описать невозможно! Даже полгодика не хочет нам подарить. И притом ведь у нас же тут совсем неплохо, сознайтесь, Цимсен, ведь неплохо! Да, ваш кузен сумеет лучше оценить нас, чем вы, уж он найдет чем развлечься. И в дамах у нас тут нет недостатка — есть даже прелестные особы. По крайней мере наружность у многих весьма живописная. Но слушайте, *вы* должны себе нагулять цвет лица получше, не то успеха у дам не будет. Правда, «древо жизни зеленеет», но для лица зеленое не совсем подходящий цвет. Конечно, общее малокровие, — продолжал он, бесцеремонно подошел к Гансу Касторпу вплотную и оттянул ему веко указательным и средним пальцем. — Разумеется, общее малокровие, так я и думал. Знаете что? Вы сделали очень умно, что на некоторое время предоставили ваш Гамбург самому себе. Мы должны быть ему весьма благодарны: он поставляет нам немалый контингент больных со своей бодро-сырой метеорологией. Но если я смею дать вам в этом случае совет — нет, отнюдь не предписание, а совсем sine pecunia[1], знаете ли, — пока вы здесь, проделывайте-ка все то, что и ваш брат. В вашем случае нет ничего разумнее, как пожить некоторое время так, будто у вас легкий tuberculosis pulmonum[2], и прибавить немножко белка. У нас тут происходит любопытная штука с этим белковым обменом... Хотя общее сгорание в организме усиливается, все же белок прибавляется... А вы, Цимсен, как спали? Хорошо? Отлично, да? Ну, продолжайте вашу увеселительную прогулку. Но не больше получаса. А потом суйте в рот ртутную сигару. И каждый раз аккуратно записывайте, Цимсен! Как на службе! Добросовестно! А в субботу я

[1] Бесплатно (*лат.*).
[2] Туберкулез легких (*лат.*).

посмотрю кривую. Пусть ваш двоюродный брат тоже с вами мерит. Это не повредит. До свидания, господа! Желаю приятно провести время. Доброе утро... Доброе утро... — И, сопровождаемый доктором Кроковским, он помчался дальше, загребая руками с вывернутыми назад ладонями и бросая направо и налево вопросы о том, хорошо ли его больные спали, на что все отвечали утвердительно.

## ШАЛОСТИ. ПОСЛЕДНЕЕ ПРИЧАСТИЕ. ПРЕРВАННОЕ ВЕСЕЛЬЕ

— Милейший человек, — сказал Ганс Касторп, когда они, обменявшись поклонами с портье, который сидел за своей конторкой и разбирал письма, вышли через главный подъезд санатория. Подъезд находился на юго-восточной стороне белого оштукатуренного здания, средняя часть дома была на этаж выше, чем флигеля, и ее венчала небольшая башенка с часами, крытая выкрашенным под шифер листовым железом. Выйдя с этой стороны, они сразу же, минуя сад, очутились за пределами санаторской территории и увидели прямо перед собою горные луга на склонах, растущие вокруг одинокие мощные пихты и скрюченные карликовые сосны. Дорога, по которой зашагали двоюродные братья, — в сущности, никакой другой и не было, кроме шоссе, спускавшегося в долину, — дорога, слегка поднимаясь в гору, вела влево, мимо задней стены санатория, кухонь и хозяйственных построек, где у решеток подвальных лестниц стояли железные бочки для отбросов, тянулась еще некоторое время в том же направлении, затем под острым углом сворачивала вправо и, становясь все круче, взбегала на склон, поросший редким леском. Она была каменистая, красноватая и еще слегка сырая от росы, по краям местами лежали обломки скал. Оказалось, что кузены не одни решили прогуляться. Те, кто кончил завтракать позднее, поднимались за ними по пятам, и целые группы уже спускались им навстречу, упираясь в землю ногами, как это делают обычно при спуске с горы.

— Милейший человек! — повторил Ганс Касторп. — И такой остроумный, разговор с ним доставил мне истинное удовольствие. Назвать градусник «ртутной сигарой» — это же прелесть, и сразу понятно, о чем речь... Но теперь я все-таки закурю настоящую, — добавил он, приостанавливаясь, — больше не могу терпеть! Со вчерашнего полдня ничего приличного не курил... Извини, пожалуйста!.. — И он извлек из своего кожаного портсигара с серебряной монограммой экземпляр «Марии Манчини», отличный экземпляр высшего качества, плоский с одного конца, — такие он особенно любил, — и отрезал кончик специальным острым ножичком, который носил на цепочке часов; потом чиркнул зажигалкой, раскурил довольно длинную сигару с тупого конца и сделал несколько глубоких затяжек, выпуская кольца дыма.

— Так! — сказал он. — А теперь мы можем, если хочешь, продолжать нашу увеселительную прогулку. Ты, конечно, не куришь ввиду чрезмерно усердного лечения.

— Я же вообще не курю, — отозвался Иоахим. — С какой стати я бы начал курить здесь?

— Не понимаю! — возразил Ганс Касторп. — Не понимаю, как это можно! Ты лишаешь себя, так сказать, одного из лучших благ существования и уж во всяком случае огромного удовольствия! Когда я просыпаюсь, то заранее радуюсь, что вот в течение дня буду курить, и когда ем, тоже радуюсь; по правде говоря, я и ем-то лишь ради того, чтобы затем покурить... Ну, это я, конечно, преувеличиваю. Но день без табака мне казался бы невыносимо пустым, это был бы совершенно безрадостный, унылый день; и если бы завтра пришлось сказать себе: сегодня курить будет нечего, — кажется, у меня не хватило бы мужества подняться с постели, уверяю тебя, я бы так и остался лежать. Видишь ли, когда у человека есть хорошая сигара — конечно, если она хорошо тянется и сбоку не проходит воздух, это очень раздражает, — если есть такая сигара, то уже ничего не страшно, тебе в буквальном смысле слова ничто не может угрожать. Все равно как на берегу моря, лежишь себе и лежишь, и все тут, верно? И ничего тебе не нужно, ни работы, ни развлечений... Люди, слава Богу, курят на всем земном шаре, и нет, насколько мне известно, ни одного уголка земли, — куда бы тебя ни забросило, — где бы курение было неизвестно. Даже полярные исследователи запасают как можно больше курева, чтобы легче переносить лишения, и когда я читал об этом, они вызывали во мне особую симпатию. Ведь человек всегда может очутиться в тяжелом положении... Ну допустим, пошатнулись бы мои дела... но пока у меня есть сигара — я все выдержу, уверен... она поможет мне справиться.

— И все-таки в том, что ты так зависишь от курения, есть какая-то распущенность, — сказал Иоахим. — Беренс совершенно прав: ты человек сугубо штатский, — хотя он сказал это скорее в похвалу тебе, — но дело в том, что твоя штатскость неисправима. А вообще — ты же здоров и можешь делать все, что тебе угодно, — продолжал он, и в его взгляде появилась усталость.

— Да, так здоров, что дошел до анемии, — отозвался Ганс Касторп. — Он же мне в лицо заявил, что я презеленый, — кажется, достаточно. Впрочем, я и сам вижу, насколько я в сравнении с вами действительно какой-то зеленый, дома я этого не замечал. Но потом он мне тут же надавал советов, и притом sine pecunia, как он выразился. Тоже очень мило с его стороны. Я охотно буду выполнять эти советы и во всем подражать тебе... Да и что еще, собственно говоря, делать здесь у вас наверху?.. И мне нисколько не повредит, если я, во имя Божье, прибавлю белка, хотя, согласись, это звучит даже как-то противно.

На ходу Иоахим раза два слегка покашливал — подъем все же, видимо, утомлял его. Когда он закашлялся в третий раз, он нахмурился и остановился.

— Иди, я догоню тебя, — сказал он. Ганс Касторп торопливо устремился дальше, не оглядываясь. Потом начал все больше замедлять шаг, он уже почти не двигался с места, ибо ему казалось, что он ушел слишком далеко вперед. Но и тут он не оглянулся.

Ему навстречу шла группа больных — мужчин и женщин, он видел их перед тем на ровной дороге, тянувшейся поперек склона; теперь они спускались, упираясь ногами в землю, и он слышал их разноголосый говор. Их было человек шесть-семь, самых разных возрастов, одни — еще совсем юнцы, другие — уже в более зрелых летах. Он смотрел на них, склонив голову набок, а сам думал об Иоахиме. Все они были загорелые, без шляп, дамы в ярких свитерах, мужчины без пальто и даже без тростей, как люди, которые, засунув руки в карманы, просто вышли на минутку пройтись перед домом. Дорога вела под гору, а спуск не требует особого напряжения, нужно лишь слегка тормозить и упираться ногами, чтобы не побежать вниз и не начать спотыкаться; поэтому их походка была скорее отдачей себя плавному падению, и в ней чувствовалась какая-то окрыленность, какое-то легкомыслие, оно передавалось их лицам, всему их внешнему облику, и невольно возникало желание к ним присоединиться.

Вот они поравнялись с ним — Ганс Касторп видел каждого совершенно отчетливо. Оказывается — не все загорели, две дамы выделялись своей бледностью: одна — тощая, как жердь, с лицом цвета слоновой кости, другая — маленькая и жирная, в некрасивых родимых пятнах. Все они смотрели на него с одинаковой дерзкой усмешкой. Долговязая молодая девица, неряшливо завитая, в зеленом свитере, прошла с полузакрытыми глазами так близко от Ганса Касторпа, что едва не задела его локтем. И притом она еще посвистывала... Тут было отчего сойти с ума! Она освистывала его, но не ртом, губы ее не были вытянуты вперед, а наоборот, крепко сжаты. Что-то свистело у нее внутри, а она поглядывала на него с глупым видом, полузакрыв глаза; это был удивительно неприятный свист, хриплый, режущий и все же глухой, протяжный и в конце переходящий в другой тон; он напоминал тот особый жалобный свист, который издают надутые воздухом ярмарочные свинки, когда они выпускают из себя воздух и съеживаются, но звук этот каким-то непонятным образом вырывался из груди девушки. Наконец компания прошла, а с нею и свистунья.

Ганс Касторп стоял неподвижно и растерянно глядел перед собой. Затем торопливо обернулся, он понял одно: отвратительный свист был, как видно, шуткой, заранее подготовленной каверзой, ибо плечи удалявшихся тряслись от смеха, а какой-то коренастый толстогубый подросток, который, засунув руки в карманы брюк, пренеприлично задирал куртку, обернулся, без стеснения посмотрел на него и захохотал.

В это время подошел Иоахим. Приветствуя гуляющих, он по военной привычке вытянулся и, сдвинув каблуки, поклонился; затем устремил свой мягкий взгляд на двоюродного брата и шагнул к нему.

— Что с тобой? — спросил Иоахим.

— Она свистела, — ответил Ганс Касторп, — она свистела животом, когда проходила мимо меня. Ты можешь мне объяснить, что это такое?

— Ах, вот что, — ответил Иоахим и пренебрежительно усмехнулся. — Да не животом вовсе, вздор какой! Это Клеефельд, Гермина Клеефельд, она свистит пневмотораксом.

— Чем? — спросил Ганс Касторп. Он был ужасно взбудоражен, хотя сам хорошенько не понимал отчего. И, не то плача, не то смеясь, заявил: — Ты не можешь от меня требовать, чтобы я разбирался во всей вашей абракадабре!

— Идем же, — сказал Иоахим. — Я ведь могу объяснить тебе и по пути. А ты точно к земле прирос. Это из области хирургии, как ты сам понимаешь, некая операция, которую делают здесь наверху очень часто. Беренс здорово наловчился... Когда одно легкое слишком поражено, понимаешь ли, а другое — здорово или сравнительно здорово, то больное на некоторое время освобождают от работы, чтобы поберечь его... А происходит это так: где-то тут, сбоку, делают разрез — я точно не знаю, в каком месте. Но Беренс — мастер на такие штуки; а затем в человека накачивают газ, азот, понимаешь ли, и таким образом выключают пораженное легкое. Конечно, газ держится недолго, через две недели нужно опять накачивать; газ как бы сдавливает легкое, представляешь себе? А если продолжать в течение года или дольше и все идет как следует, то в легком благодаря покою может произойти заживление. Не всегда, разумеется, и вообще это рискованное предприятие. Но говорят, что с помощью пневмоторакса уже достигают блестящих результатов. Он у всех, кого ты сейчас встретил. У фрау Ильтис, — знаешь, та, с родимыми пятнами, и у фрейлейн Леви, — помнишь, худая, она долго лежала в постели. Они все подружились, ведь такая вещь, как пневмоторакс, естественно, сближает людей, вот эти даже основали «Союз однолегочных» и известны под этим названием. Но гордость их союза — это Гермина Клеефельд, потому что она умеет свистеть пневмотораксом, — у нее просто талант, он дан не всякому. Как уж она это делает, тоже не скажу тебе, да она и сама вряд ли объяснит. Но после быстрой ходьбы она может свистеть изнутри и, конечно, этим пользуется, чтобы людей пугать, особенно новичков. Все же, мне кажется, при этом расходуется слишком много азота. Ей делают вдувание каждую неделю.

Ганс Касторп рассмеялся; его волнение после слов Иоахима разрешилось веселостью, он прикрыл глаза рукой, слегка наклонился вперед, и плечи его затряслись от неудержимого, судорожного хихиканья.

— И что же, их союз зарегистрирован? — спросил он, с трудом выговаривая слова; от усилий сдержать смех он произнес их каким-то жалобным, почти плачущим тоном. — И у них есть свой устав? Жаль, что ты не состоишь в нем, именно ты, тогда они могли бы принять и меня как почетного гостя или как... корпоранта... Ты бы попросил Беренса, чтобы он и тебя частично «выключил», может быть, и ты научился бы свистеть, ведь этому можно в конце концов научиться... Нет, ничего смешнее в жизни своей не слышал, — докончил он, глубоко вздохнув. — Ты прости, что я так говорю об этом, но сами-то они, видимо, пребывают в отличном настроении, твои пневматические друзья! Как они шествовали... Подумать только, что это был «Союз однолегочных». Тьююю — выводит она, проходя мимо меня... прямо сумасшедшая какая-то! Но ведь это же отчаянное озорство! Почему они такие отчаянные, можешь ты мне объяснить?

Иоахим искал слов для ответа.

— Господи, — ответил он наконец, — но ведь они же совершенно *свободны*! Я хочу сказать, все они молоды, время не имеет для них никакого значения, и потом они же могут умереть. Зачем же им тогда напускать на себя серьезность? Я иногда думаю: болезнь и смерть — это дело несерьезное, своего рода тунеядство, серьезна, собственно говоря, только жизнь там внизу. Я думаю, ты поймешь это со временем, когда побудешь здесь подольше.

— Наверно, — ответил Ганс Касторп. — Я даже убежден. Вы все тут наверху очень заинтересовали меня, а когда чем-нибудь интересуешься, то приходит и понимание... Но что это со мной... сигара кажется мне невкусной! — И он посмотрел на свою сигару. — Я все время удивляюсь, почему мне не по себе, а, оказывается, дело в «Марии», она какая-то неприятная. Точно папье-маше во рту, и такое ощущение, будто совсем испорчен желудок. Непостижимо! Правда, я ел за завтраком больше, чем обычно, но это же не может быть причиной... Когда переешь, сигара кажется особенно вкусной. Как ты думаешь, может это быть оттого, что я плохо спал? И расклеился? Фу, остается только выбросить ее! — заявил он, снова взяв в рот сигару. — Что ни затяжка — то огорчение, нет смысла насиловать себя. — И, поколебавшись еще мгновение, он швырнул сигару с откоса, в сырую хвою. — А знаешь, с чем, я убежден, это связано? — спросил он... — Я глубоко убежден, что это как-то связано с проклятым жаром лица. Он опять меня мучит с тех пор, как я встал. Черт его знает почему — все время такое ощущение, будто я горю от стыда... У тебя тоже так было, когда ты приехал?

— Да, — ответил Иоахим. — И я вначале чувствовал себя как-то странно. Да ты не беспокойся! Я же сказал тебе, что тут у нас не так легко привыкают. Но и у тебя все это придет в порядок. Вон, посмотри, как удачно поставлена та скамеечка. Давай посидим, а потом двинемся домой. Мне пора лежать на воздухе.

Дорога стала ровной. Она шла в сторону Давоса, примерно на трети высоты горного склона, среди тощих, искривленных ветрами сосен, и с нее был виден поселок, белевший в более ярком свете. Простая деревянная скамья, на которую они опустились, опиралась спинкой о крутую скалистую стену. Совсем рядом, по открытому деревянному желобу, с журчанием и плеском сбегала в долину вода.

Иоахим начал было называть двоюродному брату окутанные облаками альпийские вершины, замыкавшие долину с юга, указывая на каждую горной палкой. Но Ганс Касторп едва удостаивал их взгляда. Он сидел, наклонившись вперед, и концом своей отделанной серебром городской тросточки рисовал на песке; его интересовало другое.

— Что я хотел тебя спросить, — начал он. — Значит, этот случай в моей комнате произошел перед самым моим приездом. А скажи, с тех пор как ты здесь, много у вас было смертных случаев?

— Не один и не два — это уж наверное, — ответил Иоахим. — Но, понимаешь ли, это происходит незаметно, мы и не узнаем о них, разве что случайно, позднее, а так, если кто-нибудь умирает, все совершается в полной тайне, больных оберегают, особенно дам, иначе с ними легко может сделаться истерика. Поэтому когда рядом с тобой человек кончается, ты даже не знаешь этого. И гроб приносят чуть свет, когда ты еще спишь, и уносят покойника в те часы, когда никого нет, например — во время обеда.

— Гм... — пробормотал Ганс Касторп и продолжал рисовать на песке. — Значит, такого рода события происходят за кулисами...

— Да, пожалуй. Но вот недавно... постой, примерно месяца два тому назад...

— Тогда не говори недавно... — сухо и настороженно поправил его Ганс Касторп.

— Что? Ну тогда не недавно. А ты не придирайся. Я ведь сказал просто так, наугад. Значит, некоторое время тому назад мне все-таки пришлось заглянуть за кулисы, это вышло чисто случайно, я все помню, как сейчас. К маленькой Гуйус — она была католичкой — пришли со святыми дарами, чтобы перед смертью причастить ее и соборовать. Когда я сюда приехал, она еще ходила и такая была веселая, шаловливая, как и полагается подростку. А потом ее сразу скрутило, она уже не могла подняться, — она лежала через три комнаты от меня, — и вот приехали ее родители, а потом явился и священник. Он явился под вечер, когда все сидели за чаем и в коридорах не было ни души. Я, представь, проспал, заснул во время главного лежания, не слышал гонга и опоздал на четверть часа. Поэтому в решительную минуту я оказался не там, где все, и попал за кулисы, как ты выразился; и вот иду я по коридору, а они мне навстречу, в кружевных стихарях, впереди служка с крестом, крест золотой, на нем фонари, прямо погремушка с бубенчиками, которую несут перед оркестром янычар.

— Я считаю такое сравнение неуместным, — заметил Ганс Касторп не без строгости.

— Ну, мне так показалось. Невольно напомнило. Но слушай дальше. Значит, спешат они мне навстречу, чуть не бегом, впереди служка с крестом, затем священник в очках, а потом еще мальчик с кадильницей. Священник прижимает к груди причастие, чаша была накрыта, голову он смиренно склонил набок — это же их святая святых.

— Именно потому, — сказал Ганс Касторп, — именно потому меня и удивляет, что ты сравниваешь крест с погремушкой...

— Согласен. Но подожди, если бы ты попал в мое положение, ты тоже не знал бы, как ко всему этому отнестись, только во сне такое привидится...

— Что именно?

— Да вот это. И я спрашиваю себя, как мне держаться при подобных обстоятельствах. Снять шляпу я не могу, ибо ее у меня нет...

— Вот видишь! — торопливо перебил его опять Ганс Касторп. — Вот видишь, у человека должна быть шляпа на голове! Конечно, мне сразу бросилось в глаза, что вы здесь наверху не носите шляп. Но она должна быть, на случай, если ее придется снять... когда потребуют приличия... Что же дальше?

— Я отошел к стене, — продолжал Иоахим, — остановился в почтительной позе и, когда они дошли до комнаты маленькой Гуйус, номер двадцать восьмой, слегка наклонил голову. По-моему, священник обрадовался, что я поклонился; он очень вежливо поблагодарил меня и снял свою шапочку; потом они тут же останавливаются, мальчик с кадилом стучит в дверь, нажимает ручку и пропускает священника вперед. И вот представь себе и вообрази мой ужас и мои ощущения! В минуту, когда священник переступает порог, кто-то в комнате взвизгивает отчаянно, пронзительно — я ничего подобного не слышал — три, четыре раза подряд, а потом начинается крик, беспрерывный, несмолкающий, он вырывается из широко раскрытого рта, знаешь, вот так: «Аа-ааа...» И в этом крике такая жалоба, такой ужас и негодование, что передать невозможно, а мгновениями — раздирающая сердце мольба. И вдруг этот крик становится глухим и далеким, точно он опустился в землю и доносится из глубокого погреба.

Ганс Касторп порывисто обернулся к двоюродному брату.

— И это была маленькая Гуйус? — спросил он взволнованно. — А потом — что это значит «из глубокого погреба»?

— Она заползла под одеяло! — сказал Иоахим. — Нет, ты представь, что я испытывал! Священник остановился у самого порога и говорил успокаивающие слова, как сейчас вижу его, он то вытягивал шею, то втягивал голову в плечи. Человек с крестом и служка стояли растерянные, не решаясь войти. А мне было между ними видно, что делается в комнате. Комната совершенно такая же, как твоя и моя, слева от двери у стены кровать, и возле изголовья столпилась кучка людей, — конечно, родители и близкие, — и они уговаривают, склонившись над постелью, а на ней видно только что-то бесформенное, и оно молит исступленно, негодует, брыкается...

— Ты говоришь, она брыкалась?

— Изо всех сил! Но все было напрасно. Она вынуждена была причаститься святых тайн. Священник подошел к ней, вошли оба его спутника, кто-то притворил дверь. Однако я успел еще увидеть: на миг приподнимается растрепанная белокурая голова маленькой Гуйус, девочка смотрит на священника широко раскрытыми от ужаса глазами, они совсем белые, без цвета, потом опять раздается «ай-ой», и она снова ныряет под простыню.

— И ты мне рассказываешь такую вещь только теперь? — помолчав, проговорил Ганс Касторп. — Я не понимаю, как ты вчера вечером не вспомнил об этом. Но, Боже мой, ведь у нее, очевидно, было еще очень много сил, раз она так сопротивлялась. Для этого ведь необходимы силы. За священником надо посылать, только когда человек уж совсем ослабеет...

— Она и ослабела, — возразил Иоахим. — О!.. Много кой-чего можно было бы порассказать; самое трудное — начало, выбор... Она была на самом деле очень слаба, только страх придал ей такую силу. Ей было страшно до ужаса, она же почуяла, что скоро умрет. Ведь совсем молоденькая девушка, как тут в конце концов не извинить ее? Но иногда и мужчины ведут себя так же, а уж это непростительное безволие! Впрочем, Беренс умеет с ними разговаривать, он в таких случаях находит нужный тон!

— Какой же тон? — спросил Ганс Касторп, насупившись.

— «Пожалуйста, не ломайтесь», говорит он, — продолжал Иоахим. — По крайней мере он совсем недавно сказал это одному умирающему — мы узнали об этом от старшей сестры, она помогала держать больного. Был у нас такой, напоследок он разыграл отвратительную сцену, ни за что не хотел умирать. Тогда-то Беренс на него и накинулся. «Пожалуйста, не ломайтесь», — заявил он, и пациент мгновенно утихомирился и умер совершенно спокойно.

Ганс Касторп хлопнул себя рукой по колену и, откинувшись на спинку скамьи, взглянул на небо.

— Послушай, но это уж слишком! — воскликнул он. — Накидывается на человека и прямо заявляет: «Не ломайтесь!» Это умирающему-то! Нет, это уж слишком! Умирающий в какой-то мере заслуживает уважения. Нельзя же его так, ни с того ни с сего... Ведь умирающий, хочу я сказать, как бы лицо священное...

— Не отрицаю, — отозвался Иоахим. — Но если он такая тряпка...

— Нет! — настойчиво продолжал Ганс Касторп с упорством, которое отнюдь не соответствовало возражениям двоюродного брата. — Нет, умирающий — это существо гораздо более благородное, чем какой-нибудь ражий болван, который разгуливает себе по жизни, похохатывает, зашибает деньгу и набивает пузо. Так нельзя... — И голос его странно дрогнул. — Нельзя так, ни за что ни про что... — Он не договорил: как и вчера, на него напал неудержимый смех, этот смех вырывался из глубины его существа, сотрясая все тело, смех столь неодолимый, что Ганс Касторп невольно закрыл глаза, и из-под век выступили слезы.

— Тсс! — вдруг остановил его Иоахим. — Молчи, — прошептал он и толкнул в бок трясшегося от неудержимого хохота молодого человека. Ганс Касторп открыл затуманенные слезами глаза.

По дороге слева к ним приближался какой-то господин в светлых клетчатых брюках; это был хорошо сложенный брюнет с изящно подкрученными черными усами. Приблизившись, он обменялся с Иоахимом утренним приветствием, причем в устах господина приветствие это прозвучало особенно отчетливо и певуче; затем он оперся на свою трость и, скрестив ноги, остановился в грациозной позе перед Иоахимом.

## САТАНА

Возраст незнакомца трудно было определить, — вероятно, что-нибудь между тридцатью и сорока годами; хотя, в общем, он производил впечатление человека еще молодого, однако его виски слегка серебрились и шевелюра заметно поредела. Две залысины, тянувшиеся к узкому, поросшему жидкими волосами темени, делали лоб необычно высоким. Его одежду, состоявшую из широких брюк в светло-желтую клетку и длинного сюртука из ворсистой материи, с двумя рядами пуговиц и очень широкими лацканами, отнюдь нельзя было назвать элегантной; двойной высокий воротничок от частых стирок по краям уже слегка обмахорился, черный галстук также был потрепан, а манжет незнакомец, видимо, вовсе не носил — Ганс Касторп угадал это по тому, как обвисли концы рукавов.

И все-таки было ясно, что перед ними не человек из народа; об этом говорило и интеллигентное выражение лица, и свободные, даже изысканные движения. Однако эта смесь потертости и изящества, черные глаза, мягкие, пушистые усы тотчас напомнили Гансу Касторпу тех музыкантов-иностранцев, которые на Рождество ходят у него на родине по дворам с шарманкой и потом, подняв к окнам бархатные глаза, протягивают мягкую шляпу, ожидая, что им бросят монету в десять пфеннигов. «Настоящий шарманщик!» — подумал про себя Ганс Касторп. Поэтому он и не удивился фамилии незнакомца, когда Иоахим поднялся со скамьи и с некоторым смущением представил их друг другу.

— Мой двоюродный брат Касторп, господин Сеттембрини.

Ганс Касторп, еще со следами неумеренной веселости на лице, также поднялся, чтобы поздороваться. Но итальянец в вежливых выражениях попросил его не беспокоиться и заставил снова опуститься на скамью, а сам продолжал стоять в той же грациозной позе. Улыбаясь, поглядывал Сеттембрини на двоюродных братьев, особенно на Ганса Касторпа, и в умной, чуть иронической усмешке, затаившейся в самом уголке рта, там, где ус красиво загибался кверху, было что-то своеобразное, словно призывавшее к бдительности и ясности духа; Ганс Касторп как-то сразу протрезвел, и ему стало стыдно.

— Я вижу, господа, вы в веселом настроении — и правильно делаете, правильно. Великолепное утро! Небо голубое, солнце смеется... — И легким пластичным движением воздел он маленькую желтоватую ручку к небу и одновременно искоса метнул на них снизу вверх лукавый взгляд. — Можно даже позабыть, где находишься.

В его немецкой речи не чувствовалось никакого иностранного акцента, и лишь по той отчетливости, с какой он произносил каждый слог, можно было признать в нем чужеземца. Ему даже как будто доставляло удовольствие выговаривать слова. И слушать его было приятно.

— Надеюсь, вы хорошо доехали? — обратился он к Гансу Касторпу. — И приговор уже произнесен? Я хочу сказать: мрачный церемониал первого осмотра уже состоялся? — Здесь ему следовало бы умолкнуть и подождать, что скажет Ганс Касторп, если бы его это интересовало, ибо он задал определенный вопрос и молодой человек намеревался на него ответить. Но Сеттембрини тут же продолжал: — К вам были снисходительны? Из вашей смешливости... — он на мгновение умолк, и саркастическая складка, таившаяся в уголке его рта, стала заметнее, — можно сделать разные выводы. На сколько же месяцев вас засадили в нашу каталажку Минос и Радамант? — Слово «каталажка» прозвучало в его устах особенно забавно. — Мне предоставляется угадать самому? На шесть? Или сразу на девять? Тут ведь не скупятся...

Ганс Касторп удивленно рассмеялся, в то же время силясь припомнить, кто же такие Минос и Радамант. Он ответил:

— Ничего подобного. Нет, вы ошиблись, господин Сентеб...

— Сеттембрини, — поправил его итальянец быстро и четко, отвесив шутливый поклон.

— Господин Сеттембрини, прошу меня извинить. Нет, вы все же ошиблись. Я приехал всего на три недели — навестить моего двоюродного брата Цимсена и хочу воспользоваться этим случаем, чтобы тоже немного поправиться...

— Черт побери, значит, вы не из наших? Вы здоровы и только гостите здесь, подобно Одиссею в царстве теней? Какая смелость — спуститься в бездну, где в бессмысленном ничтожестве обитают мертвые...

— В бездну, господин Сеттембрини? Разрешите с вами не согласиться! Мне пришлось, наоборот, вскарабкаться к вам на высоту целых пяти тысяч футов...

— Это вам только так показалось! Даю слово, то была иллюзия! — продолжал Сеттембрини, сделав решительное движение рукой. — Мы низко павшие создания, не правда ли, лейтенант? — обратился он к Иоахиму, которому очень польстило, что тот назвал его лейтенантом; но он попытался это скрыть и спокойно ответил:

— Мы действительно здесь немного опустились. Но в конце концов можно сделать над собой усилие и снова выпрямиться.

— Да, я верю, что вы на это способны, вы человек порядочный. Так, так, так, — задумчиво сказал Сеттембрини, резко подчеркивая звук «т»; потом опять повернулся к Гансу Касторпу, трижды прищелкнул языком и проговорил: — Вот, вот, вот, — снова подчеркивая букву «т»; он пристально уставился в лицо новичка, его глаза стали неподвижными, точно у слепого; потом они снова ожили, и он продолжал:

— Значит, вы явились сюда наверх к нам, опустившимся, вполне добровольно и намерены на некоторое время удостоить нас общением с вами? Что ж, прекрасно. А какой же срок изволили вы себе наметить? Сознаюсь, нетактичен. Но меня удивляет, какими смелыми становятся люди, когда решают они сами, а не Радамант.

— Три недели, — сказал Ганс Касторп с несколько кокетливой небрежностью, ибо заметил, что вызывает зависть.

— O dio![1] Три недели! Вы слышали, лейтенант? Разве не чудится вам даже нечто дерзостное, когда человек заявляет: «Я приехал сюда на три недели, а потом снова уеду»? Мы, сударь, если мне будет позволено просветить вас, свое пребывание здесь неделями не мерим. Наша самая малая мера — месяц. В наших исчислениях мы придерживаемся высокого стиля, больших масштабов, это привилегия теней. У нас есть и другие, но все они того же рода. Осмелюсь спросить, какова ваша профессия в жизни, или, сказать точнее, к какой вы готовитесь? Видите, наше любопытство не ведает узды, ибо и его мы считаем своей привилегией.

— Пожалуйста, я отвечу вам очень охотно, — отозвался Ганс Касторп. И он сообщил о себе все, что мог.

— Кораблестроитель! Но это же грандиозно! — воскликнул Сеттембрини. — Поверьте мне, грандиозно, хотя мои способности устремлены на иное.

— Господин Сеттембрини — литератор, — пояснил Иоахим несколько смущенно. — В немецких газетах был напечатан его некролог Кардуччи... ну, знаешь, Кардуччи? — И смутился еще больше, ибо кузен удивленно посмотрел на него, словно желая сказать: «А тебе-то что-нибудь известно об этом Кардуччи? Видимо, так же мало, как и мне?»

— Верно, — сказал итальянец, кивнув головой. — Я имел честь поведать вашим соотечественникам об этом свободомыслящем и великом поэте после того, как жизнь его, увы, прервалась. Я знал

[1] О Боже! (*ит.*)

его и вправе называть себя его учеником. В Болонье я сидел у его ног. Ему обязан я и своим образованием, и своей жизнерадостностью. Но ведь мы говорили о вас. Итак, вы кораблестроитель? А знаете ли вы, что сразу выросли в моих глазах? Вот вы сидите передо мной, и вдруг оказывается, что вы представляете собой целый мир труда и практического гения!

— Но послушайте, господин Сеттембрини, я же, собственно говоря, еще студент, я только начинаю.

— Разумеется. И всякое начало трудно. Да и вообще трудна всякая работа, если она заслуживает этого названия, не правда ли?

— Вот уж верно, черт возьми! — согласился Ганс Касторп от всей души.

Сеттембрини удивленно поднял брови.

— Вы даже черта призываете в подтверждение своих слов? Сатану — собственной персоной? А известно ли вам, что мой великий учитель написал ему гимн?

— Позвольте, — удивился Ганс Касторп, — гимн черту?

— Вот именно. Его иногда распевают у меня на родине, на празднествах. «O salute, o Satana, o Ribellione, o forza vindice delia Ragione...»[1] Великолепная песнь! Но это едва ли тот черт, которого вы имели в виду, ибо мой — в превосходных отношениях с трудом. А упомянутый вами — ненавидит труд, он должен его бояться; это, вероятно, тот черт, о котором сказано, что, протяни ему мизинец...

На добрейшего Ганса Касторпа все эти разговоры подействовали очень странно. По-итальянски он не понимал. Не слишком ему понравилось и сказанное по-немецки. Слова Сеттембрини отдавали воскресной проповедью, хотя все это и преподносилось легким, шутливым тоном. Он взглянул на двоюродного брата, опустившего глаза, и наконец сказал:

— Ах, господин Сеттембрини, вы слишком серьезно относитесь к моим словам. Насчет черта — просто к слову пришлось, уверяю вас!

— Кто-нибудь должен же относиться к человеческим словам серьезно, — сказал Сеттембрини, меланхолически глядя перед собой. Но затем снова оживился и, повеселев, продолжал, искусно возвращая разговор к тому, с чего он начался.

— Во всяком случае, я вправе заключить из ваших слов, что вы избрали трудную и почетную профессию. Боже мой, я гуманита-

[1] «Привет тебе, о Сатана, о Мятежник, о мстительная сила Разума» (*ит.*).

рий, homo humanus, и ничего не смыслю в инженерном деле, хотя и отношусь к нему с истинным уважением. Но я понимаю, что теория вашей специальности требует ума ясного и проницательного, а ее практическим задачам человек должен отдавать себя всего без остатка, разве не так?

— Конечно, тут я с вами абсолютно согласен, — ответил Ганс Касторп, невольно стараясь быть разговорчивее. — Требования в наше время предъявляются колоссальные, трудно даже представить себе, как они велики, просто можно потерять мужество. Да, это не шутка. И если ты не очень крепок здоровьем... Правда, я здесь только в качестве гостя, но все-таки и я не из самых здоровых, и, не хочу врать, работа мне дается не так уж легко. Напротив, она меня порядком утомляет, сознаюсь в этом. Совсем здоровым я чувствую себя, в сущности, только когда ничего не делаю...

— Например, сейчас?

— Сейчас? Ну, здесь у вас наверху я еще не успел освоиться... и немного выбит из колеи, как вы, вероятно, заметили.

— А-а, выбиты из колеи?

— Да, и спал неважно, и первый завтрак был чересчур сытный. Правда, я привык плотно завтракать, но сегодняшний, видимо, слишком тяжел, too rich[1], как выражаются англичане. Словом, я чувствую себя не совсем в своей тарелке, а утром мне даже моя сигара была противна — подумайте! Этого со мной никогда не бывает, разве только когда я серьезно болен... И вот сегодня мне показалось, что вместо сигары у меня во рту кусок кожи. Пришлось выбросить, не было никакого смысла себя насиловать. А вы курите, разрешите спросить? Нет? В таком случае вы не можете себе представить, как обидно и досадно бывает тому, кто, как я, например, с юности особенно полюбил курение.

— В этой области не имею, к сожалению, никакого опыта, — заметил Сеттембрини, — однако столь же неопытны и многие весьма достойные люди; их дух, возвышенный и трезвый, испытывал отвращение к курительному табаку. Не любил его и Кардуччи. Но тут вас поймет наш Радамант. Он предан тому же пороку, что и вы.

— Ну, назвать это пороком, господин Сеттембрини...

— Почему бы и нет? Следует называть вещи своими именами, правдиво и решительно. Это укрепляет и облагораживает жизнь. И у меня есть пороки.

---

[1] Слишком роскошный, обильный (*англ.*).

— Значит, гофрат Беренс — знаток по части сигар? Обаятельный человек!

— Вы находите? А! Вы, значит, уже познакомились с ним?

— Да, только что, когда мы выходили. Состоялось даже нечто вроде консультации, но sine pecunia, знаете ли. Он сразу заметил, что я несколько малокровен, и посоветовал мне вести здесь тот же образ жизни, что и мой двоюродный брат, побольше лежать на воздухе вместе с ним и тоже измерять температуру.

— Да что вы? — воскликнул Сеттембрини. — Превосходно! — бросил он в пространство и, смеясь, откинулся назад. — Как это поется в опере вашего композитора? «Я птицелов, я птицелов, всегда я весел и здоров». Словом, все это весьма занятно. И вы решили последовать его совету? Без сомнения? Да и почему не последовать? Чертов приспешник этот Радамант! И потом всегда «весел», хотя иной раз и через силу. У него же склонность к меланхолии. Его порок ему идет во вред — впрочем, что это был бы иначе за порок... Табак вызывает в нем меланхолию — почему наша достойная всякого уважения старшая сестра и взялась хранить его запасы курева и выдает ему на день весьма скромный рацион. Говорят, что иногда, будучи не в силах противиться соблазну, он крадет у нее табак, а затем впадает в хандру. Короче говоря — смятенная душа. Вы, надеюсь, уже познакомились с нашей старшей сестрой? Нет? А следовало! Как же вы не домогались знакомства с ней? Это ошибка! Она ведь из рода фон Милендонков, сударь мой. А от Венеры Медицейской отличается тем, что там, где у богини перси, у нее крест...

— Ха-ха! Здорово! — рассмеялся Ганс Касторп.

— Имя ее Адриатика.

— Да что вы говорите? — воскликнул Ганс Касторп. — Послушайте, но это же поразительно! Фон Милендонк и к тому же Адриатика! Все вместе звучит так, точно она давно умерла. Прямо отдает средневековьем.

— Милостивый государь, — ответил Сеттембрини, — тут многое «отдает средневековьем», как вы изволили выразиться. Кстати, я лично убежден, что наш Радамант из одного лишь чувства стиля сделал эту окаменелость старшей надзирательницей своего «дворца ужасов». Ведь он художник. Вы не знали? Как же, пишет маслом. Что вы хотите, это же не запрещено, верно? Каждый волен рисовать, если ему хочется... Фрау Адриатика рассказывает всем, кто согласен ее слушать, да и остальным тоже, что в середине тринадцатого века одна из Милендонков была аббатисой женского монастыря в Бонне на Рейне. А сама она, вероятно, появилась на свет немногим позднее...

— Ха-ха-ха! Ну и насмешник же вы, господин Сеттембрини.

— Насмешник? Вы хотите сказать, что я зол? Да, я чуть-чуть зол, — отозвался Сеттембрини. — Моя беда в том, что я обречен растрачивать свою злость на столь убогие предметы. Надеюсь, вы ничего не имеете против злости, инженер? Я считаю, что она самое блестящее оружие разума против сил мрака и безобразия. Злость, сударь мой, это душа критики, а критика — источник развития и просвещения. — Тут он заговорил о Петрарке, которого называл «отцом нового времени».

— Однако надо возвращаться. Нам пора лежать, — рассудительно вставил Иоахим.

Литератор сопровождал свою речь грациозными жестами. Теперь он как бы завершил эту игру жестов округлым взмахом руки, указав на Иоахима.

— Наш лейтенант напоминает нам о долге службы, — заявил он, — итак, пойдем. Нам по пути, и «вправо ведет он, туда, где чертог могучего Дита!» Ах, Вергилий, Вергилий. Не превзойден никем, господа! Конечно, я верю в прогресс. Но Вергилий умеет пользоваться прилагательными, как ни один из современных писателей. — И когда они зашагали по дороге домой, Сеттембрини начал было читать латинские стихи с итальянским произношением, но тут же прервал себя, ибо им повстречалась молодая девушка, видимо, одна из дочерей этого городка, и даже не особенно хорошенькая; на лице Сеттембрини сразу же появилась улыбка ловеласа, и он стал напевать, прищелкивая языком: «Тэ-тэ-тэ... Ля-ля-ля, эй-эй-эй! Миленькая крошка, будь же моей!» Смотрите, как «в беглом сиянье блеснул ее взор», — процитировал он неведомо откуда и послал воздушный поцелуй удалявшейся смущенной девушке.

«Какой он, оказывается, ветреник», — подумал Ганс Касторп и не изменил своего мнения, даже когда, после галантной атаки на девицу, итальянец снова пустился в рассуждения. Главным образом прохаживался он насчет Беренса, язвил по поводу его ножищ и остановился затем на его звании, будто бы дарованном ему каким-то принцем, страдавшим туберкулезом мозга. О скандальном образе жизни этого принца до сих пор еще судачит вся округа. Но Радамант закрывает на это глаза, оба глаза, ведь он получил гофрата. Впрочем, господа, вероятно, не знают, что летний сезон — это его изобретение? Да, именно он его изобрел, и никто другой. Заслуга есть заслуга. Раньше в этой долине выдерживали только верные из верных. Тогда «наш юморист» с присущей ему прозорливостью открыл, что этот изъян — всего лишь плод предрассудка. Он выдвинул теорию, по крайней мере в отношении *своего* санатория, что летний курс лечения не только полезен и особенно эффективен, он прямо-таки необходим. Ему удалось разрекламировать свою теорию среди публики, он писал популярные статьи по этому вопросу и лансировал их в печати. С тех пор его дела идут летом так же бойко, как и зимой.

— Гений, — добавил Сеттембрини. — Ин-ту-и-ция! — добавил он. Затем язвительно прохватил и другие здешние лечебные учреждения и насмешливо воздал хвалу стяжательству их владельцев. Взять хотя бы профессора Кафку... Ежегодно в критическое время таяния снегов, когда многие пациенты стремятся покинуть эти места, профессор Кафка оказывается вынужденным внезапно уехать куда-то на неделю, причем обещает по своем возвращении немедленно отпустить больных. Но его отсутствие продолжается обычно месяца полтора, и бедняги больные вынуждены ждать, причем их счета, замечу мимоходом, продолжают расти. Даже в Фиуме вызывали этого Кафку, но он не тронулся с места, пока ему не гарантировали пять тысяч добрыми швейцарскими франками, причем на переговоры ушло две недели. А через день после прибытия светила больной умер. Что же касается доктора Зальцмана, то он обвиняет Кафку в том, что у него будто бы шприцы плохо стерилизуются и что больных заражают дополнительными инфекциями. Он ездит в экипаже на шинах, говорит Зальцман, чтобы его покойникам не было слышно, а Кафка, в свою очередь, утверждает, будто у Зальцмана «дар веселящий лозы» навязывается пациентам в таком объеме, — конечно, тоже для округления счетов, — что люди мрут у него как мухи — не от чахотки, а от пьянства...

Сеттембрини говорил не умолкая, и Ганс Касторп хохотал искренне и добродушно над этим неудержимым потоком злословия. Красноречие итальянца доставляло особенное удовольствие еще и потому, что он говорил абсолютно правильно, чисто и без всякого акцента. Слова соскакивали с его подвижных губ как-то особенно упруго и изящно, точно он творил их заново и сам наслаждался своим творчеством, меткими выражениями, ловкими оборотами, даже грамматическим словоизменением и производными формами, раскрываясь перед собеседниками с искренней общительностью и веселой обстоятельностью; причем казалось, что у него настолько зоркий ум и такая ясность духа, что он не может ошибиться хотя бы один раз.

— Как вы удивительно говорите, господин Сеттембрини, — заметил Ганс Касторп, — очень живо... Я не знаю даже, как определить...

— Пластично? Да? — отозвался итальянец и начал обмахиваться носовым платком, хотя было довольно прохладно. — Вот то слово, которого вы ищете. У меня пластичная манера говорить, вот что вы имели в виду. Однако стоп! — воскликнул он. — Что я вижу! Вон шествуют инфернальные вершители наших судеб. Какое зрелище!

Тем временем они успели дойти до поворота. Или их увлекли речи Сеттембрини, или здесь сыграло роль то, что они спускались, а может быть, им только казалось, что они забрели так далеко от санатория, — ибо дорога, по которой мы идем вперед, значительно длинней уже известной нам, — во всяком случае, они прошли обратный путь гораздо быстрее.

Сеттембрини был прав: внизу, через площадку, тянувшуюся вдоль задней стены санатория, действительно шествовали два врача, впереди — гофрат в белом халате, — они сразу узнали его по крутой линии затылка и ручищам, которыми он загребал, словно веслами, — и следом за ним — доктор Кроковский в черном халате, похожем на блузу. Кроковский поглядывал вокруг с тем большим чувством собственного достоинства, что заведенный порядок вынуждал его при служебных обходах держаться позади своего шефа.

— А, Кроковский! — воскликнул Сеттембрини. — Вон он шагает и несет в себе все тайны наших дам. Прошу обратить внимание на изысканную символичность его одежды. Он носит черное, намекая на то, что истинный объект его изучения — то, что скрывается в ночи. У этого человека в голове царит одна мысль, и мысль эта — грязная. Как же вышло, инженер, что мы еще совсем не говорили о нем? Вы с ним познакомились?

Ганс Касторп кивнул.

— Ну и что же? Я начинаю подозревать, что и он вам понравился?

— Право, не знаю, господин Сеттембрини. Наша встреча была слишком мимолетной. И потом, я не спешу судить о людях, я просто разглядываю их и думаю: «Так вот ты каков? Ну и ладно».

— Это некоторая леность ума, — ответил итальянец. — Вы должны составлять себе определенные мнения. Природа вам дала для этого глаза и рассудок. Вот вы нашли, что я говорю со злостью. Но если оно и так, то, быть может, у меня определенный педагогический умысел? У нас, гуманистов, почти у всех есть педагогическая жилка. Историческая связь между гуманизмом и педагогикой указывает, господа, и на их психологическую связь. Не следует снимать с гуманиста обязанность воспитывать людей, ее просто нельзя отнять у него, ибо только он может передавать молодежи идеи человеческого достоинства и красоты. Некогда он сменил священника, который в сумрачные и человеконенавистнические эпохи имел дерзость руководить молодежью. Правда, с тех пор, господа, так и не сложился новый тип воспитателя. Мне кажется, что гимназия с гуманитарной программой — называйте меня отсталым, инженер, — но в основном, in abstracto[1], прошу понять меня правильно, я все же остаюсь ее сторонником...

Даже в лифте он продолжал развивать эту мысль, но двоюродные братья на втором этаже вышли. Он же поднялся до третьего, где, как рассказывал Иоахим, занимал комнатушку, выходившую во двор.

— У него, должно быть, нет денег? — спросил Ганс Касторп, провожавший Иоахима до его комнаты, где все было в точности так же, как и у Ганса Касторпа.

— Нет, — ответил Иоахим, — денег у него, вероятно, нет. Или ровно столько, чтобы оплачивать свое пребывание здесь. Его отец тоже был литератором, знаешь ли, и, кажется, даже дедушка.

— Ну, тогда понятно, — сказал Ганс Касторп. — А что, он в самом деле серьезно болен?

— Насколько я знаю, его состояние для жизни не опасно, но болезнь упорно не поддается излечению, и процесс возобновляется все вновь и вновь. Он болеет уже много лет, несколько раз уезжал отсюда, но приходилось опять вскоре возвращаться.

— Бедняга! А он, видимо, мечтает о работе! Притом невероятно разговорчив, так и перескакивает с одного на другое. По отношению к девушке он вел себя довольно дерзко, и мне на минуту стало неловко. Но то, что он говорил потом о человеческом достоинстве, было замечательно, прямо как на торжественном акте. Ты часто с ним проводишь время?

---

[1] Отвлеченно (*лат.*).

## ОСТРОТА МЫСЛИ

Однако Иоахим отвечал на этот вопрос как-то сбивчиво и неясно. Он даже успел вынуть из лежавшего на столе красного кожаного футлярчика, обтянутого внутри бархатом, маленький градусник и сунул себе в рот заполненный ртутью кончик. Он держал градусник слева, под языком, отчего стеклянный инструмент торчал слегка вбок и кверху. Затем переоделся, надел башмаки и нечто вроде тужурки, взял со стола печатную таблицу, карандаш и книгу — русскую грамматику, — Иоахим изучал русский язык, ибо надеялся, по его словам, что знание русского ему пригодится на службе, — и, оснащенный всем этим, вышел на балкон, где и расположился в шезлонге, лишь слегка прикрыв ноги одеялом из верблюжьей шерсти.

Да в нем и не было нужды: за последние четверть часа пелена облаков становилась все тоньше, и наконец прорвалось солнце — такое по-летнему жаркое и ослепительное, что Иоахиму пришлось защитить голову белым полотняным зонтиком, который с помощью хитроумного и несложного приспособления можно было прикреплять к подлокотнику шезлонга, меняя его наклон в зависимости от положения солнца. Ганс Касторп похвалил это приспособление. Ему хотелось узнать, что покажет градусник, и пока Иоахим держал его, он наблюдал за этой процедурой, осмотрел и меховой мешок, обнаруженный им в углу лоджии (Иоахим пользовался им в холодные дни); затем оперся о балюстраду балкона и стал глядеть в сад, где находилась общая галерея для лежания; там оказалось немало больных, они лежа читали, писали, болтали. Впрочем, ему была видна только часть галереи и человек пять пациентов.

— Сколько же времени нужно держать градусник? — спросил Ганс Касторп и обернулся.

Иоахим поднял семь пальцев.

— Но они, наверное, уже прошли — эти семь минут?

Иоахим покачал головой. Через некоторое время он вынул градусник изо рта, взглянул на него и сказал:

— Да, когда за ним следишь, за временем, оно идет очень медленно. И я ничего не имею против того, чтобы мерить температуру четыре раза в день. Тут только и замечаешь, какая, в сущности, разница — одна минута и целых семь, при том, что семь дней недели проносятся здесь просто мгновенно.

— Ты говоришь «в сущности». Но ты так говорить не можешь, — возразил Ганс Касторп. Он сидел боком на перилах, белки его глаз покраснели. — Время вообще не «сущность». Если оно человеку кажется долгим, значит, оно долгое, а если коротким, так оно короткое, а насколько оно долгое или короткое в действительности — этого никто не знает. — Он не привык философствовать, но сейчас испытывал потребность порассуждать.

— Почему же? — возразил Иоахим. — Мы все-таки измеряем его. У нас есть часы и календари, и когда прошел месяц, он прошел и для тебя, и для меня, и для всех нас.

— Но ты послушай меня, — остановил его Ганс Касторп и даже поднес указательный палец к помутневшим глазам. — Значит, длина одной минуты такова, какой она тебе кажется, когда ты измеряешь себе температуру?

— Одна минута тянется... она *длится* ровно столько, сколько нужно секундной стрелке, чтобы обежать свой круг.

— Но ведь это время может быть самым различным для нашего ощущения. И фактически... я подчеркиваю: фактически, — повторил Ганс Касторп и так сильно нажал указательным пальцем на свой нос, что совсем пригнул его кончик к губе, — движение стрелки есть движение в пространстве, не так ли? Нет, подожди, постой! Значит, мы измеряем время пространством. Но это все равно, как если бы мы захотели измерять пространство временем, — а так его измеряют только совершенно необразованные люди. От Гамбурга до Давоса двадцать часов поездом. А пешком сколько? А в мыслях? Меньше секунды!

— Послушай, — заметил Иоахим, — что это на тебя нашло? Или здешний воздух подействовал?

— Молчи! У меня сегодня мысль работает необычайно остро. Что же такое время? — спросил Ганс Касторп и так решительно отогнул в сторону кончик носа, что кровь от него отхлынула и он побелел. — Может быть, ты объяснишь мне? Ведь пространство мы воспринимаем нашими органами чувств, зрением и осязанием. Хорошо. Ну а каким же органом мы воспринимаем время? Может быть, ты мне ответишь? Видишь, вот ты и влип. Но как можем мы что-либо измерять, если, говоря по правде, не можем назвать ни одного, ну ни одного его свойства! Мы говорим: время проходит. Хорошо, пусть себе проходит. Но чтобы измерять его... подожди! Чтобы быть измеряемым, оно должно протекать *равномерно,* а где это сказано, что оно так и протекает? В восприятиях нашего сознания этого нет, мы лишь допускаем равномерность для порядка, и наши измерительные единицы — просто условность. Так вот, разреши мне...

— Хорошо, — прервал его Иоахим. — Значит, условность и то, что мой градусник показывает на пять черточек больше нормы? А из-за этих пяти лишних делений я должен здесь прозябать и не могу служить в армии, это же факт, хоть и отвратительный!

— У тебя 37,5?

— Она уже начала понижаться. — Иоахим занес температуру в табличку. — Вчера вечером было почти 38, в результате твоего приезда. У всех, к кому приезжают гости, она повышается. И все-таки твой приезд — это благо.

— Я сейчас уйду, — сказал Ганс Касторп. — У меня в голове еще пропасть мыслей о времени, могу сказать — целый комплекс. Но я не хочу тебя волновать, у тебя и так слишком много черточек. Я этих мыслей не забуду, и мы потом к ним вернемся, может быть, после завтрака. Когда настанет время завтрака, ты позовешь меня. Сейчас я тоже пойду полежу, меня ведь от этого, слава Богу, не убудет. — И он прошел мимо стеклянной стенки на собственный балкон, где и для него были приготовлены шезлонг и столик, принес из уже аккуратно прибранной комнаты книжку «Ocean steamships» и свой пушистый мягкий плед в темно-красную и зеленую клетку и улегся.

Однако очень скоро ему пришлось раскрыть зонтик: здесь, на балконе, солнце жгло нестерпимо. Но лежать было необыкновенно удобно, Ганс Касторп тут же отметил это с удовольствием — он не помнил, чтобы ему так приятно лежалось в каком-нибудь шезлонге.

Кресло это, несколько старомодной формы — явная стилизация, ибо оно, бесспорно, было новым, — состояло из полированной рамы — имитации красного дерева — и матраса, обитого какой-то мягкой материей наподобие ситца; матрас, вернее — три сложенных вместе пухлых перины, покрывал весь шезлонг и свешивался со спинки. Кроме того, в изголовье висел на шнурке не слишком мягкий и не слишком жесткий валик в полотняном вышитом чехле, и на него было особенно удобно откидывать голову. Ганс Касторп оперся локтем на широкий плоский подлокотник и, щурясь, спокойно поглядывал вокруг; он не чувствовал потребности развлекать себя книжкой «Ocean steamships». Перед ним лежал суровый и скудный пейзаж, но он был залит солнечным светом и, обрамленный аркой лоджии, казался вставленной в раму картиной. Ганс Касторп задумчиво созерцал ее. Вдруг он что-то вспомнил и нарушил тишину, громко спросив:

— Она ведь карлица, эта, которая подавала нам за первым завтраком?

— Тсс... — остановил его Иоахим. — Тише. Да, карлица. А что?

— Ничего. Мы просто с тобой об этом еще не говорили.

И опять отдался своим думам. Когда он лег, было уже десять часов. Прошел час. Обыкновенный час, не длинней и не короче. Но вот он истек, и по дому и саду разнесся звук гонга, сначала далекий, потом все ближе, потом опять удаляясь.

— Завтрак, — сказал Иоахим, и было слышно, как он встает.

Ганс Касторп также встал и вошел в комнату, чтобы привести себя в порядок. Двоюродные братья встретились в коридоре и пошли вниз. Ганс Касторп сказал:

— Ну, лежалось мне отлично. Что это у вас за шезлонги? Если тут можно купить такие, я увезу один в Гамбург, в нем лежишь как в раю. Или ты предполагаешь, что они сделаны по особому заказу Беренса?

Но Иоахим этого не знал. Они разделись и вторично вошли в столовую, где трапеза была уже в самом разгаре. Всюду белело молоко: у каждого прибора стоял большой, по меньшей мере полулитровый стакан молока.

— Нет, — сказал Ганс Касторп, когда он снова уселся между портнихой и англичанкой и покорно развернул салфетку, хотя чувствовал в желудке тяжесть еще после первого завтрака. — Нет, — сказал он, — да простит меня Бог, но молока я вообще не пью, а тем более сейчас. Нельзя ли получить портер? — И он прежде всего вежливо и мягко обратился с этим вопросом к карлице. Но портера не оказалось. Однако она обещала принести кульмбахского пива, и принесла. Густое, черное, с коричневой пеной, оно вполне заменяло портер. Ганс Касторп жадно пил его из высокого полулитрового стакана, закусывая холодным мясом и гренками. Снова подали овсяную кашу и в изобилии масло и овощи. Но он только поглядывал на них, ибо есть был уже не в состоянии. Рассматривал он и публику за столами — лица уже не сливались в одно и не казались одинаковыми; начали выделяться отдельные фигуры.

Его стол был занят целиком, кроме одного места на конце, против него, — оказывается, оно предназначалось для врача. Ибо врачи, когда позволяло время, участвовали в общих трапезах, причем садились то за один стол, то за другой; поэтому в конце каждого одно место оставалось свободным. Сейчас отсутствовали оба; кто-то сообщил, что у них операция. Снова явился молодой человек с усами, опустил подбородок на грудь и уселся с озабоченным и замкнутым видом. Оказалась на своем месте и тощая блондинка, она так усердно загребала ложкой простоквашу, как будто, кроме этого, есть было нечего. Рядом с ней Ганс Касторп увидел маленькую веселую старушку, которая обращалась по-русски к молчаливому молодому человеку, а он озабоченно смотрел на нее и только кивал головой, причем так кривил лицо, точно держал во рту что-то очень невкусное. Против него, по ту сторону старухи, сидела еще одна молодая девушка — и прехорошенькая: цветущий румянец, высокая грудь, волнистые темно-каштановые, красиво причесанные волосы, круглые карие детские глаза и маленький рубин на прекрасной руке. Она часто смеялась и тоже говорила по-русски, только по-русски. Ее звали Марусей, как узнал Ганс Касторп. Потом он заметил, что, когда она болтала и смеялась, Иоахим со строгим видом опускал глаза.

Сеттембрини вошел через боковую галерею и, подкручивая усы, проследовал на свое место в конце стола, стоявшего под углом к столу Ганса Касторпа. Когда он сел, его соседи звонко рассмеялись; вероятно, он отпустил какую-нибудь дерзость. Узнали Ганса Касторпа и члены «Союза однолегочных». Гермина Клеефельд с глупым видом протискалась на свое место за столом перед одной из дверей на веранду и приветствовала губастого юнца, перед тем столь неприлично задиравшего свою куртку. Фрейлейн Леви, с лицом цвета слоновой кости, сидела рядом с толстой пятнистой Ильтис у поперечного стола, справа от Ганса Касторпа; их окружали еще не ведомые ему люди.

— Вон твои соседи, — вполголоса сказал Иоахим, наклонившись к двоюродному брату... Супруги прошли вплотную мимо Ганса Касторпа к последнему столу в том же ряду, это был «плохой» русский стол, где какая-то чета с некрасивым мальчиком уже поглощала огромные порции овсяной каши. Сосед оказался человеком тщедушного сложения, его серые щеки ввалились, на нем была кожаная куртка, на ногах — неуклюжие фетровые сапоги с застежками. Его жена, тоже худенькая, но изящная, в шляпе с развевающимися перьями, просеменила к столу в юфтяных сапожках с высокими каблучками; ее шею обвивало грязноватое боа из птичьих перьев. Ганс Касторп рассматривал обоих с неприсущей ему бесцеремонностью, он сам почувствовал в ней что-то грубое; но именно эта грубость почему-то вдруг доставила ему удовольствие. Его взгляд был тупым и настойчивым. Когда в ту же минуту застекленная дверь слева захлопнулась, так же как и сегодня утром, со звоном и дребезгом, он не вздрогнул, а лишь сделал ленивую гримасу; все же он хотел потом повернуть голову в сторону двери, но вдруг решил, что это требует усилий и не стоит труда. Поэтому случилось так, что он и на этот раз не выяснил, кто же так неаккуратно обращается с дверью.

А причина его странного состояния крылась в том, что выпитое за завтраком пиво, обычно лишь весьма умеренно оживлявшее его, сегодня совершенно оглушило сознание и сковало тело, точно Ганса Касторпа ошарашили ударом по лбу. Веки у него налились свинцом, язык плохо слушался, и когда молодой человек из учтивости вздумал поболтать с англичанкой, ему было трудно выразить самую простую мысль; чтобы перевести взгляд с одного на другое — и то требовалось усилие, а в довершение всего и лицо у него препротивно разгорелось, в точности как вчера; ему чудилось, будто щеки его распухли от жара, он дышал тяжело, сердце стучало в груди, словно молот, обернутый чем-то мягким, и если все это не слишком его мучило, то лишь потому, что сознание его было затуманено, точно он сделал несколько вдыханий хлороформа. И когда доктор Кроковский все же пришел завтракать и уселся за свой прибор как раз напротив Ганса Касторпа, молодой человек заметил это словно сквозь сон, хотя Кроковский не раз пристально поглядывал на него, в то же время болтая по-русски с дамами, сидевшими по его правую руку; причем и цветущая Маруся и тощая простоквашница покорно и стыдливо опускали глаза. Все же Ганс Касторп держался вполне пристойно, предпочитая молчать, ибо язык не повиновался ему, и даже как-то особенно корректно обходился с ножом и вилкой. Но вот кузен кивнул и поднялся; он тоже встал, поклонился своим сотрапезникам, которых видел точно сквозь туман, и, особенно твердо ступая, последовал за Иоахимом.

— Когда же нужно опять лежать на воздухе? — спросил он, едва они вышли из санатория. — Насколько я могу судить — это пока здесь лучшее. Мне хотелось бы опять очутиться в моем замечательном шезлонге. Мы далеко пойдем гулять?

## ЛИШНЕЕ СЛОВО

— Нет, — ответил Иоахим, — далеко мне ходить нельзя. В этот час я обычно спускаюсь ненадолго вниз и, если у меня есть время, иду через деревню и дохожу до местечка. Видишь людей и магазины, делаешь покупки. Потом лежишь опять час перед обедом, — да, полагается до четырех, — так что еще належишься, не беспокойся.

Они спустились по освещенной солнцем подъездной аллее, перешли мост над потоком и узкие рельсы, все время имея перед глазами горные вершины правого склона: Малый Шьяхорн, Зеленые башни, Дорфберг; Иоахим называл их одну за другой. На той стороне, несколько выше, лежало окруженное стеною кладбище деревни Давос. Иоахим тоже указал на него своей горной палкой. И они наконец добрались до главной улицы, которая тянулась по скалистому выступу, образовавшему над долиной как бы первый этаж.

Деревней это, собственно говоря, трудно было назвать: во всяком случае, от нее осталось одно имя. Курорт поглотил ее, он непрерывно разрастался, почти достигая устья долины, и та часть поселка, которую именовали деревней, незаметно переходила в так называемый Давос-курорт, мало чем от нее отличавшийся. Гостиницы и пансионы со множеством крытых веранд, балконов и галерей для лежания, а также частные домики, где сдавались комнаты, тянулись по обе стороны дороги; кое-где виднелись и новостройки; местами участки еще пустовали, и глазам открывались луга в долине...

Ганс Касторп, испытывавший потребность в привычном любимом возбуждении, опять закурил сигару и, вероятно, благодаря выпитому пиву, к своему невыразимому удовольствию снова начал по временам ощущать вожделенный аромат, — правда, лишь изредка и слабо, надо было сделать некоторое нервное усилие, чтобы испытать хотя бы намек на привычное удовольствие, и все-таки во рту оставался мерзкий привкус кожи. Но он не мог преодолеть свою вялость и, сделав несколько попыток вернуть былое наслаждение, то ускользавшее от него, то дразнившее издали смутным намеком, в конце концов устал и с отвращением бросил сигару. Несмотря, однако, на внутреннюю скованность, он счел долгом вежливости поддерживать разговор и старался для этого вспомнить все те замечательные «мысли о времени», которые ему так хотелось высказать перед завтраком. Но вдруг понял, что начисто забыл весь «комплекс», и относительно проблемы времени в его голове не осталось ни единой, даже самой ничтожной, мыслишки. Вместо того он начал говорить о телесных явлениях и притом как-то странно.

— Когда тебе опять надо мерить температуру? — спросил он. — После обеда? Это правильно. Тогда организм особенно деятелен и градусник все покажет правильно. Послушай-ка, ведь предложение Беренса, чтобы я тоже себе мерил, это была шутка? Правда? И Сеттембрини расхохотался, ведь это же бессмысленно. Да у меня и градусника нет.

— Ну, — сказал Иоахим, — за этим дело не станет. Возьми да купи. Они тут везде продаются, чуть не в каждом магазине.

— Зачем же! Нет, лежать — пожалуйста, лежать я буду вместе с вами охотно, но измерять температуру — это для гостя уже слишком, этим уж занимайтесь вы тут наверху. И почему, — продолжал Ганс Касторп, прижав, словно влюбленный, обе руки к груди, — почему у меня все время так колотится сердце... Это меня очень беспокоит, и давно. Видишь ли, сердцебиение бывает у человека, когда его ждет какая-нибудь особенная радость или когда он пугается, — словом, при сильных душевных движениях, верно? Но когда сердце начинает колотиться ни с того ни с сего, так сказать, по собственной инициативе, в этом, пойми меня правильно, есть что-то жуткое, точно тело существует само по себе и у него нет связи с душой, ну примерно как у трупа, но ведь труп тоже не мертв — какое там! — напротив, он ведет весьма оживленное существование, и тоже по собственному почину: еще вырастают волосы и ногти, да и вообще, как мне говорили, начинается пребойкая деятельность — всякие там процессы, физические и химические.

— Что это за выражения, — сказал Иоахим со сдержанным укором. — Пребойкая деятельность! — Может быть, он этим хотел слегка отомстить за сегодняшнее упоминание о бубенцах.

— Но ведь так оно и есть! Это *действительно* весьма бойкая деятельность! Почему ты обижаешься? — спросил Ганс Касторп. — Впрочем, я вспомнил об этом лишь мимоходом. И хотел я сказать только одно: когда тело начинает жить самостоятельно, вне связи с душой, и воображать о себе невесть что, как при таком беспричинном сердцебиении, — это жутко и мучительно. Вот и ищешь формальной причины, какого-нибудь душевного движения, которое могло его вызвать. Ну, внезапного чувства радости или страха, послужившего бы ему оправданием, что ли, — по крайней мере так я воспринимаю это. Я могу говорить только о себе.

— Да, да, — согласился Иоахим, вздохнув, — словно у тебя лихорадка, и притом в теле начинается этакая «пребойкая деятельность», если воспользоваться твоим выражением; тогда, может быть, невольно, начинаешь искать какого-либо душевного движения, как ты говоришь, которое хоть сколько-нибудь разумно объяснило бы эту деятельность. Но что за неприятную чепуху мы несем, — сказал он дрогнувшим голосом и вдруг умолк; Ганс Касторп в ответ только пожал плечами, и притом совершенно так же, как вчера это сделал Иоахим, удивив его столь непривычным жестом.

Они шли некоторое время молча. Наконец Иоахим спросил:

— Как тебе понравилась здешняя публика? Я имею в виду наших соседей по столу.

Ганс Касторп придал себе равнодушно-скептический вид.

— Ну, — заметил он, — я бы не сказал, что они очень интересны. За другими столами сидят, вероятно, более интересные люди; впрочем, может быть, только так кажется. Фрау Штёр следовало бы вымыть голову, у нее ужасно жирные волосы. А эта Мазурка, или как ее там зовут, представляется мне довольно-таки глуповатой. Так хихикает, что вечно сует в рот платок.

Иоахим невольно усмехнулся этому искажению имени.

— Мазурка? Великолепно! — воскликнул он. — Но ее зовут Маруся, с твоего разрешения — все равно что Мария. Да, она действительно чересчур шаловлива, — продолжал он, — хотя имела бы все основания быть более серьезной, она очень больна.

— По ней не скажешь, у нее цветущий вид. Как раз на туберкулезную и слабогрудую она совсем не похожа! — шутливо заметил Ганс Касторп и бросил двоюродному брату лукаво-многозначительный взгляд; однако Иоахим не ответил ему таким же взглядом. Его загорелое лицо пошло пятнами, как бывает обычно с загорелыми лицами, когда они бледнеют, и губы как-то горестно скривились; это придало его лицу выражение, которое почему-то испугало Ганса Касторпа и заставило тотчас переменить тему разговора: он принялся расспрашивать о других больных, причем старался как можно скорее позабыть и Марусю, и выражение лица своего двоюродного брата. Это ему удалось вполне.

Оказалось, что англичанку, пившую чай из шиповника, зовут мисс Робинсон. Портниха вовсе не портниха, а учительница кенигсбергской казенной женской гимназии, вот почему она говорит так правильно. Ее зовут фрейлейн Энгельгарт. Что касается веселой старушки, то и сам Иоахим не знает, как ее зовут, хотя прожил здесь наверху уже довольно долго. Во всяком случае, она приходится двоюродной бабушкой той молодой девице, которая ест простоквашу, — старая дама живет с ней в санатории. Но самый больной из всех сидящих за их столом — это доктор Блюменколь, Лео Блюменколь из Одессы, ну, тот молодой человек с усиками и озабоченным замкнутым лицом. Он здесь наверху уже много лет...

Тротуар, по которому они теперь шагали, был вполне городским, ибо они вступили на главную улицу этого поистине интернационального местечка. Им попадались фланирующие курортники, по большей части молодежь: кавалеры в спортивных костюмах и без шляп, дамы — тоже без шляп и в белых юбках. Звучала русская и английская речь. Справа и слева тянулись нарядные витрины, и Ганс Касторп, чье любопытство упорно боролось с мучительной усталостью, заставлял себя разглядывать их; он долго простоял перед магазином модной мужской одежды и вынужден был признать, что выставленные товары — на должной высоте.

Затем они увидели ротонду с крытой галереей, в которой играл оркестр. Это был курзал. На нескольких теннисных кортах шла игра. Долговязые, тщательно выбритые юноши в фланелевых брюках с безукоризненно отутюженной складкой, в башмаках на резиновой подошве и в рубашках с закатанными рукавами играли против загорелых, одетых в белое девушек, которые на бегу подпрыгивали, вытягиваясь в солнечных лучах, чтобы отбить высоко в воздухе белый, словно меловой, мяч. Аккуратные спортивные площадки были точно осыпаны мучной пылью. Кузены уселись на свободную скамью, чтобы посмотреть на игру и покритиковать игроков.

— Ты здесь, вероятно, не играешь? — спросил Ганс Касторп.

— Мне ведь нельзя, — ответил Иоахим. — Нам велено как можно больше лежать... Сеттембрини уверяет, что мы проводим всю нашу жизнь в горизонтальном положении, поэтому являемся, так сказать, горизонталами... По-моему, довольно плоская шутка. Играют здоровые или те, кто не подчиняется запрету. Впрочем, играют они не всерьез... больше ради костюма... А что касается запрета, то здесь нарушаются многие запреты, — больные играют, понимаешь ли, даже в покер, а в некоторых гостиницах и в petits chevaux[1], хотя есть указание врачей, что это самое вредное. Но не-

[1] Лошадки (*фр.*) — азартная игра.

которые после вечерней проверки еще бегут вниз и понтируют. Принц, пожаловавший Беренсу звание гофрата, тоже всегда так делал.

Однако Ганс Касторп едва ли слышал Иоахима. Он сидел открыв рот, так как почти не мог дышать носом, хотя никакого насморка у него не было. Его сердце колотилось не в такт музыке, звучавшей из ротонды, и это было почему-то мучительно. Продолжая ощущать непонятный разнобой и беспорядок в себе, он чуть было не задремал, но тут Иоахим напомнил ему, что пора домой.

Возвращаясь в санаторий, они почти все время молчали. Ганс Касторп даже несколько раз споткнулся на ровной дороге и, горестно усмехнувшись, покачал головой. Хромой поднял их на лифте. Они расстались перед дверью тридцать четвертого номера, обменявшись коротким «до свидания». Ганс Касторп проследовал через свою комнату на балкон, где сразу же упал в шезлонг и, даже не приняв более удобной позы, немедленно погрузился в тяжелое полузабытье, не переставая мучительно ощущать учащенное биение своего сердца.

## НУ КОНЕЧНО, ЖЕНЩИНА

Сколько это продолжалось, он не знал. В положенное время раздались звуки гонга — еще не призыв к обеду, а лишь напоминание о том, что пора готовиться к нему; Ганс Касторп это знал и остался лежать, пока металлический звон не прозвучал вторично, то нарастая, то удаляясь. Когда Иоахим зашел за ним, Ганс Касторп хотел было переодеться. Однако кузен удержал его, заявив, что уже некогда. Он ненавидел и презирал всякие опоздания. Как можно, говорил Иоахим, добиться чего-нибудь и выздороветь, чтобы служить в армии, если мы настолько безвольны, что не можем даже вовремя являться к столу? Тут он, конечно, был прав, и Гансу Касторпу оставалось только заявить, что хотя он не болен, но ему почему-то ужасно хочется спать. Он лишь поспешно вымыл руки, и они спустились в столовую — в третий раз.

Поток больных вливался через два входа, а также через распахнутые двери на веранду на том конце зала, и скоро все семь столов оказались занятыми, будто люди вовсе и не вставали после завтрака. Таково было по крайней мере впечатление, возникшее у

Ганса Касторпа, — правда, довольно фантастическое и противное разуму, однако его затуманенный мозг все же не мог на миг ему не поддаться, и оно даже понравилось ему; ибо он несколько раз пытался во время обеда снова вызвать его в своей душе, и это удавалось, причем иллюзия действительности была полной. Веселая старушка опять что-то лопотала на своем непонятном языке сидевшему от нее наискось доктору Блюменколю, и тот слушал ее с озабоченной миной. Ее тощая внучатная племянница наконец ела какое-то другое кушанье — не простоквашу, а, как выяснилось, ячменное пюре, которое «столовые девы» подавали в глубоких тарелках; однако она проглотила лишь несколько ложек и больше к нему не прикоснулась. И опять красивая Маруся совала в рот пахнувший апельсинными духами носовой платочек, чтобы заглушить приступы неудержимого смеха. Мисс Робинсон читала те же написанные округлым почерком письма, которые уже читала сегодня утром. Она, видимо, не знала ни слова по-немецки и знать не хотела. Иоахим, который старался держаться по-рыцарски, сказал ей что-то по-английски насчет погоды, и она, с набитым ртом, односложно ему ответила, а затем снова погрузилась в молчание. Что касается фрау Штёр, появившейся в своей неизменной шотландской блузе, то выяснилось, что сегодня в первую половину дня она была на врачебном осмотре; рассказывая об этом, она вульгарно жеманилась и то и дело улыбалась, вздергивая верхнюю губу и открывая заячьи зубы. В верхней части правого легкого, жаловалась она, у нее хрипы, кроме того, звук под левой лопаткой очень укорочен, и «старикан» сказал, что она должна пробыть здесь еще пять месяцев.

По своей невоспитанности она называла гофрата Беренса «стариканом». Она возмущалась тем, что «старикан» сидит не за их столом, хотя согласно очередному «турне» (она, видно, хотела сказать «туру») сегодня вечером должен был сидеть именно с ними, а он опять пристроился за столом слева (гофрат Беренс действительно сидел там, сложив перед тарелкой свои непомерные ручищи). И понятно — почему: там место «этой коровы», фрау Заломон из Амстердама, а она даже в будни является к столу декольтированная, и «старикану», должно быть, это очень нравится; но она, фрау Штёр, удивляется, к чему это, ведь во время осмотра он может любоваться ее прелестями сколько угодно. Потом она принялась рассказывать взволнованным шепотом, что вчера вечером в общей галерее для лежания, — знаете, той, на крыше, — погасили свет и, конечно, по причине, которую фрау Штёр определила как весьма «прозрачную». «Старикан» это заметил и так разбушевался, что во всем доме было слышно. Но виновного, разумеется, опять не нашли, хотя вовсе не нужно учиться в университете, чтобы угадать, кто это: конечно, опять капитан Миклосич из Бухареста, ему в дамском обществе никогда не бывает достаточно темно, он человек совершенно невоспитанный, хотя и носит корсет, — это, по правде говоря, просто хищный зверь, — да, хищный зверь, повторила фрау Штёр сдавленным голосом, причем на лбу и на верхней губе у нее выступили капли пота. В каких отношениях с ним состоит жена генерального консула Вурмбрандта из Вены — известно решительно всем и в деревне, и в поселке, так что едва ли тут можно говорить о *загадочности* этих отношений. Мало того что капитан иной раз прямо с утра заявляется в комнату консульши, когда она еще лежит в постели, и присутствует при всех подробностях ее туалета, — в прошлый вторник он изволил *выйти* из комнаты Вурмбрандтши только в четыре часа утра.

— Сиделка молодого Франца из девятнадцатого номера, у которого произошла какая-то неудача с пневмотораксом, сама лично на него наскочила, она со стыда попала не в ту дверь и очутилась в комнате прокурора Параванта из Дортмунда. — Потом фрау Штёр еще долго распространялась относительно какого-то «космического заведения» внизу в местечке, где она покупает эликсир для зубов, а Иоахим слушал все это, уставившись в свою тарелку.

Обед тоже был приготовлен отлично, и все подавалось необычайно щедрыми порциями. Этот обед, включая питательный суп, состоял по меньшей мере из шести блюд. За рыбой последовало вкусное мясное блюдо с разнообразным гарниром, затем овощи, жареная птица, мучное, не уступавшее поданному вчера вечером, и наконец сыр и фрукты. Каждым блюдом обносили дважды — и не напрасно. Больные, сидевшие за всеми семью столами, накладывали себе полные тарелки и усердно все съедали, — здесь царил прямо-таки львиный аппетит, какой-то неистовый голод, и наблюдать за обедающими можно было бы даже с удовольствием, если бы в этом усердном насыщении не сквозило что-то жуткое и даже отталкивающее. Такое чувство вызывали не только самые бодрые пациенты — они оживленно болтали и бросались хлебными шариками, — но и тихие и угрюмые, которые в перерывах подпирали голову руками и сидели, глядя перед собой отсутствующим взглядом. Какой-то недоросток за столом слева, по виду еще школьник, с короткими руками и в круглых очках, мелко изрезал все, что навалил себе на тарелку, так что образовалась каша и мешанина из кусков; затем склонился над ней и начал жадно поедать ее, засовывая время от времени салфетку за стекла очков, чтобы протереть глаза, и неизвестно было, что он вытирает — пот или слезы.

Во время главной трапезы — обеда — два происшествия привлекли внимание Ганса Касторпа, поскольку это было возможно при его состоянии. Во-первых, кто-то снова грохнул застекленной дверью. В это время подавали рыбу. Ганс Касторп досадливо вздрогнул и с решимостью раздражения обещал себе на этот раз во что бы то ни стало подстеречь виновного. Он не только подумал, он заявил о своем намерении вслух, столь искренне было его возмущение. «Я должен выяснить, кто это!» — прошептал он с чрезмерной горячностью, так что и мисс Робинсон и учительница удивленно на него взглянули. Притом он повернулся всем корпусом влево и вдруг широко раскрыл глаза с покрасневшими белками.

Виновницей оказалась дама, вот она идет через зал, молодая женщина, скорее молодая девушка, в белом свитере и пестрой юбке, рыжевато-белокурые волосы просто заплетены в косы и уложены вокруг головы. Гансу Касторпу почти не удалось рассмотреть ее профиль. Неслышно, словно крадущейся походкой, что странно противоречило ее шумному появлению, и слегка вытянув вперед шею, направлялась она к крайнему столу слева, стоявшему перпендикулярно к двери на веранду: это был так называемый «хороший» русский стол; одну руку она держала в кармане вязаной кофточки, обтягивающей ее фигуру, а другую, поправляя волосы и как бы поддерживая их, поднесла к затылку. Ганс Касторп взглянул на эту руку. Он знал толк в человеческих руках, относился к ним требовательно и со вниманием и, знакомясь с новыми людьми, прежде всего смотрел на их руки. Эта рука, поддерживавшая волосы на затылке, была не очень-то дамской, не такая холеная и изысканная, как руки женщин из тех общественных кругов, в которых вращался Ганс Касторп; в этой руке, довольно широкой, с короткими пальцами, чувствовалось что-то наивное, детское, что-то напоминавшее руку школьницы; кое-как подстриженные ногти, видимо, не знали маникюра, они были тоже как у школьницы, а вокруг них кожа чуть шершавилась, и можно было заподозрить, что их владелица страдает невинным пороком — грызет заусенцы. Впрочем, Ганс Касторп мог об этом только догадываться — дама была от него все же слишком далеко. Опоздавшая кивнула своим соседям, села за стол, спиной к залу, рядом с доктором Кроковским, который занимал председательское место за этим столом, и, все еще придерживая волосы на затылке, повернула голову, через плечо окидывая взглядом публику; Ганс Касторп мельком заметил, что скулы у нее широкие, а глаза узкие... И когда он это увидел — смутное воспоминание о чем-то или о ком-то легко коснулось его словно мимоходом...

«Ну конечно, женщина!» — подумал Ганс Касторп и еще раз пробормотал это даже вслух, причем так выразительно, что учительница, фрейлейн Энгельгарт, поняла. Тощая старая дева улыбнулась с растроганным видом.

— Это мадам Шоша, — сказала учительница. — Она так небрежна... Прелестная женщина. — И лиловатый румянец на щеках фрейлейн Энгельгарт стал еще ярче, что случалось, впрочем, всякий раз, когда она говорила.

— Француженка? — строго спросил Ганс Касторп.

— Нет, русская, — ответила Энгельгарт. — Вероятно, муж — француз или французского происхождения, я точно не знаю.

Ганс Касторп, чье раздражение еще не улеглось, осведомился, не тот ли вон ее муж, указав на господина с опущенными плечами, сидевшего за «хорошим» русским столом.

— О нет, не он, — ответствовала учительница. — Он еще не бывал здесь, его никто не знает.

— Закрывала бы дверь, как полагается! — сказал Ганс Касторп. — Каждый раз хлопает. Это же невоспитанно!

И так как учительница приняла упрек, смиренно улыбаясь, словно сама была виновата, о мадам Шоша больше не говорили.

Второе происшествие состояло в том, что доктор Блюменколь встал и вышел из столовой — только и всего. Выражение легкого отвращения на его лице проступило резче, и он, как обычно не сводя озабоченного взгляда с какой-то воображаемой точки, вдруг неслышно отодвинул свой стул и удалился. И тут фрау Штёр показала свою невоспитанность во всей красе: вероятно, наслаждаясь постыдно радостным сознанием, что она не так серьезно больна, как Блюменколь, эта особа проводила его полусочувственным, полупрезрительным замечанием: «Бедняга! — И продолжала: — Скоро он... скоро ему крышка... Опять понадобился Синий Генрих!» Совершенно непринужденно, с глупо невинным видом произнесла она это нелепое прозвище — «Синий Генрих», и от ее слов

Гансу Касторпу стало противно и смешно. Впрочем, доктор Блюменколь через несколько минут вернулся и с тем же скромным видом, с каким вышел, снова уселся за стол и продолжал есть. Он тоже ел очень много, накладывал каждое кушанье дважды, и все это — молча, с озабоченным, замкнутым лицом.

Обед кончился. Благодаря расторопности служащих — карлица оказалась особенно быстроногой — он продолжался лишь один час. Ганс Касторп кое-как взобрался к себе наверх и опять улегся, тяжело дыша, в своем удивительном шезлонге на балконе, ибо после обеда полагалось лежать до чая, — врачи считали это предписание особенно важным и требовали, чтобы больные ему неукоснительно подчинялись. И вот, между матовыми стеклянными перегородками балкона, отделявшими его, с одной стороны, от Иоахима, с другой — от русской супружеской пары, лежал он, погруженный в какое-то полусознательное состояние; его сердце колотилось, он дышал ртом. Когда Ганс Касторп высморкался, на платке оказалась кровь, но у него не хватило сил задуматься над этим обстоятельством, хотя он страдал некоторой мнительностью и был склонен к ипохондрии. Он снова взялся за «Марию Манчини» и на этот раз докурил ее до конца, но у нее был по-прежнему препротивный вкус. Голова его томительно кружилась, и он лениво раздумывал о том, как странно себя чувствует здесь наверху. Два-три раза его грудь сотрясалась от беззвучного смеха, когда он вспоминал о жутком прозвище плевательницы, которое фрау Штёр, по своей бестактности, произнесла во всеуслышание.

## ГОСПОДИН АЛЬБИН

В саду перед домом легкий ветер развевал фантастический флаг с жезлом, обвитым змеей. Небо снова закрыла сплошная пелена туч. Солнце село, и сразу потянуло неуютным холодком. Общая галерея для лежания казалась переполненной; оттуда доносились болтовня и хихиканье.

— Господин Альбин, умоляю вас, спрячьте нож, уберите его, иначе случится беда! — жалобно молил высокий дрожащий женский голос.

— Милейший господин Альбин, ради Бога, пощадите наши нервы, спрячьте в ножны это страшное орудие убийства, — вмешался второй голос. На что белокурый молодой человек, сидевший боком на шезлонге и куривший папиросу, дерзко ответил:

— И не подумаю! Надеюсь, дамы все же разрешат мне поиграть моим ножом! Да, конечно, это особенно острый нож. Я купил его в Калькутте у слепого колдуна... Он проглатывал этот нож, а его сподручный сейчас же выкапывал его за пятьдесят шагов из земли... Хотите взглянуть? Он гораздо острее бритвы. Достаточно прикоснуться к лезвию, и оно само собой входит в тело, как в масло. Стойте, я подойду к вам поближе... — И господин Альбин поднялся. Раздался визг. — Впрочем, лучше я покажу свой револьвер! — продолжал господин Альбин. — Это будет интереснее. Хитрая штука! И такая дальнобойность... Сейчас я принесу его из своей комнаты.

— Господин Альбин, господин Альбин, не приносите! — завопило несколько голосов. Но господин Альбин уже вышел из галереи и устремился в свою комнату; он был еще совсем мальчишка, с размашистыми движениями, розовым детским лицом и крошечными бачками около ушей.

— Господин Альбин, — крикнула ему вслед какая-то дама, — лучше принесите свое пальто и наденьте его, прошу вас. Ведь вы полтора месяца пролежали с воспалением легких, а теперь сидите в одном костюме, не покрылись даже одеялом, да еще курите сигареты! Честное слово — вы искушаете судьбу, господин Альбин!

Но он только рассмеялся уходя и через несколько минут вернулся с револьвером. Тогда поднялся еще более глупый визг, и было слышно, как некоторые больные повскакали со своих шезлонгов, накинули на головы одеяла и легли ничком.

— Видите, какой он маленький и блестящий, — сказал господин Альбин, — но если я нажму вот на это, он куснет... — Снова раздались вопли. — И, конечно, в нем полный заряд, — продолжал господин Альбин. — В этом барабане шесть пуль, после каждого выстрела он сам повертывается... Впрочем, я держу его не для забавы... — продолжал молодой человек и, заметив, что впечатление уже ослабевает, сунул револьвер в нагрудный карман, опять сел на свой шезлонг, закинув ногу на ногу, и закурил новую сигарету. — Отнюдь не для забавы, — повторил он и решительно сжал губы.

— А для чего же? Для чего же? — вопросили задрожавшие от догадки голоса. — Какой ужас! — вдруг крикнул кто-то, и господин Альбин кивнул.

— Вижу, что вы начинаете понимать, — сказал он. — Да, именно для этого я его и держу, — продолжал он небрежно, сделав глубокую затяжку, несмотря на только что перенесенное воспаление легких, и выпуская огромные клубы дыма. — Я приготовил его для того дня, когда мне наконец надоест вся эта канитель и я буду иметь честь почтительнейше удалиться из этого мира. Все делается довольно просто... Я некоторое время изучал данный вопрос, и теперь мне ясно, как это наилучшим образом обстряпать (при слове «обстряпать» снова раздается крик). Область сердца исключена... Неудобно целиться... И я предпочитаю немедленно лишиться сознания, а потому всажу такое вот изящное инородное тельце в этот интересный орган... — И господин Альбин поднес указательный палец к своей коротко остриженной белокурой голове. — Надо приставить вот сюда... — Господин Альбин снова извлек из кармана никелированный револьвер и постучал дулом по виску, — вот сюда, над височной артерией... Даже без зеркала можно найти... проще простого...

Снова раздались умоляющие и протестующие голоса, послышались даже чьи-то судорожные рыдания.

— Господин Альбин, господин Альбин, уберите револьвер, не держите его у виска, смотреть страшно! Господин Альбин, вы же молоды, вы поправитесь, вы вернетесь в жизнь, и все будут любить вас, даю вам слово! Только наденьте пальто, лягте, укройтесь, лечитесь. Не прогоняйте массажиста, когда он приходит растирать вас спиртом! Бросьте вы ваши сигареты, господин Альбин, слышите, мы молим вас, сохраните вашу жизнь, вашу молодую, драгоценную жизнь!

Но господин Альбин был неумолим.

— Нет, нет, — сказал он. — Не уговаривайте меня, хорошо, благодарю вас. Я еще никогда ни в чем не отказывал даме, но вы увидите — бесполезно совать судьбе палки в колеса. Ведь я здесь уже третий год... С меня хватит, я выхожу из игры — разве можно за это упрекнуть? Неизлечим, сударыни, — видите, вот я сижу перед вами, и я неизлечим — сам гофрат, даже ради чести и репутации заведения, уже не делает из этого тайны. Так разрешите мне некоторые вольности — положение вещей дает мне право на них. Помните, как в гимназии, когда уже решено, что ты остаешься на второй год, и учителя тебя уже не спрашивают, и ничего уже не надо делать... Я теперь снова вернулся к этому счастливому состоянию. Мне больше ничего не нужно желать, на меня махнули рукой, и я надо всем смеюсь. Хотите шоколаду? Пожалуйста, берите! Нет, вы не обидите меня, в моей комнате целые груды шоколаду! Восемь бонбоньерок, пять плиток «Гала-Петер» и пять фунтов линдтовского шоколаду — всем этим меня снабдили наши санаторские дамы, когда я болел воспалением легких...

Неожиданно донесся чей-то бас и приказал всем успокоиться. Господин Альбин коротко рассмеялся — это был порхающий отрывистый смех. Потом на галерее стало тихо — так тихо, словно развеялся какой-то сон или наваждение; и в этой тишине как бы еще звучало эхо только что произнесенных слов. Ганс Касторп вслушивался в него, пока оно окончательно не замерло, и хотя ему казалось, что господин Альбин все-таки дуралей, он не мог подавить в себе некоторой зависти. Именно это сравнение с гимназической жизнью оказало свое действие, ибо он сам остался в шестом классе на второй год и до сих пор помнил то несколько постыдное, но приятное ощущение беспризорности, которое испытал, когда в последней четверти как будто сошел с беговой дорожки и мог «надо всем этим» смеяться. Но все же его размышления были путанны и туманны, и нам трудно определить их более точно. Сводились они к тому, что если честь имеет немалые преимущества, то их имеет и позор, и тогда они, пожалуй, даже необъятнее. А когда он, для пробы, перенесся в положение господина Альбина и постарался представить себе, что будет, если совсем освободиться от бремени чести и вкушать лишь бездонные преимущества позора, то на миг с испугом ощутил неистовое блаженство, которое заставило его сердце биться еще торопливее.

## САТАНА ДЕЛАЕТ ОСКОРБИТЕЛЬНОЕ ДЛЯ ЧЕСТИ ПРЕДЛОЖЕНИЕ

Потом он совсем потерял сознание. Его часы показывали половину четвертого, когда голоса за стеклянной стеной опять разбудили его: доктор Кроковский, делавший в этот час обход без гофрата, говорил по-русски с невоспитанной супружеской четой, он, видимо, осведомлялся о здоровье супруга и спросил табличку его температуры.

Однако он не продолжил затем свой путь по отдельным балконам, а, обойдя балкон Ганса Касторпа, вернулся в коридор и вошел оттуда к Иоахиму. В том, что врач сделал крюк и обогнул его балкон, Гансу Касторпу почудилось что-то оскорбительное, хотя он отнюдь не горел желанием остаться с глазу на глаз с Кроковским. «Ведь я здоров и не могу идти в счет...» — говорил он себе, — ибо тут у них наверху только тот шел не в счет и не подвергался расспросам, кто имел честь быть здоровым; но именно это и злило молодого человека.

Пробыв у Иоахима две-три минуты, Кроковский по балкону проследовал дальше, и Ганс Касторп услышал голос кузена, напоминавшего ему, что пора вставать и готовиться к ужину.

— Хорошо, — отозвался он и встал. Но от долгого лежания у него кружилась голова, дремота не освежила его, а лишь снова вызвала в лице мучительный жар, хотя тело скорее познабливало, — может быть, он недостаточно тепло укрылся?..

Он вымыл руки и промыл глаза, пригладил волосы, оправил одежду и, выйдя в коридор, встретился с Иоахимом.

— Ты слышал рассуждения этого господина Альбина? — спросил Ганс Касторп, когда они спускались по лестнице.

— Конечно, — отозвался Иоахим. — Его следовало бы приструнить. Нарушает весь послеобеденный отдых своей болтовней и так расстраивает дам, что потом идут насмарку результаты нескольких недель. Грубейшее нарушение правил. Но кому же охота быть доносчиком! И потом такие разговоры для большинства — даже развлечение.

— А ты допускаешь, — спросил Ганс Касторп, — что он говорит серьезно насчет виска и что проще простого, как он выражается, всадить туда «инородное тельце»?

— Ну конечно, — ответил Иоахим, — ничего невозможного тут нет. Такие случаи у нас здесь наверху бывают. За два месяца до моего приезда некий студент — он жил в санатории уже давно — после очередного обследования взял да и повесился в лесу. В первые дни после моего приезда об этом еще много говорили.

Ганс Касторп нервно зевнул.

— Да, не скажу, чтобы я чувствовал себя хорошо у вас, — заявил он. — Может быть, я не смогу остаться дольше, слышишь? И мне придется уехать... Ты очень обидишься, если я это сделаю?

— Уехать? Чепуха! — воскликнул Иоахим. — Да ведь ты только что приехал! Как можно судить по первому дню?

— Боже мой! Неужели все еще первый день! У меня такое ощущение, точно я у вас здесь уже давным-давно.

— Только не начинай опять мудрствовать насчет времени! — сказал Иоахим. — Ты меня сегодня утром совсем сбил с толку.

— Не беспокойся, я все начисто забыл, — возразил Ганс Касторп. — Весь комплекс. И вся острота мысли исчезла, это прошло... Значит, сейчас будет чай...

— Да, а потом опять пройдемся до той скамьи, куда ходили утром.

— Сделай одолжение! Надеюсь только, что на этот раз мы не встретим Сеттембрини. Я сегодня больше не могу участвовать в разговорах высокообразованных людей, предупреждаю.

В столовой подавались все напитки, какие только можно было пить в этот час. Мисс Робинсон снова глотала свой кроваво-красный чай из шиповника, а внучатная племянница ела ложкой простоквашу. Кроме того, можно было получить молоко, чай, кофе, шоколад, даже мясной отвар, и за всеми столами больные, которые после сытного обеда два часа лежали, все же усердно намазывали маслом огромные ломти пирога с изюмом.

Ганс Касторп спросил чаю и стал пить, макая в него сухарики. Попробовал он и мармелада. На пирог с изюмом он, правда, поглядывал, но при мысли о том, чтобы съесть кусок, буквально содрогнулся. И вот он опять сидит на своем месте в этом зале с пестро расписанными сводами и семью столами, сидит уже в четвертый раз. Несколько позднее, а именно в семь часов, он сидел там в пятый раз и ужинал. В промежутке, который был очень короток и прошел незаметно, двоюродные братья, как и утром, совершили прогулку до той же скамейки у отвесной скалы и желоба с водой, — на этот раз дорога была полна гуляющими больными, так что кузенам приходилось то и дело раскланиваться. Затем снова последовало лежание на балконе в течение каких-то бессодержательных, мгновенно пролетевших полутора часов. Во время лежания Ганса Касторпа мучительно знобило.

К ужину он добросовестно переоделся и затем, сидя между мисс Робинсон и учительницей, ел суп-жюльен, жареное и тушеное мясо с гарниром, проглотил два куска какого-то торта, в который было намешано невесть что: пресное тесто, крем, шоколад, фруктовый мусс, марципаны, — и завершил все это сыром, положив его на вестфальский пряник. За ужином он опять приказал подать себе бутылку кульмбахского пива. Но, сделав основательный глоток из высокого стакана, вдруг почувствовал совершенно ясно и отчетливо, что ему нестерпимо хочется спать. В голове шумело, веки, казалось, налились свинцом, сердце словно било в литавры, и в довершение всех этих мук ему почудилось, что когда хорошенькая Маруся, наклонившись вперед, рассмеялась и прикрыла лицо рукой с маленьким рубином на пальце, она смеется над *ним*, а ведь он изо всех сил старался не дать к этому никакого повода. Словно издали слышал он голос фрау Штёр — она что-то объясняла или доказывала, и это представилось ему таким диким вздором, что он совсем растерялся и даже усомнился — быть может, виноват его сонный мозг, превративший слова фрау Штёр в какую-то галиматью. Она уверяла, будто умеет приготовлять двадцать восемь разных соусов к рыбе, — и имеет смелость на этом настаивать, да, да, хотя собственный муж предупреждал ее не упоминать об этих ее талантах. «Не заговаривай о соусах, — сказал он ей. — Никто тебе все равно не поверит, а если и поверят, то найдут это смешным!» И все-таки она решила сегодня заявить вслух и признать открыто, что да, она умеет готовить двадцать восемь соусов! Бедный Ганс Касторп пришел в ужас; он прямо-таки перепугался, схватился рукою за голову и забыл дожевать и проглотить кусок честера с пряником, которые были у него во рту. Когда встали из-за стола, он все еще не прожевал их.

Кузены вышли в левую застекленную дверь, в ту роковую дверь, которая всегда так громко хлопала. Она вела в холл. Почти все пациенты устремились через ту же дверь, ибо, как узнал Ганс Касторп, у обитателей санатория было принято собираться после обеда в этом холле и в гостиных и проводить какую-то часть вечера вместе. Большинство больных, разбившись на мелкие группы, болтали стоя. За двумя раскрытыми зелеными столами уселись игроки в домино и в бридж; тут была только молодежь — среди них господин Альбин и Гермина Клеефельд. В первой гостиной оказались интересные оптические приборы: стереоскоп, сквозь линзы которого можно было рассматривать вставленные в него фотографии, — например, венецианского гондольера во всей его бескровной и застывшей рельефности; затем калейдоскоп в виде подзорной трубки, к нему достаточно было приложить глаз и поворачивать колесико, и перед вами представала волшебная игра пестрых арабесок и звезд; и, наконец, вращающийся барабан, в который вставлялись кинематографические ленты: если смотреть сбоку в его отверстия, вы могли наблюдать мельника, дерущегося с трубочистом, учителя, который наказывает школьника, канатного плясуна и деревенскую парочку, танцующую сельский танец. Ганс

Касторп, опершись ледяными руками о колени, довольно долго смотрел в каждый аппарат. Постоял он и возле стола, за которым играли в бридж и где неизлечимый господин Альбин, опустив уголки рта, с небрежностью светского человека тасовал карты. В углу сидел доктор Кроковский, занятый беседой по душам с оживленными дамами, разместившимися полукругом, среди которых были фрау Штёр, фрау Ильтис и фрейлейн Леви. Сидящие за «хорошим» русским столом после ужина удалились в соседнюю маленькую гостиную, отделенную от карточной комнаты лишь портьерой, и образовали там интимную группу. Кроме мадам Шоша, в нее входили: вялый господин с белокурой бородой, впалой грудью и глазами навыкате; очень темная брюнетка, — оригинальный и несколько комический тип, — с крупными золотыми сережками и растрепанными волосами; затем доктор Блюменколь, присоединившийся к ним, и еще двое сутулых юношей. Мадам Шоша была в голубом платье с белым кружевным воротником. Она сидела в центре группы на диване возле круглого стола в глубине маленькой комнаты, лицом к игравшим в первой гостиной. Ганс Касторп, который не мог смотреть на эту невоспитанную женщину без внутренней укоризны, думал: «Что-то она мне напоминает, но что — не знаю...» Долговязый мужчина лет тридцати, с редеющими волосами, сыграл три раза подряд на маленьком коричневом фортепиано свадебный марш из «Сна в летнюю ночь», и когда дамы особенно горячо стали просить его, заиграл эту мелодичную вещь в четвертый раз, предварительно посмотрев каждой в глаза молча и проникновенно.

— Разрешите, инженер, осведомиться о вашем самочувствии? — спросил Сеттембрини; засунув руки в карманы, он прогуливался среди больных и теперь подошел к Гансу Касторпу. На нем был тот же серый ворсистый сюртук и светлые клетчатые брюки. Свое приветствие он сопровождал улыбкой, и Ганс Касторп снова испытал какое-то отрезвление при виде этой умной и насмешливой улыбки, от которой у итальянца дрогнул уголок рта под изгибом темных усов. Но взглянул он на Сеттембрини довольно тупо, губы его отвисли, глаза покраснели.

— Ах, это вы, — сказал он, — тот господин, которого мы встретили на утренней прогулке возле скамейки наверху... у водостока... Конечно, я вас сразу узнал. Поверите ли, — продолжал молодой человек, хотя отлично понимал, что этого говорить не следовало, — я вас тогда в первую минуту почему-то принял за шарманщика. Конечно, это чистейший вздор... — добавил он, заметив, что взгляд Сеттембрини стал холодно-настороженным. — Словом, ужасная глупость. Я просто понять не могу, каким образом я...

— Не беспокойтесь, это не имеет никакого значения, — ответил Сеттембрини, после того как молча поглядел на него. — Как же вы провели день — ваш первый день в этом увеселительном заведении?

— Благодарю, — отозвался Ганс Касторп, — я в точности следовал предписаниям, и образ жизни вел преимущественно горизонтальный, как вы любите выражаться.

Сеттембрини усмехнулся.

— Может быть, я случайно так и выразился, — сказал он. — Что ж, летело для вас время при таком образе жизни?

— И летело и тянулось, как посмотреть... — отозвался Ганс Касторп. — Иногда одно от другого трудно отличить, знаете ли. Но мне отнюдь не было скучно, у вас тут наверху все так оживлены и деятельны. Видишь и слышишь так много нового, необычного... С другой стороны, мне кажется, точно я здесь не один день, а уже давно, и даже как будто стал старше и умнее, вот какое у меня ощущение.

— Умнее тоже? — спросил Сеттембрини и удивленно поднял брови. — Разрешите мне один вопрос: сколько же вам лет?

И вот оказалось, что Ганс Касторп не знает! Да, он в данную минуту забыл, сколько ему лет, несмотря на все свои прямо-таки отчаянные усилия припомнить. Чтобы выиграть время, он заставил итальянца повторить вопрос, затем сказал:

— Мне... сколько лет?.. Ну, конечно, двадцать четвертый! Значит, будет двадцать четыре. Простите, но я очень устал! — добавил он. — Впрочем, усталость — не то слово! Знакомо вам такое состояние: видишь сон, знаешь, что это сон, стараешься проснуться и не можешь? Вот и я чувствую себя в точности так же. Наверное, у меня жар, иначе я никак не могу себе объяснить такое состояние. Представьте себе — у меня ноги оледенели до самых колен! Если можно так выразиться, ведь колени — это, разумеется, не ноги... Извините, я что-то совсем запутался, да это в конце концов и неудивительно, если тебя с раннего утра освистывают... пневмотораксом, а потом слышишь разглагольствования господина Альбина, да еще притом находишься в горизонтальном положении. Подумайте, у меня все время такое ощущение, словно я не могу больше доверять своим пяти чувствам, и, должен признаться, это смущает меня еще больше, чем жар в лице и ледяные ноги. Скажите откровенно: считаете вы возможным, чтобы фрау Штёр умела готовить двадцать восемь соусов к рыбе? Я спрашиваю не о том, может ли она их действительно приготовить, это исключено, но действительно ли она говорила об этом за столом, или мне только померещилось — вот что я хотел бы знать.

Сеттембрини посмотрел на него. Казалось, он не слушает. Его глаза снова точно приковались к чему-то, их взгляд стал неподвижным, как будто незрячим, и так же, как утром, итальянец трижды произнес: «так-так-так» и «вот-вот-вот», задумчиво и насмешливо напирая на букву «т».

— Двадцать четыре, говорите вы? — спросил он затем.

— Нет, двадцать восемь! — воскликнул Ганс Касторп. — Двадцать восемь соусов к рыбе! Не вообще, а именно к рыбе, это-то и чудовищно!

— Инженер! — сердито и наставительно прервал его Сеттембрини. — Сейчас же возьмите себя в руки и не приставайте ко мне с этой презренной чепухой! Я ничего о ней не знаю и знать не хочу! Двадцать четвертый, говорите? Гм... Разрешите мне еще один вопрос или, если хотите, ни к чему не обязывающее предложение. Так как пребывание у нас идет вам, видимо, не на пользу и вы физически и, если не ошибаюсь, нравственно чувствуете себя неважно... что, если бы вы отказались от мысли стать здесь старше, — словом, если бы вы сегодня же вечером уложили свои вещи и завтра, с одним из скорых поездов, следующих по расписанию, укатили бы отсюда?

— Вы считаете, что я должен уехать? — спросил Ганс Касторп. — Но ведь я только что приехал? Нет, разве можно судить по первому дню?

При этом он бросил случайный взгляд в соседнюю гостиную и увидел мадам Шоша уже анфас, ее узкие глаза и широкие скулы. «Ну что, что, — опять подумал он, — она мне напоминает?» Но его усталый мозг, несмотря на усилия, все же не мог дать ему ответа.

— Конечно, мне будет не очень легко акклиматизироваться у вас здесь наверху, — продолжал он, — это можно было предсказать заранее, но нельзя же сразу складывать оружие только потому, что я несколько дней буду не в своей тарелке и у меня будет гореть лицо; мне просто стыдно было бы, точно я струсил, да и неразумно это... Посудите сами...

В его тоне вдруг появилась настойчивость, он взволнованно поводил плечами и, видимо, всеми силами старался заставить итальянца полностью взять свое предложение обратно.

— Приветствую разум, — ответил Сеттембрини. — Впрочем, я приветствую и отвагу. То, что вы говорите, достаточно убедительно, и трудно было бы возражать против этого. Кроме того, мне приходилось наблюдать случаи очень удачной акклиматизации. В прошлом году тут жила некая фрейлейн Кнейфер, Оттилия Кнейфер, она из прекрасной семьи, отец — влиятельный государственный чиновник. Она пробыла тут года полтора и так обжилась, что даже, когда здоровье ее полностью восстановилось — у нас иногда выздоравливают, бывают такие случаи, — она ни за что не хотела уезжать. И она умоляла гофрата разрешить ей еще пожить здесь, она не хочет и не может вернуться домой, здесь ее дом, здесь она счастлива; но так как наплыв больных был большой и в ее комнате нуждались, все мольбы этой девицы оказались тщетными, и администрация настаивала на ее выписке как здоровой. Тогда у Оттилии вдруг сделался жар, температура поднялась очень высоко. Но ее разоблачили, заменив обычный градусник так называемой «немой сестрой», — вы еще не знаете, что это такое, это особый термометр без цифр, врач устанавливает температуру, прикладывая к нему измерительную шкалу, и сам чертит кривую. И оказалось, сударь мой, что у Оттилии всего 36,9 и никакого, решительно никакого жара нет. Тогда она искупалась в озере — по календарю было начало мая, а ночью у нас еще случались заморозки, вода в озере была не то что ледяная, а — говоря точнее — всего на два-три градуса выше нуля. Она просидела в воде довольно долго, чтобы заполучить какую-нибудь болезнь, — и что же? Как была, так и осталась здоровой. И уехала в полном отчаянье, никакие утешения родителей не действовали. «Что мне там делать? — говорила она. — Моя родина здесь!» Не знаю, как сложилась ее дальнейшая судьба... Но, кажется, вы не слушаете меня, инженер? Если зрение не изменяет мне, вы с трудом держитесь на ногах. Лейтенант, — обратился он к входившему Иоахиму, — забирайте-ка своего двоюродного брата и уложите его в постель. Хотя в нем и сочетаются разум и отвага, но нынче вечером он слегка раскис.

— Нет, уверяю вас, я все понял, — запротестовал Ганс Касторп. — «Немая сестра» — это просто столбик ртути без цифр, — видите, я отлично соображаю! — Все же он поднялся в лифте наверх вместе с Иоахимом и несколькими больными — совместное времяпрепровождение кончилось, все расходились по галереям и балконам для вечернего лежания. Ганс Касторп вошел вместе с Иоахимом в его комнату. Ему казалось, что пол коридора с дорожкой из кокосовых волокон мягко покачивается у него под ногами, как волны, но это не вызывало неприятного чувства. Придя к Иоахиму, он уселся в большое цветастое кресло — такое же стояло и у него в комнате — и закурил «Марию Манчини». Однако у нее был вкус клея, угля, чего угодно, но не тот, какой ей полагалось иметь; все же он продолжал курить, наблюдая за тем, как Иоахим готовится к лежанию. Вот он надел домашнюю тужурку, поверх нее — старое пальто, затем взял лампу с ночного столика и учебник русского языка, вышел на балкон, включил лампочку и, держа во рту градусник, опустился в шезлонг и с необычайной ловкостью стал завертываться в два косматых верблюжьих одеяла, которые были уже разостланы, Ганс Касторп смотрел с искренним восхищением, как Иоахим искусно с ними управляется. Сначала он перекинул оба одеяла влево, подоткнул их под себя до самых подмышек, потом подвернул в ногах и перекинул вправо; теперь он представлял собой ровный и гладкий сверток, из которого торчали только голова, плечи да руки.

— Здорово ты это делаешь, — сказал Ганс Касторп.

— Наловчился... — ответил Иоахим, не вынимая градусника изо рта. — Ты тоже научишься. Завтра нужно будет непременно раздобыть для тебя два одеяла. Они тебе потом пригодятся и внизу, а здесь у нас они просто необходимы, тем более что у тебя нет мехового мешка.

— Но я же не буду лежать на балконе поздно вечером, — заявил Ганс Касторп. — Этого я делать не буду, предупреждаю заранее. Как-то уж очень чудно. Все имеет свои границы. Чем-нибудь я должен все-таки подчеркнуть, что я у вас тут наверху только в гостях. Сейчас посижу еще с тобой немного и докурю сигару, как полагается. Правда, вкус у нее отвратительный, но я знаю, что сигара хорошая, и на сегодня удовольствуюсь этим. Сейчас почти девять — впрочем, увы, даже девяти еще нет. Но в половине десятого можно сказать с натяжкой, что уже пора ложиться спать.

По его телу вдруг пробежала ледяная дрожь — и его несколько раз потряс озноб. Ганс Касторп вскочил и подбежал к градуснику на стене, словно желая застать его на месте преступления. По Реомюру в комнате было девять градусов. Он пощупал трубы отопления — они были холодны и мертвы. Он пробормотал что-то насчет того, что если на дворе август, то все-таки стыд и позор не топить, дело же не в названии месяца, а в температуре воздуха, и она такова, что он лично продрог, как пес. Однако лицо его горело. Молодой человек снова сел, потом вскочил. Не разрешит ли Иоахим взять его одеяло с кровати, пробормотал он и, усевшись в кресло, прикрыл им колени. И вот он сидел, пылая жаром, дрожа от озноба, и мучился, докуривая отвратительную сигару. Им овладело чувство глубокой тоски; никогда еще, ни разу в жизни он не чувствовал себя так скверно. «Вот беда-то!» — пробормотал он. И вместе с тем его как будто вдруг коснулось странное, необычайно сладостное ощущение радости и надежды, и едва оно прошло, как он стал ждать, не вернется ли оно опять. Однако странное ощущение не вернулось: осталась только тоска. Поэтому он в конце концов все же поднялся, бросил одеяло Иоахима обратно на кровать и, скривив рот, пробурчал: «Спокойной ночи! Не замерзни тут! Заходи утром, пойдем вместе завтракать». Затем, пошатываясь, вернулся через коридор в свою комнату.

Раздеваясь, он напевал какую-то мелодию, но вовсе не потому, что ему было весело. Механически и рассеянно выполнял он все маленькие процедуры ночного туалета, составляющие обязанность культурного человека, налил из дорожного флакона в стакан для полоскания рта ярко-красную жидкость, слегка прополоскал горло, вымыл руки мягким и дорогим мылом «Фиалка» и надел длинную батистовую сорочку с вышитыми на грудном карманчике инициалами Г.К. Потом лег, выключил свет и уронил голову, которая пылала и кружилась, на смертную подушку американки.

Он был вполне уверен, что немедленно погрузится в сон, но ошибся, и его веки, которые перед тем сами собой смыкались, теперь не хотели закрываться и, как только он их опускал, вздрагивая снова поднимались. Просто он привык ложиться позднее, уговаривал себя молодой человек, да и днем слишком много лежал. Кроме того, где-то снаружи выбивали ковер — что было, впрочем, маловероятно; оказалось, что это бьется его сердце, и он слышит его удары как бы вовне, где-то далеко во дворе, словно там колотили по ковру тростниковой выбивалкой.

В комнате еще не совсем стемнело, свет ламп, горевших на балконе у Иоахима и у неприятной четы, сидевшей за «плохим» русским столом, падал в открытую балконную дверь. И Ганс Касторп, лежавший на спине с трепещущими веками, вдруг вспомнил одно сегодняшнее впечатление, которое он, испугавшись, тогда же постарался из деликатности забыть, а именно: подмеченное им выражение, мелькнувшее на лице Иоахима, когда они говорили о Марусе и ее физической красоте, — его странно и жалобно скривившийся рот и пятнистую бледность, вдруг покрывшую бронзовые щеки. Ганс Касторп видел и понимал значение этого, видел и понимал как-то по-новому, проникновенно и интимно, и это открытие так потрясло его, что удары тростниковой выбивалки во дворе стали вдвое быстрее и громче и почти заглушили звуки вечерней серенады, доносившейся снизу, ибо в курортной гостинице снова начался концерт; из темноты звучала симметрически построенная, безвкусная опереточная мелодия, и он подсвистывал ей шепотом (ведь можно свистеть и шепотом), в то же время отбивая под перинкой такт озябшими ногами.

Это был, конечно, самый верный способ, чтобы не заснуть, да Гансу Касторпу сейчас и не хотелось спать. С той минуты, когда он по-новому и с особенной живостью понял, почему Иоахим покраснел, мир показался ему обновленным, и ощущение сладостной радости и надежды снова шевельнулось в глубинах его существа. Он ждал еще чего-то, хотя сам не знал, чего именно. Но когда услышал, что соседи справа и слева закончили вечернее лежание и возвратились в свои комнаты, чтобы заменить горизонтальное положение на воздухе горизонтальным положением в доме, он выразил про себя уверенность, что варварская чета сегодня будет вести себя прилично. «Я смогу спокойно заснуть, — подумал он. — Сегодня они уже не будут шуметь, я не сомневаюсь». Однако он ошибся, да в глубине души совсем и не был в этом уверен; говоря по правде, ему лично даже показалось бы странным, если бы они вели себя пристойно. И когда в соседней комнате опять началась возня, с его губ сорвались беззвучные возгласы удивления. «Неслыханно! — прошептал он. — Необычайно! Кто бы мог подумать...» А сам тихонько продолжал подтягивать пошлой оперетке, которая назойливо доносилась из долины.

Наконец пришла дремота. Но с нею явились и причудливые сны — еще причудливее, чем прошлой ночью, и он то и дело просыпался от испуга или от того, что старался ухватить смысл каких-то бредовых видений. Ему приснился гофрат Беренс; старик бродил по дорожкам, согнув колени, безжизненно свесив перед собою руки, причем старался согласовать свои широкие унылые шаги с музыкой марша. Когда гофрат остановился перед Гансом Касторпом, на нем оказались очки с толстыми круглыми стеклами, и он начал нести какой-то несусветный вздор. «Конечно, штатский! — сказал он и без церемоний указательным и средним пальцем гигантской ручищи оттянул веко Ганса Касторпа. — Почтенный штатский, я сразу же заметил. Но не без таланта, отнюдь не без таланта к процессу повышенного сгорания. На годочки не поскупится, на лихие годочки службы у нас тут наверху! Ну-ка, господа, гопля, живо на увеселительную прогулку!» — воскликнул он, сунул в рот два огромных указательных пальца и свистнул так благозвучно, что к гофрату полетели в уменьшенном виде фигурки учительницы и мисс Робинсон, уселись к нему на правое и левое плечо — совершенно так же, как они сидели в столовой по обе стороны Ганса Касторпа; и гофрат, подпрыгивая, удалился, неся их на плечах, причем то и дело совал за стекла очков салфетку, чтобы вытереть глаза, которые заливал не то пот, не то слезы.

Затем спящему приснилось, что он на школьном дворе, где столько лет проводил перемены между уроками, и он вознамерился попросить карандаш у мадам Шоша, которая тоже была здесь. Она дала ему огрызок красного карандаша в серебряном футляре, приятным, слегка хриплым голосом попросив его через час непременно вернуть карандаш, и когда она взглянула на него своими узкими серо-зелено-голубыми глазами, блестевшими над широкими скулами, он вдруг заставил себя проснуться, ибо теперь понял и старался изо всех сил не забыть, кого и что именно она ему так живо напомнила. Торопливо закрепил он это открытие в своей памяти, чтобы оно до завтра не исчезло, ибо дремота и сновидения снова начали овладевать им; теперь ему надо было спасаться от Кроковского — врач преследовал его, чтобы произвести расчленение его души, а Ганс Касторп испытывал перед подобной процедурой неистовый, прямо-таки слепой ужас. И вот, чувствуя связанность в ногах, бежал он вдоль всего балкона, мимо стеклянных стенок, рискуя жизнью спрыгнул в сад, попытался в отчаянии взобраться даже на красно-коричневый флагшток и проснулся, весь в поту, в тот миг, когда преследователь схватил его за брюки.

Но едва он немного успокоился и снова забылся, как ему представилось следующее: он старался изо всех сил одним плечом оттолкнуть Сеттембрини, а тот стоял, и его губы умно, сухо и насмешливо улыбались под пышными черными усами, там, где они красиво загибались кверху; именно эту улыбку Ганс Касторп и ощущал как препятствие. «Вы мешаете! — услышал он свой голос. — Убирайтесь! Вы просто шарманщик, и вы мешаете!» Но

Сеттембрини не давал сдвинуть себя с места, и Ганс Касторп еще раздумывал, как же ему быть, когда его вдруг осенила превосходная мысль о том, что есть время: это всего-навсего «немая сестра», ртутный столбик без всяких цифр, для тех, кто решил плутовать, — и проснулся он с твердым намерением завтра же непременно рассказать о своей догадке Иоахиму.

Среди подобных приключений и открытий прошла вся ночь, причем в этом сумбуре принимали также участие термина Клеефельд, господин Альбин, капитан Миклосич, который унес в своей пасти фрау Штёр, и прокурор Паравант, проколовший его копьем.

Один сон приснился Гансу Касторпу в эту ночь даже дважды, притом повторился точно во всех подробностях, — во второй раз он увидел этот сон уже под утро: будто бы он сидит в зале с семью столами, и вдруг грохает застекленная дверь и входит мадам Шоша, в черном свитере, одна рука опущена в карман, другая поддерживает волосы на затылке. Но вместо того чтобы направиться к «хорошему» русскому столу, эта невоспитанная женщина бесшумно приближается к Гансу Касторпу и молча протягивает руку для поцелуя — не ладонью книзу, а ладонью кверху; и Ганс Касторп целует ладонь этой руки, не выхоленной, а шероховатой, с короткими пальцами и заусенцами вокруг ногтей. И тогда его опять с головы до ног пронизывает то ощущение бешеного блаженства, которое он испытал, когда постарался представить себе, что освобожден от гнета чести, и вкусил бездонные преимущества греха, — но только в этом сне ощущение блаженства было несравненно более сильным.

# ГЛАВА ЧЕТВЕРТАЯ

## НЕОБХОДИМАЯ ПОКУПКА

— Что же, вашему лету конец? — насмешливо спросил Ганс Касторп двоюродного брата на третий день своего пребывания.

Погода внезапно изменилась.

Второй день, который гость полностью провел здесь наверху, был по-летнему роскошен. Глубокой синевой сияло небо над копьевидными вершинами елей, а поселок на дне долины резко белел в дрожащем зное, и воздух был полон весёлым и задумчивым перезвоном колокольчиков: это коровы щипали на склонах гор согретый солнцем низкорослый желтоголовник. Уже к первому завтраку дамы явились в легких блузках, некоторые даже со сквозными прошивками на рукавах, что, впрочем, шло далеко не всем; возьмем хотя бы фрау Штёр — ей это решительно не шло, ибо кожа на плечах у нее была слишком пористая. Словом, прозрачные одежды были не для нее. Мужское население санатория по мере сил также отдало дань жаркой погоде. Появились люстриновые куртки и полотняные костюмы, Иоахим надел к синему пиджаку фланелевые кремовые брюки — сочетание, окончательно придавшее ему военный вид. Сеттембрини также неоднократно заявлял о своем намерении переоблачиться. «Черт побери, — заявил он, когда, прогуливаясь после ленча, опускался с кузенами в местечко, — ну и печет, придется, видно, одеться полегче». Но хотя итальянец и выразил это намерение в очень изысканной форме, он как был, так и остался в том же длинном ворсистом сюртуке с большими отворотами и в клетчатых брюках, — вероятно, его гардероб этим и ограничивался.

Однако мнимый возврат лета оказался просто какой-то ловушкой, поставленной природой, ибо уже на третий день все пошло шиворот-навыворот. Ганс Касторп глазам своим не верил. После обеда все переменилось. Не успели больные пролежать в шезлонгах и двадцати минут, как вдруг солнце скрылось, из-за юго-восточных горных гребней потянулись безобразные, торфяного цвета тучи, и по долинам промчался ветер, неся волну какого-то чужеродного воздуха, студеного и пронизывающего, словно волна эта пришла из ледяных неведомых стран; сразу упала температура, ветер положил начало новому режиму погоды.

— Снег, — раздался голос Иоахима через стеклянную перегородку.

— Что ты имеешь в виду? — спросил в ответ Ганс Касторп. — Не хочешь же ты сказать, что сейчас пойдет снег?

— Именно это я и хочу сказать, — отозвался Иоахим. — Мы знаем этот ветер. Когда он подует, значит, установится санный путь.

— Чепуха! — возразил Ганс Касторп. — Если не ошибаюсь, то по календарю сейчас всего-навсего начало августа.

Однако Иоахим оказался прав, он уже был посвящен в особенности здешнего климата. Не прошло и нескольких минут, как под непрерывные раскаты грома поднялась метель, настоящий снежный буран, снег валил так густо, что горы потонули в белой мгле, а курорт и долина исчезли из глаз.

Снег шел всю вторую половину дня. Включили центральное отопление, и Иоахим, не желая прерывать лежание, забрался в свой спальный мешок, а Ганс Касторп вбежал в комнату, пододвинул кресло к нагревшимся трубам и, покачивая головой, стал смотреть оттуда на совершавшееся перед ним бесчинство. На другое утро снег уже не шел, но, хотя наружный термометр и показывал несколько градусов выше нуля, остался лежать; его пелена была с фут толщиной, и перед удивленным взором Ганса Касторпа открылся совершенно зимний ландшафт. Однако отопление снова выключили. Температура в комнате понизилась до шести градусов тепла.

— Что же, вашему лету конец? — с горькой иронией спросил тогда Ганс Касторп двоюродного брата.

— Трудно сказать, — ответил Иоахим. — Бог даст, еще будут хорошие, теплые деньки. Это вполне возможно даже в сентябре. Дело в том, знаешь ли, что здесь времена года не так уж резко отличаются друг от друга, они как бы путаются и не подчиняются календарю. Зимой иной раз солнце такое горячее, что на прогулке весь вспотеешь и приходится снимать пиджак, а летом — да ты сам видишь, что тут может быть летом. И потом сбивает с толку снег. Он идет в январе, но и в мае выпадает почти столько же, да и в августе тоже, как видишь. В общем, можно сказать, что ни один месяц не обходится без снега, уж таков закон, и в этом не приходится сомневаться. Словом, у нас бывают зимние дни и летние, весенние и осенние, но настоящей смены времен года тут наверху ждать нечего.

— Веселенькая путаница, нечего сказать, — заметил Ганс Касторп. В калошах и зимнем пальто спускался он вместе с двоюродным братом вниз, в курорт, чтобы купить одеяла для лежания на воздухе, — было ясно, что при такой погоде ему своим пледом не обойтись. Не приобрести ли также и спальный мешок, заметил он мимоходом, но потом отказался от этой мысли, как будто даже испугавшись ее.

— Нет, нет, — заявил он, — достаточно одеял! Они мне потом и внизу пригодятся, одеяла нужны везде, тут нет ничего особенного, ничего странного. Спальный мешок — другое дело, он нужен для каких-то специальных целей; пойми меня правильно — если я приобрету себе спальный мешок, мне самому будет чудиться, что я здесь намерен прочно обосноваться и уже в каком-то смысле стал таким же, как вы. Одним словом, я хочу только сказать, что абсолютно бессмысленно покупать спальный мешок на две-три недели...

Иоахим согласился с ним, и они приобрели в одном из больших нарядных магазинов английского квартала два одеяла верблюжьей шерсти — таких же, как у Иоахима, необычайно длинных и широких, приятных на ощупь и естественной окраски, и распорядились немедленно отправить их в санаторий, в интернациональный санаторий «Берггоф», комната 34. Гансу Касторпу хотелось сегодня же после обеда испробовать одеяла.

Покупку они произвели, конечно, после второго завтрака, ибо дневной распорядок не давал возможности спуститься в курорт в другие часы. Уже шел дождь, и снег, лежавший на улицах, превратился в ледяное крошево, взлетавшее брызгами под ногами прохожих. Возвращаясь, они нагнали Сеттембрини, который под зонтом, но все-таки без шляпы, тоже спешил в санаторий. Итальянец был желт и, видимо, находился в элегическом настроении. В тщательно выбранных, изящных выражениях пожаловался он на холод и сырость, которые были для него мучительны. Если бы хоть топили! Но наши пресловутые правители выключают отопление, как только перестает идти снег, — идиотское правило, насмешка над здравым смыслом. И когда Ганс Касторп возразил, что умеренная температура в комнатах, вероятно, входит в число здешних лечебных процедур, — врачи, видимо, хотят уберечь пациентов от чрезмерной изнеженности, — Сеттембрини ответил с резкой насмешкой:

— Подумаешь! Неприкосновенные лечебные принципы! И Ганс Касторп еще говорит о них с благоговением и покорностью, как будто они заслуживают такого отношения! Но примечательно — примечательно, разумеется, в самом лучшем смысле слова — вот что: пользуются безусловным почитанием именно те принципы, которые абсолютно совпадают с экономическими выгодами правителей, а на те, которые не совсем с ними совпадают, правители готовы смотреть сквозь пальцы.

Кузены рассмеялись, а Сеттембрини в связи с разговорами о тепле, по которому он истосковался, вспомнил покойного отца.

— Отец мой, — начал он, мечтательно растягивая слова, — был человек утонченный, чувствительный душой и телом! Как он любил зимой свой маленький теплый кабинетик, искренне любил! Там всегда должно было быть не меньше двадцати градусов по Реомюру, и обогревалась эта комнатка раскаленной докрасна печуркой; бывало, в сырой и холодный день или когда дует трамонтана, войдешь к нему из прихожей нашего домика — тепло ложится тебе на плечи, как мягкий плащ, и на глаза невольно набегают блаженные слезы. Комнатка была битком набита книгами и рукописями, там имелись бесценные экземпляры... А среди всех этих духовных сокровищ перед своим узким пюпитром стоял в голубом фланелевом шлафроке мой отец и предавался занятиям литературой — такой стройный и миниатюрный, на целую голову ниже меня, вы только представьте! Но с густыми кустами седых волос на висках и длинным изящным носом... Какой это был романист, господа! Один из первых среди современников, знаток нашего языка, каких мало, латинский стилист, каких уже нет, настоящий uomo letterato, в духе Боккаччо... Отовсюду приезжали ученые, чтобы с ним поговорить, — один из Хапаранды, другой из Кракова... Они приезжали именно в Падую, в наш родной город, чтобы выразить ему свое глубокое почитание, а он принимал их с приветливым достоинством. И новеллист он был выдающийся, в часы досуга он писал рассказы изысканнейшей тосканской прозой — отец был мастером idioma gentile[1].

Сеттембрини произносил слова родного языка с каким-то восторженным самозабвением, каждый слог точно пел и медленно таял у него на языке, и он покачивал при этом головой.

— И садик он себе развел по примеру Вергилия, — продолжал итальянец, — и все, что он говорил, было разумно и прекрасно. Но тепло, тепло в его комнатке было ему необходимо, иначе он начинал дрожать и готов был плакать от досады, что его заставляют мерзнуть. И вот представьте себе, вы, инженер, и вы, лейтенант, как я, сын своего отца, страдаю в этом треклятом варварском месте, где тело в самый разгар лета содрогается от холода и унизительные впечатления постоянно терзают душу! Ах, как это трудно! А что за типы нас окружают! Этот болван, этот чертов гофрат! А Кроковский! — Сеттембрини сделал вид, будто никак не может выговорить фамилию врача. — Кроковский, этот бесстыдный исповедник, он ненавидит меня за то, что человеческое достоинство не позволяет мне поддерживать его поповские штучки... А за моим столом... что за люди, и в их обществе я вынужден вкушать пищу! Справа — пивовар из Галле, его фамилия Магнус, у него усы — точно пучок сена. «Оставьте меня в покое с вашей литературой, — заявляет он. — Что она изображает? Возвышенные натуры! А на что мне возвышенные натуры? Я человек практический, да и возвышенных натур в жизни почти не бывает». Вот какое у него понятие о литературных произведениях. Возвышенные натуры... О Матерь Божья! А напротив сидит его супруга и все больше теряет белок, так как все глубже погружается в тупоумие. Просто горе и гнусность!

Не сговариваясь, Иоахим и Ганс Касторп относились одинаково к этим речам: что-то в них было жалобное и неприятно мятежное, но вместе с тем занимательное, а задорная строптивость и меткая язвительность делали их даже поучительными. Ганс Касторп добродушно расхохотался над «пучком сена» и «возвышенными натурами», или, верней, над тем комическим отчаянием, с каким Сеттембрини об этом говорил, потом сказал:

— Боже мой, ну, конечно, в таких заведениях общество всегда несколько смешанное. Ведь нам не дано выбирать соседей по столу, да и к чему бы это привело? За нашим столом тоже сидит такая дама... фрау Штёр — вы, наверно, ее видели... Она убийственно невежественна, иной раз просто не знаешь, куда глаза девать, ког-

[1] Литературного итальянского языка (*ит.*).

да она заводит свои дурацкие разговоры. И притом жалуется, что у нее температура и уж такая, такая вялость! И она действительно тяжело больна. Как странно — больна и глупа. Не знаю, понятна ли моя мысль, но если человек глуп, да в придачу еще болен — это на меня как-то особенно действует, такое сочетание, наверно, самая печальная вещь на свете. И совершенно не знаешь, как быть: ведь к больному надо относиться серьезно и с уважением, болезнь — это ведь что-то почтенное, если мне позволено будет так выразиться. Но когда к ней примешивается глупость со всякими «фомулюсами», «космическими заведениями» и прочими нелепостями, тут уж не знаешь, как быть — смеяться или плакать; для человеческого чувства возникает дилемма, и притом до того мучительная, что слов не подберешь. То есть не подходят друг к другу болезнь и глупость, несовместимы они! Мы не привыкли представлять их вместе! Принято считать, что глупый человек должен быть здоровым и заурядным, а болезнь делает человека утонченным, умным, особенным. Такова общепринятая точка зрения. Разве нет? Впрочем, я высказываю мысли, которых не смог бы обосновать, — продолжал он. — Но раз уж мы затронули этот вопрос... — Тут он вдруг смешался.

Смущен был и Иоахим, а Сеттембрини молчал, удивленно подняв брови, причем делал вид, будто ждет просто из вежливости, чтобы собеседник кончил излагать свои взгляды. В действительности же он ждал, когда Ганс Касторп окончательно запутается, и только тогда ответил:

— Sapristi[1], инженер, да у вас, оказывается, дар к философствованию, вот уж не ожидал! По вашей теории вам следовало быть менее здоровым, чем вы кажетесь, ибо вы, очевидно, умны. Но разрешите заметить, что я не могу согласиться с вашими выводами, я их отклоняю, я прямо-таки враждебно отношусь к ним. Видите ли, что касается суждений нашего духа, то я несколько нетерпим, и пусть лучше меня назовут педантом, все же я не оставлю без возражений, если они того заслуживают, хотя бы такие взгляды, как изложенные вами...

— Но, господин Сеттембрини...

— Раз-решите... Я знаю, что вы хотите сказать. Вы хотите сказать, что вовсе уж не так уверены в правильности ваших утверждений, что высказанные вами взгляды для вас вовсе не так бесспорны и вы их изложили как одну из возможных точек зрения, которые,

[1] Черт возьми (*фр.*).

так сказать, носятся в воздухе, и хотели, не беря на себя никакой ответственности, просто испытать свои силы, развивая их. Это соответствует вашему возрасту, ибо он еще далек от мужественной твердости и прежде всего стремится производить опыты с самыми различными точками зрения. Placet experiri[1], — латинское «с» он произнес как итальянское, — хорошая поговорка. Вызывает во мне недоумение то, что ваш эксперимент направлен именно в эту сторону. Сомневаюсь, чтобы тут была случайность. Я, наоборот, боюсь, что в этом сказалась некоторая склонность, которая может, при вашем характере, окрепнуть, если ей не противодействовать. Поэтому я обязан внести поправки. Вы заявили, что когда сочетаются болезнь и глупость — это самая печальная вещь на свете. С этим я еще могу согласиться. И мне умный больной милее чахоточного болвана. Но мой протест начинается там, где вы утверждаете, будто сочетание болезни с глупостью является своего рода погрешностью против стиля, так сказать безвкусицей природы и *дилеммой для человеческого чувства,* как вы изволили выразиться. Если вы считаете болезнь чем-то аристократическим и, как вы сказали, *почтенным,* тем, что с глупостью не вяжется, — да, это тоже ваше выражение, — так нет же! Болезнь отнюдь не аристократична, отнюдь не почтенна, самый этот взгляд есть болезнь или ведет к ней. Может быть, я всего успешнее вызову у вас отвращение к такому взгляду, если скажу, что он устарел, он уродлив. Этот взгляд возник в придавленные суеверием времена, когда идея человека была искажена и обесчещена, во времена, полные страха, когда гармония и здоровье считались чем-то подозрительным, порождением дьявола, а немощь гарантировала пропуск в царство небесное. Но разум и просвещение изгнали эти тени, омрачившие душу человечества, — правда, еще не вполне, еще до сих пор идет борьба, а имя этой борьбе, сударь мой, — труд, земной труд во имя земли, во имя чести и интересов человечества; и каждый день все больше закаляются в этой борьбе те силы, которые окончательно освободят человека и поведут его по пути прогресса и цивилизации, навстречу все более яркому, мягкому и чистому свету.

«Черт возьми, — подумал Ганс Касторп, ошеломленный и пристыженный, — вот так хвалебная песнь труду. Чем я ее вызвал? Впрочем, все это звучит довольно суховато. И что он все твердит о труде? Вечно лезет со своим трудом, хотя труд здесь почти ни при чем!» И он сказал:

[1] Производить опыты приятно (*лат.*).

— Прекрасно, господин Сеттембрини. Прямо удивительно, как вы все это умеете объяснить... Лучше, пластичнее, мне кажется, и выразить трудно.

— Возврат к прошлому, — снова начал Сеттембрини, приподняв зонтик над кем-то проходившим мимо него, — интеллектуальный возврат к прошлому, к воззрениям той мрачной, жестокой эпохи, — поверьте мне, инженер, это тоже болезнь, и она вполне изучена, для нее у науки есть немало терминов — и в области эстетики и психологии, и в области политики, хотя это школьные термины, они ничего не объясняют, и вы охотно бы от них уклонились. Но так как все явления духовной жизни тесно между собой переплетены и одно вытекает из другого, а черту нельзя дать даже мизинца, не то он захватит всю руку, да и всего человека... и так как, с другой стороны, всякий здоровый принцип может привести только к здоровым результатам — все равно какой бы вы ни взяли за основу, — то зарубите себе на носу: в болезни отнюдь нет ничего возвышенного, ничего столь почтенного, чтобы она никак не могла сочетаться с глупостью; напротив, болезнь скорее — *унижение,* да, и она очень мучительна, очень оскорбительна, она унижает идею человека... Можно в отдельных случаях относиться к болезни бережно, с сочувствием, но уважать ее как особую духовную ценность — нельзя, это *заблуждение,* — зарубите себе на носу, — и оно служит началом всех умственных заблуждений. Та женщина, о которой вы говорили... не могу вспомнить ее фамилию... да, фрау Штёр, благодарю вас, — словом, та нелепая женщина — не тот случай, когда перед человеческим чувством, как вы выразились, встает дилемма. Больна и глупа — ну и с Богом, такая уж у нее судьба, тут все просто, остается только пожалеть и пожать плечами. Дилемма, сударь мой, вернее, *трагедия,* начинается там, где природа оказалась настолько жестокой, что нарушила гармонию личности или заранее сделала ее невозможной, связав благородный и жизнеутверждающий дух с непригодным для жизни телом. Вы знаете Леопарди, инженер, или вы, лейтенант? Это несчастный поэт моей страны, горбатый, болезненный. Он был одарен великой душой, но, постоянно оскорбляемая убожеством тела, она опустилась в низины иронии, и жалобы этой души разрывают сердце. Вот послушайте!

И Сеттембрини начал декламировать; итальянские слова словно пели и таяли у него на языке; покачивая головой, он временами закрывал глаза, не заботясь о том, что спутники ничего не понимают. Видимо, для него было важно самому насладиться богатствами своей памяти и своего произношения и раскрыть их перед слушателями. Наконец он проговорил:

— Но вы же ничего не понимаете, вы слышите только звуки, а их мучительного смысла не улавливаете. Калеке Леопарди, господа, — прочувствуйте это до конца, — было прежде всего отказано в женской любви, поэтому-то он, вероятно, и не мог бороться против увядания своей души. Блеск славы и добродетели померк для него, природа показалась ему злой, — впрочем, *оно так и есть,* она зла и глупа, тут я с ним согласен, — и он изверился, — страшно сказать, — изверился в силах науки и прогресса! Вот она где трагедия, инженер! Вот где «дилемма для человеческого чувства», а не в отношении той женщины, — я не желаю утруждать себя, вспоминая ее фамилию... И не говорите мне, пожалуйста, об «одухотворении», которое будто бы может вызвать в человеке болезнь, — ради Бога, не говорите! Душа без тела — нечто настолько же нечеловеческое и ужасное, как и тело без души, впрочем — первое редкое исключение, второе — правило. Как правило, тело берет верх над душой, захватывает власть, захватывает все, что есть жизнь, и отвратительно эмансипируется. Человек, ведущий жизнь больного, — *только* тело, в этом и состоит античеловеческая, унизительная особенность болезни... В большинстве случаев такое тело ничем не лучше трупа...

— Интересно, — вдруг заметил Иоахим, наклоняясь вперед, чтобы взглянуть на двоюродного брата, который шел по другую сторону Сеттембрини, — ты ведь недавно говорил почти то же самое.

— Разве? — удивился Ганс Касторп. — Да, может быть, у меня и возникали подобные мысли.

Сеттембрини сделал молча несколько шагов, затем сказал:

— Тем лучше, господа. Если так, тем лучше. Я отнюдь не хотел преподнести вам какую-то оригинальную философскую концепцию — это не моя специальность. Если наш инженер сам подметил нечто подобное, это только подтверждает мое предположение, что он дилетантствует в области мысли и, как это присуще одаренной молодежи, пока только экспериментирует с самыми различными воззрениями. Одаренный молодой человек — вовсе не чистый лист бумаги, а скорее лист, на котором симпатическими чернилами все уже написано, хорошее и дурное, и дело воспитателя — энергично развивать хорошее, а дурное, если оно стремится проступить на этом листе, навсегда уничтожить, соответствующим образом влияя на него. Вы делали покупки, господа? — спросил он уже совсем другим, небрежным тоном.

— Да, ничего особенного, — отозвался Ганс Касторп, — всего-навсего...

— Мы купили одеяла для моего двоюродного брата, — спокойно пояснил Иоахим.

— Чтобы лежать на воздухе... при таком собачьем холоде... Я ведь тоже, пока я здесь, буду следовать режиму, — сказал Ганс Касторп, усмехнувшись, и опустил глаза.

— А! Одеяла, лежание на воздухе... — проговорил Сеттембрини. — Так, так, так! Ну, ну, ну! И в самом деле: «Placet experiri!» — повторил он с итальянским выговором и простился со своими спутниками. Приветствуемые хромым портье, они уже входили в холл санатория, и Сеттембрини свернул в одну из гостиных, чтобы, как он заявил, перед завтраком почитать газеты. Второе лежание он, видимо, решил прогулять.

— Ну, знаешь ли, — начал Ганс Касторп, когда с Иоахимом поднимался на лифте, — это же настоящий педагог. Он сам недавно признал, что есть в нем такая жилка. И с ним нужно быть все время начеку, скажешь лишнее слово — и получай длиннейшее наставление. Но послушать его стоит, он умеет говорить, каждое слово у него точно выскакивает изо рта, и оно какое-то круглое и аппетитное... Когда он ораторствует, мне всегда представляется, что это не слова, а свежие булочки.

Иоахим рассмеялся.

— Ну, этого ты лучше ему не говори. По-моему, он будет огорчен, узнав, что во время его поучений ты вспоминаешь о булках.

— Разве? Я далеко не уверен. У меня все время такое впечатление, что для него важно не только наставлять, или, может быть, важно во вторую очередь, а главное — говорить, вот так подбрасывать слова и катить их... упруго, точно резиновые мячики... ему даже приятно, когда обращают внимание и на эту особенность его речи. Пивовар Магнус, конечно, глуповат со своими «возвышенными натурами», однако Сеттембрини следовало бы все-таки объяснить, что же в литературе основное. Я не спросил, чтобы не компрометировать себя, — ведь я в этом тоже плохо разбираюсь и до сих пор не встречал ни одного литератора. Если для него дело не в «возвышенных натурах», то в «возвышенных словах»; по крайней мере у меня создается такое впечатление, когда я нахожусь в его обществе. А какие он употребляет выражения! Ничуть не стесняясь, говорит «добродетель»! Ты подумай! За всю свою жизнь я ни разу не решился вслух произнести это слово, и даже в школе, если в оригинале было написано «virtus», мы переводили: «храбрость». Поэтому меня невольно покоробило, должен сознаться. И потом, мне слегка действует на нервы, когда он начинает бранить и погоду, и Беренса, и фрау Магнус за то, что она теряет белок, — словом, всех и вся. Он оппозиционер по натуре, я это сразу понял. И обрушивается на всякий установленный порядок, а в таких людях всегда чувствуется какая-то отверженность, тут ничего не поделаешь.

— Это ты так воспринимаешь, — задумчиво ответил Иоахим. — А я вижу в нем что-то гордое, и никакой отверженности; наоборот, он высоко ценит себя и человека вообще, и эта черта мне нравится, в нем есть сознание своего человеческого достоинства.

— Ты прав, — сказал Ганс Касторп. — Даже какая-то *строгость;* и очень часто становится не по себе оттого, что — скажем прямо — чувствуешь, будто бы тебя контролируют, но вовсе не в отрицательном смысле. Поверишь, у меня почему-то такое ощущение, что он, например, возражает против моей покупки одеял для лежания, он этим недоволен, у него есть что сказать на этот счет, и он порицает меня.

— Нет, — отозвался Иоахим после краткого раздумья. — Почему бы? Не могу себе представить. — Затем, сунув в рот градусник и собрав все свои пожитки, отправился лежать, а Ганс Касторп начал тут же переодеваться и приводить себя в порядок к обеду — ведь до него оставался всего какой-нибудь час.

## ЭКСКУРС В ОБЛАСТЬ ПОНЯТИЯ ВРЕМЕНИ

Когда они после обеда поднялись опять к себе наверх, пакет с одеялами уже лежал на стуле в комнате Ганса Касторпа, и он в первый раз воспользовался ими; Иоахим, опытный в этом деле, научил его искусству в них завертываться, как здесь завертывались все, и каждый новичок должен был немедленно этим искусством овладеть. Одеяла расстилали одно поверх другого на шезлонге, так что в ногах значительная часть лежала на полу. Затем усаживались в шезлонг и начинали завертываться в то, которое лежало сверху: сначала в длину, до подмышек, потом, сидя, наклонялись, ухватив сложенный вдвое конец с одной стороны и с другой, подгибали его как можно аккуратнее и затем подвертывали одеяло с другой стороны, чтобы оно лежало ровно и без складок. То же проделывали и с нижним одеялом; это было несколько труднее, и Гансу Касторпу, как бездарному новичку, пришлось немало покряхтеть, прежде чем он, то нагибаясь, то выпрямляясь, научился приемам завертывания. Лишь немногие санаторские ветераны, заявил Иоахим, умеют тремя уверенными движениями захлестывать вокруг себя *оба одеяла сразу,* но эта редкая и завидная ловкость достигается не только многолетними упражнениями, для нее нужно иметь врожденный талант. Над последним словом Ганс Касторп невольно рассмеялся; у него ныла поясница, и он утомленно откинулся на спинку шезлонга, а Иоахим, не сразу поняв, что же тут смешного, с недоумением посмотрел на него, но потом и сам рассмеялся.

— Так, — заявил он, когда Ганс Касторп, умучавшись от этой гимнастики и приняв вид какого-то бесформенного тюка, наконец улегся и оперся головой о мягкий валик, — даже двадцатиградусный мороз тебя теперь не проймет. — Потом он исчез за стеклянной стенкой, чтобы самому завернуться и лечь.

Утверждение Иоахима относительно двадцатиградусного мороза показалось Гансу Касторпу сомнительным, — ему и сейчас уже было холодно. Он то и дело вздрагивал от пробегавшего по телу озноба, всматриваясь из-под деревянных арок балкона в сочащуюся с неба мокреть, которая, казалось, в любую минуту могла перейти в снегопад. Как странно, что, несмотря на сырость, его щеки все еще пылают сухим жаром, как будто он находится в слишком жарко натопленной комнате. И просто смешно, до чего он устал от возни с одеялами, — книга «Ocean steamships» начинала дрожать в его руках, как только он подносил ее к глазам. Правда, уж очень здоровым его тоже не назовешь — общее малокровие, как заявил гофрат Беренс, поэтому он, вероятно, так легко и зябнет. Однако неприятные ощущения смягчались удивительно удобным положением, в котором он лежал на этом шезлонге; неопределимые, почти таинственные особенности этого кресла с первого же раза вызвали в нем живейшее удовольствие, и теперь он снова одобрил его конструкцию как в высшей степени удобную. Играла ли здесь роль мягкая обивка, правильный наклон спинки, ширина и высота подлокотников или степень упругости привешенного к изголовью валика — однако трудно было с большей гуманностью обеспечить полный отдых покоящемуся телу, чем давал этот шезлонг.

Ганс Касторп был в душе рад, что ему на два часа обеспечен покой; и эти два часа, освященные традиционным распорядком санаторского дня, казались ему, хотя он был здесь наверху всего лишь гостем, вполне разумной мерой. Ибо он был терпелив от природы, мог долго оставаться без всяких занятий, любил, как мы уже видели, иметь досуг и желал, чтобы этот досуг не был спугнут лихорадочной деятельностью, заполнен ею и разрушен.

В четыре предстоял чай с пирожным и вареньем, затем небольшая прогулка, опять отдых в шезлонге, в семь ужин, во время которого, так же как за другими трапезами, бывало кое-что интересное, заслуживающее внимания, почему их и ждали с удовольствием; а после ужина можно было посмотреть в стереоскоп, в калейдоскопическую зрительную трубку, в барабан с кинематографической лентой... Ганс Касторп уже знал распорядок дня назубок, хотя, конечно, нельзя было утверждать, что он, как говорится, «сжился» с ним.

В сущности, странная вещь — это «сживание» с новым местом, это, хотя бы и нелегкое, приспосабливание и привыкание, на которое идешь ради него самого, чтобы, едва или только что привыкнув, снова вернуться к прежнему состоянию. Такие временные отклонения включаешь в основной строй жизни как интермедию, для разнообразия, для того чтобы «поправиться», то есть для обновляющего переворота в деятельности организма, ибо при однообразном течении жизни организму грозила бы опасность изнежиться, обессилеть, отупеть. В чем же причина этого отупения и вялости, которые появляются у человека, если слишком долго не нарушается привычное однообразие? Причина лежит не столько в физической и умственной усталости и изношенности, возникающих при выполнении тех или иных требований жизни (ибо тогда для восстановления сил было бы достаточно простого отдыха), причина кроется скорее в чем-то душевном, в переживании времени — так как оно при непрерывном однообразии грозит совсем исчезнуть и настолько связано и слито с непосредственным ощущением жизни, что, если ослабевает одно, неизбежно терпит мучительный ущерб и другое. Относительно скуки, когда «время тянется», распространено немало ошибочных представлений. Принято считать, что при интересности и новизне содержания «время бежит», другими словами — такое содержание сокращает его, тогда как однообразие и пустота отяжеляют и задерживают его ход. Но это верно далеко не всегда. Пустота и однообразие, правда, могут растянуть мгновение или час или внести скуку, но большие, очень большие массы времени способны сокращать само время и пролетать с быстротой, сводящей его на нет. Наоборот, богатое и интересное содержание может сократить час и день и ускорить их, но такое содержание придает течению времени, взятому в крупных масштабах, широту, вес и значительность, и годы, богатые событиями, проходят гораздо медленнее, чем пустые, бедные, убогие; их как бы несет ветер, и они летят. То, что мы определяем словами «скука», «время тянется», — это скорее болезненная краткость времени в результате однообразия; большие периоды времени при непрерывном однообразии съеживаются до вызывающих смертный ужас малых размеров: если один день как все, то и все как один; а при полном однообразии самая долгая жизнь ощущалась бы как совсем короткая и пролетала бы незаметно. Привыкание есть погружение в сон или усталость нашего чувства времени, и если молодые годы живутся медленно, то позднее жизнь бежит все проворнее, все торопливее, и это ощущение основывается на привычке. Мы знаем, что необходимость привыкать к иным, новым содержаниям жизни является единственным средством, способным поддержать наши жизненные силы, освежить наше восприятие времени, добиться омоложения этого восприятия, его углубления и замедления; тем самым обновится и наше чувство жизни. Ту же цель преследуют перемены места и климата, поездки на взморье, в этом польза развлечений и новых событий. В первые дни пребывания на новом месте у времени юный, то есть мощный и широкий, ход, и это продолжается с неделю. Затем, по мере того как «сживаешься», наблюдается некоторое сокращение; тот, кто привязан к жизни, или, вернее, хотел бы привязаться к жизни, с ужасом замечает, что дни опять становятся все более легкими и начинают как бы «буксовать», а, скажем, последняя неделя из четырех проносится до жути быстро и незаметно. Правда, освежение чувства времени действует несколько дольше, и когда мы возвращаемся к привычному строю жизни, оно снова дает себя почувствовать; первые дни, проведенные дома хотя бы после путешествия, воспринимаются как что-то новое, широко и молодо, но очень недолго: ибо с привычным распорядком жизни сживаешься опять быстрее, чем с его отменой, и когда восприятие времени притупилось — от старости или от слабости жизнеощущения, при котором оно никогда и не было развито, — это чувство времени опять очень скоро засыпает, и уже через сутки вам кажется, что вы никуда и не уезжали и ваше путешествие только приснилось вам.

Мы приводим эти соображения лишь потому, что примерно таковы были мысли Ганса Касторпа, когда он несколько дней спустя сказал двоюродному брату (взглянув на него при этом покрасневшими глазами):

— А все-таки забавно, что в чужом месте время сначала ужасно тянется. То есть, разумеется, нет и речи о том, чтобы я скучал, напротив, я скорее мог бы сказать, что развлекаюсь прямо по-королевски. Но когда я оглядываюсь назад, смотрю ретроспективно — только пойми меня правильно, — мне чудится, будто я здесь наверху давным-давно и бог весть сколько времени прошло с той минуты, когда поезд подошел к платформе и ты сказал: «Что же ты не выходишь?» Помнишь? Мне кажется, прошла целая вечность. С обычными измерениями времени и данными рассудка это решительно не имеет ничего общего, тут вопрос особого ощущения. Конечно, было бы глупо, если бы я сказал: мне кажется, я здесь уже два месяца — это было бы просто nonsens'ом[1]. Я именно только говорю — «очень давно».

— Да, — ответил Иоахим с градусником во рту, — понимаю, с тех пор как ты здесь, я могу хоть как-то опереться на тебя. — И Ганс Касторп рассмеялся тому, что Иоахим сказал это так просто, без пояснений.

## ОН ПЫТАЕТСЯ ГОВОРИТЬ ПО-ФРАНЦУЗСКИ

Нет, он отнюдь еще не сжился со здешней жизнью и не познал ее во всем ее своеобразии — да это познание и невозможно было приобрести не только за несколько дней, но, как утверждал Ганс Касторп (и заявил об этом кузену), даже за три недели; не приспособился и его организм к в высшей степени специфическим атмосферным условиям «здесь наверху»; от этого приспосабливания ему солоно приходилось, оно как будто совсем не давалось.

Обычный день был строго распределен, заботливо организован, и, если подчиняться установленному распорядку, человек быстро осваивался, и все шло своим чередом. Однако в пределах недели, а также больших периодов времени происходили регулярные от-

[1] Глупостью (*англ.*).

клонения от обычного расписания, и о них Ганс Касторп узнавал лишь постепенно — при одном он присутствовал впервые, другие уже повторялись; что касалось ежедневного появления определенных предметов и лиц, то здесь ему тоже приходилось на каждом шагу учиться, замеченное мимоходом рассматривать внимательнее и вбирать в себя новое с юношеской восприимчивостью.

Например, как разъяснил ему Иоахим, в тех пузатых баллонах с короткими горлами, стоявших в коридорах перед некоторыми дверями и бросившихся ему в глаза в вечер его приезда, оказался кислород, да, чистейший кислород, по шести франков баллон; живительный газ давался умирающим при последней вспышке, для поддержания угасающих сил, они вдыхали его через резиновую трубку. Ибо за дверями, возле которых стояли такие баллоны, лежали умирающие, или «moribundi», как назвал их гофрат Беренс, когда Ганс Касторп однажды встретился с ним на первом этаже: гофрат шел по коридору в белом халате, щеки у него были синие, и он на ходу загребал ручищами. Они вместе стали подниматься по лестнице.

— Ну как, беспристрастный наблюдатель? — спросил Беренс — Что вы поделываете, милостиво ли взирает на нас ваш испытующий взор? Нам лестно, нам лестно. Да, наш летний сезон неплох, он у нас первый сорт. И я немало потрудился, чтобы его разрекламировать. Жаль, что вы не хотите провести здесь и зиму, я слышал — вы предполагаете пробыть всего два месяца? Ах, три недели? Но это же только мимолетный визит, не стоило и ездить! Ну, вам виднее. А все-таки жаль, что вы не хотите прожить зиму, когда тут собирается вся хотволе[1], — продолжал он, шутливо искажая французское произношение, — международная хотволе приезжает туда вниз, в местечко, только зимой, и вам посмотреть бы их следовало. Это было бы полезно в образовательном отношении. Просто лопнуть можно от смеха, когда эти типы шествуют, подпрыгивая, точно на ходулях. А дамы, Боже праведный, дамы! Пестры, как райские птицы, а уж любезны... Ну, мне пора к моему морибундусу, — заявил он, — вот сюда, в двадцать седьмой номер. Последняя стадия, знаете ли. Вся середка сгнила. Пять дюжин фляг с кислородом высосал он вчера и сегодня, пьяница эдакий! Но к полудню, думаю, отправится ad penates[2]. Ну, милый Рейтер, — обратился он к больному, входя в комнату, — а что, если мы откупорим еще

[1] Искаженное французское haute volée — высший свет.
[2] Здесь — на тот свет (*лат.*).

одну?.. — Он закрыл за собою дверь, и слова его как бы оборвались. Но Ганс Касторп все же успел за это короткое мгновение рассмотреть в глубине комнаты, на подушке, восковой профиль молодого человека с тощей бородкой, медленно обратившего к двери глаза с очень выпуклыми глазными яблоками.

Это был первый морибундус, которого Ганс Касторп видел в своей жизни, ибо и его родители и дед умирали как бы у него за спиной. С каким достоинством покоилась на подушке голова этого молодого человека с задранной кверху бородкой! Каким значительным был взгляд его слишком крупных глаз, когда он обратил их к двери! Ганс Касторп, все еще ошеломленный этим мгновенным впечатлением, невольно попытался так же расширить и выкатить глаза и посмотреть вокруг тем же значительным замедленным взглядом. Приближаясь к лестнице, он устремил этот взгляд на даму, которая вышла из комнаты позади него и перегнала его уже на площадке. Он не сразу узнал мадам Шоша. Она тихонько усмехнулась тому, что он сделал такие глаза, потом поднесла ладонь к косам на затылке, словно желая их поддержать, и стала спускаться по лестнице впереди него неслышной и гибкой походкой, слегка выставив вперед голову.

В эти первые дни он не завел почти никаких знакомств, да и потом это случилось не скоро. Распорядок дня, в общем, мало способствовал знакомствам. Ганс Касторп был замкнут по природе, кроме того он чувствовал себя здесь гостем и «беспристрастным наблюдателем», как выразился гофрат Беренс, поэтому в основном довольствовался обществом Иоахима и разговорами с ним. Правда, сестра, с которой они сталкивались в коридоре, до тех пор вывертывала себе шею, глядя им вслед, пока Иоахим, и раньше удостаивавший ее минутной болтовней, наконец не познакомил ее с двоюродным братом. Шнурок от пенсне у нее был закинут за ухо, и она говорила не только жеманясь, но вычурно и вымученно, и при самом поверхностном знакомстве с нею начинало казаться, что под пыткой скуки ее рассудок даже помрачился. Было очень трудно от нее отделаться, ибо, когда она увидела, что разговор подходит к концу и молодые люди намерены продолжать свой путь, она вцепилась в них взглядами, торопливыми словами и полной отчаяния улыбкой; и тогда они, из сострадания, решили постоять с ней еще немного. А она принялась рассказывать во всех подробностях о своем папе — он юрист, и о кузене — он врач, видимо, желая выставить себя в выгодном свете и подчеркнуть, что она принадлежит к образованному обществу. Что касается ее юного подопечного там, за дверью, то он сын кобургского фабриканта кукол Ротбейна, недавно болезнь перебросилась у него на кишечник. Это очень тяжело для всех, кто имеет с ним дело, — господа, вероятно, представляют себе почему; особенно трудно, если принадлежишь к интеллигентной семье и обладаешь тонкой чувствительностью, присущей высшим классам общества. На минуту нельзя отойти. Вот хотя бы на днях... вы не поверите, господа, я вышла совсем ненадолго, зубного порошку себе купить, возвращаюсь и вижу: мой больной сидит в постели, а перед ним стакан густого темного пива, колбаса салями, кусище черного хлеба и огурец! Все эти запретные лакомства ему, оказывается, прислали родственники для подкрепления сил. А на другой день он, конечно, был еле жив. Он сам ускоряет свой конец. Но смерть будет освобождением только для него, не для нее, — к слову сказать, здесь ее зовут сестра Берта, но на самом деле она Альфреда Шильдкнехт, — и вот ей придется тогда перейти к другому больному, с более или менее опасной стадией болезни, здесь или в другом санатории, вот единственная перспектива, которая ее ждет, другой не предвидится.

Ганс Касторп согласился, что, конечно, профессия у нее тяжелая, но она, надо полагать, дает и удовлетворение...

— Разумеется, — ответила сестра, — она дает удовлетворение, но уж очень она тяжела.

— Ну, наилучшие пожелания господину Ротбейну. — И двоюродные братья хотели было отойти.

Однако она опять вцепилась в них взглядами и словами, и в этой своей попытке хоть немножко задержать их была так жалка, что не уделить ей еще хоть несколько мгновений было бы просто жестокостью.

— Он спит! — сказала она. — Сейчас я ему не нужна. Вот я и вышла на минутку в коридор... — И она принялась жаловаться на гофрата Беренса и на его тон: он слишком бесцеремонен, ведь она — девушка из хорошей семьи. Доктора Кроковского она хвалила, заявив, что вот это человек душевный. Затем опять свела разговор на своего папу и на кузена. Ее мозг был, видимо, не способен ни на что другое. Тщетно силясь удержать молодых людей еще хоть на миг, она вдруг заговорила очень громко, стала чуть ли не кричать, но они все же ускользнули от нее и поспешили дальше. Сестра еще некоторое время смотрела им вслед, наклонившись вперед и словно присасываясь к ним взглядом, как будто желая силой этого взгляда заставить их повернуть обратно. Затем из груди ее вырвался тяжелый вздох, и она возвратилась в комнату своего подопечного.

Кроме нее, Ганс Касторп познакомился в эти дни с черно-бледной дамой, которую видел в саду, с мексиканкой, прозванной «Tous les deux». И он действительно услышал из ее уст печальную формулу, ставшую ее прозвищем; но так как он к этому приготовился, то вполне владел собой и не мог потом себя ни в чем упрекнуть. Двоюродные братья встретили мексиканку перед главным входом, когда после первого завтрака отправлялись на положенную прогулку. Закутавшись в черную кашемировую шаль и согнув колени, неутомимо ходила она взад и вперед большими тревожными шагами, и из-под черной вуали, наброшенной на серебрящиеся волосы и завязанной под подбородком, светилось матовой белизной ее стареющее лицо с крупным страдальческим ртом. Иоахим, который был, как всегда, без шляпы, приветствовал ее поклоном, она неторопливо ответила, и когда подняла глаза — поперечные морщины, пересекавшие ее лоб, обозначились резче. Увидев новое лицо, она остановилась и, тихонько кивая головой, ждала, чтобы молодые люди приблизились; ибо, видимо, считала необходимым узнать, известно ли приезжему о ее горестной судьбс, и услышать его мнение. Иоахим представил кузена. Выпростав из-под мантильи худую желтоватую руку с резко выступающими венами и унизанную кольцами, она протянула ее молодому человеку и продолжала, кивая, смотреть на него.

— Tous les dé, monsieur, — проговорила она. — Tous les dé vous savez...[1]

— Je le sais, madame[2], — ответил Ганс Касторп вполголоса. — Et je le regrette beaucoup[3].

Его поразили мешки под ее агатово-черными глазами — тяжелые и отвисшие, он еще никогда таких не видел. От нее исходил легкий аромат увядания. И его душу охватила особая мягкость и серьезность.

— Merci, — сказала она с каким-то шелестящим выговором, удивительно гармонировавшим с надломленностью всего ее облика, и один угол ее крупного рта трагически опустился. Затем она снова спрятала руку под мантилью, наклонила голову и опять бес-

[1] Оба, сударь, — *проговорила она.* — Оба, знаете ли... (*фр.*)

[2] Я знаю, сударыня (*фр.*).

[3] И очень сожалею (*фр.*).

покойно зашагала по дорожкам. А когда они пошли дальше, Ганс Касторп сказал:

— Вот видишь, я был очень спокоен и обошелся с ней как надо. Мне кажется, у меня от природы дар обходиться с такими людьми, — верно? Мне даже кажется, что с теми, у кого есть горе, я лажу лучше, чем с теми, у кого все благополучно, Бог его знает почему; может быть, оттого, что я все-таки сирота и слишком рано потерял родителей; но если люди серьезны и печальны и дело идет о смерти — меня это не гнетет и не смущает, я, напротив, чувствую себя в родной стихии и, во всяком случае, лучше, чем когда они бодры и веселы, — это мне более чуждо. Недавно я думал вот о чем: ведь какая глупость, что здешние дамы до такой степени боятся смерти и всего связанного с ней, и их тщательно оберегают, и даже причастие приносят умирающим, когда больные сидят за столом. Фу, пошлость какая! Разве вид гроба тебе не нравится? Мне иной раз очень нравится. По-моему, гроб — это вещь прямо-таки красивая, даже когда он пуст, а уж если там кто-нибудь лежит, то для меня это зрелище глубоко торжественное. В похоронах есть что-то утешительное, и мне казалось не раз: когда ищешь утешения — надо идти не в церковь, а на какие-нибудь похороны. Люди одеты в строгую черную одежду, стоят без шляп, смотрят на гроб серьезно и с благоговением, и никто не осмелится глупо острить, как обычно острят в жизни. Когда в людях чувствуется хоть немного благоговения — мне это очень по душе. Я уж иной раз спрашиваю себя, не следовало ли мне стать пастором... В каком-то смысле мне эта профессия подошла бы... Надеюсь, я не сделал ни одной ошибки, когда отвечал ей по-французски?

— Нет, — отозвался Иоахим, — все было сказано вполне правильно.

## ПОЛИТИЧЕСКИ НЕБЛАГОНАДЕЖНА

Происходили и регулярные отклонения от обычного распорядка; таким днем было, во-первых, воскресенье — с музыкой на террасе, она играла два раза в месяц. Сегодня было как раз второе воскресенье, и оно отмечало конец недели, в начале которой Ганс Касторп сюда прибыл. Он приехал во вторник, и вот наступил пятый день его жизни в санатории, чисто весенний день; после бурного ненастья и нежданного возврата зимы он казался особенно нежным и свежим, с чистенькими облачками, ясным небом и нежарким солнцем, озарявшим горные склоны и долины, которые снова зазеленели, как и полагается летом, ибо выпавший снег был обречен на быстрое таяние.

Все, видимо, старались отдать дань воскресному дню и как-то выделить его; в этом стремлении и администрация и больные поддерживали друг друга. За первым же завтраком был подан песочный пирог, возле каждого прибора стояла вазочка с цветами — дикими горными гвоздиками и даже альпийскими розами, причем мужчины тут же вдели себе по цветку в петлицу (на прокуроре Параванте из Дортмунда был даже фрак и крапчатый жилет); дамские туалеты оказались особенно нарядными и воздушными, мадам Шоша явилась к завтраку в свободном кружевном матине с откидными рукавами; и когда застекленная дверь, как обычно, с треском захлопнулась за ней, она повернулась лицом к залу, как бы грациозно представилась сидящим, а уже потом крадущейся походкой скользнула к своему столу; матине так удивительно шло ей, что учительница из Кенигсберга сейчас же начала восторгаться. Даже варварская чета, сидевшая за «плохим» русским столом, отдала дань Божьему празднику, и супруг сменил кожаную куртку на что-то вроде короткого сюртука, а теплые сапоги — на кожаные ботинки; правда, на шее у супруги болталось все то же грязноватое боа из перьев, но под ним оказалась зеленая шелковая блузка с рюшем у ворота. Увидев их обоих, Ганс Касторп насупился и покраснел, что здесь, впрочем, случалось с ним весьма часто.

Сейчас же после второго завтрака на террасе зазвучала музыка, оркестр состоял из медных и деревянных духовых инструментов и играл то бравурные, то мечтательные пьесы до самого обеда. Во время концерта лежание на воздухе было необязательно. Правда, иные вкушали услады слуха, расположившись на своих балконах, два-три шезлонга были заняты и в садовом павильоне, но большинство больных сидело за белыми столиками на крытой галерее, а более легкомысленная часть публики, решив, что стулья — это слишком почтенно, расположились на каменных ступенях, которые вели в сад, и здесь царило веселое оживление; собрались молодые люди обоего пола — большинство из них Ганс Касторп уже знал в лицо или по фамилии: Гермина Клеефельд и господин Альбин, который пустил по кругу большую цветастую коробку шоколадных конфет и всех угощал, но сам не ел, а, приняв покровительственный вид, курил сигарету с золотым мундштуком; затем губастый юнец из «Союза однолегочных»; фрейлейн Леви, худая девица с лицом цвета слоновой кости; пепельный блондин по фамилии Расмуссен, чьи вялые руки висели, словно плавники, на уровне груди; госпожа Заломон из Амстердама, одетая в красное платье, — пышнотелая особа, тоже присоединившаяся к молодежи; человек с редеющей шевелюрой, который умел играть марш из «Сна в летнюю ночь», — он пристроился у нее за спиной и сидел, охватив острые колени и не спуская мутных глаз с ее смуглого затылка; рыжеволосая барышня из Греции; еще одна девица неизвестной национальности с лицом тапира; прожорливый подросток в толстых очках; еще один мальчик лет пятнадцати-шестнадцати, с моноклем, — когда он покашливал, то подносил к губам мизинец с длиннейшим ногтем, похожим на совок для соли, — явный осел, — и другие.

Этот мальчик с длинным ногтем, как начал шепотом рассказывать Иоахим, был лишь слегка нездоров, когда приехал, температуры — никакой; отец его, врач, отправил сына сюда наверх только в целях профилактики, и, по заключению гофрата, он должен был пробыть в санатории самое большее месяца три. И вот теперь, через три месяца, у него температура поднимается до 37,8—38 и болезнь очень развилась. Правда, он ведет такой неразумный образ жизни, что его следовало бы отхлестать по щекам.

Двоюродные братья сидели несколько в стороне, за отдельным столиком, ибо Ганс Касторп курил, попивая черное пиво, которое он взял с собой из столовой, и минутами ему даже казалось, что у сигары прежний вкус. Слегка захмелев от пива и от музыки, действовавших на него как обычно, он сидел, приоткрыв рот, склонив голову набок, и созерцал покрасневшими глазами беззаботную курортную жизнь вокруг себя, причем сознание, что у всех этих людей происходит внутри процесс разрушения, который так трудно остановить, и у большинства легкий жар, не только не мешало, но придавало всему какое-то своеобразие, даже обаяние. За столиками пили жемчужно пенившийся лимонад, а на крыльце снимались. Иные обменивались почтовыми марками, рыжая барышня из Греции рисовала в блокноте господина Расмуссена, сидевшего на большом камне, но потом ни за что не хотела показать рисунок и, смеясь и открывая широко расставленные зубы, вертелась туда и сюда, так что ему долго не удавалось вырвать у нее блокнот. Гермина Клеефельд сидела на ступеньках и, полузакрыв глаза, постукивала в такт музыке свернутой газетой, в то время как господин Альбин старался приколоть к ее груди пучочек полевых цветов; губастый подросток, пристроившись у ног фрау Заломон, болтал, задрав к ней голову, а лысеющий пианист не отрываясь продолжал смотреть на ее затылок.

Наконец к обществу пациентов присоединились и врачи, гофрат Беренс в белом халате и доктор Кроковский — в черном. Они прошли вдоль столиков, причем гофрат обращался почти к каждому с добродушной шуткой, и его путь обозначился струей оживления; затем они спустились к молодежи, женская часть которой, ревниво поглядывая друг на друга и теснясь, тотчас обступила доктора Кроковского, а гофрат в честь воскресного дня стал показывать мужчинам фокус со шнурками на ботинках: он поставил свою ножищу на ступеньку, распустил шнурки, взял их особым образом в одну руку и ухитрился без помощи другой снова зашнуроваться крест-накрест так крепко, что все дивились; многие попытались проделать то же самое, но тщетно.

Позднее на террасе появился и Сеттембрини; опираясь на горную палку, вышел он из столовой, одетый все в тот же ворсистый сюртук и желтоватые брюки; лицо его, как обычно, выражало живой ум и скептическое лукавство; он посмотрел вокруг, устремился к столику, за которым сидели двоюродные братья, воскликнул: «А, браво!» — и попросил разрешения подсесть к ним.

— Пиво, табак и музыка! — воскликнул он. — Вот ваше отечество! Я вижу, инженер, что у вас есть вкус к национальному духу. Вы — в своей стихии, это меня радует. Разрешите же и мне приобщиться к гармонии ваших чувств.

Ганс Гасторп весь подобрался — он сделал это, едва завидев итальянца. И сказал:

— Поздненько же вы приходите, господин Сеттембрини, концерт уже скоро кончится. Разве вы не охотник послушать музыку?

— Я не люблю слушать ее ни по команде, ни по календарю, — отозвался Сеттембрини. — Не люблю, когда от нее несет аптекой и она предписывается мне сверху из санитарных соображений. Я, видите ли, все же дорожу той свободой и теми остатками человеческого достоинства, которые у нас тут еще сохранились. И при таких мероприятиях — я лишь гость, как вы гость здесь у нас, только в более широком смысле; забегаю на четверть часика, а потом иду опять своими путями. Это дает мне иллюзию независимости... Разумеется, всего-навсего иллюзию, но ничего не поделаешь, раз она доставляет известное удовлетворение. Вот ваш кузен — другое дело. Для него хождение на музыку — вроде службы. Не правда ли, лейтенант, вы видите в этом как бы часть своих служебных обязанностей? О, я понимаю, вы знаете способ сохранять и в рабстве свою гордость! Фокус, ошеломляющий фокус! Не каждый европеец способен проделать его. Музыка? Вы, кажется, спросили меня — разве я не любитель музыки?.. Ну, если вы говорите «любитель» (Ганс Касторп не помнил, чтобы он употребил это слово), то термин выбран неплохо, в нем есть оттенок нежного легкомыслия. Хорошо, согласен. Да, я любитель музыки, но из этого еще не следует, что я ее особенно почитаю, как почитаю и люблю хотя бы слово, ибо оно — носитель духа, орудие прогресса, блистательно взрыхляющий землю плуг... А музыка... в ней есть что-то недосказанное, сомнительное, безответственное, индифферентное. Вероятно, вы возразите мне, что в музыке может быть и ясность. Но и природа может быть ясной, какой-нибудь там ручеек... А разве нам от этого легче? Это же не подлинная ясность, а какая-то туманная, ничего не говорящая, ни к чему не обязывающая, ясность без последствий, и потому — опасная, ибо соблазняет нас на ней успокоиться. Придайте музыке патетический характер. Допустим, что она воспламенит наши чувства. Но ведь дело в том, чтобы воспламенить наш разум! Казалось бы, музыка — само движение, но я все-таки подозреваю ее в квиетизме. Позвольте мне выразиться парадоксально: у меня политическая неприязнь к музыке.

Тут Ганс Касторп не удержался и ударил себя по коленке — таких вещей он еще в жизни своей не слыхивал.

— Все-таки подумайте об этом! — продолжал Сеттембрини. — Музыка неоценима как величайшее средство воодушевления, как сила, которая влечет нас ввысь и вперед, если дух уже подготовлен для ее воздействия. Но литература, как видно, опередила ее. Сама по себе музыка не двинет мир дальше. Сама по себе музыка — опасна. А лично для вас, инженер, она особенно опасна. Я это сразу понял по вашему лицу, когда вошел.

Ганс Касторп рассмеялся:

— Ах, на мое лицо смотреть не следует, господин Сеттембрини. Вы не поверите, как на меня влияет воздух у вас наверху. Акклиматизироваться мне труднее, чем я думал.

— Боюсь, что вы ошибаетесь.

— Нет, нисколько! И черт его знает, почему я здесь все время чувствую жар и усталость.

— А я нахожу, что за концерты мы все-таки должны быть благодарны администрации, — рассудительно заметил Иоахим. — Вы подходите к вопросу о музыке с более высокой точки зрения, господин Сеттембрини, ну, как писатель, и тут я с вами спорить не берусь. Но все же, по-моему, в данном случае надо быть благодарным за то, что нам дают хоть немного музыки. Я сам далеко не так уж музыкален, да и пьесы, которые здесь исполняются, не бог весть что, не классическая и не современная музыка, а просто — духовая. И тем не менее даже такая приятно разнообразит жизнь; удачно заполняет несколько часов; делит их и заполняет каждый, — словом, вносит в них какое-то содержание, а ведь здесь часы, дни и недели обычно пролетают попусту. Видите ли, такой непритязательный концертный номер продолжается, скажем, минут семь, не правда ли, и они что-то составляют для вас, у них есть конец и начало, они выделяются из всего остального и по крайней мере не обречены потонуть в безнадежной рутине здешней жизни. Кроме того, эти пьесы делятся на музыкальные фразы, а те, в свою очередь, на такты, все время что-нибудь да происходит, и каждое мгновение приобретает какой-то смысл, за который можно ухватиться, а ведь в обычное время... не знаю, сумел ли я выразить...

— Браво! — воскликнул Сеттембрини. — Браво, лейтенант, вы очень хорошо подчеркнули моральный момент в сущности музыки, а именно то, что она с помощью своеобразного живого биения, меры, придает бегу времени подлинность, одухотворенность и ценность. Музыка пробуждает в нас чувство времени, пробуждает способность утонченно наслаждаться временем, пробуждает... и в этом отношении она моральна. Поскольку искусство пробуждает — оно морально. Ну а что, если происходит как раз обратное? Если она оглушает, усыпляет, противодействует активности и прогрессу? Ведь результат может быть и таков, что музыка подействует как наркотик... А это — дьявольское действие, милостивые государи. Этот наркотик от дьявола, ибо он вызывает отупение, неподвижность, скованность, холопскую бездеятельность... Нет, господа, в музыке есть что-то подозрительное. Я остаюсь при своем: у нее двусмысленная природа. И я не преувеличиваю, когда утверждаю, что она политически неблагонадежна.

Итальянец продолжал в том же духе, и Ганс Касторп слушал его, но не мог следить внимательно за его мыслями: во-первых, он очень устал, во-вторых, его отвлекало то, что происходило среди легкомысленной молодежи, сидевшей на ступеньках. Глаза не обманывают его? Он не ошибся? Барышня с лицом тапира усердно пришивала пуговицу к манжете спортивных брюк юнца с моноклем! При этом из ее груди вырывалось тяжелое и жаркое астматическое дыхание, а он, покашливая, подносил к губам свой ноготь, похожий на совок для соли. Они же оба больны, говорил себе Ганс Касторп, и это показывает только, сколь аморальны нравы, царящие здесь наверху среди молодых людей. Музыка играла польку...

## ХИППЕ

Так отмечалось воскресенье. Кроме того, во вторую половину дня пациенты группами ездили кататься. После чая несколько запряженных парами экипажей, протащившись по извилистой аллее, остановились перед главным входом, чтобы посадить заказчиков: это были по большей части русские, главным образом — дамы.

— Русские вечно ездят кататься, — сказал Иоахим Гансу Касторпу; они как раз стояли рядом против главного входа и, чтобы развлечься, наблюдали отъезжающих.

— Поедут в Клавадель, или к озеру, или в Флюэлаталь, или в Клостерс. Красивых мест очень много. Пока ты здесь, мы тоже могли бы как-нибудь съездить, если хочешь. Но мне кажется, ты сейчас занят тем, что привыкаешь к здешней жизни, и такие затеи тебе не нужны.

Ганс Касторп не возражал. Он стоял с сигаретой во рту, засунув руки в карманы, и смотрел, как веселая маленькая русская старушка со своей тощей внучатной племянницей и еще с двумя дамами усаживается в экипаж; одна из дам была Маруся, другая — мадам Шоша. Последняя облачилась в легкий пыльник с хлястиком на спине, но шляпы не надела. Она уселась рядом со старушкой в глубине экипажа, а молодые девушки — на переднем сиденье. Все четыре были очень веселы и непрерывно болтали на своем мягком, словно бескостном языке. Они шутили по поводу верха этого экипажа, в котором с трудом расселись, по поводу русских конфет в деревянной коробочке с бумажными кружевами — двоюродная бабушка прихватила ее с собой в дорогу, но угощала конфетами уже сейчас... И каждый раз, когда говорила мадам Шоша, Ганс Касторп безошибочно различал среди прочих ее грудной голос.

Как только он встречался с этой столь небрежной особой, ему становилось все яснее то сходство, которое он одно время искал и которое открылось ему потом во сне... Но Марусин смех, ее круглые карие глаза, смотревшие совсем по-детски поверх прижатого к губам носового платочка, и ее высокая грудь, где, должно быть, гнездилась тяжелая болезнь, напомнили ему нечто другое, виденное им совсем недавно и потрясшее его, поэтому он осторожно, не поворачивая головы, покосился на Иоахима. Нет, слава Богу, таких пятен на лице Иоахима, как в тот раз, не было, да и губы не кривились жалобной усмешкой. Но он смотрел на Марусю, причем ни в его позе, ни в выражении лица отнюдь не было ничего военного, а, напротив, во всем облике сквозило такое уныние и горестное самозабвение, что его нельзя было бы назвать иначе как человеком сугубо штатским. Впрочем, он тут же взял себя в руки и бросил быстрый взгляд на Ганса Касторпа — тот едва успел отвести глаза и устремить свой взор в пространство. При этом его сердце усиленно забилось — по собственному почину и без всяких оснований, как оно здесь билось уже не раз.

День закончился без дальнейших примечательных событий, за исключением, быть может, обеда и ужина; так как сделать трапезы еще обильнее, чем в будни, кажется, уже было нельзя, то по воскресеньям кушанья отличались особой изысканностью (за обедом было подано chaud-froid из кур с гарниром из раковых шеек и вишен; к мороженому — пирожное в сахарных корзиночках и в заключение — свежие ананасы). Вечером, после пива, Ганс Касторп почувствовал едва ли не большую усталость, озноб и тяжесть во всем теле, чем в предшествующие дни, он простился с двоюродным братом, когда еще не было девяти, торопливо натянул перинку до самого подбородка и заснул как убитый.

Однако уже следующий день, — это был первый понедельник, который гость провел здесь наверху, — принес с собой еще одно планомерное отклонение от дневного распорядка, а именно: лекцию доктора Кроковского, которую он читал в столовой два раза в месяц для совершеннолетних больных, владеющих немецким языком и не принадлежащих к числу обреченных смерти. Речь шла, как узнал Ганс Касторп от своего кузена, о ряде связанных между собою докладов, составлявших целый научно-популярный курс под названием «Любовь как сила, вызывающая заболевания». Это поучительное развлечение обычно имело место после первого завтрака, и, как опять-таки подчеркнул Иоахим, присутствовать на нем считалось обязательным или во всяком случае крайне желательным, поэтому то обстоятельство, что Сеттембрини, владевший немецким языком лучше, чем кто-либо в санатории, не только не посетил ни одной из этих лекций, но и отзывался о них весьма пренебрежительно, считалось возмутительной дерзостью.

Что касается Ганса Касторпа, то он прежде всего из вежливости, а также из нескрываемого любопытства решил пойти. Однако совершил перед тем нечто нелепое и несуразное: ему взбрело в голову на свой страх и риск отправиться в одиночестве на далекую прогулку, и она, вопреки его ожиданиям, очень ему повредила.

— Знаешь, что я тебе скажу? — были его первые слова, когда Иоахим утром вошел к нему в комнату. — Я вижу, что так дальше продолжаться не может. Хватит с меня горизонтального существования — тут и кровь может охладеть. У тебя, конечно, другое дело, ты пациент, и я не намерен совращать тебя. Но я решил сейчас же после завтрака сделать хорошую прогулку, если ты не возражаешь, и пойти просто куда глаза глядят, в широкий мир. Возьму с собой чего-нибудь перекусить, и тогда я ни от кого не буду зависеть. Вернусь домой другим, вот увидишь.

— Хорошо, — ответил Иоахим, так как видел, что двоюродному брату этого действительно хочется и он твердо решил осуществить свое желание. — Только мой совет — не увлекайся. Здесь ведь не то, что дома. И потом не опоздай на лекцию.

В действительности же не только причины физического порядка внушили Гансу Касторпу его намерение. Ему казалось, что и жар в голове, и противный вкус во рту, который он в «Бергтофе» ощущал почти постоянно, и непонятное сердцебиение вызваны не только процессом акклиматизации, а скорее такими обстоятельствами, как возня русской четы, доносившаяся через стену, разговоры глупой и больной фрау Штёр за столом, рыхлый кашель австрийца, ежедневно раздававшийся в коридорах, заявления господина Альбина, распущенные нравы здешней больной молодежи, лицо Иоахима, когда он смотрел на Марусю, и еще множеством таких же фактов. И он решил, что хорошо бы разок вырваться из заколдованного круга санаторской жизни, подышать вольным воздухом, сделать хороший моцион, чтобы почувствовать вечером усталость или по крайней мере знать, откуда она взялась. И вот, когда Иоахим, словно на службу, отправился после завтрака на «увеселительную прогулку» до скамейки у водостока, Ганс Касторп распрощался с ним и, помахивая горной палкой, самостоятельно зашагал вниз по дороге.

Утро было прохладное, пасмурное, время — около половины девятого. Ганс Касторп, как и наметил себе, глубоко вдыхал чистый воздух раннего утра, свежий и легкий; этот воздух входил в человека свободно, в нем не было ни влаги, ни содержания, он ни о чем не напоминал... Молодой человек перешел через горный ручей и через полотно узкоколейки, выбрался на неравномерно застроенную улицу и снова свернул с нее на луговую тропинку, которая тянулась сначала по ровной местности, а затем наискось и довольно круто поднималась по правому склону. Восхождение было Гансу Касторпу приятно, ширилась грудь, загнутым концом горной палки он сдвинул шляпу на затылок, а когда, достигнув некоторой высоты, посмотрел назад и увидел вдали зеркальную поверхность озера, мимо которого проезжал по пути сюда, он запел.

Ганс Касторп пел все, что приходило ему на память, всякие чувствительные популярные песенки, какие можно найти в студенческих и спортивных песенниках, и среди них одну, где были следующие строки:

Воспойте же вино, любовь,
Но чаще — добродетель...

Сначала он мурлыкал себе под нос, потом стал петь все громче и наконец во весь голос. Баритон у него был жидковатый, но сегодня собственный голос показался ему красивым и звучным, и пение все больше воодушевляло его. Высокие ноты он брал фальцетом, но даже фальцет казался ему красивым. Когда память изменяла ему, он пел на знакомый мотив первые попавшиеся бессмысленные слоги и слова, подражая профессиональным певцам, картинно округлял рот и с эффектным рокотанием бросал в пространство букву «р»; в конце концов Ганс Касторп перешел на чистую импровизацию и мелодий и текста, сопровождая свое исполнение оперными жестами. Но так как подниматься в гору и петь — очень утомительно, то он скоро почувствовал, что ему трудно дышать и с каждой минутой становится все труднее. Однако, из идеализма, увлеченный красотою своего пения, он продолжал себя пересиливать, хотя дышал прерывисто и с трудом. Перед его словно ослепшим взором что-то мерцало, пульс судорожно бился, и наконец он упал без сил у подножия мощной сосны, и после столь необычайного воодушевления им овладело состояние какого-то невыразимо мрачного, граничившего с отчаянием похмелья.

Когда он кое-как успокоил свои нервы и встал, чтобы продолжать прогулку, в затылке возникло странное ощущение, и, несмотря на молодые годы, голова у него вдруг начала трястись — в точности как она некогда тряслась у старого Ганса-Лоренца Касторпа. Это явление живо напомнило ему покойного деда, и без всякого неприятного чувства он попытался с таким же достоинством упереться подбородком в воротничок, как упирался дед, борясь с трясением головы и вызывая этим восхищение мальчика.

Извилистой тропинкой поднялся он еще выше. Его привлекло позванивание колокольчиков, и вскоре он увидел стадо; оно паслось неподалеку от бревенчатой хижины, крыша которой была укреплена камнями. Тут он увидел двух бородатых мужчин с топорами на плече, идущих ему навстречу; подойдя ближе, они стали прощаться. «Ну, счастливо и большое спасибо», — сказал один из них другому низким звучным голосом, переложил топор на другое плечо и, похрустывая иглами, начал без дороги спускаться между елями в долину. Как странно прозвучали в этом уединении слова: «Ну, счастливо и большое спасибо», — они точно сон коснулись Ганса Касторпа, который был все еще захвачен своими песнями и восхождением на крутизну. Он повторил вполголоса эти слова, пытаясь подражать гортанному наречию горца и той торжественной и нескладной манере, с какой они были произнесены; затем поднялся еще выше, ибо ему хотелось достичь границы лесов, однако, взглянув на часы, вынужден был отказаться от этого намерения.

Тогда он свернул влево, к курорту, на тропинку, которая шла сначала прямо, а потом вниз. Высокоствольный хвойный лес обступил его, и, проходя через него, Ганс Касторп опять было запел, однако вполголоса, хотя странная дрожь в коленях при спуске еще усилилась. Но, выйдя из чащи, он даже остановился, пораженный открывшейся ему изумительной картиной: перед ним лежал интимный, замкнутый в себе пейзаж, полный мира и величия.

Справа по каменистому плоскому ложу низвергался горный ручей, вскипая пеной на скалистых уступчатых глыбах, и затем, уже спокойнее, бежал дальше, в долину; через него был переброшен живописный мостик с незатейливыми перилами. Земля под ногами синела колокольчиками какого-то кустарникового растения, заросли которого виднелись повсюду.

Гигантские, стройные ели одинакового роста поднимались в одиночку и группами со дна ущелья и по его склонам, а одна, вцепившись корнями в отвесный берег ручья, повисла над ним, косой линией причудливо врезаясь в пейзаж. В этом прекрасном безлюдном уголке царило шумящее вершинами уединение. На той стороне ручья Ганс Касторп увидел скамейку.

Он перешел ручей и сел на нее, чтобы отдаться созерцанию вскипающей пены и послушать идиллически говорливый, однообразный и все же щедрый звуками шум воды; ибо Ганс Касторп любил ее журчание не меньше, чем музыку, а может быть, и больше. Но едва он удобно уселся, как у него пошла носом кровь, и притом с такой силой, что он даже не вполне уберег от нее костюм. Кровь шла долго, упорно, и борьба с кровотечением отняла у него целых полчаса, причем ему непрерывно приходилось бегать взад и вперед между скамьей и ручьем; он то и дело прополаскивал в нем носовой платок, промывал нос водой и вытягивался на скамье, прижав к носу мокрый платок. Когда кровь наконец остановилась, он так и остался лежать, скрестив под головою руки и согнув ноги в коленях; глаза его были закрыты, уши полны журчанием воды, но он чувствовал себя неплохо, обильная потеря крови его скорее успокоила и как-то странно понизила его жизнедеятельность, ибо после выдоха он долго не испытывал потребности снова вдохнуть в себя воздух и лежал неподвижно, предоставляя сердцу сделать несколько ударов, и только затем, вяло и лениво, снова начинал дышать.

И тогда он перенесся в раннюю пору своей жизни, послужившую как бы прообразом для сновидения, которое ему пригрезилось несколько ночей назад, хотя в этом сне и отразились недавние впечатления... Но сейчас, в лесу, он был столь сильно и неудержимо, до полного упразднения пространства и времени, отброшен в это давнее «тогда» и «там», что, казалось, на скамье у ручья лежит безжизненное тело, а сам Ганс Касторп находится далеко отсюда, в давно прошедших годах, в другой обстановке, и притом эти столь важные в его жизни минуты, несмотря на их простоту, таили в себе что-то опасное и опьяняющее.

Тринадцатилетним четырехклассником, когда он еще носил короткие штанишки, он однажды остановился среди школьного двора, разговаривая с другим мальчиком примерно того же возраста, но из следующего класса. Разговор затеял сам Ганс Касторп, воспользовавшись случайным поводом, и хотя по своему вполне определенному и ограниченному содержанию разговор этот мог быть только очень деловым и коротким, он доставил Гансу Касторпу огромную радость. Это произошло как раз в перемену между предпоследним и последним уроком в классе Ганса Касторпа — между историей и рисованием. По двору, вымощенному красным кирпичом и отделенному от улицы оградой и воротами, ученики гуляли парами и рядами, стояли кучками и полусидели, прислонившись к облицованным выступам школьного здания. По двору разносился громкий гул. Учитель в мягкой шляпе смотрел за школьниками и жевал булку с ветчиной.

Фамилия мальчика, с которым беседовал Ганс Касторп, была Хиппе, имя Прибыслав; интересно было то, что буква «р» в этом имени произносилась как «ш» — «Пшибыслав»; это странное имя подходило к его наружности — не вполне обычной и действительно своеобразной. Хиппе был сыном историка, преподавателя гимназии, а потому и образцовым учеником, уже опередившим на класс Ганса Касторпа, хотя они были почти ровесниками; он родился в Мекленбурге и, видимо, унаследовал от предков смешанную кровь — германскую и вендо-славянскую, или наоборот. Его коротко остриженные волосы на круглой голове были белокурыми, а глаза, голубовато-серые или серо-голубые, подобно изменчивому и неопределенному цвету далеких гор, имели необычную форму: они были узкие и даже чуть раскосые, а под ними резко выступали широкие скулы — склад лица, отнюдь не уродовавший мальчика и делавший его даже привлекательным, но послуживший достаточным основанием для того, чтобы товарищи прозвали его «Киргизом». Хиппе уже носил длинные брюки и наглухо застегнутую синюю куртку с хлястиком, на воротнике которой всегда чуть белела перхоть.

Дело было в том, что Ганс Касторп уже давно обратил внимание на Пшибыслава, выделил его из кишевшей на школьном дворе толпы знакомых и незнакомых мальчиков, интересовался им, следил за ним взглядом, может быть, даже восхищался им... Во всяком случае, он наблюдал за Хиппе с особой симпатией и уже по дороге в школу думал о том, что вот сейчас увидит Хиппе среди его товарищей. Пшибыслав будет говорить и смеяться. Ганс Касторп еще издали различит его голос, приятно глуховатый, словно затуманенный, чуть-чуть хриплый. Для такой заинтересованности как будто не было особых оснований, если не считать языческого имени, примерных успехов (хотя это не могло играть никакой роли) и, наконец, киргизских глаз мальчика, которые порой, когда Пшибыслав смотрел в сторону, но не с целью что-либо увидеть, странно темнели и как будто томно затуманивались ночной дымкой; однако Ганс Касторп мало заботился о моральном оправдании своих ощущений или о том, как их в случае надобности определить, — ведь о дружбе между ними не могло быть и речи, раз они с Хиппе «незнакомы». А тогда зачем искать названия для этих отношений? Он и мысли не допускал, что когда-нибудь о них заговорит, — тема слишком неподходящая, да и к чему? Кроме того, всякое определение, если оно и не содержит критической оценки, все же вводит свой предмет в круг знакомого и привычного, а Ганс Касторп был проникнут бессознательной уверенностью, что такое внутреннее сокровище надо оберегать от всяких определений и не приобщать к будничному и повседневному.

Однако оправданные или нет, эти безымянные и невыразимые чувства обладали такой жизненной силой, что Ганс Касторп примерно год, почти целый год, — точно он не мог бы сказать, когда это началось, — втайне носился с ними, что служило доказательством верности и постоянства его натуры, особенно если представить себе, какой это громадный срок в столь юном возрасте. К сожалению, когда мы говорим о тех или иных особенностях характера, в наших словах всегда скрыта моральная оценка, либо хвала, либо порицание, хотя у каждой такой особенности всегда есть две стороны. «Верность» Ганса Касторпа, которой он, однако, ничуть не гордился, — сейчас мы оставляем в стороне всякие оценки, — проистекала от некоторой душевной неповоротливости, медлительности, инертности, вследствие чего преданность чувств и устойчивость жизненных отношений казались ему тем почтеннее, чем дольше они оставались неизменными. Поэтому он был уверен, что настроения и переживания, владевшие им в то время, будут продолжаться бесконечно, оттого и дорожил ими и отнюдь не жаждал перемен. Так он в сердце своем сжился с далеким и тихим чувством к Пшибыславу Хиппе и считал его неотъемлемой частью своей внутренней жизни. Он любил те душевные движения, которые вызывало в нем это чувство, — напряженное ожидание, увидит ли он сегодня Хиппе, пройдет ли тот совсем близко от него и, может быть, взглянет на него, любил немые хрупкие радости, какие дарила ему его тайна, и даже неизбежные в таких случаях разочарования, — самое сильное он испытал, когда Пшибыслав «отсутствовал»; школьный двор казался ему опустевшим, день — тусклым, но упорная надежда на завтра поддерживала его.

Продолжалось это год, пока не достигло упомянутой высшей и волнующей точки, потом благодаря постоянству и верности Ганса Касторпа еще год, и наконец прекратилось, причем он так же не заметил, как ослабели и исчезли узы, связывавшие его с Пшибыславом Хиппе, как не заметил и их зарождения. Да и Пшибыслав покинул этот город и школу оттого, что его отца перевели в другое место; но Ганс Касторп едва обратил на это внимание, он забыл Хиппе еще раньше. Образ «Киргиза», как бы выступив из тумана, вошел в его жизнь, становясь постепенно все яснее и осязаемее, вплоть до той минуты величайшей близости и телесной воплощенности, когда они разговаривали во дворе, некоторое время продержался на переднем плане, а затем снова начал отступать и без боли прощания опять исчез в тумане.

Но та минута, то опасное и волнующее положение, в которое себя поставил Ганс Касторп, разговор, реальный разговор с Пшибыславом Хиппе — все это возникло следующим образом: предстоял урок рисования, а Ганс Касторп вдруг обнаружил, что забыл дома карандаш. Всем его одноклассникам их карандаши были нужны; однако у него были знакомые мальчики в других классах, и он мог бы попросить карандаш у них. Но в глазах Ганса Касторпа Пшибыслав был самым близким знакомым — ближайшим, так глубоко он уже общался с ним в тайниках своего сердца; и вот, почувствовав какой-то радостный подъем, он решил воспользоваться удобным случаем — он назвал это про себя удобным случаем — и попросить у Пшибыслава карандаш. Что такая просьба будет выглядеть довольно странно — ведь он с Хиппе все-таки незнаком, — этого мальчик не сообразил или махнул на это рукой, так он был захвачен и ослеплен каким-то неожиданно нахлынувшим на него бесшабашным настроением. И вот на вымощенном красным кирпичом дворе, среди школьной толчеи, он действительно остановился перед Пшибыславом Хиппе и сказал:

— Извини, пожалуйста, ты не можешь одолжить мне карандаш?

И Пшибыслав посмотрел на него своими киргизскими глазами над выступающими скулами и ответил приятно хрипловатым голосом, ничуть не удивившись или не выказав никакого удивления:

— С удовольствием. Только после урока непременно верни. — И он достал из кармана свой карандаш — тоненькую посеребренную гильзу с колечком, которое достаточно было передвинуть кверху, и тогда из металлического футляра показывался заостренный цветной грифелек. Он стал объяснять несложный механизм карандаша, и их головы сблизились.

— Только смотри не сломай! — добавил Хиппе.

К чему эти предупреждения? Разве Ганс Касторп мог не вернуть карандаш или допустить в обращении с ним малейшую небрежность?..

Потом они, улыбаясь, посмотрели друг на друга и, так как говорить больше было не о чем, повернулись друг к другу сначала боком, потом спиной и разошлись в разные стороны.

И все. Но ни разу еще в своей жизни Ганс Касторп не испытывал такого удовольствия, как на этом уроке рисования, — ведь он рисовал карандашом Пшибыслава Хиппе, да еще предстояло потом снова возвратить карандаш владельцу, этот возврат, как нечто само собой разумеющееся, совершенно естественно вытекал из того факта, что карандаш был дан. Ганс Касторп даже позволил себе небольшую вольность слегка очинить карандаш, а потом, подобрав три-четыре красных лакированных стружки, хранил их чуть не целый год во внутреннем ящике своей парты, и если бы кто их увидел, никому и в голову бы не пришло, что они ему дороги. Впрочем, возврат карандаша совершился очень просто, вполне во вкусе Ганса Касторпа, да он ни к чему иному и не стремился: привычка к тайному и безмолвному общению с Хиппе притупила в нем желание разговаривать с ним вслух.

— Вот, — сказал он. — Большое спасибо.

А Пшибыслав ничего не сказал, он лишь бегло проверил механизм, затем сунул карандаш в карман...

После этого случая они больше ни разу друг с другом не беседовали, но благодаря предприимчивости Ганса Касторпа в тот единственный раз это все же случилось...

Он широко раскрыл глаза, ошеломленный столь глубоким уходом в прошлое. «Кажется, я грезил! — подумал он. — Да, это был Пшибыслав. Давно уж я не вспоминал о нем. А куда же делись те стружки? Парта так и осталась на чердаке, в доме дяди Тинапеля. Они, наверно, до сих пор лежат в заднем маленьком ящике слева. Я их спрятал, не вынимал и был к ним настолько невнимателен, что даже не выбросил их... А она — в точности Пшибыслав, прямо как живой. Вот уж не думал, что увижу его опять так отчетливо. До чего же он похож на нее, на эту здесь, в санатории! Вот, значит, почему она меня так интересует? А может быть, и другое — я потому так интересовался им? Вздор! Ужасный вздор! Впрочем, мне пора идти, и как можно скорее». Но он продолжал лежать, раздумывая и вспоминая.

Затем поднялся. «А теперь — счастливо и большое спасибо», — проговорил он, и слезы выступили у него на глазах, хотя он улыбался. Ганс Касторп решил идти, но вдруг быстро опустился на скамейку, уже держа в руках шляпу и горную палку: он с изумлением обнаружил, что ноги у него подгибаются. «Гопля! — подумал он. — Кажется, дело плохо! А я должен быть ровно в одиннадцать на лекции. Прогулки в горы, конечно, хороши, но, видимо, в них есть и свои трудности. Да, да, а все же медлить здесь нечего. От лежания у меня, наверно, слегка онемели ноги; на ходу это пройдет». Он опять попытался встать, и так как сделал решительное усилие над собой — дело пошло на лад.

Во всяком случае его возвращение было довольно плачевным, особенно после столь вдохновенного начала. То и дело приходилось останавливаться, чтобы передохнуть, ибо он чувствовал, как лицо его вдруг бледнеет, на лбу выступает холодный пот, а от беспорядочного сердцебиения он задыхается. Так спускался он с трудом по извилистым дорожкам; когда же достиг долины неподалеку от курзала, то увидел со всей ясностью, что собственными силами ему до «Берггофа» не добраться, ведь идти еще далеко, и так как трамвай туда не ходил и ни один наемный экипаж не показывался, он попросил какого-то возчика, который вез пустые ящики в сторону деревни, посадить его. И вот он ехал, сидя спина к спине с возчиком, свесив ноги, и замечал, что пешеходы с участливым удивлением поглядывают на него, а он сонно покачивается и кивает головой от толчков подводы; затем он сошел у переезда через полотно узкоколейки, сунул возчику деньги, не видя, много или мало дает ему, и торопливо стал подниматься по подъездной аллее.

— Dépêchez-vous, monsieur![1] — сказал француз-привратник. — La conférence de monsieur Krokowski vient de commencer[2].

Ганс Касторп забросил шляпу и палку в гардероб и, прикусив язык, торопливо и осторожно протиснулся через чуть приоткрытую стеклянную дверь в столовую, где все население санатория сидело на стульях, поставленных рядами, а у накрытого скатертью поперечного стола, на который был водружен графин с водой, стоял доктор Кроковский в длинном сюртуке и говорил...

[1] Торопитесь, сударь! (*фр.*)
[2] Лекция господина Кроковского только что началась (*фр.*).

## ПСИХОАНАЛИЗ

К счастью, в уголке у самой двери оказалось свободное место. Он пробрался к нему сторонкой, сел и сделал вид, что сидит здесь уже давно. Публика, с вниманием первых минут не отрывавшая глаз от доктора Кроковского, вероятно, даже не заметила, как Ганс Касторп вошел, — и хорошо сделала, ибо выглядел он ужасно. Он был бледен как полотно, костюм испачкан кровью, словно он только что совершил убийство. Правда, когда он опустился на стул, дама, сидевшая впереди, повернула голову и внимательно посмотрела на него своими узкими глазами. Это была мадам Шоша. Он узнал ее не без горечи. Вот черт! Неужели ему так и не дадут покоя? Он надеялся наконец, добравшись до места, хоть немного отдохнуть, а теперь она будет все время торчать у него перед носом, случайность, которой он, может быть, при других обстоятельствах даже обрадовался бы; но сейчас, когда он так утомлен и измотан, — зачем это ему? Только лишние волнения для сердца! В течение всей лекции ее соседство будет держать его в напряжении. Она ведь посмотрела на него в точности глазами Пшибыслава, — сначала на лицо, затем на пятна крови, притом довольно бесцеремонно и навязчиво, как и можно было ждать от особы, которая хлопает дверью. Какие у нее дурные манеры! Не так держались женщины в привычных для Ганса Касторпа кругах общества, они сидели прямо, словно аршин проглотили, и повертывали к соседу по столу только голову, а говорили чуть шевеля губами. Мадам Шоша сидела, ссутулившись, вяло опустив плечи, к тому же вытянув вперед шею, так что шейные позвонки резко выступали над вырезом белой блузки. Примерно так же держал голову и Пшибыслав; но он был образцовым учеником и пользовался почетом (хотя Ганс Касторп когда-то попросил у него карандаш вовсе не поэтому), а тут было совершенно ясно, что небрежные манеры мадам Шоша, хлопанье дверями и бесцеремонный взгляд — все это связано с ее болезнью; да и та несдержанность и те отнюдь не почтенные, но почти неограниченные преимущества, которыми хвастался господин Альбин, — все это результат болезни.

Ганс Касторп смотрел на поникшую спину мадам Шоша, и его мысли начали путаться, они перестали быть мыслями и перешли в грезы, а тягучий баритон доктора Кроковского, так мягко выделявший звук «р», словно аккомпанировал им откуда-то издалека. Однако царившая в зале тишина и всеобщее глубокое и напряженное внимание подействовали на него и пробудили от дремоты. Он посмотрел вокруг... Рядом с ним лысеющий пианист слушал, закинув голову, скрестив руки на груди и раскрыв рот. У сидевшей за ним учительницы фрейлейн Энгельгарт глаза жадно блестели, на щеках пылали пятна — этот жаркий румянец алел и на лицах других дам, попадавших в поле зрения Ганса Касторпа. Он видел его и на лице фрау Заломон — вон она, рядом с господином Альбином, и на лице супруги пивовара, фрау Магнус, той самой, которая теряла белок. Черты фрау Штёр, сидевшей в задних рядах, выражали столь примитивное упоение, что просто жуть брала, а фрейлейн Леви, с ее кожей цвета слоновой кости, откинулась на спинку стула, полузакрыв глаза, сложив плоские руки на коленях, и напоминала бы покойницу, если бы не бурно и равномерно вздымавшаяся грудь; она больше всего походила на восковую фигуру, которую он когда-то видел в паноптикуме, — в груди фигуры был механизм, заставлявший ее дышать. Несколько пациентов слушали, приложив руку к уху, или намеревались приложить, так как их руки были приподняты, но, захваченные лекцией, они словно оцепенели. Прокурор Паравант, с виду загорелый здоровяк, даже тряхнул себя за ухо, засунул в него указательный палец, словно желая прочистить, и затем снова подставил потоку красноречия, лившемуся из уст доктора Кроковского.

О чем же говорил Кроковский? Какие развивал он мысли? Ганс Касторп напряг весь свой ум, чтобы схватить их на лету, — но это удалось ему не сразу, ибо он не слышал начала, а размышляя о понурой спине мадам Шоша, пропустил и дальнейшее. Речь шла о некоей силе... о той силе... — словом, о силе любви, вот о чем шла речь. Ну разумеется! Ведь эта тема входила в общий заголовок лекционного курса, да и о чем еще мог говорить доктор Кроковский, если он работал именно в этой области? Правда, Гансу Касторпу было довольно чудно слушать лекцию о любви, ведь до сих пор ему читали только такие курсы, как теория передаточных механизмов в кораблестроении и тому подобное. И как можно было рассуждать о столь стыдливом и сокровенном предмете ясным утром в присутствии дам и мужчин?

Доктор Кроковский смешивал два стиля — поэтический и научный, даже сугубо научный; однако говорил нараспев и с воодушевлением, что показалось молодому Гансу Касторпу чем-то неприличным; вероятно, именно поэтому у дам так горели щеки, а мужчины так усердно напрягали слух. Оратор, например, то и дело произносил слово «любовь», но в каком-то зыбком значении, никак нельзя было понять — имеет он в виду нечто возвышенно-добродетельное или страстно-плотское, и эта неустойчивость смысла вызывала легкое подобие морской болезни. Никогда еще в присутствии Ганса Касторпа это слово не повторяли так часто, как сегодня, а когда он начинал думать, ему казалось, что сам он еще ни разу не произносил его и не слышал из чужих уст. Может быть, он и ошибался, — но, во всяком случае, это слово не заслуживало столь настойчивого упоминания. Напротив, эти скользкие два слога с зубным и губными согласными и протяжной гласной во втором слоге начали даже вызывать у него отвращение, точно снятое молоко, голубовато-белое и пресное, особенно в сравнении со всеми теми весьма смелыми выводами, которые лектор с ним связывал. Гансу Касторпу стало ясно, что если подходить в этому вопросу так, как подходил Кроковский, то можно преподносить публике весьма рискованные штучки, не боясь, что она встанет и покинет зал. Оратор не ограничивался тем, что с ошеломляющим тактом говорил вслух о том, о чем обычно умалчивают, хотя это всем известно: он разрушал одну за другой все иллюзии, беспощадно требовал познания, не оставлял даже уголка для сентиментальной веры в честь седин и в ангельскую чистоту нежного дитяти.

Хотя Кроковский по случаю лекции надел сюртук, на нем был, как обычно, мягкий отложной воротник, сандалии и серые носки, и все это придавало ему какую-то основательность и вместе с тем идеалистичность; но Ганса Касторпа его вид все-таки испугал. Несмотря на то что Кроковский подкреплял свои утверждения всевозможными примерами и анекдотами, которые черпал из лежавших перед ним книг и исписанных листков, и даже несколько раз цитировал стихи, — говорил он главным образом о пугающих формах любви, странных и мучительных, о ее жутких уклонах и непобедимой власти над человеком. Среди всех естественных влечений, заявил он, любовь — наиболее неустойчивое и опасное, в самой основе своей ведущее к заблуждениям и гибельной извращенности; да тут и удивляться нечему, ибо этот мощный импульс вовсе не прост, он по природе своей очень сложен и многогранен; поэтому, как бы он ни был правомерен в целом, все же нельзя не признать, что в состав его входят и противоречия, и извращения. Однако, продолжал доктор Кроковский, люди справедливо не хотят, основываясь на извращенности отдельных его сторон, заключать об его извращенности в целом, поэтому мы вынуждены часть правомерности целого, если и не всю его правомерность, распространять на отдельные извращенные стороны.

Таковы требования логики, и он просит своих слушателей твердо это запомнить. Душевное сопротивление и разнообразные коррективы, а также инстинкты пристойности и порядка, — он чуть было не сказал «буржуазные», — под сглаживающим и ограничивающим воздействием которых извращенные составные элементы любви сливаются в закономерное и полезное целое — явление нередкое и весьма желательное (как добавил лектор несколько пренебрежительно), но врача и мыслителя оно уже не касается. Однако иногда этот процесс не удается, не хочет и не может удаться, и кто знает, патетически вопросил Кроковский, не являются ли такие случаи наиболее драгоценными и свидетельствующими о душевном благородстве? В таких именно случаях обеим группам сил — любовному влечению и враждебным ему импульсам, среди которых особенно следует отметить стыд и отвращение, — присущи исключительные, выходящие за пределы обычной буржуазно-мещанской мерки напряженность и страстность; и так как борьба эта происходит в подсознательных глубинах души, она мешает умиротворению, успокоению и облагорожению внутренних порывов, обычно ведущих к гармонии и к прописной любовной жизни. Но каков же исход борьбы между целомудрием и любовью, ибо речь идет именно об этой борьбе? Она как будто оканчивается победой целомудрия. Страх, приличия, брезгливость целомудрия, трепетная жажда чистоты — все это подавляет любовь, держит ее в оковах и во мраке, не допускает до сознания ее бурные требования и не дает им проявляться, — а если и дает, то лишь частично, не во всем их многообразии и мощи. Однако эта победа целомудрия — пиррова победа, ибо любовному влечению не заткнешь рот, оно не поддается насилию, приглушенная любовь не умирает, она томится под спудом, во мраке и жаждет достичь своего, она разрывает узы целомудрия и появляется вновь в ином, неузнаваемом образе... Но каков же тот образ, какова та маска, под которой вновь появляется изгнанная и подавленная любовь? Так вопрошал доктор Кроковский и обводил взглядом ряды слушателей, словно в самом деле ожидал от них ответа. Нет, он должен теперь ответить и на данный вопрос, раз уже сказал столь многое. Никто, кроме него, этого не знает, но он-то знает наверняка и скажет, по нему видно. Этот человек с пылающими глазами, восковой бледностью лица и черной бородой, да еще в каких-то монашеских сандалиях и серых шерстяных носках, казался воплощением той борьбы между целомудрием и страстью, о которой вещал. По крайней мере таково было впечатление Ганса Касторпа, в то время как он вместе со всеми напряженно ожидал ответа относительно того образа, в каком снова появляется изгнанная любовь. Женщины затаили дыхание. Прокурор Паравант еще раз поспешно дернул себя за ухо, дабы в решающую минуту оно было открыто и могло воспринимать. И тогда доктор Кроковский изрек: «В образе болезни! Симптомы болезни — это замаскированная любовная активность, и всякая болезнь — видоизмененная любовь».

Наконец-то слушатели узнали ответ, хотя не все были способны оценить его по достоинству. У них вырвался единодушный вздох, и прокурор многозначительно кивнул, в то время как Кроковский продолжал развивать свой тезис. Ганс Касторп опустил голову, чтобы обдумать услышанное и проверить, понял ли он. Но так как он не привык к столь сложным построениям мысли и, кроме того, после неудачной прогулки его умственные силы как-то сдали, он готов был каждую минуту отвлечься и действительно тут же отвлекся, взглянув на спину, которая была перед ним, и на руку, которая поднялась к затылку, прямо у него перед глазами, чтобы поддержать тяжелые косы.

И он смутился оттого, что рука находилась так близко от его глаз и на нее — хочешь не хочешь, — а надо было смотреть, изучать ее со всеми ее изъянами и человеческими чертами, словно через увеличительное стекло. Нет, не было ничего аристократического в этой широковатой руке, похожей на руку школьницы, а может быть, даже не очень чистыми суставами и кое-как подстриженными ногтями, вокруг которых, несомненно, были заусенцы. Ганс Касторп скривил рот, но глаза его оставались прикованными к руке мадам Шоша, и тогда перед ним мелькнуло какое-то смутное воспоминание о том, что сказал доктор Кроковский относительно буржуазных предрассудков, которые люди противопоставляют любви... Все же рука в целом была красивее пальцев, эта закинутая за голову почти нагая рука, ибо материя на рукавах была тоньше, чем на блузке, — легчайший газ, очертание предплечья проступало сквозь него особенно воздушно и легко, и совсем без покрова оно оказалось бы, вероятно, менее пленительным. Ганс Касторп даже ощущал, каким прохладным должно быть нежное и полное запястье. По отношению к этой руке не могло быть и речи о мещанском сопротивлении.

И Ганс Касторп грезил, устремив взгляд на руку мадам Шоша. Как женщины одеваются! Они показывают какую-то часть своего затылка и своей груди, окутывают плечи прозрачным газом! Они ведут себя так на всем земном шаре, чтобы пробудить в нас страстное желание. Господи Боже мой, ведь жизнь прекрасна! Она прекрасна потому, что женщины одеваются соблазнительно, — и все люди считают, что так и надо, это повсюду принято и настолько распространено, что никто об этом не думает, никто не возражает, каждый бессознательно мирится с этим. А подумать следовало бы, говорил себе Ганс Касторп: если хочешь радоваться жизни, то надо понять, что этот обычай может дать счастье, это просто сказочный обычай. Конечно, женщины одеваются сказочно и соблазнительно ради определенной цели и не нарушают этим приличий, ибо тут вопрос грядущих поколений, продолжения человеческого рода: все это понятно. Но как быть, если женщина больна и вовсе не пригодна для материнства? Что тогда? Имеет ли для нее смысл носить газовые рукава, чтобы будить в мужчинах любопытство к ее телу — к ее телу, внутри которого сидит болезнь? Очевидно, что это не имеет *никакого* смысла и должно было бы считаться неприличным и запрещаться. Ведь интерес мужчины к больной женщине так же неоправдан, как... ну, скажем, затаенный интерес Ганса Касторпа к Пшибыславу Хиппе. Глупое сравнение, довольно мучительное воспоминание! Но оно возникло само собой, без его участия. Впрочем, смутные домыслы Ганса Касторпа на этом прервались, главным образом потому, что его вниманием снова завладел доктор Кроковский, голос которого неожиданно зазвучал гораздо громче. Он стоял за своим столиком, раскинув руки, склонив голову набок, и, несмотря на сюртук, чуть ли не напоминал распятого Иисуса Христа!

Оказалось, что в конце доклада доктор Кроковский стал энергично пропагандировать расчленение души и, раскрыв объятия, звал всех прийти к нему. Придите ко мне, говорил он другими словами, все страждущие и обремененные! И, видимо, был глубоко убежден в том, что все без исключения страждут и обременены. Он говорил о скрытых страданиях, о тоске и стыде, об освобождающей силе психоанализа; пел хвалы просветлению подсознания, утверждал, что болезнь снова превращается в аффект, когда он осознан, призывал к доверию, сулил выздоровление. Затем опустил руки, выпрямился, собрал листки, которыми пользовался для своей лекции, и, точно учитель, зажав их под мышкой, удалился с высоко поднятой головой через галерею.

Все встали, отодвинули стулья и начали медленно двигаться к тому же выходу, через который доктор Кроковский покинул зал. Казалось, будто они теснятся следом за ним концентрическими кругами, со всех сторон влекутся к нему нерешительно и смущенно, но в безвольном единодушии, точно крысы, подманенные крысоловом. Ганс Касторп остановился среди этого людского потока, ухватившись за спинку стула. «Я ведь здесь только гость, — подумал он. — Я здоров и, слава Богу, вообще иду не в счет, а к следующей лекции меня уже здесь не будет».

Он следил за мадам Шоша, — она шла словно крадучись, выставив вперед голову. Интересно, позволяет ли она тоже себя расчленять... При этой мысли сердце у него заколотилось. Он не заметил, что Иоахим пробирается к нему между стульями, и нервно вздрогнул, когда двоюродный брат с ним заговорил.

— А ты явился в последнюю минуту? Далеко ходил? Хорошо было?

— О, очень приятно, — отозвался Ганс Касторп. — Да, довольно далеко. Но, должен признаться, путешествие мое подействовало на меня не так благотворно, как я ожидал. Или я поторопился с этой прогулкой, или они мне вообще не на пользу. Впредь я от них воздержусь.

Иоахим спросил, понравилась ли ему лекция, но Ганс Касторп не ответил. Словно по молчаливому соглашению они и потом не обмолвились о ней ни единым словом.

## СОМНЕНИЯ И РАССУЖДЕНИЯ

Итак, во вторник исполнилась неделя пребывания нашего героя «здесь наверху»; поэтому, возвратившись с утренней прогулки, он нашел у себя в комнате первый счет за неделю, аккуратно составленный коммерческий документ в зеленой обложке, с грифом санатория (где весьма заманчиво и живописно было изображено здание «Бергхофа»), а под ним слева была напечатана колонкой выборка из проспекта, в которой в разрядку было упомянуто и о «психическом лечении новейшими методами». В каллиграфически выведенном расчете значилось точно 180 франков; за уход и лечение — 12; за комнату по 8 франков в день; в графе «Вступительный взнос» — 20 франков, в графе «Дезинфекция комнаты» — 10, потом небольшая сумма за белье, за пиво и вино, выпитые за первым ужином, таким образом получалась круглая сумма.

Проверяя расчет с Иоахимом, Ганс Касторп не нашел никаких поводов для возражений.

— Правда, медицинской помощью я не пользуюсь, — сказал он, — но это уж мое дело; она включена в стоимость пансиона, и я не могу требовать, чтобы они ее вычли; да и как это сделать? На дезинфекции они, конечно, наживаются, никогда не поверю, чтобы, выкуривая американку, они истратили $H_2CO$ на десять франков. Но, в общем, должен признать, все это обходится скорее дешево, чем дорого, особенно при том, что они за эти деньги дают пациентам.

Итак, перед вторым завтраком двоюродные братья отправились в контору, чтобы заплатить по счету.

Контора помещалась в нижнем этаже. Они прошли вестибюль, миновали гардеробную, кухню, служебные помещения и, свернув в коридор, легко нашли ее, тем более что на двери висела фарфоровая табличка с надписью. И тут Ганс Касторп не без интереса заглянул в коммерческий центр управления таким предприятием, как санаторий «Берггоф». Это была настоящая маленькая канцелярия: стучала машинистка, трое служащих сутулились над бумагами, а в соседней комнате, у отдельного застекленного стола, сидело, видимо, более важное лицо, не то управляющий, не то директор, он только поглядывал сквозь монокль холодно-деловитым и испытующим взглядом на клиентов. Пока с молодыми людьми рассчитывались у окошечка кассы, давали сдачу, инкассировали, выписывали квитанции, они молчали и держались строго и скромно, даже подобострастно, как и подобает молодым немцам, которые привыкли переносить свое уважение к чиновнику и канцелярии на каждую служебную комнату и каждую конторскую чернильницу; однако выйдя оттуда, по дороге в столовую, да и в течение всего дня они то и дело возвращались к порядкам в Берггофском санатории, причем Иоахим в качестве давнего и многоопытного его обитателя должен был отвечать на вопросы двоюродного брата.

Как выяснилось, гофрат Беренс не был ни владельцем, ни хозяином санатория — хотя и могло сложиться такое впечатление. Над ним и за ним стояли незримые силы — наблюдательный совет, акционерное общество, и лишь контора являлась выражением их деятельности. Принадлежать к ним было, видимо, весьма неплохо, ибо, по авторитетному утверждению Иоахима, несмотря на высокие оклады врачей и самые либеральные принципы хозяйствования, общество каждый год выдавало своим членам весьма солидные дивиденды. Таким образом, гофрат не был самостоятельным человеком, а всего лишь агентом, чиновником, представителем этих высших сил, — правда, первым и верховным, душою дела, он оказывал решающее влияние на всю его организацию, не исключая управления, хотя как главный врач, конечно, стоял над коммерческой стороной предприятия. Говорили, что он родом из северо-западной Германии и уже много лет назад занял место главного врача, занял против воли и вопреки своим жизненным планам: сюда наверх его привела болезнь жены, чьи останки уже давно покоились на сельском кладбище, которое живописно раскинулось по правому склону над деревней Давос, ближе к выходу из долины. Жена Беренса была прелестная женщина, но болезненного вида, с запавшими глазами — по крайней мере судя по фотографиям, расставленным повсюду в его казенной квартире, а также по написанным маслом портретам, висевшим на стенах и сделанным его собственной рукой художника-любителя. Она подарила ему двух детей — сына и дочь, — а затем ее легкое, охваченное жаром тело было поднято в эту местность, и за несколько месяцев его силы окончательно истощились и иссякли. Рассказывают, что у Беренса, который ее обожал и был сражен этим ударом, даже появились странности: временами на него находили приступы задумчивости, идя по улице, он начинал хихикать, жестикулировать и говорить с самим собой, привлекая внимание прохожих. После смерти жены он не вернулся туда, где жил раньше, а остался в Давосе, — вероятно, еще и потому, что не хотел разлучаться с ее могилой; однако решающей оказалась менее сентиментальная причина: он сам сильно сдал и, как специалист, находил, что его место *здесь*. Поэтому-то он и поселился окончательно в этих местах, присоединившись к тем врачам, которые являются для пациентов, находящихся под их наблюдением, как бы товарищами по несчастью, ибо одни врачи, будучи здоровы, борются с болезнью как бы с независимых позиций своей незатронутости, другие сами отмечены ею; это особый, однако далеко не редкий случай, имеющий и свои преимущества, и свои трудности. Разумеется, товарищество врача и больного надо приветствовать, и недаром говорится, что только больной может быть наставником и целителем больного. Но способен ли по-настоящему, духовно управлять какой-либо силой тот, кто принадлежит к ее рабам? Может ли освободиться тот, кто сам находится в подчинении? Для обычного человеческого восприятия больной врач остается парадоксом и загадочным явлением. Быть может, знание данной болезни изнутри, в результате личного опыта не столько обогащает, сколько затуманивает и сбивает с толку? Такой врач не способен смотреть болезни в глаза ясным взором противника, решительно стать на чью-либо сторону — он связан; поэтому следует спросить со всей необходимой осторожностью, может ли тот, кто принадлежит к миру больных, быть заинтересован в исцелении или хотя бы оберегании других в том же смысле, как и человек здоровый?..

Этими сомнениями и домыслами Ганс Касторп и поделился с Иоахимом, когда они болтали о санатории «Берггоф» и его медицинском руководителе. Но Иоахим возразил, что совершенно неизвестно, продолжает ли гофрат Беренс и теперь быть пациентом, — вероятно, он уже выздоровел совсем. Начал он здесь практиковать давным-давно, некоторое время работал самостоятельно и очень быстро создал себе имя как чуткий диагност и специалист по пневмотораксу. Потом его завербовал «Берггоф», учреждение, с которым он связан уже почти целое десятилетие... Вон там, в конце северо-западного флигеля, находится его квартира (доктор Кроковский тоже живет неподалеку); старшая сестра, происходящая из старинного рода, о которой столь насмешливо отзывался Сеттембрини, — Ганс Касторп видел ее до сих пор только мельком, — ведет несложное хозяйство вдовца. А вообще — гофрат одинок, его сын учится в германских университетах, дочь уже замужем за адвокатом, они живут во французской Швейцарии. Иногда молодой Беренс приезжает на каникулы; за время, что Иоахим здесь, он был один раз: и санаторские дамы ужасно разволновались, температуры подскочили, в галереях для лежания пошли всякие споры и ссоры, на приеме у Кроковского число больных значительно увеличилось.

Ассистенту отвели для приема особую комнату; эта комната, так же как большой кабинет для обследования, лаборатория, операционная и рентгеновский кабинет, помещалась в хорошо освещенном подвальном этаже санатория. Мы называем его подвальным, так как благодаря каменной лестнице, которая вела туда с первого этажа, действительно казалось, что спускаешься в какой-то подвал, однако это была чистейшая иллюзия. Во-первых, потому, что первый этаж был поднят довольно высоко, во-вторых, все здание стояло на крутом склоне горы, и так называемые «подвальные» помещения выходили окнами в сад и на долину, — обстоятельство, в силу которого лестница теряла свой смысл и назначение. Ибо, когда вы вступали на нее, вам чудилось, что вы спускаетесь ниже уровня земли, а внизу вы оказывались опять на ее уровне или только чуть ниже, что очень рассмешило Ганса Касторпа, когда он однажды под вечер сопровождал двоюродного брата к массажисту, который должен был его взвесить, и им пришлось спуститься вниз. В этой «зоне» санатория царили чисто клинические свет и чистота; все было белое и в белом, белым лаком поблескивали двери, среди них и та, которая вела в кабинет доктора Кроковского; на двери кнопкой была прикреплена визитная карточка ученого мужа, и чтобы попасть сюда из коридора, надо было спуститься еще на две ступеньки, так что открывавшаяся за нею комната чем-то напоминала кладовую. Она находилась справа от лестницы, эта дверь, в конце коридора, и Ганс Касторп особенно внимательно поглядывал на нее, прогуливаясь мимо кабинета в ожидании Иоахима. Вдруг кто-то вышел из нее, это была дама, она только что приехала, и ее фамилии он еще не знал, маленькая, изящная, с завитой челкой и золотыми серьгами. Поднимаясь по ступенькам, она низко наклонилась, одной рукой подобрала юбку, а другой маленькой рукою в кольцах поднесла к губам платочек; не разгибаясь и уставившись перед собой большими, бледными, испуганными глазами, она, шурша юбками, поспешила к лестнице, ведущей наверх, вдруг приостановилась, словно вспомнив что-то, потом засеменила дальше и, все так же не разгибаясь, не отнимая платочка от губ, исчезла за поворотом.

Когда Кроковский открыл дверь, выпуская ее из своей приемной, там оказалось гораздо темнее, чем в коридоре: клиническая белоснежная ясность, заливавшая помещения этого этажа, туда, видимо, не доходила; в аналитическом кабинете Кроковского, как успел заметить Ганс Касторп, царил мягкий полумрак, густые сумерки.

## РАЗГОВОРЫ ЗА СТОЛОМ

Во время трапез в пестро расписанной столовой Ганс Касторп-внук испытывал некоторое смущение оттого, что после его злосчастной прогулки, предпринятой на собственный страх и риск, у него так и осталось это дедовское трясение головой — и именно за столом; оно повторялось почти неизменно, а он никак не мог от него удержаться и скрыть от остальных. Тщетно он с достойным видом упирался подбородком в воротничок — такую позу трудно было долго выдерживать; тщетно придумывал самые разнообразные способы замаскировать свой недостаток, — например, все время двигал головой, поворачиваясь то вправо, то влево, или, поднося ложку с супом ко рту, крепко опирался запястьем левой руки о стол, а иногда, в перерывах между кушаньями, ставил на него даже локоть и поддерживал голову ладонью, хотя сам считал это невоспитанностью, допустимой только в распущенной среде больных. Но все это было очень тягостно, — еще немного, и для него могут быть окончательно испорчены эти трапезы, которыми он так дорожил, оттого что они приносили с собой немало примечательного и тревожного.

Но ничего не поделаешь! Ганс Касторп отлично знал, что то постыдное явление, с которым он борется, имеет не только физическую причину, оно вызвано не только здешним воздухом и трудностями акклиматизации — нет, оно результат какой-то глубокой душевной взволнованности и связано именно с этими примечательными и тревожащими его фактами. Мадам Шоша имела привычку опаздывать к столу, и, пока она не появлялась, Ганс Касторп беспокойно шаркал под столом ногами, ожидая, что вот сейчас грохнет застекленная дверь, ибо появление мадам Шоша неизменно сопровождалось гроханьем, и знал, что он непременно вздрогнет и лицо у него похолодеет; так и бывало. Вначале он каждый раз яростно оборачивался и свирепым взглядом провожал опоздавшую неряху до ее места за «хорошим» русским столом, а иногда даже бросал ей вслед сквозь зубы резкое слово или возмущенное восклицание. Теперь он этого уже не делал, а, прикусив губу, низко склонял голову над тарелкой или отвертывался с нарочитой небрежностью. Ему казалось, что на гнев он теперь едва ли имеет право, да и порицать ее уже не может так свободно, ибо является как бы ее соучастником и делит ответственность перед другими, — словом, ему было стыдно; однако нельзя сказать, что он стыдился за нее, — нет, ему было стыдно перед людьми именно за себя — чувство, впрочем, совершенно лишнее, ибо ни одна душа в зале не интересовалась ни пороками мадам Шоша, ни тем, что Гансу Касторпу за нее стыдно, исключая, может быть, фрейлейн Энгельгарт, учительницу, сидевшую справа от него.

Убогое создание угадало, что в результате чрезмерной чувствительности Ганса Касторпа к этому хлопанью дверью между ее молодым соседом по столу и русской дамой возникла какая-то нервическая связь; затем, что дело вовсе не в характере их отношений, если они вообще существуют, и, наконец, что его лицемерное равнодушие — лицемерное по недостатку актерского опыта и дарования, и притом плохо разыгранное, — что это равнодушие означает не ослабление, а усиление его интереса к молодой женщине, новую, более высокую ступень этих отношений.

Без всяких ожиданий и надежд на что-либо для себя лично фрейлейн Энгельгарт неустанно расточала бескорыстные хвалы мадам Шоша, — причем самым удивительным оказалось то, что Ганс Касторп, если и не сразу, то постепенно, все же вполне отчетливо понял и разгадал эти поджигательские маневры своей соседки, и они стали ему противны, хотя он с не меньшей охотой поддавался их дурману.

— Грох! — говорила старая дева. — Явилась *она*. И смотреть незачем, сразу ясно, кто именно вошел. Конечно! Вон она идет, и какая прелестная походка — прямо кошечка, которая крадется к миске с молоком. Жаль, что нам нельзя поменяться местами, тогда вы могли бы так же свободно и непринужденно наблюдать за ней, как я. Ведь не всегда же вам хочется повертывать голову и смотреть ей вслед, я понимаю — бог знает что она в конце концов может вообразить, если заметит... Вот она здоровается со своими соотечественниками... Да вы бы хоть разок посмотрели. Глядишь на нее, и просто сердце радуется... Когда она так улыбается и разговаривает, у нее на одной щеке появляется ямочка, но не всегда, только если она этого захочет. Да, прелестная женщина, избалованное создание, оттого и небрежна. Таких людей нельзя не любить, хочешь не хочешь, даже когда сердишься на них за небрежность, даже этот гнев усиливает нашу преданность, ведь такое счастье чувствовать, что сердишься и все-таки не можешь не любить...

Так, тайком от других, шептала учительница, прикрыв рот рукой; синеватый румянец на стародевьих щеках говорил о том, что у нее повышенная температура, а ее сластолюбивые речи проникали бедному Гансу Касторпу в плоть и кровь. Какая-то несамостоятельность вызывала в нем потребность слышать со стороны подтверждение, что да, мадам Шоша действительно прелестная женщина; ему хотелось получить поддержку извне, чтобы отдаться тем чувствам и ощущениям, против которых восставали его разум и его совесть.

Впрочем, все эти разговоры давали мало конкретного материала, ибо фрейлейн Энгельгарт при всем желании не могла сообщить относительно мадам Шоша ничего более определенного, а только то, что в санатории было известно каждому; учительница просто ее не знала, не могла даже похвастаться общими знакомыми, и единственное ее преимущество перед Гансом Касторпом состояло в том, что она была родом из Кенигсберга — это не так уж далеко от русской границы — и могла произнести несколько слов по-русски, — убогое преимущество, но Ганс Касторп был готов усмотреть в этом какую-то многообещающую личную связь с мадам Шоша.

— Я заметил, что она не носит кольца, — обручального кольца, — сказал он. — Почему? Вы ведь мне сказали, что она замужем?

Учительница настолько чувствовала себя ответственной за мадам Шоша перед Гансом Касторпом, что смутилась, словно ее приперли к стене и необходимо как-нибудь вывернуться.

— Ну, мало ли почему, — возражала учительница. — Она бесспорно замужем. Тут не может быть никаких сомнений. И она заставляет называть себя мадам не только ради пущей важности, как это делают за границей иные перезрелые барышни, а потому, что у нее действительно есть муж где-то в России, это знает весь курорт. Девичья фамилия у нее другая, русская, а не французская, кончается на «анова» или «укова», я знала, да позабыла; если хотите, я спрошу; у нас многие знают ее фамилию. А кольцо? Да, кольца она не носит, я тоже обратила внимание. Но, Боже милостивый, может быть, оно не идет ей, может быть, оно делает руку слишком широкой! Или она считает это мещанством — носить обручальное кольцо, — оно слишком простое, гладкое. Нет, у нее, наверное, шире размах... Я знаю, в русских женщинах, в их натуре есть какая-то свобода, широта... А в таком кольце чувствуется что-то прямо-таки отстраняющее и отрезвляющее, это же символ — мне хочется сказать — рабства, оно сразу придает женщине черты монахини, она становится чистым цветочком — «не тронь меня». И ничего нет удивительного, если это ей не по душе... Такая прелестная женщина, в полном расцвете... Вероятно, у нее нет ни оснований, ни охоты сейчас же показывать первому встречному, которому она подает руку, что она связана узами брака...

Боже праведный, как эта особа лезла из кожи! Ганс Касторп испуганно смотрел на нее, но она не опустила глаз, в ее взгляде было и упрямство и какое-то мучительное смущение. Затем оба помолчали, чтобы опомниться. Ганс Касторп принялся за еду, стараясь не трясти головой. Наконец он спросил:

— А муж? Он что же, совсем забросил ее? И даже не навещает здесь наверху? Кто он такой?

— Чиновник. Русский. Административный чиновник в очень отдаленной губернии, в Дагестане, знаете ли, это далеко на Востоке, в Закавказье, его туда командировали. Нет, я же говорила вам, что его никто у нас наверху в глаза не видал. А она опять живет здесь уже больше двух месяцев.

— Значит, она тут не в первый раз?

— О нет, уже в третий. А в промежутках она жила на других курортах. Наоборот, *она* иногда ездит к *нему,* не чаще раза в год, на некоторое время. Они, можно сказать, живут врозь, и она только иногда ездит к нему.

— Ну да, ведь она больна...

— Конечно, больна. Но не *настолько,* не настолько серьезно, чтобы все время жить по санаториям, врозь с мужем. Дело не в том, тут, вероятно, есть и другие, более глубокие причины. Здесь все считают, что должны быть еще другие какие-то причины. Возможно, ей не нравится в этом самом Дагестане, в Закавказье, это такие далекие дикие места... в конце концов ничего удивительного. Вероятно, тут причина и в муже, раз ей так не хочется быть с ним вместе. Хоть фамилия у него и французская, но он все-таки русский чиновник, а ведь это ужасно грубый народ, эти русские чиновники, поверьте мне. Я однажды видела такого типа, у него были железного цвета бакенбарды и багровое лицо... Они страшные взяточники, и потом все пьют вутку — ну, спирт, понимаете... Ради приличия заказывают немножко какой-нибудь еды, ну там несколько маринованных грибков или кусочек осетрины, и потом пьют без всякой меры. Называется это у них «закуска»...

— Вы валите все на него, — сказал Ганс Касторп. — Ведь мы не знаем, может быть в ней причина того, что они плохо живут? Надо же быть справедливым. Достаточно посмотреть на нее, и потом эта манера грохать дверью... И ничуть она не ангел, пожалуйста, не обижайтесь, но я не доверяю ей вот настолько. А вы не можете судить непредубежденно, вы ослеплены своим пристрастием и решили, что во всем права она...

Так рассуждал порой Ганс Касторп. С хитростью, которая была чужда его натуре, он делал вид, будто восторг учительницы перед мадам Шоша имеет в действительности совсем другую подоплеку, будто этот восторг — факт, вполне самостоятельный и даже презабавный. И Ганс Касторп может непринужденно дразнить им старую деву из своего независимого и юмористического далека. А так как он был уверен, что его сообщница покорно примет столь дерзкий выверт и не будет возражать, то он ничем не рискует.

— Доброе утро! — говорил он, являясь к завтраку. — Хорошо спали? Надеюсь, вам приснилась ваша прекрасная Минка?.. Как вы краснеете! Достаточно назвать ее имя! Да вы совсем втюрились, лучше не отрицайте!

И учительница, которая действительно залилась румянцем и низко наклонилась над чашкой, лепетала, едва шевеля губами:

— Да нет же, ну что вы говорите, господин Касторп! Нехорошо с вашей стороны так смущать меня своими намеками. Ведь все замечают, что это касается ее и что вы говорите вещи, от которых я краснею.

Странную игру вели эти два соседа по столу. Оба знали, что их слова — двойная и тройная ложь, и Ганс Касторп дразнит учительницу, только чтобы лишний раз поговорить о мадам Шоша, и находит в этих шутках над старой девой какое-то болезненное удовольствие, в которое вовлекал и ее; она же со своей стороны допускала эти шутки — во-первых, из инстинктивной страсти к сводничеству, во-вторых, оттого, что в угоду молодому человеку действительно слегка втюрилась в мадам Шоша и, кроме того, испытывала какое-то убогое наслаждение, когда он дразнил ее и заставлял краснеть. Оба все это отлично угадывали и в себе и друг в друге, ощущали в этой путанице что-то нечистоплотное. Но, хотя Гансу Касторпу были противны всякая путаница и нечистоплотность, — отталкивали они его и в данном случае, — он все же продолжал купаться в этой грязи, успокаивая себя тем, что ведь он здесь наверху случайный гость и скоро опять уедет. Разыгрывая знатока, разбирал он наружность «небрежной особы», нашел, что спереди она определенно выглядит моложе и красивее, чем в профиль; правда; глаза у нее слишком широко расставлены, а осанка оставляет желать лучшего, зато руки и плечи имеют красивые и мягкие очертания. Говоря это, он пытался скрыть, как неудержимо у него трясется голова; однако учительница не только замечала его усилия — это было ясно, — но он с возмущением обнаружил, что и у нее самой голова трясется. То, что он назвал мадам Шоша «прекрасной Минкой», было также ловким дипломатическим ходом и политической хитростью. Ибо после этого он мог спросить:

— Я называю ее «Минка», а как ее зовут на самом деле? То есть как ее имя? Если человек втюрился, а вы, безусловно, втюрились, то вы не можете не знать ее имени.

Учительница задумалась.

— Подождите, кажется, знаю, — сказала она наконец. — Вернее, знала. Не Татьяна? Нет, не то, и не Наташа. Наташа Шоша? Нет, я не слышала, чтобы ее так называли. Стойте! Вспомнила! Ее зовут Авдотья. Во всяком случае, что-то в этом роде. Только ни в коем случае не Катенька и не Ниночка. Совсем забыла! Но я легко могу узнать, если вы хотите.

И действительно, она на другой же день сообщила ему имя мадам Шоша. Она назвала его за обедом, когда снова грохнула застекленная дверь. Оказывается, имя мадам Шоша было Клавдия.

Ганс Касторп понял не сразу. Он заставил ее несколько раз повторить по буквам, прежде чем его усвоил. Затем сам произнес несколько раз, поглядывая на мадам Шоша, причем белки его глаз покраснели, — он как бы примерял к ней это имя.

— Клавдия, — повторил он, — да, может быть, ее так и зовут, это имя ей подходит. — Он не скрывал своей радости по поводу узнанной им интимной подробности и отныне, говоря о мадам Шоша, называл ее только Клавдией. — А ведь ваша Клавдия катает хлебные шарики, я только что видел. Не слишком изысканно!

— Смотря по тому, кто катает, — ответствовала учительница. — Клавдии это идет.

Да, трапезы в этом зале с семью столами имели огромную прелесть для Ганса Касторпа. И ему бывало жаль, когда одна из них кончалась, но он утешал себя мыслью, что через два, ну два с половиной часа будет снова сидеть здесь, и тогда ему будет казаться, что он и не уходил. Что разделяло эти два момента? Да ничего. Короткая прогулка к водостоку или в английский квартал, короткий отдых в шезлонге. Перерыв этот не был ни долгим, ни трудно преодолимым. Совсем не то, что работа или какие-нибудь горести и тревоги, которые трудно охватить душой, через которые трудно переступить. А о мудром и удачно найденном распорядке дня в «Берггофе» этого нельзя было сказать. Едва встав из-за стола после общей трапезы, Ганс Касторп мог тут же отдаться радостному ожиданию новой встречи с больной Клавдией Шоша, если только слово «радость» передает его чувства и не является слишком легковесным, беззаботным, будничным и случайным, хотя, быть может, читатель и сочтет подходящими и допустимыми в отношении Ганса Касторпа и его внутренней жизни только пустые, стертые слова. Но мы вынуждены напомнить, что не мог он, как молодой человек, совестливый и умный, просто «радоваться», глядя на мадам Шоша или находясь поблизости от нее; этого нельзя забывать, и ясно, что, предложи мы ему это слово, он бы отверг его, пожав плечами.

Да, он относился свысока к некоторым словам и выражениям, чего нельзя не отметить. С пылающими сухим жаром щеками разгуливал он по санаторию и что-то пел про себя, в себя, ибо состояние его души было музыкальным и исполненным чувствительности. Он мурлыкал песенку, которую неведомо когда и где услышал в чьем-то салоне или на благотворительном концерте, какой-то нежный вздор — ее пело маленькое сопрано, — и сейчас ему вспомнилась эта песенка, начинавшаяся так:

О как меня волнует
Подчас одно лишь слово...

Он хотел уже продолжать:

Что с губ твоих сорвалось,
А сердце петь готово... —

но вдруг пожал плечами, пробормотал: «смешно» — и, с некоторой меланхолической строгостью, презрительно отверг и оттолкнул от себя нежную песенку, как что-то безвкусное и нелепое. Ведь столь простенькая песенка могла бы удовлетворить и порадовать разве что какого-нибудь молодого человека, который «подарил», как принято выражаться, свое сердце самым благонамеренным и мирно-надежным образом какой-нибудь цветущей дурынде там внизу, на равнине, и теперь предается благонамеренным, надежным, разумным и, в основе своей, самодовольным чувствам. Для Ганса Касторпа и его «отношений» с мадам Шоша — слово «отношения» мы оставляем на его совести и снимаем с себя всякую ответственность за него — такие стишки совершенно не подходили; лежа в шезлонге, он почувствовал потребность произнести над ними эстетический приговор, заявил, что это «белиберда», и тут же оборвал мелодию, презрительно наморщив нос, хотя взамен ничего более подходящего у него не нашлось.

Однако некоторое удовлетворение он все же испытал, когда, лежа, прислушивался к биению своего сердца, своего физического сердца, стучавшего отчетливо и торопливо среди глубокой тишины — предписанной тишины, которая в часы основного лежания воцарялась, согласно распорядку, над всем «Берггофом». Оно стучало упорно и торопливо, его сердце, как стучало почти всегда с тех пор, как он находился здесь наверху; однако за последнее время это меньше тревожило его, чем в первые дни. Теперь уже нельзя было сказать, что оно колотится по собственной инициативе, без причины и без всякой связи с его душевным состоянием; подобная связь существовала, во всяком случае, ее нетрудно было установить и оправдать экзальтированную физическую деятельность сердца определенными движениями души. Достаточно было Гансу Касторпу подумать о мадам Шоша, — а он думал о ней, — и он испытывал чувство, соответствующее сердцебиению.

## ПОЯВЛЯЕТСЯ СТРАХ. ДВА ДЕДА И ПОЕЗДКА В СУМЕРКАХ НА ЧЕЛНОКЕ

Погода совсем испортилась — в этом отношении Гансу Касторпу, при его кратковременном пребывании в этой местности, решительно не повезло. Правда, нельзя сказать, чтобы шел снег, но целыми днями лил дождь, тяжелый и унылый, в долине лежал густой туман, и хотя холод стоял такой, что в столовой даже протопили, однако то и дело гремели до смешного ненужные грозы, обстоятельно отдаваясь в горах гулкими раскатами.

— Жаль, — сказал Иоахим. — А я надеялся, что мы как-нибудь прихватим с собою завтрак и поднимемся на Шацальп или отправимся в другое красивое место. Но, как видно, ничего не выйдет. Надеюсь, что во время твоей последней недели погода будет лучше.

Однако Ганс Касторп ответил:

— Брось, пожалуйста. Я вовсе не горю желанием предпринимать всякие там прогулки. Моя первая оказалась не слишком удачной. Лучше всего я отдыхаю, когда день течет однообразно, без особых развлечений. Развлечения нужны тем, кто живет здесь уже много лет. Но при моих трех неделях — какие тут развлечения!

И это была правда. Он чувствовал, что в санатории время его занято и жизнь полна. И если он питал какие-либо надежды, то и радость их исполнения, и горечь разочарования ждали его именно здесь, а не на каком-то Шацальпе. Мучило его отнюдь не то, что время ползет; напротив, он начинал опасаться, что конец его пребывания в санатории надвинется слишком быстро. Уже идет вторая неделя, скоро кончатся две трети того времени, которое он должен здесь пробыть, а когда начнется последняя — пора уже будет думать о чемоданах. Первоначальная освеженность его чувства времени давно исчезла, дни уже летели, невзирая на то, что каждый в отдельности тянулся, полный все возрождающихся ожиданий, и набухал молчаливыми и затаенными чувствами... Да, время — загадочная штука, и что оно такое — понять очень трудно! Однако нужно ли уточнять те скрытые переживания, которые в течение дня то угнетали, то окрыляли Ганса Касторпа? Их испытал каждый, это самые обычные ощущения, со всей их сентиментальной незатейливостью; и в более разумном и обнадеживающем случае, когда действительно была бы уместна песенка «О как меня волнует», все протекало бы совершенно так же.

Не может быть, чтобы мадам Шоша совсем не заметила тех нитей, которые протянулись от некоего стола к ее столу, а Гансу Касторпу непреодолимо и во что бы то ни стало хотелось, чтобы она заметила как можно больше. Мы говорим «непреодолимо», ибо он отдавал себе вполне ясный отчет в том, насколько все это нелепо. Но когда с человеком творится то, что начинало твориться с ним, он жаждет, чтобы другой узнал о его состоянии, даже если его чувства лишены основания и смысла. Уж такова человеческая природа.

И вот, после того как мадам Шоша случайно, или подчиняясь магнетическому притяжению, во время трапезы раза два-три обернулась и каждый раз встречалась глазами с Гансом Касторпом, она в четвертый раз уже нарочно посмотрела на его стол, и опять их глаза встретились. В пятый она, правда, перехватила его взгляд не сразу: молодого человека в эту минуту как бы не оказалось на своем посту. Но он тотчас почувствовал, что она смотрит, и с такой жаркой торопливостью послал ей в ответ свой взор, что она с улыбкой отвернулась. И эта улыбка вызвала в нем боязливую надежду и восторг. Однако, если она считает это мальчишеством, она ошибается. У него потребность в более утонченных чувствах. В шестой раз, когда он почуял, ощутил, узнал по интуиции, что она смотрит, он сделал вид, будто весьма неодобрительно разглядывает прыщеватую даму, которая подошла к его столу, чтобы поболтать с двоюродной бабушкой, и, сохраняя железную выдержку в течение двух-трех минут, продолжал изучать ее, пока не убедился, что киргизские глаза за тем столом уже не устремлены на него, — удивительная комедия, о которой мадам Шоша не только могла, но непременно *должна* была догадаться — пусть душевная тонкость и самообладание Ганса Касторпа заставят ее призадуматься. Дело кончилось следующим: во время перерыва между двумя кушаньями мадам Шоша небрежно обернулась и стала рассматривать сидевших в столовой. Ганс Касторп был на своем посту, их взгляды встретились. И в то время как они смотрели друг на друга (больная — насмешливо и будто что-то выискивая, Ганс Касторп — с взволнованным упорством выдерживая ее взгляд, он даже стиснул зубы) — с ее колен соскальзывает салфетка и вот-вот упадет на пол. Вздрогнув, мадам Шоша пытается удержать ее. Но и он словно испытывает толчок, — ослепленный, рывком приподнимается на стуле, хочет перемахнуть эти восемь метров, обогнуть стоящий на его пути стол и кинуться на помощь, как будто, если он даст салфетке упасть на пол, произойдет катастрофа... И уже у самого пола она успевает вовремя подхватить салфетку. Однако, склонившись над полом и держа салфетку за уголок, должно быть, рассерженная этим нелепым и вздорным испугом, которому она поддалась и виновником которого, очевидно, считает его, мадам Шоша еще раз оборачивается и смотрит в его сторону, замечает его позу, готовность к прыжку, его вздернутые брови и, улыбаясь, отвертывается.

Ганс Касторп испытал по этому поводу почти необузданное торжество. Но тут же последовал и контрудар, ибо мадам Шоша в течение двух последующих дней, то есть во время десяти трапез, совсем не поворачивалась к залу лицом. И даже при своем появлении не «представлялась» публике, как делала обычно. Это было жестоко. Но так как подобный маневр был явно направлен против него, он подтверждал, что между ними, бесспорно, существуют какие-то взаимоотношения, хотя бы в отрицательной форме; и одного этого пока что достаточно.

Ганс Касторп убеждался, что Иоахим был совершенно прав, когда говорил ему, что здесь помимо соседей по столу отнюдь не легко завязать знакомства. А послеобеденный час, когда пациенты бывали вместе, причем этот час иногда сокращался до двадцати минут, мадам Шоша неизменно проводила в привычном обществе, состоявшем из господина со впалой грудью, курчавой насмешницы, тишайшего Блюменколя и юноши с покатыми плечами; вся эта компания усаживалась в глубине маленькой гостиной — завсегдатаи «хорошего» русского стола, видимо, считали это своей привилегией. Да и двоюродный брат постоянно торопил Ганса Касторпа покинуть общество и подняться наверх, чтобы дольше полежать на воздухе, как он говорил, а может быть, и по другим причинам, морально-диетического порядка, о которых он умалчивал, хотя Ганс Касторп о них догадывался и их уважал. Мы позволили себе упрекнуть его в необузданности, но, как бы далеко ни заходили его желания, он не стремился к светскому знакомству с мадам Шоша и вполне понимал, что можно было возразить очень многое против такого знакомства. Неясные и напряженные взаимоотношения, возникшие между ним и русской дамой в результате его поведения и упорных взглядов, имели отнюдь не светский характер, они ни к чему не обязывали и не могли обязывать. Правда, несмотря на всю свою недопустимость с чисто светской точки зрения, они все же существовали; но если мысль о «Клавдии» вызывала у Ганса Касторпа сердцебиение, этого было еще далеко не достаточно, и он, внук Ганса-Лоренца Касторпа, не сомневался в том, что у него с этой иностранкой, которая живет без мужа, не носит обручального кольца, разъезжает по курортам, держится весьма неважно, хлопает дверью, катает хлебные шарики и, без сомнения, грызет заусенцы, — что, скажем прямо, у него с нею, кроме этих тайных отношений, ничего общего быть не может, между их жизнями лежит пропасть и настоящей строгой критики эта молодая особа не выдержит. Ганс Касторп был рассудителен и потому лишен всякого личного высокомерия; но высокомерие более общего и глубинного порядка было буквально написано у него на лбу и в несколько сонливых глазах, и от него веяло чувством такого превосходства, которое он, наблюдая за мадам Шоша и ее манерами, не мог, да и не желал отбросить. Как ни странно, но это чувство превосходства он ощутил особенно живо и, быть может, впервые, когда однажды услышал, как мадам Шоша говорит по-немецки; она стояла в зале после окончания трапезы, засунув обе руки в карманы своего свитера, и Ганс Касторп, проходя мимо, заметил, что, обращаясь к другой пациентке, своей соседке по лежанию, она старается, — это, впрочем, выходило у нее прелестно, — говорить с ней по-немецки, на языке, который был Гансу Касторпу родным, и он вдруг понял это с внезапной, еще никогда не испытанной им гордостью; хотя в то же время почувствовал и некоторое желание пожертвовать этой гордостью тому восхищению, какое вызывала в нем ее ломаная речь и манера прелестно запинаться.

Одним словом, Ганс Касторп видел в своем тайном влечении к столь небрежной представительнице особой общины здесь наверху просто каникулярный эпизод, который перед «трибуналом разума» и его собственной благоразумной совести не мог притязать на признание, прежде всего потому, что мадам Шоша была в жару, обессилена, подточена болезнью, — обстоятельство, тесно связанное с сомнительностью ее существования в целом и игравшее также немалую роль в его опасливой осторожности... Нет, искать настоящего знакомства с нею у него и в мыслях не было, что же касается остального, то ведь через полторы недели он будет уже на практике у «Тундера и Вильмса», и все это оборвется без всяких последствий.

Однако он постепенно начал смотреть на свои душевные движения, тревоги, радости и горести, вызванные нежным чувством к этой больной, как на главный смысл и содержание его жизни здесь и ставить свое душевное состояние в прямую зависимость от успехов или неуспехов их отношений. Условия же лишь благоприятствовали развитию его чувства, ибо существование обитателей санатория было заключено в рамки ограниченного пространства и строгого распорядка времени, и хотя комната мадам Шоша находилась на первом этаже (впрочем, больная обычно лежала на воздухе, как Ганс Касторп узнал от учительницы, на одной из общих террас, которая находилась на крыше, это и была как раз та самая терраса, где на днях капитан Миклосич выключил свет), все же они встречались неизбежно, не только за всеми пятью трапезами, но и на каждом шагу. И то обстоятельство, что никакие заботы и дела не могли помешать желанным для него свиданиям, Ганс Касторп находил просто замечательным, хотя и в благоприятных возможностях и в неизбежности этих встреч было нечто стеснявшее его.

И все-таки он пытался слегка подталкивать судьбу, придумывал то одно, то другое, внося в ее намерения свои поправки. Мадам Шоша привыкла опаздывать к столу — начал задерживаться и он и тоже приходить позднее, чтобы встретиться с нею по пути в столовую. Он затягивал одевание, еще не был готов, когда за ним являлся Иоахим, и отправлял двоюродного брата вперед, уверяя, что сейчас догонит его. Следуя особому инстинкту, он выжидал определенного мгновения, а затем решал, что время настало, спешил в нижний этаж и пользовался не продолжением той лестницы, по которой только что спустился, а другой, в самом конце коридора, неподалеку от слишком знакомой двери, а именно — от седьмого номера. И на этом пути по коридору между обеими лестницами, так сказать, на каждом шагу представлялся шанс для встречи, ибо в любую минуту дверь седьмого номера могла открыться, — что не раз и бывало, — потом она с грохотом захлопывалась за спиной мадам Шоша, хотя сама она выходила бесшумно и так же бесшумно скользила вниз по лестнице... А потом либо шла впереди него, поддерживая рукою косы на затылке, либо Ганс Касторп осязал спиной ее взгляд, причем во всем теле у него начиналась какая-то дрожь, а по спине бегали мурашки. Но так как он хотел порисоваться, то делал вид, будто и не подозревает о ее присутствии и живет своей жизнью, полной энергичной независимости, засовывал руки в карманы пиджака, без всякой нужды поводил плечами или громко откашливался и бил себя при этом кулаком в грудь — все это только чтобы выказать полную непринужденность.

Дважды он зашел в своих хитростях еще дальше. Уже усевшись за стол, он вдруг словно спохватился и сказал сердито и растерянно, ощупывая себя обеими руками: «Ну вот, носовой платок забыл. Теперь тащись опять наверх». И он возвращался обратно, чтобы *встретиться* с «Клавдией» лицом к лицу, а это было нечто совсем иное, чем когда она шла впереди или позади него, нечто более опасное и полное более острого очарования. В первый раз, когда он предпринял этот маневр, она еще издали смерила его взглядом с головы до ног, притом весьма пренебрежительно и бесцеремонно, но, подойдя ближе, равнодушно отвернулась и прошла мимо, так что похвастаться ему перед собой было нечем. Во второй раз мадам Шоша взглянула на него не только когда глаза их встретились, она смотрела все время, пока они шли друг другу навстречу, смотрела ему в лицо упорно и даже несколько угрюмо, а пройдя мимо, еще повернула голову, что глубоко потрясло беднягу. Впрочем, жалеть его особенно не приходится, ведь он этого хотел и сам все это вызвал. Однако упомянутый случай сильно подействовал на него и в минуту встречи, и впоследствии, ибо, только когда она прошла мимо него, понял он, что именно произошло: никогда не видел Ганс Касторп мадам Шоша так близко, так ясно, во всех подробностях; он, кажется, разглядел каждый короткий волосок, выбившийся из ее белокурой с рыжеватым металлическим отливом косы, просто уложенной на голове, и всего несколько дюймов отделяло его лицо от ее лица, со столь необычным, но уже издавна знакомым ему складом; этот склад нравился ему больше всего на свете, чуждый и характерный (ибо только чуждое кажется нам характерным), отмеченный северной экзотикой и загадочностью, он звал погрузиться в его пропорции и особенности, которые так трудно было определить. Основным в этом лице являлись все же резко выдававшиеся скулы, они как бы наступали на необычно плоско, необычно широко расставленные глаза, придавая им едва уловимую раскосость, а щекам — легкую впалость, благодаря чему и полные губы казались чуть вывернутыми. Но особенно примечательны были глаза — узкие, с каким-то пленительным киргизским разрезом (таким его находил Ганс Касторп), серовато-голубые или голубовато-серые, цвета далеких гор, глаза, которые при взгляде в сторону, — но не для того, чтобы увидеть что-нибудь, — как будто томно затуманивались ночной дымкой; и эти глаза Клавдии беззастенчиво и несколько угрюмо рассматривали его совсем близко и своим разрезом, цветом и выражением жутко и ошеломляюще напоминали глаза Пшибыслава Хиппе! Впрочем, «напоминали» совсем не то слово, — это были те же глаза; и той же была широкая верхняя часть лица, чуть вдавленный нос, — все, вплоть до яркого румянца на белой коже, — у мадам Шоша, да и у всех обитателей санатория он отнюдь не служил признаком здоровья, ибо являлся только результатом продолжительного лежания на свежем воздухе; словом, все было такое же, как у Пшибыслава, и тот совершенно так же глядел на Ганса Касторпа, когда они встречались мимоходом на школьном дворе.

Ганс Касторп был потрясен. Но, несмотря на восторг, вызванный этой встречей, в него начал закрадываться страх, ощущение такой же стесненности, какую вызывала замкнутость в ограниченном пространстве вместе с ожидавшими его благоприятными возможностями. И если давно забытый Пшибыслав снова встретил его здесь наверху в образе Клавдии Шоша и посмотрел на него теми же киргизскими глазами, это тоже было какой-то замкнутостью наедине с неизбежным и неотвратимым, — неизбежным в жутком и счастливом смысле этого слова, оно было богато надеждами и вместе с тем от него веяло чем-то пугающим, даже грозным; и юный Ганс Касторп почувствовал, что ему нужна помощь, в душе у него совершались какие-то смутные инстинктивные движения, которые можно было бы назвать поисками ощупью, вслепую, потребностью в помощи; он перебирал в душе ряд лиц, мысль о которых могла бы послужить ему поддержкой.

Во-первых, подле него Иоахим, добрый, честный Иоахим; в его глазах за последнее время появилась такая грусть, и он порой пожимал плечами с такой резкой пренебрежительностью, каких раньше ни за что и ни при каких обстоятельствах себе не позволил бы, — Иоахим с «Синим Генрихом» в кармане — этой посудиной для мокроты, прозвище, которое фрау Штёр с циничным упрямством повторяла кстати и некстати, причем Ганс Касторп в душе каждый раз содрогался... Итак, подле него был честный Иоахим; чтобы поскорее отдаться вожделенной службе в армии, он терзал и мучил гофрата Беренса, упрашивая поскорее отпустить его вниз, на «равнину», как больные с легким, но явным презрением именовали мир здоровых людей. Стремясь достичь этой цели и сэкономить время, с которым здесь обращались столь расточительно, Иоахим вносил в исполнение лечебной повинности присущую ему добросовестность; делал он это, конечно, ради собственного исцеления, но, как иногда подозревал Ганс Касторп, отчасти и ради самой повинности: ведь это была служба не хуже всякой другой, а долг есть долг. Итак, Иоахим покидал вечером общество больных уже через какие-нибудь четверть часа, стремясь поскорее улечься на воздухе, и это было правильно; его воинская дисциплинированность до известной степени помогала и Гансу Касторпу, человеку сугубо штатскому, выполнять предписания врачей, иначе он без смысла и цели охотно бы посидел еще с остальными, заглядывая в маленькую «русскую» гостиную. Однако та настойчивость, с какой Иоахим стремился сократить вечернее сидение в обществе пациентов, имела еще одну тайную причину, о которой Ганс Касторп отлично догадывался с тех пор, как стал понимать, почему в известные минуты лицо Иоахима бледнеет пятнами и рот как-то особенно жалостно кривится. Ибо на этих сборищах в маленькой гостиной присутствовала и Маруся, хохотунья Маруся с маленьким рубином на красивой руке, с апельсинными духами и источенной червем болезни высокой грудью; теперь Ганс Касторп понимал, что именно это обстоятельство и заставляет Иоахима бежать отсюда, так как общество больных неудержимо и мучительно притягивает его; чувствовал ли Иоахим, что он тоже «заперт» в тесном пространстве и даже в еще большей степени, чем он сам, ибо Маруся с ее апельсинным платочком, в довершение всего, пять раз в день сидела с ними за тем же столом? Во всяком случае, у Иоахима было достаточно своих сердечных забот, и едва ли его присутствие могло чем-нибудь помочь Гансу Касторпу в его внутренних трудностях. Правда, это ежедневное бегство Иоахима было очень почтенно, но меньше всего могло оно подействовать на двоюродного брата успокаивающе, а порой Гансу Касторпу мерещилось, что в достойном примере, который подавал Иоахим, столь ревностно выполняя лечебную повинность, и в его многоопытных советах есть что-то подозрительное.

Ганс Касторп не пробыл в «Берггофе» и двух недель, но у него возникло такое чувство, будто он здесь наверху уже давным-давно, и распорядок дня, которому Иоахим следовал с чисто служебной точностью, начал приобретать в глазах приезжего отпечаток какой-то само собой разумеющейся святости и нерушимости, причем жизнь внизу, на равнине, казалась отсюда странной и нелепой. Он уже обрел завидную ловкость в обращении с двумя одеялами, при помощи которых, лежа на воздухе, придаешь себе вид аккуратного свертка, настоящей мумии; еще немного, и он будет проделывать это с не меньшей уверенностью и мастерством, чем Иоахим, и так же по всем правилам захлестывать вокруг себя одеяла; даже странно, что внизу, на равнине, никто не подозревает об этом искусстве и его правилах. Да, это было удивительно; но вместе с тем он дивился и тому, что находит это удивительным, и та тревога, которая заставляла его искать совета и поддержки, снова просыпалась в нем.

Вспоминал он и о гофрате Беренсе, о данном ему sine pecunia совете вести тот же образ жизни, что и все пациенты, и даже измерять себе температуру, и о Сеттембрини, который, услышав про совет главного врача, особенно громко и многозначительно расхохотался, а потом замурлыкал что-то из «Волшебной флейты». Да, Ганс Касторп попытался обратиться мыслью к этим двум людям, желая знать, успокоит ли это его. Ведь гофрат Беренс уже сед и годится ему в отцы. Кроме того, он глава этого учреждения, высший авторитет, а Ганс Касторп испытывал беспокойную душевную потребность в отеческом авторитете. И все-таки, когда он пытался мысленно отнестись к гофрату с детским доверием, это ему не удавалось. Беренс похоронил в Давосе жену, — горе, которое сделало его, между прочим, немного чудаковатым, — а потом так и остался в этих местах, оттого что здесь была ее могила, да и его собственное здоровье пошатнулось. Вылечился ли он? Здоров ли он теперь и полон ли недвусмысленной решимости излечивать людей, чтобы они могли как можно скорее возвращаться на равнину и служить? Его щеки всегда были синими, и, в сущности, выглядел он так, словно у него повышенная температура. Но, может быть, это только кажется, и лишь здешний воздух повинен в его цвете лица? Ведь и Ганс Касторп изо дня в день ощущает какой-то сухой жар, хотя жара у него нет, по крайней мере насколько можно судить не прибегая к термометру. Правда, если послушать рассуждения гофрата, то невольно опять возникала мысль о повышенной температуре; говорил он как-то странно — грубовато и вместе с тем весело и добродушно, но в его речах чувствовалась экзальтация, лихорадочность, и это впечатление еще усиливалось при взгляде на его всегда синие щеки и слезящиеся глаза, как будто он продолжает оплакивать жену. Ганс Касторп вспоминал сказанное Сеттембрини о «меланхолии» гофрата, о его «безнравственности» и о том, что итальянец назвал его «смятенной душой». Быть может, все это было дерзкой и пустой болтовней; и все-таки молодой человек находил, что размышления о Беренсе действуют не слишком успокоительно.

Но ведь был еще сам Сеттембрини, вечный оппозиционер, ветреник и «homo humanus», как он называл себя; и он многословно и самоуверенно доказывал Гансу Касторпу, что болезнь и глупость вовсе не являются противоречием и дилеммой для человеческого чувства. Так как же насчет Сеттембрини? Полезно ли размышлять о нем? Ганс Касторп хорошо помнил, что не раз в слишком живых сновидениях, наполнявших здесь наверху его ночи, он возмущался умной сухой усмешкой итальянца под красивым изгибом усов, обзывал Сеттембрини шарманщиком и пытался его оттеснить, так как Сеттембрини ему только мешал. Но это происходило во сне, бодрствующий Ганс Касторп был иным, менее необузданным, чем в сновидениях. Наяву все могло сложиться иначе, и, пожалуй, полезно обратиться к такому человеку нового типа — критикану и бунтарю, хотя его строптивость чересчур слезлива и многословна. Сеттембрини ведь сам назвал себя педагогом, — очевидно, он желал оказывать влияние; а юноша Ганс Касторп горячо желал, чтобы на него влияли, — правда, в меру, а не так, как это имело место на днях, когда Сеттембрини совершенно серьезно порекомендовал ему уложить чемоданы и уехать отсюда раньше срока.

«Placet experiri», — подумал он, усмехаясь, ибо настолько-то знал латынь, хоть и не решился бы назвать себя homo humanus. Поэтому молодой человек наблюдал за Сеттембрини и не без испытующего внимания прислушивался к тому, что тот проповедовал при мимолетных встречах, происходивших во время положенных прогулок до скамьи или вниз, в курорт, а также в других случаях, когда, например, Сеттембрини, окончив трапезу, вставал из-за стола первым и, в своих клетчатых брюках, с зубочисткой во рту, лениво брел через зал с семью столами и, вопреки всем обычаям и предписаниям, на минутку задерживался у стола, где сидели двоюродные братья. Скрестив ноги, он становился в изящную позу и болтал, жестикулируя зубочисткой. Или брал себе стул и пристраивался на уголке между Гансом Касторпом и учительницей или Гансом Касторпом и мисс Робинсон и наблюдал, как новые соседи по столу уничтожают десерт, от которого он, видимо, отказался.

— Прошу разрешить мне доступ в сие благородное общество, — заявил он как-то, пожал кузенам руку и отвесил остальным общий поклон. — Этот пивовар, там, за нашим столом... я умолчу о пивоварше... Этот господин Магнус только что прочел нам лекцию о психологии народов. Хотите послушать? «Наша дорогая Германия, — сказал он, — это большая казарма. Не спорю. Но все-таки народ у нас очень дельный, и я не променяю нашу основательность на любезность других народов. А что мне в их любезности, если меня обманывают и в хвост и в гриву?» И все в таком же стиле. Сил моих больше нет. А тут сидит против меня бедное создание с кладбищенскими розами на щеках, этакая старая дева из Зибенбюргена, и говорит без умолку о своем зяте, которого ни один человек не знает и знать не хочет. Словом, я не выдержал, я бежал.

— А при пробеге вы захватили и свой флаг, — сказала фрау Штёр, — представляю себе!

— Вот именно. При пробеге! — воскликнул Сеттембрини. — Пробег! Да, здесь дует другой ветер, я попал куда следует. Значит, я при пробеге захватил свой флаг! Кто еще способен с такой точностью выбирать слова! Осмелюсь спросить — успешно ли подвигается ваше лечение?

Фрау Штёр нестерпимо жеманничала.

— Боже правый, — сказала она, — все одно и то же; да вы, сударь, сами знаете. Делаешь два шага вперед и три назад, пять месяцев отсидишь, а тут является старик и добавляет еще полгода. Ах, это прямо танталовы муки. Толкаешь, толкаешь — и думаешь, вот ты уже наверху...

— О, как это благородно с вашей стороны! Наконец-то вы даруете бедному Танталу хоть какое-то разнообразие. В порядке обмена вы предоставляете ему возможность покатать знаменитый камень. Вот это я называю подлинной сердечной добротой! Но скажите, мадам, оказывается, с вами происходят какие-то загадочные явления? Слышал я рассказы про всяких двойников и астральные тела... Но до сих пор не верил! Однако то, что делается с вами, меня просто сбивает с толку...

— Вы, как видно, хотите поиздеваться надо мной!

— Ничуть! И не думаю! Успокойте меня сначала относительно некоторых темных сторон вашего существования, и тогда увидим, кто издевается! Вчера вечером между половиной десятого и десятью я решил сделать небольшой моцион и погулять по саду; окидываю при этом взглядом все балконы — электрическая лампочка на вашем так и рдеет среди темноты. Значит, вы лежали согласно велениям долга, разума и режима. «Вон лежит наша больная красавица, — говорю я про себя, — и честно выполняет предписания, чтобы как можно скорее возвратиться домой, в объятия господина Штёра». А всего несколько минут назад я слышу, будто вас в тот самый час видели в cinematógrafo (господин Сеттембрини произнес это слово по-итальянски, делая ударение на четвертом слоге), в cinematógrafo курзала и после этого еще в кондитерской за сладким вином и безе. И притом...

Штёриха повела плечами, захихикала в салфетку, толкнула одним локтем Иоахима Цимсена, другим — тихого доктора Блюменколя и с многозначительным лукавством подмигнула, всеми способами показывая свое непроходимо глупое самодовольство. Желая обмануть персонал, она имела обыкновение выносить на балкон зажженную настольную лампу, а затем потихоньку удирать вниз и искать развлечений в английском квартале. А в Каннштате ее ждал муж. Впрочем, она была не единственным пациентом, занимавшимся подобным надувательством.

— Притом, — продолжал Сеттембрини, — вы наслаждались этими безе — но в каком обществе? В обществе капитана Миклосича из Бухареста! Меня уверяли, что он носит корсет, но, Боже мой, какое это в данном случае имеет значение? Заклинаю вас, мадам, скажите, где были вы сами? Вы же раздвоились! Во всяком случае, вы заснули, и земная часть вашего существа лежала на балконе, спиритуальная же вкушала общество капитана Миклосича и его безе...

Фрау Штёр вертелась и извивалась, точно ее щекотали.

— Неизвестно, следовало ли желать обратного, — продолжал Сеттембрини, — чтобы вы вкушали безе в одиночестве, а целительному лежанию предавались совместно с капитаном Миклосичем...

— Хи-хи-хи...

— А вы знаете, господа, какая история произошла третьего дня? — тут же продолжал Сеттембрини. — Кое-кого отсюда забрали, черт забрал, — вернее, некая госпожа мамаша, дама решительная и энергичная, она мне понравилась. Я имею в виду молодого

Шнеермана, Антона Шнеермана. Он еще сидел вон там впереди, против мадемуазель Клеефельд, — видите, сейчас его место пусто. Ну, оно очень скоро опять будет занято, на этот счет я не тревожусь, но Антона точно вихрем унесло, в один миг, он сам и опомниться не успел. Полтора года прожил он здесь — хотя ему всего шестнадцать; и только что ему предписали еще полгода. Что же происходит? Уж не знаю, кто шепнул мадам Шнеерман словечко, во всяком случае до нее дошел слух насчет того, что сынок усердно служит Вакху et ceteris[1]. И вот, без всяких предупреждений, она появляется здесь, настоящая матрона — на три головы выше меня, седая и гневная, — не говоря худого слова, закатывает господину Антону несколько оплеух, хватает его за шиворот и тащит на станцию. «Если уж ему суждено, — говорит она, — то с таким же успехом он может погибнуть и у нас внизу». И увозит его домой.

Все, кто слышал это, рассмеялись, ибо господин Сеттембрини рассказывал очень забавно. Итальянец был, видимо, в курсе всех последних новостей, хотя и отзывался весьма критически и насмешливо о той совместной жизни, которую вели «здесь наверху» обитатели санатория. Но он знал все. Знал фамилии и в общих чертах жизненные обстоятельства каждого вновь прибывающего; рассказывал, что вчера такому-то или такой-то сделали резекцию ребра, и утверждал, ссылаясь на самые достоверные источники, что с осени больше не будут принимать больных с температурой выше 38,5. А этой ночью, сообщил он затем, собачка мадам Капатсулиас из Митилены уселась на электрическую кнопку светового сигнала на ночном столике своей госпожи, в результате чего поднялся шум и беготня, тем более что мадам Капатсулиас оказалась не одна, а в обществе асессора Дюстмунда из Фридрихсхагена. Даже доктор Блюменколь не мог не улыбнуться, а хорошенькая Маруся так хохотала в свой апельсинный платочек, что чуть не задохнулась; фрау Штёр же пронзительно вскрикивала, прижимая обе ладони к левой груди.

Однако двоюродным братьям Лодовико Сеттембрини рассказывал и о себе, о своем происхождении — то на прогулке, то вечерами, когда все общество собиралось в гостиной, или после обеда, когда столовая уже пустела, а они втроем еще сидели на своем конце стола; «столовые девы» убирали посуду. Ганс Касторп покуривал свою «Марию Манчини», вкус которой он на третьей неделе своего пребывания здесь опять начал понемногу ощущать. Настороженный и удивленный, но готовый поддаться влиянию этого

[1] И прочим (*лат.*).

человека, слушал он рассказы итальянца, раскрывавшие перед ним странный и, безусловно, новый мир.

Сеттембрини говорил о своем деде, который был в Милане адвокатом, но прежде всего горячим патриотом и в изображении внука представал чем-то вроде политического агитатора, оратора и журналиста, — он тоже был оппозиционером, как и внук, но в более смелых и крупных масштабах. Ибо если Лодовико, по его собственному горькому признанию, вынужден был в своем злословии ограничиваться людьми и их жизнью в интернациональном санатории «Берггоф», насмешливо критикуя во имя прекрасной и радостно-деятельной человечности их узость и мещанство, — его дед доставлял немало хлопот правительствам; он организовывал заговоры против Австрии и Священного союза, который в ту эпоху держал его раздробленное отечество в цепях незримого рабства, он был пылким участником особых, распространенных тогда в Италии тайных обществ — короче говоря, карбонарием, как заявил Сеттембрини, вдруг понизив голос, будто и сейчас еще опасно упоминать об этом. Словом, по рассказам его внука, Джузеппе Сеттембрини представлялся обоим слушателям натурой загадочной, пылкой и мятежной, подстрекателем и заговорщиком, и при всем уважении, которое они из вежливости старались выказать к этой фигуре, им не удавалось вполне подавить на своих лицах выражение некоторого скептического недоверия и даже неприязни. Правда, дело тут было особое: все, что они слышали, происходило почти сто лет назад и уже стало историей, а что касается истории, особенно древней, то примеры исступленной любви к свободе и неукротимой ненависти к тирании были обоим хорошо известны, и они этим людям теоретически даже сочувствовали, но не представляли себе, что могут так по-человечески близко с ними соприкоснуться. Кроме того, деятельность повстанца и заговорщика была у этого дедушки, видимо, тесно связана с горячей любовью к отечеству, которое он жаждал видеть единым и свободным; да и сама бунтарская его деятельность явилась плодом и результатом такой любви; хотя кузенам и казалось странным это сочетание в одном лице мятежника и патриота, ибо они привыкли отождествлять любовь к отечеству с обереганием традиционных порядков, все же им пришлось в душе согласиться, что там и при тогдашнем положении дел такое бунтарство могло быть гражданской добродетелью, а лояльность и приверженность к старым порядкам — косным равнодушием к жизни общества.

Однако дед Сеттембрини был не только итальянским патриотом, он был согражданином и соратником всех народов, жаждущих свободы, ибо после крушения попытки к государственному перевороту, предпринятой в Турине, — он принимал в ней участие словом и делом, причем едва ускользнул от ищеек Меттерниха, — дед употребил свое изгнание на то, чтобы бороться и проливать свою кровь в Испании за конституцию и в Греции — за независимость эллинов. В это время родился отец Сеттембрини, почему, вероятно, и стал великим гуманистом и поклонником классической древности; впрочем, его мать была немкой — Джузеппе женился в Швейцарии и во время своих дальнейших приключений всюду возил с собой жену. Позднее, после десяти лет эмиграции, он вернулся на родину, сделался в Милане адвокатом, но отнюдь не отказался от того, чтобы пером и словом, стихом и прозой звать свой народ к свободе и восстановлению единства республики, с диктаторским размахом разрабатывать план государственного переворота и открыто проповедовать объединение и освобождение народа ради всеобщего счастья. Одна деталь, о которой упомянул Сеттембрини-внук, произвела особенно сильное впечатление на молодого Ганса Касторпа, а именно, что дедушка Джузеппе при жизни появлялся среди своих сограждан только в черной траурной одежде, ибо, как он заявил, он страдалец за Италию, свою родину, прозябающую в рабстве и нищете. Услышав об этом, Ганс Касторп уже не в первый раз вспомнил собственного деда, который, насколько помнил внук, тоже всегда носил черное, но совсем по другим основаниям, чем дед Сеттембрини: это была старинная мода, которую Ганс-Лоренц Касторп присвоил себе, чтобы подчеркнуть свою непричастность к настоящему и глубокую, коренную связь своей сущности с прошлым. Он оставался верен ей до тех пор, пока смерть торжественно не сочетала его временный образ (в брыжах) с подлинным и изначальным.

Вот уж эти два деда были действительно полной противоположностью! Ганс Касторп задумался, причем взгляд его стал неподвижным, и он осторожно покачал головой, что могло быть принято и за восхищение перед Джузеппе Сеттембрини, и за неприятие и отрицание. Он добросовестно старался не осуждать сразу же то, что ему казалось чуждым, а ограничиваться сравнениями и определениями. Он видел внутренним взором высохшую голову старика Ганса-Лоренца Касторпа, который, стоя в зале и задумчиво склоняясь над чуть золотящимся круглым ободком крестильной чаши, этой неподвижной и все же странствующей семейной реликвии, приоткрывает рот и произносит слог «пра», далекий и благочестивый звук, напоминающий о таких местах, куда входишь на цыпочках и почтительно наклонившись вперед. И видел, как Джузеппе Сеттембрини с трехцветным флагом в руке, воздев к небу черные очи и размахивая саблей, бросается во главе кучки борцов за свободу на фалангу защитников деспотизма. В обоих была, пожалуй, своя красота и доблесть, думал Ганс Касторп, тем более стремясь к терпимости, что сам он — по личным или наполовину личным причинам — сочувствовал одной из этих партий. Ведь дед Сеттембрини сражался за политические права, его же собственный дед или во всяком случае предки деда и были теми, кто владел первоначально всеми этими правами; но за четыре века мятежная чернь с помощью хитроумных речей и насилия вырвала у них эти права... И тот и другой неизменно ходили в черном, дед северный и дед южный, и оба делали это, чтобы подчеркнуть строгое расстояние между собой и неприемлемой для каждого современностью. Но один одевался так из праведности, во имя прошлого и умершего, которому он принадлежал всем существом; другой же, напротив, из бунтарства, во имя враждебного всякой праведности прогресса. Да, это были два мира, две различных страны света, и Ганс Касторп, слушая рассказы господина Сеттембрини, испытующе заглядывал то в одну, то в другую, и ему казалось, что он однажды это уже испытал. Ему вспомнилась его одинокая прогулка в лодке по одному озеру в Голштинии как-то вечером, в конце лета. Было семь часов, солнце уже садилось, на востоке, над поросшим кустами берегом, всходила почти полная луна. И вот, когда Ганс Касторп греб, скользя по тихой воде, в течение каких-нибудь десяти минут все вокруг показалось ему вдруг необычайно странным, какой-то фантасмагорией. На западе еще царил день, и там был разлит трезвый и жесткий, бесспорно, дневной свет, но достаточно было повернуть голову, и он видел так же бесспорно волшебную, затканную влажными туманами лунную ночь. Эта удивительная двойственность продолжалась самое большее четверть часа, потом победили ночь и луна; но взор Ганса Касторпа, пораженный и зачарованный, с радостным изумлением переходил от одного ландшафта и освещения к другому, от дня к ночи и от ночи снова к дню. Этот вечер ему невольно сейчас и вспомнился.

Особым знатоком права и крупным ученым, продолжал свои размышления Ганс Касторп, адвокат Сеттембрини едва ли мог быть, если принять во внимание его беспокойный образ жизни и многоликую деятельность. Но общая основа права, если верить внуку, воодушевляла его с малых лет и до самой могилы, — и Ганс Касторп, хотя голова у него не слишком ясно работала и он порядком отяжелел после обычного бергофского обеда в шесть блюд, все же пытался понять, что имеет в виду Сеттембрини, называя эту основу «источником свободы и прогресса». До сих пор молодой человек разумел под этим нечто вроде развития подъемных механизмов в девятнадцатом веке; причем сам Сеттембрини и его дед, видимо, вполне оценивали значение таких вещей, как техника. Итальянец высоко ставил отечество своих двух слушателей. Немцы, говорил он, изобрели не только порох, превративший в хлам броню феодализма, но и печатный станок, а он сделал возможным демократическое распространение идей, то есть распространение демократических идей. За это Сеттембрини и восхвалял Германию, хотя в отношении прошлого почитал справедливым отдать пальму первенства своей стране, ибо, в то время как другие народы еще прозябали во мраке суеверия и рабства, она подняла знамя борьбы за прогресс, науку и свободу. Но если он и отдавал должную дань уважения технике и развитию путей сообщения — области, в которой работал Ганс Касторп, — и уже высказывался в этом смысле при первой встрече с кузенами у скамьи над обрывом, все же почитал он эти силы не ради них самих, а ради их значения для морального совершенствования человека, и он счастлив, что может приписать им такое значение, ибо техника все больше подчиняет себе природу и, создавая средства сообщения, сеть дорог и телеграфной связи, помогает преодолению климатических различий и показывает, что она надежнейшее средство для сближения народов: техника способствует их более тесному знакомству, выравнивает различия между людьми; разрушает предрассудки и должна привести к всеобщему объединению. Первоначально человеческий род вышел из мрака, страха и ненависти, но сияющим путем движется он вперед и ввысь к конечному состоянию симпатии, внутренней ясности, навстречу добру и счастью. И на этом пути техника — самое передовое орудие развития. Однако в своих утверждениях Сеттембрини отважно, точно *одним махом,* соединял такие категории, которые Ганс Касторп привык до сих пор мыслить раздельно, как очень далекие друг от друга. «Техника и мораль!» — провозгласил Сеттембрини. А потом действительно заговорил о христианстве и о Спасителе, впервые принесшем как откровение идеи равенства и единства, причем печатный станок весьма мощно способствовал распространению этих идей, а великий революционный переворот во Франции возвел их в закон. Однако при этих словах молодой Ганс Касторп по какой-то неопределенной причине вдруг почувствовал, что он вполне определенно сбит с толку, хотя все это было изложено Сеттембрини совершенно ясно и без обиняков. Один раз, продолжал итальянец, один-единственный раз его дед, и притом в самом начале своих зрелых лет, испытал подлинное счастье, и это было в дни Июльской революции в Париже. Вслух и публично заявил он тогда, что придет время, когда все люди будут считать эти три парижских дня равными шести дням творения. Тут уж Ганс Касторп не выдержал, он стукнул кулаком по столу, ибо был безмерно удивлен. Как же можно было три летних дня в июле 1830 года, когда парижане создали себе новую конституцию, поставить рядом с теми шестью, когда Господь Бог отделил сушу от воды и сотворил светила небесные, цветы и деревья, рыб и птиц и всяческую жизнь? Сеттембрини явно хватил через край, и Ганс Касторп, оставшись потом наедине с Иоахимом, откровенно и решительно выразил ему свое негодование и заявил, что подобное сравнение даже непристойно.

И все же он был готов подвергнуться чужому влиянию, ибо ему было интересно производить над собой опыты, и хотя теории Сеттембрини противоречили его пиетету, его укоренившимся взглядам и вкусам, он подавлял в себе протест против этих теорий — ведь то, что представлялось ему порочным, могло быть просто смелостью, и то, что он ощущал как безвкусицу, там и в те времена могло считаться величием духа или хотя бы благородной крайностью, — когда, например, дед Сеттембрини назвал баррикады «престолом народа» и заявил, что «копье гражданина» должно быть «освящено на алтаре человечества».

Ганс Касторп догадывался, почему он так внимательно слушает Сеттембрини, — правда, еще не вполне отчетливо, но догадывался: он считал это в каком-то смысле своим долгом, уже не говоря о том особом ощущении каникулярной безответственности, возникающей обычно у путешественника и у гостя, — они ни от чего не замыкаются и отдаются любому впечатлению, ибо знают, что завтра или послезавтра опять снимутся с места и вернутся к привычному строю жизни; что-то вроде веления совести — вернее, веления и голоса не вполне чистой совести — заставляло его слушать рассуждения итальянца, сидя закинув ногу на ногу и покуривая свою «Марию Манчини», или когда они втроем поднимались из английского квартала в «Берггоф».

Сеттембрини изображал дело так, что в основе борьбы за господство на земле лежат два принципа: сила и право, тирания и свобода, суеверие и знание, принцип косности и принцип кипучего движения вперед, прогресса. Первый можно назвать началом азиатским, второй — европейским, ибо именно Европа — родина бунта, критики и преобразующей деятельности, тогда как Восток является воплощением неподвижности и бездеятельного покоя. Не может быть никакого сомнения в том, какая из этих двух сил в конце концов победит: конечно, та, которая движет просвещением и разумным совершенствованием. Ибо всё новые народы, захваченные гуманизмом, вступают на блистательный путь развития, все большую территорию завоевывает он в самой Европе, начинает проникать и в Азию. Но еще многого не достает для полной победы, и еще много благородных и жертвенных усилий должны приложить те, кто хочет блага и чей светоч не погас, чтобы и в тех странах, где еще не было ни восемнадцатого века, ни 1789 года, наконец рухнули монархии и религиозные системы. Но этот день придет, заявил Сеттембрини и лукаво усмехнулся под шелковистыми усами, он придет, если не голубиной поступью, то прилетит на орлиных крыльях, и взойдет утренняя заря всеобщего братства народов под знаком разума, науки и права; он принесет Священный союз гражданской демократии как сияющий противовес трижды проклятому союзу государей и министерских кабинетов, личным и смертельным врагом которых был дед Джузеппе, — словом, всемирную республику. Для этой конечной цели необходимо прежде всего нанести удар по азиатскому, рабскому началу, поразить самый центр косности, жизненный нерв его сопротивления, а он находится в Вене. Австрию надо разрушить и разбить наголову — во-первых, чтобы отомстить за прошлое, во-вторых, чтобы проложить пути для господства права и счастья на земле.

Этот последний поворот мысли и выводы, к которым приводили Сеттембрини его широковещательные рассуждения, уже не интересовали Ганса Касторпа, они просто не нравились ему и даже как-то болезненно задевали, точно он ощущал в них личное или национальное озлобление — уже не говоря об Иоахиме, который, едва итальянец заговаривал на эту тему, хмурился, отвертывался, старался не слушать, напоминал о том, что пора выполнять какое-нибудь очередное предписание, либо сворачивал на другое. Да и

Ганс Касторп не считал нужным уделять внимание такого рода отклонениям мысли — они выходили за пределы тех взглядов итальянца, воздействию которых он, в виде опыта, готов был подчиниться; так приказывала ему совесть, притом он слышал ее голос столь явственно, что, когда Сеттембрини к ним подсаживался или присоединялся во время прогулок, Ганс Касторп даже сам толкал его на высказывания его идей.

Эти идеи, идеалы и устремления воли, как обычно подчеркивал Сеттембрини, передавались в их семье из поколения в поколение. Все трое отдали им всю свою жизнь и духовные силы — дед, отец и внук, каждый на свой лад; отец не меньше, чем дед Джузеппе, хотя он не был, как дед, политическим агитатором и борцом за свободу, а лишь тихим ученым с чувствительной душой, гуманистом, который провел всю жизнь за письменным столом. Но что такое гуманизм? Любовь к человеку — вот в нем основное, а потому гуманист вместе с тем и политик и бунтарь против всего, что пачкает и унижает идею человека. Гуманизм упрекают в том, что он придает чрезмерное значение форме; но ведь и к прекрасной форме он стремится в конце концов во имя человеческого достоинства и является поэтому блестящей противоположностью средневековья, погрязшего не только в суевериях и человеконенавистничестве, но и в постыдной бесформенности. Гуманизм с самого начала боролся за свободу мысли, за жизнерадостность, за то, чтобы небо предоставить воробьям. Прометей! Вот кто был первым гуманистом, и он — то же самое, что Сатана, которого Кардуччи воспел в своих гимнах... Боже мой! Если бы кузены слышали, как этот исконный враг церкви, выступая в Болонье, громил христианское слюнтяйство романтиков и издевался над ним! Над священными песнями Манцони! Над поэзией теней и лунного света итальянского романтизма, который он называл «бледной монахиней неба — луной»! Per Bacchо[1], какое наслаждение было слушать его! А как он, Кардуччи, толковал Данте! Он прославлял его как гражданина «большого города», который отстаивал мятежную силу, перестраивающую и улучшающую жизнь, и боролся против аскетизма и отрицания действия, ибо в лице «Donna gentile e pietosa» поэт воспел вовсе не ту худосочную тень Беатриче, которой поклонялись мистагоги: нет, так звалась его супруга, и она в этом стихотворении является воплощением земной мудрости и практического труда...

[1] Клянусь Вакхом (*ит.*).

Ганс Касторп наконец-то услышал кое-что о Данте, и притом из самого авторитетного источника. Он, конечно, не мог положиться вполне на слова такого краснобая, как Сеттембрини, но все же очень интересно, что Данте был, оказывается, просвещенным жителем большого города. Поэтому Ганс Касторп продолжал слушать, а Сеттембрини уже начал рассказывать о себе и заявил, что в его лице, в лице внука Лодовико, соединились тенденции ближайших предков — гражданские идеалы деда и гуманистические — отца, и это выразилось в том, что он сам стал литератором, свободомыслящим писателем. Ибо литература есть не что иное, как сочетание гуманизма и политики, причем такое сочетание тем естественнее, что сам гуманизм уже есть политика, а политика — это гуманизм.

Тут Ганс Касторп насторожился, он силился постигнуть последнее утверждение итальянца, надеясь, что теперь ему наконец-то откроется вся бездна невежества пивовара Магнуса и что литература окажется не только изображением «возвышенных натур».

А слышали когда-нибудь молодые люди, осведомился Сеттембрини, о Брунетто Латини, который был городским писцом во Флоренции в 1250 году? Им написана книга о добродетелях и пороках. Он впервые придал флорентинцам надлежащий лоск, научил их ораторскому мастерству и искусству управлять своей республикой по законам политики.

— Вот, заметьте это себе, милостивые государи! — воскликнул Сеттембрини. — Заметьте! — И он заговорил о «слове», о культе слова, красноречия и назвал его торжеством человечности. Ибо слово — это человеческая честь, и лишь слово делает жизнь достойной человека. Не только гуманизм — гуманность вообще, исконное уважение к человеку и человеческое самоуважение от слова неотделимы, они связаны и с литературой. («Видишь, — говорил позднее Ганс Касторп двоюродному брату, — видишь, значит, в литературе все дело в красивых словах. Я сразу это почуял».) Поэтому с ним связана и политика, или правильнее будет сказать: она возникает из их союза, из единства гуманизма и литературы, ибо прекрасное слово рождает прекрасное деяние.

— В вашей стране, — продолжал Сеттембрини, — жил двести лет тому назад писатель, чудесный старый болтун. Он придавал огромное значение почерку, ибо считал, что прекрасный почерк приводит к прекрасному стилю. Ему следовало пойти немного дальше и сказать, что прекрасный стиль приводит к прекрасным деяниям. — Прекрасно писать, продолжал он, развивая свою мысль, это почти то же, что прекрасно мыслить, а от такой мысли уже недалеко и до прекрасного деяния. Всякая нравственность и нравственное совершенствование родятся из духа литературы, ибо он является одновременно выражением чувства человеческого достоинства, гуманности и политики. Да, это одно, одна и та же сила, та же идея, и все это воплощено в *одном* слове. Какое же это слово? Оно складывается из весьма знакомых нам слогов, весь смысл и величие которых его собеседники едва ли когда-нибудь осознали до конца; это слово — цивилизация! И в то время как губы Сеттембрини выговаривали «цивилизация», он поднял желтоватую правую ручку, словно провозглашая тост.

Молодой Ганс Касторп решил, что все это очень интересно, но, конечно, ни к чему не обязывает, и слушаешь просто так, в виде опыта, а интересно очень, он так и заявил Иоахиму Цимсену, хотя тот держал во рту градусник и мог отвечать только мычанием; к тому же он старался рассмотреть цифру на шкале и занести ее в таблицу и был этим настолько занят, что не мог высказать свое мнение по поводу теорий Сеттембрини. Что касается Ганса Касторпа, то, как мы уже упоминали, он охотно выслушивал всякие теории, не замыкался перед ними, впускал в свой внутренний мир для проверки; причем не мог не отметить, насколько человек бодрствующий выгодно отличается от погруженного в дурацкую мечтательность. Когда Ганс Касторп бывал в таком состоянии, он мысленно не раз бросал в лицо Сеттембрини слово «шарманщик» и изо всех сил пытался оттереть от остального общества, ибо итальянец «мешал»; когда же он бодрствовал, то вежливо и внимательно выслушивал его речи и добросовестно старался сгладить и подавить поднимавшиеся в нем возражения против взглядов и мнений этого самозваного ментора. Ибо возражения просыпались в нем, этого он не мог отрицать; одни жили в его душе раньше, всегда и неизменно, другие возникали из теперешнего положения вещей, из его отчасти явных, отчасти потаенных переживаний «здесь наверху».

Но что же такое человек? Почему так легко обманывает себя его совесть? И когда в нем говорит «долг», почему ухитряется он услышать даже в голосе долга поощрение своей страсти? Из чувства долга, во имя объективности и справедливости выслушивал Ганс Касторп декларации Сеттембрини и с самыми благими намерениями обдумывал его взгляды на разум, республику и прекрасный стиль, готовый поддаться их воздействию. И тем легче предоставлял он своим мыслям и мечтам уноситься в совсем *про-*

*тивоположном* направлении; говоря откровенно, мы подозреваем, мы даже убеждены в том, что он *ради того* только и выслушивал Сеттембрини, чтобы получить от своей совести то разрешение, которого она ему до сих пор не давала. Но что или кто же находился на другом берегу, противоположном патриотизму, человеческому достоинству и гуманистической литературе, на берегу, к которому Ганс Касторп считал себя вправе вновь устремить свои чувства и помыслы? Там находилась... Клавдия Шоша с ее киргизскими глазами, расслабленная, подточенная червем болезни; и когда Ганс Касторп вспоминал о Клавдии (впрочем, «вспоминал» слишком равнодушное слово, чтобы выразить всю его устремленность к ней), ему снова чудилось, будто он в Голштинии, на озере, сидит в челноке и переводит усталый, ослепленный взор с западного берега, залитого жестким, словно глянцевитым, дневным светом, на восточную часть неба, где царит окутанная туманами лунная ночь.

## ГРАДУСНИК

Ганс Касторп считал недели своего пребывания в санатории от вторника до вторника, так как он прибыл во вторник. Уже прошло несколько дней после оплаты счета, представленного за вторую неделю, — ровно 160 франков, что в конце концов очень скромно и дешево, особенно если принять во внимание то неоплачиваемое, что входило в состав здешней жизни, — правда, его и оплатить нельзя, поэтому оно, видно, и не вносилось в счет, — а также некоторые развлечения, стоимость которых при желании вполне можно было высчитать, — как, например, курортные концерты два раза в месяц или лекции Кроковского. Нет, это было недорого, даже если считать только обслуживание, удобную комнату и пять обильных трапез в день.

— Действительно не бог весть сколько, скорее дешево, жаловаться не приходится, — говорил гость аборигену. — Значит, тебе нужно в месяц... ну, скажем, шестьсот пятьдесят франков за стол и квартиру, а ведь сюда входит еще и лечение. Допустим, ты за месяц выложишь еще тридцать франков чаевых, если ты человек порядочный и тебе приятно видеть вокруг приветливые лица. Выходит всего шестьсот восемьдесят франков. Хорошо. Ты скажешь, что есть еще всякие побочные и накладные расходы. Ну, ведь тратишь же деньги на вино, косметику, сигары, иной раз пойдешь куда-нибудь или захочешь прокатиться, время от времени оплачиваешь счет сапожника или портного. Допустим. Однако, при всем желании, ты даже тысячи франков в месяц не истратишь! Даже восьмисот марок. А в год это не составит и десяти тысяч марок. И уж во всяком случае не больше. Но ты примерно столько и проживаешь.

— Считать в уме — дело похвальное, — отозвался Иоахим. — Я и не подозревал, что ты в этом так силен. Ты сразу вывел всю сумму за год, и это не малое достижение. Ты определенно кой-чему научился здесь наверху. Но ты насчитал слишком много. Сигар я не курю и шить себе здесь костюмы тоже не намерен, спасибо!

— Вот видишь, значит, даже слишком много, — сказал Ганс Касторп, несколько сбитый с толку. Как вышло, что он включил в расходы кузена сигары и новые костюмы? Однако эта особая способность считать в уме — чистейший обман и заблуждение. Он и в этом, как и во всем остальном, скорее был медлителен и лишен огня, а его сообразительность в данном случае отнюдь не была импровизацией, она была тщательно подготовлена, и даже в *письменном* виде, ибо Ганс Касторп однажды вечером, во время лежания (он по вечерам лежал на воздухе, как все), встал со своего особенно удобного шезлонга и, следуя внезапно возникшей мысли, принес из комнаты карандаш и бумагу для подсчета. Тогда-то он и установил, что его двоюродному брату, да и вообще любому пациенту, чтобы существовать здесь, нужно двенадцать тысяч франков в год, и для забавы высчитал, что лично он вполне мог бы жить в санатории постоянно, ибо располагал восемнадцатью-девятнадцатью тысячами франков в год.

Итак, вот уже три дня как счет за вторую неделю был оплачен, и Ганс Касторп рассчитался к обоюдному удовольствию; другими словами — уже наступила середина третьей, а следовательно, и последней недели его пребывания здесь наверху. В воскресенье он еще раз вместе со всеми прослушает очередной концерт для курортников, в понедельник будет присутствовать на очередной лекции Кроковского, — так сказал он себе и двоюродному брату, а во вторник или в среду уедет, и Иоахим опять останется один, бедняга Иоахим, которого Радамант приговорил еще к бог знает скольким месяцам сидения здесь и чьи мягкие черные глаза всякий раз затуманивались грустью, когда заходила речь о столь быстро приближающемся отъезде Ганса Касторпа. Да, подумать только, вот и конец отпуску! Пронесся, пролетел, миновал — даже не скажешь как. Ведь все-таки им предстояло провести вместе ни больше ни меньше как двадцать один день, это целая вереница дней, которую сначала как будто и глазом не окинешь. И вот вдруг оказалось, что остается всего каких-нибудь три-четыре куцых денька, правда как бы отяжеленных двумя периодическими отступлениями от нормального дневного распорядка, но тем не менее уже полных мыслями о прощании и сборах в дорогу. Да, три недели здесь наверху — это ничто, ему все об этом твердили. Самая малая единица времени — месяц, сказал Сеттембрини, и так как Ганс Касторп не прожил здесь даже полного месяца, это было ничто, а не пребывание, мимолетный визит, по выражению гофрата Беренса. Может быть, то обстоятельство, что время проносилось здесь мгновенно, зависело от повышенного общего сгорания? И если Иоахиму предстоит прожить в «Берггофе» еще пять месяцев и этим ограничиться, то такая ускоренность жизни здесь должна даже утешать его. Но на протяжении данных трех недель братьям следовало больше ценить и учитывать время, как при измерении температуры, когда предписанные семь минут кажутся такими долгими. Гансу Касторпу было искренне жаль двоюродного брата, у которого можно было по глазам прочесть печаль от близкой разлуки с кузеном и утраты человеческого общения между ними; особенно жгучей становилась эта жалость, когда отъезжающий думал о том, что бедняга Иоахим будет тут жить и жить, а он опять вернется на равнину и начнет работать в области сближающей народы техники средств сообщения; эта жгучая жалость отзывалась порой в груди прямо-таки физической болью, до того резкой, что он даже начинал сомневаться, окажется ли в силах бросить Иоахима здесь наверху в одиночестве. Столь мучительное ощущение, вероятно, и было причиной того, что он по собственной инициативе все реже упоминал о предстоящем отъезде; и только Иоахим время от времени наводил разговор на эту тему; Ганс Касторп же, как мы упоминали, из врожденного такта и деликатности до последней минуты как будто не хотел даже вспоминать о нем.

— Будем по крайней мере надеяться, — говорил Иоахим, — что, когда ты вернешься вниз, ты почувствуешь, насколько здесь у нас отдохнул и освежился.

— Да, значит, я буду всем кланяться и скажу, что ты приедешь самое позднее через пять месяцев, — отвечал Ганс Касторп. — Отдохнул? Ты хочешь знать — отдохнул ли я за эти несколько дней? Допускаю. Несмотря на очень короткий срок, я все-таки отдохнул.

Но, с другой стороны, я столкнулся здесь наверху с совершенно новыми переживаниями, — новыми во всех отношениях и очень интересными, но также и утомительными для души и для тела, и у меня нет ощущения, что я с ними справился и вполне акклиматизировался, а ведь это, вероятно, первое условие всякого отдыха. Моя «Мария», слава Богу, стала прежней, вот уже несколько дней как я опять курю ее с удовольствием. Но время от времени у меня все еще появляется кровь на платке, когда я сморкаюсь, а от этого чертова жара в лице и нелепого сердцебиения я, видно, до самого отъезда не избавлюсь. Нет, нет, насчет акклиматизации и говорить не приходится, да и срок был слишком короткий. Чтобы вполне акклиматизироваться и справиться со всеми здешними впечатлениями, надо прожить тут подольше, только тогда можно было бы говорить о поправке и прибавлении белка. А жаль; жаль потому, что я действительно совершил ошибку, мне следовало уделить больше времени для жизни здесь, да и возможность в конце концов была. И у меня такое чувство, что дома, на равнине, мне придется отдыхать от этого отдыха и отсыпаться еще три недели, такая меня иногда охватывает усталость. А тут еще, как назло, привязался катар...

Казалось, что Ганс Касторп в самом деле приедет на родину с отчаянным насморком. Должно быть, он простудился именно во время вечернего лежания на воздухе, в котором вот уже неделя как участвовал, несмотря на сырую и холодную погоду, видимо, решившую не сдаваться до самого его отъезда. Но он уже знал, что здесь такую погоду не считают плохой: понятие «плохая погода» тут наверху было вообще довольно неопределенным, больные не боялись никакого ненастья, на него почти не обращали внимания, и Ганс Касторп, с присущей молодежи впечатлительностью и готовностью перенимать взгляды и нравы окружающей среды, — Ганс Касторп начал так же относиться к погоде. Если дождь лил как из ведра, это еще не значило, что воздух стал менее сухим. Вероятно, так оно и было, ведь голова все равно горела, точно находишься в слишком жарко натопленной комнате или выпил лишнее. Что касается холода, даже весьма значительного, то прятаться от него в комнату было бессмысленно, так как, если не шел снег, отопление бездействовало, и сидеть дома было нисколько не уютнее, чем лежать в зимнем пальто, ловко завернувшись в два толстых шерстяных одеяла, на своем балкончике. Даже напротив: такое лежание было несравненно уютнее, то есть попросту оказывалось самым приятным жизненным положением, в котором Ганс

Касторп когда-либо находился, причем на эту оценку отнюдь не могло повлиять ироническое заявление некоего писателя и карбонария, что положение сие присуще «горизонталам». Особенно приятным бывало оно по вечерам, когда на столике рядом горела лампочка, Ганс Касторп посасывал любимую сигару, доставлявшую ему опять прежнее удовольствие, и наслаждался неизъяснимыми удобствами здешних шезлонгов; правда, кончик носа леденел, руки, державшие все те же «Ocean steamships», стыли и синели, но через арку лоджии он любовался темнеющей долиной, где огоньки горели то россыпями, то гроздьями и откуда каждый вечер, по крайней мере в течение часа, сюда наверх доносилась музыка, знакомые певучие звуки, приятно смягченные расстоянием: фрагменты из опер, отрывки из «Кармен», «Трубадура» и «Фрейшютца», мелодичные вальсы, бравурные марши, в такт которым бодро покачиваешь головой, резвые мазурки. Мазурки? Марусей звали ее, эту девушку с маленьким рубином на пальце; а на соседнем балкончике за толстой стенкой из молочного стекла лежал Иоахим, и время от времени Ганс Касторп осторожно перебрасывался с ним несколькими словами, учитывая присутствие всех других лежавших по соседству «горизонталов». Иоахиму тоже лежалось неплохо на его балкончике, но он был немузыкален и не мог так живо наслаждаться вечерними концертами, как Ганс Касторп. Тем хуже для него. Зубрит, наверно, вместо этого русскую грамматику!

Сам Ганс Касторп быстро забывал о лежавших на одеяле «Ocean steamships» и с увлечением слушал музыку, радостно открывая для себя ее прозрачную фактуру; а когда оркестр исполнял какую-нибудь особенно характерную, полную настроения музыкальную пьесу, он с готовностью отдавался ее воздействию и вспоминал при этом даже с враждебностью рассуждения Сеттембрини, когда тот, например, заявлял, что считает музыку политически неблагонадежной; ведь такое заявление, в сущности, ничем не лучше разговоров его деда Джузеппе об Июльской революции и шести днях творения.

Да, Иоахим не мог так наслаждаться музыкой, чуждо было ему и удовольствие от курения пряной сигары; но он столь же удобно, как и кузен, располагался на своем балкончике, вкушая уединение и спокойствие. День кончался, и с ним кончались все тревоги, можно было быть уверенным, что сегодня уже больше ничего не произойдет, нас уже не постигнут никакие потрясения, мышцам нашего сердца не понадобится усиленно работать, и вместе с тем не приходилось сомневаться, что *завтра,* со всей вероятностью, вытекающей из ограниченности, своеобразия и тех или иных сочетаний обстоятельств, все начнется сначала; двойное ощущение неизбежности этого завтра и безопасности на сегодня было особенно приятно и, вместе с музыкой и вновь обретенным удовольствием от курения «Марии», делало для Ганса Касторпа вечернее лежание одним из наиболее счастливых состояний его жизни.

Однако, невзирая на все приятности, этот гость, этот хлипкий новичок успел во время вечернего лежания (а может быть, и еще где-нибудь) схватить сильную простуду. У него, видимо, начинался ужасный насморк, который сидел в лобной пазухе: нос заложило, язычок в гортани болел, воздух не входил, как обычно, по предназначенному для него каналу, а проникал с трудом, холодный и раздражающий, вызывая ежеминутный кашель; за ночь голос Ганса Касторпа превратился в глухой и сиплый, словно пропитой, бас; молодой человек, по его собственному свидетельству, всю ночь глаз не сомкнул и то и дело поднимал голову с подушки, так как горло удушливо саднила мучительная сухость.

— Вот досада, — сказал Иоахим, — даже как-то неловко. Простуды, как тебе известно, здесь не reçus[1], их не признают, при особой сухости здешнего воздуха они официально отрицаются, и плохо пришлось бы тому пациенту, который вздумал бы заявить Беренсу, что простужен. У тебя, конечно, другое дело, ты в конце концов имеешь право простудиться. Хорошо, если бы нам удалось приостановить катар, внизу знают, как это сделать, но тут... сомневаюсь, чтобы тут этим хоть сколько-нибудь заинтересовались. Лучше у нас не болеть, все равно никто не обратит внимания. Это давнишняя теория, напоследок и ты с ней столкнешься. Когда я приехал, здесь была одна дама, она целую неделю хваталась за ухо и жаловалась на боль; наконец Беренс посмотрел ей ухо. «Можете совершенно не беспокоиться, — сказал он, — это не туберкулез». На том дело и кончилось. Ну, посмотрим, чем тебе можно помочь. Завтра утром, когда ко мне придет массажист, я скажу ему. Такой здесь порядок, а он передаст кому следует, и, может быть, тебя все-таки полечат.

Так сказал Иоахим, и служебный механизм оправдал себя. В пятницу, когда Ганс Касторп возвратился к себе после утреннего моциона, в дверь постучали, и состоялось его личное знакомство с фрейлейн Милендонк, или «старшей», как ее называли; до сих пор он видел эту перегруженную заботами даму только издали — она либо выходила из комнаты больного, либо пересекала коридор, чтобы

[1] Приняты (*фр.*).

войти в другую, либо появлялась на минуту в столовой, и он слышал ее писклививый голос. Теперь она сама к нему пожаловала; услышав его кашель, она жестко и отрывисто постучала в дверь костяшками пальцев и, не успел он сказать: «Войдите», распахнула ее, причем, шагнув через порог, тут же откинула голову и еще раз проверила номер.

— Тридцать четыре, — громко пискнула она. — Правильно. — Послушайте, молодой человек, on me dit que vous avez pris froid. I hear, you have caught a cold. Wy, kaschetsja, prostudilisj, — говорят, вы простудились? На каком языке прикажете объясняться с вами? Вижу, что по-немецки. А-а, гость молодого Цимсена... Но я спешу в операционную. Там нужно одного хлороформировать, а он наелся салата из бобов. За всем ведь не доглядишь. И как это вас угораздило здесь подхватить простуду?

Ганс Касторп был шокирован ее манерой выражаться, — а еще дама старого дворянского рода! Говоря, она все время забегала вперед, точно описывала петли, беспокойно вертела головой с задранным, что-то вынюхивающим носом, как хищная птица в клетке, и помахивала перед собой веснушчатой, слегка сжатой рукой с оттопыренным большим пальцем, словно хотела сказать: «Ну, живо, живо, живо! Говорите сами, не слушайте меня, тогда я скорее уйду». Ей было лет сорок — низенькая особа с бесформенной фигурой, в белом с поясом медицинском халате и с гранатовым крестиком на груди. Из-под сестринской шапочки выбивались жидкие рыжеватые космы, водянисто-голубые воспаленные глаза — на одном к тому же сидел весьма зрелый ячмень — неуверенно шныряли, нос был вздернутый, рот лягушачий, причем искривленная нижняя губа выдавалась вперед, и фрейлейн Милендонк при разговоре загребала ею, как лопатой. И все-таки Ганс Касторп разглядывал ее со всей той скромной терпимостью и простодушным дружелюбием, какие были ему присущи.

— Что это еще за простуда, а? — снова спросила «старшая», пытаясь придать своему взгляду проницательность, что ей никак не удавалось, ибо глаза ее неудержимо бегали по сторонам. — Мы таких простуд не любим. А вы часто простужаетесь? Ваш двоюродный брат тоже часто простужался? Сколько вам лет? Двадцать четыре? В таком возрасте это бывает. Да, и вот вы приезжаете сюда наверх и схватываете простуду? А нам с вами, молодой человек, здесь не полагалось бы говорить о «простуде», эта чепуховина бывает только у вас там внизу. (Выражение «чепуховина» прозвучало как-то особенно неуместно и вульгарно в ее устах, при этом она противно выпятила нижнюю губу.) У вас самый настоящий катар дыхательных путей, допускаю, да и по глазам видно. (Она снова сделала попытку проницательно уставиться на него, и ей это опять не удалось.) Но катары бывают не от простуды, они бывают в результате инфекции, к которой человек оказался восприимчивым, и вопрос только в том, безобидная у вас инфекция или не очень безобидная, все остальное — чепуховина. (Опять это отвратительное слово.) Ваша восприимчивость, будем надеяться, имеет в большинстве случаев вполне безобидный характер, — продолжала она и как-то странно взглянула на него своим весьма зрелым ячменем. — Вот вам вполне безобидное антисептическое средство. Может быть, от него вам и станет легче. — Она извлекла из висевшей на поясе черной кожаной сумки какой-то пакетик и положила на стол. Это был формаминт. — Впрочем, вид у вас утомленный; точно у вас жар. — Она продолжала смотреть ему в лицо, причем взгляд ее все-таки соскальзывал куда-то в сторону.

— Вы измеряли температуру?

Он ответил отрицательно.

— А почему? — спросила она, подгребла искривленной нижней губой и выпятила ее.

Он промолчал. Этот малый был, видимо, еще очень молод, и у него осталась от школы привычка молчать, когда его спрашивают, а он не знает, что ответить.

— Вы что же — вообще никогда не измеряете температуру?

— Измеряю, сударыня. Когда у меня жар.

— Молодой человек, температуру измеряют прежде всего, чтобы узнать, *есть ли* жар. А сейчас, по вашему мнению, у вас нет жара?

— Право, не знаю, сударыня; никак не пойму. Познабливает меня и в жар бросает уже давно, с тех пор как я сюда приехал.

— Ага. А где же ваш градусник?

— Я не захватил его с собой, сударыня. Зачем? Ведь я приехал сюда только в гости, я здоров.

— Чепуховина! И меня вы позвали потому, что здоровы?

— Нет, — вежливо улыбнулся он, — потому что я слегка...

— Простудились? Поверьте, такие простуды мы видели не раз. Нате! — сказала она, снова порылась в сумке, извлекая оттуда два длинных кожаных футляра, черный и красный, и положила на стол.

— Вот этот стоит три с половиной франка, а этот пять. Конечно, лучше если вы возьмете за пять, это уж на всю жизнь, разумеется, при бережном обращении.

Улыбаясь, взял он со стола красный футляр и открыл. Словно некая драгоценность, лежал стеклянный термометр на красном бархате футляра, в желобке, точно соответствовавшем его форме. Градусы были отмечены красными черточками, десятые — черными. Цифры тоже были красные, тонкий нижний конец градусника заполнен зеркально отсвечивающей ртутью. Холодный ртутный столбик стоял очень низко — гораздо ниже цифры нормального животного тепла.

Ганс Касторп знал, как должен вести себя человек, у которого есть самоуважение и чувство собственного достоинства.

— Я возьму вот этот, — заявил он, даже не взглянув на другой. — Этот, за пять. Разрешите сейчас же...

— Идет! — пискнула старшая сестра. — Когда покупаешь полезную вещь, жадничать нечего! Не спешите, поставим вам в счет. Давайте сюда, мы еще его спустим, совсем вниз загоним, вот. — И она взяла у него из рук градусник, несколько раз встряхнула, так что ртуть упала еще ниже, до цифры 35.

— Не беспокойтесь! Меркурий опять поднимется, опять полезет вверх, — сказала она. — Вот вам ваша покупка! Вы, наверно, знаете, как это у нас делается? Суете под ваш уважаемый язык, держите семь минут, четыре раза в день, покрепче сжимаете вашими драгоценными губами. До свидания, молодой человек! Желаю утешительных данных.

Она исчезла.

Ганс Касторп, отвесив поклон, продолжал стоять у стола и смотрел то на дверь, в которую вышла Милендонк, то на оставленный ею градусник. «Значит, это и была старшая сестра фон Милендонк, — подумал он. — Сеттембрини терпеть ее не может, и действительно, в ней есть что-то неприятное. И этот ячмень безобразен, впрочем, не всегда же у нее ячмень. Но почему она все время называет меня «молодой человек»? Да еще пропускает «в» посередине? Что-то тут есть залихватское, неприятное. И градусник всучила мне — видно, всегда таскает запас в сумке. Говорят, их здесь везде полным-полно, во всех магазинах, даже там, где никак не ожидаешь, говорил Иоахим. Но мне не пришлось и пальцем шевельнуть, чтобы достать его, как с неба свалился. — Ганс Касторп вынул из футляра изящную вещицу, поглядел на нее и тревожно прошелся с ней несколько раз по комнате. Сердце колотилось торопливо и громко. Он посмотрел на балконную дверь, потом сделал движение, словно хотел выйти в коридор и повидать Иоахима, однако передумал, остался у стола и откашлялся, чтобы проверить, не глухо ли звучит его голос. Потом опять кашлянул несколько раз. — Да, необходимо проверить, нет ли у меня жара от этого насморка», — сказал он себе, торопливо сунул градусник в рот, кончиком под язык, так что инструмент торчал у него наискось и вверх между губ, а губы крепко стиснул, чтобы не проникал воздух извне. Потом взглянул на часы-браслет: тридцать шесть минут десятого. И стал ждать, чтобы прошли семь минут.

«Ни одной секундой дольше, — думал он, — и ни одной секундой меньше. На меня можно положиться, не преуменьшу и не преувеличу. Ко мне не нужно подсаживать «немую сестру», как к той особе, о которой нам рассказывал Сеттембрини, кажется, ее звали Оттилия Кнейфер...» И он принялся ходить по комнате, прижимая градусник языком.

Время тянулось, назначенный ему срок казался бесконечно долгим. Когда он взглянул на стрелки, испугавшись, что пропустил нужное мгновение, он увидел, что прошло всего две с половиной минуты. Он делал тысячу движений, брал в руки разные предметы и водворял их на место, незаметно для двоюродного брата вышел на балкон и начал разглядывать пейзаж, эту высокогорную долину, все детали которой были ему уже так хорошо знакомы, ее пики, кряжи и отвесы, выступавшую слева кулису «Бременбюля», хребет которого косо спускался к Давосу, а склоны заросли буйным желтоголовником, горные нагромождения справа, названия которых он давно знал наизусть, Альтейнскую стену — отсюда представлялось, что она замыкает долину с юга, — посмотрел вниз, на клумбы и дорожки сада, на грот в скале и на пихту, прислушался к негромкому гулу голосов, доносившемуся из общей галереи, где лежали больные, вернулся в свою комнату, попытался переложить поудобнее термометр во рту, потом еще раз движением локтя обнажил запястье и поднес к глазам руку с часами. И вот наконец, насилу-насилу, точно их тащили, волокли и подгоняли пинками, прошли шесть минут. Но так как он, стоя посреди комнаты, вдруг задумался, и мысли его поплыли, то последняя минута проскользнула незаметно, точно кошка, новое движение локтя открыло ее тайное исчезновение; оказалось, что Ганс Касторп даже слегка запоздал, и уже прошла треть восьмой минуты, когда он, сказав себе, что ничего тут страшного нет и это не имеет никакого значения, выхватил градусник изо рта и растерянно уставился на него.

Он не сразу разглядел его показания, блеск ртути сливался с отсветами на чуть скругленной стеклянной оболочке: то казалось, что ртутный столбик поднялся очень высоко, то он совсем исчезал; Ганс Касторп подносил градусник к глазам, вертел в разные стороны, но ничего не видел. Наконец, при удачном повороте, он уловил уровень столбика, отметил его и задумался. Меркурий действительно сильно вытянулся, столбик поднялся довольно высоко, на несколько десятых выше границы нормального тепла крови; у Ганса Касторпа было 37,6.

Утром, между десятью и половиной одиннадцатого, 37,6 — это многовато, это уже «температура», жар, появившийся в результате какой-то инфекции, к которой его организм оказался восприимчивым; весь вопрос в том — какая же это инфекция. 37,6 — выше температура не поднималась даже у Иоахима, да и ни у кого из ходячих больных, — только у тех, кто считался тяжело больным либо «морибундусом» и лежал в постели. Ни у Клеефельд с ее пневмотораксом, ни... ни у мадам Шоша. Правда, это не совсем то, у него ведь только «простудная» температура, как принято говорить внизу, в долине. Но отделить одно от другого и провести точную границу было бы трудно. Ганс Касторп подозревал, что не сейчас только, когда он проснулся, появилась эта температура, Меркурия следовало запросить раньше, с самого начала, как и рекомендовал гофрат Беренс. Теперь ясно, что его совет был очень разумен, а Сеттембрини был кругом не прав, когда так издевался над ним, — Сеттембрини со своей республикой и прекрасным стилем. Ганс Касторп теперь презирал и республику и прекрасный стиль, он все вновь и вновь проверял показания термометра, хотя ртутный столбик то и дело терялся в отсветах на стекле; но сколько бы он ни вертел термометр, он убеждался все вновь и вновь, что Меркурий показывает 37,6, и это — утром, задолго до полудня!

Ганса Касторпа охватило глубокое волнение. Он прошелся несколько раз по комнате с градусником в руке, причем продолжал держать его горизонтально, боясь, что если опустит, то изменятся и показания; затем бережно положил на умывальник, взял пальто и одеяла и вышел на балкон; устроившись в шезлонге, он накрылся одеялами, как его учили, уже опытной рукой подвернул с боков и снизу сначала одно, потом другое и вытянулся в кресле, ожидая второго завтрака и прихода Иоахима. Порой он улыбался, и, казалось, он улыбался кому-то. Порой его грудь судорожно поднималась, и из его пораженного катаром горла вырывался кашель.

Когда Иоахим в одиннадцать часов, с последним ударом гонга, зашел за ним, чтобы вместе идти завтракать, он застал двоюродного брата еще в шезлонге.

— Ну что же ты? — удивленно спросил он, подходя к шезлонгу.

Ганс Касторп помолчал, глядя перед собой. Затем ответил:

— Да, последняя новость, у меня температура.

— Что это значит? — удивился Иоахим. — Тебя лихорадит?

Ганс Касторп опять помедлил с ответом, затем несколько небрежно пояснил:

— Лихорадит меня, дорогой мой, уже давно, с тех пор как я здесь. Но сейчас речь идет не о моих субъективных ощущениях, а о точных показаниях. Я измерял себе температуру.

— Измерял? Чем же? — испуганно воскликнул Иоахим.

— Градусником, конечно, — отозвался Ганс Касторп насмешливо и довольно строго. — «Старшая» продала мне градусник. Почему она упорно называла меня «молодой человек» — понять не могу. Корректностью она, видимо, не отличается. Но она, несмотря на спешку, продала мне очень хороший градусник, и если ты хочешь проверить, сколько на нем, можешь взглянуть, он в комнате, на умывальнике. Повышение минимальное.

Иоахим тут же повернулся и вошел в комнату. Выйдя снова на балкон, он сказал нерешительно:

— Да, тридцать семь и пять десятых с половиной...

— Значит, Меркурий немного опустился! — торопливо пояснил Ганс Касторп. — Было шесть.

— Минимальным это повышение никак нельзя назвать, ведь еще утро, — сказал Иоахим. — Приятный сюрприз, — продолжал он, стоя перед шезлонгом кузена, как стоят перед «приятным сюрпризом», — упершись руками в бока и склонив голову. — Придется тебе лечь в постель.

Но у Ганса Касторпа был готов ответ.

— Не вижу, — сказал он, — почему я с 37,6 должен укладываться в постель, когда многие, да и сам ты, с неменьшей температурой разгуливаете точно здоровые.

— Но ведь тут другое дело, — возразил Иоахим, — у тебя заболевание острое и безобидное. Просто насморк с температурой.

— Во-первых, — начал Ганс Касторп, даже поделивший свою речь на «во-первых» и «во-вторых», — мне непонятно, почему при безобидном жаре — допустим, что такой жар бывает, — почему при безобидном жаре я должен лежать в постели, а при вредном — наоборот, быть на ногах. А во-вторых, я же тебе сказал, что насморк ничуть не усилил жар, который был и раньше. Я считаю, — закончил он, — что 37,6 — это 37,6. Если вы можете разгуливать с такой температурой, то могу и я.

— Но мне пришлось пролежать четыре недели, когда я приехал, — вставил Иоахим, — и только когда выяснилось, что температура от постельного режима не снижается, мне разрешили встать.

Ганс Касторп улыбнулся.

— И что же? — спросил он. — Я думаю, так вышло потому, что у тебя нечто иное. Мне кажется, ты сам запутался. То ты настаиваешь на различии, то приравниваешь одно к другому. Это же чепуховина...

Иоахим резко повернулся на каблуке, и когда двоюродный брат опять увидел его загорелое лицо, оно казалось чуть темнее.

— Нет, — возразил Иоахим, — ничего я не приравниваю, путаник ты. Я хочу сказать одно: ты отчаянно простужен, ведь по голосу слышно, и тебе надо лечь, чтобы сократить процесс болезни, ведь ты же на той неделе решил ехать домой, но если ты не желаешь, я имею в виду — ложиться, можешь этого не делать. Я ничего тебе не предписываю. А теперь пора завтракать, мы и так опаздываем!

— Верно! Пошли! — сказал Ганс Касторп и сбросил с себя одеяло. Он зашел в комнату, чтобы пригладить щеткой волосы, и, пока он причесывался, Иоахим еще раз проверил показания градусника, лежавшего на умывальнике; Ганс Касторп издали следил за ним. Затем они спустились вниз и снова — в который раз — заняли свои привычные места в столовой, где, как всегда в этот час, на всех столах так и светилось белизною молоко.

Когда карлица принесла Гансу Касторпу стакан кульмбахского пива, он решительно отказался. Лучше сегодня не пить пива. «Нет, вообще ничего, большое спасибо, разве глоток воды». Он привлек всеобщее внимание. Как так? Что это за новшества? Почему он не хочет пива?

— У меня небольшая температура, — небрежно бросил Ганс Касторп. — Всего 37,6. Пустяки.

Тут они угрожающе подняли указательные пальцы; Ганс Касторп почувствовал себя как-то странно. А они склоняли головы набок, лукаво прищуривали один глаз и помахивали перед собой пальцем, словно им вдруг открылись какие-то дерзкие и пикантные проделки человека, до сих пор строившего из себя невинность.

— Ну, ну, смотрите, — сказала учительница, и даже пух на ее щеках словно покраснел, когда она грозила ему пальцем. — Хороши, хороши, нечего сказать. Ай-яй-яй!

— Э-ге-ге, — подхватила и фрау Штёр и тоже погрозила — не пальцем — красным обрубком, поднеся его к носу. — У него, оказывается, темпы, у господина гостя-то. Значит, теперь он наш, такой же пропащий, как мы!

Даже двоюродная бабушка, сидевшая на том конце стола, шутливо погрозила ему с хитрой улыбкой, когда до нее дошла весть, что он нездоров; а хорошенькая Маруся, которая до тех пор едва обращала на него внимание, наклонилась в его сторону и, прижав к губам апельсинный платочек, посмотрела на него своими круглыми карими глазами; не мог не присоединиться к остальным и господин Блюменколь, когда фрау Штёр ему все рассказала, — и тоже погрозил пальцем, хотя сделал это не глядя на Ганса Касторпа, и только мисс Робинсон держалась по-прежнему замкнуто и безучастно. Иоахим сидел, благовоспитанно опустив глаза.

Ганс Касторп, которому льстило столь усердное поддразнивание, считал нужным скромно отнекиваться.

— Нет, нет, — говорил он, — вы ошибаетесь, все это совершенно безобидно, просто у меня насморк, видите, глаза не смотрят, грудь заложило, я всю ночь кашлял, довольно неприятная история...

Но они не внимали его оправданиям, смеялись и махали руками в знак протеста.

— Да, да, да, все это выдумки и отговорки, жар от насморка. Знаем! Знаем! — Затем все вдруг потребовали, чтобы Ганс Касторп немедленно показался врачу. Новость всех оживила, и во время завтрака из всех семи столов их стол был самым шумным. Особенно усердствовала фрау Штёр. Эта женщина с красно-сизым тупым лицом, трещинками на щеках и пышным рюшем у ворота впала в какую-то судорожную болтливость и начала распространяться относительно особых приятностей кашля; да, есть что-то увлекательное и даже сладостное, когда ощущаешь, как в самой глубине груди возникает щекотка, она все растет, растет — и тогда напрягаешься изо всех сил, чтобы эта спазма и судорога разрешилась кашлем; такое же удовольствие доставляет чиханье, человек вдруг испытывает неудержимое желание чихнуть, с упоением делает два-три бурных вдоха и выдоха, а затем блаженно отдается удовлетворению своей потребности, и в этот миг, в сладкий миг чиханья забывает обо всем на свете. Ведь иногда чихаешь несколько раз подряд. Вот вам бесплатные радости здешней жизни, не все ли равно какие! Весной, например, расчесываешь себе обмороженные места — а они так приятно зудят, — расчесываешь что есть мочи, до крови, до бешенства, до сладострастия. А если взглянешь при этом в зеркало, то увидишь вместо своего лица какую-то дьявольскую рожу.

Отвратительные разглагольствования невоспитанной фрау Штёр продолжались до тех пор, пока не кончилась эта короткая, но сытная трапеза; кузены поднялись, чтобы, следуя расписанию, совершить вторую ежедневную прогулку, а именно — вниз, в Давос-курорт. По пути Иоахим молчал, погруженный в свои думы, а Ганс Касторп сопел заложенным носом, и скрипучий кашель то и дело вырывался из его простуженной груди. Когда они возвращались, Иоахим сказал:

— Я хочу предложить тебе одну вещь: сегодня пятница, завтра после обеда я иду на ежемесячный осмотр. Это не общее обследование, но Беренс меня кое-где простукает и заставит Кроковского кое-что записать. Ты мог бы пойти со мной и попросить, чтобы заодно выслушали и тебя. Ведь это смешно: будь ты дома, ты бы непременно позвал Хейдекинда. А здесь, где есть два специалиста, ты разгуливаешь себе с температурой, не знаешь, что с тобой, серьезно ли это и не лучше ли все-таки лечь в постель.

— Хорошо, — сказал Ганс Касторп, — как хочешь. Отчего же не сходить. И потом даже интересно разок поприсутствовать на осмотре.

На том кузены и порешили, а когда они поднялись наверх к санаторию, судьбе было угодно, чтобы они столкнулись с самим гофратом Беренсом, и им удалось тут же изложить ему обстоятельства дела.

Беренс выходил из подъезда, долговязый, вытянув длинную шею, в сдвинутом на затылок цилиндре и с сигарой во рту; щеки у него были синие, глаза навыкате, он казался преисполненным энергии и заявил, что направляется в местечко, где намерен посетить нескольких больных в порядке частной практики, а сейчас только что крепко поработал в операционной.

— Приятного аппетита, господа, — сказал он. — Все путешествуете? Все странствуете? Хорошо в широком мире! А я только что участвовал в неравном поединке между ножом, операционной пилой и человеческим организмом — великое дело, знаете ли, резекция ребер! Раньше, бывало, пятьдесят процентов оставались на операционном столе. Теперь все это делается лучше, но и сейчас иные господа нередко раньше времени убираются отсюда mortis causa[1]. Ну, сегодняшний хоть шутки понимал, молодцом держался... Ведь, кажется, вздор — человеческое ребро, которое уже не ребро, а мягкая часть, знаете ли, непристойность, легкое извращение идеи, так сказать. Ну, а вы? Как ваше драгоценное самочувствие? Хорошо живется вдвоем, а, Цимсен, старая лиса? Вы почему же льете слезы, господин турист? — вдруг обратился он к Гансу Касторпу. — Лить слезы публично здесь не разрешается. Запрещено правилами распорядка. А то все начнут нюни распускать.

— Да у меня насморк, господин гофрат, — ответил Ганс Касторп. — Не знаю как, но я ухитрился заполучить жестокий катар. Кашляю, и грудь порядочно заложена.

— Вон что! — отозвался Беренс. — Что ж, вам надо посоветоваться с опытным врачом.

Оба рассмеялись, и Иоахим ответил, сдвинув каблуки:

— Мы так и намерены сделать, господин гофрат. Завтра я иду на обследование, и мы хотели попросить вас, не будете ли вы так добры посмотреть заодно и моего двоюродного брата. Вопрос в том, сможет ли он во вторник выехать отсюда...

— Эн-ве, — сказал Беренс. — Эн-ве-о-пе — не возражаю, охотно посмотрю. Давно пора! Раз уж человек попал сюда, нужно этим воспользоваться. Но навязываться, конечно, никому не охота. Значит, завтра в два, после кормежки!

— У меня, кроме того, еще небольшая температура, — заметил Ганс Касторп.

— Да что вы говорите! — воскликнул Беренс. — И вы воображаете, что это для меня новость? Думаете, у меня глаз нет? — И он поднес огромный указательный палец к слезящимся, покрасневшим и выкаченным глазам, — сначала к одному, потом к другому. — И сколько же у вас?

Ганс Касторп скромно сообщил цифру.

— С утра? Гм, недурно. Для начала вовсе не так бездарно. Ну, значит, завтра в два, оба. Сочту за особую честь! Вводите в себя пищу, приятного аппетита. — Сгибая колени, загребая ручищами, он начал тяжелым шагом спускаться по дороге, и сигарный дым развевался за его плечом, словно темный флажок.

— Все вышло, как ты хотел, — сказал Ганс Касторп. — Удачнее быть не могло, вот я и попал в пациенты. Впрочем, что он может

[1] По причине смерти (*лат.*).

сделать, самое большее — пропишет лакричный сок или грудной чай; и все-таки приятно почувствовать заботу врача, когда нездоровится. Но почему у него такой бесшабашный тон? Вначале это казалось мне забавным, а в конце концов стало просто неприятно. Ну как можно говорить «вводите в себя пищу, приятного аппетита»? Что за галиматья! Можно сказать «кушайте, приятного аппетита», «кушайте» — слово, так сказать, поэтическое, ну как «хлеб наш насущный», и вполне уместно. Но «вводите пищу» — голая физиология, и желать тут аппетита можно только в насмешку. Не нравится мне и его куренье, оно пугает меня, я же знаю, что это ему вредно и ведет к меланхолии. Сеттембрини уверяет, что эта бесшабашная веселость — напускная, а у Сеттембрини критический ум, меткие суждения, в этом ему не откажешь. И мне следовало бы глубже разбираться в людях и не принимать все за чистую монету, тут он прав. Но иной раз начинаешь с осуждения, с порицания и справедливой досады, а потом открывается что-то совсем другое, не имеющее никакого отношения ко всяким оценкам, и — конец моральной строгости, а прекрасный стиль и республика кажутся просто пошлостью...

Он пробормотал еще что-то нечленораздельное, точно ему самому было трудно разобраться в своих мыслях. Двоюродный брат лишь взглянул на него искоса и сказал «до свидания», после чего они разошлись по своим комнатам и балконам.

— Ну, сколько? — вполголоса спросил через некоторое время Иоахим, хотя не мог видеть, что Ганс Касторп взялся за термометр... И Ганс Касторп ответил с напускным равнодушием:

— Все то же.

Действительно, войдя в комнату, он взял с умывальника свою изящную утреннюю покупку, несколько раз встряхнул градусник, чтобы сбить вниз столбик ртути, показывавший неинтересную для него теперь цифру 37,6, и, сунув в рот это подобие стеклянной сигары, уже как старожил растянулся в шезлонге. Однако, несмотря на большие ожидания и на то, что он продержал градусник под языком полных восемь минут, Меркурий поднялся лишь до тех же 37,6; температура была, безусловно, повышенная, однако не больше, чем утром. После обеда поблескивающий столбик дотянулся до 37,7, а вечером, когда пациент почувствовал себя крайне утомленным всеми волнениями и неожиданностями этого дня, замер на 37,5; рано утром он показал всего 37, но к полудню снова достиг вчерашнего уровня. Таково было положение дел на другой день, когда настал час обеда, после которого должно было состояться свидание с врачом.

Впоследствии Ганс Касторп вспоминал, что за этим обедом мадам Шоша была в золотисто-лимонном свитере с крупными пуговицами и каймой на карманах; свитер был новый, во всяком случае для Ганса Касторпа, и она, войдя, как обычно, с опозданием, на миг встала в этом свитере лицом к залу, словно показывая себя. Затем, как делала пять раз в день, неслышно проскользнула к своему столу, мягким движением опустилась на стул и, болтая с соседями, принялась за еду; Ганс Касторп, как обычно устремив свой взор на «хороший» русский стол, мимо Сеттембрини, сидевшего за поперечным столом, на этот раз с особым вниманием следил за движениями ее головы, когда она говорила, и снова отметил выгнутую линию затылка и поникшие плечи. Что касается мадам Шоша, то она во время всего обеда ни разу не повернулась и не окинула взглядом зал. Но когда убрали десерт, когда большие часы с цепями и маятником, висевшие на поперечной стене зала, над «плохим» русским столом, пробили два часа, это удивительное событие все же свершилось и потрясло Ганса Касторпа своей загадочностью. Пока часы били раз и два, пленительная больная медленно повернула голову и стан и через плечо, открыто, не таясь, посмотрела в сторону его стола и не только стола вообще — нет, она посмотрела именно и только на Ганса Касторпа, притом с легкой улыбкой, игравшей вокруг сжатых губ и узких Пшибыславовых глаз, словно хотела сказать: «Ну, что же ты? Пора! Отчего ты не уходишь?» (Ведь когда говорят только глаза, они обращаются на «ты», если даже губы еще ни разу не произнесли «вы».)

Происшествие это ошеломило Ганса Касторпа и взволновало до глубины души — он едва поверил своим глазам, растерянно взглянул сначала на ее лицо, затем на лоб и, скользнув взглядом по волосам, уставился куда-то в стену. Разве она знает, что он идет сегодня в два часа на прием? Все говорило за то, что знает. И вместе с тем это представлялось настолько же невероятным, как если бы она узнала, о чем он думал минуту назад; а думал он о том, не передать ли гофрату через Иоахима, что ему стало лучше и он считает осмотр излишним; но от ее вопросительной улыбки преимущества такого плана тотчас померкли, и их заменила перспектива безнадежной скуки. Однако через мгновение свернутая салфетка Иоахима оказалась уже на столе, он многозначительно поднял брови и кивнул, приглашая Ганса Касторпа встать, отвесил поклон соседям по столу и направился к двери, а Ганс Касторп, словно захмелев, но твердым и решительным шагом вышел за ним из столовой с таким ощущением, словно ее взгляд и улыбка все еще покоятся на нем.

Они со вчерашнего утра не говорили о намеченном на сегодня визите и теперь шли в молчаливом единодушии. Иоахим спешил: назначенное время уже прошло, а гофрат Беренс требовал точности. Их путь вел по коридору, тянувшемуся на одном уровне с землей, мимо конторы, а затем по опрятной, покрытой натертым до блеска линолеумом лестнице вниз, в «подвальный» этаж. Иоахим постучал в дверь прямо напротив лестницы; на ней висела фарфоровая табличка с надписью, возвещавшей о том, что здесь находится ординаторская.

— Войдите! — крикнул Беренс, особенно подчеркивая второй слог. Он стоял посреди комнаты в халате, в правой руке у него был стетоскоп, которым он постукивал себя по боку.

— Быстрей, быстрей, — сказал он и устремил выпученные глаза на циферблат стенных часов. — Un poco più presto, Signori![1] Мы существуем здесь не только для ваших высокородий!

За одним из сдвоенных письменных столов сидел доктор Кроковский, его бледность особенно подчеркивалась черной люстриновой блузой, локтями он опирался на доску стола, в одной руке держал перо, другую запустил в бороду; перед ним лежали бумаги, вероятно, истории болезней, и он смотрел на вошедших с тупым выражением лица, как бы подчеркивая этим, что присутствует здесь только в роли ассистента.

— Ну-ка, давайте ваш кондуит! — ответствовал гофрат на извинения Иоахима, взял у него из рук температурный листок и принялся рассматривать его, а тем временем пациент, спеша обнажить верхнюю часть тела, торопливо снимал с себя одежду и вешал ее на стоявшую у двери вешалку. На Ганса Касторпа никто не обращал внимания. Сначала он стоя созерцал происходившее, потом уселся в старомодное кресло с обшитыми бахромою ручками, рядом с которым стоял столик и на нем — графин с водой. Вдоль стен тянулись шкафы с толстыми книгами по медицине и папками с документами. Больше мебели не было, кроме обтянутой белой клеенкой кушетки с подвижным изголовьем и бумажной салфеткой, прикрывавшей подушки в изголовье.

— 37,7, 37,9, 37,8, — бормотал Беренс, листая недельные записи, куда Иоахим аккуратно заносил результаты измерений, производившихся им пять раз в день.

[1] Поторопитесь немножко, господа! (*ит.*)

— Все еще жарóк, любезный Цимсен, едва ли вы можете утверждать, что после недавнего обследования стали крепче («недавно» — это было четыре недели назад). Инфекция еще сидит, инфекция сидит, — продолжал он. — Ну, в один день с этим не покончишь, мы же не волшебники.

Иоахим кивнул и пожал голыми плечами, хотя мог бы возразить, что ведь он здесь наверху не со вчерашнего дня.

— А как обстоит дело с покалываньем у правого хилуса, где хрипы были особенно резкие? Лучше? Ну-ка, подойдите. Мы вас осторожненько выслушаем. — И обследование началось.

Зажав под мышкой стетоскоп, расставив ноги и откинувшись назад, гофрат Беренс начал выстукивать Иоахима сверху, от правого плеча; он взмахивал кистью правой руки и стучал мощным средним пальцем, как молотком, подпирая ее левой. Затем стал стучать под лопаткой, вдоль правого бока и ниже, а Иоахим, уже привыкший к подобным процедурам, поднял правую руку, чтобы врач мог постучать и под мышкой. То же было проделано с левой стороны, а покончив с этим, Беренс скомандовал: «Кругом!» — и обследовал грудную клетку. Он постучал у самой шеи под ключицей, над грудью и ниже, сначала справа, потом слева. Настучавшись, он перешел к выслушиванию; приложив ухо к одному концу стетоскопа, приставлял его к спине и к груди Иоахима — всюду, где перед тем выстукивал. Он требовал при этом, чтобы Иоахим то глубоко дышал, то кашлял. Это, видимо, очень утомляло больного, ибо он под конец едва переводил дух и на глазах у него выступили слезы. А гофрат Беренс, почти одними и теми же словами, отрывисто докладывал обо всем, что слышал там, внутри его тела, своему ассистенту за письменным столом, причем Гансу Касторпу невольно вспоминалась сцена у портного, когда одетый по-модному господин снимает с другого господина мерку для костюма и в строго установленной последовательности прикладывает сантиметр то тут, то там к телу заказчика, измеряя объем груди, длину конечностей, и диктует цифры обмера своему помощнику, ссутулившемуся над столом.

— Короткое, укороченное... — диктовал гофрат Беренс. — Везикулярное, — отметил он, и потом еще раз: — Везикулярное (это, видимо, было хорошо). Жесткое, — он сделал гримасу, — *очень* жесткое... Хрипы.

А доктор Кроковский все это записывал совершенно так же, как помощник портного.

Ганс Касторп следил за всем происходящим с Иоахимом, склонив голову набок, погруженный в задумчивое созерцание его торса, его ребер (у него, слава Богу, еще все ребра были целы) — при каждом вздохе они резко выдавались над впадиной живота, — его золотисто-смуглого стройного юношеского торса с темными волосами на груди и на сильных руках; на кисти одной из них поблескивали золотые часы-браслет. «Плечи спортсмена, — думал Ганс Касторп, — он всегда любил гимнастику, а по мне ее хоть совсем не будь, — с этим связано и его влечение к военному делу. Всегда он стремился к тому, чтобы тело у него было крепкое, гораздо больше, чем я, или во всяком случае иначе; я ведь в душе человек сугубо штатский и заботился о том, чтобы потеплее была вода в ванне, да как бы повкуснее поесть и выпить, а он старался быть мужчиной, добиваться чисто мужских успехов. И вот теперь его тело действительно, хотя и не совсем так, как он представлял себе, заняло главное место и приобрело решающее и самостоятельное значение, и это сделала болезнь. Оно охвачено жаром, не желает освобождаться от инфекции и окрепнуть, как бы страстно бедняга Иоахим ни мечтал о том, чтобы стать солдатом внизу, на равнине. Вот он, статен видом, как сказано в Писании, настоящий Аполлон Бельведерский, до последнего завитка волос. Но внутри у него сидит болезнь, и снаружи он весь горячий от болезни; болезнь делает человека гораздо более телесным, в болезни человек становится только телом...» Тут Ганс Касторп испугался, оторвал взгляд от обнаженного торса Иоахима и испытующе заглянул ему в глаза, в его большие черные кроткие глаза, на которых от усиленного дыхания и кашля сейчас стояли слезы, — во время обследования эти глаза с печалью смотрели куда-то поверх Ганса Касторпа, в пустоту.

Тем временем гофрат Беренс закончил осмотр.

— Что ж, Цимсен, хорошо, — сказал он. — Все в порядке, насколько это возможно. В следующий раз (то есть через месяц) везде будет еще немного лучше.

— Сколько же, господин гофрат, вы полагаете...

— Опять торопите? Как вы будете муштровать своих солдат, если вы в жару? Я сказал вам недавно, что полгодика можете, если хотите, считать с того дня, но не забывайте — это минимум. В конце концов здесь уж не так плохо, отдайте нам хоть справедливость, у нас не каторга и не... сибирские рудники! Или вы считаете, что есть все же какое-то сходство? Ладно, Цимсен! Довольно! Следующий! Кто там еще желает? — крикнул он и посмотрел перед собой. Вместе с тем он простер руку, державшую стетоскоп, к доктору

Кроковскому; тот поднялся и взял трубку, чтобы произвести дополнительно небольшой ассистентский осмотр Иоахима.

Вскочил и Ганс Касторп и, не сводя глаз с гофрата Беренса, который стоял задумавшись, расставив ноги и открыв рот, торопливо начал раздеваться.

Он так спешил, снимая через голову пикейную рубашку с манжетами, что запутался в ней. И вот он наконец встал перед гофратом Беренсом — белокожий худой блондин, тот же Иоахим Цимсен — только в штатском варианте.

Однако гофрат Беренс не смотрел на него, все еще погруженный в свои мысли. Доктор Кроковский уже уселся на место, а Иоахим Цимсен начал одеваться, когда Беренс наконец-то соблаговолил обратить внимание на того, кто теперь стоял перед ним.

— Ах, так это *вы*! — сказал он, схватил Ганса Касторпа за плечо своей ручищей, отодвинул от себя и начал пристально разглядывать. Но не в лицо смотрел он, как делают обычно, когда смотрят на человека, а на его тело; бесцеремонно повертывал туда и сюда, как повертывают тело, изучал и его спину.

— Гм, — проговорил он, — давайте-ка послушаем, как вы звучите. — И тоже начал его выстукивать.

Он выстукивал Ганса Касторпа в тех же точках, что и Цимсена, и не раз возвращался к ним. Особенно долго выстукивал он какое-то место слева над ключицей и несколько ниже, видимо, сравнивая звук.

— Слышите? — спрашивал он каждый раз доктора Кроковского. И доктор Кроковский, сидевший в пяти шагах от него за письменным столом, каждый раз кивал, что да, мол, слышит; задумчиво уперся он подбородком в грудь, прижав к нему бороду, так что концы ее задрались.

— Дышите глубже! Кашляйте! — командовал гофрат, снова завладевший стетоскопом; и Гансу Касторпу пришлось основательно поработать легкими минут десять, пока гофрат его выслушивал. Беренс не произносил ни слова, а только приставлял стетоскоп, и притом не раз, то к одному месту, то к другому, именно к тем, которые он перед тем выслушивал. Потом сунул трубку под мышку, заложил руки за спину и уставился в пол между собою и Гансом Касторпом.

— Да, Касторп, — сказал он, впервые назвав его просто по фамилии, — дело обстоит praeter-propter[1], то есть именно так, как я с

[1] Здесь — приблизительно так *(лат.)*.

самого начала и подозревал. Я взял вас на заметку, Касторп, теперь можно в этом признаться, и именно с той минуты, как удостоился незаслуженной чести познакомиться с вами, — и я решил с почти полной уверенностью, что вы по сути дела уже наш и со временем это сами поймете, как уже многие из тех, кто приезжали сюда для развлечения и поглядывали на все задрав нос, а в один прекрасный день оказывалось, что им было бы весьма невредно, — и не только «не вредно», прошу понять меня правильно, — отбросить все эти замашки стороннего наблюдателя и задержаться здесь на несколько более долгий срок.

Ганс Касторп изменился в лице, а Иоахим, намеревавшийся пристегнуть помочи, остановился и, словно оцепенев, прислушался...

— У вас такой милый симпатичный кузен, — продолжал гофрат, мотнув головой в сторону Иоахима и покачиваясь с носка на каблук, — вот он, надеюсь, скоро сможет сказать, что *был* когда-то болен, но, если мы этого добьемся, это только покажет, что все-таки он *был* болен, ваш двоюродный брат, а это a priori, как выразился философ, бросает некоторый свет и на вас, дорогой Касторп...

— Но ведь он приходится мне только сводным кузеном, господин гофрат.

— Ладно, ладно, не станете же вы отрекаться от своего родственника. Сводный или не сводный — это все же кровное родство. С какой стороны?

— С материнской, господин гофрат. Он — сын сводной...

— А ваша матушка находится в добром здравии?

— Нет, она умерла. Она скончалась, когда я был еще маленьким.

— О! И от какой же причины?

— От закупорки сосудов, господин гофрат.

— От закупорки? Ну, это дело давнее. А ваш отец?

— Он умер от воспаления легких, — ответил Ганс Касторп. — И мой дед тоже, — добавил он.

— Да? И дед тоже? Ну, это относительно ваших предков. Что же касается вас самих, то у вас всегда было предрасположение к малокровию, так ведь? Однако от физической или умственной работы вы устаете не скоро? Ах, все-таки скоро, да? И начинается сердцебиение? Началось только недавно? Хорошо. И к тому же наблюдается склонность к катарам дыхательных путей. Знаете ли вы, что и раньше были больны?

— Я?

— Да, я имею в виду лично вас. Вот слышите разницу? — И гофрат постучал слева, в верхней части груди, затем пониже.

— Там звук глуше, чем тут, — сказал Ганс Касторп.

— Отлично. Вам следовало бы стать врачом. Значит, там глухой звук, а его дают пораженные раньше места, где уже произошло обызвествление, они, так сказать, зарубцевались. Вы уже давно больны, Касторп, но никого не будем винить за то, что вы этого не знали. Диагностировать первую стадию очень трудно — во всяком случае, коллегам, практикующим на равнине. Я вовсе не хочу сказать, что у нас какой-то особенно тонкий слух, хотя специализированный опыт все же кое-что значит. Но слышать яснее нам помогает воздух, понимаете, здешний легкий сухой воздух.

— Ну конечно, понятно, — отозвался Ганс Касторп.

— Ладно, Касторп. А теперь слушайте, мой мальчик. Я скажу вам золотые слова. Если бы речь шла только об этом, понимаете, о глухих тонах и рубцах в вашей эоловой полости и о чужеродных известковых отложениях в ней, то я преспокойно отправил бы вас обратно к вашим ларам и пенатам и ни на вот столечко на ваш счет не тревожился, понимаете вы меня? Но, учитывая положение дел сейчас и возможные осложнения, и раз уж вы попали сюда, к нам, то не стоит вам уезжать домой, Ганс Касторп, вам все равно пришлось бы очень скоро вернуться.

У Ганса Касторпа кровь снова прилила к сердцу, и оно бурно заколотилось, а Иоахим стоял на том же месте, держась за пуговицы для помочей на спине и опустив глаза.

— Кроме глухих хрипов, — продолжал гофрат, — у вас там наверху, слева, есть шумы, уже почти шумы, и они, бесспорно, вызываются тем, что поражен новый участок. Я пока еще не хочу говорить об очаге размягчения, но экссудативный очажок с влажными хрипами есть, и если вы, милейший, у себя внизу будете жить, как жили до сих пор, то все ваше легкое живо полетит к черту.

Ганс Касторп стоял неподвижно, губы у него подергивались, и было видно совершенно отчетливо, как его сердце пульсирует между ребрами. Он посмотрел на Иоахима, но не смог поймать его взгляд и снова стал смотреть на гофрата — на его лицо с синеватым румянцем, синими глазами навыкате и неровно подстриженными усиками.

— Объективное подтверждение нам дает и ваша температура, — продолжал гофрат. — 37,6 в десять часов утра — это примерно соответствует акустическим данным.

— А я думал, жар у меня от катара, — сказал Ганс Касторп.

— А катар? Он от чего? — перебил его гофрат. — Я кое-что расскажу вам, Касторп, а вы послушайте, извилин в мозгу, чтобы понять, у вас, по-моему, хватит. Здешний воздух весьма благоприятствует излечению болезни, так вы полагаете, верно? И это правильно. Но он также *благоприятствует* и развитию болезни, понимаете? Способствует ее обнаружению, вызывает революцию в организме, выводит болезнь из скрытого состояния, и она дает вспышку; такой вспышкой — не прогневайтесь — и является ваш знаменитый катар. Не знаю, лихорадило ли вас, когда вы жили еще внизу, на равнине, но здесь вас начало лихорадить с первого же дня, и причина — вовсе не катар, смею вас заверить.

— Да, — сказал Ганс Касторп, — должно быть, вы правы.

— Вы, наверно, сразу точно опьянели, — продолжал гофрат. — Это результат растворения ядов, порожденных бактериями; они, понимаете ли, действуют токсически на центральную нервную систему, и щеки от этого начинают гореть. Придется вас прежде всего уложить в постель, Касторп, и посмотрим: может быть, недели две-три постельного режима и отрезвят вас. А там видно будет. Сделаем хорошенький внутренний снимок — вам будет презабавно заглянуть в себя. Но хочу вас сразу же предупредить: такие случаи, как ваш, не излечиваются за один-два дня, о рекламных успехах и чудесах исцеления здесь говорить не приходится. Мне сразу показалось, что вы будете более способным пациентом, в смысле умения болеть, чем этот ваш бригадный генерал, который так и рвется отсюда, как только у него на две-три десятых меньше. Точно команда «лежать смирно!» чем-нибудь хуже, чем «стоять смирно!». Покой — первая обязанность гражданина, от нетерпения — один вред. Так вот, не заставляйте разочаровываться в вас, не подводите меня, с моим знанием людей, очень прошу... А теперь марш в ваше стойло!

На этом гофрат Беренс и закончил разговор и тут же сел за стол, ибо, как человек, занятый по горло, хотел воспользоваться перерывом между двумя обследованиями и кое-что записать. Доктор Кроковский же, наоборот, встал, шагнул к Гансу Касторпу, положил руку на плечо молодого человека и, широко улыбаясь, так что в чаще бороды открылись желтые зубы, сердечно стал трясти ему руку.

# ГЛАВА ПЯТАЯ

## СУП ВЕЧНОСТИ И ВНЕЗАПНОЕ ПРОЯСНЕНИЕ

Теперь нам предстоит коснуться одного обстоятельства, которому считает нужным удивиться сам рассказчик, чтобы уж не слишком удивлялся читатель. Если для нашего отчета о первых трех неделях пребывания Ганса Касторпа «здесь наверху» (всего двадцать один день в середине лета, причем этим сроком, в меру человеческого предвидения, его жизнь в «Берггофе» и должна была ограничиться), — если для этого отчета понадобилось именно столько времени и места, сколько, надо сознаться, мы и предполагали отвести ему, — то для описания последующих трех недель едва ли потребуется такое же число страниц, часов и дней, какое потребовалось для изображения первых трех недель: мы уверены, что эти последующие недели пронесутся мгновенно и, мелькнув, отойдут в прошлое.

Это явление может показаться странным, и все-таки оно естественно и соответствует законам повествования и слушания. Ибо следует считать естественным и закономерным, что время для нас так же тянется или летит, в нашем восприятии так же расширяется или сжимается, как и в восприятии героя нашего повествования, молодого Ганса Касторпа, планам которого судьба воспрепятствовала столь неожиданным образом; и, может быть, полезно, имея в виду тайну времени, подготовить читателя к еще более неожиданным чудесам и явлениям, с которыми мы столкнемся, пребывая в обществе этого юноши. Но сейчас достаточно будет, если каждый вспомнит, как быстро проходит вереница дней, даже «долгая» вереница, когда ты болен и лежишь в постели; кажется, будто повторяется все тот же день; но так как он один и тот же, говорить о «повторении» не слишком уместно; речь должна бы идти о неизменном, о непреходящем «сейчас» или о вечности. Тебе приносят за обедом суп, как принесли вчера, как принесут и завтра. И в тот же миг на тебя повеет чем-то, — чем и откуда, ты сам не знаешь; тебе приносят суп, а у тебя — головокружение, формы времени сплываются, сливаются, и вдруг становится ясно, что истинная форма бытия — это непротяженное настоящее, в котором тебе вечно приносят суп. Однако говорить в отношении вечности о скуке и о том, что время тянется, было бы слишком парадоксально; а парадоксов мы решили избегать, особенно живя одной жизнью с нашим героем.

Итак, в субботу, со второй половины дня, для Ганса Касторпа начался постельный режим, ибо врач, гофрат Беренс, этот высший авторитет в окружающем нас мире, отдал соответствующее распоряжение. И вот молодой человек лежал в ночной сорочке с вышитой на грудном кармашке монограммой, заложив руки за голову, в опрятной белой постели, служившей смертным одром американке и, вероятно, многим другим, и смотрел простодушными, мутноватыми от насморка глазами на потолок, размышляя о превратностях своей судьбы. Но и не будь у него насморка, он едва ли взирал бы на все таким уж ясным, разумным и незатуманенным взглядом; нет, при всей несложности его внутреннего мира мысли и чувства его были какие-то противоречивые, смутные, запутанные, не вполне искренние и устойчивые. То его тело сотрясал рождавшийся из недр существа неудержимый и торжествующий смех, и сердце мучительно замирало от какой-то упоительной радости и надежды; то он бледнел от испуга и тоски, и ему казалось, что это сама совесть, а не сердце, судорожно и торопливо стучится в его грудную клетку.

В первый день Иоахим дал ему полный покой и избегал всяких разговоров. Осторожно заглядывал он несколько раз в комнату, кивал лежавшему, спрашивал, как и полагается, не нужно ли ему чего-нибудь. Впрочем, Иоахиму легко было понять нежелание Ганса Касторпа пускаться в какие-либо объяснения, и он ни на чем не настаивал, ибо, при своих взглядах на жизнь, считал собственное положение еще более мучительным.

Но в воскресенье утром, вернувшись с прогулки, которую он совершил, как прежде, в одиночестве, Иоахим набрался духу и решил дольше не откладывать разговор с кузеном о самых неотложных вопросах. Он подошел к его постели и сказал, вздохнув:

— Да, ничего не поделаешь, придется предпринять кое-какие шаги. Ведь тебя дома, наверное, ждут?

— Нет еще, — ответил Ганс Касторп.

— Ну, в ближайшие дни, в среду или в четверг?

— Ах, они вовсе не ждут меня так уж точно, непременно в назначенный день, — возразил Ганс Касторп. — Только у них и дела, что ждать меня да считать дни, когда я вернусь. Вернусь и все, и дядя Тинапель скажет: «А, вот и ты!» А дядя Джемс спросит: «Ну как, доволен?» И если я не приеду, так они еще долго меня не хватятся, можешь быть уверен. Разумеется, со временем их придется известить.

— Ты можешь себе представить, как мне все это не нравится, — продолжал Иоахим и снова вздохнул. — А что будет дальше? Ведь и на мне лежит ответственность за эту историю. Ты приезжаешь сюда наверх, чтобы навестить меня, я ввожу тебя в нашу жизнь — и вдруг ты тут застреваешь, и никто не знает, когда ты опять вырвешься и сможешь поступить на место. Согласись, что мне это в высшей степени не нравится!

— Позволь, — остановил его Ганс Касторп, все еще лежавший, закинув руки за голову. — Что ты мудришь? Не сочиняй глупостей. Разве я приехал сюда наверх, только чтобы навестить тебя? Конечно, и для этого тоже, но в конце концов главное — чтобы отдохнуть и поправиться, по совету Хейдекинда. И вдруг выясняется, что я нуждаюсь в гораздо более серьезной поправке, чем он, да и все мы могли себе представить. И я не первый — многие считали, что они приезжают сюда с мимолетным визитом, а потом оказывалось, что они жестоко ошиблись. Вспомни хотя бы второго сына «Tous les deux», и как у него все сложилось — я даже не знаю, жив ли он еще, или его потихоньку вынесли во время обеда? Ведь то, что я слегка болен, для меня неожиданность, мне нужно сначала привыкнуть к мысли, что я тоже пациент, совершенно такой же, как вы, а не просто гость, как я воображал вначале. С другой стороны, это вовсе не такая неожиданность, ведь таким уж блистательно здоровым я себя никогда не чувствовал, и, если вспомнить, что мои родители умерли очень рано, то неоткуда было и взяться блистательному здоровью! У тебя тоже есть маленький изъян, хотя он теперь, видимо, почти залечен, но мы все не придаем ему особого значения, и, может быть, это у нас действительно в роду, по крайней мере Беренс высказал такое предположение. Вот я лежу здесь со вчерашнего дня и думаю, как я относился к жизни в целом, — понимаешь, к ее требованиям... Моей натуре всегда были присущи известная серьезность и неприятие всего слишком здорового и шумного, — мы еще недавно говорили о том, что меня порой даже тянуло стать священником — ради всех этих скорбных и возвышенных обрядов: этакий, понимаешь ли, черный покров с серебряным крестом и тремя буквами R. I. P. ...Requiescat in pace...[1] Это, пожалуй, прекраснейшие слова на свете, и они мне гораздо симпатичнее всяких «Да здравствует», которые, по сути дела, ведь только шумиха. Происходит это, вероятно, именно потому, что во мне самом есть изъян и с детства было особое отношение к болезни, — вот сейчас оно и сказалось. Но если дело обстоит так, то, наоборот, счастье, что я попал сюда к вам и решил пройти осмотр, и тебе решительно не за что упрекать себя. Ты же слышал: если бы я продолжал еще некоторое время жить так, как жил, то у меня, быть может, ни за что ни про что полетело бы к черту все легкое!

— Ну, этого мы знать не можем, — сказал Иоахим. — В том-то и дело, что знать не можем! У тебя ведь и раньше были очажки, и никто ими не интересовался, они самостоятельно зарубцовывались, и теперь у тебя осталось после них только несколько мест с притупленным звуком. Вполне возможно, что если бы ты случайно не попал сюда наверх, так же случилось бы и с тем очажком, который у тебя сейчас обнаружили! Тут ничего нельзя знать наперед.

— Нет, знать ничего нельзя, — подхватил Ганс Касторп, — и поэтому мы не имеем права предполагать самое худшее, хотя бы, например, относительно сроков моего лечения. Ты говоришь — неизвестно, когда меня отпустят отсюда и я смогу поступить на верфь, но тон у тебя пессимистический, а я нахожу пессимизм преждевременным, и именно потому, что мы ничего знать не можем. Ведь Беренс никакого срока не назначил, он человек разумный и не строит из себя пророка. Кроме того, еще не делали ни просвечивания, ни снимков, а ведь только они дадут возможность судить объективно о положении дел, и, кто знает, может быть, ничего заслуживающего внимания и не окажется, температура может снизиться сегодня-завтра, и я спокойно распрощаюсь с вами. Нет, я за то, чтобы раньше времени не бить тревогу и не пугать домашних всякими ужасами. Достаточно, если мы на днях напишем им, я сам могу написать вот этой авторучкой, — сяду в постели и напишу, что я сильно простужен, поднялась температура, лежу и выехать пока не могу. А там видно будет.

[1] Да почиет в мире... (*лат.*)

— Ну хорошо, пока можно и так, насчет остального подождем.

— Что ты имеешь в виду?

— Какой же ты беззаботный! Ведь содержимое твоего чемодана рассчитано на три недели! Тебе нужны белье, верхнее и нижнее, зимняя одежда и побольше обуви. Да и денег тебе должны прислать.

— *Если,* — сказал Ганс Касторп, — *если* мне все это понадобится.

— Хорошо, подождем! Но не следует... — Иоахим взволнованно заходил по комнате. — Нет, не следует создавать себе иллюзий! Я здесь пробыл слишком долго, чтобы не знать, как это бывает. Когда Беренс констатирует, что в верхушке легкого ослабленное дыхание, почти хрипы... Впрочем, конечно, посмотрим.

На том дело пока и кончилось, а затем в свои права вступили еженедельные и двухнедельные отклонения от обычного дневного распорядка; даже в лежачем положении Ганс Касторп принимал в них участие, если не прямое, то хотя бы слушая рассказы Иоахима, когда тот заходил и присаживался на четверть часика к нему на кровать.

На подносе, на котором ему в воскресенье утром принесли завтрак, красовалась вазочка с цветами; не забыли прислать и десертное печенье, подававшееся в тот день в столовой. А позднее на террасе и в саду раздались оживленные голоса, басовито запели трубы, загнусили кларнеты и начался концерт, имевший место каждые две недели. Иоахим явился в комнату двоюродного брата и слушал концерт с его балкончика; дверь была открыта, и Ганс Касторп, сидя в подушках и склонив голову набок, ловил долетавшие до него созвучия; он глядел перед собой благоговейно-любовным и мечтательным взглядом и внутренне как бы пожимал плечами, вспоминая рассуждения Сеттембрини о том, что музыка будто бы «политически неблагонадежна».

Но, кроме того, он, как мы уже отметили, требовал от Иоахима подробного рассказа обо всех событиях и мероприятиях этих дней, выспрашивал, были ли в воскресенье дамы в праздничных туалетах, в кружевных матине и так далее (однако для кружевных матине день оказался слишком холодным), а также отправился ли кто-нибудь после обеда кататься в колясках, — катание действительно имело место, «Союз однолегочных» in corpore[1] ездил в Клавадель, — а в понедельник больной даже пожелал узнать содержание

[1] В полном составе (*лат.*).

conférence[1] доктора Кроковского и стал расспрашивать о ней Иоахима, когда тот вернулся с лекции и перед послеобеденным лежанием забежал его проведать. Но Иоахим был молчалив, ему, видимо, не хотелось говорить. Однако Ганс Касторп продолжал настаивать, он желал знать подробности.

— Хоть я и лежу, но плачу́ полностью, — заявил он, — и желаю получать все, что здесь дают.

Он вспомнил тот понедельник две недели назад, когда самостоятельно отправился на прогулку, столь утомившую его, и высказал предположение, что именно она повлияла революционизирующим образом на его организм, после чего и обнаружилась таившаяся в нем болезнь.

— Но меня поразило, как люди говорят здесь! — воскликнул он. — Знаешь, простонародье, с каким достоинством и торжественностью; порой кажется, что это стихи. «Ну, счастливо и большое спасибо!» — повторил он, подражая интонации дровосека. — Я слышал это в лесу и никогда не забуду. Такие вещи связываются потом с другими впечатлениями и воспоминаниями и будут звучать в душе до конца твоих дней... Значит, Кроковский опять рассуждал о «любви»? — спросил он наконец и сделал гримасу.

— Само собой, — ответил Иоахим. — О чем же еще? Ведь это его тема.

— И что же он сказал сегодня?

— Ах, ничего особенного. Ты ведь слышал в прошлый раз, какие у него на этот счет теории.

— Но что он сегодня преподнес вам новенького?

— Нового ничего... Сегодня была сплошная химия, — неохотно начал рассказывать Иоахим. — Кроковский заявил, что при «этом», видишь ли, происходит как бы своего рода отравление, самоотравление организма, а его причина — какое-то неведомое, распространившееся по всему телу вещество. Оно распадается, продукты распада действуют одурманивающе на некоторые центры спинного мозга, и люди точно пьянеют, примерно так, как это бывает при постоянном употреблении наркотиков — морфия или кокаина.

— И тогда начинают гореть щеки, — подхватил Ганс Касторп. — Скажи пожалуйста, как интересно! И все-то он знает. Набрался учености! Подожди, в один прекрасный день он еще откроет это неведомое вещество, которое содержится во всем теле и выделяет яды, одурманивающие нашу центральную нервную систему, и тогда ему

[1] Лекции (*фр.*).

будет легче морочить людям голову. А может быть, люди додумались до этого и раньше? Послушать его, так, пожалуй, начнешь верить во все эти истории насчет любовных напитков и тому подобного, о которых рассказывается в старинных легендах... Ты уже уходишь?

— Да, мне надо непременно еще полежать. Со вчерашнего дня моя кривая стала подниматься. Эта история с тобой все же на меня подействовала...

Прошло воскресенье, затем понедельник. Наступило утро и наступил вечер третьего дня пребывания Ганса Касторпа в «стойле» — обычный будничный день, как и все другие, просто вторник. Но именно во вторник он приехал сюда наверх, со вторника прожил здесь ровнехонько три недели, поэтому ему захотелось написать домой и сообщить своим дядюшкам хотя бы в общих чертах, как обстоит дело с его здоровьем. Подложив под спину подушку, он сел и написал на листе почтовой бумаги с грифом санатория, что его отъезд отсюда, против ожидания, откладывается. Он сильно простужен, температурит и лежит в постели, а гофрат Беренс отнесся к его болезни с присущей ему сверхдобросовестностью и поставил ее в связь с особой конституцией пишущего эти строки. Еще при первом знакомстве главный врач нашел у него резко выраженное малокровие, поэтому намеченный им, Гансом Касторпом, срок для отдыха признан, видимо, недостаточным. О дальнейшем он уведомит. Так будет хорошо, решил Ганс Касторп. Ни слова лишнего, и все же на первое время вполне достаточно. Письмо он вручил служителю, который, минуя санаторский почтовый ящик, отправил его с ближайшим поездом.

После этого наш путешественник решил, что главное сделано; хотя его мучил кашель и насморк, затруднявший дыхание, он успокоился и, ожидая выздоровления, стал жить со дня на день, причем каждый день был поделен на небольшие части и, столь обычный и нормальный, не казался в своем непоколебимом однообразии ни слишком коротким, ни бесконечно длинным. Утром, дав знать о себе оглушительным стуком в дверь, входил массажист, нервный малый, прозванный «учителем гимнастики»; рукава у него были закатаны, руки жилистые, он говорил горловым голосом, неразборчиво и запинаясь, и называл Ганса Касторпа, как и всех больных, не по фамилии, а по номеру комнаты; массажист обтирал его спиртом. Вскоре после его ухода появлялся Иоахим, уже одетый для прогулки, желал кузену доброго утра, справлялся, какая температура была у него в семь утра, и сообщал свою. Пока он завтракал внизу, Ганс

Касторп, опираясь на засунутую за спину подушку, делал то же — с особым аппетитом, вызванным новыми обстоятельствами его жизни, причем ему нисколько не мешало деловито-деловое вторжение врачей, которые, проследовав через столовую, спешно совершали обход лежачих больных и «морибундусов». С полным ртом варенья он сообщал им о том, что спал «отлично», и потом, держа в руке чашку, следил, как гофрат, опершись кулаками о стоявший посреди комнаты стол, быстро пробегает глазами температурный листок; затем, когда врачи уходили, с равнодушной неторопливостью отвечал на их прощальное приветствие. Окончив завтрак, он закуривал папиросу, и вдруг оказывалось, что Иоахим уже вернулся с обязательной утренней прогулки, а Ганс Касторп еще не успел отдать себе отчет в том, что двоюродный брат вышел из комнаты. Они опять болтали о том о сем, и Иоахим еще успевал полежать до второго завтрака, причем время пролетало так быстро, что даже самый пустой и духовно убогий человек не успел бы соскучиться, а ведь у Ганса Касторпа не было недостатка в умственной пище — ему предстояло еще разобраться во всех впечатлениях первых трех недель, проведенных здесь наверху, осознать свое теперешнее положение и возможные его последствия; поэтому два толстых тома подшивки иллюстрированного журнала из библиотеки санатория лежали пока без употребления на его ночном столике.

Так же быстро проходило время, пока Иоахим совершал свою вторую прогулку в Давос-курорт — она занимала какой-нибудь часок, не больше. Вернувшись, он опять заходил к Гансу Касторпу, рассказывал о том или другом наблюдении, сделанном во время прогулки, и, постояв или посидев несколько минут возле постели больного, отправлялся лежать перед обедом — надолго ли? Да тоже на какой-нибудь часок! И не успевал Ганс Касторп закинуть руки за голову и отдаться обдумыванию одной из своих мыслей, как уже гремел гонг, призывавший всех не лежачих больных и не «морибундусов» готовиться к обеду.

Иоахим уходил, и тогда появлялся «обеденный суп» — простодушно-символическое обозначение того, что ему приносили на первое. Ибо Ганса Касторпа не посадили на диету — да и чего ради его было сажать? Диетный скудный стол ему отнюдь не был показан. И потом — хотя он и лежит, а платит за все, и в минуты этой остановившейся вечности ему приносят вовсе не какой-то там «обеденный суп», а полный берггофский обед из шести блюд, без всяких изъятий, в будни — обильный, в воскресенье — даже роскошный, вкуснейший парадный обед, приготовленный первоклассным поваром по-европейски в кухне-люкс. «Столовая дева», на обязанности которой было обслуживать лежачих больных, приносила его в аппетитных никелированных закрытых судках, пододвигала к кровати неведомо откуда взявшийся столик на одной ножке — специальной конструкции, чудо равновесия, причем доска, выдвигаясь над постелью, оказывалась прямо перед больным, — и Ганс Касторп кушал подобно сынишке портного из сказки про «столик-накройся».

Едва он успевал съесть обед, как возвращался из столовой Иоахим; двоюродный брат укладывался на своем балконе, над «Бергофом» воцарялась послеобеденная тишина «главного лежания», и вдруг оказывалось, что уже половина третьего. Ну, не совсем половина, точнее — всего четверть. Но такие четверти при круглых цифрах в счет не идут, они просто поглощаются ими, как это бывает, когда временное хозяйство ведется в крупных масштабах, при многочасовой езде по железной дороге или если люди ничем не заняты, кроме ожидания, и все их помыслы страстно сосредоточены лишь на том, чтобы время скорее проходило и оставалось позади. Тогда четверть третьего — это все равно что половина третьего, а с Божьей помощью — и три, раз уже упоминалось число три. Тридцать минут рассматриваются как затакт к целому часу, а потому не замечаются внутренним взором: именно так бывает при подобных обстоятельствах. По тем же причинам и срок главного послеобеденного лежания фактически сводился к одному часу — да и в нем последняя четверть укорачивалась, сокращалась, срезалась как бы апострофом. И этим апострофом был доктор Кроковский.

Да, при своем самостоятельном послеобеденном обходе больных доктор Кроковский уже не избегал комнаты Ганса Касторпа. Молодой человек стал теперь таким же, как все, но уже не был пустым местом, недостающим звеном, он стал пациентом, им интересовались, а не оставляли в стороне, как это делали в течение стольких дней, вызывая в нем тайную, хоть и не слишком сильную досаду, все же ощущавшуюся заново каждый день. В первый раз доктор Кроковский появился у него в комнате в понедельник, — мы говорим «появился», ибо это самое подходящее слово для того странного и даже жутковатого впечатления, которое Ганс Касторп в тот день так и не мог побороть. Он лежал в полу-, даже четвертьдремоте, как вдруг, мгновенно опомнившись, с испугом увидел перед собой ассистента, который проник в комнату не через дверь, а снаружи, совсем с другой стороны. Путь, избранный им, вел не по коридору, а по балкончикам, он вошел в открытую балконную дверь, и могло показаться, будто он прилетел по воздуху. Как бы там ни было, но он стоял у постели Ганса Касторпа, черно-бледный, широкоплечий, коренастый, — апостроф, урезывающий час; в его разделенной надвое бороде виднелись желтоватые зубы, приоткрытые мужественной улыбкой.

— Вы, по-видимому, никак не ожидали увидеть меня здесь, господин Касторп, — проговорил он бархатистым баритоном, растягивая слова и слегка жеманясь, причем буква «р» хотя и звучала у него несколько экзотически, с упором в нёбо, но отнюдь не раскатисто, ибо он лишь слегка прикасался языком к внутренней стороне верхних зубов. — Но, осведомляясь о состоянии вашего здоровья, я лишь исполняю приятный долг. Ваши взаимоотношения с нами вступили в новую фазу, за ночь вы из гостя превратились в нашего сотоварища (при слове «сотоварищ» Ганс Касторп даже испугался). И кто бы мог подумать, — с товарищеской шутливостью продолжал доктор Кроковский, — кто бы мог подумать в тот вечер, когда я познакомился с вами, и вы, в ответ на мои ошибочные предположения — тогда они были еще ошибочными, — вы заявили мне, что совершенно здоровы. Я, кажется, высказал тогда что-то вроде сомнения, но, уверяю вас, это не было сомнением. Я вовсе не намерен выставлять себя более прозорливым, чем я есть на самом деле, у меня тогда и мысли не было ни о каком экссудативном очажке, я разумел другое, в более общем, философском смысле, и высказал сомнение в том, что «человек» вообще и «совершенное здоровье» — понятия совместимые. И даже теперь, после того как вас обследовали, я, при моих взглядах и в отличие от моего достоуважаемого шефа, не могу считать вот этот очажок, — и он слегка прикоснулся пальцем к плечу Ганса Касторпа, — не могу считать его главным предметом нашего внимания. Для меня это явление вторичное... Органические явления всегда имеют вторичный характер...

Ганс Касторп вздрогнул.

— И поэтому, в моих глазах, ваш катар — уже на третьем месте, — добавил доктор Кроковский будто мимоходом. — Как у вас, кстати, на этот счет? Постельный режим, конечно, быстро сделает свое дело. А температура? Сколько сегодня?

С этой минуты посещения ассистента приняли характер самого обыкновенного контрольного визита и такими остались в ближайшие дни и недели. Без четверти четыре или даже несколько раньше доктор Кроковский входил через балконную дверь, весело и мужественно приветствовал больного, задавал ему самые простые врачебные вопросы, заводил иногда и более личный разговор, по-товарищески шутил, и если даже во всем этом чувствовались какие-то опасения, то ведь и к опасениям привыкаешь, только бы они оставались в известных границах, и скоро Ганс Касторп уже не находил никаких возражений против визитов доктора Кроковского, они стали частью твердо установленного нормального дня и сокращали время послеобеденного лежания.

Итак, когда ассистент опять выходил через балкон, было уже четыре часа, — другими словами, день уже близился к вечеру! Не успеешь опомниться — и день очень даже близился к вечеру и незамедлительно сменялся вечером: пока пили чай — и внизу, в столовой, и в комнате номер 34, — время неудержимо бежало к пяти; а когда Иоахим возвращался с третьей обязательной прогулки и снова заходил к двоюродному брату, было уже почти шесть, почему и лежание до ужина сводилось, в общем, к часу, — но одолеть такого противника, как один час, если у тебя есть мысли в голове и целый Orbis pictus на ночном столике, это сущий пустяк.

Затем Иоахим уходил в столовую. Гансу Касторпу приносили ужин в комнату. Долина уже давно была полна теней, и, пока Ганс Касторп ужинал, в комнате заметно темнело. Отужинав, он откидывался на подушку, засунутую за спину, и продолжал сидеть перед уже ненужным столиком, глядя, как в комнате быстро сгущаются сумерки, сегодняшние сумерки, которые трудно отличить от вчерашних и от тех, что сгущались два дня назад, неделю назад. И вот уже был вечер, а только что было утро, укороченный и искусственно убыстренный день буквально растекался между пальцев и становился ничем; Ганс Касторп весело это отмечал как что-то удивительное или во всяком случае заставляющее призадуматься, ибо в его годы это не могло пугать его. Ему только чудилось, что он «все еще» вглядывается в загадку времени.

В один прекрасный день, — прошло уже дней десять — двенадцать с тех пор, как Ганс Касторп перешел на положение лежачего больного, — в этот самый час, то есть до того как Иоахим покинул общество больных и вернулся после ужина, в дверь постучали, и в ответ на удивленный возглас хозяина «войдите» появился Лодовико Сеттембрини, причем в то же мгновение комнату залил слепящий свет; не успев закрыть за собою дверь, гость тут же включил плафон, и трепетные лучи, отраженные белым потолком и белой мебелью, мгновенно озарили комнату, точно обнажив ее.

Итальянец был единственным человеком, о ком в эти дни осведомлялся Ганс Касторп; только о нем он упорно расспрашивал Иоахима. Иоахим и без того сообщал кузену всякий раз, когда на несколько минут присаживался к нему на постель или стоял возле него, — а это случалось по десяти раз на дню, — Иоахим сообщал обо всех мелочах и перипетиях санаторской жизни, а поскольку вопросы задавал Ганс Касторп, — они, конечно, носили внеличный и общий характер. Больному в его уединении хотелось знать, не появились ли в санатории новые пациенты, не отбыл ли кто-нибудь с уже знакомой физиономией; и он был, видимо, доволен, что пока имело место только первое. Оказывается, появился «новенький», некий молодой человек с зеленоватым, осунувшимся лицом, и его сейчас же посадили за стол фрау Ильтис и фрейлейн Леви, у которой лицо было как слоновая кость, справа от стола, где сидели оба кузена. Значит, Ганс Касторп сможет понаблюдать за ним. Итак, никто не уехал? Иоахим коротко отвечал «нет», опуская при этом глаза. Однако ему приходилось так часто отвечать на тот же вопрос — точнее, через день, — что однажды он уже с некоторым нетерпением заявил раз и навсегда: насколько ему известно, никто уезжать не намерен, да и вообще здесь это не так просто — взял да уехал.

Что касается Сеттембрини, то, как мы уже отмечали, Ганс Касторп осведомлялся лично о нем и пожелал узнать, что сказал итальянец «по этому случаю». — «По какому?» — «Да что я лежу здесь и якобы болен». Сеттембрини действительно кое-что сказал, но выразился весьма кратко. В день исчезновения Ганса Касторпа он сразу же подступил к Иоахиму с вопросом, куда делся его гость, причем явно ожидал услышать в ответ, что Ганс Касторп уехал. Когда Иоахим объяснил ему, в чем дело, он произнес лишь два слова по-итальянски: сначала «ессо», затем «poveretto», что означало «вот видите» и «бедный малыш», — достаточно было знать итальянский язык не больше, чем знали оба молодых человека, чтобы понять смысл этих двух восклицаний.

— Почему «poveretto»? — удивился Ганс Касторп. — Сам он ведь тоже вынужден сидеть здесь наверху со своей литературой, которая, по его мнению, состоит из гуманизма и политики, и он едва ли может отдавать свои силы служению человеческим, земным интересам. Напрасно он столь высокомерно выражает мне сочувствие — я все-таки вернусь вниз раньше, чем он.

И вот теперь господин Сеттембрини стоял собственной персоной посреди внезапно залитой светом комнаты, а Ганс Касторп, опершись на локоть, повернулся к двери, взглянул на вошедшего прищурясь и, узнав его, покраснел. На Сеттембрини был все тот же ворсистый сюртук с широкими отворотами, сорочка с довольно потертым отложным воротником и клетчатые брюки. Так как он только что отобедал, то, по обыкновению, держал во рту деревянную зубочистку. Уголок рта под красиво загибающимся усом кривился знакомой, трезвой и скептической усмешкой.

— Добрый вечер, инженер! Взглянуть на вас разрешается? Если да, то необходим свет — вы уж извините меня за самоуправство! — заявил гость и широким взмахом своей небольшой ручки указал на плафон. — Вы предавались созерцанию? Ни за что не хотел бы вам мешать. Склонность к задумчивости в данном случае была бы мне весьма понятна, а захотелось поболтать — у вас есть в конце концов ваш кузен. Я здесь лишний и, как видите, это вполне понимаю. Но все же мы живем с вами на таком маленьком клочке земли, что невольно у человека к человеку рождается сочувствие, духовное сочувствие, сердечное сочувствие... Вот уж по меньшей мере неделя как вас не видно. Я и в самом деле вообразил, будто вы отбыли, когда увидел, что ваше место в трапезной пустует. Но лейтенант сообщил мне, что дело обстоит не так плохо, гм... вернее, не так уж хорошо, не сочтите за грубость... Словом, как ваше здоровье? Как вы себя чувствуете? Что поделываете? Надеюсь, не вешаете нос?

— Так это вы, господин Сеттембрини? Очень любезно с вашей стороны! Ха, ха, трапезная, да? Вот вы и опять сострили. Садитесь, пожалуйста, сюда, на стул. Нет, вы ничуть не помешали мне. Я лежал тут и предавался размышлениям, — впрочем, размышления, пожалуй, слишком громкое слово. Просто лень было включить свет. Большое спасибо, субъективно — чувствую себя самым нормальным образом. Насморк почти прошел в результате лежания, но ведь он, как тут все говорят, явление вторичное... Температура все еще не такая, как полагается, то 37,5, то 37,7, за эти дни она еще не снизилась.

— А вы регулярно измеряете ее?

— Да, шесть раз в день, так же как вы все здесь наверху. Ха-ха, простите, вы меня насмешили, значит, наша столовая — трапезная?.. Ведь так их, кажется, называют в монастырях, верно? И что-то в ней действительно есть от трапезной; я, правда, еще не был ни в одном монастыре, но я примерно такой себе ее и представляю. И «устав» я уже выучил наизусть и соблюдаю точно.

— Как и полагается благочестивому брату. Можно сказать, ваш искус кончен и вы дали монашеский обет. Позвольте торжественно поздравить вас. Да, вы уже теперь говорите «наша трапезная». Впрочем, я отнюдь не хочу задеть ваше мужское достоинство, но вы скорее напоминаете молоденькую монахиню, чем монаха, и именно этакую невинную овечку, только что принявшую постриг невесту Христову с большими удивленными глазами жертвы. Мне и раньше приходилось время от времени видеть таких агнцев. И всегда, всегда я испытывал какую-то сентиментальную жалость... да, да, ваш двоюродный брат мне все рассказал. Итак, в последнюю минуту вы все же решились подвергнуться осмотру...

— У меня ведь был жар... Но, уверяю вас, господин Сеттембрини, будь у меня внизу на равнине такой катар, я бы непременно обратился к нашему врачу. А здесь, где, можно сказать, сидишь у самых истоков исцеления и в доме два специалиста, согласитесь, было бы просто нелепо...

— Ну, понятно, понятно. Значит, и градусник вы себе тоже ставили до того, как вас уложили в постель. Впрочем, вам с самого начала порекомендовали измерять температуру. А градусник вам, наверное, подсунула Милендонк?

— Подсунула? Просто он был нужен, я и купил у нее...

— Все ясно. Безупречная торговая сделка. И на сколько же месяцев вас засадили в нашу каталажку?.. Боже милостивый, я ведь вас именно этими словами уже спрашивал! Помните? Вы только что прикатили и ответили мне тогда еще очень бойко.

— Конечно, помню, господин Сеттембрини, много нового пришлось мне с тех пор испытать, но это я помню совершенно ясно, словно то было сегодня. И вы потом так занятно стали изображать гофрата Беренса, как одного из судей преисподней... Радамес... нет, стойте, не то...

— Радамант? Может быть, я его и назвал так. Не могу же я помнить все, что вспыхивает у меня в голове!

— Конечно, Радамант! Минос и Радамант! И насчет Кардуччи вы нам тогда рассказывали...

— Позвольте, милый друг, его мы лучше не будем трогать... Слышать сейчас это имя из ваших уст, пожалуй, слишком странно!

— Согласен, — рассмеялся Ганс Касторп. — Все-таки благодаря вам я многое узнал о нем. Да, тогда я еще ни о чем не подозревал и ответил вам, что приехал на три недели. Но ведь я был так уверен! Меня еще тогда эта Клеефельд приветствовала свистом своего пневмоторакса, а я даже обозлился. А лихорадить меня начало с первого же дня, здешний воздух благоприятен не только для лечения болезни, но он также благоприятствует и ее развитию; иногда болезнь дает вспышку, а это, как видно, необходимо, чтобы вылечиться.

— Увлекательная гипотеза! И гофрат Беренс, вероятно, рассказывал вам о той русской немке, которая в прошлом — нет, в позапрошлом — году прожила у нас пять месяцев? Не рассказывал? А следовало бы. Очень милая дама, русско-немецкого происхождения, замужняя, молодая мать. Она приехала сюда с востока, лимфатичная, малокровная женщина, видимо, было и кое-что посерьезнее! Ну-с, живет она у нас тут месяц, жалуется, что плохо себя чувствует. Терпение! Проходит второй месяц, она твердит, что самочувствие ее становится не лучше, а хуже. Ей внушают, что только врач может судить о том, каково ее состояние на самом деле; она же может говорить лишь о своих субъективных ощущениях, а это в счет не идет. Ее легкими довольны. Хорошо, она молчит, лечится и каждую неделю теряет в весе. Наступает четвертый месяц, она во время осмотра падает в обморок. Пустяки, уверяет Беренс, он ее легкими вполне доволен. Но когда на пятый месяц у нее уже нет сил подняться, она пишет об этом мужу на восток, и Беренс получает письмо от него, причем на конверте надпись — «личное», «срочно», я сам видел. Да, теперь Беренс согласен, он пожимает плечами, — оказывается, она не выносит здешнего климата. Бедная женщина была вне себя от горя. Почему ей раньше не сказали, кричит она, все время она это чувствовала, а теперь окончательно себя загубила!.. Будем надеяться, что на востоке, у мужа, она поправилась.

— Замечательно! Вы так хорошо рассказываете, господин Сеттембрини, каждое слово у вас пластично. И над вашим рассказом о девице — помните, которая искупалась в озере, и ей гофрат потом поставил «немую сестру», — над этим рассказом я несколько раз про себя смеялся. Да, чего только не бывает в жизни. Век живи — век учись. Но моя судьба пока еще совершенно неясна. Гофрат как будто нашел у меня какие-то пустяки — старые зарубцевавшиеся очаги, о которых я и не подозревал, при простукивании я сам убедился, что они есть, а теперь, оказывается, где-то обнаружился и свежий очажок, — ха, слово «свежий» при данных обстоятельствах звучит, конечно, несколько странно. Но пока ведь речь идет только об акустических данных, полную уверенность в правильном диагнозе мы получим, только когда я смогу встать и мне сделают просвечивание и рентгеновский снимок. Тогда уж будут налицо все данные для заключения.

— Вы полагаете? А вам известно, что фотографические пластинки иногда показывают пятна, которые принимаются за каверны, а это всего лишь тени, и наоборот, когда в легких действительно что-то есть — снимки не показывают никаких пятен? Мадонна! Ох, уж эти мне негативы! Был здесь один молодой нумизматик, его лихорадило, и так как его лихорадило, то врачи отчетливо увидели на негативах каверны. Утверждали, будто эти каверны даже прослушиваются! Его лечили от туберкулеза легких, и он умер. А вскрытие показало, что легкие у него были совершенно здоровые, а умер он от каких-то кокков.

— Послушайте, господин Сеттембрини, вы договорились уже до вскрытия! У меня пока дело так далеко еще не зашло!

— Инженер, вы шутник!

— А вы — отчаянный критикан и маловер, это бесспорно! Вы даже не верите в точные науки. Что, у вас у самих пластинка показывает пятна?

— Да, кое-какие показывает.

— И у вас действительно есть небольшой процесс?

— Да, к сожалению, довольно серьезный, — отозвался господин Сеттембрини и поник головой. Наступило молчание, он стал покашливать. Со своей постели Ганс Касторп разглядывал притихшего гостя. Молодому человеку показалось, что своими двумя столь простыми вопросами он опроверг все теории Сеттембрини и прервал все его рассуждения, даже рассуждения о республике и возвышенном стиле. И он ничего не сделал, чтобы разговор возобновился.

Через некоторое время Сеттембрини, улыбаясь, снова поднял голову.

— А теперь расскажите, как приняла эту весть ваша семья.

— То есть какую весть? О том, что мой отъезд отсюда откладывается? Моя семья? Моя семья, знаете ли, это три дяди — двоюродный дед и его два сына, к которым я скорее отношусь как к двоюродным братьям. Больше у меня никаких родственников нет, я ведь очень рано остался круглым сиротой. Как они приняли эту весть? Да ведь они еще слишком мало знают о моей болезни, не больше, чем я сам. Вначале, когда меня уложили в постель, я написал им, что очень сильно простужен и выехать не могу. А вчера, когда выяснилось, что дело затягивается, я написал вторично и объяснил, что гофрат Беренс, в связи с моим катаром, обратил внимание на легкие и настаивает на продлении моего пребывания здесь, пока все окончательно не выяснится. Вероятно, они приняли это очень хладнокровно.

— А как же ваше место? Вы ведь говорили, что намерены отдаться практической деятельности и уже хотели к ней приступить?

— Да, как практикант-доброволец. Я просил за меня извиниться на верфи — пусть пока не ждут. Пожалуйста, не думайте, что они от этого в отчаянии. Они могут сколько угодно обходиться и без практиканта.

— Отлично! Значит, с этой стороны все в порядке. Флегматичность по всей линии. В вашей стране, наверное, люди вообще флегматики? Но и энергичны?

— О да, энергичны очень, — сказал Ганс Касторп. Он мысленно представил себе отсюда, издалека, характер своих земляков и решил, что собеседник дал им верную характеристику, вот именно — «флегматики, но энергичны», так оно и есть.

— Следовательно, — продолжал Сеттембрини, — если вам придется задержаться на более продолжительный срок, нам, живущим здесь наверху, вероятно, предстоит познакомиться с вашим дядюшкой — я разумею старика. Уж он-то без сомнения приедет проведать вас?

— Исключено! — воскликнул Ганс Касторп. — Ни при каких обстоятельствах! Его на аркане сюда не затащишь. Мой дядя, знаете ли, апоплексического сложения, у него почти нет шеи. Ему нужно приличное атмосферное давление, и, приехав сюда, он чувствовал бы себя хуже, чем ваша дама с востока... все, что угодно могло бы здесь с ним случиться!

— Признаться, я огорчен. Так вы говорите — сложение апоплексическое? К чему тогда и флегматичность и энергия? Ваш дядюшка, верно, богат? И вы тоже богаты? В вашей стране люди вообще богаты.

Ганс Касторп улыбнулся этому писательскому обобщению и потом снова, со своей постели, устремил взгляд вдаль, на родные места, от которых был оторван. Он стал припоминать тамошних людей, попытался дать им оценку со стороны — на расстоянии это было легче и заманчивее.

— Кто богат, а кто и нет. Если нет, то тем хуже. Я? Конечно, я не миллионер, но что мое — то мое, я независим, у меня есть на что жить. Возьмем других, не будем говорить обо мне. Если бы вы сказали: у вас там нельзя не быть богатым, — я бы с вами согласился. В том случае, скажем, когда кто-нибудь не богат или перестает им быть, — тогда беда. «Этот? Да разве у него еще есть деньги?» — спрашивают они... Буквально так и с таким именно выражением лица; я часто слышал эти слова, и видите, как они запомнились? Вероятно, они казались мне все же очень странными, иначе я бы их не запомнил. Как вы думаете? Нет, по-моему, вам, например, как homo humanus'y у нас бы не понравилось; даже мне, — а ведь я там родился, — все это становилось иной раз противно, я потом замечал... а ведь меня лично это не касалось. Если у кого-либо в доме не подают к столу самых лучших и дорогих вин, то к этому человеку не ходят, и его дочери остаются старыми девами. Таковы у нас люди. Вот я здесь лежу, смотрю со стороны, и все это кажется мне отвратительным. Как вы сказали? Флегматики? И вместе с тем энергичны? Хорошо, но что это означает? Жестки, холодны. А что такое жесткость, холодность? Это жестокость. Самый воздух там внизу жестокий, неумолимый. Когда вот так лежишь и смотришь издали, просто ужас берет.

Сеттембрини слушал и кивал головой. Он еще продолжал кивать, хотя Ганс Касторп уже покончил с критикой и смолк. Тогда итальянец облегченно вздохнул и сказал:

— Я не хочу приукрашивать те своеобразные формы, которые естественная жестокость жизни принимает в нашем обществе. И все-таки упрек в жестокости остается довольно сентиментальным упреком. У себя дома вы едва ли решились бы высказать его — из страха стать смешным в собственных глазах. И вы правильно сделали, что предоставили это тунеядцам. То обстоятельство, что вы теперь выдвигаете его, говорит о некотором отчуждении от жизни, и я бы не хотел, чтобы эта отчужденность в вас укрепилась, ибо тот, кто привыкает ссылаться на нее, легко может совсем пропасть для жизни, утерять связь с той формой действительности, для которой данный человек рожден! Вы понимаете, инженер, что это значит: «пропасть для жизни»? Я-то знаю, мне приходится это наблюдать здесь ежедневно. Самое большее через полгода каждый молодой человек, приезжающий сюда наверх (а сюда приезжают, как правило, только молодые люди), уже не помышляет больше ни о чем, кроме флирта да градусника. А самое большее через год он уже не может и воспринимать никаких иных мыслей, они кажутся ему «жестокими», или, вернее говоря, ошибочными и основанными на невежестве. Вот вы любите слушать всякие истории. Я мог бы привести множество примеров. Я мог бы рассказать о сыне и супруге, прожившем здесь одиннадцать месяцев, мы познакомились с ним. Он был, пожалуй, немного старше вас, да, постарше. Его отпустили как выздоровевшего, для пробы, и он вернулся домой, в объятия близких; там были не дяди, там были мать и жена; и вот он лежал целыми днями с градусником во рту и ни о чем другом знать не хотел. «Вы этого не понимаете, — говорил он. — Надо пожить там наверху, тогда узнаешь, что именно нужно. А у вас тут внизу нет основных понятий». Кончилось тем, что мать заявила: «Возвращайся наверх. Тут тебе больше делать нечего». И он сюда вернулся. Возвратился «на родину», — вы же знаете, те, кто здесь пожил, называют эти места своей «родиной». С молодой женой они стали совсем чужими, у нее, видите ли, не было «основных понятий», и ей пришлось от него отказаться. Она увидела, что «на родине» он найдет себе подругу с одинаковыми «основными понятиями» и останется там навсегда.

Ганс Касторп, казалось, слушал его невнимательно. Он все еще вглядывался в заливающий белую комнату яркий свет, точно в какую-то даль. Потом с опозданием рассмеялся и сказал:

— Ваш больной назвал эти места родиной? Ну, конечно, в этом есть некоторая сентиментальность, как вы выразились. Да, всяких историй вы знаете немало. А я сейчас думаю о нашем разговоре по поводу холодности и жестокости: эти дни я со всех сторон обдумывал этот вопрос. Видите ли, нужно, вероятно, быть по натуре довольно толстокожим, чтобы так вот, безоговорочно мириться с воззрениями людей там, на равнине, с их вопросами вроде: «А разве у него еще есть деньги?» — и с выражением их лиц, когда они говорят такие вещи. Мне это и раньше казалось чем-то неестественным, хотя я даже не homo humanus, а теперь мне ясно, что всегда поражался этому. Может быть, в таком неприятии сыграло роль скрытое предрасположение к болезни, — я ведь сам слышал эти зарубцевавшиеся очаги, а теперь Беренс нашел у меня новый очажок. И хотя я этого не ожидал, но, в сущности, не очень удивился: здоровым как бык я себя никогда не чувствовал, да и мои родители умерли слишком рано... Я, знаете ли, с детства круглый сирота...

Сеттембрини сделал головой, плечами и руками вежливо-веселый жест, как бы вопрошая: «Ну и что же? А дальше?»

— Вы ведь писатель, — продолжал Ганс Касторп, — литератор; вы должны в таких вещах разбираться, и согласитесь, что при подобных обстоятельствах едва ли возможно такое уж грубо прямолинейное отношение к жизни, при котором жестокость людей представляется совершенно естественной, — да, самых обыкновенных людей, знаете ли, которые вас окружают, смеются, зарабатывают деньги, набивают себе брюхо... Не знаю, так ли я...

Сеттембрини отвесил ему поклон.

— Вы хотите сказать, — подхватил он, — что раннее и неоднократное соприкосновение со смертью создает некое устойчивое душевное состояние, при котором в человеке развивается особая чувствительность и восприимчивость к грубости и беспощадности неразумной земной суеты, скажем — к ее цинизму.

— Вот именно! — воскликнул Ганс Касторп с искренним воодушевлением. — Вы совершенно точно поняли мою мысль и поставили все точки над i, господин Сеттембрини! Да, со смертью! Я же знал, что вы, как литератор...

Сеттембрини простер руку, склонив голову набок, и закрыл глаза — красивая и мягкая поза, призывавшая собеседника умолкнуть и выслушать до конца. В этой позе он как бы замер на несколько мгновений, хотя Ганс Касторп уже смолк и несколько смущенно ожидал его дальнейших слов. Наконец итальянец снова открыл бархатисто-черные глаза, глаза шарманщика, и продолжал:

— Позвольте! Позвольте мне, инженер, сказать вам и настоятельно подчеркнуть, что единственно здоровая и благородная, а также — я особенно обращаю ваше внимание — единственно *религиозная* форма отношения к смерти в том, чтобы видеть и ощущать в ней неотъемлемую часть и некое священное условие жизни, но *не* что-то противоположное ей, здоровью, благородству, разуму и религии, что-то духовно отличное от жизни, противостоящее и враждебное ей. Древние украшали свои саркофаги символами жизни и зачатия, даже непристойными изображениями — ибо для древнего религиозного сознания священное весьма часто сочеталось с непристойным. Эти люди умели чтить смерть. И смерть достойна почитания как колыбель жизни, как материнское лоно обновления. Но когда ее отторгают от жизни, она становится призраком, страшной личиной — и даже кое-чем похуже... Ибо смерть как самостоятельная духовная сила — это в высшей степени распутная сила, чья порочная притягательность, без сомнения, очень велика, но влечение к этой силе, бесспорно, является самым жестоким заблуждением человеческого духа.

Тут Сеттембрини остановился. Высказав столь общую мысль, он решительно умолк. Говорил он не ради пустой болтовни — в его тоне чувствовалась глубокая серьезность: он не дал собеседнику прервать себя и возразить, но, заключая свою речь, понизил голос и как бы поставил точку. И теперь итальянец сидел перед молодым человеком, сомкнув уста, скрестив руки на груди, положив ногу на ногу, и, только чуть покачивая носком башмака, строго глядел на него.

Замолчал и Ганс Касторп. Откинувшись на подложенную под спину подушку и отвернувшись к стене, он слегка барабанил кончиками пальцев по стеганому одеялу. У него было такое чувство, словно ему прочли нравоучение, одернули, даже побранили, и в его молчании сквозила чисто мальчишеская упрямая обида. Пауза тянулась довольно долго.

Наконец Сеттембрини снова поднял голову и сказал улыбаясь:

— А вы помните, инженер, — мы однажды уже вели с вами подобный диспут и, можно сказать, на ту же тему! Мы болтали тогда, если не ошибаюсь, во время прогулки, о болезни и глупости, сочетание которых вы, основываясь на своем глубоком уважении к болезни, объявили парадоксом. Я же назвал это уважение мрачной причудой, которая только бесчестит человеческую мысль, и вы, к моему удовольствию, выразили готовность все же принять во внимание мои доводы. Мы говорили также о нейтральности и умственной нерешительности молодежи, о ее возможности свободно выбирать, о ее склонности производить опыты с самыми разнообразными точками зрения и о том, что подобные попытки еще нельзя — да и не нужно — рассматривать как окончательную, серьезно продуманную систему взглядов, за которую отвечаешь перед жизнью. Разрешите мне, — Сеттембрини наклонился вперед, поставив рядом ступни и зажав руки между колен, вытянул шею и слегка повернул голову вбок, — разрешите мне и в дальнейшем, — продолжал он, улыбаясь, и в его голосе даже зазвучало легкое волнение, — разрешите мне при ваших поисках и экспериментах оказывать вам некоторую помощь и влиять на вас в должном направлении, если вам будут угрожать пагубные выводы?

— Ну конечно, господин Сеттембрини! — Ганс Касторп, который все еще сидел отвернувшись, поспешил изменить свою упрямую и смущенную позу, перестал барабанить по одеялу, с несколько растерянной и торопливой любезностью обратил лицо к итальянцу и сказал:

— Это слишком великодушно с вашей стороны... И я спрашиваю себя, смогу ли я... То есть окажется ли у меня...

— И притом вполне sine pecunia, — вставая, процитировал Сеттембрини слова Беренса. — Да и кто в таких случаях себе враг! —

Оба рассмеялись. Они услышали, как открылась первая дверь, вошедший тут же нажал и ручку второй. Оказалось, что это Иоахим, он вернулся после вечернего сидения в гостиной. Увидев итальянца, он покраснел, как перед тем покраснел Ганс Касторп, и его смуглое от загара лицо стало чуть темнее.

— О, у тебя гости, — сказал он. — Ты, должно быть, очень рад! А меня задержали. Уговорили сыграть партию в бридж — они называют это бриджем, — продолжал он, покачав головой, — а на поверку оказалось совсем другое. Я выиграл пять марок...

— Только смотри, чтобы игра не стала для тебя приятным пороком, — заметил Ганс Касторп. — Гм, гм... А господин Сеттембрини так хорошо помог мне скоротать время... впрочем, это выражение совсем сюда не подходит, оно скорее подходит для вашего так называемого бриджа, который вовсе не бридж. Господин Сеттембрини вел со мной весьма знаменательный разговор... Как порядочный человек я должен был бы приложить все силы, чтобы уехать отсюда, — раз у вас дело уже дошло до такого бриджа. Но ради того, чтобы почаще слушать господина Сеттембрини и пользоваться, как говорится, его помощью, я почти готов пожелать, чтобы температура у меня держалась бесконечно, и я бы тут у вас застрял... В конце концов мне еще поставят «немую сестру», чтоб я не жульничал...

— Повторяю, инженер, вы шутник, — сказал итальянец и любезнейшим образом откланялся.

Когда кузены остались одни, Ганс Касторп вздохнул.

— Ну и педагог! — заявил он. — Педагог-гуманист, этого у него не отнимешь. Он все время старается воздействовать на тебя то разными историями, то отвлеченными рассуждениями. И в конце концов начинаешь говорить с ним о таких вещах!.. Никогда не подумал бы, что о них можно говорить или хотя бы понять их, и если бы я встретился с ним там, на равнине, я *действительно* их не понял бы, — добавил он.

В это время Иоахим обычно оставался посидеть у Ганса Касторпа, жертвуя тридцатью или сорока пятью минутами своего вечернего лежания. Иногда они играли на обеденном столике в шахматы, — Иоахим принес их снизу. Потом, собрав свои пожитки и сунув в рот термометр, Иоахим уходил на свой балкончик, измерял себе в последний раз температуру, это же делал и Ганс Касторп, а в окутанной ночным мраком долине, то далеко, то близко, звучала танцевальная музыка и доносилась сюда, наверх. В десять кончалось вечернее лежание на балконах; слышно было, как возвращается к себе Иоахим, как возвращается супружеская пара, сидящая за «плохим» русским столом... И Ганс Касторп повертывался на бок, ожидая, когда придет сон.

Ночь была самой трудной частью суток, ибо Ганс Касторп часто просыпался и нередко лежал долгие часы без сна — то ли не совсем нормальная температура поддерживала в нем возбуждение, то ли вполне горизонтальный образ жизни влиял на его способность и желание спать. Зато часы дремоты были полны пестрых и весьма живых сновидений, которые он потом вспоминал, когда снова начиналась бессонница. И если тщательное распределение дня и его раздробленность придавали ему быстротечность, то и ночные часы, с их неразличимым однообразием, действовали так же. А когда приближалось утро, было интересно наблюдать, как понемногу редеет и светлеет мрак и выступает комната из ночной темноты, как обозначаются и сбрасывают покровы сумрака предметы, а за окнами набухает тусклый рассвет или радостно разгорается заря; не успеешь опомниться — и вот уже пришла минута, когда массажист решительным стуком в дверь возвещает о том, что обычный дневной распорядок вступил в свои права.

Ганс Касторп при отъезде не захватил с собой календаря, поэтому не всегда представлял себе, какое же сегодня число. Время от времени он осведомлялся об этом у двоюродного брата, хотя и тот иной раз не мог дать уверенного ответа. Всё же воскресные дни, особенно те, когда бывали концерты, — а они имели место два раза в месяц, и молодой человек прослушал здесь не один такой концерт, — воскресные дни служили как бы ориентиром; во всяком случае, было ясно, что уже наступил сентябрь, и даже более того, что он наполовину уже прошел. С тех пор как Ганса Касторпа уложили в постель, пасмурная и холодная погода в долине сменилась чудесными летними днями, они держались долго и стойко; Иоахим каждое утро появлялся опять в белых брюках, и Ганс Касторп не мог подавить горького томления своей души и своих молодых мышц оттого, что приходится упускать такие великолепные денька. Однажды он даже заявил вполголоса, что это «позор» так терять даром время, но потом, желая утешить себя, добавил: если бы даже он свободно располагал собой, то едва ли смог бы использовать эти дни больше, чем сейчас, ибо на опыте убедился, насколько ему вредно много ходить. Все же некоторую возможность наслаждаться теплом и светом давала широко распахнутая балконная дверь.

Но к концу назначенного ему постельного режима погода опять резко изменилась. Ночью стало холодно и мглисто, в долине поднялась сырая метель, и в комнате повеяло сухим теплом парового отопления. Так же было и в тот день, когда Ганс Касторп, во время утреннего обхода врачей, напомнил гофрату, что сегодня истекают три недели, как его уложили, и попросил разрешения встать.

— Какого черта, разве вы уже отлежали свой срок? — удивился Беренс. — Ну-ка, покажите: действительно, вы правы. Господи, как время-то летит! Ну, у вас ничего особенно не изменилось. Что? Вчера была нормальная? Да, до шести часов вечера. Что ж, тогда и я не буду придираться и возвращу вас человеческому обществу. Встаньте, человече, и ходите! Разумеется, в предписанных и дозволенных границах. На днях мы сделаем вам рентген. Запишите! — бросил он, выходя, доктору Кроковскому, ткнув через плечо своим громадным пальцем в сторону Ганса Касторпа и посмотрев на бледного ассистента налитыми кровью, слезящимися синими глазами. И Ганс Касторп покинул «стойло».

И вот он, в пальто с поднятым воротником и в калошах, опять сопровождал двоюродного брата до скамейки у водостока и обратно, не преминув обсудить по пути вопрос о том, сколько же еще гофрат заставил бы его проваляться в постели, не заяви он, что свой срок отлежал сполна. А Иоахим, открыв рот, словно хотел воскликнуть «ах», сделал жест горестного недоумения.

## БОЖЕ МОЙ, Я ВИЖУ!

Прошла целая неделя, пока сестра фон Милендонк записала Ганса Касторпа на просвечивание. А он не торопил ее. Санаторий «Берггоф» оживился, врачи и персонал были заняты по горло. За последние дни приехали новые пациенты: два русских студента с пышной шевелюрой, в черных косоворотках и без каких-либо признаков нижнего белья; голландская чета, которую посадили за стол Сеттембрини; горбатый мексиканец, пугавший своих сотрапезников отчаянными приступами удушья, — во время этих приступов длинные руки астматика вцеплялись, точно клещи, в его соседей, будь то мужчина или дама, те звали на помощь, а он держал их словно в тисках, заражая своим ужасом. Короче говоря, столовая была почти полна, хотя зимний сезон начинался только с октября. Здоровье Ганса Касторпа не внушало особых опасений и едва ли давало ему право требовать к себе особого внимания. Фрау

Штёр, например, невзирая на всю свою глупость и невежество, все-таки была, без сомнения, гораздо более тяжело больна, чем он, уж не говоря о докторе Блюменколе. И нужно было не иметь никакого понятия о рангах и дистанциях, создаваемых болезнью, чтобы вести себя иначе. Поэтому Ганс Касторп держался с непритязательной скромностью, тем более что это соответствовало духу данного учреждения. На легкобольных здесь не очень-то обращают внимание, — он в этом убедился из многих разговоров. О них отзывались с презрением, на них смотрели свысока, ибо здесь были приняты иные масштабы, — и смотрели свысока не только те, кто был в чине тяжело и очень тяжело больных, но и те, кого болезнь затронула лишь слегка; правда, они этим как бы выражали пренебрежение к самим себе, зато, подчиняясь здешним масштабам, становились на защиту более высоких форм самоуважения. Черта вполне человеческая.

— Ах, этот! — говорили они друг о друге. — Да у него, собственно говоря, ничего нет, он, пожалуй, и права не имеет тут находиться: даже ни одной каверны не найдено... — Таков был дух, царивший в «Берггофе», — своего рода аристократизм, который Ганс Касторп приветствовал из врожденного преклонения перед всяким законом и порядком. Таковы были местные нравы. Притом со стороны путешественников не слишком культурно — высмеивать взгляды и обычаи народов, оказывающих им гостеприимство; а считаться достойными уважения могут самые разнообразные черты народного характера. Даже по отношению к Иоахиму Ганс Касторп держался с известной почтительностью и бережностью — и не потому, что тот здесь прожил дольше и служил ему в этом новом для него мире как бы водителем и чичероне, — нет, именно потому, что двоюродный брат был, бесспорно, болен «тяжелее», чем он сам. При таких условиях вполне понятно, что больные стремятся извлечь из своего состояния всевозможные преимущества и даже перехватывают в этом отношении через край, лишь бы попасть в число аристократов или хотя бы приблизиться к ним. Если за столом соседи осведомлялись о его температуре, Ганс Касторп тоже невольно прибавлял несколько десятых к показаниям своего градусника и не мог не чувствовать себя польщенным, когда ему грозили пальцем, словно он ужасно напроказил. Но если он даже и привирал, то все-таки оставался, по сути дела, особой невысокого ранга, и ему подобало быть прежде всего терпеливым и сдержанным.

Молодой человек вернулся к тому образу жизни, который вел здесь в течение первых трех недель — уже знакомому, правильно и точно распределенному, — и дело пошло на лад с первого же дня, словно никакого перерыва и не было. В самом деле — перерыв был ничтожен, Ганс Касторп явственно ощутил это при первом же его появлении за столом. Правда, Иоахим, всегда подчеркивавший значение подобных знаков внимания, позаботился о том, чтобы перед прибором восставшего с одра болезни стоял букетик цветов.

Однако в приветствиях сотрапезников было весьма мало торжественности. Они едва ли чем отличались от прежних, которым предшествовала разлука не на три недели, а на три часа, и не столько из равнодушия к этому скромному и милому юноше или потому, что его товарищи по болезни были поглощены только собой, то есть интересовались только своим телом, сколько потому, что его продолжительное отсутствие не дошло до их сознания. Да и сам Ганс Касторп без труда последовал их примеру, ибо чувствовал себя на обычном месте между учительницей и мисс Робинсон совершенно так же, как если бы сидел здесь не три недели назад, а только вчера вечером.

А раз даже сидевшие с ним за одним столом не очень-то обратили внимание на то, что он, после некоторого отсутствия, появился снова, можно ли было ждать этого от сидевших за другими столами? Там буквально никто этого не заметил — кроме одного Сеттембрини; после завтрака он подошел к Гансу Касторпу и с дружеской шутливостью приветствовал его. Правда, Ганс Касторп отметил еще одно исключение, но мы оставляем это на его совести. Он убеждал себя, будто Клавдия Шоша заметила его появление: как только она вошла, по обыкновению с опозданием и хлопнув дверью, она устремила на него взгляд своих узких глаз, с которым встретился его взгляд, и, едва опустившись на место, еще раз повернула голову и посмотрела на него с улыбкой, совершенно такой же, как три недели назад, когда он шел на осмотр к врачу. И столь бесцеремонным было ее движение, бесцеремонным по отношению и к нему и к остальным пациентам, что он не знал, следует ему возликовать или увидеть в этом пренебрежение и рассердиться. Во всяком случае, его сердце судорожно сжалось от этих ее взглядов, которые, по его мнению, самым головокружительным и потрясающим образом опровергали факт его светского незнакомства с ней и как бы наказывали за ложь, — оно сжалось почти мучительно, едва звякнула застекленная дверь, ибо Ганс Касторп ждал этой минуты, затаив дыхание.

Следует, хотя бы с некоторым опозданием, отметить, что во внутреннем отношении Ганса Касторпа к сидевшей за «хорошим» русским столом пациентке произошли немалые перемены: стремление его чувств и скромного духа к этой особе среднего роста, с мягкой крадущейся походкой и киргизскими глазами, короче говоря, его влюбленность (мы пользуемся этим выражением, хотя оно пришло «оттуда», с низменности, и могло бы сложиться впечатление, что песенка «О, как меня волнует...» здесь все же у места), — его влюбленность за время уединения весьма выросла. Образ Клавдии витал перед ним и ранним утром, среди полумрака, из которого нерешительно выступала комната, и в густеющих вечерних сумерках (в тот час, когда к нему, озаренный внезапным светом, вошел Сеттембрини, этот образ рисовался ему особенно отчетливо, почему молодой человек при виде гуманиста и покраснел); в отдельные минуты рассеченного на части строгим распорядком, укороченного дня он вспоминал ее рот, ее скулы, ее глаза, цвет, форма и разрез которых томили душу, ее поникшие плечи, манеру держать голову, шейные позвонки над вырезом блузки, очертания ее плеч, словно просветленных тончайшим газом; и если мы умолчали о том, что именно благодаря этому занятию пролетали так безболезненно часы его лежания, — мы сделали это из сочувствия к тревогам, мучившим его совесть, несмотря на тот ужас счастья, который вызывали подобные образы и воспоминания.

Да, с ними были связаны ужас, потрясение и надежда на что-то неясное, беспредельное и захватывающее, на радость и страх, которые не имели названия, но от которых сердце юноши — сердце в буквальном, физическом смысле слова — порой сжималось так нестерпимо, что он невольно подносил одну руку к груди, а другую ко лбу (заслоняя ею глаза) и шептал:

— Боже мой!

В его голове жили мысли и зачатки мыслей, которые, собственно, и придавали этим образам и воспоминаниям их опасную сладость, — мысли о небрежности и бесцеремонности мадам Шоша, о том, что она больна, о ее подчеркнутой и усиленной болезнью телесности, о ее как бы оплотневшем существе, — все это отныне по приговору врачей предстояло изведать и Гансу Касторпу. Постиг он также ту странную свободу, благодаря которой мадам Шоша могла повертываться к нему и улыбаться, выказывая явное пренебрежение к тому обстоятельству, что они, в светском смысле этого слова, незнакомы, словно они являются существами, не принадлежащими ни к какому определенному обществу, и что нет даже необходимости *разговаривать* друг с другом... Именно это его и испугало — в том же смысле, в каком он испугался в кабинете Беренса, когда отвел взор от торса Иоахима и торопливо заглянул ему в глаза, — с той только разницей, что в основе его тогдашнего испуга лежали жалость и тревога, здесь же дело было совсем в другом.

И вот опять в замкнутом пространстве потекла своим чередом бергофская жизнь, многообещающая и строго размеренная. Ганс Касторп, в ожидании рентгена, продолжал вести ее совместно с добряком Иоахимом, причем час за часом делал в точности то же, что и двоюродный брат; и это соседство, вероятно, было для него благотворно. Пусть оно являлось лишь соседством двух больных, оно было проникнуто какой-то почти воинской доблестью. Иоахим, хоть и незаметно для себя, уже готов был найти удовлетворение в покорности этой лечебной повинности, усмотреть в ней замену того долга, который он стремился выполнять внизу, на равнине, и сделать ее своей новой профессией, — Ганс Касторп был не так глуп, чтобы не заметить этого. Все же он ощущал сдерживающее и обуздывающее влияние этого соседства на сугубо «штатский» склад своей натуры, может быть, это соседство, пример Иоахима и его надзор и были тем, что удерживало юношу от необдуманных поступков и опрометчивых действий. Ибо он видел, как мужественно борется честный Иоахим с некоей, ежедневно подступающей к нему апельсинной атмосферой, где были, кроме того, круглые карие глаза, маленький рубин, неудержимая, мало обоснованная смешливость и на первый взгляд здоровая, пышная грудь; а то благоразумие и честность, с какими Иоахим избегал этой атмосферы и уклонялся от ее влияния, производили на Ганса Касторпа сильное впечатление, держали его в узде добропорядочности и не позволяли, выражаясь образно, «попросить карандаш» у узкоглазой пациентки; а он был бы очень даже готов это сделать, если бы не столь дисциплинирующее соседство.

Иоахим никогда не говорил о хохотушке Марусе, поэтому Ганс Касторп не позволял себе разговоров и о Клавдии Шоша. Он вознаграждал себя тем, что тайком обменивался замечаниями с учительницей, сидевшей за столом справа от него, причем своим поддразниванием старой девы по поводу ее слабости к некоей больной особе с гибкой фигурой, заставлял бедняжку краснеть, а сам, подражая достойной манере старика Касторпа, упирался подбородком в свой воротничок. Кроме того, он настойчиво требовал от нее все новых достоверных сведений о деталях личной жизни мадам Шоша, о ее происхождении, муже, возрасте, о серьезности ее болезни. Он хотел знать, есть ли у нее дети.

— Ну конечно нет, какие там дети. И зачем такой женщине дети? Вероятно, ей строжайшим образом запрещено иметь их, а с другой стороны — что это были бы за дети? — И Ганс Касторп не мог с этим не согласиться.

— Да и потом, пожалуй, уже поздно, — добавил он с неожиданной деловитостью. — Иногда, в профиль, черты мадам Шоша кажутся уже резковатыми. Ведь ей, пожалуй, за тридцать?

Но фрейлейн Энгельгарт возмутилась. Это Клавдии-то за тридцать? От силы — двадцать восемь. Что касается профиля, то она попросту запрещает своему соседу говорить такие вещи. У Клавдии Шоша профиль совсем юный, мягкий и прелестный, хотя, конечно, своеобразный, не то что у какой-нибудь здоровой дурынды. В наказание фрейлейн Энгельгарт тут же добавила, что — она знает это наверняка — мадам Шоша частенько посещает некий господин, ее соотечественник, он живет в курорте; она принимает его под вечер у себя в комнате.

Удар был нанесен метко. Несмотря на все старания Ганса Касторпа, лицо его судорожно исказилось: не помогли никакие «вот оно что» и «подумать только», которыми он отозвался на эту новость; и в этих словах тоже была какая-то искаженность. И так как Ганс Касторп был не в силах отнестись к существованию упомянутого соотечественника с подобающей легкостью, хотя вначале и старался сделать вид, будто это его ничуть не трогает, он то и дело возвращался к этому знакомству, расспрашивая ее дрожащими губами:

— Что ж он, еще молодой человек?

— Молодой и интересный, судя по всему, что мне говорили, — ответствовала учительница; сама она его не видела и судить не может.

— Болен?

— Кажется, очень легко!

Нужно надеяться, продолжал Ганс Касторп язвительно, что на нем больше белья, чем на его соотечественниках, которые сидят за «плохим» русским столом, а фрейлейн Энгельгарт, опять-таки желая почувствительнее наказать его, сочла нужным заявить, что в наличии белья она не сомневается. Тогда он признал, что необходимо узнать, какого характера это знакомство, и пусть она непременно выяснит подоплеку столь частых визитов соотечественника. Однако, вместо того чтобы сообщить желанные сведения, она через несколько дней рассказала нечто совсем новое. Оказывается, кое-кто пишет портрет Клавдии Шоша, известно ли это Гансу Касторпу, — спросила учительница. А если нет, то может не сомневаться, она узнала это из самых достоверных источников. Клавдия уже давно здесь, в санатории, позирует одному человеку — и кто же этот человек? Гофрат Беренс! Она почти ежедневно ходит к нему на квартиру и позирует.

Эта новость взволновала Ганса Касторпа еще больше, чем все предшествующие. И он стал то и дело отпускать по этому поводу вымученные шутки: ну, конечно, сказал он учительнице, всем известно, что гофрат пишет маслом, — чего же фрейлейн Энгельгарт хочет, это ведь не запрещено, каждый может, пожалуйста. Значит, она ходит к гофрату на квартиру, к вдовцу? Надеюсь, хоть фрейлейн Милендонк присутствует на сеансах?

— Она, вероятно, очень занята.

— Должно быть, и Беренс занят не меньше, чем старшая сестра, — ответил Ганс Касторп. Но хотя вопрос, казалось, был исчерпан, молодой человек отнюдь не собирался забыть о нем и без конца расспрашивал о всевозможных частностях: что это за портрет, какого формата, только ли головной или во весь рост; осведомлялся и о времени сеансов, хотя фрейлейн Энгельгарт ничего не могла сказать ему о таких подробностях и лишь утешала обещаниями в дальнейшем все разузнать.

После такой новости температура у Ганса Касторпа подскочила до 37,7. Но еще больше, чем визиты, которые наносились мадам Шоша, мучили и тревожили его те, которые наносила она сама. Частная, личная жизнь мадам Шоша, независимо от ее содержания, и так уже начала вызывать в нем боль и тревогу, — насколько же эти чувства обострились, когда до него дошли слухи и о содержании этой жизни! Правда, считалось вполне возможным, что отношения между русским гостем и его соотечественницей самые простые и невинные; но с некоторых пор Ганс Касторп склонялся к тому, что простота и невинность — не что иное, как втирание очков, и ни он сам, ни другие не могли его убедить, будто это писание портрета — в данном случае единственная форма отношений между молодцевато ораторствующим вдовцом и узкоглазой вкрадчивой молодой особой. Вкус, который выказал гофрат при выборе модели, слишком уж совпадал со вкусами самого Ганса Касторпа, чтобы он поверил в простоту и невинность, хотя синие щеки гофрата и его выпученные глаза с красными жилками, пожалуй, и не давали оснований для таких подозрений.

Одно открытие, случайно сделанное Гансом Касторпом в ближайшие дни, подействовало на него несколько иначе, хотя дело касалось опять-таки совпадения чужого вкуса с его собственным.

Слева от кузенов и неподалеку от боковой застекленной двери, за поперечным столом, где были места фрау Заломон и прожорливого подростка в очках, сидел еще один пациент, родом из Мангейма, как узнал Ганс Касторп, лет тридцати, лысеющий, с кариозными зубами и запинающейся речью — тот самый, который в часы вечернего общения между пациентами с успехом играл на рояле, притом чаще всего «Свадебный марш» из «Сна в летнюю ночь». Ходили слухи, что он очень религиозен, — случай, впрочем, нередкий среди больных здесь наверху и вполне понятный. Утверждали, будто бы он каждое воскресеньс бывает в церкви, в деревне Давос, а во время лежания читает благочестивые книги с изображением чаши или пальмовых ветвей на обложке. И вот Ганс Касторп как-то заметил, что взгляд этого человека устремлен туда же, куда и его собственный, и не отрывается от гибкой фигуры мадам Шоша, притом с навязчивым упорством и каким-то прямо собачьим смирением. Заметив это один раз, Ганс Касторп стал невольно то и дело перехватывать его взгляды. По вечерам он видел мангеймца среди больных в карточной комнате, откуда тот уныло и самозабвенно предавался созерцанию пленительной, хотя и несколько потрепанной болезнью особы, сидевшей в маленькой гостиной на диване рядом с кудлатой Тамарой (так звали девушку-насмешницу) и болтавшей с Блюменколем, а также с сутулым узкогрудым господином, ее соседом по столу; Ганс Касторп замечал, как мангеймец с трудом отводит взгляд, топчется по комнате, а потом, скосив глаза и горестно выпятив верхнюю губу, медленно повертывает голову и через плечо снова смотрит в ту же сторону. Видел, как тот, сидя в столовой, краснеет и изо всех сил старается держать глаза опущенными, а потом, когда хлопает застекленная дверь и мадам Шоша крадется к своему месту, все же поднимает их и впивается в нее взглядом. Не раз замечал он, что бедняга, окончив трапезу, нарочно становился между «хорошим» русским столом и застекленной дверью, ожидая, когда мадам Шоша, не обращавшая на него ни малейшего внимания, пройдет совсем рядом с ним; и тогда он пожирал ее глазами, полными бесконечной грусти.

Таким образом, и это открытие только усилило волнения Ганса Касторпа, хотя жалостная влюбленность мангеймца не могла встревожить его в том же смысле, в каком тревожили свидания Клавдии Шоша с гофратом Беренсом, человеком, столь превосходившим его и возрастом, и яркостью своей личности, и положением в обществе. К мангеймцу Клавдия была совершенно равнодушна; если бы дело обстояло иначе, это не ускользнуло бы от настороженной проницательности Ганса Касторпа, да и не ревность жалила его душу. Но он изведал все ощущения, какие испытывает человек, упоенный страстью, когда видит ее извне, в других, когда эта страсть вызывает в нем самую странную смесь отвращения и чувства какого-то сообщничества. Но мы не можем все это подробно исследовать и разбирать досконально, если хотим двигаться вперед. Во всяком случае, когда прибавились еще наблюдения над мангеймцем, бедный Ганс Касторп почувствовал, что при его теперешнем состоянии это уже слишком.

Так прошла неделя, отделявшая Ганса Касторпа от просвечивания. Он не представлял себе, что она все же пройдет, но вот однажды утром, за первым завтраком, старшая сестра (у нее опять вскочил ячмень — не мог же это быть тот самый; видимо, причины столь невинного, но уродливого недомогания крылись в особенностях ее организма), — старшая сестра передала ему приказ явиться после обеда в лабораторию, и он понял, что неделя действительно прошла. Гансу Касторпу предложено было зайти туда за полчаса до чая вместе с двоюродным братом, ибо, пользуясь случаем, врачи решили сделать рентгеновский снимок и с Иоахима — его последний снимок, вероятно, устарел.

Поэтому кузены сократили двухчасовое послеобеденное лежание на полчаса, ровно в половине четвертого спустились «вниз» по каменной лестнице в так называемый подвальный этаж и сидели теперь рядышком в маленькой приемной, находившейся между кабинетом врача и лабораторией для просвечивания: Иоахим, которому ничего нового не предстояло, — совершенно спокойно, а Ганс Касторп — слегка волнуясь и с интересом, ибо до сих пор никто еще не заглядывал во внутреннюю жизнь его организма. Они были не одни. Войдя, они увидели, что в приемной уже сидят несколько больных, держа на коленях истрепанные иллюстрированные журналы: молодой швед богатырского сложения — его место в столовой было за столом Сеттембрини; когда он приехал в апреле, то был настолько плох, что его даже не хотели принимать, а теперь он прибавил восемьдесят фунтов и намеревался, ввиду полного выздоровления, покинуть санаторий; потом какая-то дама, сидевшая за «плохим» русским столом, хилая особа с еще более хилым, длинноносым и некрасивым мальчиком, которого звали Сашей. Было ясно, что эти люди ждут дольше, чем кузены, и их вызвали на более раннее время; должно быть, с рентгеном произошла какая-то задержка, и чай придется пить холодным.

В лаборатории шла работа. Слышался голос гофрата, отдававшего распоряжения. В половине четвертого с минутами дверь наконец открылась — ее открыл ассистент-техник, — и был впущен счастливчик, богатырь швед, а находившегося там больного, видимо, выпустили в другую дверь. Дело пошло быстрее. Через десять минут из коридора донеслись энергичные шаги окончательно выздоровевшего скандинава, этой ходячей рекламы курорта и, в частности, санатория «Берггоф»; затем впустили русскую мать и Сашу.

Когда входил швед, Ганс Касторп заметил, что в лаборатории царит такой же полумрак, вернее — искусственный полусвет, как и в аналитическом кабинете Кроковского на другом конце здания. Окна были завешены, дневной свет в комнату не проникал, и горело несколько электрических лампочек. Но в ту минуту, как в лабораторию входили Саша и его мать, а Ганс Касторп смотрел им вслед, дверь, ведущая из коридора в приемную, отворилась, и вошел следующий пациент, очевидно, слишком рано, ибо произошла задержка, и этим пациентом оказалась мадам Шоша.

Да, в приемной вдруг оказалась именно Клавдия Шоша. Ганс Касторп был поражен, он узнал ее и почувствовал, что кровь отхлынула у него от лица, нижняя челюсть отвисла и рот вот-вот раскроется. Клавдия появилась совершенно неожиданно, словно зашла мимоходом, — только что ее здесь не было, и вдруг она очутилась в одной комнате с кузенами. Иоахим бросил быстрый взгляд на двоюродного брата, а потом не только опустил глаза, но и взял со стола иллюстрированный журнал, который уже просмотрел, и заслонился им. У Ганса Касторпа не хватило решимости сделать то же самое. Бледность на его лице сменилась легким румянцем, и сердце бурно заколотилось.

Мадам Шоша уселась в стоявшее возле двери в лабораторию небольшое кресло с круглой спинкой и словно обрубленными початками ручек, откинулась назад, легким движением заложила ногу на ногу и стала смотреть прямо перед собой, причем взгляд ее глаз, глаз Пшибыслава, от сознания, что за ней наблюдают, нервно скользнул в сторону, и они стали чуть косить. На мадам Шоша был белый свитер и синяя юбка, в руках она держала книгу, взятую, как видно, из библиотеки. Она сидела, слегка постукивая каблучком.

Не прошло и полутора минут, как она изменила позу, посмотрела вокруг, поднялась и с таким видом, словно не знала, как ей быть и у кого справиться, заговорила. Она обратилась с каким-то вопросом именно к Иоахиму, хотя он, казалось, был погружен в иллюстрированный журнал, а Ганс Касторп сидел без дела; ее губы слагали слова, голос звучал из белого горла — он не был низким, а чуть резковатым, с приятной хрипотой; Ганс Касторп знал этот голос, знал давно, однажды он слышал его совсем рядом, а именно в тот день, когда тот же голос ответил ему: «С удовольствием. Только после урока непременно верни». Тогда слова прозвучали более непринужденно и решительно; теперь, хотя это был все тот же голос, слова казались растянутыми и ломкими, точно говорившая, в сущности, не имела права на них и это были чужие слова; Ганс Касторп уже несколько раз замечал за ней такую манеру говорить, и делала это она с выражением особого превосходства и вместе с тем радостного смирения. Опустив одну руку в карман своей шерстяной кофточки, другую поднеся к затылку, мадам Шоша спросила:

— Простите, а на какое время вам назначено?

Иоахим покосился на кузена, не вставая щелкнул каблуками и ответил:

— На половину четвертого.

Она продолжала:

— А мне — на три сорок пять. В чем же дело? Уже четыре. Сейчас кто-то вошел туда, не правда ли?

— Двое, — отозвался Иоахим. — Их очередь была перед нами. Видимо, произошла какая-то заминка. И вот все передвинулись на полчаса.

— Как неприятно! — сказала она и нервно потрогала косы.

— Весьма! — согласился Иоахим. — И мы ждем уже почти полчаса.

Так беседовали они, и Ганс Касторп слушал точно во сне: Иоахим разговаривает с мадам Шоша, а это почти то же, как если бы он сам с ней разговаривал, хотя вместе с тем и совсем другое. Это «весьма» оскорбило Ганса Касторпа, ответ кузена при данных обстоятельствах показался ему дерзким и, во всяком случае, чересчур холодным. Но в конце концов Иоахим мог себе позволить такой ответ, он вообще мог с ней говорить и, пожалуй, хотел даже подразнить кузена этим вызывающим «весьма», — примерно так же, как сам он, Ганс Касторп, невесть что разыгрывал перед Иоахимом и Сеттембрини, когда на вопрос, долго ли он намерен пробыть здесь, самоуверенно ответил: «Три недели». Обратилась Клавдия все же к Иоахиму, хотя он и закрылся журналом, — обратилась, вероятно, потому, что Иоахим прожил здесь дольше и был ей более знаком; сказывалась, вероятно, и другая причина: эти двое могли общаться в самых общепринятых формах, вплоть до словесной, между ними не было того неистового, глубокого, грозного и таинственного, что возникло между нею и Гансом Касторпом. Если бы вместо нее здесь дожидалась некая кареглазая особа с рубиновым колечком и апельсинными духами, беседу пришлось бы вести ему, Гансу Касторпу, и тогда он тоже сказал бы «весьма» независимо и просто, каким было и его отношение к ней. «Да, весьма неприятно, уважаемая фрейлейн! — сказал бы он тогда, может быть, даже решительно вынул из бокового кармана носовой платок и высморкался. — Придется и вам потерпеть. Мы не в лучшем положении». И тогда Иоахим подивился бы его развязности, но, вероятно, не испытывал бы особого желания оказаться на его месте. Нет, в данном случае не завидовал Иоахиму и Ганс Касторп, хотя не он, а двоюродный брат разговаривал с Клавдией Шоша. Он не мог не признать, что она поступила правильно, обратившись к Иоахиму; значит, она считается с создавшимся положением, осознает его и показывает это... Сердце его забилось.

В независимом тоне, с каким добряк Иоахим разговаривал с мадам Шоша, Гансу Касторпу почудилась даже затаенная враждебность, и мысль о причинах этой враждебности невольно заставила его улыбнуться. Клавдия сделала попытку пройтись по комнате; однако места не хватило, поэтому она тоже взяла со стола какой-то журнал и вернулась с ним к своему креслу с ручками-обрубками. А Ганс Касторп сидел и созерцал ее, причем, подражая деду, уперся подбородком в воротничок и в самом деле стал похож на него до смешного. Так как мадам Шоша снова заложила ногу на ногу, под синей суконной юбкой четко обрисовалось ее колено и вся стройная линия ноги. Клавдия была не выше среднего роста, — Ганс Касторп считал, что такой рост для женщины самый естественный и привлекательный, — однако довольно длинноногa и в бедрах не широка. Теперь она сидела, не откинувшись на спинку кресла, а наклонившись вперед и опершись скрещенными руками о колено перекинутой ноги; спина ее ссутулилась, плечи опустились, сзади резко выступили шейные позвонки, под плотно обтягивающим ее свитером обозначился даже позвоночный столб, грудь, не столь высокая и пышная, как у Маруси, а небольшая и почти девичья, оказалась стиснутой с обеих сторон. Вдруг Ганс Касторп вспомнил, что ведь и она ждет здесь рентгена, что гофрат писал ее портрет; он воспроизводил ее внешний облик на полотне с помощью масла и красящих веществ. А теперь он в полумраке направит на нее световые лучи, и они обнажат перед ним внутреннюю картину ее тела. При этой мысли Ганс Касторп отвернулся, на его лице появилось выражение добродетельной и достойной омраченности, ибо даже наедине с собой он считал необходимым напустить на себя эти чувства.

Им недолго пришлось ждать втроем в приемной. Видимо, там, за дверью лаборатории, с Сашей и его матерью не слишком церемонились и постарались на них сэкономить упущенное время. Техник в белом халате снова распахнул дверь, Иоахим, вставая, бросил журнал на стол, и Ганс Касторп, правда, не без внутреннего колебания, направился следом за ним. Тут в нем шевельнулись рыцарские чувства, а также соблазн все-таки заговорить с мадам Шоша и уступить ей очередь, заговорить, может быть, даже по-французски, если это ему удастся; и про себя он судорожно стал подбирать нужные слова и строить фразы. Но он не знал, в ходу ли здесь такого рода любезности и не является ли прием в порядке строгой очередности более благородным, чем рыцарские расшаркивания. Иоахим должен был это знать, и так как он не выразил никакого намерения пропустить даму вперед, хотя двоюродный брат и устремил на него вопрошающий и многозначительный взгляд, Гансу Касторпу ничего не оставалось, как проследовать за ним в лабораторию мимо мадам Шоша, которая только бегло посмотрела на него, не разгибаясь.

Он был настолько поглощен тем, что оставил позади, этими волнующими событиями последних десяти минут, что, войдя в лабораторию, не мог сразу опомниться. В искусственном полумраке он не различал ничего или почти ничего. В ушах все еще звучал приятно хрипловатый голос мадам Шоша, которая говорила: «В чем же дело?.. Сейчас кто-то вошел туда... Как неприятно...» И от звуков этого голоса по его телу пробежал сладостный озноб. Он увидел ее обтянутое суконной юбкой колено, позвонки, выступающие на склоненной шее, под короткими прядками выбившихся из косы рыжеватых завитков, и снова по спине пробежала дрожь.

Гофрат Беренс стоял спиной к двери, перед каким-то шкафом, или встроенными полками, и рассматривал черноватую фотопластинку, держа ее против тусклого света, лившегося с потолка.

Двоюродные братья прошли мимо него в глубь комнаты, причем техник обогнал их и начал подготовлять аппарат для просвечивания. Их поразил странный запах: казалось, воздух комнаты насыщен чем-то вроде отстоявшегося озона. Полки, выступавшие между двумя окнами с опущенными черными шторами, как бы делили лабораторию на две неравные части. В полумраке можно было все же различить самые разнообразные физические приборы, вогнутые стекла, распределительные доски, измерительные приборы, а также ящик на подвижном штативе, напоминавший фотоаппарат, стеклянные диапозитивы, стоявшие рядами на полках; трудно было понять, где находишься — в ателье фотографа, в темной камере для проявления, в мастерской изобретателя или в магическом кабинете технолога.

Иоахим начал тут же раздеваться и обнажил тело до пояса. Техник, местный житель, еще не старый, румяный и плотный малый, предложил Гансу Касторпу сделать то же. «Так будет побыстрее, — добавил он, — сразу же потом и пойдете». В то время как Ганс Касторп снимал жилет, из меньшей половины комнаты вышел Беренс.

— Ага! — сказал он. — Да это наши Диоскуры! Касторп и Поллукс... Прошу воздержаться от всяких выражений боли! Подождите, сейчас мы вас обоих увидим насквозь! Вы, Касторп, как будто боитесь открыть нам свое нутро? Не беспокойтесь, все это делается вполне эстетично. Вы еще не видели моей частной галереи? — И, схватив Ганса Касторпа за руку, он потащил его к рядам темных пластинок, позади которых включил лампочку. Они тут же осветились, и на них обозначились изображения. Ганс Касторп увидел самые разнообразные части человеческого тела: руки, ноги, коленные чашки, плечи, верхние и нижние части бедра и таза. Но живые округлые формы этих частей человеческого тела намечались только в виде смутных призрачных контуров, лишь как туман и бледное сияние окружали они отчетливо, резко и определенно проступавшую основу — скелет.

— Очень интересно! — сказал Ганс Касторп.

— Да, это, конечно, очень интересно! — отозвался гофрат. — Весьма полезное наглядное пособие для молодых людей. Световая анатомия, понимаете ли, победа новой эпохи. Вот женское предплечье. Сразу угадаешь по его миловидности. Такой вот ручкой они обнимают нас в часы нежных свиданий! — И он рассмеялся, причем вздернулся уголок его верхней губы с подстриженными усиками. Ганс Касторп повернулся и посмотрел туда, где все подготовлялось для просвечивания Иоахима.

Просвечивание делали как раз у тех встроенных полок, перед которыми стоял гофрат, когда они вошли. Иоахим сидел на чем-то вроде сапожной табуретки, перед какой-то доской, прижавшись к ней грудью и обхватив ее руками, а техник особыми движениями, какими месят тесто, стал выправлять его позу — надавил на плечи и прижал плотнее к доске, помассировал спину. Потом зашел за камеру, наклонившись вперед и широко расставив ноги, стал там, точно фотограф, проверил фокус, выразил свое удовлетворение и предложил Иоахиму сделать глубокий вдох и задержать воздух, пока все не кончится. Согнутая спина Иоахима распрямилась и так и осталась. В это же мгновение техник проделал у распределительной доски все, что требовалось. И вот в течение двух секунд действовали чудовищные силы, которые надо было пустить в ход, чтобы пронизать материю, токи в тысячи и сотни тысяч вольт, кажется так, — старался припомнить Ганс Касторп. Едва их укротили ради определенной цели, как они начали искать себе выход окольными путями. Разряды напоминали выстрелы. У измерительных приборов вспыхивали синие огоньки. Вдоль стены с треском проскальзывали длинные молнии, где-то вспыхнул багровый свет и, словно глаз, уставился с безмолвной угрозой в полумрак лаборатории, а стеклянная колба позади Иоахима налилась чем-то зеленым. Затем все стихло: световые явления прекратились, и Иоахим сделал шумный выдох.

— Следующий осужденный! — сказал Беренс и подтолкнул локтем Ганса Касторпа. — Только не притворяться усталым! Вы бесплатно получите экземпляр, Касторп. И вы сможете показывать на экране своим детям и внукам тайны, скрытые в вашей груди!

Иоахим отошел, техник сменил пластинку. Гофрат Беренс лично дал новичку указания, как нужно сесть и что делать.

— Обнять надо! — заявил он. — Обнять доску! Пожалуйста, можете представлять себе, что это не доска, а нечто другое! И хорошенько прижмитесь грудью, как будто вы при этом испытываете блаженство! Вот так! Вдох! Не шевелиться! И, пожалуйста, повеселее.

Ганс Касторп замер, моргая, набрав полные легкие воздуха. А за его спиной разразилась гроза — треск, трах, ба-бах... Потом все стихло. Объектив заглянул внутрь его тела.

Он поднялся со стула, растерянный и оглушенный всем, что с ним произошло, хотя ни в какой мере не ощутил на себе воздействия тока.

— Молодец, — сказал гофрат. — Теперь мы сами посмотрим.

А Иоахим, уже опытный в этом деле, успел отойти ближе к двери и встал возле какого-то штатива, спиной к какому-то сложному аппарату, позади которого находился до половины наполненный водой баллон с испарительными трубками; перед ним, на высоте груди, висел экран, подвешенный на блоках. Слева от экрана на распределительной доске, среди целого инструментария была ввинчена красная электрическая лампочка. Гофрат, сидевший верхом на табурете перед висячим экраном, включил ее. Плафон погас, и теперь всю сцену озарял только рубиновый свет лампочки. Потом маэстро коротким движением выключил и его; глубокий мрак окутал лаборантов.

— Сначала надо, чтобы глаза привыкли, — раздался в темноте голос гофрата. — Нужны широко раскрытые зрачки, как у кошек, чтобы видеть то, что мы хотим увидеть. Вы ведь, конечно, понимаете, что так вот, сразу, нашим обычным дневным зрением ничего не разглядишь. Нужно сначала забыть о дневном свете с его веселыми картинами.

— Ну, разумеется, — сказал Ганс Касторп, стоявший позади гофрата, и закрыл глаза: его окружал такой глубокий мрак, что было совершенно все равно, открыты они или закрыты. — Сначала нужно промыть глаза темнотой, чтобы увидеть такие вещи, это же ясно, — продолжал он. — По-моему, даже хорошо и правильно, что мы сначала немного сосредоточимся, так сказать, в безмолвной молитве. Я стою с закрытыми глазами, и мной овладевает какая-то приятная сонливость. Но чем это здесь так пахнет?

— Кислородом, — ответил гофрат. — То, что вы ощущаете в здешнем воздухе, — это кислород. Атмосферический продукт комнатной грозы, понимаете ли... Открыть глаза! — приказал он. — Заклинание начинается! — Ганс Касторп торопливо повиновался.

Он услышал, как повернули рубильник. Яростно взвыл, точно рванувшись куда-то, мотор, но тут же был укрощен и однообразно загудел. Пол под ногами равномерно вздрагивал. Багровый свет лампочки падал вниз длинным лучом и был как взгляд, полный немой угрозы. Где-то раздался треск молнии. И медленно выступил из мрака, бледнея, точно окно на рассвете, молочно-белый четырехугольник экрана, перед которым, раздвинув ноги, упершись кулаками в колени, придвинув вздернутый нос к самому экрану, открывавшему перед зрителем внутреннюю картину человеческого организма, восседал на сапожной табуретке гофрат Беренс.

— Видите, юноша? — сказал он. Ганс Касторп бросил было взгляд через его плечо, однако снова поднял голову и, обращаясь в темноту, туда, где, по его мнению, должны были находиться глаза Иоахима, взгляд которых, вероятно, был мягок и печален, как тогда при осмотре, спросил:

— Ведь ты разрешаешь?

— Пожалуйста, пожалуйста, — благодушно отвечал тот из мрака. И, стоя на содрогавшемся полу, под треск и шум грозно играющих сил, Ганс Касторп нагнулся и стал всматриваться сквозь бледное окно, всматриваться в пустой скелет Иоахима Цимсена. Грудина, сливаясь со спинным хребтом, образовала темный, как бы узловатый столб. Линии ребер, расходясь от грудины, пересекались менее отчетливыми линиями тех же ребер, примыкавших к спинному хребту. Наверху плавно расходились на обе стороны ключицы, и в смутной расплывчатой световой оболочке телесных форм резко и остро проступал костяк его плеч и локтевых костей. Внутри грудной полости было светло, но можно было разглядеть сеть кровеносных сосудов, какие-то темные пятна и черноватые перепутанные нити.

— Картина ясна, — сказал гофрат. — Приличная худоба, как и полагается молодым военным. Но были у меня тут такие пузатые — прямо непроницаемые, ну ничего не рассмотришь. Сначала надо бы открыть особые лучи, которые пробивали бы этакую толщу жира... А с таким вот — чистая работа. Видите — вон грудобрюшная преграда, — продолжал он и показал пальцем на темную дугу в нижней части окна, дуга эта равномерно поднималась и опускалась. — Видите бугорки здесь слева? Вон те возвышения? Это результат плеврита, который он перенес в пятнадцать лет. Дышите глубже! — приказал он. — Глубже! Говорю вам — глубже!

И грудобрюшная преграда Иоахима, вздрагивая, поднялась выше, он старался изо всех сил; верхняя часть легких просветлела, но гофрат все еще был недоволен.

— Мало! Видите железы? Видите спайки? Видите вон там каверны? Отсюда и яды, которыми он опьяняется.

Однако внимание Ганса Касторпа отвлекло что-то похожее на мешок, на бесформенное животное, оно темнело позади расходившихся от грудины ребер и притом правее, если смотреть со стороны наблюдателя; мешок равномерно растягивался и сокращался, напоминая плывущую медузу.

— Видите его сердце? — спросил гофрат, опять сняв свою ручищу с колена и ткнув указательным пальцем в пульсирующий мешок... Боже праведный, Ганс Касторп видел перед собою сердце, честное сердце Иоахима!

— Я вижу твое сердце, — пробормотал он сдавленным голосом.

— Пожалуйста, пожалуйста, — повторил Иоахим и, вероятно, покорно улыбнулся там, в темноте. Гофрат велел им замолчать и оставить свои сентиментальности. Он пристально изучал пятна и линии, черные линии в грудной полости, а его сонаблюдатель не мог оторвать взгляда от могильного остова и скелета Иоахима, от нагого костяка, от этого тощего, как жердь, memento[1]. И он почувствовал страх и благоговение.

— Да, да, я вижу, — повторил он несколько раз. — Боже мой, я вижу! — Он как-то слышал об одной женщине, родственнице Тинапелей, — она давно умерла, — которая обладала, или вернее, была обременена мучительным даром: если человеку надлежало вскоре умереть, он представал ее глазам в виде скелета. Таким же увидел теперь Ганс Касторп и честного Иоахима, хотя это произошло лишь с помощью физико-оптической науки и через ее посредство, так что еще ничего не предвещало и ничего за этим не крылось, тем более что он получил от Иоахима совершенно определенное разрешение. И все-таки он почему-то только сейчас понял, как много невеселого было в судьбе его ясновидящей тетки. Глубоко взволнованный тем, что увидел, вернее — тем, что он *видел* это, Ганс Касторп ощутил в душе жало тайных сомнений: действительно ли за этим ничего не кроется, действительно ли допустимо такое рассматривание человеческого тела в содрогающемся, потрескивающем мраке; и он почувствовал дразнящую жажду подглядеть сокровенные тайны жизни и смерти и вместе с тем растроганность и благоговение.

Но через несколько минут он сам уже стоял у позорного столба, вокруг бушевала гроза, а Иоахим, тело которого снова замкнулось, одевался. Гофрат опять всматривался в молочного цвета квадрат; на этот раз перед ним раскрылось тело Ганса Касторпа. И, судя по отдельным словам, отрывочным восклицаниям и ругательствам, которые бормотал гофрат, можно было предположить, что развернувшаяся перед ним картина вполне подтверждает его догадки. Он был настолько любезен, что, уступив настойчивым просьбам пациента, разрешил ему посмотреть через экран еще и на собственную руку. Ганс Касторп увидел то, что ожидал увидеть, но что, однако, видеть людям не предназначено, да он никогда и не думал, что предназначено: ведь он заглянул в собственную могилу. Благодаря силе световых лучей, предвосхитивших его разложение, Ганс

[1] «Помни» — начальное слово изречения: «Memento mori» «Помни о смерти» (*лат.*).

Касторп увидел облекавшую его плоть распавшейся, истаявшей, обращенной в призрачный туман, а в ней — тщательно вычерченный костяк правой руки, и на одном из пальцев этой руки — свободно висевший черным кружком перстень с печаткой, полученный от деда, устойчивый предмет земного бытия; человек украшает им свое тело, а этому телу суждено под ним истаять, и перстень освобождается и переходит к другой плоти, которая опять будет некоторое время носить его. Глазами своей тинапелевской родственницы взглянул он на столь знакомую часть своего тела, глазами, проникающими насквозь, предвидящими, и впервые за свою жизнь понял, что умрет. Лицо у него сделалось таким, каким оно бывало, когда он слушал музыку, — глуповатым, сонливым и благоговейным, а голова с полуоткрытым ртом склонилась на плечо. Гофрат сказал:

— На призрак смахивает, а? Да, кое-что от призраков в этом есть.

Потом остановил бушевавшие силы. Пол перестал вздрагивать, световые явления прекратились, магическое окошко опять потонуло во мраке. Зажегся плафон. И пока Ганс Касторп торопливо одевался, гофрат Беренс поделился с молодыми людьми своими наблюдениями, применяясь к уровню понимания этих непосвященных. Что касается Ганса Касторпа, сказал он, то оптические данные настолько подтвердили акустические, что большего честь медицины не могла бы и требовать. Стали видны старые и новые пораженные места, от бронхов довольно далеко в глубь легких протянулись так называемые «тяжи», «тяжи с узелками». Ганс Касторп потом сам проверит это по диапозитиву, который ему, как сказано, будет скоро вручен. Итак, спокойствие, терпение, подобающее мужчине самообладание, измерять температуру, есть, лежать, ждать, а сейчас идти пить чай. Затем Беренс повернулся к кузенам спиной. Они вышли из лаборатории. Следуя за Иоахимом, Ганс Касторп оглянулся. В эту минуту техник впускал мадам Шоша.

## СВОБОДА

Как же все это представлял себе молодой Ганс Касторп? Или ему казалось, что те семь недель, которые он, следуя предписанию врачей, бесспорно уже провел среди пациентов здесь наверху, были всего лишь семью днями? Или, наоборот, у него возникло такое чувство, что он живет в «Бергфофе» дольше, гораздо дольше, чем прожил на самом деле? Он задавал этот вопрос и молча, самому себе, и вслух, Иоахиму, но не мог прийти ни к какому решению. Должно быть, верно было и то и другое: если оглянуться назад, то время, прожитое здесь, ощущалось им как неестественно короткое и вместе с тем неестественно долгое, не ощущалось оно только таким, каким было в действительности, — при том условии, что ко времени применимо слово «естественно» и что его связь с понятием «действительность» закономерна.

Во всяком случае, уж у дверей стоял октябрь, он вот-вот наступит. Гансу Касторпу было нетрудно сообразить это самому, да и больные, к чьим разговорам он прислушивался, напоминали ему о том же.

— А вы знаете, через пять дней опять первое число, — говорила Гермина Клеефельд двум молодым людям из своего кружка — один был студент Расмуссен, другой — губастый юноша по фамилии Гэнзер. В этот день больные толпились между столами, среди запахов кушаний, болтали и медлили с послеобеденным лежанием.

— Да, первое октября, я видела календарь в конторе. Уже во второй раз встречаю октябрь в этом увеселительном заведении. Вот и лету конец, поскольку его можно назвать летом, — оно обмануло, как обманывает вся жизнь в общем и целом. — Она вздохнула половиной своего легкого и, покачав головой, подняла к потолку затуманенные глупостью глаза.

— Веселей, Расмуссен, — воскликнула она затем и хлопнула сотоварища по сутулому плечу. — Где ваши острые словечки?

— Я знаю их очень мало, — отозвался Расмуссен, и его руки повисли на уровне груди, точно плавники. — Но и те не получаются, я всегда чувствую ужасную усталость.

— Ни одна собака не согласится продолжать такую жизнь, — проговорил Гэнзер сквозь зубы. Все трое рассмеялись и пожали плечами.

Однако поблизости оказался и Сеттембрини; выходя из столовой, он держал, как обычно, во рту зубочистку и сказал Гансу Касторпу:

— Не верьте им, инженер, не верьте, когда они бранят санаторий! Они все это делают, без исключения, хотя чувствуют себя здесь лучше, чем дома. Ведут жизнь лодырей и еще требуют, чтобы их жалели, заявляют о своем праве на горечь, иронию, цинизм! В этом увеселительном заведении! А что, разве это не увеселительное заведение? И притом в самом сомнительном смысле слова! «Обманывает», заявляет эта особа; в этом увеселительном заведении ее, видите ли, жизнь обманывает! Но отпустите-ка ее вниз, на равнину, и она, без сомнения, будет вести себя так, чтобы как можно скорее вернуться сюда наверх. Ах да, еще ирония! Остерегайтесь процветающей здесь иронии, инженер! Остерегайтесь вообще этой интеллектуальной манеры! Если ирония не является откровенным классическим приемом ораторского искусства, хоть на мгновение расходится с трезвой мыслью и напускает туману, она становится распущенностью, препятствием для цивилизации, нечистоплотным заигрыванием с силами застоя, животными инстинктами, пороком. Так как атмосфера, в которой мы живем, видимо, весьма благоприятствует пышному расцвету этого болотного растения, смею надеяться или опасаться, что вы меня поймете.

Меньше двух месяцев тому назад, когда Ганс Касторп еще жил внизу, на равнине, слова итальянца были бы для него лишь звуком пустым, однако пребывание здесь наверху сделало его не только более восприимчивым в сфере интеллекта, но и более разборчивым в своих симпатиях, а это, может быть, еще важнее. Ибо, хотя он в глубине души и радовался, что Сеттембрини, несмотря на все, продолжает и теперь еще с ним беседовать в прежнем духе, учит его, предостерегает и пытается оказывать влияние, — Ганс Касторп в своей понятливости дошел до того, что стал критически относиться к словам итальянца или хоть в какой-то мере удерживался от того, чтобы с ними тут же соглашаться. «Вон что, — думал про себя молодой человек, — он говорит об иронии в точности как и о музыке, не хватало еще, чтобы он и иронию объявил политически неблагонадежной, — а именно с той минуты, когда ирония перестает быть откровенным и классическим приемом назидания. Но ирония, которая ни на мгновение не расходится с трезвой мыслью, что же это, с позволения сказать, за ирония, если уж на то пошло? Сухая материя, прописная истина!»

Так бывает неблагодарна молодежь в тот период, когда формируется ее личность. Ее одаряют, а она опорочивает полученные дары.

Однако выразить свое несогласие в словах казалось ему все же слишком самонадеянным. Он ограничился возражениями по поводу Гермины Клеефельд, ибо находил суждения Сеттембрини на ее счет несправедливыми или, по некоторым причинам, хотел, чтобы они казались ему несправедливыми.

— Но ведь эта девушка больна! — ответил он. — Она действительно больна, тяжело больна, и у нее есть все основания, чтобы отчаиваться. Чего вы, собственно, от нее хотите?

— И болезнь, и отчаяние — это нередко тоже особые формы распущенности.

«А Леопарди? — подумал Ганс Касторп. — Ведь он явно отчаялся даже в науке и прогрессе? А сам Сеттембрини, господин школьный учитель? Он тоже болен и постоянно возвращается сюда наверх. Кардуччи он доставил бы мало радости». Вслух же Ганс Касторп сказал:

— Как вы добры! Девушка может в любой день отправиться на тот свет, а вы это называете распущенностью! Тогда уж объяснитесь точнее. Если бы вы сказали: болезнь является иногда результатом распущенности, это было бы еще понятно...

— Вполне понятно, — перебил его Сеттембрини. — Клянусь честью, вы были бы довольны, если бы я этим и ограничился.

— Или если бы вы сказали: болезнь иногда служит оправданием для распущенности, с этим я тоже мог бы еще согласиться.

— Grazie tanto![1]

— Но утверждать, что болезнь — просто-напросто особая *форма* распущенности, то есть не возникла в результате распущенности, а сама — лишь особый вид распущенности? Это же парадокс!

— О, прошу вас, инженер, не передергивайте! Я презираю парадоксы, я ненавижу их! Отнесите все, что я высказал вам насчет иронии, и к парадоксальности, скажу даже больше! Парадокс — ядовитый цветок квиетизма, обманчивое поблескивание загнивающего духа, вот уж это — величайшая распущенность! А вообще я констатирую, что вы опять берете болезнь под свою защиту.

— Нет, но вы вот утверждаете очень интересную вещь — прямо отдает Кроковским и его понедельничными рассуждениями. Он тоже считает, что болезнь — явление вторичное.

— Он не вполне чистоплотный идеалист.

— Что вы имеете против него?

— Именно это.

— Вы плохого мнения о психоанализе?

— Когда как! И очень плохого, и очень хорошего, инженер, то и другое.

— Что вы имеете в виду?

— Психоанализ хорош, если он — орудие просвещения и цивилизации, хорош, поскольку он расшатывает глупые взгляды, унич-

[1] Очень благодарен! (*ит.*)

тожает врожденные предрассудки, подрывает авторитеты, — словом, хорош, когда он освобождает, утончает, очеловечивает и делает рабов зрелыми для свободы. И он вреден, очень вреден, поскольку тормозит деяние, подтачивает корни жизни оттого, что не в силах дать ей форму. Такой анализ может стать делом весьма не аппетитным, столь же не аппетитным, как смерть, с которой он, собственно говоря, и связан, — он сродни могиле и ее подозрительной анатомии...

«Вот оно — рыканье льва», — подумал Ганс Касторп, как думал обычно, когда Сеттембрини высказывал какое-либо педагогическое суждение. Но вслух он лишь заметил:

— Мы недавно занимались в нашем подвале световой анатомией. По крайней мере так ее назвал Беренс, когда нас просвечивали.

— А!.. Вы уже прошли и эту стадию? Ну и что же?

— Я видел скелет своей руки, — ответил Ганс Касторп, стараясь вызвать в памяти ощущения, овладевшие им в ту минуту. — А вы когда-нибудь видели свой?

— Нет, меня совершенно не интересует мой скелет. И каково же врачебное заключение?

— Он обнаружил тяжи, тяжи с узелками.

— Вот чертов приспешник!

— Вы когда-то уже так назвали гофрата Беренса. Что вы под этим разумеете?

— Я выразился еще очень мягко, могу вас уверить!

— Нет, вы несправедливы, господин Сеттембрини! Я допускаю, что и у него есть свои слабости. Его манера говорить в конце концов и меня раздражает; иной раз в ней чувствуется что-то насильственное, особенно когда вспомнишь, что он пережил глубокое горе — похоронил здесь наверху жену. А все-таки это заслуженный и уважаемый человек, можно сказать — благодетель страждущего человечества! Я на днях встретил его, когда он шел с операции, — он делал резекцию ребер, не то сгибал, не то ломал. Он возвращался с тяжелой, нужной работы — такой мастер своего дела — и произвел на меня в эту минуту очень сильное впечатление. Он был еще весь разгорячен и в виде награды самому себе закурил сигару. Мне прямо завидно стало.

— Это с вашей стороны очень благородно. Ну, а сколько же времени вам отбывать наказание?

— Определенного срока он не назначил.

— Тоже неплохо. Итак, давайте пойдем лежать. Займем свои места.

Они простились перед 34-м номером.

— А вы идете на свою крышу, господин Сеттембрини? Должно быть, веселее лежать с другими, чем в одиночку. Вы беседуете? Есть интересные люди?

— Ах, сплошь парфяне и скифы!

— Вы хотите сказать — русские?

— Русские — мужчины и женщины, — ответил Сеттембрини, и уголок его рта дрогнул. — До свидания, инженер.

Это было сказано с подчеркнутой многозначительностью, не оставлявшей места для сомнений. Ганс Касторп вошел в свою комнату ошеломленный. Знает ли Сеттембрини насчет его чувств? Может быть, итальянец в педагогических целях наблюдал за ним и проследил пути, по которым устремлялся взор Ганса Касторпа? Ганс Касторп разозлился и на себя и на Сеттембрини за то, что не смог владеть собой и вызвал его на этот иронический намек. И пока он собирал свои письменные принадлежности, чтобы захватить их на балкон, так как больше тянуть было нельзя и письмо домой — третье по счету — следовало написать сегодня же, он продолжал сердиться и бурчать себе под нос всякие нелестные эпитеты по адресу этого хвастуна и резонера, который сует нос не в свое дело, а сам заигрывает на улице с девушками и совсем забросил свои писания, на этого шарманщика, который бестактными намеками прямо-таки отбил у него охоту к дальнейшему! Однако зимние вещи получить из дому нужно, деньги, белье, обувь, — словом, все, что он взял бы с собой, если бы знал, что едет сюда не на три летних недели, а... а на пока еще не определенный срок и во всяком случае, захватит часть зимы, а при тех представлениях о времени, которых придерживаются «у нас здесь наверху», может быть, проведет и всю зиму. Вот об этом, во всяком случае, о возможности этого, и следовало сообщить домой. Теперь Гансу Касторпу предстояло «тем внизу» рассказать всю правду и уже не морочить голову ни себе, ни им.

В таком духе он им и написал, с помощью той самой техники, которой при нем не раз пользовался Иоахим, а именно — лежа в шезлонге, вечным пером и на дорожном бюваре, который он держал, прислонив к высоко поднятым коленям. На бланке санатория — в ящике стола лежал целый запас этих бланков — он и написал Джемсу Тинапелю, так как этот дядя был Гансу Касторпу ближе двух остальных, прося его обо всем сообщить консулу. Ганс Касторп рассказал о неприятном инциденте с его здоровьем, о подтвердившихся опасениях, о требовании врачей провести здесь часть зимы, а может быть, и всю зиму; ибо такие случаи, как у него, подчас упорнее не поддаются лечению, чем те, которые выражаются в более пышных и острых формах, поэтому нужно решительно взяться за лечение и раз навсегда покончить с болезнью. С этой точки зрения он почитает за счастье и большую удачу то обстоятельство, что случайно попал сюда наверх и вынужден был подвергнуться врачебному осмотру; иначе он еще долго оставался бы в неведении относительно своей болезни, и она сказалась бы потом в гораздо более неприятной форме. Что касается предположительного срока лечения, то пусть не удивляются, если ему придется провозиться со своим здоровьем всю зиму и он вернется на равнину не раньше, чем Иоахим. Понятия о времени здесь другие, чем принятые для поездок на курорты и морские купанья: месяц — это, так сказать, мельчайшая единица времени и, взятый в отдельности, не имеет никакого значения.

Было прохладно, он писал в пальто, закутавшись в одеяло, его руки покраснели. Иногда он отрывался от бумаги, которую покрывал вереницами благоразумных и убедительных рассуждений, и окидывал взглядом знакомый пейзаж, едва видный сквозь мглу: длинную долину с нагромождением вершин у ее устья, которые, казалось, были покрыты сегодня бледным глянцем, и множеством светлых селений на ее дне, иногда вспыхивавших в лучах солнца, с ее склонами, частью покрытыми суровым лесом, частью лугами, где паслись коровы и откуда доносился перезвон их колокольчиков. Он писал с чувством все возрастающей легкости и уже не мог понять, почему так боялся этого письма. В процессе писания ему самому становилось ясно, насколько убедительны его доводы, с которыми домашние полностью должны будут согласиться. Молодой человек его круга в данных обстоятельствах попросту делает что-то для себя, принимает вполне разумные меры и пользуется удобствами, предназначенными для таких, как он. Это обычно и полагается делать. Вернись он домой, после того как он описал бы свое самочувствие, его, без сомнения, опять отправили бы сюда наверх. Затем он перечислил все, что ему нужно, а в заключение попросил регулярно переводить ему необходимую сумму — 800 марок в месяц, хватит за глаза.

Потом поставил свою подпись. Итак, с этим покончено. Третье письмо домой было написано с расчетом на большие сроки, не по исчислениям времени, существовавшим внизу, на равнине, а по тем, которые были приняты здесь наверху: письмо это закрепляло за Гансом Касторпом *свободу.* Вот то слово, которое он употребил — не буквально, нет, он про себя не произнес даже первого слога, но ощутил всю широту его смысла, как уже ощущал не раз за свое пребывание в «Берггофе», причем смысл этот имел очень мало общего с тем, какой вкладывал в понятие «свобода» Сеттембрини; и тогда на него нахлынула волна уже знакомого страха и возбуждения, и грудь его при вздохе содрогнулась.

От писания письма кровь прилила к голове, щеки пылали. Ганс Касторп взял Меркурия со столика и измерил себе температуру, словно этот случай непременно надо было использовать. Меркурий поднялся до 37,8.

«Вот видите?» — сказал мысленно Ганс Касторп. И добавил в виде постскриптума: «Письмо меня все-таки утомило. Градусник показал 37,8. Я вижу, что в ближайшее время мне следует жить как можно спокойнее. Прошу извинить меня, если буду писать реже». Не вставая, поднял руку к небу, ладонью наружу, как держал ее за экраном. Но небесный свет оставил ее жизненную форму неприкосновенной, от его ясности материя сделалась только темнее и непрозрачнее, и лишь внешние контуры стали просвечивать алым. Это была его живая рука, такой он привык ее видеть, держать опрятной, привык пользоваться именно ею, а не каким-то неведомым скелетом, представшим ему на экране; аналитическая бездна, которая перед ним тогда разверзлась, снова закрылась.

## КАПРИЗЫ МЕРКУРИЯ

Октябрь пришел, как обычно приходят новые месяцы — вполне скромно и неслышно, без всяких знамений и примет, этакое тихое подкрадывание, которое может легко ускользнуть от внимания, если оно не бодрствует. В действительности время не делится на отрезки, при наступлении нового месяца или года не разражается гроза, не гремят трубы и даже приход нового столетия отмечают только люди стрельбой из пушек и трезвоном колоколов.

Для Ганса Касторпа первый день октября ничем не отличался от последнего дня сентября: он был такой же холодный и неприветливый, последующие — тоже. При лежании на воздухе приходилось надевать зимнее пальто и прибегать к двум верблюжьим одеялам не только вечером, но и днем; руки, державшие книгу, становились влажными и коченели, хотя щеки и пылали сухим жаром. Поэтому Иоахим испытывал сильное искушение воспользоваться своим спальным мешком и отказался от него, только чтобы раньше времени не изнежить себя.

Однако через несколько дней, когда первая половина месяца была уже на исходе, все вдруг изменилось и настало запоздавшее лето, притом столь роскошное, что люди просто диву давались. Недаром Ганс Касторп слышал не раз, как расхваливали октябрь в здешних местах; почти две с половиной недели над горами и долинами сияло безоблачное небо, один день превосходил другой ясностью небесной лазури, и солнце жгло с такой нестерпимой силой, что каждый был вынужден снова извлечь легчайшие летние одежды — муслиновые платья и полотняные брюки, которые были уже заброшены, и даже большой парусиновый зонт без ручки — он прикреплялся к подлокотнику шезлонга с помощью хитроумного приспособления в виде рейки с несколькими отверстиями, — даже этот зонт служил в середине дня недостаточной защитой от палящего солнца.

— Хорошо, что мне удалось тут застать такую погоду, — сказал Ганс Касторп кузену. — Ведь мы иной раз ужасно дрогли, а теперь кажется, будто зима уже прошла и впереди — долгое лето.

Он был прав. Очень немногое говорило об истинном положении вещей, да и эти признаки были едва заметны. Помимо нескольких посаженных на территории курорта кленов, которые доживали свою летнюю жизнь и уже давно малодушно растеряли листву, здесь больше не росло лиственных деревьев, которые могли бы придать ландшафту черты, отвечающие действительному времени года, и лишь двуполая альпийская ольха, меняющая свои мягкие иглы, как листья, была обнажена по-осеннему. В основном же местность украшали одни вечнозеленые хвойные леса, то высокоствольные, то низкорослые, но все равно стойкие по отношению к зиме, которая, не имея четких временных границ, могла здесь шуметь своими снежными метелями весь год; и только по богатству ржаво-красных оттенков в лесах можно было, несмотря на жгучее летнее солнце, догадаться, что год близится к концу. Правда, если вглядеться в луговые цветы, то и они неслышно говорили о том же. Среди них уже не встречалось ни похожих на орхидеи кукушкиных слезок, ни синеющих водосборов, которые, когда Ганс Касторп приехал сюда, еще цвели на горных склонах; исчезла и дикая гвоздика; остались только горечавка и низкорослые бессмертники, это показывало, что в недрах раскаленного воздуха таится резкая свежесть, холодок, который вдруг прохватывал лежащего на балконе пациента, словно леденящий озноб — пылающего жаром больного.

И так как Ганс Касторп не вел жизнь человека, который является хозяином своего времени, следит за его течением, отсчитывает его единицы, исчисляет их и дает им названия, то он и не заметил, как неслышно подошел десятый месяц; только физические ощущения воспринимались им: солнечный зной и затаенная в нем и под ним струя леденящего холодка, — впечатление, для него новое по своей силе и даже побудившее его к кулинарному сравнению: это напоминает ему, заявил он Иоахиму, omelette en surprise[1], в которой под взбитой яичной пеной оказывается мороженое. Он нередко говорил совсем неожиданные вещи, притом отрывисто и скороговоркой, как человек, которого знобит, хотя тело у него пылает. А помимо этого был молчалив, даже замкнут; ибо хотя его внимание и было обращено на внешний мир, но лишь на одну его точку, все остальное, люди и предметы, виделось ему как бы сквозь хмельной туман, порожденный его же мозгом; наверное, и гофрат Беренс, и доктор Кроковский объявили бы такой туман продуктом растворяющихся ядов, как говорил себе и сам затуманенный, хотя такое признание не вызывало в нем ни сил, ни малейшей охоты покончить с опьянением.

Ибо хмель этот привлекателен сам по себе, и меньше всего желает захмелевший отрезветь, трезвость ему ненавистна; он отталкивает от себя все впечатления, ослабляющие его силу, не допускает их до себя, лишь бы сохранить это состояние.

Ганс Касторп знал, да и сам нередко отмечал, что мадам Шоша в профиль выглядит хуже, черты лица у нее резковаты, оно не так уж молодо. И что же? Теперь он избегал разглядывать ее профиль, буквально закрывал глаза, и если она в отдалении или вблизи повертывалась к нему боком, он прямо-таки страдал от этого. Почему же? Ведь его здравый смысл должен был бы с радостью воспользоваться случаем и сказать свое веское слово. Но чего можно требовать... И он даже побледнел от восхищения, когда Клавдия в эти чудесные дни опять явилась ко второму завтраку в белом кружевном матине, которое носила обычно в теплую погоду, — в нем она бывала особенно прелестной, — явилась, как всегда грохнув дверью и с опозданием, улыбаясь подняла руки, одну повыше, другую

[1] Яичницу с сюрпризом (*фр.*).

пониже, и повернулась лицом к сидящим в столовой, как бы представляясь им. А он был не столько восхищен ее привлекательностью, сколько *самым фактом* этой привлекательности, ибо факт этот усиливал блаженный туман, царивший в его сознании, хмель, который был сладостен сам по себе, почему захмелевший и стремился найти для него оправдание и дальнейшую пищу.

Моралист типа Лодовико Сеттембрини назвал бы такое отсутствие воли прямо-таки распущенностью, «особой формой распущенности». Ганс Касторп не раз вспоминал его чисто литературные словоизлияния по поводу связанного с болезнью «отчаянья»; итальянец никак не мог этого понять или делал вид, что не может. Ганс Касторп смотрел на Клавдию Шоша, на ее поникшую спину, вытянутую вперед шею; видел, что она неизменно является к столу с большим опозданием, притом без всяких поводов и причин, просто из-за своего неряшества и отсутствия воли к порядку, видел, как она в результате того же недостатка хлопает каждой дверью, через которую входит или выходит, катает хлебные шарики, а иногда грызет заусенцы, — и в нем возникала немая и смутная догадка, что, если она больна — а она, конечно, была больна, и почти безнадежно, ведь сколько раз живала она здесь подолгу, — что ее болезнь, пусть не всецело, но все же в значительной мере имеет моральные корни. И, как сказал Сеттембрини, эта болезнь не причина или следствие «распущенности», а и есть сама эта распущенность. Он вспомнил пренебрежительную мину, с какой гуманист говорил о «парфянах и скифах», в чьем обществе вынужден был проводить часы лежания, мину, выражавшую естественное и непосредственное, не нуждающееся в доказательствах презрение и неприятие, которые были так хорошо знакомы самому Гансу Касторпу раньше, в те дни, когда он, сидевший за столом очень прямо, возмущался до глубины души хлопаньем дверью, не чувствовал ни малейшего искушения погрызть заусенцы (хотя бы потому, что взамен ему была дарована «Мария Манчини»), горячо негодовал по поводу невоспитанности мадам Шоша и не мог не ощутить своего превосходства, когда услыхал, как эта узкоглазая иностранка пытается изъясняться на его родном языке.

Но в душе Ганса Касторпа произошли глубокие перемены, и теперь он почти не испытывал этих ощущений; его скорее раздражал итальянец, столь надменно отзывавшийся о «парфянах и скифах», — и относилось это даже не к сидевшим за «плохим» русским столом, не к этим студентам, которые отличались слишком густой шевелюрой и отсутствием белья и неутомимо дискутировали на своем чуждом и непонятном языке, — они, видимо, только им и владели, — причем бескостность этого языка напоминала ему грудную клетку, лишенную ребер, как ее недавно описывал гофрат Беренс: нет, нравы и манеры этих людей действительно могли вызвать у гуманиста чувство превосходства. Они ели с ножа и неописуемо пачкали в туалете. Сеттембрини уверял, что один из них, студент-медик последнего семестра, обнаружил полное невладение латынью, например, он не знал, что такое vacuum[1], и Ганс Касторп готов был допустить, судя по собственным наблюдениям, что фрау Штёр не лжет, когда рассказывает за столом, будто супруги из 32-го номера принимают по утрам массажиста, лежа в одной постели.

Пусть все это правда, говорил себе Ганс Касторп, но ведь недаром же существует деление на «хороший» и «плохой» стол, и можно только удивляться, когда некий пропагандист республиканского строя и прекрасного стиля надменно и трезво, — главное, трезво, хотя у самого жар и голова затуманена, — называет сидящих за тем и за другим «парфянами и скифами», не желая делать никакой разницы. Ганс Касторп отлично понимал, что кроется под этой огульной насмешкой, становилась ему ясной и связь, существовавшая между болезнью мадам Шоша и ее «небрежностью». Но тут вот какая загвоздка, заявил он однажды Иоахиму: начинаешь с возмущения и высокомерия, а потом вдруг в это врезается что-то совсем другое, не имеющее никакого отношения к критической способности суждения, и — конец всяким педагогическим воздействиям, никакое красноречие, никакие республиканские проповеди на тебя уже не действуют. Однако, зададим мы вопрос, — вероятно, в том же смысле, как и Лодовико Сеттембрини, — что же именно врезается, что парализует и сводит на нет критические суждения, что отнимает у человека право на них и даже побуждает его самого отречься с нелепым восторгом от этого права? Мы спрашиваем не о термине — он известен каждому; мы хотим знать, каковы моральные особенности подобного явления, хотя, откровенно говоря, не надеемся получить достаточно мужественного ответа. Что касается Ганса Касторпа, то эти особенности сказались в том, что он не только отрекся от всяких критических суждений, но и сам приступил к соответствующим опытам, подражая манерам некоей особы, которая все это в нем вызвала. Он решил узнать, что ощущаешь, когда сидишь за столом не прямо, а опустив плечи и согнув

[1] Вакуум, пустота (*лат.*).

спину, и нашел, что такая поза дает большое облегчение тазовым мышцам. Затем попробовал, проходя в дверь, не притворять ее аккуратно за собой, а предоставить ей захлопнуться, причем и это оказалось очень удобным и как будто даже вполне естественным. Оно соответствовало чему-то, что таилось в пожимании плечами, которым Иоахим встретил его когда-то на вокзале; и с этим же он сталкивался потом здесь наверху очень часто.

Проще говоря, оказалось, что наш путешественник по уши влюблен в Клавдию Шоша, — мы еще раз пользуемся этим словом, ибо, как нам кажется, в достаточной мере предотвратили возможность его лжетолкований. Итак, сущность его влюбленности отнюдь не исчерпывалась приятно-благодушной грустью в духе вышеупомянутой песенки. Скорее это была особая, довольно рискованная и неприкаянная разновидность подобного рода завороженности, в которой озноб и жар сочетаются как у больного лихорадкой или как сочетаются мороз и зной в октябрьский день в высокогорной местности. Этой разновидности как раз и недостает благодушия, чтобы связать воедино составляющие ее крайности. С одной стороны, его влюбленность была устремлена с непосредственностью, от которой молодой человек бледнел и лицо его судорожно кривилось, на колено мадам Шоша, на линию ее бедра, на ее спину, изгиб шеи, на предплечья, сдавливавшие маленькую грудь, — словом, на ее плоть, на это столь небрежное тело, чью телесность болезнь невероятно усиливала и подчеркивала, на это тело, ставшее под влиянием болезни как бы телесным вдвойне; с другой стороны, его влюбленность была чем-то ускользающим и необычайно широким, она была мыслью, нет, грезой, пугающей, безгранично влекущей грезой молодого человека, который на свой вполне определенный, хотя и бессознательно заданный вопрос услышал в ответ лишь глухое молчание. Развивая нашу повесть, мы, как и любой человек, считаем себя вправе иметь собственные домыслы и высказываем предположение, что Ганс Касторп едва ли продлил бы свое пребывание здесь наверху сверх намеченного срока даже на один день, если бы его скромной душе открылся в глубинах времен хоть какой-то удовлетворительный ответ на вопрос о смысле и целях его служения жизни.

Что касается остального, то влюбленность дарила его всеми страданиями и радостями, какие подобное состояние чувств приносит человеку повсюду и при всех условиях. Боль проникает вглубь, в ней, как и во всякой боли, есть что-то позорное, и сопровождается она таким потрясением нервной системы, что дух захватывает и даже у взрослого мужчины на глазах выступают горькие слезы. Но и радостей, надо отдать справедливость, было немало, и хотя их мог дать любой пустяк, потрясали они не меньше, чем страдания. Почти каждая минута берггофского дня могла принести их. Например, приближаясь к столовой, Ганс Касторп замечает позади себя предмет своих грез. Событие совершенно ясное и в высшей степени простое, но вызывает оно в его душе такой восторг, что вот-вот выступят слезы на глазах. Она совсем близко, их глаза встречаются, его и ее серо-зеленые, узкие, по-азиатски чуть раскосые, и их очарование проникает в его существо до мозга костей. Он почти теряет сознание, но и бессознательно слегка отступает в сторону, чтобы пропустить ее вперед. С полуулыбкой она вполголоса произносит «мерси» и, пользуясь его приглашением, этим самым обычным актом вежливости, проскальзывает мимо него в столовую. А он стоит, еще овеянный ветерком ее прохождения, ошалев от счастья этой встречи и от того, что одно слово «мерси», произнесенное ее устами, сказано прямо и непосредственно ему. Потом он следует за ней, почти шатаясь сворачивает вправо, к своему столу, и, опустившись на стул, с блаженством замечает, что и Клавдия, усаживаясь, оглядывается на него и, как ему кажется, тоже размышляет о встрече перед дверью. О волшебное приключение! О радость, торжество и безграничное ликование! Нет, никогда бы Ганс Касторп не испытал такой опьяняющей, немыслимой радости, если бы это была встреча с какой-нибудь цветущей дурындой, которой бы он там внизу, на равнине, законно, мирно и с видами на будущее, как поется в той песенке, подарил свое сердце. С лихорадочной подтянутостью приветствует он учительницу, она все видела, и румянец алеет у нее даже сквозь пух на щеках, а он на скверном английском языке начинает осаждать мисс Робинсон и несет такой бредовый вздор, что эта почтенная особа, отнюдь не искушенная в каких-либо восторгах, даже отстраняется и разглядывает его с искренним беспокойством.

Второй случай: заходящее солнце ярко озаряет больных, ужинающих за «хорошим» русским столом. Дверь на веранду и окна задернуты шторами, все же где-то осталась щель, и через нее пробивается нежаркий, но ослепительный алый луч и падает как раз на лицо мадам Шоша, занятой разговором с сутулым соотечественником, своим соседом справа; она заслоняет лицо рукой. Солнце мешает ей, однако не очень; никто этим не интересуется, да и сама пострадавшая едва ли осознает, что оно слепит ей глаза. Но Ганс Касторп видит все это через зал и тоже некоторое время только наблюдает за этой сценой. Затем вдруг отдает себе отчет в том, что происходит, прослеживает путь луча, устанавливает место, откуда он падает. Оказывается — через сводчатое окно справа в углу, между дверью на веранду и «плохим» русским столом, очень далеко от места мадам Шоша и почти так же далеко от Ганса Касторпа. И тогда он решается. Не проронив ни слова, он встает, держа в руке салфетку и лавируя между столами, проходит наискось через зал, плотно сдвигает кремовые занавеси, так что края заходят друг на друга, бросает взгляд через плечо и, убедившись, что доступ вечернему лучу закрыт и мадам Шоша от него избавлена, возвращается с равнодушным видом на свое место: просто внимательный молодой человек, который сделал то, что было нужно, так как никто другой об этом не подумал. Немногие обратили на него внимание, но мадам Шоша сразу почувствовала облегчение и обернулась, причем так и осталась сидеть, пока Ганс Касторп не дошел до своего стола и, садясь, не посмотрел на нее; тогда она поблагодарила его взглядом и приветливой удивленной улыбкой, то есть скорее выставила вперед голову, чем кивнула. Он ответил поклоном. Сердце его замерло, как будто совсем перестало биться. Лишь позднее, когда все давно кончилось, оно снова заколотилось, и только тут он заметил, что Иоахим сидит, уставившись в свою тарелку; и также лишь позднее вспомнил, что фрау Штёр толкнула доктора Блюменколя в бок и, втихомолку посмеиваясь, попыталась обменяться многозначительными взглядами с сидящими за ее столом и за другими...

Мы описываем будничные мелочи, но и будничное становится необычным, если возникает на основе необычного. Между ними бывали минуты напряженности, которая потом благотворно разрешалась, — и если даже не между ними (вопрос о том, насколько все это затрагивало мадам Шоша, мы оставляем открытым), то во всяком случае — для чувств и воображения Ганса Касторпа. В эти ясные дни большая часть пациентов выходила после обеда на веранду перед столовой и, разбившись на группы, четверть часика грелась на солнышке. Тогда бывало очень шумно, и выглядело все примерно как на концертах духовой музыки, которые давались через воскресенье. Абсолютно праздные, пресытившиеся мясными и сладкими кушаньями молодые люди, к тому же слегка возбужденные лихорадкой, болтали, шутили, строили глазки. Фрау Заломон из Амстердама усаживалась у балюстрады, причем ее усердно теснил коленями с одной стороны губастый Гэнзер, с другой — великан швед; хотя он и выздоровел окончательно, но еще ненадолго продлил свое пребывание в санатории, чтобы закрепить достигнутое. Фрау Ильтис, видимо, вдовствовала, так как с недавних пор стала показываться в обществе «жениха», личности, впрочем, меланхолической и незначительной, присутствие которой ничуть не мешало ей принимать ухаживания капитана Миклосича, мужчины с горбатым носом, нафиксатуаренными усами, гордо выпяченной грудью и свирепым взглядом. Тут были дамы самых разнообразных национальностей из общей галереи для лежания, причем среди них мелькали и новые лица, появившиеся только с 1 октября, — Ганс Касторп едва ли даже знал их фамилии, — а также кавалеры типа господина Альбина; семнадцатилетний юнец с моноклем, розоволицый молодой голландец в очках, страдавший манией обмениваться почтовыми марками; несколько греков, напомаженных, с миндалевидными глазами, склонных во время трапез к излишествам; два неразлучных фата, прозванных «Макс и Мориц», по слухам — необыкновенно предприимчивые молодые люди... Горбатый мексиканец, — он не знал ни одного из представленных здесь языков, и его лицо напоминало лицо глухого; с комическим проворством непрерывно фотографировал он собравшихся и перетаскивал свой штатив из конца в конец террасы. Иногда появлялся гофрат и показывал свой фокус с завязыванием шнурков на ботинках. И одиноко бродил среди толпы религиозный мангеймец, и его бесконечно грустный взор, к негодованию Ганса Касторпа, тайком устремлялся к небезызвестной цели.

Чтобы вернуться к примерам «напряженности и разрешения», приведем еще один случай. Ганс Касторп сидел однажды у стены дома на лакированном садовом стуле и весьма оживленно беседовал с Иоахимом, которого, хотя тот упорствовал, все же увлек на террасу, а перед ними у балюстрады курила сигарету мадам Шоша, окруженная соседями по столу. Ганс Касторп говорил именно для нее, чтобы она слышала. А она стояла к нему спиной... Читателю ясно, что мы описываем вполне определенный случай. Однако, при взвинченности Ганса Касторпа, разговора с одним кузеном для него было недостаточно, и он тут же свел знакомство еще с одной пациенткой — и с кем же? С Герминой Клеефельд. Он как будто мимоходом обратился к этой молодой особе, представился сам и представил Иоахима, тоже пододвинул ей лакированный стул, и все это потому, что, беседуя втроем, легче было порисоваться. Помнит ли Гермина, спросил он, как чертовски она его тогда напугала, при их первой встрече во время утренней прогулки? Да, это именно его она приветствовала таким ободряющим свистом. И она достигла цели, он сознается, его тогда словно обухом по голове хватили, может спросить кузена. Ха-ха! Это здорово, свистеть пневмотораксом и пугать безобидных путешественников! Но он заявляет в своем справедливом гневе, что это кощунство и святотатство... И в то время как Иоахим, сознавая свою подсобную роль, сидел опустив глаза, и даже Клеефельд, по невидящим и рассеянным взглядам Ганса Касторпа, постепенно поняла, что тоже служит лишь средством для достижения определенной цели, и обиделась, Ганс Касторп то хорохорился, то жеманничал, щеголял пышными фразами, старался говорить красивым голосом и в конце концов добился того, чего хотел. Слыша эту неестественную декламацию, мадам Шоша обернулась и взглянула ему в лицо — но лишь на одно мгновение. Ее Пшибыславовы глаза почему-то скользнули вниз по его фигуре — он сидел, закинув ногу на ногу — и с выражением глубокого равнодушия, почти презрения, именно презрения, остановились на его желтых ботинках; потом она опять холодно отвела глаза, может быть, с глубоко затаенной усмешкой.

Это был тяжелый, очень тяжелый удар! Ганс Касторп еще продолжал в течение нескольких минут что-то лихорадочно лопотать; но когда он вполне уяснил себе смысл этого взгляда на его ботинки, то вдруг смолк чуть не на полуслове и погрузился в мрачное отчаяние. Обидевшись и заскучав, Клеефельд ушла. Иоахим не без раздражения заметил, что можно бы теперь и полежать. Убитый горем, кузен ответил побелевшими губами, что да, можно.

После этого случая Ганс Касторп целых два дня жестоко страдал, ибо за это время не произошло ничего, что могло бы пролить бальзам на его пылавшую рану. Почему этот взгляд? Почему, во имя Пресвятой Троицы, такое презрение? Или она смотрит на него как на какого-то приехавшего снизу дуралея, чья восприимчивость к болезням ограничивается невинными пустяками? Как на простака с равнины, самого заурядного малого, который живет там внизу, как все, смеется, набивает себе пузо и зашибает деньгу — этакого первого ученика в школе жизни, стремящегося лишь к скучнейшим преимуществам чести? Что он для нее? Ветреный юнец, заехавший погостить на три недели и чуждый ее кругу? Но разве он уже не произнес обет на основании своего «влажного очажка», разве он не допущен и не включен в общину «наших» тут наверху и разве нет у него за плечами стажа в добрых два месяца? Разве, наконец, Меркурий еще вчера вечером не поднялся у него до 37,8? Но именно тут-то и таилась главная причина его страданий! Дело в том, что Меркурий выше не поднимался! Жестокая подавленность последних дней вызвала в физической природе Ганса Касторпа охлаждение, отрезвление и спад лихорадочной напряженности; это, к его горькому стыду, выразилось в очень низкой, едва повышавшейся температуре, и он терзался от сознания, что его горе и печаль могли только еще больше отдалить его и от самой Клавдии, и от ее жизни.

Третий день принес ему сладостное облегчение, принес тут же, с утра. Осеннее утро было яркое, сияющее и свежее, луга заткало серовато-серебристой изморозью, солнце и ущербная луна стояли в небе почти на одинаковой высоте. Двоюродные братья поднялись раньше, чем обычно, чтобы в честь чудесного дня несколько удлинить предписанную утром прогулку, и пройти дальше по той лесной дороге, которая вела к скамье и водостоку. Иоахим, у которого кривая температуры, к его радости, тоже опустилась, высказался за освежающее отступление от правил, и Ганс Касторп не возражал.

— Мы же выздоровели, — сказал он, — отлихорадили, обеззаражены и почти готовы для возвращения на равнину. Почему бы не порезвиться как жеребята?

И вот они пустились в путь, оба без шляп, ибо Ганс Касторп, дав обет, с Божьей помощью подчинился здешним нравам и стал ходить с непокрытой головой, хотя вначале возражал против этого обычая, уверенный в своем знании общепринятых форм и приличий. Но не успели они пройти небольшую часть красноватой дороги и, преодолев крутой подъем, добраться примерно до того места, где некогда новичок встретился с отрядом пневматиков, как увидели идущую довольно далеко впереди мадам Шоша; она была во всем белом, белый свитер, белая фланелевая юбка, даже белые башмаки. Словом, Ганс Касторп сразу узнал ее; на рыжеватых волосах играло утреннее солнце. Иоахим заметил ее, только когда почувствовал, как кто-то сбоку толкает и тянет его; это ощущение было вызвано тем, что Ганс Касторп, который сначала едва передвигал ноги и, кажется, готов был совсем остановиться, вдруг прибавил ходу, почти побежал.

Такое подстегивание показалось Иоахиму крайне неуместным и раздражающим, его дыхание участилось, и он стал покашливать.

Но это не трогало Ганса Касторпа, он неудержимо рвался к цели, его дыхательные органы, казалось, работали превосходно, и так как Иоахим наконец уразумел, в чем дело, он лишь насупился и пошел рядом — не мог же он допустить, чтобы кузен бежал один впереди него.

Чудесное утро придало бодрость молодому Гансу Касторпу. В период уныния его душевные силы незаметно пришли в равновесие, и перед ним, сияя, вставала уверенность, что близка минута, когда опала, которой он подвергся, будет снята. Он стремился вперед и продолжал тащить за собой задыхавшегося рассерженного Иоахима, и у поворота, там, где подъем кончался и дорога вела вдоль лесистого склона, они почти нагнали мадам Шоша. Тогда Ганс Касторп снова умерил темпы: выполняя свое намерение, он не желал иметь вид запыхавшийся и ошалевший. И вот, за поворотом дороги, между горным склоном и откосом, под сенью порыжевших елей, сквозь ветви которых падали солнечные блики, это произошло и было подобно чуду: Ганс Касторп, шедший по левую сторону от Иоахима, наконец догнал обаятельную пациентку, мужественной поступью проследовал мимо нее и в то мгновение, когда, поравнявшись с ней, огибал ее справа, отвесил ей поклон, хотя был без шляпы и, проговорив вполголоса «доброе утро», почтительнейше (почему, собственно, почтительнейше?) приветствовал ее. И она ответила; приветливо, ничуть не удивившись, мадам Шоша кивнула и также пожелала ему доброго утра на его родном языке, причем глаза ее улыбались, — и это уже было совсем другое, по существу своему другое, чем тот взгляд на его башмаки, это было блаженство, удача, поворот к лучшему, к самому лучшему, что-то беспримерное и почти непостижимое, это было спасение.

Точно на крыльях, ослепленный безрассудной радостью, унося как драгоценный дар ее поклон, ее слова, ее улыбку, поспешил Ганс Касторп вперед, рядом с обиженным Иоахимом, который шел молча, отвернувшись от него, и смотрел вниз, под откос. Все это в глазах Иоахима было неуместной проделкой, пожалуй, даже предательством, изменой, что Ганс Касторп отлично понимал. Правда — это не совсем то, что попросить у совершенно незнакомого человека карандаш: напротив, было бы, вероятно, просто неприлично пройти мимо дамы, с которой живешь под одной крышей уже несколько месяцев, прямым, как палка, и не выразить ей своего почтения. К тому же Клавдия совсем на днях в приемной даже заговорила с ними. Поэтому пусть Иоахим лучше помолчит. Все же

Ганс Касторп знал, по какой еще причине Иоахим молчит так упорно и идет отвернувшись, тогда как сам он столь неудержимо, столь буйно счастлив, что его проделка удалась. Нет, тот, кто на равнине самым законным, приятнейшим образом и с видами на будущее подарил бы свое сердце какой-нибудь цветущей девице и имел бы успех, не мог бы чувствовать себя счастливее, чем он, урвавший и закрепивший в миг удачи такой пустяк... Поэтому через некоторое время он с размаху ударил кузена по плечу и сказал:

— Послушай, что это с тобой? Такая чудесная погода! Давай спустимся потом в курорт, там у них, наверно, музыка, подумай! Может быть, оркестр играет «Ты помнишь утро, погляди: цветок приколот на груди» из «Кармен». Какая муха тебя укусила?

— Никакая, — ответил Иоахим. — Но у тебя страшно горит лицо, боюсь, что твоему снижению пришел конец!

Так оно и оказалось. Позорное остывание организма Ганса Касторпа было побеждено приветствием, которым он обменялся с Клавдией Шоша, и, говоря по правде, он этому-то и обрадовался.

Иоахим угадал: Меркурий опять поднялся! Когда Ганс Касторп, вернувшись с прогулки, обратился к показаниям градусника, выяснилось, что у него ровнехонько 38.

## ЭНЦИКЛОПЕДИЯ

Если некоторые намеки Сеттембрини и раздражали Ганса Касторпа, — удивляться им не приходилось; да он и права не имел протестовать против влечения гуманиста к педагогическому надзору. Слепому было ясно, как обстоит дело, и сам Ганс Касторп не прилагал никаких усилий к тому, чтобы сохранить свой секрет: известное прямодушие и своеобразное благородство не позволяли ему таить свои чувства. Если уж говорить начистоту — то этим он выгодно отличался от своего лысоватого сотоварища, от влюбленного мангеймца с его вкрадчивыми манерами. Мы хотели бы напомнить и подчеркнуть, что тому состоянию, в каком находился Ганс Касторп, присуще нетерпеливое стремление обнаружить свои чувства, желание сознаться и признаться в них, слепая одержимость самим собой и жажда заполнить своей личностью весь мир — тем более непонятная для нас, трезвых людей, чем меньше во всем этом смысла, разума и надежды. Как именно такой человек выдает себя — определить трудно, вероятно, он и не может ничего сказать или сделать, не выдавая себя, особенно в обществе, где, как уже заметил некий наблюдательный ум, интересуются только двумя вещами: температурой, во-первых, и температурой, во-вторых, или, говоря иными словами, с кем в данном случае генеральная консульша Вурмбрандт из Вены вознаграждает себя за непостоянство капитана Миклосича: с окончательно выздоровевшим великаном шведом или с прокурором Паравантом из Дортмунда, а может быть, и с обоими вместе. Ибо всем было доподлинно известно, что узы, связывавшие в течение нескольких месяцев упомянутого прокурора и фрау Заломон из Амстердама, согласно полюбовной договоренности расторгнуты, и фрау Заломон, следуя вкусам своего возраста, обратилась к представителям более юного поколения и взяла под свое крылышко губастого Гэнзера, сидевшего за столом Клеефельд, или, как выразилась на своем канцелярском жаргоне и притом довольно образно фрау Штёр, — «подшила его к делу»; посему прокурору был предоставлен выбор — или биться из-за генеральной консульши со шведом, или мирно договориться с ним.

Итак, эти любовные тяжбы, столь распространенные среди берггофского общества, особенно среди больной молодежи, и в которых, видимо, главную роль играли переходы с балкона на балкон (мимо стеклянных стенок, у самой балюстрады), — эти отношения всех интересовали, они были как бы главным элементом здешней атмосферы, хотя и это не выражает полностью того, что мы подразумеваем. У Ганса Касторпа сложилось впечатление, что основной вопрос о любви, которому во всем мире придается столь важное значение, — выражается ли то шуткой, или в серьезной форме, — здесь приобретает особую тональность, смысл, вес, и это так ново, так значительно, что и самый вопрос выступает в совершенно новом свете, если не грозном, то пугающем своей новизной.

Указывая на это, мы тоже меняем тон и выражение лица и подчеркиваем: если об известных отношениях говорили легко и шутливо, то по тем же самым тайным причинам, по которым о них так говорят повсюду, но это отнюдь не доказывает, что сами по себе такие отношения являются чем-то шуточным и легкомысленным, а в сфере, которую мы изображаем, это все еще серьезнее, чем в других. Ганс Касторп считал, что достаточно разбирается в этих основных отношениях, над которыми так любят подшучивать, и может быть, раньше и был вправе так считать. Теперь он увидел, что, живя на равнине, весьма мало в них разбирался, вернее — пребывал в наивном неведении; но здесь прежде всего его личный опыт — особенности этого опыта мы не раз старались вскрыть, — исторгавший у него в иные минуты возглас «Боже мой!», все же помог ему понять и ощутить особый акцент неслыханного, фантастического и безымянного, который для всех и каждого здесь наверху казался неотделимой чертой таких отношений. Нельзя сказать, чтобы и тут над ними не подшучивали. Но еще сильнее, чем внизу, эта манера подсмеиваться носила отпечаток чего-то поверхностного, в ней слышался зубовный скрежет и задыхание, она служила слишком прозрачной завесой для скрывающегося за ней, или, вернее, нескрываемого горя. Ганс Касторп вспоминал, как побледнело и пошло пятнами лицо у Иоахима, когда в первый и единственный раз его кузен позволил себе, по обычаям равнины, безобидно пошутить по поводу Марусиной пышнотелости. Вспоминал и ледяную бледность, покрывшую его собственное лицо, когда он спас мадам Шоша от светившего ей в глаза вечернего солнца, и о том, что не раз и раньше замечал ту же бледность на лицах многих больных, как правило — на двух одновременно, например на лице фрау Заломон и молодого Гэнзера в те дни, когда между ними лишь началось сближение, которое фрау Штёр определила так метко. Словом, он вспоминал обо всем этом и понял, что при данных обстоятельствах было бы не только чрезвычайно трудно не «выдать» себя, но что и стараться не стоило. Короче говоря, Ганс Касторп не испытывал желания сдерживать и прятать свои чувства не только из благородства и прямодушия — на него влияла вся та атмосфера, в которой он жил.

Если бы Иоахим с первого же дня не подчеркнул особую трудность заводить здесь знакомства, трудность, вызванную главным образом тем, что оба кузена образовали в обществе пациентов как бы отдельную партию и миниатюрную группу, что стремившийся в армию Иоахим только и думал о том, как бы поскорее выздороветь, и решительно был против более тесного соприкосновения и общения с собратьями по недугу, — если бы не все это, Ганс Касторп воспользовался бы гораздо шире возможностями с благородной щедростью и размахом открыть перед людьми свои чувства. Во всяком случае, однажды вечером, в гостиной, Иоахим застал его в обществе Гермины Клеефельд, ее двух соседей по столу — Гэнзера и Расмуссена, а также юноши, носившего монокль и длинный ноготь; Ганс Касторп с бесспорно лихорадочным блеском в глазах на все лады превозносил Клавдию Шоша, ее своеобразные и необычайные черты. А слушатели переглядывались, подталкивали друг друга и хихикали.

Иоахим от всего этого прямо-таки страдал; однако виновника всеобщей веселости ничуть не затрагивало, что его чувство разоблачено, может быть, он считал, что, оставаясь скрытным и незаметным, он не добьется для себя никаких прав. Все догадывались о его влюбленности, в этом он не сомневался; а злорадство, которым сопровождались догадки, считал неизбежным. Не только сидевшие за его столом, но и за соседними, то и дело посматривали на него и смаковали, как он то краснеет, то бледнеет, когда, уже после начала трапезы, застекленная дверь распахивалась и с грохотом захлопывалась; он же, напротив, был доволен, ему казалось, что если его волнение привлекает всеобщее внимание, значит окружающие как бы признают и одобряют его чувство, и это послужит поддержкой для его неясных и безрассудных надежд; он испытывал при этом даже ощущение счастья. Дело дошло до того, что больные стали нарочно собираться вместе, лишь бы понаблюдать за ослепленным любовью молодым человеком. Происходило это чаще всего после обеда, на террасе, или в воскресенье, перед конторкой портье, где больные получали почту, так как в эти дни ее не разносили по комнатам. Стало уже широко известно, что есть тут один безумец — совсем голову потерял, всё по лицу прочесть можно, — и вот они собирались кучками поглазеть на него — фрау Штёр, фрейлейн Энгельгарт, Клеефельд, ее подружка с лицом тапира, неизлечимый господин Альбин, молодой человек с ногтем и еще кое-кто из членов этого сообщества, и все стояли и смотрели на Ганса Касторпа, опустив углы рта и сопя. А на его лице блуждала улыбка, полная самозабвения и страсти, щеки пылали тем же румянцем, как и в первый вечер приезда, в глазах был тот же блеск; который вспыхнул в них, когда он впервые услышал кашель австрийца, и взоры Ганса Касторпа были обращены все в ту же сторону...

В сущности, Сеттембрини поступил очень благородно: однажды, невзирая ни на что, он подошел к Гансу Касторпу, желая затеять с ним разговор и осведомиться о его самочувствии; но остается под вопросом, способен ли был тот оценить человеколюбивую непредвзятость и свободу от предрассудков, которые сказались в этом поступке Сеттембрини. Дело происходило в воскресенье, после обеда. Больные толпились в вестибюле перед конторкой портье и протягивали руки за письмами. Иоахим был также среди них.

Ганс Касторп не подошел; все с тем же выражением лица стоял он позади, стараясь добиться хотя бы одного взгляда от Клавдии Шоша — она, вместе с соседями по столу, тоже ожидала неподалеку, пока народу у конторки поубавится. В это время, когда здесь вперемежку толпились больные всех рангов, перед молодым человеком открывались богатые возможности, почему Ганс Касторп особенно любил час выдачи писем и ждал его с нетерпением. Неделю назад, подойдя к конторке, он очутился так близко от мадам Шоша, что она нечаянно даже толкнула его и, слегка повернув к нему голову, сказала «pardon», а он, благословляя свою порожденную лихорадкой находчивость, не растерявшись, ответил:

— Pas de quoi, madame![1]

Какое счастье, думал он, что каждое воскресенье после обеда в вестибюле неукоснительно раздают почту! После того случая он, можно сказать, проглотил неделю, с нетерпением ожидая через семь дней возвращения того же часа, а ждать — значит обгонять, значит чувствовать время и настоящее не как дар, а как препятствие, значит, отвергая их самостоятельную ценность, упразднить их, духовно как бы через них перемахнуть. Говорят, что, когда ждешь, время тянется. Но вместе с тем — и это, пожалуй, ближе к истине — оно летит даже быстрее, ибо ожидающий проглатывает большие массы времени, не используя их и не живя ради них самих. Можно было бы сказать, что человек, занятый одним лишь ожиданием, подобен обжоре, пищеварительный аппарат которого прогоняет через себя массы пищи, не перерабатывая ее и не усваивая ее питательных и полезных элементов. И эту мысль можно было бы продолжить: как непереваренная пища не укрепляет сил человека, так же не делает его более зрелым и время, проведенное в пустом ожидании. Правда, в действительности чистого, пустого ожидания не бывает.

Итак, неделя была проглочена, снова наступило воскресенье и время раздачи писем, причем казалось, что все еще длится тот самый час, который был неделю назад. И Ганс Касторп продолжал, волнуясь, ждать благоприятного случая: ведь каждый миг таил и нес в себе возможности завязать светское общение с мадам Шоша, — возможности, от которых сердце то замирало, то бурно колотилось, хотя он ничего не делал, чтобы эти возможности обратились в действительность. На его пути стояли препятствия частью военного, частью гражданского характера: с одной стороны, влияло

[1] Не стоит того, сударыня! (*фр.*)

присутствие честного Иоахима, а также чувства чести и долга, жившие в самом Гансе Касторпе, с другой стороны — помехи эти коренились в какой-то подсознательной уверенности, что обычные *светские* отношения с Клавдией Шоша — цивилизованные отношения, когда говорят друг другу «вы», отвешивают поклоны и стараются изъясняться по-французски, — что такие отношения не нужны, не желательны, что они «не то»... И вот он стоял и смотрел, как она разговаривает смеясь — в точности так же некогда смеялся, разговаривая, Пшибыслав на школьном дворе; при этом она довольно широко раскрывала рот, а ее раскосые серо-зеленые глаза над широкими скулами так суживались, что оставались только щелки. Это ее отнюдь не красило, но «какая есть, такая есть», для влюбленного эстетические суждения разума столь же мало убедительны, как и моральные.

— Вы тоже ожидаете почту, инженер?

Так мог говорить только один человек, нарушитель его радостей. Ганс Касторп вздрогнул и круто обернулся к стоявшему перед ним улыбающемуся Сеттембрини. Он улыбался той же проницательной и тонкой улыбкой гуманиста, какой некогда приветствовал вновь прибывшего Ганса Касторпа возле скамьи у водостока, а молодой человек, как и тогда, почувствовал себя пристыженным. Но сколько бы он ни старался в своих сновидениях оттеснить «шарманщика», потому что тот «мешал» — человек бодрствующий все же лучше грезящего, и эта улыбка вызвала в нем не только стыд и отрезвление: глядя на нее, он понял, что нуждается в помощи, и ощутил благодарность за нее. Он сказал:

— Ну что вы, какая там почта, господин Сеттембрини! Я же не посланник! Может быть, случайно придет открытка кому-нибудь из нас. Мой кузен как раз справляется.

— А мне этот хромой бес уже выдал мою скромную корреспонденцию, — ответил Сеттембрини и поднес руку к боковому карману своего неизменного ворсистого сюртука. — Не скрою, мне пишут об интересных вещах, о вещах, имеющих большое значение, и литературное и социальное. Речь идет об одном энциклопедическом издании, и некое гуманитарное учреждение оказывает мне честь, приглашая участвовать в нем... Словом, прекрасная работа.

Сеттембрини смолк.

— А как у вас? — спросил он после паузы. — Как ваши дела? Насколько, скажем, подвинулся процесс вашей акклиматизации? Вы ведь в конце концов не так уж давно живете среди нас, чтобы этот вопрос был снят с повестки дня?

— Благодарю вас, господин Сеттембрини; как и раньше, некоторые трудности остаются. И боюсь, что они останутся до последнего дня. Есть люди, которые так и не могут здесь привыкнуть, меня двоюродный брат предупредил, как только я приехал. Но ведь привыкаешь даже к тому, что не можешь привыкнуть.

— Сложный процесс, — рассмеялся итальянец, — странный способ обретать у нас права гражданства. Конечно, молодежи все дается легче. Она не привыкает и все-таки пускает корни.

— И потом здесь же в конце концов не сибирский рудник.

— Нет, конечно. О, вы предпочитаете восточные сравнения. Вполне понятно. Азия затопляет нас. Куда ни глянешь — всюду татарские лица. — И Сеттембрини украдкой посмотрел через плечо. — Чингисхан, — продолжал он, — снега и степи, волчьи глаза, в ночи и водка, кнут, Шлиссельбург и христианство. Следовало бы здесь, в вестибюле, воздвигнуть алтарь Палладе Афине, пусть защитит нас. Видите, там впереди какой-то Иван Иванович без белья спорит с прокурором Паравантом. Каждый уверяет, что он стоит впереди в очереди за письмами. Не знаю, кто из них прав, но, мне кажется, богиня должна быть на стороне прокурора. Правда, он осел, но хоть знает латынь.

Ганс Касторп расхохотался, чего Сеттембрини никогда не позволял себе. Его даже нельзя было представить себе хохочущим: дальше проницательной и сухой усмешки, кривившей уголок рта, у него дело не шло. Он долго смотрел на смеющегося Ганса Касторпа, потом спросил:

— А свой снимок вы получили?

— Снимок я получил! — с важностью подтвердил Ганс Касторп. — Совсем недавно. Вот он. — И полез в боковой карман.

— А! Вы носите его в бумажнике. Как удостоверение личности, паспорт или членский билет. Очень хорошо! Покажите-ка! — И Сеттембрини поднял к свету небольшую, окантованную черной бумагой, стеклянную пластинку, держа ее между большим и указательным пальцами левой руки — жест здесь наверху очень принятый и обычный. Когда он разглядывал пластинку, лицо его с миндалевидными глазами слегка подергивалось, нельзя было понять почему — то ли от напряжения, чтобы получше рассмотреть снимок, то ли по другим причинам.

— Да, да, — сказал он наконец. — Вот вам ваше удостоверение личности, большое спасибо. — И он протянул пластинку владельцу, протянул как-то боком; через собственный локоть и отвернув лицо.

— А вы видели тяжи? — спросил Ганс Касторп. — И узелки?

— Вы знаете, — неохотно ответил Сеттембрини, — как я отношусь к таким вещам. И знаете, что пятна и затемнения внутри нас чаще всего имеют чисто физиологическую природу. Я перевидал сотни снимков, очень похожих на ваш, поэтому вопрос о том, насколько они являются удостоверением именно вашей личности, до известной степени предоставляется решить рассматривающему. Я, конечно, сужу как непосвященный, но непосвященный с многолетним опытом.

— А ваш собственный снимок дает худшую картину?

— Да, несколько худшую... Впрочем, я знаю наверное, что вершители наших судеб основывают свои диагнозы не только на таких вот картинках... И вы что же — намерены зимовать у нас?

— Боже мой! Ну конечно. Я начинаю привыкать к мысли, что вернусь вниз только вместе с моим кузеном.

— То есть привыкаете к тому, что не можете... Вы формулируете это очень остроумно. Все необходимое вы, надеюсь, получили? Теплую одежду, зимнюю обувь?

— Получил, господин Сеттембрини. Все в полном порядке. Я написал родственникам, и наша экономка выслала мне вещи спешной почтой. Теперь я подготовлен к зиме.

— Тем лучше. Но послушайте, вам же нужен спальный мешок, меховой мешок — о чем мы думаем! Это дополнительное лето — коварная штука: за час может наступить настоящая зима. А ведь вам предстоит провести здесь самые холодные месяцы...

— Да, спальный мешок, разумеется, необходим, — согласился Ганс Касторп. — Я уже подумывал о нем, придется нам с кузеном в ближайшие дни спуститься в местечко и купить такой мешок. Правда, он потом уж ни на что не понадобится. Но ради четырех-шести месяцев купить все-таки стоит...

— Стоит, стоит... Инженер, — вполголоса пробормотал Сеттембрини, подойдя ближе к молодому человеку, — знаете, просто жуть берет, когда вы так швыряетесь месяцами! Жуть потому, что это же противоестественно и чуждо вашей природе, вся беда — в переимчивости вашего возраста! Ах, эта чрезмерная переимчивость молодежи! Она приводит в отчаяние воспитателей, ибо прежде всего устремляется на отрицательное. Не повторяйте того, что говорят все вокруг вас, а высказывайте суждения, какие подобает иметь при европейских формах жизни! В здешней атмосфере, между прочим, слишком много Азии — недаром тут так и кишит типами из московитской Монголии. Вон те люди, — и Сеттембрини показал подбородком через плечо на толпившихся в вестибюле больных, — не ориентируйтесь вы в душе на них, останавливайте себя, не позволяйте себе заражаться их взглядами, напротив, — противопоставляйте им свою сущность, свою более высокую сущность, и свято берегите то, что для вас, сына Запада, божественного Запада, сына цивилизации, по натуре и по происхождению свято, например — время! Эта щедрость, это варварское безудержное расточение времени — чисто азиатский стиль, — может быть, поэтому сынам Востока так и нравится здесь. Вы не заметили, что когда русский говорит «четыре часа», это все равно что кто-нибудь из нас говорит «один»? Разве небрежность этих людей в отношении времени не связана с безмерностью пространства, которое занимает их страна? Там, где много пространства, много и времени — недаром про них говорят, что это народ, у которого есть время и который может ждать. Мы, европейцы, не можем. У нас слишком мало времени, так же как слишком мало пространства в нашей благородной и столь изящно поделенной части света, мы вынуждены хозяйничать экономно и стремиться использовать и то и другое, использовать, слышите, инженер! Возьмите в виде прообраза хотя бы наши большие города, эти центры, эти очаги цивилизации, эти котлы, где кипит человеческая мысль! И так же как там земля все дорожает и расточение пространства становится все более невозможным — в той же мере — заметьте это себе — дорожает и время. Carpe diem! — это сказал столичный житель! Время — дар богов, поймите это, инженер, — дар богов, данный человеку, чтобы он использовал его, использовал ради человеческого прогресса.

Все эти немецкие выражения, как они ни были трудны для его «средиземного» языка, Сеттембрини произнес удивительно отчетливо, благозвучно, можно сказать — даже пластично. Ганс Касторп отвечал на эти речи лишь коротким, деревянным и неловким полупоклоном, словно ученик, внимающий назиданию строгого учителя. Да и что мог бы он возразить? Эта речь, это privatissimum[1], которое Сеттембрини произнес совершенно частным образом, повернувшись спиной к остальным и почти шепотом, носило слишком конкретный и серьезный, слишком несветский характер, чтобы человек тактичный позволил себе высказать хотя бы одобрение. Не говорят же учителю: как вы удачно это выразили. Правда, раньше Ганс Касторп иногда позволял себе такие ответы — отчасти для

[1] Здесь — доверительное сообщение (*лат.*).

того, чтобы сохранить в глазах общества видимость равенства; однако гуманист еще ни разу с такой настойчивостью не подчеркивал нарочитую педагогичность своих высказываний; поэтому ничего не оставалось, как выслушать его увещания, теряясь, как школьник, которому прочли строгую мораль.

Впрочем, Сеттембрини, видимо, продолжал размышлять о сказанном и тогда, когда замолчал. Он все еще стоял совсем близко к Гансу Касторпу, так что тот даже слегка откинулся назад: черные глаза итальянца были устремлены на лицо молодого человека, но их пристальный взгляд казался невидящим и погруженным в себя.

— Вы страдаете, инженер! — заговорил он снова. — Вы страдаете, как заблудившийся человек, — это ясно каждому. Но даже ваше отношение к страданию должно быть отношением европейца, а не азиата, ибо Восток слишком мягок и склонен к болезни, а потому здесь так щедро и представлен... Сочувствие и бесконечное терпение — вот его способ относиться к страданию. А это не может, не должно быть вашим способом!.. Мы говорили о моей корреспонденции... Видите ли, тут... Или еще лучше — пойдемте!.. Здесь невозможно... Удалимся отсюда... Пройдем вон туда... Я открою вам такие вещи, которые... Пойдемте! — И, повернувшись, он потащил Ганса Касторпа из вестибюля в первую от входа комнату, которая служила читальней и кабинетом и сейчас пустовала. В этой комнате был светлый потолок, покрытые дубовой панелью стены, несколько книжных шкафов, посередине — стол с подшивками газет, в нишах сводчатых окон — письменные принадлежности, вот и все. Сеттембрини подошел к одному из окон, Ганс Касторп последовал за ним. Дверь осталась открытой.

— На этих бумагах, — начал итальянец, торопливо выхватив из отвисшего бокового кармана своего сюртука объемистый, уже вскрытый конверт и перебирая его содержимое — несколько печатных текстов и листок, написанный от руки, — на этих бумагах оттиснуто по-французски: «Интернациональный союз содействия прогрессу». Мне прислали это из Лугано, там есть филиал Союза. Вы хотите узнать его принципы, его цели? Изложу в двух словах. «Лига содействия прогрессу», делая вывод из эволюционного учения Дарвина, утверждает, что глубочайшим и естественным призванием человечества является самосовершенствование. А отсюда следует, что долг каждого, кто хочет следовать этому естественному призванию, — деятельно участвовать в человеческом прогрессе. Многие отозвались на призыв Лиги; во Франции, Италии, Испании, Турции и даже в Германии у нее немало членов. Я тоже имею честь состоять в их списках. Сейчас разработана на научной основе грандиозная программа реформ, охватывающая все возможности совершенствования, которые в наше время дает человеческий организм. Изучаются проблемы оздоровления нашей расы, испытываются методы борьбы с вырождением, которое является, бесспорно, одним из следствий развивающейся индустриализации. Далее Лига ставит себе целью открытие народных университетов, преодоление классовой борьбы с помощью всех тех социальных улучшений, которые могут способствовать этому, и, наконец, путем развития международного права она надеется добиться прекращения войн и столкновений одного государства с другим. Как видите, стремления Лиги благородны и всеобъемлющи.

Выход в свет нескольких интернациональных журналов свидетельствует о ее деятельности — это ежемесячные обозрения, которые на трех или четырех языках, принятых для международных сношений, увлекательно рассказывают о прогрессивном развитии культурной части человечества. В различных странах основаны местные группы, они должны с помощью дискуссионных вечеров и воскресных празднеств назидать и просвещать людей в духе идеалов человеческого прогресса. Но прежде всего Союз стремится помочь своими материалами прогрессивным политическим партиям всех стран... Вы слушаете меня, инженер?

— Разумеется! — горячо отозвался ошеломленный Ганс Касторп; при этих словах он испытал такое чувство, словно поскользнулся, но все-таки удержался на ногах.

Сеттембрини, казалось, был удовлетворен.

— Вероятно, для вас все это совершенно ново и поразительно?

— Да, должен сознаться, я впервые слышу об этих... этих задачах.

— О, если бы, — негромко воскликнул Сеттембрини, — если бы вы услышали о них раньше! Но, может быть, и сейчас еще не поздно. Вот этот печатный материал... Хотите знать, о чем тут говорится?.. Слушайте дальше. Весною в Барселоне было созвано торжественное общее собрание Союза — вам известно, что этот город славится особым интересом к идеям политического прогресса? Конгресс продолжался неделю, со всякими банкетами и торжествами. Боже мой, как мне хотелось туда поехать, принять участие в совещаниях! Но этот плут гофрат запретил мне поездку под угрозой смерти, и, что поделаешь, я испугался смерти и не поехал. Вы, конечно, представляете, в каком я был отчаянии от этой злой шутки, которую со мной сыграл мой нездоровый организм. Нет ничего мучительнее, когда органическая, животная сторона нашего существа мешает нам служить разуму. Тем живее моя радость по поводу этого письма от бюро в Лугано... Вам очень хочется знать содержание? Охотно верю! Несколько коротких информаций... «Союз содействия прогрессу», памятуя о своей основной задаче, состоящей в достижении счастья для всего человечества, другими словами — в том, чтобы победить человеческие страдания при помощи целеустремленного социального труда, а в дальнейшем и окончательно их искоренить, — памятуя также о том, что эта величайшая задача может быть разрешена только с помощью социологической науки, конечная цель которой — создание совершенного государства, — Союз решил приступить к выпуску в Барселоне многотомного издания, назвав его «Социология страданий», в котором все человеческие страдания будут приведены в систему с исчерпывающей полнотой и ясностью, классифицированы и распределены по родам и видам! Вы спросите: какой смысл в этих родах, видах и системах! А я отвечу: порядок и отбор — первый шаг к познанию, ибо страшнее всего тот враг, который неведом. Необходимо вывести человеческий род из примитивной стадии страха и терпеливой тупости и направить его по пути целеустремленной деятельности. Надо разъяснить ему, что бороться с теми или иными явлениями можно, лишь предварительно познав их причины и устранив их, и что почти все страдания отдельной личности вызваны заболеваниями социального организма. Хорошо! Вот в этом и состоит задача «Социальной патологии». Примерно в двадцати томах словарного формата она перечислит и опишет все случаи человеческих страданий, какие только можно установить, — от самых личных и интимных до больших групповых конфликтов, до страданий, проистекающих из классовой борьбы и международных столкновений, укажет на те химические элементы, из многообразного смешения и сочетания которых возникают решительно все человеческие страдания, и, руководствуясь идеей достоинства и счастья всего человечества, это издание, во всяком случае, даст ему в руки те средства и мероприятия, которые помогут устранить самые источники страданий. Признанные специалисты из европейского ученого мира, врачи, экономисты, психологи примут участие в работе над этой энциклопедией страданья, а главная редакционная коллегия в Лугано явится как бы резервуаром, в который будут стекаться соответствующие статьи. Я читаю в ваших глазах вопрос о том, какая же роль во всем этом предназначена мне? Дайте мне кончить! Это грандиозное издание не обойдет и художественные произведения, поскольку их предмет — именно страдание человека. Поэтому предусмотрен отдельный том, в котором для утешения и назидания будут помещены обзор и краткий анализ всех шедевров мировой литературы, где изображен тот или иной конфликт; вот та задача, которая в этом письме возлагается на вашего покорного слугу.

— Что вы говорите, господин Сеттембрини! Тогда разрешите от души поздравить вас! Это же замечательно и, как мне кажется, прямо создано для вас. Меня нисколько не удивляет, что Лига обратилась именно к вам. Как вы должны радоваться, что можете содействовать искоренению человеческих горестей!

— Работа эта очень большая, — задумчиво сказал Сеттембрини, — подходить к ней нужно осмотрительно и много для нее читать. — Что касается художественного творчества, — продолжал он, словно теряясь взглядом в далях того многообразия, которое ему предстояло охватить, — то оно избирает, почти как правило, тему страдания, и даже произведения второго и третьего разряда занимаются им. Ну, да это все равно или даже тем лучше. Сколь ни всеобъемлюща поставленная передо мной задача, она, во всяком случае, такого рода, что я на крайний случай могу справиться с ней и в этой проклятой дыре, хотя хочу надеяться, что все же не буду вынужден заканчивать ее здесь. Чего нельзя сказать, — продолжал он, снова подойдя к Гансу Касторпу и понизив голос почти до шепота, — чего нельзя сказать об обязанностях, которые природа возложила на *вас*, инженер. Вот куда я метил, вот относительно чего хотел предостеречь вас. Вы знаете, с каким восхищением я отношусь к вашей профессии, но так как она — профессия практическая, а не интеллектуальная, то вы, в отличие от меня, можете заниматься ею только, живя там, внизу. Лишь на равнине можете вы быть европейцем, активно, согласно своим возможностям побеждать страдание, служить прогрессу, использовать время. Я только для того и рассказывал вам о выпавшей мне на долю задаче, чтобы вы вспомнили о вашей, чтобы вы очнулись и выправили свои понятия, которые здесь вследствие определенных атмосферических влияний начали путаться. Я настойчиво взываю к вам: будьте верны себе! Будьте горды и не поддавайтесь тому, что вам чуждо. Бегите из этого болота, с этого острова Цирцеи, вы недостаточно Одиссей, чтобы безнаказанно пребывать на нем! Скоро вы будете ходить на четвереньках, вы уже склоняетесь к земле и готовы пасть на передние конечности, скоро вы захрюкаете — берегитесь!

Произнося эти поучения, гуманист настойчиво покачивал головой. Потом смолк, опустив глаза, сдвинув брови. Теперь уж невозможно было отделаться шутливым и уклончивым ответом, как отделывался не раз Ганс Касторп, хотя на миг ему показалось, что так можно бы ответить и сейчас. Но и он стоял, опустив глаза. Затем пожал плечами и тоже вполголоса спросил:

— Что же я должен сделать?

— Я уже говорил вам.

— То есть — уехать?

Сеттембрини молчал.

— Вы хотите сказать, что я должен уехать домой?

— Я вам посоветовал это в первый же вечер, инженер.

— Да, и тогда я мог уехать, хотя считал неразумным сразу сложить оружие только потому, что здешний воздух оказался немного не по мне. Но ведь за это время положение вещей изменилось, за это время меня осмотрели врачи, и гофрат Беренс прямо заявил, что уезжать домой не имеет смысла — мне все равно очень скоро пришлось бы вернуться, а если там, внизу, дело пойдет такими же темпами, то мое легкое очень быстро полетит к черту.

— Знаю, и теперь у вас в кармане лежит ваше удостоверение личности.

— Да, но с какой иронией вы это говорите... Со справедливой иронией, совершенно не двусмысленной, а наоборот, с той, которая является откровенным и классическим ораторским приемом, — видите, я запоминаю ваши слова. Но можете ли вы теперь, когда уже есть вот этот снимок, получены данные просвечивания и известен диагноз гофрата, можете ли вы взять на себя ответственность и все-таки рекомендовать мне уехать домой?

Сеттембрини на миг заколебался. Потом выпрямился, поднял голову, устремил твердый взгляд черных глаз на Ганса Касторпа и ответил с не лишенной театральности, эффектной решимостью:

— Да, инженер. Я беру на себя эту ответственность.

Но выпрямился и Ганс Касторп. Он крепко сдвинул каблуки и также посмотрел в упор на Сеттембрини. Это уже была схватка, и Ганс Касторп дал отпор. Воздействие некоего лица, находившегося поблизости, «укрепляло» его. Тут был педагог, а там — узкоглазая женщина. Он даже не извинился за свои слова, не добавил: «Не обижайтесь на меня», он ответил:

— Очевидно, в отношении себя мы более осторожны, чем в отношении других. *Вы*-то ведь не пренебрегли запрещением врачей и не поехали на конгресс в Барселону! Вы боитесь смерти и остались здесь.

Это замечание до известной степени зачеркивало внутреннюю позу, которую принял Сеттембрини. Он улыбнулся не без усилия и сказал:

— Я умею ценить находчивый ответ, хотя ваша логика весьма близка к софистике. Мне противно спорить, хотя здесь это принято, о том, кто болен тяжелее. Я не могу участвовать в этом омерзительном состязании, иначе я бы возразил вам, что болен гораздо серьезнее, чем вы, к сожалению, настолько серьезно, что могу только искусственно и с помощью небольшого самообмана поддерживать в себе надежду когда-нибудь вернуться вниз, в свой прежний мир. И в ту минуту, когда выяснится полная неуместность моих надежд, я распрощаюсь с этим учреждением и проведу остаток дней в этой долине, просто сняв у кого-нибудь комнату. Это будет весьма печально, но область моей работы — наиболее свободная и интеллектуальная, поэтому такая жизнь не помешает мне служить до последнего вздоха интересам человечества и бороться с духом болезни. Я уже обращал ваше внимание на разницу, которая существует в этом отношении между вами и мной. Слушайте, инженер, вы не из тех людей, которые могут, живя здесь, отстаивать лучшую часть своего существа, я понял это с первой же нашей встречи. Вы упрекнули меня за то, что я не поехал в Барселону. Я подчинился запрету, чтобы раньше времени себя не разрушить. Но я сдался вовсе не с безоговорочной покорностью, мой дух самым решительным образом и с гордым негодованием протестовал против власти моего жалкого тела. Не знаю, просыпается ли в вас этот протест, когда вы подчиняетесь требованиям здешних властей, или вы, наоборот, следуете зову своего тела и слишком охотно поддаетесь его губительным влечениям.

— А почему вы так против тела? — торопливо перебил его Ганс Касторп и изумленно посмотрел на него своими голубыми глазами с покрасневшим белком. У него прямо голова закружилась от собственной дерзости, и это было заметно. «Что я говорю? — ужаснулся он про себя. — Это же просто чудовищно! Но раз уж я объявил войну, то, пока буду в силах, не дам ему взять верх надо мной. Конечно, он в конце концов меня одолеет, но все равно кое-что я на этом выиграю. Я раздразню его». И добавил, поясняя свои слова: — Вы ведь гуманист? Как же вы можете порицать человеческое тело?

Сеттембрини улыбнулся, на этот раз непринужденно и самоуверенно.

— Что вы имеете против психоанализа! — процитировал он слова Ганса Касторпа, склонив голову на плечо. — Вы осуждаете психоанализ? Я всегда готов держать перед вами ответ, инженер, — продолжал он и отвесил поклон, описав рукой полукруг у своих ног, — особенно когда ваши возражения остроумны. Вы парируете удары довольно элегантно. Гуманист ли я? Ну, конечно. И вам не удастся обвинить меня в склонности к аскетизму. Да, я утверждаю, чту и люблю человеческое тело, так же как утверждаю, чту и люблю форму, красоту, свободу, радость и наслажденье, как защищаю «этот мир», интересы жизни, а не сентиментальное бегство от нее, защищаю классицизм, а не романтику. Полагаю, что моя позиция совершенно ясна. Но есть одна сила, один принцип, перед которым я преклоняюсь, которому отдаю мое высшее и глубочайшее почитание и любовь; эта сила, этот принцип — дух. И хотя мне претит, когда противопоставляют телу некое сомнительное, лунно-струнное видение или привидение, именуемое «душой», — но в антитезе тела и *духа* я считаю, что тело воплощает в себе злое, дьявольское начало, ибо тело — это природа, а природа, противопоставленная духу, разуму, — повторяю! — зла, мистична и зла. «Вы ведь гуманист». Да, конечно, ибо я друг человека, как был им Прометей, я поклонник человечества и его благородства. Однако благородство это заключено в духе, в разуме, и вы будете совершенно не правы, выдвинув против меня упрек в христианском обскурантизме...

Ганс Касторп сделал протестующий жест.

— ...Будете не правы, выдвинув этот упрек только потому, что гуманизм в своей благородной гордости однажды объявил прикованность духа к телесности, к природе, унижением и позором. Согласно преданию великий Плотин говорил, что ему стыдно иметь тело; знаете вы об этом? — Сеттембрини задал вопрос столь настоятельно, что Ганс Касторп вынужден был признаться: нет, в первый раз слышит. — Так передает Порфирий. Абсурд, если угодно. Но абсурдное с точки зрения духа я есть самое благородное, поэтому не может, в сущности, быть более убогого возражения, чем упрек в абсурдности, там, где дух противостоит природе, утверждает свое достоинство и отказывается уступать ей... Вы слышали о Лиссабонском землетрясении?

— Нет... Разве было землетрясение? Я тут газет не читаю...

— Вы не поняли меня. Кстати, очень жаль и показательно для данного заведения, что вы, живя здесь, не находите нужным читать газеты. Но вы не поняли меня: явление природы, о котором я говорю, произошло не теперь, а примерно полтора века назад...

— Ах, вот что! Позвольте — верно! Я читал, что в ту ночь Гете, лежа в своей спальне, в Веймаре, сказал слуге...

— Да я не о том... — прервал его Сеттембрини, закрыв глаза и досадливо помахав смуглой ручкой. — Вы смешиваете две катастрофы и имеете в виду Мессинское землетрясение. А я говорю о землетрясении, постигшем Лиссабон в тысяча семьсот пятьдесят пятом году.

— Тогда простите.

— Так вот, Вольтер был возмущен.

— То есть... как это — возмущен?

— Взбунтовался, да. Он не хотел признать грубый рок и грубый факт, не желал перед ними отступать. Он протестовал во имя духа и разума против столь возмутительного бесчинства природы, в жертву которому были принесены три четверти цветущего города и тысячи человеческих жизней... Вы удивлены? Вы улыбаетесь? Удивляться можете, но улыбку я беру на себя смелость запретить вам: отношение Вольтера в данном случае показывает, что он был прямым потомком древних галлов, которые расстреливали небо из своих луков... Видите, инженер, вот вам и враждебность духа к природе, гордое недоверие к ней, возвышенное упорство в отстаивании своего права на критику и самой природы, и ее злой, противной разуму силы. Ибо она — сила, и принимать ее, мириться с ней, — заметьте, внутри самого себя мириться с ней, — значит быть рабом. Вот вам и та гуманность, которая вовсе не впадает в противоречие с самой собой и отнюдь не возвращается к христианскому ханжеству, если она видит в телесности злой и враждебный принцип. Противоречие, которое вы здесь усматриваете, такого же порядка, как и в моем отношении к психоанализу: «Что я имею против психоанализа?» Да ничего, когда он служит делу воспитания, освобождения и прогресса... И все, если я чувствую в нем отвратительный привкус могилы. Так же и с телом. Его нужно чтить и защищать, когда речь идет об его эмансипации и красоте, о свободе ощущений, о счастье, о наслаждении. И его следует презирать, поскольку оно является началом тяжести и косности, противостоит движению к свету, становится воплощением болезни и смерти, поскольку его специфический принцип есть принцип извращенности, принцип разложения, сладострастия и стыда...

Последние слова Сеттембрини проговорил, придвинувшись совсем близко к Гансу Касторпу, почти беззвучно и очень быстро, чтобы скорее закончить свою мысль. Но тут пришло избавление: держа в руках две открытки, на пороге читальни появился Иоахим.

Литератор умолк, и та ловкость, с какой он тут же изменил выражение лица, придав ему светскую непринужденность, оказала свое действие и на его ученика, если так можно назвать Ганса Касторпа.

—А вот и вы, лейтенант! Вы, верно, ищете вашего кузена — прошу прощения! Мы тут затеяли разговор, по-моему — даже немного поспорили. Он неплохо парирует, ваш кузен, и отнюдь не безобидный противник, если его задеть за живое.

## HUMANIORA[1]

Ганс Касторп и Иоахим Цимсен в белых брюках и синих визитках сидели после обеда в саду. Был один из хваленых октябрьских дней, жаркий и легкий, радостный и вместе с тем жестковато-терпкий, с по-южному синим небом над долиной, где между поселками еще сочно зеленели иссеченные тропинками выгоны, а на мохнатых лесистых склонах паслись коровы, и до сидевших доносился перезвон их колокольчиков — жестяной и мирный, однообразно певучий перезвон; ничем не заглушаемый, он плыл в тихом, разреженном и пустом воздухе, усиливая торжественное настроение, царящее обычно в высокогорных местностях.

Кузены сидели на скамье в конце сада, перед полукругом молодых елок. Место это находилось в северо-западной части обнесенной оградой площадки, возвышавшейся метров на пятьдесят над долиной и служившей как бы подножием для санаторской усадьбы. Оба молчали. Ганс Касторп курил. Втайне он сердился на кузена за то, что Иоахим не пожелал после обеда присоединиться к обществу на веранде, а перед тем как начать послеобеденное лежание потащил, вопреки его воле и охоте, в тишину сада. Со стороны Иоахима это было деспотизмом. Ведь они же все-таки не сиамские близнецы. Они могут и разлучаться, если их желания не

[1] Гуманитарное (*лат.*).

совпадают. И Ганс Касторп здесь не для того, чтобы развлекать Иоахима, он сам — пациент. Поэтому он дулся и мог спокойно продолжать дуться, так как с ним была его «Мария Манчини». Засунув руки в карманы пиджака и вытянув ноги в коричневых башмаках, он курил длинную матово-серую сигару; началась только первая стадия курения, то есть еще не был стряхнут пепел с ее тупого кончика. Ганс Касторп держал сигару между губ, слегка опустив ее книзу, и вдыхал, после сытного обеда, ее аромат. Теперь он опять испытывал всю полноту удовольствия, доставляемого сигарой. Пусть его привыкание здесь наверху свелось лишь к тому, что он привык к непривыканию, — в отношении химизма желудка и нервных тканей его сухих и склонных к кровотечениям слизистых оболочек приспособление все же, видимо, произошло: незаметно для него самого, за эти шестьдесят — семьдесят дней к нему постепенно полностью вернулась способность наслаждаться этим столь искусно изготовленным растительным зельем, которое могло и вызывать возбуждение и оглушать. И он радовался возвращению этой способности. А моральное удовлетворение еще усиливало физическое блаженство. За то время, что он лежал в постели, он сэкономил часть привезенного с собой запаса в двести штук, и кое-что у него осталось. Кроме того, он просил Шаллейн, вместе с бельем и зимней одеждой, прислать ему еще пятьсот штук этого бременского изделия, чтобы быть уже вполне обеспеченным. Сигары лежали в красных лакированных ящичках, украшенных золотыми изображениями глобуса, многочисленных медалей и окруженного флагами выставочного павильона.

Молодые люди вдруг заметили гофрата Беренса, идущего по саду. Сегодня он обедал в общей столовой, и все видели, как он сел за стол фрау Заломон и сложил перед тарелкой свои ручищи. Потом, видимо, побыл с больными на террасе, поговорил с кем-нибудь на личные темы, показал тем, кто еще не видел, фокус с завязыванием шнурков. И вот теперь он не спеша шел по усыпанной гравием дорожке, без медицинского халата, во фраке в мелкую клетку, сдвинув цилиндр на затылок и тоже с сигарой во рту: она была очень черная, и, затягиваясь, он выпускал густые клубы белесого дыма. Его голова, его лицо с синевато-багровыми щеками, вздернутым носом, влажными синими глазами и острой бородкой казались маленькими в сравнении с длинной, слегка сутулой, словно надломленной фигурой и огромными руками и ногами. Он, должно быть, нервничал, а увидев кузенов, заметно вздрогнул и даже как будто смутился, так как ему надо было непременно пройти мимо них. Но приветствовал он их, как обычно, бодро и витиевато, на этот раз строкой из Шиллера: «Смотри-ка, Тимофей, смотри!» — и пожеланиями благословенного обмена веществ, причем не дал им подняться, когда они хотели из уважения к нему встать.

— Сидите, сидите, и, пожалуйста, без церемоний. Я человек скромный. Да вам и не полагается, ведь вы пациенты, и тот и другой. От вас этого не требуется. Не возражайте, такова ситуация.

И он встал перед ними, держа сигару между указательным и средним пальцем правой ручищи.

— Ну, как травка, Касторп? Хороша? Покажите-ка, я ведь знаток и любитель. Пепел хорош: что это за красивая смуглянка?

— «Мария Манчини», господин гофрат, Postre de Banquett[1] из Бремена. Стоит девятнадцать пфеннигов штука, просто даром, но букет — вы такого за эту цену нигде не найдете. «Суматра-Гаванна», верхний лист светлый, как видите. Я очень к ним привык. Смесь средней крепости, весьма пряная, но язык не раздражает. Любит, чтобы не стряхивали пепел как можно дольше, я стряхиваю от силы два раза. Конечно, и у нее бывают свои капризы, но контроль при производстве, видимо, весьма тщательный, ибо качества «Марии» необыкновенно устойчивы и курится она очень ровно. Разрешите вам предложить?

— Благодарю, мы ведь можем обменяться.

И они вынули свои портсигары.

— У этой есть порода, — сказал гофрат, протягивая сигару своей марки. — Темперамент, знаете ли, плоть и кровь. «Санкт-Феликс-Бразиль», я всегда был верен этому типу. Уносит все заботы, обжигает, как водка, а под конец в ней чувствуется что-то огненное. При сношениях с ней рекомендуется некоторая сдержанность, нельзя курить одну за другой, мужская сила этого не выдерживает. Но уж лучше один раз хватить как следует, чем целый день сосать водяные пары...

Они вертели в пальцах подарки, которыми обменялись, ощупывали с видом знатоков стройные тельца сигар; казалось, в косых, слегка приподнятых, точно ребра, и местами чуть отстающих верхних листьях, в сети их жилок, которые как будто пульсировали, в слегка шероховатой коже, в игре света на их краях и поверхностях таится подобие чего-то органического, живого.

Ганс Касторп выразил вслух эту мысль.

[1] Десертные сигары (*исп.*).

— Такая сигара точно живая. Она точно дышит. Дома мне както взбрело в голову держать «Марию» в герметическом жестяном ящике, чтобы предохранить от сырости. И можете себе представить — она умерла. Примерно через неделю она погибла — в ящике лежали какие-то кожистые трупы.

И они принялись обмениваться опытом — как лучше хранить сигары, особенно импортные, которые гофрат предпочитал всем прочим. Он бы всегда курил только крепкие «Гаванны», заявил Беренс, но, к сожалению, он их плохо переносит: две маленькие «Генри Клей», которыми он как-то в обществе слишком увлекся, по его словам, едва его в гроб не вогнали.

— Курю я их как-то за кофе — две подряд, — начал он рассказывать, — и никаких сомнений у меня не возникает. Но докурил и невольно спрашиваю себя — что же это со мной творится? Какое-то странное состояние, совершенно необычное, никогда в жизни ничего подобного не испытывал. Домой я добрался с большим трудом, а когда добрался — тут уж меня совсем скрутило. Ноги ледяные, знаете ли, холодный пот по всему телу, лицо побелело как мел, с сердцем — черт знает что, пульс то нитевидный, едва прощупывается, то бац, бац, мчится опрометью, а в голове такое возбуждение, понимаете ли... Словом, я был уверен, что отплясался. Я говорю — отплясался, потому что именно это слово тогда пришло мне на ум, чтобы охарактеризовать мое состояние. Ведь было мне, собственно говоря, очень весело... Я чувствовал даже какую-то праздничную приподнятость, хотя вместе с тем испытывал невероятный страх, вернее — весь я был во власти страха... Но ведь страх и праздничная приподнятость не исключают друг друга. Парнишка, которому предстоит впервые взять девчонку, тоже боится, и она боится, и все-таки они тают от блаженства. Я тоже чуть не растаял: грудь ходуном ходит, ну, думаю, сейчас я упляшу отсюда. Но тут Милендонк взяла меня в оборот и нарушила мое настроение. Пошли холодные компрессы, растирания щетками, укол камфоры, — словом, она сохранила мою жизнь для человечества.

Ганс Касторп, на правах пациента, продолжал сидеть, подняв голову и глядя на Беренса; мысль молодого человека усиленно работала, это было видно по его лицу; он заметил, что синие влажные глаза гофрата, по мере того как он рассказывал, начали слезиться.

— А ведь вы иногда пишете красками, господин гофрат, — вдруг сказал он.

Гофрат отступил с притворным изумлением.

— Да что вы? Как это вы догадались, юноша?

— Прошу прощения. Я случайно слышал разговор... А сейчас вспомнил.

— Ну, тогда я и отпираться не стану. У всех у нас есть слабости. Бывает! Иногда пишу. Anch'io sono pittore[1], как говорил некий испанец.

— Пейзажи? — снисходительно и словно мимоходом спросил Ганс Касторп. В данную минуту такой тон казался ему допустимым.

— Сколько угодно! — ответил гофрат смущенно и хвастливо. — И пейзажи, и натюрморты, и животных — отважный витязь ни перед чем не отступает.

— Но не портреты?

— Иногда случается и портреты. А вы что — хотите заказать мне свой?

— Ха-ха! Вовсе нет! Но с вашей стороны было бы очень любезно, если бы вы при случае показали нам ваши произведения.

Иоахим, с удивлением смотревший на двоюродного брата, поспешил заверить гофрата, что, конечно, он окажет им большую любезность.

Беренс был польщен, он был в восторге и необыкновенно воодушевился. Он даже покраснел, и, казалось, слезы, стоявшие в его глазах, сейчас польются по-настоящему.

— Да пожалуйста! — воскликнул он. — С величайшим удовольствием! Хоть сейчас, если вам интересно! Идемте, идемте в мою хижину, я угощу вас кофе по-турецки! — Он схватил молодых людей за руки, поднял со скамьи и, повиснув между ними, повел по усыпанной гравием дорожке к своей квартире, которая, как им было известно, находилась совсем рядом, в юго-западном флигеле берггофского дома.

— Я ведь и сам когда-то пробовал свои силы в этой области, — заявил Ганс Касторп.

— Что вы говорите? И по-настоящему? Маслом?

— Нет, нет, дальше нескольких акварелей дело не пошло. Так, корабль, видик на море, словом, ребячество. Но я очень люблю смотреть картины и потому осмелился...

Эти слова несколько успокоили Иоахима, встревоженного столь неожиданным любопытством кузена: поэтому-то Ганс Касторп — больше для него, чем для гофрата — и сослался на свои

[1] Я тоже художник (*ит.*).

собственные попытки заняться живописью. Гофрат и его гости дошли до флигеля: здесь не было роскошного портала с фонарями по бокам, как на той стороне здания, где находился главный подъезд. Две закругленных ступеньки вели к дубовой двери, которую гофрат отпер ручкой-ключом, висевшей среди его огромной связки ключей. При этом его пальцы дрожали; нет, он решительно нервничал. Они вошли в прихожую с вешалкой, и Беренс водрузил на нее свой цилиндр. Открыв стеклянную дверь в коридорчик, который был отделен этой дверью от остальной части здания и куда выходили с обеих сторон комнаты этой небольшой частной квартирки, он позвал горничную и отдал ей соответствующие распоряжения. Затем, игриво и витиевато ободряя своих гостей, распахнул перед ними одну из дверей справа.

В квартире было несколько комнат, обставленных в банальнейшем стиле буржуазных квартир, с окнами на долину, все — проходные и разделенные не дверями, а только портьерами: столовая в «старонемецком» стиле, кабинет с письменным столом, над которым висела студенческая шапочка и две скрещенных рапиры, с пушистым ковром, книжными шкафами и диваном, затем «курительная» в «турецком» стиле. Во всех комнатах стены были увешаны творениями кисти гофрата, и гости вежливо устремили на них свои взоры, готовые всем восхищаться. Здесь было много портретов почившей супруги гофрата — и писанных маслом, и просто фотографических карточек, стоявших на письменном столе. Эта несколько загадочная блондинка многократно была изображена в воздушных струящихся одеждах, руки ее были сложены на левом плече, но не крепко, а так, что кончики пальцев лишь слегка соприкасались, глаза либо воздеты к небу, либо опущены долу и спрятаны под длинными косыми стрелками ресниц: только прямо перед собой, на зрителя, не смотрела покойница ни на одном портрете.

В большинстве же своем это были горные пейзажи, горы, покрытые снегом или зеленью еловых лесов, горы, окутанные дымкой высоты, и горы, резкие сухие очертания которых четко выступали на темно-синем небе, — явное влияние Сегантини. Затем хижины альпийских пастухов, пузатые коровы, стоявшие или лежавшие на залитом солнцем лугу, поднос с овощами и ощипанной курицей, свернутая сизая шея которой свешивалась вниз, типы горцев и многое еще в том же роде. Все это было написано в манере какого-то беспардонного дилетантизма, лихо наляпанными мазками, причем нередко казалось, что краску выдавливали прямо из тюбика на холст, так что она потом долго не сохла, — при грубых ошибках этот прием иной раз помогает. Точно на выставке ходили кузены вдоль стен, рассматривая плоды творчества хозяина, а он время от времени уточнял какой-нибудь сюжет, но больше молчал и, наслаждаясь их вниманием, с горделивым смущением мастера останавливал взгляд то на одном, то на другом произведении, на котором останавливались взгляды гостей. Портрет Клавдии Шоша висел в кабинете, между окон, — Ганс Касторп узнал ее еще в дверях, хотя портрет имел лишь отдаленное сходство с оригиналом. Но он нарочно не смотрел туда и удерживал Иоахима и гофрата в столовой, сделав вид, что восхищен видом зеленой долины Зергиталь с синеватыми глетчерами на заднем плане; затем, по собственному почину, решительно перешел в «турецкий» кабинет, который тоже тщательно осмотрел и похвалил. И далее занялся изучением той стены гостиной, где была дверь, время от времени призывая Иоахима высказать свое одобрение. Наконец он обернулся и спросил с обдуманной нерешительностью:

— А... ведь знакомое лицо?

— Узнаете? — с радостной готовностью подхватил Беренс.

— Ну, конечно, ошибиться невозможно, это та дама за «хорошим» русским столом, у нее еще французская фамилия...

— Верно, Шоша. Очень приятно, что вы нашли сходство.

— Удивительное! — врал Ганс Касторп, не столько от неискренности, сколько от сознания, что не будь у него рыльце в пушку, он так и не узнал бы, кто на портрете изображен, — как не узнал бы и Иоахим, добрый, обманутый Иоахим, ибо двоюродный брат перехитрил его; но сейчас после тумана, который напустил Ганс Касторп, Иоахим прозрел, окончательно прозрел.

— Да, вон оно что, — неслышно проговорил он и принял участие в рассматривании портрета. Двоюродный брат все же вознаградил себя за то, что Иоахим оторвал его от общества на веранде.

Это был поясной портрет, сделанный в полупрофиль, немного меньше чем в натуральную величину; изображенная на нем женщина была декольтирована, прозрачная ткань прикрывала пышными складками плечи и грудь, портрет был вставлен в широкую черную рамку, обведенную у самого холста золотой полоской.

Мадам Шоша казалась лет на десять старше, как бывает обычно на дилетантских портретах, когда художник гонится за характерностью. В лице было чересчур много красного, нос совсем не удался, цвет волос был передан неверно — какой-то слишком соломенный, — рот кривился, художник так и не уловил общей прелести этого лица, или ему не удалось передать ее, он слишком огрубил его основные черты; в целом это была довольно посредственная мазня и, как портрет, имела лишь отдаленное отношение к оригиналу. Но Ганс Касторп не углублялся в вопрос о сходстве, связь этого куска холста с личностью мадам Шоша была для него вполне убедительна, портрет должен был быть похож. Если Клавдия сама позировала для гофрата, в этих вот комнатах, этого было достаточно, и он с волнением повторил:

— Ну, вылитая мадам Шоша!

— Полноте! — запротестовал гофрат. — Это была адова работа, и я вовсе не воображаю, будто выполнил ее хоть сколько-нибудь удовлетворительно, хотя у нас было чуть не двадцать сеансов, — но подите справьтесь с такой необычной физиономией. Думаете, ее легко схватить с этими гиперборейскими скулами и глазами, как трещинки на кислом тесте. Ничего подобного. Верно выпишешь детали — проворонишь целое. Настоящая головоломка. Вы мадам Шоша знаете? Может быть, ее следовало писать не с натуры, а по памяти! Знаете вы ее?

— Да нет, так, слегка, как всех тут знаешь...

— Ну, я-то ее знаю, больше изнутри, знаю, так сказать, то, что под кожей, понимаете ли, со стороны артериального кровяного давления, упругости тканей, деятельности лимфатических сосудов, тут я в ней довольно хорошо разбираюсь по вполне понятным причинам. А вот то, что на поверхности тела, оказалось потруднее. Вы видели, как она ходит? Ну вот, у нее лицо такое же, как походка. Крадется, словно кошка. Возьмите, например, глаза — я имею в виду не цвет, хотя тут тоже своя загвоздка, а как они поставлены, разрез. Что ж, ответите вы, разрез глаз узкий, косой. Но это вам только кажется. Вы ошибаетесь, все дело в эпиканте — это особенность строения лица, присущая некоторым расам; она состоит в том, что, при плоской переносице, избыток кожи чуть прикрывает вместе со складкой века уголок глаза. Натяните кожу у переносицы — и вы увидите совершенно такой же глаз, как и наш. Просто пикантная мистификация — впрочем, не очень почетная, ибо по сути дела эпикант — образование атавистическое, и этот излишек кожи скорее мешает зрению.

— Значит, вот оно что, — сказал Ганс Касторп. — А я и не знал, но меня давно интересовало, в чем тут штука с такими глазами.

— Надувательство, обман, — подтвердил гофрат. — И если вы их изобразите просто косыми и узкими — вы пропали. Нужно создать впечатление узости и раскосости теми же средствами, какими его создает природа, — вызвать иллюзию с помощью иллюзии, а для этого, конечно, необходимо знать, что такое эпикант. Знание вообще делу не мешает. Взгляните на кожу, на кожу ее тела. Как она сделана, по-вашему, живо или нет?

— Необыкновенно, — заявил Ганс Касторп, — кожа написана необыкновенно живо. Мне кажется, я никогда еще не видел, чтобы кожа была так написана. Различаешь даже поры. — И он слегка провел ребром ладони по декольте на портрете, которое рядом со слишком резкими красными тонами лица особенно выделялось своей подчеркнутой белизной, как те части тела, которые обычно бывают скрыты, и, преднамеренно или нет, вызывало представление о наготе; во всяком случае, эффект этот достигался довольно грубыми средствами.

И все-таки похвала Ганса Касторпа была справедливой. В шелковистой, как будто отсвечивающей белой коже нежной, но не худой груди, тонувшей в голубоватых складках прозрачной ткани, было много естественности; видимо, художник выписывал ее с большим чувством; однако, не в ущерб известной пленительности, которую ей придало это чувство, ему удалось изобразить кожу с научной точностью и живой осязаемостью. Он воспользовался как бы зернистым строением холста и особенно там, где слегка намечались ключицы, сделал так, что шероховатая поверхность ткани проступала сквозь масляную краску; это и помогало воспроизвести кожный покров с его естественными неровностями. Не была забыта и родинка, чуть слева, там, где груди расходятся и между двумя холмиками словно просвечивает сеть голубоватых жилок. Чудилось, что от взгляда зрителя по этой наготе пробегает едва уловимый трепет чувственности, или, если выразиться смелее, чудилось, что ощущаешь легкую влагу пота, незримые испарения жизни, исходившие от этой плоти, и что если прижаться к ней губами, то услышишь не запах лака и краски, а запах человеческого тела. Впрочем, мы описываем лишь впечатления Ганса Касторпа; но пусть он искал и жаждал именно таких впечатлений, все же следует самым серьезным образом подчеркнуть, что декольте мадам Шоша заслуживало гораздо большего внимания, чем все висевшие в этой комнате раскрашенные гофратом полотна.

Беренс, засунув руки в карманы и раскачиваясь с носка на каблук, созерцал свою работу вместе с гостями.

— Я рад, коллега, — начал он, — я рад, что вы все это отметили. Очень хорошо, и ничуть не вредит, если знаешь, что находится под эпидермой, и можешь изобразить то, чего не видно, короче говоря: если имеешь отношение к природе не только как лирик, ну, например, если ты, кроме всего прочего, еще и врач, физиолог, анатом, и знаешь также кое-что насчет тайн dessous[1], это очень может пригодиться и дает определенные преимущества. Над этой телесной оболочкой поработала и наука, вы можете проверить под микроскопом правильность ее органического строения. Перед вами не только слизистые и роговые слои верхнего кожного покрова, но и находящаяся под ними основная кожная ткань с ее потовыми железами, кровеносными сосудами и сосочками, а еще глубже — жировой слой, так сказать, подкладка, основа, которая с помощью множества жировых клеток и создает пленительные женские формы. Но ваши дополнительные знания и ваши домыслы тоже влияют. Все это словно водит вашей рукой, проникает в изображение, ничего этого как будто и не видно, а оно придает вашей работе убедительность.

Ганс Касторп, слушая эти слова, был весь огонь и пламя, его лоб пылал, глаза блестели, он не знал, что ответить, ибо хотел сказать слишком многое. Прежде всего он решил, что с плохо освещенного простенка портрет необходимо перевесить на более подходящее место, затем надо непременно поддержать гофрата в его рассуждениях о строении кожи, ибо они живо интересовали молодого человека, а в-третьих, попытаться высказать собственную, чрезвычайно дорогую ему и многообещающую философскую мысль. Уже взявшись руками за портрет, чтобы его снять, он торопливо заговорил:

— Конечно, конечно! Это очень правильно и очень важно. Я хочу сказать... То есть вы, господин гофрат, сказали... нужно не одно отношение к природе, а... что было бы хорошо, если бы, кроме лирического, — кажется, вы так выразились, — кроме отношения художника, существовало бы и другое, — словом, если бы можно было смотреть на вещи и с другой точки зрения, например, с точки зрения медицины. Это необыкновенно верно... Извините, господин гофрат, я хочу сказать, это потому так потрясающе верно, что ведь на самом-то деле, по сути-то никаких различных подходов и точек зрения нет, речь идет об одном и том же, все дело — в разновидностях, то есть в оттенках и вариантах того же общего интереса, причем и занятия живописью являются лишь частью и особой формой выражения этого общего интереса, если можно так

[1] Исподнего (*фр.*).

выразиться. Да, простите, я хочу снять эту картину, она здесь совсем в темноте, я повешу ее сейчас над диваном, и вы увидите, насколько это будет лучше... Так вот, я хотел сказать: ведь чем занимается медицина как наука? Разумеется, я в этом деле полный профан, но она же занимается человеком! А юриспруденция? Законодательство? Судопроизводство? Тоже человеком. А языкознание, с которым чаще всего связана преподавательская деятельность? А богословие? Церковное право? Пастырское служение? Все они связаны с человеком, все это только разные стороны одного и того же важного... главнейшего интереса, а именно — интереса к человеку, — словом, все это гуманитарные профессии, и если кто хочет отдаться им, то прежде всего изучает древние языки, что называется, ради формального образования. Вы, может быть, удивлены, что я так об этом говорю, ведь я всего-навсего реалист, техник. Но я совсем недавно, во время лежания, думал: как это, знаете ли, удивительно, как замечательно устроено на свете, что в основу любой гуманитарной профессии положен момент формообразующий, идея формы, прекрасной формы, — это вносит что-то благородное, что-то большее, и, кроме того, известное чувство и... какую-то учтивость... А тогда интерес становится даже чем-то вроде стремления к галантности. То есть я, вероятно, говорю совсем не то, но из этого видно, как духовное и прекрасное сочетаются друг с другом, да, собственно, всегда и были одним: словом — наука и искусство едины, и занятия искусствами тоже сюда относятся, ну, как пятый факультет, что ли, он не что иное, как гуманистическая профессия, разновидность гуманистического интереса, поскольку его главная тема и предмет внимания опять-таки человек, и тут уж вы обязаны согласиться. Я ведь рисовал только море и корабли, когда в юности пробовал свои силы, но самым привлекательным жанром в живописи был и будет для меня портрет, ибо его непосредственный предмет — сам человек, поэтому я вас сразу и спросил, господин гофрат, работаете ли вы и в этой области... Разве тут не лучше ему будет, если я его сюда повешу?

Беренс и Иоахим смотрели на него с удивлением, спрашивая себя, что это за импровизация и неужели ему не стыдно. Но Ганс Касторп был слишком увлечен и не смущался. Он держал портрет, приложив его к стене, и требовал, чтобы ему ответили: да, здесь он будет гораздо лучше освещен. В эту минуту горничная принесла на подносе кипяток, спиртовку и кофейные чашки. Гофрат пригласил их в кабинет и сказал:

— Тогда вы должны интересоваться не столько живописью, сколько скульптурой... Конечно, света тут больше. Если вы считаете, что он выдержит такое освещение... Я разумею, пластикой, ибо она имеет дело с человеком и только с ним. Как бы у нас вода не выкипела!

— Совершенно верно, пластикой, — согласился Ганс Касторп, когда они переходили в другую комнату; он забыл снова повесить портрет или отставить его: он прихватил его с собой в кабинет и нес, опирая о бедро. — Разумеется, какая-нибудь греческая Венера или Атлет... в них гуманистическое начало, бесспорно, выражено яснее всего, и, если вдуматься, это, видимо, и есть самое подлинное гуманистическое искусство.

— Ну, что касается маленькой Шоша, то она более подходящий объект для живописи, боюсь, что Фидий или тот, другой... как его, ну, с иудейским окончанием... они бы нос отворотили от такой физиономии... Что вы делаете, что это вы тащите на своей ляжке?

— Спасибо, пожалуйста, не беспокойтесь... Я поставлю его пока вот здесь, у ножки стула, он тут отлично постоит. Но ведь греческие скульпторы мало интересовались головой, их прежде всего привлекало тело, как раз в этом, может быть, и сказывался гуманизм... Так, значит, женские пластические формы — это прежде всего жир?

— Жир! — решительно ответил гофрат, открыл стенной шкаф и вынул оттуда все необходимое для приготовления кофе — турецкую мельницу в виде трубки, кипятильник с длинной ручкой, двойной сосуд для сахара и молотого кофе, все это медное. — Пальмитин, стеарин, олеин, — продолжал он, насыпая кофейные зерна из жестяной коробки в мельницу, и стал вертеть ручку. — Видите, господа, я все делаю сам, с начала до конца, и кофе становится вдвое вкуснее. А вы думали, амброзия?

— Да нет, я и раньше знал. Но как-то чудно, когда слышишь это от другого, — ответил Ганс Касторп.

Они уселись в углу, между дверью и окном, за низким бамбуковым столиком с восточным орнаментом; на столик поставили кофейный прибор и принадлежности для курения, Иоахим устроился рядом с Беренсом на оттоманке с множеством шелковых подушек, Ганс Касторп — в клубном кресле на колесиках; портрет мадам Шоша он прислонил к его ножке. На полу лежал пестрый ковер. Гофрат Беренс ложечкой насыпал кофе и сахару в кофейник с ручкой, залил водой и дал ему вскипеть на пламени спиртовки.

Кофе поднялся коричневой пеной над двойным сосудом, и когда кузены его испробовали — он оказался крепким и сладким.

— Впрочем, и ваши, — сказал Беренс, — и ваши пластические формы, поскольку о них можно судить, конечно, тоже жир, хотя и не в такой мере, как у женщин. У нашего брата мужчин жир обычно составляет одну двадцатую общего веса тела, а у женщин — одну шестнадцатую. Не будь у нас этой самой подкожной клетчатки, были бы мы просто-напросто сморчками. С годами он исчезает, и тогда появляются всем известные и весьма неэстетичные морщины. У женщин эта ткань толще и жирнее всего на груди, на животе и на бедрах, словом, на всех местах, которые являются соблазном для сердца и руки. На ступнях она тоже жирная, и они боятся щекотки.

Ганс Касторп взял в руки и стал рассматривать кофейную мельницу в виде трубки. Мельница, а также весь прибор были скорее индийского или персидского происхождения, чем турецкого. На это указывал стиль гравировки по меди, при которой блестящие плоскости особенно выделялись на матовом фоне. Молодой человек разглядывал орнамент, но не сразу понял, что на нем изображено. А когда понял — невольно покраснел.

— Да, это посуда для одиноких мужчин, — сказал Беренс. — Поэтому я, знаете ли, и держу ее под замком. Иначе моя кухонная фея может себе глаза проглядеть. Вам, надеюсь, вреда не будет. Это подарок одной пациентки, египетской принцессы, она оказала нам честь и прожила тут годик. Видите, на каждой вещи повторяется тот же мотив. Занятно, правда?

— Да, замечательно, — ответил Ганс Касторп. — О, нет, мне-то, конечно, ничего... Можно даже, если угодно, увидеть в этом что-то серьезное и торжественное, хотя кофейный прибор, пожалуй, и не совсем подходит... Ведь древние, кажется, изображали нечто подобное на своих гробницах. Для них непристойное и священное в известном смысле составляли одно.

— Ну, что касается принцессы, — заметил Беренс, — то она, по-моему, больше интересовалась первым. У меня от нее остались еще превосходные папиросы — экстра, подаются только в самых торжественных случаях. — Он извлек из стенного шкафа пестрейшую коробку и открыл ее. Щелкнув каблуками, Иоахим заявил, что воздержится. Ганс Касторп вынул из коробки и закурил необычно длинную, толстую папиросу с изображением золотого сфинкса; папироса действительно оказалась превосходной.

— Расскажите нам, пожалуйста, если можно, еще что-нибудь о человеческой коже, господин гофрат, — обратился он к Беренсу.

Он снова взял в руки портрет мадам Шоша, поставил к себе на колени и принялся рассматривать его, откинувшись на спинку стула и держа во рту папиросу. — Не обязательно о жировом слое, теперь мы уже знаем, что это такое. А вообще о человеческой коже, которую вы так хорошо изображаете.

— О коже? Разве вы интересуетесь физиологией?

— Очень! Я и раньше чрезвычайно интересовался ею. Человеческое тело всегда как-то особенно занимало мои мысли. И я уже не раз спрашивал себя — а может быть, мне следовало стать врачом... В некотором смысле это было бы для меня очень подходящей профессией. Ведь кто интересуется телом, интересуется и болезнями этого тела, то есть именно ими, разве не так? Впрочем, дело не в этом, мало ли кем еще я мог стать! Я бы мог, например, стать священником.

— Да что вы?

— У меня много раз возникало чувство, что тут-то я был бы в своей стихии!

— Почему же вы стали инженером?

— Случайно. Меня толкнули на это более или менее внешние причины.

— Да, так насчет кожи... что же мне рассказать вам о вашем чувствительном покрове... Это ведь ваш внешний мозг, понимаете? С точки зрения генетико-онтологической он совершенно того же происхождения, что и аппарат, связанный с так называемыми высшими органами чувств и находящийся у вас в мозгу: дело в том, что центральная нервная система — это, к вашему сведению, всего лишь легкое видоизменение наружного слоя кожи, у низших животных вообще еще нет различия между системами центральной и периферийной, они обоняют запах и воспринимают вкус через кожу, у них, да будет вам известно, существует только кожная восприимчивость, — что, вероятно, совсем не плохо, если поставить себя на их место. Но у высокодифференцированных существ, как мы с вами, кожа притязает только на ощущение щекотки, она всего-навсего играет роль органа защиты и предупреждения, зато с дьявольской бдительностью оберегает тело от всего, что может угрожать ему — она даже выдвигает щупальцы, а именно — волосы, волоски на теле, которые являются просто ороговевшими клетками кожи и возвещают о приближении чего-либо еще до того, как оно прикоснется к самой коже. Между нами, я допускаю, что защитная и охраняющая роль кожи простирается не только на тело... Вам известно, почему вы краснеете и бледнеете?

— Довольно смутно.

— Ну, говоря по правде, вполне точно и мы этого не знаем, по крайней мере в тех случаях, когда краснеют от стыда. Вопрос этот окончательно еще не выяснен, ибо по сей день в сосудах не обнаружено наличия расширяющих мышц, которые приходят в действие благодаря вазомоторным нервам. Почему, собственно, у петуха набухает гребень, — или какие там еще приводятся классические примеры, — это остается, так сказать, в области загадок, тем более что речь идет о психических воздействиях. Мы допускаем, что связи между корой большого головного мозга и центральной сосудистой системой осуществляются в головном мозгу и при известного рода раздражениях, когда, например, вам становится ужасно стыдно, эта связь начинает действовать, нервы сосудов влияют на сосуды лица, они расширяются, наполняются кровью, и вы становитесь похожи на индюка и от прилившей к лицу крови почти ничего не видите. А в других случаях, когда вам бог знает что предстоит, может быть, что-то чудесное, но опасное, кровеносные сосуды кожи сжимаются, кожа бледнеет, холодеет и стягивается, и тогда вы от волнения становитесь похожи на труп, тени под глазами делаются свинцовыми, нос белеет и заостряется. Но сердце, под действием симпатического нерва, барабанит что есть мочи.

— Значит, вот как это происходит... — проговорил Ганс Касторп.

— Примерно так. Это, знаете ли, реакции. Но известно, что любые реакции и рефлексы имеют искони одну цель, поэтому мы, физиологи, готовы допустить, что и эти явления, сопровождающие психические аффекты, в сущности, тоже своего рода средства защиты — они такие же защитные рефлексы, как, например, гусиная кожа. Вы представляете, каким образом у вас появляется гусиная кожа?

— Тоже не вполне.

— Это особое действие сальных желез, выделяющих смазку для кожи, этакую белковую жировую секрецию, правда не слишком аппетитную, но она поддерживает гладкость кожи, чтобы кожа от сухости не трескалась и не шелушилась и чтобы она была приятна на ощупь. Трудно представить себе, как можно было бы прикасаться к человеческой коже, если бы не эта холестериновая смазка. В сальных железах есть маленькие органические мышцы, которые могут приподнимать железы, и когда это происходит, вы чувствуете себя, как тот мальчишка, на которого принцесса вылила ведро воды с пескарями: ваша кожа становится шершавой, точно терка, а если раздражение очень сильное, то приподнимаются и волосяные мешочки — у вас встают волосы на голове и волосы на всем теле, как у дикобраза, который защищается, и тогда вы понимаете, что это за ощущение, когда говорят — «мороз по коже подирает».

— О, я уже не раз это испытывал, — заявил Ганс Касторп. — Меня мороз по коже подирает даже довольно часто и в самых различных случаях. Но удивительнее всего то, что железки приподнимаются от столь разных причин. Когда проводят грифелем по стеклу, появляется гусиная кожа, и когда слушаешь особенно прекрасную музыку — тоже, а когда я во время конфирмации причащался, у меня непрерывно было такое чувство, будто по телу бегают мурашки и вскакивают пупырышки. Просто удивительно, сколько поводов существует для того, чтобы эти маленькие мышцы пришли в движение.

— Да, — отозвался Беренс, — раздражение есть раздражение. А на содержание этого раздражения телу в высшей степени наплевать. Что пескари, что причастие — сальные железы все равно приподнимаются.

— Господин гофрат, — начал Ганс Касторп, глядя на портрет, который держал на коленях. — Вот к чему мне еще хотелось вернуться. Вы говорили перед тем о внутренних процессах — об обращении лимфы и других... Что тут происходит? Очень хотелось бы узнать об этом побольше, например, насчет обращения лимфы, если бы вы были так добры... меня это очень интересует...

— Охотно верю, — отозвался Беренс. — Ведь лимфа — это тончайший, интимнейший и нежнейший из всех элементов в деятельности организма, — вам, вероятно, что-то в этом роде и мерещилось, когда вы спросили. Вечно говорят о крови и ее тайнах, называют ее особым соком. Но вот лимфа — это, знаете ли, действительно всем сокам сок, квинтэссенция, молоко крови, драгоценнейшая жидкость — при усиленном питании жирами она действительно становится похожей на молоко. — И он точно и образно принялся описывать, как кровь, эту театрально пурпуровую жидкость, создаваемую дыханием и пищеварением, насыщенную газами и отходами организма, жирами, белками, железом и солями, — как эту жидкость с температурой в тридцать восемь градусов сердце словно насосом нагнетает в сосуды, и она поддерживает во всем теле обмен веществ и животное тепло, одним словом — саму жизнь и жизненные процессы, причем кровь соприкасается с клетками не непосредственно, но давление, под которым она находится, заставляет ее выделять некий экстракт, некий молочный сок, он, словно пот, проникает через стенки сосудов, всасывается в ткани, распространяется повсюду и заполняет в качестве жидкой составной части тканей каждую щелку, напрягая и растягивая эластичную клетчатку. В этом и состоит напряжение тканей, так называемый тургор, а тургор, в свою очередь, заставляет лимфу, после того как она ласково омыла клетки и обменялась с ними веществом, возвращаться в лимфатические сосуды, vasa lymphatica, и обратно в кровь — в день ее поступает до полутора литров. Гофрат описал трубчатую и всасывающую систему лимфатических сосудов, рассказал о грудном молочном протоке, собирающем лимфу из ног, живота, груди, из одной руки и одной половины головы, о нежных фильтрующих органах, находящихся во многих точках лимфатических сосудов — о так называемых лимфатических железах, расположенных на шее, под мышками, возле локтевых суставов, в коленной чашке и в других интимных и нежных частях тела.

— Тут могут появиться вздутия, — продолжал Беренс, — но ведь с этого мы и начали: утолщения лимфатических желез ну, скажем, в коленных чашках, в суставах рук и в других местах — опухоли водяночного типа, — для всего этого всегда есть свои причины, хотя и нельзя сказать, чтобы возвышенные. При некоторых условиях может также возникнуть подозрение на туберкулезную закупорку лимфатических сосудов.

Ганс Касторп молчал.

— Да, — сказал он вполголоса после паузы, — я действительно мог бы с успехом сделаться врачом. Грудной проток... Лимфатические сосуды ног... Как это интересно! Но что же такое тело? — воскликнул он с внезапно прорвавшимся волнением. — Что такое плоть? Что такое человеческое тело? Из чего состоит оно? Скажите нам, господин гофрат, скажите сегодня же. Скажите раз навсегда и вполне точно, чтобы мы знали!

— Из воды, — ответил Беренс. — Значит, вас интересует и органическая химия? В огромной своей части — из воды, вот из чего состоит человеческое тело и тело гуманистов тоже. Ни больше ни меньше. И незачем по этому поводу особенно волноваться. Причем твердым веществам отведено лишь двадцать пять процентов, из которых двадцать составляют обыкновенный белок, или протеины, если хотите, чтобы это звучало поблагороднее; а к ним добавьте немножко жиру и солей. Вот, пожалуй, и все.

— Ну, а белок? Это что такое?

— Он состоит из ряда элементов: углерода, водорода, азота, кислорода, серы. Иногда и фосфора. Да вы, оказывается, необыкновенно любознательны! Некоторые виды белков связаны и с угольными гидратами, то есть с виноградным сахаром и крахмалом. К старости тело становится жестким, происходит это потому, что в соединительной ткани, знаете ли, накапливается коллаген, клей, важнейшая составная часть костей и хрящей. Ну, что же вам еще рассказать? В нашей мышечной плазме содержится особый белок, миозиноген, после смерти он переходит в мышечный фибрин и вызывает окоченение трупа.

— Так, так, окоченение трупа, — бодро подхватил Ганс Касторп. — Отлично, отлично. А потом начинается, так сказать, всеобщий анализ и разложение, могильная анатомия.

— Ну, само собой. Впрочем, вы удачно выразились. Этот процесс приобретает все более широкий характер. Мы, так сказать, растекаемся в пространстве. Подумайте, столько воды! А прочие составные части тоже ведь не стойки: когда исчезает жизнь, они при гниении распадаются на более простые соединения, неорганические.

— Гниение, разложение, — сказал Ганс Касторп, — насколько мне известно, это ведь сгорание, соединение с кислородом.

— Совершенно верно. Окисление.

— Ну, а жизнь?

— Тоже. То же самое, юноша. Она тоже окисление. Ведь жизнь в основном это всего-навсего кислородное сгорание клеточного белка. Отсюда и то приятнейшее животное тепло, которого иногда у нас бывает слишком много. Н-да, жизнь — это умирание, обманывать себя нечего — происходит une destruction organique[1], как выразился один француз с присущим его нации легкомыслием. Этим жизнь и пахнет. А если все это нам представляется иным, то судим мы пристрастно.

— И если интересуешься жизнью, — сказал Ганс Касторп, — то ведь тем самым интересуешься и смертью, правда?

— Ну, некоторая разница все-таки есть. Жизнь — это когда, несмотря на обмен веществ, форма сохраняется.

— А зачем она сохраняется? — спросил Ганс Касторп.

— Зачем? Послушайте-ка, а ведь в вашем вопросе весьма мало гуманизма.

---

[1] Органическое разрушение (*фр.*).

— Форма — это же педантство.

— Сегодня вы что-то необыкновенно смелы. Прямо отчаянный какой-то. Но я лично отступаю... — сказал гофрат. — У меня начинается хандра... — И он прикрыл глаза своей ручищей. — На меня, знаете ли, иной раз находит. Вот я выпил с вами кофе, посидел с большим удовольствием, а потом — это со мной бывает — вдруг найдет... Уж вы меня, господа, извините. Мне было чрезвычайно приятно, очень, очень интересно...

Кузены вскочили: им очень совестно, заявили они, что они так долго... господина гофрата... Он стал успокаивать их, заверять. Ганс Касторп поспешил отнести портрет мадам Шоша в соседнюю комнату и водворить на прежнее место.

Возвращаясь к себе, они уже не пошли через сад. Беренс указал им, как добраться, не выходя из дома, и проводил до застекленной двери. При этом внезапно охватившем его настроении его затылок казался еще круче, он усиленно моргал слезящимися глазами, а неровные усики над искривленной шрамом губой как-то жалобно перекосились.

Когда они шли лестницами и коридорами, Ганс Касторп сказал:

— Согласись, что моя идея была очень удачной.

— Во всяком случае, хоть какое-то разнообразие, — отозвался Иоахим. — И высказались по самым разнообразным вопросам, это верно. У меня даже голова кругом пошла. А теперь надо скорее полежать, хоть двадцать минут, до чая осталось очень мало. Ты, может быть, считаешь, что настаивать на этом с моей стороны педантично, ты ведь сейчас в таком бесшабашном настроении. Но для тебя это в конце концов все-таки не столь важно, как для меня.

## ИЗЫСКАНИЯ

И вот случилось то, что и должно было случиться, хотя еще недавно Гансу Касторпу и не снилось, что он будет при этом присутствовать: наступила зима, здешняя зима. Для Иоахима она не была новостью — когда он приехал сюда, то еще застал прошлую, она еще и не думала сдавать; но Ганс Касторп побаивался ее, хотя обстоятельно к ней подготовился. Кузен старался его успокоить.

— Да ты не думай, что она такая уж свирепая, — говорил он, — прямо арктическая. И холод чувствуешь гораздо меньше, так как воздух сухой и не бывает ветра. Если хорошенько укутаться, можно до поздней ночи лежать на балконе и не озябнешь. Здесь играет роль особая смена температур: выше границы туманов, в более высоких областях, становится теплее, раньше этого не знали. Уж скорее бывает холодно, когда идет дождь. Но у тебя есть теперь спальный мешок, да тут и подтапливают, когда становится совсем уж невмоготу.

Впрочем, ни о каких внезапных нападениях зимы и лютой стуже и речи не могло быть, зима подошла очень мягко и вначале мало чем отличалась от иных дней в разгаре лета, ибо ненастье бывало и тогда. Несколько дней подряд дул южный ветер, солнце жгло, долина стала как будто короче и теснее, а массивы Альп при выходе из нее казались более близкими и будничными. Но затем небо заволокло тучами, они тянулись толпой от Пиц Мишеля и Тинценхорна на северо-восток; долина потемнела, тяжело полил дождь. Потом он словно помутнел, стал белесовато-серым, пошел уже вперемежку со снегом, в конце концов начал падать только снег, в долине закрутилась метель, и так как это продолжалось очень долго и температура соответственно упала, то снег растаял не весь, и хотя был мокрый, но остался лежать, долина облеклась в тонкий влажный, лишь местами белый покров, и рядом с ним лесистые склоны казались особенно черными; в столовой трубы отопления стали чуть прогреваться. Начался ноябрь, близился день поминовения усопших — все это было не ново. Такая погода бывала и в августе, и люди здесь наверху давно отвыкли считать, что на снег имеет право только зима. Всегда, в любую погоду он был перед глазами, хотя бы вдалеке, ибо неизменно поблескивали его наносы и остатки в щелях и складках скалистой Ретиконской цепи, как будто закрывавшей вход в долину, и величественные горные гиганты на юге приветствовали вас в неизменных снежных уборах. Похолодание и снегопады продолжали чередоваться. Низко нависло над долиной бледно-серое небо, оно словно растворялось, осыпаясь хлопьями, которые падали беззвучно и непрерывно, с какой-то чрезмерной, слегка тревожной щедростью, и с каждым часом воздух становился все холоднее. Однажды утром, когда Ганс Касторп проснулся, в его комнате оказалось семь градусов тепла, а на следующий день — всего пять. Начались морозы, и хотя они держались в известных границах, но все-таки держались. Сначала морозило только ночью, затем и днем, с утра до вечера, притом упорно, лишь с небольшими перерывами, а снег валил и на четвертый, и на пятый, и на седьмой день. Выросли огромные сугробы, стало даже трудно ходить. Тогда расчистили дорожку, ведущую к скамье у водостока, подъездную аллею, по которой спускались в долину, и всюду прорыли тропинки. Тропинки были узенькие, при встречах никак не разминешься, приходилось отступать в сторону и проваливаться в снег по колено. Внизу, по улицам курорта, целый день ездил, уминая снег, особый каток, запряженный лошадью, которую вел под уздцы человек, а между курортом и так называемой деревней, то есть северной частью поселка, совершал рейсы санный дилижанс, напоминавший старинную почтовую карету; спереди у нее был лемех, отбрасывавший в сторону груды снега. Особый мир, тесный, высокогорный и уединенный мир тех, что жили «здесь наверху», казалось, подбит белым пухом и одет в белый мех, не было ни столба, ни тумбы без нахлобученной белой шапки, ступени берггофского подъезда исчезли, они превратились в покатую скользкую плоскость, на ветках сосен лежали тяжелые смешные подушки, время от времени они съезжали и рассыпались снежной пылью, которая потом тянулась как облако или белый туман между деревьями. Горы, обступившие долину, были одеты снегом, у подножий он казался жестко-белым, а на причудливых отрогах, вздымавшихся выше границы лесов, лежал мягким, пухлым покровом. Было сумеречно, солнце проступало сквозь дымку тусклым пятном. Но от снега исходил отраженный мягкий блеск, какое-то молочное свечение, придававшее особую красоту природе и людским лицам, хотя под белыми и цветными шапками носы и были красны от холода.

В столовой, за всеми семью столами, только и говорили о приходе зимы — этого главного сезона в здешних местах. Рассказывали, что понаехало множество спортсменов и туристов, в гостиницах «деревни» и «курорта» все занято. Утверждали, что слой выпавшего снега достигает шестидесяти сантиметров, это идеально для лыжного спорта. Идет усиленная работа по прокладке бобслейной санной дороги по северо-западному склону Шацальпа в долину, в ближайшие дни состоится открытие, если, конечно, фён не подстроит каверзу. Пациенты радостно ожидали той веселой суеты, которую здесь поднимут приехавшие снизу здоровые люди, ожидали обычных спортивных праздников и состязаний, надеясь, вопреки запрету, побывать на них, потихоньку удрав от обязательного лежания. Появилось нечто новое, как узнал Ганс Касторп, вид спорта, изобретенный Севером, — «skikjõring», при котором бегуны, стоя на лыжах, правили упряжкой лошадей. Уж это непременно надо посмотреть! Говорили и о Рождестве.

Рождество! Нет, о нем Ганс Касторп еще не думал. Легко ему было говорить и писать, что, следуя требованию врачей, он вынужден пробыть здесь всю зиму. Но как теперь оказывалось, это означало, что он проведет здесь и Рождество, и в этой мысли было что-то пугающее, хотя бы уже потому — но и не совсем потому, — что он этот праздник еще ни разу не проводил на чужбине, а всегда только на родине, в кругу семьи. Что ж! С Богом! Ничего не поделаешь! Он же не мальчик, Иоахим с этим ведь тоже мирится и подчиняется без всякого нытья, да и потом — где и в каких только условиях люди не встречали Рождество!

Все же ему казалось, что говорить о праздновании Рождества до поста рановато: ведь осталось еще добрых полтора месяца. Но их во время разговоров в столовой как-то проглатывали и зачеркивали. Хотя Ганс Касторп уже научился проделывать подобные фокусы, он еще не привык к столь размашистому стилю в обращении со временем, к какому привыкли более давние обитатели санатория. Такие этапы в прохождении года, как праздник Рождества, видимо, представлялись им трамплинами и трапециями, с которых можно было совершать вольтижировку через пустые отрезки времени. У всех у них был жар, усиленный обмен, они жили повышенной и убыстренной телесной жизнью — может быть, в конце концов они потому и гнали время так быстро да еще такими большими массами. Он не удивился бы, если бы оказалось, что для них и Рождество уже позади, и они уже говорят о встрече Нового года, о карнавале. Однако подобная несолидность и легкомыслие не допускались в берггофской столовой. Дальше Рождества не шли, оно давало достаточно поводов для всяких планов и споров. Усердно обсуждался общий подарок, который, следуя обычаю, вручался в сочельник шефу санатория, гофрату Беренсу, — подписка уже началась. По рассказам тех, кто жил здесь больше года, ему на прошлое Рождество подарили чемодан, теперь предлагали новый операционный стол, мольберт, меховую куртку, качалку, стетоскоп из слоновой кости с инкрустациями; а Сеттембрини, когда обратились к нему, посоветовал поднести имеющее выйти в свет лексикографическое издание, которое будет называться «Социология страданий»; однако его поддержал только книгопродавец, недавно посаженный за стол Клеефельд. Договориться с русскими оказалось трудновато. Пациенты разделились на два лагеря. Московиты заявили, что самостоятельно сделают Беренсу подарок. Фрау Штёр кипятилась с утра до вечера. Дело в том, что она имела неосторожность выложить деньги за фрау Ильтис, всего десять франков, а та «забыла» их вернуть. — Она, видите ли, «забыла»! — повторяла фрау Штёр на все лады с самыми разнообразными интонациями, причем все они должны были выражать негодование и полное недоверие к такой забывчивости, которая решительно не поддавалась никаким колкостям и намекам на «плохую память»; но уж кто-кто, а она, фрау Штёр, на них не поскупилась. Обманутая не раз заявляла, что готова, если на то пошло, подарить этой Ильтис ее долг. — Но выходит, что я плачу и за себя, и за нее, — возмущалась она. — Что ж, пусть, не мне будет стыдно! — Наконец фрау Штёр все же изобрела выход и поведала о нем за столом, вызвав всеобщее оживление: она принудила администрацию санатория выплатить ей эти деньги и поставить их в счет фрау Ильтис. Таким образом ей все же удалось перехитрить недобросовестную должницу, и прямой убыток был по крайней мере возмещен.

Снег перестал. Небо местами очистилось; сине-серые тучи ушли, проглянуло солнце, и на ландшафт легли голубоватые тени. Потом окончательно разъяснилось. Наступили морозные солнечные дни, и в середине ноября твердо установилась чистая блистающая зима. С балконов открылась великолепная панорама: словно напудренные стояли леса, мягко белели засыпанные пухлым снегом ущелья, сверкала озаренная солнцем долина, и над ней синело сияющее небо. А вечером, когда всходила почти полная луна, мир казался волшебно-прекрасным. Всюду — алмазный блеск, хрустальное мерцанье; леса стояли ярко-белые и густо-черные; части неба, далекие от луны, были темны и затканы звездами; на блещущую снежную поверхность ложились резкие, четкие, густые тени от домов, деревьев, телеграфных столбов, и они казались плотней и осязаемее самих предметов. Спустя два-три часа после захода солнца мороз достигал семи-восьми градусов. Мир застыл в ледяной чистоте, и его природная неопрятность как бы замерла, скованная сном, подобным волшебному очарованию смерти.

Ганс Касторп до поздней ночи задерживался на своем балкончике, вглядываясь в завороженную зимой долину, — гораздо дольше, чем Иоахим, обычно уходивший к себе в десять, самое позднее — в начале одиннадцатого. Замечательный шезлонг с тройным тюфячком и валиком для головы был придвинут к деревянным перилам, на которых белел подушками снег; подле шезлонга, на столике, горела электрическая лампочка, лежала стопка книг и ждал стакан жирного молока вечернего удоя, которое полагалось пить всем обитателям «Берггофа», — его в девять часов разносили по комнатам; Ганс Касторп для вкуса обычно добавлял туда еще немного коньяку. Он уже пустил в ход все имевшиеся в его распоряжении средства защиты от холода, весь аппарат. Он был упрятан по самую шею в застегнутый на пуговицы спальный мешок, своевременно приобретенный в одном из магазинов курорта, а поверх мешка укрыт двумя одеялами из верблюжьей шерсти, подвернутыми согласно всем требованиям ритуала. Кроме зимнего костюма, на нем была меховая куртка, на голове — вязаная шапка, на ногах — фетровые сапоги, а на руках — плотные теплые перчатки, не предохранявшие, однако, его пальцы от окоченения.

Он оставался на воздухе очень долго, иногда до полуночи (плохой русской четы уже давно не было на соседнем балконе), привлеченный волшебством зимней ночи, тем более что порой в ее тишину вплеталась музыка, игравшая в долине до одиннадцати часов и звучавшая то издалека, то ближе; но главным образом его удерживали здесь вялость и возбуждение, которые овладевали им одновременно: вялость тела, нежелание двигаться и деятельное возбуждение мозга, который под влиянием новых захватывающих познаний, увлекших молодого человека, никак не мог успокоиться. Зимняя погода ослабляла Ганса Касторпа, мороз требовал от его организма напряжения и усилий. Он много ел, усердно поглощал обильные яства берггофских трапез, во время которых за ростбифом с гарниром мог последовать еще жареный гусь, — поглощал с особым аппетитом, который, как оказалось, у больных особенно разыгрывался зимой, и это считалось в порядке вещей. Кроме того, молодым человеком нередко овладевала сонливость, так что он и днем и в лунные вечера вдруг засыпал над толстыми книгами, стараясь их одолеть — о них мы еще скажем подробнее, — а проведя несколько минут в дремоте, продолжал свои изыскания. Оживленная болтовня с Иоахимом — никогда на равнине не замечал он за собой такой склонности к болтовне, торопливой, возбужденной и подчас даже рискованной, — оживленная болтовня с Иоахимом во время обязательных прогулок по снегу очень утомляла его: у него появились головокружения и дрожь во всем теле, ему чудилось, будто он пьян или оглушен, голова пылала. С наступлением зимы кривая его температуры поднялась, и гофрат Беренс уже поговаривал об инъекциях, которые применял обычно, когда высокая температура упорно держалась, — их регулярно делали двум третям пациентов, в том числе и Иоахиму. Но Ганс Касторп считал, что это повышенное образование тепла в его теле, вероятно, имеет связь с тем внутренним возбуждением и беспокойством, которые в эти сверкающие ночи удерживали его в шезлонге до столь позднего часа, а книги, увлекавшие его, только подтверждали это предположение.

Следует отметить, что в галереях для лежания и на отдельных балконах интернационального санатория «Берггоф» читали немало, главным образом — новички и «краткосрочные», ибо те, кто жил здесь много месяцев или даже много лет, давно уже научились без помощи каких-либо развлечений или умственных занятий торопить время и убивать его с помощью особых виртуозных внутренних приемов; они даже заявляли, что только бездарные тупицы цепляются ради этого за книги. Если держишь одну какую-нибудь книгу на коленях или возле себя на столике, этого вполне достаточно. Санаторская библиотека, состоявшая из книг на самых различных языках и особенно из иллюстрированных изданий, была немногим богаче библиотечки, какую можно найти в приемной любого зубного врача. Пациенты обменивались также романами, взятыми из библиотеки курорта. Время от времени появлялась книга или номер журнала, которые пациенты рвали друг у друга из рук, и даже те, кто уже давно не читал, с лицемерной флегматичностью старались завладеть ими. В то время пациенты зачитывались одной книжицей, пущенной в ход господином Альбином; она была очень плохо издана и называлась «Искусство обольщения». Это был перевод с французского, слишком близкий к оригиналу, — сохранен был даже синтаксис, что придавало рассуждениям автора особую вычурную пикантность и игривость; в ней развивалась философия плотской любви и сладострастия в духе светского и жизнерадостного язычества. Фрау Штёр буквально проглотила брошюру и нашла ее «упоительной». Фрау Магнус, та, что «теряла белок», восторженно ее одобрила. Супруг-пивовар признал, что из этой книжки все же почерпнул кое-что и для себя, но очень сожалел, что ее прочла фрау Магнус, ибо от такого рода писаний женщины только становятся безнравственными и у них возникают нескромные представления о любви. Отзыв пивовара еще больше разжег в публике желание прочесть книгу. Между двумя дамами, прибывшими в октябре и лежавшими обычно на нижней галерее — фрау Редиш, супругой польского промышленника, и некоей фрау Гессенфельд из Берлина, однажды после обеда разыгралась весьма недостойная сцена, даже с насильственными действиями, ибо каждая из этих дам утверждала, что теперь ее очередь получить книжку; Ганс Касторп слышал все со своего балкона, причем дело завершилось истерикой одной из них, — это могла быть и Редиш и Гессенфельд; в конце концов разъяренную даму водворили в ее комнату. Молодежь завладела трактатом раньше, чем более зрелое поколение. Они изучали его группами, после ужина, в чьей-нибудь комнате. Ганс Касторп видел, как юноша с ногтем передал в столовой брошюру только что прибывшей легкобольной девице Френцхен Оберданк, маменькиной дочке, белокурой, с гладким пробором, на днях доставленной сюда мамашей.

Может быть, существовали исключения, может быть, некоторые больные и заполняли часы обязательного лежания серьезной умственной работой и плодотворно изучали какую-либо науку, хотя бы для того, чтобы не терять связи с жизнью на равнине или придать ходу времени некоторую утяжеленность и глубинность, чтобы оно не оставалось чистым временем, то есть просто ничем. Может быть, кроме Сеттембрини, с его жаждой искоренять страдания, и честного Иоахима, с его учебниками русского языка, были и еще пациенты в том же роде, если не среди посетителей столовой, что казалось действительно невероятным, то среди лежачих больных и «морибундусов» — Ганс Касторп готов был это допустить. Что касается лично его, то «Ocean steamships» уже ничего нового ему дать не могли, поэтому, когда он просил прислать из дому все необходимое для зимнего сезона, он выписал и некоторые книги по инженерным наукам и по своей прямой специальности — технике кораблестроения. Однако эти труды лежали забытые — за счет других, связанных с совсем другой областью, но предметом которых молодой Ганс Касторп глубоко заинтересовался. Это были книги по анатомии, физиологии и биологии на разных языках — немецком, французском, английском; однажды их доставил в санаторий книжный магазин курорта, — видимо, Ганс Касторп заказал их, и даже на свой страх и риск, молчком, во время прогулки, которую случайно совершил вниз, в поселок, без Иоахима (он был как раз назначен не то на инъекцию, не то на взвешивание). Поэтому Иоахим очень удивился, увидев эти книги в руках у двоюродного брата. Они стоили дорого — научные труды вообще стоят дорого, — цена еще была проставлена на внутренней стороне обложки или на суперобложках. Он спросил, почему Ганс Касторп, если уж он заинтересовался такими книгами, не попросил у гофрата — у того, наверно, большой выбор, и он охотно дал бы их почитать. Но Ганс Касторп возразил, что хочет иметь собственные, ведь и читаешь совсем по-другому, когда книга твоя; потом он любит делать пометки и подчеркивать карандашом. С тех пор Иоахим слышал, как Ганс Касторп, лежа на своем балконе, часами разрезает сброшюрованные листы.

Книги оказались претяжелыми, их было трудно держать в руках, и Ганс Касторп ставил их стоймя, так что они упирались нижним краем ему в грудь или в живот. Они давили, но он готов был терпеть; приоткрыв рот, водил он глазами сверху вниз по ученым страницам, озаренным розоватым светом прикрытой абажуром настольной лампочки, хотя она была почти не нужной — так ярко светила луна; во время чтения голова его опускалась до тех пор, пока подбородок не упирался в грудь, и тогда читающий останавливался и, прежде чем снова поднять голову и глаза к началу следующей страницы, медлил несколько мгновений — не то в полузадумчивой дремоте, не то в полудремотном раздумье. Он читал, он пытался проникнуть в глубь открывавшихся перед ним вопросов, а над хрустально сверкавшей высокогорной долиной месяц совершал свой размеренный путь, — читал об организованной материи, о свойствах протоплазмы, этой чувствительной субстанции, которая удерживается в своеобразном неустойчивом состоянии бытия между развитием и распадом, о ее способности придавать многообразие первичным, но существующим до сих пор основным формам вещества, читал с тревожным интересом о жизни и ее святой и нечистой тайне.

Что же такое жизнь? Мы этого не знаем. Поскольку она жизнь, она осознает себя, но не знает, что она такое. Сознание, как чувствительность к раздражениям, бесспорно, в какой-то мере уже пробудилось на самых низших и простейших ее этапах; но невозможно было связать первое появление осознанных процессов с каким-либо определенным моментом всеобщей или индивидуальной истории сознания, поставить, например, появление сознания в связь с возникновением какой-либо нервной системы. Низшие формы животных лишены нервной системы, а тем более — головного мозга, однако никто не решился бы отрицать их способности воспринимать раздражения. Кроме того, можно было приглушить жизнь, как таковую, а не только деятельность создаваемых ею чувствительных к раздражениям органов, и не только нервы. Можно было на время убить чувствительность всякой одаренной жизнью материи как в мире растительном, так и в мире животном, подвергнуть яички и семенные нити действию наркоза — хлороформа, хлоралгидрата, морфия. Итак, сознание оказывалось просто функцией организованной живой материи, и при усилении своей активности эта функция обращалась против ее собственного носителя — становилась стремлением исследовать и объяснить породивший ее феномен, обнадеживающим и безнадежным стремлением всего живого к самопознанию, к тому, чтобы природа рылась в самой себе — в конечном счете, совершенно тщетно, так как природа не может претвориться в познание, жизнь сама не может уловить последние глубины живого.

Что же такое жизнь? Никто этого не знает. Никому не ведома та точка сущего, в которой она возникла и зажглась. Но начиная с этого мгновения ничто в сфере жизни уже не являлось непосредственно данным или мнимо опосредствованным. Однако сама жизнь казалась чем-то непосредственно данным. И если о ней что-либо и можно было сказать, то лишь следующее: ее строение должно быть столь высокоразвитым, что в мире неорганической материи мы не найдем ничего, хотя бы отдаленно напоминающего жизнь. Расстояние, отделяющее амебу ложноножку от позвоночных, было ничтожным и несущественным в сравнении с тем, что лежало между простейшими явлениями жизни и той природой, которая не заслуживала даже названия мертвой, так как была неорганической. Ибо смерть являлась лишь логическим отрицанием жизни: но между жизнью и неорганической природой зияла пропасть, и исследователи делали тщетные попытки перекинуть мост через нее, старались заполнить эту пропасть всякими теориями, однако она заглатывала их без следа, и ни глубина, ни ширина ее от этого не уменьшались. Чтобы найти хоть какое-то связующее звено, стали допускать противную здравому смыслу гипотезу о бесструктурной жизненной материи, о неорганизованных организмах, которые будто бы возникали в белковом растворе сами собой, подобно тому как в маточном растворе образуется кристалл; а вместе с тем органическая дифференцированность оставалась предпосылкой и выражением всякой жизни, и нельзя было указать ни на одно живое существо, которое не было бы обязано своим появлением на свет родителям. Поэтому ликование, которым было встречено извлечение из глубочайших морских недр первичной слизи, оказалось преждевременным. Выяснилось, что за протоплазму приняли осадки гипса. Но, чтобы не прийти к признанию чуда, — ибо жизнь, строящаяся из тех же веществ, что и неорганическая природа, и распадающаяся на те же вещества, что и она, была бы явным чудом, — пришлось допустить первичное самозарождение, то есть возникновение органической природы из неорганической, что также было бы чудом. Поэтому ученые продолжали придумывать всякие промежуточные ступени и переходы, допускать существование организмов, стоявших ниже всех нам известных, но имевших, в свою очередь, еще более ранних предшественников, свидетелей еще более древних попыток природы создать жизнь, а именно — пробий, которые были обречены оставаться невидимыми — их не мог уловить самый сильный микроскоп, — а воображаемое их возникновение относили за счет синтеза белковых соединений.

Итак, что же такое жизнь? Тепло, тепловой продукт сохраняющей форму изменчивости, лихорадка материи, сопровождающая процесс непрерывного распада и восстановления белковых молекул, построенных с неустойчивой прихотливостью и неустойчивой сложностью.

Это было бытие того, что, собственно, не могло быть бытием, оно, в этом процессе лихорадочного разложения и обновления, со сладостной неизбежностью словно мучительно балансировало на точке бытия. Оно не было материальным и не было духом, а чем-то промежуточным, феноменом, несомым материей, подобным радуге над водопадом или пламени. Но, не будучи материальным, этот феномен был чувственным до сладострастия и до отвращения, полным бесстыдства материи, ставшей самоощущающей и воспринимающей раздражения, некоей распутной формой бытия. Как будто в целомудренном холоде мирового целого зашевелилось что-то тайно ощущающее, началось украдкой какое-то любострастное и нечистоплотное всасывание пищи и ее извержение, какое-то экскреторное выдыхание углекислоты и гадких веществ неведомого происхождения и неведомых свойств. И вот вследствие постоянного выравнивания неустойчивости возникло некое разрастание, которое держали в узде присущие ему законы развития, некое развертывание и формирование чего-то набухающего, состоящего из воды, белка, солей и жиров: мы называем это плотью, и она достигла формы, высокого образа, красоты, хотя в ней и осталось начало чувственности и вожделения. Ибо эта форма и эта красота не были ни плодом духа, как в произведениях поэтических и музыкальных, ни порождением нейтрального, снедаемого духом вещества, в своей невинности облекшего дух в осязаемый материал, ибо таковы форма и красота в изобразительных искусствах. Скорее эта форма и красота возникли и образовались из какой-то неведомым образом пробудившейся для вожделения субстанции, из самой органической материи, растленно-страстной и властной, из пахучей плоти...

И вот в эти минуты, когда молодой Ганс Касторп покоился в сбереженном мехом и шерстью животном тепле своего тела и смотрел на поблескивающую замерзшую долину, ему среди сумрака морозной ночи, озаренного блеском мертвых созвездий, предстал образ самой жизни. Он парил где-то в пространстве, далекий и все же осязаемо близкий, плоть, тело, матово-белое, липкое, источающее запахи и испарения; Ганс Касторп видел его кожу со всей ее естественной неопрятностью и изъянами, пятнами, сосочками, трещинками и желтизной, видел, что она местами зернистая и шелушится, местами покрыта первичным пухом, как бы струившимся потоками и завитками. Словно вне этой стужи неживого мира стояло оно, слегка откинувшись назад, в облаке своих испарений: голова была увенчана чем-то холодноватым, роговым, пигментированным — особым продуктом кожи; закинув руки и прижав их к затылку, смотрел этот образ на Ганса Касторпа из-под опущенных век, глаза вследствие особого кожного образования казались чуть раскосыми, а губы были приоткрыты и слегка вывернуты; тело опиралось на одну ногу, так что резко выступали очертания бедра, колено другой, слегка отставленной ноги, только касавшейся земли пальцами, доверчиво прижималось к колену первой. Так, с улыбкой, стояло перед ним это тело, немного боком, грациозно откинувшись назад, выдвинув поблескивающие локти, стояло в парной симметрии своего сложения, своих телесных особенностей: впадинам подмышек, с их резкими испарениями, соответствовала в мистическом треугольнике ночь его лона, так же как глазам — отверстие рта с его алым эпителием, а розовым бутонам груди — продолговатый пупок. От воздействия центральной нервной системы и двигательных нервов, связанных со спинным мозгом, живот и грудная клетка поднимались и опускались, плевроперитональная область вздувалась и опадала, воздух, согретый и увлажненный слизистой оболочкой дыхательных путей и насыщенный выделениями, проходил между губ после того, как содержащийся в нем кислород соединился в воздушных клетках легких с гемоглобином крови, что было необходимо для внутреннего дыхания организма. Перед Гансом Касторпом было живое тело с таинственной соразмерностью его членов, питаемых кровью, пронизанных системой нервов, вен, артерий, волосяных и лимфатических сосудов, с его костяком, состоящим из наполненных мозгом трубчатых костей, а также из лопаточных, позвонковых и основных, которые, возникнув из первичной опорной субстанции, из студенистой ткани, затем окрепли с помощью известковых солей и клея, чтобы это тело носить со всеми его капсюлями, смазанными суставными сумками, связками и хрящами, с его более чем двумя сотнями мышц, центральными системами органов питания, дыхания, восприятия раздражений и ответа на них, с его защитными кожными покровами, серозными пазухами и железами, богатыми выделениями, с его сложными трубчатыми и складчатыми внутренними поверхностями, соединявшимися с внешней средой особыми отверстиями, и он понимал, что это «я» представляет собой жизненное единство высокого порядка, чрезвычайно отличное от тех простейших существ, которые дышат, питаются и даже думают всей поверхностью своего тела; что это единство построено из мириадов таких мельчайших органических систем, которые возникли из одной и размножились путем неустанного деления, образовали различные служебные комбинации и союзы, обособлялись, самостоятельно развивались дальше и породили формы, обусловившие их дальнейший рост и способствовавшие ему.

Это представшее ему тело, это отдельное существо и живое «я» оказывалось чудовищной множественностью дышащих и питающихся особей, индивидов, которые вследствие своего органического строения и формы, предназначенной для специальной цели, настолько утратили свое бытие как существа, наделенные каким-то подобием «я», свою свободу и живую непосредственность, до такой степени сделались всего лишь анатомическими элементами, что назначение иных свелось только к чувствительности в отношении света, звука, тепла, прикосновения, у иных осталась способность, сжимаясь, менять свою форму или вырабатывать желудочный сок, иные стали годны лишь для опоры тела, иные, в силу одностороннего развития, — лишь для выработки секреций или для размножения. Но встречались и такие объединенные органические множественности, предназначенные быть носителями высшего «я», такие случаи, когда все эти низшие формы особей, образующие более высокие единства, были только слегка и весьма ненадежно сцеплены между собой. Изучая все это, Ганс Касторп размышлял над такими явлениями, как колонии клеток, полуорганизмы, водоросли, отдельные клетки которых, обладающие лишь студенистой оболочкой, часто расположены далеко друг от друга, однако являются все же многоклеточными образованиями, но, будучи спрошены, не смогли бы ответить, что они собой представляют — колонию или единое существо, и вынуждены были бы при таком самоопределении удивительнейшим образом колебаться между «я» и «мы». В этих случаях природа создала нечто среднее между высокосоциальными объединениями бесчисленных особей, образующих ткани и органы некоего высшего порядка, и свободным обособленным бытием этих простейших существ. Таким образом, многоклеточный организм оказывался только одной из форм циклического процесса, с помощью которого себя выражает жизнь и который представляет собой круговорот, идущий от рождения к рождению. Акт оплодотворения, половое слияние двух клеточных тел, лежал в основе каждой сложной особи, так же как с него начинались ряды поколений обособленных существ, и он без конца повторялся. Этот акт отсутствовал у множества поколений, не нуждавшихся в нем, ибо они размножались путем непрерывного деления; но наступала минута, когда потомки, возникшие внеполовым путем, испытывали вновь побуждение к половому соитию, и таким образом круг замыкался. Многообразное живое государство клеток, появившееся на свет в результате слияния ядер двух родительских клеток, объединяло в себе многие поколения клеточных особей, образовавшихся внеполовым путем; его рост состоял в их размножении; и все начиналось сначала, когда снова образовывались половые клетки — элементы, необходимые для продолжения рода; они находили путь к слиянию, возрождающему жизнь.

Поставив объемистый труд по эмбриологии на грудную клетку, молодой исследователь мысленно наблюдал за развитием организма с той минуты, когда семенная нить, одна из многих и в данном случае первая, подгоняя себя, точно бичом, движениями своего жгутика, наталкивалась головкой на студенистую оболочку яйца и проникала в зачаточный бугорок, который протоплазма яичной коры открывала при его приближении. Невозможно было придумать более причудливых гримас и фарсов, спокойно допускаемых природой при отклонениях от обычной формы этого процесса. Существовали животные, у которых самец паразитировал в кишечнике самки; у других самец запускал нечто вроде руки через гортань самки внутрь ее тела, чтобы там оставить свое семя, после чего самка откусывала и выплевывала ее, а рука самостоятельно убегала прочь на пальцах, одурачивая науку, которая, давая ей греко-латинские названия, долго полагала, что ее надо считать самостоятельным живым существом. Ганс Касторп внимал спорам овистов и анималькулистов. Одни утверждали, что яйцо — это уже вполне сложившийся лягушонок, щенок или ребенок, и семя служит всего-навсего для того, чтобы пробудить в нем способность роста; другие — что семенная нить — это готовый прообраз живого существа, с головой, руками и ногами, а яйцо является для него только питательной средой; наконец они согласились признать и за клеткой яйца и за клеткой семени, возникших первоначально из одинаковых эмбриональных клеток, одинаковые заслуги. Он видел, как постепенно одноклеточный организм оплодотворенного яйца превращается в многоклеточный, сморщивается и делится, видел, как клетки, сливаясь, образуют тонкую слизистую оболочку, как зародышевый пузырь вдавливается, становится полым и принимает форму кубка, а тот начинает служить для всасывания и переваривания пищи. Так возникал зачаток кишечника, праживотное, га́струла, изначальная форма всякой животной жизни, изначальная форма всякой выражаемой плотью красоты. Оба эпителия, внешний и внутренний, эктодерма и энтодерма, оказывались примитивными органами, из которых потом возникали, путем втягивания и выпячивания, железы, ткани, органы чувств, придатки. Полоска внешнего зародышевого листа утолщалась, свертывалась, как бы образуя желоб, потом ее края смыкались, возникала нервопроводящая трубка и становилась позвоночником, головным мозгом. И когда зародышевая слизь уплотнялась, превращаясь в волокнистую ткань, и отвердевала хрящами, вследствие того что студенистые клетки вместо муцина вырабатывали клейковину, он видел, как в определенных местах клетки соединительной ткани притягивают к себе из омывающих их соков известковые соли и жиры и претворяют их в костное вещество. И вот человеческий зародыш, скрючившись, покоился в чреве матери, хвостатый, решительно ничем не отличаясь от зародыша свиньи, у него была огромная кишка, бесформенные, подобные обрубкам конечности, зародыш зачатком лица склонялся к пупку; и наука, чьи представления о человеке были суровы и отнюдь для него не лестны, изображала его развитие как беглое повторение истории целого зоологического периода. У него временно были жабры, как у ската. На основе тех стадий развития, через которые он проходил, было дозволено, даже необходимо воссоздать не слишком человеческий образ зрелого человека доисторических времен. Кожа его была снабжена сокращающимися мышцами для защиты от насекомых и покрыта густыми волосами, поверхность обонятельной слизистой оболочки очень велика, подвижные уши, принимавшие живое участие в мимике лица, гораздо лучше улавливали звуки, чем теперь. В те времена глаза его были защищены еще третьим, мигающим веком и находились по обе стороны головы, причем имелся еще третий глаз, во лбу, — его рудиментарной формой является в нашем мозгу шишковидная железа; этот глаз, очевидно, предназначался для того, чтобы оберегать человека от нападения сверху. Кроме того, у этого человека был очень длинный кишечник, множество коренных зубов, звуковые мешки для рева помещались в гортани, а мужские половые железы находились в полости живота.

Анатомия препарировала перед нашим исследователем все части человеческого тела и, совлекши с них кожу, показала лежащие на поверхности и глубинные мышцы, сухожилия и связки бедра, ноги, руки — плеча и локтя, — научила его латинским названиям, которыми медицина, эта ветвь гуманитарных знаний, галантно и даже благородно их обозначила; она дала ему проникнуть вглубь, вплоть до скелета, строение которого привело его к новым точкам зрения, — среди них было и признание единства всего человеческого, а также взаимной связи и замкнутости в этом единстве всех дисциплин. Тут в Гансе Касторпе самым неожиданным образом возникло воспоминание о собственном ученом звании, или, вернее, о прежней своей профессии, представителем которой, при встречах здесь наверху, он отрекомендовался (доктору Кроковскому и господину Сеттембрини). Так как приходилось изучать какую-нибудь науку, а какую — ему было, в общем, довольно безразлично, — то он и изучал в высших учебных заведениях кое-что по части статики гибких опор, нагрузок и конструкций с точки зрения экономного использования механических материалов. Было бы, конечно, наивным считать, что инженерная наука, законы механики могут быть приложены и к органической природе, но столь же необоснованным было бы и утверждение, что никакой связи между ними не существует. Они просто в ней повторялись, и она их подтверждала. Принцип полого цилиндра, например, осуществлялся в строении длинных трубчатых костей таким образом, что при строжайшем минимуме твердого вещества они вполне отвечали максимальным статическим нагрузкам. Ганса

Касторпа учили тому, что тело, которое построено лишь из стержней и скреп конструкционного материала в соответствии с предъявленными ему требованиями растяжения и давления, может выдерживать такую же нагрузку, как и сплошное тело из того же материала. Так же и при образовании трубчатых костей можно было наблюдать, как, одновременно с уплотнением вещества на их поверхности, внутренние части, ставшие с точки зрения механики ненужными, превращались в жировые ткани и костный мозг. Берцовая кость оказывалась как бы подъемным краном, при конструировании которого органическая природа, придавая определенное направление костным «балкам», следовала с абсолютной точностью тем же кривым растяжения и давления, которые Ганс Касторп так аккуратно вычерчивал, когда надо было дать графическую схему этого столь известного механизма. Он с удовлетворением констатировал этот факт, ибо так велик был его интерес, что у него установилась уже трехсторонняя связь с бедренной костью или с органической природой: лирическая, анатомическая и техническая; и эти три вида связей, говорил он себе, в сфере человеческого бытия едины, они являются как бы вариантами одного и того же настойчивого стремления, тремя отраслями гуманитарной науки...

И все-таки роль протоплазмы оставалась необъяснимой, казалось, жизни запрещено постигать самое себя. Сущность большинства биохимических процессов была не только неизвестна, но они, по своей природе, оставались недоступными взору исследователя. Ведь почти ничего не было известно о строении и образовании того живого единства, которое мы называем «клеткой». Какой смысл определять составные части мертвых мышц, если живые не поддавались химическому исследованию? Достаточно было тех изменений, которые вызывали окоченение трупа, чтобы признать бесплодным всякое экспериментирование. Никто не знал, что такое обмен веществ, никто не разбирался в существе деятельности нервной системы. Каким особенностям обязаны вкусовые вещества своим вкусом? В чем причина того, что разнообразные ароматические вещества возбуждают определенные группы нервов? И что такое пахучесть? Специфические запахи людей и животных были основаны на испарениях каких-то веществ, определить которые не удавалось. Состав секреции, называемой потом, тоже не был вполне выяснен. Железы, выделявшие его, порождали запахи, игравшие, без сомнения, немалую роль у млекопитающих, а их значение для человека не было точно установлено. Физиологическая роль некоторых, видимо, важных, частей человеческого тела была окутана мраком, уже не говоря о слепой кишке, которая оставалась загадкой, — у кроликов она обычно оказывалась наполненной кашицеобразным веществом, но как оно оттуда выходит и как возобновляется — было неизвестно. А что такое белое и серое вещество головного мозга, зрительный бугор, связанный со зрительным нервом, или серые прослойки «моста»? Вещество головного и спинного мозга настолько легко подвергалось разрушению, что нельзя было даже надеяться когда-нибудь открыть его строение. Вследствие чего при засыпании приостанавливалась деятельность коры большого головного мозга? Что мешало самоперевариванию желудка у живого человека? Ведь оно же иногда наблюдалось у трупов? На это следовал ответ: жизнь, особая сопротивляемость живой протоплазмы — и при этом делали вид, будто не замечают, что это объяснение мистическое. Теория столь обычного явления, как лихорадка, была полна противоречий. При усиленном обмене повышалось в теле и образование тепла. Но почему же это, как в других случаях, не компенсировалось теплоотдачей? Зависело ли прекращение потоотделения от сжатия кожных пор? Однако подобный факт можно было установить только при лихорадочном ознобе, ибо обычно кожа была скорей горячей. «Горячка» показывала, что именно в центральной нервной системе коренятся причины повышенного обмена и того состояния кожи, которое называют ненормальным, ибо не знают, как определить его иначе.

Но что все это незнание в сравнении с растерянностью, возникающей у исследователя перед такими явлениями, как память, и особенно та более отдаленная и удивительная память, которую мы называем передачей по наследству приобретенных качеств? Полная невозможность уловить хотя бы намек на механическое объяснение этой деятельности клеточной ткани была ясна. Семенную нить, передававшую яйцу сложнейшие индивидуальные и родовые особенности отца, можно было увидеть только в микроскоп, и недостаточно было самого сильного увеличения, чтобы она предстала не как однородное тело и можно было бы определить ее происхождение; ибо у любого животного она имела такой же вид, как и у всех остальных. Эти особенности ее структуры заставляют признать, что с клеткой дело обстоит совершенно так же, как и с более сложным телом, которое она строит; что, следовательно, и она сама уже представляет собой более сложный организм, состоящий, в свою очередь, из живых делящихся телец и индивидуальных живых единств. Итак, приходилось идти от якобы мельчайшего к еще более мелкому и по необходимости разлагать элементарное на еще более простые элементы. Подобно тому как царство животных, бесспорно, состояло из различных видов животных, животно-человеческий организм также состоял из целого животного царства клеток, принадлежащих тоже к разнообразным видам, а в состав каждой клетки, в свою очередь, входило многообразное животное царство более элементарных живых единств, размеры которых находятся за пределами видимости в микроскоп, и они самостоятельно росли, самостоятельно множились, следуя закону, по которому каждая может создавать только себе подобную, и, подчиняясь принципу разделения труда, сообща служили организации более высокого порядка.

Это были гены, биобласты, биофоры. Гансу Касторпу было интересно познакомиться с их именами в эти морозные ночи. И он с интересом спрашивал себя, как же будет обстоять дело с элементарной природой при дальнейшей разработке этого вопроса. Если они являлись носителями жизни, то должны были быть организованы, ибо жизнь опирается на организованность; а в таком случае они не могли быть элементарными, — ведь организм не элементарен, он сложен. Это были живые единства, стоявшие ниже живого единства клетки и органически ее построившие. А если так, то какими бы непредставимо малыми они ни оказались, они сами должны были быть «построены», и именно органически, согласно единому принципу жизни; ибо понятие живого единства отождествлялось с построением этого единства из меньших, низших единств, то есть живых единств, организованных для более высоких форм жизни. Пока при делении получались органические единства, обладавшие характерными особенностям жизни, то есть способностью ассимиляции, роста и размножения, этому делению не было положено границ. И пока речь шла о живых единствах, нельзя было говорить серьезно о единствах элементарных, ибо понятие всякого единства включало в себя ad infinitum[1] и понятие о единствах подчиненных, образующих его; таким образом, чего-то, что уже было жизнью, но еще элементарной, существовать не могло.

Однако, хотя это и противоречило логике, нечто подобное все же должно было существовать, ведь от идеи о первоначальном зарождении, то есть о возникновении жизни из того, что не обладало

[1] До бесконечности (*лат.*).

жизнью, нельзя было просто отмахнуться, и ту пропасть, которую тщетно пытались преодолеть во внешней природе, пропасть, отделявшую живое от безжизненного, надо было заполнить или перекинуть через нее мост — в органических глубинах природы. Когда-нибудь деление должно было привести к «единствам», которые, будучи составными, но еще неорганизованными, являлись посредствующим звеном между живым и неживым; это были группы молекул, образовывавшие переход от чистой химии к упорядоченной жизни. Однако, дойдя до химической молекулы, исследователь оказывался на краю новой пропасти, гораздо более загадочной, чем разрыв между органической и неорганической природой, — а именно пропасти между материальным и нематериальным. Ведь молекула состояла из атомов, а величину атома даже нельзя было назвать исключительно малой. Атом был даже не малым, а настолько крошечным, древним и преходящим комочком чего-то невещественного, еще невещественного, но уже подобного веществу, — комочком энергии, что едва ли мог мыслиться как нечто почти материальное или еще почти нематериальное, а скорее как что-то переходное и пограничное между материальным и нематериальным. Так возникала проблема иного первичного рождения, гораздо более загадочного и фантастического, чем проблемы органической материи, а именно — первичного рождения вещества из невещественного. И действительно — перекинуть мост через пропасть между материальным и нематериальным казалось еще более важным, чем между органической и неорганической природой. Должна была существовать химия нематериального, невещественных соединений, из которых возникло вещество, подобно тому как возникли организмы из неорганических соединений; и, может быть, атомы — это пробии и монеры материи, по природе своей они уже вещественны и все же еще невещественны. Но когда доходишь до определения «даже не мал», масштабы теряются; «даже не мал» — это все равно что «чудовищно велик», а приближение к атому оказывалось, без преувеличения, действительно роковым, ибо в миг последнего деления и дробления материальной частицы внезапно раскрывался астрономический космос!

Атом оказывался заряженной энергией космической системой, в которой космические тела вращались вокруг некоего центра, подобного солнцу, и через эфирное пространство которой со скоростью световых лет проносились кометы, а сила притяжения центрального небесного тела не давала им сойти с их эксцентрических путей. И это было не только сравнением, так же как мы не просто ради сравнения называем многоклеточные существа «колонией клеток», или «государством» клеток; город, государство, социальную общину, организованные по принципу разделения труда, не только можно было уподобить органической жизни — они в точности повторяли ее. Так отражался в сокровеннейших недрах природы, в ее отдаленных глубинах макрокосмический звездный мир, чьи скопления, россыпи, группы, фигуры, побледневшие от лунного света, плыли над головой закутанного в одеяла адепта и над сверкавшей замерзшей долиной. И разве нельзя было допустить, что некоторые планеты атомной солнечной системы, эти несметные множества и млечные пути солнечных систем, из которых построена материя, — что на том или другом из этих микрокосмических небесных тел существуют условия, подобные нашим земным, давшим Земле возможность стать очагом *жизни*? Молодому адепту с несколько возбужденными нервами и «сверхнормальным» интересом к человеческой коже, обладающему также некоторым опытом в области запретного, это не только не казалось абсурдом, а даже до навязчивости правдоподобной гипотезой, построением ума, логически чрезвычайно убедительным. Ведь «ничтожная» величина микрокосмических звездных тел — возражение весьма шаткое, ибо масштабы «большого» и «малого» оказались непригодными с той минуты, когда открылся космический характер мельчайших частиц вещества, исчезла и устойчивость понятий внешнего и внутреннего. Мир атома — это было нечто внешнее, и очень вероятно, что наша планета, на которой мы живем, с точки зрения органической представляла собой нечто глубоко внутреннее.

Разве некий исследователь с дерзостью мечтателя не говорил о животных «млечного пути», о космических чудовищах, чья плоть, кости и мозг состоят из солнечных систем? Но если это так, думал Ганс Касторп, то в ту минуту, когда воображаешь, что дошел до самого конца, все начинается опять сначала! Может быть, в глубине глубин своей сущности он сам, молодой Ганс Касторп, уже не раз, а сотни раз лежал вот так на балконе, тепло укутанный, глядя на высокогорье, озаренное луной морозной ночи, и с окоченевшими пальцами и горящим лицом, охваченный медико-гуманистическим пылом, изучал телесную жизнь?

Патологическая анатомия, которую он держал несколько боком, чтобы на нее падал красноватый свет настольной лампочки, разъяснила ему — текст книги сопровождался к тому же иллюстрациями — сущность паразитических костных образований и инфекционных опухолей. Это были особые формы тканей, очень крупные, их вызывало вторжение инородных клеток в организм, оказавшийся к ним восприимчивым — быть может, восприимчивым в результате некоей распущенности, — но предоставлявший им благоприятные условия для развития. Паразит не только питался за счет окружающих тканей: как и в любой клетке, в нем происходил обмен веществ и создавались органические соединения, которые оказывались для организма, на котором он жил, необычайно ядовитыми и непреодолимо губительными. Люди все же научились изолировать и концентрировать извлеченные из некоторых микроорганизмов токсины, и просто удивительно, каких малых доз этих токсинов, принадлежащих просто к ряду белковых соединений, было достаточно, чтобы, введя их в кровь животного, вызвать все признаки опаснейшего отравления и неотвратимой гибели. Внешним показателем этой зараженности является разрастание тканей, патологическая опухоль, как реакция клеток на раздражение, вызванное внедрившимися между ними бациллами. Образовывались узелки с просяное зерно, состоявшие из клеток, подобных клеткам слизистых оболочек, и между ними или в них-то и гнездились бациллы, причем некоторые клетки были необычайно богаты протоплазмой, имели несколько ядер и разрастались до гигантских размеров. Однако это излишество очень скоро приводило к смерти, ибо ядра чудовищных клеток начинали сморщиваться и распадаться, а протоплазма свертывалась и гибла; раздражение распространялось на соседние клетки, воспалительный процесс усиливался, захватывал близлежащие кровеносные сосуды; к больному месту начинали собираться белые кровяные тельца, процесс опасного для жизни свертывания продолжался. А тем временем растворенные бактериальные яды уже давно отравляли нервную систему, температура организма поднималась очень высоко, и он, с бурно вздымающейся грудью, так сказать, брел неверным шагом навстречу своему распаду.

Поскольку патология, то есть наука о болезнях, делала особое ударение на болезнях тела, подчеркивала телесность, а тем самым и чувственность, болезнь представлялась Гансу Касторпу особой распутной формой жизни. А жизнь? Чем являлась она? Может быть, она тоже лишь инфекционное заболевание материи? Может быть, и то, что мы называем первичным рождением материи, было также всего лишь неправомерным разрастанием нематериального, вызванным каким-то раздражением? Первый шаг ко злу, к чувственности и к смерти, бесспорно, следовало искать в том моменте, когда, вызванное щекоткой неведомой инфильтрации, впервые произошло уплотнение духовного, его патологическое разрастание, которое, будучи наполовину наслаждением, наполовину самозащитой, оказалось первой ступенью, ведущей к вещественности, переходом от нематериального к материальному; это и было грехопадением. А второй момент первичного рождения, возникновение органической природы из неорганической, оказался только дурным повышением телесности до сознания, так же как болезнь организма является лишь хмельным повышением, непристойным подчеркиванием телесности. Жизнь была еще одним неизбежным шагом на этом опасном пути духа, утратившего свое достоинство, тепловым рефлексом стыда пробужденной чувствительности материи, оказавшейся сладострастно восприимчивой к возбудителю.

Книги были грудой навалены на столике под лампой, одна лежала около шезлонга, на полу, покрытом циновкой, а та, которую Ганс Касторп изучал последней, лежала у него на животе, давила и очень мешала дышать, однако кора его головного мозга не отдавала соответствующим мышцам приказ снять ее. Он дочитал страницу донизу, его подбородок уперся в грудь, веки над простодушными голубыми глазами опустились. Он увидел перед собой образ представшей ему жизни, цветущую стройность членов, несомую плотью красоту. Женщина отвела руки от затылка и простерла их вперед, причем на внутренней стороне, под нежной кожей локтевого сгиба выступили сосуды, две голубоватые ветви вен, — и эти руки были невыразимо сладостны. И вот она наклонилась, наклонилась к нему, наклонилась над ним, он ощутил ее органическое благоухание, почувствовал острые толчки ее сердца. Что-то горячо и нежно обвило его шею, и в то время как Ганс Касторп, изнемогая от блаженства и ужаса, положил свои руки на ее предплечья, туда, где зернистая кожа, обтягивавшая мышцы, была так благодатно свежа, — она впилась в его губы, и он ощутил влагу ее поцелуя.

## ХОРОВОД МЕРТВЕЦОВ

Вскоре после Рождества умер аристократ-австриец... Но до этого все же пришло Рождество, два праздничных дня, а если прибавить сочельник, то и три; Ганс Касторп ждал их с некоторым страхом и сомнением, спрашивая себя, как они будут здесь отмечаться, а оказалось — самые обыкновенные дни — с утром, полднем и вечером, с неважной погодой (слегка таяло), они так же, как другие, начались и кончились; только внешне слегка приукрашенные и выделенные, в течение положенного срока жили они в умах и сердцах людей и, оставив после себя некоторый след иных, чем в будни, впечатлений, отошли сначала в недавнее, а затем и в далекое прошлое.

На праздники приехал к гофрату сын, его звали Кнут. Он жил у отца в боковом флигеле; это был красивый юноша, но и у него уже слишком круто выдавался затылок. Присутствие молодого Беренса тотчас сказалось: дамы стали вдруг необыкновенными хохотуньями, капризницами и франтихами, а в их разговорах беспрестанно мелькали упоминания о встречах с Кнутом то в саду, то в лесу, то в курзале. Впрочем, к нему самому нагрянули гости: в долину явилась группа его товарищей по университету, шесть-семь студентов, они поселились в местечке, но столовались у гофрата. Кнут примкнул к ним, и все они дружным табунком бродили по окрестностям. Ганс Касторп избегал этих молодых людей и при случае вместе с Иоахимом уклонялся от встречи, не чувствуя никакого желания знакомиться. Целый мир отделял его, члена общины живших здесь наверху, от этих юношей, которые пели, лазали по горам и размахивали палками: он знать о них не хотел. Кроме того, большинство были, видимо, северяне, среди них могли оказаться и его земляки, а Ганс Касторп просто боялся своих земляков, он не раз представлял себе возможность того, что в «Берггофе» вдруг объявятся какие-нибудь гамбуржцы — город этот, по словам Беренса, неизменно поставляет санаторию солидный контингент пациентов. Может быть, среди тяжелобольных или «морибундусов», которые не показывались, и был кто-нибудь из Гамбурга. Но выходил из своей комнаты только один коммерсант с ввалившимися щеками, он две-три недели обедал за столом фрау Ильтис, и говорили, что он из Куксхафена. Глядя на него, Ганс Касторп радовался, во-первых, тому, что здесь так трудно заводить знакомство с сидящими за другими столами, а во-вторых, — что его родной край так велик и так много в нем различных местностей. Однако гамбуржец был настолько ко всему равнодушен, что Ганс Касторп перестал бояться возможности появления здесь наверху его земляков.

Итак, сочельник близился, он стоял на пороге и на следующий день наступил... Правда, было время, когда до него оставалось еще шесть недель, и Ганс Касторп удивлялся, как это люди уже говорят о Рождестве: не скоро оно еще будет! Если подсчитать, то до него еще остался срок, который он первоначально предполагал прожить здесь, плюс три недели, проведенные в постели. И все-таки ему тогда представлялось, что это уйма времени, особенно первые три недели, а вот время, равное по счету, — те же шесть недель, — теперь казалось ничтожным, почти ничем, и сидевшие в столовой пациенты были правы, относясь к нему пренебрежительно. Шесть недель — это даже меньше, чем в неделе дней; но и этот вопрос бледнел перед другим: что же такое неделя? Небольшой кругооборот от понедельника до воскресенья, и потом опять, начиная с понедельника? Достаточно было непрерывно вопрошать о ценности и значении следующей, более мелкой единицы, чтобы понять, какой ничтожный результат дает сумма этих единиц, простое сложение, ибо само это действие являлось вместе с тем и очень сильным сокращением, сжатием, сведением на нет складываемых величин. Чем были сутки, считая хотя бы с минуты, когда садишься обедать, и до нового наступления той же минуты спустя двадцать четыре часа? Ничем, хотя это были все же двадцать четыре часа. Чем был один час, проведенный, скажем, в шезлонге, на прогулке или за столом, — занятия, которыми исчерпывались возможности провести эту единицу времени? Опять-таки ничем. Но о сумме слагаемых, где каждое — ничто, едва ли можно говорить всерьез. Вопрос еще осложнялся, если дело доходило до крайне малых величин: ведь те шестьдесят секунд, помноженные на семь, которые проходили, когда человек держал во рту градусник, чтобы продолжить кривую своей температуры, были, напротив, весьма живучи и весомы, они расширялись прямо-таки до маленькой вечности, образовывали в высшей степени прочные пласты в призрачных порханиях большого времени...

Праздник едва ли мог особенно нарушить распорядок жизни берггофских обитателей. Уже за несколько дней у правой поперечной стены столовой, неподалеку от «плохого» русского стола, была водружена рослая елка, и ее аромат, иногда пробивавшийся сквозь запахи обильных яств, достигал сидевших за семью столами пациентов, и тогда иные задумывались. Придя ужинать 24 декабря, все увидели, что елка пестро разукрашена: золотой и серебряный дождь, стеклянные шары, позолоченные шишки, маленькие яблочки в сеточках, всевозможные конфеты, разноцветные восковые свечи, которые горели весь ужин и еще после ужина. По слухам, и в комнатах лежачих больных горели елочки, у каждого своя. За последние дни по почте приходило множество посылок. Получили посылки из далекой родины на равнине и двоюродные братья — все было очень аккуратно запаковано, и они в своих комнатах разбирали подарки. Там оказались принадлежности туалета, выбранные с большой тщательностью, галстуки, изящные изделия из кожи и никеля, праздничное печенье, орехи, яблоки, марципаны; кузены растерянно созерцали эти припасы, спрашивая себя, когда же они все это съедят. Ганс Касторп знал, что его посылку собирала Шаллейн и купила подарки лишь после того, как деловито обсудила их с дядями. К подаркам было приложено письмо от Джемса Тинапеля, в плотном конверте для частной корреспонденции, но написанное на машинке. Дядя, от имени консула и своего лично, слал поздравления с праздником и пожелания скорейшего выздоровления, причем, руководствуясь чисто практической целесообразностью — чтобы не писать еще раз ввиду предстоящего окончания года, — заодно поздравил его и с наступлением нового; так же, впрочем, сделал и сам Ганс Касторп, поздравив консула Тинапеля с праздником Рождества, когда, еще лежа в постели, отправил ему рапорт о состоянии своего здоровья.

Елка в столовой сияла, потрескивала, благоухала и поддерживала в умах и сердцах присутствующих сознание праздничности этих минут. Все принарядились, мужчины облеклись в парадные костюмы, женщины надели драгоценности, которые для них, быть может, выбирал любящий супруг там, в странах на равнине. Клавдия Шоша тоже сменила принятый в высокогорных местностях шерстяной свитер на вечернее платье, которое было, однако, в несколько своеобразном национальном духе: светлое, вышитое, с кушаком, оно напоминало русскую народную одежду, или балканскую, вернее — это был болгарский стиль, платье было осыпано золотыми блестками, широкие складки придавали ее фигуре какую-то непривычную мягкую полноту, оно удивительно гармонировало с ее «татарской физиономией», как выражался Сеттембрини, особенно с ее глазами, которые он называл «волчьи огоньки в степи». За «хорошим» русским столом было особенно весело: там хлопнула первая пробка от шампанского, но потом его пили почти за всеми столами. За столом кузенов шампанское заказала двоюродная бабушка для своей внучки и для Маруси, но угощала им и всех остальных. Меню было самое изысканное, в заключение подали ватрушки и конфеты, а после них — еще кофе с ликерами; время от времени загоралась ветка, ее кидались тушить, и начинался отчаянный визг и неумеренная паника.

Сеттембрини, одетый как обычно, в конце праздничного ужина подсел ненадолго со своей неизменной зубочисткой к столу кузенов, подразнил фрау Штёр, потом завел разговор о сыне плотника и учителе человечества, воображаемый день рождения которого сегодня празднуют. А жил ли он на самом деле — неизвестно. Но то, что тогда родилось и начало свое непрерывное, победное шествие, продолжающееся и по сей день, — это идея ценности каждой отдельной души, а также идея равенства — словом, тогда родилась индивидуалистическая демократия. За это он и осушил бокал, который ему пододвинули. Фрау Штёр нашла его манеру говорить о таких вещах «двусмысленной и бездушной». Она поднялась, несмотря на протесты, а так как все и без того уже переходили в гостиные — ее примеру последовали и другие.

В этот вечер совместное пребывание обитателей санатория было осмысленным и оживленным благодаря вручению подарков гофрату, который зашел на полчасика вместе с Кнутом и Милендонк. Церемония эта состоялась в гостиной с оптическими аппаратами. Русские, выступившие самостоятельно, поднесли что-то серебряное — огромную круглую тарелку с выгравированной посередине монограммой Беренса — вещь, явная бесполезность которой сразу же бросалась в глаза. На шезлонге, — дар остальных пациентов, — можно было по крайней мере лежать, хотя на нем не имелось еще ни одеяла, ни подушки, а всего лишь натянутый холст. Все же у шезлонга было передвижное изголовье, и Беренс, чтобы посмотреть, насколько он удобен, тут же улегся на него, зажав под мышкой ненужную тарелку, закрыл глаза и начал храпеть, как лесопилка, заявив, что он Фафнир, охраняющий сокровище. Все ликовали. Очень смеялась этому представлению и мадам Шоша, причем глаза ее сузились, а рот приоткрылся, в точности — так по крайней мере казалось Гансу Касторпу — как у Пшибыслава Хиппе, когда он смеялся.

Сейчас же после ухода шефа все сели за карты. Русские пациенты удалились, по своему обычаю, в маленькую гостиную. Несколько человек окружили елку в столовой, они смотрели, как гаснут огарки в металлических гильзах подсвечников, и лакомились сладостями, висевшими на ветвях. За столами, уже накрытыми для первого завтрака, сидели, подперев голову руками, некоторые больные, далеко друг от друга, в разных позах, молча, замкнувшись в себе.

Первый день Рождества был туманный и сырой. Беренс заявил: мы сидим в тучах, туманов здесь наверху не бывает. Но тучи или туман — все равно ощущалась резкая сырость. Снег, лежавший на земле, начал таять, сделался пористым и липким. Лицо и руки на открытом воздухе зябли мучительнее, чем в солнечную морозную погоду.

Праздничный день был отмечен тем, что вечером слушали музыку, настоящий концерт с рядами стульев и печатными программами — его устроила фирма «Берггоф» для живущих здесь наверху. Это был «вечер песни», который дала жившая тут постоянно и зарабатывавшая свой хлеб уроками профессиональная певица с двумя медалями, — они висели у нее сбоку под декольте бального платья; но руки, худые, точно палки, и голос, типичный глухой голос, слишком ясно говорили о печальных причинах ее постоянного проживания в горах. Она пела:

Везде с собой ношу я
Мою любовь.

Пианист, аккомпанировавший ей, тоже был здешним жителем... Мадам Шоша сидела в первом ряду, однако, воспользовавшись антрактом, удалилась, и Ганс Касторп с этой минуты мог со спокойной душой слушать музыку (это была, несмотря ни на что, все же настоящая музыка) и во время исполнения следить за текстом песен, напечатанным в программах. Некоторое время с ним рядом сидел Сеттембрини, но вскоре тоже исчез, сделав несколько едких и пластичных замечаний по поводу глухого бельканто местной певицы и насмешливо выразив свое удовольствие оттого, что здесь сегодня вечером царит столь приятное и уютное единение душ. По правде сказать, Ганс Касторп почувствовал облегчение, когда ушли оба — и узкоглазая женщина и педагог: теперь он мог беспрепятственно отдать все свое внимание песням. «Как хорошо, — подумал он, — что во всем мире, даже в исключительных положениях, вероятно, даже в полярных экспедициях, люди занимаются музыкой!»

Второй день Рождества отличался от обычного воскресенья и от просто будничного дня только одним: где-то в сознании жила мысль, что вот сегодня второй день праздника; а когда миновал и он — Рождество уже отошло в прошлое, или, вернее, опять стало далеким будущим — целый год отделял от него обитателей «Берггофа»; до того, как оно вернется, опять следуя кругообороту времени, снова оставалось двенадцать месяцев — в конце концов только на семь месяцев больше того срока, который здесь уже прожил Ганс Касторп.

Но сейчас же после этого Рождества, еще до Нового года умер аристократ-австриец. Кузены узнали о его смерти от Альфреды Шильдкнехт, так называемой сестры Берты, ходившей за бедным Фрицем Ротбейном, — она мимоходом и по секрету сообщила им об этом. Ганс Касторп был очень огорчен — с одной стороны, потому что кашель австрийца оказался одним из первых впечатлений, полученных им здесь наверху и вызвавших в нем, как он полагал, впервые тепловой рефлекс и жар лица, потом так и не оставлявший его, с другой, — по причинам морального, мы сказали бы даже — духовного порядка. Он надолго задержал Иоахима в коридоре, беседуя с диаконисой, которая с благодарностью цеплялась за эту возможность поговорить и обменяться мнениями. Просто чудо, сказала она, что австриец дотянул до праздника. Давно известно, какой он был выдержанный, но чем он дышал под конец — совершенно непонятно. Правда, он уже много дней существовал только на кислороде: за один вчерашний день ему дали сорок баллонов по шесть франков штука. Это стоило хороших денежек, господа сами понимают, и притом нельзя забывать, что его супруга, на руках у которой он потом и скончался, осталась совершенно без средств. Иоахим не одобрил такую расточительность: зачем мучить человека, искусственно продлевать его жизнь таким дорогим способом, если дело все равно безнадежно! Конечно, покойного нельзя винить за то, что он извел зря столько дорогого газа, поддерживающего жизнь, ведь его заставляли дышать им... А вот ухаживающим следовало быть благоразумнее — пусть идет себе с Богом своим неизбежным путем, не надо его задерживать, каково бы ни было материальное положение близких, и тем более — если оно плохое. У живых тоже есть свои права и так далее. Но Ганс Касторп решительно возразил: Иоахим стал рассуждать прямо как Сеттембрини, без всякой почтительности и бережности к страданию. Ведь австриец умер, и тут конец всему, уже ничем не выразишь ему своего внимания, а умирающего надо чтить, любые расходы — только дань уважения, на этом он, Ганс Касторп, настаивает. Во всяком случае, нужно надеяться, что Беренс в последнюю минуту не накричал на него и не разбранил без всякого пиетета! Не было повода, отозвалась Шильдкнехт. Правда, австриец под конец все-таки сделал нелепую попытку улизнуть и хотел соскочить с постели; но довольно было легкого намека на полную бесцельность такого предприятия, и он раз и навсегда от него отказался.

Ганс Касторп с особым участием говорил об умершем. Он делал это наперекор принятой здесь системе утаивания и умалчивания, ибо презирал эгоистическое стремление пациентов во что бы то ни стало ничего не знать, не видеть и не слышать и решил действенно против этого бороться. За столом он попытался навести разговор на смерть австрийца, но встретил столь единодушный и категорический отпор, что почувствовал стыд и негодование. Фрау Штёр даже нагрубила ему. Что это? Разве о таких вещах говорят? — возмущенно накинулась она на него. Где он воспитывался? В доме установлен такой порядок, персонал всячески оберегает пациентов, старается, чтобы они оставались в стороне от подобных историй, и вдруг является какой-то молокосос и начинает рассуждать о них вслух, да еще за жарким, да еще в присутствии доктора Блюменколя, с которым то же самое может случиться в любую минуту (последние слова — шепотом). Если это повторится, она вынуждена будет пожаловаться кому следует. Тогда-то обруганный Ганс Касторп решил — и заявил об этом во всеуслышание, — что он лично посетит ушедшего сотоварища и тихо, благоговейно побудет у его ложа, воздав ему тем самым последнюю почесть; он уговорил и Иоахима последовать его примеру.

Через посредство сестры Альфреды они получили разрешение зайти в комнату покойного — она находилась в первом этаже, под их комнатами. Встретила их вдова, маленькая блондинка, растрепанная, измученная бессонными ночами; она прижимала к губам платок и куталась в толстое драповое пальто с поднятым воротником, так как в комнате было очень холодно. Отопление выключили, и дверь на балкон стояла открытой. Вполголоса сказали ей молодые люди все, что полагается говорить в таких случаях, а затем, следуя ее скорбному жесту, приблизились к постели усопшего, ступая на цыпочки и при каждом шаге почтительно наклоняясь вперед; потом остановились у смертного одра, каждый в соответствующей его характеру позе: Иоахим — по-военному сдержанно, опустив голову и как бы отдавая честь, Ганс Касторп — непринужденно, глубоко задумавшись, скрестив руки на груди и склонив голову набок; на лице его было примерно такое же выражение, с каким он слушал музыку. Голова австрийца лежала высоко на подушках, а тело, этот плод долгого развития и вместилище многообразных кругооборотов рождения жизни, казалось плоским, как доска, оттого что ноги выступали под одеялом. Там, где были колени, лежала гирлянда цветов, торчавшая из нее пальмовая ветвь касалась больших, желтых, костлявых рук, сложенных на впалой груди. Желтой и костлявой была и лысая голова, и лицо с горбатым носом, торчащими скулами и рыжеватыми кустистыми усами, густота которых еще подчеркивала серые провалы щетинистых щек. Веки были неестественно плотно сомкнуты — видимо, глаза ему зажали, а не закрыли, невольно подумал Ганс Касторп: это называлось отдать последнюю дань, хотя делалось больше для живых, чем для умершего, закрывать их нужно было тут же после смерти — если процесс образования миозина в мышцах уже начался, это становилось невозможным, мертвец лежал и неподвижно таращил глаза; чтобы создать впечатление, будто австриец задремал, ему и закрыли глаза своевременно.

Ганс Касторп уже имел опыт в этих делах, многое было ему знакомо, и он чувствовал себя здесь в своей стихии; но, несмотря на свою искушенность, стоял у ложа с благоговением.

— Как будто спит, — сказал он из сострадания, хотя на самом деле слишком ясна была разница. И затем, как подобало, вполголоса, начал разговор с вдовой покойного, спросил о течении болезни ее супруга, о его последних днях и минутах, об отправке тела в Кернтен, выразив этим сочувствие и показав свою осведомленность как в области медицины, так и в вопросах духовно-нравственного порядка. Вдова, говорившая с австрийским произношением — тягуче и в нос — и временами всхлипывавшая, удивлялась, что столь молодые люди принимают такое горячее участие в чужом горе; Ганс Касторп ответил, что ведь они сами больны, что же касается его лично, то ему в очень раннем возрасте уже приходилось стоять у смертного одра близких, он круглый сирота и к смерти, так сказать, привык. А какую он выбрал профессию, осведомилась она. Он ответил, что был инженером.

— Почему «был»?

Был, поскольку его болезнь и еще не выясненные сроки пребывания здесь наверху самым решительным образом вторглись в его планы; и, может быть, это даже послужит поворотным пунктом в его жизни, кто знает. (Тут Иоахим испуганно и испытующе взглянул на него.) А его двоюродный брат? Он намерен быть внизу на равнине военным, готовится стать офицером.

— О, — отозвалась она, — военное ремесло — тоже профессия, которая приучает к серьезности, солдат должен помнить, что, при известных условиях, может близко соприкоснуться со смертью, и хорошо сделает, если будет приучать себя к ее виду.

Она отпустила молодых людей со словами благодарности, и ее приветливая сдержанность не могла не вызвать уважения, тем более при таком горе, а главное — при огромном счете за кислород, оставшемся после супруга. Кузены поднялись к себе. Ганс Касторп был, видимо, доволен визитом и полученными впечатлениями, которые вызвали у него духовный подъем.

— Requiescat in pace[1], — произнес он. — Sit tibi terra levis. Requiem aeternam dona ei, Domine[2]. Видишь ли, когда речь идет о смерти, или об умерших, или когда обращаются к умершим, то пользуются латынью, в таких случаях она опять становится официальным языком, люди чувствуют, что смерть — это все-таки особое дело, и в честь смерти говорят по-латыни не из гуманистической куртуазности, язык умерших — это, понимаешь ли, не латынь образованных людей, ее дух — совсем другой, он, если можно так выразиться, даже нечто противоположное такой латыни. Это латынь священная, латынь монахов, средневековье, она похожа на глухое, заунывное пение, которое звучит точно из-под земли. Сеттембрини она бы совсем не понравилась, она не для гуманистов, республиканцев и таких педагогов, как он, у нее другая духовная настроенность, другая духовная направленность, чем все направленности, существующие на свете. Мне кажется, необходимо уяснить себе, каковы эти различные духовные направленности, или, вернее, духовные настроенности; есть благочестивая и есть вольная, у каждой свои преимущества, но вольную, то есть сеттембриниевскую, я не могу принять только по одной причине: она присвоила себе все формы человеческого достоинства, а это уже крайность. Ведь и другая является носительницей этого достоинства и дает самые широкие возможности для благородства, сдержанности и возвышенных форм поведения, пожалуй, даже больше, чем «вольная», хотя внимание первой прежде всего устремлено на человеческую слабость и греховность, мысль о смерти и тленности бытия играет в ней важную роль. Ты видел когда-нибудь в театре «Дон Карлоса»? Помнишь сцену при испанском дворе, когда входит король Филипп весь в черном, с орденом Подвязки и Золотого руна и медленно снимает шляпу, очень похожую на наши котелки, — он поднимает ее кверху и говорит: «Чело покройте, гранды», или что-то в этом роде — и нельзя не признать, это звучит как-то очень степенно, тут и речи не может быть о какой-либо развязности и распущенных нравах, совсем напротив; королева же говорит: «Иначе было в моей Франции»; конечно, для нее это все слишком

[1] Да почиет в мире (*лат.*).

[2] Да будет тебе земля легка. Дай ему, Господи, вечный покой (*лат.*).

чопорно и солидно, ей хотелось, чтобы было повеселей, побольше человеческого! Но что такое «человеческое», обо всем можно сказать, что оно человеческое! По-моему, испанская богобоязненность и торжественно-смиренная размеренность — очень почтенное выражение того же «человеческого», а с другой стороны, словами «все это — человеческое» можно оправдать любую распущенность и расхлябанность.

— Тут я с тобой согласен, — сказал Иоахим. — Я, конечно, тоже не выношу расхлябанности и распущенности, дисциплина безусловно необходима.

— Да, ты говоришь это как военный, и я допускаю, что на военной службе такие вещи понимают. Вдова была совершенно права, что ваша профессия приучает к серьезности и что всегда надо быть готовым иметь дело со смертью. Вы носите мундир, он хорошо сидит и опрятен, у него стоячий воротник, и это придает вам известную осанку. А потом у вас иерархия и послушание, вы церемонно отдаете друг другу честь — все это в испанском духе, благочестиво и по существу мне нравится. Надо бы, чтоб и среди нас, штатских, больше было этого духа, в наших нравах, в нашем поведении, мне это ближе, я считаю это более уместным. На мой взгляд, мир и жизнь таковы, что следовало бы всем носить черное, накрахмаленные брыжи, а не наши воротнички, и обращаться друг с другом истово, сдержанно, строго соблюдая форму и в неизменных помыслах о смерти — так, по-моему, было бы лучше, нравственнее. Видишь ли, это еще одна из ошибок Сеттембрини — самомнение, что ли... Хорошо, что разговор зашел об этом. Он не только воображает, что присвоил себе все виды человеческого достоинства, но и все виды морали — с его пресловутой «практической работой для жизни», прогрессивными воскресными празднествами (как будто именно в воскресенье не о чем и подумать, кроме прогресса) и систематическим «искоренением страданий», и помочь этому должен словарь; впрочем, ты об этом не знаешь, но мне он в порядке поучения рассказал... да, что хочет их систематически искоренять с помощью словаря. А если мне именно это кажется аморальным, что тогда? Ему я, конечно, этого не скажу, он же меня в порошок сотрет своими пластическими речами, да еще заявит: «Предостерегаю вас, инженер!» А думать по-своему мне все-таки хочется: «Сир, даруйте же свободу мысли!» Я хочу тебе кое-что сказать, — закончил он. (Они уже были в комнате Иоахима, и тот стал собирать все нужное для лежания.) — И скажу тебе, что я решил: вот мы живем здесь дверь в дверь с умирающими людьми, с величайшим горем и страданием, и не только притворяемся, будто это нас совершенно не касается, но нас и со стороны оберегают, нас щадят, лишь бы мы никак с этим не столкнулись и ничего такого не заметили. Австрийца они тоже тайком унесут отсюда, пока мы ужинаем или завтракаем. И я считаю это безнравственным. Помнишь, как Штёриха разъярилась только от того, что я упомянул о его смерти? Это уж просто дурость какая-то, и если она настолько невежественна, что воображает, будто слова «тише, тише, словно мыши» — из «Тангейзера», как выяснилось на днях за столом, — то она все-таки могла бы иметь побольше душевной чуткости и другие — тоже. И вот я решил впредь уделять больше внимания тяжелобольным и «морибундусам» санатория, мне и самому это пойдет на пользу — наше сегодняшнее посещение уже подействовало на меня в каком-то смысле благотворно. Бедняга Рейтер из двадцать седьмой комнаты, которого я в первые дни после своего приезда как-то увидел через раскрытую дверь, наверняка давно уже ушел ad penates, и его потихоньку убрали отсюда — у него и тогда уже были какие-то чересчур большие глаза. Но есть другие, в санатории все комнаты заняты, в пополнении нет недостатка, а сестра Альфреда, или «старшая», или даже сам Беренс, конечно, помогут нам установить связь с тем или другим больным, я думаю, это будет нетрудно. Допустим, приближается день рождения какого-нибудь «морибундуса», и мы узнали об этом — это же всегда можно узнать. Ну вот! И мы посылаем ему или ей, смотря по тому, кто это, горшок цветов — в знак внимания от двух неведомых коллег «с сердечными пожеланиями скорейшего выздоровления»; слово «выздоровление» всегда вежливо и уместно. Потом наши фамилии будут, конечно, названы, и он или она, как бы они ни были слабы, передадут нам через дверь дружеский привет, а может быть, пригласят зайти на минутку, и мы, до того, как он или она отойдет в вечность, еще обменяемся с ними несколькими человечными словами. Вот как я себе это представляю. Ты не согласен? Что касается меня, то я решил твердо.

Однако Иоахим не нашел особых возражений против такого плана.

— При здешних порядках это, правда, не принято, — заметил он, — ты таким образом, раз уж тебе пришла охота, отчасти нарушаешь их. Но мне думается, в виде исключения Беренс, вероятно, не откажет. А потом ты можешь сослаться на свой интерес к медицине.

— Да, между прочим, и на него, — сказал Ганс Касторп, ибо его желание было подсказано довольно сложными побуждениями; протест против здешних эгоистических нравов был только одним из них. Наряду с этим в нем жила потребность, чтобы за ним признали право на серьезное отношение к страданию и смерти, на уважение к ним; и он надеялся, что при большей близости к тяжелобольным и умирающим эта потребность будет удовлетворена, а общение с ними укрепит его, создаст как бы противовес всевозможным оскорблениям, которым его чувства подвергались здесь на каждом шагу, каждый день и час, причем некоторые суждения Сеттембрини, в связи с этим, как бы подтверждались, что очень огорчало молодого человека. За примерами было недалеко ходить: если бы спросили Ганса Касторпа, он, может быть, прежде всего указал бы на тех обитателей санатория «Берггоф», которые, как они сами признавались, вовсе не были больны и поселились здесь по собственной охоте, под официальным предлогом легкого нездоровья, на самом же деле — только ради собственного удовольствия или потому, что им нравился режим для больных; взять хотя бы уже упоминавшуюся нами вскользь вдову Гессенфельд, весьма бойкую особу, которая до страсти любила со всеми держать пари. Она держала пари с мужчинами по любому поводу: какая завтра будет погода, приедут ли новые больные, какие подадут кушанья, каков будет результат общего обследования, сколько кому назначат месяцев, кто из чемпионов бобслейных, санных, конькобежных и лыжных состязаний победит, чем кончится роман, завязавшийся между таким-то и такой-то, и еще на множество совершенно нелепых и неинтересных вещей, держала эти пари на шоколад, шампанское, икру, которые потом торжественно уничтожались в ресторане, на деньги и билеты в кинематограф и даже на поцелуй — она поцелует или ее поцелуют, словом, этой своей страстью она вносила немало сумбура и оживления в санаторскую столовую; но возня с пари была молодому Гансу Касторпу очень не по душе, одно присутствие суетливой дамы уже казалось ему оскорбительным для достоинства этой обители страданий.

Ибо он в душе честно старался оберегать ее достоинство и отстаивать его даже перед самим собой, хотя это было очень трудно после почти полугодового пребывания среди живущих здесь наверху. Постепенно ему открывалось многое в их жизни и поступках, нравах и взглядах, что отнюдь не способствовало его добрым намерениям. Достаточно было вспомнить двух тощих фатишек семнадцати и восемнадцати лет, прозванных «Макс и Мориц»: их вечерние отлучки ради покера или кутежа с дамами служили постоянной пищей для сплетен. Вскоре после Нового года, то есть через неделю (не следует забывать, что пока мы ведем этот рассказ, время в своем неслышном течении неудержимо стремится вперед), за завтраком распространился слух, будто массажист, придя к ним утром, увидел, что оба лежат на своих постелях совершенно одетые в измятых выходных костюмах. Ганс Касторп смеялся, как и все; но если этот смех и посрамлял его добрые намерения, то все же история с «Максом и Морицем» была еще пустяком по сравнению с тем, что вытворял адвокат Эйнхуф из Ютербога; сей сорокалетний мужчина с острой бородкой и руками, густо заросшими черным волосом, — он с некоторых пор сидел за столом Сеттембрини вместо исцелившегося шведа, — не только каждую ночь приходил в санаторий пьяный в стельку, но однажды оказался не в силах даже подняться к себе в комнату и был найден лежащим на лужайке. Кроме того, адвокат слыл опасным соблазнителем, и фрау Штёр просто пальцем показывала на некую молодую даму, — впрочем, на равнине дама была уже помолвлена, — которую видели в совершенно непоказанное время выходящей из комнаты Эйнхуфа в накинутой на плечи шубке, под которой ничего не было, кроме панталон-реформ. А это уже был скандал, не только в смысле нарушения морали вообще: Ганс Касторп счел этот случай особенно скандальным с точки зрения своих духовных стремлений и оскорбительным лично для себя. Сюда прибавилось еще то, что он уже не мог думать об адвокате, не вспоминая при этом о Френцхен Оберданк, маменькиной дочке с гладко причесанными на пробор волосами, которую всего две-три недели назад доставила сюда мамаша, весьма почтенная провинциальная дама. Тотчас по приезде, после первого обследования, заболевание Френцхен Оберданк признали легким, но тут или была допущена ошибка, или ее случай оказался именно тем, когда здешний воздух прежде всего способствовал не *исцелению,* а *развитию* болезни; а может быть, молодая девица запуталась в каких-нибудь переживаниях и интригах, и это повредило ей — во всяком случае, через месяц после приезда она, вернувшись с нового врачебного обследования, вошла в столовую и, подбросив вверх свою сумочку, звонким голосом воскликнула: «Ура, я остаюсь здесь на целый год!» Весь зал разразился в ответ гомерическим хохотом. Но через две недели стало известно, что адвокат Эйнхуф поступил с Френцхен как негодяй.

Впрочем, оставляем это выражение на нашей совести или, во всяком случае, на совести Ганса Касторпа, ибо для тех, кто распространял этот слух, он не казался такой уже необыкновенной новостью, чтобы стоило употреблять столь сильные выражения. Пожимая плечами, эти люди давали понять, что ведь в таких делах всегда участвуют двое и едва ли что-нибудь могло произойти без желания и согласия обеих сторон. Такова была по крайней мере в отношении данного случая моральная позиция фрау Штёр.

Каролина Штёр была невыносима. И если Гансу Касторпу кто-нибудь мешал в его искренних духовных усилиях, то именно эта женщина, ее характер и повадки. Достаточно было ее постоянных, вызванных невежеством обмолвок! Она говорила «аго́нья» вместо предсмертная борьба; «аховый», когда хотела упрекнуть кого-нибудь в нахальстве, а по поводу астрономических явлений, вызывающих затмение солнца, несла уже несусветную чушь. Про снежные сугробы она заявила, что в них большая «потенция», и однажды вызвала глубочайшее удивление Сеттембрини, который потом долго не мог опомниться, сообщив ему, что читает взятую из библиотеки книжку по его части, а именно «Бенедетто Ченелли в переводе Шиллера». Она любила ходячие выражения и обороты речи, которые своей пошлостью и затасканностью действовали Гансу Касторпу на нервы, вроде: «прелестно!» или «какой ужас!». А так как выражение «восторг» вместо «блестяще» или «отлично», долгое время бывшее в моде среди публики, наконец, утратило свою силу, проституировалось и стало выхолощенным, а потому — устаревшим, она вцепилась в другое слово — «роскошь» и по любому поводу, всерьез и в насмешку непременно говорила «роскошь», касалось ли это санного пути, пирога или ее собственной температуры, и это было непереносимо. К тому же она страстно и сверх всякой меры обожала сплетни. Если она рассказывала, что фрау Заломон надела сегодня самое дорогое кружевное белье, ведь она же идет на обследование к врачам и кокетничает перед ними шикарным исподним, — это хоть могло быть в каком-то смысле правдой, Гансу Касторпу и самому казалось, что процедура осмотра, независимо от результатов, доставляет дамам удовольствие, и они для этого кокетливо одеваются. Но когда фрау Штёр уверяла, будто фрау Редиш из Познани, у которой предполагали туберкулез спинного мозга, раз в неделю в течение целых десяти минут марширует совершенно голая перед гофратом Беренсом, неправдоподобие такого утверждения можно было сравнить только с его неприличием; однако Штёриха упорно стояла на своем, хотя трудно было понять, откуда у бедной женщины такой пыл, уверенность и напор, когда ее собственное здоровье доставляет ей немало забот, так что на нее даже время от времени находила малодушная и плаксивая тревога, вызванная ее якобы возрастающей вялостью или возрастающей температурной кривой. В столовую она тогда являлась всхлипывая, жесткие раскрасневшиеся щеки были залиты слезами, закрыв лицо платком, она с рыданьями сообщала, что Беренс грозится уложить ее в постель, а она желает знать, что он сказал за ее спиной насчет ее здоровья и в каком она состоянии, да, она хочет смотреть правде в глаза! К своему ужасу, она однажды заметила, что ее кровать обращена к двери не изголовьем, а изножьем, и в результате этого открытия дошла чуть не до истерических судорог. Окружающие не сразу поняли причину ее ярости и ужаса — в частности, не мог в этом разобраться и Ганс Касторп. Ну и что ж? Что из этого? Почему кровати не стоять так, как она стоит сейчас? Но Боже мой, неужели он не понимает?.. Она же стоит *«ногами вперед»*! И фрау Штёр в отчаянии подняла такой крик, что пришлось немедленно переставить кровать, хотя теперь свет падал ей в глаза, и она стала хуже спать.

Все это было несерьезно и очень мало отвечало духовным запросам Ганса Касторпа. Ужасная сцена, которая разыгралась в эти дни за столом, произвела на молодого человека особенно тягостное впечатление. Недавно приехавший больной, учитель Попов, худой и тихий человек, — учителя посадили вместе с его тоже худой и тихой невестой за «хорошим» русским столом, — оказался эпилептиком, и в самый разгар трапезы с ним случился жесточайший припадок: с нечеловеческим демоническим воплем — этот вопль не раз описывался — рухнул он на пол, рядом со своим стулом, и начал, судорожно извиваясь, бить вокруг себя руками и ногами. Дело еще осложнялось тем, что как раз подавали рыбу, и Попов мог, при таких судорогах, подавиться рыбьей костью. Началось нечто неописуемое. Женщины, и прежде всего фрау Штёр, хотя ей не уступали дамы Заломон, Редиш, Гессенфельд, Магнус, Ильтис, Леви и прочие, пришли, каждая на свой лад, в такое волнение, что иные начали неистовствовать не хуже самого Попова. Отовсюду доносились пронзительные крики, всюду видны были судорожно зажмуренные глаза, раскрытые рты, неестественно изогнувшиеся торсы. Только одна предпочла тихий обморок. Так как этот бурный инцидент произошел в минуты всеобщего жеванья и глотанья, некоторые стали давиться пищей. Часть сидевших за столами обратилась в бегство, кинувшись к ближайшим выходам, а также к дверям на веранду, хотя на дворе стояла сырая и холодная погода. Но в этом происшествии, помимо его ужаса, чувствовалась еще примесь чего-то непристойного, и всем невольно вспомнились некоторые утверждения доктора Кроковского, высказанные в его последней лекции. Дело в том, что в истекший понедельник этот психоаналитик, рассуждая о любви как болезнетворной силе, коснулся падучей; пользуясь то поэтическими образами, то беспощадно точной научной терминологией, он принялся доказывать, что эта болезнь, в которой доаналитическое человечество видело и священный, даже пророческий дар, и дьявольскую одержимость, является как бы эквивалентом любви, мозговым оргазмом, короче говоря, он изобразил ее в столь подозрительном свете, что те, кто его слушал, увидели в припадке Попова как бы наглядную иллюстрацию к его докладу, некое бурное самообнаружение, загадочный скандал, поэтому в тайном побеге дам сказалась даже некоторая стыдливость. В столовой находился сам гофрат, и он, с помощью Милендонк и нескольких молодых, нерастерявшихся пациентов, вытащил в вестибюль находившегося в экстазе Попова, тело которого было сведено судорогой; его лоб посинел, на губах выступила пена. Врачи, старшая сестра и остальной персонал еще долго возились с учителем, все не приходившим в себя, и наконец унесли его на носилках. Однако прошло очень немного времени, и Попов уже снова благодушествовал вместе со своей невестой за «хорошим» русским столом и как ни в чем не бывало доедал обед!

Ганс Касторп, видевший это происшествие, держался с испуганной почтительностью, но и оно серьезно не затронуло его, Бог ему судья! Правда, Попов мог подавиться куском рыбы, но ведь не подавился же, и хотя был в беспамятстве, ярости и исступлении — тайком, наверно, все-таки остерегался. А теперь вон он сидит и доедает обед, словно и не буйствовал только что, как бешеный или человек, допившийся до чертиков; напротив, он очень бодр и, наверное, уже ничего не помнит. Да и весь его облик был не таков, чтобы поддержать в Гансе Касторпе уважение к страданию. Невеста только усиливала впечатление от царивших здесь наверху легкомыслия и распущенности, с которыми он то и дело сталкивался; все же он твердо решил с ними бороться, сблизившись с тяжелобольными и «морибундусами», хотя это и противоречило местным нравам.

Недалеко от кузенов, на том же этаже, лежала тяжелобольная, совсем молоденькая девушка, Лейла Гернгросс, которой, по словам сестры Альфреды, предстояло скоро умереть. За десять дней у нее было четыре очень сильных горловых кровотечения, и сюда наверх приехали родители, в надежде увезти ее живой. Но это было, видимо, невозможно: гофрат заявил, что бедную маленькую Гернгросс трогать нельзя. Девочке этой было всего лет шестнадцать-семнадцать. Ганс Касторп решил, что вот как раз подходящий случай для осуществления его плана с горшком цветов и пожеланиями выздоровления. Правда, до дня рождения Лейлы было далеко, да она, если верить человеческому предвидению, и не дотянула бы до него, — по справкам, наведенным Гансом Касторпом, этот день рождения должен был наступить только весной, — но он решил, что отсутствие официального повода не должно служить препятствием для задуманного им акта милосердной галантности. Во время одной из предобеденных прогулок в местечко он зашел вместе с кузеном в цветочный магазин и, вдыхая всей грудью тяжелое благоуханье сырой земли и цветов, выбрал красивый куст гортензий и послал умирающей молоденькой девушке, не указывая от кого и лишь приложив карточку, на которой написал: «От двух коллег по санаторию с сердечными пожеланиями скорейшего выздоровления!» Все это он делал радостно, приятно взволнованный царившим в магазине ароматом растений и влажным теплом, от которого, после уличного холода, слезились глаза; а сердце его усиленно билось при мысли о необычности, смелости и значительности совершаемого им втайне человеколюбивого поступка, которому он в душе придавал глубоко символическое значение.

У Лейлы Гернгросс не было отдельной сестры, больная находилась под непосредственным наблюдением фрейлейн фон Милендонк и врачей, но Альфреда часто забегала к ней; она-то и сообщила молодым людям о том впечатлении, которое произвело на молодую девушку их внимание. Лейла, безнадежно замкнутая тяжелой болезнью в круг все тех же однообразных впечатлений, обрадовалась, как дитя, привету чужих людей. Гортензии стояли возле ее кровати, девочка ласкала их взглядами и гладила руками, заботилась о том, чтобы цветок поливали, и даже во время жесточайших приступов кашля не отрывала от него измученного взгляда. Родители, майор в отставке Гернгросс и его жена, тоже были крайне тронуты и обрадованы, и так как они в санатории никого не знали и даже не могли строить предположений о том, кто же все-таки прислал цветы, Шильдкнехт, как она сама потом проговорилась, не в силах была утерпеть, раскрыла тайну анонима и назвала кузенов. Она же передала им от всей семьи Гернгросс приглашение зайти, чтобы познакомиться и поблагодарить их; и вот через день оба молодых человека, следуя за диаконисой, вошли на цыпочках в комнату больной.

Умирающая оказалась прелестной белокурой девчуркой с голубыми, как незабудки, глазами; несмотря на то что она потеряла очень много крови и едва дышала какими-то остатками легочной ткани, Лейла производила впечатление хрупкого, но не жалкого создания. Она поблагодарила молодых людей и принялась болтать с ними глуховатым, но приятным голоском. На ее щеках появился розовый отблеск и уже не сходил с них. Ганс Касторп объяснил свой поступок так, как следовало в присутствии родителей, и слегка извинился; он говорил вполголоса, с взволнованной и нежной почтительностью. Еще немного — а такое желание у него возникло — и он опустился бы перед постелью девушки на одно колено; во всяком случае, он долго сжимал в своей руке руку Лейлы, хотя эта горячая ручка была не только влажной, а мокрой, ибо бедняжка обливалась потом. Из ее тела непрерывно выделялось столько воды, что оно давно бы сморщилось и высохло, если бы потери эти не восстанавливались: девушка жадно поглощала лимонад, полный графин которого стоял на ее ночном столике. Хотя родители и были глубоко удручены, они любезно поддерживали недолгую беседу, расспрашивая о личных обстоятельствах кузенов и касаясь других тем, как это принято в культурном обществе. Достаточно было посмотреть на майора, широкоплечего, низколобого здоровяка с топорщившимися усами, и становилось совершенно ясно, что этот богатырь органически неповинен в предрасположении и восприимчивости дочки к болезни. Виновницей, вероятно, была жена, маленькая женщина — выраженный тип чахоточной, к тому же, видимо, угнетенная тем, что дочь получила именно от нее плохую наследственность. Когда у Лейлы минут через десять появились признаки усталости, или, вернее, чрезмерного возбуждения (щеки ее разгорелись еще сильнее, незабудковые глаза лихорадочно заблестели), кузены, которым сестра Альфреда бросила многозначительный взгляд, поспешно распрощались. Фрау Гернгросс проводила их до двери и горячо начала обвинять себя, чем Ганс Касторп был глубоко взволнован; она, она одна во всем виновата, сокрушалась маленькая женщина, только от нее могла унаследовать болезнь ее бедная девочка, муж тут не виноват, он совершенно ни при чем. Да ведь и у нее самой, это могут подтвердить многие, легкие были только слегка затронуты, и болела она совсем недолго, еще когда была девушкой. А потом она справилась с недугом, выздоровела, врачи ее уверили в этом — ей так хотелось выйти замуж, очень хотелось, хотелось жить, и это удалось. Она была вполне здорова, когда вышла за своего дорогого мужа, а уж он крепок, как дуб, и со своей стороны никогда и не думал о возможности такой болезни. Но хотя организм отца здоров и крепок, а все-таки его кровь не пересилила, и беда стряслась. И вот в ребенке опять вскрылось то страшное, давно забытое, с чем давно покончено, и девочка не может справиться, она погибнет, а она, мать, победила болезнь, и теперь настал более безопасный возраст; но ее несчастное дорогое дитя умрет, врачи не дают никакой надежды, и во всем виновата она и ее прошлое.

Молодые люди пытались ее утешить и говорили о том, что возможен еще благополучный исход. Однако майорша только всхлипывала и опять принялась их благодарить за все, за все, за гортензии и за то, что они своим посещением хоть немного развлекли и порадовали бедную девочку. Ведь она лежит, бедняжка, совсем одна и мучается, а другие ее сверстницы веселятся и радуются жизни, танцуют с красивыми молодыми людьми, ведь, несмотря на болезнь, танцевать-то все-таки хочется. Они принесли с собой хоть немного солнышка, Боже мой, наверное, уж напоследок... Эти гортензии были для нее точно успех на балу, а возможность поболтать с такими двумя видными кавалерами — вроде невинного маленького флирта, она, мать, сразу это заметила.

Однако последнее замечание матери задело Ганса Касторпа, тем более что майорша произнесла «флирт» неправильно, то есть не на английский лад, а на немецкий, и это его очень раздражило. Кроме того, никакой он не «видный кавалер», а навестил маленькую Лейлу из чувства протеста против царящего здесь эгоизма и из соображений духовно-медицинского характера. Словом, ему не очень понравился оборот, который дело приняло в конце их визита, поскольку майорша подошла к этому не так, как следовало, но все же он был оживлен и доволен тем, что выполнил свое намерение. Два впечатления его поразили и остались в его душе и в памяти: аромат земли в цветочном магазине и прикосновение влажных ручек Лейлы. И так как начало было уже положено, он сговорился с сестрой Альфредой на тот же день о посещении еще одного ее больного — а именно Фрица Ротбейна, который неимоверно скучал в обществе своей сиделки, хотя, если все признаки не обманывали, ему осталось жить очень недолго.

Сколько добрейший Иоахим ни отговаривался, ему тоже пришлось пойти. Напор Ганса Касторпа и его сердобольная предприимчивость были сильнее, чем неохота кузена; Иоахим только молчал и опускал глаза, это был единственный способ выразить свой протест, иначе его обвинили бы в недостатке христианских чувств. Ганс Касторп отлично это видел и умело использовал. Понимал он, и почему двоюродный брат противится его планам как военный. Ну и что же, если такие начинания вливали в него бодрость, давали счастье, приносили пользу? Надо было просто перешагнуть через это молчаливое сопротивление. Он обсудил с ним, можно ли и молодому Фрицу Ротбейну прислать или принести цветы, хотя бедный «морибундус» мужчина. Уж очень Гансу Касторпу хотелось это сделать: ведь цветы в этих случаях так подходят; опыт с лиловой изящной гортензией чрезвычайно ему понравился; поэтому он решил, что пол пациента роли не играет, раз больной в предсмертном состоянии, и для подношения цветов здесь тоже не нужно никакого празднества, разве с умирающими не надо обходиться так, словно каждый день — их день рождения? Итак, кузены снова посетили цветочный магазин, где пахло теплом, землей и цветами, и прибыли к господину Ротбейну с букетом, состоявшим из только что опрыснутых водою роз, гвоздик и левкоев, следом за Альфредой, возвестившей о приходе молодых людей.

Тяжелобольной, которому едва можно было дать двадцать лет, уже лысоватый, уже седеющий, с восковым измученным лицом, большерукий, большеносый, ушастый, был тронут чуть не до слез и горячо благодарил за участие и развлечение — он от слабости и в самом деле всплакнул, когда здоровался с кузенами и увидел букет, но почти тут же заговорил, хотя почти беззвучно, о европейской цветочной торговле и ее все растущем размахе, о гигантском экспорте садоводств в Ницце и Каннах, о вагонах, груженных цветами, и почтовых посылках, которые ежедневно идут во все концы света, об оптовой торговле Парижа и Берлина и о снабжении цветами России. Ведь он был коммерсантом, и, пока был жив, его интересы не шли дальше этой сферы. Отец, имевший в Кобурге фабрику кукол, отправил сына для дальнейшего образования в Англию, — так рассказывал больной шепотом, — там-то он и заболел. Его лихорадочное состояние приняли за тиф и стали лечить соответствующим образом, то есть посадили на строжайшую диету, потому-то он так и ослабел. Здесь наверху ему разрешили есть, и он начал есть; в поте лица своего старался он, сидя в постели, питаться как можно лучше. Но оказалось, что поздно, его кишечник, увы, тоже поражен болезнью, и напрасно ему посылают из дому копченые языки и шпик, он их уже не переносит. А теперь Беренс телеграммой вызвал из Кобурга его отца, и тот едет сюда; дело в том, что врачи решили применить крайние меры, они намерены испробовать резекцию ребер, хотя он слабеет с каждым днем и шансов на успех становится все меньше. Ротбейн рассказывал обо всем этом шепотом, но весьма обстоятельно и к вопросу об операции подходил с чисто деловой точки зрения — видно было, что, пока он жив, он иначе и не будет ни к чему относиться. Самое дорогое при этой операции, шептал он, это анестезия спинного мозга, все обойдется в тысячу франков, ведь вопрос идет о целой грудной клетке — от шести до восьми ребер; так спрашивается — стоит ли игра свеч. Беренс уговаривает его, ясно, что это в интересах врача, но едва ли в интересах самого Ротбейна, и, может быть, разумнее спокойно умереть, сохранив в целости все свои ребра.

Трудно было что-либо ему посоветовать. Кузены высказали мнение, что надо принять в расчет и то, какой гофрат искуснейший хирург. Сошлись на том, чтобы отложить этот вопрос до приезда старика Ротбейна, — его ждут со дня на день, пусть он и решит. При прощании Фриц опять всплакнул; слезы странно не вязались с сухой деловитостью его мыслей и суждений и были только результатом слабости. Он просил молодых людей еще раз навестить его, и они охотно обещали, но повидать его уже не пришлось, ибо в тот же вечер прибыл фабрикант кукол, на другое утро была сделана операция, и после нее Фриц уже не мог принимать гостей. А через два дня, когда Ганс Касторп и Иоахим случайно проходили мимо комнаты Ротбейна, они увидели, что в ней производится уборка. Сестра Альфреда успела покинуть санаторий «Берггоф», ее срочно вызвали в другое лечебное заведение, к другому «морибундусу»; и она, закинув за ухо шнурок пенсне и со вздохом подхватив свой чемоданчик, перекочевала туда, ибо это было единственное, что ей могла предложить жизнь.

Опустевшая, освободившаяся комната, с нагроможденными друг на друга столами и стульями, с распахнутыми настежь двойными дверями и в которой, как ты замечаешь, направляясь в столовую или на прогулку, производится уборка, — зрелище красноречивое, но столь привычное, что оно уже почти ничего не говорит идущему мимо, особенно если ты сам въехал в такую же «освободившуюся» и прибранную комнату и к ней привык. Иной раз знаешь, кто именно жил в этой комнате, и тогда невольно задумываешься; так было и в этот раз и неделю спустя, когда Ганс Касторп увидел, что комната маленькой Гернгросс пуста и в ней производится уборка. Его разум сначала отказался понять смысл царившей там хлопотливой деятельности. Он остановился перед дверью, растерянный, пораженный, и вдруг увидел проходившего по коридору гофрата.

—А вот я стою и смотрю, как убирают, — сказал Ганс Касторп. — Здравствуйте, господин гофрат, значит, маленькая Лейла...

— Н-да, — ответил Беренс и пожал плечами. После паузы, когда рассеялось впечатление, вызванное этим жестом, он добавил: — А вы успели, так сказать, под занавес, еще скоренько поухаживать за ней по всем правилам? Мне нравится, что вы, относительно крепкий молодой человек, немножко сочувствуете моим бедным легочным свистунчикам в клетках. Благородная черта, нет, нет, не спорьте, будем справедливы, это действительно благородная черта в вашем характере. Можно вас время от времени знакомить с тем или другим? У меня ведь тут еще немало сидит чижиков, — если это вас интересует. Вот хотя бы сейчас — хочу заглянуть к своей «передутой». Пойдем? Я просто представлю вас, как сочувствующего товарища по несчастью.

Молодой человек ответил, что гофрат точно прочел его мысли и предложил именно то, о чем Ганс Касторп хотел сам попросить. Он с благодарностью воспользуется разрешением и присоединится к нему. Но кто же такая эта «передутая», и в каком смысле понимать подобное прозвище?

— Буквально, — ответил гофрат. — В прямом смысле слова, без всяких метафор. Да она сама вам расскажет. — Сделав несколько шагов, они оказались перед ее комнатой. Гофрат вошел через двойную дверь, сказав, чтобы его спутник подождал. При появлении Беренса в комнате раздался сдавленный, но звонкий и веселый смех и чья-то речь, которая тут же оборвалась, так как дверь захлопнулась. Смехом же был встречен и сочувствующий гость, когда через несколько минут, позванный Беренсом, вошел в комнату, и тот представил его белокурой даме, с любопытством смотревшей на него голубыми глазами; опираясь на подложенные под спину подушки, она полусидела в постели, каждую минуту беспокойно смеясь рассыпающимся, очень высоким серебристым смехом, и при этом задыхалась, словно удушье возбуждало ее, как щекотка. Впрочем, она смеялась, вероятно, и той витиеватой галантности, с какой гофрат ей представил гостя, а когда врач уходил, крикнула вслед — прощайте, спасибо, до свидания, помахала рукой, шумно вздохнула, рассыпала серебро своего смеха и прижала руки к вздымавшейся под батистовой сорочкой груди, продолжая все время судорожно перебирать ногами. Ее звали фрау Циммерман.

Ганс Касторп знал ее в лицо. Она перед тем некоторое время сидела за столом фрау Заломон и прожорливого подростка и постоянно смеялась. Потом исчезла, но молодой человек тогда не обратил на это внимания. Может быть, уехала, решил он, заметив ее исчезновение. И вот она здесь, и ее почему-то прозвали «передутая». Он ждал объяснения этого прозвища.

— Ха-ха-ха, — сыпала она, точно ее щекотали, и грудь ее бурно вздымалась. — Ужасно смешной этот Беренс, невероятно смешной и занятный человек, с ума сойти можно, умереть со смеху! Садитесь же, господин Кастен, господин Карстен, или как там ваша фамилия, у вас она такая смешная, ха-ха, хи-хи, извините меня, пожалуйста! Садитесь вон на тот стул в ногах постели, но разрешите мне шевелить ногами, я никак не могу... ха-а, — задыхалась она, открыв рот и снова рассыпаясь смехом, — никак не могу перестать...

Она была довольно хорошенькая: резковатые, но правильные и приятные черты, чуть насмешливый двойной подбородок, хотя губы с синеватым оттенком, так же как и кончик носа, бесспорно, свидетельствовали о затрудненности дыхания. Ее руки, приятно худые и красиво выступавшие из кружевных обшлагов ночной сорочки, также ни минуты не оставались в покое. Шея у нее была девичья, с глубокими впадинами под хрупкими ключицами, грудь, все время порывисто и беспокойно вздымавшаяся от смеха и удушья, тоже казалась нежной и молодой. Ганс Касторп решил, что и ей непременно пошлет или принесет красивые цветы из экспортирующих за границу садоводств Ниццы и Канн, влажные и благоухающие. Он с некоторым трудом присоединился к бурной и судорожной веселости фрау Циммерман.

— Итак, вы навещаете здесь тяжелобольных? — спросила она. — Как занятно и любезно с вашей стороны, ха, ха, ха, ха! Но представьте, я вовсе не была тяжелобольной, то есть совсем даже нет, еще недавно не была, ни чуточки... пока со мной недавно... эта история... Послушайте, это, наверное, самое смешное, что вам за всю вашу жизнь приходилось... — И, то ловя губами воздух, то заливаясь смехом, она рассказала, что с ней приключилось.

Сюда она приехала слегка больной, но все-таки больной — иначе она бы не приехала, — может быть, и не так уж легко больной, но, во всяком случае, скорее легко, чем тяжело. Пневмоторакс, это недавнее, однако быстро ставшее популярным изобретение хирургической техники, в ее случае дало блестящие результаты. Операция вполне удалась, здоровье и самочувствие фрау Циммерман все улучшалось, ее мужу — она была замужем, но бездетна — обещали, что месяца через три-четыре она сможет вернуться домой. И вот, чтобы развлечься, она поехала в Цюрих — никаких других причин, кроме желания развлечься, у нее не было. И она отлично развлекалась, но при этом решила, что ей необходимо опять поднадуться, и доверила это дело одному тамошнему врачу. Очень милый и занятный молодой человек, ха-ха-ха, ха-ха-ха, но что же случилось? Он ее передул. Этого не назовешь иначе, этим словом все сказано. Он перестарался, видно, не очень был опытен, словом: передутая, то есть с одышкой и спазмами сердца — ха! хи, хи, хи! — вернулась она сюда наверх, а Беренс зверски разбранил ее и сейчас же загнал в постель. И вот теперь она серьезно больна — не безнадежно, нет, — но исковеркана, изуродована, ха-ха-ха... Почему у него такое выражение лица? Такое странное? И она, тыча в него пальцем, так хохотала над его лицом, что даже лоб у нее посинел. Но смешнее всего был Беренс, заявила она, с его гневом и грубостью — она уже заранее хохотала над тем, как он ее встретит, когда заметила, что ее передули. «Вашей жизни угрожает непосредственная опасность», — заорал он на нее без всяких обиняков и церемоний, такой медведь, ха-ха-ха, хи-хи-хи, извините, пожалуйста.

Оставалось непонятным, почему она так рассыпчато смеялась над словами гофрата — только из-за их «грубости» или из-за того, что она ему не поверила, или, хоть и поверила — ведь поверить она все же должна была, — но ее положение, само по себе, то есть смертельная опасность, в которой она находилась, — представлялось ей таким уж невыразимо комичным? У Ганса Касторпа осталось впечатление, что вероятнее второе, и она действительно только по своему легкомыслию и глупости своего птичьего ума щебечет, хихикает и заливается, и он очень этого не одобрил. Цветы он все же ей послал, но увидеть вторично смешливую фрау Циммерман ему не пришлось: продержавшись еще несколько дней на кислороде, она в самом деле умерла в объятиях своего супруга, которого вызвали телеграммой; дурища необыкновенная, добавил от себя гофрат, от которого Ганс Касторп узнал о ее смерти.

Но еще до этого овладевший Гансом Касторпом дух предприимчивого участия помог ему, при содействии гофрата и медицинского персонала, завязать дальнейшие знакомства с тяжелобольными пациентами, а Иоахиму пришлось повсюду сопровождать его. Так он вместе с Гансом Касторпом посетил сына «Tous les deux», — второго, этот был жив, а в комнате первого уже давно прибрали и покурили $H_2CO$. Потом мальчика Тедди, недавно прибывшего сюда наверх из «Фридерицианума» — закрытого учебного заведения, где его настигла болезнь в очень тяжелой форме. Затем русского немца, Антона Карловича Ферге, служащего страхового общества, добродушного страдальца. А также злосчастную и все-таки желавшую нравиться фрау Малинкрод; Ганс Касторп послал ей цветы, как и остальным, и в присутствии Иоахима даже несколько раз кормил ее кашей... Постепенно пошли слухи об их деятельности, их стали называть самаритянами и братьями милосердия. Сеттембрини однажды заговорил с Гансом Касторпом на эту тему:

— Черт побери, инженер, я слышу о вас удивительные вещи. Вы пустились в благотворительность? Хотите оправдаться добрыми делами?

— Пустяки, господин Сеттембрини, и говорить-то не о чем. Мы с кузеном...

— Оставьте вашего кузена в покое! Если говорят о вас обоих, то, конечно, все дело в вас. Лейтенант — человек почтенный, но простая натура, без всяких затаенных опасностей, воспитателю он не доставит особых трудностей. И вы меня не убедите, будто руководящую роль играет он. Более важную, но и более опасную играете вы. Если можно так выразиться, вы трудное дитя нашей жизни, и о вас постоянно надо заботиться. Впрочем, вы ведь мне разрешили заботиться о вас.

— Ну, конечно, господин Сеттембрини, раз и навсегда. С вашей стороны это очень любезно. А «трудное дитя нашей жизни» — удачно сказано. Что только писателям не придет в голову! Не знаю, имею ли я право что-нибудь вообразить о себе по поводу такого титула, но звучит он очень хорошо, должен признать. Да, а вот я уделяю некоторое внимание «детям смерти», вы, видимо, это и имеете в виду. Когда есть время, я — ни в какой мере не в ущерб лечению — посещаю тяжело и серьезно больных, понимаете ли, тех, кто здесь не для забавы и болел не от распущенности, тех, кто умирает.

— Но ведь написано: «Пусть мертвые хоронят своих мертвецов», — заметил итальянец.

Ганс Касторп воздел руки, как бы желая сказать — мало ли что написано — пишут и так и наоборот, поэтому трудно найти истинное и следовать ему. Шарманщик, конечно, в оппозиции, этого следовало ожидать. Но если Ганс Касторп, как и прежде, готов был выслушивать его, находить его теории заслуживающими внимания и ради опыта поддаваться его педагогическому воздействию, все же отсюда еще очень далеко до того, чтобы ради каких-то педагогических воззрений отказаться от сближения с тяжелобольными, несмотря на мамашу Гернгросс с ее разговорами о «невинном маленьком флирте», на будничную расчетливость бедняги Ротбейна и глупое хихиканье «передутой», ибо это сближение все еще представлялось Гансу Касторпу полезным и весьма значительным.

Сына «Tous les deux» звали Лауро. Он тоже получил цветы, благоухающие землей фиалки из Ниццы, «от двух сочувствующих коллег по санаторию, с сердечными пожеланиями скорейшего выздоровления», и так как эта анонимность стала уже пустой формальностью и решительно каждый знал, от кого эти дары, то, встретив однажды в коридоре обоих кузенов, к ним обратилась сама «Tous les deux», — черно-бледная мать мексиканка, чтобы поблагодарить их; с помощью нескольких, как будто шелестящих слов, а главное — выразительно скорбных жестов и мимики пригласила она их лично принять благодарность от ее сына — de son seul et dernier fils qui allait mourir aussi[1]. Они тут же и зашли. Лауро оказался удивительным красавцем: горящие глаза, орлиный нос с раздувающимися ноздрями, великолепный рот, над которым пробивались черные усики, — но при этом держался с таким напыщенным драматизмом, что гости — Ганс Касторп не меньше, чем Иоахим Цимсен — были рады, когда дверь в комнату больного за ними наконец закрылась. Ибо в то время как сама «Tous les deux» в своей тяжелой кашемировой шали и черном шарфе, завязанном под подбородком, с поперечными морщинами, пересекающими узкий лоб, и невероятными мешками под глазами, черными, как агат, ходила из угла в угол, согнув колени, горестно скривив рот, и, время от времени приближаясь к сидевшим у кровати, повторяла, как попугай, свое трагическое «Tous les dé, vous comprenez, messiés... Premièrement l'un et maintenant l'autre...[2]» — в это время красавец

[1] Своего единственного и последнего сына, который тоже должен умереть (*фр.*).

[2] Оба, понимаете ли, господа... Сперва один, потом другой (*фр.*).

Лауро, тоже по-французски, грассируя и шелестя, разглагольствовал с нестерпимой высокопарностью на ту тему, что он хочет умереть как герой, comme héros, à l'espagnol, подобно брату, de même que son fier jeune frère Fernando[1], который тоже умер как испанский герой; при этом Лауро жестикулировал, разорвал на себе рубашку, чтобы подставить свою желтую грудь разящим ударам смерти, и неистовствовал до тех пор, пока не закашлялся, так что на его губах выступила прозрачная розовая пена; это положило конец его хвастовству и дало кузенам возможность на цыпочках удалиться.

Они больше не говорили между собой о посещении Лауро, и даже про себя каждый старался не осуждать его. Зато им обоим гораздо больше понравился Антон Карлович Ферге из Петербурга: у него были густые добродушные усы, и так же добродушно торчал его кадык; господин Ферге лежал в постели, медленно и с трудом поправляясь после того, как ему попытались сделать пневмоторакс, — во время операции он чуть не погиб и был на волосок от смерти. Он получил очень сильный шок, шок плевры, которым иногда сопровождается эта столь модная операция. Но у него шок произошел в особо тяжелой форме, он сопровождался полным коллапсом и глубоким обмороком, словом, все это было так опасно, что операцию пришлось прервать и пока отложить.

Каждый раз, когда Ферге заговаривал об этой истории, он широко раскрывал свои добродушные серые глаза и лицо его становилось серым — вероятно, он действительно пережил страшные минуты.

— И ведь без наркоза, господа. Ну, хорошо, допустим такие, как я, его не переносят, в подобных случаях наркоз возбраняется, это можно понять, и разумный человек с этим мирится. Но ведь местная-то анестезия проникает очень неглубоко, притупляется лишь чувствительность верхних покровов, и пока тебя вскрывают — чувствуешь только, как что-то тебя сдавливает, мнет. Лежишь с закрытыми глазами, чтобы ничего не видеть, ассистент держит тебя справа, старшая — слева. И кажется, будто тело сдавливают, мнут, — это делают надрез и оттягивают края зажимами. А потом слышу я, как гофрат говорит: «Так!» — и в то же мгновение, господа, начинает щупать подреберную плевру каким-то тупым инструментом — он должен быть тупым, чтобы раньше времени не проколоть ее, — да, значит, начинает щупать плевру: он щупает, чтобы

[1] Как герой, по-испански, подобно брату, подобно его гордому юному брату Фернандо (*фр.*).

найти нужное место, проколоть его, впустить газ, — и вот, как начал он, как начал водить этим инструментом по моей плевре — ах, господа, господа! Тут мне чуть конец не пришел, я едва не умер, ощущение было неописуемое. Подреберная плевра, господа, она такая, ее нельзя касаться, нельзя, невозможно ее трогать, она — табу, она прикрыта плотью, изолирована, неприкосновенна раз и навсегда. А он обнажил ее и начал щупать. И мне, господа, стало дурно. Отвратительно, господа, никогда я не думал, что может у человека возникнуть такое трижды подлое, гнусное, унизительное чувство, какого на земле вообще не бывает — разве что в аду! И со мной случился обморок — сразу три обморока — зеленый, коричневый и фиолетовый. Кроме того, в этом обмороке я дышал страшной вонью, шок подействовал на обоняние, господа... нестерпимо воняло сероводородом, — вероятно, так пахнет в преисподней, — и, несмотря на все это, я слышал свой смех, хотя задыхался, но так люди не смеются, это был какой-то заливистый, непристойный, гадкий смех, я в жизни такого не слышал, оттого что когда щупают плевру, вам кажется, господа, будто вас щекочут самым чудовищным, нестерпимым, нечеловеческим образом; вот какой я испытал нестерпимый стыд и муку, это и есть плевральный шок, да хранит вас от него Господь Бог.

Антон Карлович Ферге, часто и неизменно бледнея, вспоминал эту подлую историю и ужасно пугался при мысли о ее возможном повторении. А в остальном — Ферге с самого начала заявил, что человек он вполне обыкновенный, всякие «возвышенные» чувства ему чужды, и пусть к нему не предъявляют никаких особых духовных и нравственных требований, так же как он сам их ни к кому не предъявляет. Если помнить об этом, то можно было слушать отнюдь не без интереса рассказы о его прошлом — о той жизни, из которой его вырвала болезнь, жизни повсюду разъезжающего агента страхового общества; живя в Петербурге, он изъездил вдоль и поперек всю Россию, осматривал застрахованные фабрики и собирал сведения о клиентах, чье экономическое положение было ненадежно; ибо статистика показывала, что пожары происходили чаще всего на тех промышленных предприятиях, дела которых шли неважно. Поэтому его и посылали, чтобы под тем или иным предлогом обследовать какое-нибудь производство и сообщить банку своего общества о его положении, а общество могло вовремя увеличить страховые взносы или путем переразверстки премий предотвратить значительные потери. Он рассказывал о зимних поездках по этой огромной стране, о том, как, бывало, целую ночь напролет, в страшный мороз, мчался он, лежа в санях, накрытый овчинами, и, проснувшись, видел над сугробами волчьи глаза, горевшие, как звезды. Он возил с собой в ящике замороженную провизию — щи, белый хлеб, а потом, при смене лошадей, эту провизию на станциях оттаивали, причем белый хлеб оказывался совершенно свежим, как будто его сегодня только испекли. Зато плохо бывало, когда в дороге вдруг застигала оттепель: тогда щи, смерзшиеся кусками, таяли и текли.

Таковы были примерно рассказы Ферге; время от времени он, вздыхая, прерывал свое повествование: все это очень хорошо, но только бы опять не потащили его на этот пневмоторакс. В том, что он сообщал, не было ничего возвышенного, но это был фактический материал, и слушали они его с охотой, особенно Ганс Касторп, который считал для себя полезным узнать побольше о русском государстве и его жизни, о самоварах, пирогах, казаках и деревянных церквах с таким множеством куполов-луковок, что они напоминали колонии грибов. Расспрашивал он и о тамошних людях, об их северной, а потому казавшейся ему еще более увлекательной экзотике, об азиатской примеси в их крови, о широких скулах, о монгольско-финском разрезе глаз; он слушал обо всем этом якобы из интереса к антропологии, заставлял Ферге и говорить по-русски: быстрой, нечеткой, страшно чуждой и бескостной звучала восточная речь в устах Ферге, осененных добродушными усами, речь, лившаяся из его горла с добродушно выступающим кадыком, и Ганса Касторпа все это занимало тем сильнее (но уж такова молодежь), чем более запретной с педагогической точки зрения была та область, в которой он резвился.

Они частенько заходили на четверть часика к Антону Карловичу Ферге. Кроме того, навещали и мальчика Тедди из «Фридерицианума», белокурого, элегантно одетого четырнадцатилетнего подростка с тонкими чертами лица; у него была отдельная сиделка, и он носил белую шелковую пижаму, расшитую шнурками. Тедди был сирота, судя по его собственным словам. В ожидании более серьезной операции, которая ему предстояла, а именно: попытки удалить пораженные части легких, — он иногда, если чувствовал себя лучше, на час вставал с постели и, надев красивый спортивный костюм, присоединялся к обществу пациентов. Дамы охотно с ним заигрывали, а он прислушивался к их разговорам, например, когда обсуждались отношения адвоката Эйнхуфа с некоей особой в панталонах-реформ и с Френцхен Оберданк. Потом снова ложился в постель. Так жил элегантный мальчик Тедди со дня на день, причем давал понять, что ничего другого он уже от жизни и не ждет.

В пятидесятой комнате лежала тяжелобольная фрау фон Малинкрод; ее звали Натали, глаза у нее были черные, в ушах висели золотые кольца, она любила кокетничать и наряжаться, и вместе с тем она была Иовом и Лазарем, вместе взятыми, да еще в женском обличье, до того Господь Бог обременил ее всякими недугами. Казалось, весь ее организм насквозь отравлен ядами, так как ее непрерывно постигали всевозможные болезни, то вместе, то порознь. Особенно сильно поражена была кожа, покрытая местами экземой, вызывающей мучительный зуд, а иногда язвочки появлялись даже во рту, почему ей и с ложки-то было трудно есть. Один воспалительный процесс сменялся другим — воспаление подреберной плевры, почек, легких, надкостницы и даже мозга, так что фрау Малинкрод наконец теряла сознание, а сердечная слабость, вызванная жаром и болями, постоянно держала ее в страхе и приводила, например, к тому, что во время еды она не могла проглотить кусок как следует: пища застревала в самом начале пищевода. Словом, она жестоко страдала и, кроме того, была совершенно одинока. После того как фрау Малинкрод бросила мужа и детей ради другого мужчины, вернее мальчишки, возлюбленный, в свою очередь, покинул ее, как она сама сообщила кузенам, и теперь она оказалась бесприютной, хотя и со средствами — муж все же помогал ей. Она без неуместной гордости пользовалась тем, что он, будучи или просто порядочным, или все еще влюбленным в нее, посылал ей, ибо сама-то она относилась к себе несерьезно и признавала, что да, она просто нечестная и грешная бабенка, и, понимая это, переносила свои страдания, как Иов, с удивительным терпением и выдержкой и с той стихийной силой сопротивления, которая особенно присуща женщинам, побеждала немощи своего смуглого тела и даже ухитрялась с помощью куска газа, которым по каким-то печальным причинам ей приходилось повязывать голову, еще и украсить себя. Она то и дело меняла драгоценности — начиная утром с кораллов и кончая вечером жемчугами. Обрадовавшись цветам, присланным Гансом Касторпом, она приняла этот дар скорее за проявление галантности, чем за акт милосердия, и пригласила молодых людей выпить чаю у ее ложа, причем сама пила его из чашки с носиком: ее пальцы — даже большой — были до первого сустава сплошь унизаны перстнями с опалами, аметистами, смарагдами. Покачивая золотыми кольцами в ушах, она вскоре же поведала кузенам обо всем, что с ней приключилось. Ее муж — порядочный, но нестерпимо скучный человек, дети тоже порядочные и скучные, во всем пошли в отца, она никак не могла проникнуться к ним особо теплыми чувствами, а вот тот, другой, еще совсем мальчишка, с которым она убежала из дому, тот относился к ней с такой удивительной поэтической нежностью... Но родственники хитростью и силой оторвали его от нее, а потом и мальчику, наверно, было противно, что у нее такая болезнь, тогда она как раз проявилась очень бурно, в самых разнообразных формах. Может быть, молодым людям тоже немного противно, — кокетливо осведомилась она — ее женская натура все-таки восторжествовала над экземой, покрывавшей половину ее лица.

Ганс Касторп свысока подумал об этом мальчишке, которому было противно, и выразил свое пренебрежение легким пожатием плеч. Что касается его, то малодушие поэтического юнца произвело на него как раз обратное впечатление и только его подстегнуло; при следующих своих посещениях он даже искал случая оказать злосчастной фрау Малинкрод маленькие услуги, которые не требовали особой опытности: осторожно вводил ей в рот кашу, если ее подавали, поил из чашки с носиком, когда у нее кусок застревал в горле, помогал переменить положение в постели, — ко всему еще рана, оставшаяся после операции, мешала ей лежать. Он упражнялся в этих деяниях и по пути из столовой и возвращаясь с прогулки, причем говорил Иоахиму: пусть идет дальше, он только забежит на минутку в пятидесятый номер и посмотрит, как там дела, — испытывая при этом блаженное чувство какого-то расширения своего существа и радости от сознания пользы и внутренней значительности своих добрых дел — правда, втайне к этому примешивалось и некоторое самодовольство от того, что его поведение такое безупречно христианское, хотя христианство это было столь скромным, добродетельным и достойным всяческой похвалы, что против него ничего нельзя было возразить ни с точки зрения воина, ни с точки зрения педагога-гуманиста.

О Карен Карстед мы еще не говорили, но Ганс Касторп и Иоахим приняли в ней особое участие. Она была частной пациенткой гофрата, и он рекомендовал добросердечным кузенам заняться ею. Целых четыре года она жила здесь без всяких средств, завися целиком от бездушных родственников, которые один раз уже взяли ее отсюда, так как ей, дескать, все равно не жить, и только благодаря настояниям гофрата отправили ее обратно. Она жила в «Деревне» — в дешевом пансионе — щупленькая девятнадцатилетняя девушка с гладко причесанными маслянистыми волосами; в ее робких глазах затаился лихорадочный блеск, говоривший о том же, что и болезненный румянец, голос тоже был глухой, но приятный, кончики пальцев облеплены пластырем, так как на них в результате отравления организма появлялись язвочки, и кашляла она почти непрерывно.

Итак, по просьбе гофрата — раз уж вы такие сердобольные юноши — кузены стали уделять ей особое внимание. Началось с присылки цветов, потом они навестили бедняжку Карен на ее балкончике в «Деревне», затем последовал ряд экстраординарных выходов втроем: то на состязания конькобежцев, то на бобслейные гонки. Был самый разгар зимнего спортивного сезона, и в нашей горной долине целую неделю шли празднества, одно сменяло другое, бесконечные увеселения и зрелища, которым кузены уделяли до сих пор лишь случайное и беглое внимание. Иоахим обычно уклонялся от всех местных развлечений. Не ради этого был он здесь, и вообще он здесь не для того, чтобы просто жить и как-то мириться с жизнью, проводя время приятно и разнообразно; нет, его единственная цель — как можно скорее освободиться от ядов болезни, вернуться на равнину и начать службу, настоящую службу, а не лечебную, — это был ведь только суррогат, — хотя и ее нарушения он допускал только с крайней неохотой. Участвовать активно в зимних удовольствиях ему было запрещено, а просто глазеть на них он не желал. Что касается Ганса Касторпа, то он слишком был погружен в интимный и важный факт своей принадлежности к общине больных здесь наверху и слишком серьезно к этому относился, чтобы интересоваться занятиями людей, видевших в этой горной долине только площадку для спорта.

Однако сердечное сочувствие к бедной фрейлейн Карстед привело в этом смысле к кое-каким переменам — и Иоахим ничего не мог против них возразить, иначе его отношение могли назвать нехристианским. И вот они зашли за больной в ее убогое жилье, вывели на чистый воздух чудесного, прогретого жарким солнцем морозного дня, отправились вместе с ней в сторону английского квартала, названного так из-за находившегося в нем «Отеля д'Англетер», и зашагали по его главной улице с роскошными магазинами; весело звеня, проезжали сани, и прогуливались населявшие курзал и другие шикарные отели прожигатели жизни и тунеядцы со всех концов света, без шляп, в модной спортивной одежде из дорогих красивых материй, бронзовые от зимнего солнца и сияния снега; затем молодые люди и Карен спустились к катку, расположенному в глубине долины, неподалеку от курзала, — летом он служил футбольной площадкой. Послышалась музыка; курортный оркестр играл на эстраде деревянного павильона, в конце ледяного вытянутого прямоугольника, за которым синели покрытые снегом горы. Они взяли билеты, пробрались меж скамей амфитеатра, с трех сторон окружавшего каток, отыскали свободные места и стали смотреть. Бегуны, легко одетые, в черном трико и куртках, обшитых мехом и галунами, скользили по льду, раскачивались, балансировали, выписывали фигуры, подпрыгивали и кружились. Два виртуоза, мужчина и дама, профессионалы вне конкурса, исполнили номер, во всем свете доступный только им одним, их наградили бурными аплодисментами, а оркестр исполнил туш. В состязании на скорость участвовали шесть молодых людей разных национальностей, они мчались, нагнувшись вперед, заложив руки за спину, время от времени поднося к губам платок; им предстояло шесть раз обежать длинный четырехугольник катка. Звонил колокол, сливаясь со звуками музыки. Минутами трибуны разражались бурными криками восторга или криками, подбадривавшими бегунов. Пестрая толпа окружала кузенов и их подопечную. Тут были белозубые англичане в шотландских шапочках, болтавшие по-французски с резко надушенными дамами, одетыми с головы до ног в разноцветную шерсть, — иные были в брюках; американцы, прилизанные, с маленькими головками, с трубками в зубах и в шубах мехом наружу; русские, бородатые, элегантные, имевшие вид богатых варваров; голландцы с примесью малайской крови, сидевшие вперемежку с немцами и швейцарцами; и, наконец, говорившие тоже по-французски и всюду как бы вкрапленные среди других люди неведомых национальностей, вероятно, балканцы или левантинцы, представители некоего фантастического мира, — Ганс Касторп явно питал к нему пристрастие, а Иоахим этот мир отвергал как что-то двусмысленное и расплывчатое. В перерывах, дурачась, состязались дети, они ковыляли по льду — на одной ноге конек, на другой — лыжа, мальчики катали своих дам на лопатах, толкая их впереди себя, бежали с зажженными свечами, и победителем считался тот, кто добегал до цели, держа в руке еще горящую свечу, брали всякие препятствия, на ходу опускали оловянной ложкой картофелины в расставленные на льду лейки. Взрослые восторгались. Они показывали друг другу самых богатых, известных и очаровательных детей: вон дочка голландского мультимиллионера, этот вон — сын прусского принца, а тот двенадцатилетний подросток носит фамилию владельца известной во всем мире фирмы шампанских вин. Бедная фрейлейн Карен тоже восторгалась и кашляла. От радости она всплескивала руками с язвочками на пальцах. Она так благодарна молодым людям!

Кузены сводили ее на бобслейные состязания: идти было недалеко и от «Бергхофа», и от квартиры Карен Карстед, ибо санная дорога начиналась на Шацальпе и кончалась в деревне, между поселками западного склона. На горе поставили контрольную будку и сообщали по телефону о каждом выходе саней со старта. Между двумя обледенелыми снежными стенами, по гладкой ледяной дорожке, отливавшей на поворотах металлическим блеском, с горы летели, через большие промежутки, плоские сани со спортсменами и спортсменками; они были в костюмах из белой шерсти, на их груди пестрели шарфы различных национальных цветов, и быстро мелькали мимо красные, напряженные лица, на которые падал снег. Зрители тут же фотографировали аварии, когда сани наскакивали на стены, перевертывались и вываливали седоков в сугроб. Здесь тоже играла музыка.

Публика помещалась на небольших трибунах или стояла на узкой расчищенной тропинке, которая тянулась вдоль бобслейной ледовой дороги. Местами тропинка шла через деревянные мостики, на них тоже толпились зрители, а под ними время от времени со свистом проносились сани, переполненные состязавшимися. «Покойники из санатория там, наверху, вероятно, тоже проносятся со свистом под этими мостами, поворот за поворотом, все ниже, в долину», — подумал Ганс Касторп и высказал свою мысль вслух.

Даже в биоскоп, находившийся на одной из улиц курорта, повели они как-то под вечер Карен Карстед — уж очень большое удовольствие доставляло ей все это. И вот, в душном, спертом воздухе, физически чуждом всем троим, ибо они привыкли дышать только чистейшим, а от этого теснило дыхание и мысли заволакивала какая-то муть, перед ними, мерцая, понеслись обрывки жизни; казалось, ее разрезали на мелкие кусочки, торопливые и ускользающие, и вот они, раскрываясь перед зрителем и судорожно дергаясь, на миг задерживаются, а потом, трепеща, уносятся прочь, охваченные постоянной тревогой, под нехитрую музыку, которая, разделяя время на такты и звуча в настоящем, возрождала летучие видения былого и, невзирая на ограниченность своих средств, ухитрялась дать всю гамму торжественности и пышности, неистовства страсти и томного воркованья чувственности, — и все это проходило на экране перед утомленными глазами молодых людей. Это была волнующая повесть о любви и убийствах, она безмолвно разыгрывалась при дворе восточного деспота, мелькали эпизоды, полные великолепия и наготы, властолюбия и фанатической религиозной покорности, жестокости, вожделения, неистового сладострастия, заторможенные устойчивой наглядностью, когда надо было показать мускулатуру на руке палача, — словом, история, созданная желанием угодить тайным вкусам публики, представляющей собой интернациональную цивилизацию. Сеттембрини, с его склонностью к критике, вероятно, резко осудил бы столь антигуманистическое зрелище и с присущей ему откровенной классической иронией бичевал бы такое злоупотребление техникой ради показа античеловеческих образов и представлений, подумал про себя Ганс Касторп и шепотом поделился своими мыслями с двоюродным братом. Наоборот, фрау Штёр, которая тоже пришла сюда и сидела неподалеку от них, была поглощена этими картинами; ее побагровевшее неинтеллигентное лицо даже исказилось от упоения.

Впрочем, на кого ни взглянешь — у всех были такие же лица. Но когда, мерцая, мелькнула и погасла последняя картина, завершавшая вереницу сцен, в зале зажегся свет и поле всех этих видений предстало перед публикой в виде пустого экрана — она даже не могла дать волю своему восхищению. Ведь не было никого, кому можно было бы выразить аплодисментами благодарность за мастерство, кого можно было бы вызвать. Актеры, собравшиеся, чтобы сыграть эту пьесу, давно разбрелись кто куда; люди увидели только тени их игры, миллионы на миг зафиксированных картин, на которые разложили их действия, чтобы в любую секунду в мерцающем быстром течении возвратить их стихии времени. В молчании толпы, после того как угасла иллюзия, чувствовался какой-то нервный упадок, какое-то уныние. Руки людей безжизненно лежали на коленях, словно перед ними было ничто. Иные терли глаза, смотрели перед собой отсутствующим взглядом, как будто им было стыдно яркого света и хотелось вернуться в темноту, чтобы опять увидеть то, что жило раньше, увидеть повторенным, пересаженным в свежее время и подкрашенным румянами музыки.

Деспот умер под ножом палача, рот его был разинут, он издавал рев, которого не было слышно. Затем показывали разные картины:

вот президент Французской республики, в цилиндре и с орденской лентой через плечо, отвечает на приветствия, стоя в ландо; вот вице-король Индии на бракосочетании какого-то раджи; немецкий кронпринц во дворе потсдамских казарм; вот сцены из жизни туземцев в деревне Новый Мекленбург, петушиный бой на острове Борнео, голые дикари, играющие на каких-то странных дудках, охота на диких слонов, церемония при дворе сиамского короля, улица с борделями в Японии, где гейши сидят в деревянных клетках. Вот едут по снежной пустыне Северной Азии закутанные самоеды на оленях, русские паломники молятся в Хевроне, преступников бьют в Персии по пяткам. И при всем этом публика присутствовала; пространство было уничтожено, время отброшено назад, «там» и «тогда» превратились в порхающие, призрачные, омытые музыкой «здесь» и «теперь». Молодая марокканка в полосатой шелковой одежде, покрытая украшениями в виде цепочек, запястий и колец, с тугой, полуобнаженной грудью, вдруг выросла до натуральной величины и словно надвинулась на зрителей. Ее широкие ноздри раздувались, глаза блестели радостью животной жизни, лицо было все в движении: она смеялась, показывая белые зубы, одну руку с ногтями светлее, чем кожа, она поднесла к глазам, словно заслоняя их от солнца, другой махала публике. Публика смущенно смотрела в лицо очаровательной тени, которая, казалось, и глядит и не видит, до которой ничей взгляд не доходит, а смех и кивки живут не в настоящем, а «там» и «тогда», и поэтому было бы нелепо отвечать на них. Вследствие этого, как мы уже отмечали, к удовольствию примешивалось чувство какого-то бессилия. Затем призрак исчез и экран стал пустым и светлым, на него точно бросили слово «конец», цикл картин закончился, зрители молча стали выходить из театра, а в дверях теснилась новая публика, жаждавшая посмотреть зрелище, которое должно было повториться.

Вняв уговорам фрау Штёр, присоединившейся к ним, они все вместе зашли в кафе курзала, чтобы доставить удовольствие бедняжке Карен, которая, желая выразить свою благодарность, все время держала руки сложенными. Здесь тоже играла музыка. Небольшим оркестриком, с одетыми в красные фраки музыкантами, управляла первая скрипка — не то чех, не то венгерец; он стоял отдельно от оркестрантов, среди танцующих пар, и яростно водил смычком, сопровождая свою игру огненными телодвижениями. За столиками было по-светски оживленно. Подавались дорогие напитки. Кузены заказали оранжад для себя и своей подопечной, так как было жарко и пыльно, а фрау Штёр потребовала ликеру. В эти часы, заявила она, тут еще не настоящее веселье. Танцуют вовсю только вечером; сюда нахлынут многочисленные пациенты из различных лечебных заведений и «дикие», живущие в отелях и в курзале, и не один тяжелобольной, танцуя, отправился отсюда прямо на тот свет, после того как осушил до дна чашу наслаждений и у него перед финалом в последний раз хлынула горлом кровь in dulci jubilo[1]. Фрау Штёр, по своему глубокому невежеству, образовала это in dulci jubilo самым невероятным образом: первое слово она взяла из словаря итальянских музыкальных терминов, который имелся у ее мужа, — оно, видимо, являлось искаженным «dolce», второе напоминало что-то вроде «юбилея» или бог весть что в том же роде — кузены одновременно сунули в рот соломинки, торчащие из бокалов, как только услышали эту латынь; но Штёриха ничуть не обиделась; напротив, выставив свои заячьи зубы, она с помощью всяких ядовитых намеков попыталась вызнать, каковы отношения между этими тремя молодыми людьми, — одно в них, по ее глубокому убеждению, было ей совершенно ясно: конечно, этой девице очень удобно, при ее мизерных средствах, иметь в качестве покровителей одновременно двух столь галантных рыцарей. Менее понятным представлялось ей отношение к Карен самих рыцарей; но, невзирая на всю свою глупость и неотесанность, она, с чисто женской интуицией, все же нашла какое-то решение этого вопроса, правда — неполное и банальное; ибо она сообразила и язвительно дала понять, что истинным и подлинным рыцарем здесь является именно Ганс Касторп, влечение которого к мадам Шоша было ей известно, а молодой Цимсен только так, на ролях ассистента, и что его двоюродный брат покровительствует этой выдре Карстед, желая хоть как-нибудь вознаградить себя за то, что приблизиться к другой ему никак не удается; такая догадка была вполне достойна фрау Штёр, этой мещанки, и лишена всякой моральной глубины, почему Ганс Касторп и ответил лишь усталым, презрительным взглядом, когда она, пошло его поддразнивая, высказала ее. Дружба с бедняжкой Карен, конечно, служила некоторой заменой и помогала ему забыться, так же как и все его филантропически нравственные начинания. То удовлетворение, которое он испытывал, когда кормил кашей страдалицу Малинкрод, выслушивал повествование господина Ферге об испытанном им адском плевральном шоке или видел, как бедняжка Карен от радости

[1] В миг сладостного торжества (*лат.*).

и благодарности всплескивает руками с облепленными пластырем кончиками пальцев, — это удовлетворение хоть и было, конечно, не столь уж непосредственным и бесспорным, но все же чистым и естественным; оно рождалось из совсем иного духовного строя, нежели тот, от чьего имени Сеттембрини выступал как педагог, однако молодому Гансу Касторпу казалось, что и к этому строю применимы слова placet experiri.

Домик, в котором жила Карен Карстед, стоял недалеко от водостока и полотна узкоколейки, по пути в деревню, и кузенам было очень удобно заходить за ней во время обязательной прогулки после первого завтрака. И если они шли этой дорогой в сторону деревни, чтобы выйти на главный проспект, то перед ними высился малый Шьяхорн, за ним справа выступали три зубца, называвшиеся «Зеленые башни», теперь также покрытые ослепительно блестевшим на солнце снегом, а еще дальше справа — вершины Дорфберга. На одной четверти его высоты тянулось кладбище «Деревни», окруженное стеной, оттуда, наверно, открывался красивый вид на озеро, почему оно и могло служить целью для прогулок. Однажды они и поднялись туда в чудесное утро — все дни теперь были чудесные: безветренные, солнечные, ярко-синие, жаркоморозные и бело-сверкающие. Кузены, один кирпично-красный, другой бронзовый от загара, были только в костюмах — не таскать же с собой пальто при таком солнце, — молодой Цимсен в спортивной одежде и резиновой обуви для хождения по снегу, Ганс Касторп тоже, но в длинных брюках, так как физически не мог привыкнуть носить короткие. Уже шел февраль нового года. Верно, цифра года изменилась, после того как Ганс Касторп приехал сюда наверх, и уже писалась другая, следующая. На часах мирового времени передвинулась на единицу одна из больших стрелок, — конечно, не самая большая, отмеряющая тысячелетия, — немногие из ныне живых будут присутствовать при этом; а также и не та, которая отмечала столетия или даже десятилетия, нет, не она. Но все же стрелка, отмечающая годы, передвинулась, притом совсем недавно, хотя с тех пор как Ганс Касторп стал жить здесь наверху, года еще не прошло, а всего немногим больше шести месяцев; но теперь она опять стояла неподвижно, как стрелки на некоторых больших часах, передвигающиеся только каждые пять минут. И пока тронется с места эта годовая стрелка, должна еще десять раз передвинуться месячная стрелка, а это в несколько раз больше, чем за все то время, что Ганс Касторп здесь прожил, — февраль не считался, ведь если он уже пришел, то и прошел, что разменено, то и растрачено.

Итак, трое молодых людей однажды отправились на дорфбергское кладбище — ради точности отчета следует упомянуть и об этой прогулке. Инициатива принадлежала Гансу Касторпу, и вначале Иоахим колебался, опасаясь за бедняжку Карен, но потом признал и согласился с тем, что нелепо играть с ней в прятки и уж так оберегать ее, как себя оберегала трусиха Штёр, от всего, что напоминало об exitus'e[1]. Дело в том, что Карен Карстед еще не предавалась самообману, обычному при последней стадии болезни, но отлично понимала, в каком она состоянии и признаком чего является этот некроз пальцев. Знала она также, что бессердечные родственники не захотят и слышать о такой роскоши, как перевоз ее тела на родину, и что после кончины ей отведут скромное местечко там, наверху, на деревенском кладбище. И, пожалуй, такая прогулка была для нее с моральной точки зрения более подходящей, чем, например, бобслейные состязания и кино; кроме того, посещение лежавших там, наверху, являлось как бы актом товарищеского внимания, если оно не было просто прогулкой или не имело целью осмотр кладбища как местной достопримечательности.

Они медленно поднимались гуськом, так как расчищенная в снегу дорожка давала возможность идти только по-одному, поравнялись с последними, высоко стоящими на склоне виллами, потом виллы оказались уже под ними, опять открылся знакомый ландшафт во всей его зимней красоте, но более широкий, с чуть сдвинутой перспективой. Он развертывался на северо-восток, в сторону устья долины; открылся и долгожданный вид на озеро, замерзшее в своей лесистой оправе, засыпанное снегом, а за дальним берегом горные склоны как будто сходились и, одна другой выше, вздымались в голубое небо незнакомые вершины. Молодые люди на все это поглядели, стоя в снегу перед каменными кладбищенскими воротами, затем вошли через железную калитку, которая была не заперта, а только притворена.

И здесь были расчищены дорожки, между обнесенными решетками, покрытыми пухлым снегом одинаковыми могильными холмиками, с крестами каменными и металлическими, с небольшими памятниками, которые были украшены медальонами и надписями. Кругом тишина, ни души. Безмолвие, уединенность и покой казались здесь как-то по-особенному глубокими и таин-

[1] Здесь — о смертельном исходе (*лат.*).

ственными, и в их сложный смысл было нелегко проникнуть; маленький каменный ангел или божок, стоявший среди кустов в снежной шапочке слегка набекрень, приложив палец к губам, очень подходил для гения этого места, другими словами — для гения молчания, такого молчания, которое очень отличалось от речи, было ее полной противоположностью, то есть умолканием, не имевшим ничего общего с пустотой и бессодержательностью, — удобный случай для обоих мужчин, чтобы снять шляпы, будь они в шляпах. Но они были без них, Ганс Касторп тоже, поэтому, идя гуськом за Карен Карстед, они почтительно опустили головы, ступали на цыпочках и слегка наклонялись то вправо, то влево.

Кладбище было неправильной формы, сначала оно тянулось узким прямоугольником к югу, затем расходилось, тоже прямоугольниками, на две стороны; видимо, его много раз вынуждены были расширять и к нему, один за другим, добавлялись участки. И все-таки, казалось, оно опять полно и вдоль ограды, и внутри, где были менее привилегированные места, — клочка земли свободного не найдешь для новой могилы. Трое пришельцев довольно долго ходили неслышно по узеньким тропкам и переходам между надгробиями, останавливаясь то тут, то там, чтобы прочесть чье-нибудь имя, а также дату рождения и смерти. Памятники и кресты были очень скромны, без всякой пышности. Что касается надписей, то здесь были похоронены люди со всех концов света — встречались фамилии английские, русские и вообще славянские, а также немецкие, португальские и многие другие; однако даты свидетельствовали о хрупкости этих людей, масштабы жизни были очень невелики, время от рождения до смерти почти всегда не превышало двадцати лет — молодежь почти сплошь — зрелых здесь не попадалось, все народ непрочный; отовсюду съехались они в эту долину и перешли окончательно к горизонтальной форме существования.

В этой обители последнего упокоения, где-то среди тесноты надгробий, они увидели местечко длиной как раз с человеческое тело, между двумя могилами с металлическими венками, и невольно все трое приостановились перед ним. Так стояли они, девушка немного впереди своих спутников, и читали горестные надписи на камнях: Ганс Касторп — в непринужденной позе, скрестив руки на груди; его рот приоткрылся, взгляд стал каким-то дремотным; молодой Цимсен — весь подтянувшись и не только строго выпрямившись, но даже слегка откинувшись назад, причем оба с двух сторон одновременно заглянули тайком в лицо Карен Карстед. Но она все-таки заметила их взгляды и продолжала стоять, скромно и смущенно, слегка наклонив голову набок, потом улыбнулась напряженной улыбкой и быстро заморгала.

## ВАЛЬПУРГИЕВА НОЧЬ

На днях должно было исполниться семь месяцев жизни Ганса Касторпа здесь наверху, а жизни Иоахима (когда приехал Ганс Касторп, у него было за плечами уже пять) — целых двенадцать, то есть ровно год, круглый годик, круглый в космическом смысле этого слова, ибо с тех пор как маленький, но сильный паровозик ссадил тут Иоахима, земля закончила полный оборот вокруг солнца и вернулась в ту же точку, в какой была тогда. Наступила карнавальная неделя. Пост стоял уже у дверей, Ганс Касторп осведомился у старожила Иоахима, как тут проводят карнавал.

— Magnjfique[1], — отозвался за него Сеттембрини, когда кузены опять как-то встретились с ним на утренней прогулке. — Splendide[2]. Как в Пратере в дни гуляния, вот увидите, инженер! Мы сразу превратимся в блестящих кавалеров и выстроимся в ряд, — продолжал он, сопровождая свои ядовитые слова весьма выразительными движениями рук, плеч и головы. — Что вы хотите, и в maison de santé[3] иной раз бывают балы для безумцев и дураков, я читал... Почему же не может быть здесь? В программу входят всевозможные danses macabres[4], как вы, конечно, себе представляете. К сожалению, некоторая часть прошлогодних участников не сможет явиться — в девять тридцать праздник уже закончится.

— Вы имеете в виду... ах, так! Замечательно! — рассмеялся Ганс Касторп. — Ну и шутник! В девять тридцать — ты слышал, а? Слишком рано, понимаешь, и некоторые прошлогодние участники не смогут часок повеселиться, вот о чем сожалеет господин Сеттембрини. Ха-ха, жуткое дело! Некоторые — то есть именно те, кто за это время окончательно сказали vale[5] своей «плоти». Ты понял мою шутку? Но я страшно заинтригован, — добавил он. — По-моему, пра-

[1] Роскошно (*фр.*).
[2] Великолепно (*фр.*).
[3] Сумасшедший дом (*фр.*).
[4] Пляски мертвецов (*фр.*).
[5] Прощай (*лат.*).

вильно, что здесь традиционно отмечают праздники, по мере того как они наступают, и разные этапы года, чтобы избежать сплошного однообразия, а то было бы уж чересчур невыносимо. Праздновали Рождество, отметили Новый год, а теперь вот наступила карнавальная неделя. Потом придет Вербное воскресенье (крендельки здесь пекут?), потом страстная неделя, Пасха и через шесть недель Троица, а там, глядишь, и самый длинный день настанет, летний солнцеворот, понимаете ли, и время уже повернет к осени...

— Стоп, стоп, стоп! — воскликнул Сеттембрини, закинув голову и сжав виски ладонями. — Замолчите! Я запрещаю вам до такой степени распускаться.

— Простите, но ведь я говорю как раз обратное. Впрочем, Беренс, вероятно, все же решится в конце концов на инъекции, чтобы убить во мне яды, у меня ведь все тридцать семь и три, четыре, пять, а то и семь. И не желает снижаться. Я же «трудное дитя жизни», и как был им, так и останусь. К долгосрочным я не принадлежу. Радамант ни разу не набурчал мне на этот счет чего-либо более определенного, но он считает бессмысленным прерывать курс лечения раньше срока, раз я здесь наверху уже так долго и как бы вложил столько времени в это дело. Да если бы он и назначил мне срок? Это все равно не имело бы значения, ведь когда он говорит, например, полгодика, то считает в обрез, и надо быть готовым к гораздо большему. Возьмите моего двоюродного брата, он должен был все закончить в начале этого месяца, закончить — то есть выздороветь, но в последний раз Беренс накинул ему еще четыре месяца для окончательной поправки, а что будет тогда? Опять наступит день солнцеворота, как я сказал, вовсе не желая вас рассердить, и время опять пойдет к зиме. Правда, сейчас еще только карнавальная неделя, и, по-моему, очень хорошо и прекрасно, что мы тут всё по порядку отмечаем, точно в календаре. Фрау Штёр говорила, что у портье можно купить игрушечные трубы?

Так оно и было. Уже во время первого завтрака во вторник на карнавальной неделе — еще никто не успел опомниться, а этот вторник оказался уже тут как тут, — с раннего утра в столовой стали раздаваться звуки карнавальных духовых инструментов — дудок и сопелок. За обедом со стола Гэнзера, Расмуссена и Клеефельд уже запустили серпантин, и многие пациенты, например, круглоглазая Маруся, оказались в бумажных колпаках — их тоже можно было приобрести в конторке хромого портье. Вечером в столовой и гостиных началось такое карнавальное веселье, которое в конце концов... Впрочем, пока только нам одним известно, к чему благодаря предприимчивости Ганса Касторпа привело это карнавальное веселье. Но мы не позволим нашему знанию увлечь нас или отвлечь от подобающей неторопливой обстоятельности и отдадим времени должную дань уважения, не будем забегать вперед — может быть, даже слегка задержим ход событий, ибо разделяем чувство нравственной робости, которое испытывал Ганс Касторп, столь долго оттягивавший наступление некоторых событий.

После обеда все скопом отправились бродить по улицам курорта, чтобы посмотреть на карнавальное оживление. Уже по пути попадались пьеро и арлекины с трещотками, а между пешеходами и маскированными седоками разукрашенных саней, со звоном проносившихся мимо, завязался бой конфетти.

Когда все сошлись к ужину, за семью столами уже царило весьма приподнятое настроение и было очевидно, что всем хочется продолжить начавшееся веселье в более замкнутом кругу. Сопелки, дудки, а также бумажные колпаки, которыми снабжал портье, были нарасхват, а прокурор Паравант пошел дальше, он выступил инициатором травести, облекся в дамское кимоно, прицепил фальшивую косу — многие завопили, что она принадлежит генеральной консульше Вурмбрандт, — а усы при помощи раскаленных щипцов оттянул вниз и стал совершенный китаец. Не ударила лицом в грязь и администрация. Над каждым из семи столов повесили цветной фонарик в виде полумесяца, внутри которого горела свеча, почему Сеттембрини, проходя мимо стола Ганса Касторпа, по случаю этой иллюминации процитировал с умной и сухой усмешкой стихи:

Пестрят огни, суля забаву,
Собралось общество на славу, —

и неторопливо проследовал к своему месту, где подвергся обстрелу метательными снарядами в виде маленьких шариков с духами, которые при ударе разбивались и обливали вас благовонной жидкостью.

Словом, с самого начала праздничное настроение чувствовалось решительно во всем. Всюду слышался смех, свисавшие с люстр ленты серпантина раскачивались от движения воздуха, в соусе плавали конфетти; вскоре появилась карлица, она озабоченно пробежала через зал, неся ведерко с первой замороженной бутылкой шампанского, его начали пить, смешивая с бургундским, —

первым подал пример адвокат Эйнхуф, — а когда к концу ужина выключили верхний свет и в столовой воцарился полумрак — фонарики придали ему что-то от цветного сумрака итальянских ночей, — все пришли в соответствующее настроение, и за столом Ганса Касторпа большой успех имела записка от Сеттембрини (он передал ее через свою ближайшую соседку Марусю, на голове которой красовалась жокейская шапочка из зеленой атласной бумаги); в записке стояло:

Но помните! Гора сегодня чар полна,
И если огоньком поманит вас она,
То ей вы слепо не вверяйтесь.

Доктор Блюменколь, который чувствовал себя опять очень плохо, со странным выражением лица, или, вернее, выражением губ, пробормотал что-то насчет присланных итальянцем стихов. А Ганс Касторп не хотел остаться в долгу и решил написать на той же бумажке ответ, как сумеет. Он стал шарить по карманам в поисках карандаша, но не нашел, не оказалось карандаша ни у Иоахима, ни у учительницы. Тогда его глаза с покрасневшими белками обратились за помощью на Восток, в левый задний угол столовой, и было видно, как случайно возникшая мысль вызвала столь далеко идущие ассоциации, что он вдруг побледнел и совершенно забыл о своем первоначальном намерении.

Но имелись и другие основания для того, чтобы побледнеть. Мадам Шоша, сидевшая там, позади него, тоже принарядилась, она была в новом платье — во всяком случае, этого он еще не видел на ней — из легкого, темного, почти черного шелка, местами отливавшего золотисто-коричневым, с маленьким девичьим круглым вырезом, так что видны были только шея и начало ключиц, а сзади, когда она наклоняла голову, — один слегка выступающий позвонок под выбившимися из прически завитками волос на затылке; но руки Клавдии были обнажены до плеч — полные, нежные, вероятно, прохладные, и такие белые на шелковисто-темном фоне платья, выделявшиеся так умопомрачительно, что Ганс Касторп невольно закрыл глаза и прошептал: «Господи!» Он еще не видел такого платья. Ему были хорошо знакомы бальные туалеты, парадная и признанная, иногда даже предписываемая этикетом форма обнаженности, и притом гораздо более смелая, но никогда она, даже отдаленно, не действовала так ошеломляюще. Заблуждением оказалась былая уверенность бедного Ганса Касторпа в том, что соблазн, непостижимый соблазн этих рук и плеч, которые он уже видел сквозь дымку легкого газа, придававшего их белизне, как он тогда выразился про себя, какую-то «просветленность», — что без этой ткани их соблазн будет не так велик. О заблуждение! Роковой самообман! Окончательная, подчеркнутая и ослепительная нагота этих великолепных рук, принадлежавших отравленному болезнью телу, действовала на него неизмеримо сильнее, чем тогдашняя «просветленность», в ответ на такой соблазн можно было только поникнуть головой и беззвучно повторять: «Господи!»

Через некоторое время пришла другая записка, и в ней стояло:

Какой цветник! Невесты сплошь,
Не сыщешь в мире краше!
И холостая молодежь,
Надежда, гордость наша!

— Браво, браво! — закричали вокруг. Уже пили мокко, сервированный в коричневых майоликовых кружечках, а многие принялись за ликеры, например фрау Штёр, обожавшая подслащенный спирт. Пациенты вставали со своих мест, собирались группами, ходили от стола к столу, менялись местами. Часть больных уже удалилась в гостиные, другие продолжали сидеть и пить смесь из разных вин. Сеттембрини наконец явился самолично — в руках он держал кофейную чашечку, изо рта торчала зубочистка — и уселся как гость на уголке стола, между Гансом Касторпом и учительницей.

— Горы Гарца, — сказал он, — близ деревень Ширке и Эленд. Разве я наобещал вам слишком много, инженер? Для меня это все-таки шабаш! Но, подождите, возможности нашего остроумия еще не исчерпаны, мы еще не достигли высоты, уже не говоря о конце. Судя по всему, будут еще маскированные. Некоторые лица удалились, это дает основания ждать кое-чего, вот увидите.

И действительно — появились новые ряженые, дамы в мужской одежде, — слишком выпирающие формы придавали им нелепый опереточный вид, усы и бороды были нарисованы жженой пробкой; мужчины были, наоборот, в дамских туалетах, они путались в длинных юбках, например студент Расмуссен, который нарядился в черное платье, осыпанное блестками, и, выставляя напоказ прыщеватое декольте, обмахивал бумажным веером грудь и спину тоже. Затем показался нищий, его колени дрожали, он опирался на клюку. Еще кто-то соорудил себе костюм Пьеро из нижнего белья и нахлобучил дамскую фетровую шляпу; ряженый так напудрился, что глаза приняли какой-то ненатуральный вид, а губы накрасил кроваво-красной губной помадой. Это был юноша с ногтем. Грек, сидевший за «плохим» русским столом и неизменно выставлявший напоказ красивые ноги, расхаживал в лиловых трикотажных кальсонах, в коротком плаще, бумажном жабо и с тростью-шпагой, изображая из себя не то испанского гранда, не то сказочного принца. Все эти костюмы были наспех сымпровизированы тут же после ужина. Фрау Штёр уже не могла усидеть на месте. Она исчезла и вскоре вернулась одетая уборщицей, в переднике, с засученными рукавами, ленты ее бумажного чепца были завязаны под подбородком, в руках она держала ведро и швабру, которую тотчас пустила в ход, водя ею под столами и задевая сидящих за ноги.

— «Старуха Баубо — особняком», — продекламировал Сеттембрини, увидев ее, и добавил следующий стих в рифму, выговаривая слова особенно четко и пластично. Она услышала, назвала его «заморским петухом» и предложила оставить при себе его «штучки», причем, пользуясь свободой, принятой на маскарадах, назвала на «ты»: этот способ обращения друг к другу установился среди пациентов еще за ужином. Итальянец собрался было ответить, но шум и хохот, донесшийся из вестибюля, помешали ему и привлекли всеобщее внимание.

Окруженные больными, высыпавшими из гостиных, показались две странные фигуры, как видно, только сейчас закончившие переодевание. Одна была одета диаконисой, но ее черный балахон был обшит сверху донизу поперечными белыми полосками. Короткие были расположены очень близко друг от друга, длинные — на большом расстоянии, так что все это напоминало деления на градуснике. Она держала указательный палец левой руки у бледных губ, а правой несла температурную табличку. Вторая маска была вся синяя, насиненные губы и брови, даже лицо и шея были разрисованы синим, на голове сидела сдвинутая на одно ухо синяя вязаная шапка, а сверху, наподобие халата или плаща, был наброшен кусок синего глянцевитого полотна, причем фигура казалась пузатой, так как на животе халат был чем-то набит. Присутствующие узнали фрау Ильтис и господина Альбина. На обоих висели кусочки картона с надписями: «Немая сестра» и «Синий Генрих». Раскачиваясь, эта парочка обошла столовую.

Какой они имели успех! Кругом стояло жужжание голосов и слышались одобрительные возгласы. Фрау Штёр, сунув щетку под мышку и упершись руками в колени, заливалась бесцеремонным тупым смехом и нахохоталась всласть под тем предлогом, что она исполняет роль уборщицы. Лишь Сеттембрини оставался серьезным и замкнутым. Он еще решительнее поджал губы, над которыми так красиво загибались усы, после того как бросил беглый взгляд на эту пару, встреченную столь бурным восторгом.

В числе тех, кто снова вышел из гостиных и присоединился к свите «Синего» и «Немой», была и Клавдия Шоша. Вместе с курчавой Тамарой и еще одним соседом, чья грудь казалась особенно впалой, некиим Булыгиным, облаченным в парадный костюм, прошла она мимо стола Ганса Касторпа и потом наискосок, к столу юного Гэнзера и Клеефельд; там она остановилась, заложив руки за спину, смеясь узкими глазами и болтая, а ее спутники последовали за аллегорическими призраками и вместе с ними вышли из зала. Мадам Шоша тоже нацепила карнавальный колпак, — он даже не был куплен у портье, а просто сложили лист белой бумаги, как делают треуголки для детей; колпак сидел набекрень и чрезвычайно шел ей. Темное, золотисто-коричневое шелковое платье не закрывало ног, юбка была с легкими буфами. О руках мы больше говорить не будем. Они были обнажены до самых плеч.

— Внимательно гляди, — услышал словно издалека голос Сеттембрини Ганс Касторп, провожавший ее глазами, когда она устремилась к застекленной двери, чтобы выйти из столовой. — Она — Лилит.

— Кто? — удивился Ганс Касторп.

Литератор чему-то обрадовался. Он пояснил:

— Первая жена Адама. Берегись...

Кроме них, за столом остался только доктор Блюменколь, он сидел на дальнем конце. Остальные, в том числе и Иоахим, уже перешли в гостиные. Ганс Касторп сказал:

— У тебя сегодня голова набита поэзией и стихами. Что это еще за Лилит? Разве Адам был женат дважды? А я и понятия не имел...

— Так утверждает древнеиудейская легенда. И потом эта Лилит стала привидением, она по ночам является мужчинам и особенно опасна для молодых своими прекрасными волосами.

— Фу, черт! Привидение с прекрасными волосами! Таких штук ты терпеть не можешь, да? Ты являешься и тут же включаешь электрический свет, чтобы, так сказать, вернуть молодых людей на стезю добродетели, верно? — с воодушевлением продолжал Ганс Касторп. Он выпил порядочно винной смеси.

— Знаете что, инженер, бросьте-ка вы это! — властно заявил Сеттембрини, нахмурившись. — Я попрошу вас пользоваться культурной формой обращения, принятой на Западе, во втором лице pluralis[1]. Вам совершенно не к лицу все эти упражнения!

— Ну как же так? Ведь сейчас карнавал! И сегодня вечером это повсюду принято...

— Да, для безнравственного соблазна. Когда друг друга называют на «ты» совершенно посторонние люди, которым полагается говорить «вы», — это отвратительная дикость, игра в первобытность, распущенность, которую я ненавижу, так как она, в сущности, направлена против цивилизации и прогрессивного человечества — нагло и бессовестно. Я вам тоже не говорил «ты», не воображайте! Я цитировал одно место из шедевра вашего национального поэта. И, следовательно, пользовался лишь условностью поэтической формы...

— А я тоже! Я тоже пользуюсь до известной степени поэтической формой, — минута представляется мне подходящей, потому я так и говорю. Это вовсе не значит, что мне легко и просто называть тебя на «ты», напротив, приходится даже себя пересиливать, я могу это делать только с разбега, но разбегаюсь охотно, с радостью, от всей души.

— От всей души?

— От всей души, да, можешь мне поверить. Мы ведь так давно живем вместе тут, наверху, — семь месяцев, если ты вспомнишь; правда, в здешних условиях это, конечно, не так уж много, но для жизни внизу, по тамошним понятиям, это огромный срок. И вот мы пробыли семь месяцев вместе, оттого что жизнь свела нас здесь, и виделись почти каждый день и вели интересные разговоры, иногда о таких вещах, в которых я, живя там внизу, ни черта бы не понял. А здесь — даже очень понимал, здесь все это казалось мне очень важным и близким, так что, когда мы спорили, я весь был внимание, вернее, когда ты объяснял то или другое с точки зрения homo humanus'a; ибо я, при моей прежней неопытности, конечно, не мог много привнести от себя и всегда только находил исключительно интересным все, что ты говорил. Благодаря тебе я столько узнал и понял... Насчет Кардуччи — это еще далеко не главное, но, например, насчет связи республики с возвышенным стилем или времени — с человеческим прогрессом; ведь если бы не существовало времени, невозможным бы оказался и прогресс, мир был бы загнивающей трясиной, вонючей лужей... Не будь тебя, разве я узнал бы все это! И я говорю тебе «ты» только так... извини

[1] Множественного числа (*лат.*).

меня, но иначе я не могу, ну просто не в состоянии. Ты сидишь передо мной, и я говорю тебе «ты», и достаточно. Ты не просто человек с каким-то именем, ты — представитель, господин Сеттембрини, и здесь вообще, и для меня — вот ты кто! — заявил Ганс Касторп и стукнул ладонью по столу. — А теперь я хочу тебя поблагодарить, — продолжал он и придвинул свой бокал со смесью шампанского и бургундского к кофейной чашечке Сеттембрини, словно намереваясь с ним чокнуться, — за то, что ты все эти семь месяцев так дружески принимал участие во мне, молодом mulus'е на меня ведь нахлынуло так много нового, помог мне при моих упражнениях и экспериментах и пытался оказывать на меня воздействие, совершенно sine pecunia, отчасти через всякие истории, отчасти абстрактными рассуждениями. Я очень хорошо чувствую, что настала минута поблагодарить за все и попросить прощения, если я был плохим учеником, ведь я «трудное дитя жизни», как ты выразился. Меня очень тронуло, что ты так назвал меня, и как вспомню — опять трогает. Трудное дитя — таким я был и для тебя с твоей педагогической жилкой, ты тогда в первый же день заговорил об этом, — конечно, это тоже одна из связей, которую ты мне открыл, то есть — между гуманизмом и педагогикой; я мог бы вспомнить еще несколько. Итак, прости и не поминай меня лихом! Пью за тебя, Сеттембрини, будь здоров! Подымаю бокал за твои литературные усилия искоренить человеческие страдания, — докончил он, запрокинув голову, выпил двумя-тремя глотками свой бокал со смесью и встал. — А теперь пойдем к остальным.

— Слушайте, инженер, что это вам взбрело в голову? — спросил итальянец, глядя на него с изумлением и тоже вставая из-за стола. — Прямо какое-то прощание...

— Нет, почему же прощание? — уклонился от прямого ответа Ганс Касторп. Но он не только уклонился фигурально, на словах, но и своим телом, описав торсом дугу в сторону учительницы, фрейлейн Энгельгарт, которая как раз пришла за ними. По ее словам, гофрат в музыкальной комнате собственноручно разливал карнавальный пунш, которым угощала администрация. Пусть они приходят немедленно, если хотят, чтобы им досталось по стаканчику.

И действительно, в середине комнаты перед круглым, накрытым белой скатертью столом стоял гофрат Беренс с разливательной ложкой и, черпая ею из миски, наполнял напитком, над которым клубился пар, стеклянные кружечки, протянутые теснившимися вокруг него больными. Он тоже придал своей наружности налет карнавальности: помимо белого халата, в котором он был и сегодня, ибо никогда не прекращалась его деятельность врача, гофрат надел турецкую феску карминно-красного цвета, с черной кисточкой, мотавшейся у него над ухом, и это уже был маскарадный костюм для него: во всяком случае, фески было достаточно, чтобы придать его и без того необычной наружности нечто сказочное и причудливое. Халат только подчеркивал его рост, а если принять во внимание некоторую сутулость и представить себе, что он выпрямится, то он оказался бы даже неестественно высоким, и на таком огромном теле сидела маленькая, пестрая головка с очень своеобразными чертами. Во всяком случае, никогда еще молодому Гансу Касторпу это лицо под шутовской феской не казалось таким удивительным, как сегодня: курносая и плоская, синевато-багровая физиономия, белесые брови, синие слезящиеся глаза навыкате, круто изогнутый рот со вздергивающейся губой и светлые, взъерошенные, кривые усики. Отворачиваясь от пара, клубившегося над миской, он лил длинной струей сладкий пунш-арак в подставленные кружки и с подъемом, как всегда витиевато, нес какую-то чепуху, так что угощение сопровождалось непрерывными взрывами смеха.

— «Над нами главный — Уриан», — процитировал вполголоса Сеттембрини, сделав жест в сторону гофрата, но тут его вместе с Гансом Касторпом оттеснили в сторону. Присутствовал здесь и доктор Кроковский. Маленький, крепкий, коренастый, в своем черном люстриновом халате, надетом не в рукава, а внакидку, что придавало халату некоторое сходство с домино, стоял он, держа вывернутой рукой кружечку с пуншем на высоте глаз, и весело болтал с группой масок, где мужчины были переодеты женщинами и наоборот. Началась музыка. Пациентка с лицом тапира сыграла на скрипке — аккомпанировал мангеймец — ларго Генделя, а затем одну из сонат Грига с национальной и несколько салонной окраской. Публика им благожелательно похлопала, в том числе и те, кто собирался играть в бридж, — столы уже были расставлены и за ними сидели пациенты в маскарадных костюмах и в обычных, а рядом стояли бутылки в ведерках со льдом. Двери были раскрыты настежь: в вестибюле тоже толпились люди. Отдельная группа стояла вокруг стола с пуншем и смотрела на гофрата, показывавшего новую веселую игру. Склонившись над столом и закрыв глаза, но откинув голову и желая показать всем, что глаза у него действительно закрыты, он на обратной стороне визитной карточки вслепую выводил карандашом какой-то рисунок: это были контуры свинки, и его ручища изобразила ее без помощи зрения — в профиль, правда не очень жизненно правдиво, а скорее упрощенно и схематично, но все же зрители явно видели контуры свинки, и он нарисовал ее, несмотря на сложность условий. Это был фокус, и проделал он его очень ловко. Узенький глаз находился там, где ему следовало быть, правда, немножко ближе к рыльцу, чем полагалось, но все же примерно на месте; так же обстояло дело и с острым ушком на голове, и с ножками, торчавшими из круглого пузичка; а в виде продолжения округленной линии спины аккуратным колечком закручивался хвостик. Когда рисунок был готов, все воскликнули: «Ах!» — и стали проталкиваться к столу, охваченные честолюбивым желанием уподобиться мастеру. Однако и с открытыми-то глазами лишь немногие смогли бы нарисовать свинку, а тем паче — с закрытыми. И что тут появились за уродцы! Между частями тела не было никакой связи. Глазок оказывался где-то вне свинки, ножки — внутри брюшка, которое не было замкнуто, а хвостик закручивался в стороне без всякой связи с основным контуром, как самостоятельная арабеска. Хохотали до упаду. Подходили все новые пациенты. Игроки в бридж тоже заинтересовались и явились посмотреть, держа в руке карты веером. Тому, кто пробовал свои силы, зрители смотрели на закрытые веки, не моргает ли он (ибо некоторые, чувствуя свое бессилие, грешили этим), фыркали и хихикали, видя, как рисующий в своей слепоте делает нелепые промахи, и приходили в восторг, когда он потом пялил глаза на изображенную им нелепицу. Однако каждый из предательского честолюбия стремился принять участие в состязании. Хотя карточка и была довольно велика, но скоро ее с двух сторон сплошь исчертили, так что неудавшиеся рисунки заходили один на другой. Тогда гофрат вытащил из своего бумажника вторую карточку и пожертвовал играющим, а прокурор Паравант, после усиленного раздумья, попытался нарисовать свинку одним движением, не отрывая карандаша от картона. Но он в своей неудаче превзошел всех остальных: изображенное им не только не имело сходства со свинкой, но решительно ни с чем на свете. Рисунок был встречен громкими возгласами, хохотом, поздравлениями! Принесли из столовой карточки с меню, и несколько дам и мужчин получили возможность одновременно испробовать свои силы; возле участников этого состязания стояли контролеры и наблюдатели, причем каждый из них являлся претендентом на карандаш рисовавшего. Имелось только три карандаша, их буквально рвали друг у друга из рук. Эти карандаши принадлежали больным. А гофрат, наладив новую игру и убедившись, что все ею увлечены, исчез вместе со своим ассистентом.

Стоя в толпе позади Иоахима, Ганс Касторп положил локоть на его плечо, обхватил подбородок одной рукой, а другой уперся в бедро и стал смотреть на очередного рисовальщика. Болтая и смеясь, он заявил, что тоже хочет испытать свои силы, и настойчиво стал требовать карандаш, который наконец получил; но это был уже только огрызок, его приходилось неловко держать двумя пальцами. Ганс Касторп бранил огрызок, подняв к потолку ослепшее лицо, отчаянно бранил и проклинал и при этом размашисто выводил на картоне что-то невероятное; кончилось тем, что карандаш соскользнул с картона на скатерть.

— Это не считается, — разве можно таким... Ну его к черту! — И он швырнул провинившийся огрызок в миску с пуншем. — У кого есть приличный карандаш? Кто мне одолжит? Я хочу еще раз попробовать. Карандаш! Карандаш! У кого есть карандаш? — кричал он, повертываясь то туда, то сюда; он все еще опирался левой рукой о стол, а правой потрясал в воздухе. Но карандаша он не получил. Тогда он повернулся и направился в другой конец комнаты, продолжая требовать карандаш, — направился прямо к Клавдии Шоша, которая, как он заметил, стояла в маленькой гостиной неподалеку от портьеры и оттуда улыбалась, наблюдая за игрой у стола с пуншем.

Вдруг кто-то сзади окликнул его на певучем иностранном языке:

— Eh! Ingegnere! Aspetti! Che cosa fa! Ingegnere! Un po di ragione, sa! Ma è matto questo ragazzo![1] — Но Ганс Касторп заглушил этот голос своим, и все увидели Сеттембрини, который, вскинув над головой вытянутую руку — жест, очень распространенный на его родине, но смысл которого передать в словах довольно трудно — и сопроводив его протяжным «э-э-э», покинул карнавальное общество, а Ганс Касторп опять стоял на школьном дворе, смотрел в голубовато-серо-зеленые глаза с эпикантом, блестевшие над широкими скулами, и говорил:

— Может быть, у *тебя* найдется карандаш?

Он был смертельно бледен, как в тот день, когда, измазанный кровью, вернулся со своей прогулки в одиночестве и явился на лекцию Кроковского. Реакция нервно-сосудистой системы вызва-

[1] — Эй! Инженер! Постойте! Что вы делаете? Инженер! Немножко благоразумия! Он одурел, этот мальчуган! (*um.*)

ла полный отлив крови от его молодого лица, оно похолодело, кожа натянулась, нос заострился, под глазами легли свинцовые тени, как у покойника. А симпатический нерв вызвал такое сердцебиение, что о ровном дыхании не могло быть и речи, его сотрясал озноб, и под действием сальных железок все волоски на коже поднялись.

Особа в бумажной треуголке, улыбаясь, разглядывала его с головы до ног, однако в ее улыбке не было и тени сострадания или тревоги, которые должен был вызвать его отчаянный вид. Женскому полу вообще неведомо такое сострадание и такие тревоги перед пожаром страсти — ибо эта стихия женщине ближе, чем мужчине, он по своей натуре гораздо более далек от нее, и если страсть им овладеет, женщина всегда встречает ее насмешкой и злорадством. Впрочем, от сострадания и тревоги он, конечно, с благодарностью отказался бы.

— У меня? — наконец ответила голорукая пациентка на это обращенное к ней «ты». — Да, может быть и найдется. — И теперь в ее голосе и улыбке уже была частица того волнения, какое охватывает людей, когда после долгой немоты между ними наконец зазвучат первые слова, — лукавое волнение, затаившее в себе все, что было перед тем.

— Ты очень честолюбив... Ты очень... горяч, — насмешливо продолжала она чуть хриплым, приятно глуховатым голосом и с присущим ей особым экзотическим выговором, непривычно для уха произнося букву «р» и непривычно, слишком открыто букву «е», к тому же делая в слове «честолюбив» ударение на втором слоге, так что оно звучало уже совсем по-иностранному, — и принялась шарить в своей кожаной сумочке, заглянула в нее и вытащила из-под носового платка, который извлекла первым, серебряный карандаш, тонкий и хрупкий, изящную безделушку, мало пригодную для серьезной работы. Тот, первый, карандаш был гораздо удобнее и солиднее.

— Voilà![1] — сказала она, держа карандаш стоймя между большим пальцем и указательным и слегка поводя им перед его глазами.

И так как она и давала ему карандаш и не давала, то он взял его, не беря, то есть протянул руку к карандашу, почти касаясь его, готовый схватить, и переводил взор своих обведенных свинцовою тенью глаз с карандаша на татарское лицо Клавдии. Его бескровные губы были раскрыты, он так и не сомкнул их; не двигая ими, он беззвучно проговорил:

— Вот видишь, я знал, что у тебя есть карандаш.

[1] — На! (*фр.*)

— Prenez garde, il est un peu fragile, — сказала она. — C'est à visser, tu sais[1].

Их головы склонились над карандашом, и она принялась объяснять его несложную механику: если повернуть винтик, то выдвигался тонкий, как игла, вероятно жесткий и бледный, стерженек графита.

Они стояли близко, склонившись друг к другу. Так как на нем был вечерний костюм и крахмальный воротничок, он мог опираться о него подбородком.

— Любой, лишь бы твой, — сказал он, едва не касаясь ее лба своим и глядя вниз на карандаш, но не двигая губами.

— А ты еще и остришь... — заметила она с коротким смешком, затем выпрямилась и наконец отдала ему карандаш. (Впрочем, Бог ведает как он мог острить, ведь было совершенно ясно, что вся кровь до последней капли отлила от его головы.) — Ну, а теперь иди, спеши, рисуй, нарисуй хорошо, порисуйся. — Пытаясь острить так же, как и он, она словно стремилась от него отделаться.

— Нет, вот ты еще не рисовала. Пойди порисуй, — сказал он, пропуская букву «п», и отступил, увлекая ее за собой.

— Я? — повторила она снова с изумлением, относившимся, видимо, не только к этому его требованию. С несколько растерянной улыбкой она еще постояла на месте, но потом, повинуясь магнетизирующему жесту, каким он пригласил ее к столу с пуншем, сделала несколько шагов.

Оказалось, что игра уже перестала интересовать публику и кончилась. Кто-то еще рисовал, но зрителей уже не было. Нелепые узоры покрывали карточки, каждый показал свою полную неспособность повторить рисунок Беренса, все отошли от стола, возникло даже обратное течение. Когда исчезновение врачей было замечено, вдруг раздалось приглашение к танцам. Стол тут же отодвинули к стене. У дверей читальни и музыкальной комнаты поставили дозорных, с наказом подать определенный сигнал и остановить танцы, если опять появится «старик», Кроковский или «старшая». Один юноша — славянин — бросил руки на клавиатуру маленького пианино из орехового дерева и с чувством заиграл. Первые пары закружились внутри неправильного круга, который образовали кресла и стулья с усевшейся на них публикой.

Ганс Касторп махнул вслед отплывающему столу, как бы говоря: «До свидания!» Затем кивком указал на свободные места, замечен-

[1] — Осторожно, он легко ломается, — *сказала она*. — Его, знаешь ли, надо вывинчивать. — *Здесь и далее иноязычный текст — французский.*

ные им в маленькой гостиной, в укромном уголке справа за портьерой. Он не произнес при этом ни слова, — может быть, ему казалось, что юноша играет слишком громко. Он подвинул кресло — деревянное, обитое плюшем, так называемое «триумфальное» кресло — для мадам Шоша, на то место, которое указал в своей пантомиме, а себе — скрипучее, плетеное, с закругленными ручками, и сел на него, склонившись к ней, опершись локтями на ручки, держа ее карандаш и запрятав ноги далеко под сиденье. Клавдия полулежала, откинувшись в глубь плюшевого кресла, колени ее были приподняты, но она все же закинула ногу на ногу и покачивала носком; ее щиколотка выступала над краем черной лакированной туфли, туго обтянутая тоже черным шелковым чулком. Впереди них сидели другие пациенты, иногда они вставали, чтобы потанцевать или уступить свое место уставшим. Вокруг было непрерывное движение.

— Ты в новом платье, — сказал он, оглядывая ее, и услышал ответ:

— Новое? А ты разве в курсе моих туалетов?

— Ведь я не ошибся?

— Нет. Это делал Лукачек, здесь в деревне. Многие наши дамы шьют у него. Нравится?

— Очень, — ответил он, еще раз охватив взглядом всю ее фигуру, и опустил глаза. Потом добавил: — Хочешь потанцевать?

— А ты бы хотел? — спросила она, подняв брови и улыбаясь. Он ответил:

— Да уж потанцевал бы, если бы тебе захотелось.

— Ты, оказывается, не такой благонравный, как я думала, — отозвалась она и, так как он пренебрежительно рассмеялся, добавила: — Твой двоюродный брат уже удалился.

— Да, это мой двоюродный брат, — подтвердил он неизвестно зачем. — Я уже раньше заметил, что он ушел. Он, вероятно, лег.

— C'est un jeune homme très étroit, très honnête, très allemand[1].

— Étroit? Honnête?[2] — повторил он. — Я понимаю французский лучше, чем говорю. Ты хочешь сказать, что он очень педантичен? Разве ты считаешь нас, немцев, педантами, nous autres Allemands[3].

— Nous causons de votre cousin. Mais c'est vrai, вы немножко буржуазны. Vous aimez l'ordre mieux que la liberté, toute l'Europe le sait[4].

---

[1] — Он очень честный молодой человек, очень узкий, очень немец.

[2] — Узкий? Честный?

[3] — Нас, немцев?

[4] — Мы говорим о вашем двоюродном брате. Но это правда, *вы немножко буржуазны.* Вы любите порядок больше, чем свободу, вся Европа это знает.

— Aimer... aimer... Qu'est-ce que c'est! Ça manque de définition, ce mot-là. Один любит, другой владеет, comme nous disons proverbialement[1], — заявил Ганс Касторп. — Я за последнее время много думал о свободе. То есть мне слишком часто приходилось слышать это слово, и я спрашивал себя, что же оно означает. Je te le dirai en français, какие у меня по этому поводу возникли мысли. Ce que toute l'Europe nomme la liberté, est peut-être une chose assez pédante et assez boilrgeoise en comparaison de notre besoin d'ordre — c'est ça![2]

— Tiens! C'est amusant. C'est ton cousin à qui tu penses en disant des choses étranges comme ça?[3]

— Нет, c'est vraiment une bonne âme, простая натура, в ней не таится никаких угроз, tu sais. Mais il n'est pas bourgeois, il est militaire[4].

— Никаких угроз? — с усилием повторила она. — Tu veux dire: une nature tout à fait ferme, sûre d'elle-même? Mais il est sérieusement malade, ton pauvre cousin[5].

— Кто это говорит?

— Здесь решительно всё знают друг о друге.

— Тебе это сказал гофрат Беренс?

— Peut-être en me faisant voir ses tableaux[6].

— C'est-à-dire: en faisant ton portrait?[7]

— Pourquoi pas. Tu l'as trouve reussi, mon portrait?[8]

— Mais oui, extrêmement. Behrens a très exactement rendu ta peau, oh vraiment très fidèlement. J'aimerais beaucoup être portraitiste, moi aussi, pour avoir l'occasion d'étudier ta peau comme lui[9].

---

[1] — Любить... любить... А что это значит? Это слово слишком неопределенное. *Один любит, другой владеет,* как у нас говорят.

[2] Я скажу тебе по-французски, *какие у меня по этому поводу возникли мысли.* То, что вся Европа называет свободой, это, может быть, нечто столь же педантичное, столь же буржуазное, если сравнить с нашей потребностью в порядке — вот именно!

[3] — Вот как! Занятно! Ты имеешь в виду своего кузена, когда говоришь такие странные вещи?

[4] — *Нет,* он действительно добряк, *простая натура, в ней не таится никаких угроз,* знаешь ли. Но он не буржуа, он солдат.

[5] — Ты хочешь сказать: натура совершенно твердая, уверенная в себе? Но ведь он серьезно болен, твой бедный кузен.

[6] — Может быть, когда показывал свои картины.

[7] — То есть когда писал твой портрет?

[8] — Почему бы и нет. А как, по-твоему, портрет удачен?

[9] — Ну да, исключительно. Беренс очень точно воспроизвел твою кожу, в самом деле очень правдиво. Как бы мне хотелось быть портретистом, как он, чтобы тоже иметь основания исследовать твою кожу.

— Parlez allemand, s'il vous plaît![1]

— О, я все равно говорю по-немецки, даже когда объясняюсь по-французски. C'est une sorte d'étude artistique et médicale — en un mot: il s'agit des lettres humaines, tu comprends[2]. Ну как, тебе еще не захотелось танцевать?

— Да нет, это же мальчишество. En cachette des médecins. Aussitôt que Behrens reviendra, tout le monde va se précipiter sur les chaises. Ce sera fort ridicule[3].

— А ты что — так сильно его почитаешь?

— Кого? — спросила она отрывисто и с иностранным произношением.

— Беренса!

— Mais va donc avec ton Behrens![4] И потом слишком тесно, чтобы танцевать. — Et puis sur le tapis...[5] Лучше посмотрим на танцы.

— Давай посмотрим, — покорно согласился он и, сидя рядом с ней, какой-то особенно бледный, стал смотреть своими голубыми, задумчивыми, как у деда, глазами, на костюмированных пациентов, толпившихся и в гостиной и в читальне. «Немая сестра» прыгала с «Синим Генрихом», фрау Заломон, одетая светским кавалером, во фраке и белом жилете, со вздувшейся на груди манишкой, намалеванными усиками, моноклем и в туфлях на высоченных каблуках, которые нелепо выступали из-под черных штанин, вертелась с пьеро, чьи кроваво-красные губы пылали на белом напудренном лице, а глаза были похожи на глаза кролика-альбиноса. Грек в короткой мантии заносил лиловые трикотажные ноги вокруг декольтированного, поблескивавшего смуглой кожей Расмуссена; прокурор в кимоно, генеральная консульша Вурмбрандт и молодой Гэнзер танцевали даже втроем; что касается Штёрихи, то она танцевала в обнимку со шваброй, прижимала ее к сердцу и гладила ее щетину, словно это были человеческие волосы, подстриженные ежиком.

— Давай посмотрим, — автоматически повторил Ганс Касторп. Они говорили вполголоса, под звуки пианино. — Будем сидеть и наблюдать точно во сне. Ведь для меня, нужно тебе сказать, все это

---

[1] — Говорите, пожалуйста, по-немецки!

[2] Это своеобразное исследование, одновременно художественное и медицинское, — одним словом, речь идет, понимаешь ли, о гуманитарных науках.

[3] Потихоньку от врачей. Как только Беренс вернется, все кинутся на стулья. Очень будет глупо.

[4] — Поди ты со своим Беренсом!

[5] — Да и на ковре...

как сон, вот так сидеть с тобой рядом, — comme un rêve singulièrement profond, car il faut dormir très profondément pour rêver comme cela... Je veux dire: C'est un rêve bien connu, rêvé de tout temps, long, éternel, oui, être assis près de toi comme à présent, voilà l'éternité[1].

— Poète! — сказала она. — Bourgeois, humaniste et poète — voila l'Allemand au complet, comme il faut![2]

— Je crains que nous ne soyons pas du tout et nullement comme il faut, — ответил он. — Sous aucun égard. Nous sommes peut-être des трудные дети нашей жизни, tout simplement[3].

— Joli mot. Dis-moi donc... Il n'aurait pas été fort difficile de rêver ce rêve-là plus tôt. C'est un peu tard que monsieur se résout à adresser la parole à son humble servante[4].

— Pourquoi des paroles? — сказал он. — Pourquoi parler? Parler, discourir, c'est une chose bien républicaine, je le concède. Mais je doute que ce soit poétique au même degré. Un de nos pensionnaires, qui est un peu devenu mon ami, Monsieur Settembrini...[5]

— Il vient de te lancer quelques paroles[6].

— Eh bien, c'est un grand parleur sans doute, il aime même beaucoup à réciter de beaux vers, — mais est-ce un poète, cet homme-là?[7]

— Je regrette sincèrement de n'avoir jamais eu le plaisir de faire la connaissance de ce chevalier[8].

---

[1] ...как будто я в глубоком сне вижу странные грезы... Ведь надо спать очень глубоко и крепко, чтобы так грезить... Я хочу сказать, мне этот сон хорошо знаком, он снился мне всегда, долгий, вечный... да, сидеть вот так рядом с тобой — это вечность.

[2] — Поэт! — *сказала она.* — Буржуа, гуманист и поэт, вот вам немец, весь как полагается.

[3] — Боюсь, что мы совсем и ничуть не такие, как полагается, — *ответил он.* — Ни в каком смысле. Мы, может быть, просто *трудные дети нашей жизни,* только и всего.

[4] — Красиво сказано... Но, послушай... ведь не так уж трудно было увидеть этот сон и раньше. Вы, сударь, поздновато решились обратиться с милостивыми словами к вашей покорной служанке.

[5] — К чему слова? — *сказал он.* — Зачем говорить? Говорить, рассуждать — это, конечно, по-республикански, допускаю. Но сомневаюсь, чтобы это было в такой же мере поэтично. Один из наших пациентов, с которым я, до известной степени, подружился, господин Сеттембрини...

[6] — Он только что бросил тебе несколько слов.

[7] — Что ж, он, конечно, великий говорун, и даже очень любит декламировать возвышенные стихи, но разве этот человек — поэт?

[8] — Искренне сожалею, что не имела удовольствия познакомиться с этим рыцарем.

— Je le crois bien[1].

— Ah! Tu le crois[2].

— Comment? C'était une phrase tout à fait indifférente, ce que j'ai dit là. Moi, tu le remarques bien, je ne parle guère le français. Pourtant, avec toi je préfère cette langue à la mienne, car pour moi, parler français, c'est parler sans parler, en quelque manière, — sans responsabilité, ou comme nous parlons en rêve. Tu comprends?[3]

— A peu pres[4].

— Ça suffit... Parler, — продолжал Ганс Касторп, — pauvre affaire! Dans l'éternité, on ne parle point. Dans l'éternité, tu sais, on fait comme en dessinant un petit cochon: on penche la tête en arrière et on ferme les yeux[5].

— Pas mal, ça! Tu es chez toi dans l'éternité, sans aucun doute, tu la connais à fond. Il faut avouer que tu es un petit rêveur assez curieux[6].

— Et puis, — сказал Ганс Касторп, — si je t'avais parlé plus tôt, il m'aurait fallu te dire «vous»[7].

— Eh bien, est-ce que tu as l'intention de me tutoyer pour toujours?[8]

— Mais oui. Je t'ai tutoyée de tout temps et je te tutoierai éternellement[9].

— C'est un peu fort, par exemple. En tout cas tu n'auras pas trop longtemps l'occasion de me dire «tu». Je vais partir[10].

---

[1] — Охотно допускаю.

[2] — А, ты допускаешь!

[3] — Что? Да ведь я это просто так сказал. Я, как ты, вероятно, заметила, почти не говорю по-французски. Но с тобою я все-таки предпочитаю этот язык родному, оттого что для меня говорить по-французски значит в каком-то смысле говорить не говоря, — то есть ни за что не отвечая, как мы говорим во сне. Понимаешь?

[4] — Более или менее.

[5] — Этого достаточно... Говорить, — *продолжал Ганс Касторп,* — бесполезное занятие! В вечности не разговаривают. В вечности ведут себя так же, как когда рисуют свинку: откидывают голову и закрывают глаза.

[6] — Недурно сказано! Ну, конечно, ты в вечности как дома, ты знаешь ее до дна. А ведь ты довольно занятный молодой мечтатель, надо признать.

[7] — И потом, — *сказал Ганс Касторп,* — заговори я с тобою раньше, мне пришлось бы называть тебя на «вы».

[8] — А что же, ты намерен всегда называть меня на «ты»?

[9] — Ну да. Я всегда говорил тебе «ты» и буду говорить вечно.

[10] — Пожалуй, это уже лишнее. Во всяком случае, тебе недолго придется говорить мне «ты». Я уезжаю.

Он не сразу понял. Потом весь задрожал, растерянно озираясь, словно внезапно пробужденный от сна. Их беседа протекала довольно медленно, так как Ганс Касторп произносил французские слова, запинаясь и словно колеблясь. Звуки пианино, на время умолкшие, раздались снова, теперь заиграл мангеймец, он поставил перед собою ноты и сменил юношу славянина. Рядом с ним села фрейлейн Энгельгарт и стала перевертывать ему страницы. Толпа танцующих поредела. Видимо, многие пациенты заняли горизонтальное положение. Впереди никто уже не сидел. В читальне занялись картами.

— Что ты сказала? — спросил упавшим голосом Ганс Касторп.

— Я уезжаю, — повторила она улыбаясь и, видимо, удивленная, что он вдруг точно оцепенел.

— Не может быть, — проговорил он. — Это шутка.

— Вовсе нет. Совершенно серьезно. Я действительно уезжаю.

— Когда?

— Да завтра. Après dîner[1].

Ему показалось, что внутри у него произошел обвал. Он спросил:

— Куда же?

— Очень далеко отсюда.

— В Дагестан?

— Tu n'es pas mal instruit. Peut-être, pour le moment...[2]

— Разве ты выздоровела?

— Quant à ça... non[3]. Но Беренс считает, что сейчас пребывание здесь мне, пожалуй, уже ничего не даст. C'est pourquoi je vais risquer un petit changement d'air[4].

— Значит, ты вернешься?

— Это вопрос. И главное — вопрос, когда. Quant à moi, tu sais, j'aime la liberté avant tout et notamment celle de choisir mon domicile. Tu ne comprends guère ce que c'est: être obsédé d'indépendance. C'est de ma race, peut-être[5].

— Et ton mari au Daghestan te l'accorde, — ta liberté?[6]

---

[1] После обеда.

[2] — Ты недурно осведомлен. Может быть, и туда — на время.

[3] — Ну... это нет.

[4] Вот почему я хочу рискнуть и немного пожить в другом климате.

[5] Что до меня, то, знаешь ли, я прежде всего люблю свободу и, в частности, свободу выбирать себе место, где жить. Тебе, вероятно, трудно понять, что человек одержим чувством независимости? Может быть, это у меня от моего народа.

[6] — А твой муж в Дагестане, он тебе разрешает ее, эту свободу?

— C'est la maladie qui me la rend. Me voila à cet endroit pour la troisième fois. J'ai passé un an ici, cette fois. Possible que je revienne. Mais alors tu seras bien loin depuis longtemps[1].

— Ты думаешь, Клавдия?

— Mon prénom aussi! Vraiment tu les prends bien au sérieux les coutumes du carnaval![2]

— А ты знаешь, насколько я болен?

— Oui — non — comme on sait ces choses ici. Tu as une petite tache humide là dedans et un peu de fièvre, n'est-ce pas?[3]

— Trente-sept et huit ou neuf l'après-midi[4], — сказал Ганс Касторп. — А ты?

— Oh, mon cas, tu sais, c'est un peu plus compliqué... pas tout à fait simple[5].

— Il y a quelque chose dans cette branche de lettres humaines dite la médecine, — сказал Ганс Касторп, — qu'on appelle bouchement tuberculeux des vases de lymphe[6].

— Ah! Tu as mouchardé, mon cher, on le voit bien[7].

— Et toi...[8] Прости, пожалуйста. А теперь позволь мне задать тебе очень важный вопрос, и притом по-немецки. Когда я полгода назад отправился после обеда на осмотр... полгода назад... А ты еще оглянулась и посмотрела на меня, помнишь?

— Quelle question! Il y a six mois![9]

— Ты знала, куда я иду?

— Certes, c'était tout à fait par hasard...[10]

— Ты узнала от Беренса?

---

[1] — Мне вернула свободу моя болезнь. Я в «Берггофе» уже в третий раз. На этот раз я провела здесь целый год. Может быть, и вернусь. Но ты тогда уже давно будешь далеко отсюда.

[2] — Даже имя! Нет, ты действительно уж слишком серьезно относишься к карнавальным обычаям!

[3] — И да и нет... Ну, как тут знают эти вещи. У тебя там внутри есть влажный очажок, и ты слегка температуришь.

[4] — Под вечер тридцать семь и восемь или девять...

[5] — О, у меня, знаешь ли, дело посложней... Не совсем обычный случай.

[6] — В той отрасли гуманитарных наук, которая именуется медициной, — *сказал Ганс Касторп,* — есть заболевание — так называемая туберкулезная закупорка лимфатических сосудов.

[7] — А ты, мой милый, видимо, шпионил.

[8] — А ты...

[9] — Странный вопрос! Ведь прошло полгода!

[10] — Ну конечно, но я узнала совершенно случайно...

— Toujours ce Behrens![1]

— Oh, il a représenté ta peau d'une façon tellement exacte... D'ailleurs, c'est un veuf aux joues ardentes et qui possède un service à café très remarquable... Je crois bien qu'il connaisse ton corps non seulement comme médecin, mais aussi comme adepte d'une autre discipline de lettres humaines[2].

— Tu as décidément raison de dire que tu parles en rêve, mon ami[3].

— Soit... Laisse-moi rêver de nouveau après m'avoir réveillé si cruellement par cette cloche d'alarme de ton départ. Sept mois sous tes yeux... Et à présent, où en réalité j'ai fait ta connaissance, tu me parles de départ![4]

— Je te répète, que nous aurions pu causer plus tût[5].

— А ты хотела бы этого?

— Moi? Tu ne m'échapperas pas, mon petit. Il s'agit de tes intérêts, à toi. Est-ce que tu étais trop timide pour t'approcher d'une femme a qui tu parles en rêve maintenant, ou est-ce qu'il y avait quelqu'un qui t'en a empêché?[6]

— Je te l'ai dit. Je ne voulais pas te dire «vous»[7].

— Farceur. Réponds donc, — ce monsieur beau parleur, cet Italien-là qui a quitté la soirée, — qu'est-ce qu'il t'a lancé tantôt?[8]

— Je n'en ai entendu absolument rien. Je me soucie très peu de ce monsieur, quand mes yeux te voient. Mais tu oublies... il n'aurait pas été si facile du tout de faire ta connaissance dans le monde. Il y avait encore mon cousin avec qui j'étais lié et qui incline très peu à s'amuser

---

[1] — Опять Беренс!

[2] — О, он так точно изобразил твою кожу. Впрочем, у этого вдовца горят щеки и есть презабавный кофейный сервиз... Думаю, что он знает твое тело не только как врач, но и как адепт другой отрасли гуманитарных наук...

[3] — Ты прав, мой друг, ты действительно грезишь...

[4] — Допустим... Но не мешай мне грезить опять, ведь ты с такой жестокостью разбудила меня вестью о твоем отъезде, точно зазвонили в набат! Семь месяцев я прожил у тебя на глазах... А теперь, когда мы познакомились в действительности, ты говоришь об отъезде!

[5] — Повторяю, мы могли бы беседовать с тобой и раньше.

[6] — Я? Не увиливай, мой мальчик. Речь идет о твоих интересах. Ты что, слишком робел, чтобы приблизиться к женщине, с которой теперь разговариваешь как во сне, или тебе кто-нибудь мешал?

[7] — Я же объяснил тебе! Я не хотел говорить тебе «вы».

[8] — Хитрец! Отвечай мне, этот говорун, этот итальянец, который не пожелал остаться, что он тебе бросил на ходу?

ici: Il ne pense à rien qu'a son retour dans les plaines, pour se faire soldat[1].

— Pauvre diable. Il est, en effet, plus malade qu'il ne sait. Ton ami italien du reste ne va pas trop bien non plus[2].

— Il le dit lui-même. Mais mon cousin... Est-ce vrai? Tu m'effraies[3].

— Fort possible qu'il aille mourir, s'il essaye d'être soldat dans les plaines[4].

— Qu'il va mourir. La mort. Terrible mot, n'est-ce pas? Mais c'est étrange, il ne m'impressionne pas tellement aujourd'hui, ce mot. C'était une façon de parler bien conventionnelle, lorsque je disais «Tu m'effraies». L'idée de la mort ne m'effraie pas. Elle me laisse tranquille. Je n'ai pas pitié — ni de mon bon Joachim ni de moi-même, en entendant qu'il va peut-être mourir. Si c'est vrai, son état ressemble beaucoup au mien et je ne le trouve pas particulièrement imposant. Il est moribond, et moi, je suis amoureux, eh bien! — Tu as parlé à mon cousin a l'atelier de photographie intime, dans l'antichambre, tu te souviens[5].

— Je me souviens un peu[6].

— Donc ce jour-là Behrens a fait ton portrait transparent![7]

— Mais oui[8].

---

[1] — Я не расслышал ни одного слова. Какое мне дело до этого господина, когда мои глаза видят тебя? Но ты забываешь... Познакомиться с тобой, как знакомятся обычно, было бы вовсе не так легко. И потом ведь со мной двоюродный брат, а он не склонен развлекаться: он только и мечтает о возврате на равнину, чтобы стать солдатом.

[2] — Бедняга. Он на самом деле болен гораздо серьезнее, чем думает. Состояние твоего итальянского друга тоже неважное.

[3] — Он и сам это говорит. Но мой двоюродный брат... Неужели правда? Ты меня пугаешь.

[4] — Очень может быть, что он умрет, если попытается стать солдатом на равнине.

[5] — Умрет? Смерть — грозное слово, правда? Но странно, теперь оно уже не производит на меня такого впечатления, это слово. Когда я ответил — «ты пугаешь меня», я просто сказал то, что принято говорить в таких случаях. Мысль о смерти не пугает меня. Я отношусь к ней спокойно. И мне не жалко ни моего добряка Иоахима, ни самого себя, когда мне говорят, что он может умереть. Если это так, то его состояние очень похоже на мое, и оно не кажется мне таким ужасным. Он — «морибундус», а я — влюбленный, что ж! Ты ведь говорила с моим кузеном в приемной, перед рентгеновским кабинетом, помнишь?

[6] — Что-то вспоминаю.

[7] — Значит, Беренс в этот день тоже сделал твой снимок?

[8] — Ну разумеется.

— Mon dieu. Et l'as-tu sur toi?[1]

— Non, je l'ai dans ma chambre[2].

— Ah, dans ta chambre. Quant au mien, je l'ai toujours dans mon portefeuille. Veux-tu que je te le fasse voir?[3]

— Mille remerciements. Ma curiosité n'est pas invincible. Ce sera un aspect très innocent[4].

— Moi, j'ai vu ton portrait extérieur. J'aimerais beaucoup mieux voir ton portrait intérieur qui est enfermé dans ta chambre... Laisse-moi demander autre chose! Parfois un monsieur russe qui loge en ville vient te voir. Qui est-ce? Dans quel but vient-il, cet homme?[5]

— Tu es joliment fort en espionnage, je l'avoue. Eh bien, je réponds. Oui, c'est un compatriote souffrant, un ami. J'ai fait sa connaissance à une autre station balnéaire, il y a quelques années déjà. Nos relations? Les voilà: nous prenons notre thé ensemble, nous fumons deux ou trois papiros, et nous bavardons, nous philosophons, nous parlons de l'homme, de Dieu, de la vie, de la morale, de mille choses. Voilà mon compte rendu. Es-tu satisfait?[6]

— De la morale aussi! Et qu'est-ce que vous avez trouvé en fait de morale, par exemple?[7]

— La morale? Cela t'intéresse? Eh bien, il nous semble qu'il faudrait chercher la morale non dans la vertu, c'est-à-dire dans la raison, la discipline, les bonnes moeurs, l'honnêteté, — mais plutôt dans le contraire, je veux dire: dans le péché, en s'abandonnant au danger, à ce qui est nuisible, à ce qui nous consume. Il nous semble qu'il est plus moral de se perdre et même de se laisser dépérir que de se conserver. Les grands

---

[1] — Боже мой! Он при тебе?

[2] — Нет, он у меня в комнате.

[3] — А, у тебя в комнате. Что касается моего, то я всегда ношу его в бумажнике — хочешь покажу?

[4] — Огромное спасибо. Я не сгораю от любопытства. Вероятно, что-нибудь очень невинное.

[5] — Я видел твой внешний портрет. Но я бы предпочел увидеть внутренний, который заперт у тебя в комнате... Разреши мне задать тебе другой вопрос! Иногда у тебя бывает один русский господин, он живет в местечке. Кто это? С какой целью он ходит к тебе, этот человек?

[6] — Оказывается — ты мастер по части шпионажа. Ну что ж, я тебе отвечу. Да, это больной соотечественник, мой друг. Я познакомилась с ним на другой климатической станции, уже несколько лет назад. Наши отношения? Вот они: мы пьем вместе чай, выкуриваем две-три папиросы, болтаем, философствуем, говорим о человеке, о Боге, о жизни, о морали, да о тысяче вещей. Вот тебе полный отчет. Ты удовлетворен?

[7] — И о морали? И что же, например, вы открыли в области морали?

moralistes n'étaient point des vertueux, mais des aventuriers dans le mal, des vicieux, des grands pécheurs qui nous enseignent à nous incliner chrétiennement devant la misère. Tout ça doit te déplaire beaucoup, n'est-ce pas?[1]

Он молчал. Он сидел все в той же позе, скрестив ноги под скрипучим креслом, наклонившись к лежащей женщине в бумажной треуголке, держал в руке ее карандаш и смотрел голубыми, как у Ганса-Лоренца Касторпа, глазами в глубину опустевшей комнаты. Пациенты разошлись. Звуки пианино, стоявшего в углу наискосок от обоих, лились теперь тихо и неровно, больной мангеймец наигрывал одной рукой, а подле него сидела учительница и листала какие-то ноты, лежавшие у нее на коленях. Когда беседа между Гансом Касторпом и Клавдией Шоша оборвалась, пианист совсем снял руку с клавиатуры и опустил ее, а фрейлейн Энгельгарт продолжала смотреть в нотную тетрадь. Четверо оставшихся от общества, которое веселилось здесь в карнавальную ночь, сидели неподвижно. Безмолвие продолжалось несколько минут. Медленно, все ниже и ниже склонялись под его грузом головы той пары у пианино, голова мангеймца — к клавиатуре, а фрейлейн Энгельгарт — к нотной тетради.

Наконец, точно по безмолвному соглашению, мангеймец и учительница тихонько встали и тихонько, втянув голову в плечи и деревянно опустив руки, стараясь не оглядываться на еще не опустевший угол, неслышно вышли вместе в читальню и удалились.

— Tout le monde se retire, — сказала мадам Шоша. — C'étaient les derniers; il se fait tard. Eh bien, la fête de carnaval est finie[2]. — И она подняла руки, чтобы снять бумажный колпак со своих рыжеватых кос, обвивавших венком ее голову. — Vous connaissez les conséquences, monsieur[3].

---

[1] — Морали? Тебе интересно? Ну вот, мы считаем, что нравственность не в добродетели, то есть не в благоразумии, дисциплинированности, добрых нравах, честности, но скорее в обратном, я хочу сказать — когда мы грешим, когда отдаемся опасности, тому, что нам вредно, что пожирает нас. Нам кажется, что нравственнее потерять себя и даже погибнуть, чем себя сберечь. Великие моралисты вовсе не были добродетельными, они были порочными, искушенными в зле, великими грешниками, и они учат нас по-христиански склоняться перед несчастьем. Все это тебе, наверно, очень не нравится, правда?

[2] — Все разошлись, — *сказала мадам Шоша.* — Это последние; уже поздно. Что ж, карнавал кончен...

[3] — Выводы вам понятны, сударь.

Но Ганс Касторп помотал головой, не открывая глаз и не меняя своей позы. Он ответил:

— Jamais, Clawdia. Jamais je te dirai «vous», jamais de la vie ni de la mort, если можно так выразиться, а следовало бы. Cette forme de s'adresser à une personne, qui est celle de l'Occident cultivé et de la civilisation humanitaire, me semble fort bourgeoise et pédante. Pourquoi, au fond, de la forme? La forme, c'est la pédanterie elle-même! Tout ce que vous avez fixé à l'égard de la morale, toi et ton compatriote souffrant — tu veux sérieusement que ça me surprenne? Pour quel sot me prends-tu? Dis donc, qu'est-ce que tu penses de moi?[1]

— C'est un sujet qui ne donne pas beaucoup à penser. Tu es un petit bonhomme convenable, de bonne famille, d'une tenue appétissante, disciple docile de ses précepteurs et qui retournera bientôt dans les plaines, pour oublier complètement qu'il a jamais parlé en rêve ici et pour aider à rendre son pays grand et puissant par son travail honnête sur le chantier. Voilá ta photographie intime, faite sans appareil. Tu la trouves exacte, j'espère?[2]

— Il y manque quelques détails que Behrens y a trouvés[3].

— Ah, les médecins en trouvent toujours, ils s'y connaissent...[4]

— Tu parles comme monsieur Settembrini. Et ma fièvre? D'où vient-elle?[5]

— Allons donc, c'est un incident sans conséquence qui passera vite[6].

---

[1] — Никогда, Клавдия, никогда я не скажу тебе «вы», ни в жизни, ни в смерти, *если можно так выразиться, а следовало бы.* Эта форма обращения к человеку, установленная культурным Западом и гуманистической цивилизацией, кажется мне чрезвычайно буржуазной и педантичной. И зачем, в сущности, нужна форма? Ведь форма — это воплощение педантизма! И все, что вы решили относительно нравственности, ты и твой больной соотечественник, — ты серьезно думаешь, что это меня поразило? За какого же дурака ты меня считаешь? А скажи все-таки, какого мнения ты обо мне?

[2] — Что ж, ответить нетрудно. Ты приличный мальчик из хорошей семьи, с приятными манерами, послушный ученик своих наставников, ты скоро вернешься на равнину и навсегда забудешь о том, что когда-то здесь говорил во сне, начнешь честно трудиться на верфях ради величия и славы своей страны. Вот твой внутренний снимок, сделанный без рентгена. Надеюсь, ты считаешь его верным?

[3] — В нем не хватает некоторых деталей, обнаруженных Беренсом.

[4] — Ах, врачи всегда их находят, это они умеют...

[5] — Ты рассуждаешь прямо как Сеттембрини. А моя температура? Откуда она?

[6] — Брось, пожалуйста, это случайность, все скоро пройдет без последствий.

— Non, Clawdia, tu sais bien que ce que tu dis là, n'est pas vrai, et tu le dis sans conviction, j'en suis sûr. La fièvre de mon corps et le battement de mon coeur harassé et le frissonnement de mes membres, c'est le contraire d'un incident, car ce n'est rien d'autre... — и его бледное лицо с вздрагивающими губами ниже склонилось к ней, — rien d'autre que. mon amour pour toi, oui, cet amour qui m'a saisi à l'instant, où mes yeux t'ont vue, ou, plutôt, que j'ai reconnu, quand je t'ai reconnue toi, — et c'était lui, évidemment, qui m'a mené à cet endroit...[1]

— Quelle folie![2]

— Oh, l'amour n'est rien, s'il n'est pas de la folie, une chose insensée, défendue et une aventure dans le mal. Autrement c'est une banalité agréable, bonne pour en faire de petites chansons paisibles dans les plaines. Mais quant à ce que je t'ai reconnue et que j'ai reconnu mon amour pour toi, — oui, c'est vrai, je t'ai déjà connue, anciennement, toi et tes yeux merveilleusement obliques et ta bouche et ta voix, avec laquelle tu parles, — une fois déjà, lorsque j'étais collégien, je t'ai demandé ton crayon, pour faire enfin ta connaissance mondaine, parce que je t'aimais irraisonnablement, et c'est de là, sans doute c'est de mon ancien amour pour toi que ces marques me restent que Behrens a trouvées dans mon corps; et qui indiquent que jadis aussi j'étais malade...[3]

Его зубы стучали. Он вытащил одну ногу из-под скрипучего кресла и, продолжая фантазировать, выставил ее вперед, эту ногу,

[1] — Нет, Клавдия, ты отлично знаешь, что это неправда, и говоришь ты без всякой убежденности, я уверен. И лихорадка, и мучительное сердцебиение, и озноб во всем теле — это вовсе не случайные явления, а, напротив, не что иное, как... — *и его бледное лицо с вздрагивающими губами ниже склонилось к ней,* — не что иное, как моя любовь к тебе, да, любовь, овладевшая мной в тот же миг, когда мои глаза тебя увидели, или, вернее, которую я узнал, едва только узнал тебя, и, видно, любовь привела меня сюда.

[2] — Какое безумие!

[3] — О, любовь — ничто, если в ней нет безумия, безрассудства, если она не запретна, если боится дурного. А иначе — она только сладенькая пошлость, годная служить темой для невинных песенок на равнине. Относительно же того, что я узнал тебя и узнал мою любовь к тебе — да, это правда, я уже знал тебя в былом, тебя и твои удивительные глаза с косым разрезом, и твой рот, и твой голос, — и однажды, когда я еще был школьником, я уже попросил у тебя твой карандаш, чтобы наконец познакомиться с тобой как полагается, оттого что любил тебя безрассудно, и вот с того времени, от той давней любви моей к тебе, видно, и остались у меня те следы, которые обнаружил Беренс и которые показывают, что я и раньше был болен...

а коленом другой ноги коснулся пола, и вот он уже стоял преклонив колено, опустив голову и дрожа всем телом. — Je t'aime, — лепетал он, — je t'ai aimée de tout temps, car tu es le Toi de ma vie, mon rêve, mon sort, mon envie, mon éternel désir...[1]

— Allons, allons! — сказала она. — Si tes précepteurs te voyaient...[2]

Но он с отчаянием покачал головой, склоняясь лицом к ковру, и ответил:

— Je m'en ficherais, je me fiche de tous ces Carducci et de la République éloquente et du progrès humain dans le temps, car je t'aime![3]

Она осторожно погладила его по коротко остриженным волосам на затылке.

— Petit bourgeois! — сказала она. — Joli bourgeois à la petite tache humide. Est-ce vrai que tu m'aimes tant?[4]

Вдохновленный ее прикосновением, уже встав на оба колена, откинув голову и закрыв глаза, он продолжал:

— Oh, l'amour, tu sais... Le corps, l'amour, la mort, ces trois ne font qu'un. Car le corps, c'est la maladie et la volupté, et c'est lui qui fait la mort, oui, ils sont charnels tous deux, l'amour et la mort, et voilà leur terreur et leur grande magie! Mais la mort, tu comprends, c'est d'une part une chose mal famée, impudente qui fait rougir de honte; et d'autre part c'est une puissance très solennelle et très majestueuse, — beaucoup plus haute que la vie riante gagnant de la monnaie farcissant sa panse, — beaucoup plus vénérable que le progrès qui bavarde par les temps, — parce qu'elle est l'histoire et la noblesse et la piété et l'éternel et le sacré qui nous fait tirer le chapeau et marcher sur ta pointe des pieds... Or, de même, le corps, lui aussi, et l'amour du corps, sont une affaire indécente et fâcheuse, et le corps rougit et pâlit a sa surface par frayeur et honte de lui-même. Mais aussi il est une grande gloire adorable, image miraculeuse de la vie organique, sainte merveille de la forme et de la beauté, et l'amour pour lui, pour le corps humain, c'est de même un intérêt extrêmement humanitaire et une puissance plus éducative que toute la pédagogie du monde!..

---

[1] — Я люблю тебя, — *лепетал он,* — я всегда любил тебя, ведь ты — это «Ты», которого ищешь всю жизнь, моя мечта, моя судьба, моя смерть, мое вечное желание...

[2] — Брось, брось! — *сказала она.* — Что, если бы тебя видели твои наставники...

[3] — Наплевать, наплевать мне на всех этих Кардуччи, и на республику с ее красноречием, и на прогресс с его развитием во времени, оттого что я тебя люблю!

[4] — Маленький буржуа! — *сказала она.* — Хорошенький буржуа с влажным очажком. Это правда, что ты меня так сильно любишь?

Oh, enchantante beauté organique qui ne se compose ni de teinture à l'huile ni de pierre, mais de matière vivante et corruptible, pleine du secret fébrile de la vie et de la pourriture! Regarde la symétrie merveilleuse de l'édifice humain, les épaules et les hanches et les mamelons fleurissants de part et d'autre sur la poitrine, et les côtes arrangées par paires, et le nombril au milieu dans la mollesse du ventre, et le sexe obscur entre les cuisses! Regarde les omoplates se remuer sous la peau soyeuse du dos, et l'échine qui descend vers la luxuriance double et fraîche des fesses, et les grandes branches des vases et des nerfs qui passent du tronc aux rameaux par les aisselles, et comme la structure des bras correspond à celte des jambes. Oh, les douces régions de la jointure intérieure du coude et du jarret avec leur abondance de délicatesses organiques sous leurs coussins de chair! Quelle fête immense de les caresser ces endroits délicieux du corps humain! Fête à mourir sans plainte après! Oui, mon dieu, laisse-moi sentir l'odeur de la peau de ta rotule, sous laquelle l'ingénieuse capsule articulaire sécrète son huile glissante! Laisse-moi toucher dévotement de ma bouche l'Arteria femoralis qui bat au front de ta cuisse et qui se divise plus bas en les deux artères du tibia! Laisse-moi ressentir l'exhalation de tes pores et tâter ton duvet, image humaine d'eau et d'albumine, destinée pour l'anatomie du tombeau, et laisse-moi périr, mes lèvres aux tiennes![1]

[1] — О, любовь, ты знаешь... тело, любовь, смерть — они одно. Ибо тело — это болезнь и сладострастие, и оно приводит к смерти, оба они — чувственны, смерть и любовь, вот в чем их ужас и их великое волшебство! Но смерть, понимаешь ли, это, с одной стороны, что-то позорное, наглое, заставляющее нас краснеть от стыда, а с другой — это сила, очень торжественная и величественная, — гораздо более высокая, чем жизнь, которая хохочет, наживает деньги и набивает брюхо, — гораздо более почтенная, чем прогресс, который болтает о себе во все времена; а смерть — это история, и благородство, и благочестие, и вечность, и то, что для нас священно, в присутствии чего мы снимаем шляпу и ступаем на цыпочках... То же самое относится и к телу: телесная любовь — это что-то неприличное, дурное, и тело своими покровами краснеет и бледнеет от страха и стыда перед самим собой. Но тело излучает также великое и божественное сияние, это чудотворный образ органической жизни, святое и дивное явление формы и красоты, в любви к нему, к человеческому телу, тоже выражается в высшей степени гуманитарный интерес к человечеству, и это — более мощное воспитательное начало, чем вся педагогика мира, вместе взятая!.. О, завораживающая красота органической плоти, созданная не с помощью масляной краски и камня, а из живой и тленной материи, насыщенная тайной жизни и распада! Посмотри на восхитительную симметрию, с какой построено здание человеческого тела, на эти плечи, ноги и цветущие соски по обе стороны груди, на ребра, идущие

Он открыл глаза, только когда сказал все это; откинув голову, простирая руки, в которых держал серебряный карандашик, он все еще стоял на коленях, трепеща и содрогаясь. Она сказала:

— Tu es en effet un galant qui sait solliciter d'une maniére profonde, a l'allemande[1].

И она надела на него бумажный колпак.

— Adieu, mon prince Carnaval! Vous aurez une mauvaise ligne de fievre ce soir, je vous le prédis[2].

Она соскользнула с кресла, скользящей походкой направилась по ковру к двери, на пороге нерешительно остановилась, полуобернувшись к нему, подняв обнаженную руку и держась за косяк. Потом, вполголоса, бросила через плечо:

— N'oubliez pas de me rendre mon crayon[3].

И вышла из комнаты.

---

попарно, на пупок посреди мягкой округлости живота и на тайну пола между бедер! Посмотри, как движутся лопатки на спине под шелковистой кожей, как опускается позвоночник к двойным, пышным и свежим ягодицам, на главные пучки сосудов и нервов, которые, идя от торса, разветвляются под мышками, и на то, как строение рук соответствует строению ног. О, нежные области внутренних сочленений локтей и коленей, с изяществом их органических форм, скрытых под мягкими подушками плоти! Какое безмерное блаженство ласкать эти пленительные участки человеческого тела! Блаженство, от которого можно умереть без сожалений! Да, молю тебя, дай мне вдохнуть в себя аромат твоей подколенной чашки, под которой удивительная суставная сумка выделяет скользкую смазку! Дай мне благоговейно коснуться устами твоей Arteria femoralis, которая пульсирует в верхней части бедра и, пониже, разделяется на две артерии tibia! Дай мне вдохнуть испарения твоих пор и коснуться пушка на твоем теле, о человеческий образ, составленный из воды и альбумина и обреченный могильной анатомии, дай мне погибнуть, прижавшись губами к твоим губам!

[1] — Ты действительно поклонник, который умеет домогаться с какой-то особенной глубиной, как настоящий немец.

[2] — Прощайте, принц Карнавал! Сегодня у вас резко поднимется температурная кривая, предсказываю вам!

[3] — Не забудьте вернуть мне карандаш!

# ГЛАВА ШЕСТАЯ

## ПЕРЕМЕНЫ

Что такое время? Бесплотное и всемогущее — оно тайна, непременное условие мира явлений, движение, неразрывно связанное и слитое с пребыванием тел в пространстве и их движением. Существует ли время без движения? Или движение без времени? Неразрешимый вопрос! Есть ли время функция пространства? Или пространство функция времени? Или же они тождественны? Опять вопрос! Время деятельно, для определения его свойств скорее всего подходит глагол: «вынашивать». Но что же оно вынашивает? Перемены! «Теперь» отлично от «прежде», «здесь» от «там», ибо их разделяет движение. Но если движение, которым измеряется время, совершается по кругу и замкнуто в себе, то и движение, изменения, все равно что покой и неподвижность; ведь «прежде» постоянно повторяется в «теперь», «там» — в «здесь».

И далее: поскольку при самом большом старании нельзя представить себе время конечным, пространство же ограниченным, принято «мыслить» время и пространство вечными и бесконечными, считая, по-видимому, что если это и не вполне верно, то все же лучше, чем ничего. Но не будет ли такое допущение вечного и бесконечного логическо-математическим отрицанием всего ограниченного и конечного и, по сути, сведением их к нулю? Может ли в вечности одно явление следовать за другим, а в бесконечности одно тело находиться подле другого? Как согласовать с вынужденным допущением вечности и бесконечности наличие таких понятий, как расстояние, движение, изменения или хотя бы пребывание во Вселенной пространственно ограниченных тел? Один неразрешимый вопрос за другим!

Эти и подобные вопросы занимали ум Ганса Касторпа, с самого приезда сюда наверх обнаружившего склонность к столь неприлично-въедливому любопытству, причем эта захватившая молодого человека злосчастная, но непреодолимая страсть, по-видимому, даже отточила его мысль и придала ей самонадеянность, нужную для углубления в такие казуистические дебри. Он задавал эти вопросы и себе, и честному Иоахиму, и с незапамятных времен погребенной в снег долине, хотя не мог ждать от них ничего сколь-нибудь похожего на ответ — трудно даже сказать, от кого всего менее. Себе он задавал все эти вопросы лишь потому, что не знал, как на них ответить. Иоахима, к примеру, почти немыслимо было втянуть в такие разговоры: он, как однажды вечером объяснил по-французски Ганс Касторп, помышлял лишь о том, чтобы стать там, на равнине, солдатом, и вел ожесточенную борьбу с маячившей то совсем близко, то вдруг насмешливо ускользающей надеждой, борьбу, которую он в последнее время, видимо, имел поползновение завершить насильственным путем. Да, на честного, терпеливого, смирного Иоахима, всегда благоговевшего перед дисциплиной и служебным долгом, находил порой мятежный стих, и он бунтовал против «шкалы Гафки» — метода исследования, при помощи которого здесь, в лаборатории, или, как пациенты говорили, «в лабораторке», измерялась и устанавливалась степень зараженности больного бациллами: обнаружены ли при анализе мокроты единичные палочки, или она кишит ими, определялось величиной цифры на шкале, — от нее-то все и зависело. Полученный балл с неотвратимой непреложностью указывал больному его шансы на выздоровление; тут уже не представляло труда определить, сколько месяцев или лет ему предстоит провести «наверху», начиная с полугодичного краткого визита и вплоть до приговора «пожизненно», что, однако, в смысле продолжительности, могло означать и весьма небольшой срок. Против этой-то шкалы Гафки и восставал Иоахим, открыто выражая свое неверие в нее, — впрочем, не *совсем* открыто, не прямо главному врачу, а двоюродному брату и даже соседям по столу.

— Хватит с меня, больше не позволю себя морочить, — возвышал он голос, и кровь приливала к его бронзовому от загара лицу. — Две недели назад у меня было Гафки два, сущий пустяк, и самые лучшие перспективы, а сегодня девять, палочек полным-полно, и о равнине думать нечего. Поди разберись, сам черт ногу сломит, просто терпения нет. В санатории на Шацальпе лежит крестьянин грек, его прислали сюда из Аркадии, агент прислал — безнадежный случай, скоротечная, каждый день можно ждать exitus'а, а в мокроте хоть бы раз бациллу обнаружили! Зато у толстого капитана бельгийца, который выписался отсюда здоровым, когда я прибыл, у того определили Гафки десять, уйму палочек, а каверна у него была самая ничтожная. Слышать больше не желаю о Гафки. Хватит с меня, поеду домой, хоть бы это стоило мне жизни! — Так говорил Иоахим, и всем было больно и неловко видеть, как горячится этот всегда кроткий и сдержанный молодой человек. Угрозы Иоахима бросить лечение и вернуться на равнину поневоле вызывали в памяти Ганса Касторпа некоторые соображения, высказанные по-французски и услышанные им от третьего лица. Однако он молчал; да и вправе ли он был ставить двоюродному брату в пример собственную выдержку, как это делала фрау Штёр, всерьез убеждавшая Иоахима не бунтовать, а смиренно покориться, подражая стойкости, с какой она, Каролина, высиживает здесь, мужественно отказываясь хозяйничать у себя дома в Канштате ради того, чтобы в один прекрасный день подарить в своем лице мужу целиком и полностью исцеленную супругу? Нет, этого он не мог сделать, тем более что с карнавала на масленой у него по отношению к Иоахиму была нечиста совесть, а именно: совесть подсказывала ему, что Иоахим видит в том, о чем они не обмолвились ни словом, но о чем Иоахим, несомненно, знал, — своего рода измену, дезертирство, предательство, особенно если принять во внимание чьи-то круглые карие глаза, апельсинные духи и неуместную смешливость, опасному воздействию которых сам Иоахим подвергался пять раз на дню, но строго и благонравно не отрывал глаз от своей тарелки... Даже в молчаливом неодобрении, с каким Иоахим встречал его рассуждения и взгляды на «время», Гансу Касторпу чудился душок все той же коловшей ему глаза военной выдержки. Что же касается долины, погребенной в снег зимней долины, к которой Ганс Касторп, лежа в отличном шезлонге, также обращал свои умозрительные вопросы, то осенявшие ее вершины, зубцы, крутые гребни и серо-зелено-рыжие леса всегда оставались безмолвны, порой блистая на фоне глубокой синевы небес, порой скрываясь в тумане, порой розовея в пламени заката или сверкая, как алмаз в волшебном сиянии лунной ночи, овеянные бесшумно скользящим земным временем, но неизменно одетые в шапки снега, вот уже шесть бесконечно долгих и, однако, незаметно промелькнувших месяцев, — и все больные в один голос заявляли, что глядеть больше не могут на снег, что он им опротивел, что уже лето с лихвой удовлетворило все их запросы на зимние пейзажи, а изо дня в день видеть только снег да снег, снежные сугробы, снежные подушки, снежные склоны, свыше сил человеческих и убийственно действует на настроение. И все носили цветные очки — зеленые, желтые, красные, — отчасти, чтобы защитить глаза, но еще больше ради бодрости духа.

Горы и долина в снегу уже более шести месяцев? Семи! Пока мы рассказываем, время, вынашивая перемены, стремится вперед — *наше* время, которое мы уделяем этому рассказу, но также время, давно минувшее, — время Ганса Касторпа и его товарищей по несчастью, там, среди снежных гор. Все шло своим чередом, как Ганс Касторп на масленой, возвращаясь из деревни, в кратких словах предсказал, к явному неудовольствию Сеттембрини: до солнцеворота было, правда, еще далеко, но Пасха уже прошествовала по белой долине, апрель близился к концу, а там недалеко и до Троицы, скоро весна, оттепель — положим, стает не весь снег, на южных вершинах и на севере в расселинах Ретийской цепи всегда оставалось немного снегу, не говоря о том, что неизменно выпадал в летние месяцы, но долго не залеживался, — и все же смена времени года сулила значительные перемены в самом недалеком будущем, ибо с вечера карнавала, когда Ганс Касторп одолжил у мадам Шоша карандаш и позже вернул его, выпросив у нее взамен нечто другое на память, подарок, который он постоянно носил при себе в кармане, прошло ни мало ни много полтора месяца — срок вдвое больший, чем первоначально намеревался провести здесь Ганс Касторп.

В самом деле, прошло уже полтора месяца с того вечера, как Ганс Касторп познакомился с Клавдией Шоша и потом намного позже ревностного служаки Иоахима вернулся в свою комнату, — полтора месяца с утра следующего дня, ознаменовавшегося отъездом мадам Шоша, не окончательным, *временным* отъездом в Дагестан, далеко на Восток, в Закавказье. Что отъезд носит временный, а не окончательный характер, что мадам Шоша предполагает вернуться, — неизвестно когда именно, но что она хочет или должна будет когда-нибудь возвратиться сюда — на то у Ганса Касторпа имелось прямое ее словесное обещание, полученное не во время переданного нами иноязычного разговора, а стало быть, в промежуток, который мы обошли молчанием, прервав связанное временем течение нашего повествования и предоставив говорить за нас самому времени. Как бы то ни было, молодой человек получил эти заверения и утешительные обещания прежде, нежели вернулся в свой тридцать четвертый номер; так как на следующий день он не обменялся с мадам Шоша ни словом, почти ее не видел или, точнее, дважды видел издалека: за обедом, когда она в синей суконной юбке и белом шерстяном свитере под грохот захлопывающейся застекленной двери в последний раз, грациозно крадучись, пробиралась к столу, а у него сердце готово было выскочить из груди, и только неусыпный надзор фрейлейн Энгельгарт помешал ему закрыть лицо руками, — и затем в три часа дня, в минуту отъезда, при котором он, собственно, не присутствовал, но тем зорче наблюдал за ним из окна коридора, выходившего на подъезд и главную аллею.

Проводы происходили совершенно так, как Гансу Касторпу за время своего пребывания здесь наверху неоднократно уже случалось видеть: к подъезду подкатывали сани или карета, кучер и швейцар увязывали чемоданы, на площадке собирались санаторские больные, друзья того, кто, исцеленный или больной, отправлялся жить или умирать на равнину, и те, что просто, ради чрезвычайного события, увильнули от процедур, появлялся господин в сюртуке, представлявший дирекцию, а иной раз врачи, и наконец выходил сам отбывающий, чаще всего с сияющим лицом, очень оживленный от предстоящих перемен, и милостиво приветствовал столпившихся вокруг любопытных и знакомых... На сей раз в длинном пушистом, отделанном мехом дорожном пальто и в большой шляпе, с огромным букетом в руках вышла улыбающаяся мадам Шоша в сопровождении сутулого своего соотечественника господина Булыгина, который ехал с ней часть пути. Она тоже казалась возбужденно-веселой, как и все отъезжающие, которые радовались перемене в жизни, независимо от того, уезжали ли они с разрешения врача, или с нечистой совестью, на свой страх и риск прерывали лечение, потому что изверились и все им опостылело. Щеки ее раскраснелись, и пока ей кутали колени в меховую полость, она что-то не переставая болтала, вероятно, по-русски... Проводить мадам Шоша пришли не только ее соотечественники и соседи по столу, но и многие другие больные, доктор Кроковский, бодро осклабясь, показывал свои желтые зубы сквозь чащу бороды, откуда-то появились еще цветы, двоюродная бабушка не поскупилась на конфеты, «конфетки», как говорила она, или мармелад, тут же стояли учительница и мангеймец — последний мрачно наблюдал в некотором отдалении, и его страдальческий взгляд, скользнув по фасаду, обнаружил Ганса Касторпа у окна коридора и на мгновение мрачно задержался на нем... Гофрат Беренс так и не появился: очевидно, он нашел случай проститься раньше, в более интимной обстановке... Лошади тронули, все что-то выкрикивали, махали, и тут мадам Шоша, откинувшись от толчка на спинку сиденья, в свою очередь, обвела раскосыми смеющимися глазами фасад санатория «Берггоф» и на какую-то долю секунды задержалась взглядом на Гансе Касторпе... Бледный как полотно, бросился он в свою комнату, чтоб в последний раз с балкончика увидеть, как сани под звон бубенчиков спускаются по главной аллее к деревне, потом рухнул в свое кресло и вытащил из нагрудного кармана полученный на память подарок, залог, заключавшийся в данном случае не в коричнево-красных стружках, а в тонко обрамленной пластиночке, прямоугольном кусочке стекла, который надо было держать против света, чтобы хоть что-то разглядеть — внутренний портрет Клавдии, ее безликое изображение, позволявшее, однако, различить хрупкий костяк торса, окруженный мягкими контурами призрачно-туманной плоти, и органы грудной полости.

Как часто рассматривал и прижимал он к губам этот портрет за протекшее с тех пор время, — время, которое вынашивало перемены! Так, например, Ганс Касторп раньше, чем можно было предположить, свыкся с жизнью здесь наверху в отсутствие разделенной от него пространством Клавдии Шоша: здешнее время было особенно приспособлено и нарочно так распределено, чтобы создавать привычки, хотя бы даже привычка заключалась в сознании того, что к этой жизни никогда не привыкнешь. Незачем, да и напрасно стал бы он ждать грохота и звона, отмечавших начало всех пяти, более чем обильных, санаторных трапез; где-то, в страшном отдалении отсюда, мадам Шоша хлопала теперь дверями — что, вероятно, было неразрывно связано с ее внутренней сущностью, со всем ее поведением и ее болезнью, — столь же неразрывно, как пребывание тел в пространстве со временем: быть может, в этом, в одном этом, и заключалась ее болезнь... Но, отсутствующая и невидимая, она представлялась Гансу Касторпу невидимо-присутствующей — гением этих мест: Ганс Касторп однажды его узнал, познав ее в гибельный и сладостный до безрассудства час, час, к которому не подберешь ни одной простенькой песенки равнины, и носил призрачный внутренний силуэт у своего сердца, взволнованно бившегося вот уже девять месяцев.

В тот час его дрожащие губы бессознательно и невнятно бормотали на чужеземном и родном языке разные нелепицы: безответственно выдвинутые проекты, предложения, замыслы, безумные планы, не встретившие, однако, и вполне резонно, никакого одобрения — он-де будет сопровождать ее, гения, на Кавказ, поедет за ней следом, готов дожидаться ее в любом городе, который непостоянный нравом гений изберет местом своего пребывания, чтобы им никогда уже не разлучаться. От пережитого приключения у простодушного молодого человека остался залогом лишь призрачный силуэт и зыбкая вера во все же вероятную возможность, что мадам Шоша, рано или поздно, смотря по тому, как будет протекать дававшая ей свободу болезнь, вернется сюда в четвертый раз. Но рано ли, поздно ли, так сказано было ему при расставании, он, Ганс Касторп, все равно уже «будет отсюда далеко», и нелестное о нем мнение, скрытое в этом пророчестве, было бы вовсе нестерпимым, если бы не убежденность в том, что иные предсказания делаются не затем, чтобы они исполнялись, а для того, чтобы — они наподобие заклинаний — *не* исполнялись. Пророки такого рода глумятся над будущим, предрекая его с тем, чтобы оно постыдилось оправдать их прозорливость. И ежели гений, во время переданной и не переданной нами беседы, назвал Ганса Касторпа «joli bourjeois au petit endroit humide»[1], что по-французски примерно соответствовало определению Сеттембрини, прозвавшего его «трудное дитя жизни», то возникал вопрос, какой же из разнородных элементов этой сложной смеси одержит верх в его натуре: буржуазный или иной... Потом гений упустил из виду, что если сам он неоднократно уезжал и возвращался, то и Ганс Касторп вполне может в нужную минуту вернуться — хотя он, собственно говоря, только затем все еще сидел здесь в горах, чтобы ему не было надобности возвращаться: именно в этом, как у многих других, заключался смысл его затянувшегося пребывания в санатории.

Впрочем, *одно* насмешливое предсказание гения все же исполнилось: у Ганса Касторпа подскочила температура; кривая круто взмыла кверху отвесным пиком, который он тогда же торжественно вычертил, и после небольшого снижения, уже в виде плоскогорья, продолжала держаться на одном уровне волнистой линией, возвышавшейся над равниной, обычной для него до сих пор. Ни высота температуры, ни устойчивость ее никак не вытекали, по словам гофрата, из объективных данных. «Значит, дружок, про-

[1] «Хорошенький буржуа с влажным очажком» (*фр.*).

цесс зашел дальше, чем можно было ожидать, — изрек он. — Что ж, начнем вас колоть! Это должно подействовать. Через три-четыре месяца будете как огурчик, могу выдать вам в этом расписку».

Так случилось, что Ганс Касторп дважды в неделю, по средам и субботам, сразу же после утреннего моциона, должен был спускаться в «лабораторку» на уколы.

Курс проводили оба врача поочередно, но гофрат колол как виртуоз, с размаху втыкал иглу и одновременно нажимал на головку шприца. Впрочем, он мало заботился о том, куда колет, так что иногда бывало чертовски больно и на месте укола долго жгло и оставался твердый желвак. Вдобавок инъекции изнуряюще действовали на организм в целом, расшатывали нервную систему не хуже, чем спортивное перенапряжение, что свидетельствовало об эффективности лекарства, о могучей силе которого можно было судить и по тому, что оно сперва даже вызывало повышение температуры. Беренс так и предсказывал, и так оно случилось, а посему на предсказанные явления нечего было и пенять. Когда подходила очередь, сама процедура уже не отнимала много времени, вы мигом получали под кожу, будь то в бедро или в руку, свою порцию противоядия. Но раза два, когда гофрат был в духе и не хандрил от курения, между врачом и пациентом во время процедуры завязывался разговор, который Ганс Касторп насколько умел искусно направлял в желательное русло.

— Я всегда с удовольствием вспоминаю нашу беседу у вас дома за чашкой кофе, господин гофрат, осенью прошлого года. Как это тогда случайно вышло. Не далее как вчера, или это было третьего дня, я говорил двоюродному брату...

— Гафки семь, по последнему анализу, — отрезал гофрат. — Не идет, не идет дело на поправку у нашего юноши. И вдобавок никогда он еще меня так не терзал и не мучил. Желает, видите ли, уехать и нацепить на себя саблю. Это же чистое мальчишество! Подымает крик из-за какого-то несчастного годика с четвертью, словно проторчал здесь целую вечность. Объявил, что уедет так или иначе, — он и вам это говорил? Хоть бы вы, что ли, потолковали с ним, от своего имени, конечно, и задали хорошую головомойку! Ведь пропадет малый ни за грош, если раньше срока наглотается вашего милого тумана. С правой верхушкой-то у него неладно. От вояки нечего и требовать ума, но вы, как человек рассудительный, как штатский, получивший гражданское воспитание, вы должны бы вправить ему мозги, чтобы он не наделал глупостей.

— Я и стараюсь, господин гофрат, — отвечал Ганс Касторп, не упуская из виду главной своей цели. — Стараюсь, как только можно, когда он начинает артачиться. Думаю, он все же образумится. Но примеры, которые у нас перед глазами, надо прямо сказать, оставляют желать лучшего. Вот в чем беда. Отъезды все учащаются — самовольные, безо всякого на то основания, отъезды на равнину, а проводы устраиваются торжественные, будто это настоящий отъезд, разве это не соблазн для человека слабовольного. Вот хотя бы недавно... кто же это недавно уехал? Да, одна дама, она сидела за хорошим русским столом, мадам Шоша. Как говорят, в Дагестан. Ну, Дагестан, — признаться, я не очень-то знаю тамошний климат, надо полагать, он менее вреден, чем на севере у моря. Но все же это равнина в нашем понимании, пусть даже Дагестан и горист, я не очень сведущ в географии. Как же там жить туберкулезному больному, если кругом никто не имеет ни малейшего представления о самых простых вещах, не знает нашего режима и распорядка: как надо лежать, как измерять температуру? К тому же она все равно намерена вернуться, как мне сказала... Но почему, собственно, мы заговорили о ней?.. Да, мы тогда встретились с вами в саду, господин гофрат, если припоминаете, вернее вы нас встретили, потому что мы сидели на скамье, я даже точно знаю, на какой, и мог бы показать вам, сидели и курили. То есть я курил, двоюродный брат неизвестно почему не курит. И вы тоже тогда как раз курили, и мы предложили друг другу свою марку сигар, как я теперь припоминаю, — ваши бразильские мне очень пришлись по вкусу, но с ними надо держать ухо востро, все равно что с норовистой лошадкой, не то такое приключится, как у вас после двух маленьких импортных, когда вы с бурно вздымающейся грудью чуть было не уплясали на тот свет, — но раз все обошлось благополучно, не грех ведь и посмеяться. Кстати, я недавно опять выписал себе из Бремена несколько сотен «Марии Манчини», привык к этой марке, полюбилась она мне во всех отношениях. Правда, с пошлиной и пересылкой обходится дороговато, так что если вы, господин гофрат, на днях опять накинете мне срок, я, пожалуй, все-таки изменю ей и перейду на какое-нибудь здешнее зелье — в витринах видишь очень недурные сигары. А потом, как сейчас помню, вы доставили нам огромное удовольствие, разрешили посмотреть ваши полотна, — я был просто ошеломлен, чего вы только не вытворяете масляными красками, у меня никогда не хватило бы на это смелости. Там был и портрет мадам Шоша, где изумительно передана фактура кожи, — смею вас уверить, я просто восхитился. Тогда я еще не был знаком с оригиналом, знал ее только с виду, по имени. Впоследствии, перед самым ее отъездом, я с нею и лично познакомился.

— Что вы говорите! — отозвался гофрат, совершенно так же, если дозволено будет напомнить, как перед первым осмотром Ганса Касторпа, когда тот сообщил ему, что у него к тому же небольшой жар. Больше он ничего не сказал.

— Да, представьте, — подтвердил Ганс Касторп. — Как оказалось, здесь наверху не очень-то легко завязывать знакомства, но у меня с мадам Шоша в последний вечер это произошло как-то само собой, в беседе... — Ганс Касторп, стиснув зубы, втянул в себя воздух. Шприц глубоко вонзился в тело. — Фу! — выдохнул он. — Наверное, в очень важный нерв случайно попали, господин гофрат. Да, да, адски больно. Благодарю, после массажа легче... в беседе мы нашли общий язык.

— Да! Ну и как? — произнес гофрат. Он спрашивал и кивал, как кивает человек, который ждет самого похвального отзыва и уже вкладывает в свой вопрос основанное на личном опыте подтверждение ожидаемой похвале.

— Вероятно, французский у меня сильно хромал, — уклонился от ответа Ганс Касторп. — Да и откуда, собственно, мне его знать? Но в нужную минуту слова сами приходят на ум, так что мы объяснялись довольно сносно.

— Надо полагать. Ну и как? — повторил гофрат, вызывая Ганса Касторпа на откровенность. И от себя добавил: — Мила, не правда ли?

Ганс Касторп, обратив лицо к потолку и широко расставив ноги и локти, застегивал воротничок.

— В конце концов ничего нового в этом нет, — произнес он. — Два человека или две семьи целый месяц живут на курорте бок о бок под одной кровлей, как посторонние люди. А в один прекрасный день знакомятся, проникаются друг к другу симпатией и тут узнают, что один из них уезжает. Такие вещи, к сожалению, очень часто случаются. И тогда, конечно, хотелось бы сохранить хоть какую-то связь, услышать друг о друге, — словом, переписываться. Но мадам Шоша...

— Н-да, а она, как видно, не желает? — добродушно рассмеялся гофрат.

— Нет. И слышать об этом не захотела. А вам она никогда не пишет оттуда?

— Ни боже мой, — отвечал Беренс. — Ей это и в голову не придет. Во-первых, она слишком ленива, а во-вторых, как же ей писать? По-русски я читать не умею, — изъясняюсь кое-как, немилосердно коверкая слова, если уж нужда припрет, но прочитать не могу ни строчки. Да и вы тоже. Ну а по-французски или там по-немецки кошечка, правда, очень охотно мяукает, но писать — это не по ее части. Орфография, милый мой! Нет, юноша, видно придется нам с вами набраться терпения. Она ведь возвращается сюда время от времени. Вопрос, так сказать, техники, темперамента. Один срывается с места и постоянно вынужден возвращаться, а другой сразу же прочно обосновывается, чтобы ему и надобности не было больше возвращаться. Если ваш двоюродный брат сейчас уедет, так и скажите ему, легко может статься, что вы еще дождетесь его триумфального въезда.

— Но, господин гофрат, сколько же, вы полагаете, я...

— Не вы, а он! Внизу он пробудет меньше, чем пробыл здесь. Вот что я лично полагаю и очень прошу вас передать ему это, если вы будете настолько любезны.

Примерно в таком духе, вероятно, протекала искусно направляемая Гансом Касторпом беседа, хотя результат ее был ничтожен, почти двусмыслен. Ибо в отношении того, сколько нужно пробыть, чтобы дождаться возвращения досрочно уехавшего, она оказалась двусмысленной, а что касается словно в воду канувшей пациентки, попросту равнялась нулю. Ганс Касторп ничего о ней не будет знать, пока их разделяет тайна пространства и времени; писать она не станет, да и он лишен возможности написать ей... Впрочем, зачем это надобно ему, если хорошенько рассудить? Разве не чистейшая условность, не буржуазный предрассудок полагать, будто они должны переписываться, если ему раньше казалось, что им даже *разговаривать-то* незачем? Да и «разговаривал» ли он с ней в том смысле, в каком это понимает просвещенный Запад, когда сидел подле нее в памятный карнавальный вечер, или скорее бредил на чужом языке, не считаясь ни с какими приличиями? Так к чему же писать на почтовой бумаге или открытках с видами, как он писал на равнину, чтобы сообщить об изменчивых результатах обследований? Не права ли Клавдия, считая, что свобода, даваемая болезнью, избавляет ее и от необходимости писать? Вести разговоры, писать — это дело гуманистов и республиканцев, дело такого вот господина Брунетто Латини, что написал книгу о добродетелях и пороках и придал флорентинцам должный лоск, обучив их ораторскому мастерству и искусству управлять своей республикой согласно законам политики...

Тут мысли Ганса Касторпа сами собой обратились к Лодовико Сеттембрини, и он густо покраснел, как покраснел, когда лежал больной в своей комнате и литератор неожиданно предстал перед ним в ярком свете внезапно вспыхнувшей электрической лампы. Господину Сеттембрини Ганс Касторп тоже мог бы задать свои вопросы и метафизические загадки хотя бы лишь затем, чтобы поддеть его и вызвать на спор, а не в надежде получить на них ответ, ибо гуманиста занимали исключительно земные дела и интересы. Но с карнавального вечера, когда Сеттембрини в волнении покинул музыкальную комнату, в отношениях Ганса Касторпа и итальянца наступил заметный холодок, причиною которого были нечистая совесть одного и глубокое неудовольствие другого как педагога и наставника, вследствие чего оба друг друга избегали и несколько недель кряду даже не обменялись ни словом. Видел ли еще Сеттембрини в Гансе Касторпе «трудное дитя жизни»? Нет, тот, кто полагал нравственность в разуме и добродетели, уж конечно, должен был махнуть на него рукой... И Ганс Касторп ожесточился; встречаясь с Сеттембрини, он хмурил брови и надувал губы, меж тем как сверкающий взгляд черных глаз итальянца останавливался на нем с немым укором. Однако все его ожесточение мигом развеялось, лишь только литератор, спустя несколько недель, как уже сказано, сам первый заговорил с ним, правда только мимоходом и в форме мифологического намека, для понимания которого требовалась западная образованность. Было это после обеда; они столкнулись перед уже не грохающей застекленной дверью. Поравнявшись с молодым человеком и не собираясь задерживаться, Сеттембрини на ходу бросил:

— Ну, как, инженер, пришелся вам по вкусу гранат?

Ганс Касторп обрадованно и недоумевающе улыбнулся.

— То есть как?.. Что вы имеете в виду, господин Сеттембрини? Гранат? Разве его подавали? Я никогда в жизни... Впрочем, да, я однажды пил гранатовый сок с зельтерской. Мне он показался приторным.

Итальянец, который уже обогнал его, обернулся и отчеканил:

— Случалось, что боги и простые смертные спускались в царство теней и находили путь обратно. Но обитатели Аида знают, что однажды вкусивший от плодов их царства навсегда остается им подвластен.

После чего проследовал далее в своих неизменных светлых клетчатых брюках, даже не взглянув на Ганса Касторпа, которого, как ему представлялось, да и на самом деле в какой-то мере «сразил» подобной многозначительностью; хотя молодой человек, язвительно фыркая над тем, что итальянец мог это подумать, бормотал себе под нос:

— Латини, Кардуччи, Футти-нутти, Спагетти — оставь меня в покое!

Все же он был очень доволен и взволнован тем, что итальянец заговорил с ним: ибо, несмотря на свой трофей, на хранимый у сердца зловещий могильный сувенир, привязался к господину Сеттембрини, высоко ценил его общество, и мысль, что тот раз и навсегда его покинет и от него отвернется, была тягостнее и страшнее, нежели чувство мальчишки, на котором в школе поставили крест и который, подобно господину Альбину, наслаждается преимуществами своего позора. Однако сам вступить в разговор с ментором он не решался, а тот с этим не спешил и лишь много недель спустя опять подошел к трудному воспитаннику.

Произошло это, когда волны времени, набегающие с неизменной монотонной размеренностью, принесли Пасху, которую и отпраздновали обитатели «Бергтофа», как праздновали и строго соблюдали все этапы и отрезки года, чтобы хоть чем-то нарушить сплошную вереницу дней, похожих один на другой. За первым завтраком больные обнаружили подле своего прибора букетик фиалок, за вторым завтраком каждый получил по крашеному яйцу, а обеденный стол был празднично уставлен зайчиками из марципана и шоколада.

— Приходилось ли вам, tenente[1], или вам, инженер, когда-нибудь совершать путешествие по морю? — спросил Сеттембрини в гостиной, с зубочисткой в руках подходя к столику братьев... По примеру большинства больных, они в тот день сократили на четверть часа обязательное послеобеденное лежание и расположились тут за чашкой кофе с коньяком.

— Эти зайчики и крашеные яйца напоминают мне жизнь на большом океанском пароходе, когда неделя за неделей видишь лишь небо да воду, соленую пустыню; комфортабельность обстановки лишь поверхностно позволяет тебе позабыть об окружающих ужасах, но в глубине души тебя по-прежнему гложет тайный страх... Я узнаю и здесь тот же дух, с каким на борту такого ковчега

[1] Лейтенант (*ит.*).

свято отмечают все праздники на terra ferma[1]. Это мысль об оставшемся за бортом мире, сентиментальная приверженность к календарю. На суше сегодня как будто Пасха? На суше сегодня празднуют день рождения короля? И мы тоже празднуем, как умеем, мы тоже люди... Разве не так?

Братья полностью с ним согласились. Да, да, это именно так. Умиленный тем, что Сеттембрини заговорил с ним, и подстегиваемый нечистой совестью, Ганс Касторп неумеренно восторгался сравнением, находил его в высшей степени тонким, замечательно верным, образным и всячески льстил Сеттембрини. Конечно, комфорт океанского парохода лишь поверхностно, как пластически выразился господин Сеттембрини, заставляет забыть об окружающей обстановке и о ее опасностях, и есть в этом утонченном комфорте, взял бы он на себя смелость добавить, даже что-то легкомысленное и вызывающее, нечто сходное с тем, что древние называли Hybris[2] (даже древних цитировал он из желания понравиться) или нечто вроде «Я — царь вавилонский!» — словом, нечто кощунственное. А с другой стороны, роскошь на борту парохода знаменует также (он так и сказал «знаменует») и величайшее торжество человеческого духа и человеческого могущества, ведь тем, что человек выносит эту роскошь и комфорт на соленые хляби и смело умеет их там отстоять, он как бы попирает ногой стихии, подчиняет необузданные силы природы, а это знаменует победу человеческой цивилизации над хаосом, если можно так выразиться...

Господин Сеттембрини внимательно его слушал, скрестив руки и ноги, с изяществом поглаживая зубочисткой свои красиво закрученные усы.

— Весьма примечательно, — сказал он. — Ни одного сколько-нибудь связного суждения, ни одной отвлеченной мысли человек не выскажет без того, чтобы не выдать себя с головой, бессознательно не вложить в них все свое «я», не передать символически лейтмотив и исконную проблему всей своей жизни. Так вот и вы сейчас, инженер. То, что вы сказали, поистине шло из самых недр вашего существа, и даже этап, на котором вы в данное время находитесь, выразился в нем весьма поэтически: это все еще этап человека экспериментирующего...

— Placet experiri! — воскликнул Ганс Касторп, с улыбкой кивая и произнося на итальянский лад букву «с».

---

[1] Суше (*ит.*).

[2] Надменность, высокомерие (*греч.*).

— Sicuro[1], если речь идет о почтенной страсти к познанию мира, а не просто о распущенности. Вы говорили о «Hybris», употребили это выражение. Но Hybris разума против темных сил есть высшая человечность, и если она даже навлекает на себя гнев завистливых богов, per esempio[2], и роскошный ковчег разбивается и камнем идет ко дну, то это — достойная гибель. Подвиг Прометея тоже Hybris, страдания прикованного к скифской скале мученика для нас святы. Но как обстоит дело с другим Hybris, с гибелью в сладострастном эксперименте с силами, противными разуму, враждебными человечеству? Где тут достоинство? И может ли быть в этом достоинство? Si o no?[3]

Ганс Касторп сосредоточенно помешивал ложечкой в пустой чашке.

— Ах, инженер, инженер, — произнес, покачивая головой, итальянец, и его черные глаза сокрушенно уставились в пространство, — и вы не страшитесь ледяного вихря, бушующего во втором круге ада, который кружит и гонит грешников плоти, несчастных, принесших разум в жертву наслаждению? Gran Dio[4], когда я представляю себе, как вас понесет и закружит вверх тормашками, я готов с горя чувств лишиться...

Братья рассмеялись, довольные тем, что он шутит и говорит так поэтично. Но Сеттембрини добавил:

— В тот карнавальный вечер за вином, помните, инженер, вы как бы прощались со мной, да, это было нечто вроде прощания. Ну, а сегодня мой черед. Я собираюсь, господа, пожелать вам всего наилучшего. Я покидаю этот дом.

Молодые люди крайне удивились.

— Не может быть! Это шутка! — воскликнул Ганс Касторп, как уже однажды воскликнул в другом случае. Он был почти так же потрясен, как тогда. И Сеттембрини, в свою очередь, ответил ему теми же словами:

— Вовсе нет. Это истинная правда. А кроме того, не такая уж для вас неожиданность. Я говорил вам, что, если когда-нибудь рухнет моя надежда в сравнительно недалеком будущем вернуться в мир труда, я в ту же минуту соберу свои пожитки и обоснуюсь где-нибудь в деревне. Что вы хотите — эта минута наступила. Мне

[1] Конечно (*ит.*).
[2] Например (*ит.*).
[3] Да или нет? (*ит.*)
[4] Великий Боже (*ит.*).

уже никогда не поправиться — это ясно. Я могу протянуть какое-то время, да и то лишь здесь. Приговор, окончательный приговор, гласит «пожизненно» — гофрат Беренс, со свойственной ему игривостью, мне его объявил. Что ж, я делаю отсюда выводы. Квартира снята, и я собираюсь перевезти туда свое скудное земное достояние, орудия моего литературного ремесла... Да это, собственно, недалеко отсюда, в деревне, мы будем, конечно, встречаться, я не намерен терять вас из виду, но как ваш сожитель имею честь откланяться.

Вот что объявил им Сеттембрини в пасхальное воскресенье. Братьев известие это чрезвычайно взволновало. Они еще не раз и подолгу беседовали с литератором о его решении: о том, как он в частном порядке по-прежнему сможет выполнять лечебную повинность, как захватит с собой и продолжит обширный свой труд для энциклопедии, обзор всех шедевров мировой литературы с точки зрения конфликтов, вызывающих человеческие страдания, и возможностей их устранения и, наконец, о его будущем местожительстве в доме «бакалейщика», как выразился господин Сеттембрини. Бакалейщик, по его словам, сдал верхний этаж своего владения дамскому портному — чеху, который от себя держит жильцов... Но и эти беседы остались позади. Время стремилось вперед, и с ним приспевали перемены. Сеттембрини вот уже несколько недель как жил не в интернациональном санатории «Берггоф», а у дамского портного Лукачека. Отбыл он не в санях, по здешнему обычаю, а пешком, в куцем своем желтом пальтишке с меховой оторочкой на воротнике и обшлагах, в сопровождении человека, везшего на тележке весь литературный и земной скарб писателя, и кое-кто видел, что перед тем, как, помахивая тросточкой, пуститься в путь, он в подъезде двумя пальцами еще ущипнул за щеку одну из столовых дев... Большая часть апреля, собственно три четверти его, как уже сказано, отодвинулась в тьму прошлого, еще, конечно, стояла глубокая зима, в комнатах бывало поутру не более шести градусов тепла, на дворе трещал девятиградусный мороз, и чернила, если их забывали на балконе, по-прежнему замерзали, превращаясь за ночь в твердый комок льда, в кусок антрацита. И все-таки весна близилась, всякий это понимал; днем, когда сияло солнце, в воздухе порой уже ощущалось ее легкое, нежное дуновение; скоро начнется оттепель, и с ее приближением в «Берггофе» неудержимо наступят большие перемены — задержать их не могли ни авторитет, ни даже живое слово гофрата, который и в комнатах и в столовой, при каждом обследовании, каждом посещении, каждой трапезе, вел неустанную борьбу с широко распространенным предубеждением против этого времени года.

С кем он имеет дело, вопрошал он, с лыжниками или с больными, с пациентами? На что же им сдался снег, мерзлый снег, хотел бы он знать? Оттепель — неблагоприятное время? Самое что ни на есть благоприятное. Доказано, что именно в это время число лежачих больных в Давосе относительно ниже, чем в любом месяце в году! Об эту пору во всем мире погода для легочных больных несравненно хуже, чем здесь! У кого есть хоть капля здравого смысла, тот переждет неустойчивую погоду, воспользовавшись ею для лучшей закалки. Тогда уж ему ничто не будет страшно, ни один климат на свете, он будет, так сказать, неуязвим, при условии, разумеется, что дождется здесь полного своего выздоровления — и так далее и тому подобное. Но как ни старался гофрат — предубеждение к оттепели крепко засело в головах пациентов. Курорт день ото дня пустел; быть может, у всех в крови играла приближавшаяся весна, будоража даже самых солидных, и заставляла их искать перемен — во всяком случае, в санатории «Берггоф» «незаконные» и «самовольные» отъезды все учащались, принимая поистине угрожающие размеры. Так, госпожа Заломон из Амстердама, несмотря на удовольствие, доставляемое ей врачебными осмотрами и связанной с ними демонстрацией тончайшего кружевного белья, вдруг ни с того ни с сего самовольно и незаконно уехала, не имея на то разрешения и не потому, что ей стало лучше, а оттого, что ей становилось все хуже. Начало ее пребывания здесь наверху терялось где-то во времени, задолго предшествовавшем приезду Ганса Касторпа; более года назад она прибыла сюда с легким недомоганием, для излечения которого ей назначили три месяца. После четырех месяцев она должна была, «несомненно, поправиться через четыре недели», но шесть недель спустя о выздоровлении уже и речи не было: вам придется, заявили ей, остаться в санатории еще по меньшей мере на четыре месяца. Так оно и шло, не каторга же здесь в конце концов, не сибирские рудники — и госпожа Заломон оставалась и продолжала выставлять напоказ тончайшие дессу. Но когда стала надвигаться оттепель, а ей при последнем осмотре еще набавили пять месяцев из-за свистящих хрипов в верхушке левого легкого и явно приглушенных тонов под левой лопаткой, терпение у нее лопнуло, и, возмущенная, кляня всех и вся, и «деревню», и «курорт», и прославленный воздух, и интернациональный санаторий «Берггоф» вкупе с врачами, она уехала домой, к себе в Амстердам, в открытый всем ветрам приморский город.

Разумно ли она поступила? Гофрат Беренс разводил руками и ронял их, звонко хлопая себя по ляжкам. Не позже, чем осенью, говорил он, фрау Заломон опять приедет сюда, но тогда уже насовсем. Был ли он прав? Поживем — увидим, мы ведь еще на немалый земной срок связаны с этим увеселительным заведением. Но случай с госпожой Заломон был отнюдь не единственным. Время вынашивало перемены, — оно это делало и прежде, но не столь стремительно, и перемены меньше бросались в глаза. В столовой зияли пустоты, пустые места за всеми семью столами, как за хорошим и за плохим русским столом, так и за стоящими вдоль и стоящими поперек. Впрочем, судить на этом основании о заполненности санатория было бы не совсем верно: как всегда, прибывали новые пациенты; комнаты могли быть заняты, но больными в той последней стадии, которая ограничивает свободу передвижения. В столовой, как уже сказано, многих недоставало именно потому, что эта свобода за ними еще сохранилась. Но кое-кто выбыл и по причине сугубо уважительной, как, например, доктор Блюменколь, который попросту умер. На лице его все сильнее проступало такое выражение, будто у него во рту что-то очень на вкус противное, потом он уже больше не вставал с постели и наконец скончался, — никто даже не знал толком когда; инцидент был, как обычно, тихо и деликатно исчерпан. Еще одно пустое место. Госпожа Штёр сидела подле опустевшего стула, и ей было жутко от вновь образовавшейся пустоты. Поэтому она перекочевала по другую сторону молодого Цимсена, на место отпущенной по выздоровлении мисс Робинсон, против учительницы, соседки Ганса Касторпа слева, твердо пребывавшей на своем посту. Учительница сидела теперь в полном одиночестве с этой стороны стола, остальные три места пустовали. Студент Расмуссен, день ото дня худевший и хиревший, слег и считался морибундусом, а двоюродная бабушка с племянницей и пышногрудой Марусей были в отъезде — мы, как и все, говорим «в отъезде» потому, что возвращение их в самом недалеком будущем — дело решенное. К осени они появятся вновь, — ну как тут скажешь «уехали»? Скоро в дверь постучится Троица, недалеко и до солнцеворота; а лишь только наступит самый длинный день в году, так и лето покатится под гору, дело пойдет к зиме, — короче говоря, двоюродная бабушка с Марусей все равно что уже возвратились, да это и к лучшему, ибо смешливая Маруся отнюдь еще не излечилась и не избавилась от вредоносных бацилл; учительница слышала о каких-то туберкулезных опухолях на пышной груди кареглазой Маруси, которые будто бы не раз уже оперировали. Когда она об этом рассказывала, Ганс Касторп метнул быстрый взгляд на Иоахима, лицо молодого человека пошло пятнами, и он низко наклонился над тарелкой.

Бодрая двоюродная бабушка устроила своим соседям по столу — то есть обоим братьям, учительнице и фрау Штёр — прощальный ужин в ресторане, настоящее пиршество с зернистой икрой, шампанским, ликерами, за которым Иоахим сидел очень тихий и скучный, едва проронив несколько слов упавшим голосом, так что старушка со свойственной ей благожелательностью постаралась его приободрить, причем, вопреки всем правилам цивилизованной Европы, даже говорила ему «ты».

— Ничего, батюшка, не тужи, а лучше-ка пей, ешь и болтай, мы скоро назад воротимся! — сказала она ему. — Давайте-ка все есть, пить и веселиться, Господь с ней, с печалью-то, оглянуться не успеем, как, Бог даст, и осень придет, так сам посуди, стоит ли огорчаться! — На следующее утро она раздала чуть ли не всем ходившим в столовую больным пестрые коробочки с конфетками на память и отбыла ненадолго с двумя своими девицами.

А Иоахим? Как с ним обстояло дело? Вздохнул ли он наконец свободно, с облегчением, или же страдал душой, взирая на пустующий стол? Необычное для него мятежное нетерпение, угрозы самовольно уехать, если его еще долго станут водить за нос, — являлось ли все это следствием отъезда Маруси? Или же, напротив, тот факт, что он все еще не уехал и благосклонно выслушивал Беренсовы хвалы оттепели, следовало отнести к тому, что пышногрудая Маруся отбыла не насовсем, а лишь ненадолго, и через пять крохотных единиц здешнего времени опять сюда возвратится? Ах, все тут смешалось в одно, все в равной мере; кто-кто, а Ганс Касторп прекрасно это понимал, даже не обменявшись с Иоахимом ни словом. Он так же тщательно остерегался этого касаться, как Иоахим избегал называть имя другой, ненадолго отбывшей.

А меж тем кто же восседал с недавних пор за столом Сеттембрини, на месте итальянца, в обществе прибывших из Голландии больных, отличавшихся таким чудовищным аппетитом, что каждый до начала обеда из пяти блюд требовал себе перед супом еще глазунью из трех яиц? Антон Карлович Ферге, тот самый Ферге, который прошел через адское испытание плеврального шока! Да, господин Ферге встал с постели; и без пневмоторакса состояние его настолько улучшилось, что он большую часть дня проводил на ногах, одетый, принимая участие в общих трапезах, где благодушно топорщил пышные усы и не менее благодушно выставлял большой свой кадык. Братья иногда болтали с ним в столовой и гостиной, а случалось, даже сговаривались идти вместе на обязательные прогулки, так как питали склонность к скромному страдальцу, который сам заявлял, что ничего не смыслит в высоких материях, но после такой оговорки благодушно рассказывал о производстве галош и об отдаленных областях русской империи, о Самаре, о Грузии, пока они шлепали в тумане по жидкому снежному месиву.

Дороги в самом деле стали почти непроходимы, так их развезло, и все вокруг тонуло в клубящемся тумане. Гофрат, правда, утверждал, будто это вовсе не туман, а облака, но Ганс Касторп считал это передержкой. Весна вела ожесточенную борьбу, которая с переменным успехом, с рецидивами жестоких морозов тянулась долгие месяцы, чуть ли не вплоть до середины июня. Еще в марте, когда сияло солнце, трудно было долго вылежать на балконе даже в легком платье и с зонтом, так сильно припекало, и некоторые дамы вздумали было нарядиться по-летнему и явились к завтраку в кисейных платьях. В какой-то мере их оправдывало своеобразие здешнего климата, — метеорологически путая времена года, он поневоле сбивал с толку; но были в их заскакивании вперед и немалая доля близорукости и отсутствие фантазии, — ограниченность людей, живущих настоящей минутой и неспособных даже помыслить, что все может пойти по-другому, а также жажда перемен и нетерпение поскорее «перевести время»: коли по календарю март, значит, весна, значит, все равно что лето, и дамы извлекали из чемоданов кисейные платья, чтобы покрасоваться в них, прежде чем наступит осень. А осень и в самом деле как бы наступила. Апрель выдался хмурый, холодный, слякотный, а вслед за беспрерывно моросившим дождем пришел снег и метели. На балконе коченели руки, снова пришлось прибегнуть к услугам двух одеял из верблюжьей шерсти, еще немного, и потребовался бы спальный мешок, дирекция решилась наконец затопить, и все жаловались, что весны и не видели. К концу месяца всюду лежал глубокий снег; но потом, предугаданный и предсказанный наиболее чувствительными к переменам погоды опытными старожилами, задул фён; фрау Штёр, фрейлейн Леви с лицом цвета слоновой кости и вдова Гессенфельд единодушно его ощутили, еще задолго до того, как над гранитным массивом на юге появилось хотя бы облачко. Фрау Гессенфельд то и дело разражалась истерическими рыданиями, Леви сразу же слегла, а фрау Штёр, строптиво обнажив свои заячьи зубы, с суеверной мнительностью ежечасно утверждала, что у нее наверняка пойдет горлом кровь; существовало мнение, что фён способствует кровотечениям. Было неимоверно тепло, топить прекратили, балконную дверь оставляли на ночь открытой, и все же к утру температура в комнате не опускалась ниже одиннадцати градусов; снег таял вовсю, становился льдисто-серым, зернистым, ноздреватым, а там, где лежал сугробами, оседал, и казалось, будто сугроб уходит в землю. Всюду сочилось, текло, журчало, в лесу капало и осыпалось, валы снега вдоль улиц и белесые ковры на лугах исчезали, хотя снега навалило слишком много, чтобы он мог быстро исчезнуть. В долине, в местах обязательных прогулок вас подчас ожидали чудесные картины, весенние, сказочно-невиданные сюрпризы. Впереди расстилался луг, за ним, весь еще в снегу, высился мощный конус Шварцхорна со сползающим неподалеку от него, справа, тоже заснеженным, ледником Скалетта, да и сам луг с одиноким стогом сена лежал еще под снежным покровом, правда уже тонким и неровным, в прорехах, из которых проступали темные шершавые бугры земли, насквозь проколотым сухой прошлогодней травой. И все же снег на лугу, как показалось гуляющим, лежал что-то уж очень неравномерно, — вдалеке, возле лесистых склонов, слой его был толще, а вблизи, у них перед глазами, по-зимнему жесткую бурую траву будто только расцветили, покропили, присыпали снегом... Они присмотрелись, с изумлением нагнулись — это был не снег, а цветы, снежноцвет, цветочный снег, крохотные чашечки на коротеньких стебельках, белые и бело-голубые, крокусы, черт побери, миллионами вылезшие из сочащейся влагой луговой земли и росшие так густо, что их вполне можно было принять за снег, в который они дальше неприметно и переходили.

Все рассмеялись над своей ошибкой, рассмеялись от радости при виде этого чуда — милой робости и наивной хитрости первых ростков органической жизни, не без опаски вновь решившейся выглянуть на свет божий. Они нарвали цветов, любовались и рассматривали нежное строение чашечек, украсили ими петлицы, отнесли домой и поставили в воду у себя в комнатах; слишком длительным было неорганическое оцепенение долины — слишком длительным, хотя время промелькнуло быстро.

Но цветочный снег занесло всамделишным, и та же участь постигла пришедшие на смену голубые альпийские колокольчики, желтые и красные первоцветы. Да, нелегко было пробиться весне, одолеть здешнюю зиму! Десятки раз приходилось ей отступать, прежде чем утвердиться на этих высотах, — да и то лишь до нового вторжения зимы с белыми вьюгами, ледяным ветром и топкой комнат. В начале мая (ибо, пока мы рассказывали о снежноцвете, наступил май) было просто мукой написать на балкончике хотя бы открытку, так ломило пальцы от промозглого, чисто ноябрьского холода; а единственные три-четыре лиственных дерева во всей окрестности стояли голые, как деревья на равнине в январе. Дождь лил, не прекращаясь, круглые сутки, целую неделю, и если бы не умиротворяющие свойства здешних шезлонгов, было бы, пожалуй, невмоготу высидеть на воздухе столько часов в туманной пелене облаков с мокрым и онемевшим лицом. Но втайне это был дождь весенний, и чем дольше он лил, тем больше и больше выдавал себя. Он смыл почти весь снег, белого уже не оставалось, только там и сям лепилось грязноватое льдисто-серое пятно, и тут-то наконец луга зазеленели по-настоящему!

Какой отдых и отрада для глаз эта зелень лугов после нескончаемой белизны! И была еще одна зелень, нежностью и мягкостью своей даже превосходившая молодую травку. Кисточки новых иголок лиственницы. На обязательных прогулках Ганс Касторп никак не мог удержаться от искушения их погладить или провести по ним щекой, такие они были неотразимо милые, пушистенькие и свежие.

— Ей-богу, захочешь стать ботаником, — сказал молодой человек своему спутнику. — Чего доброго, всерьез увлечешься этой наукой, такая прелесть это пробуждение природы, особенно как перезимуешь здесь, у нас наверху! Да ведь это же горечавка, видишь там на склоне, а это какая-то неизвестная мне разновидность маленьких желтых фиалок. А это вот лютики, они и внизу такие же, из семейства лютиковых, махровые к тому же, на редкость привлекательное растение, двуполое, впрочем, вот гляди, множество тычинок и несколько завязей, андроцей и гинецей — если память не изменяет. Непременно раздобуду себе какие-нибудь книжонки по ботанике, чтобы хоть немножко разобраться в этой области жизни и знания. Как все запестрело в мире!

— А в июне не то еще будет, — сказал Иоахим. — Здешние места славятся цветением лугов. Только не думаю, что я этого дождусь. Это тебя Кроковский надоумил — заниматься ботаникой?

Кроковский? С чего Иоахим это взял? Ах так! Он вспомнил о Кроковском, потому что тот недавно в одной из своих лекций ударился в ботанику. Ибо было бы глубочайшим заблуждением думать, будто выношенные временем перемены зашли настолько далеко, что доктор Кроковский перестал читать лекции. Каждые две недели читал он их, по-прежнему в сюртуке, если не в сандалиях, которые носил только летом и, следовательно, скоро снова должен был надеть — каждые две недели по понедельникам в столовой, как и тогда, в первые дни, когда Ганс Касторп, весь перепачканный кровью, явился туда с опозданием. Три четверти года говорил психоаналитик о любви и болезни — не помногу зараз, а все маленькими порциями, от получаса до сорока пяти минут, раскрывая перед ними сокровища своих знаний и мыслей, и у всех создавалось впечатление, что он никогда не кончит и что так может продолжаться до скончания веков. Лекции его походили на «Тысячу и одну ночь», правда рассказываемую каждые две недели и от раза к разу удлинявшуюся, и были вполне пригодны, как и сказки Шехерезады, удовлетворить любопытство праздного шаха и удержать его от эксцессов. По безбрежности своей тема доктора Кроковского напоминала предприятие, которому посвятил свои силы Сеттембрини — «Энциклопедию страданий», а судить о возможности ее варьирования можно было хотя бы по тому, что лектор недавно даже заговорил о ботанике, точнее о грибах... Впрочем, он, быть может, несколько видоизменил предмет своей лекции, на сей раз речь шла скорее о любви и *смерти*, что послужило ему поводом поделиться некоторыми соображениями отчасти тонко поэтического, отчасти сугубо научного характера. Итак, в этой связи ученый муж, как всегда по-восточному растягивая слова и с упором в небо, но без раскатов выговаривая букву «р», заговорил о ботанике, то есть о грибах — порожденных мраком мясистых и причудливых формах органической жизни, плотских по природе своей и близко стоящих к животному царству — продукты животного обмена, как-то: белок, гликоген, животный крахмал — входят в их состав. И доктор Кроковский особо остановился на одном грибе, своей формой и приписываемой ему магической силой стяжавшем себе известность еще в классической древности — на сморчке, в латинском наименовании которого фигурирует эпитет impudicus[1], видом своим он напоминает о любви, а запахом о смерти. Дело в том, что когда с колокольчатой шапки impudicus'а стекает покрывающая ее зеленоватая липкая слизь, в которой содержатся споры, от него, как это ни странно, исходит

[1] Бесстыдный (*лат.*).

сильнейший трупный запах. А у простонародья гриб этот до сих пор почитается средством, возбуждающим половое влечение.

— Ну, уж это он перехватил при дамах, — заметил прокурор Паравант; пропаганда гофрата настолько укрепила его дух, что он решил переждать здесь оттепель. А фрау Штёр, которая тоже выдержала характер, противостоя всем искушениям самовольного отъезда, заявила за столом, что сегодня доктор Кроковский был все же слишком абстрактен со своим классическим грибом. «Абстрактен», — сказала злосчастная, позоря свою болезнь все новыми и новыми доказательствами неописуемого невежества. Но Ганса Касторпа удивляло другое: с чего было Иоахиму намекать на доктора Кроковского с его ботаникой, между ними никогда не заходила речь о враче-психоаналитике, так же как и о Клавдии Шоша и Марусе, — они никогда о нем не упоминали, предпочитая обходить молчанием и персону его и деятельность. А тут Иоахим вдруг назвал ассистента, назвал с плохо скрытой досадой, которая, впрочем, слышалась и в его заявлении о том, что он не намерен дожидаться, пока зацветут луга. Честный Иоахим был весьма близок к тому, чтобы утратить всегдашнее свое равновесие, куда только девалась вся прежняя его кротость и благоразумие. Тосковал ли он по апельсинным духам? Довели ли его до отчаяния издевательские показания шкалы Гафки? Терзался ли он сомнениями: дожидаться ему здесь осени или самовольно уехать?

В действительности существовала еще и другая причина, вызывавшая дрожь раздражения в голосе Иоахима и повинная в том, что он — чуть ли не язвительным тоном — коснулся недавней лекции по ботанике. Об этой причине Ганс Касторп ничего не знал, или, вернее, не знал, что Иоахим о ней знает, ибо он сам, шалопай и трудное дитя жизни и педагогики, даже слишком хорошо знал о ней. Словом, Иоахим открыл один неблаговидный поступок своего двоюродного братца, он случайно поймал его на предательстве, весьма сходном с однажды им уже совершенным на Масленице — на новом вероломстве, которое отягощалось еще тем, что Ганс Касторп, без сомнения, обманывал его уже давно.

К неизменно монотонной размеренности времени, к помогающему его коротать раз и навсегда установленному течению обычного санаторского дня, всегда неизменного, будто две капли воды похожего один на другой, тождественного самому себе, сходному с покоем вечности, так что трудно было даже понять, как он способен вынашивать перемены, — к этому нерушимому распорядку дня относился, как всякий, вероятно, помнит, и обход доктора Кроковского между половиной четвертого и четырьмя часами всех комнат, вернее всех балконов, от шезлонга к шезлонгу. Сколько сменилось таких обычных санаторских дней с тех пор, как Ганс Касторп, приняв в жизни горизонтальное положение, подосадовал на то, что ассистент обошел его! Тогдашний гость давным-давно превратился в коллегу и ветерана — доктор Кроковский очень часто так и величал его во время своих контрольных визитов, и если военное словечко, в котором ассистент произносил звук «р» на экзотический лад, лишь прикасаясь языком к внутренней стороне верхних зубов, совсем ему не пристало и звучало омерзительно, как выразился однажды Ганс Касторп в разговоре с Иоахимом, зато оно не плохо подходило к его бодрой, мужественно-веселой, внушающей расположение и доверие манере держаться, но этой манере опять-таки противоречила чернявая бледность, придававшая ему какой-то сомнительный вид.

— Ну, как живете-можете, коллега? — спрашивал доктор Кроковский, выходя от варварской русской четы и становясь у изголовья ложа Ганса Касторпа, а тот, к кому относилось это бодрящее обращение, сложив на груди руки, каждый день неизменно отвечал на омерзительное приветствие вымученно-приветливой улыбкой, вперяя взгляд в желтые зубы доктора, видневшиеся в чаще его черной бороды. — Хорошо спали? — продолжал доктор Кроковский. — Кривая снижается? Поднялась сегодня? Ничего, до свадьбы придет в норму. Приветствую. — И с этим словом, звучавшим не менее омерзительно, так как он произносил «пьветствую», доктор уже следовал дальше, к Иоахиму — ведь это был всего-навсего обход, он только проверял, все ли в порядке.

Случалось, правда, что доктор Кроковский задерживался и дольше, стоял бравый, широкоплечий и, мужественно осклабясь, болтал с коллегой о том о сем, о погоде, об отъездах и приездах, о настроении больного, хорошем или дурном, его личных делах, прошлом и планах на будущее, до того как сказать «пьветствую» и проследовать дальше; а Ганс Касторп, заложив, разнообразия ради, руки за голову, тоже улыбаясь, отвечал ему, — пусть преисполненный омерзения, но все же отвечал. Беседа велась вполголоса, и хотя стеклянная перегородка балкона не доходила до верху, Иоахим не мог, да и не пытался разобрать, о чем они говорят. Иногда он слышал, как двоюродный брат вставал с кресла и уходил с доктором Кроковским в комнату, вероятно, затем, чтобы показать ему кривую температуры; и там беседа, по-видимому, продолжалась еще какое-то время, судя по тому, что ассистент являлся к Иоахиму через дверь в коридор, несколько позадержавшись.

О чем же беседовали коллеги? Иоахим не спрашивал, но если бы кто из нас, не пожелав следовать его примеру, задал такой вопрос, то достаточно указать на обилие тем и поводов к духовному общению между мужчинами и коллегами, в чьих воззрениях на мир явно преобладает идеалистический элемент, и один из которых на пути к самообразованию дошел до взгляда на материю как на грехопадение духа, как на вызванную раздражением злокачественную его опухоль, тогда как другой, будучи врачом, издавна проповедовал вторичный характер органических заболеваний. Сколько тем для обсуждений и дискуссий: материя как постыдное перерождение нематериального, жизнь как распутство материи, болезнь как извращенная форма жизни! Тут, в продолжение очередной лекции, могла идти речь о любви как болезнетворной силе, о сверхчувственной природе симптома, о «старых» и «новых» очагах, о растворимых токсинах и любовных напитках, о проникновении в неосознанное, благотворности психоанализа, обратимости явлений, — и почем *мы* знаем, о чем еще — ведь это с нашей стороны всего-навсего предположения и догадки на тот случай, если бы встал вопрос, о чем же, собственно, могли беседовать доктор Кроковский и молодой Ганс Касторп!

Впрочем, беседы прекратились, это было позади, лишь недолго, всего несколько недель продолжались они; в последнее время доктор Кроковский задерживался у нашего больного не дольше, чем у остальных. «Ну, как, коллега?» и «пьветствую», — этим, собственно, большей частью ограничивался весь визит. Зато Иоахим сделал одно открытие, позволившее ему воспринять поведение Ганса Касторпа как предательство; сделал он это чисто случайно, в своей прямолинейности военного и в мыслях не имея выслеживать кузена. Просто-напросто как-то в среду его вызвали с балкона, где он лежал после первого завтрака, и велели явиться в подвал взвеситься — тут он это и обнаружил. Он спускался по лестнице, опрятно устланной линолеумом лестнице, откуда видна была дверь в ординаторскую, по обе стороны которой помещались кабинеты, где просвечивали больных, в левом — физически, а в правом за углом и ступенькой глубже — психически; на двери последнего кабинета красовалась визитная карточка доктора Кроковского. Но на середине лестницы Иоахим вдруг остановился, потому что из ординаторской после укола вышел Ганс Касторп. Поспешно выйдя из двери, он обеими руками ее притворил и, не оборачиваясь, повернул направо к двери с приколотой кнопками карточкой, большими неслышными шагами подошел к ней и постучался. Стуча, он наклонялся вперед, приближая ухо к барабанившему по двери пальцу. А когда из кабинета раздался баритон его владельца, произнесшего «прошу» с характерным своим «р», Иоахим увидел, как двоюродный брат исчез в полумраке аналитического подземелья доктора Кроковского.

## ЕЩЕ НЕКТО

Длинные дни, самые длинные, если говорить объективно, имея в виду число часов от восхода и до захода солнца, ибо астрономическая продолжительность ничего не могла поделать с быстротечностью дня, ни в отношении каждого в отдельности, ни в отношении однообразного их мелькания. Почти три месяца прошло с весеннего равноденствия, и наступил солнцеворот. Но фенологический год здесь, у нас наверху, не торопился следовать календарю: лишь сейчас, лишь на днях окончательно установилась весна, весна еще безо всякого признака тяжкого летнего зноя, благоуханная, воздушно-легкая, прозрачная, с отливающей серебром небесной лазурью и детской пестротой луговых цветов.

Ганс Касторп находил на склонах те же цветы, последними образцами которых Иоахим когда-то украсил комнату кузена в честь его приезда: кашку и колокольчики — знак того, что год завершал свой круг. Но какое обилие и разнообразие форм органической жизни в виде звездочек, чашечек, колокольчиков и менее правильных по своему строению фигурок вдруг повыползло из изумрудной молодой травки на склонах и лугах, наполняя солнечный воздух сухим и пряным ароматом: горицвет и дикие анютины глазки в великом множестве, маргаритки, желтые и красные первоцветы, несравненно более крупные и красивые, по уверению Ганса Касторпа, чем когда-либо виденные им на равнине, если только он в самом деле когда-либо обращал на них внимание; и всюду и везде бездна кивающих ворсистыми головками альпийских колокольчиков, голубых, пурпурных и розовых — обязательная принадлежность этих высот.

Ганс Касторп рвал всю эту прелесть, деловито носил букеты домой, не столько для украшения комнаты, сколько для их сугубо научной обработки, как и было им намечено. Молодой человек обзавелся кое-каким инвентарем, учебником общей ботаники, удобной маленькой лопаткой для выкапывания растений, гербарием, сильной лупой, и орудовал у себя на балконе — снова одетый по-летнему, в один из тех костюмов, которые привез с собой, что тоже являлось признаком закругляющегося года.

Свежие цветы в стаканах стояли на всех столах и полках в комнате и на столике с лампочкой у изголовья его шезлонга. Наполовину увядшие, блеклые, но все еще сочные цветы были разбросаны на балюстраде и на полу балкона, другие, аккуратно разложенные между двумя листами пропускной бумаги, вбиравшей в себя их влагу, покоились под прессом из камней, дабы Ганс Касторп мог поместить высушенные плоские препараты к себе в альбом, укрепив их полосками клейкой бумаги. А сам новоиспеченный ботаник лежал, согнув колени, закинув ногу на ногу, с руководством на груди, перевернутым и поставленным корешком кверху, наподобие домика, и простодушными голубыми глазами рассматривал сквозь толстое увеличительное стекло цветок, часть венчика которого он срезал перочинным ножом, чтобы лучше изучить строение цветоложа; под сильной линзой оно разрасталось, распухало, принимая чудовищные мясистые очертания; пыльники на кончике тычиночных нитей рассыпали желтую пыльцу, из завязи торчал пестик с рубчатым рыльцем, и если разрезать его вдоль, то становился виден тонкий каналец, по которому зернышки и мешочки цветочной пыли перегонялись сахаристыми выделениями в завязь. Ганс Касторп считал, проверял, сравнивал; он исследовал строение и положение чашелистиков и лепестков венчика, мужские и женские органы, сверял то, что он видел, со схематическими и красочными изображениями, удовлетворенно устанавливал научную достоверность в построении знакомых ему растений и приступил к определению тех, которых не знал, с помощью системы Линнея, по классам, группам, разрядам, родам, семействам и видам. Так как времени у него было в избытке, то на основе сравнительной морфологии он даже добился известных успехов в систематизации растений. Под каждым высушенным растением в гербарии он каллиграфическим почерком вписывал латинское наименование, галантно предоставленное ему гуманистической наукой, вписывал его отличительные признаки и затем показывал альбом Иоахиму, который только диву давался.

По вечерам он наблюдал звезды. Его обуял интерес к коловращению года — хотя солнце в бытность Ганса Касторпа на земле уже раз двадцать совершило этот же путь и до сих пор такого рода вещи нисколько его не занимали. И если мы сами невольно пользовались такими выражениями, как «весеннее равноденствие», то лишь приноравливаясь к духу нашего героя и уже в предвидении настоящего, ибо лишь с недавних пор он стал сыпать подобными терминами, повергая в изумление двоюродного брата своими познаниями также и в этой области.

— Скоро солнце вступит в знак Рака, — начинал он обычно на прогулке. — Тебе это ни о чем не говорит? Это первый летний знак зодиака, понимаешь? Потом оно пойдет через Льва и Деву к осенней точке, точке осеннего равноденствия, это к концу сентября, когда солнце опять пересечет небесный экватор, как недавно в марте, тогда солнце вступило в знак Овна.

— Представь, я это упустил, — хмуро говорил Иоахим. — И о чем это ты все толкуешь? Точка равноденствия? Зодиак?

— Конечно, зодиак, zōdiacus. Древние знаки небесного пояса — Скорпион, Стрелец, Козерог, aquārius[1] и как они там называются по-латыни, как же этим не интересоваться! Их двенадцать, это-то по крайней мере должно быть тебе известно, три для каждого времени года, восходящие и нисходящие, круг созвездий, через которые проходит солнце, — великолепно на мой взгляд! Представь себе, что они были изображены на плафоне египетского храма — храма Афродиты, кстати, недалеко от Фив. И халдеям они тоже были известны — халдеям, представь себе! Этому древнему народу магов и волхвов арабо-семитского происхождения, весьма сведущему в астрологии и прорицаниях. Они тоже изучали небесный пояс, по которому движутся планеты, и разделяли его на двенадцать знаков, по созвездиям, Dodekatemoria, как они до нас и дошли. Великолепно! Вот оно, человечество!

— Вот и ты говоришь «человечество», как Сеттембрини.

— Да, как он, или немножко иначе. Человечество надо брать таким, как оно есть, оно и так великолепно. Я часто с большой теплотой думаю о халдеях, когда лежу в своем шезлонге и смотрю на планеты, на те, которые им были тоже известны, ведь всех планет, при всем своем уме, они еще не знали. Но те, которых не знали

[1] Водолей (*лат.*).

они, и я не могу увидеть; Уран ведь открыли с помощью телескопа совсем недавно, сто двадцать лет назад.

— Недавно?

— Я называю это недавно, если позволишь, по сравнению со звездами, которые открыли три тысячи лет назад. Но когда я лежу здесь и смотрю на планеты, то и эти три тысячи лет становятся «недавним» прошлым и я запросто думаю о халдеях, ведь они тоже глядели на них и строили всякие догадки, вот это и есть человечество.

— Положим, что так; но уж очень ты стал возвышенно мыслить.

— Ты говоришь «возвышенно», а я говорю «запросто» — это кто как хочет. Но к тому времени, когда солнце войдет в знак Весов, месяца примерно через три, день настолько убудет, что день и ночь сравняются, а дни и дальше станут все убавляться почти до Рождества, это тебе известно. Но ты, пожалуйста, вот над чем поразмысли: в то время, когда солнце проходит через зимние знаки зодиака, Козерога, Водолея, Рыбы, дни уже снова удлиняются! И тогда вновь наступит точка весеннего равноденствия, в трехтысячный раз со времен халдеев, и дни в новом году будут опять удлиняться, пока не наступит начало нового лета.

— Разумеется.

— Но ведь это же сплошная издевка! Зимой дни удлиняются, а когда приходит самый длинный день в году, двадцать первое июня, самое начало лета, оно уже катится под гору, дни становятся короче и дело идет к зиме. А ты говоришь «разумеется», но если отвлечься от твоего «разумеется», то иногда просто жуть берет и хочется судорожно хоть за что-то уцепиться. Словно кто-то на смех так устроил, что с наступлением зимы по существу начинается весна, а наступлением лета — осень... Словно Уленшпигель водит тебя за нос по кругу, по неисчислимым точкам поворота... точкам окружности. Да из чего и состоит окружность, как не из одних лишенных протяженности точек поворота, ведь кривизну не измеришь, у нее нет постоянства направления, вот и получается, что вечность не «все прямо, прямо», а «кругом, кругом», настоящая карусель.

— Будет тебе!

— Праздник солнцеворота! — воскликнул Ганс Касторп. — Летний солнцеворот! Костры на холмах и хороводы вокруг пылающего огня! Я никогда этого не видел, но слышал, что так делают почвенные люди, так встречают они первую летнюю ночь, с которой начинается осень, полдень и зенит года, откуда опять идет спуск — они пляшут, кружатся и ликуют. Отчего они ликуют в своей простоте, можешь ты это объяснить? Отчего они так безудержно веселятся? Оттого ли, что дальше путь уже идет вниз, во мрак, или, может быть, оттого, что до сих пор он шел вверх и теперь наступил поворот, неминуемая точка поворота, разгар лета, высший взлет, когда к исступленному веселью примешивается грусть. Я говорю так, как оно есть, теми словами, которые приходят мне на ум. Это грустное исступление и исступленная грусть. Вот отчего почвенные люди ликуют и пляшут вокруг костров, они делают это с отчаяния, скажешь ты, во славу бесконечной издевки, какую представляет собою круг вечности без постоянства направления, где все повторяется.

— Я вовсе этого не говорю, — пробормотал Иоахим, — пожалуйста, не сваливай на меня. Отвлеченными же предметами ты занимаешься, когда лежишь по вечерам.

— Возможно, я и не собираюсь отрицать, что ты с большей пользой занимаешься русской грамматикой. Надо полагать, ты скоро в совершенстве овладеешь языком. Большое для тебя преимущество, если, Боже упаси, будет война.

— Упаси? Ты говоришь как штатский. Война необходима. Если бы не войны, сказал Мольтке, мир скоро бы загнил.

— Да, к этому у него действительно имеется большая склонность. И должен с тобой согласиться, — начал было Ганс Касторп, собираясь опять вернуться к халдеям, которые тоже вели войны и завоевали Вавилонию, хотя и были семитами, то есть почти что евреями, но тут оба вдруг одновременно заметили, что два шедших впереди господина обернулись, привлеченные их разговором, и даже прервали свою беседу. Дело происходило на главной улице, между курзалом и гостиницей «Бельведер», на обратном пути к Давос-деревне. Долина лежала в праздничном убранстве, разодетая в нежные, светлые, веселые краски. Воздух был чудесный. Симфония тончайшего благоухания полевых цветов разливалась в чистой, сухой, пронизанной солнцем атмосфере.

Один из мужчин был им незнаком, другой оказался Лодовико Сеттембрини; однако итальянец то ли не узнал их, то ли встреча с ними была ему нежелательна, потому что он тотчас поспешно отвернулся и снова, жестикулируя, углубился в беседу со своим спутником, причем даже прибавил шагу. Когда же братья, нагнав его справа, весело ему поклонились, он изобразил приятное изумление, восклицая «sapristi!» и «черт возьми, это вы!», но опять-таки хотел задержаться и пропустить обоих вперед, чего они, однако, не поняли, вернее не заметили, так как не усмотрели в его маневре никакого смысла. Напротив, искренне радуясь встрече с итальянцем, с которым давно не виделись, молодые люди остановились пожать ему руку и, осведомляясь о его здоровье, в учтивом ожидании поглядывали на его спутника. Так они вынудили Сеттембрини сделать то, чего он, очевидно, предпочел бы не делать, но что казалось им самым простым и естественным поступком, а именно — их познакомить. Знакомство состоялось, можно сказать, почти на ходу — итальянец, продолжая идти вперед, округлым жестом, сопровождаемым шутливыми замечаниями, представил господ и лишь на миг приостановился, чтобы дать им возможность, наклонившись, на уровне его груди, обменяться рукопожатиями.

Оказалось, что незнакомец — на вид он был примерно одних лет с Сеттембрини — его сосед, второй квартирант дамского портного Лукачека, и что фамилия его Нафта, настолько могли разобрать молодые люди. Это был маленький тощий человечек, с бритым лицом такого разительного, хотелось бы даже сказать острого, почти едкого безобразия, что братья в душе подивились. Все в нем было отточенно-острым: и монументальный крючковатый нос, и тонкое лезвие сжатых губ, и взгляд светло-серых глаз за толстыми стеклами очков, вделанных в легкую, впрочем, оправу, и даже хранимое им молчание, заставлявшее подозревать, что и речь его столь же остра и логична. Он был, как полагалось, без шляпы и без пальто, притом прекрасно одет: темно-синий в белую полоску фланелевый костюм был хорошего, модного покроя, как установили братья, окинув его испытующим светским взглядом, столкнувшимся с таким же, но еще более быстрым и пронзительным взглядом осмотревшего их с головы до ног маленького Нафты. Если бы не ловкость и достоинство, с какими Лодовико Сеттембрини умел носить свой ворсистый сюртук и клетчатые брюки, он невыгодно выделялся бы среди этой лощеной компании. Но об этом и речи не могло быть, тем паче что клетчатые панталоны были превосходно отутюжены и, если особенно не присматриваться, казались почти новыми — несомненно, тут приложил руку хозяин квартиры, как сразу решили молодые люди. Если по добротности и светскости костюма безобразный Нафта ближе стоял к двоюродным братьям, чем к своему соседу по квартире, то, помимо общего обоим зрелого возраста, было еще нечто, решительно отличавшее жильцов Лукачека от двух наших юношей, о чем нагляднее всего свидетельствовал цвет лица обеих пар: у одной — смуглый и кирпично-красный от загара, у другой — бледный. Иоахим за зиму вовсе стал бронзовым, а лицо Ганса Касторпа под белокурыми, разделенными пробором волосами рдело как маков цвет; но даже горное солнце ничего не могло поделать со свойственной всем романским народам бледностью Сеттембрини, благородно оттененной черными усами, а товарищ его, хоть и блондин, — волосы у него, собственно, были пепельные, металлически-бесцветные, и он зачесывал их с покатого лба назад через все темя, — тоже отличался матовой белизной кожи темноволосых рас. Двое из четверых опирались на тросточки, а именно Ганс Касторп и Сеттембрини, Иоахим считал это неподобающим для будущего военного, а Нафта, после того как его представили, немедля опять заложил руки за спину. Они были маленькие и нежные, как, впрочем, и его изящные ноги, однако вполне соразмерные с его фигурой. То, что он казался простуженным и порой суховато покашливал, внимание к себе не привлекало.

Сеттембрини тотчас с удивительной непринужденностью преодолел недовольство или замешательство, которое обнаружил при виде молодых людей. Он казался в отличном настроении и, знакомя их, весело подшучивал — так, например, он представил им Нафту в качестве «princeps scholasticorum».

— Радость, — возгласил он, — «царит в чертогах моей груди» — по выражению Аретино, и это заслуга весны, весны, которую он особенно ценит. Господа знают, что у него достаточно накипело на сердце против жизни здесь наверху, он уже не раз давал волю своим чувствам. Но честь и слава весне в горах! На время она даже способна примирить его со всеми мерзостями здешних мест. Она не будоражит и не раздражает, как весна на равнине. Никакого скрытого кипения! Никаких влажных испарений, никакой туманной духоты! Напротив — ясность, сухость, прозрачность и терпкая мягкость. Вот что ему по душе, что его восторгает.

Все четверо шли неровной шеренгой, по возможности держась рядом, но когда навстречу попадались прохожие, правофланговый Сеттембрини вынужден был отступать на мостовую, а не то строй ломался потому, что кто-нибудь отставал или сторонился, Нафта, например, слева, или же Ганс Касторп, шагавший между гуманистом и двоюродным братом. Нафта отрывисто рассмеялся сиповатым от насморка голосом, звучавшим, как надтреснутая тарелка, когда по ней стучат костяшкой пальца. Кивнув в сторону Сеттембрини, он сказал, растягивая слова:

— Сразу видно вольтерьянца, рационалиста. Он славит природу за то, что даже при самой благодатной возможности она не смущает нас мистическим туманом, а хранит классическую сухость. Кстати, как по-латыни влага?

— Humor, — бросил Сеттембрини через левое плечо. — А юмор во взглядах на природу нашего профессора состоит в том, что он, по примеру святой Катарины Сиенской, вспоминает о язвах Христовых, когда видит красные первоцветы.

— Это было бы скорее остроумно, чем юмористично, как-никак это привнесение духа в природу. А она в этом нуждается.

— Природа, — сказал Сеттембрини, понизив голос и уже не столько через плечо, сколько просто в сторону, — не нуждается в вашем духе. Она сама по себе дух.

— И вам не наскучил ваш монизм?

— А, так вы, значит, признаете, что лишь развлечения ради вносите разлад в мироздание, отрываете Бога от природы!

— Весьма интересно, что вы называете жаждой развлечения то, что я имею в виду, когда говорю: страсть и дух.

— Подумать только, что, пользуясь такими громкими словами для столь легкомысленных надобностей, вы еще называете меня краснобаем!

— Вы стоите на том, что дух, esprit, — значит легкомыслие. Но дух не виноват в том, что он изначально дуалистичен. Дуализм, антитеза — вот движущий, диалектический, исполненный страсти и остроумия принцип. Рассматривать мир разделенным на два враждебных начала — вот что дух, вот что остроумно. Напротив, всякий монизм скучен. Solet Aristoteles quaerere pugnam[1].

— Аристотель? Аристотель перенес реальность общих идей на индивидуальные явления. Это пантеизм.

— Ошибаетесь! Признавая объективность единичного, перенося сущность вещей с общего на частное явление, как это делали последователи Аристотеля — Фома Аквинский и Бонавентура, — вы разрываете единство мира, отобщаете его от высшей идеи, ставите мир вне Бога, а Бога делаете трансцендентным. Это классическое средневековье, милостивый государь.

— Классическое средневековье — восхитительное словосочетание!

— Прошу прощения, но я применяю понятие «классическое» там, где оно уместно, то есть в тех случаях, когда идея достигает

[1] Аристотелю свойственно искать боя (*лат.*).

совершенства. Античность не всегда была классична. А вы, как я замечаю, не терпите... свободного обращения с категориями, не терпите абсолюта, в том числе и абсолютного духа. Вы хотите, чтобы дух был тождествен демократическому прогрессу.

— Надеюсь, мы оба разделяем убеждение, что дух, как бы ни был он абсолютен, никогда не может стать поборником реакции.

— Тем не менее он всегда поборник свободы!

— Тем не менее? Свобода — это закон человеколюбия, а никак не злоба и нигилизм.

— Которых вы, очевидно, побаиваетесь.

Сеттембрини воздел руки к небесам. Перепалка оборвалась. Иоахим с изумлением поглядывал то на одного, то на другого, а Ганс Касторп, удивленно подняв брови, смотрел себе под ноги. Нафта говорил резко и безапелляционно, хотя именно он ратовал за свободу в самом широком ее понимании. Манера его, возражая, говорить «ошибаетесь!», причем звук «ш» он произносил сперва выпячивая, а потом поджимая губы, была весьма неприятна. Сеттембрини возражал отчасти шутливо, отчасти с благородной горячностью, особенно когда призывал не забывать об общности некоторых основных воззрений. Лишь когда Нафта замолчал, он решил более подробно ознакомить братьев с личностью незнакомца, не без основания полагая, что их спор возбудил любопытство, и считая нужным удовлетворить это любопытство. Нафта не вмешивался, предоставляя ему говорить. Его знакомый, пояснил Сеттембрини, как это принято у итальянцев, с особой торжественностью подчеркнув звание представляемого, профессор древних языков в старших классах Фридерицианума. Судьба профессора схожа с его, Сеттембрини, судьбой. Приехав сюда лечиться пять лет назад и убедившись, что нуждается в длительном пребывании в горах, он оставил санаторий и устроился частным порядком у того же дамского портного Лукачека. Выдающегося латиниста, питомца орденской школы, как несколько расплывчато выразился Сеттембрини, не замедлило привлечь в качестве доцента местное среднее учебное заведение, украшением которого он является. Словом, Сеттембрини всячески превозносил безобразного Нафту, хотя только что имел с ним нечто вроде словесной дуэли, и этому сходному с дуэлью спору предстояло тут же возобновиться.

Вслед за тем Сеттембрини стал знакомить господина Нафту с братьями, причем выяснилось, что он уже раньше ему о них рассказывал.

— Вот это — тот самый, приехавший на три недели молодой инженер, у которого гофрат Беренс обнаружил влажный очажок, — сказал он, — а это — надежда прусской армии — лейтенант Цимсен. — И он заговорил о бунтарских настроениях Иоахима и о том, что он мечтает уехать отсюда, добавив, что, несомненно, оскорбил бы инженера, не предположив в нем такого же нетерпеливого стремления поскорее вернуться к труду.

Нафта скорчил гримасу.

— У вас, господа, весьма красноречивый опекун, — сказал он. — Я не хочу сомневаться в том, что он правильно толкует ваши мысли и желания. Труд, труд... разумеется, он меня сразу изобразит врагом человечества, inimicus humanae naturae, если я осмелюсь напомнить о временах, когда, играя на этой дудке, он отнюдь не достиг бы ожидаемого эффекта, о временах, когда неизмеримо выше ставили прямо противоположный идеал. Бернар Клервоский, например, учил иным степеням совершенства, которые господину Лодовико и во сне не снились. Желаете знать, каким именно? Низшая ступень находилась у него на «мельнице», вторая — на «ниве», третья и наиболее достойная — не слушайте Сеттембрини! — на «ложе отдыха». «Мельница» — это символ мирской жизни, — неплохо сказано! «Нива» — душа мирянина, которую возделывает проповедник и духовный наставник. Это уже более достойная ступень. Но на ложе...

— Довольно! Знаем! — воскликнул Сеттембрини. — Теперь он примется доказывать вам, господа, всю пользу и смысл постели.

— Я не представлял себе, Лодовико, что вы такой скромник. Когда видишь, как вы подмигиваете девушкам... Где же ваша языческая непосредственность? Итак, ложе — место соития любящего с предметом страсти и, как символ созерцательной отрешенности от мира и всего живого, соития с Богом.

— Фу! Andate, andate![1] — чуть не плача, запротестовал итальянец.

Все рассмеялись. После чего Сеттембрини с достоинством продолжал:

— Ну, нет, я европеец, человек Запада. А ваша иерархическая лестница — это же чистый Восток. Восток гнушается всякой деятельности. Лао-цзы учил, что бездействие — самое полезное дело на свете. Если бы все люди отказались действовать, на земле воцарились бы мир и счастье. Вот вам ваше соитие.

---

[1] Полно, полно! (*ит.*)

— Вы так думаете? А как же быть с западной мистикой? И с квиетизмом, к чьим представителям нельзя не причислить Фенелона, учившего, что всякое действие греховно, ибо стремиться к действию — значит оскорблять Бога, которому одному угодно действовать. Я цитирую основоположения Молиноса. Нет, по-видимому, духовная способность обретать блаженство в покое свойственна не одному только Востоку, а распространена среди людей повсеместно.

Тут слово взял Ганс Касторп. С простодушной решимостью вмешался он в разговор и изрек, глядя в пространство:

— Созерцательность, отрешенность. В этом что-то есть, этого так просто не скинешь со счетов. Мы живем довольно-таки отрешенно здесь наверху. Ничего не скажешь. Лежим на высоте пяти тысяч футов в своих на редкость удобных шезлонгах и взираем вниз на мир и на людей и думаем всякое. И вот, если вникнуть хорошенько, то, говоря по правде, ложе, то есть шезлонг, не поймите меня только превратно, принесло мне больше пользы и меня научило большему, чем мельница на равнине за все прошедшие годы, вместе взятые, этого отрицать нельзя.

Сеттембрини устремил на него затуманенные печалью черные глаза.

— Инженер, — произнес он сдавленным голосом. — Инженер! — И он взял Ганса Касторпа за руку и попридержал его, словно затем, чтобы, пропустив вперед остальных, вразумить его с глазу на глаз.

— Сколько раз твердил я вам! Каждый должен знать, чтó он собой представляет, и думать так, как ему надлежит. Удел европейца, человека западной культуры, невзирая на все и всяческие «основоположения» — разум, анализ, действие и прогресс, а не кровать монаха лежебоки!

Нафта все слышал. Обернувшись, он сказал:

— Монаха! Вся Европа возделана трудами монахов! Монахам мы обязаны тем, что Германия, Франция, Италия не покрыты первобытным лесом и непроходимыми болотами, а дарят нам хлеб, фрукты, вино! Монахи, милостивый государь, очень даже хорошо потрудились...

— Ebbè[1], вот видите!

— Позвольте. Труд для инока не был самоцелью, то есть средством забвения, смысл труда не заключался для него и в том, чтобы

[1] Ну (*ит.*).

способствовать прогрессу или извлекать какие-то материальные выгоды. Он был чисто аскетическим упражнением, частью послушания, средством спасти свою душу. Он охранял от соблазнов, служил умерщвлению плоти. Так что труд не носил — разрешите это заметить — никакого социального характера, это был религиозный эгоизм чистой воды.

— Я вам чувствительно признателен за ваше разъяснение и радуюсь тому, что благотворность труда проявляется даже вопреки воле человека.

— Да, вопреки его намерениям. Мы отмечаем здесь не более и не менее, как различие между полезным и гуманным.

— Я прежде всего с недовольством отмечаю, что вы опять раздваиваете мир.

— Весьма скорблю, что навлек на себя ваше недовольство, однако вещи следует различать и разграничивать, очищая идею Homo Dei[1] от всего наносного. Вы, итальянцы, изобрели вексельное дело и банки; да простит вам Бог. А англичане — те изобрели политическую экономию, и этого человеческий гений ввек им не простит.

— Э, и в великих экономических мыслителях британских островов жив был человеческий гений!.. Вы хотели что-то сказать, инженер?

Ганс Касторп стал было отнекиваться, но потом все же заговорил — и Нафта, так же как и Сеттембрини, не без любопытства ждал, что же он скажет.

— Тогда, господин Нафта, вы должны одобрять профессию моего двоюродного брата и поймете его нетерпение поскорее попасть в полк... Лично я человек сугубо штатский, брат частенько ставит мне это в упрек. Я и воинской повинности не отбывал, вот уж подлинно дитя мира, и иногда даже думал о том, что легко мог бы стать священником — двоюродного брата спросите, я это и ему не раз говорил. Но если отвлечься от моих личных склонностей — в чем, быть может, нет даже необходимости, — то я весьма ценю военное сословие и питаю к нему полное уважение. Ему присуща одна чертовски серьезная сторона — аскетическая, если хотите, — вы сами только что в какой-то связи употребили этот термин, — оно всегда должно быть готовым к тому, чтобы иметь дело со смертью — с которой, в последнем счете, имеет дело и духовное сословие, не так ли? Потому-то военное сословие и отличают благопристойность, и иерархия, и послушание, и «испанская честь»,

[1] Человека Божьего (*лат.*).

если можно так выразиться, и не все ли равно в конце концов, подпирает ли тебе подбородок жесткий воротник мундира или накрахмаленные брыжи, — все дело в аскетическом начале, как вы превосходно выразились... Не знаю, удалось ли мне достаточно ясно передать ход моей мысли...

— Вполне, вполне, — сказал Нафта и кинул взгляд на Сеттембрини, который вертел тросточкой, поглядывая на небо.

— И потому мне кажется, после всего сказанного вами, — продолжал Ганс Касторп, — что вы должны относиться с сочувствием к призванию моего двоюродного брата. Я имею в виду не «престол и алтарь», не такого рода связь, из которой иные, приверженные существующему порядку или просто благонамеренные люди, подчас выводят эту общность. Я имею в виду другое, то, что труд военного сословия, а именно служба — в этом случае речь идет именно о службе — отнюдь не преследует материальные выгоды и не имеет никакого отношения к политической экономии, как вы выразились, потому-то у англичан малочисленная армия; немного в Индии и немного дома для парада...

— Бесполезно продолжать, инженер, — прервал его Сеттембрини. — Бытие солдата, — я говорю это, вовсе не желая обидеть нашего лейтенанта, — не подлежит идейному обсуждению, ибо оно представляет одну голую форму, само по себе лишено содержания, основной тип солдата — ландскнехт, который давал себя завербовать в защиту любого дела; короче говоря, существовал солдат испанской контрреформации, солдат революционной армии, солдат Наполеона, солдат Гарибальди, есть и прусский солдат. Прежде чем говорить о солдате, я должен знать, за *что* он сражается!

— *Но то, что он сражается*, — возразил Нафта, — так или иначе остается отличительной особенностью данного сословия, вы не станете этого отрицать. Возможно, что особенности этой недостаточно, чтобы данное сословие могло, на ваш взгляд, «подлежать идейному обсуждению», но это ставит его в сферу, недоступную мерилам буржуазного понимания жизни.

— То, что вы изволите называть буржуазным пониманием жизни, — произнес одними губами Сеттембрини, растягивая уголки рта под изогнутыми усами и весьма курьезным образом, толчками, высвобождая шею из воротничка, — всегда готово вступиться за идеи разума и морали и за их законное влияние на юные колеблющиеся умы.

Последовало молчание. Молодые люди смущенно глядели прямо перед собой. Сделав несколько шагов и придав голове и шее нормальное положение, Сеттембрини сказал:

— Не удивляйтесь, мы с господином Нафтой часто спорим, но всегда по-дружески и во многом соглашаясь друг с другом.

Все почувствовали облегчение. Это было благородно и гуманно со стороны Сеттембрини. Но тут Иоахим, тоже с самыми лучшими намерениями и желая лишь придать разговору безобидное направление, словно повинуясь внушению со стороны и как бы против воли, сказал:

— А мы как раз говорили с братом о войне, когда шли за вами следом.

— Я слышал, — ответил Нафта. — До меня долетело несколько слов, и я обернулся. Вы о политике говорили? Обсуждали международное положение?

— О нет, — рассмеялся Ганс Касторп. — С чего бы мы стали говорить на такие темы! Брату, как военному, вообще неудобно интересоваться политикой, а я отказываюсь добровольно от нее, ничего в ней не смысля. С самого приезда сюда я даже ни разу газеты в руки не брал...

Сеттембрини, как и в прошлый раз, отнесся к этому неодобрительно. Сам он оказался превосходно осведомленным и положительно отзывался о последних событиях, поскольку они благоприятствовали делу цивилизации. Атмосфера Европы насыщена мыслью о мире, проектами разоружения. Идея демократии повсюду пробивает себе путь. Он заявил, что, по имеющимся у него негласным сведениям, младотурки готовят в ближайшее время переворот. Турция и вдруг — национальное и конституционное государство, — какое торжество для человечества!

— Либерализация ислама! — презрительно фыркнул Нафта. — Превосходно. Просвещенный фанатизм, — куда как хорошо! Кроме всего прочего, это касается вас, — повернулся он к Иоахиму. — Если низложат Абдул-Гамида, вашему влиянию на Турцию конец, Англия провозгласит себя протектором. Вам следует весьма серьезно отнестись к связям и сведениям нашего Сеттембрини, — обратился он к двоюродным братьям, и это тоже звучало вызывающе, ибо из слов Нафты следовало, что он считает их склонными не принимать господина Сеттембрини чересчур всерьез. — Во всем, что касается национальных революций, он прекрасно осведомлен. У него на родине поддерживают добрые отношения с английским комитетом по балканским делам. Но что же станется с Ревельским соглашением, Лодовико, если ваши прогрессивные турки добьются успеха? Эдуард Седьмой уже не сможет гарантировать русским проход через Дарданеллы, и если Австрия все же решится вести активную политику на Балканах...

— Хватит вам предрекать катастрофы! — отмахнулся Сеттембрини. — Николай стоит за мир. Ему мы обязаны гаагскими конференциями, которые и сейчас представляют моральный фактор первостепенного значения.

— Э, бросьте, России, после ее легкого провала на Востоке, надо было обеспечить себе хоть какую-то передышку!

— Постыдитесь, сударь. Как можете вы осмеивать жажду человечества к общественному совершенствованию? Народ, который пойдет наперекор этим стремлениям, неминуемо себя морально изолирует.

— А на что же существует политика, как не для того, чтобы предоставить другому случай морально себя скомпрометировать?

— Вы сторонник пангерманизма?

Нафта пожал плечами, одно из них было выше другого. При всем своем безобразии, он был к тому же еще слегка кособок. Он не удостоил своего собеседника ответом. Сеттембрини заключил:

— Во всяком случае, то, что вы говорите, цинично. В благородных усилиях демократии утвердиться на международной арене вы видите только политический подвох.

— А вы хотите, чтобы я видел в этом идеализм или даже благочестие? Мы сталкиваемся здесь с последними слабыми трепыханиями инстинкта самосохранения, который еще не окончательно утрачен обреченной мировой системой. Катастрофа неминуемо должна наступить и наступит любым путем и любым образом. Возьмите британскую политику. Потребность Англии сохранить свои позиции в Индии законна. А последствия? Эдуард не хуже нас с вами понимает, что петербургским правителям, как хлеб, нужен реванш за маньчжурскую неудачу, чтобы любой ценой отвлечь массы от революции. И все же он направляет — он не может иначе поступить — русское стремление к экспансии в сторону Европы, разжигает утихшее было соперничество между Петербургом и Веной...

— Ах, Вена! Вы, вероятно, потому так печетесь об этом международном камне преткновения, что видите в прогнившей державе, столицей которой она является, мумию Священной Римской империи германской нации!

— А вы, нахожу я, русофил, вероятно, из гуманистического сочувствия к цезаро-папизму.

— Демократия, милостивый государь, может большего ждать даже от Кремля, чем от Гофбурга. И это стыд и позор для страны Лютера и Гутенберга...

— А кроме того, по всей вероятности, глупо. Но и эта глупость — орудие рока.

— Ах, подите вы со своим роком! Достаточно человеческому разуму захотеть стать сильнее рока, и он сам станет роком.

— Хотеть можно только собственную судьбу. Капиталистическая Европа хочет свою.

— В возможность войны верит тот, кто недостаточно ее ненавидит!

— Ваша ненависть логически неполноценна, поскольку вы не распространяете ее на само государство.

— Национальное государство — принцип здешнего мира, принцип, который вы желали бы приписать дьяволу. Освободите и уравняйте нации в правах, защитите малые и слабые от угнетения, установите справедливость, национальные границы...

— Границу на Бреннере, знаем. Ликвидацию Австрии. Хотел бы я знать, как вы думаете это осуществить без войны!

— А я очень бы хотел знать, когда же я осуждал национальные войны.

— Рад слышать...

— Нет, тут я должен подтвердить правоту господина Сеттембрини, — вмешался Ганс Касторп в дискуссию, за которой все время следил, на ходу поворачивая голову то к одному, то к другому и внимательно сбоку поглядывая на говорившего. — Мы с братом не раз имели удовольствие беседовать с господином Сеттембрини на такого рода темы, то есть, понятно, мы больше слушали, как он развивал свои взгляды, во все внося необходимую ясность. Так что я могу подтвердить, да и мой двоюродный брат, несомненно, помнит, что господин Сеттембрини неоднократно с большим воодушевлением говорил о принципе движения и бунта и усовершенствования мира, сам по себе это не такой уж мирный принцип, насколько я понимаю, и что принципу этому предстоит еще многое преодолеть, прежде чем он победит повсеместно и всеобщая счастливая всемирная республика станет возможной. Это были его мысли, хотя выражены они были, само собой разумеется, несравненно более пластично и литературно, чем у меня. Но одно я запомнил в точности, слово в слово. Ибо, как человек сугубо штатский, немного даже испугался, когда он сказал: этот день придет — если не голубиной поступью, то прилетит на орлиных крыльях (вот этих-то орлиных крыльев я и испугался), и Вену нужно разбить наголову, если хочешь добиться счастья. Поэтому нельзя сказать, что господин Сеттембрини целиком и полностью отвергает войну. Так ведь, господин Сеттембрини?

— Примерно, — коротко бросил итальянец, помахивая тросточкой и глядя куда-то в сторону.

— Плохо дело, — ядовито ухмыльнулся Нафта. — Собственный ученик изобличает вас в воинственных наклонностях. Assument pennas ut aquilae...[1]

— Вольтер и тот одобрял цивилизаторские войны и советовал Фридриху Второму воевать с турками.

— А вместо того он вступил с ними в союз, хе-хе. А потом всемирная республика! Я даже не рискую допытываться, что станется с принципом движения и бунта, когда на земле воцарятся мир и благоденствие. С той самой минуты всякий бунт превратится в преступление...

— Вы прекрасно знаете, как знают и эти молодые люди, что здесь имеется в виду прогресс человечества, который мыслится как бесконечный.

— Но ведь всякое движение совершается по кругу, — сказал Ганс Касторп. — И в пространстве и во времени, так учат нас закон сохранения массы и закон периодичности. Мы с братом только недавно об этом беседовали. А можно ли при замкнутом движении без постоянства направления говорить о прогрессе? Когда я лежу по вечерам и смотрю на зодиак, то есть на ту половину, которая видима, и думаю о древних мудрых народах...

— Вместо того чтобы попусту мудрствовать и мечтать, инженер, — перебил его Сеттембрини, — следовали бы вы лучше инстинктам своего возраста и расы, которые должны бы толкать вас к действию. Да и ваши занятия естествознанием должны бы внушить вам мысль о прогрессе... Наблюдая, как на протяжении миллионов лет развивалась жизнь от простейшей инфузории вперед и ввысь — к человеку, вы не можете сомневаться, что человечеству открыты еще беспредельные возможности совершенствования. Если же вы хотите держаться одной математики, то ведите свой круговорот от совершенства к совершенству и черпайте утешение

[1] Оперятся, как орлы... (*лат.*)

в том, чему учили мыслители восемнадцатого века, что человек был от природы добр, счастлив и совершенен и лишь общественные заблуждения исказили и испортили его и что, разумно исправляя социальную структуру общества, он снова должен стать и станет добрым, счастливым и совершенным...

— Господин Сеттембрини забыл добавить, — вмешался Нафта, — что идиллия Руссо не более как неудачная рационалистическая перелицовка церковной доктрины о былой свободе и безгрешности человека, его первоначальной близости к Богу и детской простоте, к которой ему надлежит возвратиться. Но восстановление града Божьего, после разложения всех земных его форм, пребывает там, где соприкасаются земля и небо, чувственное и сверхчувственное — благо трансцендентно; а что касается вашей капиталистической всемирной республики, дорогой доктор, то несколько странно в этой связи слышать из ваших уст слово «инстинкт». Инстинктивное всегда национально, сам Бог даровал людям природный инстинкт, побудивший народы обособиться в национальные государства. Война...

— Война, — воскликнул Сеттембрини, — даже война, милостивый государь, уже вынуждена была служить прогрессу, с чем вы, несомненно, согласитесь, вспомнив некоторые события любезной вашему сердцу эпохи, я имею в виду крестовые походы! Эти цивилизаторские войны весьма благоприятствовали экономическому и торгово-политическому сближению народов, объединив западный мир под знаменем одной идеи.

— Вы на редкость терпимы к идее. Тем учтивее позволю я себе напомнить вам, что крестовые походы хоть и вызвали оживление сношений, вовсе не привели к международной нивелировке, напротив, противопоставляя один народ другому, они пробуждали их самосознание и сильно способствовали формированию идеи национального государства.

— Вы правы в том, что касается отношения народов к духовенству. Да, именно тогда чувство национального и государственного достоинства начало укрепляться и противостоять иерархическим притязаниям...

— А между тем то, что вы называете иерархическими притязаниями, есть не что иное, как идея объединения человечества под знаменем духа!

— Знаем мы этот дух и покорно благодарим.

— Совершенно очевидно, что вашей национальной мании ненавистен завоевывающий мир космополитизм церкви. Хотел бы я знать, как вы ухитряетесь примирить свой национализм с ненавистью к войне. Ваш квазиантичный культ государства должен бы сделать вас поборником права, а как таковой...

— А, вы заговорили о праве? В международном праве, милостивый государь, живы идеи естественного права и человеческого разума...

— Ах, бросьте, ваше международное право опять-таки не более как руссоистская перелицовка jus divinum[1], ничего общего не имеющая ни с природой, ни с разумом и покоящаяся исключительно на откровении...

— Не будем спорить о названиях, профессор! Именуйте себе на здоровье jus divinum то, что я почитаю в качестве естественного и международного права. Главное, что над существующими правами национальных государств возвышается иное высшее и всеобщее право, позволяющее улаживать спорные вопросы, прибегнув к третейскому суду.

— Третейский суд! Меня от одного этого слова с души воротит! Буржуазный трибунал, решающий вопросы жизни и смерти, толкующий волю Божию и определяющий исторический путь! Вот она, ваша голубиная поступь! А где же орлиные крылья?

— Гражданское самосознание...

— Ах, гражданское самосознание — оно само не знает, чего хочет! Кричат о падении рождаемости, требуют, чтобы снизили стоимость школьного и профессионального обучения. А между тем людей расплодилось столько, что можно задохнуться, от специалистов отбоя нет, борьба за кусок хлеба превосходит по жестокости все прошлые войны. Просторные площади и города-сады! Оздоровление расы! Но к чему оздоровление, если цивилизации и прогрессу угодно, чтобы не было больше войны? Война была бы всеобщей панацеей. Оздоровила бы расу и даже прекратила бы падение рождаемости.

— Вы шутите! Это уже не серьезно. Кончим этот разговор, да к тому же нет смысла его продолжать. Мы уже пришли, — сказал Сеттембрини и тростью указал братьям на домик, у калитки которого они остановились.

Домик стоял у самого въезда в деревню, на главной улице, от которой его отделял лишь узкий палисадничек, и был более чем скромен. Дикий виноград, с оголившимися корнями, обвивал дверь и, прижимаясь к стене, протягивал большую изогнутую

[1] Божественного права (*лат.*).

плеть к окну нижнего этажа справа, служившему витриной бакалейной лавочке. Весь низ занимает бакалейщик, пояснил Сеттембрини, Нафта квартирует во втором этаже у портного, а сам он живет в мансарде. Мирная такая студия.

С неожиданной для него любезностью Нафта выразил надежду, что они и впредь будут встречаться.

— Навестите нас, — сказал он. — Я сказал бы: навестите меня, если бы стоящий здесь доктор Сеттембрини в силу давней дружбы не имел больше прав рассчитывать на вас. Приходите когда вздумается, как только у вас появится охота к небольшому коллоквиуму. Я ценю общение с молодежью и тоже, быть может, не лишен некоторых педагогических традиций... Если наш мастер ложи (он указал на Сеттембрини) считает, что склонность и призвание к педагогике являются принадлежностью одного лишь буржуазного гуманизма, с ним придется поспорить. Итак, до скорого свидания!

Однако Сеттембрини сослался на серьезные препятствия. Таковые имеются, сказал он. Лейтенанту осталось провести здесь считанные дни, а инженер, конечно, станет выполнять все лечебные повинности с удвоенным рвением, чтобы поскорее последовать его примеру и вернуться на равнину.

Молодые люди согласились с обоими, сначала с одним, потом с другим. Отвесив поклон, приняли приглашение Нафты и мгновение спустя, кивая головой и пожимая плечами, признали справедливыми доводы Сеттембрини. Вопрос остался открытым.

— Как он его назвал? — спросил Иоахим, когда они поднимались по аллее, ведущей в «Берггоф»...

— По-моему, «мастер ложи», — сказал Ганс Касторп, — я тоже как раз об этом думал. Верно, какая-то острота; они награждают друг друга всякими шуточными титулами. Сеттембрини назвал Нафту «princeps scholasticorum», тоже не плохо. Схоластики — это ведь буквоеды-ученые средневековья, догматические философы, если хочешь. Н-да! Понятия средневековья они коснулись несколько раз, и мне вспомнилось, как Сеттембрини в первый же день сказал, что здесь, у нас наверху, многое отдает средневековьем: нас на это навела Адриатика фон Милендонк, собственно ее имя. А как он тебе понравился?

— Этот недомерок? Многое из того, что он говорил, мне понравилось. Международный третейский суд, конечно, один обман и лицемерие. Но сам он мне не очень-то понравился, а тогда хоть с три короба наговори, что толку, если сам ты человек сомнительный. А что он какой-то сомнительный, ты отрицать не станешь.

Одна уже история с «местом соития» была достаточно двусмысленна. Притом нос у него явно еврейский, ты обратил внимание? Да и мозгляки такие встречаются только среди семитов. Ты в самом деле собираешься его навестить?

— Разумеется, мы его навестим! — заявил Ганс Касторп. — А насчет мозглявости — это в тебе говорит военный. У халдеев тоже были такие же точно носы, что не мешало им быть чертовски сведущими и не только по части чернокнижия. В Нафте тоже есть что-то от чернокнижника, он меня очень интересует. Не стану утверждать, что я его сразу раскусил, но если мы будем часто встречаться, то, может, нам это и удастся, а заодно наберемся ума-разума.

— Скоро у тебя здесь наверху вообще ум за разум зайдет с твоей биологией, ботаникой и неуловимыми точками поворота. И о времени принялся ты рассуждать чуть ли не с первого дня. А приехали мы сюда набраться здоровья, а не ума — именно здоровья, и выздороветь совсем, чтобы нас отпустили на свободу и выписали на равнину, как поправившихся.

— «Лишь на горах живет свобода», — беспечно пропел Ганс Касторп. — Сначала скажи мне, что такое свобода, — уже обычным тоном продолжал он. — Вон Нафта и Сеттембрини тоже спорили об этом только что, но так ни к чему и не пришли. «Свобода есть закон человеколюбия!» — утверждает Сеттембрини, и это сильно попахивает его предком, карбонарием. Но как ни был отважен карбонарий и как ни отважен наш Сеттембрини...

— Да, ему стало не по себе, когда зашла речь о личном мужестве.

— ...мне все же кажется, что он многого побаивается, чего недомерок Нафта не боится, понимаешь, и что его свобода и решимость довольно-таки беззубы. Думаешь, у него хватило бы мужества de se perdre ou même de se laisser dépérir?[1]

— С чего это ты вдруг по-французски заговорил?

— Да просто так... Атмосфера здесь интернациональная. Любопытно, кому это должно больше нравиться: Сеттембрини, мечтающему о буржуазной всемирной республике, или Нафте с его иерархическим космополисом. Как видишь, я внимательно слушал, но так ни в чем и не разобрался, скорее напротив, от их разговоров в голове только еще бóльшая путаница...

— Так всегда и бывает. От этого никуда не уйти. От разговоров и словопрений ничего, кроме путаницы, не получается. Дело не в том,

[1] Потерять себя и даже погибнуть (*фр.*).

говорю я, какие у кого мнения, а в том, каков сам человек. А всего лучше вообще не иметь никаких мнений, а выполнять свой долг.

— Тебе хорошо говорить, ты, — ландскнехт, и бытие у тебя, так сказать, чисто формальное. А со мной дело обстоит иначе, я ведь штатский, а потому в какой-то мере несу ответственность... И меня раздражает такая путаница, когда один проповедует всемирную республику и решительно ненавидит войну и в то же время такой ярый патриот, что требует partout[1] границу на Бреннере и ради нее готов начать цивилизаторскую войну, — а другой, считая государство изобретением дьявола и вещая о каком-то грядущем всеобщем единении, минуту спустя уже защищает законность природного инстинкта и высмеивает мирные конференции. Непременно пойдем и до всего докопаемся. Хоть ты и говоришь, что мы должны здесь набраться не ума, а здоровья. Но ведь и тут должно быть единство, а если ты этому не веришь, то, значит, раздваиваешь мир, а это огромная ошибка, разреши тебе заметить.

## О ГРАДЕ БОЖЬЕМ И О ЛУКАВОМ ИЗБАВЛЕНИИ

Ганс Касторп определил на своем балконе растение, которое теперь, когда началось астрономическое лето и дни стали убывать, попадалось почти на каждом шагу: водосбор или аквилегию, из семейства лютиковых, росший кустом, с синими, фиолетовыми или красно-коричневыми цветами на длинных стеблях и с крупными, похожими на ботву листьями. Водосбор цвел всюду, но особенно буйно в укромном уголке, где он впервые увидел его около года назад: в наполненном шумом горного ручья уединенном лесистом ущелье с мостиком и скамейкой, на которой так бесславно закончилась его опрометчиво-своевольная прогулка и куда он сейчас опять стал частенько наведываться.

Если не увлекаться вначале, как увлекся он тогда, это было вовсе не так уж далеко. Поднявшись от финиша санного спуска в «деревне» немного вверх по склону, можно было по лесной тропинке и деревянным мостикам, переброшенным через проложенную с Шацальпа дорожку для бобслея, без обходов, без пения оперных арий и вынужденных передышек добраться до живописного местечка за какие-нибудь двадцать минут, и когда Иоахима удержи-

[1] *Здесь*: всюду и везде (*фр.*).

вала дома санаторская служба — осмотры, уколы, просвечивания, анализы крови или взвешивания, — Ганс Касторп в ясную погоду сразу же после второго, а то даже после первого завтрака отправлялся туда; посещал он полюбившийся ему уголок и в часы досуга, между чаем и ужином, сидел на скамейке, где у него когда-то пошла носом кровь, слушал, склонив голову набок, шум потока и любовался окружающим замкнутым со всех сторон пейзажем, а заодно зарослями синего водосбора, опять уже зацветшего.

Только ли это влекло его сюда? Нет, он сидел там, чтобы побыть одному, остаться наедине со своими воспоминаниями, перебрать впечатления и необыкновенные переживания минувших месяцев и все обдумать. А впечатлений и переживаний накопилось множество, притом самых разнообразных, и привести их в порядок оказывалось не так-то легко, ибо одно наслаивалось на другое и все настолько тесно переплелось, что действительно пережитое почти невозможно было отделить от мыслей, грез и представлений. Но необыкновенным было все, настолько до авантюризма необыкновенным, что сердце, такое же впечатлительное, как и в первый день приезда сюда наверх, замирало и принималось бешено колотиться, едва он начинал все припоминать. Или для того, чтобы столь необычно затрепетало его подвижное сердце, достаточно было одного сознания, что водосбор в ущелье, где ему однажды, в минуту упадка жизненных сил, привиделся, как живой, Пшибыслав Хиппе, не продолжает цвести, а вновь зацвел и что вместо трех недель он прожил здесь почти целый год?

Впрочем, у него уже больше не шла носом кровь, когда он сидел на своей скамейке у горного ручья; это прошло. Акклиматизация, о трудности которой Иоахим сразу же его предупредил и которая в самом деле оказалась трудной, достаточно продвинулась: после одиннадцати месяцев ее следовало считать завершенной, и дальнейших успехов в этом смысле ждать едва ли приходилось. Химизм желудка восстановился и приспособился, «Мария Манчини» обрела былой вкус, нервы подсохшей слизистой оболочки уже давно стали опять восприимчивы к аромату этого высококачественного изделия, которое он по-прежнему, лишь только запас подходил к концу, с чувством, близким к благоговению, выписывал из Бремена, хотя в витринах интернационального курорта лежали весьма заманчивые коробки с сигарами. Не являлась ли «Мария» своего рода связующим звеном между ним, отступником, и равниной, былой его родиной? Разве не хранила и не поддерживала она эту связь надежнее, нежели открытки, которые он время от времени посылал дяде и которые становились все реже, по мере того как он свыкался со здешними понятиями и все более вольно начинал обращаться со временем? Обычно это были открытки с видами, их так приятно получать, художественные фотографии долины в снегу или в летнем убранстве, и для письма на них оставалось ровно столько места, сколько требовалось, чтобы дать знать о новых врачебных предписаниях, по-родственному сообщить о последнем результате месячного или общего обследования, то есть, например, уведомить, что и акустически и оптически заметно явное улучшение, но что он все еще не избавился от инфекции и что продолжающая держаться слегка повышенная температура есть следствие нескольких небольших очажков, которые еще не ликвидированы, но вскорости, несомненно, исчезнут, если он только проявит должное терпение, и тогда ему уже не придется сюда возвращаться. Он мог быть вполне уверен, что более пространных посланий от него не требуют, да и не ждут; ведь он имел дело не с любителями гуманистического красноречия, и поступавшие ответные письма ничуть не более походили на душевные излияния. Чаще всего они сопровождали посылавшиеся ему из дому деньги, проценты с отцовского наследства, которые столь выгодно обменивались на здешнюю валюту, что он не успевал их истратить до нового чека; ответы состояли из нескольких отпечатанных на машинке строк, за подписью Джемса Тинапеля с поклонами и пожеланиями быстрейшего выздоровления от двоюродного дедушки и находящегося в плавании Петера.

Курс инъекций гофрат на днях отменил, сообщал Ганс Касторп. Они не пошли на пользу пациенту, вызывая у него головную боль, утрату аппетита, потерю в весе, общую вялость — более того, подняли и так потом и не устранили «температуру». Ощущаясь субъективно как сухой жар, она по-прежнему горела на его розово-красном лице, словно в напоминание о том, что акклиматизация для этого отпрыска низины с ее бодрящей влажной метеорологией, видимо, состоит в привычке никогда не привыкнуть к здешнему климату, как не привык к нему сам Радамант с его вечно синими щеками. «Некоторые люди так и не привыкают», — сразу же сказал Иоахим; видимо, к их числу принадлежал и Ганс Касторп. Ибо неприятное трясение головы, которое началось у него здесь наверху вскоре по приезде, тоже не проходило, нападая на него и во время ходьбы, и при разговорах, и даже здесь, среди цветущей синевы уголка, где он размышлял о всем комплексе необыкновенных своих переживаний, так что гордая осанка Ганса-Лоренца Касторпа тоже почти вошла у него в привычку, и когда он принимал ее, она бессознательно ему напоминала о жестком воротничке деда — преходящем подобии брыжей, о чаше с поблескивающим золотом дном, благоговейном звуке «пра-пра» и всем прочем, что, в свою очередь, наводило его на размышления над комплексом собственной жизни.

Пшибыслав Хиппе не являлся ему более наяву, как одиннадцать месяцев назад. Акклиматизация закончилась, у него уже не было видений, такие случаи, чтобы тело его лежало неподвижно распростертым на скамье, меж тем как его «я» пребывало в далеком настоящем, уже не повторялись. Ясность и живость этой картины прошлого, если она и возникала перед ним, оставалась в нормальных, здоровых границах; тогда Ганс Касторп, по ассоциации, вынимал из нагрудного кармана стеклянный сувенир, спрятанный в конверт с прокладкой и хранившийся в бумажнике — пластинку, которая, если держать ее горизонтально, параллельно земле, казалась глянцевито-черной плоскостью, но, поднятая к небу, светлела, преображаясь в любопытное для гуманиста прозрачное изображение человеческого тела, позволяла различить грудную клетку, контур сердца, арку диафрагмы и мехи легких, а также кости ключиц и плеч, окруженные призрачно-бледной оболочкой, той самой плотью, от которой Ганс Касторп весьма безрассудно вкусил на карнавальной неделе. Чему же дивиться, если его впечатлительное сердце замирало и колотилось, когда он рассматривал этот подарок и затем, откинувшись на гладко обструганную спинку скамьи, скрестивши руки и склонивши голову набок, опять хотел «все» припомнить и обдумать под шум горного потока, в окружении цветущего синего водосбора?

Высшая форма органической жизни — человеческое тело возникало перед ним, как и в ту морозную звездную ночь, когда он, Ганс Касторп, лежал в шезлонге, обложившись учеными трудами; и это созерцание тела изнутри всегда для него сочеталось с множеством вопросов и проблем, вникать в которые честный Иоахим, быть может, и не был обязан, но за которые он, как штатский, начинал чувствовать себя ответственным, хотя внизу, на равнине, тоже не примечал их и, вероятно, никогда бы не приметил; другое дело здесь, в созерцательной отрешенности, когда глядишь вниз на мир и на людей с высоты пяти тысяч футов и о чем только не думаешь — известную роль здесь могла играть и вызванная токсинами болезненная возбужденность организма, горевшая сухим жаром на его лице. Созерцая стеклянную пластинку, он думал о Сеттембрини — шарманщике-педагоге, отец которого родился под небом Эллады; Сеттембрини понимал любовь к телу, этому высшему продукту материи, как политику, бунт и красноречие, освящая копье гражданина на алтаре человечества; думал также о своем коллеге докторе Кроковском и о том, чем тот с недавних пор занимался с ним в тиши затемненного кабинета, — о двойственной природе психоанализа и о том, насколько последний способствует действию и прогрессу и насколько он сродни могиле, с ее тлетворной анатомией. Представлял себе и противопоставлял обоих дедов — своего и итальянца, бунтаря и консерватора, ходивших в черном по совершенно различным причинам, и взвешивал их достоинства; рассуждал сам с собой о таких возвышенных философских категориях, как форма и свобода, тело и дух, честь и бесчестие, время и вечность, — и вдруг ощущал краткий, но острый приступ головокружения при мысли, что водосбор снова зацвел и что скоро исполнится год, как он здесь.

Свои ответственные умственные занятия в живописном уголке Ганс Касторп именовал довольно странно, как мальчишка игру — словечком «править», пользовался этим детским выражением словно для забавы, любимой, несмотря на то что она сопряжена была со страхом, головокружением, сердечными перебоями, и его бросало от нее еще сильнее в жар. Что из того, если связанное с этой деятельностью напряжение вынуждает его упираться подбородком в воротничок, — гордая осанка вполне соответствовала внутреннему достоинству, которое придавало ему «правление» перед лицом мысленно возникавшей высшей формы.

«Homo Dei» — так называл безобразный Нафта высшую форму органической жизни, защищая ее от посягательств учения английских экономистов. Немудрено, что Ганс Касторп, озабоченный лежавшей на нем, как на штатском, ответственностью, считал себя в интересах «правления» обязанным вместе с Иоахимом навестить недомерка. Сеттембрини не одобрит их визита — Ганс Касторп был достаточно умен и чуток, чтобы ясно это ощущать. Даже первая случайная встреча была неприятна гуманисту, и он явно пытался помешать ей и из педагогических соображений оградить молодых людей, в частности именно его — так говорил себе хитрец и трудное дитя жизни, — от знакомства с Нафтой, хотя сам-то он общался и спорил с ним. Таковы все наставники. Себе они разрешают все интересное под тем предлогом, что они-де до этого «доросли», а от молодежи требуют, чтобы она признала себя еще «не доросшей» до интересного. Какое счастье, что шарманщик, собственно, не имел никакого права запрещать что-либо молодому Гансу Касторпу, да и не предпринимал к тому никаких попыток. Трудному воспитаннику требовалось только представиться нечутким и разыграть простодушие, тогда ничто не помешает ему последовать приглашению маленького Нафты, что он и сделал вместе с охотно или неохотно присоединившимся к нему Иоахимом несколько дней спустя после их встречи, в воскресенье, пролежав положенный ему час.

От санатория «Берггоф» до домика с обвитой виноградом дверью было всего несколько минут ходу. Они вошли, не заглянув в бакалейную лавочку, и поднялись по узким крашеным ступенькам на второй этаж, где возле двери была прибита дощечка с фамилией дамского портного Лукачека. Открыл им подросток, одетый в некое подобие ливреи, состоявшей из полосатой куртки и гетр, — коротко подстриженный и краснощекий мальчик-слуга. Они спросили, дома ли господин профессор Нафта, и так как не захватили визитных карточек, то постарались вдолбить мальчику свои имена, после чего тот отправился к господину Нафте — как он его назвал, опустив титул профессора, — доложить о пришедших. Дверь в комнату напротив стояла отворенной, и их глазам открылась портняжная мастерская, где Лукачек, невзирая на праздник, сидел на столе, скрестив ноги, и шил. Он был лысый и бледнолицый, из-под огромного, похожего на стручок носа уныло свисали по обе стороны рта черные усы.

— Добрый день! — поздоровался Ганс Касторп.

— Grütsi, — ответил на местном наречии портной, хотя швейцарский диалект никак не вязался ни с его именем, ни с внешностью и звучал в его устах фальшиво и чуждо.

— Трудитесь? — продолжал Ганс Касторп, качая головой. — Но ведь сегодня воскресенье!

— Спешная работа, — коротко бросил Лукачек и продолжал шить.

— Что-нибудь, верно, нарядное, срочное, — высказал предположение Ганс Касторп, — для званого обеда или бала?

Портной долго не отвечал, откусил нитку, вдел новую. И только тогда кивнул.

— Красивое? — спросил еще Ганс Касторп. — С рукавами или открытое?

— С рукавами — это для старухи, — ответил Лукачек с сильным чешским акцентом. Возвращение мальчика прервало разговор, который они вели через раскрытую дверь. — Господин Нафта просит господ пожаловать, — сообщил он, открыв перед молодыми людьми дверь, в нескольких шагах дальше по коридору справа, и приподняв портьеру. Нафта встретил гостей в туфлях с пряжками, стоя посреди комнаты, устланной зеленым, как мох, пушистым ковром.

Роскошь большого в два окна кабинета, в котором очутились братья, изумила, даже ослепила их: убогий домик, лестница, жалкий коридор ничего подобного не предвещали, и разительный контраст придавал элегантности обстановки сказочный блеск, который она сама по себе не имела — тем более в глазах Ганса Касторпа и Иоахима. И все же обстановка была богатой, даже пышной, и хотя в комнате стояли письменный стол и книжные шкафы, она мало походила на мужской кабинет. Слишком много там было штофа, винно-красного и пурпурного: портьеры, скрывавшие облупленные двери, были из штофа, занавеси из штофа, а также обивка мебели, расставленной у почти целиком завешенной огромным гобеленом стены против второй двери. Мебель, собственно гостиная, состояла из кресел в стиле барокко с небольшими валиками на подлокотниках, круглого с бронзовыми фигурными украшениями стола, за которым виднелся диван того же стиля с плюшевыми подушками. Вдоль стен у дверей выстроились книжные шкафы. Так же как и занимавший простенок между окнами письменный стол, или вернее, секретер, с выдвижной покатой крышкой, они были красного дерева, со стеклянными дверцами, затянутыми изнутри зеленым шелком. Но в углу, слева от дивана и стола, находилось подлинное произведение искусства: большая, стоявшая на покрытой красным подставке, раскрашенная деревянная скульптура — «Пиета», примитивизм и экспрессивность которой доходили до гротеска и вместе с тем заставляли вас внутренне содрогнуться: Пресвятая Дева в чепце, с поднятыми углом бровями и страдальчески перекошенным открытым ртом держит на коленях страстотерпца — фигуру, где были самым наивным образом нарушены все пропорции, с грубо подчеркнутой анатомией, свидетельствующей, однако, о незнании ее, — в поникшую голову Спасителя впиваются тернии, лицо и тело забрызганы и замараны кровью, вишневые сгустки спекшейся крови стекают из раны на боку и язв от гвоздей на ступнях и ладонях. Эта примечательная скульптура придавала нарядной комнате особый отпечаток. Обои, — они видны были над книжными шкафами и на стене с окнами, — очевидно, тоже выбрал сам хозяин; их зеленые продольные полосы подходили по тону к мягкому ковру, застилавшему красные половицы. Только с низким потолком ничего не удалось поделать. Он так и остался голым и в трещинах. Но с него свешивалась маленькая венецианская люстра. На окнах были спадавшие до самого пола кремовые шторы.

— Вот мы и явились на коллоквиум! — сказал Ганс Касторп, уделяя больше внимания устрашающей скульптуре в углу, чем хозяину удивительной комнаты, который не замедлил отметить, что братья сдержали слово. Сделав гостеприимный жест маленькой ручкой, он предложил было сесть в штофные кресла, но Ганс Касторп, словно зачарованный, направился прямо к деревянной скульптуре и остановился перед ней, подбоченившись и склонив набок голову.

— Что это у вас тут? — тихо произнес он. — Ведь это же страшно хорошо. Как передано страдание! Старинная, конечно?

— Четырнадцатый век, — ответил Нафта. — Вероятно, рейнская школа. Производит на вас впечатление?

— Огромное, — сказал Ганс Касторп. — Не может не произвести. Никогда бы не подумал, что столь безобразное — прошу прощения — могло бы вместе с тем быть столь прекрасным.

— В порождениях души и духа, — продолжал Нафта, — безобразное, как правило, перерастает в прекрасное, а прекрасное в безобразное. Мы сталкиваемся здесь с духовной, а не с телесной красотой, лишенной проблеска интеллекта. И к тому же абстрактной, — добавил он. — Красота тела абстрактна, реальна только внутренняя красота, красота религиозного чувства.

— Очень ценное замечание. Это вы очень верно отметили и разграничили, — сказал Ганс Касторп. — Четырнадцатый век?.. — переспросил он. — Тысяча триста какой-нибудь? Да, это самое что ни на есть настоящее средневековье, и ваша «Пиета» подтверждает то представление, которое у меня в последнее время сложилось об этой эпохе. Я о ней по существу ровно ничего не знал, я ведь человек технического прогресса, если на то пошло. Но здесь наверху мое представление о средневековье значительно расширилось. Политической экономии тогда еще не существовало, это-то уж несомненно. А чья это работа?

Нафта пожал плечами.

— Не все ли равно? — сказал он. — Нас это не должно интересовать, как не интересовало никого в ту пору, когда она была создана. Изваял ее не какой-нибудь мнящий себя гением monsieur[1]. «Пиета» — творение безымянное и коллективное. Кстати, это уже позднее средневековье, готика, sígnum mortificátiōnis[2]. Романская эпоха считала нужным, изображая распятого, щадить зрителя и беспощадно приукрашать скульптуры — там и царские короны, и величавое торжество над миром и мученической смертью, а здесь этого и в помине нет. Здесь все прямо возвещает о страдании и слабости плоти. Лишь готическое искусство в своем аскетизме по-настоящему пессимистично. Вам, вероятно, незнаком трактат Иннокентия III «De miseria humanae conditionis»[3] — чрезвычайно остроумное сочинение. Оно относится к концу двенадцатого века, но лишь искусство позднего средневековья служит наглядной к нему иллюстрацией.

— Господин Нафта, — сказал Ганс Касторп, с трудом переводя дух, — меня поражает каждое ваше слово. Вы сказали «Sígnum mortificátiōnis»? Я это запомню. А до того вы говорили что-то о «безымянном и коллективном», о чем тоже стоит подумать. Вы правы, я, к сожалению, незнаком с трактатом папы — надо полагать, что Иннокентий III был римским папой? Правильно я вас понял, что трактат аскетичен и остроумен? Должен признаться, я никогда не предполагал, что одно с другим соединимо, но если вдуматься, то, конечно же, рассуждения о жалком человеческом уделе дают повод поглумиться над слабостями плоти. Можно ли где-нибудь раздобыть этот трактат? Если я призову на помощь все свои слабые познания в латыни, быть может, мне удастся его одолеть.

— У меня есть эта книга, — ответил Нафта, движением головы указывая на один из шкафов. — Она к вашим услугам. Но давайте сядем. Вам и с дивана хорошо будет видна «Пиета». А вот и чай...

Мальчик-слуга принес чай и к нему нарезанный ломтиками песочный торт в изящной серебряной сухарнице. Но вслед за ним кто же это вошел в раскрытую дверь крылатым шагом, с тонкой улыбкой, восклицая «Sapperlot!»[4] и «Accidenti!»?[5] Это явился проживающий этажом выше господин Сеттембрини с тем, чтобы составить господам компанию. Увидев в окошечко братьев, объяснил итальянец, он поспешил дописать страницу для энциклопе-

[1] Господин (*фр.*).
[2] Симптом омертвения (*лат.*).
[3] «О жалком человеческом уделе» (*лат.*).
[4] Черт возьми! (*ит.*)
[5] Вот так случай! (*ит.*)

дии, над которой как раз трудился, и решил тоже напроситься в гости. Вполне естественно, что он пришел. Давнее знакомство с обитателями «Бергтофа» давало ему на то право, да и с Нафтой, несмотря на глубокие идейные разногласия, он, по-видимому, поддерживал довольно тесную связь, судя по тому, что хозяин поздоровался с ним запросто и без удивления, как со своим человеком. И все же у Ганса Касторпа сложилось двойственное впечатление от его прихода. Во-первых, — так показалось ему, — Сеттембрини явился, чтобы не оставлять их с Иоахимом, или, вернее говоря, его наедине с безобразным маленьким Нафтой и как бы создать своим присутствием педагогический противовес; и, во-вторых, совершенно очевидно, что Сеттембрини не только не прочь, а, напротив, с удовольствием пользуется случаем сменить на время свою комнатушку под крышей на роскошь шелковой Нафтовой обители и откушать там изящно сервированный чай: прежде чем взять чашку, он потер желтоватые руки, поросшие с тыльной стороны у мизинца черными волосками, и с очевидным, даже вслух выраженным одобрением, стал уписывать испещренные шоколадными прожилками тонкие, витые ломтики торта.

Разговор продолжал вращаться вокруг все той же «Пиеты», от которой Ганс Касторп никак не мог оторвать взгляда, причем он то и дело обращался к господину Сеттембрини, пытаясь и его привлечь к критическому разбору художественного произведения, — хотя отвращение гуманиста к призванной украшать комнату скульптуре достаточно ясно отражалось на его физиономии, когда он поворачивался в ту сторону: он уселся спиной к углу, где стояла «Пиета». Слишком воспитанный, чтобы прямо высказать все, что он думал, Сеттембрини ограничился указанием на погрешности в соотношениях и пропорциях фигур скульптурной группы, противоречащих жизненной правде; они нисколько его не умиляют, ибо вызваны не примитивным неумением, а допущены умышленно и злонамеренно, из принципа, с чем Нафта злорадно согласился. Разумеется, о технической беспомощности здесь не может быть и речи. Мы видим здесь сознательное раскрепощение духа, его эмансипацию от естества, прямое презрение к природе, благочестивый отказ смиренно следовать ей. Когда же Сеттембрини заявил, что пренебрежение к природе и к ее изучению может только завести человечество в тупик, и стал, в противовес нелепой бесформенности, насаждавшейся искусством средневековья и его подражателями позднейших эпох, превозносить в выспренних выражениях греко-римское наследие, классицизм, форму, красоту, разум и радостное восприятие жизни, ибо только они призваны споспешествовать человеческому прогрессу, в разговор вмешался Ганс Касторп и спросил, как же в таком случае быть с Плотином, который, как известно, стыдился собственного тела, и с Вольтером, который во имя разума протестовал против возмутительного лиссабонского землетрясения? Нелепо? Это тоже было нелепо, но если хорошенько вдуматься, то нелепое, на его взгляд, следовало бы признать душевным благородством, и нелепая враждебность готического искусства к природе в конечном счете так же благородна, как и протест Плотина и Вольтера, ибо в ней выражается то же освобождение от власти рока и факта, та же вольнолюбивая гордыня, не желающая покоряться слепой силе, а именно природе...

Нафта разразился смехом, который, как сказано, весьма напоминал звук треснутой тарелки и закончился приступом кашля. Сеттембрини с достоинством сказал:

— Вот видите, своим остроумием вы наносите вред здоровью нашего хозяина и платите черной неблагодарностью за это чудное печенье. Да и способны ли вы вообще на благодарность, под чем, спешу оговориться, понимаю достойное употребление полученных даров...

Но, видя, что Ганс Касторп смутился, он с чарующей любезностью добавил:

— Вы, инженер, известный шутник. Но ваша манера дружелюбно подтрунивать над добродетелью никак не поколебала моей уверенности в том, что вы ей привержены. Вы, разумеется, знаете, что когда дух ополчается на природу во имя достоинства и красоты человека, то бунт этот благороден, но нет благородства в бунте, который, если прямо и не ставит себе целью принизить и обесчестить человека, однако влечет это за собой. Вы знаете также, какие нечеловеческие ужасы, какую кровожадную нетерпимость породила эпоха, которой произведение искусства за моей спиной обязано своим происхождением. Достаточно напомнить вам омерзительный тип инквизитора, кровавую фигуру какого-нибудь Конрада Марбургского и его фанатические гонения на все, что противостояло царству сверхъестественного. Не думаю, чтобы вы признавали меч и костер орудиями любви к человечеству...

— Зато таким орудием, — вставил Нафта, — очевидно, являлась машина, с помощью которой Конвент очищал мир от плохих граждан. Все церковные кары, в том числе и костер, и отлучение, налагались, дабы спасти душу от вечной гибели, чего нельзя сказать о страсти к истреблению, какую проявили якобинцы. Я позволю себе заметить, что всякое правосудие, прибегающее к пыткам и казням без веры в потустороннюю жизнь, есть зверская бессмыслица. А что касается унижения человека, то история этого унижения есть история развития буржуазного духа. Ренессанс, эпоха Просвещения, естествознание и экономические учения девятнадцатого столетия сделали все, решительно все возможное, дабы способствовать такому унижению, начиная с новейшей астрономии, низведшей центр Вселенной, почетное ристалище, где Бог и дьявол сражаются за вожделенное творение, до ничем не примечательной крохотной планетки, что на время лишило человека его величественного положения в космосе, на котором, кстати сказать, зиждилась астрология.

— На время? — В физиономии самого господина Сеттембрини, когда он вкрадчиво задал этот вопрос, было что-то от палача и инквизитора, уверенного, что допрашиваемый вот-вот запутается и попадется в ереси.

— Конечно. На два-три столетия, — невозмутимо подтвердил Нафта. — Похоже, что и в этом отношении честь схоластики будет восстановлена, все к тому клонится. Птолемей одержит верх над Коперником. Гелиоцентрическая система встречает наконец идейный отпор, который, надо полагать, приведет к желанной цели. Наука окажется философски вынужденной вернуть Земле то почетное положение, которое стремится сохранить за ней церковная догма.

— Что? Как? Идейный отпор? Философски окажется вынужденной? Приведет к цели? Что за волюнтаризм вы проповедуете? А беспристрастное исследование? А чистое познание? А истина, милостивый государь, что неразрывно связана со свободой, и мученики ее, которые, по-вашему, порочат Землю, но, быть может, составят вечную славу нашей планеты?

Господин Сеттембрини задавал свои вопросы весьма грозно. Он сидел, величественно выпрямившись, и низвергал исполненные благородства слова на недомерка Нафту, все возвышая и возвышая голос, в котором слышалась непоколебимая уверенность в том, что противнику ничего другого не остается, как ответить смущенным молчанием. В руках он держал ломтик торта, но теперь положил его обратно на тарелку, после всего сказанного не желая к нему даже притронуться.

Нафта возражал с неприятным спокойствием:

— Но чистого познания, милый друг, не существует. Законность церковной гносеологии, которая сводится к тезису Августина «я верую, дабы познавать», совершенно неоспорима. Орудием познания является вера, а интеллект вторичен. Ваша лишенная гипотез беспристрастная наука — чистейший миф. Какая-то вера, какое-то мировоззрение, какая-то идея, короче говоря, воля здесь неизбежно присутствует, и дело разума истолковать ее, доказать. Все и во всех случаях сводится к quod erat demonstrandum[1]. Уже само понятие доказательства содержит в себе, говоря языком психологии, сильнейший волюнтаристический элемент. Великие схоласты двенадцатого и тринадцатого веков сходились в убеждении, что ложное с точки зрения богословия не может быть истинным для философии. Но оставим в стороне теологию, если хотите, однако гуманизм, который не признает, что ложное с точки зрения философии не может быть истинным для естествознания, это уже не гуманизм. Аргументация святого судилища против Галилея гласила, что его положения философски нелепы. Более убийственной аргументации не сыщешь.

— Э-э! Аргументы нашего бедного великого Галилея оказались более солидными. Нет, давайте говорить серьезно, professore[2]! Ответьте мне, перед двумя этими молодыми людьми, которые так внимательно нас слушают, вот на какой вопрос: верите ли вы в истину, в объективную научную истину, стремиться к которой есть высший закон всякой нравственности и чье торжество над любыми авторитетами составляет славную историю человеческого духа?

Сидевшие лицом к Сеттембрини Ганс Касторп и Иоахим повернулись теперь к Нафте, первый быстрее, второй чуть медленнее.

— Такое торжество невозможно, ибо авторитет — это сам человек, его интересы, его достоинство, его благо, стало быть между авторитетом и истиной не может быть противоречий. Они совпадают.

— В таком случае истина...

— Истинно то, что полезно человеку. В нем воплощена вся природа, из всей природы только он создан и вся природа существует лишь для него. Он мера всех вещей, и его благо — единственный критерий истины. Теоретическое познание, лишенное практического значения для идеи человеческого блага, настолько неинтересно, что здравый смысл повелевает не признавать достоверность подобной науки и попросту ее не допускать. В века, когда

[1] Что и требовалось доказать (*ит.*).

[2] Профессор (*ит.*).

господствовало христианское мировоззрение, знание естественных наук почиталось бесполезным для человека. Лактанций, которого император Константин избрал в наставники своему сыну, прямо спрашивал, какое блаженство он обретет, если будет знать, где берет свое начало Нил и все, что говорят суемудрые физики о небе. Вот и ответьте ему на его вопрос! Если философию Платона предпочли всякой другой, то лишь потому, что она стремилась познать не природу, а Бога. Могу вас заверить, близок час, когда человечество вернется к этой точке зрения и признает, что задача истинной науки не в погоне за нечестивыми истинами, а в умении отмести все пагубное или даже просто духовно маловажное, — словом, свидетельствовать в пользу инстинкта, меры и выбора. Ребячество думать, будто церковь отстаивала тьму и боролась со светом. Она трижды была права, объявляя греховным всякое «беспристрастное» стремление к познанию природы вещей, то есть такое, какое не заботится о духовном, об обретении вечного спасения, а если что действительно погружало и еще глубже погрузит человечество во тьму, так это «беспристрастное», лишенное всякой философии естествознание.

— Вы проповедуете прагматизм, — возразил Сеттембрини, — который достаточно перенести в область политики, чтобы сразу увидеть всю его опасность. Хорошо, истинно и справедливо лишь то, что полезно государству. Его благо, его величие, его могущество становятся высшим нравственным критерием. Прекрасно! Но тем самым открывается полный простор любому злодеянию, и от простой человеческой правды, индивидуальной справедливости, демократии остаются рожки да ножки...

— Будем хоть немного логичны, — предложил Нафта. — Либо Птолемей и схоласты правы, и мир конечен во времени и в пространстве. Тогда божество трансцендентно, противоположность между Богом и миром остается в силе и человек тоже существо дуалистическое: конфликт его души состоит в столкновении чувственного и сверхчувственного, а все общественное, таким образом, отходит на второй план. Только такой индивидуализм я могу признать последовательным. Либо ваши астрономы эпохи Возрождения открыли истину, и космос бесконечен. Тогда нет сверхчувственного мира, нет дуализма; потустороннее входит в посюстороннее, противоположность между Богом и природой отпадает, и поскольку в этом случае человеческая личность также перестает быть ареной единоборства двух враждебных начал, а напротив, представляет собой единое гармоническое целое, то в основе внутреннего человеческого конфликта лежит исключительно противоречие между личными и общими интересами, и задачи государства, как в пору язычества, становятся нравственным законом. Либо одно, либо другое.

— Я протестую! — воскликнул Сеттембрини, простирая руку с чашкой в сторону хозяина. — Я протестую против такой клеветы на современное государство, клеветы, будто оно означает сатанинское порабощение личности! И в третий раз протестую, протестую против мучительной дилеммы — пруссачество или средневековая реакция, — которую вы хотите нам навязать. Смысл демократии в индивидуалистической поправке к абсолютизму государства, любого государства. Правда и справедливость — самое драгоценное украшение личной нравственности, и пусть они даже в иных случаях вступают в конфликт с интересами государства, получая видимость враждебных ему сил, в действительности же они преследуют высшее, я не побоюсь это сказать: духовное благо государства! Возрождение положило начало обожествлению государства! Какая убогая логика! Завоевания — я намеренно подчеркиваю этимологический смысл слова — завоевания Ренессанса и эпохи Просвещения — это, милостивый государь, раскрепощение личности, права человека, свобода!

Слушатели шумно и облегченно вздохнули, ибо всю длинную тираду Сеттембрини просидели затаивши дыхание. Ганс Касторп в избытке чувств даже ударил ладонью по краю стола, правда, не со всего размаха.

— Блестяще! — процедил он сквозь зубы; Иоахим тоже явно остался очень доволен, несмотря на камень, брошенный в огород пруссачества. Затем оба повернулись к собеседнику, только что получившему сокрушительный отпор. Ганс Касторп даже весь подался вперед от нетерпения, облокотился о стол и подпер кулаком подбородок, как в тот вечер, когда рисовал свинку, и выжидающе впился глазами в Нафту.

Тот сидел в напряженном молчании, сложив худые руки на коленях. Он сказал:

— Я пытался внести логику в нашу беседу, а вы отвечаете мне благородным велеречием. Не спорю, эпоха Ренессанса породила все то, что именуется либерализмом, индивидуализмом, гуманистической гражданственностью и так далее — это мне достаточно известно; но ваше «этимологическое подчеркивание» меня нисколько не трогает, ибо «воинственная», героическая юность ваших идеалов давно миновала, идеалы эти мертвы или, вконец одряхлев, находятся ныне при последнем издыхании. Те, кто бросит их в мусорную яму истории, стоят у порога. Вы называете себя, если не ошибаюсь, революционером. Но если вы полагаете, что будущие революции принесут людям свободу, то глубоко заблуждаетесь. Принцип свободы за пятьсот лет выполнил свое назначение и изжил себя. Педагогика, которая и поныне считает себя дщерью века просвещения и усматривает в критике, в освобождении и пестовании своего «я», в разрушении вполне определенных форм жизни главное средство воспитания, — такая педагогика может еще одерживать мимолетные риторические победы, но ее отсталость для людей сведущих не подлежит никакому сомнению. Все воспитательные союзы, достойные этого наименования, издавна знали, к чему действительно сводится всякая педагогика: это категорический приказ, железная спаянность, дисциплина, самопожертвование, отрицание собственного «я», насилие над личностью. И, наконец, только бездушным непониманием юношества можно объяснить представление, будто молодежь жаждет свободы. В душе она страстно жаждет послушания.

Иоахим выпрямился. Ганс Касторп покраснел. Господин Сеттембрини стал нервно теребить свои шелковистые усы.

— Нет! — продолжал Нафта. — Не освобождение и развитие личности составляют тайну и потребность нашего времени. То, что ему нужно, то, к чему оно стремится и добудет себе, это... террор.

Последнее слово он произнес, понизив голос и без единого движения; только стекла очков блеснули. Все трое слушателей, не исключая Сеттембрини, вздрогнули, впрочем, итальянец быстро справился с собой и улыбнулся.

— А разрешите осведомиться, — спросил он, — кого или что вы мыслите себе, я сгораю от любопытства и даже не знаю толком, как спросить, кого или что вы мыслите себе носителем — я неохотно повторяю ваше выражение — этого террора?

Нафта сидел в напряженном молчании и только поблескивал очками.

— К вашим услугам. Думаю, что не ошибусь, предположив наше полное единомыслие в отношении идеального первобытного состояния человечества, состояния, когда люди не знали ни государства, ни насилия и в детской своей невинности были близки к Богу; тогда не существовало ни господ, ни слуг, ни закона, ни наказания, ни несправедливости, ни плотских связей, ни классовых различий, ни труда, ни собственности, а царило равенство, братство, нравственное совершенство.

— Превосходно. Согласен, — заявил Сеттембрини. — Согласен, за исключением пункта о плотских связях, которые, очевидно, существовали всегда, поскольку человек как-никак высокоразвитое позвоночное животное и не может иначе, чем другие живые существа...

— Как угодно. Я констатирую наше полное единомыслие в отношении первоначального райского, не знающего судопроизводства, детски-невинного состояния, утраченного после грехопадения. Думаю, что мы можем пройти еще отрезок пути вместе, объяснив возникновение государства общественным договором, необходимость коего возникла с появлением греха для защиты от несправедливости, и признаем в государстве источник власти и насилия.

— Benissimo![1] — воскликнул Сеттембрини. — Общественный договор... Да ведь это же просвещение, это Руссо. Я никак не предполагал...

— Постойте! Здесь наши пути расходятся. Опираясь на тот факт, что власть и сила первоначально принадлежали народу и он передал свое законодательное право и свою власть государству, государям, ваша школа приходит к выводу, ставящему революционное право народа выше прав монарха. Мы же...

«Мы»? — сгорая от любопытства, подумал Ганс Касторп. — Кто это «мы»? Непременно потом спрошу Сеттембрини, кого он имеет в виду под «мы».

— Мы же со своей стороны, — продолжал Нафта, — быть может, не менее революционно, всегда из этого выводили в первую очередь главенство церкви над светской властью. Не будь преходящий характер государства написан у него на лбу, — того исторического факта, что оно возникло по воле народа, а не учреждено — подобно церкви — Господом Богом, было бы вполне достаточно, чтобы заклеймить его, если не как прямое порождение дьявола, то уж во всяком случае как порождение необходимости и греховной немощи.

— Государство, милостивый государь...

— Я знаю, что́ вы думаете о национальном государстве. «Нет ничего выше любви к отчизне и безграничной жажды славы». Я

[1] Превосходно! (*ит.*)

цитирую Вергилия. Вы приправляете его небольшой дозой либерального индивидуализма, и вот вам демократия; но ваше принципиальное отношение к государству от этого нисколько не меняется. Вам и дела нет до того, что душа государства — деньги. Надеюсь, вы не станете это отрицать. Античность была капиталистична, потому что преклонялась перед государством. Христианское средневековье ясно осознавало капиталистическую сущность светского государства. «Деньги станут кесарем» — это предсказание относится еще к одиннадцатому веку. Станете вы отрицать, что оно исполнилось слово в слово и что тем самым дьявол возобладал над человеком?

— Дорогой друг, за вами слово. Я сгораю от нетерпения узнать, кто же этот великий неизвестный, носитель террора.

— Рискованное любопытство для глашатая общественного класса, являющегося носителем погубившей мир свободы. На худой конец я могу обойтись без ваших возражений, политическая идеология буржуазии мне достаточно известна. Ваша цель — демократическая империя, перерастание национального государственного принципа во всеобщий, в мировое государство. А властелин этой Империи? Мы его знаем. Ваша утопия чудовищна, и все же — в этой точке мы опять в какой-то мере сходимся. Ибо в вашей капиталистической всемирной республике есть нечто трансцендентное; в самом деле, всемирное государство — выход за пределы светского государства, а мы оба одинаково верим, что совершенному начальному состоянию человечества должно соответствовать и скрытое еще в далеком будущем, совершенное конечное состояние. Со времен Григория Великого, учредителя града Божьего, церковь ставила себе задачей вернуть человека под руководство Господне. Папа требовал полноты власти не ради нее самой, диктатура наместника Божия на земле была лишь средством и путем ко спасению, переходной формой от языческого государства к царствию небесному. Вы говорили здесь этим ищущим правды о кровавых злодеяниях церкви, ее карающей нетерпимости, — что весьма неразумно, ибо рвение во славу Господню, разумеется, не имеет ничего сходного с пацифизмом, Григорий сказал: «Да будет проклят убоявшийся обагрить кровью меч свой!» Что власть есть зло, мы знаем. Но царствие Божие приидет лишь тогда, когда дуализм добра и зла, потуги посюстороннего, духа и власти, будет на время снят, уступив место принципу, соединяющему в себе и аскетизм и господство. Вот это я и имею в виду, говоря о необходимости террора.

— Но носитель? Кто же носитель?

— Вы еще спрашиваете? Неужели вы с вашим манчестерским либерализмом упустили из виду общественное учение, пожелавшее очеловечить и преодолеть экономизм, учение, чьи принципы и цели те же, что и у христианского града Божьего. Отцы церкви называли слова «мое» и «твое» пагубными, а частную собственность — узурпацией и кражей. Они отвергали частное землевладение, ибо согласно Божескому естественному праву земля есть общее достояние людей и потому плоды свои приносит для всех. Они учили, что только алчность, следствие грехопадения, защищает права владельца и создала частную собственность. Они были настолько гуманны, настолько презирали торгашество, что считали коммерческую деятельность гибельной для души, то есть для человечности. Они ненавидели деньги и денежные операции и говорили, что капитал поддерживает жар адского пламени. Они ото всей души презирали основной закон экономики, по которому цена определяется соотношением спроса и предложения, и клеймили использование конъюнктуры как циничную эксплуатацию нужды ближнего. Но, на их взгляд существовала еще более греховная эксплуатация — эксплуатация времени, чудовищный произвол заставлять платить себе премию за простое течение времени, а именно проценты, злоупотребляя общим, данным Богом установлением, каким является время, ради выгоды одного и в ущерб другому.

— Benissimo! — воскликнул Ганс Касторп, в пылу восторга пользуясь словечком, которым Сеттембрини обычно выражал свое одобрение... — Время... общее, данное Богом установление... Это чрезвычайно важно!..

— Совершенно справедливо! — продолжал Нафта. — Мысль о самопроизвольном росте денег казалась отвратительной этим человеколюбцам, и под понятие лихоимства они подводили любые ростовщические махинации, заявляя, что всякий богач либо вор, либо наследник вора. Они шли дальше. Подобно Фоме Аквинскому, они считали постыдным занятием торговлю вообще, торговлю в чистом виде — то есть куплю и продажу с извлечением барыша, но без обработки и улучшения продукта. Сам по себе труд они ставили не очень высоко, ибо он дело этическое, а не религиозное и служит жизни, а не Богу. Но постольку поскольку речь шла о жизни и экономике, они требовали, чтобы условием экономической выгоды и мерилом общественного уважения служила продуктивная деятельность. Они уважали землепашца, ремесленника, но никак не торговца, не мануфактуриста. Ибо они хотели, чтобы производство исходило из потребностей и порицали массовое изготовление товаров. И вот все эти погребенные было в веках экономические принципы и мерила воскрешены в современном движении коммунизма. Совпадение полное, вплоть до внутреннего смысла требования диктатуры, выдвигаемого против интернационала торгашей и спекулянтов интернационалом труда, мировым пролетариатом, который в наше время противопоставляет буржуазно-капиталистическому загниванию гуманность и критерии града Божьего. Ведь глубочайший смысл диктатуры пролетариата, этого политико-экономического спасительного требования современности, отнюдь не в господстве ради господства во веки веков, а во временном снятии противоречия между духом и властью под знаменем креста, смысл ее в преодолении мира путем мирового господства, в переходе, в трансцендентности, в царствии Божием. Пролетариат продолжает дело Григория. В нем горит его рвение во славу Господа Бога, и подобно папе пролетариат не побоится обагрить руки свои кровью. Его миссия устрашать ради оздоровления мира и достижения спасительной цели — не знающего государства, бесклассового братства истых сынов Божиих.

Такова была резкая речь Нафты. Присутствующие молчали. Молодые люди взглянули на Сеттембрини. Ему надлежало как-то на это ответить. Он сказал:

— Поразительно! Признаюсь, я потрясен. Этого я никак не ожидал. Roma locuta. И как, как высказался! На наших глазах господин Нафта совершил священное сальто-мортале, — и если в эпитете содержится противоречие, то он его «временно снял», да, да! Повторяю: это поразительно. Считаете ли вы здесь возможными какие-то возражения, профессор, — возражения чисто логического порядка? Только что вы в поте лица трудились, растолковывая нам сущность христианского индивидуализма, основанного на дуализме Бога и мира, и доказывали нам его неоспоримое превосходство над всякой нравственностью, определяемой политикой. А несколько минут спустя вы доводите социализм до диктатуры и террора. Ну, сообразно ли это?

— Противоречия, — сказал Нафта, — могут быть и сообразными. Несообразно лишь половинчатое и посредственное. Ваш индивидуализм, как я уже позволил себе заметить, есть половинчатость, уступка. Он приправляет вашу языческую гражданскую добродетель чуточкой христианства, чуточкой «прав человека», чуточкой так называемой свободы, вот и все. Индивидуализм же, исходящий из космической, астрологической значимости каждой души, индивидуализм не социальный, а религиозный, который усматривает человечность не в противоречии «я» и «общества», а в противоречии «я» и Бога, тела и духа, — такой истинный индивидуализм прекрасно уживается с обязательствами, налагаемыми коллективом...

— Безымянный и коллективный, — произнес Ганс Касторп.

Сеттембрини вытаращил на него глаза.

— Молчите, инженер! — оборвал он молодого человека с суровостью, которую следовало приписать нервозности и возбуждению. — Поучайтесь, но не мудрствуйте! Да, это ответ, — сказал он, обращаясь к Нафте. — Малоутешительный, но все же ответ. Посмотрим, однако, к чему это приведет... Отвергая индустрию, христианский коммунизм отвергает технику, машину, прогресс. Отвергая то, что вы именуете торгашеством, то есть деньги и денежные операции, которые античность ставила неизмеримо выше земледелия и ремесла, он отвергает свободу. Ибо совершенно очевидно, что тем самым, как в средние века, все частные и общественные отношения становятся опять-таки зависимы от земли, в том числе — мне нелегко это выговорить — и человеческая личность. Если кормит только земля, то одна лишь земля дает и свободу. Ремесленник и крестьянин, каким бы ни пользовались они уважением, не имея земли, становятся крепостными того, кто ею владеет. В самом деле, вплоть до позднего средневековья большинство населения даже в городах состояло из крепостных. В ходе разговора вы не раз упоминали о человеческом достоинстве. А между тем вы отстаиваете моральность экономического строя, который закабаляет людей и лишает их человеческого достоинства.

— О человеческом достоинстве и принижении этого достоинства, — отвечал Нафта, — можно многое сказать. Но в данную минуту для меня будет некоторым удовлетворением уже то, если замеченные вами объективные взаимосвязи побудят вас понимать свободу не столько как красивый жест, сколько как проблему. Вы утверждаете, что в области экономики христианская мораль при всей ее красоте и человечности приводит к порабощению. Я же стою на том, что дело свободы, или, если говорить конкретнее, дело городов, буржуазной цивилизации, при всей своей прогрессивности, исторически связано со страшным падением морали в области экономики, со всеми ужасами современного торгашества и спекуляции, с сатанинской властью чистогана, барыша.

— Я буду настаивать на том, чтобы вы не прятались за оговорками и антиномиями, а прямо и недвусмысленно признали себя сторонником самой черной реакции.

— Первый шаг к истинной свободе и гуманности предполагает преодоление малодушного страха, который вам внушает слово «реакция».

— Довольно, — с легкой дрожью в голосе заявил Сеттембрини, отодвигая от себя тарелку и чашку, которые, впрочем, были пусты, и подымаясь с штофного дивана. — На сегодня довольно, для одного дня, мне кажется, за глаза хватит. Профессор, мы благодарим за чудесное угощение и за в высшей степени остроумную беседу. Моих друзей из «Берггофа» ждут процедуры, и мне хотелось бы еще показать им свое скромное жилище наверху. Идемте, господа! Addio, padre![1]

Теперь он назвал Нафту еще и «падре»! Ганс Касторп отметил это, высоко подняв брови. Никто не стал прекословить, когда Сеттембрини подал сигнал к уходу, самовольно распорядился братьями и даже не спросил, не хочет ли Нафта присоединиться к ним. В свою очередь, поблагодарив хозяина, молодые люди откланялись и получили приглашение прийти снова. Они удалились с итальянцем, причем Ганс Касторп не преминул захватить с собой одолженную ему книжку «De miseria humanae conditionis» — трухлявый томик в бумажной обертке. Лукачек со своими уныло свисающими усами все еще сидел на столе и шил платье для старухи, в чем они убедились, проходя мимо растворенной двери портного, чтобы подняться по совсем уже крутой и узкой лесенке, которая вела в мансарду. В сущности, это была даже не мансарда, а попросту чердак с голыми стропилами под гонтовой кровлей и тем особым запахом прогретого дерева, который летом бывает в амбарах. Но этот чердак был разделен перегородкой на две комнатушки, и в них-то и помещался республиканец-капиталист: первая служила кабинетом высокопросвещенному сотруднику «Социологии страданий», вторая — спальней. Весело и непринужденно показал он их своим юным друзьям, именуя свое жилье укромной уютной квартиркой, с тем, чтобы подсказать им надлежащие для похвалы слова, которыми те не замедлили воспользоваться. Да, квартирка чудесная, заверили оба в один голос, именно укромная и уютная, как он

[1] Прощайте, падре! (*ит.*)

очень правильно выразился. Они заглянули в спальню, где перед занимавшей угол мансарды узкой и короткой кроватью лежал крохотный лоскутный коврик, затем снова посвятили свое внимание не менее скудно обставленному кабинету, где, однако, царил какой-то парадный, даже чопорный порядок. Четыре неуклюжих старомодных стула с соломенными сиденьями симметрично выстроились по обе стороны дверей, диван тоже был придвинут к стене, так что комнату занимал один только покрытый зеленым сукном круглый столик, на котором то ли ради украшения, то ли для утоления жажды, но, во всяком случае, аскетически-трезво стоял графин с водой, а на нем опрокинутый кверху донышком стакан. Книги в переплетах и непереплетенные, склонив на сторону корешки, подпирали друг друга на стенной полочке; у раскрытого оконца возвышалась легонькая с откидной крышкой конторка на длинных ножках, а перед ней на полу лежала маленькая, в пятачок, подстилка из толстого войлока, на которой едва-едва можно было уместиться. Ганс Касторп для пробы встал на войлочный квадратик, за рабочее место господина Сеттембрини, где тот для будущей энциклопедии разбирал изящную словесность под углом зрения человеческих страданий, облокотился о наклонную крышку и заявил, что стоится тут укромно и уютно. Так, возможно, стоял когда-то в Падуе за своей конторкой и отец Лодовико, склонив над ней длинный тонкий нос, высказал предположение Ганс Касторп и узнал, что и в самом деле стоит за конторкой покойного ученого и что не только конторка, но и соломенные стулья, стол и даже графин достались Сеттембрини от отца; более того, соломенные стулья принадлежали еще деду-карбонарию и красовались в его адвокатской конторе в Милане. Это звучало очень внушительно. Стулья сразу же приобрели в глазах молодых людей что-то политически-крамольное, и Иоахим вскочил с того, на котором ничтоже сумняшеся сидел, положив ногу на ногу, подозрительно оглядел его и уже более на него не садился. А Ганс Касторп за конторкой Сеттембрини-старшего размышлял над тем, как трудится здесь его сын, сочетая политику деда с гуманизмом отца в творениях изящной словесности. Они ушли втроем. Писатель вызвался проводить братьев до дому.

Первую часть пути они шли молча, но это молчание как бы предваряло беседу о Нафте. Ганс Касторп мог подождать, ибо был убежден, что господин Сеттембрини непременно заговорит о своем сожителе, что он только затем и пошел с ними. И Ганс Касторп не ошибся.

Глубоко вздохнув, словно пускаясь в бег, итальянец начал:

— Господа, я хочу вас предостеречь.

И поскольку за сим последовала пауза, Ганс Касторп, разумеется, спросил с притворным удивлением: от чего предостеречь? Он мог бы по крайней мере сказать: от кого? — но он выразился так неопределенно, чтобы подчеркнуть свое непонимание, тогда как даже Иоахим догадался, о ком шла речь.

— От личности, у которой мы только что были в гостях, — отвечал Сеттембрини, — и с которой я вас познакомил помимо своей воли и желания. Вы знаете, что это вышло случайно, я тут ни при чем, и все же я несу ответственность, тяжелую ответственность. Мой долг указать вам, как людям молодым и неопытным, хотя бы на духовную опасность общения с этим человеком и просить вас особенно с ним не сближаться. Его форма — логика, но сущность — хаос.

Н-да, с Нафтой и вправду дело обстоит не совсем чисто, признал Ганс Касторп, речи его подчас звучали странновато; у него выходило, что Солнце вращается вокруг Земли. Но в конце концов как могла им прийти в голову мысль, что лучше воздержаться от встреч с его, господина Сеттембрини, приятелем? Он же сам признал, что они через него познакомились с господином Нафтой, они встретили их вместе, он с ним гуляет, запросто приходит к нему вниз пить чай, это же доказывает...

— Разумеется, инженер, разумеется. — Голос господина Сеттембрини звучал мягко, покорно, но все же слегка дрожал. — Все это можно мне возразить, вот вы и возражаете. Хорошо, я готов принять на себя ответственность... Я живу с этим господином под одной крышей и неизбежно должен с ним сталкиваться, одно слово влечет за собой другое, и вот знакомишься. Господин Нафта умен — это встречается не так уж часто. Он любит рассуждать, я тоже. Пусть осудит меня кто хочет, но я пользуюсь случаем скрестить клинки идей с достойным противником. Я один как перст... Короче говоря, это правда, я захожу к нему, он ко мне, мы гуляем вместе. И спорим. Спорим до остервенения чуть ли не каждый день, но, признаюсь, противоположность и враждебность его взглядов, может быть, особенно меня и прельщает, заставляет искать встреч с ним. Мне необходима разминка. Чтобы убеждения жили, их надо почаще бросать в бой, а я в своих убеждениях крепок. Но можете ли вы утверждать то же самое о себе — вы, лейтенант, да и вы, инженер? Вы безоружны против интеллектуального жонглерства, вам угрожает опасность, ваш ум и душа могут пострадать от всей этой фанатической, озлобленной казуистики.

Да, да, это, конечно, правда, согласился Ганс Касторп, они с братом в той или иной мере натуры особенно подверженные такого рода опасностям. Трудные дети жизни, так сказать, он понимает. Но, с другой стороны, этому можно противопоставить Петрарку с его девизом, господин Сеттембрини знает, что он имеет в виду, а послушать соображения Нафты во всяком случае стоит: надо отдать ему справедливость, то, что касалось коммунизма, при котором никому не будет дозволено брать проценты за время, было замечательно, и потом ему были интересны некоторые мысли о педагогике, которые без Нафты он никогда бы не услышал...

Господин Сеттембрини поджал губы, и Ганс Касторп поспешил добавить, что сам он, конечно, воздерживается от каких-либо решений и суждений, просто ему показалось любопытным мнение Нафты о молодежи и о том, чего она жаждет.

— Но сперва объясните мне вот что! — продолжал он. — Этот господин Нафта, я говорю «этот господин», чтобы показать, что я вовсе не так уж ему симпатизирую, а напротив, держусь внутренне настороже...

— В чем вы абсолютно правы! — с признательностью воскликнул Сеттембрини.

— ...Он много говорил против денег, этой души государства, как он выразился, и против собственности, потому что она, по сути дела, — кража, словом против капиталистического богатства, о котором он, насколько я помню, сказал, что оно поддерживает жар адского пламени, — примерно так он выразился, если не ошибаюсь, и на все лады восхвалял средневековье, запрещавшее взимать проценты. А между тем он сам... Простите, но у него должно быть... Просто диву даешься, когда к нему входишь. Весь этот штоф...

— О да, — улыбнулся Сеттембрини, — вкус у него весьма характерный...

— ...Прекрасная старинная мебель, — перечислял Ганс Касторп, — «Пиета» четырнадцатого века... Венецианская люстра... маленький гайдук в ливрее... и шоколадного торта сколько душе угодно... Сам-то по себе...

— Сам-то по себе, — подхватил Сеттембрини, — господин Нафта такой же капиталист, как я.

— Но? — настаивал Ганс Касторп. — За вашими словами должно последовать какое-то «но», господин Сеттембрини.

— Что ж, эта публика не позволит нуждаться никому из своих.

— Какая публика?

— Ну, отцы.

— Отцы? Какие отцы?

— Да иезуиты же, инженер!

Последовало молчание. Братья остолбенели. Наконец Ганс Касторп воскликнул:

— Как, черт побери, — так он иезуит?

— Вы угадали, — не без иронии подтвердил Сеттембрини.

— Никогда в жизни я бы не... Кто бы мог подумать! Так вот почему вы величали его падре?

— Небольшое, продиктованное учтивостью преувеличение, — отвечал Сеттембрини. — Господин Нафта не принял сана. В том, что он пока еще не падре, повинна его болезнь. Но он прошел искус и дал первые обеты. Болезнь вынудила его прервать занятия теологией. Потом он несколько лет был префектом в орденской школе, то есть надзирателем, наставником, воспитателем юных питомцев. Это отвечало его педагогическим склонностям. Он может и здесь продолжать любимое дело, преподавая латынь в Фридерициануме. Он уже пять лет как находится тут. И разрешат ли ему когда-нибудь, и когда именно, отсюда уехать — совершенно неизвестно. Однако он член ордена и, если бы даже был менее тесно с ним связан, никогда не будет ни в чем нуждаться. Я сказал вам, что сам по себе он беден, вернее, не имеет никакой собственности. Как же иначе, таков устав. Зато орден располагает несметными богатствами и, как видите, неплохо печется о своих.

— Господи! — пробормотал Ганс Касторп. — Вот уж никак не думал и не предполагал, что подобное все еще существует! Иезуит! Ну и ну!.. Но объясните мне вот что: если о нем так хорошо пекутся оттуда, какого черта он живет... Я не хочу сказать ничего худого о вашей квартире, господин Сеттембрини, вы чудесно устроены у Лукачека, так укромно и уютно. Но все-таки, если у Нафты, грубо говоря, денег куры не клюют — почему он не снимет себе квартиру поприличнее, в хорошем доме, с порядочной лестницей и большими комнатами? В том, что он сидит в этой дыре, со всем своим штофом, есть даже что-то таинственное, почти авантюристическое...

Сеттембрини пожал плечами:

— Надо думать, ему это предписывают чувство такта и личный вкус. Он, как я понимаю, успокаивает свою антикапиталистическую совесть, живя в комнате бедняка, и возмещает себе урон образом жизни, которого придерживается. Известную роль играет также осторожность. Незачем афишировать, как хорошо о тебе печется нечистый. Вот он и прикрывается неказистым фасадом, а за ним дает волю своим поповским пристрастиям к шелкам и бархату.

— Непостижимо! — сказал Ганс Касторп. — Совершенно ново для меня, меня это, признаться, даже взволновало. Нет, мы бесконечно обязаны вам, господин Сеттембрини, за это знакомство. Как хотите, но мы не раз еще побываем у вас в доме и навестим господина Нафту. Решено и подписано. Такие встречи необыкновенно расширяют кругозор, позволяют заглянуть в мир, о существовании которого не имеешь ни малейшего представления. Настоящий иезуит! Но, говоря «настоящий», я тем самым ловлю себя на мысли, которая только сейчас пришла мне в голову и которую непременно надо выяснить. Я задаю себе вопрос: да настоящий ли он? Я знаю, вы считаете, что тот, о ком тайно печется нечистый, вообще не может быть таким, каким следует быть. Но я имею в виду другое: таков ли он, каким следует быть иезуиту, — вот что пришло мне в голову. Он наговорил таких вещей — вы знаете, что я имею в виду, — о христианском коммунизме и религиозном рвении пролетариата, который не побоится обагрить руки кровью, — словом, вещи, по сравнению с которыми ваш дед с его копьем гражданина был, простите, сущим агнцем. Позволительно ли это? Одобряет ли подобные взгляды его начальство? Согласуются ли они с учением римско-католической церкви, которое орден путем всяких козней и интриг старается распространить по всему свету, как я слышал? Не есть ли это, что называется — ну, ересь, вывих, отступничество? Вот о чем я спрашиваю себя относительно Нафты и очень хотел бы услышать ваше мнение.

Сеттембрини улыбнулся:

— Ничего мудреного тут нет. Господин Нафта, конечно, прежде всего иезуит, настоящий, до мозга костей. Но, во-вторых, он человек умный — иначе я не ценил бы его общества — и как таковой ищет новых комбинаций, новых способов приспособиться, приладиться, новых созвучных времени вариантов. Вы видели, что он и меня удивил своими теориями. Впервые он так при мне разоткровенничался. Присутствие ваше явно его вдохновило, и я воспользовался случаем, чтобы его раздразнить, заставить высказаться до конца по некоторым вопросам. Это звучало довольно-таки забавно, довольно-таки чудовищно...

— Да, да, но почему же все-таки он не стал патером? Он ведь мог бы по своему возрасту?

— Я же вам говорил, этому помешала болезнь.

— Хорошо, но не считаете ли вы, что если он прежде всего иезуит, а во-вторых, умный человек с комбинациями — что это второе, привходящее обстоятельство связано с его болезнью?

— Что вы хотите этим сказать?

— Нет, нет, господин Сеттембрини. Я хочу только сказать, что у него влажный очажок и это-то и помешало ему стать патером. Но и комбинации его тоже, вероятно, помешали бы, таким образом и комбинации и влажный очажок в какой-то мере связаны друг с другом. Он тоже, в своем роде, как бы трудное дитя жизни, joli jésuite с petite tache humide[1].

Они дошли до санатория. Перед тем как расстаться, они еще постояли немного кружком на площадке перед домом, и двое-трое слонявшихся у подъезда больных издали наблюдали за их беседой. Сеттембрини сказал:

— Итак, я еще раз предостерегаю вас, мои юные друзья. Я не могу запретить вам продолжать это знакомство, если вас одолевает любопытство. Но вооружите сердце и ум недоверием, пусть никогда не иссякнет в вас дух критического отпора. Я охарактеризую вам этого человека одним словом. Он сладострастник.

На лицах обоих братьев отразилось сильнейшее изумление. А Ганс Касторп переспросил:

— Что?.. Как вы сказали? Но позвольте, он же член ордена. Там приносят известные обеты, насколько я знаю, и к тому же он такой мозглявый и худосочный...

— Не мелите вздора, инженер, — возразил Сеттембрини. — Худосочие тут ни при чем, а что касается обетов, то имеются мысленные оговорки. Но я говорил в более широком, духовном смысле и полагал, что вы способны меня понять. Помните, как я вас однажды навестил в вашей комнате — это было давно, страшно давно, — вы проходили курс постельного режима после принятия вас в санаторий...

— Разумеется! Вы вошли, когда уже стемнело, и зажгли свет, я как сейчас помню...

— Ну так вот, тогда в беседе, как это, слава Богу, часто случается, мы коснулись с вами высоких предметов. Мы говорили, помнится мне, о жизни и смерти, о благолепии смерти, поскольку она

[1] Хорошенький иезуит с влажным очажком (*фр.*).

условие и принадлежность жизни, и о страшной личине, в какой она является нам, лишь только дух превратно ее обособляет, превращает в самодовлеющий принцип! Господа! — продолжал Сеттембрини, наступая на молодых людей и, как вилкой, тыча в них пальцами левой руки, чтобы лучше овладеть их вниманием, и предостерегающе подымая указательный палец правой... — Запомните, дух суверенен, воля его свободна, и это он определяет нравственный мир. Но достаточно духу дуалистически обособить смерть, и смерть по воле духа становится, действительно и на деле, actu, вы понимаете меня, самодовлеющей, враждебной жизни силой, сатанинским принципом, великой искусительницей, и царство ее — сладострастие. Вы спросите меня, почему сладострастие? Я отвечу: потому что она освобождает и избавляет, потому что она избавление, но не избавление от лукавого, а лукавое избавление. Она освобождает от морали и нравственности, избавляет от выдержки и твердости, дает простор сладострастию. Если я предостерегаю вас от этого человека, с которым свел вас помимо воли, если я призываю вас при встречах с ним трижды опоясать свое сердце стальным поясом критики, то лишь потому, что все мысли его исполнены сладострастия, ибо они стоят под эгидой смерти, — а смерть в высшей степени распутная сила, как я вам однажды уже доложил, инженер, — я хорошо помню, что употребил это выражение, так как всегда храню в памяти точные и меткие эпитеты, которые мне случается употреблять, — сила, направленная против нравственности, прогресса, труда и жизни, и благороднейшая задача всякого наставника уберечь молодые умы от ее тлетворного дыхания.

Никто не смог бы все это высказать лучше господина Сеттембрини, так ясно и округло. Ганс Касторп и Иоахим Цимсен горячо поблагодарили его, попрощались и поднялись по ступенькам к порталу «Берггофа», меж тем как господин Сеттембрини поспешил вернуться к своей гуманистической конторке, помещавшейся этажом выше шелковой кельи Нафты.

Мы описали здесь первый визит братьев к маленькому Нафте. За ним последовало еще два или три, один даже в отсутствие господина Сеттембрини; и все они давали молодому Гансу Касторпу обильную пищу для размышлений, когда он, внутренним оком взирая на возникавшую перед ним высшую форму органической жизни, именуемую Homo Dei, сидел среди цветущей синевы своего уединенного уголка и «правил».

## ЯРОСТЬ. И ЕЩЕ НЕЧТО КРАЙНЕ ТЯГОСТНОЕ

Наступил август, и с первыми днями августа благополучно проскочила годовщина со дня прибытия нашего героя сюда наверх. И хорошо, что проскочила — молодой Ганс Касторп с неприязнью думал о ее приближении. Так было со всеми. Дата приезда не внушала симпатии; больные, жившие здесь по году и больше, предпочитали не вспоминать о ней, и если обычно обитатели «Берггофа» пользовались любым поводом для празднований и тостов, по мере сил умножая общепринятые большие отклонения в размеренном ритме и пульсации года — частными и случайными, так что ни один день рождения, общее обследование, предстоящий самовольный или законный отъезд не обходились без пиршества и хлопанья пробок в ресторане, — то годовщину приезда отмечали разве что молчанием, позволяя ей проскользнуть незаметно, а то и в самом деле, видимо, забывая о ней и полагаясь на то, что и другие навряд ли ее вспомнят. Счет времени вели все; следили за календарем, сменой времен года, возрождением и смертью в природе. Но время, связанное для каждого в отдельности с пространством здесь наверху, то есть личное, индивидуальное время, измеряли и высчитывали разве что краткосрочники да новички, старожилы же в данном случае отдавали предпочтение неизмеренному, неприметно-вечному времени, дню, который всегда оставался бы одним и тем же, и каждый с похвальной деликатностью предполагал в друтом такое же чувство и желание. Сказать кому-нибудь, что сегодня исполнилось три года, как он здесь, было бы верхом грубости и бестактности, да это никогда и не случалось. Даже фрау Штёр, при всех своих прочих недостатках, в данном вопросе проявляла должный такт и воспитанность, и никогда не позволила бы себе подобного промаха. Пусть ее болезнь, снедающая тело лихорадка, непонятным образом сочеталась с ужасающим невежеством. Совсем недавно она за столом сказала, что у нее «интоксикованные» верхушки легких, а когда разговор зашел об истории, заявила, что исторические даты всегда были ее «поликратовым перстнем», от чего присутствующие на миг как бы даже окаменели. Но чтобы она, скажем, в феврале напомнила молодому Цимсену о его юбилее, было совершенно исключено, хотя она, вероятно, об этом подумала. Ибо злосчастная голова ее, разумеется, была забита никому не нужными датами и вздором, и она обожала совать нос в чужие дела; однако обычай держал ее в узде.

Так случилось и с годовщиной Ганса Касторпа. Правда, фрау Штёр за завтраком попыталась было многозначительно ему подмигнуть, но, встретившись с его отсутствующим взглядом, поспешила стушеваться. Иоахим тоже промолчал, хотя кто-кто, а уж он-то, конечно, помнил и месяц и число, когда ездил встречать «приехавшего его навестить» гостя на станцию «Деревня». Впрочем, Иоахим, вообще не слишком словоохотливый от природы, — в отличие от Ганса Касторпа, здесь пристрастившегося к умствованиям, и тем более от всяких там гуманистов и казуистов, — с некоторых пор сделался особенно и даже странно молчалив, он и на вопросы отвечал односложно, зато лицо его говорило красноречивее всяких слов. Было ясно, что для него со станцией «Деревня» связываются совершенно иные представления, нежели встреча или приезд... Он вел оживленную переписку с равниной. В нем зрела решимость. И приготовления его близились к концу.

Июль был теплым и ясным. Но с началом нового месяца погода испортилась, стало пасмурно и сыро, пошли дожди вперемежку со снегом, потом настоящие снегопады, и за исключением редких, по-летнему роскошных, солнечных дней, весь август и часть сентября держались холода. Сначала в прогретых за лето комнатах еще сохранялось тепло; там было градусов десять, что считалось вполне терпимым. Но потом быстро похолодало, и все даже обрадовались снегу, в который оделась долина, ибо только вид снега — низкая температура сама по себе не принималась в расчет — побудил наконец дирекцию затопить сперва одну лишь столовую, а затем и спальни, так что после обязательной процедуры лежания, скинувши одеяло и вернувшись в комнату, можно было прикладывать окоченевшие мокрые руки к ожившим трубам, пусть даже от их сухого дыхания еще сильнее горели щеки.

Неужели пришла зима? Если верить чувствам, то создавалось такое впечатление, и все жаловались, что «лета и не видели», хотя сами же его упустили, безрассудно растрачивая время, личное и календарное, в чем им помогали окружающие естественные и искусственные условия. Рассудок доказывал, что еще будут хорошие осенние дни; быть может, даже длинный ряд дней, установится «бабье лето», в червонно-теплом своем великолепии ничуть не уступающее настоящему, если только не замечать, насколько ниже солнце стоит над горизонтом и насколько раньше оно заходит. Однако вид зимнего ландшафта за окном и уныние, которое он нагонял, оказывались сильнее подобных утешений. Стоишь у закрытой балконной двери и смотришь с отвращением на вихрь белых хлопьев — Иоахим стоял там и наконец сдавленным голосом произнес:

— Значит, снова-здорово?

Ганс Касторп из глубины комнаты возразил:

— Не может быть, для зимы рановато, хотя по всем признакам страшно на то похоже; если зима — это мрак, снег, холод и теплые трубы, тогда в самом деле зима. Но если подумать, что зима едва кончилась и только-только сошел снег, во всяком случае нам, не правда ли, *кажется*, будто только что была весна, — то иногда, тут я с тобой совершенно согласен, просто тошно становится. Теряешь вкус к жизни — дай мне пояснить свою мысль. Я думаю, что мир вообще-то устроен так, чтобы соответствовать потребностям человека и пробуждать в нем вкус к жизни, не признать этого нельзя. Я вовсе не хочу этим сказать, что мировой порядок, ну, например, хотя бы величина нашей планеты, время, которое требуется ей, чтобы обращаться вокруг собственной оси и вокруг солнца, смена дня и ночи, времен года, — словом, космический ритм, рассчитан на наши потребности, — это было бы слишком самонадеянно и наивно, отдавало бы телеологией, как сказал бы философ. Просто наши потребности и общие основные закономерности в природе, благодарение Богу, созвучны, — я говорю благодарение Богу, потому что за это в самом деле стоит Бога благодарить, — и когда на равнине приходит лето или зима, то с прошлого лета или зимы протекло уже ровно столько времени, что лето и зима кажутся нам новыми и желанными, и на этом-то и покоится вкус к жизни. А вот у нас, здесь наверху, этот порядок и гармония нарушены, во-первых, потому, что здесь нет настоящих времен года, как ты сам однажды выразился, а просто летние и зимние дни, pêle-mêle, вперемежку, а во-вторых, потому, что время, которое мы здесь проводим, собственно даже не время, так что когда наступает новая зима, она вовсе не новая, а та же старая; этим и объясняется недовольство, с каким ты сейчас глядишь в окно.

— Весьма признателен за объяснение, — сказал Иоахим. — А теперь, когда ты мне все растолковал, ты, как мне сдается, так собой доволен, что заодно доволен и всей здешней жизнью... Нет! Хватит! — почти выкрикнул Иоахим. — Все это свинство, гнуснейшее свинство, и если ты... то я лично... — И он быстрым шагом вышел из комнаты, в сердцах хлопнув дверью, — в его мягких, прекрасных глазах как будто даже стояли слезы.

Ганс Касторп остался в полном смятении. Пока двоюродный брат громогласно заявлял о своих намерениях, он не принимал их особенно всерьез. Но теперь, когда говорило лишь лицо Иоахима, причем весьма красноречиво говорило, и вел он себя как сегодня, Ганс Касторп испугался, он понял, что этот солдат вполне способен от слов перейти к делу, — и он испугался до того, что весь побелел, испугался за них обоих, за него и за себя. «Fort possible qu'il aille mourir»[1], — подумал он, и так как сведения эти, несомненно, были получены из третьих рук, то к ним примешивалась боль давних, никогда не утихавших подозрений, и еще он подумал: «Неужели он меня бросит здесь одного, — меня, который приехал лишь затем, чтобы его навестить?! — И тут же добавил: — Это было бы нелепо и ужасно, — настолько нелепо и ужасно, что я чувствую, как у меня холодеет лицо и сердце беспорядочно колотится, потому что если я останусь здесь один, — а я останусь, даже если он уедет, мне нельзя, мне невозможно с ним уехать, — тогда, тогда, — что это с сердцем, теперь оно совсем замирает? — тогда это будет на веки вечные, потому что одному мне отсюда никогда уже не выбраться на равнину...»

Таков был страшный ход мыслей Ганса Касторпа. Еще в тот же день всем его сомнениям суждено было разрешиться: Иоахим высказался, жребий был брошен, и теперь слово оставалось за ним.

После чая братья спустились в светлый полуподвал на ежемесячное обследование. Было начало сентября. Войдя в пахнувшую на них сухим теплом ординаторскую, они застали доктора Кроковского за письменным столом, тогда как гофрат, как будто еще более посиневший, стоял со скрещенными на груди руками, прислонившись к стене, и, сжимая в кулаке стетоскоп, постукивал им себя по плечу. Он зевал, глядя в потолок.

— Здорово, мальчики, — сказал он устало, да и в дальнейшем казался вялым, меланхоличным, преисполненным безразличия ко всему. Видимо, он опять накурился. Правда, для дурного настроения имелись и объективные причины, о которых братья уже слышали, внутрисанаторские неприятности определенного свойства. Молоденькая девушка, некая Амми Нольтинг, впервые поступила в санаторий осенью позапрошлого года и девять месяцев спустя, в августе, была выписана как здоровая; в сентябре она снова вернулась, так как «почувствовала себя плохо», в феврале была вторично отпущена на равнину ввиду отсутствия каких-либо шумов, но уже

[1] Очень может быть, что он умрет (*фр.*).

в середине июля опять заняла свое место за столом госпожи Ильтис. И вот в час ночи эту Амми застали в ее спальне с больным, сыном фабриканта красок из Пирея, молодым химиком по фамилии Полипраксиос, тем самым греком, что на карнавале привлек к себе всеобщее и вполне заслуженное внимание стройностью и красотой своих ляжек, причем накрыла ее не кто иная, как ее же терзаемая ревностью приятельница. Пробравшись к ней тем же путем, что и Полипраксиос, а именно через балкон, она, не помня себя от огорчения и гнева при виде представшей ей картины, подняла ужасный крик, всполошила весь дом и сделала скандал достоянием всего санатория, так что Беренс был вынужден выгнать всех троих: афинянина, Нольтинг и ее подругу, в пылу страсти позабывшую о собственной чести. Он только что обсуждал неприятное происшествие со своим ассистентом, у которого, кстати сказать, лечились и Амми и доносчица. Выслушивая братьев, он с грустью и покорностью все еще продолжал изливать душу по этому поводу; истинный мастер аускультации, он был способен одновременна выслушивать у человека нутро, разговаривать о посторонних предметах и диктовать ассистенту результаты обследования.

— Да, да, gentlemen[1], проклятое libido![2] — говорил он. — Вы-то, конечно, еще находите удовольствие в этой штуке, что вам... Везикулярное... Но мне, как главному врачу, все это осточертело, можете мне... притупление... можете мне поверить. Чем я виноват, если туберкулез связан с повышенной половой возбудимостью?.. жестковатое дыхание. Не я так устроил, а тут оглянуться не успеешь, как очутишься в роли содержателя дома свиданий... укороченное под левой ключицей. У нас имеется психоанализ, мы даем больным возможность выговориться — черта с два! Чем больше эти хрипуны рассказывают, тем становятся похотливее. Я лично прописываю математику... Здесь лучше, шумы исчезли... Занятие математикой, говорю я им, превосходное средство против амуров. Прокурор Паравант, которого донимали соблазны плоти, кинулся в математику, возится теперь с квадратурой круга и чувствует большое облегчение. Но большинство слишком глупы и слишком ленивы, прости Господи... Везикулярное... Видите ли, я прекрасно знаю, что молодежи очень даже нетрудно свихнуться здесь, и раньше я иногда пытался бороться с развратом. А потом получалось, что какой-нибудь брат или жених спрашивал меня в упор, какое

[1] Джентльмены (*англ.*).
[2] Похоть, сладострастие (*лат.*).

мне-то до этого дело. С тех пор я врач, и только врач... слабые хрипы справа вверху.

Он покончил с Иоахимом, сунул стетоскоп в карман халата и огромной левой ручищей протер глаза, как обычно делал, когда скисал и впадал в меланхолию. Почти машинально и время от времени зевая, оттого, что ему было не по себе, отбарабанивал он привычные фразы:

— Ну, Цимсен, выше голову! Не все еще так, как должно быть по учебникам физиологии, кое-где еще не ладится, и с Гафки у вас еще не все благополучно, даже на один балл больше, чем было недавно, — у вас шесть сейчас, только не напускайте на себя мировую скорбь по этому случаю. Когда вы прибыли сюда, дело обстояло куда хуже, в этом я могу дать вам расписку, и если вы пробудете здесь еще, скажем, до генваря — февраля — знаете вы, что раньше говорили «генварь», а не «январь»? И это куда благозвучнее. Отныне я решил говорить только «генварь»...

— Господин гофрат... — начал было Иоахим. Он стоял обнаженный до пояса, сдвинув каблуки и выпятив грудь, с самым что ни на есть решительным видом, и лицо его точно так же пошло пятнами, как в тот раз, когда Ганс Касторп при известных обстоятельствах подумал, что так вот, значит, бледнеют люди загорелые.

— Если вы, — ничего не замечая, продолжал Беренс, — этак еще с полгодика исправно будете нести здешнюю службу, то станете молодец молодцом, тогда завоевывайте хоть Константинополь. Таким Геркулесом, что Геркулесовы столпы у англичан заберете...

Кто знает, как долго еще пребывавший в мрачности гофрат продолжал бы нести подобную околесицу, если бы непоколебимо твердый вид Иоахима, его очевидное намерение высказаться, и мужественно высказаться, не сбили его.

— Господин гофрат, — сказал молодой человек, — разрешите доложить: я решил уехать.

— Вот как? Так вы собираетесь стать разъездным агентом. А я-то думал, что вы хотели со временем, когда окончательно выздоровеете, стать офицером.

— Нет, господин гофрат, мне необходимо через восемь дней выбыть.

— Я не ослышался, вы бросаете винтовку, хотите удрать? Это же дезертирство.

— Нет, я придерживаюсь иного мнения на этот счет, господин гофрат. Мне пора в полк.

— И это невзирая на то, что через полгода я даю вам слово отпустить вас, а сейчас отпустить никак не могу?

Иоахим держался все более подтянуто. Он убрал живот и сдавленным голосом отчеканил:

— Я здесь уже более полутора лет, господин гофрат. Я не могу больше ждать. Вначале, господин гофрат, вы говорили: три месяца. Потом курс лечения все растягивался то на три месяца, то на полгода, а я все еще не здоров.

— Разве это моя вина?

— Нет, конечно, господин гофрат. Но я не могу больше ждать. Мне нельзя дожидаться здесь окончательной поправки, если я хочу еще попасть в полк. Нужно ехать сейчас. Мне понадобится время на экипировку и прочее.

— Ваши родные поставлены в известность? Вы получили их согласие?

— Моя мать согласна. Все улажено. Я зачислен корнетом в семьдесят шестой полк и к первому октября должен явиться по назначению.

— Несмотря на риск? — спросил Беренс, взглянув на него своими налитыми кровью глазами.

— Так точно, господин гофрат, — дрожащими губами отвечал Иоахим.

— Ну, что ж, хорошо, Цимсен. — Гофрат изменил тон, сделался покладистее, как-то весь обмяк. — Хорошо, Цимсен. Можете стать вольно! Поезжайте с Богом. Я вижу, вы знаете, чего хотите, и берете это дело на себя, и, конечно, это в конце концов ваше дело, а не мое, с той самой минуты, как вы берете его на себя. Каждый сам себе хозяин. Вы едете без гарантии, я ни за что не ручаюсь. Но, даст Бог, все может и обойтись. Солдатская служба на вольном воздухе. Весьма возможно, что она пойдет вам на пользу и вы выкарабкаетесь.

— Слушаюсь, господин гофрат.

— Ну, а вы, молодой человек из штатских? Вы тоже с ним?

Теперь приходилось отвечать Гансу Касторпу. Он стоял такой же бледный, как год назад при осмотре, в результате которого был принят в санаторий, стоял на том же самом месте, что и тогда, и снова совершенно отчетливо было видно, как сердце его пульсирует между ребрами. Он сказал:

— Это будет целиком зависеть от вашего заключения, господин гофрат.

— Моего заключения? Ладно! — И, протянув его к себе за руку, Беренс стал выслушивать и выстукивать. Он не диктовал. Все шло довольно быстро. Кончив, он сказал:

— Можете ехать.

Ганс Касторп, заикаясь, пролепетал:

— Как... то есть? Разве я здоров?

— Да, здоровы. Об очажке в левой верхушке больше не приходится говорить. Ваша температура не имеет к нему никакого отношения. Откуда она, даже затрудняюсь вам сказать. Полагаю, что она ровно ничего не означает. Так что с моей стороны препятствий нет, можете ехать.

— Но... господин гофрат... Может быть, это вы сейчас не всерьез говорите?

— Не всерьез? То есть как? Вы что думаете? Обо мне в частности думаете, хотел бы я знать? За кого вы меня принимаете? За содержателя дома свиданий?

Он был в ярости. Синее лицо гофрата сделалось багрово-фиолетовым от прилива крови, уголок верхней губы под коротко подстриженными усиками вздернулся еще выше, обнажив зубы, и он уже пригибал голову, как бык, выпучив на Ганса Касторпа свои слезящиеся, налитые кровью глаза.

— Я вам не позволю! — кричал он. — Во-первых, я никакой не содержатель, не владелец! Я здесь служащий! Я врач! Только врач, понимаете вы?! А не какой-нибудь сводник! Не какой-нибудь синьор Аморозо с виа Толедо из прекрасного Неаполя, понимаете вы?! Я слуга страждущего человечества! А если вы изволите иметь иное представление о моей персоне, то можете оба отправляться к чертовой бабушке, в болото или к свиньям, по собственному усмотрению! Скатертью дорожка!

Большими шагами направился он к двери, ведущей в приемную рентгеновского кабинета, рванул ее и с шумом за собой захлопнул.

Братья растерянно обернулись к доктору Кроковскому, но тот уткнулся носом в свои карточки и, казалось, весь ушел в них. Они наспех кое-как оделись. На лестнице Ганс Касторп сказал:

— Вот ужас-то! Ты когда-нибудь видел его таким?

— Нет, таким еще никогда. Он разбушевался, как большой генерал. В таких случаях ничего другого не остается, как соблюдать безукоризненную корректность и дать грозе пронестись. Конечно, он раздражен этой историей с Полипраксиосом и Нольтинг. Но ты заметил, — продолжал Иоахим, и видно было, как радость одержанной победы подымается в нем и распирает ему грудь, — ты заметил, как он сразу сбавил тон и капитулировал, когда понял, что я не шучу? Нужно только твердо держаться, не дать себя сбить. Теперь у меня имеется какое-никакое, а разрешение — он сам сказал, что я скорее всего выкарабкаюсь и через неделю двинемся... через три недели я буду в полку, — поправился он, выводя из игры Ганса Касторпа и относя вырвавшиеся в радостном возбуждении слова только к самому себе.

Ганс Касторп промолчал. Он ничего не сказал ни о полученном Иоахимом «разрешении», ни о разрешении, данном ему, которое тоже не мешало обсудить. Он готовился к процедуре лежания, сунул градусник в рот, быстрыми уверенными движениями, с искусством, доведенным до совершенства, в полном соответствии с освященной здесь практикой, о которой и понятия не имеют на равнине, завернулся в оба одеяла верблюжьей шерсти и замер, укутанный и неподвижный как колода, в удобном своем шезлонге среди холодной сырости надвигавшегося раннего осеннего вечера.

Низко нависли дождевые тучи, фантастический флаг был спущен, кое-где на мокрых ветках большой пихты еще лежали клочья снега. Снизу, с общей галереи, откуда более года назад впервые до его слуха донесся голос господина Альбина, подымался приглушенный шум болтовни, а лицо и руки принимавшего процедуру все сильнее коченели от мозглого холода. Но он к этому привык и был благодарен здешнему, давно ставшему единственно для него мыслимым положению в жизни за дарованное ему право лежать в укромном уголке и размышлять обо всем.

Итак, решено, Иоахим уезжает. Радамант его отпустил — не rite, не как вполне здорового, но все же отпустил, отчасти даже одобрив проявленную им твердость духа. Он отправится вниз по узкоколейке в Ландкварт, в Романсхорн, пересечет широкое бездонное озеро, по которому в балладе проскакал всадник, и через всю Германию поедет домой. Он будет жить там, в равнинном мире, среди людей, которые и понятия не имеют о том, как следует жить, ничего не знают о градусниках, об искусстве заворачивания в одеяла, о спальных мешках, о троекратных обязательных прогулках, о... даже трудно сказать, трудно перечислить все, чего люди там не знают, но мысль, что Иоахим, после проведенных здесь наверху полутора с лишним лет, вынужден будет жить среди непосвященных — мысль эта, относившаяся к одному лишь Иоахиму и разве что очень отдаленно, в виде некоего допущения приложимая и к нему, Гансу Касторпу, — привела его в такое расстройство, что он зажмурил глаза и замахал рукой. «Невозможно, невозможно», — пробормотал он.

Но если это невозможно, — значит, он должен остаться и жить здесь наверху один, без Иоахима? Да, должен. До каких же пор? До тех пор, пока Беренс не отпустит его как вполне здорового, не отпустит всерьез, а не так, как сегодня. Но, во-первых, срок этот был настолько неопределенен, что перед его необозримостью оставалось только развести руками, как это в свое время сделал Иоахим, и, во-вторых, спрашивалось: станет ли тогда невозможное более возможным? Скорее напротив. И если до конца быть честным с самим собой, то сейчас ему подавали руку помощи, сейчас, когда невозможное было не совсем невозможным, каким оно станет впоследствии, ему предлагались опора и вожатый, благодаря самовольному отъезду Иоахима, на трудном пути вниз, на равнину, который ему одному ввек не отыскать. О, как гуманист и педагог станет призывать его ухватиться за руку и пойти за вожаком, когда гуманист и педагог узнает о такой возможности! Ведь господин Сеттембрини был глашатаем идей и сил, к которым, конечно, стоило прислушаться, впрочем, не безоговорочно и не только к ним, но и к другим идеям и силам. Да и с Иоахимом обстояло так же. Иоахим солдат, и этим все сказано. Он уезжает почти в то самое время, когда пышногрудая Маруся должна возвратиться (ее приезда ждали, как известно, к первому октября), тогда как ему, штатскому Гансу Касторпу, отъезд потому и представлялся невозможным, что он должен дождаться Клавдии Шоша, о возвращении которой пока даже и разговора нет. «Я придерживаюсь иного мнения», — сказал Иоахим, когда Радамант обвинил его в дезертирстве, что в отношении Иоахима представлялось лишь пустопорожней болтовней со стороны хандрившего гофрата. Но для него, для штатского, дело обстояло иначе. Для него — о, несомненно, так это и было! Ведь чтобы вырвать из сумбура чувств эту мысль, он и лег сегодня на балкон в мокрядь и холод, — для него и впрямь было бы дезертирством, воспользовавшись оказией, самовольно или полусамовольно бежать на равнину, бежать от чувства растущей ответственности, которая в нем всякий раз возникала при созерцании высшей формы органической жизни, именуемой Homo Dei, дезертирством и изменой по отношению к тяжелым и жгучим, непомерным для его слабых сил и все же волнующе-блаженным обязанностям «править», каким он предавался здесь, на балконе, и среди цветущей синевы своего уголка возле мостика.

Он выхватил изо рта градусник, выхватил с такой поспешностью, как лишь однажды в жизни, когда впервые пользовался этим изящным инструментом, проданным ему старшей сестрой, и с таким же нетерпением, как тогда, склонился над ним. Меркурий здорово взлетел, он показывал тридцать семь и восемь, даже почти девять.

Ганс Касторп сбросил с себя одеяла, вскочил и быстро прошелся по комнате, к двери в коридор и обратно. Потом, снова заняв горизонтальное положение, тихонько окликнул Иоахима и осведомился о его кривой.

— Я больше не меряю, — ответил Иоахим.

— А у меня темпы, — сказал Ганс Касторп, коверкая слово на манер фрау Штёр; на что Иоахим за своей стеклянной перегородкой ничего не ответил.

И позже Иоахим ничего не сказал ни в этот день, ни в следующий, не пытался завести разговор о планах и намерениях брата, которые, при краткости назначенного к отъезду срока, должны были сами собой обнаружиться в действиях или в бездействии, как оно и случилось, а именно в бездействии. Видимо, Ганс Касторп придерживался воззрений квиетистов, считавших, что действовать значит гневить Бога, которому одному угодно действовать. Во всяком случае, вся активность Ганса Касторпа в эти дни свелась к посещению Беренса, к повторной беседе, о которой Иоахим был осведомлен, а ход и результаты которой знал наперед до мелочей. Двоюродный брат заявил, что берет на себя смелость более доверять прежним многократным советам гофрата оставаться здесь до полного излечения, с тем чтобы не было больше надобности возвращаться, чем словам, сказанным сгоряча в минуту раздражения; ведь у него 37,8 и он не может считать себя отпущенным rite, и если недавнее заключение гофрата не следует понимать как своего рода изгнание, меру, к которой он, насколько ему известно, не подавал повода, то по зрелом размышлении и действуя сознательно в противоположность Иоахиму Цимсену, он решил еще остаться здесь, пока окончательно не избавится от инфекции. На что гофрат скорее всего ответил: «Bon[1], вот и прекрасно!» и «Какие же тут могут быть обиды!» и «Это самое разумное», и он сразу определил, что из

[1] Хорошо (*фр.*).

Ганса Касторпа получится более талантливый пациент, чем из того непоседы-вояки. И так далее и тому подобное.

Так примерно, по весьма недалеким от истины предположениям Иоахима, протекала беседа, и потому он ничего не сказал, лишь молча установил, что Ганс Касторп со своей стороны не предпринимает никаких шагов к отъезду. А у Иоахима хватало и своих забот! Где уж ему было в эти дни думать о судьбе остающегося двоюродного брата. Нетрудно себе представить, какая буря бушевала у него в груди. Быть может, даже к лучшему, что он перестал измерять температуру; разбил градусник, якобы нечаянно уронив его; в том состоянии, в каком находился Иоахим, то пылая пунцовым румянцем, то бледнея от радости и возбуждения, его температура способна была хоть кого сбить с толку. Он больше не мог лежать; весь день шагал он взад и вперед по комнате, как установил Ганс Касторп, и это в те самые часы, четыре раза в день, когда весь «Берггоф» замирал в горизонтальном положении. Полтора года! И вдруг вниз, на равнину, домой, вдруг на самом деле в полк, пусть даже с частичного разрешения! Это во всех отношениях не малость, Ганс Касторп прекрасно понимал беспокойно шагавшего по комнате двоюродного брата. Восемнадцать месяцев, круглый год и еще полгода провести здесь наверху, глубоко сжиться, войти в колею этого распорядка, этого нерушимого ритма жизни, которому он семижды семьдесят дней всякий час подчинялся, — и вдруг отправиться домой, на чужбину, к непосвященным! Какие только трудности не придется ему преодолеть, прежде чем он там акклиматизируется? Можно ли удивляться, если волнение Иоахима вызывалось не одной лишь радостью, но и страхом, а может быть, его гнала из угла в угол этой комнаты боль разлуки с давно привычным и знакомым? Не говоря уже о Марусе.

Но радость перевешивала. От избытка сердца глаголют уста, и Иоахим не умолкая говорил о себе самом, предоставив брата собственной судьбе. Он говорил о том, каким обновленным и свежим покажется ему мир: и жизнь, и сам он, и время — каждый день и каждая минута. Снова время станет для него надежным мерилом, впереди длинные полновесные годы юности. Он говорил о своей матери, сводной тетке Ганса Касторпа, у которой были такие же мягкие черные глаза, как у Иоахима, и которую он не видел за все время своего пребывания в горах. Она тоже с месяца на месяц, с полугодия на полугодие откладывала свою поездку и так и не выбралась к сыну. Говорил с восторженной улыбкой о присяге, которую вскоре принесет, — церемония совершалась у полкового знамени в торжественной обстановке, присягали именно знамени.

— Неужели? — спросил Ганс Касторп. — Это ты серьезно? Палке? Какой-то тряпке?

— Да, конечно, а в артиллерии орудию, как символу.

— Довольно-таки романтический обычай, — заметил на это штатский. — Я сказал бы даже сентиментально-фанатический, — на что Иоахим гордо и радостно кивнул головой.

Он был поглощен приготовлениями к отъезду, оплатил последний счет в конторе, чуть ли не за три дня до назначенного себе срока начал укладывать чемоданы. Уложил и летние и зимние вещи, а спальный мешок и одеяла верблюжьей шерсти попросил портье зашить в мешковину: они могут пригодиться ему на маневрах. Он уже делал прощальные визиты. Побывал у Нафты и Сеттембрини — на сей раз один, двоюродный брат не пошел с ним и даже не поинтересовался, как Сеттембрини отнесся к предстоящему отъезду Иоахима и своему не предстоящему отъезду, и что сказал по этому поводу: только ли «вот, вот», или «так, так», или и то и другое, или «poveretto», — ему это, видимо, было совершенно безразлично.

Но вот наступил канун отъезда, и Иоахим в последний раз отдал должное всему санаторскому ритуалу, каждой трапезе, каждой процедуре лежания, каждой обязательной прогулке, простился со старшей сестрой и врачами. И наконец забрезжило утро знаменательного дня; глаза Иоахима лихорадочно блестели и руки были холодны как лед, когда он явился к утреннему завтраку: он не спал всю ночь, почти не притронулся к еде, стремительно вскочил со стула, лишь только карлица известила его, что вещи погружены, и торопливо простился с соседями по столу. Фрау Штёр, желая ему счастливого пути, прослезилась, — это были легко льющиеся несоленые слезы человека необразованного, — и немедля, покачивая головой и вращая рукой с растопыренными пальцами, стала за спиной Иоахима делать зловещие знаки, самым вульгарным образом выражая учительнице свои сомнения относительно обоснованности подобного отъезда и благополучного его исхода. Ганс Касторп, допивавший свою чашку кофе стоя, чтобы сразу же последовать за Иоахимом, все это видел. Надо было еще раздать чаевые, ответить в вестибюле на официальное прощальное приветствие представителя дирекции. Как всегда, нашлось немало охотников поглядеть на отъезд: тут была и фрау Ильтис со «стерилетом», и фрейлейн Леви с лицом цвета слоновой кости, и припадочный Попов с невестой. Они махали платочками вслед экипажу, который, шурша по гравию приторможенным колесом, спускался вниз по главной аллее. Иоахиму поднесли розы. Он был в шляпе. Ганс Касторп — с непокрытой головой.

Утро выдалось великолепное, первое солнечное утро после долгого ненастья. Шьяхорн, Зеленые башни, купол Дорфберга удивительно явственно выступали на глубокой лазури, и Иоахим не мог оторвать от них взгляда. Даже обидно, заметил Ганс Касторп, что как раз к его отъезду установилась хорошая погода. Будто назло, куда легче расставаться неприветливым утром. На что Иоахим коротко возразил, что никакого облегчения ему не требуется, а погода как раз для маневров, лучшей и не пожелаешь для возвращения на равнину. А вообще они говорили мало. Все так сложилось для каждого из них и между ними, что им трудно было разговаривать. Кроме того, перед ними на козлах, рядом с кучером, торчал хромой служитель.

Высоко сидя и подскакивая на жестких подушках кабриолета, они оставили позади водопад и узкоколейку, выехали на неравномерно застроенную улицу, тянувшуюся вдоль железной дороги, и остановились на замощенной площади перед помещением станции «Деревня», мало чем отличавшейся от сарая. И тут Ганс Касторп с ужасом все припомнил. С того дня, когда он приехал сюда в надвигавшихся сумерках тринадцать месяцев назад, он ни разу не был на станции.

— Ведь это же я здесь высадился, — неизвестно зачем сказал он, на что Иоахим ответил только:

— Да-да, вот именно, — и стал рассчитываться с кучером.

С обычной расторопностью хромой позаботился обо всем, о билетах, багаже. Они стояли друг подле друга на платформе у крохотного поезда, возле обитого серым сукном купе, где Иоахим со своим пальто, портпледом и розами занял одно место.

— Ну, так валяй, приноси свою романтическую присягу, — сказал Ганс Касторп.

И Иоахим ответил:

— Будет сделано.

О чем же было говорить еще? Каждый просил другого кланяться: кланяться тем, кто был внизу, и тем, кто остался наверху. Потом Ганс Касторп уже только чертил тростью по асфальту. А когда пассажирам предложили занять свои места, он вздрогнул и взглянул на Иоахима, а тот взглянул на него. Они подали друг другу руки. Ганс Касторп неопределенно улыбался, а взгляд Иоахима стал серьезным и грустно-умоляющим.

— Ганс! — сказал он. Великий Боже, что могло быть тягостнее? Он назвал Ганса Касторпа по имени! Не просто сказал ему «ты» или «старина», как они это всю жизнь делали, а наперекор всякой благовоспитанной сдержанности, тягостно-экзальтированно назвал его по имени! — Ганс! — сказал он, со страхом и мольбой сжимая руку двоюродному брату, и тот заметил, что у не спавшего всю ночь, охваченного дорожной лихорадкой, взволнованного Иоахима трясется голова, как у него самого, когда он «правил». — Ганс, — заклинал он, — присзжай поскорее! — И вскочил на подножку. Дверца захлопнулась, раздался свисток, загремели буфера, паровозик дернул и поезд тронулся. Уезжающий махал из окна шляпой, остающийся — рукой. С чувством щемящей тоски долго стоял он один на платформе. Потом медленно двинулся в обратный путь, той самой дорогой, по которой более года назад вел его Иоахим.

## ОТБИТАЯ АТАКА

Колесо вращалось. Стрелка времени подвигалась вперед. Кукушкины слезки и водосбор отцвели, отцвела и дикая гвоздика. Темно-синие звездочки горечавки и бледные ядовитые безвременницы снова показались в сырой траве, а леса порыжели. Осеннее равноденствие осталось позади, близился праздник поминовения усопших, а для более искушенных расточителей времени первое воскресенье поста, самый короткий день в году и Рождество. Но все еще стояли чудесные осенние дни — вроде того дня, когда двоюродные братья осматривали полотна гофрата.

После отъезда Иоахима Ганс Касторп уже не сидел больше за столом фрау Штёр — тем самым столом, откуда «отправился в мир иной» доктор Блюменколь и сидя за которым Маруся заглушала взрывы беспричинной веселости пахнувшим апельсинными духами платочком. Там сидели теперь новые, совершенно незнакомые больные. А нашему приятелю, на два с половиной месяца продвинувшемуся в глубь своего второго года, дирекция отвела другое место, за соседним столом, стоявшим наискось от старого, ближе к левой двери на балкон, короче говоря за столом Сеттембрини.

Да, на месте, покинутом гуманистом, сидел теперь Ганс Касторп, опять в конце стола, против докторского стула, приберегаемого за всеми семью столами для тура гофрата и его фамулуса.

Там, вверху стола, слева от медицинского председательского места, восседал на горе подушек горбатый фотограф-любитель из Мексики — он не знал ни одного языка, кроме испанского, и застывшим выражением лица напоминал глухого. Рядом с ним помещалась увядшая старая дева из Трансильвании, та самая, что всем и каждому без умолку рассказывала, на что однажды уже жаловался Сеттембрини, о своем зяте, хотя ни один человек его не знал, да и знать не хотел. В определенные часы дня она появлялась у балюстрады своего балкончика и, закинув за голову тросточку с рукояткой из черненого серебра, которой пользовалась также на обязательных прогулках, вздымала в гигиеническом глубоком дыхании плоскую, как тарелка, грудь. Место напротив занимал чех, которого все звали господином Венцелем, потому что настоящей его фамилии никто не в состоянии был выговорить. В свое время господин Сеттембрини иной раз пытался одним духом выпалить немыслимое сочетание согласных, из которых оно состояло, — разумеется, не всерьез, а лишь затем, чтобы забавы ради продемонстрировать благородную неспособность человека латинской культуры прорваться сквозь этот варварский частокол звуков. Жирный, как боров, и поразительно прожорливый даже по сравнению со здешними обитателями, чех тем не менее уже четыре года твердил, что непременно умрет. По вечерам, когда в гостиной собиралось общество, он иногда бренчал на перевязанной лентой мандолине песни своей родины и рассказывал о своих свекловичных полях, где работают одни только красивые девушки. Ближе к Гансу Касторпу, по обе стороны стола, сидели господин и госпожа Магнус, у которых был свой пивоваренный завод в Галле. Атмосфера грусти обволакивала эту пару, ибо и тот и другой теряли важные для жизни продукты обмена: господин Магнус — сахар, а фрау Магнус — белок. Бледная фрау Магнус всегда казалась подавленной, словно для нее не существовало и проблеска надежды; духовным убожеством веяло от нее, как из затхлого пустого погреба, и, быть может, еще нагляднее, чем у невежественной Штёр, в ней проявлялось то сочетание болезни и глупости, которое так коробило Ганса Касторпа, за что ему уже однажды пенял Сеттембрини. Супруг ее был живее и общительнее, хотя по-прежнему вел все те же разговоры, которые когда-то выводили из себя итальянца. Вдобавок он легко приходил в ярость и часто вступал в жаркие словесные перепалки с господином Венцелем из-за политики или по другой какой-нибудь причине. Его возмущали национальные претензии чеха, к тому же оказавшегося врагом спиртных напитков и во всеуслышание морально осуждавшего профессию пивовара, тогда как тот, весь багровый, с пеной у рта доказывал неоспоримую полезность напитка, от которого зависело все его благосостояние. Прежде Сеттембрини с присущим ему юмором умел в таких случаях сгладить острые углы, но занявший место итальянца Ганс Касторп был менее ловок, да и не обладал достаточным авторитетом, чтобы его заменить.

Лишь с двумя соседями по столу Ганса Касторпа связывали более близкие отношения: один из них был сидевший слева от него А.К. Ферге из Петербурга, благодушный страдалец, любивший, цедя слова сквозь пышную бахрому рыжевато-каштановых усов, поговорить о производстве галош и о далеких окраинах Российской империи, полярном круге и вечной зиме на Нордкапе; с ним Ганс Касторп иногда даже отправлялся на обязательные увеселительные прогулки. Другой — он сидел вверху стола, напротив горбатого мексиканца, и увязывался за ними при всяком удобном случае — был плешивый мангеймец с гнилыми зубами, тот, чей взгляд с мрачным вожделением неотступно следовал за привлекательной фигурой мадам Шоша; Везаль, Фердинанд Везаль по фамилии и коммерсант по профессии, он с карнавального вечера пытался сблизиться с Гансом Касторпом.

Он добивался его дружбы с упорством и смирением, с подобострастной преданностью, вызывавшей трепет отвращения в Гансе Касторпе, который понимал сложную подоплеку этой преданности, но все же считал себя обязанным отвечать на нее по-человечески. Зная, что достаточно слегка нахмурить брови, чтобы слабодушный мангеймец тотчас съежился и отпрянул, спокойно терпел он угодливые заискивания Везаля, пользовавшегося любым предлогом услужить ему и подольститься, терпел, когда тот на обязательных прогулках нес за ним пальто — он нес его чуть ли не с благоговением, перекинув через руку, — терпел, наконец, и рассуждения мангеймца, всегда мрачные. Везаль имел пристрастие ставить такие, например, вопросы: есть ли смысл объясняться в любви женщине, которую любишь, но которая знать тебя не хочет — *безнадежное* любовное признание, словом. Как господа считают? Он лично считал, что, несомненно, имеет, что оно сулит безграничное счастье. Если даже акт признания вызывает одну лишь гадливость и таит в себе много унизительного, то он на краткий миг все же устанавливает какую-то любовную близость с предметом вожделения, понуждает его к интимности, вовлекает в стихию своей страсти, и если на этом дело кончается, все же вечная утрата часто с лихвой окупается мгновением исступленного блаженства, ибо всякое признание означает насилие, и чем сильнее ты возбуждаешь отвращение, тем полнее испытываешь блаженство... Но тут Везаль пугался при виде омрачавшейся физиономии Ганса Касторпа, что, впрочем, скорее вызывалось присутствием благодушного Ферге, которому, как тот сам не раз подчеркивал, чужды были разговоры о высоких материях, нежели моральным осуждением со стороны нашего героя. Это можно заключить хотя бы из того, что, когда бедняга Везаль однажды вечером, оставшись наедине с молодым человеком, пристал к нему с жалкими словами, умоляя открыть ради Бога ему во всех подробностях свои впечатления и переживания в ночь после карнавала, Ганс Касторп, которого мы не собираемся представлять ни лучше ни хуже, чем он был в действительности, со спокойной сердечностью снизошел к его просьбе, отнюдь не сводя эту разыгравшуюся под сурдинку сцену, как может подумать читатель, к чему-то низменно-легкомысленному. Тем не менее у нас имеются основания избавить и его и нас от ее изложения, добавим лишь, что Везаль после того с удвоенной преданностью носил за мягкосердечным Гансом Касторпом его пальто.

Таковы были новые соседи по столу Ганса Касторпа. Место справа от него пустовало: оно было занято лишь временно, всего лишь несколько дней, таким же постояльцем, каким явился он сюда некогда сам, приехавшим его навестить родственником, гостем с равнины, можно даже сказать послом оттуда, короче говоря дядей Ганса Касторпа — Джемсом Тинапелем.

Это было необыкновенно и потрясающе, с ним рядом сидел представитель и посланец родины, принесший в складках добротного своего английского костюма еще свежий аромат былой, канувшей в вечность, старой жизни, другого, лежащего где-то там в глубине подлунного мира. Но этого следовало ожидать. Ганс Касторп втихомолку давно готовился к подобному вторжению с равнины и даже заранее наметил лицо, которому в самом деле и была поручена рекогносцировка — что, впрочем, не представляло труда, поскольку вечно находившийся в плавании Питер вряд ли мог приниматься в расчет, а о двоюродном деде доподлинно было известно, что его и на аркане не затащишь в эти края, опасные для него своим атмосферическим давлением. Нет, только Джемсу домашние могли поручить разузнать все о пропавшем; и Ганс Касторп давно уже его поджидал. Но с тех пор как Иоахим возвратился один и в семейном кругу рассказал о здешнем положении вещей, атаки следовало ждать со дня на день, с часу на час, так что Ганс Касторп нисколько не растерялся, когда не далее чем через две недели после отъезда Иоахима портье вручил ему телеграмму, в которой, как он и предчувствовал, сообщалось о приезде Джемса Тинапеля. Он едет по делам в Швейцарию и решил, воспользовавшись случаем, прокатиться к племяннику в горы. Послезавтра он будет здесь.

«Прекрасно, — подумал Ганс Касторп. — Великолепно, — подумал он. И даже про себя добавил что-то вроде: — Милости просим!» «Если бы ты только знал!» — мысленно говорил он приближающемуся гостю. Словом, он принял известие очень спокойно, сообщил гофрату Беренсу и дирекции, чтобы дядюшке приготовили комнату — комната Иоахима все еще пустовала, — и через день, к тому примерно времени, когда прибыл сам, то есть вечером, этак в восьмом часу, — уже стемнело, — в том же жестком и тряском экипаже, в котором он провожал Иоахима, поехал на станцию «Деревня» встречать посланца равнины, собиравшегося самолично во всем разобраться.

С кирпично-красным лицом, без шляпы и без пальто, стоял он на краю платформы, когда подошел маленький поезд, стоял под окном купе своего родственника, предлагая ему не стесняться и поскорее выйти, он-де уже прибыл. Консул Тинапель — он был вице-консулом, успешно замещая отца и в этой почетной, но обременительной для старика должности, — зябко ежась в зимнем своем пальто, — октябрьский вечер и вправду был очень холодным, чтобы не сказать морозным, а к утру, уж наверное, подморозит, — сам не зная почему вышел из купе обрадованно-взволнованный, но выражал свои чувства в несколько скупой, церемонной форме благовоспитанного немца с северо-запада; приветствуя племянника, он подчеркнул, что рад видеть его таким цветущим и, предоставив хромому позаботиться о чемоданах, вместе с Гансом Касторпом взгромоздился на высокое и жесткое сиденье дожидавшегося их на площади экипажа. Под густо усыпанным звездами небом они тронулись в путь, и Ганс Касторп, закинув голову и подняв в воздух указательный палец, пояснил двоюродному дяде небесные поля, словом и жестом охватывая одно сверкающее созвездие за другим и называя по именам планеты — меж тем как тот, больше занятый своим спутником, нежели космосом, внутренне недоумевал: все это, конечно, так, и не обязательно быть сумасшедшим, чтобы сразу, тут же, с места в карьер, заговорить о звездах, но все же, казалось, нашлось бы немало более близких предметов для разговора. С каких это пор он стал так хорошо разбираться в астрономии, спросил он Ганса Касторпа, и молодой человек ответил, что это плод вечернего лежания на балконе весной, летом, осенью и зимой. Как? Он лежит на балконе ночью? Ну да. И консул будет лежать. Ему ничего другого не останется делать.

— Конечно, бес-спорно, — поспешил согласиться несколько обескураженный консул. Подопечный его говорил бесстрастно и монотонно. В почти морозной свежести осеннего вечера он сидел рядом с ним без пальто и без шляпы.

— Ты разве не зябнешь? — спросил его Джемс; сам он продрог в своем зимнем пальто из толстого сукна и разговаривал как-то торопливо и связанно, едва удерживаясь, чтобы не залязгать зубами.

— Мы не зябнем, — коротко и бесстрастно отвечал Ганс Касторп.

Консул то и дело сбоку украдкой на него поглядывал. Ганс Касторп не справлялся о родных и знакомых дома. Когда Джемс передал ему поклоны оттуда, в частности от Иоахима, который уже в полку и так и светится от счастья и гордости, он спокойно поблагодарил, но сам не стал его расспрашивать о том, что делается на родине. Встревоженный чем-то неуловимым, он не сумел бы даже толком объяснить, причиной ли тому племянник, или же он сам, его собственное, вызванное поездкой, самочувствие, Джемс озирался по сторонам, тщетно стараясь разглядеть ландшафт высокогорной долины, затем глубоко вдохнул и выдохнул из себя воздух и провозгласил его превосходным. Еще бы, отвечал его спутник, недаром Давос славится на весь мир. Здешний воздух обладает прямо чудодейственными свойствами. Хотя он усиливает обмен, организм все же усваивает больше белка. Он излечивает болезни, которые каждый человек носит в себе в скрытом состоянии, но сначала как бы даже способствует их развитию, всячески подстегивая и подхлестывая организм, вызывает, так сказать, торжественную вспышку.

— Позволь, как то есть торжественную?

Вот именно. Разве тот никогда не замечал, что во всякой вспышке болезни есть что-то торжественное, что она представляет собой как бы праздник плоти?

— Конечно, бес-спорно, — поспешил заверить дядюшка, отбивая дробь нижней челюстью, и сообщил, что может провести здесь всего восемь дней, то есть неделю, дней семь значит, а может быть, и шесть. А поскольку он, как уже сказано, находит, что Ганс Касторп удивительно окреп и хорошо выглядит после своего затянувшегося против всяких ожиданий пребывания на курорте, племянник, надо думать, сразу же вместе с ним отправится вниз домой.

— Ну, ну, зачем же так сразу идти напролом, — сказал Ганс Касторп. Дядя Джемс рассуждает как житель равнины. Ему надо сперва здесь немного оглядеться, привыкнуть, тогда он иначе станет смотреть на вещи. Все дело в полной поправке, это сейчас главное, а Беренс недавно накинул ему еще полгода. Тут дядя назвал племянника «мой мальчик» и спросил, уж не рехнулся ли он.

— Ты что, совсем рехнулся? — спросил он. — Растянул каникулы на целый год с четвертью и теперь собираешься отдыхать еще полгода! Господи Боже мой, разве можно терять столько времени!

Тут Ганс Касторп, обратив лицо к звездам, коротко и бесстрастно рассмеялся. Да, время! Что касается этого, человеческого времени, то Джемсу придется пересмотреть свои привезенные снизу понятия, прежде чем он здесь наверху вздумает рассуждать о времени. Завтра же утром он серьезно переговорит с господином гофратом относительно Ганса, пообещал Тинапель.

— Непременно, непременно переговори, — сказал Ганс Касторп. — Он тебе понравится. Любопытный тип, эдакий развязный меланхолик. — И, указав на огни санатория «Шацальп», мимоходом рассказал о покойниках, которых спускают оттуда на санях.

Они поужинали в ресторане «Берггофа», но предварительно Ганс Касторп отвел гостя в комнату Иоахима, чтобы тот умылся и привел себя в порядок. Комнату выпарили $H_2CO$, сказал Ганс Касторп, не посмотрели на то, что это самовольный отъезд, и выпарили столь же основательно, как после совершенно другого ухода — исхода, exitus'а. Дядюшка пожелал узнать, что это значит.

— Жаргон, — пояснил племянник. — Словечки, которые у нас здесь в ходу! — сказал он. — Иоахим дезертировал, дезертировал к знамени, как это ни странно, такое тоже случается. Но поторопись, не то тебе не подадут ничего горячего.

И вот они сидели друг против друга в хорошо натопленном уютном ресторане, у окна на возвышении. Карлица расторопно им прислуживала, и Джемс заказал бутылку бургундского, которую принесли в плетеной корзиночке. Они чокнулись, и сразу же приятное тепло разлилось у них по всему телу. Младший рассказывал о жизни здесь наверху в разные времена года, об отдельных примечательных лицах в этом зале, о пневмотораксе, разъяснив, что это значит, на примере благодушного Ферге, и подробно остановился на ужасах плеврального шока, не забыл упомянуть о «трехцветных обмороках» господина Ферге, сопровождавшихся галлюцинациями обоняния, и о вырвавшемся у него при коллапсе взрыве непристойного смеха. Ганс Касторп один поддерживал разговор. Джемс ел и пил, по обыкновению, много, а тут у него с дороги и от перемены воздуха еще сильнее разыгрался аппетит. Однако он время от времени прерывал свое занятие — сидел с набитым ртом, забывая прожевать кусок, держа застывшие в неподвижности нож и вилку под тупым углом над тарелкой, и во все глаза смотрел на Ганса Касторпа; он, видимо, даже этого не сознавал, а племянника это тоже, очевидно, нисколько не смущало. На поросших жидковатыми белокурыми волосами висках консула Тинапеля обозначились вздувшиеся вены.

О доме разговора не было, ни о лично-семейных, ни о городских, ни о коммерческих делах, ни о фирме «Тундер и Вильмс» (судостроительные верфи, машиностроительный завод, котельные мастерские), которая все еще ждала молодого практиканта, что, понятно, ни в коей мере не составляло единственной заботы и занятия достопочтенной фирмы, так что поневоле возникал вопрос, ждет ли она его еще вообще. Правда, Джемс Тинапель по пути сюда в кабриолете и позднее у себя в комнате пытался коснуться всех этих предметов, но они падали наземь, чтобы больше уже не подняться, натолкнувшись на спокойное, непреклонное и ничуть не притворное безразличие Ганса Касторпа, как на непроницаемую броню душевной неуязвимости, которая весьма напоминала его нечувствительность к холоду осеннего вечера, его слова: «Мы не зябнем», — что, быть может, и заставляло консула время от времени так пристально смотреть на него. Разговор шел о старшей сестре, о врачах, о лекциях доктора Кроковского, на одной из которых Джемс будет присутствовать, если пробудет здесь неделю. Откуда племянник взял, что дядюшка захочет присутствовать на лекции? Ниоткуда. Ганс Касторп сам это заключил и предрешил с такой спокойной уверенностью, что даже самая мысль не пойти на лекцию должна была показаться дикой и противоестественной, и дядя поспешным «конечно, бес-спорно» постарался отвести от себя малейшую тень подозрения в том, что он способен замыслить такую крамолу. В этом заключалась та сила, смутное, но властное ощущение которой безотчетно заставляло господина Тинапеля смотреть на племянника — в данную минуту с разинутым ртом, ибо нос ему заложило, хотя никакого насморка, по разумению консула, у него не наблюдалось. Он слушал, как родственник рассказывал о болезни, представлявшей общий для всех здесь профессиональный интерес, и о восприимчивости к ней; о собственном его, Ганса Касторпа, скромном, но затяжном случае, о раздражающем действии бацилл на клетки бронхов и легочных альвеол, об образовании бугорков-туберкул и возникновении дурманящих растворимых токсинов, о распаде клеток и казеозном процессе, который может обернуться по-всякому, то ли приведет к обызвествлению и прорастанию соединительной тканью, что приостановит болезнь, то ли разовьется дальше, размягчая все новые участки и образуя каверны, пока окончательно не разрушит легкие. Он услышал о скоротечной, галопирующей форме этого процесса, которая за два-три месяца или даже несколько недель приводит к exitus'у, услышал о пневмотомии, с величайшим искусством производимой гофратом, о резекции легких, — эту операцию завтра или послезавтра предполагают сделать недавно прибывшей тяжелобольной, очаровательной или некогда очаровательной шотландке, страдающей gangraena pulmonum, гангреной легких, ее точит черно-зеленая зловонная гниль, и она целыми днями вдыхает распыленную карболовую кислоту, чтобы от отвращения к себе самой не потерять рассудок, — и вдруг, совершенно неожиданно для себя, консул, к величайшему своему стыду, прыснул. Прыснул со смеху, правда тут же в ужасе опомнился и сдержался, закашлял и вообще всячески попытался замять нелепую выходку — и в какой-то мере успокоился, а затем даже забеспокоился, увидев, что Ганс Касторп, который не мог не заметить злополучного происшествия, нисколько не смутился, вернее оставил его без внимания, и это вовсе не вызывалось чувством такта, деликатностью, воспитанием, а чистейшим безразличием, какой-то чудовищной терпимостью, словно он давно разучился удивляться подобного рода вещам. Потому ли, что консул хотел задним числом найти благовидный предлог и объяснение своей неожиданной веселости, по другим ли причинам, но вдруг ни с того ни с сего он завел чисто мужской клубный разговор об одной так называемой «шансонетке», певичке из кафе, совершенно умопомрачительной особе, подвизавшейся теперь в Санкт-Паули и вскружившей головы всему мужскому населению родной республики своим зажигательным темпераментом и прелестями, которые дядюшка попытался описать племяннику. Язык у консула немного заплетался, но это его не тревожило, поскольку ничем не колебимая терпимость собутыльника явно распространялась и на это явление. Однако с дороги его так нестерпимо клонило ко сну, что он уже в половине одиннадцатого предложил разойтись и немало внутренне досадовал, когда они в вестибюле встретились с легким на помине доктором Кроковским. Психоаналитик сидел у дверей одной из гостиных, читая газету, и племянник нашел нужным представить ему своего родственника. На бодрое приветствие доктора консул почти ничего не смог ответить, кроме «конечно, бес-спорно», и почувствовал большое облегчение, когда племянник, пообещав зайти за ним к восьми часам утра, чтобы вместе идти завтракать, удалился из продезинфицированной комнаты Иоахима через балкон в свою собственную, и он мог наконец, закурив на сон грядущий сигарету, повалиться на постель «дезертировавшего к знамени». Консул чуть было не наделал пожара, так как дважды засыпал с тлеющим окурком во рту.

Джемс Тинапель, которого Ганс Касторп называл то дядей Джемсом, то просто Джемс, был долговязый господин лет сорока, всегда носивший костюмы из одних только добротных английских тканей и белоснежное белье; у него были канареечно-желтые, уже начавшие редеть волосы, голубые, близко посаженные глаза, торчавшие соломенной щеточкой, подбритые усики и холеные руки. Вот уже несколько лет как он был супругом и отцом семейства, женившись на девушке из своего круга, такой же воспитанной и изысканной, как он, и с такой же негромкой, быстрой, колколюбезной манерой разговаривать. С ней и детьми он продолжал жить в просторной вилле старого консула на Гарвестехудской дороге и там, у себя на родине, производил впечатление энергичного, дальновидного и, при всей своей элегантности, холодного и практичного дельца, но стоило ему попасть в чуждое по нравам и обычаям окружение, к примеру во время поездок на юг страны, как у него появлялась какая-то торопливая предупредительность и учтиво-поспешная готовность к самоотречению, что, впрочем, проистекало отнюдь не из неуверенности в усвоенной им культуре, а, напротив, как раз из сознания ее замкнутости и цельности, а также из желания внести корректив в свои аристократические повадки, чтобы сохранить непринужденность даже среди немыслимых, на его взгляд, обычаев и нравов. «Конечно, разумеется, бес-спорно!» — поспешно соглашался он, дабы кто-нибудь, Боже упаси, не подумал, что господин Тинапель хоть и утончен, но ограничен. Прибыв сюда с вполне определенной практической миссией, а именно с наказом и с намерением самолично во всем разобраться и, как он про себя говорил, «вызволить» и доставить домой заблудшего молодого родственника, он все же хорошо понимал, что ему предстоит действовать на чужой территории, и с первого же мгновения не без опаски ощутил, что принявший его как гостя особый мирок со своими обычаями и нравами не только не уступает, но даже превосходит своей замкнутой самоуверенностью его собственный мир, так что деловая энергия консула тотчас же вступила в конфликт, и жесточайший, с его благовоспитанностью, ибо самонадеянность этого мирка оказалась поистине подавляющей.

Это самое и предвидел Ганс Касторп, когда на телеграмму консула хладнокровно про себя ответил: «Милости просим!»; однако не следует думать, будто он сознательно рассчитывал использовать против дядюшки непреклонную самонадеянность окружения. Для этого Ганс Касторп сам слишком уж тесно сросся с окружающей средой, и не он управлял ею при отражении вражеской атаки, а она им, так что все шло своим естественным путем, как бы само собой, начиная с того мгновения, когда что-то в облике племянника заставило дядю смутно ощутить всю безнадежность затеянного предприятия, и вплоть до конца и развязки, которую Ганс Касторп все же не преминул встретить или, вернее, проводить меланхолической улыбкой.

В первое же утро после завтрака, во время которого старожил познакомил приезжего с избранным кругом за своим столом, Тинапель узнал от гофрата Беренса, — высоченный, синещекий, тот в сопровождении черняво-бледного своего ассистента прошествовал, загребая ручищами, по столовой, направо и налево задавая риторический свой вопрос «Ну как? хорошо спали?» — что он, вице-консул Тинапель, не только замечательно придумал навестить здесь наверху своего одинокого neveu[1], но и поступил весьма здраво, если говорить о его личных интересах, ибо у него, конечно, общее малокровие. Малокровие у него, Тинапеля? «И еще ка-

[1] Племянника (*фр.*).

кое! — сказал Беренс, оттягивая ему нижнее веко указательным пальцем. — Классическое!» — подтвердил он. Уважаемый дядюшка поступит очень разумно, если недельки на две, на три со всем комфортом расположится здесь в горизонтальном положении у себя на балкончике, да и в остальном задастся целью во всем следовать благому примеру племянника. В его состоянии самое остроумное некоторое время пожить так, словно у него легкий tuberculosis pulmonum, который, кстати говоря, имеется у всех.

— Конечно, бес-спорно! — поспешил согласиться консул и еще некоторое время, открыв от усердия и учтивости рот, глядел на крутой затылок гофрата, который продолжал обход, загребая руками, тогда как видавший виды племянник невозмутимо стоял рядом. Засим они, как положено, отправились на увеселительную прогулку до скамейки у водостока и обратно, после чего Джемс Тинапель впервые приобщился к процедуре лежания, разумеется, под руководством Ганса Касторпа, который в придачу к привезенному пледу одолжил дяде одно из своих одеял верблюжьей шерсти — стояла такая чудная осенняя погода, что ему самому и одного за глаза было достаточно, — и добросовестно, прием за приемом, посвятил гостя во все тонкости искусства заворачиваться в них, а когда консул уже лежал, аккуратно спеленатый наподобие мумии, не поленился опять все развернуть, чтобы заставить того уже собственноручно, почти без его вмешательства, проделать весь установленный ритуал с самого начала, а также показал ему, как прикреплять полотняный зонт и загораживаться от солнца.

Консул острил. Дух равнины все еще крепко сидел в нем, и он посмеивался над всей этой премудростью, как перед тем насмехался над предписанной после завтрака строго регламентированной увеселительной прогулкой. Но когда он увидел безмятежно-спокойную улыбку, с какой племянник встречал все его шуточки, улыбку, отражавшую, как в зеркале, всю самонадеянность этого обособленного мирка, ему стало не по себе, он испугался за свою деловую энергию и тут же решил, не откладывая, возможно скорее, еще сегодня же днем добиться встречи с гофратом и серьезно поговорить с ним о племяннике, пока у него, Тинапеля, еще не иссяк запас сил и крепости духа, вывезенный из равнины, ибо он чувствовал, что слабеет, что дух санатория вкупе с его собственной благовоспитанностью уже вступили против него в опасный союз.

Вдобавок он чувствовал, что гофрату, собственно, было даже незачем рекомендовать ему для излечения малокровия следовать примеру других больных: это получалось здесь наверху само собой, просто представлялось неизбежным, но было ли это только воздействием спокойной неколебимой самоуверенности Ганса Касторпа, или на самом деле иной образ жизни был здесь невозможен и немыслим, ему, как человеку воспитанному, поначалу определить было трудно. Что могло быть естественнее, как после первого лежания на воздухе сесть за обильный второй завтрак, вслед за которым с самоочевидностью напрашивалась прогулка вниз, к «курорту», и потом позволить Гансу Касторпу вновь обернуть твои ноги. Вот именно, обернуть тебя... вокруг пальца. Он укладывал дядюшку на осеннем солнышке в шезлонг, удобство которого было не только бесспорно, но достойно высшей похвалы, и укладывался сам, пока громоподобный гонг не призывал их к обеду в кругу других больных, обеду первоклассному, безупречному и столь обильному, что следовавшая за этим процедура лежания соблюдалась им не столько из уважения к здешним обычаям, сколько из внутренней потребности и личного убеждения. Так оно и шло вплоть до роскошного ужина и вечерних развлечений в гостиной с оптическими приборами. Что оставалось возразить против такого распорядка дня, где все вытекало одно из другого со столь ненавязчивой и убедительной последовательностью? Здесь ничто не подало бы повода к протестам, если б даже критические способности консула не были ослаблены дурным самочувствием, которое консул не хотел прямо назвать недомоганием, хотя оно и представляло пренеприятное сочетание усталости и возбуждения, сопровождающихся ознобом и жаром.

Чтобы добиться желаемой и заранее тревожившей консула беседы с гофратом Беренсом, были предприняты надлежащие официальные шаги: Ганс Касторп передал просьбу массажисту, тот довел ее до сведения старшей, с которой консул Тинапель и завязал довольно своеобразное знакомство. Она явилась к нему на балкон, где застала его в шезлонге, и непривычными повадками подвергла немалому испытанию всегдашнюю благовоспитанность спеленатого наподобие младенца и совершенно беспомощного джентльмена. Уважаемый, услышал он, соблаговолит потерпеть денька два или три, гофрат занят, операции, общие обследования — ведь христианский долг повелевает прежде всего облегчать страждущих, а поскольку он, Тинапель, числится здоровым, то ему следует привыкнуть к тому, что он здесь не главная персона, претендовать ни на что здесь не может и должен подождать. Другое дело, если он просит себя обследовать, — чему она, Адриатика, нисколько бы не удивилась, — пусть-ка он посмотрит ей в лицо, ну конечно, глаза мутные и слегка воспаленные, и если приглядеться к нему хорошенько, когда он вот так лежит перед ней, очень похоже на то, что и с ним дело обстоит не совсем благополучно, не совсем ладно, пусть он не поймет ее превратно... Так для чего же он желает видеть главного врача: для обследования или для частной беседы? «Для частной беседы, бес-спорно!» — заверил лежащий. Тогда ему придется подождать, пока его не известят. Для частных бесед у гофрата редко находится время.

Короче говоря, все шло совсем не так, как представлял себе Джемс, а разговор со старшей еще больше вывел его из равновесия. Слишком учтивый, чтобы без стеснения сказать племяннику, чье нерушимое спокойствие прямо свидетельствовало о полном его единодушии с окружающей средой, какое отвратительное впечатление произвела на него эта ужасная особа, он робко постучал и осведомился, не находит ли тот, что старшая весьма оригинальная дама, с чем Ганс Касторп, на миг испытующе устремив взгляд в пространство, отчасти согласился, в свою очередь задав ему вопрос, не продала ли ему Милендонк градусника. «Мне? Нет, разве она ими торгует?» — ответил дядя... Но хуже всего было то, что, судя по лицу племянника, он нисколько не удивился бы и в том случае, если бы это на самом деле произошло. «Мы не зябнем» — было написано на его физиономии. Зато консул ужасно зяб, его постоянно тряс озноб, а голова пылала, и у него даже мелькнула мысль, что если бы старшая в самом деле предложила ему градусник, он, разумеется, от него бы отказался, но, пожалуй, поступил бы опрометчиво, поскольку человеку культурному пользоваться чужим градусником, например племянника, никак не подобает.

Так прошло несколько дней, четыре или пять. Жизнь посланца равнины катилась по рельсам — тем рельсам, которые были для него проложены, и казалось немыслимым, чтобы она шла иными путями. У консула были свои переживания, свои впечатления — мы не собираемся далее в них вникать. Однажды, находясь в комнате Ганса Касторпа, он взял с комода черную стеклянную пластинку, стоявшую там на миниатюрном резном мольберте среди других мелочей, которыми тот украсил свое опрятное жилье, и, подняв против света, обнаружил, что это негатив.

— Что это такое? — спросил дядя, рассматривая снимок.

Законный вопрос. Портрет был без головы и представлял собой скелет человеческого торса в призрачно-бледной оболочке плоти — к тому же женского торса...

— Это? Сувенир, — ответил Ганс Касторп. На что дядюшка сказал «пардон», поставил снимок на мольберт и поспешно отошел от комода. Мы привели этот эпизод лишь как пример его переживаний и впечатлений за эти четыре-пять дней. Присутствовал он и на одной из лекций доктора Кроковского, поскольку не присутствовать на ней казалось немыслимым. Что же касается личной беседы с гофратом Беренсом, которой добивался консул, то на шестой день он все же своего достиг. Его вызвали к главному врачу, и после завтрака, исполненный решимости серьезно переговорить с этим типом по поводу племянника и его времяпрепровождения, он бодро спустился в светлый полуподвал.

Но, вернувшись оттуда, спросил упавшим голосом:

— Ты когда-нибудь слышал что-либо подобное?

Однако поскольку было совершенно ясно, что Ганс Касторп, наверное, уже слышал нечто подобное и что его от этого не прошибет озноб, он ничего больше не добавил и на довольно вялые расспросы племянника отвечал только: «Да так, ничего, ничего». Зато у него тогда же появилась новая привычка: сдвинув брови и сложив губы трубочкой, он сосредоточенно глядел куда-то по диагонали вверх, затем резко поворачивал голову и устремлял такой же точно взгляд в прямо противоположную сторону... Не приняла ли беседа с Беренсом совершенно неожиданного для консула оборота? Об одном ли Гансе Касторпе шла речь, или также о нем, Джемсе Тинапеле, так что свидание все же утратило характер личной беседы? Поведение его указывало на то. Консул был очень оживлен, много говорил, беспричинно смеялся и, тыча племянника кулаком в живот, восклицал: «Ну как, старина!» Но время от времени у него появлялся этот странный взгляд, сначала туда, а потом сюда. Однако глаза его устремлялись и на более определенные предметы — за столом, на обязательных прогулках, в гостиной.

Вначале консул не обращал особого внимания на некую фрау Редиш, жену польского промышленника, сидевшую за столом отсутствующей фрау Заломон и прожорливого гимназиста в круглых очках; да она и вправду ничем особенно не выделялась по сравнению с другими больными женского пола в общей галерее для лежания, дама как дама, впрочем, низенькая полная брюнетка, уже не первой молодости, даже чуть-чуть седая, но с миловидным двойным подбородком и живыми карими глазами. Ни осанкой, ни умением держаться, ни разговором она, разумеется, не шла ни в какое сравнение с консульшей Тинапель там, внизу на равнине. Но воскресным вечером, после ужина, в гостиной, консул благодаря сильно декольтированному черному с блестками платью, в которое фрау Редиш нарядилась, сделал важное открытие, а именно, что у нее имеются груди, матово-белые, туго стиснутые корсажем женские груди, разделенные довольно-таки далеко видной ложбинкой, — открытие, до глубины души потрясшее и восхитившее этого зрелого и утонченного джентльмена, словно речь шла о чем-то совершенно новом, доселе невиданном и неслыханном. Он захотел познакомиться и познакомился с фрау Редиш, долго с ней беседовал, сперва стоя, потом сидя, и отправился спать, напевая. На следующий день фрау Редиш была уже не в черном платье с блестками, а в наглухо закрытом, но консул что видал, то видал и остался верен первому своему впечатлению. Он старался перехватить свою даму на обязательных прогулках и, оживленно болтая, шел рядом, по-особенному настойчиво и обаятельно повернувшись и наклонившись к ней, за столом пил за ее здоровье, а она, улыбаясь в ответ, сверкала коллекцией золотых коронок, и в разговоре с племянником называл ее «божественной женщиной», после чего снова принимался что-то напевать. Все это Ганс Касторп спокойно терпел с таким видом, словно так оно и должно быть. Но это никак не могло поднять авторитет старшего родственника в глазах племянника и плохо вязалось с миссией консула...

Случилось так, что во время обеда, за которым Джемс Тинапель подымал бокал в честь фрау Редиш, подымал дважды: за рыбным рагу и под конец, когда подали шербет, — за столом Ганса Касторпа и его гостя сидел гофрат Беренс — он, как известно, столовался поочередно за всеми семью столами и во главе каждого для него ставился прибор. Сложив перед тарелкой свои огромные ручищи, он сидел между господином Везалем и горбуном-мексиканцем, с которым говорил по-испански — он владел всеми языками, в том числе турецким и венгерским, — и, топорща скошенные шрамом усики, выпученными, налитыми кровью синими глазами наблюдал, как консул Тинапель приветствует фрау Редиш фужером бордо. Несколько позже гофрат за трапезой прочел даже небольшой доклад, на что его вдохновил Джемс: он с противоположного конца стола неожиданно задал ему вопрос, как это человек обращается в прах. Гофрат ведь посвятил себя изучению телесной сущности человека, тело, так сказать, его профессия, он, если можно так выразиться, властелин над телами, так пусть же расскажет, что происходит, когда тело разлагается.

— Прежде всего у вас лопается живот! — провозгласил гофрат, положив локти на стол и почти касаясь подбородком сложенных рук. — Вы покоитесь себе на своих опилках и стружках, а газы, понимаете ли, вас пучат, раздувают, как лягушку, когда шалуны мальчишки надувают ее воздухом, — под конец вы превращаетесь в настоящий воздушный шар, и тогда кожный покров у вас на животе не выдерживает давления и лопается. Трах-тарарах! Какое облегчение, вы поступаете, как Иуда Искариот, когда он упал с дерева и у него расселась утроба, вы все из себя вытряхиваете. Н-да, а засим вы снова можете показаться в обществе. Получи вы с того света увольнительную, вы могли бы даже проведать оставшихся родственников, никого не шокируя. Вы, что называется, высмердились. Если выйдешь на воздух, опять будешь стройным красавцем, как граждане Палермо, висящие в подземельях монастыря капуцинов у Порта-Нуова. Они висят там, элегантно-поджарые, и пользуются всеобщим уважением. Все дело только в том, чтобы высмердиться.

— Бес-спорно! — сказал консул. — Весьма вам признателен! — И на следующее утро исчез.

Он удрал, уехал с самым ранним утренним поездом вниз на равнину — конечно, предварительно рассчитавшись за все: кто бы мог в этом усомниться! Он уплатил по счету, внес положенный гонорар за произведенное врачебное обследование, потихоньку, не сказав племяннику ни слова, уложил оба чемодана, — по всей вероятности, еще с вечера или ранним утром, когда все в доме спали, — и Ганс Касторп, зайдя перед первым завтраком за дядюшкой, обнаружил, что комната его пуста.

Молодой человек подбоченился и сказал:

— Так, так! — И тут-то на лице его и отразилась та самая меланхолическая улыбка. — Н-да, — сказал он и покачал головой. — Значит, дал тягу. Сломя голову, с лихорадочной молчаливой поспешностью. Словно желая воспользоваться мгновенной решимостью и до смерти боясь ее упустить, он побросал свои вещи в чемоданы и был таков: один, а не вдвоем, так и не выполнив почетной миссии, рад-радешенек, что хотя бы сам унес отсюда ноги, человек строгих правил, дядюшка Джемс, дезертировал на равнину. Что ж, счастливого пути!

Ганс Касторп никому и виду не подал, что ничего не знал о предстоящем отъезде гостившего в «Берггофе» родственника, особенно хромому портье, провожавшему консула на станцию. С Боденского озера пришла открытка: Джемс писал, что получил телеграмму, требовавшую его немедленного выезда по делам на равнину. Он не захотел беспокоить племянника. Вежливая отговорка. «Приятного пребывания и в дальнейшем!» Уж не насмешка ли это? В таком случае довольно-таки искусственная, вымученная насмешка, подумал Ганс Касторп, ибо дядюшке вовсе было не до смеху и не до шуток, когда он так скоропалительно укатил, нет, консул осознал, внутренне осознал и с содроганием представил себе, что когда он теперь, после недельного пребывания здесь, вернется на равнину, ему еще долго, очень долго будет казаться невозможным, диким, противоестественным не совершать после завтрака обязательной увеселительной прогулки и не располагаться затем горизонтально на свежем воздухе, завернувшись по всем правилам искусства в одеяла, а вместо того идти к себе в контору. И это леденящее кровь сознание и явилось непосредственной причиной его бегства.

Тем и кончилась попытка равнины вернуть заблудшую овцу, сиречь Ганса Касторпа. Молодой человек не скрывал от себя, что бесславный провал кампании, провал, который он заранее предвидел, имел решающее значение для его взаимоотношений с живущими там внизу. Они, пожимая плечами, окончательно махнут на него рукой, а он обретет полнейшую свободу, мысль о которой уже не заставляла учащенно биться его сердце.

## OPERATIONES SPIRITUALES[1]

Лео Нафта родился в глухом местечке, где-то на границе Галиции и Волыни. Отец его, о котором он говорил с уважением, — очевидно, считая, что уже перерос свою прежнюю среду и может отзываться о ней благосклонно, — был там шохетом, резником, но занятие его, как небо от земли, отличалось от занятия какого-нибудь христианского мясника — всего только ремесленника и лавочника. Другое дело — отец Лео. Он был должностным лицом, и даже как бы духовным должностным лицом. Проверенный рав-

[1] Духовные упражнения (*лат.*).

вином в благочестивом своем искусстве и уполномоченный им умерщвлять согласно с предписаниями Талмуда скот, предназначенный по закону Моисея к убою, Элия Нафта, голубые глаза которого, по рассказам сына, лучились, как звезды, тихой одухотворенностью, сам проникся какою-то торжественностью и святостью, напоминавшими о том, что в первобытные времена заклание животных и в самом деле составляло привилегию жрецов. Когда Лейбе, — так звали Лео в детстве, — разрешали смотреть, как отец во дворе исправляет свою ритуальную должность с помощью дюжего подручного, молодого человека атлетического еврейского сложения и вида, возле которого тщедушный Элия с белокурой круглой бородкой казался еще миниатюрнее и хрупче, — как он заносит над связанным и стреноженным, но не оглушенным быком свой большой нож шохета и перерезает ему глотку до самого шейного позвонка, а подручный едва успевает подставлять под хлещущую фонтаном дымящуюся кровь большие бадьи, — он воспринимал это зрелище, как воспринимают дети, способные иногда чувством схватывать самую суть явлений, что, быть может, особенно было свойственно сыну лучистоглазого Элии. Он знал, что христианских мясников обязывали оглушать скот ударом дубинки или топора перед тем как убивать его и что предписание это давалось им, дабы избежать жестокости и не мучить животных; а отец его, хоть и несравненно более хрупкий и умный, чем те балбесы, и с лучистыми, как звезды, глазами, каких он не видел ни у кого из них, следуя закону, резал живую тварь неоглушенной и давал ей истечь кровью. Способ неотесанных гоев казался мальчику Лейбе выражением легковесного и нечестивого благодушия. Им не воздашь таких почестей божеству, как при исполненном торжественной жестокости отцовском обряде: так представление о благочестии навсегда соединилось у него с жестокостью, подобно тому как в детской его фантазии запах и вид бьющей фонтаном крови переплелись с мыслью о святости и одухотворенности. Ведь он хорошо понимал, что отец при хрупкости телосложения избрал свое кровавое ремесло не потому, что ему нравилась грубая жестокость, возможно, и доставлявшая удовольствие христианским мужланам и даже его собственному еврею-подручному, а по внутреннему убеждению, как бы изливавшемуся из его лучистых глаз.

Элия Нафта и в самом деле был мечтателем и философом, не только начетчиком, но и толкователем Торы; он обсуждал с раввином отдельные места Писания и нередко даже вступал с ним в спор. В своей округе, притом не только среди единоверцев, для одних он слыл, отчасти благодаря своей набожности, человеком особенным, которому было открыто больше, чем иным-прочим, у других он вызывал своего рода суеверный страх или во всяком случае мысль, что с ним — дело нечисто. Что-то в нем было смущающе-сектантское, что-то от пророка, баал-шема или цадика, то есть чудотворца, тем паче что он однажды и вправду исцелил — при посредстве крови и заговора — женщину от злокачественной коросты, а в другой раз — мальчика от падучей. Но именно этот-то ореол несколько крамольной святости, при котором немалую роль играл присущий его ремеслу запах крови, и погубил Элию Нафту. Во время беспорядков и погромов, вызванных загадочной смертью двух христианских детей, Элия страшным образом поплатился жизнью: его распяли, пригвоздили к двери собственного дома, который погромщики подожгли, а чахоточная жена его, долгое время прикованная к постели, с детьми, — мальчиком Лейбой и четырьмя другими ребятишками, все мал мала меньше, — воздев руки, плача и причитая, бежала с насиженного места. Благодаря предусмотрительности Элии не оставшись целиком без средств, сраженная горем семья погибшего нашла прибежище в одном из городков Форарльберга; там вдова Нафта устроилась на бумагопрядильную фабрику, где работала, сколько и пока хватало сил, а старшие дети ходили в школу. Но если преподносимый этим учебным заведением духовный рацион мог в какой-то мере отвечать складу характера и потребностям младших братьев и сестер, то для старшего, Лейбы, он казался чересчур скудным. От матери мальчик унаследовал предрасположение к чахотке, а от отца, помимо хрупкого телосложения, незаурядный ум и способности, к которым очень рано присовокупились тщеславие, непомерное честолюбие, неутолимая жажда изысканного комфорта, будившие в нем страстное желание подняться над окружавшей его средой. Чтением книг, которые пятнадцатилетний подросток добывал всеми правдами и неправдами, он нетерпеливо и беспорядочно развивал свой ум, поставляя ему таким образом недостававшую ему в школе пищу. Он думал и высказывал вслух такие вещи, от которых его чахнувшая на глазах мать только криво втягивала голову в плечи и всплескивала изможденными руками. Своим поведением и ответами на уроках Закона Божьего мальчик привлек внимание окружного раввина, набожного и ученого человека, который стал заниматься с ним у себя на дому, утолив его любовь к отточенной форме уроками древнееврейского и классических языков, а склонность к логическому мышлению — математикой. Но за все свои труды добряк ничего не пожал, кроме черной неблагодарности; чем дальше, тем яснее становилось, что он пригрел змею на своей груди. Как некогда Элия Нафта спорил со своим раввином, так спорил теперь его сын: они никак не могли поладить, то это были религиозные, то философские вопросы, из-за которых между учителем и учеником возникали разногласия, и разногласия эти все обострялись; честному книжнику пришлось немало натерпеться от непокорного ума, придирчивых вопросов и сомнений, духа противоречия и разящей диалектики юного Лео. Вдобавок мудрствования и интеллектуальные выверты Нафты приняли напоследок революционную окраску: знакомство с сыном одного социал-демократа, члена рейхсрата, а затем и с самим этим вожаком масс, заставило Лео размышлять о политике, а его страсть к логике направило на критику общественных порядков; от его речей у дорожившего своей лояльностью честного талмудиста волосы становились дыбом. Все это в конце концов привело к решительному разрыву между учителем и учеником. Короче говоря, дело кончилось тем, что учитель выгнал Нафту, запретив ему переступать порог своего кабинета, как раз в то время, когда мать Лео, Рахиль Нафта, лежала при смерти.

Но тут, непосредственно после кончины матери, Лео познакомился с патером Унтерпертингером. Шестнадцатилетний юноша сидел пригорюнившись на скамейке в парке так называемого Маргаретен-капфа, холма у западной окраины городка, на берегу Иля, откуда открывался великолепный вид на привольную долину Рейна, — сидел там, погруженный в мрачные и горькие мысли о своей участи и о будущем, как вдруг прогуливавшийся по аллеям преподаватель иезуитского пансиона «Утренняя звезда» уселся рядом с ним, положил возле себя шляпу, закинул под сутаной ногу на ногу и, полистав в молитвеннике, что-то у него спросил; слово за слово, они разговорились, и беседа эта решила всю дальнейшую судьбу Лео. Иезуит, образованный человек, много повидавший на своем веку, но педагог по призванию, знаток и ловец человеческих душ, навострил уши при первых же произнесенных с явной иронией фразах, которыми жалкий еврейский юноша отвечал на его расспросы. В них чувствовался острый озлобленный ум, а когда патер решил копнуть поглубже, то натолкнулся на знания и ядовитое изящество мысли, которых никак нельзя было предположить у молодого оборванца.

Они говорили о Марксе, с чьим основным трудом, «Капиталом», Лео познакомился по дешевенькому массовому изданию, а с него перешли на Гегеля, которого или о котором он тоже читал достаточно, чтобы высказать несколько оригинальных суждений. То ли вообще из любви к парадоксам, то ли учтивости ради, он назвал Гегеля «католическим» мыслителем, и на заданный патером с улыбкой вопрос, как же это обосновать, поскольку Гегеля в качестве прусского государственного философа, собственно, да и по существу, следовало бы скорее считать протестантом, возразил: именно выражение «государственный философ» доказывает, что в религиозном смысле (разумеется, не в церковно-догматическом) он прав в отношении католицизма Гегеля. *Ибо* — Нафта питал особое пристрастие к этому союзу, который приобретал в его устах что-то победоносно-неумолимое, и всякий раз, когда ему удавалось ввернуть это словечко, глаза его за стеклами очков вспыхивали холодным блеском, — ибо политика и католицизм — понятия психологически связанные, они принадлежат к одной категории, охватывающей все объективное, созидающее, деятельное, претворяющее в действительность и обращенное к внешнему миру. Ей противостоит пиетистская, идущая от мистики сфера протестантизма. У иезуитов, добавил он, политико-педагогическая сущность католицизма становится особенно очевидной; орден всегда считал своей вотчиной искусство управления государством и педагогику. И он назвал еще Гете, уходящего корнями в пиетизм и несомненного протестанта, человеком, бывшим в некоторой мере католиком — именно благодаря его объективизму и призыву к действию. Он защищал таинство исповеди и как педагог в своих взглядах был чуть ли не иезуитом.

Высказал ли Нафта все эти мысли потому, что они соответствовали его внутреннему убеждению, или потому, что находил их остроумными, или в угоду своему собеседнику, как бедняк, вынужденный льстить и прикидывать, чем можно к себе расположить и чем оттолкнуть нужного человека, — патера занимала не столько правдивость его слов, сколько гибкость ума, о которой они свидетельствовали; разговор продолжался, вскоре иезуиту стали известны личные обстоятельства Лео, и встреча кончилась тем, что Унтерпертингер предложил юноше зайти к нему в пансион.

Так Нафте дозволено было переступить порог «Stella matutina»[1], давно уже манившей его воображение, как некая святая святых учености и аристократизма; больше того, ему посчастливилось найти нового наставника и покровителя, не в пример прежнему способного оценить его дарования и развивать их, учителя, чьи достоинства шли не от сердца, а основывались на знании жизни, и в окружение которого Лео очень хотелось проникнуть. Подобно многим одаренным евреям, Нафта от природы был и революционером и аристократом; этот социалист спал и видел, как бы самому приобщиться к изысканному и замкнутому образу жизни надменных высших кругов. Первое же заявление, на которое его толкнуло присутствие католического священника, хотя и выраженное в сугубо аналитически-сравнительной форме, было объяснение в любви к римско-католической церкви, которую он воспринимал как некую одновременно и аристократическую и духовную, то есть антиматериальную, враждебную действительности и всему мирскому, а стало быть, революционную силу. И это признание было искренним и шло из самых недр его существа; ибо, как сам он разъяснял, иудаизм, в силу своей направленности на все земное и практическое, в силу своего «социализма» и всего политического образа мысли, ближе стоит к католической сфере и более ей сродни, нежели протестантизм с его созерцательностью и мистическим субъективизмом, потому-то и обращение еврея в католичество — процесс духовно куда менее болезненный, чем обращение протестанта.

Рассорившийся с пастырем своей прежней духовной общины, осиротевший и одинокий, Нафта рвался из затхлой атмосферы к достатку и приволью, на которые ему давали право его способности, и сгорал от нетерпения отречься от веры отцов — он давно достиг положенного для этого возраста, — так что «открывшему» его Унтерпертингеру не стоило никакого труда привести эту душу, или, вернее, незаурядный ум, в лоно католической церкви. Еще до того как Лео принял крещение, его по ходатайству патера временно приютили в «Утренней звезде», зачислив на полное телесное и духовное довольствие. Он переселился туда не задумываясь, с величайшим хладнокровием, с невозмутимостью истинного аристократа духа, предоставив младших братьев и сестер заботам благотворительных учреждений и той незавидной доле, на какую обрекала их собственная посредственность.

[1] «Утренней звезды» (*лат.*).

Принадлежавшие пансиону земельные угодья были не менее обширны, чем жилые его постройки, где размещалось около четырехсот воспитанников; сюда входили леса и пастбища, полдюжины спортивных площадок, всевозможные службы, хлева на несколько сотен голов скота. Пансион «Утренняя звезда» был одновременно интернатом, образцовым поместьем, спортивной академией, лицеем и храмом муз, ибо там процветали театр и музыка. Жизнь здесь была помещичье-монастырской. Строгим своим порядком и внешним лоском, своей благочинной безмятежностью, интеллектуальной атмосферой и материальным благоденствием, четким и разнообразным расписанием дня она как нельзя более потворствовала подспудным наклонностям Лео. Он чувствовал себя на седьмом небе. Обильная и вкусная пища ждала его в большой и светлой трапезной, где, так же как и в коридорах пансиона, строго предписывалось хранить молчание, и молодой префект, сидя за высокой кафедрой, развлекал воспитанников, читая им вслух. Усердие Лео на уроках не знало пределов, и, несмотря на слабую грудь, он напрягал все силы, чтобы в играх и в спорте, которым уделялось время после чая, в грязь лицом не ударить. Благоговение, с которым он ежедневно слушал раннюю обедню и по воскресеньям выстаивал длинную праздничную службу, тоже, надо думать, радовало отцов педагогов. Да и поведением его они не могли нахвалиться. И по праздникам, полакомившись положенным в такие дни пирожным с вином, он в фуражке и серо-зеленом мундирчике со стоячим воротником и брюках с лампасами отправлялся в колонне воспитанников на прогулку.

Никто не напоминал ему о его низком происхождении, о том, что он выкрест и бедняк, и это переполняло юношу восторженной признательностью. По-видимому, никому даже в голову не приходило, что учится он бесплатно. Правила пансиона были таковы, что товарищам не представлялось случая узнать, что он отщепенец без роду и племени. Получать из дома посылки с продуктами и сластями не разрешалось. А если все-таки приходила посылка, ее распределяли между воспитанниками, и Лео тоже получал свою долю. В этом космополитическом учебном заведении его расовая принадлежность в глаза не бросалась. Там училось немало южных чужестранцев из экзотических стран, португальцы из Южной Америки даже больше походили на евреев, чем он, так что само понятие это не могло возникнуть. А эфиопский принц, поступивший в пансион одновременно с Нафтой, несмотря на черный, как у негра, цвет кожи и курчавые волосы, держался даже очень надменно.

Перейдя в класс риторики, Лео выразил желание изучать богословие, чтобы впоследствии, если его найдут достойным, вступить в орден. В итоге бесплатного воспитанника перевели из «второго разряда» пансиона, где плата и содержание были скромней, в «первый». Здесь ему за столом прислуживали лакеи, а спальня его с одной стороны примыкала к покоям силезского графа фон Гарбуваль-и-Шамаре, с другой — к опочивальне отпрыска маркизов ди Рангони-Сантакроче из Модены. Он блестяще закончил курс и, верный своему решению, сменил приволье пансиона на жизнь в доме для испытуемых в близлежащем Тизисе, жизнь, исполненную смирения и покорности, молчаливого повиновения и религиозных упражнений, которым он, поставив себе в пример средневековых фанатиков, предавался с каким-то даже духовным сладострастием.

Но вскоре, однако, здоровье его пошатнулось, и не столько от монашески-сурового образа жизни, в которой, впрочем, предусматривалось и время на отдых, сколько по причинам внутреннего порядка. Приемы воспитания, предметом которого он стал, своим хитроумием и каверзностью как нельзя больше соответствовали его природным задаткам и способствовали их проявлению. При всех этих духовных упражнениях, в которых он проводил дни и даже часть ночи, всех этих испытаниях совести, размышлениях, самоуглублениях, созерцаниях он с дошлостью заядлого казуиста увязал в сотнях неразрешимых противоречий, трудностей, спорных вопросов. Нафта повергал в отчаяние своего духовного наставника, — что не мешало патеру возлагать на него самые большие надежды, — каждодневно допекая его страстной своей диалектикой и недостатком простодушной веры. «Ad haec quid tur?»[1] — вопрошал он, сверкая стеклами очков... И загнанному в тупик патеру не оставалось ничего другого, как призывать его к молитве, дабы он обрел душевный покой — ut in aliquem gradum quietis in anima perveniat. Однако «покой» этот если и достигался, то ценой полного отупения и потери собственного «я», превращения человека в простое орудие, — воистину могильный покой, зловещие внешние признаки которого брат Нафта мог заметить на многих, потерявших всякое выражение, пустоглазых физиономиях своих

[1] Что ты на это скажешь? (*лат.*)

однокашников, такого покоя ему никогда не достичь, как бы он ни изнурял постом и молитвой свое тело.

Впрочем, все эти его сомнения и споры не повредили ему в мнении начальников, что свидетельствовало об их, несомненно, высоком интеллектуальном уровне. После двухгодичного искуса Нафту вызвал к себе сам отец-провинциал, беседовал с ним и дал указание принять его в члены ордена; и юный схоласт, посвященный в четыре низшие степени: привратника, служки, чтеца и заклинателя бесов, а также принесший «простые» обеты, уже как член ордена отправился в иезуитскую коллегию голландского города Фалькенбурга, чтобы приступить к изучению богословия.

Ему было тогда двадцать лет, а три года спустя от неблагоприятного климата и напряженной умственной работы наследственный его недуг настолько развился, что дальнейшее пребывание в коллегии могло стоить ему жизни. У Нафты пошла горлом кровь, несколько недель он находился между жизнью и смертью, и встревоженные начальники отослали едва оправившегося больного туда, откуда он прибыл. В том же самом учебном заведении, где Нафта когда-то учился сам, ему предоставили должность префекта, воспитателя и учителя древних языков и философии. Такой перерыв был так или иначе обязательным для всех схоластов, с той разницей, что, проработав несколько лет педагогами, они, как правило, возвращались в коллегии, чтобы продолжить и окончить семилетний курс богословия. Но брату Нафте этого не дано было сделать. Он все прихварывал, и начальство пришло к заключению, что самое для него подходящее пока что — это служба здесь, в здоровых климатических условиях, и физический труд на вольном воздухе с воспитанниками на ферме. Он, правда, был посвящен в первую высшую степень, получил право при торжественной воскресной литургии читать нараспев апостола — право, которым он, впрочем, не пользовался, во-первых, потому, что был совершенно немузыкален, а во-вторых, потому, что болезненная ломкость голоса не позволяла ему петь. Выше иподиакона он так и не пошел, не сподобился звания диакона и тем более священнического сана, и так как кровохаркания возобновились и его по-прежнему лихорадило, то на средства ордена он поселился здесь наверху для длительного лечения и лечился уже шестой год, так что пребывание в разреженном горном воздухе было, собственно, уже не лечением, а единственно для него возможным отныне условием существования, которое он в какой-то мере скрашивал преподаванием латыни в гимназии для туберкулезных детей...

Все это и еще многие другие подробности Ганс Касторп узнал из разговоров с самим Нафтой, когда навещал иезуита в его шелковой келье, один или в обществе своих соседей по столу, Ферге и Везаля, которых он тоже свел с ним, или когда, встретившись с Нафтой на обязательной прогулке, шел провожать его в «деревню» — узнавал случайно, иногда отрывками, иногда в форме связного рассказа, и не только сам находил его историю весьма примечательной, но требовал, чтобы и Ферге и Везаль изумлялись ей, что те и делали: первый всегда, впрочем, напоминая в виде оговорки, что ничего не смыслит в высоких материях (ибо плевральный шок был единственным переживанием, которым гордился этот на редкость скромный и непритязательный человек), второй же — испытывая явное удовлетворение от столь стремительной карьеры некогда приниженного и угнетенного человека, карьеры, которая, однако, застопорилась, дабы всяк сверчок знал свой шесток, и обмельчала, попав в затон общего всем здесь телесного недуга.

Что касается Ганса Касторпа, то он сожалел об этом застое и с гордостью и тревогой вспоминал принципиального Иоахима, героическим усилием воли порвавшего клейкую паутину суесловий Радаманта и бежавшего к своему знамени, в древко которого, как представлялось Гансу Касторпу, он судорожно теперь вцепился, подняв три пальца десницы в воинской присяге. Нафта тоже присягал знамени и тоже был принят под его сень, как сам он выражался, рассказывая Гансу Касторпу о целях своего ордена; но со своими отклонениями и комбинациями оказался, очевидно, менее ему верен, чем Иоахим — своему; причем Ганс Касторп, слушая бывшего или будущего иезуита, как штатский и дитя мира, еще больше укреплялся в прежнем своем мнении о взаимной симпатии, которую оба они должны чувствовать к своим родственно близким профессиям и сословиям. Ибо и то и другое сословие было военным во многих смыслах: как в смысле аскетизма и иерархии, так и в смысле повиновения и испанской чести. Последнее играло немаловажную роль в ордене Нафты, возникшем, как известно, в Испании, и принятое в обществе Иисуса расписание духовных упражнений, своего рода прообраз строевого устава, введенного впоследствии в Пруссии Фридрихом для пехоты, было написано первоначально на испанском языке, потому-то Нафта в своих рассказах и объяснениях часто прибегал к испанским выражениям. Так, например, он говорил о «dos banderas» — двух знаменах: Господнем и сатанинском, под которыми собирались перед великим походом два воинства: вблизи Иерусалима — воинство, коим командовал Спаситель, «capitan general»[1] всех добрых христиан, и другое, на равнине Вавилонской, где «caudillo», или предводителем, был Люцифер...

А разве пансион «Утренняя звезда» не представлял собой настоящего кадетского корпуса, где разбитых на «дивизии» воспитанников приучали с честью блюсти воинскую и духовную благопристойность — своего рода сочетание «жесткого воротничка» и «испанских брыжей», если можно так выразиться? Понятия чести и отличий, игравшие столь важную роль в сословии Иоахима — как ясно бросались они в глаза, думал Ганс Касторп, и в обществе Иисуса, где Нафте, к сожалению, болезнь помешала выдвинуться. Послушать его — так орден сплошь состоял из честолюбивейших офицеров, воодушевленных одной лишь мыслью отличиться на службе («Insignes esse» называлось это по-латыни). По учению и уставу его основателя и первого генерала, испанца Лойолы, эти честолюбцы лучше, ревностнее служили Всевышнему, чем те, кто руководствовался одним лишь разумом. Они свершали «ex supererogatione», сверх положенного, не просто противостояли искушениям бунтующей плоти («rebellioni carnis»), что свойственно всякому мало-мальски здравомыслящему человеку, а боролись и наступали на горло любым чувственным побуждениям, себялюбию и жизнелюбию даже в вещах, дозволенных всем и каждому. Ибо деятельно бороться с врагом, то есть атаковать, выше и достославнее, чем просто обороняться («resistere»). Измотать и сломить врага! — значилось в полевом уставе, и его составитель, испанец Лойола, и тут проявил полное единодушие с capitan general Иоахима, прусским Фридрихом и его правилом ведения войн: «Атаковать! Атаковать!», «Не давать врагу опомниться!», «Attaquez donc toujours!»[2].

Но что особенно сближало мир Нафты с миром Иоахима, было их отношение к насилию и общая для них аксиома, что не следует бояться обагрить руки кровью: в этом оба мира, ордена и сословия, совершенно сходились, и для дитяти мира было чрезвычайно поучительно услышать рассказы Нафты о воинственных монахах

[1] Главнокомандующий (*исп.*).

[2] Всегда нападайте (*фр.*).

средневековья, изнурявших себя подвижничеством, но снедаемых жаждой духовной власти и не боявшихся проливать реки крови, дабы основать на земле град Божий, всемирное господство духа, рассказы о рыцарях-храмовниках, считавших, что пасть в бою против неверных праведнее, чем почить в постели, и что убийство и смерть во славу Христову — не преступление, а высшая доблесть. Хорошо еще, если при этих разговорах не присутствовал Сеттембрини. Не то он опять превращался в докучливого шарманщика и дудел о мире, хотя сам отнюдь не отрицал священной национальной и цивилизаторской войны против Вены, а Нафта именно эту его страсть и слабость клеймил презрением. Во всяком случае, пока итальянец пылал патриотизмом, Нафта выдвигал против него в бой христианский космополитизм, утверждал, что считает каждую страну — и никакую — своей родиной и, желая его уязвить, цитировал формулу генерала ордена, Никеля, гласившую, что любовь к родине — «зараза и верная смерть христианской любви».

Понятно, что Нафта называл любовь к родине заразой, ратуя за аскетизм, ибо чего только не подразумевал он под этим словом и что только, на его взгляд, не противоречило аскетизму и царствию Божьему! Привязанность к семье и родине и даже простая забота о своем здоровье и жизни, — этой-то заботой он и попрекал гуманиста, когда тот воспевал мир и счастье; он гневно уличал Сеттембрини в любви к плоти, amor carnalis, в любви к телесному комфорту, commodorum corporis, и прямо в глаза говорил ему, что придавать какое-либо значение жизни и здоровью — доказательство чисто буржуазного безверия.

На почве подобного рода разногласий как-то, незадолго до Рождества, во время прогулки по снегу до курорта и обратно, состоялся большой коллоквиум о здоровье и болезни, и все они приняли в нем участие: Сеттембрини, Нафта, Ганс Касторп, Ферге и Везаль, — всех немного лихорадило, от ходьбы и разговоров на сильном морозе все чуть осоловели и вместе с тем были возбуждены, всех бросало в озноб, но независимо от того, участвовал ли кто активно в споре, как Нафта и Сеттембрини, или больше слушал, довольствуясь краткими репликами, — все рассуждали с такой горячностью, что не раз в полном самозабвении, перебивая друг друга, останавливались шумной жестикулирующей ватагой посреди тротуара, загораживая дорогу прохожим, которые вынуждены были их огибать или же замедляли шаг и с изумлением прислушивались к их неистовым препирательствам.

Собственно, диспут возник из-за Карен Карстед, бедной Карен с облепленными пластырем кончиками пальцев, которая недавно умерла. Ганс Касторп не знал, что ей вдруг стало хуже и что она скончалась, иначе при известном его пристрастии к похоронам он не преминул бы по-дружески проводить ее в последний путь. Но, поскольку здесь принято было умалчивать о подобного рода вещах, он слишком поздно узнал о кончине Карен и о том, что она, навсегда уже приняв горизонтальное положение, упокоилась под сенью купидона со снежной шапочкой слегка набекрень. «Requiem aeternam...»[1] Он посвятил ее памяти несколько дружеских слов, что побудило господина Сеттембрини иронически отозваться о его сердобольной деятельности, посещениях Лейлы Гернгросс, деловитого Ротбейна, передутой Циммерман, высокопарного сына «Tous les deux» и злосчастной Натали фон Малинкрод, да еще пройтись по поводу дорогих цветов, коими инженер вздумал почтить всю эту унылую и смешную компанию. Ганс Касторп на это заметил, что те, кому он оказывал внимание, за исключением пока что фрау фон Малинкрод и мальчика Тедди, как-никак не на шутку умерли, на что Сеттембрини спросил, стали ли они оттого более достойными уважения. Но разве христианский долг не повелевает почтительно склоняться перед страданием, возразил Ганс Касторп. Сеттембрини только было собрался его отчитать, но его опередил Нафта, заговорив о набожно-исступленном служении ближнему, которое знало средневековье, удивительных примерах фанатизма и экстаза в уходе за больными: дочери королей лобзали зловонные раны прокаженных, нарочно от них заражались и потом называли полученные язвы своими розами, пили воду, которой омывали гнойники, и клялись затем, что с ней не сравнится никакой нектар.

Сеттембрини сделал вид, что его сейчас вырвет. Его с души воротит не столько от физического отвращения, которое сами по себе вызывают эти рассказы и картины, сказал он, сколько от чудовищной бессмыслицы подобного представления о деятельном человеколюбии. Впрочем, он вскоре повеселел и приосанился, рассказывая о современных, передовых формах служения человечеству, победоносной борьбе с эпидемиями, и противопоставил всем тем мерзостям гигиену, социальные реформы наряду с достижениями медицины.

[1] «Вечный покой (даруй ей, Господи)» (*лат.*). — начальные слова католической заупокойной мессы.

— Все эти весьма почтенные на буржуазный взгляд блага, — возразил Нафта, — в те времена вряд ли оказали бы большую услугу как больным и несчастным, так и здоровым и счастливым, которые, оказывая помощь ближнему, движимы были не столько состраданием, сколько заботой о собственной душе. Ибо успешные социальные реформы лишили бы одних — главного средства ко спасению, а других — ореола святости. Поэтому длительное сохранение нищеты и болезней было в интересах обеих сторон, и такой взгляд остается правомерным, пока остается в силе чисто религиозная точка зрения.

«Гнусная точка зрения!» — заявил Сеттембрини, — взгляд, вздорность которого он даже считает ниже своего достоинства оспаривать. Ведь «ореол святости», равно как и то, что инженер с чужих слов говорил о «христианском долге, повелевающем склоняться перед страданием», — сплошной обман, основанный на заблуждении, на ложном представлении, на психологической ошибке. Сострадание, которое здоровый испытывает к больному и возводит до благоговения, потому что не представляет себе, как бы сам он на его месте выносил подобные муки, — сострадание это в высшей степени преувеличено, больные его вовсе не заслуживают, оно не более как плод аберрации мысли и фантазии, поскольку здоровый приписывает больному свои собственные чувства и представляет себе больного как здорового, вынужденного переносить страдания больного, что в корне неправильно. Больной есть больной, у него другая, изменившаяся психика, и ощущает он все по-своему; болезнь так приспосабливает к себе свою жертву, что они преотлично друг с другом уживаются: тут вступают в действие понижение чувствительности, провалы сознания, наконец благодатные наркозы, духовные, нравственные средства приспособления и облегчения, о которых заботится сама природа, чего здоровый по наивности в расчет не принимает. Лучшей иллюстрацией тому служит весь этот туберкулезный сброд здесь наверху, с его легкомыслием, глупостью, распущенностью и недостатком доброй воли и желания выздороветь. Словом, если сострадательно-преклоняющийся перед болезнью вдруг сам бы захворал и перестал быть здоровым, то он живо бы убедился, что больные — это в своем роде тоже сословие, хотя не столь уж благородное, и что он принимал их чересчур всерьез.

Но тут возмутился Антон Карлович Ферге, горой встав на защиту плеврального шока от клеветы и поношений. Как? Что?

Слишком серьезно принял свой плевральный шок? Нет уж, покорно благодарю и простите! Его большой кадык и благодушные усы заходили ходуном от такого пренебрежительного отношения к перенесенным им страданиям. Он, конечно, всего лишь простой человек, обыкновенный страховой агент, и ничего не смыслит в высоких материях — даже этот разговор выше его разумения. Но если господин Сеттембрини, например, думает отнести и плевральный шок к тому, что он только что наговорил — эту адскую щекотку с запахом сероводорода и трехцветными обмороками, — то простите, пожалуйста, и покорно благодарю! Какое там понижение чувствительности, благодатные наркозы и аберрация фантазии! Это самая страшная пакость, какая только существует на белом свете, и кто этого не пережил, как он, тот не может иметь об этой гнусности ни малейшего...

— Э-э-э! — протянул господин Сеттембрини. — День ото дня коллапс господина Ферге озаряется все большим величием и блеском, так что скоро он станет носить его вокруг головы наподобие нимба. — Он, Сеттембрини, не очень-то уважает больных, которые требуют, чтобы все им изумлялись. Он сам болен, тяжело болен, но, без всякой рисовки, скорее склонен этого стыдиться. Впрочем, он говорил не по чьему-либо адресу, а в чисто философском плане, и его замечания о различии в природе и характере переживаний больных и здоровых достаточно обоснованны, пусть-ка господа вспомнят о душевных болезнях и, в частности, о галлюцинациях. Положим, кто-нибудь из присутствующих, инженер, скажем, или господин Везаль, сегодня вечером, войдя в сумерках к себе в спальню, увидит там в углу покойного своего папашу, который, вперив в него взгляд, заговорит с ним, — это будет для него чем-то из ряда вон выходящим, в высшей степени потрясающим и тяжким переживанием, он глазам своим не поверит, усомнится в своих умственных способностях выскочит как ошпаренный, из комнаты и немедля же обратится к психиатру. Разве не так? Но вся штука в том, что этого ни с тем, ни с другим случиться не может, поскольку оба они психически здоровы. А если бы такое с ними все же стряслось, то они были бы не здоровы, а больны, и, следовательно, реагировали бы не как здоровые — то есть не выбежали бы в ужасе из комнаты, а восприняли бы призрак как нечто должное и вступили бы с ним в разговор, как это и делают больные галлюцинациями; полагать же, что галлюцинации вызывают в них здравый страх здорового, и есть та аберрация фантазии, которой подвержены небольные.

Господин Сеттембрини очень забавно и пластично рассказал о папаше в углу. Все невольно рассмеялись, даже Ферге, хотя он и был обижен недостатком уважения к его инфернальным мукам. Гуманист же воспользовался общим весельем, чтобы до конца развенчать и разоблачить всех галлюцинирующих и прочих pazzi[1]: эти люди, заявил он, слишком много себе позволяют и очень часто вполне способны совладать со своим безумием, как ему не раз представлялся случай убедиться при посещениях больниц для умалишенных. Ведь стоит только в палате появиться врачу или постороннему, и сумасшедший, как правило, тут же перестает гримасничать, разглагольствовать и кривляться, и пока думает, что за ним наблюдают, ведет себя вполне пристойно, а затем снова распускается. Ибо безумие, несомненно, во многих случаях не что иное, как именно распущенность, оно служит прибежищем от большого горя, своеобразной мерой защиты натуры слабодушной от сокрушительных ударов судьбы, которые вынести в ясном сознании подобный человек не считает себя способным. Прибежище весьма заманчивое для многих, и ему, Сеттембрини, случалось одним только взглядом, тем, что он противопоставлял фиглярству сумасшедшего свое неумолимое здравомыслие, хотя бы на время заставить его обрести ясность рассудка.

Нафта язвительно рассмеялся, а Ганс Касторп заявил, что охотно верит господину Сеттембрини. Когда он представляет себе, как Сеттембрини, усмехаясь в усы, вонзал в сумасшедшего взгляд, исполненный непоколебимого здравомыслия, ему понятно, что бедняга скрепя сердце вынужден был брать себя в руки и обретал ясность рассудка, хотя, надо думать, воспринимал появление господина Сеттембрини как весьма нежелательную помеху... Но Нафта тоже бывал в домах для умалишенных, в частности он припомнил одно посещение «буйного отделения». Боже ты мой, там ему довелось видеть такие сцены и такие картины, перед которыми даже здравомыслящий взгляд и усмиряющее воздействие господина Сеттембрини, вероятно, пропали бы втуне — поистине дантовские сцены, трагикомические картины ужаса и муки: сумасшедшие, скорчившиеся нагишом под струями холодного душа в самых причудливых позах смертельного страха и тупого отчаяния, один — испуская истошные вопли, другие — воздев руки и широко разинув рты, заливаясь смехом, в котором смешались все атрибуты ада...

[1] Одержимых (*ит.*).

— Ага! — обрадовался господин Ферге и позволил себе напомнить о том смехе, что вырвался у него самого перед тем, как он впал в коллапс.

Короче говоря, безжалостная педагогика господина Сеттембрини может убираться куда угодно перед картинами буйного отделения, на которые все же человечнее было бы отозваться дрожью благоговейного ужаса, нежели кичливой рассудочной моралистикой, каковой светлейший рыцарь солнца и наместник Соломона предпочитает врачевать безумие.

Гансу Касторпу некогда было раздумывать над новыми титулами, которыми Нафта наградил господина Сеттембрини. Он наспех решил, что выяснит это при первой возможности. А пока что все его внимание поглощала сама беседа, ибо Нафта как раз не без убедительности разбирал общие причины, побуждавшие гуманиста принципиально превозносить здоровье и по мере сил и возможности поносить и унижать болезнь, в чем он, надо признать, проявил удивительное и даже достохвальное самоуничижение, поскольку ведь господин Сеттембрини сам болен. Однако позиция его, при необыкновенном ее благородстве, все же оставалась в корне ошибочной, так как исходила из уважения и благоговения перед телом, а это было бы лишь тогда оправдано, если бы тело пребывало в своем первозданном божественном состоянии, а не в состоянии униженности — in statu degradationis. Ибо, сотворенное бессмертным, оно, вследствие грехопадения, утратило свое совершенство, подпало порче и мерзости, сделалось смертным и тленным, не чем иным, как темницей и застенком души, способным пробуждать лишь чувство стыда и смятения, pudoris et confusionis sensum, как сказал святой Игнатий.

— Эти же чувства, — воскликнул Ганс Касторп, — выразил, как известно, и гуманист Плотин. — Но господин Сеттембрини, вскинув руку над головой, предложил ему не вносить путаницы, а лучше ограничиться восприятием излагаемого.

Нафта тем временем объяснял преклонение христианского средневековья перед телесной немощью тем, что вид страдающей плоти всегда вызывал сочувствие в религиозном сознании человека, ибо язвы телесные не только наглядно свидетельствовали о ничтожестве нашей земной оболочки, но весьма поучительным и доставляющим моральное удовлетворение образом выявляли пагубную испорченность души, тогда как цветущее тело было явлением оскорбительным для религиозного сознания и лишь вводило в заблуждение, и противоборствовать ему, уничижая его перед немощью, было великим благодеянием. Quis me liberabit de corpore mortis hujus? Кто избавит меня от тела смерти сей? Вот глас духа, который всегда был и будет гласом подлинно человеческим.

Нет, то был глас тьмы, по взволнованному заверению господина Сеттембрини, глас мира, над которым не воссияло еще солнце разума и человечности. Пусть тело его поражено пагубной гнилью, но дух свой он сумел сохранить достаточно здравым и невредимым, чтобы достойным образом дать отпор поповским воззрениям Нафты на тело и вволю поиздеваться над так называемой «душой». Итальянец позволил себе даже прославлять человеческое тело, яко истинный храм Божий, на что Нафта заявил, что бренная эта ткань не более как завеса между нами и вечностью, после чего Сеттембрини запретил ему когда-либо произносить слова «человек», «человеческое» и так далее.

Без шляп, с онемевшими от мороза лицами, то шагая в резиновых ботах по поскрипывающему и посыпанному золой снежному слою, наросшему на тротуарах, то вспахивая рыхлый снег мостовых, Сеттембрини в зимней куртке с бобровым воротником и обшлагами, будто изъеденными паршой — так на них повытерся мех, — что, впрочем, не мешало ему носить куртку со всегдашней своей элегантностью, — Нафта в длинном до пят и наглухо застегнутом по самый подбородок черном пальто без воротника, но на меху — они спорили об этих принципах, словно дело шло о чем-то сугубо личном, причем часто обращались даже вовсе не друг к другу, а к Гансу Касторпу, которому говоривший, лишь движением головы или большого пальца указывая на оппонента, излагал и доказывал свою мысль. Затиснутый между ними Ганс Касторп, поворачивая голову из стороны в сторону, соглашался то с одним, то с другим или же останавливался и, откинув назад корпус и жестикулируя рукой в теплой шевровой перчатке, принимался доказывать что-то свое, и, уж конечно, весьма невразумительное, а Ферге и Везаль кружили вокруг этой троицы, держась либо впереди, либо позади или же пристраиваясь с боков, пока попадавшиеся навстречу прохожие вновь не ломали строя.

Именно благодаря их замечаниям дискуссия перекинулась на более конкретные предметы. Так, при все возрастающей активности всех присутствующих, в стремительном темпе, одна за другой, подверглись обсуждению такие проблемы, как кремация, телесные наказания, пытка и смертная казнь. Вопрос об экзекуциях поднял Фердинанд Везаль, что, по мнению Ганса Касторпа, вполне ему пристало. Неудивительно, что господин Сеттембрини в высокопарных выражениях и взывая к человеческому достоинству высказался против применения этой варварской меры как в педагогике, так тем более в правосудии, — и тоже совершенно неудивительно, что Нафта выступил в пользу порки, хотя мрачная дерзость его утверждений всех несколько смутила. По его словам получалось, что болтать о человеческом достоинстве в данном случае просто нелепо, ибо вместилищем истинного достоинства является дух, а не плоть, и так как человек чересчур даже склонен извлекать все радости жизни из тела, то наносимая телу боль весьма подходящее средство, чтобы отбить у него охоту к чувственным наслаждениям и обратить его помыслы, так сказать, от плоти к духу, дабы дух вновь восторжествовал. Усматривать в таком средстве наказания, как побои, что-то особенно постыдное — попросту глупо. Духовный наставник святой Елизаветы Конрад Марбургский высек ее до крови, после чего «душа ее», как говорится в «Житии», «вознеслась до третьего ангельского чина», и сама она наказала розгами бедную старуху, клевавшую носом на исповеди. А самобичевания, которым предавались члены некоторых орденов и сект, да и вообще люди благочестивые, чтобы укрепить в себе духовное начало, — неужели кто-нибудь всерьез осмелится назвать и это варварством и бесчеловечностью? Думать же, что отмена законодательным путем телесных наказаний в некоторых мнящих себя передовыми странах в самом деле является чем-то прогрессивным, просто смешно, и непоколебимость этого представления лишь придает ему еще больший комизм!

Одно, во всяком случае, следует признать, заметил Ганс Касторп, в противоречии духа и плоти: злое сатанинское начало, несомненно, воплощает собою плоть, ха-ха, значит, все-таки воплощает, так как плоть, естественно, является естественным началом — естественно естественным, это тоже недурно! — а природа, в противоположность духу, разуму, бесспорно, зла, можно, основываясь на своих знаниях и опыте, даже рискнуть сказать — мистически зла. Если же придерживаться этой точки зрения, то вполне логично соответствующим образом и обходиться с телом, а именно — подвергать его дисциплинирующим мерам воздействия, которые, тоже с некоторым риском, можно бы назвать мистически злыми. Кто знает, быть может, если бы у господина Сеттембрини, когда он, по телесной своей слабости, не смог отправиться на конгресс деятелей прогресса в Барселону, оказалась бы под боком такая вот святая Елизавета...

Все дружно рассмеялись, и поскольку гуманист готов был вспылить, Ганс Касторп поспешно рассказал о том, как его самого однажды в детстве высекли: в низших классах гимназии, когда он учился, это наказание частично еще применялось, там всегда стояла наготове лоза, учитель, правда, не решался поднять на него руку, памятуя об общественном положении его родителей, зато один из его одноклассников, эдакий здоровенный верзила, всыпал емутаки тонким гибким прутом по ягодицам и икрам в одних только чулках, и это было ужасно, чертовски больно, гнусно, незабываемо, просто-таки мистично, от злости и унижения у него из глаз брызнули слезы, и он самым постыдным образом громко всхлипывал, впрочем, Ганс Касторп читал где-то, что на каторге даже матерые грабители и убийцы, когда их подвергают телесным наказаниям, хнычут, как малые дети.

Сеттембрини закрыл лицо руками в сильно потрепанных кожаных перчатках, а Нафта, с невозмутимостью государственного деятеля, пожелал узнать, чем же обуздывать закоренелых преступников, как не плетями и батогами, которые, кстати сказать, совершенно в стиле каторжной тюрьмы и вполне там уместны; гуманная каторжная тюрьма — это ублюдок, эстетический компромисс, и господин Сеттембрини, хоть он и поклонник прекрасного слога, по существу ничего не смыслит в прекрасном. А что касается педагогики, то, со слов Нафты, получалось, что представление о человеческом достоинстве тех, кто ратует за уничтожение телесных наказаний, восходит к либеральному идеализму эпохи буржуазного гуманизма, коренится в просвещенном абсолютизме человеческого «я», который в недалеком будущем отомрет и уступит место уже нарождающимся, менее дряблым общественным идеям, идеям общности и подчинения, принуждения и послушания, при которых без священной жестокости никак не обойтись и которые заставят взглянуть иными глазами на наказание человеческого падла.

Отсюда и формула «повиноваться, как падло», съязвил Сеттембрини, и так как Нафта заметил, что, поскольку Господь Бог, карая нас за первородный грех, подверг наше тело стыду и сраму тления, в конце концов не такая уж беда, если это же самое тело когда-нибудь и высекут, — подумаешь какое оскорбление величества! — разговор тут же перекинулся на кремацию.

Сеттембрини восхвалял ее на все лады. Этого стыда и срама очень легко избежать, радостно провозгласил он. Человечество, по причинам целесообразности и движимое идеальными побуждениями, вскоре навсегда избавится от них. И он объявил, что участвует в подготовке международного конгресса сторонников кремации, который, очевидно, состоится в Швеции. Там будет демонстрироваться образцовый крематорий, оборудованный по последнему слову техники, а также колумбарий, что, несомненно, вдохновит и привлечет к ним очень многих. Да и то сказать, что за устарелый архаический способ — погребение в земле, и до чего же он не созвучен условиям нашего времени. Взять хотя бы рост городов! Оттеснение так называемых кладбищ, занимающих огромную площадь, из центра на окраину! Цены на землю! Прозаизм похорон, которого не избежать, когда приходится пользоваться современными видами транспорта! У господина Сеттембрини многое что нашлось сказать прозаически-верного по этому поводу. Он потешался над согбенной горем фигурой вдовца, каждый божий день совершающего паломничество к могиле дорогой усопшей, чтобы там, на месте, беседовать с нею наедине. У такого идиллика должна быть бездна самого драгоценного на свете блага, а именно — свободного времени, не говоря уже о том, что шум и толкучка современного, расположенного в самом центре города кладбища живо отбили бы у него охоту к атавистическому сентиментальничанию. Уничтожение трупа огнем — какая опрятная, гигиеническая, достойная, даже героическая перспектива по сравнению с бесславным саморазложением и ассимиляцией низшими организмами! Да и чувства наши как-то легче мирятся с новым способом, больше отвечающим потребности человека в бессмертии. Ведь огонь поглощает без остатка именно изменчивые, еще при жизни подверженные обмену веществ части тела; те же, что наименее втянуты в общий круговорот и почти без изменения сопутствуют человеку в его зрелые годы, наиболее огнестойки, из них-то и получается пепел, стало быть, с пеплом родные и близкие сохраняют то, что в покойном было действительно непреходящим.

— Чудесно! — сказал Нафта. — Нет, это в самом деле очень, очень мило. Непреходящее в человеке — это пепел.

Ну конечно, Нафте любо-дорого, чтобы человечество оставалось при своем иррациональном отношении к биологическим фактам, он хотел бы удержать его на той примитивной ступени религиозности, когда смерть являлась пугалом и была овеяна такой внушающей страх таинственностью, что никто не решался взглянуть на этот феномен ясным оком разума. Что за варварство! Страх смерти возник в эпоху, когда культура стояла на чрезвычайно низком уровне и насильственная смерть была правилом, и вот то ужасное, что в самом деле присуще такого рода кончине, на долгое время связалось в представлении людей с мыслью о смерти вообще. Но теперь, благодаря развитию здравоохранения и укреплению личной безопасности, естественная смерть все больше становится нормой, и современному трудящемуся мысль о вечном покое, после закономерного истощения его сил, не только не кажется ужасной, но скорее нормальной и даже желанной. Нет, смерть не пугало и не тайна, это простое, разумное, физиологически необходимое явление, которое можно только приветствовать, и размышлять о ней долее положенного — значит обкрадывать жизнь. Потому-то и предполагалось пристроить к образцовому крематорию и прилегающему к нему колумбарию, так сказать, к «залу смерти», еще и «зал жизни», где архитектура, живопись, скульптура, музыка и поэзия совокупными усилиями создадут обстановку, отвлекающую эмоции живых от переживаний смерти, тупой печали и бесплодных сетований к радостям жизни...

— И галопом! — сыронизировал Нафта. — Чтобы только не справлять тризну по усопшему долее положенного, только не впадать в излишнее благоговение перед таким простым фактом, без которого, однако, не существовало бы ни архитектуры, ни живописи, ни скульптуры, ни музыки, ни поэзии.

— Он дезертирует к знамени, — мечтательно произнес Ганс Касторп.

— Невразумительность вашего замечания, инженер, — срезал его Сеттембрини, — уже сама говорит о его порочности. Как ни крути, переживание смерти — это все еще жизненное переживание, либо смерть просто пугало.

— Будут ли в «зале жизни» изображены эротические символы, как на древних саркофагах? — вполне серьезно осведомился Ганс Касторп.

— Во всяком случае, там будет полное раздолье чувственным эмоциям, — заверил Нафта. — Устроители, чей вкус явно тяготеет к античности, позаботятся о том, чтобы там и в мраморе и на холсте было возвеличено человеческое тело, то греховное тело, которое спасают от тления, что и неудивительно, ибо от великой к нему нежности даже не разрешают больше его наказывать.

Тут вмешался Везаль, поставив на обсуждение вопрос о пытках, что от него и следовало ожидать. Как относятся господа к допросу с пристрастием? Он, Фердинанд, разъезжая по делам, никогда не упускал случая в старинных культурных центрах посетить те потаенные места, где некогда применяли подобное своеобразное испытание совести. Он побывал в застенках Нюрнберга, Регенсбурга и для пополнения своего образования тщательно с ними ознакомился. Слов нет, там ради спасения души действительно отнюдь не нежничали с телом, придумав для этого немало остроумных способов. И даже крику не было. Запихнут в рот кляп, знаменитую деревянную грушу — само по себе не такое уж лакомство, — и тогда уже спокойно приступают к делу.

— Porcheria[1], — пробормотал Сеттембрини.

Ферге, отдав должное груше и спокойной деловитости, все же добавил, что, однако, большей пакости, чем ощупывание плевры, и тогда никто не мог бы изобрести.

Да ведь это делалось для его же пользы!

Но закоснелая душа и попранная справедливость не в меньшей мере оправдывали временную жестокость. А кроме того, пытка — плод того же рационалистического прогресса.

Нафта, видимо, не в своем уме.

Нет, в своем более или менее. Господин Сеттембрини — прекраснодушный эстет и, очевидно, мало знаком с историей средневекового судопроизводства. Оно шло на все большие и большие уступки рационализму, так что постепенно, в угоду доводам рассудка, Бога окончательно вытеснили из юриспруденции. От суда Божьего пришлось отказаться, ибо было замечено, что побеждает сильнейший, хотя бы даже он был и не прав. Люди, подобные господину Сеттембрини, маловеры, критиканы обратили на это внимание и добились того, что место старого, наивного судопроизводства заняла инквизиция, не полагавшаяся более на Божье вмешательство в пользу правого и стремившаяся достичь признания истины от обвиняемого. Ни одного осуждения без собственного признания — достаточно прислушаться к тому, что еще сегодня говорят в народе: это инстинктивное убеждение очень крепко засело в головах людей, и как бы ни была последовательна цепь доказательств, без признания обвинительный приговор все же по-

[1] Свинство (*ит.*).

кажется всем незаконным. Как же его добиться? Как помимо одних только улик, одних только подозрений открыть правду? Как заглянуть в сердце, в мозг человека, который эту правду утаивает и все отрицает? Если дух упорствует, то не остается ничего другого, как обратиться к телу — уж оно-то в нашей власти! Применение пытки, как средства добиться нужного до зарезу признания, диктовалось разумом. Но если уж говорить о том, кто требовал и ввел категорию признания в судопроизводство, то сделал это не кто иной, как господин Сеттембрини, а стало быть, он и есть инициатор пыток.

Гуманист умолял своих спутников не верить ни единому слову Нафты. Все это от лукавого. Если бы все было так, как излагает господин Нафта, если бы разум в самом деле оказался изобретателем подобных ужасов, это только доказывало бы, сколь разум во все времена нуждался в поддержке и в просвещении и сколь необоснованны опасения поклонников природного инстинкта, что на земле все станет чересчур уж разумным. Однако предыдущий оратор попал пальцем в небо. Все эти процессуальные ужасы уже потому только нельзя приписать разуму, что в основе их лежала вера в существование ада. Чтобы в этом убедиться, достаточно заглянуть в музеи и застенки: дыба, крючья, огонь, клещи, — все это, совершенно очевидно, плод фантазии людей, в детском ослеплении своем набожно стремившихся воспроизвести вечные муки, которые ждут грешников на том свете. Более того, ведь преступнику искренне желали помочь. Полагали, что бедная его душа жаждет признания и только плоть в качестве злого начала противится благому порыву. Поэтому считали, что, сокрушая плоть, преступнику оказывают истинную услугу. Аскетическое безумие...

— А древние римляне тоже ему были подвержены?

— Римляне? Ma che![1]

— Но ведь и они применяли пытку, как средство дознания.

Общее замешательство. Логика пасовала... Ганс Касторп попытался вывести всех из тупика, самочинно выдвинув проблему смертной казни, словно подобная тема была ему по плечу. Пытки, правда, отменили, но у следователя имелось достаточно средств допечь обвиняемого с тем, чтобы он стал более сговорчив. А вот смертная казнь, по-видимому, бессмертна, без нее не обойтись. Даже самые цивилизованные нации крепко за нее держатся. Французы ничего хорошего не добились, ссылая преступников в коло-

[1] Еще чего! (*ит.*)

нии. Просто никто толком не знает, как практически поступить с некоторыми человекоподобными особями, разве только укоротить их на голову.

Это вовсе не «человекоподобные», поправил его господин Сеттембрини, а такие же люди, как уважаемый инженер и он сам, только слабовольные и павшие жертвой несовершенного общественного строя. И он рассказал о крупном преступнике, матером убийце, том самом типе «кровожадного зверя» и «скота в человеческом образе», как любят выражаться в обвинительных речах прокуроры, — этот человек исписал стены своей камеры стихами. И совсем не плохими стихами, — намного лучше тех виршей, которые подчас слагают сами столпы правосудия.

— Это несколько неожиданным образом освещает природу искусства, — заметил Нафта. В остальном же он не видит тут ничего особенного.

Ганс Касторп ожидал, что господин Нафта выскажется за сохранение смертной казни. Нафта, считал он, вероятно, не менее революционен, чем господин Сеттембрини, но в охранительном смысле, революционер-охранитель.

Мир, самоуверенно усмехнулся господин Сеттембрини, перешагнет через так называемую «революцию» антигуманного регресса и приступит к тем задачам, которые стоят в порядке дня. Господин Нафта скорее готов бросить тень на искусство, чем признать, что оно способно поднять даже самое отверженное создание до высокого звания человека. Таким фанатизмом не завоюешь ищущей светоча молодежи. Недавно основана интернациональная Лига, которая ставит себе целью уничтожение законодательным порядком смертной казни во всех цивилизованных странах. Господин Сеттембрини имеет честь быть ее членом. Пока еще не известно, где состоится первый конгресс Лиги, но человечество может не сомневаться, что ораторы, которые выступят на нем, будут иметь в своем арсенале достаточно веские доводы. И он привел эти доводы, в частности тот, что никогда не исключена возможность судебной ошибки, казни невинного, так же как и тот, что никогда не следует отчаиваться и терять надежду на исправление; даже «мне отмщение» процитировал он, уверяя, что государство, если оно хочет воспитывать, а не карать, не должно платить злом на зло, и отверг понятие «наказания», после того как, основываясь на научном детерминизме, опроверг понятие «вины».

Вслед за тем «ищущей светоча» молодежи дано было лицезреть, как Нафта расправляется со всеми его доводами, так что только пух и перья летят. Иезуит потешался над кровобоязнью друга человечества и его жизнепочитанием, утверждал, что такое низкопоклонничество перед жизнью отдельного человека свойственно лишь пошлейшим эпохам «буржуа с зонтиком», но когда страсти разгораются, когда в игру вступает идея, возвышающаяся над «идеей безопасности», стало быть нечто, стоящее выше личного, выше индивидуального, а такое положение по существу нормально, ибо лишь оно достойно человека — отдельной жизнью всегда бесцеремонно жертвовали ради высшей идеи, более того, — сам индивид добровольно и не колеблясь возлагал ее на алтарь. Филантропия его уважаемого противника, сказал он, хочет устранить из жизни все ее тяжелые и трагические моменты, иными словами — выхолостить жизнь, как то и старается сделать детерминизм его псевдонауки. Но дело в том, что детерминизм не только не упраздняет понятие «вины», напротив, он-то и отягощает ее, делает еще ужасней.

Превосходно, но уж не требует ли он, чтобы злосчастная жертва общества всерьез осознала себя виновной и сама, по убеждению, взошла на эшафот.

Без сомнения. Преступник весь преисполнен своей виной, как преисполнен собственной личностью. Ибо он таков, каков есть, и не может, да и не хочет быть иным, и в этом-то и заключается его вина. Господин Нафта переносил понятие «вины» и заслуги из эмпирической области в метафизическую. Правда, в действиях, в поступках господствует строгий детерминизм, здесь нет свободы, но в бытии свобода существует. Человек таков, каким он пожелал быть и не перестанет желать до скончания своих дней. Убивать — его страсть, она человеку буквально «дороже жизни», и, следовательно, расплачиваясь за эту страсть своей жизнью, он платит не слишком дорого. Ему можно теперь умереть, ибо он удовлетворил свою глубочайшую страсть.

— Глубочайшую страсть?

— Да, глубочайшую.

Все поджали губы. Ганс Касторп кашлянул. Везаль скривил рот. Господин Ферге вздохнул. Сеттембрини тонко заметил:

— По-видимому, существует такая манера обобщать, которая даже самым отвлеченным рассуждениям придает субъективную окраску. У вас есть страсть к убийству?

— Это вас не касается. Но если бы я убил, то рассмеялся бы в лицо тому невежественному гуманисту, который захотел бы держать меня до моей естественной кончины на тюремной похлебке. Нет никакого смысла в том, чтобы убийца пережил убитого. С глазу на глаз, схоронившись от всех, один претерпевая, другой действуя, как это бывает с двумя человеческими существами лишь в одном еще сходном случае, они приобщились к тайне, которая навек их связала. Они слиты воедино.

Сеттембрини холодно признал, что у него, по-видимому, отсутствует орган чувств, способный воспринимать столь смертоубийственную мистику, и он нисколько о том не сожалеет. Он не хочет сказать ничего худого о метафизических дарованиях господина Нафты — они, несомненно, превышают его собственные, однако отнюдь не вызывают его зависти. Непреодолимая брезгливость держит его вдали от сферы, где то самое преклонение перед страданием, о котором перед тем упоминала экспериментирующая молодежь, царит не единственно в отношении тела, но и духа, — короче говоря, той сферы, где ни во что не ставится добродетель, разум, здоровье и зато бог весть как превозносятся порок и патология.

Нафта подтвердил, что добродетель и здоровье действительно ничего общего не имеют с религиозностью. Будет только хорошо, сказал он, если мы сразу оговорим, что религия не имеет никакого отношения ни к разуму, ни к нравственности. Ибо, добавил он, она не имеет никакого отношения к жизни. Жизнь определяется условиями и основами, отчасти связанными с теорией познания, отчасти с областью морали. Первые именуются временем, пространством, причинностью, вторые — нравственностью и разумом. Все это не только в корне чуждо и безразлично сущности религии, но и прямо ей враждебно, ибо они-то и составляют жизнь, так называемое здоровье, то есть: архифилистерство и сверхбуржуазность, абсолютной, притом абсолютно гениальной противоположностью которым и следует признать религиозный мир. Впрочем, он, Нафта, не собирается всецело отрицать возможность гениальности в сфере жизни. Существует такой вид жизнеутверждающей буржуазности, монументальное достоинство которой неоспоримо, филистерское величие, коему нельзя не воздать должного, если почесть его, это широко расставившее ноги — руки за спину, грудь вперед — буржуазное самодовольство за воплощенное безверие.

Ганс Касторп поднял руку, как в школе. Он не хочет задевать ни того, ни другого, сказал он, но, по-видимому, речь идет о прогрессе, человеческом прогрессе, а тем самым в какой-то мере о политике, о риторической республике и цивилизации просвещенного Запада, и вот он думает, что различие или, если господин Нафта непременно так хочет, противоречие между жизнью и религией нужно искать в противоречии между временем и вечностью. Ибо прогресс может существовать только во времени; в вечности нет прогресса, как нет политики и риторики. Там, препоручая себя Богу, закидываешь, так сказать, назад голову и закрываешь глаза. В этом и заключается разница между религией и нравственностью, выраженная, правда, сумбурно.

Не столько наивность его манеры выражать свои мысли внушает тревогу, сказал Сеттембрини, сколько его боязнь кого-то задеть и тем самым готовность идти на уступки черту.

Ну, о дьяволе они уже более года назад как беседовали, господин Сеттембрини и он, Ганс Касторп. «O Satana, o ribellione!» Какому же дьяволу он, собственно говоря, пошел на уступки? Тому, что за бунт, за труд, за критику, или другому? Так и погибнуть нетрудно — черт справа, черт слева, как же тут, черт возьми, выбраться целым и невредимым!

В толковании Касторпа, сказал Нафта, взаимосвязь понятий, как они представляются господину Сеттембрини, искажена. Основное в миропонимании его оппонента то, что он превращает Бога и дьявола в два обособленные существа или принципа, а «жизнь», кстати говоря, точь-в-точь по средневековому образцу, помещает между ними как объект спора. В действительности же оба они в совокупности противостоят жизни, «жизнеутверждающей буржуазности», этике, разуму, добродетели, — противостоят как религиозный принцип, который они сообща и представляют.

— Что за тошнотворный винегрет — che guazzabuglio proprio stomachevole! — воскликнул Сеттембрини. — Добро и зло, святость и порок — все вперемешку! А где же критика? Где воля? Где право проклинать то, что проклято? Понимает ли господин Нафта, *что́* он отрицает, когда в присутствии молодежи валит в одну кучу Бога и дьявола и во имя этого безнравственного двуединства отвергает этический принцип! Он отрицает критерий ценности, даже страшно сказать — всякий критерий оценки. Хорошо, допустим, что нет добра и зла, а лишь одна нравственно неупорядоченная Вселенная. Нет и отдельной личности, которой способность к критике и придает человеческое достоинство, а существует лишь всепоглощающая и нивелирующая общность, мистическое растворение в ней. Индивидуум...

Восхитительно, что господин Сеттембрини опять возомнил себя индивидуалистом! Чтобы им быть, надо все же представлять себе различие между нравственностью и благодатью, чего, безусловно, нельзя сказать про нашего уважаемого мониста и иллюмината. Там, где жизнь весьма тупоумно представляется самоцелью и не задают себе вопроса о высшем ее смысле и цели, там господствует родовая и социальная этика, мораль позвоночных, а не индивидуализм, которому открывается простор лишь в сфере религиозной и мистической, в так называемой «нравственно неупорядоченной Вселенной». А что представляет и на что может претендовать столь ценимая господином Сеттембрини нравственность? Она по рукам и по ногам связана жизнью, — стало быть, чисто утилитарна, стало быть, на редкость убога и негероична, достойна сожаления. Она учит, как дожить до глубокой старости счастливым, богатым и здоровым и ничего больше. Вот это-то рассудочное и сугубо практическое филистерство заменяет ему этику. Что касается Нафты, то он позволит себе еще раз назвать ее жалкой жизнеутверждающей буржуазностью.

Сеттембрини просил его умерить свой полемический пыл, но у него самого голос дрожал от волнения, когда он указал на нетерпимость того, что Нафта постоянно толкует о жизнеутверждающей буржуазности каким-то бог весть почему аристократически-пренебрежительным тоном, словно противоположное, а ведь известно, что́ противоположно жизни — нечто особенно благородное!

Опять только громкие слова и фразы! Теперь они заспорили о благородстве и аристократизме! Ганс Касторп, разгоряченный и ослабевший от мороза и непосильных проблем, не соображая, насколько вразумительны или лихорадочно смелы употребляемые им выражения, онемевшими губами промямлил, что всегда представлял себе смерть в накрахмаленных испанских брыжах или во всяком случае, так сказать, в полупарадной форме, с высоким, подпирающим подбородок воротником, а жизнь, наоборот, в таком обычном современном отложном воротничке... Но затем сам испугался произнесенных, будто спьяну или в бреду, неприличных слов и стал уверять, что вовсе не то хотел сказать. Но ведь правда, что есть люди, определенная категория людей, которых просто невозможно представить себе мертвыми, именно потому, что уж очень они обыденны! То есть так уж они жизнеспособны, что кажется, будто они никогда не умрут, будто они недостойны таинства смерти.

Господин Сеттембрини выразил твердую надежду, что Ганс Касторп говорит все это лишь затем, чтобы ему возражали. Молодой человек может быть уверен, что ему всегда с радостью будет оказана всяческая помощь в его духовной борьбе с подобными заскоками. «Жизнеспособны», говорит он? «Жизнедостойны» — вот какое слово следовало бы употребить, и тогда понятия предстали бы перед ним в их стройной и изящной последовательности. «Жизнедостойны» — и сразу же по простейшей и закономернейшей аналогии напрашивается понятие «любвидостойны», самым тесным образом связанное с первым, так что мы вправе сказать, что лишь истинно достойное жизни одновременно и истинно достойно любви. А оба вместе, то есть достойное жизни и, стало быть, любви, составляют то, что мы именуем благородством.

Ганс Касторп счел это восхитительным и весьма интересным. Господин Сеттембрини, сказал он, совершенно пленил его своей пластической теорией. Ибо что ни говори, — а кое-что можно бы возразить, ну, например, что болезнь — приподнятое жизненное состояние и, следовательно, в ней есть нечто торжественное, — одно несомненно ясно, болезнь выдвигает на первый план телесное начало, заставляет человека целиком и полностью концентрироваться на своем теле и таким образом губительна для достоинства человека, которого она принижает, оставляя ему одно только тело. Следовательно, болезнь обесчеловечивает.

Болезнь в высшей степени человечна, не замедлил возразить Нафта; ибо быть человеком значит быть больным. Человеку присуща болезнь, она-то и делает его человеком, а тот, кто хочет его оздоровить, заставить его пойти на мировую с природой, «вернуть к естественному состоянию» (в котором, кстати, он никогда не пребывал), все эти подвизающиеся ныне обновители, апостолы сырой пищи, проповедники воздушных и солнечных ванн, всякого рода руссоисты, добиваются лишь его обесчеловечивания и превращения в скота... Человечность? Благородство? Дух — вот что отличает от всей прочей органической жизни человека, это в большой степени оторвавшееся от природы, в большой степени противопоставляющее себя ей живое существо. Стало быть, в духе, в болезни заложено достоинство человека и его благородство; иными словами: в той мере, в какой он болен, в той мере он и человек; гений болезни неизмеримо человечнее гения здоровья. Можно только удивляться, что тот, кто изображает из себя друга человечества, закрывает глаза на такие основные человеческие истины. Господин Сеттембрини на все лады склоняет слово прогресс. Но разве прогресс, если он в самом деле существует, не обязан всем болезни, то есть гению, — а что такое гений, как не болезнь! И разве здоровые во все времена и эпохи не жили открытиями, добытыми болезнью! Были люди, которые сознательно и намеренно обрекали себя на болезнь и безумие, чтобы добыть людям знания, служившие здоровью, после того как были обретены безумием, и обладание и пользование которыми после подобного акта героического самопожертвования уже не предопределялось болезнью и безумием. Это и есть истинная Голгофа.

«Ах ты впадший в ересь иезуит с комбинациями! — подумал Ганс Касторп. — Так вот как ты толкуешь Голгофу! Теперь понятно, почему ты не стал патером, joli jésuite à la petite tache humide![1] Нука, рыкни на него погрознее, лев!» — мысленно обратился он к Сеттембрини. И лев «рыкнул», объявив все, что перед тем утверждал Нафта, фантасмагорией, казуистикой, развращением умов. — «Скажите прямо и недвусмысленно, — кричал он своему оппоненту, — скажите со всей ответственностью воспитателя и наставника перед лицом этих юных неофитов, что дух есть болезнь! Без сомнения, это поистине пробудит в них дух и заставит их уверовать в него! А если вы к тому же объявите болезнь и смерть благородными, а здоровье и жизнь подлыми, то это будет вернейший способ вдохновить малых сих на служение человечеству. Davvero, üè criminoso![2]» — И он как рыцарь ринулся в бой на защиту благородства здоровья и жизни, которые дарует природа и которым незачем тревожиться о духе. «Форма!» — говорил он, а Нафта высокопарно отвечал: «Логос!» Но тот, который знать ничего не хотел о логосе, возглашал: «Разум!» — тогда как поборник логоса ратовал за «страсть». Это сбивало с толку. «Объект!» — кричал один. «Субъект!» — восклицал другой. Под конец один даже заговорил об «искусстве», а другой о «критике», и, конечно, снова и снова речь шла о «природе» и «духе» и о том, что из них более благородно, о «проблеме аристократизма». Но никакой стройной и ясной концепции не получалось, пусть даже не одной, а двух противоположных и враждующих; ибо все говорилось не только в пику противнику, но

[1] Хорошенький иезуит с влажным очажком (*фр.*).

[2] Поистине он преступен! (*ит.*)

и невпопад, и оппоненты не только противоречили друг другу, но и самим себе. Сеттембрини, который раньше неоднократно пел дифирамбы критике, теперь ссылался на то, в чем видел ее антипод, на искусство, как на аристократический принцип. А Нафта, обычно защищавший природный инстинкт в своих спорах с Сеттембрини, который трактовал природу как «слепую силу» и «грубый факт и рок», перед коими разум и гордость человеческая никогда не должны смиряться, теперь становился на сторону духа и болезни, в них только и видя благородство и человечность, тогда как итальянец, позабыв об эмансипации духа, выступал как адвокат природы и благородства, даруемого ей здоровьем. Не менее путано обстояло дело и с «объектом» и «субъектом». Здесь и так уже царившая неразбериха достигла своего апогея, и никто толком не знал, кто из них, собственно, благочестив, а кто свободомыслящ. Нафта, разя противника, запретил Сеттембрини называть себя «индивидуалистом», ибо он отрицает противоречие между Богом и природой, видит проблему человеческой личности, основу ее внутреннего конфликта исключительно в противоречии между личными и общими интересами, а следовательно, является ярым приверженцем связанной с жизнью буржуазной морали, почитающей жизнь самоцелью, весьма негероично пекущейся лишь о пользе и усматривающей в благе государства высший нравственный закон, тогда как он, Нафта, хорошо зная, что проблема человеческой души прежде всего состоит в столкновении чувственного и сверхчувственного, выступает поборником подлинного, мистического индивидуализма, истинным защитником свободы и субъекта. Так ли это, думал Ганс Касторп, и как же это согласуется с «безымянным и коллективным» — чтобы в качестве примера сразу указать хотя бы на одну из бесчисленных несообразностей? И как же тогда быть с теми оригинальными замечаниями, которыми юный Нафта захотел поразить патера Унтерпертингера: с католицизмом государственного философа Гегеля и внутренней связью, существующей между «политикой» и «католицизмом», с категорией «объективного», к которому оба эти понятия принадлежат? Разве искусство управления государством и воспитание не представляли излюбленного поля деятельности ордена, к которому принадлежал Нафта? И какое воспитание! Господин Сеттембрини, несомненно, ревностный педагог, ревностный до того, что становился подчас назойливым и обременительным, но в отношении аскетического, попирающего личность объективизма его принципы никак не могли тягаться с принципами Нафты. Категорический приказ! Железная спаянность! Насилие! Послушание! Террор! В этих принципах могло быть свое благородство, но достоинство индивидуума и его право на критику здесь вряд ли принимались в расчет. То был строевой устав пруссака Фридриха и испанца Лойолы, жесткий и ортодоксальный до кровавого пота, но тут возникал вопрос: каким образом Нафта, собственно говоря, пришел к такой кровавой необходимости, раз он, по его собственным словам, не верил ни в какое чистое познание и беспристрастное исследование, — словом, не верил в истину, объективную научную истину, стремление к которой было для Лодовико Сеттембрини высшим законом человеческой нравственности? Сеттембрини в данном случае был ортодоксален и строг, а Нафта — морально шаток и распущен, поскольку он пристегивал истину к человеку и заявлял: истинно то, что человеку на пользу! Разве не жизнеутверждающая буржуазность и не филистерский утилитаризм ставить истину в такую тесную зависимость от интересов человека? Какая же это железная объективность? В этом больше свободы и субъективизма, чем на то согласился бы Лео Нафта, и вместе с тем это, конечно, политика, такая же политика, как и нравоучительное изречение Сеттембрини: свобода есть высший закон человеколюбия. Разве это не значило связать свободу, как Нафта связывал истину, а именно, связать ее с человеком. Тут было, несомненно, больше ортодоксального благочестия, нежели свободомыслия, это опять-таки различие, которое в подобного рода спорах легко может быть утрачено совсем. Ах, этот господин Сеттембрини! Недаром же он литератор, то есть внук политика и сын гуманиста. Он прекраснодушно толковал о критике и красоте духовного раскрепощения и подмигивал девушкам на улице, тогда как язвительно-острого маленького Нафту связывали строгие обеты. И все же последний был чуть ли не распутником от избытка свободомыслия, а первый, если угодно, помешан на добродетели. Господин Сеттембрини побаивался «абсолютного духа» и во что бы то ни стало хотел пристегнуть дух к демократическому прогрессу, возмущаясь религиозным вольнодумством воинственного Нафты, который валил в одну кучу Бога и дьявола, святость и порок, гениальность и болезнь и не желал признавать никакой оценки, никакого приговора разума, никакой воли. Кто же из них свободомыслящий и кто благочестивый и в чем истинное назначение человека и его царства: в отказе от своего «я» и растворении во всепоглощающем и нивелирующем коллективе, безнравственном и в то же время аскетическом, или же в «критическом субъективизме», в котором непозволительным образом переплелись краснобайство и суровая гражданская доблесть. Ах, принципы и взгляды то и дело переплетались, внутренних противоречий было хоть пруд пруди, и настолько трудным представлялось осознавшему свою ответственность штатскому не только выбрать из них что-нибудь одно, но даже просто их рассортировать и, как препараты в гербарии, держать в порядке и чистоте, что подчас возникало большое искушение — броситься вниз головой в «нравственно неупорядоченную Вселенную» Нафты. Все смешалось и переплелось, и Ганс Касторп втайне подозревал, что спорщики, вероятно, не полемизировали бы с таким ожесточением, если бы их не угнетало сознание сей великой путаницы.

Все вместе поднялись к «Берггофу», затем те трое, которые жили там, проводили иезуита и итальянца к их домику и еще долго стояли там на снегу, пока Нафта и Сеттембрини спорили — исключительно в педагогических целях, как прекрасно понимал Ганс Касторп, с тем, чтобы обработать мягкую, как воск, «ищущую светоча» молодежь. Для господина Ферге, как он сам неоднократно давал понять, это были слишком высокие предметы. Везаль же утратил интерес к дискуссии, лишь только перестали говорить о порке и пытках. Ганс Касторп, опустив голову, ковырял тростью снег и размышлял о великой путанице.

Наконец они расстались. Сколько ни стой, а ни до чего не договоришься. Трое обитателей «Берггофа» повернули обратно к санаторию, а оба педагога-соперника, войдя в дом, разошлись по своим углам. Нафта — в свою шелковую келью, Сеттембрини — в мансарду гуманиста, где стояли конторка и графин с водой. Когда Ганс Касторп расположился на балконе, ему все еще слышались боевые клики и звон оружия двух воинств, которые двинулись в поход под сенью dos banderas от Иерусалима и Вавилона, и мерещился грохот жестокой рукопашной.

## СНЕГ

Пять раз на дню за семью столами высказывалось единодушное недовольство нынешней зимой. Она-де весьма недобросовестно выполняет свои обязанности высокогорной зимы, в отнюдь не достаточном объеме поставляя целебные метеорологические средства, прославившие эти края и возвещавшиеся во всех проспектах, средства, к которым давно привыкли долголетние обитатели санатория и которые так заманчиво рисовались воображению новичков. Солнце подолгу не показывается, а отсутствие солнечного света, этого важнейшего лечебного фактора, несомненно, затягивает выздоровление... И что бы там ни думал господин Сеттембрини относительно чистосердечного стремления больных к восстановлению здоровья, к возврату с «родины» на равнину, они все равно требовали того, на что имели право, и уж конечно, хотели, чтобы окупились издержки, которые из-за них несли их родители, их мужья или жены, и выражали недовольство, где бы ни находились — за столом, в лифте и в вестибюле санатория. Надо сказать, что администрация выказывала полную готовность прийти им на помощь и по мере сил возместить убытки. Так, например, был приобретен новый аппарат «горного солнца», ибо двух уже имевшихся не хватало для удовлетворения спроса на «электрический загар», очень красивший молодых девушек и женщин, а мужчинам, несмотря на то что они вели горизонтальный образ жизни, придававший горделивый и спортивно-победоносный вид. Этот вид так или иначе приносил свои плоды; женщины, ясно отдавая себе отчет в его технико-косметическом происхождении, были либо достаточно глупы и всеядны, либо очень уж падки на обман чувств, но эта иллюзорная мужественность их обольщала и пьянила.

— Бог ты мой! — как-то вечером в вестибюле сказала фрау Шенфельд, рыжеволосая и красноглазая пациентка из Берлина, длинноногому господину со впалой грудью, значившемуся на визитной карточке «Aviateur diplômé et Enseigne de la Marine allemande»[1]; он был снабжен пневмотораксом, но к обеду неизменно являлся в смокинге, вечером же никогда его не надевал, уверяя, что таков флотский обычай. — Бог ты мой! — сказала она, алчным взором глядя на Enseigne[2]. — Как он великолепно загорел от горного солнца! Этот черт точь-в-точь охотник на орлов!

— Погоди, русалка! — шепнул он ей на ухо, когда они поднимались в лифте, у нее даже мурашки прошли по коже. — Вы еще поплатитесь за пагубную игру глазами. — И по балконам, минуя стеклянные перегородки, «черт и охотник на орлов» сыскал дорогу к русалке...

[1] Дипломированный авиатор и лейтенант германского флота (*фр.*).
[2] Лейтенанта (*фр.*).

И все же искусственное горное солнце никто не мог ощущать как полноценную замену подлинно небесного света. Двух или трех ясных солнечных дней в месяц, с необычным великолепием воссиявших из тающих серых туманов и плотной пелены облаков, когда синева ярче яркого оттеняет алмазное сверкание белых вершин и животворный огонь обжигает шеи и лица, — двух или трех таких дней за долгие недели было все же недостаточно для тех, чья участь вполне оправдывала их чрезвычайную требовательность к всевозможным усладам. Ибо все эти люди в глубине души полагали, что за отказ от радостей и горестей равнинного бытия им должна быть гарантирована жизнь пусть безжизненная, но легкая, приятная и, уж конечно, беззаботная — вплоть до отмены реальности времени. Гофрат, правда, пытался заверить, что и в такую погоду «Берггоф» нимало не напоминает каторгу или сибирские рудники и что здешний воздух, разреженный и легкий (едва ли не пустой эфир мироздания, бедный земными примесями, равно добрыми и злыми), пусть даже без солнца, не идет ни в какое сравнение с испарениями и чадом равнины. Но тщетно! Протест и недовольство все возрастали, многие грозились уехать без дозволения врачей, а кое-кто даже привел в исполнение свои угрозы, и это несмотря на печальный пример недавно возвратившейся госпожи Заломон, болезнь которой вначале протекала хоть и в затяжной, но не в тяжелой форме, а теперь из-за самовольного отъезда в сырой и открытый всем ветрам Амстердам стала неизлечимой...

Но все равно, вместо солнца был снег, такие огромные массы снега, каких Ганс Касторп в жизни не видывал. Прошлогодняя зима в этом смысле тоже не оплошала, но далеко ей было до нынешней. Нынешняя преуспела так невероятно, так непомерно, что можно было только диву даваться, до чего же прихотлива и эксцентрична эта сфера природы. Снег шел напролет, все дни и все ночи, то реденькими хлопьями, то густой пеленой, шел и шел без роздыха. Те немногие дороги, которые ежедневно расчищались, походили на ущелья меж снежных стен выше человеческого роста, точно сложенных из алебастровых плит и радовавших глаз своим зернисто-кристальным сиянием; обитатели санатория вдоль и поперек изрисовали, исписали их разными сообщениями, шутками и колкостями. Но даже и между стенами, как ни тщательно здесь разгребали снег, грунт был высоко поднят, что было особенно заметно по рыхлым обочинам и ямам, в которые вдруг проваливалась нога чуть ли не по колено; ступать приходилось очень осторожно; не ровен час, сломаешь ногу. Скамейки пропали, ушли в снега, только спинки их там и сям высовывались из белой своей могилы. Внизу, в курорте, уровень улиц так небывало повысился, что магазины оказались в подвалах, и спускаться туда с высоты тротуара приходилось по снежным ступеням.

А на массивы снега падал новый снег. День за днем тихо ложился он при десяти-, пятнадцатиградусном морозе, не пробиравшем до костей, почти нечувствительном, казалось даже, не превышавшем двух-трех градусов, ибо сухой воздух и безветрие лишали его колючести. По утрам было очень темно, столовая, с веселыми, расписанными по шаблону стенами, во время завтрака освещалась лунами люстр. К окнам вплотную подступало хмурое ничто, мир, запакованный в серую вату снежной мглы и туманов. Контуры горных вершин стали невидимы; правда, днем все же можно было на несколько мгновений различить ближайший хвойный лес: он стоял под ношей снегов и скоро опять исчезал в мутном мареве; время от времени сосна, сбрасывая непосильное бремя, белой пылью порошила серую мглу. В десять часов солнце чуть подсвеченным дымком вставало над своей горою, чтобы внести блеклопризрачную жизнь, тусклый отсвет чувственности в стертый до неузнаваемости пейзаж. Но все по-прежнему оставалось растворенным в бледной бесплотной нежности, без единой линии, которую мог бы уследить глаз. Очертания вершин расплывались, таяли, застилались туманом. Слабо освещенные заснеженные плоскости, громоздясь одна над другою, уводили взор в небытие. И вдруг наплывало пронизанное светом облако и, не меняя очертаний, как столб дыма стояло над отвесной скалой.

В полдень солнце, едва пробившись сквозь тучи, пыталось растворить туман в синеве. Эта попытка оставалась безуспешной, и все же минутами глазу чудилось подобие голубого неба, и скудного света хватало на то, чтобы вся округа, неузнаваемая под волшебным плащом снегов, внезапно засияла алмазной россыпью. Снегопад в это время обычно прекращался, как бы для того, чтобы можно было полюбоваться на им содеянное, и этой же цели, казалось, служили и редко выдававшиеся солнечные дни, когда метель давала себе передышку и небесный огонь, порвав все завесы, тщился растопить упоительно чистую поверхность свежевыпавшего снега. Мир тогда становился сказочным и детски-смешным. Пышные, пухлые, взбитые подушки на ветвях дерев, снежные холмы на земле, под которыми притаился ползучий кустарник или ребристый камень, бугры и впадины, маскарадная таинственность ландшафта — все походило на царство гномов, трогательно смешное и точно выскочившее из книги сказок. Но если весь ближний мир, по которому лишь с трудом можно было передвигаться, выглядел так фантастично и лукаво, то дальний его фон — гигантские изваяния заснеженных Альп — дышал величием и святостью.

Днем, между двумя и четырьмя часами, Ганс Касторп, лежа на балконе, тепло укутанный, с головой, покоившейся на удобной, не слишком покатой, но и не слишком плоской спинке добротного шезлонга, смотрел поверх запорошенной снегом балюстрады на лес и горы. Отягощенный снегом черно-зеленый бор поднимался по склону, снег пуховиком расстилался меж стволов. Над бором, в сероватую белизну, вздымались скалистые уступы с необозримыми заснеженными плоскостями, там и сям прорезанными темнеющим утесом, а дальше виднелись подернутые мягкою дымкой гребни гор. Шел снег, тихо, неторопливо. Ландшафт расплывался все больше и больше. Глаза, видящие лишь ватное ничто, поневоле смыкались. Легкий озноб сопровождал мгновение перехода ко сну, но нигде на свете не спалось лучше, чем среди этой стужи. То был сон без сновидений, не затронутый бессознательным чувством органического бремени жизни, ибо вдыхать пустой, без испарений, воздух организму было не труднее, чем мертвецу быть бездыханным. Проснешься, а горы исчезли в снежной мгле, и только выступает попеременно отдельная вершина или утес, чтобы тут же спрятаться за белесой дымкой. Эта неслышная игра призраков очень занимательна. Нужно смотреть зорко и собранно, чтобы подметить изменения в мглистой фантасмагории. Вот, величественная и дикая, из тумана выступила скала, но ни вершины ее, ни подножия не видно. А отведешь на минуту глаза, и уже ее нет — исчезла.

Иногда налетала пурга, и пребывание на балконе становилось просто немыслимым, так как неистовая белизна, врываясь миллионами снежинок, густо покрывала все — мебель, перила, пол. Да, и в умиротворенной горной долине бушевали бури! Разреженная, пустая атмосфера поднимала бунт, так густо кипела белыми хлопьями, что и в двух шагах ничего не было видно. Ветры, от которых занималось дыхание, сообщали вьюге бешеное, вихревое движение, швыряли ее в сторону, вверх и вниз, вздымали со дна долины высоко в воздух, кружили в неистовой пляске, — это был уже не снегопад, а хаос белой тьмы, разгул, отъявленно наглое пренебрежение умеренностью, и только невесть откуда взявшиеся стаи снежных вьюнов чувствовали себя здесь как дома.

И все же Ганс Касторп любил эту жизнь в снегах. Ему она очень напоминала жизнь на взморье, общим здесь было извечное однообразие природы: снег, глубокий, рассыпчатый, девственный, с успехом играл роль желто-белого песка там, на равнине. Одинаково чисто было соприкосновение с тем и с другим. Сухой от мороза, белый покров так же легко, не оставляя следов, стряхивался с башмаков и с одежды, как беспыльный порошок из камушков и раковин морских глубин, и так же трудна, как ходьба по дюнам, была ходьба по снегу, если только верхний его слой, подтаяв на солнце, не успел подмерзнуть ночью; тогда ступать по нему было легче, приятнее, чем по паркету, пожалуй, столь же легко и приятно, как по наглаженному, твердому, пропитанному влагой упругому песку у самой кромки моря.

Но в этом году снегопады и гигантские массивы снега досаднейшим образом ограничивали движение на свежем воздухе для всех, кроме лыжников. Снегоочистители работали вовсю, но едва-едва управлялись с расчисткой наиболее людных дорожек и главной улицы курорта; немногие удобопроходимые дороги, очень скоро заканчивавшиеся неприступным снежным полем, были заполнены здоровыми и больными, местными жителями и интернациональной толпой приезжих. Но пешеходов едва не сбивали с ног, санки, на которых катили с горы господа и дамы, откинувшись назад, вытянув вперед ноги, с громким «берегись», по тону которого чувствовалось, насколько они проникнуты важностью своего занятия: на детских вихляющих, подскакивающих салазках мчаться с горы и, едва добравшись донизу, опять тащить наверх свою модную игрушку.

Ганс Касторп был по горло сыт этими прогулками. Им владели два желания: первое и сильнейшее — оставаться наедине со своими мыслями и делами, словом, «править», а оно не в полной мере удовлетворялось лежанием на балконе, и второе, связанное с первым и состоявшее в живом стремлении ближе, непосредственнее соприкоснуться с заснеженными горами, которые так ему полюбились. Это, второе желание было и вовсе невыполнимо, ежели его лелеял беспомощный, неокрыленный пешеход, которому, сверни он с проторенной и расчищенной дорожки, грозила опасность тотчас же по грудь увязнуть в снежной стихии.

Итак, в эту свою вторую зиму «наверху» Ганс Касторп решил приобрести лыжи и научиться пользоваться ими в той мере, в какой это было необходимо для его замыслов. Он не был спортсменом в силу своей физической организации, к спорту никогда не тянулся и даже не притворялся любителем такового — не в пример многим обитателям «Берггофа», в угоду местному духу и моде глупейшим образом рядившихся спортсменами. Женщины в этом не отставали от мужчин, — Гермина Клеефельд, например, несмотря на то что от недостаточности дыхания у нее кончик носа и губы всегда были синими, любила выходить ко второму завтраку в брюках и свитере, чтобы иметь возможность после еды, с вызывающим видом раздвинув колени, небрежно развалиться в одном из соломенных кресел вестибюля. Обратись Ганс Касторп к гофрату за разрешением осуществить свое дерзостное намерение, он непременно получил бы отказ. Занятия спортом категорически запрещались пациентам «Берггофа» и других подобных заведений: здешний воздух, казалось бы так легко вдыхаемый, и без того предъявлял немалые требования к сердечной мышце. Что же касается лично Ганса Касторпа, то дерзкое его изречение относительно «привычки не привыкать» по-прежнему оставалось в силе, иными словами, свойственная его температуре склонность к повышению, которую Радамант относил за счет влажного очажка, ничуть не уменьшалась. Да зачем бы он иначе и торчал здесь наверху? Конечно, его желания и намерения были противоречивы и неосуществимы. Но его надо было понять. Тщеславие не подстегивало его к соревнованию с фатоватыми энтузиастами свежего воздуха и «шикарными» спортсменами, которые, будь это моднее, с таким же сосредоточенным усердием уселись бы в душной комнате за карточный стол. Он, безусловно, чувствовал себя причастным к другому, более чопорному сообществу, нежели этот беспечный туристский народец, и со своей новой, более широкой точки зрения, основанной на отчуждающем чувстве собственного достоинства и долга, полагал, что ему не пристало резвиться здесь и, наподобие этих дураков, валяться в снегу. Ни о каких эскападах он не помышлял и был полон благоразумия. Радамант, конечно, мог бы ему позволить то, что он задумал, но так как в силу установленного здесь порядка все-таки бы не позволил, то Ганс Касторп решил действовать за его спиной.

При случае он посвятил в свое намерение господина Сеттембрини, и господин Сеттембрини от восторга едва не заключил его в объятия: «Ну конечно же, инженер, разумеется, ради Бога, сделайте это! Никого не спрашивайте и беритесь за дело — добрый гений внушил вам эту мысль! Торопитесь, покуда не прошла охота. Я иду с вами в магазин, давайте немедленно приобретем эти благословенные штуки. Я бы и в горы помчался с вами, в крылатых башмаках, как Меркурий, но не смею... Э, «сметь»! Меня бы уж ничто не остановило, если б я только «не смел», но я не могу, я конченый человек. Тогда как вы... вам это не повредит, ни капельки не повредит, только бы вы благоразумно соблюдали меру. Ах, да что там, если немножко и повредит, все равно это вам добрый гений... Молчу. Великолепная затея! После двух лет пребывания здесь и такая мысль, — значит, ядро у вас здоровое, ставить крест на вас еще рано. Браво, браво! Вы натянете нос вашему властителю теней, покупайте лыжи и велите прислать их ко мне или к Лукачеку, а еще лучше в лавчонку к бакалейщику. По мере надобности будете брать их для тренировки и затем... уноситесь вдаль...»

Так все и сделалось. На глазах господина Сеттембрини, строившего из себя знатока, хотя он ровно ничего не смыслил в спорте, Ганс Касторп приобрел в магазине на главной улице щегольские лыжи из отличного ясеневого дерева, покрытые коричневым лаком, с великолепными ремнями, красиво загнутые спереди, а также палки с железными наконечниками и кружками и, отказавшись от всякой помощи, взвалил их на плечо и донес до квартиры Сеттембрини, а там уже договорился с бакалейщиком, что лыжи будут стоять у него. Вдоволь наглядевшись на лыжников, он имел некоторое представление, как обращаться с этим спортивным орудием, и начал кое-как ковылять в одиночку у безлесного склона, неподалеку от санатория «Берггоф», в стороне от тех мест, что кишели начинающими спортсменами. Сеттембрини, случалось, стоял тут же, опершись на свою трость, изящно скрестив ноги, и наблюдал за ним, приветствуя первые проявления сноровки громким «браво!». Все обошлось благополучно и в тот раз, когда Ганс Касторп, спускаясь по расчищенной, извилистой дороге в «деревню», чтобы водворить лыжи к бакалейщику, повстречался с гофратом. Беренс его не узнал среди бела дня, хотя новоиспеченный лыжник едва не налетел на него. Гофрат скрылся за облаком сигарного дыма и прошествовал дальше.

Ганс Касторп убедился, что сноровка, в которой испытываешь внутреннюю потребность, приобретается довольно быстро. На то, чтобы стать виртуозом этого спорта, он не претендовал, а того, что ему было нужно, ни разу даже не вспотев и не запыхавшись, добился за несколько дней. Он приучал себя держать ноги вместе, оставляя на снегу параллельно бегущий след, понял наконец, как орудовать палками, трогаясь с места, научился с разбега, распластав руки, брать препятствия — небольшие бугры и возвышенности, взлетая и опускаясь, как корабль в бурю, и с двадцатого раза уже не падал, когда тормозил на полном ходу телемарком, выставив одну ногу вперед, а другую согнув в колене. Мало-помалу он усваивал все большее количество приемов. И в один прекрасный день скрылся в белесой мгле с глаз господина Сеттембрини, который, сложив руки рупором, прокричал ему вслед какие-то предостережения и, вполне удовлетворенный как педагог, отправился восвояси.

Хороши были заснеженные горы. Не то чтобы очень уж мирные и приветливые, они походили на дивные пустынные просторы Северного моря при сильном западном ветре, только вместо оглушающего шума здесь стояла мертвая тишина, которая наполняла сердце почти тем же чувством благоговения. Во все стороны носился Ганс Касторп в своих новых, длинных и гибких, семимильных сапогах: вдоль левого склона в направлении Клаваделя или направо, мимо Фрауэнкирха и Клариса, позади которых грозным призраком вздымался массив Амзельфлю; или в Дишматаль, или же вверх за «Берггоф», к лесистому Зехорну с его заснеженной вершиной, торчавшей там, где кончалась полоса лесов, и дальше к Друзачавальду, за которым виднелся белый силуэт покрытой снегами Ретийской горной цепи. Прихватив лыжи, он поднялся также в вагончике канатной железной дороги на Шацальп и там, на высоте в две тысячи метров, привольно носился по сверкающим, осыпанным снежной пудрой откосам, с которых в ясную погоду открывались величавые дали — арена нынешней его жизни и треволнений.

Ганс Касторп радовался своим успехам, перед лицом которых недоступное стало доступным, а препятствия почти вовсе сгинули. Благодаря им на него дохнуло желанным одиночеством, таким глубоким, что глубже и быть не может, одиночеством, полнившим сердце ощущением чего-то начисто чуждого человеку и его отрицающего. С одной стороны здесь была поросшая елями пропасть, терявшаяся в снежной мгле, с другой — скалистый подъем с чудовищным, циклопическим нагромождением снега, образующим пещеры и своды. Тишина, когда он останавливался и стоял неподвижно, чтобы не слышать себя самого, была предельной и безусловной — беззвучие, подбитое ватой, неведомое, неслыханное, нигде более невозможное. Ветерок не притронется к деревьям, ничто не шелохнется, птица голоса не подаст. В это первозданное безмолвие и вслушивался Ганс Касторп, когда стоял вот так, опершись на палку, склонив голову на плечо, раскрывши рот. А снег все шел в этой немой тишине, неспешно, неустанно и беззвучно ложась на землю.

Нет, этот мир в бездонном своем молчании знать не знал о радушии. Гостя он принимал как незваного пришельца, вернее и вовсе не принимал, не привечивал, только терпел его вторжение, его присутствие, терпел неподобающим образом, ничего доброго не сулящим, и от этой терпимости веяло чем-то стихийным, грозным, не враждебным даже, а безразличным и смертоносным. Дитя цивилизации, с рождения далекое и чуждое дикой стихии, куда острее воспринимает ее величие, нежели угрюмый сын природы, с младых ногтей с нею связанный, привыкший к ее будничной близости. Этому неведома благоговейная робость, с которою тот, высоко вскинув брови, предстает перед ней, робость, собственно, определяющая все его чувства, все отношение к природе и заставляющая его навек сохранить в душе благочестивый трепет и боязливое волнение. Ганс Касторп на своих великолепных лыжах, в свитере из верблюжьей шерсти и в обмотках, казался себе предерзким юнцом, когда подслушивал первозданную тишину, мертвенно безгласную зимнюю пустыню, и чувство облегчения, поднявшееся в нем на обратном пути, едва только первое человеческое жилье вынырнуло из туманной дымки, помогло ему осознать недавнее свое состояние, отдать себе отчет в том, что много часов кряду им владел тайный и священный ужас. На Зильте он стоял в свое время в белых брюках, самоуверенный, элегантный, исполненный уважения, у самых бурунов, точно это клетка со львом, где зверь разевает свою пасть, глубокую, как бездна, обнажая грозные клыки. Затем он купался, а дозорный на берегу трубил в рожок, предупреждая об опасности тех, что дерзко пытались уйти за первую волну, навстречу приближающейся буре, тогда как уже рассыпающийся вал ударял по спине, словно львиная лапа. В тех краях молодой человек познал восторженную радость легкого любовного прикосновения к силам, которые — в более тесном объятии — его неизбежно бы уничтожили. Но тогда ему еще не было дано познать этот соблазн так далеко зайти в этих восторженных прикосновениях к смертоносной природе, чтобы ее объятие стало неминучим. Слабое дитя человеческое, хоть и оснащенное дарами цивилизации, он тогда не стремился проникнуть в глубь наистрашнейшего, не считал еще зазорным обратиться в бегство перед его лицом раньше, чем опасная близость дойдет до критической черты и едва ли будет возможным на ней удержаться. Правда, здесь речь пойдет уже не о пенном всплеске, не о легком ударе львиной лапой, а о валах, о ненасытной пасти, о море.

Короче говоря, Ганс Касторп набрался мужества здесь наверху, если мужество перед стихиями является не тупым рационализмом по отношению к ним, а сознательным самопожертвованием и подавлением в себе, из симпатии, страха смерти. Из симпатии? Да, конечно, в узкой, цивилизованной груди Ганса Касторпа теплилась симпатия к стихиям; и эта симпатия объединялась с новым для него чувством собственного достоинства, которое он осознал при виде господ и дам, катающихся на салазках, и благодаря которому понял, что подобающим и необходимым для него является одиночество более глубокое, более значительное, чем то гостинично комфортабельное одиночество, которым он баловался на своем балконе. С балкона смотрел он на громады затуманенных гор, на пляску метели и в душе стыдился, что глазеет, укрывшись за бруствером уюта. Поэтому-то, а вовсе не из спортивного азарта или врожденной любви к физическим упражнениям, он научился бегать на лыжах. И если ему и было не по себе среди снежной мертвенной тишины, — а не по себе там, конечно же, было этому отпрыску цивилизации, — так что с того: живя наверху, он давно уже приобщился умом и чувством к вещам, от которых становится не по себе. Коллоквиум с Нафтой и Сеттембрини тоже не способствовал благодушному настроению, уводя в бездорожье, в величайшие опасности. И если могла идти речь о симпатии Ганса Касторпа к снежной пустыне, то лишь потому, что, вопреки своему благочестивому ужасу, он рассматривал ее как наилучшую среду для вынашивания всех своих мыслей, как наиболее подобающее местопребывание для того, кто, правда, сам не зная, как это произошло, принял на себя тяготы правления, заботу о назначении Homo Dei и его царства.

Здесь не стоял дозорный и не трубил в рожок, предупреждая смельчаков об опасности, если только им не был господин Сеттембрини в минуту, когда он складывал руки рупором и что-то кричал вслед уносящемуся на лыжах Гансу Касторпу. Но тот был оснащен мужеством и симпатией, а потому обратил на этот окрик не больше внимания, чем на крик, некогда раздавшийся за его спиной в карнавальную ночь после пресловутых шагов, им предпринятых: «Eh Ingegnere, un po' di ragione, sa!»[1] — Эх ты, педагогический сатана с твоими ragione и ribellione, — подумал он. — И все равно ты мне нравишься. Ты, конечно, ветрогон, шарманщик, но намерения у тебя добрые, куда добрее, чем у маленького злючки — иезуита и террориста, да и люблю я тебя больше, чем этого испанского заплечных дел мастера с его блестящими очками, хотя правда почти всегда на его стороне, когда вы ссоритесь, педагогически единоборствуя за мою бедную душу, как Бог и черт в средние века единоборствовали за человека...»

В осыпанных снегом башмаках, усиленно работая палками, он пробирался к белесым высям, полотнища которых уступами шли вверх, все выше, выше — бог весть куда, казалось даже, что никуда, ибо их верхние края сливались с небом, таким же белесым и неведомо где начинавшимся. Ни одной вершины, ни одного контура не было видно. Ганс Касторп подымался в мглистое ничто, и так как мир позади него — населенная людьми долина — тоже вскоре скрылся из глаз и ни один звук оттуда уже до него не доносился, то глубина его одиночества, более того — потерянности, прежде чем он успел об этом подумать, превзошла его мечтания; это было одиночество глубокое до ужаса — непременной предпосылки отваги. Praeterit figura hujus mundi[2], сказал он про себя по-латыни, это была отнюдь не гуманистическая латынь, а самое изреченье он слышал однажды от Нафты. Он остановился, чтобы осмотреться. Куда ни глянь, нигде ничего не видно, кроме отдельных малюсеньких снежных хлопьев, которые появлялись из белой выси и мягко ложились на белую землю, а вокруг неистово молчала тишина. В то время как взгляд его упирался в белую слепящую пустоту, он ощутил усилившееся от подъема биение своего сердца — этого мышечного органа, животный облик которого и то, как оно трепещет, он, быть может, дерзко, подглядел под треск и вспышки молний в кабинете для просвечивания, и вдруг его охватило умиление, немудреная, благоговейная симпатия к своему сердцу, к бьющемуся человеческому сердцу, такому одинокому здесь, среди ледяной пустоты, со своим вопросом, со своей загадкой.

---

[1] Эй, инженер, немножко благоразумия, знаете ли! (*ит.*)
[2] Проходит образ мира сего (*лат.*).

Он двинулся дальше, еще выше, к небу. Временами он втыкал в снег верхний конец палки и, вынимая ее, смотрел, как из глубины отверстия выплескивается синий свет. Его это забавляло, он подолгу стоял на месте, снова и снова наблюдая маленький оптический феномен. Так странен был этот нежный горно-глубинный свет, зеленовато-голубой, прозрачный, как лед, и в то же время затененный и таинственно влекущий. Он напомнил ему свет и цвет некиих глаз, роковых раскосых глаз, которые господин Сеттембрини, твердо стоявший на гуманистических позициях, презрительно окрестил «татарскими щелками» и «огоньками волчьих глаз в степи», — давно увиденные и неизбежно вновь обретенные глаза Хиппе и Клавдии Шоша. «Охотно, — вполголоса проговорил он среди безмолвия... — Только смотри не сломай: il est à visser, tu sais»[1]. И внутренним слухом услыхал благозвучные призывы образумиться.

Справа поодаль из тумана выступил лес. Он двинулся к нему, чтобы иметь перед глазами земную цель вместо белесой трансцендентности, и вдруг, ослепленный белизной, скатился вниз, не успев заметить перед собой откоса, не разобрав рельефа местности. Ничего не было видно, все расплывалось перед глазами. Препятствия возникали совершенно неожиданно. Он вверился откосу, даже не определив глазом его высоты.

Лес, привлекший сюда Ганса Касторпа, находился по другую сторону ущелья, в которое он нечаянно съехал. Двигаясь по его покрытому снегом дну, он заметил, что ближе к горе оно становится покатым, идет книзу. По мере того как он спускался, откосы становились выше, ложбина, точно туннель, врезалась в глубь горы. Затем носы его лыж опять приняли почти вертикальное положение; грунт сделался выше, боковые стены сошли на нет. Бездорожным своим путем Ганс Касторп снова вышел на открытый склон, вздымавшийся к небу.

Хвойный лес был теперь сбоку от него и под ним; он повернул и, быстро съехав вниз, оказался среди заснеженных елей, последних деревьев большого бора, клином врезавшихся в безлесное пространство. Под их сенью он отдохнул, выкурил папиросу, в душе все еще подавленный, взволнованный и угнетенный бездонной тишиной и таинственным одиночеством, но гордый тем, что завоевал их, и полный отваги от сознания своего почетного права на такое окружение.

---

[1] Его, знаешь ли, надо вывинчивать (*фр.*).

Было три часа. Он ушел вскоре после обеда, намереваясь пропустить час «главного лежания» и полдник, но вернуться еще засветло. Предстоящие часы блуждания среди величавых просторов наполняли радостью его сердце. Он засунул плитку шоколада в карман бриджей и маленькую фляжку портвейна в жилет под свитером.

Солнце было едва различимо за туманной дымкой. Сзади, там, где кончалась долина, возле угла горного кряжа, невидимого Гансу Касторпу, темные облака и плотная мгла, казалось, двигались ему навстречу. Похоже было, что пойдет снег, и, пожалуй, сильнее, чем это нужно для удовлетворения его мечты о настоящей метели. И правда, маленькие, беззвучные хлопья все гуще падали на горное плато.

Ганс Касторп вышел из-под деревьев, протянул руку и глазами исследователя-дилетанта стал разглядывать хлопья, опустившиеся на его рукав. С виду это были бесформенные клочочки, но он уже не раз смотрел на им подобных через свое увеличительное стекло и отлично знал, из каких изящных, отчетливо сделанных крохотных драгоценностей они составляются — из подвесок, орденских звезд, брильянтовых аграфов; роскошнее и тщательнее их не мог бы сработать самый искусный ювелир. Да, с этими пушинками, бременем ложившимися на деревья и устилавшими просторы, по которым он носился на лыжах, дело все-таки обстояло иначе, чем с детства ему привычным морским песком, который они напоминали: они, как известно, состояли не из мельчайших каменных крупинок, а из мириадов водяных частиц, в процессе замерзания откристаллизовавшихся в симметрическое многообразие, — частиц той неорганической субстанции, которая струится в жизненной плазме, в растениях, в человеческом теле, — и среди мириадов волшебных звездочек, с их недоступной зрению, не предназначенной для глаз человеческих, тайной микророскошью ни одна не была похожа на другую. Здесь наличествовала беспредельная изобретательность, нескончаемое рвение видоизменять, скрупулезно разрабатывать одну и ту же основную схему — равносторонний и равноугольный шестиугольник. Но каждое из этих студеных творений было в себе безусловно пропорционально, холодно симметрично, и в этом-то и заключалось нечто зловещее, антиорганическое, враждебное жизни; слишком они были симметричны, такою не могла быть предназначенная для жизни субстанция, ибо жизнь содрогается перед лицом этой точности, этой абсолютной правильности, воспринимает ее как смертоносное начало, как тайну самой смерти. И Гансу Касторпу показалось, что он понял, отчего древние зодчие, воздвигая храмы, сознательно, хотя и втихомолку, нарушали симметрию в распорядке колонн.

Он оттолкнулся, заскользил на своих деревянных полозьях по толстому снежному настилу лесной опушки, съехал вниз во мглу и помчался дальше вверх, вниз, бесцельно и беспечно, по мертвой земле, которая своими опустелыми волнистыми просторами, своей иссохшей растительностью — там и сям на снегу темнели скрюченные карликовые сосенки, — своими мягко очерченными холмами на горизонте так походила на северные дюны. Останавливаясь, чтобы вдоволь налюбоваться этим сходством, Ганс Касторп удовлетворенно кивал головой; жар в лице и легкое дрожание конечностей — своеобразная, дурманящая смесь возбуждения и усталости — вызывали в нем не досаду, а приятное воспоминание о морском воздухе, будоражащем и одновременно усыпляющем. С не меньшим удовлетворением ощущал он свою окрыленную независимость и привольную подвижность. Перед ним не расстилалась дорога, его связывавшая, позади не пролегал путь, который привел его сюда и должен был отсюда увести. Поначалу ему еще встречались вехи, вбитые в землю колья, отметки на снегу, но он постарался как можно скорее выскользнуть из-под их опеки, так как они ему напомнили дозорного с рожком, а следовательно, были не подобающими для внутреннего его отношения к великой зимней пустыне.

Заснеженные скалы, меж которых он лавировал то в одну, то в другую сторону, сменились крутым откосом, затем ровным плато и наконец горным кряжем, теснины которого, устланные пушистым белым ковром, показались ему доступными и необыкновенно заманчивыми. Да, душа Ганса Касторпа легко поддавалась соблазну высей и далей, соблазну одиночества, всякий раз наново перед ним открывавшегося, и, рискуя опоздать, он все дальше углублялся в молчание, суровое, неприветное, не сулящее ничего доброго, хотя внутреннее его напряжение и тревога и без того уже превратились в откровенный страх перед лицом раньше времени сгущавшейся темноты, все кругом затянувшей серой пеленою. Этот страх открыл ему, что до сих пор он невольно делал все возможное, чтобы потерять ориентировку, позабыть, в каком направлении лежат долина и «деревня», в чем и преуспел в полной мере. Впрочем, он мог бы себе сказать, что если тотчас же повернет и все время будет идти под гору, то очутится в долине, хотя, может быть, и не возле самого «Берггофа», довольно быстро, даже слишком быстро, а значит, не использует своего времени; с другой стороны, застигнутый метелью, он едва ли скоро отыщет дорогу домой. Но из-за этого уже сейчас обращаться в бегство он не желал, как бы ни томил его страх перед стихиями. Это было не спортсменское решение, ибо спортсмен якшается со стихиями, лишь покуда он их господин и повелитель, он всегда осторожен и — более разумный — идет на уступки. Но то, что творилось в душе Ганса Касторпа, могло быть определено лишь одним словом: вызов. И сколько бы порицания ни заключалось в этом слове, даже если, вернее в особенности, если вытекающее из него своеволие чувств связано с откровенным страхом, то все же, по-человечески рассуждая, можно понять, что в тайниках души молодого человека, мужчины, годами жившего так, как этот здесь, накапливается, или, как сказал бы Ганс Касторп, инженер, «аккумулируется», много такого, что в один прекрасный день неизбежно находит разрядку в виде простейшего, но горько-нетерпеливого: «Ну и пусть!» или «Была не была!» — одним словом, в виде вызова и отказа от разумной осторожности. Итак, он двинулся вперед в своих семимильных сапогах, соскользнул с откоса, пересек следующую поляну, где чуть поодаль стояло деревянное строение, не поймешь: сарай или пастушья хижина, с наваленными камнями на крыше, чтобы не снесло, — держа путь к ближайшей горе с ощетинившимся елями хребтом, позади которого громоздились подернутые облачной дымкой вершины. Стеною вставший перед ним косогор, кое-где поросший деревьями, был неприступен, но, немного подавшись вправо, его можно было с грехом пополам обойти, не утомляя себя крутым подъемом, и увидеть, что там делается дальше. Этим-то исследованием и занялся Ганс Касторп, предварительно съехав с поляны, на которой стояла хижина, в довольно глубокую низину со спадом налево.

Только что он начал выбираться оттуда, как (чего, конечно, и следовало ожидать) повалил снег, налетела пурга, такая, что только держись, давно уже грозившая снежная буря, если можно говорить об «угрозе» применительно к слепым и неведающим стихиям, которые отнюдь не тешат себя намерением нас уничтожить, это бы еще куда ни шло, но которым до ужаса безразлично, если это и случится ненароком. «Честь имею», — подумал Ганс Касторп, когда первый порыв ветра, взвихривший снег, обдал его холодом. «Вот это, я понимаю, дохнул! Так и пробрало до костей». И правда, это был жестокий ветер; сильнейший мороз, около двадцати градусов ниже нуля, был нечувствителен и даже казался мягким, покуда воздух, как обычно, оставался сухим и неподвижным, но стоило подуть ветру, как он словно ножами резал тело. Да, если это было только началом и первый порыв ветра, взметнувший снег, был только предварением пурги, то здесь и семи шуб не хватит защитить человека от ледяного кошмара, а на Гансе Касторпе было не семь шуб, а всего только шерстяной свитер, достаточно его гревший, когда же проглядывало солнце, даже казавшийся слишком теплым. Поскольку ветер сейчас дул в бок и в спину, вряд ли имело смысл поворачиваться к нему грудью. Так как это соображение объединялось с его упорством и с постоянным «ну и пусть!» его души, то безрассудный юнец снова двинулся в путь меж одиноко стоявших елей, чтобы укрыться за горой, которую штурмовал ветер.

Удовольствия он при этом не получал ни малейшего, ибо ничего не видел, кроме пляски снежинок, вихрем круживших в воздухе, словно и не собираясь падать на землю и заполнявших собою все пространство. Порывы ледяного ветра острой болью обжигали уши, парализовали конечности, руки немели так, что не поймешь, держат они еще палки или нет. Снег сыпался ему за воротник, холодными струйками стекал по спине, ложился ему на плечи, примерзал на правом боку, Гансу Касторпу казалось, что он вот-вот превратится в снежное чучело, которому всунули в руки палку; и ведь все эти беды на него навалились в обстоятельствах еще сравнительно благоприятных: повернись он, станет многим хуже. Так или иначе, но обратная дорога превратилась в тяжкий труд, за который надо было приниматься без промедления.

Итак, он остановился, сердито передернул плечами и переставил лыжи. От встречного ветра у него захватило дух, и ему пришлось вторично проделать неприятную процедуру перестановки, дабы собраться с силами и в полном самообладании встретить лобовую атаку равнодушного врага. Опустив голову и строго рассчитывая каждый вдох и выдох, он все-таки двинулся в обратном направлении, пораженный, несмотря на то что ничего доброго не ждал, трудностью этого пути для ослепленного и задыхающегося путника. Ему приходилось то и дело останавливаться, чтобы, отвернувшись от ветра, перевести дыхание, и еще оттого, что, наклоняя голову и жмурясь, он ничего не видел в белесых потемках и боялся напороться на дерево или упасть, споткнувшись о какое-нибудь препятствие. Стаи снежных хлопьев опускались к нему на лицо и таяли, отчего оно превращалось в ледяную маску. Они влетали ему в рот, оставляя слабый водянистый привкус, на лету ударялись о судорожно сжимавшиеся веки, растекались по глазам, не давая им смотреть, что, впрочем, было несущественно, так как густая пелена, заволокшая все поле зрения, и болезненная ослепительная белизна и без того исключали возможность видеть. Ничто, белый круговорот пустоты, вот все, что он видел, когда тщился видеть. Лишь изредка проступали из мглы призраки мира явлений: торчащий куст, сбившиеся в кучку сосны или едва очерченный абрис стога, мимо которого он недавно пробегал.

Он оставил его в стороне и через поляну с хижиной пустился в обратный путь. Но пути-то ведь не было, держать направление, хоть приблизительное направление домой, в долину, можно было лишь с помощью счастливого случая, а не разума, ибо если руку, поднятую до уровня глаз, с грехом пополам еще можно было разглядеть, то носы лыж уже находились вне поля зрения. Впрочем, если б он и лучше видел, природа все равно бы не поскупилась на козни, до крайности затруднявшие продвижение вперед. Лицо, залепленное снегом! Ветер словно лютый враг! Он перехватывал дыхание, вовсе пресекал его, не давая сделать ни вдоха, ни выдоха, так что Гансу Касторпу то и дело приходилось отворачивать лицо, чтобы судорожно глотнуть воздуха. Ну как тут было продвигаться вперед ему или другому, пусть более сильному, когда на каждом шагу надо было останавливаться, усиленно моргать, чтобы стряхнуть воду с ресниц, сбивать с себя плотную снежную броню, сознавая, что идти вперед в этих условиях неразумно и дерзко?

И все-таки Ганс Касторп устремлялся вперед, вернее, кое-как продвигался. Но было ли такое продвижение целесообразным, не потерял ли он направление и не умнее ли было вовсе не двигаться с места (что представлялось ему невозможным), этого он не знал. Теоретическая вероятность говорила об обратном, практически же Гансу Касторпу вскоре показалось, что с почвой у него под ногами не все обстоит благополучно, словно не та это почва, то есть не ровная поляна, на которую с превеликим трудом он вскарабкался из теснины и с которой следовало пуститься в обратный путь. Ровное место подозрительно быстро осталось позади: он опять шел вверх. По-видимому, ураганный ветер, дувший с юго-запада, со стороны, где кончалась долина, оттеснял его своим яростным напором. Напрасны были усилия, которыми он так долго изнурял себя. Вслепую, среди вихрей белого мрака, он лишь глубже уходил в равнодушно-грозное ничто.

«Ну и ну!» — сквозь зубы процедил он и остановился. Патетичнее он не выразился, хотя на мгновение ему и почудилось, что холодная, как лед, рука сдавила его сердце, отчего оно замерло и потом часто-часто застучало в ребра, как тогда, когда Радамант обнаружил у него влажный очажок. Он сознавал, что не имеет права на пышные слова и жесты, он сам бросил вызов, и пенять ему оставалось только на себя. «Недурно», — проговорил он и почувствовал, что его лицевые мускулы, мышцы, от которых зависело выражение лица, больше не повинуются душе и ничего уже не могут выразить, ни страха, ни ярости, ни презрения, ибо они окоченели. «А что теперь? Наискосок вниз, а потом вперед и все время нос по ветру? Легче сказать, чем сделать!» Отрывисто, задыхаясь, он все же вполголоса проговорил эти слова и опять двинулся вперед: «Но надо что-то предпринять, сидеть и ждать невозможно. Меня засыплет эта шестиугольная симметрия, и Сеттембрини, когда он придет со своим рожком посмотреть, что со мною сталось, увидит, что я сижу здесь с остекленевшими глазами и в снежной шапке набекрень...» Он заметил, что разговаривает сам с собой и вдобавок несколько странно. Настрого запретив себе такой разговор, он тут же возобновил его вполголоса, но тем выразительнее, хотя губы у него онемели, так что говорить приходилось, не двигая губами и без согласных, которые образуются с их помощью, и это невольно ему напомнило один случай из его жизни, когда дело обстояло точно так же. «Молчи и старайся идти вперед, — произнес он и добавил: — Ты, кажется, заболтался и в голове у тебя какая-то муть. В известном отношении это плохо».

Однако утверждение, что это плохо с точки зрения необходимости выбраться отсюда, было лишь утверждением контролирующего разума, словно бы стороннего, непричастного, хотя в известной мере и заинтересованного лица. Собственное его естество склонялось к тому, чтобы отдаться во власть неясности, которая все больше завладевала им по мере того как росла усталость; но он поймал себя на этом желании и стал о нем размышлять. «Это изменившаяся психика и ощущения того, кто застигнут пургой в горах и не находит дороги домой, — думал он, работая ногами и руками, и, задыхаясь, бормотал себе под нос обрывки этих мыслей, тактично избегая более определенных выражений. — Тому, кто задним числом узнает об этом, это кажется ужасным, но он забывает, что болезнь — а ведь мое положение в известной мере болезнь — так приспосабливает к себе свою жертву, что они преотлично друг с другом уживаются. Тут вступают в действие понижения чувствительности, благодатные наркозы и прочие природные болеутоляющие средства... Да, конечно... Но против них надо бороться, потому что они двулики, в высшей степени двусмысленны, и оценка их зависит исключительно от точки зрения. Они здорово придуманы, — истинное благодеяние, если тебе уже не суждено вернуться домой; но ничего нет зловреднее их, и с ними надо бороться всеми силами, поскольку еще может идти речь о возвращении, как сейчас для меня, ибо я отнюдь не намерен, всем буйно бьющимся сердцем своим не намерен, позволить дурацки-равномерной кристаллометрии меня засыпать...»

Он и вправду уже очень обессилел и наступившую неясность сознания пытался преодолеть тоже каким-то неясным, лихорадочным усилием. Он не испугался, как испугался бы в нормальном состоянии, когда заметил, что опять уже тащится не по ровному месту; на сей раз он, видимо, вышел на ту сторону, где поляна круто шла книзу. При спуске встречный ветер дул сбоку, — значит, спускаться еще не следовало, но в данный момент ему ничего другого не оставалось. «Ладно уж, — подумал он, — внизу опять возьму нужное направление». Так он и сделал, или вообразил, что сделал, или даже и не вообразил, а еще вернее, ему было все равно, правильно он идет или неправильно. Такие у него начинались провалы в сознании, и боролся он с ними уже вяло. Смесь усталости и возбуждения — обычное и длительное состояние новичка в этих краях, акклиматизация которого состоит «в привычке не привыкать», настолько усилилась в обеих своих составных частях, что о разумном отношении к провалам сознания не могло быть и речи. С помутневшей, одурманенной головой, он весь дрожал от раздражения и душевной взволнованности, как после коллоквиума с Нафтой и Сеттембрини, только много сильнее. Поэтому-то он, наверно, и приукрашал свою вялость в борьбе против наркотических провалов опьяняющими воспоминаниями о тогдашних рассуждениях, вопреки своему презрительному негодованию при мысли быть погребенным под шестиугольной симметричностью, он беззвучно бормотал что-то, то ли осмысленное, то ли несуразицу: что, мол, чувство долга, заставляющее его вступать в борьбу с подозрительным понижением чувствительности, это голая этика, иными словами — воплощенное безверие, жалкая «жизнеутверждающая буржуазность». Потребность, искушение лечь и отдохнуть до такой степени овладели им, что он говорил себе: это как песчаный вихрь в пустыне, который заставляет арабов плашмя бросаться на землю и натягивать на голову бурнус. Только одно обстоятельство, думал он, а именно, что у него нет бурнуса, шерстяной свитер же толком на голову не натянешь, удерживает его от такого поступка, хотя он взрослый человек и имеет довольно точные сведения о том, как люди замерзают.

После сравнительно не очень быстрого спуска и краткого продвижения по ровной местности пред ним вновь оказался подъем, и к тому же довольно крутой. Возможно, что сейчас он взял верное направление, ведь по дороге в долину обязательно надо было преодолеть подъем, что же касается ветра, то ему, видно, вздумалось перемениться, ибо теперь он дул Гансу Касторпу в спину, что само по себе было не так уж плохо. Но что это? Пурга пригибает его к земле или мягкий белый косогор, затянутый сумеречным пологом метели, манит отдохнуть его усталое тело? Если он и поддастся искушению, то ведь только чтобы прислониться на секунду, а искушение велико, так велико, как о том говорилось в книжке, где оно было названо «типически опасным». Но ведь от этого ничуть не умалялась его нынешняя, животрепещущая сила! Искушение утверждало свои индивидуальные права, никак не хотело встать в один ряд с общеизвестными понятиями, отказывалось узнать себя в них, заявляло о своей единственности и несравненной настойчивости, не отрицая, впрочем, что оно нашептано, внушено неким существом в черном испанском одеянии и белоснежных туго наплоенных брыжах, с представлением о котором, с самой его идеей, связано немало мрачного, явно иезуитского, человеконенавистнического, всякие там истязания и пытки, столь омерзительные господину Сеттембрини. Но нельзя не признать, что и господин Сеттембрини, всему этому себя противопоставляющий, достаточно смешон со своей шарманкой и своим ragione...[1]

И все-таки Ганс Касторп проявлял выдержку, не поддавался соблазну прислониться. Он ничего не видел, но боролся и шел вперед, — было это осмысленно или нет, но он двигался, вопреки тягчайшим оковам, в которые мороз и вьюга все беспощаднее его заковывали. Подъем был для него слишком крут, почему он безотчетно свернул в сторону и некоторое время шел вдоль косогора.

[1] Разумом (*ит.*).

Чтобы разомкнуть судорожно сжатые веки и попытаться хоть что-то увидеть, требовалось усилие, заведомо бесполезное, отчего он его и не делал. Временами он, правда, кое-что видел: сгрудившиеся в кучку ели, ручей или обрыв, черной полосою пролегающий меж нависшими снежными краями; а когда его для разнообразия опять потащило под гору, на сей раз уже против ветра, он заметил в некотором отдалении как бы взнесенную ввысь снежными вихрями тень человеческого жилья.

Долгожданное, утешительное зрелище! Молодец он, что этого добился, несмотря на все препятствия, ведь вот уже виден дом, создание рук человеческих, а значит, недалеко и до обитаемой долины. Может быть, в доме есть люди, может быть, он войдет к ним, в тепло, переждет под крышей непогоду и на худой конец попросит себе провожатого, если к тому времени уже наступит ночь. Он двигался к этой химере, к неопределенности, то и дело исчезавшей в ненастном сумраке, и чтоб до нее добраться, преодолел еще один изнурительный подъем против ветра, но, подойдя к ней вплотную, с негодованием, с удивлением, со страхом и чувством дурноты убедился, что это знакомая хижина с камнями на крыше, а ведь он столько затратил сил, столько прошел кружных путей — лишь затем, чтобы вновь отвоевать ее.

Вот дьявольщина! Энергические проклятия (без согласных) сорвались с окоченевших губ Ганса Касторпа. Он протащился, однако, кругом хижины, чтобы сориентироваться, и установил, что на сей раз подошел к ней с тыльной стороны, а следовательно, битый час, по его расчету, потратил на бесполезнейшую ерунду. Но так бывает, говорилось в книжке. Мечешься по кругу, выбиваешься из сил, всем сердцем веришь, что движешься вперед, а на деле описываешь широкую, нелепую дугу, которая возвращается к себе самой, как дразнящий нас кругооборот года. Вот так и блуждаешь, не находя дороги домой. Ганс Касторп отнесся к этому извечному феномену с некоторым удовлетворением, хотя и со страхом; он даже хлопнул себя по ляжке от гнева и удивления, что всеобщее так точно повторилось в его особом, индивидуальном случае.

Одинокий сарай был неприступен, дверь на запоре, ниоткуда не войти. Тем не менее Ганс Касторп решил пока что остаться здесь, ибо нависшая крыша создавала некую иллюзию гостеприимства, а само строение, тыльной своей стороной обращенное к горам, действительно могло служить некоторой защитой от ураганного ветра, если прислониться плечом к его бревенчатой стене, — прислониться спиной не позволяли длинные лыжи. Так он стоял, воткнув в снег лыжную палку, засунув руки в карманы, высоко подняв воротник свитера и опираясь для равновесия на отставленную вбок ногу; глаза у него закрылись, усталую, кружившуюся голову он склонил к деревянной стене и лишь изредка через плечо поглядывал на другую сторону ущелья, где в снежной мути порой вырисовывался отвесный склон горы.

Он находился в положении более или менее сносном. «На худой конец так можно простоять всю ночь, — подумал он, — надо только время от времени менять ногу, так сказать «переворачиваться на другой бок», и, конечно, хорошенько разминать тело, иначе пропадешь. Пусть я весь закоченел снаружи, но внутри-то я при движении скопил немало тепла, а значит, и мое блужданье было небесполезно, хоть я и беспутно таскался вокруг этой хижины... «Беспутно», что за выражение? Его совсем не так употребляют, для того, что со мной случилось, оно не годится, я его применил произвольно, потому что в голове у меня все путается... Нет, по-своему это, пожалуй, правильное слово. Хорошо, что можно здесь переждать, ведь вся эта суматоха, снежная суматоха, нечестивая суматоха, свободно может продлиться до утра, — ей-то что? — а если она и продлится только до темноты, все равно худо, ночью опасность беспутья, беспутной беготни по кругу не меньше, чем в пургу... А ведь, наверно, уже вечер, часов шесть, — сколько же времени я бессмысленно проплутал? Который теперь час?» И он взглянул на часы, хотя вытащить их замерзшими пальцами из жилетного кармана было не так-то легко, — на свои золотые часы с монограммой на крышке, которые честно и оживленно тикали в пустынном одиночестве, подобно его сердцу, трогательному человеческому сердцу в органическом тепле грудной клетки...

Половина пятого. Черт подери, да ведь почти столько же было, когда разыгралась непогода. Неужто он проблуждал всего какие-нибудь четверть часа? «Время сделалось долгим для меня, — подумал он. — Погибель, видимо, тянется долго. Но в пять или в половине шестого уже темнеет, об этом забывать нельзя. Утихнет ли вьюга дотемна, чтобы мне опять не блуждать так беспутно? На всякий случай подкреплюсь-ка я глотком портвейна».

Этот дилетантский напиток он взял с собой единственно потому, что в «Берггофе» его всегда держали про запас в плоских бутылочках — для экскурсантов, разумеется, не имея в виду тех, что, самым непозволительным образом заблудившись в горах, дожидаются в пургу наступления ночи и коченеют от мороза. Не будь у него такой туман в голове, он бы понял, что в смысле возвращения домой ничего более глупого нельзя было придумать; впрочем, он это уразумел, но лишь после того как сделал несколько глотков, тотчас же оказавших действие, весьма сходное с действием кульмбахского пива в первый его вечер здесь наверху, когда он своей неумеренной болтовней о соусах к рыбе и тому подобной ерунде рассердил Сеттембрини — господина Лодовико, педагога, который даже сумасшедших, потерявших всякую власть над собой, одним взглядом заставлял образумиться и чей благозвучный рожок донесся сейчас до слуха Ганса Касторпа в знак того, что красноречивый ментор приближается, спеша высвободить своего незадачливого питомца, трудное дитя жизни, из отчаянного положения, в которое он попал, и отвести его домой... Разумеется, то была чепуха, следствие ненароком выпитого кульмбахского пива. Ибо, во-первых, у господина Сеттембрини никакого рожка не было, а была только шарманка, она стояла на своей деревяшке на мостовой, и под бойкую ее игру он бросал гуманистические взгляды на окна домов; во-вторых же, он ровно ничего не знал и не видел из того, что происходило, так как жил уже не в санатории «Берггоф», а в чердачной комнатушке, где всегда стоял графин с водой, у дамского портного Лукачека, как раз над шелковой кельей Нафты. К тому же он здесь не имел ни права, ни возможности вмешиваться, как и в ту карнавальную ночь, когда Ганс Касторп тоже находился в отчаянно трудном положении, возвратив больной Клавдии Шоша son crayon, карандаш, карандаш Пшибыслава Хиппе... Кстати, что значит «положение»? Чтобы у этого слова был правильный, точный, а не чисто метафорический смысл, нужно бы лежать, а не стоять. Горизонталь — вот положение, подобающее долголетнему собрату *этих*, здесь наверху. Да и разве он не привык в мороз и вьюгу лежать на воздухе днем и ночью? Он уже совсем собрался опуститься на снег, как вдруг его пронизало, схватило, так сказать, за шиворот и удержало на ногах соображение, что эту мысленную болтовню о «положении» следует отнести исключительно за счет кульмбахского пива, за счет безличного и, как написано в книжке, типически опасного желания лечь и спать, желания, едва не одурачившего его софизмами и каламбурами.

«Я сделал то, чего не следовало делать, — решил он. — Портвейн мне был ни к чему, несколько глотков, и голова у меня так отяжелела, что валится на грудь, в мыслях — путаница, какие-то навязчивые и плоские остроты, на них нельзя полагаться, не только первым, которые приходят мне на ум, а и вторым, критическим по отношению к первым, — вот в чем беда. Son crayon! Нет, в данном случае «ее» crayon, а не его, а son говорится потому, что crayon мужского рода, все остальное пустые остроты. И зачем я об этом размышляю! Куда важнее тот факт, что моя левая нога, а я на нее опираюсь, изрядно напоминает деревянную ногу Сеттембриниевой шарманки, которую он толкает перед собою по мостовой, подходя к окну и подставляя свою бархатную шляпу, чтобы девчушка там, в окне, бросила ему монетку. Право же, меня самым безличным образом, ну точно руками, тянет лечь на снег. Этой беде поможет только движение. Надо двигаться в наказание за кульмбахское пиво и чтобы размять одеревенелую ногу».

Он оттолкнулся плечом. Но едва он отделился от сарая, едва шагнул вперед, как ветер точно ножом полоснул его и погнал обратно к спасительной стене. Она явно была предуказанным местонахождением, которым он до поры до времени должен был удовлетвориться, причем для разнообразия ему предоставлялась возможность прислониться не правым, а левым плечом и выставить правую ногу, слегка притопывая левой, чтобы ее оживить. «В такую погоду из дому не выходят, — подумал он. — Немного развлечься, куда ни шло, но не предаваться поискам нового, не заигрывать с пургой. Стой тихо и, ладно уж, опусти голову, раз она такая тяжелая. Отличная стена, бревна, от них как будто исходит тепло, поскольку здесь может быть речь о тепле, подспудное тепло дерева, а возможно, что это мне только кажется, субъективное восприятие... Ах, сколько деревьев! Ах, живительный воздух живых! Какое благоухание!..»

Парк расстилался под ним, под балконом, на котором он, видимо, стоял — обширный, пышно зеленеющий парк; лиственные деревья, вязы, платаны, буки, клены, березы с чуть различной по оттенку, роскошной, свежей мерцающей листвой тихо шелестели ветвями. Пахнуло чарующим, влажным воздухом, напоенным дыханием дерев. Налетел теплый ливень, но весь просвеченный солнцем. Высоко до самого неба переливались в воздухе блистающие струйки. Как хорошо! О, прелесть родных краев, изобилие и благоухание давно покинутой равнины! Воздух полон птичьего гомона, задушевно манерных и сладостных трелей, чириканья, воркованья, щелканья и всхлипов, хотя ни одной пичужки не видно. Ганс Касторп улыбался, исполненный благодарности, дышал всею грудью. А между тем вокруг стало еще прекраснее. В стороне радуга осенила собою ландшафт, полная яркая радуга, чистейшее великолепие, влажно мерцающее всеми своими красками, что густо, как масло, изливались на сочную блестящую зелень. О, да ведь это точно музыка, точно звуки арфы, мешающиеся с флейтами и скрипками. Всего удивительнее лились синева и лиловость. Как по волшебству, все растворялось в них, видоизменялось, еще краше расцветало вновь. Так уже было однажды, в давнюю пору, когда Гансу Касторпу довелось услышать прославленного на весь мир итальянского тенора, чей голос благодатной мощью искусства вливался в людские сердца. Он держал высокую ноту, которая была прекрасна с самого начала. Но затем постепенно, от мгновения к мгновению, этот страстный дивный звук стал набухать, приоткрываться — и раскрылся совсем, просветленный и сияющий. Словно пелена за пеленой, дотоле никем не замечаемые, спадали с него, — вот упала последняя, та, что, казалось, обнажила ярчайший, наичистейший свет, но тут же засиял свет доподлинно последний, невероятный, освободивший из оков такой избыток блеска и нестерпимо сверкающего великолепия, что в толпе раздались приглушенные возгласы восхищения, звучавшие почти как протест, и у него самого, у молодого Ганса Касторпа, комок подкатился к горлу. Вот именно так теперь преображался ландшафт, раскрывался все в большем просветлении. Синева плыла... Спадали блестящие пелены дождя: море простиралось перед глазами. Это было южное море, синее-синее, взблескивавшее серебристой рябью; чудно красивый залив, с одной стороны открытый в подернутые дымкой дали, с другой — опоясанный цепью гор, чем дальше, тем тусклее голубевшей, залив с островами, на которых вздымались пальмы и во тьме кипарисовых рощ светились белые домики. О, о, довольно! Не по заслугам эта благодать света, ясной небесной лазури, морской солнечной свежести! Никогда Ганс Касторп такого не видел. Во время каникулярных поездок он едва пригубил юга, знал только суровое, бледное море и всеми своими ребяческими немудрящими чувствами был к нему привержен, на Средиземном же море, в Неаполе, в Сицилии или в Греции вовсе не бывал. И тем не менее он *вспоминал*. Да, странным образом он праздновал повторную встречу.

«Ах, да ведь это оно самое!» — воскликнул в нем внутренний голос, — словно издавна он вынашивал в сердце, тая от себя самого, синее солнечное счастье, разостлавшееся перед ним; и это «издавна» было необозримо бесконечно, как открытое море слева, там, где с ним сливалось чуть лиловеющее небо.

Горизонт был высок, ширь, казалось, росла вверх, это происходило оттого, что Ганс смотрел на залив с некоторой высоты: горы, опоясавшие бухту, лесистыми отрогами вдавались в море и с середины доступного его взгляду ландшафта полукружием тянулись до того места, где он сидел, и еще дальше. Гористое побережье. Прикорнув на теплых от солнца каменных ступенях, он смотрел, как оно мшисто-каменными террасами, кое-где утыканными жестким кустарником, спускалось к ровной береговой полосе, где груды валунов образовывали меж камышей голубеющие бухточки, маленькие гавани, лиманы. И этот солнечный край, и эти легко доступные высокие берега, и эти веселые скалистые водоемы, так же как и само море, вплоть до островов, возле которых сновали лодки, все, все было полно людей; люди, дети солнца и моря, были повсюду, они двигались или отдыхали, разумно резвая, красивая молодая поросль человечества. Сердце Ганса Касторпа, глядевшего на них, раскрывалось, до боли широко раскрывалось от любви.

Юноши объезжали коней, схватившись за недоуздок, мчались рядом с храпящими, вскидывавшими головы скакунами, то и дело встававшими на дыбы, осаживали их, дернув книзу длинный повод, или же без седла, босыми ногами колотя коней по лоснящимся бокам, мчались прямо в море; при этом мускулы играли под кожей золотисто-смуглых спин юных всадников, а громкие возгласы, которыми они обменивались друг с другом или же поощряли коней, по какой-то непонятной причине звучали обворожительно. Возле глубоко врезавшегося в сушу заливчика, что, как горное озеро, отражал берега, плясали девушки. Одна из них, с волосами, собранными в высокий узел на затылке, от которой веяло таинственным очарованием, сидела, опустив ноги в неглубокую ямку, и играла на пастушьей свирели, глядя на подруг поверх своих пальцев, бегло перебиравших лады; в длинных и широких одеждах они то кружились поодиночке, с улыбкой простирая руки, то, соединившись в пары, нежно прижимались щека к щеке, а за спиной девушки, игравшей на свирели, за ее белой, длинной, из-за приподнятых рук казавшейся нежно округлой спиной, сидели или, обнявшись, стояли другие сестры и, тихонько переговариваясь, смотрели на плясуний. Поодаль юноши упражнялись в стрельбе из лука. Отрадно и весело было видеть, как старшие обучали еще неловких кудрявых отроков натягивать тетиву и держать лук, целились вместе с ними, со смехом поддерживали пошатнувшихся от отдачи в миг, когда, звеня, вылетала стрела. Другие удили. Они лежали на плоских прибрежных каменьях, задрав одну ногу вверх, опустив удочки в море, и беспечно болтали с соседом, который, весь изогнувшись, старался подальше забросить крючок с наживкой. Многие, наконец, были заняты спуском на воду судна с высокими бортами, мачтой и реями; они толкали его, волокли, подкладывали бревна, чтобы создать разгон. Дети играли и прыгали в пене разбивавшихся о берег валов. Молодая женщина, растянувшаяся на песке, заведя глаза, одной рукою придерживала между грудей пестротканое одеяние, другую же простирала вверх, ловя ветку с плодами, которою ее дразнил стоявший у нее в изголовье узкобедрый мужчина. Многие лежали под сенью скал, другие в нерешительности стояли у кромки моря и, схватившись перекрещенными на груди руками за плечи, осторожно пробовали ногой, тепла ли вода. Пары прогуливались вдоль берега, и губы того, кому девушка доверила вести себя, касались ее уха. Длинношерстые козы скакали с уступа на уступ, под надзором юного пастуха, который стоял на скале, опираясь на длинный посох, в шляпе с отогнутыми сзади полями на русых кудрях.

«Ну что за прелесть! — от души восхитился Ганс Касторп. — До чего же отрадное, привлекательное зрелище! Как они красивы, здоровы, умны, счастливы! И это не внешняя оболочка — они изнутри умны и достойны. Дух, положенный в основу их существования, дух и смысл, в котором они живут и друг с другом общаются, вот что умиляет мое сердце!» Под этим он подразумевал истинное дружелюбие и равномерно поделенную учтивую внимательность, пронизывавшую взаимоотношения солнечных людей, эту скрытую под легкой усмешкой почтительность, которую они неприметно, лишь в силу властвовавшей над ними общности чувств или некоей вошедшей в плоть и кровь идеи, на каждом шагу друг другу выказывали, и даже более, чем почтительность, — достоинство и строгость, но растворенные в веселости и определявшие все их поведение только как невысказанное, духовное влияние этой просветленной серьезности, какого-то разумного благочестия, хоть и не вовсе чуждого обрядности. Ибо чуть поодаль, на круглом замшелом камне, в коричневом платье, спущенном с одного плеча, сидела молодая мать и кормила грудью ребенка. И каждый проходящий мимо приветствовал ее на особый лад, в котором сочеталось все, о чем выразительно умалчивало поведение этих людей: юноши, при виде воплощенного материнства, быстро и ритуально складывали руки крестом на груди и с улыбкой наклоняли голову, девушки почти неуловимым движением сгибали колени, как сгибает их набожный прихожанин, проходя мимо царских врат. Но при этом они по нескольку раз — живо, весело и сердечно — кивали ей головой. И это смешение обрядового благочиния и непринужденного дружелюбия, да еще неторопливая ласковость, с которой мать отводила глаза от своего малютки (облегчая ему труд, она слегка надавливала указательным пальцем грудь возле соска) и улыбкой благодарила тех, что воздавали ей почести, все это, вместе взятое, привело Ганса Касторпа в восторг. Он никак не мог вдосталь наглядеться и только, волнуясь, спрашивал себя, не заслуживает ли суровой кары за это созерцание, за это подслушивание солнечно-благостного счастья, непосвященный, кажущийся себе таким грубым, нескладным и безобразным.

Пожалуй, что так. Пониже того места, где сидел Ганс Касторп, красивый мальчик, пышные волосы которого были зачесаны набок и, слегка приподнятые надо лбом, спадали на виски, сидел в стороне от остальных, прижав к груди сплетенные руки, — не грустный или рассерженный, нет, просто так, сидел в стороне. Мальчик его заметил, поднял на него глаза, потом его взор стал перебегать с Ганса Касторпа на пестрые картины взморья: он явно подглядывал за соглядатаем. Внезапно он посмотрел поверх его головы, посмотрел вдаль, и с его красивого, полудетского лица со строгими чертами мгновенно сбежала игравшая здесь на всех лицах улыбка учтивой братской внимательности, и хоть брови его не нахмурились, но в чертах появилась суровость, каменная, лишенная выражения, непроницаемая, смертная замкнутость, от которой холодный пот прошиб уже успокоившегося было Ганса Касторпа, ибо он начал догадываться, что она означает.

Ганс Касторп тоже оглянулся... Могучие колонны без цоколя, сложенные из цилиндрических глыб и в пазах поросшие мохом, вздымались за ним, — колонны, образующие врата храма; на широкой лестнице, ведущей к ним, он и сидел. Он поднялся с тяжелым сердцем и пошел вниз по ступеням, все время держась с краю, и потом завернул в проход под вратами, откуда вышел на улицу, мощенную каменными плитами и приведшую его к новым пропилеям. Он их тоже миновал, и перед ним открылся храм, тяжелый, серо-зеленый от времени, с крутым ступенчатым цоколем и широким фасадом, покоившимся на капителях мощных, почти приземистых, но кверху утончавшихся колонн, над которыми то тут, то там торчал сдвинувшийся с места круглый обломок камня. С усилием, помогая себе руками и тяжело дыша, так как у него все больше и больше теснило сердце, Ганс Касторп добрался до леса колонн. Это была очень глубокая колоннада, и он бродил в ней, словно в лесу меж буковых стволов у белесого моря, старательно обходя ее середину. Но его поневоле тянуло к ней, и там, где колонны расступались, он очутился перед изваянием, перед двумя высеченными из камня фигурами на пьедестале, видимо, изображавшими мать и дочь. Одна, сидящая, была старше, почтеннее. Весь ее облик, облик матроны, светился величавой кротостью, только брови были скорбно сдвинуты над пустыми глазницами; туника складками ниспадала из-под ее плаща, а на кудрявые волосы было наброшено покрывало; одной рукой она обнимала вторую фигуру, с округлым девичьим лицом и руками, спрятанными в складках одежды.

Ганс Касторп созерцал эту группу, и сердце его почему-то сжималось тяжелым, смутным предчувствием. Он боялся верить себе, но все же вынужден был обойти вокруг изваяния и двинуться дальше, вдоль двойного ряда колонн. Перед ним возникла металлическая дверь, открытая во внутренность храма, и у бедняги подогнулись колени от ужаса перед тем, что он увидел. Две седые старухи, полуголые, косматые, с отвислыми грудями и сосками длиною в палец, мерзостно возились среди пылающих жаровен. Над большой чашей они разрывали младенца, в неистовой тишине разрывали его руками, — Ганс Касторп видел белокурые тонкие волосы, измазанные кровью, — и пожирали куски, так что ломкие косточки хрустели у них на зубах и кровь стекала с иссохших губ. Ганс Касторп оледенел. Хотел закрыть глаза руками — и не мог. Хотел бежать — и... не мог. За гнусной, страшной своей работой они заметили его и стали потрясать окровавленными кулаками, ругаться безгласно, но грязно и бесстыдно, да еще на простонародном наречии родины Ганса Касторпа. Ему стало тошно, дурно, как никогда. В отчаянии он рванулся с места и, скользнув спиной по колонне, упал наземь — омерзительный гнусный шепот все еще стоял у него в ушах, ледяной ужас по-прежнему сковывал его — и... очнулся у своего сарая, лежа боком на снегу, головой прислонившись к стене, с лыжами на ногах.

Но это не было настоящим, доподлинным пробуждением. Он лишь моргнул глазами, радуясь избавлению от мерзких старух, но все же не уяснил себе до конца, да, впрочем, ему это было безразлично, лежит ли он у колонны храма или у сарая, и отчасти еще продолжал спать, только уже не пестрые картины представлялись ему, а он думал во сне, думал не менее причудливо и дерзостно.

«Я так и знал, что это сон, — бормотал он про себя. — Мне приснился сон, прелестный и страшный. Собственно говоря, я всегда это знал и все сам для себя создал — зеленеющий парк, и чудную влажность, и все остальное, прекрасное и мерзкое. Я, можно сказать, знал это наперед. Но можно ли такое знать и создавать для себя, так себя тешить и пугать? Откуда они у меня взялись — этот прекрасный залив с островами, а потом пропилеи и храм, на который указали мне глаза того милого отрока, что сидел в стороне? Грезы-то ведь зарождаются не в одной твоей душе, сказал бы я, грезишь безымянно и коллективно, хотя и на свой собственный лад. Великая душа, частицей которой ты являешься, грезит — через тебя и по-твоему — о вещах, которые извечно грезятся ей: о своей юности, своей надежде, своем счастье, о мире и... о своем кровавом пиршестве. Вот я лежу у колонны, и во мне еще живут остатки моего сна, леденящий ужас перед лицом кровавого пиршества и то, что было до него — радость при виде счастья и добродетели светлого народа. Мне подобает, я это утверждаю, мне дано преимущественное право лежать здесь и грезить обо всем этом. Я многое узнал от живущих здесь наверху относительно дезертирства и разума. Я блуждал с Нафтой и Сеттембрини по опасным высотам. Я все знаю о человеке. Я познал его плоть и кровь, я вернул больной Клавдии карандаш Пшибыслава Хиппе. Но тот, кто познал плоть, жизнь, познал и смерть. И это еще не все, это только начало, если смотреть с педагогической точки зрения. Нужно это сложить с другой половиной — противоположной. Ибо интерес к смерти и болезни не что иное, как своеобразное выражение интереса к жизни, как то доказывает гуманистическая наука — медицина, которая всегда так учтиво, по-латыни, обращается к смерти и болезни, сама будучи лишь тенью того великого, наиважнейшего, что я от полноты сердца назову настоящим его именем: это трудное дитя жизни, это человек и его назначение в мире, его царство... Я недурно в нем разбираюсь, многому научился у живущих здесь наверху. Меня так высоко взметнуло над равниной, что я, бедняга, чуть не задохся; зато мне все видно отсюда, с подножия колонны... Мне снился сон о назначении человека, о его пристойно разумном и благородном товариществе на фоне разыгрывающегося в храме омерзительного кровавого пиршества. Или солнечные люди потому так учтивы и внимательны друг с другом, что втайне знают о совершающемся ужасе? В таком случае они сделали из этого весьма утонченные и галантные выводы! Я заодно с ними, а не с Нафтой, но и не с Сеттембрини — оба болтуны. Один злой сладострастник, а другой только и знает, что дудеть в дудку разума, и воображает, будто действует оздоровляюще даже на сумасшедших, что уже просто пошлость. Это филистерство, голая этика, безверие и ничего больше. Но и на сторону недомерка Нафты я тоже не стану, с его религией — сплошной guazzabuglio[1] Бога и дьявола, добра и зла, пригодной лишь на то, чтобы отдельный человек очертя голову бросался в нее, с целью мистически раствориться во всеобщем. Уж эти педагоги! Их споры и разногласия — это всего-навсего guazzabuglio, путаная многоголосица боя, и ей не оглушить того, кто мыслит хоть сколько-нибудь независимо и чист в сердце своем. Вопрос об аристократизме! Благородство! Что благороднее: жизнь или смерть, болезнь или здоровье, дух или природа? Да разве это противоречия? Помилуйте: разве это вопросы? Нет, не вопросы, и вопроса о том, что благороднее, тоже не существует. Дезертирство в смерть неотделимо от жизни, без него жизни бы не было, а стоять посередке, посередке между дезертирством и разумом, — назначение Homo Dei. Ведь и царство его — посередке между мистическим единением и ветреным индивидуализмом. Я это вижу со своей колонны. Верный своему назначению, Homo Dei должен быть изысканно учтив и дружелюбно почтителен с самим собой: благороден *он*, а не противоречия. Человек — хозяин противоречий, через него они существуют, а значит, он благороднее их. Благороднее смерти, ибо где ей тягаться со свободой его разума? Благороднее жизни, ибо где ей тягаться с чистотой его сердца? Вот я и сочинил поэму о человеке. Я ее запомню. Я буду добрым. Не дам смерти управлять моими мыслями. Ибо в этом и ни в чем ином заключены доброта и человеколюбие. Смерть — великая сила. Перед ней снимают шляпу, склонив голову, стараются ступать неслышно. Она носит почтенные брыжи прошлого, и мы в ее честь одеваемся строго, во все черное. Разум глуп перед нею, он ведь не более как добродетель, она же — свобода, дезертирство, бесформенность и похоть. Похоть, говорит мой сон, не любовь. Любовь и смерть, не стоит сочетать эти понятия, получится безвкусица и пошлость. Любовь противостоит смерти, только она, а

[1] Мешаниной, путаницей (*ит.*).

не разум, сильнее ее. Только она, а не разум, внушает нам добрые мысли. И форма состоит единственно из любви и доброты: форма и обычай разумно-дружеского общения, прекрасное человеческое царство — с молчаливой оглядкой на кровавое пиршество. О, как вразумителен был мой сон! Как он поможет мне править! Я буду помнить о нем. В сердце своем я сохраню верность смерти, но в памяти буду хранить убеждение, что верность смерти, верность прошлому — злоба, темное сладострастие и человеконенавистничество, коль скоро она определяет наши мысли и чаяния. *Во имя любви и добра человек не должен позволять смерти господствовать над его мыслями.* И на этом я просыпаюсь... На этом я до конца досмотрел свой сон и достиг цели. Давно уже я искал эти слова: и там, где мне явился Хиппе, и на моем балконе, и раньше, всегда и везде. Ведь и в заснеженные горы меня тоже погнали эти поиски. И вот я нашел. Сон настойчиво преподал мне это, чтобы я запомнил навек. О, я в восхищении, это согрело меня! Мое сердце бьется сильно и знает почему. Оно бьется не только по физиологическим причинам, вроде того, как у трупа еще продолжают расти ногти, — бьется по-человечески, от полноты счастья. Слова моего сновидения — напиток лучше портвейна и эля! Этот напиток пробегает по моим жилам, как любовь и жизнь, и я пробуждаюсь ото сна и грез, очень опасных, угрожающих моей молодой жизни... Встать, встать, открыть глаза! Это — твои руки, твои ноги, там в снегу! Соберись с силами, встань! Смотри-ка, небо прояснилось!»

Трудно далось ему освобождение от уз, что его опутывали, клонили к земле, однако стимул, который он в себе выработал, оказался сильнее. Ганс Касторп с силой уперся локтем, мужественно подтянул колени, рванулся, нашел точку опоры, встал на ноги. Он притоптал лыжами снег, похлопал себя по ребрам, передернул плечами, не переставая беспокойно и напряженно вглядываться в небо, где среди медленно уплывающих легких сероватых облаков стали появляться бледно-голубые просветы и наконец встал тоненький серп луны. Смеркалось. Ни метели, ни ветра. Гора напротив, со щетиной елей на хребте, была ясно видна и покоилась в мире. Тень окутывала только нижнюю ее половину, верхнюю же озарял нежнейший розовый свет. Что произошло, что творилось на свете? Или это уже утро? Тогда, значит, он всю ночь пролежал на снегу и не замерз, хотя та книжка предрекала именно такой исход. Ни руки, ни ноги у него не отмерли, кости не ломались с хрустом, покуда он топал, отряхивался, бил себя по ляжкам, а он этим занимался весьма усердно, обдумывая в то же время положение вещей. Уши, кончики пальцев на руках и ногах у него, правда, онемели, но не больше, чем при вечернем лежании на балконе в холодную погоду. Ему удалось наконец вытащить часы. Они шли. Не остановились, как останавливались, когда он забывал завести их на ночь. И показывали они не пять, куда там. До пяти оставалось еще минут двенадцать-тринадцать. Удивительное дело! Неужто же он пролежал на снегу какие-нибудь десять минут или чуть-чуть дольше и успел насочинить столько счастливых и страшных видений, столько отчаянно-смелых мыслей, а шестиугольное неистовство тем временем окончилось так же быстро, как возникло. В таком случае ему выпало редкостное счастье, и он вернется домой. Ибо дважды его грезы и сочинительство принимали такой оборот, что он оживал: один раз от ужаса, второй — от радости. Похоже, что жизнь дружелюбно обошлась с трудным своим дитятей...

Так или иначе, будь то утро или вечер (без сомнения, день еще только клонился к вечеру), но ничто (ни внешние обстоятельства, ни собственное его самочувствие) не препятствовало Гансу Касторпу пуститься в обратный путь. Сказано — сделано, он лихо скатился в долину, где уже зажигались огни; впрочем, дорогу ему еще достаточно освещали прощальные отблески дневного света на снегу. Он спустился через Бременбюль, вдоль Маттенвальда, и в половине шестого уже был в «деревне», оставил там свои лыжи у бакалейщика, зашел передохнуть на чердак к Сеттембрини и поведал ему о том, что был застигнут пургой. Гуманист пришел в ужас. Он схватился за голову, разбранил его за столь опасное легкомыслие и бросился разжигать пыхтящую спиртовку, чтобы напоить усталого гостя кофе, крепость которого, впрочем, не помешала ему тотчас же уснуть на стуле.

Часом позднее его уже окружала высокоцивилизованная атмосфера «Берггофа». Ужин он уписывал за обе щеки. Привидевшийся ему сон понемногу тускнел. Мысли, бродившие у него в голове, уже в этот вечер стали ему не совсем понятны.

## ХРАБРО, ПО-СОЛДАТСКИ

Ганс Касторп постоянно получал вести от двоюродного брата, сначала хорошие, полные надежд, затем уже менее восторженные и, наконец, лишь кое-как приукрашивающие нечто весьма печальное. Длинный ряд открыток начался с веселого сообщения Иоахима о вступлении в полк и о романтической церемонии, которую Ганс Касторп в ответном письме назвал «принесением обета бедности, целомудрия и послушания». Продолжение носило все тот же жизнерадостный характер; открытки, сообщавшие о различных этапах удачливого служебного пути, очень гладкого из-за страстной любви к делу и благоволения начальства, обычно заканчивались приветами и поклонами. Иоахим, в течение нескольких семестров посещавший университет, был освобожден от прохождения школы прапорщиков. Уже к новому году он был произведен в унтер-офицеры и прислал свою фотографию в мундире с нашивками. В кратких его донесениях сквозило восторженное преклонение перед духом иерархии, которому он теперь подчинялся, суровой в вопросах чести, идеально пригнанной и вместе с тем юмористически-сдержанно снисходящей к человеческим слабостям. Он не скупился на анекдоты о романтически-сложном отношении к нему фельдфебеля, ворчливого фанатичного служаки, который в неопытном рядовом провидел завтрашнего начальника; Иоахим и в самом деле уже посещал офицерский клуб. Все это было смешно и диковато. Затем речь пошла о том, что он допущен к экзамену на офицерский чин. В начале апреля состоялось его производство в лейтенанты.

Казалось, не было на свете человека счастливее, человека, чье существо и желания полнее слились бы с этой особой формою жизни. С каким-то стыдливым упоением рассказывал он, как впервые во всем своем юном великолепии шел мимо ратуши и еще издали крикнул «отставить!» взявшему на караул часовому. Он сообщал о мелких неурядицах и об удовлетворении, которое ему давала служба, о великолепной дружественной спаянности офицерского состава и о плутоватой преданности своего вестового, о комических случаях во время строевого учения или занятий воинским уставом, о смотрах и братских трапезах. Иногда упоминал о своих светских обязанностях, о визитах, званых обедах, балах. О здоровье ни слова.

До самого лета — ни слова. Затем пришло известие, что он лежит в постели и, к сожалению, был вынужден подать рапорт о болезни: небольшая лихорадка, дело двух-трех дней. В начале июня он уже был в строю, но в середине месяца снова «расклеился» и горько сетовал на «невезенье», между строк читался страх не выздороветь к началу больших маневров в августе, которым он заранее радовался всем сердцем. Глупости! В июле он был здоровехонек, но потом речь зашла о медицинском обследовании, назначенном из-за этих дурацких колебаний температуры, теперь от нее многое будет зависеть. Относительно результатов медицинского обследования Ганс Касторп долго оставался в неведении, а когда весть наконец пришла, она была не от Иоахима — оттого ли, что он был не в состоянии писать, оттого ли, что стыдился? — а от его матери, госпожи Цимсен, которая, кстати сказать, не писала, а телеграфировала. Телеграмма сообщала, что врачи считают необходимым предоставить Иоахиму отпуск на месяц-другой. Рекомендуется горная местность, немедленный отъезд. Просьба заказать две комнаты. Ответ оплачен. Подпись: тетя Луиза.

Был конец июля, когда Ганс Касторп, лежа на своем балконе, пробежал глазами эту депешу, затем перечитал ее раз, второй. При этом он тихонько кивал головой, собственно даже не головой, а всем корпусом и сквозь зубы цедил: «Н-да, н-да, н-да!.. Так, так! Иоахим возвращается», — обрадовался он вдруг. Но тотчас же сник и подумал: «Гм-гм, довольно внушительные новости. Можно даже сказать, хорошенький сюрприз. Черт побери, быстро же это сделалось — уже созрел для родины! Мать едет с ним (он сказал «мать», а не «тетя Луиза»; его родственные чувства, его связь с семьей мало-помалу ослабели, превратились едва ли не в отчужденность) — это скверно. И перед самыми маневрами, о которых бедняга так мечтал! Д-да, есть в этом изрядная доля низости, издевательской низости, — факт прямо-таки противоидеалистический. Торжество тела, оно хочет не того, что душа, в посрамление возвышенных умов, которые учат нас, что тело в подчинении у души. Похоже, они не ведают, что говорят; окажись они правы, это бросило бы на душу весьма сомнительный свет, по крайней мере в данном случае. Sapienti sat[1], я знаю, в чем тут суть. Ибо вопрос, который я выдвигаю, как раз и сводится к тому, насколько ошибочно противопоставлять душу и тело, ежели они одного поля ягоды и играют друг другу в руку, — возвышенные умы, на свое счастье, об этом не думают. Бедняга Иоахим, ну кому охота становиться поперек дороги твоему рвению! Намерения у тебя честные, но что такое честность, ежели душа и тело одного поля ягоды. Возможно ли, что ты не смог позабыть освежающих духов, высокой груди и беспричинного смеха, что поджидают тебя за столом Штёр?.. Иоахим возвращается! — опять подумал он и даже поежился от радости. — Наверно, со здо-

[1] Человеку понимающему — достаточно (*лат.*).

ровьем у него плохо, но мы опять будем вместе, я не буду больше жить предоставленным самому себе. Это хорошо. Конечно, не все будет в точности как прежде; ведь его комната занята миссис Макдональд, она там задыхается от беззвучного кашля, и, конечно, на столике рядом с кроватью стоит фотография ее сынишки, а может быть, она держит ее в руках. Но это финальная стадия, и если комната еще ни за кем не закреплена... До поры до времени можно взять другую. Номер 28, помнится, свободен. Надо сейчас же поставить в известность администрацию и сходить к Беренсу. Вот новость так новость, с одной стороны, правда, печальная, а с другой — прямо-таки великолепная, во всяком случае примечательная новость! Надо только дождаться, пока придет коллега и скажет «пьветствую». Ему пора, уже половина четвертого. Интересно, останется ли он и сейчас при том мнении, что телесное следует рассматривать как некое вторичное явление...»

Ганс Касторп еще до чая зашел в контору. Комната, которую он имел в виду, по тому же коридору, что и его собственная, была свободна. Для госпожи Цимсен тоже найдется место. Он поспешил к Беренсу и застал его в «лаборатории» с сигарой в одной руке и пробиркой с чем-то бесцветным в другой.

— Вы знаете, господин гофрат, что я хочу вам сообщить?.. — начал Ганс Касторп.

— Знаю, что неприятностям нет конца, — отвечал тот. — Это Розенгейм из Утрехта. — И он ткнул сигарой в пробирку. — Гафки десять. А тут является директор фабрики Шмитц вне себя и жалуется, что Розенгейм плюнул на дорожку, — это с Гафки-то десять. И я, мол, должен как следует отчитать его. Да, но если я его отчитаю, он взъерепенится, он ведь невероятно раздражителен, а семейство Розенгейм как-никак занимает три комнаты. Я не могу его выгнать, дирекция меня со свету сживет. Вот видите, в какие недоразумения впутываешься на каждом шагу, хоть тебе всего милее тихо и добросовестно заниматься своим делом.

— Глупейшая история, — проговорил Ганс Касторп с вдумчивой миной «своего человека» и старожила. — Я знаю обоих. Шмитц в высшей степени корректен и опрятен, а Розенгейм — неряха. Но, помимо гигиенических, здесь, думается мне, имеются и другие точки преткновения. Они оба дружат с доньей Перес из Барселоны, со стола Клеефельд, в этом-то, наверно, все дело. Я считаю, что вам следовало бы еще раз напомнить всем пациентам о существующем запрете, а на остальное закрыть глаза.

— Разумеется, закрою. У меня уже начинается нервный тик от беспрерывного закрывания глаз. Ну, а вы чего сюда пожаловали?

И Ганс Касторп немедленно выложил свою печальную и вместе с тем преотличную новость.

Гофрат не то чтобы удивился. Он и так ни за что бы не выказал удивления, а в этом случае и подавно, так как Ганс Касторп, спрошенный или не спрошенный, всегда рассказывал ему о жизни Иоахима на равнине и еще в мае сигнализировал, что его кузен слег в постель.

— Ага, — буркнул Беренс. — Вот оно самое. Ну что я вам говорил? Что я говорил ему и вам не десять, а по крайней мере сто раз? Вот пожалуйста. Три четверти года он жил по собственному усмотрению, пребывал, так сказать, в раю. Только в раю не полностью обеззараженном, а значит, ничего доброго не сулящем; беглец не хотел верить старику Беренсу. А старику Беренсу надо верить, не то плохо придется, а спохватишься — и уже поздно. Он дослужился до лейтенанта, что ж, хорошо, ничего не скажешь. А что толку? Господь видит сердце человеческое, на чины и звания он не смотрит, перед ним все стоят в чем мать родила, будь то генерал или простой парень...

Он понес сущий вздор, стал громадной своей ручищей тереть глаза, не выпуская из пальцев сигары, и попросил Ганса Касторпа сегодня больше не обременять его своим присутствием. Комнатушка для Цимсена, конечно, найдется, и когда он приедет, пусть кузен незамедлительно уложит его в постель. Он, Беренс, зла не помнит и готов заклать тельца для этого дезертира.

Ганс Касторп дал телеграмму. Он рассказывал всем встречным и поперечным о том, что его кузен возвращается, и все знавшие Иоахима были опечалены и обрадованы, искренне опечалены и искренне обрадованы, потому что своей чистой рыцарственной сущностью он завоевал всеобщее расположение, и невысказанные чувства и мысли многих склонялись к тому, что Иоахим был лучшим из всех здесь наверху. Мы никого, в частности, не подразумеваем, но верим, что кое-кто испытал удовлетворение, узнав, что солдатская служба для Иоахима сменяется горизонтальным образом жизни и что он с обаятельной своей корректностью снова станет «нашим». У фрау Штёр немедленно возникли свои соображения по этому поводу. Возвращение Иоахима подтверждало те низкопробные сомнения, которые в ней вызвало его бегство на равнину, и она, нимало не стесняясь, стала хвалиться своей прозорливостью. «Дрянь, дрянь!» — восклицала фрау Штёр. Ей сразу было ясно, что дело дрянь, остается только надеяться, что Цимсен из-за своего упрямства не «сыграет в ящик» (так она и выразилась в чудовищной своей вульгарности). Уж куда лучше сидеть на месте, как она, а ведь кое-какие интересы и ее связывают с равниной, в Каннштате у нее муж и двое детей, однако она себя держит в руках...

Ответа ни от Иоахима, ни от фрау Цимсен не последовало. Ганс Касторп пребывал в неизвестности относительно дня и часа их приезда; о встрече на вокзале, следовательно, не могло быть и речи, но уже через три дня после телеграммы Ганса Касторпа они оказались на месте, и лейтенант Иоахим, возбужденно смеясь, подошел к ложу, на котором его кузен отбывал свою санаторскую повинность.

Это было вскоре после начала вечернего лежания. Их привез сюда наверх тот же поезд, что и Ганса Касторпа несколько лет назад, лет не коротких и не длинных, а безвременных, до отказа насыщенных треволнениями жизни и тем не менее ничтожных, равных нулю; даже время года было точно то же самое — один из первых дней августа. Иоахим, как сказано выше, радостно, да, в этот момент, несомненно, радостно возбужденный, вошел или, вернее, вышел на балкон из комнаты, которую он почти что пробежал, и, смеясь, тяжело дыша, глуховатым, срывающимся голосом приветствовал своего двоюродного брата. Позади осталась дорога через множество стран, по большому, как море, озеру, по горным тропам, которые вели его наверх, все выше наверх, и вот он стоит здесь, словно никогда и не уезжал, а двоюродный брат охает и ахает, привстав на своем ложе. На лице Иоахима играл румянец, то ли от жизни на свежем воздухе, которую он вел в продолжение нескольких месяцев, то ли он был еще разгорячен путешествием. Не зайдя даже в свою комнату, он поспешил, покуда его мать приводила себя в порядок, в № 34, чтобы скорее свидеться с товарищем прежних дней, вновь ставших настоящим. Минут через десять они пойдут ужинать, в ресторан, разумеется. Ганс Касторп, право же, может перекусить с ними или хотя бы выпить глоток вина. И Иоахим потащил его за собой в № 28, где все происходило точно так же, как в вечер приезда Ганса Касторпа, только наоборот: теперь Иоахим, лихорадочно болтая, мыл руки над сверкающей раковиной, а Ганс Касторп смотрел на него, удивленный и несколько разочарованный тем, что кузен в штатском костюме. Ничто не напоминает о его принадлежности к военному сословию. Он всегда представлял его себе офицером, затянутым в мундир, а он стоит перед ним в обыкновеннейшей серой паре. Иоахим расхохотался и назвал его наивным. О нет, мундир он преспокойно оставил дома. Мундир, да будет известно Гансу Касторпу, вещь обязывающая. Не во всякое заведение пойдешь в мундире. «Ах так, покорнейше благодарю», — вставил Ганс Касторп. Но Иоахим, видимо, не нашел ничего обидного в своем замечании и стал расспрашивать о новостях «Бергхофа» и о его обитателях не только не высокомерно, но с чистосердечным умилением возвратившегося на родину. Затем из смежного номера вышла фрау Цимсен и поздоровалась с племянником так, как здороваются в подобных обстоятельствах, а именно — сделала вид, что радостно удивлена, застав его здесь, — эта мина меланхолически смягчалась усталостью и затаенной грустью, относившейся к положению Иоахима, — и они спустились на лифте в первый этаж.

У Луизы Цимсен были такие же прекрасные, черные, кроткие глаза, как у Иоахима. Ее волосы, тоже черные, но уже с сильной проседью, были заботливо уложены и закреплены почти невидимой сеткой, что хорошо гармонировало с ее рассудительной, дружелюбно-сдержанной, мягкой манерой держаться и, несмотря на слишком очевидное простодушие, сообщало приятное достоинство всему ее существу. Она явно не понимала, и Ганс Касторп этому не удивлялся, веселья Иоахима, его учащенного дыхания, торопливых речей, всего, что, надо думать, противоречило его поведению дома и в дороге и вправду так не вязалось с его положением, не понимала и даже чувствовала себя уязвленной.

Этот приезд представлялся ей грустным, и она полагала, что соответственно должна и вести себя. Чувства Иоахима, буйные чувства того, кто возвратился домой из дальних странствий, пересиливавшие сейчас все остальное и еще больше воспламененные тем, что он вновь вдыхал наш несравненно легкий, пустой и возбуждающий воздух, были для нее непостижимы и непроницаемы. «Бедный мой мальчик», — думала она и при этом видела, как бедный мальчик предается неуемному веселью со своим кузеном, как они освежают в памяти множество воспоминаний, забрасывают друг друга вопросами и, едва дослушав ответ, с хохотом откидываются на спинку стула. Она уже не раз говорила: «Полно вам, дети!» И в заключение сказала то, что должно было прозвучать радостно, а прозвучало отчужденно и даже укоризненно: «Право же, Иоахим, я давно тебя таким не видела. Нам, оказывается, надо было приехать сюда, чтобы ты выглядел, как в день своего производства!» После чего веселое настроение Иоахима как рукой сняло. Он опомнился, сник, замолчал, не притронулся к десерту — весьма лакомому шоколадному суфле со сбитыми сливками (зато Ганс Касторп воздал ему должное, хотя со времени обильного ужина прошло не более часа) и под конец вообще уже не поднимал глаз, вероятно, оттого, что в них стояли слезы.

Это, конечно, не входило в намерения фрау Цимсен. Она ведь только стремилась внести в разговор благопристойную сдержанность, не ведая, что среднее и умеренное чуждо этим высям, что выбор здесь существует лишь между крайностями. Видя сына таким поникшим, она сама готова была заплакать и чувствовала искреннюю благодарность к племяннику за его старания вновь развеселить глубоко опечаленного Иоахима. Да, что касается личного состава пациентов, говорил Ганс Касторп, то он, как Иоахим сам увидит, претерпел некоторые изменения, многое обновилось, а многое, напротив, за время его отсутствия вновь восстановилось в прежнем виде. Двоюродная бабушка, например, опять уже давно здесь со всей своей компанией. И по-прежнему они сидят за столом Штёр. Маруся то и дело хохочет.

Иоахим молчал, но фрау Цимсен эти слова напомнили об одной встрече, о приветах, которые она должна передать, пока не забыла, о встрече с дамой, скорее симпатичной, хотя и несколько экстравагантной и с очень уж ровными бровями, которая в мюнхенском ресторане — по пути они на один день задержались в Мюнхене — подошла к их столу, чтобы поздороваться с Иоахимом. Тоже бывшая пациентка «Берггофа», пусть Иоахим подскажет...

— Мадам Шоша, — тихо проговорил Иоахим. — Она сейчас на одном из альгейских курортов, а осенью собирается в Испанию. На зиму она, вероятно, приедет сюда. Просила передать привет и наилучшие пожелания.

Ганс Касторп был уже не мальчик, он владел сосудодвигательными нервами, которые могли заставить его лицо покрыться краской или побледнеть. Он сказал:

— Ах, так это была она? Смотри-ка, уже вернулась из Закавказья. И, говоришь, собирается в Испанию?

— Эта дама назвала какой-то городок в Пиренеях. Хорошенькая, вернее, обаятельная женщина. Приятный голос, приятные движения. Но уж слишком свободные, небрежные манеры, — заметила фрау Цимсен. — Подходит и заговаривает с нами по-приятельски, расспрашивает, рассказывает, хотя Иоахим, как выяснилось, никогда не был ей представлен. Очень странно.

— Это Восток и болезнь, — отвечал Ганс Касторп. — Тут с меркой гуманистической культуры подходить не стоит, ничего не получится.

Итак, значит, мадам Шоша собирается в Испанию. Гм! Испания также удалена от гуманистической середины, — только в сторону жестокости, а не мягкости; это не бесформенность, не сверхформа, я бы сказал: смерть как форма — не растворение в смерти, а суровый уход в нее, смертная суровость, черная, аристократическая и кровавая, инквизиция, накрахмаленные брыжи, Лойола, Эскуриал... Интересно, понравится ли мадам Шоша Испания. Хлопать дверьми она там отучится, и, может быть, там даже сольются в человечности оба антигуманистических лагеря. Но может, конечно, из этого получиться и нечто злостно террористическое, коль скоро Восток направился в Испанию...

Нет, он не покраснел и не побледнел. Впечатление, произведенное на него нечаянно вестью о мадам Шоша, выразилось в речах, единственным ответом на которые могло быть смущенное молчание. Иоахим не так испугался, он давно знал, что кузен научился мудрствовать здесь наверху. Но взгляд фрау Цимсен отразил крайнюю растерянность; она повела себя так, словно Ганс Касторп сказал грубейшую непристойность: после тягостной паузы произнесла несколько слов, тактично сглаживающих неловкость, и встала из-за стола. Прежде чем уйти к себе, Ганс Касторп передал распоряжение гофрата, согласно которому Иоахим, завтра во всяком случае, должен был остаться в постели и ждать его визита. Дальше будет видно. Вскоре они все трое лежали по своим комнатам, где окна были распахнуты в прохладу летней высокогорной ночи, каждый со своими мыслями, — у Ганса Касторпа они вращались вокруг мадам Шоша и возможного ее возвращения через полгода.

Итак, бедняга Иоахим водворился на родине для прохождения, как на том настаивали врачи, небольшого дополнительного курса лечения. Выражение «небольшой дополнительный курс», видимо, было паролем, который в низине придумали, а здесь оставили в силе. Даже гофрат Беренс принял эту формулу, хотя сразу уложил Иоахима на месяц в постель: это-де необходимо для того, чтоб исправить наиболее грубые нарушения, для новой акклиматизации, а также для регулирования калорийного бюджета. Вопрос о сроке дополнительного лечения он сумел обойти. Фрау Цимсен, дама разумная, рассудительная, характера отнюдь не сангвинического, вдалеке от постели Иоахима предложила наметить срок отъезда на осень, скажем, на октябрь, и Беренс с нею как будто согласился, заявив, что к этому времени дело, уж конечно, продвинется. В общем, гофрат пришелся ей очень по душе. Он вел себя по-рыцарски, то и дело говорил «сударыня», преданно, по-мужски, смотрел на нее своими налитыми кровью глазами и пользовался студенческим жаргоном, так что она, несмотря на свою горесть, не могла удержаться от смеха... «Я знаю, что Иоахим в надежных руках», — сказала она и через неделю после приезда отбыла обратно в Гамбург, ведь о необходимости особо тщательного ухода в данном случае не могло быть и речи, вдобавок с Иоахимом остался его двоюродный брат.

— Итак, радуйся: осенью, — говорил Ганс Касторп, сидя в № 28 у постели Иоахима. — Старик в известной мере связал себя этими словами; ты так и рассчитывай. Октябрь — вот твое время. В октябре некоторые отправляются в Испанию, а ты вернешься под свое bandera[1], чтобы отличиться «сверх положенного»...

Главным его занятием было ежедневно утешать Иоахима, который, лежа здесь наверху, пропускал начавшуюся в августе большую военную игру, ибо это ему всего труднее было снести, и он прямо-таки презирал себя за проклятую слабость, напавшую на него, можно сказать, в последнюю минуту.

— Rebellio carnis[2], — заметил Ганс Касторп. — Ну что поделаешь? Тут и самый храбрый офицер ничего поделать не может. Эту беду на себе испытал даже святой Антоний. Бог ты мой, да ведь маневры бывают каждый год, а кроме того, ты знаешь, как здесь течет время! Да его здесь просто не существует, а ты не так долго отсутствовал, чтобы с легкостью не войти в этот темп: не успеешь оглянуться, и твой дополнительный курс позади.

И все-таки обновление чувства времени, испытанное Иоахимом благодаря жизни на равнине, было слишком значительно, чтобы он мог не страшиться этих четырех недель. Правда, ему усердно помогали скоротать их; симпатия, которую решительно во всех возбуждала его прямодушная натура, проявлялась в виде нескончаемых визитов. Приходил Сеттембрини, участливый, обая-

[1] Знамя (*исп.*).
[2] Бунт плоти (*лат.*).

тельный, и величал Иоахима «capitano», поскольку уже раньше титуловал его лейтенантом; Нафта тоже посетил его, а потом стали приходить и все старые знакомые, пациенты «Берггофа», дамы — Штёр, Леви, Ильтис и Клеефельд, господа Ферге, Везаль и другие, чтобы, улучив свободную от своих обязанностей минутку, посидеть у его постели, еще раз повторить слова о небольшом дополнительном курсе и порасспросить о его жизни на равнине. Многие даже приносили цветы. По прошествии четырех недель он встал, так как температура у него настолько упала, что он мог ходить куда вздумается, и в столовой занял место между двоюродным братом и супругой пивовара, фрау Магнус, напротив господина Магнуса, — угловое место, на котором некогда сидел дядя Джемс, а потом в течение нескольких дней госпожа Цимсен.

Итак, молодые люди снова зажили бок о бок, как раньше; для полноты картины Иоахиму досталась его прежняя комната (миссис Макдональд скончалась с фотографией своего сынишки в руках), разумеется, после основательной обработки $H_2CO$. Собственно говоря, да они оба так это и ощущали, теперь Иоахим жил при Гансе Касторпе, а не наоборот: этот был старожилом, а тот лишь на время, как гость, делил с ним его образ жизни. Ибо Иоахим старался твердо и неуклонно помнить, что в октябре кончается его «небольшой дополнительный курс», хотя некоторые точки его центральной нервной системы не желали придерживаться гуманистических норм поведения и препятствовали компенсирующей отдаче тепла его кожей.

Они опять стали наведываться к Сеттембрини и Нафте, а также совершать прогулки с обоими этими братьями по вражде. Случалось, и нередко, что к ним присоединялись А.К. Ферге и Фердинанд Везаль, тогда их бывало шестеро, и духовные дуэлянты перед многочисленной публикой вели нескончаемые поединки, исчерпывающе излагать которые мы не можем без риска безнадежно растечься, как это ежедневно бывало с ними, хотя Ганс Касторп и полагал, что его бедная душа являлась главным объектом их диалектического единоборства. От Нафты он узнал, что Сеттембрини масон, и это произвело на него не меньшее впечатление, чем в свое время рассказ итальянца о принадлежности Нафты к иезуитам и попечении ордена о его благоденствии. Воображение Ганса Касторпа было потрясено открытием, что подобное еще существует, и он засыпал террориста вопросами относительно возникновения и сущности этой любопытнейшей организации, которой через несколько лет предстояло справить свой двухсотлетний юбилей. Если Сеттембрини за спиною Нафты говорил о его духовной сущности в тоне патетических предостережений, как о чем-то диаболическом, то Нафта за его спиной откровенно потешался над сферой интересов, которые представлял Сеттембрини, давая понять, что это нечто весьма старомодное и отсталое: буржуазное просвещенство, позавчерашнее свободомыслие, выродившееся в жалкое фиглярство, но в дурацком самообольщении воображающее себя исполненным революционного духа. Он говорил: «Что вы хотите, его дед был карбонарий, иными словами — угольщик». От него он унаследовал веру угольщика в разум, в свободу, прогресс, всю эту изъеденную молью классически-буржуазную идеологию добродетели... Человека, видите ли, всегда повергает в смущение несоответствие между стремительным полетом духа и чудовищной неповоротливостью, медлительностью, косной инертностью материи. Не приходится удивляться, что это несоответствие убивает всякий интерес духа к действительности; как правило, ферменты, вызывающие революции действительности, духу уже успели осточертеть. И мертвый дух, право же, сильнее контрастирует с живым, чем, скажем, базальт, по крайней мере не претендующий на то, чтобы быть духом и жизнью. Эти базальты, остатки былой действительности, которые дух опередил в такой мере, что уже отказывается связывать с ними какое бы то ни было понятие действительности, продолжают косно сохраняться и в силу своей неуклюжей мертвой сохранности не позволяют пошлости осознать свою пошлость. Я говорю обобщенно, но вы сумеете практически применить мои слова к гуманитарному свободомыслию, воображающему, что оно все еще находится в героической оппозиции к власти и государству. А тут еще катастрофы, посредством которых оно надеется доказать свою жизнеспособность, запоздалые и помпезные триумфы, им подготовляемые — в надежде, что в один прекрасный день оно торжественно их отпразднует! От одной мысли об этом смертная тоска могла бы охватить живой дух, не знай он, что из таких катастроф только он один выйдет обогащенным победителем и что только в нем элементы старого соединятся с элементами грядущего, образуя истинную революционность... Как дела вашего кузена, Ганс Касторп? Вы же знаете, я очень ему симпатизирую.

— Благодарю вас, господин Нафта. Ему все симпатизируют, потому что он по-настоящему славный малый. Господин Сеттембрини тоже очень хорошо к нему относится, хотя своего рода романтический терроризм, заложенный в профессии Иоахима, несомненно, претит ему. Итак, значит, он член масонской ложи? Скажите на милость! Теперь вся его личность предстает мне в каком-то новом свете, многое проясняющем. Неужто и он ставит ступни под прямым углом и вкладывает особый смысл в свое рукопожатие? Я ничего подобного за ним не замечал...

— Такое ребячество наш добрый каменщик, конечно, перерос. Я думаю, что обрядовая сторона масонства ныне самым жалким образом приспособлена к трезво-буржуазному духу времени. Прежний ритуал они сами бы сейчас восприняли как непросвещенный фокус-покус и устыдились бы его — не без основания, так как рядить атеистическое республиканство в мистерию — по меньшей мере безвкусица. Я не знаю, с помощью каких ужасов испытывали стойкость господина Сеттембрини, — может быть, его водили с завязанными глазами по бесконечным переходам и заставляли дожидаться в «Черной храмине», прежде чем перед ним распахнется сияющий огнями зал ложи, может быть, поставив его перед черепом и трехсвечником, ему торжественно задавали ритуальные вопросы, направляя острия мечей в его обнаженную грудь. Спросите сами, хотя, боюсь, он будет не особенно разговорчив, так как, если вся церемония приема и протекала гораздо прозаичнее, обет молчания он тем не менее дал.

— Обет? Обет молчания? Значит, все же...

— Разумеется. Молчания и покорности.

— Еще и покорности. Знаете, профессор, сейчас мне думается, что он не имел достаточных оснований ополчаться на романтический терроризм в призвании моего кузена. Молчание и покорство! Никогда бы не подумал, что такой свободомыслящий человек, как Сеттембрини, подчинится этим чисто испанским условностям и обетам. В масонстве, видно, есть что-то военно-иезуитское.

— Вы это правильно почувствовали, — отвечал Нафта. — Ваш волшебный жезл дрогнул и застучал. Идея этого союза коренным образом связана с идеей безусловного. А следовательно, она террористична, то есть антилиберальна. Она снимает бремя с совести отдельного человека и во имя абсолютной цели освящает любое средство, даже кровавое, даже преступление. Существует версия, что и в масонских ложах братский союз некогда символически скреплялся кровью. Союз не есть нечто созерцательное, он всегда по самой своей сути является абсолютно организующим началом.

Известно ли вам, что основатель ордена иллюминатов, одно время почти что слившегося с масонством, некогда был членом ордена Иисуса?

— Нет, этого я не знал.

— Адам Вейсгаупт организовал свой гуманитарный тайный союз по точному подобию иезуитского ордена. Сам он был вольным каменщиком, а виднейшие члены ложи — иллюминатами. Я говорю о второй половине восемнадцатого столетия, которую Сеттембрини не преминет назвать вам ущербной эпохой масонства. На самом же деле то была пора наибольшего расцвета всех тайных обществ, пора, когда масонство действительно поднялось на значительную высоту, с которой его позднее низвели люди типа нашего человеколюбца; в ту пору он, несомненно, был бы в числе тех, кто обвинял масонство в иезуитстве и обскурантизме.

— И на то имелись основания?

— Да, если хотите. У тривиального вольнодумства основания имелись. В те времена наши деды пытались вдохнуть в братство каменщиков католико-иерархическую жизнь, и в Клермоне во Франции процветала иезуитская ложа вольных каменщиков. Далее, в ту пору в ложи проникло розенкрейцерство — весьма примечательное братство, которое, надо вам знать, чисто рационалистические политико-общественные цели исправления и облагораживания человечества сочетало с весьма своеобразным отношением к тайным наукам Востока, к индийской и арабской мудрости и магическому познанию природы. Тогда же была проведена реформа и реорганизация масонских лож в смысле «строгого наблюдения» — в явно иррациональном, таинственном, магическо-алхимическом смысле; кстати сказать, ему обязаны своим существованием высокие степени шотландского братства вольных каменщиков — орденско-рыцарские степени, которыми была пополнена старая, создававшаяся по образцу военной, иерархическая лестница: ученик, подмастерье, мастер, а также гроссмейстерские степени, восходящие к жречеству и насыщенные «тайным знанием» розенкрейцеров. Это был своего рода возврат к духовным рыцарским орденам средневековья, прежде всего к ордену храмовников, которые, как вы знаете, произносили перед иерусалимским патриархом обет бедности, целомудрия и послушания. Одна из высших степеней масонской иерархии и поныне носит название «Великий князь Иерусалимский».

— Все это мне ново, совсем ново, господин Нафта. Я начинаю понимать хитрости нашего Сеттембрини... «Великий князь Иерусалимский» — звучит неплохо. Шутки ради надо вам при случае так назвать его. Он со своей стороны недавно дал вам прозвище «doctor angelicus»[1]. Это взывает к мести.

— О, существует еще множество торжественных титулов для высших иерархических степеней «строгого наблюдения». Совершенный мастер, например, Рыцарь Востока, Великий Первосвященник, а тридцать первая степень даже именуется «Высокий блюститель царственной тайны». Вы замечаете, что все эти титулы свидетельствуют о связи с восточной мистикой. Самое возрождение храмовников означало не что иное, как подтверждение этой связи, фактически же вторжение иррационального бродильного материала в мир разумно-полезных идей совершенствования человечества. Это сообщило масонству новое обаяние и новый блеск и значительно расширило его ряды. Вольными каменщиками становились все, кому наскучило умствование той эпохи, ее гуманистическое просветительство и пресное здравомыслие, все, кто жаждал отведать более крепких напитков жизни. Успех ордена был огромен, и филистеры сетовали на то, что он отчуждает мужчин от семейного счастья и умаляет достоинство женщин.

— Но в таком случае, господин профессор, понятно, почему господин Сеттембрини так не любит вспоминать об этом расцвете ордена.

— Конечно! Ему неприятно вспоминать о временах, когда масоны приняли на себя всю антипатию, которую вольнодумцы, безбожники и энциклопедисты ранее обрушивали на комплекс: церковь, католицизм, монах, средневековье. Вы, верно, слышали, что каменщиков обвиняли в обскурантизме...

— Но почему? Мне бы хотелось узнать точнее, в чем тут дело.

— Сейчас вам скажу! «Строгое наблюдение» было равнозначно углублению и расширению традиций ордена, обращению вспять к его историческим истокам, к миру таинств, к так называемому мраку средневековья. Гроссмейстеры лож были посвящены в physica mystica[2], являлись носителями магических познаний о природе, а главное — великими алхимиками...

— Я сейчас напрягаю все силы, чтобы осмыслить, чем, собственно, в общем и целом была алхимия. Алхимия — это ведь по-

---

[1] Доктор ангелический (*лат.*).

[2] Мистическая физика (*греч.*) — одно из названий алхимии.

пытка изготовить золото, поиски философского камня, aurum potabile[1].

— Да, говоря популярно. Говоря же несколько более научно, алхимия — это очищение, облагораживание материи, ее превращение, транссубстанция, но всегда в нечто высшее, а следовательно — повышение; lapis philosophorum[2], мужеско-женский продукт серы и ртути, res bina[3], двуполая prima materia[4] были не чем иным, не чем меньшим, как принципом повышения, насильственного выращивания посредством внешних воздействий, магической педагогикой, если хотите.

Ганс Касторп молчал, щурясь и как-то искоса смотря вверх.

— Символом алхимической трансмутации, — продолжал Нафта, — прежде всего была гробница.

— Могила?

— Да, место тления. Оно — воплощение всей герметики, сосуд, заботливо сохраненная кристаллическая реторта, в которой материю вынуждают претерпевать свое последнее превращение и очищение.

— Герметика, это хорошо сказано, господин Нафта. Мне всегда нравилось слово «герметический». Волшебное слово, вызывающее неопределенные и далеко идущие ассоциации. Не смейтесь надо мной, но, когда я его слышу, мне всегда вспоминаются банки, которые у нашей гамбургской экономки Шаллейн, — просто Шаллейн, а не фрау или фрейлейн Шаллейн, — рядками стоят на полках в кладовой, герметически закупоренные банки с фруктами, мясом и всем чем угодно. Они стоят годами, а когда откроешь какую-нибудь одну, ее содержимое оказывается свежим и нетронутым, можно сразу употреблять в пищу, потому что годы на нем нисколько не отразились. Это, конечно, не алхимия и не очищение, просто сохранность, консервация, — отсюда и название «консервы». Волшебство здесь заключалось в том, что продукты в банках были изъяты из времени, герметически от него отделены, время шло мимо, их не затрагивая, для них его не существовало. Вне времени стояли они на своей полке. Не очень-то удачно это у меня получилось. Pardon. Вы, кажется, собирались еще кое в чем просветить меня.

---

[1] Золотой напиток (*лат.*), жизненный эликсир.

[2] Философский камень (*лат.*).

[3] Двойственная вещь (*лат.*).

[4] Первичная материя (*лат.*).

— Только если вы этого пожелаете. Ученик должен жаждать познаний и быть бесстрашным, выражаясь в стиле нашей темы. Гроб, могила всегда были символом посвящения в члены ордена. Ученик, стремящийся получить доступ к этим познаниям, ищущий, должен сохранять бесстрашие при любых ужасах, которыми станут ему угрожать. Обычаи ордена требуют, чтобы он в виде испытания сошел в подземелье, и его должна вывести рука неведомого брата. Отсюда все эти запутанные ходы и переходы с угрюмыми сводами, по которым он должен бродить, отсюда и обтянутый черным зал «Строгого наблюдения», культ гроба, играющий столь важную роль в церемониях посвящения и совместных собраниях ложи. Путь мистерий и очищения вел через опасности, через страх смерти, через царство тления; ученик, неофит, — это представитель молодежи, жаждущей познать чудо жизни, стремящийся к пробуждению в себе демонических способностей к новым переживаниям, а ведут его маски, которые только тени тайны.

— Очень вам благодарен, профессор Нафта. Замечательно. Значит, это и есть герметическая педагогика. Невредно и мне коечто узнать об этом предмете.

— Тем более что ведь речь идет о пути к последнему, к абсолютному признанию сверхчувственного, и тем самым — к основной цели. В последующие десятилетия руководители ложи привели к этой цели не один пытливый и возвышенный ум: незачем повторять, вы, вероятно, и сами обратили внимание на то, что лестница высших шотландских степеней — только суррогат подлинной иерархии, что алхимическая мудрость масона-мастера выражена в таинстве пресуществления, что сокровенные указания, которые неофиты получают в алхимической ложе, они могут почерпнуть и в святых таинствах религии, а то, что им предстает как символические спектакли орденских ритуалов, они найдут в литургической и архитектурной символике нашей святой католической церкви.

— Ах вот как!

— Позвольте, и это еще не все. Я уже позволил себе отметить, что когда объясняют возникновение масонских лож из почтенного цеха каменщиков, это делается только ради исторической наглядности. Система «Строгого наблюдения» подвела под это гораздо более глубокий человеческий фундамент. В тайных ритуалах лож, а также некоторых таинствах нашей церкви ясно чувствуется связь с сокровенными празднествами и священными эксцессами древнейшего человечества... Говоря о церкви, я имею в виду тайную вечерю и братскую трапезу, таинство вкушения тела и крови, а в отношении лож...

— Минутку. Одну минутку, мне хочется сделать побочное замечание: в той строгой организации, к которой принадлежит мой кузен, тоже существуют так называемые братские трапезы. Он частенько писал мне о них. Если не считать легкой выпивки, то там все протекает очень прилично, даже менее буйно, чем на корпорантских пирушках...

— ...А в отношении лож — культ могилы и гроба, на что я уже обращал ваше внимание. В обоих случаях речь идет о последнем и крайнем, об элементах оргиастической прарелигиозности, о распутных ночных жертвоприношениях в честь умирания и становления, смерти, пресуществления и воскресения. Вы, вероятно, помните, что и мистерии Изиды и Элевсинские мистерии совершались ночью, в мрачных пещерах. Так вот, в масонстве жило и живет очень многое, взятое из культов Древнего Египта, а среди тайных обществ иные называли себя элевсинскими союзами. Там происходили празднества лож, празднества элевсинских мистерий и афродисий, в которых наконец участвует женщина, а именно — в празднестве роз; намеком на них являются три голубые розетки на масонском запоне: эти празднества обычно принимали вакхический характер...

— Ну и ну, профессор Нафта, что я слышу? И все это — масонство? И все это я должен соединить в своем представлении с нашим благоразумнейшим Сеттембрини?..

— Это было бы по отношению к нему жестокой несправедливостью. Нет, обо всем этом Сеттембрини, конечно, уже ничего не знает. Я ведь говорил вам, что такие люди, как он, лишили масонство всех элементов более высокой духовной жизни. Конечно же, оно гуманизировалось, модернизировалось! Оно выбралось из всей этой путаницы и вернулось к идеям полезности, разума и прогресса, к борьбе против попов и государей, — словом, к построению общественного благополучия; на собраниях лож опять рассуждают о природе, добродетели, умеренности и отечестве. Допускаю, что даже о коммерции. Короче говоря, это — воплощение буржуазного убожества, это — клубы...

— А жаль. Особенно жаль празднества роз. Я спрошу Сеттембрини, неужели он так ничего о них и не знает?

— Да, доблестный рыцарь наугольника! — насмешливо отозвался Нафта. — Вы должны учесть, что этому рыцарю было вовсе нелегко получить доступ к месту, где возводится храм человечества, ведь он беден как церковная мышь, а там требуется не только высшее образование, простите — гуманистическое образование, нужно, кроме того, принадлежать к состоятельным классам, иначе не осилить вступительные и ежегодные членские взносы. Образование и собственность — вот что такое буржуа. Вот непоколебимые основы либеральной всемирной республики!

— Действительно, он именно такой буржуа и есть, — рассмеялся Ганс Касторп.

— Все же, — продолжал Нафта после небольшой паузы, — я бы посоветовал вам не смотреть так легко на этого человека и его дело, и раз уж мы заговорили о подобных вещах, я просил бы вас даже остерегаться его. Пошлость далека от невинности. И ограниченность может быть вовсе не безобидной. Эти люди влили немало воды в то вино, которое когда-то было огненным, но сама идея всемирного масонского союза достаточно живуча и может выдержать немало воды: он хранит в себе остатки плодотворной тайны, и совершенно ясно, что масонские ложи влияют на мировую политику; не приходится сомневаться и в том, что в нашем любезном господине Сеттембрини следует видеть не только его самого, но и стоящие за ним силы, приверженцем и эмиссаром которых он является...

— Эмиссаром?

— Ну да, вербовщиком прозелитов, ловцом человеческих душ.

«А ты чей эмиссар?» — подумал про себя Ганс Касторп. Вслух же он сказал:

— Благодарю вас, профессор Нафта. Искреннее спасибо за намек и предупреждение. И знаете что? Поднимусь-ка я этажом выше, поскольку там наверху еще может идти речь об этажах, и слегка пощупаю этого члена ложи, надевшего маску. Ученик должен жаждать познаний и быть бесстрашным... Но, разумеется, и осторожным... А с эмиссарами надо тем более соблюдать осторожность.

Он мог смело просить у Сеттембрини дальнейших наставлений, ибо итальянец не имел никаких оснований упрекнуть Нафту в болтливости, да и сам не делал особой тайны из своей принадлежности к этому гармоническому сообществу, «Rivista della Massoneria Italiana»[1] открыто лежал у него на столе — Ганс Касторп просто не обратил внимания на этот журнал. И когда молодой че-

[1] «Журнал итальянских масонов» (*ит.*).

ловек, просвещенный беседой с Нафтой, навел разговор на некое царственное искусство таким тоном, как будто в причастности к нему Сеттембрини и сомнения не могло быть, масон оказал лишь очень незначительное сопротивление. Правда, по поводу отдельных вопросов он не шел на откровенность, и как только речь заходила о них, даже вызывающе умолкал, видимо, связанный теми террористическими обетами, о которых упоминал Нафта; это было секретничанье по мелочам относительно внешних обрядов и собственного положения Сеттембрини в упомянутой своеобразной организации. Что касается остального, то он очень охотно и даже многословно живописал Гансу Касторпу внушительную картину распространения своей Лиги, влияние которой через ее — скажем для ровного счета — двадцать тысяч лож и сто пятьдесят великих лож — распространялось даже на такие цивилизации, как Гаити или негритянскую республику Либерия, и охватывало весь мир. Он оказался также весьма осведомленным относительно ряда славных имен, чьи носители были в прошлом или являются ныне масонами, назвал Вольтера, Лафайета и Наполеона, Франклина и Вашингтона, Мадзини и Гарибальди, а из живых — короля Англии и еще множество лиц, державших в руках судьбы европейских государств, имена членов правительств и парламентов.

Ганс Касторп выразил свое уважение, но не удивился. То же самое происходит и в студенческих корпорациях, заметил он. Их члены сохраняют связь на всю жизнь, хорошо умеют устраивать своих, так что человеку, который не был корпорантом, едва ли удастся высоко подняться по лестнице служебной иерархии. Поэтому, может быть, не следует господину Сеттембрини подчеркивать участие таких знаменитых лиц в масонских ложах как нечто для них особенно лестное: ведь можно предположить и обратное, что замещение столь важных постов членами союза только доказывает его могущество и что масонство, вероятно, играет гораздо более важную роль в мировой политике, чем хочет признать господин Сеттембрини.

Сеттембрини улыбнулся. Он стал даже обмахиваться номером «Massoneria», который держал в руках. Его, кажется, хотят поймать в западню, осведомился он. Стремятся вызвать на разговор о политическом существе или о сущности политического духа ложи?

— Бесполезная хитрость, инженер! Да, мы исповедуем политику открыто, явно. Мы не признаем за ней той одиозности, которая связана с этим словом, с этим термином в глазах некоторых глупцов, — а они сидят главным образом в вашей стране, инженер, и больше почти нигде. Друг человечества вообще не может признать разницу между тем, что надо отнести к области политики, а что нет. Все политика.

— Решительно все?

— Я отлично знаю, что есть люди, которые считают нужным подчеркивать аполитичную природу первоначальных идей масонства. Но эти люди играют словами и проводят границы, которые давно пора объявить мнимыми и бессмысленными. Во-первых, взять хотя бы испанские ложи, — они с самого начала имели политическую окраску...

— Могу себе представить.

— Вы очень немногое можете себе представить, инженер. Не воображайте, будто вы так уж сразу способны многое себе представить, а постарайтесь воспринять и усвоить, — я вас прошу об этом ради вас самих, ради интересов вашей страны, ради интересов всей Европы, — усвоить то, что я намерен внушить вам во-вторых: что идея масонства никогда не была аполитична, ни в какие эпохи, да и быть не могла, а если и считала себя таковой, то обманывалась относительно своей сущности. Что мы? Строительные и подручные рабочие на постройке здания. Цель у всех одна — высшее благо целого, основной закон братства. Каково же это благо, это здание? Искусно возведенное здание общества, совершенное человечество, новый Иерусалим. При чем же тут, скажите на милость, политика или аполитичность? Но все дело в том, что сама проблема общества, проблема сосуществования людей — это политика, с начала и до конца политика, и только политика. Тот, кто себя посвящает этой проблеме, — а уклоняющийся от нее недостоин называться человеком, — обречен быть политиком как внутренне, так и внешне, он понимает, что искусство вольного каменщика — это искусство управления...

— Управления...

— Что у масонов-иллюминатов была степень «правителя»...

— Очень хорошо, господин Сеттембрини, искусство управления, степень правителя, это мне нравится. Но скажите одно: вы, все, вместе взятые, в вашей ложе — христиане?

— Perchè![1]

— Извините, я задам вопрос иначе, в более общей форме и проще: в Бога вы верите?

[1] Что за вопрос! (*ит.*)

— Хорошо, я отвечу вам. Но почему вы спрашиваете?

— Я до этого не хотел искушать вас, но вы знаете, существует в Библии такой рассказ. Некий господин в римской шапке искушает Христа, показав ему римскую монету, а Христос отвечает, что надо отдавать кесарево — кесарю, а Божье — Богу. И вот мне кажется, что этот пример и показывает, в чем разница между политикой и неполитикой. Если Бог есть, то существует и это различие. Верят масоны в Бога?

— Я обещал ответить вам. Вы разумеете некое единство, над созданием которого сейчас люди трудятся, но его еще не существует. Мирового союза масонов не существует. Если он будет создан — а я повторяю, что масоны втайне усердно трудятся над этой великой задачей, — тогда и исповедание веры этого союза станет единым, и оно прозвучит так: «Ecrasez l'infâme»[1].

— Принудительно? Это было бы нетерпимостью.

— Ну, до проблемы терпимости вы едва ли доросли, инженер. Но запомните, что терпимость — преступление, когда речь идет о зле.

— Разве Бог — зло?

— Метафизика — вот что зло. Ибо она только убаюкивает рвение, которое мы должны вкладывать в создание этого нового общества, этого храма. И тут «Великий Восток Франции» еще четверть века назад подал пример, вычеркнув из всех своих документов имя Божие. Мы, итальянцы, последовали их примеру...

— Совсем в духе католицизма!

— Вы имеете в виду...

— Я нахожу, что это удивительно в духе католицизма — вычеркивать Бога!

— Вы хотите сказать...

— Ничего заслуживающего внимания, господин Сеттембрини. Не придавайте значения моей болтовне. Только мне в эту минуту показалось, что атеизм — явление в высокой степени католическое и Бога вычеркивают только для того, чтобы стать еще более правоверными католиками.

Наступила короткая пауза, но было ясно, что Сеттембрини допустил ее лишь из педагогической предусмотрительности. После выразительного молчания он ответил:

— Поверьте, инженер, я очень далек от желания задеть вас или поколебать ваши протестантские воззрения. Мы говорили о терпимости... Незачем подчеркивать, что я отношусь к протестантству

[1] Раздавите гадину (*фр.*).

более чем терпимо и глубоко восхищаюсь им как историческим оппонентом поработителей совести. Изобретение книгопечатания и реформация были и останутся двумя величайшими заслугами, которые Европа оказала человечеству. Это бесспорно. Но после того, что вами сейчас было высказано, вы, не сомневаюсь, поймете меня правильно, если я отмечу, что это лишь одна сторона дела, а есть и другая. В протестантстве таятся элементы... В самой личности вашего реформатора таились элементы... Я имею в виду состояние блаженного покоя и гипнотическое «погружение в себя», они не европейского происхождения, они чужды и враждебны жизненному строю этой столь деятельной части света. Вглядитесь-ка в него, в вашего Лютера! Посмотрите на его портреты — в молодости и в более зрелом возрасте! Какое у него строение черепа, какие скулы, какой странный разрез глаз! Друг мой, это же Азия! Меня бы удивило, меня бы весьма удивило, если бы тут не оказалось какой-то вендо-славяно-сарматской примеси; и если, при отсутствии стойкого равновесия в вашей стране, эта столь грандиозная фигура — кто же станет отрицать ее грандиозность — легла чрезмерным и опасным грузом на одну чашу весов, то восточная перетянула с такой силой, что западную до сих пор тянет в небо.

От гуманистической конторки у окошечка Сеттембрини перешел к круглому столу с графином, поближе к своему ученику, сидевшему у стены на кушетке без спинки, опершись локтем о колено и обхватив ладонью подбородок.

— Caro! — сказал Сеттембрини. — Caro amico![1] Предстоят великие решения — решения, имеющие исключительную важность для счастия и будущего Европы, и это выпадет на долю вашей страны, в душе ее народа должно свершиться великое решение. Она поставлена между Востоком и Западом, и ей придется сделать выбор, примкнуть к той или другой сфере, так как обе притязают на ее сущность. Вы молоды, вы будете участвовать в этом решении, вы призваны оказать на него влияние. Поэтому благословим же судьбу, забросившую нас в эти ужасные места, ведь я тем самым получил возможность влиять своим не таким уж неумелым и не таким уж вялым словом на вашу восприимчивую молодую душу и дать ей почувствовать всю ту ответственность, которую ваша страна несет перед лицом культуры...

Ганс Касторп продолжал сидеть, сжимая пальцами подбородок. Он смотрел в окошечко мансарды, и в его простодушных го-

[1] Дорогой друг! (*ит.*)

лубых глазах можно было прочесть какое-то сопротивление речам своего наставника. Он не говорил ни слова.

— Вы молчите, — взволнованно продолжал Сеттембрини. — Вы и ваша страна предпочитаете хранить загадочное молчание, непроницаемость которого не позволяет проникнуть в его глубины. Вы не любите слова, может быть, вы не владеете им или относитесь к нему неприязненно; мир, пользующийся членораздельной речью, не знает и не может узнать, чего ему ждать от вас. Друг мой, это опасно... Речь — воплощение культуры... Слово, если даже оно противоречиво, связывает... А бессловесность обрекает на одиночество. Нужно надеяться, что вы разрушите ваше одиночество с помощью действий. Вы предоставите вашему кузену Джакомо (так Сеттембрини для удобства называл Иоахима), вы предоставите вашему кузену Джакомо из-за вашего молчания опередить вас действием, и он «двоих мощным ударом сразит, а другие бегут»...

Ганс Касторп рассмеялся, улыбнулся и Сеттембрини, довольный впечатлением от своих пластических слов.

— Хорошо, давайте смеяться! — сказал он. — К веселью я всегда готов. «Смех — это сверканье души», сказал древний автор. Да, мы уклонились в сторону и перешли на трудности, с которыми, должен сознаться, сталкивается и наша подготовительная работа по созданию масонского всемирного союза, и эти трудности нам как раз и чинит протестантская Европа. — Сеттембрини продолжал с увлечением говорить об идее этого всемирного союза, зародившегося в Венгрии и чье осуществление, на которое возлагают столько надежд, сделает масонство решающей силой во всем мире. Он как бы мимоходом показал письма, полученные им от ведущих членов союза за границей, собственноручное послание швейцарского великого мастера, брата тридцать третьей степени Картье ла Танта и рассказал о плане объявить искусственный язык эсперанто языком всемирного союза. В пылу увлечения он затронул и сферу высшей политики, одобрял одно, порицал другое и дал оценку тем шансам, какие имеют революционно-республиканские идеи на его родине, в Испании, в Португалии. Он утверждал, что переписывается с лицами, стоящими во главе Великой ложи вышеупомянутой монархии. Там дело, несомненно, идет к развязке. Пусть Ганс Касторп вспомнит его слова, когда в самое ближайшее время события на равнине начнут стремительно развиваться. И Ганс Касторп обещал вспомнить.

Следует отметить, что эти разговоры о масонстве между воспитанником и обоими его менторами происходили еще до возвращения Иоахима к живущим здесь наверху. Дискуссия же, которую мы сейчас опишем, имела место уже тогда, когда он опять оказался тут и в его присутствии, через девять недель после его возвращения, в начале октября; Гансу Касторпу потому особенно запомнилась эта встреча под осенним солнышком перед курзалом, за прохладительными напитками, что Иоахим вызвал в нем тайную тревогу, хотя обычно такие признаки и явления, как боль в горле и хрипота, тревоги не вызывают и сами по себе довольно безобидны; но молодому Гансу Касторпу они предстали в каком-то странном свете, — в том свете, который, так сказать, шел из глубины Иоахимовых глаз; эти глаза, и без того большие и кроткие, казались именно в тот день как будто еще больше и глубже, в них было задумчивое и, да разрешит мне читатель это слово, *угрожающее* выражение, а также идущий изнутри уже упомянутый тихий свет, причем мы неверно определили бы чувство Ганса Касторпа, если бы сказали, что этот свет не понравился ему, — наоборот, он даже очень ему нравился, но вместе с тем и тревожил. Словом, эти впечатления можно изобразить лишь крайне сбивчиво, ибо такова сама их природа.

Что касается спора, вернее диспута, происходившего между Нафтой и Сеттембрини, то это было дело особое и не стояло в прямой связи с вышеописанными разъяснениями относительно сущности масонских лож. Кроме двоюродных братьев, при споре присутствовали также Ферге и Везаль; все принимали в нем живое участие, хотя не всем, быть может, эта тема оказалась и по плечу — господину Ферге, например, определенно нет. Но спор, который ведется так, как будто это вопрос жизни, и вместе с тем с таким остроумием и блеском, как будто это отнюдь не вопрос жизни, а всего лишь элегантное состязание умов, — таковы были, впрочем, все диспуты между Сеттембрини и Нафтой, — подобный спор, конечно, интересен сам по себе и для того, кто мало что в нем понимает и лишь смутно догадывается о его значении. Даже сидевшие вокруг посторонние люди удивленно прислушивались, захваченные страстностью и изяществом этого словесного поединка.

Происходил он, как мы уже упоминали, перед курзалом, после чая. Четверо берггофских пациентов встретили там Сеттембрини, а вскоре подошел и Нафта. Они сидели вокруг металлического столика и пили всякие, разбавленные содовой напитки, анисовую водку и вермут. Нафта, который обычно здесь ужинал, приказал себе подать вина и пирожных, что, вероятно, напоминало ему школьные годы; Иоахим то и дело освежал болевшее горло глотками натурального лимонада, очень крепкого и кислого, такой вяжущий лимонад облегчает боль; а Сеттембрини тянул через соломинку просто сахарную воду, но делал это так грациозно и аппетитно, точно наслаждался изысканнейшим освежающим напитком. Он сказал шутливо:

— Что я слышу, инженер? Знаете, какие до меня доходят вести? Ваша Беатриче возвращается? Ваша водительница по всем девяти кругам рая? Что ж, хочу надеяться, вы и тогда не отвергнете окончательно направляющую дружескую руку вашего Вергилия? Наш сидящий здесь экклезиаст подтвердит вам, что картина medio evo[1] окажется неполной, если францисканской мистике не будет противостоять как полюс идея познания, созданная томизмом.

Все рассмеялись по поводу столь великой учености и посмотрели на Ганса Касторпа, который, тоже смеясь, поднял в честь «своего Вергилия» стакан с вермутом. Даже трудно было поверить, что из этого хоть и кудреватого, но совершенно безобидного замечания Сеттембрини в ближайшие часы возникнет отчаянная перепалка, полная неистощимой умственной изобретательности. Ибо Нафта, правда, до известной степени вызванный на это, сейчас же перешел в наступление и напал на латинского поэта, которого Сеттембрини, как известно, боготворил и ставил даже выше Гомера, тогда как Нафта уже не раз высказывался о нем — да и вообще о латинской поэзии — в высшей степени пренебрежительно, и теперь немедленно и со злостью воспользовался случаем поиздеваться над ним. То, что великий Данте относился к сему посредственному версификатору с такой торжественной серьезностью и отвел ему в своей поэме столь почетную роль, хотя господин Лодовико и придает этой роли слишком вольное масонское толкование, объясняется, конечно, добродушием поэта и узостью кругозора тогдашней эпохи. А чем еще был он замечателен, этот придворный лауреат и блюдолиз рода Юлиев, этот литератор всемирного города и напыщенный краснобай, безо всякой творческой искры, чья душа, если только она у него была, получена им из вторых рук? Он же вообще не поэт, это же француз эпохи Августа, француз в длинноволосом парике!

Разумеется, заявил Сеттембрини, предыдущий оратор уж найдет пути и способы сочетать презрение к расцвету римской циви-

[1] Средневековья (*ит.*).

лизации со своей профессией преподавателя латыни! Все же следует указать ему на то, что, изрекая подобные суждения, он впадает в глубокое противоречие с дорогими его сердцу средними веками, ибо они не только не презирали Вергилия, не только признавали его величие, но сделали из него, в простоте душевной, сильного своей мудростью чародея.

Совершенно напрасно, возразил Нафта, господин Сеттембрини ссылается на простодушие былых эпох, — оно было тогда победителем, и его творческая сила сказалась даже в демонизации того, что оно преодолело. Впрочем, учителя молодой церкви неутомимо твердили людям, чтобы они остерегались ложных взглядов философов и поэтов древности, особенно же не загрязняли душу пустым красноречием Вергилия, а теперь, когда опять сходит в могилу отжившая эпоха и занимается пролетарское утро новой, настало самое подходящее время вспомнить об этих предостережениях. Но чтобы господин Лодовико мог сразу ответить на все, пусть не сомневается, что сам он, Нафта, хоть и со всякими reservatio mentalis[1], но тоже выполняет некоторые обязанности гражданина, на которые так любезно намекнул собеседник, и, правда, не без иронии, но приспосабливается к риторико-классическому методу образования, хотя, по расчетам какого-нибудь сангвиника, и жить-то этому методу осталось всего несколько десятилетий.

—А вы, — завопил Сеттембрини, — разве вы не потели над этими древними поэтами и философами, стараясь присвоить себе их драгоценное наследие, так же как вы воспользовались образцами античных зданий для постройки ваших молитвенных домов? Ведь вы отлично знали, что своими силами, силами своей пролетарской души, никаких новых форм искусства создать не можете, и надеялись побить древность ее же собственным оружием. И так будет опять, так будет всегда! Вашему неотесанному «утру эпохи» придется пойти учиться к тем, к кому вы хотели вызвать презрение и в себе и в других, так как без образования вы же не выстоите перед лицом человечества, а существует лишь *одно* образование: то, которое вы именуете буржуазным, хотя оно по существу общечеловеческое! Вы считаете, что конец гуманистического воспитания — вопрос всего нескольких десятилетий? — Только вежливость мешает ему, Сеттембрини, расхохотаться столь же беспечно, сколь и насмешливо. Европа умеет хранить свое извечное достояние и, просто перешагнув через всякие пролетарские апокалипсисы, ко-

[1] Мысленными оговорками (*лат.*).

торые измышляются то здесь, то там, совершенно спокойно перейдет к стоящему в порядке дня классическому разуму.

А вот насчет порядка дня господин Сеттембрини, видимо, не вполне осведомлен: дело в том, что в этом порядке дня как раз и стоит вопрос, который он почему-то считает решенным, а именно: следует ли считать средиземноморско-классически-гуманистическое наследие достоянием общечеловеческим и потому имеющим для человечества вечную ценность, или оно, самое большее, духовная форма, принадлежащая одной определенной эпохе, а именно эпохе буржуазного либерализма, и умрет вместе с нею. Решить этот вопрос предстоит истории, а господину Сеттембрини рекомендуется не очень-то убаюкивать себя надеждами, что решение будет в пользу его латинского консерватизма.

Уж это было возмутительной наглостью со стороны недомерка Нафты назвать Сеттембрини, известного слугу прогресса, консерватором! Все это так и восприняли и, конечно, с особой горечью сам обиженный: он взволнованно принялся теребить свои красиво подкрученные усы и, придумывая, как бы наиболее метко нанести ответный удар, дал возможность врагу продолжать свои выпады против идеала классического образования, против риторически-литературного духа европейской школьной и образовательной системы и его формально-грамматического сплина, который является частью классовых интересов господствующей буржуазии, а для народа давно стал посмешищем. Да, никто даже не подозревает, как издевается народ над нашими учеными званиями, над всем нашим образованием для привилегированных сословий и над нашей государственной школой, этим орудием буржуазной классовой диктатуры, причем буржуазия воображает, будто бы народное образование — это есть разведенная водой псевдонаучность. То образование и воспитание, которое нужно народу для борьбы с прогнившим буржуазным государством, он уже давно умеет находить в другом месте, а не в административных принудительных учебных заведениях; и уже всем известно, что вообще тип нашей школы, такой, каким он вырос из монастырской школы средневековья, — это нелепый пережиток и анахронизм, что уже никто не обязан истинной образованностью современной школе и что свободное, общедоступное обучение, осуществляемое с помощью публичных лекций, выставок, фильмов, несравненно выше всякого образования, получаемого в школе.

В этой смеси революции и мракобесия, которую Нафта преподносит слушателям, — наконец нашелся ответить Сеттембрини, — больше всего пошлейшего обскурантизма. Конечно, забота Нафты о просвещении народа весьма почтенна, но возникают опасения, что в этой заботе таится инстинктивное желание погрузить и народ и весь мир в темноту неграмотности.

Нафта усмехнулся. Неграмотность! Подумаешь — грозное слово! Показали голову Горгоны и воображают, что все сочтут своей обязанностью побледнеть. Он, Нафта, весьма сожалеет, однако должен разочаровать своего оппонента — от этого страха гуманистов перед понятием неграмотности ему просто становится весело. Нужно быть литератором эпохи Возрождения, жеманником, писателем семнадцатого века, маринистом, шутом estilo culto[1], чтобы придавать таким учебным предметам, как чтение и письмо, столь преувеличенное и исключительное образовательное значение и считать, что там, где ими не овладели, царит духовная ночь. Может быть, господин Сеттембрини вспомнит, что величайший поэт средневековья, Вольфрам фон Эшенбах, был неграмотен? В те времена в Германии считалось зазорным посылать в школу мальчика, если он не собирался стать священником, дворянски-народное презрение к искусству литературы говорило и говорит о принадлежности к аристократии, а литератор, этот истинный сын гуманизма и буржуазии, хоть и умеет читать и писать, чего дворянин, воин и народ не умеют или умеют только кое-как, — но уж, кроме этого, он решительно ничего на свете не умеет: это и в наши дни просто латинизированный болтун, он ведает словами, а жизнь предоставляет порядочным людям, почему и политику превращает в сплошную болтовню, а именно — в сплошную риторику и изящную словесность, которые на языке упомянутой партии называются радикализмом и демократией, — и так далее и тому подобное.

А Сеттембрини в ответ: слишком смело его оппонент открывает свое пристрастие к пылкому варварству некоторых эпох, издеваясь над любовью к литературной форме, хотя без такой любви никакая человечность немыслима и невозможна, — никогда и ни при каких условиях! — Аристократизм? — воскликнул он. — Только враг человечества способен назвать этим именем бессловесность, грубую и немую предметность. Аристократична, наоборот, только благородная роскошь, generosità, она выражается в признании за формой, независимо от содержания, определенной само-

[1] Культивированного стиля (*ит.*).

стоятельной ценности; культ речи как искусства и ради самого искусства — это наследие греко-римской культуры, которое гуманисты, uomini letterati, вернули романским странам, — вернули хоть им, — и является источником всякого дальнейшего осмысленного идеализма, в том числе и политического. Вот именно, милостивый государь! То, что вы хотели оклеветать, как расхождение слова и жизни, оказывается на самом деле лишь более высокой формой единства в венце прекрасного, и я не боюсь за возвышенную духом молодежь, когда она будет делать выбор между литературой и варварством.

Ганс Касторп, который только краем уха слушал этот спор, ибо его занимал присутствующий здесь воин и представитель аристократии, или, вернее, какое-то новое выражение, появившееся в его глазах, слегка вздрогнул, ибо почувствовал, что последние слова Сеттембрини обращены к нему с призывом и требованием, а потом состроил такую же мину, как тогда, когда Сеттембрини торжественно принуждал его сделать выбор между «Востоком и Западом», — мину, выражавшую решительную независимость и строптивость, и промолчал. Они все неверно заостряют, эти двое, впрочем, должно быть так и нужно, когда люди жаждут спора и яростно препираются, противопоставляя одну крайнюю точку зрения другой; а ему кажется, что где-то посередине между непримиримыми полярностями, между болтливым гуманизмом и неграмотным варварством, и находится то, что можно было бы примирительно назвать человеческим или гуманным. Но он не высказал этого вслух, чтобы не рассердить обоих противников, и, замкнувшись в своей независимой сдержанности, наблюдал за тем, как они продолжают спор и, враждуя, невольно помогают друг другу без конца перескакивать с пятого на десятое, — и все это после того, как Сеттембрини дал толчок своей безобидной шуткой по поводу латинянина Вергилия.

Он еще не сказал последнего слова, он размахивал им, он готовил ему победу. Гуманист объявил себя воином и защитником гения литературы, прославлял историю письменности с той поры, когда человек, чтобы придать своим мыслям и чувствам долговечность памятника, впервые врезал в камень иероглифы. Он говорил о боге Тоте, который был для египтян тем же, что Гермес Трисмегист для эллинов, и почитался как изобретатель письменности, покровитель библиотек и вдохновитель всех духовных исканий. Он как бы преклонял колени перед этим Трисмегистом, гуманистическим Гермесом, мастером палестры, которому человечество обязано высочайшим даром литературного слова и агональной риторики, и вызвал Ганса Касторпа на замечание: значит, этот прирожденный египтянин был, очевидно, и политическим деятелем и в более широких масштабах играл ту же роль, что и Брунетто Латини, который придал флорентинцам надлежащий лоск и научил их изысканной речи, а также искусству управлять республикой по законам политики, на что Нафта возразил, что господин Сеттембрини немножко приврал и сделал образ Тота-Трисмегиста уж очень прилизанным.

А ведь на самом деле это скорее обезьянье, лунное божество, повелитель душ, павиан с полумесяцем на голове; как Гермес, он прежде всего бог смерти и бог мертвых, владыка и вожатый человеческой души, который для более поздней античности стал архичародеем, а для кабалистического средневековья — отцом герметической алхимии.

Что? Что? В мыслях Ганса и в мастерской его мозга, где создавались понятия и представления, все смешалось. Оказывается, перед ним смерть в синем плаще, исполняющая роль гуманистического ритора; а если приглядеться повнимательнее, то, вместо литературно-педагогического бога и друга человечества, на него смотрит этакая обезьянья морда, и у нее на лбу — символ ночи и колдовства... Ганс Касторп решительно отмахнулся от этих образов, словно отстранив их, и прикрыл глаза рукой. Но и во мраке, в который он отступил, спасаясь от всей этой путаницы, продолжал звучать голос Сеттембрини, прославлявшего литературу. Не только созерцательное, но и активное величие было всегда с ней связано; и он назвал имена Александра, Цезаря, назвал короля Фридриха прусского и других героев, даже Лассаля и Мольтке. Его ничуть не тронуло, что Нафта отослал его к китайщине, где царило самое нелепое на свете преклонение перед азбукой и где давали звание фельдмаршалов тому, кто был в состоянии вывести тушью все сорок тысяч алфавитных знаков, что, конечно, должно в высшей степени радовать сердце такого гуманиста, как Сеттембрини. Онто, Нафта отлично понимает, — отпарировал Сеттембрини, — что дело тут не в туши, а в литературе, как импульсе к развитию человечества, речь идет о духе литературы, — да, жалкий зубоскал, — ибо это и есть сам дух, чудо сочетания анализа и формы. Именно он пробудил понимание всего человеческого, он помог бороться с властью глупых взглядов и предрассудков и уничтожить их — содействовал культуре и совершенствованию человеческого рода. Развивая в людях высшую моральную утонченность и чуткость, он воспитывал в них, не делая из них фанатиков, дар сомнения, чувство справедливости, терпимость... Очистительное, освещающее воздействие литературы, преодоление страстей через познание и слово, литература как путь к пониманию, к прощению и любви, освобождающая мощь речи, дух литературы как благороднейшее проявление человеческого духа вообще, литератор как совершенный человек, как святой — вот что восторженно превозносил в своем апологетическом гимне Сеттембрини. Но ах, и противник не лез за словом в карман: он тут же разрушил впечатление от ангельского «аллилуйя» несколькими весьма неприятными и блистательными контрходами, решительно став на сторону тех, кто защищает сохранность человека и жизни против начала разрушения, скрывающегося за этим серафическим и лицемерным славословием. Чудотворное единство, которое с дрожью в голосе воспевает господин Сеттембрини, сводится к обману и шарлатанству, ибо, если дух литературы и похваляется тем, что сочетает форму с принципом исследования и расчленения, то это форма мнимая и ложная, а не подлинная, зрелая, естественная и жизненная форма. Наш так называемый исправитель человечества, правда, твердит об очищении и освящении, но на самом деле стремится к оскоплению и обескровливанию жизни: дух, изуверствующая теория оскверняют жизнь, и тот, кто хочет уничтожить страсти, у того одна цель, и цель эта — «Ничто», чистое ничто, ибо «чистое» — единственный атрибут, который приложим к «Ничто». Вот тут-то господин Сеттембрини, литератор, и показал свое истинное лицо, лицо служителя прогресса, либерализма и буржуазной революции. Ведь прогресс — это нигилизм в чистом виде, а для либерального буржуа основное — культ этого «Ничто» и дьявола, да, он отрицает Бога, отрицает консервативный и позитивный Абсолют, ибо дает клятву верности дьявольскому антиабсолюту и со своим мертвым пацифизмом еще воображает себя невесть каким праведным. Но тут и речи не может быть ни о какой праведности, — он величайший преступник перед жизнью и заслуживает того, чтобы его привлекли к ответу перед ее инквизицией, строго судили на ее тайном судилище, et cetera[1].

Так Нафта сумел, искусно нанося удары, превратить хвалебный гимн в дьяволиаду и изобразить из себя воплощенного храни-

[1] И так далее (*лат.*).

теля строгой любви, почему снова стало совершенно невозможным понять, где Бог и где дьявол, где жизнь и где смерть. Читатель поверит нам на слово, что противник Нафты обладал достаточной отвагой для достойного ответа, блестяще опроверг его и получил, в свою очередь, не менее решительный отпор; перепалка продолжалась еще некоторое время, причем обе стороны начали повторяться, высказывая уже приведенные точки зрения. Ганс Касторп перестал слушать, так как Иоахим, между прочим, заявил, что, кажется, простудился и теперь не знает, как быть, ведь простуда здесь не в «чести». Дуэлянты не обратили на это внимания, а Ганс Касторп, как мы уже отмечали, внимательно следивший за двоюродным братом, внезапно вышел вместе с ним, не дослушав какой-то реплики и не интересуясь тем, послужит ли присутствие оставшейся публики — в данном случае это были всего-навсего Ферге и Везаль — достаточным педагогическим стимулом для продолжения словесного поединка.

По пути Ганс Касторп условился с Иоахимом, что в отношении его простуды и боли в горле следует действовать обычным путем, то есть поручить массажисту поставить в известность старшую, после чего больным, вероятно, займутся. Это было самое правильное. И в тот же вечер, сейчас же после ужина, Адриатика постучалась к Иоахиму, как раз когда у него был Ганс Касторп, и пискливо осведомилась о том, на что жалуется и чего желает молодой офицер. «Болит горло? Хрипите? — повторила она его слова. — Послушайте, уважаемый, это еще что за шуточки?» И она попыталась проницательно посмотреть ему в глаза, однако не по вине Иоахима их взоры так и не встретились: ее взгляд то и дело ускользал. И зачем только она делала все новые попытки, если знала заранее, что осуществить их ей не дано! Вытащив из висевшей у пояса сумки нечто вроде металлического рожка для обуви, она осмотрела пациенту зев, предложив Гансу Касторпу посветить ей настольной лампой. Приподнявшись на цыпочки и разглядывая язычок Иоахима, она спросила:

— А скажите-ка, уважаемый, вы не поперхнулись? С вами это бывало?

Что тут можно было ответить? Пока она обследовала ему горло, невозможно было слова вымолвить; но и когда она отпустила больного, он решительно не знал, что сказать. Ну, конечно, ему не раз случалось поперхнуться, когда он ел и пил; таков уж удел человека, и не это же она имела в виду. Он сказал: как вас понять? Я и не помню, когда это было в последний раз.

Ну, ладно; просто ей это пришло в голову. Итак, он простудился, сказала она, к удивлению кузенов, — ведь слово «простуда» было изгнано из этого дома. Чтобы более тщательно исследовать горло, нужен ларингоскоп гофрата, констатировала старшая. Уходя, она оставила ему на ночь формаминт, а также клеенку и бинт для компресса. Иоахим воспользовался тем и другим, а потом заявил, что благодаря этим средствам определенно почувствовал облегчение, и продолжал применять их, поскольку хрипота никак не проходила, а, наоборот, в ближайшие дни даже усилилась, хотя боль в горле временами совсем затихала.

Впрочем, оказалось, что эта простуда — чистая фантазия. Объективные данные показали то самое, что вместе с результатами осмотров гофрата и вынудило врачей задержать здесь честного Иоахима, чтобы он еще подлечился, прежде чем поспешит обратно в армию, под ее знамена. Назначенный ему октябрьский срок прошел незаметно и беззвучно. Ни гофрат, ни кузены не обмолвились ни словом: опустив глаза, обошли они молчанием этот срок. После результатов обычного ежемесячного осмотра Беренса, продиктованных его помощнику-психологу, и данных фотопластинки, стало совершенно ясно, что речь может идти лишь о совершенно самовольном отъезде, тогда как сейчас особенно важно нести свою службу здесь наверху с неукоснительной железной выдержкой, пока Иоахим не приобретет необходимую выносливость для военной службы на равнине и выполнения присяги.

Таков был вполне убедительный лозунг, на котором обе стороны, не говоря ни слова, как будто сошлись. Однако в действительности каждый не очень-то был убежден, что другой так уж верит в этот лозунг, и если при встречах они опускали глаза, то именно из-за этих сомнений, и опускали их лишь после того, как их взгляды встретятся. А это случалось частенько с того самого коллоквиума по литературе, когда Ганс Касторп впервые заметил в глазах Иоахима какой-то затаенный новый свет, какое-то странное «угрожающее» выражение. И вот что случилось однажды за столом: охрипший Иоахим поперхнулся, и настолько сильно, что едва отдышался. Пока Иоахим переводил дух, прикрыв рот салфеткой, а фрау Магнус, его соседка, по старинке колотила его по спине, — глаза кузенов встретились, и в этой встрече взглядов было что-то потрясшее Ганса Касторпа больше, чем сам инцидент, который мог, конечно, случиться с каждым; потом Иоахим опустил глаза и, прижимая к губам салфетку, вышел из столовой, чтобы откашляться за дверью.

Уже улыбаясь, хотя все еще бледный, вернулся он минут через десять, извинился за невольное беспокойство и продолжал, как и до того, участвовать в сверхобильной трапезе. Об этом случае вскоре позабыли, и никто даже не вспомнил о нем. Но когда через несколько дней то же самое произошло за сытным вторым завтраком, — впрочем, встречи взглядов не было, по крайней мере между кузенами, так как Ганс Касторп, склонившись над тарелкой, продолжал есть, как бы ничего не замечая, — после завтрака все же об этом случае заговорили, и Иоахим стал ругать эту дуру Милендонк, это она в прошлый раз своим дурацким вопросом, заданным ни к селу ни к городу, сбила его с толку, что-то внушила ему, сглазила, черт бы ее взял. Да, тут, видимо, было внушение, согласился Ганс Касторп, очень любопытно это констатировать, хотя и вышла неприятность. А Иоахим, после того как странное явление было точно определено, стал в дальнейшем вполне успешно бороться против колдовства и давился не чаще, чем люди, не подвергавшиеся сглазу: он поперхнулся опять только через девять-десять дней, и тут говорить уже было не о чем.

Все же его вне очереди и в неурочное время пригласили к Радаманту. Старшая записала Иоахима на прием, и, пожалуй, это было неглупо; раз в санатории имелся ларингоскоп, то казалось, что упорная хрипота, сменявшаяся на долгие часы даже полной потерей голоса, а также боль в горле, возобновлявшаяся, едва Иоахим забывал смягчать гортань слюногонными средствами, — казалось, эта хрипота — достаточный повод, чтобы извлечь из шкафа хитроумный прибор, уже не говоря о том, что если теперь у Иоахима кусок попадал в дыхательное горло не чаще, чем у других, то достигал он этого только крайней осторожностью при еде и обычно отставал от других.

Итак, гофрат долго наводил зеркало на горло Иоахима, освещая, исследуя и заглядывая в него как можно глубже, после чего пациент, по настоятельному желанию Ганса Касторпа, сейчас же пришел к нему на балкон, чтобы обо всем доложить.

— Было довольно противно и щекотно, — сказал Иоахим почти шепотом, ибо это был час главного лежания, во время которого предписывалась тишина, — и в результате Беренс наговорил всякой всячины насчет раздражения горла и заявил, что горло каждый день необходимо смазывать, завтра же они начнут прижигания, нужно только приготовить лекарство, — итак, раздражение и прижигания.

У Ганса Касторпа, в голове которого возникли всевозможные ассоциации и воспоминания и которому пришли на память даже такие далекие ему люди, как хромой портье и дама, целую неделю хватавшаяся за ухо, хотя ее потом вполне успокоили, у Ганса Касторпа вертелось на языке еще множество вопросов, но он их не задал, а решил выложить гофрату с глазу на глаз; сейчас он просто ограничился тем, что высказал Иоахиму свое удовольствие: наконец-то столь досадное явление взято под контроль и гофрат лично займется им. Беренс молодец и наверняка поможет, на что Иоахим кивнул, не глядя на кузена, повернулся и ушел к себе на балкон.

Что же случилось с честным Иоахимом? За последние дни в его глазах появилась какая-то неуверенность и робость. Еще совсем недавно старшая сестра Милендонк попыталась просверлить его взглядом, но броня этих мягких темных глаз оказалась непроницаемой; однако если бы она сейчас возобновила свою попытку, ее, может быть, и ждал бы успех. Во всяком случае, он избегал встречаться с людьми глазами, а если дело все же доходило до этого (Ганс Касторп частенько посматривал на него), то легче не становилось. Когда Иоахим ушел и Ганс Касторп остался за своей перегородкой подавленный всем услышанным, он почувствовал непреодолимое искушение тут же отправиться к начальству и призвать его к ответу. Однако это было невозможно: Иоахим услышал бы, что он встает, поэтому пришлось отложить свое намерение и постараться перехватить Беренса в послеобеденное время.

Но странно! Гансу Касторпу это никак не удавалось. Не удалось ему поймать гофрата ни в тот вечер, ни в течение двух ближайших дней. Конечно, несколько мешал Иоахим, ведь он ничего не должен был знать, но все же одним этим нельзя было объяснить полную невозможность где-то перехватить Радаманта и добиться с ним разговора. Ганс Касторп искал его по всему санаторию и всюду расспрашивал о нем, его посылали то в одно, то в другое место, где он непременно должен был застать гофрата, однако неизменно оказывалось, что тот уже ушел. Правда, Беренс присутствовал на одной из трапез, но сидел очень далеко, за «плохим» русским столом и исчез перед десертом.

Несколько раз Гансу Касторпу казалось, что вот он уже ухватил врача за полу, он видел его то на лестнице, то в коридорах, гофрат беседовал с доктором Кроковским, со старшей, с кем-нибудь из пациентов, и молодой человек терпеливо ждал, когда он освободится. Но едва он случайно отводил взгляд, как Беренса уже не было.

Лишь на четвертый день Ганс Касторп наконец добился своего. С балкона он увидел, что предмет его преследований вышел в сад и отдает распоряжения садовнику; поэтому он тут же выскользнул из-под одеяла и сбежал вниз. Гофрат, ссутулясь и загребая руками, как раз уходил к себе. Ганс Касторп поспешил вдогонку и даже позволил себе окликнуть его, но не получил ответа. Запыхавшись, настиг он наконец врача и заставил его остановиться.

— Вы зачем здесь? — накинулся на него гофрат, выпучив глаза. — Прикажете вручить вам личный экземпляр правил распорядка? По-моему, сейчас полагается лежать. Ваша кривая и ваш снимок не дают вам никаких оснований изображать из себя какого-то фон барона. Следовало бы поставить в саду этакое божественное пугало, пусть угрожает посадить на кол тех больных, кто между двумя и четырьмя тут своевольничает. Что вам угодно?

— Господин гофрат, на минутку, мне совершенно необходимо поговорить с вами!

— Да это вам уже давно втемяшилось, я заметил. Вы гоняетесь за мной, точно я красотка или во мне невесть какая сладость... Что же вам нужно от меня?

— Только насчет моего двоюродного брата, господин гофрат, простите великодушно! Вот ему смазывают горло... Я уверен, что теперь все наладится. Ведь это явление у него неопасное... я только об этом хотел спросить вас...

— Вы всегда хотите, чтобы все было неопасно, Касторп, уж такой вы человек. Иногда вы сами вовсе не прочь пуститься и в небезопасные предприятия, но тогда вы ведете себя так, как будто они совершенно безобидные, и надеетесь угодить этим и Богу и людям. Вы, милейший, все-таки трус, тихоня и ханжа, и когда ваш кузен вас называет человеком штатским, это еще очень мягко сказано.

— Все может быть, господин гофрат. Ну, разумеется, мои недостатки очевидны. Но ведь суть-то в том, что сейчас речь не о них, и я вот уже три дня хочу попросить вас, чтобы вы...

— Сказал вам правду, но приятно подслащенную и подкрашенную? Вы хотите приставать ко мне и надоедать, чтобы я поддержал в вас ваше проклятое лицемерие и вы бы могли спать сном невинности, когда другие бодрствуют и за все несут ответственность?

— Но, господин гофрат, вы слишком строги ко мне. Я же хотел наоборот...

— Да, строгость, этим качеством вы не блещете. Вот ваш кузен — совсем другой человек, он сделан из другого теста. Он знает, в чем дело. Знает и *молчит*, понимаете? Он не хватает людей за фалды, чтобы они напустили ему розового туману насчет всяких неопасностей. Он понимал, что делал и что ставил на карту, он — настоящий мужчина, он знает, как надо себя держать и как держать язык за зубами, и это мужское искусство, а такие, как вы, двуногие конфетки, к сожалению, на него не способны. Однако я вам заявляю твердо, Касторп, если вы тут начнете разыгрывать драмы, поднимете крик и дадите волю вашим штатским чувствам, я вас отсюда выставлю. В таких случаях здесь место только мужчинам, поймите же.

Ганс Касторп молчал. Теперь его лицо тоже бледнело пятнами. Оно было слишком медно-красным и не могло бледнеть все целиком. Наконец он проговорил дрожащими губами:

— Я очень вам благодарен, господин гофрат. Должно быть, я тоже угадал правду, ведь вы, мне кажется, никогда... как бы это выразиться... не говорили со мной так торжественно, если бы состояние Иоахима не было серьезным. И я вовсе не сторонник драм и крика, тут вы ко мне несправедливы. А если вопрос в том, чтобы молчать, на это у меня тоже хватит сил, поверьте.

— Вы очень привязаны к вашему двоюродному брату, Ганс Касторп? — спросил гофрат, вдруг схватив молодого человека за руку и глядя на него исподлобья налитыми кровью синими глазами в белесых ресницах...

— Что вам ответить, господин гофрат? Он же очень близкий родственник и добрый друг, он мой товарищ по болезни... — Ганс Касторп коротко всхлипнул и поставил ногу на носок, пяткой наружу.

Гофрат поспешно выпустил его руку.

— Так вот, будьте с ним поласковее эти полтора-два месяца, — сказал он. — Дайте волю своей естественной склонности к безобидному, это будет для него самое приятное. Я ведь тоже здесь, в частности, для того, чтобы придавать всему этому наиболее благородные и комфортабельные формы.

— Larynx[1], верно? — спросил Ганс Касторп, кивнув гофрату.

— Laryngea[2], — подтвердил Беренс. — Быстро прогрессирующий процесс разрушения. И слизистая оболочка дыхательных пу-

---

[1] Гортань (*греч.*).

[2] Туберкулез гортани (*греч.*).

тей сильно затронута. Возможно, что громкие выкрики при командовании и создали здесь locus minoris resistentiae[1]. Но таких диверсий всегда можно ждать. Надежды мало, мой мальчик; говоря по правде, никакой. Разумеется, надо испробовать самые эффективные, самые сильные средства.

— Мать... — проговорил Ганс Касторп.

— Потом, потом. Спешить некуда. Тактично и без нажима позаботьтесь о том, чтобы она своевременно появилась на сцене. А теперь проваливайте, возвращайтесь на свое место. Иначе он заметит. А ведь ему, наверное, тяжело, что о нем говорят у него за спиной.

Каждый день ходил Иоахим на смазывание. Стояла ясная осень; в белых фланелевых брюках и синем пиджаке являлся он от врача к столу нередко уже после начала трапезы, аккуратно одетый, по-военному подтянутый, здоровался кратко и приветливо, с мужественной сдержанностью, просил извинить его за опоздание и принимался за еду, — ему теперь готовили отдельно, ибо при обычной пище он медлил, боясь поперхнуться, и отставал от других; ему давали супы, рубленое мясо и каши. Соседи по столу очень скоро догадались, в чем дело. Они отвечали на его поклон с подчеркнутой вежливостью и приветливостью, они называли его «господин лейтенант». А в его отсутствие расспрашивали Ганса Касторпа, подходили и сидевшие за другими столами и тоже осведомлялись об Иоахиме. Фрау Штёр, ломая руки, некультурно причитала. Однако Ганс Касторп отвечал односложно, да, случай серьезный, но до известной степени и отрицал эту серьезность, чувствуя, что недостойно раньше времени ставить крест на Иоахиме.

Они ходили вместе гулять, совершали три раза в день обязательную увеселительную прогулку, причем гофрат для Иоахима ее строжайшим образом ограничил, чтобы тот без нужды не тратил силы. Ганс Касторп обычно шел слева от кузена — раньше они ходили как придется, но теперь Ганс Касторп старался держаться левой стороны. Разговаривали они мало, обменивались лишь теми немногими словами, которые подсказывал обычный берггофский день, а больше ни о чем. Ведь о том, что знали оба, говорить было незачем, оба они — люди сдержанные, замкнутые, даже по имени называют друг друга только в исключительных случаях. И все-таки иногда в штатской груди Ганса Касторпа что-то закипало и рвалось наружу, — кажется, вот-вот он не выдержит. Но он понимал, что

[1] Место наименьшего сопротивления (*лат.*).

это невозможно. Бурно вздымавшиеся мучительные чувства снова опадали, и он хранил молчание.

А Иоахим шагал рядом с ним, опустив голову. Он смотрел себе под ноги, словно созерцал землю. Как странно: вот он идет, подтянутый и аккуратный, с рыцарской вежливостью кланяется встречным, он по-прежнему заботится о своей наружности, о приличиях, и вместе с тем он уже обречен земле. Конечно, все мы будем обречены ей рано или поздно. Но когда человек так молод, так радостно жаждет служить знамени, это очень горько; и еще горше и непонятнее для идущего рядом и знающего обо всем Ганса Касторпа, чем для самого «земляного» человека, который с достоинством молчит о своем знании, хотя, в сущности, знание это весьма теоретическое, оно обладает для него очень малой степенью реальности, и в основном не столько его дело, сколько дело окружающих. Ведь фактически смерть больше затрагивает остающихся, чем уходящих; ибо знаем мы эту цитату или нет, но слова некоего остроумного мудреца сохраняют для нас и теперь свой полный внутренний смысл: пока мы есть, смерти нет, а когда есть смерть — нас нет; таким образом, между нами и смертью не возникает никаких конкретных связей, это такое явление, которое нас вообще не касается, и лишь отчасти касается мира и природы, почему все создания взирают на нее с большим спокойствием, хладнокровием, безответственностью и эгоистическим простодушием. За последнее время Ганс Касторп тоже подметил в Иоахиме эту безответственность и простодушие и понял, что хотя двоюродный брат и знает, но ему нетрудно хранить пристойное молчание, так как его внутреннее знание — только смутное и абстрактное, что до практической стороны — то она регулируется и определяется здоровым чувством пристойности, не допускающим никаких обсуждений этого знания, как не допускается обсуждение других неприличных функций жизни, — она их осознает, она обусловлена ими, но они не мешают ей соблюдать приличия.

Итак, они гуляли рядом, не упоминая о непотребствах природы. По приезде сюда Иоахим вначале взволнованно и гневно жаловался на то, что пропускает маневры и военную службу на равнине, теперь эти жалобы прекратились. Но почему, невзирая на все его простодушие, в его мягком взгляде так часто появлялась та грустная робость, та неуверенность, которая при новой попытке старшей проникнуть в него, наверное, помогла бы ей одержать победу? Или причина была в том, что глаза его ввалились, лицо осунулось гораздо сильнее, чем когда он вернулся с маневров на равнине, и он это знал? Зловещие перемены совершались за последнее время у всех на глазах, а бронзовый цвет лица все больше переходил в желтовато-пергаментный. Словно эта среда больных вместе с господином Альбином, только и мечтавшая о том, чтобы наслаждаться всеми безграничными преимуществами позора, заставляла его стыдиться и презирать самого себя. Но перед чем или перед кем опускал он и прятал теперь свой некогда столь прямой и открытый взгляд? Как удивителен этот стыд перед жизнью, охватывающий земную тварь, которая прячется в укромное место, чтобы там умереть, уверенная, что на воле, среди природы, ей нечего ждать ни бережности, ни благоговения к ее страданиям и смерти; ведь стая быстрокрылых птиц не только не чтит больного товарища — она с яростью и презрением забивает его клювами. Но такова примитивная природа, а в груди Ганса Касторпа вспыхивала глубоко человечная любовь и жалость, когда он видел в глазах бедного Иоахима затаенный инстинктивный стыд. Он шел слева от него и делал это вполне сознательно; а так как теперь и походка стала у Иоахима несколько неуверенной, то, когда приходилось подниматься на небольшой луговой склон, он поддерживал его и, преодолевая привычную замкнутость, обнимал и, даже словно забыв ее, не снимал потом руку с его плеча, пока тот с некоторой досадой не говорил:

— Ну что ты, брось. Можно подумать, что мы пьяные.

Все же настала такая минута, когда померкший взгляд Иоахима сказал молодому Гансу Касторпу и еще кое-что: дело в том, что ему приказали не вставать с постели — это было в начале ноября, лежал глубокий снег. В те дни Иоахиму стало трудно есть даже рубленое мясо и кашу, чуть не каждый глоток попадал не в то горло. Его перевели на жидкую пищу, и Беренс предписал продолжительный постельный режим, чтобы экономить силы. И вот накануне, в последний вечер, когда Иоахим был на ногах, Ганс Касторп застал его — застал беседующим с Марусей, хохотушкой Марусей, у которой была такая пышная и как будто вполне здоровая грудь и в руках — апельсинный платочек. Дело было после ужина, в холле, во время совместного пребывания пациентов. Ганс Касторп задержался в музыкальной комнате и вышел, чтобы поискать Иоахима: он увидел его перед выложенным кафелями камином, подле кресла, где сидела Маруся, она сидела в качалке, а Иоахим, держась левой рукой за спинку, откинул качалку назад, так что Маруся, лежа, смотрела снизу своими круглыми карими глазами на его склоненное к ней лицо; он тихо и отрывисто говорил ей что-то, а она то улыбалась, то пренебрежительно и взволнованно пожимала плечами.

Ганс Касторп поспешно отступил, однако успел заметить, что другие, наблюдавшие эту сцену, как было принято здесь, подшучивали над ней, а двоюродный брат не замечал их или не хотел замечать. И это зрелище — Иоахим, самозабвенно погруженный в разговор с пышногрудой Марусей, с которой он столько времени просидел за одним столом, не обменявшись ни единым словом, перед личностью и фактом существования которой он со строгим лицом благоразумно и честно опускал глаза, хотя бледнел пятнами, когда речь заходила о ней, — это зрелище потрясло Ганса Касторпа больше, чем любой признак упадка сил, замеченный им у двоюродного брата в течение последнего времени. «Да, он погиб!» — сказал про себя Ганс Касторп и потихоньку сел на стул в музыкальной комнате, чтобы не мешать Иоахиму пережить в этот последний вечер то немногое, что он еще мог себе позволить.

С этого времени Иоахим надолго принял горизонтальное положение, и Ганс Касторп, улегшись в свой превосходный шезлонг, написал об этом Луизе Цимсен. Он написал, что должен прибавить к своим прежним сообщениям, которые посылал при случае, весть о том, что Иоахим слег, и хотя он этого не высказывает вслух, но по глазам его явно можно прочесть желание, чтобы около него была мать, а гофрат Беренс решительно поддерживает невысказанное желание Иоахима. Ганс Касторп и для этого нашел бережные, и все же ясные слова. Поэтому неудивительно, что фрау Цимсен воспользовалась самыми скорыми средствами сообщения, чтобы приехать к сыну: уже через три дня после отправки этого мягкого, но тревожного письма она была здесь, и Ганс Касторп в метель, на санях, встретил ее на станции «Деревня» и, стоя на платформе, перед приходом поезда, придал своему лицу такое выражение, чтобы мать сразу не слишком испугалась, но с первого же взгляда увидела, что он не напускает на себя никакой фальшивой бодрости.

Сколько раз происходили здесь, наверное, такие встречи, сколько раз бросались люди друг к другу и сошедший с поезда испытующе и тревожно заглядывал в глаза встречавшему его! Казалось, фрау Цимсен прибежала сюда из Гамбурга пешком. Вся раскрасневшаяся, прижала она руку Ганса Касторпа к своей груди и, как-то пугливо озираясь, стала торопливо и словно тайком задавать ему вопросы; но он от ответов уклонился и поблагодарил за то, что она так скоро приехала, — это прямо замечательно, Иоахим страшно обрадуется. Н-да, он сейчас, к сожалению, лежит из-за жидкой пищи, ведь это не может не ослаблять его. Но найдутся в случае необходимости и другие выходы, например — искусственное питание. Впрочем, она сама увидит.

И она увидела, а стоя рядом с ней, увидел и Ганс Касторп. До этой минуты он не очень замечал перемены, которые за последнее время произошли с Иоахимом, молодежь в таких случаях недостаточно наблюдательна. Но сейчас, стоя возле матери, явившейся из внешнего мира, он как бы смотрел на Иоахима ее глазами, словно давно его не видел, и понял ясно и отчетливо то, что, без сомнения, поняла и она и что сам Иоахим знал лучше их обоих, а именно, что он уже стал «морибундусом». Иоахим держал руку фрау Цимсен в своей руке, такой же изможденной и желтой, как и лицо, по сторонам которого, вследствие резкого исхудания, его уши, это небольшое огорчение его юности, торчали еще больше, чем раньше, но и этот недостаток благодаря выражению серьезности и строгости, даже гордости, появившихся на лице больного, делал его как-то еще мужественнее и красивее, хотя губы, под небольшими черными усиками, при глубоко ввалившихся щеках казались теперь слишком полными. Две морщины, залегшие между глазами, прорезали желтоватый лоб; эти глаза глубоко запали, но были красивее и больше, чем когда-либо, и Ганс Касторп мог только восхищаться ими. Ибо с тех пор как Иоахим перешел на положение лежачего больного, из них исчезли всякая тревога, печаль и неуверенность, и в их темной спокойной глубине остался только тот давно подмеченный Гансом Касторпом свет, и не только свет, но и та «угроза». Держа руку матери в своей и шепотом здороваясь с ней, он не улыбался. И когда она вошла в комнату, на лице его не мелькнуло даже проблеска улыбки, и эта неподвижность, эта неизменность выражения сказали все.

Луиза Цимсен была мужественная женщина. Она не предалась отчаянию, видя, как тверд и спокоен ее сын. С полным присутствием духа, изо всех сил сдерживая себя, так же как сдерживала едва заметная сетка ее волосы, флегматичная и решительная, она смотрела на него, и в ней разгоралась жажда материнской борьбы за сына и глубокая вера в то, что если еще можно его спасти, то это сделает только ее воля и ее бдительность. И не ради собственного удобства, а лишь потому, что так полагалось, согласилась она через несколько дней пригласить к больному медицинскую сестру. У постели Иоахима появилась со своим черным чемоданчиком сестра Берта, в действительности — Альфреда Шильдкнехт; но ревнивая энергия матери была столь велика, что фрау Цимсен и днем и ночью почти все делала сама, поэтому у сестры Берты оставалась пропасть свободного времени, и она могла без конца торчать в коридоре, закинув за ухо шнурок от пенсне, и с любопытством высматривать и вынюхивать.

Эта протестантская диакониса весьма здраво смотрела на жизнь. Сидя наедине с Гансом Касторпом и с больным, который и не думал спать, а лежал на спине с открытыми глазами, она была способна заявить:

— И во сне не снилось, что придется ухаживать за одним из вас перед смертью...

Испуганный Ганс Касторп с яростью показал ей кулак, но она едва ли поняла почему, далекая от мысли, что нужно щадить Иоахима, в чем была права, — и слишком трезво настроенная, чтобы допустить, будто кто-нибудь, особенно лицо столь близкое, может предаваться иллюзиям относительно характера и исхода болезни. «Вот, — сказала она, намочила носовой платок одеколоном и поднесла его к носу Иоахима, — побалуйте себя напоследок, лейтенант!» Да и действительно, какой смысл был втирать очки бедному Иоахиму, — может быть, только для бодрости, как полагала фрау Цимсен, когда уверенно и прочувствованно говорила ему о выздоровлении. Ибо две вещи были бесспорны и очевидны: что, во-первых, Иоахим с совершенно ясным сознанием ожидает приближения смерти и, во-вторых, что он ожидает ее в полном мире и согласии с самим собой. Лишь в последнюю неделю, в конце ноября, когда наступила сердечная слабость, он уже лежал в полузабытьи целыми часами, полный надежд, в блаженном неведении относительно своего состояния, и говорил о скором возвращении в полк и об участии в больших маневрах: ему казалось, что они все еще продолжаются. Но гофрат Беренс уже не счел возможным поддерживать в близких хоть какую-нибудь надежду и заявил, что конец — вопрос нескольких часов.

Это забывчивое доверие к судьбе, этот самообман — грустное, но закономерное явление даже у самых мужественных натур в тот период, когда процесс распада близится к летальному исходу, — явление закономерно-безличное, оно сильнее всякого индивидуального сознания и подобно соблазнительному сну, который сковывает замерзающего, или хождению по кругу заплутавшегося.

Ганс Касторп, которому горе и боль не мешали со вниманием наблюдать за двоюродным братом, описывая этот факт в разговорах с Нафтой и Сеттембрини, строил всевозможные хитроумные, но шаткие теории и получил от итальянца даже выговор, когда заявил, что ходячий взгляд, будто философская вера и надежда на победу добра служат признаком здоровья, а склонность все видеть в мрачном свете и все осуждать — признак болезни, — видимо, ошибочен, ибо тогда именно безнадежное предсмертное состояние не могло бы вызывать у Иоахима такого оптимизма, а теперь в сравнении с его розовыми, но трагическими иллюзиями предшествующее уныние кажется мощным и здоровым проявлением жизни. К счастью, он мог сообщить соболезнующим слушателям, что Радамант даже в самой безнадежности оставляет надежду и предсказывает Иоахиму, невзирая на его молодость, спокойную и безболезненную кончину.

— Идиллическое состояние сердца, сударыня, — сказал гофрат, держа руку Луизы Цимсен в своих похожих на лопаты ручищах и глядя на нее исподлобья выпученными синими глазами, слезящимися и налитыми кровью. — Я рад, ужасно рад, что развязка наступит кардиальная и ему не придется ждать отека глотки и прочих гадостей; так он будет избавлен от многих и многих неприятностей. Сердце сдает очень быстро, это хорошо для него, хорошо и для нас, мы можем только добросовестно исполнить наш долг и бороться шприцем с камфарой, что едва ли даст серьезные результаты. Перед финалом он будет много спать и видеть приятные сны, это я, кажется, могу вам обещать, а если перед самым концом сна может и не быть, переход все равно произойдет быстро и незаметно, и он отнесется к нему довольно равнодушно, уверяю вас. В сущности, так всегда бывает. Я знаю смерть, я давно служу при ней, ее переоценивают, поверьте мне! Могу сказать вам, что ничего особенного тут нет. Ведь нельзя же те мучения, которые в некоторых случаях ей *предшествуют*, относить за счет самой смерти, они — дело переменчивое и могут послужить жизни и привести к выздоровлению. Но о смерти ни один человек, если бы он ожил, ничего не смог бы толком рассказать, ведь смерть не переживают. Мы приходим из тьмы и уходим во тьму, между этим лежат переживания, но начало и конец, рождение и смерть нами не переживаются, они лишены субъективного характера, как события, они целиком относятся к сфере объективного, вот как обстоит дело.

Таков был способ гофрата утешать близких. И мы надеемся, что он этим немножко поддержал такую разумную женщину, как фрау Цимсен; да и его предсказания почти полностью сбылись. В эти последние дни ослабевший Иоахим спал целыми часами и, вероятно, видел во сне то, что ему приятно было видеть, допустим — сны о жизни на равнине и об армии; а когда он просыпался и его спрашивали, как он себя чувствует, умирающий неизменно отвечал невнятно, что ему хорошо и он счастлив, хотя пульса почти не было и он в конце концов даже не ощущал укола иглой при инъекции; тело потеряло чувствительность, его можно было жечь и рвать, честного Иоахима это уже не касалось.

И все же после приезда матери с ним произошли большие перемены. Так как бриться ему стало не под силу и он уже неделю-полторы этого не делал, а волосы росли чрезвычайно быстро, то его восковое лицо с кроткими глазами скоро оказалось обрамленным густой черной бородой — военной бородой, ибо так отрастает она у солдат в походе; впрочем, эта борода, как все говорили, очень украшала его, придавая особенно мужественный вид. Да, Иоахим из юноши вдруг превратился в зрелого мужа, благодаря этой бороде, и не только ей. Он жил ускоренными темпами, словно раскручивавшаяся пружина от часов, он галопом проносился через возрасты, которых ему не было суждено достигнуть в условиях обычного времени, и за последние сутки превратился в старца. Ослабление сердца вызвало отечность лица, придававшую ему изнуренный вид настолько, что у Ганса Касторпа возникло впечатление, будто умирание — это мучительный труд, хотя сам Иоахим, у которого то и дело затемнялось сознание, этого, видимо, не замечал; особенно сильно отекло лицо вокруг губ, что было, вероятно, связано с сухостью и нервной расслабленностью внутренней полости рта, поэтому Иоахим, разговаривая, мямлил, точно глубокий старик, — впрочем, этот недостаток его очень сердил: только бы ему от него освободиться, лепетал он, и все будет хорошо, да вот эта проклятая штука ужасно мешает.

Что он разумел под этим «все будет хорошо», оставалось довольно неясным; во всяком случае, особенно бросалась в глаза вызванная его состоянием склонность выражаться загадочно, он не раз высказывал вещи, имевшие двойной смысл, как будто знал и не знал, и однажды, должно быть, содрогаясь в душе от предчувствия близкого уничтожения и даже как будто придавленный этим, заявил, покачав головой: так ужасно он себя еще никогда не чувствовал.

Потом он стал замкнут и неприветлив, даже невежлив; оставался глух ко всяким выдуманным утешениям и прикрасам, не отвечал на них, смотрел перед собой отчужденным взглядом. А после того, как приглашенный Луизой Цимсен молодой пастор с ним помолился, — к великому огорчению Ганса Касторпа, на нем оказались не брыжи, а лишь обыкновенный воротничок, — в манере Иоахима обращаться с людьми появилось что-то официально-служебное, он выражал свои желания только в форме кратких приказов.

В шесть часов вечера он начал делать какие-то странные движения: то и дело проводил правой рукой с золотой цепочкой браслета по одеялу вдоль бедра, потом слегка приподнимал кисть и, точно соскабливая что-то или сгребая, вел руку обратно, как будто это что-то тянул к себе и собирал.

В семь часов он умер; Альфреда Шильдкнехт находилась в коридоре, при нем были только мать и двоюродный брат. Он сполз с подушки и коротко приказал, пусть его поднимут повыше. Пока фрау Цимсен, обхватив сына за плечи, выполняла приказ, он как-то торопливо пробормотал, что ему нужно немедленно составить и подать прошение о продлении его отпуска, и тут-то, пока он это говорил, и совершился «быстрый переход», за которым Ганс Касторп благоговейно следил при свете закутанной красным настольной лампочки. Взор Иоахима словно надломился, сведенные бессознательным напряжением черты разгладились, болезненная одутловатость вокруг губ быстро исчезала, затихшее лицо стало опять прекрасным — красотою юности и уже созревшей мужественности: так это свершилось.

Луиза Цимсен, рыдая, отвернулась, поэтому именно Ганс Касторп кончиком безымянного пальца закрыл веки неподвижному и бездыханному Иоахиму и бережно сложил ему руки на одеяле. Потом стал рядом и заплакал, по его щекам бежали слезы, которые некогда так обжигали щеки английского морского офицера, — эта прозрачная влага, столь щедро и горестно льющаяся по всей земле в каждое мгновение, что ее именем назвали земную юдоль — долиной слез, — этот щелочно-соленый продукт желез, который исторгается из нашего тела потрясающим нервы, мучительным страданием. Касторпу было также известно, что в этом продукте содержится немного муцина и белка.

Явился гофрат, извещенный сестрой Бертой. Он был здесь всего полчаса тому назад и сделал укол камфары, только мгновение быстрого перехода он пропустил.

— Н-да, для него это уже позади, — сказал он, отняв стетоскоп от умолкшей груди Иоахима и выпрямляясь. Потом пожал матери и кузену руку и соболезнующе кивнул головой. Постоял с ними еще немного у постели Иоахима, глядя на неподвижное молодое лицо с бородой солдата. — Безумный мальчик, безумный человек, — сказал он через плечо, кивая на покоившегося Иоахима. — Хотел действовать силком, знаете ли, — конечно, вся эта история с его службой на равнине была принуждением и насилием над самим собой, — служил, а самого лихорадило, но хоть плыть, да быть. Поле брани влекло его, понимаете ли, — он вырвался от нас на поле чести, вояка этакий. Но воинская честь была для него смертью, а смерть — если хотите, это можно и перевернуть... словом, он теперь как бы доложил на том свете «имею честь явиться». Да, безумный мальчуган, безумный человек. — И он ушел, длинный, сгорбившийся, сутулый.

Перевозка тела Иоахима на родину была делом решенным, и фирма «Берггоф» позаботилась обо всем, что для этого было необходимо и что в таких случаях считалось общепринятым и приличным. Мать и кузена избавили почти от всех хлопот. На другой день Иоахим, покоившийся в шелковой рубашке с манжетами и с цветами на покрове, озаренный матовым светом снежного зимнего дня, казался еще красивее, чем сейчас же после своего перехода. Из его лица исчезла всякая тень напряжения; похолодев, оно приняло чистейшую форму и в ней окончательно застыло. Завитки коротких темных волос упали на неподвижный желтоватый лоб, казалось, сделанный из благородного, но хрупкого материала, что-то среднее между воском и мрамором, а в слегка волнистой бороде выступал красиво изогнутый полный и гордый рот. К этому челу очень подошел бы древний шлем, что и высказали многие посетители, которые пришли проститься с ним.

При виде этой телесной формы, некогда принадлежавшей Иоахиму, фрау Штёр с упоением разрыдалась.

— Герой! Просто герой! — крикнула она несколько раз и потребовала, чтобы на его похоронах играли «Эротику» Бетховена.

— Да помолчите вы! — зашипел на нее стоявший рядом Сеттембрини, он и Нафта оказались в комнате одновременно с ней; и Сеттембрини был искренне взволнован. Простерев обе руки, указывал он присутствующим на Иоахима, как бы призывая их к скорби: — Un giovanotto tanto simpatico, tanto stimabile![1] — то и дело восклицал он.

А Нафта, все такой же натянутый и скованный, не глядя, язвительно шепнул ему:

— Рад видеть, что, кроме свободы и прогресса, вы способны также воспринимать и серьезные события.

Сеттембрини молча проглотил это замечание. Может быть, он чувствовал, что события дали временное превосходство Нафте и его воззрениям, может быть, именно этот случайный успех противника он хотел уравновесить живейшими выражениями печали и промолчал даже тогда, когда Нафта, пользуясь своими случайными преимуществами, с резкой назидательностью заявил:

— Ошибка литераторов в том, что они воображают, будто бы только дух придает благообразие. А правильнее скорее обратное. Благообразие там, где *нет* духа.

«Ну, — подумал Ганс Касторп, — прямо пифийское изречение! Если произнести его и замкнуть уста, то на миг все даже растеряются...»

Под вечер принесли металлический гроб. Человек, сопровождающий его, видимо, был непоколебимо убежден в том, что водворение Иоахима в это великолепное, украшенное кольцами и львиными головами хранилище только личное дело его, агента. Этот представитель похоронного учреждения, к которому обратились, был облачен в черное, в какое-то подобие кургузого сюртука, с обручальным кольцом на плебейской руке: желтый ободок кольца совсем врос в мясо, и оно прикрыло его пухлым валиком. Невольно начинало казаться, что от сюртука агента исходит трупный запах, но это, конечно, было предубеждением. Однако представитель бюро выказал присущее специалистам самомнение, ибо он, видимо, считал, будто вся его деятельность должна протекать как бы за кулисами, и следует показывать оставшимся только почтенно-парадные ее результаты, что вызвало у Ганса Касторпа даже возмущение и совершенно не соответствовало его намерениям. Он, правда, настоял на том, чтобы фрау Цимсен удалилась, но себя не позволил любезно выпроводить, а остался, чтобы помочь. Он взял

[1] Такой симпатичный, такой достойный юноша! (*ит.*)

тело под руки, и они вдвоем перенесли его с постели в гроб; и вот на простынях и подушках с кистями высоко и торжественно покоилась теперь земная оболочка Иоахима, между подсвечниками, предоставленными санаторием «Берггоф».

Однако на следующий день Ганс Касторп обнаружил некое явление, заставившее его душевно как бы расстаться с физической оболочкой Иоахима и предоставить поле действия профессионалу, этому сомнительному блюстителю благопристойности. Дело в том, что Иоахим, лицо которого до сих пор хранило строгое и достойное выражение, начал улыбаться в свою солдатскую бороду, и Ганс Касторп не мог скрыть от себя, что эта улыбка — уже начало распада; он почувствовал в сердце своем, что надо спешить. Поэтому, слава Богу, что предстоит вынос, потом гроб закроют и завинтят крышку. Ганс Касторп забыл о врожденной сдержанности и, прощаясь, особенно нежно коснулся губами холодного, словно камень, лба того, кто был когда-то его Иоахимом, и, вопреки всему своему недоверию к служителю закулисных дел, вместе с Луизой Цимсен покорно вышел из комнаты.

В предпоследний раз падает занавес. Но пока он, шурша, скользит вниз, давайте вместе с Гансом Касторпом, оставшимся там наверху, посмотрим и послушаем, что делается на равнине, далеко внизу, на сыром кладбище, где, сверкнув, опускается сабля, раздается короткая команда и три ружейных залпа, три горячих салюта гремят над могилой с проросшими корнями, над солдатской могилой Иоахима Цимсена.

# ГЛАВА СЕДЬМАЯ

## ПРОГУЛКА ПО БЕРЕГУ МОРЯ

Можно ли рассказать время, какое оно есть, само время, время в себе? Конечно же, нет, это было бы нелепой затеей. Рассказа, который мы вели бы примерно так: «Время текло, бежало, потоком проносилось время...» — и все в том же роде, — никто, будучи в здравом уме, не признал бы за рассказ. Все равно как если бы некий фантазер целый час повторял одну и ту же ноту или один и тот же аккорд, уверяя, будто это и есть музыка. Ибо рассказ тем и подобен музыке, что тоже *заполняет* время, «достойно его заполняет», «делит его», что-то «начинается», что-то «происходит», как выразился покойный Иоахим, если мы, с тем горестным пиететом, с каким вспоминают речения умерших, вспомним его слова, слова давно умолкшие, мы еще не знаем, уяснил ли себе читатель, сколь давно они умолкли. Время — одна из необходимых стихий рассказа, так же как оно является одной из стихий жизни, ведь жизнь неразрывно связана с временем и с телами в пространстве. И оно также стихия музыки, которая отмеряет его, делит, делает быстролетным, драгоценным и тем самым, повторяем, роднит музыку с рассказом, ибо рассказ тоже (но иначе, чем отражающее один-единственный миг произведение изобразительного искусства, связанное с временем лишь как тело) предстает нам только как некая последовательность и как некое течение, и даже если бы он стремился в каждый данный миг быть тут весь перед нами, от начала и до конца, он все же нуждался бы во времени для своего развертывания.

Это совершенно очевидно. Но не менее очевидно и то, что между ними существует разница. Время в музыке одно: это как бы выемка в человеческом земном времени, в которую изливается музыка, чтобы несказанно его облагородить и возвысить. Рассказу же присущи два времени: во-первых, его собственное, музыкально-реальное время, определяющее самое течение рассказа, продолжительность сообщения; и, во-вторых, время его содержания, которое подчинено законам перспективы, но измерения его столь разнообразны, что воображаемое время содержания может иногда полностью совпасть с музыкальным временем самого рассказа, а может быть от него далеким, как звезды. Музыкальное произведение под названием «Пятиминутный вальс» продолжается пять минут, только этим, и ничем другим, связано оно со временем. Рассказ же, рассчитанный по своему содержанию на пять минут, при исключительно добросовестном заполнении этих пяти минут, может продолжаться в тысячу раз дольше и при этом быть очень быстролетным, хотя, в сравнении с воображаемым временем, может тянуться и очень долго. Однако вполне вероятны случаи, когда само время содержания рассказа благодаря сокращению переходит в неизмеримое, — мы говорим «сокращение», чтобы подчеркнуть явно иллюзорный, или, вернее, патологический, характер, присущий такого рода случаям, ибо тогда рассказ подчиняется некоей герметической магии и временнóй сверхперспективе, напоминающей иные захватывающие область сверхчувственного, ненормальные явления повседневного опыта. Существуют записки курильщиков опия, доказывающие, что одурманенный за короткое время своего выключения из действительности переживал сновидения, охватывающие периоды в десять, тридцать, даже в шестьдесят лет, а иногда и уходящие за грань всякого возможного и доступного человеку восприятия времени; следовательно, в этих сновидениях, где воображаемый охват времени мощно превосходил их собственную продолжительность, царило невероятно сокращенное переживание времени, а образы, теснясь, сменялись в них с такой быстротой, словно, как выразился один приверженный к гашишу наркоман, из мозга опьяненного вынули нечто подобное испорченной ходовой пружине в часах.

Рассказ может обращаться с временем примерно так же, как эти порочные сновидения, так же поступать с ним. Но если он может как-то «обращаться» с временем, то ясно, что время, будучи его стихией, может стать и *темой* рассказа; и если едва ли возможно «рассказать время», то попытка *рассказать о времени*, видимо, не так уж бессмысленна, как могло представиться вначале, и поэтому «роман о времени» может приобрести своеобразный двойной и фантасмагорический смысл. На деле же мы только потому и задали вопрос, можно ли рассказать само время, что в данном повествовании действительно поставили себе такую цель. И если мы коснулись следующего вопроса, а именно — уясняют ли себе окружающие, сколько времени прошло с тех пор, как ныне скончавшийся доблестный Иоахим вставил в разговор это замечание о музыке и времени (что свидетельствует, впрочем, о том, что алхимический состав его существа значительно облагородился, ибо подобные замечания были не в духе его простодушной натуры), то мы едва ли рассердились бы, услышав, что да, в данную минуту этот вопрос присутствующим не совсем ясен, и не только не рассердились бы, а были бы даже довольны — по той простой причине, что общее участие в этих ощущениях нашего героя, конечно же, отвечает и нашим интересам, поскольку сам Ганс Касторп не разбирался в этих вопросах, притом уже давно; и все это входит в роман о нем, в роман о времени — в прямом и в переносном смысле.

Сколько же Иоахим все-таки прожил вместе с кузеном здесь наверху до своего самочинного отъезда — или, в общей сложности: когда, в какую именно календарную дату состоялся его первый упрямо-своевольный отъезд, сколько он пробыл в отсутствии, когда возвратился и какое время здесь пробыл сам Ганс Касторп до того дня, когда Иоахим вернулся и потом выбыл из времени; с каких пор, оставив в стороне вопрос об Иоахиме, отсутствовала мадам Шоша, с какого хотя бы года она *опять была здесь* (а она опять была здесь) и какой отрезок земного времени Ганс Касторп уже провел в «Берггофе» до ее возвращения? В ответ на все эти вопросы, если бы они ему были заданы, хотя их никто не задавал, даже он сам, ибо боялся их задавать, — Ганс Касторп постучал бы кончиками пальцев себя по лбу и решительно отказался бы ответить — явление не менее тревожное, чем его внезапная забывчивость, когда в первый вечер приезда сюда он не смог сообщить господину Сеттембрини свой возраст, — забывчивость, которая даже усилилась, ибо теперь он самым серьезным образом и ни за что бы не сказал, сколько же ему все-таки лет.

Это может показаться какой-то фантастикой, однако не только далеко от неправдоподобия и неслыханности, а напротив, при известных условиях может постичь каждого; и попади мы в такие же условия, ничто не уберегло бы нас от погружения в глубочайшее незнание относительно протекающего времени, а следовательно, и нашего возраста. Подобное явление возможно именно из-за отсутствия в нашей душе какого-либо органа времени, и поэтому нашей полной неспособности, исходя из самих себя, без внешней точки опоры, измерять, хотя бы с приблизительной точностью, течение времени. Известен случай, когда горняки, засыпанные в шахте и отрезанные от всякого наблюдения за сменой дня и ночи, после своего благополучного спасения, определили срок, проведенный ими во мраке, между надеждой и отчаяньем, как три дня. А на самом деле прошло десять. Можно было бы думать, что в столь гнетущем состоянии время должно казаться более долгим, чем на самом деле. А для них оно как бы усохло и сжалось до одной трети своей объективной продолжительности. Видимо, люди, при сбивающих с толку условиях, склонны, в своей беспомощности, ощущать время скорее сильно сокращенным, чем растянутым.

Правда, никто не спорит против того, что Ганс Касторп мог бы при желании без всякого труда покончить с неопределенностью и высчитать протекшее время так же, как это мог бы при небольшом усилии сделать и читатель, если бы всякий туман и сумбур претили его здравому смыслу; что касается Ганса Касторпа, то из-за этого вопроса о времени ему было немного не по себе, но казалось нестоящим даже малейшее усилие, которое помогло бы вырваться из сумбура и тумана и наконец уяснить себе, сколько же ему лет; боязнь, удерживавшая его, была боязнью его совести, хотя совершенно очевидно, что не считаться с временем — это самый худший вид бессовестности.

Мы не знаем, следует ли извинить ему недостаток доброй воли; чтобы не назвать это злой волей, — но уж очень все благоприятствовало его бездеятельности. Когда вернулась мадам Шоша (правда, ее возврат был иным, чем представлял себе в мечтах Ганс Касторп, но об этом мы скажем в своем месте), снова шел рождественский пост и приближался самый короткий день года, или, выражаясь астрономически, наступило начало зимы. В действительности же, невзирая на теоретический распорядок, и если считать зимой снега и морозы, то она наступила опять Бог знает как давно, собственно говоря, она и не прекращалась, лишь иногда перемежаясь знойными летними днями с неправдоподобно синим, почти черным небом. Такие дни бывали и зимой и казались совсем летними, невзирая на снег, тем более что он выпадал и в летние месяцы. Как часто Ганс Касторп болтал с покойным Иоахимом об этой отчаянной путанице, в которой смешивались и перетасовывались сезоны, исчезала очередность времен года и его быстротечность становилась тягучей или тягучесть становилась быстротечной, так что о подлинном времени, как с отвращением еще давно заметил Иоахим, и речи быть не могло. Главным же образом, при этой путанице происходили перетасовки и перемещения наших восприятий и определенных состояний сознания, связанных с понятиями «еще» и «уже снова», и это вызывало весьма непонятные, извращенные и дурманящие ощущения — безнравственное желание изведать их Ганс Касторп испытал в первый же день своего приезда сюда наверх, а именно — за пятью сверхобильными трапезами, в расписанной веселенькими шаблонами столовой, когда он впервые почувствовал, что происходит какое-то пока еще невинное, но головокружительное смещение времени.

С тех пор этот обман чувств и ума принял гораздо больший размах. Время, даже если его субъективное восприятие ослаблено или отсутствует, обладает все же конкретной реальностью, поскольку оно деятельно, поскольку оно вынашивает перемены. Вопрос о том, находится ли стоящая на полке герметически закрытая банка с консервами в потоке времени или вне времени, — это вопрос для мыслителя-профессионала, Ганс Касторп занялся им только из юношеской самонадеянности. Однако мы знаем, что время делает свое дело даже по отношению к тем, кто спит летаргическим сном. Один врач подтверждает случай, имевший место с двенадцатилетней девочкой: однажды она заснула и проспала тринадцать лет, причем не осталась двенадцатилетней, а постепенно расцвела и сделалась зрелой женщиной. Да иначе и быть не могло. Мертвец мертв и приказал долго жить; у него много времени, то есть совсем нет — в личном смысле. И все-таки у него еще вырастают ногти и волосы, поэтому в конечном счете... впрочем, не будем повторять выражение, которое однажды по этому поводу употребил Иоахим и которое тогда покоробило Ганса Касторпа, ибо оно показалось ему, как жителю равнины, слишком уж бесцеремонным. Ведь у него самого тоже вырастали ногти и волосы и, видимо, очень быстро, так как он то и дело восседал, закутанный в белое, в кресле парикмахера и стригся, ибо за ушами неизменно появлялись вихры. Собственно, он сидел тут как бы всегда, вернее, когда он сидел и болтал с льстивым и ловким парикмахером, который делал над ним свое дело, после того как время сделало свое, или когда стоял перед дверью на свой балкон и с помощью маленьких ножниц и пилочки, вынутых из подбитого бархатом элегантного несессера, подстригал ногти — он вдруг испытывал непривычное ощущение, сопровождаемое каким-то страхом, к которому примешивалось сладостное любопытство: у него голова начинала идти кругом в двойном и неустойчивом значении этого слова — и в смысле головокружения, и в смысле путаницы, обманчивой неразличимости понятий «еще» и «опять», которые, при их смешении и смещении, создают вневременное «Всегда» и «Вечно».

Мы не раз уверяли читателя, что хотим изобразить Ганса Касторпа не лучше, но и не хуже, чем он есть, поэтому не будем скрывать и того, что свою не слишком похвальную склонность к подобным мистическим искушениям, которые он притом вызывал вполне сознательно и преднамеренно, наш герой пытался искупить противоположными усилиями. Он мог сидеть подолгу, держа в руке часы, свои плоские и гладкие золотые часы, открыв их крышку с выгравированной на ней монограммой, и созерцать их обведенный двойным кругом красных и черных арабских цифр фарфоровый циферблат, на котором обе изящные и вычурные золотые стрелки указывали в разные стороны, а тонкая секундная стрелка, деловито тикая, совершала пробег в своей особой маленькой сфере. Ганс Касторп не спускал с нее глаз, он хотел затормозить хоть несколько минут и растянуть их, чтобы удержать время за хвост. Но стрелка, стрекоча, семенила дальше, пренебрегая цифрами, которых достигала, касалась, уходила, снова приближалась, снова достигала. Она была равнодушна ко всякой цели, отрезкам, делениям. А следовало бы ей, отмерив шестьдесят секунд, хоть на миг задержаться или подать хоть крошечный сигнал: тут, мол, что-то завершилось. Но по тому, как она торопливо переступала этот предел — она так же переступала и всякую иную, не обозначенную цифрой черточку — становилось ясно, что всю эту систему цифр и делений ее пути ей лишь подсунули, а она только шла, шла... Потому Ганс Касторп снова опускал свой стеклянный заводик в жилетный карман и предоставлял время собственному течению.

Где способ сделать понятными для степенного купечества на равнине те перемены, которые произошли во внутреннем обиходе нашего молодого искателя приключений? Ведь масштаб головокружительных тождеств все вырастал. Если даже при некоторой уступчивости было нелегко отличить сегодняшнее «теперь» от вчерашнего, от бывшего два дня, три дня тому назад и похожего на сегодняшнее как две капли воды, то само «теперь» было также склонно и способно спутать свое настоящее с тем, которое было месяц, год тому назад, и слиться с ним в некое «всегда». Но, поскольку моральные формы сознания, выраженные в понятиях «еще», «опять», оставались разобщенными, закрадывался соблазн расширить содержание таких определений, как «вчера» и «завтра», с помощью которых «сегодня» защищается от прошедшего и будущего, и распространить их на более широкие отрезки времени. Нетрудно было бы представить себе, например, существа, живущие, быть может, на более малых планетах и располагающие неким «миниатюрным» временем, для них семенящие шажки нашей секундной стрелки равнялись бы нашему упорному и экономному ходу стрелки часовой. Но можно вообразить существа, живущие в таком пространстве, где связанное с ним время делает великанские шаги, причем понятия «только что», «попозднее», «вчера», «сегодня», как переживания, получили бы чудовищно расширенные значения. Это было бы, повторяем, не только возможно, но в духе некоей терпимой теории относительности, и обсуждено в согласии с поговоркой «что город, то норов», признано вполне законным, естественным и почтенным. А вот что сказать о сыне земли, притом находящемся в таком возрасте, когда день, неделя, месяц, три месяца еще должны играть столь важную роль, приносить в его жизнь столько успехов и перемен? Что сказать о нем, если у него вдруг появляется порочная привычка или он время от времени уступает странному влечению говорить вместо «год тому назад», вместо «через год» — «вчера» и «завтра»? Здесь, без сомнения, уместно будет назвать это «смешением и смещением» и высказать глубокую тревогу.

Бывают на свете такие жизненные положения, такие особенности ландшафта (если в допущенном нами случае можно говорить о «ландшафте»), при которых «смещение и смешение» пространственно-временных дистанций до головокружительных одинаковостей в известной степени естественны и правомерны, и отдаваться их волшебству в часы досуга во всяком случае допустимо. Мы имеем в виду прогулки по берегу моря, мысль о которых всегда была Гансу Касторпу чрезвычайно приятна, — как нам известно, жизнь среди снегов будила в нем радостные и благодарные воспоминания о просторах родных дюн. Мы надеемся, что опыт и память читателя не изменят нам, если мы обратимся к этому волшебному забытью. Идешь, идешь... никогда ты с такой прогулки вовремя не вернешься домой, ибо ты и время — вы потеряли друг друга. О море, рассказывая это, мы далеко от тебя, но мы обращаем к тебе наши мысли, нашу любовь. Громко и ясно зовем мы тебя: живи в нашем рассказе, как втайне ты жило и раньше, живешь и будешь жить всегда... Шумящая пустыня, затянутая бледной светло-серой дымкой, насыщенной терпкой сыростью, которая оставляет вкус соли на наших губах! А мы идем, идем по упругому, усеянному ракушками и водорослями песку; ветер окутывает нам уши, этот огромный, широкий и мягкий ветер, он безудержно, честно и вольно проносится через пространства, навевая нам легкий хмель, и мы бредем, бредем, а пенные языки накатывающих и отступающих валов пытаются лизнуть наши ноги. Прибой кипит, то гулко ухает волна за волной, то стелется и ластится, набегая на плоский берег — и тут, и там, и на иных, далеких побережьях, и этот сумбурный и всеобщий, мягко рокочущий грохот замыкает наш слух для любых голосов на свете... Глубокая утоленность души, добровольное забвение... Сомкнем же глаза, нас охраняет вечность... Нет, взгляни, там, в пенном, серо-зеленом просторе, в исполински сокращенной дали, уходящей к горизонту, там стоит парус. «Там»? Что это за «там»? Далеко ли? Близко ли? Ты не знаешь. Это головокружительно ускользает от твоего определения. И чтобы сказать, далеко ли то судно от берега, тебе надо бы знать, каков его собственный, как тела, объем. Маленькое ли оно и близкое, или большое и далекое? Твой взгляд прокладывает путь через неведомое, ибо в тебе в самом нет органа и нет ощущения, определяющих для тебя пространство... Мы идем, идем... Долго ли? Далеко ли? Стоя на месте — идем вперед. Ничто не меняется при нашем шаге, *там* — все равно что *здесь*, *раньше* — все равно что *теперь* и *потом*, в безмерном однообразии пространства тонет время, движение от точки к точке — уже не движение, тут властвует тождество, а там, где движение перестает быть им, там времени уже нет.

Учители средневековья утверждали, что время — иллюзия, что его течение в формах причинности и последовательности — лишь восприятие наших органов чувств, особым образом построенных, истинное же бытие вещей — это неподвижное «теперь». Бродил ли он по берегу моря, этот «доктор», которому впервые пришла подобная мысль, и ощутил ли на губах легкую горечь вечности? Во всяком случае, повторяем, мы говорим здесь о вольностях, каким предаются во время каникул, о фантазиях досуга, — дух нравственности же пресыщается ими так же скоро, как здоровый человек —

лежанием на теплом песке. Заниматься критикой средств и форм человеческого познания, ставить под вопрос самую их ценность, было бы абсурдно, бесчестно, было бы коварством, если бы эта критика не имела иной цели, как указать разуму его границы, которые он не может переступить, не пренебрегая своими истинными задачами. И мы можем только быть благодарны такому человеку, как Сеттембрини, когда он со всей твердостью педагога заявил молодому человеку, чья судьба нас интересует, и которого он при случае так метко назвал «трудное дитя нашей жизни», когда этот педагог заявил, что метафизика — зло. И лучше всего мы почтим память дорогого нам покойника, подчеркнув, что у критики должны и могут быть лишь один смысл, одна задача и цель: это идея долга, выполнение приказов жизни. Да, в то время как законополагающая мудрость критически разметила границы разума, она на тех же границах водрузила знамя жизни и объявила воинской повинностью человека — служить под ним! И можно ли найти оправдание Гансу Касторпу и признать, что в его распутном обращении с временем, в его порочном заигрывании с вечностью сказалась та же черта, которую некий меланхолический сотоварищ его воинствующего кузена назвал «особым рвением» и которое довело этого кузена до могилы?

## МИНГЕР ПЕПЕРКОРН

Мингер Пеперкорн, пожилой голландец, уже в течение некоторого времени находился в санатории «Берггоф», вполне заслуженно поставившем на своей вывеске прилагательное «интернациональный». Легкая примесь цветной расы, — ибо Пеперкорн был голландцем из колоний, уроженцем Явы и кофейным плантатором, — едва ли побудила бы нас этого Питера Пеперкорна (так его звали, так он сам себя именовал: «Теперь Питер Пеперкорн побалует себя рюмочкой водки», говорил он обычно), — повторяем, едва ли побудила бы нас ввести данное лицо в наше повествование, особенно под конец; ведь какими только красками и оттенками не переливала расцветка общества, проживавшего в столь почтенном заведении, лечебной деятельностью которого руководил с многоязычной витиеватостью гофрат Беренс! Мало того, с некоторых пор здесь опять появилась некая египетская принцесса — та самая, которая когда-то подарила гофрату достопримечательный кофейный сервиз и папиросы «Сфинкс». Это была сенсационная особа с унизанными перстнями, пожелтевшими от никотина пальцами и коротко подстриженными волосами; не считая обеда и ужина, когда она появлялась в парижских туалетах, принцесса ходила обычно в мужском пиджаке и брюках с отглаженной складкой, притом знать не хотела никаких мужчин и дарила свою ленивую, но пылкую благосклонность лишь одной румынской еврейке, которая была просто мадам Ландауэр, хотя прокурор Паравант ради ее высочества принцессы даже забросил математику и от влюбленности совсем одурел.

Мало того, что здесь самолично проживала упомянутая принцесса, — среди ее маленькой свиты находился еще мавр-кастрат, человек больной и хилый, но, невзирая на свою конституцию, над которой любила потешаться Каролина Штёр, цеплявшийся за жизнь больше, чем кто-нибудь; он был совершенно безутешен, когда просветили внутренний мрак его организма и пластинка показала отнюдь не утешительную картину.

На фоне таких фигур мингер Пеперкорн мог показаться почти бесцветным. И хотя мы могли бы и эту часть повествования назвать, подобно одной из предшествующих, — «Еще один», но пусть читатель не тревожится — мы не покажем здесь еще одного зачинателя умственного и педагогического сумбура. Нет, мингер Пеперкорн отнюдь не из тех людей, которые способны вносить в жизнь логическую путаницу. Это, как мы увидим, человек совсем другого склада, а причины, по которым он все же внес смятение в жизнь нашего героя, также выяснятся из дальнейшего.

Мингер Пеперкорн прибыл на станцию «Деревня» с тем же вечерним поездом, что и мадам Шоша, в тех же санях укатил с нею в санаторий «Берггоф» и с нею отужинал в ресторане. Это был не только одновременный, это был *совместный* приезд, и их совместность, имевшая свое продолжение хотя бы в том, что мингера Пеперкорна посадили рядом с возвратившейся больной за «хороший» русский стол, против места врача, на котором некогда больной учитель Попов судорожно и двусмысленно ломал комедию, именно эта неразлучность и расстроила честного Ганса Касторпа, ибо такой возможности он не предвидел. Перед тем гофрат по-своему сигнализировал ему о дне и часе возвращения Клавдии Шоша.

— Ну, Касторп, старик, — сказал он, — преданное ожиданье будет вознаграждено. Послезавтра вечером кошечка опять прокрадется сюда. Я получил телеграмму. — Но о том, что фрау Шоша явится не одна, — ни звука. Может быть, он и сам не знал, что они с Пеперкорном приедут вместе, что они — одно; по крайней мере гофрат прикинулся крайне удивленным, когда Ганс Касторп на другой день после ее приезда, так сказать, привлек его к ответу.

— Даже не знаю, где она его подцепила, — заявил он. — Видимо, познакомились в дороге, вернее всего в Пиренеях. Н-да, придется вам, разочарованный селадон, с этим считаться, ничего не попишешь. Уж такая дружба, водой не разольешь. Видимо, даже касса общая. Судя по всему, что я о нем слышу, он страшно богат. Кофейный король на покое, примите к сведению, камердинер малаец, роскошная жизнь. Впрочем, явился он сюда вовсе не за тем, чтобы развлекаться: кроме серьезного катара слизистых оболочек на почве алкоголизма, имеется как будто еще коварная тропическая лихорадка, перемежающаяся, понимаете ли, затянувшаяся, упорная. Вам придется запастись терпением.

— Да пожалуйста, пожалуйста, — ответил Ганс Касторп свысока. «А ты? — подумал он. — Тебе каково? Ты ведь тоже был тогда не безгрешен, насколько я могу судить... Ты, синещекий вдовец, с твоей осязаемой живописью. В твоих словах я слышу злорадство, а ведь мы с тобой все-таки товарищи по несчастью, по крайней мере в отношении Пеперкорна».

— Занятный тип, бесспорно оригинальная фигура, — сказал вслух Ганс Касторп и сделал выразительный жест. — Крепыш, а вместе с тем мозгляк — вот какое он производит впечатление, по крайней мере произвел на меня за первым завтраком. Крепыш и мозгляк — этими двумя словами можно, пожалуй, определить в нем самое характерное, хотя, говорят, такие противоположности сочетать нельзя. Он, правда, рослый и широкоплечий, любит стоять расставив ноги, засунув руки в карманы брюк — прямые карманы, не наискось, как у вас или у меня и как принято в светских кругах, — и когда он так стоит и на голландский манер произносит все буквы, точно они нёбные, тогда про него невольно скажешь — вот здоровяк. Но бородка у него длинная, а реденькая, каждый волосок сосчитать можно, и глаза, как хотите, тоже маленькие и бледные, прямо бесцветные, и он напрасно таращит их, поэтому у него на лбу такие резкие складки — они сначала идут вверх от висков, потом горизонтально, через лоб, знаете, через его высокий багровый лоб, а надо лбом стоят седые, правда, длинные, но жидкие волосы, и глаза все равно маленькие, бледные, как бы он их ни таращил. Высокий глухой жилет придает ему сходство с пастором, хотя сюртук у него в клетку. Вот впечатление, которое он произвел на меня нынче утром.

— Да уж вижу, вы взяли его на мушку, — ответил Беренс, — и внимательно разглядели его, со всеми его своеобразными черточками, что, по-моему, очень благоразумно, ведь вам придется как-никак мириться с его присутствием.

— Да, видимо, *нам* придется, — сказал Ганс Касторп. Ему было предоставлено набросать примерный портрет нового пациента, и он справился со своей задачей удовлетворительно, в сущности, и мы сделали бы не лучше. Правда, его наблюдательный пункт весьма этому благоприятствовал: ведь мы знаем, что за отсутствие Клавдии Ганс Касторп, постепенно пересаживаясь, оказался совсем рядом с «хорошим» русским столом. Оба стола стояли параллельно, но русский стол оказался немного ближе к двери на веранду; места Ганса Касторпа и голландца были у поперечной стороны столов, обращенной внутрь зала, так что они сидели как бы бок о бок, молодой человек чуть позади Пеперкорна, что облегчало ему наблюдение, тогда как место мадам Шоша было от него наискосок, и он видел ее несколько в профиль. К сделанному им талантливому наброску следовало бы еще прибавить, что Пеперкорн усы брил, нос у него был крупный и мясистый, рот тоже крупный, и губы столь прихотливо очерчены, что казались разорванными. Руки были, правда, довольно широкие, но с длинными холеными ногтями, напоминавшими острые копья; и когда он говорил, а говорил он почти не умолкая, хотя смысл его слов Ганс Касторп далеко не всегда улавливал, — Пеперкорн сопровождал свою речь усиливающими внимание слушателя жестами, тонко нюансируя их: они были изящны, изысканны, точны и отработаны, как жесты дирижера; то он изображал с помощью пальцев кружочек, сгибая указательный и сводя его с кончиком большого, то раскрывал плашмя ладонь — широкую, но с острыми ногтями, как бы успокаивая, смягчая, требуя чуткой бережности, чтобы потом разочаровать осторожно улыбающихся людей невнятицей столь энергично подготовленного высказывания, и даже не разочаровать, а превратить их ожидание в радостное удивление, ибо сила, многозначительность и тщательность подготовки в немалой степени возмещали то, что слушателями не схватывалось, давали сами по себе удовлетворение, были увлекательны, даже обогащали. Порой высказывания не следовало вовсе. Он бережно клал руку на руку своего соседа слева, молодого болгарского ученого, или на руку мадам Шоша справа, затем вскидывал эту руку вверх и наискось, требуя тишины и внимания к тому, что намеревался сказать, и, высоко подняв брови, так что складки, бежавшие под прямым углом к наружным уголкам его глаз, углублялись, точно это было не лицо, а маска, смотрел мимо таким образом прикованного им к месту соседа на скатерть, причем его приоткрытые крупные, словно разорванные губы, казалось, вот-вот изрекут нечто необычайно важное. Но через минуту, вздохнув, словно давал команду «вольно», и так и не выполнив обещанного, возвращался к своему кофе, который по его требованию должен был быть особенно крепким и подавался в его собственном кофейнике.

Покончив с кофе, он обычно делал следующее: движением руки приостанавливал беседу и водворял тишину, подобно дирижеру, который заставляет умолкнуть пеструю разноголосицу инструментов и сдержанно, но властно, как бы собирает воедино внимание всего оркестра, чтобы начать исполнение; и так как крупная голова Пеперкорна, окруженная, точно пламенем, нимбом белых волос, бледные глаза, мощные складки на лбу, длинная борода и страдальчески изогнутый рот, вне всяких сомнений, внушали уважение, то присутствующие тут же подчинялись его властному жесту. Все затихали, улыбаясь смотрели на него, ждали, кое-кто с улыбкой ободряюще кивал ему. А он начинал довольно тихо:

— Господа... Хорошо. Кон-чено. Однако имейте в виду, и... ни на мгновение не забывайте... что... Впрочем, об этом молчу. То, что мне следует высказать, и не столько это, сколько прежде всего главное, что мы обязаны... к нам обращено несокрушимое... повторяю и хочу всячески подчеркнуть это слово... *несокрушимое требование...* Нет, нет, господа, не то! Не то, чтобы, скажем я... было бы большой ошибкой думать, что я... Кон-чено, господа! Я уверен, что мы все единодушны... итак, приступим к делу!

В сущности, он ничего не сказал, но голова его была настолько внушительна, мимика и жесты до такой степени категоричны, проникновенны и выразительны, что слушателям, в том числе и Гансу Касторпу, казалось, будто они узнали нечто чрезвычайно важное, а те, кто понял, что в конце концов все же ничего конкретного и ясно выраженного в словах не последовало, не пожалели об этом. И мы спрашиваем себя: а что испытал бы глухой? Быть может, он огорчился бы, так как по выражению лиц судил бы о выраженном словами, и вообразил бы, что из-за своей глухоты оказался как бы духовно обойденным. Такие люди легко обижаются и склонны к недоверию. Некий молодой китаец, на другом конце стола, еще недостаточно владевший немецким, просто не понял того, что говорит Пеперкорн, но слышал его и видел, и выразил свое удовольствие, воскликнув «very well!»[1]. И даже зааплодировал.

А мингер Пеперкорн приступил «к делу». Он встал, выпятил широкую грудь, застегнул клетчатый сюртук поверх высокого жилета, — и в очертаниях его головы опять появилось что-то царственное. Он важно подозвал одну из «столовых дев» — оказалось, что это карлица, — и хотя девушка была очень занята, она тотчас послушалась зова и, держа в руках кофейник и молочник, остановилась подле его стула. Она тоже невольно улыбнулась ему и ободряюще закивала большой головой с широким старообразным лицом, почтительно завороженная взглядом его бледных глаз, смотревших на нее из-под мощных складок лба, его воздетой рукой. Желая изобразить кружочек, он свел указательный палец с большим, три остальных были подняты, и над ними выступали острые копья ногтей.

— Дитя мое, — сказал он, — хорошо. До сих пор — все хорошо. Вы малютка — но что мне до этого? Напротив! Я оцениваю это как нечто положительное, я благодарю Бога за то, что вы такая, какая есть, и что характерный для вас малый рост... Ну, ладно! И от вас я тоже хочу получить... нечто маленькое-маленькое, но характерное. Прежде всего — как вас зовут?

Улыбаясь, она пробормотала что-то, потом сказала, что ее зовут Эмеренция.

— Великолепно! — воскликнул Пеперкорн, откинулся на спинку стула и простер руку к карлице. Он воскликнул это таким тоном, как будто хотел сказать: «Чего же вам еще надо! Все обстоит чудесно!» — Дитя мое! — продолжал он очень серьезно, даже строго. — Это превосходит все мои ожидания! Эмеренция — и вы произносите свое имя так скромно, однако это имя... и притом в сочетании с вашей наружностью... Словом, оно открывает самые богатые возможности. Оно заслуживает того, чтобы быть ему преданным, вложить все свои чувства... чтобы... в ласкательной форме... Вы, конечно, понимаете меня, дитя мое, в ласкательной форме звать вас Ренция, хотя и Эмхен звучало бы тепло — в данную минуту я

[1] Очень хорошо! (*англ.*)

решительно останавливаюсь на Эмхен. Итак, Эмхен, дитя мое, запомни: чуточку хлеба, любовь моя! Стой! Подожди! Чтобы не вышло недоразумения! Я вижу по твоему сравнительно большому лицу, что мне грозит опасность получить хлеб, Ренцхен, но нужен не печеный хлеб, нам его дают сколько угодно, во всяких видах. Нет, дай мне хлеб очищенный, ангел мой! Божий хлеб, прозрачный хлеб, в ласкательной форме — хлебушко, именно для услаждения души. Не знаю, понимаете ли вы смысл этого слова... Я предложил бы назвать его «подкрепительным», но тут грозит опасность, что это истолкуют в духе самого обычного легкомыслия... Кон-чено, Ренция, кончено и исключено. Нет, скорее в смысле нашего долга и святых наших обязательств... Например, хотя бы лежащего на мне долга чести... от всего сердца... Рюмку джина, возлюбленная, — порадоваться твоей характерной миниатюрности, хотел я сказать. Будь порасторопнее, Эмеренцхен. Скорей принеси мне рюмочку!

— Рюмку джина, чистого, — повторила карлица, сделала крутой поворот и, желая освободиться от стеснявших ее кувшина и кофейника, поставила их на стол Ганса Касторпа, возле его прибора, видимо, не желая стеснять ими господина Пеперкорна. Потом тут же убежала и мигом принесла заказанное. Рюмка была налита так полно, что «хлебушко» стекал со всех сторон на тарелку. Он взял ее большим пальцем и безымянным, поднял и посмотрел на свет.

— Итак, — заявил он, — Питер Пеперкорн услаждает себя рюмочкой водки. — И он проглотил дистиллированную пшеницу. — Теперь, — продолжал он, — я смотрю на вас оживившимся взором. — Он взял лежавшую на скатерти руку мадам Шоша, поднес к губам и положил обратно, причем его рука еще некоторое время продолжала лежать на ней.

Своеобразная личность, по-своему значительная, но непонятная. Берггофское общество было чрезвычайно заинтриговано. Говорили, что он недавно покончил со своими колониальными коммерческими делами и вынул оттуда капитал. Рассказывали о его роскошном особняке в Гааге и вилле в Шевенингене. Фрау Штёр называла его «денежным магнитом». (Магнатом! О невозможное создание!) Она сослалась на жемчужное ожерелье, которое мадам Шоша после своего возвращения надевала к вечернему туалету; по мнению Каролины Штёр, оно едва ли могло быть свидетельством закавказской галантности ее супруга и, очевидно, имело своим источником «общую кассу». При этом Штёр подмигнула, мотнула головой в сторону Ганса Касторпа и, пародируя его предполагаемое огорчение, горестно опустила уголки рта; болезнь и страдание не облагородили ее, и она воспользовалась его ложным положением, чтобы бесцеремонно поиздеваться над ним. Он же не терял самообладания. Он даже не без остроумия поправил вызванную ее невежеством ошибку. Она, видно, оговорилась, заметил он. Денежный *магнат*. Но магнит — тоже неплохо, ибо Пеперкорн, должно быть, весьма притягателен. Когда учительница Энгельгарт, невыразительно покраснев, криво улыбаясь и не глядя на него, спросила, нравится ли ему новый пациент, Ганс Касторп ответил, с успехом сохраняя полное хладнокровие: мингер Пеперкорн-де бесспорно выдающаяся индивидуальность, но потускневшая. Точность такого определения свидетельствовала о его объективности и душевном спокойствии и выбила учительницу из ее позиций. Что касается Фердинанда Везаля и его ехидного намека на непредвиденную комбинацию, в которой вернулась мадам Шоша, то Ганс Касторп доказал на деле, что можно бросить такой взгляд, который по своему совершенно явному смыслу ничем не уступает произнесенному слову; и взгляд, каким он смерил мангеймца, сказал «ничтожество», причем сказал настолько ясно, что не мог ни в какой мере быть истолкован иначе. Везаль понял и молча проглотил оскорбление, он даже кивнул, показав испорченные зубы, но с тех пор во время прогулок с Нафтой, Сеттембрини и Ферге уже не носил за Гансом Касторпом его пальто.

Ради Бога, он отлично сам может нести пальто и даже с большим удовольствием, а если иногда и отдавал его, то делал это только из внимания к столь жалкому существу. Все же никто не стал бы отрицать, что эта совершенно непредвиденная комбинация уничтожила, свела на нет всю душевную подготовку Ганса Касторпа к свиданию с предметом его приключения в карнавальную ночь, больше того — она сделала эту подготовку ненужной, что и было унизительно.

А ведь он намеревался вести себя так деликатно, так благоразумно, он был далек от мысли допустить какую-либо бестактную пылкость и даже не помышлял о том, чтобы поехать за Клавдией на вокзал, и — какое счастье, что он не дал ходу этой мысли! Потом было вообще неизвестно, захочет ли женщина, которой болезнь давала такую свободу, признать за факт фантастические события одной давней ночи, маскарадной, иноязычной и полной грез, —

захочет ли она даже, чтобы ей напоминали об этом! Нет, никакой навязчивости, никаких неуклюжих притязаний! Если его отношение к пленительной больной с раскосыми глазами по сути дела и перешло границы западноевропейского благоразумия и добрых нравов, — все же на людях следовало соблюдать вполне цивилизованные формы общения и даже изобразить некоторую забывчивость. Рыцарский поклон от стола к столу — и пока больше ничего. При случае учтиво подойти и непринужденно осведомиться о том, как ей жилось, как путешествовалось. А потом когда-нибудь, может быть, состоится и настоящее свидание, как награда за то, что он столь по-рыцарски обуздал себя.

Но из всех этих тонкостей, как мы уже сказали, ничего не вышло, ибо у него была отнята добровольность отречения, а следовательно, и заслуга. Присутствие мингера Пеперкорна уж слишком очевидно исключало всякую возможность какой-либо тактики, не основанной на крайней сдержанности. В вечер приезда Ганс Касторп видел со своего балкона санаторские сани, поднимавшиеся шагом по подъездной аллее; на козлах, рядом с кучером, сидел камердинер малаец, желтый человечек в пальто с меховым воротником и в цилиндре, а подле Клавдии, надвинув шляпу на глаза, незнакомец. В эту ночь Ганс Касторп почти не спал. А утром он без труда узнал фамилию сопровождавшего Клавдию господина, повергшего его в такое смятение; в придачу ему сообщили, что они заняли в первом этаже самые лучшие комнаты, и даже расположенные рядом. Затем наступил час первого завтрака, Ганс Касторп был вовремя на своем месте и с несколько побледневшим лицом стал ждать, что вот сейчас грохнет застекленная дверь. Однако этого не произошло. Клавдия вошла неслышно, ибо за ней притворил дверь мингер Пеперкорн — рослый, широкоплечий, высоколобый человек, в нимбе белых волос, полыхавших, точно пламя, вокруг мощной головы; он следовал за своей спутницей, которая, вытянув шею, обычной кошачьей походкой кралась к своему столу. Да, это была она, и она ничуть не изменилась. Вопреки программе, забыв обо всем на свете, Ганс Касторп охватил ее всю одним взглядом воспаленных от бессонницы глаз. Это были ее волосы, белокурые с рыжеватым отливом, без искусной завивки, а просто заплетенные в косу и уложенные вокруг головы, ее глаза, подобные «огонькам волчьих глаз в степи», ее линия затылка, ее губы, казавшиеся полнее, чем на самом деле, благодаря выступающим скулам, которые придавали щекам милую, чуть заметную впалость... «Клавдия!» — мысленно произнес он, задрожав, и взглянул на ее нежданного спутника не без насмешливого и упрямого вызова: закинув голову, Ганс Касторп как бы бросил его этому величественному персонажу — почти маске, не без тайной жажды посмеяться над его теперешним великодержавным правом владения, которое, если вспомнить кой-какие вполне определенные факты прошлого, представало в довольно сомнительном свете, действительно вполне определенные, а не что-то туманное и неясное, из области любительской мазни, вызывавшее когда-то и в нем тревогу. Сохранила мадам Шоша и привычку, перед тем как занять свое место, становиться перед залом во фронт, словно представляясь собравшемуся здесь обществу. Пеперкорн тоже подчинился этому обряду; пропустив ее вперед, он дал ей выполнить привычную церемонию, а затем уселся рядом с Клавдией в конце стола.

Из рыцарского поклона, посланного от стола к столу, ничего не вышло. Взгляд Клавдии, когда она «представлялась», скользнул по особе Ганса Касторпа и сидевшим рядом с ним и устремился в отдаленные области зала; то же повторилось и при следующей встрече в столовой; уже сколько раз, когда они сидели за столом, их глаза встречались, иногда мадам Шоша даже оборачивалась, но ее словно невидящий, равнодушный взгляд неизменно лишь касался его взгляда, почему рыцарский поклон становился особенно неуместным. Вечером, во время недолгого совместного пребывания пациентов, мадам Шоша и ее спутник обычно располагались в маленькой гостиной; они сидели рядом на диване, в кругу своих соседей по столу, и Пеперкорн, чье величественное и раскрасневшееся лицо особенно подчеркивалось пламенеющей белизной волос и бородки, допивал бутылку красного вина, которую успел начать за ужином. Выпивал он бутылку и за обедом, а иногда полторы и даже две, уже не говоря о «хлебном», с которого неизменно начинался его первый завтрак. Эта царственная личность, видимо, нуждалась в «услаждении» больше, чем принято. Он услаждал себя по нескольку раз в день не только с помощью вина, но и кофе исключительной крепости, и не только утром — он пил его из огромной чашки и днем, — не после обеда, а за обедом, вперемежку с вином. Ганс Касторп слышал не раз, как Пеперкорн уверял, что и то и другое очень помогает при лихорадке и, помимо «услаждения», особенно целебно, в частности — при перемежающейся тропической лихорадке, которая на второй же день после приезда на несколько часов приковала его к постели и к комнате. Гофрат определил ее как квартану, ибо приступы чередовались примерно каждые четыре дня: сначала больного тряс озноб, потом начинался жар, потом тело покрывалось обильной испариной. От этого, говорил врач, у него и селезенка увеличена.

## VINGT ET UN[1]

Так прошло некоторое время, на наш взгляд — целые недели, может быть, даже три или четыре, ибо доверять уточнениям и расчетам Ганса Касторпа мы не можем. Недели эти проскользнули незаметно, не вызвав никаких перемен, в нашем же герое они вызвали ставшую для него уже привычной упрямую злость против непредвиденных препятствий, вынуждавших его к сдержанности, которая, таким образом, отнюдь не являлась его заслугой; против основного препятствия, возникшего перед ним в лице Питера Пеперкорна, как тот себя именовал, когда собирался выпить рюмку водки, и главным образом — против присутствия этого по-царски величественного непонятного человека, действительно «мешавшего» Гансу Касторпу в гораздо более грубой форме, чем мешал в былые дни господин Сеттембрини. И вот между насупленными бровями молодого человека залегли упрямые, гневные складки, из-под которых его глаза пять раз в день созерцали некую возвратившуюся в «Берггоф» особу, причем он все-таки был рад, что может хоть созерцать ее и чувствовать пренебрежение к воплощенному в ее спутнике великодержавному настоящему, не подозревающему, какой сомнительный свет на это настоящее бросает прошлое.

Однажды вечером, без особой причины, как часто бывает в таких случаях, совместное пребывание пациентов в вестибюле и гостиных протекало оживленнее, чем обычно. Слушали музыку, цыганские песни, которые лихо исполнял на скрипке венгерский студент, затем гофрат Беренс, тоже заглянувший сюда на четверть часа с доктором Кроковским, предложил кому-то сыграть в басовых регистрах «Хор пилигримов», а сам, стоя рядом с пианино, отрывисто бил щеткой по струнам верхних ладов, пародируя скрипичные пассажи. Все очень смеялись, и гофрат удалился под гром

[1] Двадцать одно (*фр.*).

аплодисментов, снисходительно покачивая головой, словно дивился собственной шаловливости.

Однако пациенты не расходились, кое-кто продолжал музицировать, не привлекая к этому всеобщего внимания, другие играли в домино и бридж, иные развлекались оптическими приборами или болтали, разбившись на группы. Сидящие за «хорошим» русским столом тоже смешались с теми, кто толпился в вестибюле и в музыкальной комнате.

Мингера Пеперкорна видели то там, то здесь, его нельзя было не видеть, его величественное чело вздымалось над всеми прочими пациентами, затмевало их царственной мощью и значительностью, и если людей вначале, быть может, притягивали только слухи о его богатстве, то очень скоро оказалось, что их сама по себе влечет эта яркая индивидуальность; улыбаясь, они обступили его, кивали ободряюще и самозабвенно. Он словно приворожил их своими бледными глазами и мощными складками лба, держал в постоянном напряжении выразительностью проработанных жестов своих рук с длинными ногтями, причем окружающие не испытывали ни малейшего разочарования от того, что слова, следовавшие за этими жестами, были бессвязны, неясны и даже сумбурны.

Если мы поищем в эти минуты Ганса Касторпа, то найдем его в читальне, в той самой комнате, где когда-то (это «когда-то» звучит довольно туманно — рассказчик, герой и читатель уже не совсем ясно себе представляют, когда именно) ему были открыты очень важные тайны относительно тех мер, которые должны содействовать человеческому прогрессу. Тут было тише; лишь несколько человек разделяло его уединение. Кто-то писал под висячей лампой у двойного письменного стола. Дама с двумя пенсне на носу сидела перед библиотечным шкафом и листала иллюстрированную книгу. Ганс Касторп устроился возле открытой двери в музыкальную комнату, спиной к портьере, в случайно оказавшемся здесь кресле — это было обитое плюшем кресло в стиле ренессанс, если читатель хочет наглядно себе представить себе всю картину — с высокой прямой спинкой и без ручек. Правда, молодой человек держал газету так, как ее держат, когда читают, но не читал, а, склонив голову набок, прислушивался к обрывкам прошитой разговором музыки, доносившейся из гостиной, причем его нахмуренные брови показывали, что и ее он слушает невнимательно и что его мысли следуют вовсе не путями музыки, а бредут тернистым путем разочарований, ибо наш герой, возложивший на себя бремя долгого ожидания, вынужден был признать, что, когда этому ожиданию в результате определенных событий пришел конец, сам он остался в дураках, поэтому его мысли и брели горькими путями упрямой злости, от которых было недалеко до решения бросить газету на это неудобное и случайно подвернувшееся кресло, выйти через дверь, ведущую в вестибюль, и, так как вечер испорчен, сменить общество больных на морозное одиночество на балкончике вдвоем с «Марией Манчини».

— А где же ваш двоюродный брат, месье? — спросил позади него, над самой его головой, чей-то голос. Для слуха Ганса Касторпа это был волшебный голос, как бы созданный ради того, чтобы своей сладостно-терпкой глуховатостью доставлять ему невыразимое блаженство, блаженство, доведенное до своей высшей степени, — это был голос, сказавший давно-давно: «С удовольствием. Только смотри, не сломай», — властный голос, голос судьбы; и если Ганс Касторп не ошибся, тот же голос осведомлялся сейчас об Иоахиме.

Он медленно опустил газету и слегка поднял лицо, так что голова его оказалась выше спинки кресла и он оперся на ее край только шейным позвонком. Молодой человек на миг даже закрыл глаза, но тут же снова открыл их и устремил взгляд куда-то вверх и вбок, туда, откуда доносился голос. Бедный малый! В выражении его лица было прямо что-то от провидца и сомнамбулы. Ему хотелось, чтобы его спросили еще раз, но она не спросила. Поэтому он даже не был уверен, стоит ли она еще позади его кресла, когда, после довольно долгой паузы, со странным опозданием ответил вполголоса:

— Он умер. Вернулся на равнину, пошел служить в армию и умер.

Он сам заметил, что слово «умер» оказалось первым значительным словом, прозвучавшим между ними. Заметил он также, что она, не зная достаточно его язык и желая высказать свое сочувствие, выбирает слишком легковесные выражения: продолжая стоять за ним, над ним, она ответила:

— Увы! Как жаль. Совсем умер и похоронен? И давно?

— Не так давно. Его мать увезла тело на родину. Он оброс бородой, как на войне. В его честь над могилой дали три залпа.

— И он это заслужил. Он был очень храбрый. Гораздо храбрее, чем другие люди, некоторые другие...

— Да, он был храбрый. Радамант вечно упрекал его за чрезмерное усердие и пыл. Но тело привело его к другому. Иезуиты называют это rebellio carnis. Он всегда был обращен к телесному, но в достойном смысле слова. Однако его тело дало проникнуть в себя недостойному началу и обмануло его чрезмерный пыл. Впрочем, нравственнее потерять себя и даже погибнуть, чем себя сберечь.

— Я уж вижу, вы по-прежнему философствуете без толку. Радамант? Кто это?

— Беренс. Так его называет Сеттембрини.

— А, Сеттембрини, знаю. Тот итальянец... Я его не любила. Слишком мало в нем человеческого. (Голос произнес «человееческого», лениво и мечтательно растягивая звук «е».) Он смотрел на всех свысока (она сделала ударение на втором слоге). Его уже тут нет? Я глупа. Я не знаю, кто это — Радамант.

— Нечто гуманистическое. А Сеттембрини переехал. Мы все это время отчаянно философствовали, он, Нафта и я.

— А кто это — Нафта?

— Его противник.

— Раз он противник, мне хотелось бы с ним познакомиться. Но разве я не говорила, что ваш кузен умрет, если сделает попытку стать на равнине солдатом?

— Да, ты это предчувствовала.

— Что это вам вздумалось?

Наступило продолжительное молчание. Он, видимо, упорствовал. Он ждал, прижавшись шейным позвонком к прямой спинке кресла, и глядел перед собой глазами провидца, ожидая, когда опять раздастся голос, и снова не уверенный, что она стоит позади него, страшась, что отрывочная музыка в гостиной могла заглушить ее удаляющиеся шаги. Наконец голос прозвучал опять:

— А месье даже не поехал на похороны кузена?

Он ответил:

— Нет, я здесь с ним простился, перед тем как закрыли гроб, он уже начал улыбаться. Ты себе представить не можешь, до чего у него был холодный лоб.

— Ну вот, опять! Разве так разговаривают с дамой, с которой едва знакомы!

— Что ж, прикажешь говорить по-гуманистически, а не по-человечески?

(Невольно и как-то сонно он растянул это слово, точно потягивался и зевал.)

— Quelle blague![1] Вы все время жили здесь?

— Да. Я ждал.

— Чего?

— Тебя.

Над его головой раздался смех, и, продолжая смеяться, она проговорила:

— Дурачок! Меня! Просто тебя не отпустили!

— Неправда, Беренс один раз меня отпустил, он был в гневе. И все-таки это был бы самовольный отъезд. Кроме старых и зарубцевавшихся следов — я болел еще в школьном возрасте, ну ты же знаешь, — у меня есть и новый очажок, который нашел Беренс, из-за него и температура.

— Все еще температура?

— Да, небольшая. Почти постоянно. Иногда перемежается с нормальной. Но это не перемежающаяся лихорадка.

— Des allusions?[2]

Он промолчал. Брови над его глазами провидца нахмурились. Через некоторое время он спросил:

— А где ты побывала?

За ним стукнули рукой по спинке кресла.

— Mais c'est un sauvage![3] Где я побывала? Везде. В Москве (голос произнес Мааскве, с такой же ленивой протяжностью, как «человееческого»), в Баку, на немецких курортах, в Испании.

— О, в Испании! Ну и как?

— Так себе. Путешествовать там плохо. Жители — наполовину мавры. Кастилия какая-то сухая, окостеневшая. А Кремль прекраснее, чем тот замок или монастырь, ну у подножия горной цепи...

— Эскуриал.

— Да, замок Филиппа. Какой-то он бесчеловееечный, этот замок. Мне гораздо больше понравился каталонский народный танец, сардана, под волынку. Я вместе с ними танцевала. Все берутся за руки и ведут хоровод. Площадь полна танцующими, c'est charmant[4]. Это очень по-человечески. Я купила себе синюю шапочку, ее носят там все мужчины и мальчики из народа, вроде фески, называется бойна. Я надеваю ее во время лежания, и вообще. Месье решит, идет ли она мне.

---

[1] Какой вздор! (*фр.*)

[2] Это намек? (*фр.*)

[3] Прямо дикарь какой-то! (*фр.*)

[4] Это прелестно (*фр.*).

— Какой месье?

— А вот этот, в кресле.

— Я думал: мингер Пеперкорн.

— Он уже решил. Он говорит, что она идет мне замечательно.

— Он это сказал? Сказал всеми словами? Договорил фразу до конца, так что можно было все понять?

— Ах, мы, видимо, не в духе. Нам хочется быть злым, язвительным. Мы пытаемся поиздеваться над людьми, которые гораздо великодушнее, лучше и человечнее, чем мы сами с нашими... avec son ami bavard de la Méditerranée, son maître grand parleur...[1] Но я не позволю, чтобы моих друзей...

— У тебя еще сохранился мой внутренний портрет? — печально прервал он ее.

Она рассмеялась:

— Надо будет поискать.

— А твой я ношу вот здесь. Кроме того, на моем комоде есть маленький мольберт, я на ночь ставлю его туда и...

Ганс Касторп не договорил. Перед ним вырос Пеперкорн. Разыскивая свою спутницу, он вошел через дверь, завешенную портьерой, и теперь стоял перед креслом того, кто сидел к ней спиной и с кем она, видимо, оживленно болтала, — не стоял, а высился и притом у самых ног Ганса Касторпа, и тот, несмотря на свое сомнамбулическое состояние, тут же сообразил, что полагается вскочить; он попытался встать на ноги между обоими, но это было трудно сделать, поэтому он соскользнул с сиденья боком, в результате чего действующие лица этой сцены как бы образовали треугольник с креслом посередине.

Мадам Шоша выполнила требование воспитанного Запада и представила «этих господ» друг другу. Старый знакомый, сказала она о Гансе Касторпе, еще с тех времен, когда она была здесь в последний раз. Присутствие господина Пеперкорна не нуждалось в объяснении. Она назвала его, и голландец из-под своих, как у идола, задумчиво-углубленных арабесок на лбу и висках устремил взгляд бледных глаз на молодого человека, протянул ему руку, широкая тыльная сторона которой была усеяна веснушками; «капитанская рука, если бы не копья ногтей», — решил Ганс Касторп. Впервые он оказался под непосредственным воздействием мощной индивидуальности Пеперкорна (в его присутствии всегда при-

[1] С нашим болтливым другом с берегов Средиземного моря, с нашим великим краснобаем (*фр.*).

ходило на ум именно это слово — индивидуальность, и человек вдруг начинал понимать, что такое индивидуальность, больше того — он убеждался, что индивидуальность иначе и выглядеть не может), и Ганс Касторп, при его хрупком юношеском возрасте, чувствовал себя как бы придавленным тяжестью этих плечистых багроволицых шестидесяти лет, этого старика в белом пламени волос, со страдальчески-разорванным ртом и острой бородкой, длинной и узкой, спускавшейся на глухой, как у пастора, жилет. Впрочем, Пеперкорн был сама любезность.

— Сударь... — сказал он, — ...весьма. Нет, разрешите мне — весьма! Сегодня вечером я знакомлюсь с вами, знакомлюсь с внушающим доверие молодым человеком. Я делаю это вполне сознательно, сударь, от всей души. Вы мне нравитесь, сударь; я... прошу покорно! Кончено. Вы мне нравитесь.

Возразить было нечего. Проработанные жесты голландца были слишком категоричны. Ганс Касторп пришелся ему по вкусу. И Пеперкорн сделал из этого соответствующие выводы, он выразил их в форме намеков, а потом они в устах его спутницы получили разъясняющие и дополняющие уточнения.

— Дитя мое, — сказал он, — ...все хорошо. А что, если бы... Прошу понять меня правильно. Жизнь коротка, и наши возможности пользоваться тем, что она предлагает нам... увы, таковы факты, дитя мое. Закон. Неумолимый. Словом, дитя мое, словом, короче говоря... — Он застыл, сделав выразительный призывающий жест, как бы говоря, что снимает с себя всякую ответственность, если, несмотря на его указания, произойдет ошибка.

Но мадам Шоша, видимо, привыкла с полуслова угадывать направление его желаний. Она сказала:

— Почему бы и не побыть еще вместе, поиграем в карты, разопьем бутылку вина. Что же вы стоите? — обратилась она к Гансу Касторпу. — Пошевеливайтесь. Не будем же мы сидеть втроем, надо пригласить людей. Кто еще остался в гостиной? Зовите всех, кого найдете. Приведите нескольких друзей с балконов. А мы пригласим доктора Тин-фу от нашего стола.

Пеперкорн потер руки.

— Вот именно, — отозвался он. — Превосходно. Спешите, молодой друг! Повинуйтесь! Пусть соберется компания. Мы будем играть и есть и пить. И почувствуем, что мы... Вот именно, молодой человек!

Ганс Касторп поднялся в лифте на второй этаж. Он постучался к А.К. Ферге, а тот со своей стороны вытащил из их шезлонгов Фердинанда Везаля и господина Альбина, лежавших на нижней галерее. Прокурора Параванта и чету Магнус застали еще в вестибюле, а фрау Штёр и фрейлейн Клеефельд — в гостиной. И вот под средней люстрой раскрыли большой карточный стол, к нему пододвинули стулья и столики для закусок. Мингер приветствовал каждого, кто присоединялся к его компании, любезным взглядом бледных глаз из-под внимательно приподнятых арабесок на лбу. Вокруг стола уселись двенадцать человек, Ганс Касторп оказался между величественным хозяином и Клавдией Шоша; на стол положили карты и фишки, ибо сообща было решено сыграть несколько партий в vingt et un, а Пеперкорн, с присущей ему торжественностью, заказал вызванной им карлице белого шабли 1906 года, для начала — три бутылки, и к нему сладостей, что найдется — сушеных фруктов, конфет. Потирая руки, он приветствовал появление вкусных вещей и пытался также выразить свои ощущения отдельными фразами, которые многозначительно обрывал, и эти ощущения ему действительно удалось выразить, поскольку за него говорила вся его незаурядная личность. Он положил обе руки на руки своих соседей и, подняв указательный палец с ногтем в виде копья, потребовал самого пристального внимания — его охотно послушались — и к восхитительному золотистому цвету вина в высоких бокалах, к сахару, выступавшему на ягодах винограда «малага», и к особому сорту маленьких соленых крендельков, посыпанных маком, которые назвал божественными, причем любое возражение, которое ему могли сделать против столь смелого определения, тотчас подавлял категорическим, проработанным жестом. Он первый стал держать банк; но вскоре уступил господину Альбину, ибо, если гости его верно поняли, обязанность банкомета мешала ему наслаждаться всеми подробностями этого вечера.

Азартная игра была для него, видимо, делом второстепенным, — с его точки зрения, и игра-то была пустяковая: самой маленькой ставкой, по его предложению, объявили пятьдесят сантимов; но для многих участников и это оказалось слишком много; прокурор Паравант и фрау Штёр то краснели, то бледнели, причем особенно извивалась в муках эта дама, когда перед ней встал вопрос, прикупать ли при восемнадцати. Она пронзительно взвизгивала, если господин Альбин хладнокровно бросал ей привычным жестом игрока такую карту, где число очков подрывало в корне все ее дерзкие планы; а Пеперкорн от души смеялся.

— Визжите, визжите, сударыня! — сказал он. — Ваш визг пронзителен и полон жизни, он исходит из глубочайшей... Пейте же, подкрепитесь для новых... — И он налил ей, налил своим соседям и себе, заказал еще три бутылки, чокнулся с Везалем и с опустошенной фрау Магнус, ибо ему казалось, что они больше всего нуждаются в подбадривании. Лица быстро раскраснелись, запылали от поистине чудодейственного вина, — за исключением доктора Тин-фу, он был желт по-прежнему, и на фоне этой желтизны особенно выделялись агатовые узкие глазки, поставленные косо, как у крысы; неслышно хихикая, он делал очень крупные ставки, и ему бессовестно везло. Другие тоже не хотели отставать. Прокурор Паравант решил бросить вызов судьбе и с затуманенным взглядом поставил десять франков на такую карту, которая сулила очень относительные успехи, а затем, побелев от волнения, перекупил и забрал двойной выигрыш, так как господин Альбин, напрасно понадеявшись на полученного им туза, удвоил свои ставки. Все это были потрясения, которые распространялись не только на тех, кого они касались непосредственно. В них участвовали все собравшиеся, и даже господин Альбин, хотя холодной осмотрительностью он мог соперничать с любым крупье из Монте-Карло, где, по его словам, был раньше завсегдатаем, — даже он не очень-то владел своими чувствами.

Ганс Касторп тоже играл по большой; а также Клеефельд и мадам Шоша. Потом перешли к «турам»; играли в «железную дорогу», в штос, в опасный «диферанс». Ликование и отчаянье, взрывы ярости и истерические приступы смеха, которые вызывала у играющих озорная удача, взвинчивая их нервы хмелем возбуждения, были искренни и подлинны — именно так звучали бы они среди перипетий самой жизни.

Однако не только вино и игра, и в значительной мере даже не они создавали у присутствующих особый подъем: эти пылающие лица, этот блеск расширенных глаз, то, что можно было назвать судорожной напряженностью словно затаившего дыханье маленького кружка, его почти мучительной сосредоточенностью на данном, переживаемом мгновении, — все это скорее объяснялось присутствием властной натуры, яркой индивидуальности, объяснялось влиянием мингера Пеперкорна, ибо он держал бразды правления в своей столь богатой жестами руке и своим торжественным лицом, бледным взглядом и монументальными складками на лбу, своей речью и выразительной пантомимой заставлял людей подчиняться велениям данного часа. Что говорил он? Нечто весьма несуразное, и тем более несуразное, чем больше он пил. Но гости ловили каждое слово, удивленно подняв брови, улыбаясь и кивая, смотрели на его указательный и большой пальцы, которые он соединил округлым движением, словно что-то уточняя, на остальные пальцы, торчавшие, точно поднятые копья, на его царственный лик с живой игрой выражений, и, не противясь, отдавались восторженным чувствам, намного превосходившим ту преданность, на какую эти люди считали себя способными. Эта преданность их так обуревала, что иные были не в состоянии выдерживать наплыва чувств — фрау Магнус даже стало нехорошо. Она вот-вот готова была упасть в обморок, однако упорно не желала уйти к себе в комнату и удовольствовалась тем, что прилегла на шезлонг, ей тут же освежили лоб мокрой салфеткой, и она, немного отдохнув, снова присоединилась к остальным.

По мнению Пеперкорна, причина такого упадка сил — в том, что она слишком мало поела. Он и высказал эту мысль, многозначительно обрывая фразы и воздев указательный палец. Надо поесть, хорошенько поесть, чтобы отвечать требованиям жизни, пояснил он и заказал для всех подкрепляющие кушанья. Было подано щедрое угощение — холодное мясо, язык, гусиная грудинка, жаркое, колбаса и ветчина — целые блюда, полные жирных и лакомых кусков, украшенных шариками масла, редиской и петрушкой, делавшими их похожими на пышные клумбы. Но хотя присутствующие, невзирая на недавний обычный ужин, об обилии которого нечего и говорить, принялись немедля уничтожать поданное угощение, мингер Пеперкорн, съев два-три куска, заявил, что все это — чепуха, притом с таким гневом, который показывал, какие опасные неожиданности таит в себе его властная натура. Он прямо-таки разъярился, когда кто-то рискнул взять закуску под свою защиту; его массивное лицо налилось кровью, он грохнул кулаком по столу и заявил, что все это дрянь, после чего гости растерянно замолчали, ибо угощал-то в конце концов он, он был хозяином и имел право судить о своих дарах.

Впрочем, как ни трудно было объяснить этот взрыв непонятного гнева, он удивительно шел мингеру Пеперкорну, и Ганс Касторп не мог этого не признать. Гнев ничуть не безобразил его, не умалял и производил в своей непонятности, которую никто не осмеливался даже втайне связать с обилием выпитого вина, столь величественное, царственное впечатление, что все окончательно оробели и уже не решались взять хотя бы еще один кусочек мяса. Успокоила своего спутника мадам Шоша. Она погладила его широкую капитанскую руку, после удара кулаком оставшуюся лежать на столе, и вкрадчиво заметила, что можно ведь заказать и что-нибудь другое, какое-нибудь горячее блюдо, если он хочет и если повар согласится.

— Дитя мое, — ответил он, — хорошо. — И, полный достоинства, без всяких усилий перешел от ярости к спокойствию и поцеловал Клавдии руку. — Пусть подадут яичницу, на всех, — вкусную яичницу с зеленью, чтобы иметь силы отвечать требованиям жизни. — И послал на кухню вместе с заказом сто франков, желая поощрить персонал, который уже кончил работу.

К Пеперкорну полностью вернулось благодушное настроение, когда внесли несколько подносов с яичницей. Она была канареечно-желтого цвета, посыпана зеленью и издавала пресноватый теплый запах яиц и масла. Все тут же занялись ею, не исключая и самого Пеперкорна, притом наблюдавшего, как его гости наслаждаются едой. Отрывистыми словами и настойчивыми выразительными жестами он как бы принуждал каждого оценить по достоинству и даже с особым вниманием эти дары Божьи. Потом велел подать на круг голландского джина и заставил всех выпить прямо-таки с благоговением прозрачную влагу, от которой исходил здоровый запах жита с легкой примесью можжевельника.

Ганс Касторп закурил. Потянулась к папиросам с мундштуком и мадам Шоша, для удобства она положила перед собой на стол портсигар, в котором держала их, портсигар был русский, лакированный, с изображением мчащейся тройки; Пеперкорн не возражал против того, что соседи предаются этому удовольствию, но сам не курил никогда. Насколько можно было его понять, он относил употребление табака к числу слишком утонченных наслаждений, которые как бы отнимают величие у скромных и простых даров и требований жизни и лишают наши чувства возможности с должной силой отзываться на них.

— Молодой человек, — обратился он к Гансу Касторпу, точно приковав его к месту взглядом бледных глаз и проработанным жестом, — молодой человек... Простое! Священное! Хорошо! Вы понимаете меня! Бутылка вина, горячая яичница, рюмка очищенной, — вкусим сначала это наслаждение, исчерпаем его до дна, в полной мере отдадим ему должное, до того как... безусловно, молодой человек. Ясно. Я знавал людей — мужчин и женщин — кокаинистов, любителей гашиша, морфинистов, — и вот, милый друг, — хорошо, милый друг! Превосходно! Пусть! Не будем судить и осуждать. Но перед тем, что должно предшествовать, простым, великим, возникшим из божественных первооснов, эти люди... Ясно, мой друг... Кончено. Осуждены. Отвергнуты. Они этому простому всем обязаны и остались перед ним в долгу! Как бы вас ни звали, молодой человек... Хорошо, я знал, но позабыл... Не в кокаине, не в опии, не в пороке, как таковом, состоит порочность. Грех, который не простится, состоит в...

Он умолк. Обернувшись к соседу, он точно застыл в выразительном мощном молчании, рослый и широкий, воздев указательный палец, приоткрыв неровно разорванный рот, с нагой и красной, слегка порезанной бритвой верхней губой, напряженно приподняв горизонтальные тяжелые складки лысого лба, окруженного пылающим нимбом белых волос, расширив маленькие бледные глаза, и в них Ганс Касторп вдруг увидел вспышку отчаянной боязни перед преступлением, перед великим грехом, перед непростительным бессилием, на которые голландец намекнул; теперь он молча, со всей волшебной силой не выявившей себя натуры властителя, приказывал понять их грозный ужас. Ужас, подумал Ганс Касторп, объективный ужас, но в нем есть и что-то личное, касающееся его самого, этого царственного человека, — *страх*, но не мелкий и ничтожный страх, в этих глазах вспыхнул на миг какой-то панический страх; однако по своей природе Ганс Касторп был настолько склонен к почтительности, что, невзирая на все имевшиеся у него основания для враждебных чувств к величественному спутнику мадам Шоша, это наблюдение не могло не потрясти его.

Он опустил глаза и кивнул, желая доставить царственному соседу удовольствие от сознания, что его поняли.

— Вы, вероятно, правы, — сказал он. — Может быть, в самом деле это грех и признак неполноценности, если человек предается всяким утонченным наслаждениям, сначала не отдав дань простым благам жизни, которые так возвышенны и святы. Если я не ошибся, то именно таково ваше мнение, мингер Пеперкорн, и хотя мне самому эта мысль еще не приходила в голову, но сейчас, когда вы ее высказали, я готов согласиться с вами. Впрочем, простым и здоровым жизненным благам редко воздают должное, хотя они того заслуживают. Для этого большинство людей, безусловно, слишком инертны и невнимательны, слишком безответственны и душевно изношены, чтобы оценить их, все это, видимо, так и есть.

Властитель был очень доволен.

— Молодой человек, — ответствовал он, — превосходно. Разрешите же мне... Ни слова больше. Я вас прошу чокнуться со мной и выпить до дна, рука об руку. Это еще не значит, что я предлагаю вам перейти на братское «ты» — я хотел было, но все-таки удержался, решив, что это было бы, пожалуй, преждевременно. Весьма вероятно, что я в самом ближайшем будущем вам и... Можете не сомневаться! Но если вы желаете и настаиваете на том, чтобы мы теперь же...

Ганс Касторп жестом выразил свое согласие с предложенной Пеперкорном отсрочкой.

— Хорошо, мальчуган. Хорошо, товарищ. Неполноценность — хорошо. Хорошо и страшно. Безответственность — очень хорошо. Блага — не хорошо! Требования! Священные женские требования жизни к мужской чести и силе...

Ганс Касторп неожиданно обнаружил, что Пеперкорн отчаянно пьян. Но даже опьянение не казалось в нем чем-то низменным и постыдным, не бесчестило его, но придавало его величественному облику что-то грандиозное, вызывающее благоговение. Да ведь сам Вакх, думал Ганс Касторп, будучи пьян, опирался на своих восторженных последователей, не теряя при этом ни капли своей божественности, ведь все дело в том, кто пьян, крупная индивидуальность или ничтожество. Ганс Касторп усиленно старался, чтобы в нем ни на чуточку не убавилось почтения к подавляющей личности спутника Клавдии Шоша, проработанные жесты которого уже стали вялыми, а язык начал заплетаться.

— Ну, побратим, — сказал Пеперкорн в непринужденном и гордом хмелю, откидываясь назад мощным телом, кладя вытянутую руку на стол и тихонько постукивая по нему вялым кулаком... — в будущем... в близком будущем, хотя благоразумие пока еще... хорошо. Ясно. Жизнь, молодой человек, это женщина, распростертая женщина, пышно вздымаются ее груди, словно два близнеца, мягко круглится живот между выпуклыми бедрами, у нее тонкие руки, упругие ляжки и полузакрытые глаза, и она с великолепным и насмешливым вызовом требует от нас величайшей настойчивости и напряжения всех сил нашего мужского желания, которое может одержать победу, а может быть и посрамлено, — посрамлено, понимаете ли вы, молодой человек, что это такое? Поражение чувства перед лицом жизни, вот где неполноценность, для нее не может быть ни прощения, ни жалости, ни пощады, напротив, ее отвергают без снисхождения, с ироническим смехом, и тогда все кончено, молодой человек, и отрезано... Стыд и бесчестие — слишком слабые выражения для этого крушения и банкротства, для этого ужасного позора. Это — финал, адское отчаяние. Страшный суд...

По мере того как голландец говорил, он все больше откидывал назад свое могучее тело, а царственное чело все ниже склонялось на грудь, словно он готов был заснуть. Но с последним словом он замахнулся вялым кулаком и уронил его на стол с такой силой, что хилый Ганс Касторп, чьи нервы и без того были взвинчены игрой, вином и необычностью этого вечера, испуганно вздрогнул и с почтительным страхом взглянул на разгневанного властителя. «Страшный суд»! Как подходило ему это выражение! Ганс Касторп не помнил, чтобы кто-нибудь когда-нибудь употреблял в его присутствии эти слова — только на уроках Закона Божьего. И сейчас это не было случайностью, подумал он, ибо кому из всех известных ему людей больше пристали подобные громовые слова, у кого были соответствующие им масштабы, если ставить этот вопрос по-настоящему? Их мог бы при случае произнести недомерок Нафта; по это было бы узурпацией и пародией, тогда как в устах Пеперкорна эти громовые слова прозвучали со всей яростно гремящей мощью трубного гласа, — словом, приобрели все свое библейское величие. «Боже мой, вот это индивидуальность, — в сотый раз восклицал он про себя. — Наконец-то я столкнулся с исключительным человеком — и он оказался спутником Клавдии!» Основательно захмелев и сам, он вертел одной рукой свою рюмку, другую засунул в карман и прищурил один глаз, чтобы защитить его от дыма папиросы, которую держал в уголке рта. И разве не подобало ему молчать, после того как призванный говорить произнес громовые слова? К чему тут его тощий голос? Но, приученный к дискуссиям своими демократическими воспитателями — оба были по натуре демократами, хотя один из них и противился такому определению, — Ганс Касторп все же поддался соблазну и пустился в один из своих чистосердечных комментариев, сказав:

— Ваши замечания, мингер Пеперкорн (что это еще за слово «замечания»? «Замечания» по поводу Страшного суда?), заставляют мои мысли еще раз вернуться к тому, что мы с вами установили относительно порока, а именно, что порок — это презрение к простейшим, как вы метко выразились, — к священным, или, как мне хотелось бы выразиться, к классическим дарам жизни, так сказать, к дарам жизни большого масштаба, и предпочтение им даров более поздних, выдуманных, утонченных, наслаждению которыми «предаются», как выразился один из нас, а ведь великим дарам жизни себя «посвящают», им «воздают хвалу». Но в этом же скрыто и оправдание — извините меня, я, по натуре, имею склонность оправдывать, хотя, если оправдываешь, о каких масштабах может идти речь, я это ясно ощущаю, в этом и состоит оправдание порока и именно постольку, поскольку источником порока является неполноценность, как вы ее назвали. Об ужасах неполноценности вами высказаны мысли таких масштабов, что, прямо говорю, я поражен. Но мне кажется, порочный человек все-таки весьма восприимчив к этим ужасам, он вполне признает их, ибо именно бессилие его чувств в отношении классических даров жизни и толкает его к пороку, и тут нет оскорбления жизни или может не быть, это может предстать, наоборот, как прославление этих даров, поскольку всякая утонченность связана с хмелем и возбуждением, то есть со stimulantia, она служит для повышения силы наших чувств, мы видим, что и тут цель и смысл — все-таки сама жизнь, любовь к чувствам, стремление неполноценного к чувству... я хочу сказать...

Что он нес? Разве недостаточно было той демократической дерзости, которую он позволил себе, сказав «один из нас», ставя на одну доску такую крупную индивидуальность, как Пеперкорн, и себя самого? Или он черпал мужество для этой дерзости из прошлых времен, которые придавали теперешним правам владения нечто довольно сомнительное? Или он уже до того зарвался, что счел нужным пуститься в совершенно неприличный анализ порока? А теперь вот и выкручивайся, ибо ясно, что он вызвал к жизни какие-то грозные силы.

Пока его гость говорил, мингер Пеперкорн продолжал сидеть, откинув плечи и свесив голову на грудь, и вначале казалось, что слова Ганса Касторпа едва ли доходят до его сознания. Но постепенно, по мере того как молодой человек все больше сбивался, голландец начал отделяться от спинки стула, он приподнимался все выше и выше, пока не выпрямился во весь рост, его величественное чело побагровело, лобные арабески сдвинулись вверх и напряглись, бледные глазки расширились, в них вспыхнула угроза. Что в нем назревало? Должно быть, такая вспышка гнева, в сравнении с которой предыдущая казалась лишь выражением легкого неудовольствия. Нижней губой мингер яростно уперся в верхнюю, так что углы рта опустились, а подбородок выпятился, и медленно стал поднимать лежавшую на столе правую руку — сначала до уровня головы, затем выше, сжав эту руку в кулак, царственно замахиваясь для сокрушительного удара, которым он намеревался сразить болтуна-демократишку, а тот — перетрусил, и хоть и был восхищен развертывающимся перед ним зрелищем столь царственного гнева, но с трудом скрывал свой страх и желание удрать. С торопливой предупредительностью Ганс Касторп сказал:

— Ну, разумеется, я неудачно выразился. Все это вопрос масштабов, и только. То, что грандиозно, не назовешь порочным. Порок не может быть грандиозен. Утонченностям большие масштабы не присущи, но человечеству, в его стремлении к чувству, дано искони некое вспомогательное средство, опьяняющее и воодушевляющее, оно само принадлежит к числу классических даров жизни, ему, так сказать, присущи простота и святость, а потому в нем самом и нет тяготения к пороку, это вспомогательное средство больших масштабов — вино, дар богов человечеству, как утверждали еще древние гуманистические народы, филантропическое изобретение некоего бога, с которым, позвольте мне это отметить, связано даже развитие цивилизации. Ведь мы знаем, что благодаря умению выращивать и давить виноград люди перестали быть варварами, обрели культурные нравы, и до сих пор народы, в чьих странах растет виноград, считаются или считают себя культурнее, чем те, у кого нет виноделия, например, кимвры, что, несомненно, заслуживает внимания. Ибо это показывает, что культура — вовсе не плод рассудка и ясно выраженной трезвости ума, она скорее связана с воодушевлением, с хмелем и услажденностью чувств; разве — разрешите мне дерзкий вопрос — и вы не смотрите на это так же?

Ну и хитрец этот Ганс Касторп, или, как выразился с непринужденностью литератора господин Сеттембрини, — малый себе на уме! Неосторожный и даже дерзкий в общении с крупными индивидуальностями — и вместе с тем умеющий в случае чего ловко выпутаться из беды. Попав в опасное положение, он, во-первых, сымпровизировал блестящую речь в защиту пьянства, затем, как бы попутно, свернул на культуру, — говоря по правде, в первобытно устрашающей позе мингера Пеперкорна ее ощущалось весьма мало, — и наконец заставил его ослабить напряженность этой позы и понять ее неуместность, задав величественно застывшему голландцу вопрос, на который невозможно было отвечать с занесенным кулаком.

И Пеперкорн действительно смягчился в своем допотопном лютом гневе: он медленно опустил руку на стол, кровь отлила от головы. «Ну, твое счастье!» — как бы говорило его лицо, на котором можно было прочесть точно позабытую на нем и лишь условную разгневанность; гроза миновала, а тут еще вмешалась мадам Шоша, указавшая своему спутнику на то, что общее веселье нарушено и настроение у присутствующих падает.

— Милый друг, вы забываете о своих гостях, — сказала она по-французски. — Вы занялись только вашим соседом, с которым вам, бесспорно, надо выяснить какие-то важные вопросы. Но тем временем игра почти прекратилась, и, боюсь, гостям стало скучно. Может быть, мы закончим вечер?

Пеперкорн тотчас повернулся к сидевшим за столом. Она была права: деморализация, равнодушие, отупение уже овладевали гостями, и они развлекались всякими шалостями, точно школьники, оставшиеся без надзора. Несколько человек дремали.

— Господа! — воскликнул Пеперкорн и поднял указательный палец — этот палец, острый, словно копье, казался занесенной саблей или боевым знаменем. Это был как бы призыв предводителя «За мной, кто не трус!», которым он останавливает начавшееся бегство. И в самом деле — вмешательство такого человека тотчас оказало свое действие: присутствующие оживились, приободрились. Они взяли себя в руки, раскисшие лица опять словно отвердели, гости, улыбаясь, закивали, глядя в бледные глаза властного хозяина, над которыми высился лоб с прямыми идольскими складками. Он снова точно всех заворожил, заставил опять служить ему, изобразив кружок с помощью указательного и большого пальца и подняв рядом с ним остальные, с острыми копьями ногтей. Точно предостерегая и отстраняя, простер он свою капитанскую руку, и его страдальчески-разорванный рот произнес слова, отрывистость и туманность которых благодаря авторитету его личности оказали на окружающих магическое действие.

— Господа... Хорошо. Плоть, господа, с ней теперь... покончено. Нет — позвольте мне... «слаба», как сказано в Писании, то есть склонна, готова подчиниться требованиям... Но я апеллирую к вашему... Словом, господа, я а-пел-лирую. Вы скажете мне: сон. Хорошо, господа, отлично, превосходно. Я люблю и уважаю сон. Я люблю и чту его глубокую, сладостную, целящую отраду. Сон относится к... как вы сказали, молодой человек?.. к классическим дарам жизни первой, первейшей... простите — высочайшей... господа. Однако обратите внимание и вспомните: Гефсимания!.. «И взял с собой Петра и обоих сынов Зеведеевых. И говорит им: побудьте здесь и пободрствуйте со мной». Помните? «И приходит к ученикам, находит их спящими и говорит Петру: не могли вы один час пободрствовать со мною?» Сильно, господа. Пронзает. Хватает за сердце. «И, пришедши, находит их спящими; ибо глаза у них отяжелели. И говорит им: вы все еще спите и почиваете? Вот приспел час...» Господа, это... это ранит, это раздирает сердце.

Все были действительно взволнованы до глубины души и пристыжены. Он же сложил руки, примяв узкую бородку, и склонил голову набок. Взгляд его бледных глаз померк, когда разорванный рот произносил слова одинокой и смертельной скорби; фрау Штёр всхлипнула, фрау Магнус шумно вздохнула. Прокурор Паравант счел своей обязанностью, как бы от лица всех собравшихся, сказать вполголоса несколько слов глубокочтимому хозяину и заверить его в общей преданности. Это недоразумение. Все бодры и свежи, всем хорошо и приятно, все веселятся от души. Сегодня такой чудесный праздничный, необыкновенный вечер, присутствующие это чувствуют и понимают, ни у кого и в мыслях нет воспользоваться тем жизненным благом, который называется сном. Мингер Пеперкорн может положиться на своих гостей, на каждого из них.

— Отлично! Превосходно! — воскликнул Пеперкорн и выпрямился. Он разомкнул руки, раскинул их, простер к потолку, ладонями внутрь, точно жрец во время языческой молитвы. Его необычайная физиономия, только что выражавшая готическую скорбь, пышно расцвела весельем: даже сибаритская ямочка вдруг появилась на щеке. Настал час — и он потребовал карту вин, нацепил пенсне в роговой оправе с высокой дужкой, доходившей чуть не до середины лба, и заказал шампанское, три бутылки «Мумм и К°», Cordon rouge, très sec[1]; к нему птифуры, это были восхитительные маленькие пирожные, в виде конуса, залитые разноцветной сахарной глазурью — нежнейшее бисквитное тесто, с прослойкой из шоколада и фисташкового крема; их подавали в бумажках с кру-

[1] Красная ленточка, очень сухое (*фр.*).

жевной каймой. Фрау Штёр, наслаждаясь ими, прямо пальчики облизала. Господин Альбин, с небрежностью завзятого кутилы, снял проволочную преграду с первой бутылки, и грибовидная пробка, щелкнув, как выстрел из детского пистолета, вырвалась из пестрого горлышка бутылки и взлетела к потолку, а он, следуя элегантному обычаю, обернул бутылку салфеткой. Благородная пена увлажнила скатерти на столиках с закуской. Все чокнулись плоскими бокалами, сразу выпили до дна, ледяная ароматная влага словно наэлектризовала их своими щекочущими иголками. Игра прекратилась, но никто не спешил убрать со стола деньги и карты. Гости предавались блаженной праздности, они обменивались бессвязными фразами, казалось — эти фразы были подсказаны самыми высокими чувствами и в своем зачатке обещали нечто поистине прекрасное, но на пути к их выражению превращались в какую-то отрывистую и нечленораздельную, частью нескромную, частью просто малопонятную галиматью, вызвавшую бы у трезвого наблюдателя гнев и стыд; однако сами участники пира относились к этому очень легко, ибо все были в таком же состоянии. Даже у фрау Магнус пылали уши, и она призналась, что у нее прямо огонь бегает по жилам, хотя господину Магнусу это, кажется, не очень понравилось. Гермина Клеефельд, привалившись спиной к плечу господина Альбина, то и дело протягивала ему свой бокал, чтобы он вновь наполнил его. Пеперкорн, который дирижировал этой вакханалией проработанными жестами своих удивительных рук, увенчанных копьями ногтей, не забывал о своевременном подкреплении. После шампанского он приказал подать кофе, Мосса double[1], а к нему опять-таки «хлебное» и ликеры — абрикотин, шартрез, крем-де-ваниль и мараскин — для дам. Потом появилось маринованное рыбное филе, пиво, наконец чай китайский и ромашковый настой для тех, кто больше не хотел пить шампанское и ликеры или возвратиться к солидным винам, как возвратился Пеперкорн, ибо он после полуночи вместе с мадам Шоша и Гансом Касторпом перешел на швейцарское красное, наивное и чистосердечно-шипучее вино, которое Пеперкорн, действительно почувствовавший жажду, глотал стакан за стаканом.

Был уже час ночи, а пир еще продолжался; гостей удерживали и сковывающий тело свинцовый хмель, и редкое удовольствие от сознания, что можно прокутить всю ночь, и влияние самой личности Пеперкорна, а также приведенный им весьма неприятный

[1] Мокко двойной крепости (*фр.*).

пример Петра и остальных апостолов, ибо нельзя допустить, чтобы тебя причислили к тем, у кого плоть так слаба! Женская часть компании пострадала от кутежа меньше, чем мужская. Если мужчины, кто багровый, кто смертельно бледный, вытягивали ноги, отдувались, чисто автоматически делали время от времени глоток вина и уже не жаждали выказать свою бескорыстную услужливость, то женщины вели себя гораздо предприимчивее. Поставив обнаженные локти на стол и подперев щеки ладонями, Гермина Клеефельд вызывающе показывала хихикающему Тин-фу эмалевую белизну своих передних зубов, фрау Штёр, подобрав подбородок, кокетничала через выставленное вперед плечо с прокурором Паравантом и старалась снова привязать его к жизни. А фрау Магнус дошла до того, что уселась на колени к господину Альбину и принялась дергать его за уши, но господин Магнус, видимо, испытал при этом даже какое-то облегчение. Антона Карловича Ферге упросили рассказать историю насчет его плеврального шока, однако язык у него настолько заплетался, что из рассказа ничего не вышло, он честно заявил о своем банкротстве, и все в полном единодушии воскликнули, что по этому случаю надо выпить. Везаль горько поплакал, вспомнив о безднах своего отчаяния, поведать о котором он тоже был не в силах, ибо язык уже не повиновался и ему; все же с помощью кофе и коньяка его душевно как бы поставили на ноги; но почему-то его стоны, вырывавшиеся из стесненной груди, и его дрожащий, сморщенный подбородок, с которого капали слезы, вызвали необычайный интерес Пеперкорна, и он, воздев указательный палец и подняв тяжелые арабески морщин, привлек общее внимание к плачущему Везалю.

— Это... — начал он, — ведь это же... Нет, позвольте мне: святое! Вытри ему подбородок, дитя мое, вот моя салфетка! Или еще лучше... оставь. Он сам не хочет! Святое во всех смыслах — и христианском и языческом. Прафеномен! феномен первичный... верховный, нет, нет... это...

В том же духе, как все его «это» и «ведь это же», были и те заявления, с помощью которых он руководил сегодняшним пиром: характер их был главным образом указующий и поясняющий; они сопровождались точными и проработанными жестами, в которых под конец появилось даже что-то от фарса. Его манера поднимать над ухом кружок, образованный большим и указательным пальцем, и при этом с шутливой гримасой отворачиваться от него, будила такие же ощущения, какие вызвал бы престарелый жрец неведомого культа, если бы он, подобрав одежды, с причудливой грацией пустился в пляс перед жертвенником. А потом вдруг Пеперкорн, величественно развалившись в кресле и закинув руку на спинку соседнего, предложил ошарашенным гостям живо и подробно представить себе наступающее утро, морозное и хмурое зимнее утро, когда желтоватый свет настольной лампочки отражается в оконном стекле между голых ветвей, застывших в ледяной, словно взъерошенной вороньим карканьем, туманной рани... Своими намеками, как выразительными мазками, он сумел придать этой будничной картине утра такую живость, что все вздрогнули от холода, особенно когда он вспомнил большую губку с ледяной водой, которую обычно в этот ранний час пациенты выжимают себе на спину и которую он назвал священной. Но это было только кратким отступлением, показательным уроком житейской наблюдательности, неким фантастическим экспромтом, о котором он тут же забыл и со всей своей любезной настойчивостью и живостью чувств вернулся к еще не истекшим, праздничным и вольным ночным часам. Он показал себя влюбленным во всех присутствующих представительниц женского начала, ни одной не выделяя и ни одной не отдавая предпочтения. Он делал карлице такие предложения, что чрезмерно большое старообразное лицо калеки растягивалось широкой ухмылкой, и на нем появлялись глубокие складки, говорил Штёрихе любезности такого размаха, что эта мещанка еще сильнее выставляла вперед плечо и жеманничала до исступления, выпросил у Клеефельд поцелуй, и она чмокнула его в крупные разорванные губы, любезничал даже с безутешной фрау Магнус, — все это отнюдь не в ущерб той нежной и неизменной преданности, с какой он относился к своей спутнице, чью руку он то и дело галантно и благоговейно подносил к губам.

— Вино... Женщины... Это... ведь это же... — говорил он. — Разрешите мне... Страшный суд... Гефсимания...

Около двух часов пронеслась весть о том, что «старик», то есть гофрат Беренс, идет сюда форсированным маршем, и среди раскисших было пациентов вспыхнула паника. Полетели наземь опрокинутые стулья, ведерки от шампанского. Гости бежали через читальню. Пеперкорн, увидев, что его «праздник жизни» внезапно оборвался, и охваченный царственным гневом, грохнул кулаком по столу и послал вслед разбегавшимся что-то вроде «трусливых рабов», но потом все же поддался уговорам Ганса Касторпа и мадам Шоша и до известной степени примирился с мыслью, что пиршество как-никак продолжалось около шести часов и все равно должно было когда-нибудь кончиться, внял также напоминаниям о святой усладе сна и разрешил проводить его в спальню.

— Поддержи меня, дитя мое! Поддержите меня с другой стороны, молодой человек, — обратился он к мадам Шоша и Гансу Касторпу. Они помогли ему поднять свое грузное тело со стула, взяли под руки, и, опираясь на обоих, он отправился к себе в комнату, широко расставляя ноги, склонив могучую голову на вздернутое плечо; он покачивался на ходу и потому отпихивал то одного, то другого поводыря. Его вели и поддерживали, что было роскошью королей, Пеперкорн себе разрешил ее, но из чистой прихоти — если бы понадобилось, он, вероятно, вполне мог бы дойти и один, но он не хотел делать это усилие, ибо оно могло быть оправдано только презренным и мелким побуждением стыдливо скрыть свой хмель, тогда как голландец не только его не стыдился, а напротив — ему нравилось, что он напился с таким широким удалым размахом и теперь по-царски забавляется тем, что толкает своих усердных поводырей то вправо, то влево. По пути он заявил:

— Дети... Вздор... Мы, конечно, вовсе не... Если бы в эту минуту... Вы бы увидели... Смешно...

— Смешно, — согласился Ганс Касторп. — Без сомнения! Классическому дару жизни воздают должное, когда разрешают себе откровенно покачиваться в его честь... Я ведь тоже хватил, но, несмотря на так называемое опьянение, отлично сознаю, что удостоен особой чести отвести на ложе сна яркую индивидуальность; значит, даже на меня не может подействовать... а ведь я по масштабам и сравнивать себя не могу...

— Ну, ну, болтунчик, — отозвался Пеперкорн и, покачнувшись, прижал его к перилам лестницы, а мадам Шоша повлек за собой.

Как видно, слух о приближении гофрата был ложной тревогой. Быть может, его пустила уставшая карлица, желая разогнать засидевшихся гостей. Когда это выяснилось, Пеперкорн остановился и хотел повернуть обратно, чтобы продолжать пир; но его с двух сторон принялись ласково отговаривать, и он разрешил вести себя дальше.

Камердинер малаец, человечек в белом галстуке и черных шелковых туфлях, ждал своего повелителя в коридоре, перед дверью в его апартаменты, и принял его с поклоном, приложив руку к груди.

— Поцелуйтесь! — вдруг приказал Пеперкорн. — На прощание поцелуй в лоб эту прелестную женщину, молодой человек! — обратился он к Гансу Касторпу. — Она ничего не будет иметь против и ответит тем же. Сделай это за мое здоровье и с моего соизволения! — добавил он, однако Ганс Касторп отказался.

— Нет, ваше величество! — заявил он. — Простите, но этого делать не следует.

Пеперкорн, стоявший, опираясь на своего камердинера, удивленно поднял арабески на лбу и потребовал объяснения — почему не следует.

— Оттого, что я не могу обмениваться с вашей спутницей поцелуями в лоб, — ответил Ганс Касторп. — Желаю спокойно почивать! Нет, это было бы со всех сторон нелепо!

А так как и мадам Шоша уже направилась к своей двери, то голландец отпустил непокорного, хотя еще долго, подняв складки на лбу, смотрел ему вслед через свое плечо и плечо малайца, изумленный таким непослушанием, к которому его властная натура, должно быть, не привыкла.

## МИНГЕР ПЕПЕРКОРН

(*Продолжение*)

Мингер Пеперкорн прожил в «Берггофе» всю эту зиму, вернее ее остаток и даже часть весны, так что напоследок состоялась еще весьма примечательная поездка всей компанией (участвовали также Сеттембрини и Нафта) в Флюэлаталь, к тамошнему водопаду... Напоследок? Значит, он потом там больше не жил? Нет, больше не жил. Он отбыл? И да и нет. И да и нет? Пожалуйста, без всяких секретов! Мы уж как-нибудь справимся с собой. Ведь лейтенант Цимсен тоже умер, уже не говоря о других вполне достойных участниках хоровода мертвецов. Значит, этого загадочного Пеперкорна унесла тропическая лихорадка? Нет, не то, но к чему такое нетерпение? Ведь не все происходит одновременно, это остается условием и для жизни и для рассказа, так не будем же бунтовать против данных нам Господом Богом общепринятых форм человеческого познания. Отдадим же дань времени, хотя бы в такой мере, в какой позволяет существо нашего повествования! Много его вообще уже не потребуется, время и так несется — трах-тарарах, а если это выражение слишком шумное — допустим, что оно скользит — шмыг, шмыг. Маленькая стрелка отсчитывает наше время и семенит, словно отмеряет секунды, но всякий раз, когда она хладнокровно и без задержки проходит через свой кульминационный пункт, это имеет Бог знает какое значение. Мы здесь наверху уже много лет, сомнений быть не может, это порочный сон без опия и гашиша, и у нас голова идет кругом, цензор нравов осудит нас за него, и все-таки мы сознательно противопоставляем все застилающему злому туману и логическую четкость и зоркость рассудка! Не случайно, этого нельзя не признать, выбрали мы для споров такие умы, как ум господина Нафты и господина Сеттембрини, вместо того чтобы окружить себя непонятными Пеперкорнами, — это невольно наталкивает нас на сравнение, и мы, особенно в том, что касается масштабов, должны высказаться в пользу данного столь поздно появившегося персонажа; к тем же выводам приходил, лежа на своем балкончике, и Ганс Касторп, — он вынужден был признать, что оба его сверхблагоразумных воспитателя, подступавших с двух сторон к его бедной душе, рядом с Питером Пеперкорном превращаются в карликов, даже хочется назвать их так же, как его самого шутливо назвал в своем царственном хмелю Пеперкорн, а именно «болтунчиками»; и как это хорошо и удачно, что герметическая педагогика свела его и с такой ярко выраженной индивидуальностью.

То, что человек этот оказался спутником Клавдии Шоша, а потому тяжелым препятствием к осуществлению его планов, вопрос особый, и Ганс Касторп не давал ему влиять на свои оценки; не давал, повторяем, влиять на свою полную искренней почтительности, хотя порой и несколько задорную симпатию к этому человеку больших масштабов, ибо считал, что если у этого человека общая касса с женщиной, у которой Ганс Касторп в одну карнавальную ночь взял карандаш, то это еще не причина для пристрастных суждений о нем. Такого рода пристрастность чужда людям его склада, причем мы вполне допускаем, что иной или иная из окружения Ганса Касторпа будут возмущены подобной «бестемпераментностью» и предпочли бы, чтобы он Пеперкорна возненавидел и избегал, обзывал его в душе не иначе как старым ослом и бестолковым пьяницей, вместо того чтобы наведываться к нему, когда голландца трепала перемежающаяся лихорадка, торчать у его постели, болтать с ним — выражение, применимое, конечно, только к участию в разговоре самого Ганса Касторпа, а не великолепного Пеперкорна, — и с любопытством человека, путешествующего в целях самообразования, подвергать себя воздействию этого примечательного характера. Но Ганс Касторп так и делал, и мы рассказываем об этом, не боясь, что кто-нибудь может невольно вспомнить Фердинанда Везаля, таскавшего за Гансом Касторпом пальто. Подобные воспоминания здесь неуместны. Наш герой — не Везаль. «Бездны скорби» его не влекли. Он не был «героем», вот и все, то есть не хотел, чтобы его отношение к мужчине зависело от женщины. Верные нашему намерению показать этого молодого человека не лучше и не хуже, чем он есть на самом деле, мы подчеркиваем, что не нарочно и сознательно, а с наивной непосредственностью противился он тому, чтобы некие романические переживания мешали ему воздавать должное лицам мужского пола и ценить получаемые от них обогащающие познания.

Может быть, это женщинам и не нравится, и вероятно, мадам Шоша испытывала по этому случаю даже невольную досаду, как мы можем заключить из некоторых вырывавшихся у нее язвительных замечаний, — но, видимо, именно отмеченная нами черта и делала Ганса Касторпа особенно подходящим объектом для педагогических споров.

Питер Пеперкорн часто болел, и в том, что он слег на другой же день после вечера с шампанским и картами, не было ничего удивительного.

Почти все участники вечера чувствовали себя весьма неважно, в том числе и Ганс Касторп, у которого отчаянно разболелась голова, но бремя этого недомогания, однако, не помешало ему навестить хозяина вчерашнего пира: встретив в коридоре первого этажа малайца, он попросил доложить о себе Пеперкорну и получил приглашение зайти.

Он вошел в спальню голландца через гостиную, отделявшую ее от спальни мадам Шоша, и нашел, что комната Пеперкорна с двумя кроватями своими размерами и изысканностью обстановки выгодно отличается от бергтофских комнат обычного типа. Здесь стояли обитые шелком кресла и столы с выгнутыми ножками, на полу лежал пушистый ковер, да и кровати были гораздо удобнее, чем гигиенический смертный одр, предоставлявшийся рядовым пациентам, они были даже роскошны — из полированного вишневого дерева с медными украшениями, без занавесей, лишь с маленьким общим балдахином в виде навеса.

На одной из кроватей лежал Пеперкорн, по стеганому одеялу красного шелка были разбросаны письма и газеты: глядя сквозь пенсне с высокой дужкой, он читал «Телеграф». На стуле рядом с кроватью стояла кофейная посуда, на столике недопитая бутылка красного вина — оказалось, та самая вчерашняя наивная шипучка — и пузырьки с лекарствами. Ганс Касторп про себя удивился, что голландец не в белой рубашке, а в шерстяной фуфайке с длинными рукавами, застегнутыми у запястий, с круглым вырезом вокруг шеи; она плотно обтягивала широкие плечи и могучую грудь старика, и человеческое величие этой лежавшей на подушке головы как будто еще подчеркивалось фуфайкой, благодаря ей в нем не осталось уже ничего буржуазного, а появилось что-то простое, от рабочего, и вместе с тем монументальное, от мраморного бюста.

— Безусловно, молодой человек, — сказал он и, взяв пенсне за дужку, снял его. — Прошу, ничуть. Напротив. — Ганс Касторп уселся подле него. Он был удивлен его видом, он жалел старика, чувство справедливости побуждало его даже, быть может, к искреннему восхищению, но он скрыл все это за дружеской оживленной болтовней, а Пеперкорн вторил ему многозначительно — оборванными фразами и впечатляющей игрою жестов. Выглядел он плохо, лицо пожелтело, казалось больным и осунувшимся. Под утро у него был сильный приступ лихорадки, и сейчас он чувствовал особенную слабость в придачу к похмелью после вчерашнего кутежа.

— Крепко мы вчера, — сказал он. — Нет, позвольте, — отчаянно и скверно! Вы еще — хорошо, без последствий... Но в мои годы и когда мне угрожает... Дитя мое, — обратился он с бережной, но непреклонной строгостью к входившей в этот миг мадам Шоша, — все хорошо, но, повторяю, надо было внимательнее... Надо было не давать мне... — При этих словах в игре его лица, в его голосе появились признаки закипающего царственного гнева. Но достаточно было представить себе, какая бы разразилась буря, если бы ему действительно помешали пить сколько он хочет, чтобы понять всю несправедливость и неразумность подобного упрека. Что ж, видно, уж таковы все великие люди. Поэтому его спутница ничего не ответила и поздоровалась с поднявшимся ей навстречу Гансом Касторпом — впрочем, руки ему не подала, а лишь улыбнулась и кивнула, сказав: «Нет-нет, прошу вас, сидите... да-да, прошу вас, продолжайте», — как бы не желая прерывать его tête-à-tête с Пеперкорном... Она что-то переставила в комнате, приказала камердинеру унести кофейный прибор, ненадолго вышла, неслышными шагами вернулась и, стоя, приняла некоторое участие в беседе, или, если передать словами смутное впечатление Ганса Касторпа, слегка понадзирала за этой беседой. Ну, конечно! Она имела право вернуться в «Берггоф» в обществе человека больших масштабов, но если тот, кто так терпеливо ее ждал здесь, отнесся к этому человеку с должным почтением, как мужчина к мужчине, в ее «нет-нет... сидите» и «да-да, продолжайте» чувствовалась некоторая тревога и даже уязвленность. Ганс Касторп усмехнулся, низко наклонившись, чтобы скрыть улыбку, и вместе с тем в душе у него вспыхнула радость.

Пеперкорн налил ему вина из бутылки, стоявшей на столике. После того, что было накануне, заявил голландец, продолжать начатое вчера похвально, а эта шипучка вполне заменяет содовую. Он чокнулся с Гансом Касторпом, и тот, глотая вино, смотрел, как веснушчатая капитанская рука с острыми ногтями, стянутая в кисти манжетой шерстяной фуфайки, тоже подносит к губам стакан, как разорванные крупные губы охватывают его край и как движется при глотках это горло рабочего и мраморного бюста. Они поговорили еще об одном из стоявших подле него лекарств, об этой коричневой жидкости; когда мадам Шоша напомнила ему, что пора ее принимать, и поднесла к его рту полную ложку, он выпил всю. Это было жаропонижающее — в основном хинин; Пеперкорн дал Гансу Касторпу попробовать, чтобы познакомить гостя с горьковато-пряным вкусом препарата, затем очень похвалил хинин, который не только разрушает микробы и оказывает целебное влияние на тепловой центр, но и является отличным тонизирующим средством: он снижает обмен белка, повышает питание организма, — словом, это истинный бальзам, превосходное укрепляющее, подбадривающее и оживляющее средство, — кстати, оно тоже опьяняет; от него легко захмелеть, добавил Пеперкорн, делая, как вчера, величественно-шутливые движения руками и головой и снова напомнив при этом пляшущего языческого жреца.

Да, великолепная штука — эта хинная корка! Впрочем, не прошло и трех столетий, как фармакология в нашей части света узнала о ней, и нет еще ста лет, как химия открыла алкалоид, от которого, собственно, и зависят ее качества, — открыла и произвела анализ — неполный, — ибо пока еще химия не может утверждать, что до конца разобралась в составе хинной корки и может искусственно изготовлять ее. Наша наука о лекарствах хорошо делает, что не особенно кичится своими достижениями, ведь судьба хинина постигла многие другие средства: нам известно кое-что о динамике, о воздействии данного вещества, но на вопрос о причинах этого воздействия наука слишком часто не знает, что ответить. Пусть молодой человек почитает о ядах — никто не сможет объяснить ему, каковы те элементарные свойства, от которых зависит действие так называемых ядовитых веществ. Возьмем хотя бы змеиные яды — о них известно только то, что эти вещества принадлежат к ряду белковых соединений, состоят из различных белковых веществ и лишь в определенных соединениях — на деле совершенно неопределенных — оказывают катастрофическое действие: будучи введены в кровь, они вызывают такие изменения, которым можно только дивиться, — нам трудно сочетать понятие о белках с понятием о яде. Но с веществами дело обстоит так, продолжал Пеперкорн, подняв на уровень бледноглазой головы, с лепкой арабесок на лбу, кружочек уточнения и копья остальных пальцев, — дело обстоит так, что они таят в себе одновременно и жизнь и смерть: все они одновременно дают и целебные настойки, и яды, наука о лекарствах и токсикология — одно и то же, от ядов люди выздоравливают, а то, что мы считаем носителем жизни, убивает иногда сразу, вызвав спазму сосудов.

Он говорил о лекарствах и ядах очень убедительно, против обыкновения, очень связно, и Ганс Касторп слушал его, склонив голову набок и кивая, не столько занятый содержанием его речи, сколько размышлениями о безмолвном воздействии этой своеобразной индивидуальности, в конце концов столь же необъяснимой, как и действие змеиных ядов. В мире веществ динамика — это все, говорил Пеперкорн, остальное зависит только от нее. Также и хинин — яд исцеляющий и прежде всего большой силы. Четыре грамма этого вещества вызывают глухоту, головокружение, удушье, расстройство зрения, подобно атропину, они опьяняют, как алкоголь: у рабочих на фабриках хинина — воспаленные глаза, опухшие губы и кожа покрыта сыпью. И он принялся рассказывать о хинине и хинном дереве, о девственных лесах Кордильеров: там, на высоте трех тысяч метров, родина этого дерева, оттуда его кора, под названием «иезуитского порошка», наконец проникла в Испанию, хотя туземцам Южной Америки давно уже были известны ее особые свойства; он живописал огромные хинные плантации, которыми владеет на Яве голландское правительство и откуда ежегодно в Амстердам и Лондон вывозятся многие миллионы фунтов этой коры, напоминающей красноватые трубки корицы... В коре вообще, в ткани древесины, начиная от эпидермы до камбия, говорил Пеперкорн, содержится что-то особое, почему она почти всегда обладает динамическими свойствами исключительной силы, как добрыми, так и злыми, и наука о лекарствах у цветных народов стоит неизмеримо выше нашей. На некоторых островах к востоку от Новой Гвинеи юноши изготовляют особое любовное зелье, они толкут кору некоего дерева, вероятно, дерево это столь же ядовито, как яванское Antiaris toxicaria, оно, подобно манцинелле, будто бы отравляет вокруг себя воздух своими испарениями, и его дурман убивает людей и животных; так вот, они изготовляют порошок, растирая эту кору с наструганным кокосовым орехом, завертывают смесь в большой лист и поджаривают. А затем обрызгивают соком этой смеси лицо неподатливой девушки во время ее сна, и в ней вспыхивает страсть к тому, кто ее опрыскал. Иногда особыми свойствами обладает и кора корней, как, например, кора одного вьющегося растения Малайского Архипелага, Strychnos Tieuté. Прибавляя в него змеиного яду, туземцы изготовляют так называемое упас-раджа; если ввести это снадобье в кровеносную систему, например, с помощью стрелы, то оно вызывает быструю смерть, причем никто не смог бы в точности объяснить Гансу Касторпу, каким образом это происходит. Ясно только одно: в отношении динамики действие упаса, видимо, близко к действию стрихнина. Пеперкорн совсем поднялся и уселся в постели; время от времени своей слегка дрожащей капитанской рукой он подносил к губам стакан с вином и делал большие, жадные глотки; потом стал рассказывать о дереве «вороньи глаза»: это дерево растет на Коромандельском берегу, из его оранжево-желтых ягод добывается особенно динамичный алкалоид, названный стрихнином; вполголоса, почти шепотом, высоко подняв скульптурные складки на лбу, живописал голландец пепельно-серые ветки, необычно блестящую листву и зеленовато-желтые цветы этого дерева, так что в результате перед взором молодого человека возник его образ, печальный и вместе с тем болезненно-пестрый, и ему даже стало жутковато.

Да и мадам Шоша вмешалась — она заявила, что разговаривать так много Пеперкорну вредно, это утомляет его, приступ лихорадки может повториться, и, хотя ей всегда очень жаль разлучать их, она вынуждена просить Ганса Касторпа прервать беседу. Он, конечно, подчинился, но еще не раз в течение ближайших месяцев приходил к этому величественному старику, после того как Пеперкорна трепала квартана, и усаживался у его постели, а мадам Шоша, слегка надзирая за течением беседы, иногда вставляя и свое слово, входила и выходила из комнаты; но и в те дни, когда не бывало приступа, он проводил немало часов с Пеперкорном и его украшенной жемчугами спутницей. Ибо, если голландец не лежал в постели, он редко упускал случай собрать после обеда небольшой кружок пациентов с довольно текучим составом, чтобы поиграть в карты, выпить вина, а также предаться другим удовольствиям, иногда это происходило в гостиной, как в первый раз, или в ресторане, причем Ганс Касторп уже привык сидеть между избалованной женщиной и необыкновенным человеком. Даже на прогулки ходили сообща, в них участвовали также господа Ферге и Везаль, а вскоре примкнули Сеттембрини и Нафта, эти постоянные духовные противники; встреча с ними была неизбежна, Гансу Касторпу пришлось познакомить их с Пеперкорном, а в конце концов и с мадам Шоша; он был прямо-таки счастлив это сделать, совершенно не заботясь о том, желают ли неугомонные спорщики знакомства и общения с голландцем, и втайне полагаясь на то, что педагогический объект им слишком необходим и они скорее предпочтут получить нежеланный придаток в виде этой компании, чем лишиться возможности выкладывать перед Гансом Касторпом свои несогласия.

И он не ошибся, ожидая, что члены столь пестрого кружка его друзей в конце концов привыкнут хотя бы к тому, что не смогут друг к другу привыкнуть. Конечно, в их отношениях чувствовалась порой натянутость и отчужденность и, пожалуй, затаенная враждебность — мы даже удивляемся, каким образом наш неприметный герой удерживал их подле себя, и объясняем это особым хитроватым и веселым дружелюбием его натуры, благодаря которому он мог находить любое высказывание «заслуживающим внимания», эту черту его характера можно было бы даже назвать услужливостью, обязательностью, благодаря ей ему удавалось не только поддерживать свою связь с самыми разными людьми, но и их связь друг с другом.

И какие же это были сложные и запутанные отношения! Нас увлекает мысль хоть на миг раскрыть перед всеми их переплетающиеся нити — в том виде, в каком они во время прогулок представали перед Гансом Касторпом, взиравшим на них своим хитроватым и дружелюбным взглядом. Тут был и унылый Везаль, с его воспаленным влечением к мадам Шоша, пресмыкавшийся перед

Пеперкорном и Гансом Касторпом и почитавший одного за то, что он оказался хозяином положения в настоящем, а другой — в прошлом. Тут была и сама Клавдия Шоша, с ее пленительной крадущейся походкой, пациентка и путешественница, верноподданная Пеперкорна, но втайне неизменно встревоженная и обиженная тем, что рыцарь одной давнишней карнавальной ночи находится на столь короткой ноге с ее теперешним повелителем. Не напоминало ли это раздражение до известной степени то чувство, которое некогда определило ее отношение к Сеттембрини? К этому краснобаю и гуманисту, которого она терпеть не могла, утверждая, что он высокомерен и бесчеловечен? К другу-педагогу молодого Ганса Касторпа, у которого ей очень хотелось потребовать объяснения — какие слова на своем средиземноморском диалекте (она не понимала в нем ни звука, так же как и он не понимал ее языка, но она не держалась так самоуверенно и пренебрежительно), — какие именно слова он бросил вслед этому благопристойному молодому немцу, этому хорошенькому маленькому буржуа из уважаемой семьи и с влажным очажком, когда тот собирался подойти к ней поближе?

Ганс Касторп, который был, как говорится, «влюблен по уши», но не в радостном смысле этого слова, ибо это была любовь запретная, неразумная, о ней не споешь мирной равнинной песенки, — Ганс Касторп, который был жестоко влюблен и потому оказался зависимым, покорным, страдающим и подчиненным, все же нашел в себе силы сохранить даже в рабстве известное лукавство и догадался, что пленительно крадущаяся больная с прелестными щелками татарских глаз, вероятно, дорожит и будет дорожить его преданностью: ценность этой преданности, как он добавлял про себя, невзирая на свою страдальческую покорность, ей, видимо, открылась из отношения к ней Сеттембрини, ибо оно лишь подтверждало ее подозрения и было настолько враждебным, насколько это допускала его гуманистическая вежливость. Плохо, или, в глазах Ганса Касторпа, скорее, выгодно, для него самого было то, что ее встречи с Нафтой, на которого она тоже возлагала надежды, обманули ее ожидания. Правда, она не наталкивалась здесь на ту глубокую неприязнь, с какой господин Лодовико относился к ее особе, да и беседовали они в более благоприятных условиях: иногда Клавдии и этому миниатюрному человечку с острыми чертами удавалось поговорить наедине о книгах, о проблемах политической философии, в радикальных оценках которых они сходились. Ганс Касторп с искренним интересом участвовал в их разговорах.

Все же она, вероятно, ощущала известную аристократическую сдержанность, с какой к ней подходил этот выскочка, осторожный, как все выскочки; его испанский терроризм, по сути дела, трудно было сочетать с ее хлопающими дверями и ее скитальческим «слишком человеческим» началом; к этому примешивалась еще какая-то легкая, трудно уловимая враждебность к ней обоих противников, и Сеттембрини и Нафты; своим женским чутьем она не могла не ощущать ее так же, как ее ощущал карнавальный рыцарь Клавдии, а причиной являлось отношение их обоих к нему, Гансу Касторпу: то была обычная неприязнь воспитатсля к женщине, как к элементу, который мешает и отвлекает воспитанника, и эта немая исконная вражда объединяла их, а в ней растворялись и их сгущенные в педагогических целях разногласия.

Не примешивалась ли эта же неприязнь и в отношение обоих диалектиков к Пеперкорну? Как будто бы да, может быть так казалось Гансу Касторпу потому, что, злорадствуя, он заранее этого ждал и даже жаждал свести царственного заику с обоими своими «государственными советниками», как он их иногда остроумно называл про себя, и, столкнув, посмотреть, что получится. Под скрытым небом мингер не производил столь внушительного впечатления, как в комнатах. Мягкая фетровая шляпа, которую он низко надвигал на лоб, закрывала и белое пламя волос, и мощные складки на лбу, черты его как бы мельчали, съеживались, и даже багровый нос утрачивал свое величие. Да и ходил Пеперкорн менее торжественно, чем стоял: он делал коротенькие шажки, имел обыкновение переваливаться с боку на бок всем своим грузным телом и даже наклонять голову в сторону той ноги, на которую ступал, от чего в его фигуре появлялось что-то старчески-добродушное, а отнюдь не царственное; и шел он чаще всего не выпрямившись, как обычно стоял, а слегка ссутулившись. Но и так он был на целую голову выше господина Лодовико и тем более недомерка Нафты; и не только поэтому его присутствие с такой силой, с такой исключительной силой, как и представлял себе заранее Ганс Касторп, угнетало обоих политиков.

Это был особый гнет, порожденный сравнением, в результате которого они чувствовали себя униженными и умаленными; все это ощущал и лукавый наблюдатель, и хилые сверхболтуны, и величественный заика. Пеперкорн обращался с Нафтой и Сеттембрини безукоризненно учтиво и с таким вниманием и почтением, которое Ганс Касторп принял бы за иронию, если бы не был глубоко убежден, что понятие иронии несовместимо с представлением о человеке больших масштабов. Царям ирония неведома, даже как откровенный и классический прием ораторского искусства, уже не говоря о более сложных ее формах. Вот почему обращение голландца с друзьями Ганса Касторпа можно было бы скорей назвать тонко и величественно насмешливым, пряталось ли оно за преувеличенной серьезностью или выражалось совершенно открыто.

— Да-да-да, — говорил он, грозя в их сторону пальцем и отворотив голову с шутливо улыбавшимися разорванными губами. — Это... Эти... Господа, обращаю ваше внимание... Cerebrum[1], мозговое, понимаете ли! Нет, нет, превосходно, исключительно, то есть тут ведь все-таки вскрывается...

А они мстили тем, что обменивались взглядами, а потом, якобы в отчаянии, возводили взоры к небу, пытаясь вызвать на это и Ганса Касторпа, однако он уклонялся.

Случилось так, что Сеттембрини уже прямо привлек непокорного ученика к ответу и выдал свои педагогические тревоги.

— Но, Бога ради, инженер, ведь это же просто глупый старик! Что вы нашли в нем? Разве он может содействовать вашему развитию? Отказываюсь понимать вас! Все было бы ясно, хотя, может быть, и не похвально, если бы вы мирились с ним и искали его общества только ради его теперешней возлюбленной. Но ведь несомненно, что вы заняты им чуть ли не больше, чем ею. Заклинаю вас, помогите же мне понять...

Ганс Касторп рассмеялся.

— Бесспорно, — сказал он. — Превосходно! Так оно и есть... Позвольте мне... Хорошо! — Он попытался воспроизвести не только речь, но и проработанные жесты Пеперкорна. — Да, да, — продолжал он смеясь. — Вы находите, что это глупо, господин Сеттембрини, и можно подумать, что, в ваших глазах, нет ничего хуже глупости. Ах, глупость! Ведь есть столько различных видов глупости, и разумность — не лучший вид... Ага! Я, кажется, сейчас сострил? Удачно? Вам нравится?

— Весьма. Я с нетерпением жду вашего первого сборника афоризмов. Может быть, еще не поздно, и я попрошу вас вспомнить некоторые соображения о человеконенавистнической сущности парадокса, которыми мы с вами как-то обменялись.

— Непременно, господин Сеттембрини. Непременно вспомню, и я этой остротой вовсе не гнался за парадоксами. Я хотел

---

[1] Мозг (*лат.*).

только указать на большие сложности, которые возникают при определении понятий «глупости» и «разумности». Ведь возникают? Верно? Их так трудно отделить одно от другого, они так легко переходят друг в друга... Знаю, вы терпеть не можете мистического guazzabuglio, вы стоите за ценности, за суждение, за оценку, и тут вы совершенно правы. Но где «глупость» и где «разумность» — это иногда совершеннейшая тайна, а ведь разрешается же интересоваться тайнами, при наличии честного стремления по возможности глубже проникнуть в их сущность. Я спрашиваю вас об одном: я спрашиваю — можете вы отрицать, что он всех нас заткнул за пояс? Я выражаюсь грубо, и все-таки, насколько я понимаю, вы не можете этого отрицать. Он заткнул нас за пояс, и что-то дает ему право смеяться над нами. Почему? Как? В каком смысле? Уж конечно, не на основании своей разумности. Ведь он скорее путаник, человек чувства, чувство — это как раз его пунктик, простите мне ходячее выражение! Итак, я говорю: не своей разумностью заткнул он нас за пояс, то есть не по причине высокого ума, — вы первый возмутились бы при таком утверждении, и это исключено. Но и не по причинам физического порядка! Не из-за капитанских плеч и сильных мышц, не потому, что он мог бы свалить каждого из нас ударом кулака, — ему и в голову не приходит, что он мог бы это сделать, а если когда-нибудь придет, то достаточно двух-трех вежливых слов, чтобы успокоить его... Следовательно, тут и не физические причины. И все-таки физическая сторона здесь, несомненно, играет роль — не в смысле грубой силы, а в другом, в мистическом смысле, — ведь как только телесное начало начинает играть роль, мы имеем дело с мистикой, — физическое переходит в духовное, и наоборот, их тогда не отличишь, как не отличишь глупость от разумности, но воздействие налицо, это момент динамический, и нас затыкают за пояс. Для обозначения этого у нас есть только одно слово — индивидуальность. Его употребляют очень широко, все мы индивидуальности — в моральном, юридическом и во всяких иных смыслах. Но в данном случае надо это слово понимать иначе, — как тайну, которая выше глупости и разумности, и которой мы все же имеем право интересоваться — отчасти, чтобы по возможности глубже проникнуть в ее сущность, и если проникнуть невозможно, то хотя бы на этом поучиться. А если вы за ценности, то индивидуальность тоже положительная ценность, как мне кажется, — более положительная, чем глупость и разумность, — в высшей степени положительная, *абсолютно* положительная, как сама жизнь, — словом, это одна из жизненных ценностей и вполне заслуживает того, чтобы ею интересоваться Вот что я считал необходимым возразить на ваши слова относительно глупости.

За последнее время Ганс Касторп уже не путался и не сбивался, когда приходилось выкладывать то, что было на душе, не застревал посредине фразы. Он договаривал все до конца, понижал голос, соблюдал точку и продолжал говорить как настоящий мужчина, хотя все-таки краснел и немного боялся того критического молчания, которое последует за его словами, чтобы устыдить его. И господин Сеттембрини предоставил действовать этому молчанию, а потом сказал:

— Вы отрицаете, что охотитесь за парадоксами, а ведь вы отлично знаете, что мне в той же мере претит и ваша охота за тайнами. Делая из индивидуальности нечто таинственное, вы рискуете впасть в идолопоклонство. И тут вы поклоняетесь маске, видите мистику там, где на самом деле лишь мистификация, одна из тех обманчивых и пустых форм, с помощью которых демон физиогномики и телесности иногда надувает нас. Вам не приходилось вращаться в кругу актеров? Вы не видели эти головы мимов, в которых узнаешь черты Юлия Цезаря, Бетховена, Гете, а едва их счастливые обладатели откроют рот, — они оказываются самыми последними простаками...

— Хорошо, пусть это игра природы, — продолжал Ганс Касторп. — Но и не только игра природы, не только надувательство. Ведь если эти люди — актеры, у них же должен быть талант, а талант выше глупости и разумности, он сам — жизненная ценность. У мингера Пеперкорна, что ни говорите, талант есть, поэтому-то он и заткнул нас за пояс. Посадите в один угол господина Нафту, пусть прочтет лекцию о Григории Великом и о граде Божьем, это будет очень поучительно, и пусть в другом углу стоит Пеперкорн, со своим необычайным ртом и своими поднятыми складками на лбу, и пусть он говорит только свое «Бесспорно! Разрешите мне — кончено!» — и вы увидите, что люди соберутся вокруг Пеперкорна, а Нафта останется в полном одиночестве со всей своей разумностью и градом Божьим, хотя он выражается с такой определенностью, что человека до костей пробирает, как говорит Беренс.

— А вы постыдитесь такого преклонения перед успехом! — укорил его Сеттембрини. — Mundus vult decipi[1]. Я вовсе не требую, чтобы вокруг господина Нафты собирались люди. Он ужаснейший

[1] Мир хочет быть обманутым (*лат.*).

интриган. Но в этой воображаемой сцене, которую вы живописуете с неподобающим сочувствием, я склонен стать на его сторону. Попробуйте презреть ясность, точность, логичность и по-человечески связную речь! Попробуйте презреть ее ради каких-то фокус-покусов, состоящих из намеков и шарлатанской имитации высоких чувств, и вот вы уже попали в лапы к дьяволу.

— Но, уверяю вас, он может говорить вполне связно, когда увлечется, — возразил Ганс Касторп. — Он на днях рассказывал мне о динамических лекарствах и азиатских ядовитых деревьях, и так интересно, что мне даже стало жутко... Интересное всегда вызывает некоторую жуть... Интересно это было не столько само по себе, а главным образом из-за его индивидуальности и ее воздействия: именно она придавала рассказу жуть и интерес.

— Ну, конечно, ваша слабость ко всякой азиатчине известна. И я действительно подобных чудес вам поставлять не могу, — возразил Сеттембрини с такой горечью, что Ганс Касторп поспешно заявил: разумеется, преимущества его бесед и наставлений лежат в совсем иной плоскости, и никому в голову не придет делать какие-то сравнения, это было бы несправедливо по отношению к обеим сторонам.

Сеттембрини продолжал:

— Во всяком случае, разрешите мне, инженер, сказать, что я просто восхищен вашей объективностью и вашим хладнокровием. Согласитесь, они уже приближаются к гротеску. И судя по тому, как сейчас обстоит дело... Ведь этот нефтяной идол отнял у вас вашу Беатриче — я называю вещи своими именами. А что делаете вы? Нет, это неслыханно.

— Вопрос темперамента, господин Сеттембрини. Вопрос особого пыла и воинственности крови. Конечно, вы, как южанин, обратились бы к помощи яда и кинжала, или действовали бы с принятой в свете страстной мужественностью и галантностью. То есть распетушились бы. Это было бы, бесспорно, очень мужественно, по-светски мужественно и галантно. Но у меня все это иначе. Я совсем не мужествен, то есть не вижу во всех мужчинах только самцов-соперников. Может быть, я вообще лишен мужественности, но, уж во всяком случае, не в том смысле, в каком, сам не знаю почему, назвал такое мужество «светским». И вот я спрашиваю себя, с моей рыбьей кровью, можно ли в чем-нибудь упрекнуть его. Причинил ли он мне зло сознательно? Но ведь обиды должны быть нанесены преднамеренно, иначе это не обиды. Что касается «причиненного зла», тут мне пришлось бы сводить счеты с *ней*. Но и на это я опять-таки не имею права, не имею вообще, а раз тут замешан Пеперкорн — тем более, ибо он, во-первых, яркая индивидуальность, а для женщины это, само по себе, уже значит немало, во-вторых, он человек не штатский, подобно мне, а скорей военный по складу характера, как мой бедный кузен, то есть: у него есть свой point d'honneur, свой вопрос чести, особый пунктик, и это — чувство, жизнь... Я болтаю всякий вздор, но лучше нести чепуху и при этом высказать хоть отчасти трудновыразимую мысль, чем изрекать лишь безупречные банальности, — может быть, это тоже какая-то военная черта в моем характере, если смею так выразиться...

— Почему бы вам так и не выразиться, — кивнул Сеттембрини. — Это, бесспорно, черта, заслуживающая похвалы. Мужество познания и высказывания — и есть литература, и есть гуманность...

Они расставались после подобных бесед все же в довольно сносных отношениях; Сеттембрини старался завершить разговор миролюбиво, на это у него были свои причины. Его позиции не отличались такой уж неуязвимостью, чтобы он мог позволить себе чрезмерную строгость. Разговор о ревности оказывался для него несколько скользкой почвой, и, дойдя до известной точки, он вынужден был бы признать, что вследствие своей педагогической жилки его собственное отношение к мужскому началу тоже не совсем светское, петушиное и что великодержавный Пеперкорн также вторгается в его сферу, как Нафта и мадам Шоша; кроме того, он не мог надеяться, что убедит своего ученика не поддаваться воздействию крупной индивидуальности и ее враждебного превосходства, ибо и он и его партнер в области интеллекта сами допускали такое воздействие.

Лучше всего они оба чувствовали себя, когда речь заходила о чисто духовных проблемах и им удавалось привлечь внимание гуляющей с ними компании к этим дебатам, элегантным и страстным, академическим и вместе с тем происходившим в таком тоне, словно это самые жгучие и животрепещущие вопросы дня, причем спор обычно разгорался только между ними двумя, но, пока он велся, присутствовавший при нем представитель «масштабов» бывал до известной степени нейтрализован, ибо мог участвовать в дискуссии только удивленным поднятием складок на лбу и ироническим отрывистым бормотанием. Но даже в таких случаях он чем-то давил на разговор, который словно обесцвечивался, терял свою суть, затухал; Пеперкорн совершенно бессознательно, или бог весть в какой мере сознательно, противопоставлял ему что-то, что не служило на пользу ни одному из противников, и в результате решающая важность спора как бы тускнела и даже — нам нелегко это признать — спор начинал казаться праздным занятием; иначе говоря, в этой схватке острых умов не на жизнь, а на смерть противники каким-то тайным, незримым и непонятным образом точно все время оглядывались на шагающий «масштаб» и теряли пафос, размагниченные силой его личности, иначе нельзя было объяснить столь неприятный для спорящих и загадочный факт. Можно сказать одно: если бы не было никакого Питера Пеперкорна, каждый почувствовал бы гораздо решительнее свой долг стать на сторону одной из борющихся партий, хотя бы, например, когда Лео Нафта защищал исконную архиреволюционную сущность католический церкви против теорий Сеттембрини, который видел в этой исторической силе лишь защитницу мрачного консерватизма и косности и считал, что всякое стремление во имя светлого будущего перевернуть и обновить жизнь связано с противоположными, возникшими в славную эпоху Возрождения античной культуры принципами просвещения, развития науки и прогресса, и, отстаивая этот свой символ веры, не пожалел прекрасных жестов и слов. В ответ Нафта заявил холодно и резко, что он берется показать — и тут же показал с почти ослепительной очевидностью, что церковь, как воплощение религиозно-аскетической идеи, внутренне очень далека от того, чтобы служить поддержкой и защитой всему, что хочет устоять, то есть светскому образованию и государственному правопорядку, она, напротив, издавна и решительно провозгласила мятеж против этого; и все, что мнит, будто оно достойно сохраниться, все, что пытаются сберечь трусы, пошляки, консерваторы и мещане, а именно — государство, семью, светское искусство и науку, — всегда, сознательно или бессознательно, находилось в противоречии с религиозной идеей, с церковью, исконным стремлением и неизменной целью которой является уничтожение всех земных установлений и перестройка общества по образу идеального коммунистического града Божиего.

Потом слово взял Сеттембрини, и уж он сумел им воспользоваться, черт побери! Такой подмен люциферической революционной мысли общим бунтом всех дурных инстинктов достоин сожаления, заявил он. Любовь церкви к обновлению сводилась в течение многих столетий к тому, чтобы допрашивать и пытать животворную мысль, душить ее дымом своих костров, а теперь эта церковь через своих эмиссаров объявляет себя мятежницей на том будто бы основании, что ее цель — заменить свободу, знание и демократию варварством и диктатурой черни. Да, жутковатая форма противоречивой последовательности и последовательной противоречивости!

Такого рода противоречий и непоследовательностей, возразил Нафта, найдется и у противника сколько угодно. Оппонент считает себя демократом, но по его словам незаметно, чтобы он был другом народа и равенства, а напротив, он выказывает недопустимое аристократическое высокомерие, называя черныю мировой пролетариат, которому предназначена диктатура и представительство. Но сам Нафта действительно относится к церкви как демократ, ибо она, это нужно с гордостью признать, является представительницей самой благородной силы в истории человечества — благородной в лучшем и высшем смысле этого слова, а именно — силы духа. Ибо аскетический дух, да разрешат мне это многословие, дух отрицания мира и уничтожения мира — это само благородство, это аристократический принцип в чистом виде; он никогда не сможет стать народным, и, по сути дела, церковь во все времена была непопулярна. Если господин Сеттембрини потрудится взглянуть на культуру средневековья, на его литературу, он убедится, что это факт, он увидит то решительное отвращение, с каким народ, народ в широчайшем смысле этого слова, относился к церковности; достаточно вспомнить хотя бы образы некоторых монахов, создав которые народная фантазия, уже совсем по-лютеровски, провозгласила в противовес аскетизму вино, любовь и песню. Все инстинкты светского героизма и воинственности, а также придворная поэзия находились в более или менее открытой оппозиции к религиозной идее, а тем самым, и к духовной иерархии. Ибо все это была «земная жизнь» и «чернь» в сравнении с представленным церковью аристократизмом духа.

Сеттембрини поблагодарил за напоминание. В образе монаха Ильзана из «Розового сада» есть немало живительных сил, если сопоставить его с восхваляемым Нафтой гробовым аристократизмом, и пусть он, Сеттембрини, сам не слишком горячий поклонник немецкого реформатора, на которого тут намекали, однако всегда готов горячо защищать все лежащие в основе его учения элементы демократического индивидуализма против любых церковно-феодальных покушений на господство над человеческой личностью.

— Ого! — вдруг воскликнул Нафта. — Вы намерены еще обвинять церковь в отсутствии демократизма и понимания ценности человеческой личности? А гуманистическая непредвзятость канонического права? Ведь в то время как у римлян правоспособность ставилась в зависимость от права гражданства, а у германцев связывалась с принадлежностью к нации и личной свободой, одно лишь каноническое право требовало только принадлежности к церковной общине и к истинной вере, не ставя эту правоспособность в зависимость от каких-либо государственных и общественных факторов и провозглашало право рабов, военнопленных и несвободных завещать и наследовать.

Наверно, в этих решениях, язвительно заметил Сеттембрини, немалую роль играл и «канонический сбор», который взимался в пользу церкви! Потом он заговорил о «демагогии попов», определил ее как особый вид снисходительности, обычно характерной для тех, кто жаждет власти во что бы то ни стало, причем эти люди вводят в действие преисподнюю, когда оказывается, что богам — по вполне понятным причинам — нет никакого дела до нас; церковь, добавил Сеттембрини, видимо, заинтересована главным образом в большем числе верных душ, а не в их качестве, что свидетельствует об ее глубоком духовном неблагородстве.

Как? Церковь лишена духовного благородства? Господину Сеттембрини тут же указали на неумолимый аристократизм, лежащий в основе идеи о наследственном стыде: о перенесении тяжелой вины — говоря с точки зрения демократической — на невинных потомков, как, например, пожизненная запятнанность и бесправие незаконных детей. Однако Сеттембрини попросил Нафту замолчать: во-первых, такие разговоры оскорбляют в нем гуманность, во-вторых, с него хватит уверток, а в апологетических подтасовках противника он снова узнает низкий и дьявольский культ какого-то «Ничто», претендующего на то, чтобы его называли духом, и заставляющего усматривать в аскетическом принципе, чья непопулярность признана самим Нафтой, нечто в высшей степени правомерное и святое.

Ну уж тут, заявил Нафта, можно только расхохотаться. Говорить о нигилизме церкви! О нигилизме самой реалистической системы господства в мировой истории! Значит, господина Сеттембрини никогда даже не коснулось веянье той гуманной иронии, с какой церковь неизменно относится к земной жизни, к плоти, скрывая с мудрой уступчивостью последние выводы из этого принципа плоти, и дает возможность духу оказывать свое регулирующее воздействие, не относясь с чрезмерной строгостью к природе. Значит, он никогда не слышал и о тонком понимании той снисходительности, с какой духовенство относится даже к такому таинству, как брак, которое не дарует положительного блага, подобно остальным таинствам, а служит лишь для защиты от греха, для сдерживания чувственных желаний и неумеренности; благодаря такому подходу церковь все же сохраняет принцип аскетизма и идеал целомудрия, избегая притом политики резких нападок на плоть.

Как тут мог Сеттембрини не возмутиться, не запротестовать против столь недостойного употребления понятия «политики», против столь высокомерной снисходительности и благоразумия, какие дух, вернее то, что здесь называют духом, приписывает себе по сравнению со своей якобы грешной противоположностью, по отношению к которой надо вести особую «политику», хотя плоть на самом деле вовсе не нуждается в его язвительном «снисхождении»; против проклятой двойственности в понимании мира, которая стремится «одьяволить» Вселенную и жизнь, а тем самым и их противоположность, то есть дух: ибо если мир — начало зла, то должен быть им и дух как чистое отрицание мира. И тут он начал ломать копья в защиту безгрешности сладострастия, причем Ганс Касторп невольно вспомнил чердачную комнатку гуманиста, его конторку, соломенные стулья, графин с водой, а Нафта стал утверждать, что никогда сладострастие не может быть безгрешным, природа вынуждена иметь нечистую совесть перед лицом духа; политика церкви и снисходительность духа — это и есть «любовь», заявил он, желая опровергнуть элемент нигилизма в аскетическом принципе, и Ганс Касторп про себя отметил, что слово «любовь» звучит весьма странно в устах тощего остролицего недомерка Нафты...

Спор продолжался, нам эта игра знакома, Гансу Касторпу — тоже. Мы на минуту послушали его, желая узнать, как этот поединок в стиле перипатетиков протекает под сенью шествующей рядом с ними яркой индивидуальности и каким образом одно присутствие этой индивидуальности гасило в противниках всякий пыл — настолько, что тайная необходимость считаться с ее присутствием неотвратимо убивала время от времени проскакивающую между ними искру полемического задора, и невольно рождалось ощущение вялости и безжизненности, какое мы испытываем, когда в электрической проводке не возникает контакта. Что ж! Именно так обстояло дело. Между противоречиями не было потрескивания, не вспыхивала молния, не возникало тока; присутствие этой индивидуальности, нейтрализованное силой их духа, как им хотелось думать, скорее само нейтрализовало дух; Ганс Касторп отметил этот факт с изумлением и интересом.

Революции или сохранение существующего... Спутники Пеперкорна смотрели на него, видели, как он грузно шагает по дороге, пешком — не такой уж он величественный, переваливается с боку на бок, шляпа надвинута на глаза; они видели его широкий словно разорванный рот и слышали, как он говорил, шутливо кивая на спорщиков: «Да-да-да! Cerebrum, мозговое, понимаете ли! Это... Да это же, оказывается...» — и вдруг чувствовали, что контакт исчез. Противники пытались его вернуть, прибегали к более сильным заклинаниям, свернули на «проблему аристократизма», заговорили о том, что такое популярность и благородство. А искры нет как нет. Разговор магнетически приобрел для Ганса Касторпа личную окраску. Он увидел спутника Клавдии лежащим в постели под красным шелковым одеялом, в теплой фуфайке без ворота — это был наполовину старик-рабочий, наполовину бюст короля; бледно вспыхнув, искра снова угасла. Сильнее напряжение тока! Там — отрицание и культ какого-то ничто. Тут — вечное «Да» и любовная устремленность духа к жизни! Но куда же исчез и пыл, молния, ток, когда люди смотрели на мингера, — а это происходило неизбежно в результате какой-то загадочной силы притяжения? Короче говоря, они как бы *исчезали*, а это, пользуясь словами Ганса, было поистине тайной. Он мог записать для своего собрания афоризмов, что тайны раскрываются или в самых простых словах или не раскрываются вовсе. Чтобы выразить эту тайну, надо было всего-навсего сказать, но уж напрямик, что Питер Пеперкорн, со своей скульптурной царственной маской и горестно разорванным ртом, воплощает в себе обе крайности, что оба начала близки ему и друг друга в нем упраздняют, — при взгляде на него это становилось ясно: и первое, и второе, и то, и другое — да, в этом глупом старике, в этом самодержавном нуле! Он парализовал самый нерв противоречий, не сбивая спорящих с толку и не запутывая их, как делал Нафта; в нем не чувствовалось ничего двусмысленного, как в Нафте, он был чем-то совсем противоположным, положительным; эта переваливающаяся загадка пребывала не только вне глупости и рассудительности, но и вне многих иных противопоставлений, какие выдвигали Нафта и Сеттембрини, чтобы в педагогических целях создать высокое напряжение спора. Эта индивидуальность, казалось, отнюдь не педагогична, и все же какая удача, если она встретится молодому человеку, путешествующему с образовательной целью! Как странно было наблюдать столь царственную двойственность, когда спорящие дошли до брака и греха, до таинства и снисходительности, до греховности и безгрешности сладострастия! Он склонил голову на грудь и плечо, скорбный рот разомкнулся, вяло и жалобно повисли раскрытые губы, ноздри напряглись и расширились, словно от боли, складки на лбу поднялись, бледные глаза расширились, в них появилось страдальческое выражение, — весь он стал как бы воплощением глубокой скорби. И вдруг в один миг черты мученика преобразились, они расцвели щедрой жизнерадостностью. В склоненном лице блеснуло лукавство, губы, еще раскрытые, улыбнулись нескромной улыбкой, на щеке обозначилась уже не раз отмеченная нами сибаритская ямочка, — это был опять пляшущий языческий жрец, и, кивнув головой в сторону умников, он сказал:

— Что ж, да-да-да — превосходно. Это же они... Это ведь таинство сладострастия, понимаете ли...

И все-таки, как мы уже отметили, разжалованные друзья и воспитатели Ганса Касторпа испытывали наибольшее удовольствие, когда могли ссориться. Они чувствовали себя тогда в своей стихии, а Пеперкорн с его «масштабами» — нет, и можно было хоть придерживаться разных мнений о роли, которую он играл. Но совсем не в их пользу складывалось положение, когда требовались не блеск и игра ума, не красноречие, а дело касалось конкретных вещей, земных и практических, — словом, вопросов и фактов, в которых властные натуры показывают свое преимущество: тогда спорщики скисали, отступали в тень, тускнели, а скипетром завладевал Пеперкорн, решал, распоряжался, призывал, заказывал, приказывал... И разве удивительно, что его тянуло именно к этой роли, что он стремился перейти от словопрений к действиям? Он страдал, пока окружающие предавались этим словопрениям или предавались слишком долго; но не из тщеславия страдал он тогда, — Ганс Касторп был в этом уверен. У тщеславия нет масштабов, и величие не бывает тщеславным. Нет, потребность Пеперкорна в конкретности вызывалась другим: а именно — «страхом», говоря грубо и прямо — тем особым сознанием долга и одержимостью чувством чести, о которых Ганс Касторп не раз пытался говорить с Сеттембрини и которое готов был признать до известной степени военной чертой.

— Господа, — и сейчас остановил их голландец, воздев свою капитанскую руку с копьями ногтей заклинающим и повелительным жестом.

— Хорошо, господа, превосходно, отлично! Аскетизм... снисходительность... Чувственные наслаждения... Мне хотелось это... Безусловно! Чрезвычайно важно! Чрезвычайно важно! Однако разрешите мне... Боюсь, что мы берем на себя тяжелое... Мы уклоняемся, господа, мы уклоняемся самым безответственным образом от самых святых... — Он глубоко перевел дыхание. — Этот воздух, господа, сегодня, этот особый воздух, когда дует фен, с его мягким и расслабляющим весенним ароматом, полным предчувствий и воспоминаний, нам не следовало бы дышать им, чтобы потом, в форме... я настоятельно прошу: не будем этого делать. Это же оскорбление. Нам следовало бы отдавать только ему наше глубокое и цельное... о, наше высшее и полнейшее... Кончено, господа! И только как чистую хвалу его свойствам, должны мы были бы выдыхать его из нашей груди... Я перебью самого себя, господа! Я перебью себя в честь этого...

Он остановился, откинулся назад, заслонив шляпой глаза от солнца, и все последовали его примеру.

— Обращаю ваше внимание, — начал он опять, — ваше внимание на небо, на высокое небо, на ту вон темную, кружащую в нем точку, в необычайно синем, почти черном небе... Это хищная птица, большая хищная птица. Это, если я не... и вы, господа, и вы, дитя мое... это орел. И я решительно обращаю на него ваше... Смотрите! Не сарыч и не коршун... если бы вы были так дальнозорки, как я становлюсь с годами... Да, дитя мое, конечно, года идут... волосы мои побелели, разумеется... то вы увидели бы так же отчетливо, как я, по плавной закругленности крыльев. Это орел, господа. Беркут. Он кружит в синеве прямо над нами, парит без взмахов в величественной высоте к нашему... И, наверно, выслеживает своими мощными зоркими глазами под выступающими надбровьями... Это орел, господа, птица Юпитера, царь птиц, лев воздуха! У него штаны из перьев и железный клюв, круто загнутый спереди, невероятной силы лапы и загнутые когти, задний коготь как железными тисками охватывает передние. Видите, вот так! — И он попытался придать своей капитанской руке сходство с орлиной лапой. — Что ты кружишь и ищешь, кум? — сказал он, снова глядя ввысь. — Бросайся вниз! Бей его своим железным клювом в голову и в глаза, вспори живот тому созданью, которое бог тебе... Превосходно! Кончено! Пусть его внутренности обовьют твои когти и с твоего клюва закапает кровь...

Он был полон воодушевления, и интерес всей компании к антиномиям Нафты и Сеттембрини угас. А образ орла еще долго потом как бы жил в планах и решениях, которые осуществлялись по инициативе мингера: зашли в гостиницу, пили и ели в неурочное время, но с аппетитом, разгоревшимся от безмолвных воспоминаний об орле; начался один из кутежей, которые так часто затевал мингер вне «Берггофа», в «курорте» или в деревне, в трактирах Глариса или Клостерса, куда ездили погулять в маленьких поездах; и пациенты, под его властным руководством, вкушали классические дары жизни — кофе со сливками и местным печеньем или сочный сыр на ароматном альпийском масле, удивительно вкусные горячие жареные каштаны — и запивали все это местным красным вином, — пей, сколько угодно; а Пеперкорн сопровождал импровизированный пир великой невнятицей слов или требовал, чтобы говорил Антон Карлович Ферге, этот добродушный страдалец, которому все возвышенное было совершенно чуждо; но он мог очень толково рассказать о выделке русских калош: к резиновой массе прибавляли серы и других веществ, и готовые, покрытые лаком калоши «вулканизировались» при температуре выше ста градусов. И о Полярном круге рассказывал он, так как служебные поездки не раз приводили его и в подобные места; о полуночном солнце и о вечной зиме на мысе Нордкап. Там, говорил он, причем двигались и его узловатое горло, и свисающие усы, пароход казался совсем крошечным в сравнении с гигантскими скалами и бескрайней стальной поверхностью моря. А по небу стлались желтые пласты света, это было северное сияние, и ему, Антону Карловичу, все казалось призрачным, и пейзаж и он сам.

Хорошо было господину Ферге, единственному участнику маленького кружка, стоявшему вне всех этих сложных и запутанных отношений! Что касается отношений, то следует отметить два коротких разговора, две диковинных беседы с глазу на глаз, которые имели место в те дни между нашим негероическим героем и Клавдией Шоша, а также между ним и ее спутником, притом с каждым в отдельности — один происходил в вестибюле, вечером, когда «препятствие» лежало наверху в приступе лихорадки, а второй — днем, у ложа мингера Пеперкорна...

В тот вечер в вестибюле царил полумрак. Обычное совместное пребывание пациентов после ужина было недолгим и каким-то вялым. Общество быстро разошлось по балконам для вечернего лежания, иные запретными для больных путями спустились вниз, в широкий мир, чтобы предаться танцам или игре в карты. Только одна лампочка горела где-то под потолком опустевшего вестибюля, были чуть освещены и прилегающие к нему гостиные. Ганс Касторп знал, что мадам Шоша, ужинавшая без своего повелителя, еще не вернулась на второй этаж, а сидит одна в читальне, почему и он медлил уйти к себе наверх. В глубине вестибюля, в той его части, которая отделялась от остальной комнаты одной плоской ступенькой и несколькими белыми арками с обшитыми панелью столбами, он уселся возле выложенного изразцами камина, в такой же качалке, в какой некогда качалась Маруся, когда Иоахим единственный раз говорил с ней. Ганс Касторп курил папиросу, после ужина это здесь разрешалось.

Она вошла, он услышал ее шаги, шелест ее платья за своей спиной, вот она уже подле него, и, помахивая каким-то письмом, она спрашивает своим Пшибыславовым голосом:

— Консьерж уже ушел. Дайте хоть вы timbre-poste![1]

В этот вечер на ней было темное платье из легкого шелка, с круглым вырезом вокруг шеи и широкими рукавами, стянутыми у кисти манжетами на пуговицах. Ее туалет понравился ему. Кроме того, она надела жемчужное ожерелье, мягко поблескивавшее в полумраке. Он поднял глаза и посмотрел на ее киргизское лицо. И повторил:

— Timbre? У меня нет.

— Как? Ни одной? Тогда tant pis pour vous[2]. Значит, вы не можете оказать даме любезность? — Она надула губы и пожала плечами. — Я разочарована. Ведь вы, мужчины, должны быть хоть точны и исполнительны. А мне почему-то представлялось, что в вашем бумажнике лежат сложенные листы почтовой бумаги, они распределены по сортам.

— А зачем? — отозвался он. — Писем я не пишу. Да и кому писать? Изредка отправишь открытку, и то оплаченную заранее. И кому бы я стал писать письма? У меня никого нет. У меня уже нет

[1] Почтовую марку! (*фр.*)

[2] Тем хуже для вас (*фр.*).

никакой связи с равниной, я потерял ее. В нашем сборнике народных песен есть такая песня: «Для мира я потерян». Так дело обстоит и со мной.

— Ну, тогда дайте хоть папиросу, пропащий вы человек! — сказала Клавдия, опускаясь против него на стоящую у камина скамью с полотняной подушкой; она закинула ногу на ногу и протянула руку. — Видно, запас у вас большой. — Она небрежно взяла из протянутого им портсигара папиросу и, не поблагодарив, закурила от зажигалки, которую он поднес к ее склоненному лицу. В этом ленивом «Ну, тогда дайте», в этой манере брать не благодаря сказывалась беззаботность избалованной женщины, но, кроме того, и человеческая, вернее «человеееческая» привычка к товарищеской общности владения, какая-то первобытная и мягкая, сама собой разумеющаяся естественность, с какой она считала нужным брать и давать. Он отметил это с пристрастием влюбленного. Потом сказал:

— Да, большой. Папиросы у меня всегда есть. Их нужно иметь. Да и как обходиться без них? Не правда ли, если так подумать, то это называется страстью? Говоря откровенно, я человек не страстный, но и у меня бывают страсти, флегматические страсти.

— Меня необыкновенно успокаивает, — сказала она, выпуская дым вместе со словами, — ваше заявление, что вы человек не страстный. Да и как бы вы могли быть им? Вы оказались бы выродком, страсть — это значит жить ради самой жизни. А такие, как вы, живут ради переживаний. Страсть — это самозабвение. А ведь вы стремитесь только к самообогащению. C'est ça[1]. И вы даже не подозреваете, что это ужаснейший эгоизм и что вы, мужчины, в один прекрасный день окажетесь в положении врагов человечества!

— Стоп, стоп! Сейчас уж и враги человечества! Почему ты это говоришь, Клавдия, зачем так обобщаешь? Ты имеешь в виду что-то определенное и личное, раз ты настаиваешь на том, что для нас важна не сама жизнь, а наше обогащение? Вы, женщины, ведь не морализируете зря. Ах, знаешь ли... мораль... Право же, это тема для спора между Нафтой и Сеттембрини. Она относится к области предметов чрезвычайно туманных. А живет ли человек ради себя или ради жизни, он сам не знает и никто не может знать точно и наверняка. Я хочу сказать, что границу тут установить трудно. Существует эгоистическая жертвенность и жертвенный эгоизм... Думаю, что дело здесь обстоит так же, как в любви. Я не могу хоро-

[1] Вот именно (*фр.*).

шенько вдуматься в то, что ты говоришь о морали, и это, вероятно, аморально, но я прежде всего рад, что мы вот так сидим вместе, как сидели всего один-единственный раз, и потом больше не сидели, с тех пор как ты вернулась. И рад, что я могу сказать, как удивительно идут тебе эти манжеты вокруг кисти и этот тонкий шелк, спадающий с твоих плеч, с твоих плеч, которые я знаю...

— Я ухожу...

— Прошу тебя, не уходи! Я буду считаться и с обстоятельствами и с людьми.

— По крайней мере хоть этого мы вправе ждать от человека без страстей.

— Да, вот именно! Ты бранишь меня и надо мной издеваешься, когда я... И грозишь уйти, когда я...

— Просьба говорить более вразумительно и без пропусков, если вы желаете, чтобы вас поняли.

— Значит, я даже чуточку не могу участвовать в твоем отгадывании этих пропусков? Это же несправедливо, сказал бы я, если бы не понимал, что дело тут не в справедливости...

— О нет. Справедливость — это страсть флегматическая. Она противоположна ревности, которая, безусловно, делает флегматичных людей смешными.

— Видишь? Смешными. А поэтому предоставь мне мою флегму. Повторяю: как бы я обошелся без нее? Как бы я выдержал без нее, например, ожидание?

— Не понимаю.

— Ожидание тебя.

— Voyons[1]. Я не намерена больше задерживаться на той форме, в какой вы с нелепым упрямством обращаетесь ко мне. Вам самому надоест, да и я в конце концов не чопорна и не возмущаюсь, как мещанка...

— Нет, ведь ты больна. И болезнь дает тебе свободу. Она делает тебя — постой, сейчас мне пришло в голову такое слово, которое я еще никогда не употреблял! Она делает тебя гениальной!

— О гениальности мы поговорим в другой раз. Я не то хотела сказать. Я требую одного: не вздумайте вообразить, будто я дала вам какой-нибудь повод для ожидания, если только вы действительно ждали, что я вас к нему поощряла или хотя бы только разрешила вам ждать. Вы немедленно и категорически заявите мне как раз обратное...

[1] Здесь — послушайте (*фр.*).

— Охотно, Клавдия, конечно. Ты не предлагала мне ждать, я ждал по собственной воле. И я вполне понимаю, почему ты придаешь такое значение...

— Даже когда вы в чем-нибудь сознаетесь, вы дерзите. И вообще вы человек предерзкий, бог знает почему. Не только в отношениях со мной, но и вообще. Даже в вашем восхищении, в вашей покорности есть что-то дерзкое. Не думайте, будто я не замечаю! Мне вообще не следовало об этом говорить с вами, и прежде всего потому, что вы осмеливаетесь напоминать о вашем ожидании. То, что вы еще здесь, — это полная безответственность. Вам давным-давно пора вернуться к своей работе на вашей chantier[1], или как она там называется...

— А сейчас, Клавдия, ты вовсе не гениальна и повторяешь пошлости. Какой вздор! Ты же не разделяешь взгляды Сеттембрини, это невозможно, и говоришь только *так*, я не могу отнестись к твоим словам серьезно. И я не позволю себе взять да уехать, как уехал мой бедный двоюродный брат, который, как ты и предсказала, умер, едва только попытался служить в армии на равнине. Но он все-таки предпочел умереть, чем отбывать здесь службу пациента. Ну, на то он и солдат. Но я другой, я человек штатский, и для меня это было бы дезертирством, если бы я поступил, как он, и, невзирая на запрещение Радаманта, вернулся на равнину, и стремился бы partout непременно приносить пользу и служить прогрессу, это было бы величайшей неблагодарностью и изменой по отношению к болезни и гениальности и моей любви к тебе, от которой у меня остались и старые рубцы и новые раны, по отношению к твоим плечам, которые я знаю, хотя готов допустить, что это было только во сне, что я только в гениальном сне узнал их, и для тебя отсюда не вытекает никаких последствий и обязательств, никакого стеснения твоей свободы...

Клавдия, сидевшая против него с папиросой во рту, прислонившись к панели, опираясь руками о скамью и закинув ногу на ногу, так рассмеялась, что татарские глаза ее стали как щелки, а черная лакированная туфелька на приподнятой ноге запрыгала.

— Quelle générosité! Oh là, là, vraiment[2], знаешь, я тебя всегда таким и представляла, un homme de génie[3], бедный мой малыш!

— Довольно, Клавдия. Я, конечно, по природе своей никакой не homme de génie и не человек больших масштабов, клянусь Бо-

[1] Верфь (*фр.*).
[2] Какое великодушие! Ну и ну, в самом деле (*фр.*).
[3] Гений (*фр.*).

гом, нет. Все же случайно — назовем это случайностью — я был вознесен так высоко, в эти гениальные области... Словом, тебе, вероятно, неизвестно, что существует такая штука, как герметическая педагогика, это особая алхимия пресуществления, претворения, если выразиться точнее — более низкого в нечто более совершенное, в нечто, так сказать, — повышенного типа. Но ведь и сам материал должен быть таким, чтобы в результате воздействия извне и принуждения он мог подняться на более высокую ступень, в нем должны быть соответствующие задатки. А во мне, я это знаю твердо, такими задатками было то, что я издавна дружил с болезнью и смертью, и, будучи еще мальчиком, однажды потеряв голову, я попросил у тебя карандаш, а потом попросил вторично, в карнавальную ночь. Но безрассудная любовь гениальна, ибо смерть, нужно тебе сказать, это гениальный принцип, она res bina, lapis philosophorum, и она же — принцип педагогический, любовь к смерти рождает любовь к жизни, к человечеству; вот в чем суть, эта суть открылась мне, когда я лежал на моем балконе, и я теперь страшно рад, что могу тебе сказать об этом. К жизни ведут два пути: первый — обычный, он прям и честен. Второй — опасен, он ведет дальше смерти, и это путь гениальности!

— А ты — философ-дуралей, — отозвалась она. — Не буду утверждать, что я все понимаю в этих твоих замысловатых немецких рассуждениях, но в твоих словах звучит что-то человеческое, и ты, безусловно, хороший мальчик. И потом, ты действительно вел себя en philosophe[1], в этом тебе не откажешь...

— На твой вкус уж слишком en philosophe, верно, Клавдия?

— Перестань дерзить! Надоело. То, что ты меня ждал, было глупо и недопустимо. Но ты на меня не сердишься, что ждал напрасно?

— Ну, ждать было трудновато, Клавдия, даже для человека с флегматическими страстями, — трудно для меня, а с твоей стороны было жестоко приехать вместе с ним, ведь ты, конечно, знала от Беренса, что я здесь и жду тебя. Но я же тебе сказал, что смотрю на ту нашу ночь, как на сон, и признаю за тобой полную свободу. В конце концов я ждал не напрасно, и вот ты здесь опять, мы сидим вдвоем, как тогда, я слышу снова твой пленительный, чуть хриплый голос, он так давно знаком моему слуху, а под этими широкими шелковыми складками скрыты твои плечи, которые я

[1] Как философ (*фр.*).

знаю, — и пусть даже наверху лежит в лихорадке твой спутник, который подарил тебе этот жемчуг...

— И с которым вы, ради своего внутреннего обогащения, так подружились...

— Не сердись, Клавдия! Меня и Сеттембрини уже бранил, а ведь это только светский предрассудок. Такой человек — это же выигрыш, клянусь Богом, он же крупная индивидуальность! Правда, он в летах... Ну что ж... Я все равно понял бы, если бы ты, как женщина, безумно полюбила его. Значит, ты очень его любишь?

— Это делает честь твоему философскому складу, немецкий дурачок, — сказала она и погладила его по волосам, — но я не считала бы, что это по-человечески — говорить о моей любви к нему!

— Ах, Клавдия, почему бы и нет? По-моему, человеческое начинается именно там, где, по мнению людей не гениальных, оно кончается! Ты страстно его любишь?

Она наклонилась, чтобы сбоку бросить в камин окурок папиросы, потом снова села, скрестив руки.

— Он любит меня, — сказала она, — и его любовь рождает во мне благодарность, гордость, преданность. Ты должен это понять, иначе ты недостоин того дружеского чувства, с каким он к тебе относится. Его любовь заставила меня последовать за ним и служить ему. Да и как иначе? Посуди сам! Разве по-человечески можно пренебречь его чувством?

— Невозможно! — согласился Ганс Касторп. — Нет, это, конечно, исключено. Способна ли женщина пренебречь его чувством, его страхом за это чувство и, так сказать, бросить его одного в Гефсиманском саду?

— А ты не глуп, — заметила она, и взгляд ее раскосых глаз стал задумчивым и неподвижным. — Ты умен. Страх за чувство.

— Да, ты должна была последовать за ним, чтобы это понять — особого ума не нужно... Хотя, или скорее, еще и потому, что в его любви таится немало пугающего...

— C'est exact...[1] Пугающего. Он доставляет немало забот, знаешь ли, с ним очень нелегко... — Она взяла руку своего собеседника и начала бессознательно перебирать его пальцы, но вдруг нахмурилась и, подняв глаза, сказала: — Постой! А это не подлость, что мы о нем так говорим?

— Конечно, нет, Клавдия. Нисколько. Мы говорим ведь просто, по-человечески! Ты очень любишь это слово и так мечтательно

[1] Вот именно (*фр.*).

растягиваешь его, я всегда восхищаюсь, когда ты произносишь его. Мой кузен Иоахим не любил этого слова, он не признавал его как солдат. Он считал, что оно означает всеобщую расхлябанность и разболтанность; в этом смысле, как беспредельное guazzabuglio терпимости, оно тоже вызывает во мне сомнения, согласен. Но когда связываешь с ним гениальность и доброту, тогда оно приобретает особую значительность, и мы спокойно можем употреблять его в нашем разговоре о Пеперкорне, о заботах и трудностях, которые он тебе доставляет. Причиной, конечно, является его пунктик, его особое понимание мужской «чести», страх перед бессилием чувства, почему он так и любит классические укрепляющие и услаждающие средства, — мы можем говорить об этом с полным уважением, ибо у него во всем большие масштабы, по-царски грандиозные масштабы, и мы не унижаем ни его, ни себя, если по-человечески беседуем об этом.

— Дело тут не в нас, — сказала она, снова скрестив руки на груди, — но какая женщина ради мужчины, мужчины больших масштабов, как ты выражаешься, который любит ее и боится за свою любовь, не пошла бы даже на унижения?

— Безусловно, Клавдия. Очень хорошо сказано. И в унижении могут быть большие масштабы, и женщина может, с высоты своего унижения, разговаривать пренебрежительно с теми, у кого нет царственных масштабов, как ты перед тем говорила со мной о timbres-poste, особенно когда ты сказала: «Ведь вы, мужчины, должны быть хотя бы точны и исполнительны».

— Ты обиделся? Брось. Пошлем обидчивость к черту — согласен? И я тоже иной раз обижаюсь, если хочешь знать, раз уж мы сегодня вечером так вот сидим и говорим. Меня злит твоя флегматичность и что ты так подружился с ним ради собственного эгоистического удовольствия. И все-таки я рада и благодарна тебе, что ты относишься к нему с таким уважением... В твоем поведении немало честного доброжелательства, хотя и не без скрытой дерзости, но все-таки я ее в конце концов простила тебе.

— Очень любезно с твоей стороны.

Она посмотрела на него.

— Ты, кажется, неисправим. Знаешь, что я тебе скажу? А ведь ты ужасно хитрый. Не знаю, умен ли ты; но хитер ты бесспорно. Впрочем, ничего, с этим можно еще примириться. И дружить можно. Давай будем друзьями, заключим союз за него, как обычно заключают против кого-нибудь. Согласен? Нередко мне бывает страшно... Я иногда боюсь оставаться с ним наедине... внутренне наедине, tu sais...[1] Он пугает меня... Порой мне кажется, что с ним случится беда... Просто ужас берет... И хотелось бы иметь рядом с собой хорошего человека... Enfin[2], если желаешь знать, я, может быть, потому сюда с ним и приехала...

Они сидели, соприкасаясь коленями, он — в качалке, наклонившись вперед, она все так же на скамейке. При последних словах, которые Клавдия проговорила, приблизив к его лицу свое лицо, она сжала ему руку. Он сказал:

— Ко мне? Но это же чудесно, Клавдия, это прямо замечательно! Ты с ним приехала ко мне? И ты все-таки уверяешь, будто ждать тебя было глупо, недопустимо и совершенно бесполезно? Да с моей стороны было бы невероятной душевной толстокожестью, если бы я не оценил такое предложение дружбы, дружбы ради него...

И тут она поцеловала его в губы. Это был особый русский поцелуй, каким в этой широкой и душевной стране люди обмениваются в дни торжественных христианских праздников, поцелуй, словно печать, скрепляющая любовь. Но так как им в данном случае обменялись некий вышеупомянутый молодой хитрец и тоже еще молодая, пленительно крадущаяся женщина, то мы, рассказывая об этом, невольно вспоминаем кое-какие хитроумные, хотя далеко не бесспорные и даже зыбкие утверждения доктора Кроковского относительно любви, так что, слушая их, трудно было разобрать, имеет ли он в виду некое благоговейное чувство или плотскую страсть. Последуем ли и мы, говоря об этом русском поцелуе, его примеру, вернее не мы, а Ганс Касторп и Клавдия Шоша? А как это примет читатель, если мы просто откажемся расследовать вопрос по существу? Хотя, по нашему мнению, такое расследование соответствовало бы требованиям психоанализа. Но проводить в любви совершенно четкую грань между благоговейным чувством и страстным, значило бы, повторяя выражение Ганса Касторпа, выказать толстокожесть и даже враждебность жизни. Да и как понимать эту «четкость»? Что такое в данном случае «четкость»? Что такое зыбкость и двусмысленность? Нам просто становится смешно. Разве это не прекрасно и не возвышенно, что в языке существует *одно* слово для всего, что под ним разумеют, начиная от высшего молитвенного благоговения и кончая самым

[1] Понимаешь ли (*фр.*).

[2] Словом (*фр.*).

яростным желанием плоти? Тут полное единство смысла в двусмысленности, ибо не может любовь быть бесплотной даже при высшем благоговении, и не быть благоговейной — предельно плотская страсть; любовь всегда верна себе, и как лукавая жизнерадостность, и как возвышенный пафос страсти, ибо она — влечение к органическому началу, трогательное и сладострастное обнимание того, что обречено тлению, — charitas присутствует в самом высоком и в самом неистовом чувстве. Зыбкий смысл? Ради Бога! Пусть смысл любви будет зыбким! То, что он зыбкий, — естественно и человечно, и тревога в этом случае была бы признаком полного отсутствия всякой тонкости понимания.

Итак, в то время как губы Ганса Касторпа и мадам Шоша встречаются в русском поцелуе, мы погружаем во тьму наш маленький театр, чтобы переменить мизансцену. Ибо сейчас мы перейдем ко второму разговору, о котором обещали поведать, и снова включим свет: это тусклый свет уходящего весеннего дня, когда в горах уже началось таянье снегов. Мы видим нашего героя в ставшей для него привычной жизненной ситуации; он сидит у постели великого Пеперкорна и занят почтительно-дружеской беседой с больным. После четырехчасового чаю, к которому, как и к предшествующим трем трапезам, мадам Шоша явилась одна, а затем тут же отправилась вниз shopping[1] в магазины курорта, Ганс Касторп решил нанести голландцу обычный визит, отчасти — чтобы оказать ему внимание и развлечь, отчасти — чтобы самому насладиться поучительным воздействием этой незаурядной индивидуальности, — словом, по самым жизненным и зыбким мотивам. Пеперкорн отложил газету «Телеграф», снял за дужку роговое пенсне, бросил его на газету и протянул гостю свою капитанскую руку, причем как будто с трудом пошевелил крупными разорванными губами. Кофе и красное вино, как всегда, были у него под рукой: поднос с кофейной посудой и остатками кофе стоял на стуле — мингер только что выпил послеобеденную порцию этого напитка, как обычно крепкого и горячего, с сахаром и сливками, и основательно вспотел. Его лицо, окруженное белым пламенем волос, покраснело, бисеринки испарины выступили на лбу и на верхней губе.

— Я потею, — сказал он. — Добро пожаловать, молодой человек. Напротив. Садитесь! Если, выпив горячего, сейчас же... Это признак слабости... Будьте добры... Очень хорошо. Носовой пла-

[1] Делать покупки (*англ.*).

ток. Покорно благодарю. — Впрочем, румянец скоро исчез и сменился желтоватой бледностью, которая после очередного приступа лихорадки обычно появлялась на лице этого величественного человека. Сегодня приступ квартаны оказался очень сильным, все три его стадии — озноб, жар и пот, и маленькие бледные глазки Пеперкорна под скульптурными идольскими складками на лбу смотрели устало. Он сказал: — Молодой человек... это очень... Хотелось бы сказать — заслуживает безусловно... благодарности... С вашей стороны очень любезно, что вы больного старика...

— Что я вас навестил? — подхватил Ганс Касторп. — Вовсе нет, мингер Пеперкорн. Это я должен быть вам глубоко благодарен за то, что могу немножко посидеть с вами, ведь я получаю от этого несравненно больше, чем вы, и прихожу из чисто эгоистических побуждений. А потом что это за совершенно неверное определение вашей личности — «больной старик»? Никому и в голову не придет, что это относится к вам. Это дает совершенно неправильное представление о...

— Ладно, ладно, — прервал его мингер и на несколько мгновений закрыл глаза; он откинул на подушку величественное чело и так остался лежать, подняв подбородок, соединив свои пальцы с длинными ногтями на царственной груди, круто выступавшей под шерстяной фуфайкой.

— Хорошо, молодой человек, или вернее — у вас хорошие намерения, я в этом убежден. Приятно было вчера под вечер — да, еще вчера под вечер — в том гостеприимном местечке — забыл его название, где мы ели яичницу с превосходной салями и пили здоровое местное вино...

— Да, замечательно! — согласился Ганс Касторп. — Все это было очень вкусно, и мы недопустимо наелись, — здешний шеф-повар имел бы право обидеться, если бы видел, — словом, все мы без исключения так и набросились на эти вкусности. А салями была действительно самая настоящая, господин Сеттембрини даже растрогался, он ел, так сказать, со слезами на глазах. Он же патриот, как вам, вероятно, известно, патриот-демократ. И освятил свое копье гражданина на алтаре человечества, с тем чтобы за салями и впредь взимали пошлину на швейцарской границе.

— Ну, дело не в этом, — отозвался Пеперкорн. — Он рыцарь, приветливый и общительный человек, кавалер, хотя судьбой ему, видно, не дано возможности часто обновлять свою одежду.

— Он ее совсем не обновляет! — сказал Ганс Касторп. — Это ему не дано. Я знаю его не первый день и очень с ним дружен, то есть он самым великодушным образом принял во мне участие, ибо решил, что я «трудное дитя нашей жизни», — это условное выражение, мы употребляем его, когда говорим друг с другом, его, пожалуй, надо объяснить, иначе оно будет непонятно, — и прилагает все силы, чтобы оказывать на меня благотворное влияние, направлять меня. Но я и зимой и летом всегда видел его все в тех же клетчатых брюках и в потрепанном двубортном сюртуке; впрочем, он носит эту старую одежду с удивительным достоинством, очень щегольски. Тут я вполне с вами согласен. То, как он носит ее, — победа над бедностью, и мне его бедность милее, чем элегантность этого недомерка Нафты, она вызывает невольное смущение, точно его элегантность, так сказать, от лукавого, а средства на нее он добывает окольными путями — мне кое-что на этот счет известно.

— Рыцарь и шутник, — повторил Пеперкорн, пропуская мимо ушей замечание о Нафте, — хотя и не — разрешите мне эту оговорку — хотя он и не без предубеждений. Мадам, моя спутница, не слишком высокого мнения о нем, как вы, вероятно, заметили, и отзывается без особой симпатии, — бесспорно, потому, что эти предубеждения сказываются в его отношении к ней... Ни слова, молодой человек. Я далек от того, чтобы осудить господина Сеттембрини и ваши дружеские чувства... Отнюдь нет! И я вовсе не намерен утверждать, будто он когда-либо в смысле той учтивости, с какой кавалер обязан относиться к даме... Превосходно, дружок, возразить совершенно нечего! Все же есть какая-то граница, какая-то сдержанность, какая-то у-клон-чивость... И если мадам настроена против него, это по-человечески совершенно...

— Естественно. Понятно, совершенно оправдано. Простите, мингер Пеперкорн, что я заканчиваю вашу фразу самовольно. Я могу рискнуть на это, ибо вполне согласен с вами. Особенно если принять во внимание, насколько женщины — вы, может быть, улыбнетесь, что я, при своей молодости, позволяю себе какие-то обобщения, — насколько они, в своем отношении к мужчине, зависят от отношения мужчин к ним — тогда и удивляться нечему. Женщины, сказал бы я, создания, в которых очень сильны реакции, но они лишены самостоятельной инициативы, ленивы — в том смысле, что они пассивны. Разрешите мне, хоть и довольно неуклюже, развить дальше мою мысль. Женщина, насколько мне удалось заметить, считает себя в любовных делах прежде всего объектом, она предоставляет любви приблизиться к ней, она не выбирает свободно и становится выбирающим субъектом только на основе выбора мужчины; да и тогда, позвольте мне добавить, свобода выбора, — разумеется, если мужчина не слишком уж ничтожен, — не является необходимым условием; на свободу выбора оказывает влияние, женщину подкупает тот факт, что ее *избрали*. Боже мой, это, конечно, общие места, но когда ты молод, тебе, естественно, все кажется новым, новым и поразительным. Вы спрашиваете женщину: «Ты-то его любишь?» — «Но он так сильно любит меня», — отвечает она вам. И при этом или поднимает взор к небу, или опускает долу. А представьте-ка себе, что такой ответ дали бы мы, мужчины, — извините, что я обобщаю! Может быть, и есть мужчины, которые так бы и ответили, но они же будут просто смешны, эти герои находятся под башмаком любви, скажу я в эпиграмматическом стиле. Интересно знать, о каком самоуважении может идти речь у мужчины, дающего столь женский ответ. И считает ли женщина, что она должна откоситься с безграничной преданностью к мужчине, оттого что он, избрав ее, оказал милость столь низко стоящему созданию, или она видит в любви мужчины к своей особе верный знак его превосходства? В часы размышлений я не раз задавал себе этот вопрос.

— Вы затронули вашими меткими словечками исконные классические факты древности, некую священную данность, — сказал Пеперкорн. — Мужчину опьяняет желание, женщина требует, чтобы его желание опьяняло ее. Отсюда наша обязанность испытывать подлинное чувство, отсюда нестерпимый стыд за бесчувственность, за бессилие пробудить в женщине желание. Выпьете со мной стаканчик красного вина? Я выпью. Очень пить хочется. Сегодня у меня была особенно сильная испарина.

— Большое спасибо, мингер Пеперкорн. Правда, время для меня неурочное, но выпить глоток за ваше здоровье я всегда готов.

— Тогда возьмите бокал. У меня только один. А я обойдусь чайным стаканом. Думаю, что для этой шипучки не будет обидой, если я выпью ее из столь скромного сосуда... — С помощью гостя он налил себе вина чуть дрожащей капитанской рукой и жадно опрокинул весь стакан в свое монументальное горло, словно это была просто вода.

— Услаждает, — заявил он. — Еще не хотите? Тогда я позволю себе повторить... — Снова наполняя стакан, он пролил немного вина. На пододеяльнике выступили багровые пятна. — Повторяю, — продолжал он, подняв копьевидный палец одной руки и держа стакан с вином в другой, слегка дрожащей руке, — повторяю: отсюда наши обязанности, наши *религиозные* обязанности по отношению к чувству. Наше чувство, понимаете ли, это та мужская сила, которая пробуждает жизнь. Жизнь дремлет, и она хочет, чтобы ее пробудили для хмельного венчания с божественной любовью. Ибо чувство любви, юноша, божественно. И поскольку человек любит, он тоже приобщается к божественному началу. Человек — это любовь Божия. Бог создал его, чтобы через него любить. Человек всего лишь орган, через который Бог сочетается браком с пробудившейся опьяненной жизнью. Если же человек оказывается неспособным на чувство, это поражение мужской силы божества, это космическая катастрофа, невыразимый ужас... — Он выпил.

— Позвольте мне взять у вас стакан, — сказал Ганс Касторп. — Я слежу с большим интересом за ходом ваших мыслей, они крайне поучительны. Ведь вы развиваете теологическую теорию, в которой приписываете человеку весьма почетную, хотя, может быть, и несколько одностороннюю религиозную функцию. Если осмелюсь заметить, в ваших воззрениях есть известная доля ригоризма и, простите, что-то угнетающее! Ведь всякая религиозная суровость не может не действовать угнетающе на людей скромных масштабов. Я, конечно, не помышляю о том, чтобы вносить в ваши взгляды какие-то поправки, мне хотелось бы только вернуться к тому, что вы сказали о предубежденности, с какой, по вашим наблюдениям, господин Сеттембрини относится к мадам Шоша, вашей спутнице. Я знаю господина Сеттембрини давно, очень давно, не один год. И могу вас заверить, что его предубеждения, поскольку они существуют, лишены всего мелкого и мещанского — даже предположить это смешно. Здесь речь может идти только о предубеждениях, так сказать, большого стиля, а следовательно, внеличного характера, об общих педагогических принципах; применяя их ко мне, господин Сеттембрини, откровенно говоря, охарактеризовал меня как «трудное дитя нашей жизни», — но разговор обо мне завел бы нас слишком далеко. Вопрос этот очень сложный, и я не могу, в двух словах...

— И вы любите мадам? — вдруг спросил мингер и обратил к гостю свое царственное лицо с разорванным страдальческим ртом и бледными глазками под мощными арабесками лба.

Ганс Касторп опешил. Он пробормотал:

— Люблю ли я... То есть... Я, конечно, глубоко почитаю мадам Шоша, прежде всего потому...

— Прошу вас, — прервал его Пеперкорн и вытянул руку проработанным и отстраняющим жестом, — позвольте мне, — продолжал он, словно освободив этим жестом место для того, что хотел сказать, — позвольте мне повторить, что я далек от мысли, будто господин итальянец действительно погрешил против заповедей рыцарства... Я никому не делаю такого упрека, никому. Но меня удивляет... В настоящую минуту меня даже радует — хорошо, молодой человек. Очень хорошо и прекрасно. Я рад, в этом не может быть сомнений: мне действительно очень приятно. Я говорю себе... Я говорю себе, одним словом, ваше знакомство с мадам более давнее, чем наше с ней. Ее прошлое пребывание здесь совпало с вашим. Кроме того, она во всех отношениях прелестнейшая женщина, а я всего-навсего больной старик. Как могло случиться... что она, я ведь нездоров, что она сегодня после обеда отправилась вниз делать покупки одна, без провожатого... Беды тут нет! Никакой! Но, конечно, следовало... Не знаю, приписать ли мне влиянию — повторяю ваши слова — влиянию педагогических принципов синьора Сеттембрини, что вы не последовали рыцарскому побуждению... Прошу понять меня правильно...

— Я понял вас правильно, мингер Пеперкорн. О нет! Ни в какой мере. Я действую совершенно самостоятельно. И господин Сеттембрини, наоборот, меня как-то даже... К сожалению, у вас на простыне, мингер Пеперкорн, винные пятна. Разве не надо... Мы обычно посыпаем их солью, пока они еще свежие...

— Это несущественно, — отозвался Пеперкорн, не сводя глаз со своего гостя.

Ганс Касторп покраснел.

— Дело обстоит тут не совсем обычно, — начал он с натянутой улыбкой. — У нас наверху нет таких условностей, сказал бы я. Все права на стороне больного, будь то женщина или мужчина. И рыцарские предписания отступают на второй план. Сейчас вы занемогли, мистер Пеперкорн, правда, это временное, и ваше недомоганье пройдет. Но ваша спутница сравнительно здорова. И мне кажется, я действую в духе мадам, если в ее отсутствие стараюсь по мере сил заменить ее, поскольку в данном случае можно говорить о замене. Ха-ха! Вместо того чтобы, наоборот, заменить вас при ней, предложив сопровождать ее вниз. Да и как дерзнул бы я навязать вашей спутнице мои рыцарские услуги? На это у меня нет ни прав, ни полномочий. Я очень хорошо разбираюсь в том, кто на что имеет право, смею вас уверить. Словом, я позволяю себе надеяться, что занятая мной позиция вполне корректна, она соответствует реальному положению вещей и, в частности, моей искренней симпатии к вам лично, мингер Пеперкорн. По-моему, я тем самым и на ваш вопрос — ведь вы, видимо, задали мне вопрос — дал вполне удовлетворительный ответ.

— И очень приятный, — отозвался Пеперкорн. — Признаюсь, я с удовольствием слушаю ваши бойкие речи, молодой человек. Вы перескакиваете через все трудности и так округляете их, что не к чему придраться. Но удовлетворение — нет. Ваш ответ не вполне меня удовлетворяет — простите, тут я вынужден вас разочаровать. «Ригоризм», сказали вы, дружок, по поводу некоторых высказанных мною взглядов. Но ведь и ваши суждения не лишены известного «ригоризма», строгости и скованности, которые, по-моему, не соответствуют вашей натуре, хотя мне в некоторых определенных случаях и пришлось наблюдать в вас эту скованность: она появляется в отношении мадам во время наших совместных прогулок и других развлечений, но только в отношении ее одной; объяснить это ваш долг, ваша обязанность, молодой человек. И я не ошибаюсь. Мои наблюдения подтверждались столько раз, что определенные выводы, вполне естественно, напрашивались и у других, с той разницей, что другие-то, вероятно, и даже наверное, знали и разгадку этого явления.

Сегодня речь мингера была необычно точной и связной, несмотря на то что коварный приступ лихорадки очень изнурил его. Отрывочные фразы почти отсутствовали, он сидел в постели, повернувшись торсом с могучими плечами и величественной головой к гостю; веснушчатая капитанская рука лежала на одеяле, ладонь, стянутая шерстяным обшлагом фуфайки, была поднята, и копьевидные ногти трех пальцев торчали над указательным и большим, которые были соединены как обычно, образуя «кольцо уточнения», и слова, которые выговаривались его губами, были настолько метки, выразительны и пластичны, что Сеттембрини мог бы ему только позавидовать; даже букву «р» в словах «вероятно» и «напрашиваются» он произносил с таким же гортанным раскатистым выговором, как и итальянец.

— Вы улыбаетесь, — продолжал Пеперкорн. — Вы моргаете, вертите головой туда и сюда, как будто тщетно что-то обдумываете. И все-таки вы отлично знаете, что именно я имею в виду и о чем идет речь. Я вовсе не говорю, что вы совсем не обращаетесь к мадам или не отвечаете, когда по ходу разговора от вас требуется ответ. Но, повторяю, вы делаете это как будто по принуждению, вернее, словно уклоняетесь от чего-то, чего-то избегаете, а если приглядеться — то станет ясно, что вы избегаете одной определенной формы обращения. Поскольку речь идет о вас, может показаться, будто вы съели с мадам двойной орех и по уговору не имеете права, разговаривая с ней, пользоваться именно этой формой. Вы с удивительной последовательностью избегаете называть ее. И никогда не обращаетесь к ней на «вы».

— Но, мингер Пеперкорн... Какой же двойной орех...

— Я позволю себе обратить ваше внимание, да вы, вероятно, и сами почувствовали, что сейчас ужасно побледнели.

Ганс Касторп сидел, не поднимая глаз. Нагнувшись, он, казалось, внимательно разглядывает багровые пятна на простыне. «Вот он куда гнул! — думал Ганс Касторп. — Вот до чего дошло! И, кажется, я сам виноват, что дело дошло до этого. Я сам приложил руку, мне сейчас это становится ясно. Неужели я действительно так побледнел? Может быть, ведь вопрос действительно поставлен ребром. И неизвестно, что теперь будет? Могу я еще лгать? Да, пожалуй, могу, но я не хочу. Пока что буду рассматривать кровавые пятна, эти винные пятна на простыне».

Человек, высившийся над ним, тоже молчал. Пауза продолжалась две-три минуты, она дала обоим почувствовать, какую продолжительность могут приобретать в таких случаях столь крошечные единицы времени.

Первым возобновил разговор Питер Пеперкорн.

— Это было в тот вечер, когда я имел честь познакомиться с вами, — начал он нараспев и в конце фразы понизил голос, словно приступая к длинному повествованию. — Мы устроили маленькую пирушку, услаждали себя кушаньями и напитками, настроение у нас было приподнятое, по-человечески непринужденное и задорное; уже в весьма поздний час отправился я рука об руку с вами к ложу моего отдохновения. И вот тогда, перед моей дверью, мне пришло в голову посоветовать вам на прощание коснуться губами лба этой женщины, которая представила вас как старого друга из времен ее последнего пребывания здесь, и предложить ей в знак столь торжественной минуты тоже выполнить по отношению к вам этот праздничный и веселый обряд у меня на глазах. Вы решительно отвергли мое предложение, отвергли под тем предлогом, что считаете нелепым обмениваться с моей спутницей поцелуями в лоб. Вы не будете спорить против того, что заявление такого рода само по себе нуждается в объяснении, объяснении, которого вы мне до сих пор не дали. Согласны вы выполнить этот долг сейчас?

«Так, значит, он и это заметил... — пронеслось в голове Ганса Касторпа; он еще усерднее занялся винными пятнами и даже начал скоблить кончиком безымянного пальца одно из них. — В сущности, мне даже хотелось тогда, чтобы он это заметил и отметил, иначе мой ответ был бы иным. А что же будет теперь? Сердце у меня здорово колотится. Вспыхнет ли он первоклассным царственным гневом? Может быть, посмотреть, где его кулак, не занес ли он его уже надо мною? Я оказался в чрезвычайно оригинальном и весьма щекотливом положении...»

Вдруг он почувствовал, что его кисть, кисть правой руки, сжали пальцы Пеперкорна.

«Вот он хватает меня за руку! — пронеслось в голове Ганса Касторпа. — Смешно, чего же я сижу здесь как побитая собака! Разве я в чем-нибудь виноват перед ним? Ничуть. В первую очередь должён жаловаться ее супруг в Дагестане. А потом другие. И уж потом я. А *этому*, насколько мне известно, пока и жаловаться-то не на что... Почему же у меня так бьется сердце? Давно пора выпрямиться и честно, хотя и почтительно посмотреть прямо в это великодержавное лицо!»

Он так и сделал. Великодержавное лицо было желтым, глаза под нависшими складками лба казались особенно бледными, в разорванных губах таилась горечь. Казалось, оба читают в глазах друг у друга — величественный старик и незначительный молодой человек, причем старик продолжал держать молодого за кисть руки. Наконец Пеперкорн проговорил вполголоса:

— Вы были возлюбленным Клавдии Шоша, когда она в последний раз жила здесь.

Ганс Касторп еще раз опустил голову, но сейчас же снова поднял, перевел дыхание и сказал:

— Мингер Пеперкорн! Мне в высшей степени претит лгать вам, и я ищу способа избежать лжи. А это нелегко. Если я отвечу утвердительно, я буду хвастуном, если отрицательно — я солгу. Ну что ж, именно так обстоит дело. Долго, очень долго прожил я с Клавдией, — простите, с вашей теперешней спутницей, — в этом вот доме, и официально не был с ней даже знаком. Все обычные светские условности были исключены из наших отношений — вернее, из моего отношения к ней, а его истоки скрыты глубоко во мраке. В своих мыслях я не называл Клавдию иначе, как на «ты», да и в действительной жизни тоже. Ибо в тот вечер, когда я сбросил некоторые педагогические путы, — о них мы недавно говорили, — и подошел к ней под предлогом, которым я некогда уже воспользовался — у нас тут был маскарад, карнавальный безответственный вечер, когда всем говорят «ты», — в тот вечер это «ты» бессознательно и безответственно приобрело свой полный смысл. Но это был вместе с тем и канун отъезда Клавдии.

— Свой полный смысл, — повторил Пеперкорн, — все это очень мило... — Он выпустил руку Ганса Касторпа и принялся обеими своими капитанскими руками с копьями ногтей растирать себе глазные впадины, щеки и подбородок. Затем сложил руки на закапанной вином простыне и склонил голову влево, на левое плечо, как бы отвернувшись от гостя.

— Я ответил вам насколько мог правдиво, мингер Пеперкорн, — сказал Ганс Касторп, — и честно старался не сказать ни слишком много, ни слишком мало. Прежде всего я хотел обратить ваше внимание на то, что тот вечер полного осуществленного «Ты» и вместе с тем вечер прощания можно и принимать в расчет и не принимать, ибо это вечер, выпадающий из обычной жизни, и даже, пожалуй, из календаря, — так сказать, вечер hors d'oeuvre[1], экстраординарный, что-то вроде двадцать девятого февраля, вот почему, если бы я отрицал некий факт, это было бы ложью только наполовину.

Пеперкорн не ответил.

— Но я предпочел, — снова начал после небольшой паузы Ганс Касторп, — сказать вам правду, рискуя утратить ваше благоволение, что, признаюсь вам совершенно открыто, было бы для меня чувствительной утратой, прямо-таки ударом, настоящим ударом, вроде того, который я испытал, когда мадам Шоша появилась здесь опять, но не одна, а со спутником. Я рискнул пойти на откровенность, ибо давно желал, чтобы между нами была полная ясность — между вами, кого я так исключительно почитаю, и мной, это казалось мне прекраснее и более по-человечески, — вы знаете, как это слово произносит Клавдия своим волшебным глуховатым голосом, она его так обаятельно растягивает, — чем умалчивание и утаивание. И поэтому у меня прямо камень с души сва-

[1] Закуска (*фр.*).

лился, когда вы констатировали некий факт. И еще одно, мингер Пеперкорн, — продолжал Ганс Касторп. — Еще одно заставило меня сказать вам чистейшую правду: я испытал на личном опыте, какое раздражающее чувство вызывает неуверенность, когда приходится довольствоваться лишь смутными предположениями. Теперь *вам* известно, с кем Клавдия, до того как появились у вас теперешние права на нее, — не уважать их было бы просто бредом, — теперь вам известно, с кем она пережила, провела, отпраздновала некое двадцать девятое февраля. Что касается меня, то мне так и не удалось добиться ясности, хотя совершенно понятно, что каждый, кому приходится над этим задуматься, вынужден считаться с предшествующими фактами такого рода, вернее — с такими предшественниками, и хотя мне было известно, что гофрат Беренс — он, как вы, может быть, знаете, художник-дилетант, пишет маслом — провел с ней множество сеансов и сделал ее портрет — выдающаяся вещь, притом кожа написана так осязаемо, что невольно призадумаешься, я по этому случаю немало помучился, ломал себе голову, продолжаю ломать и по сей день.

— Вы все еще любите ее? — спросил Пеперкорн, по-прежнему не меняя позы, то есть отвернувшись... Большая комната все больше погружалась в сумрак.

— Простите меня, мингер Пеперкорн, — отозвался Ганс Касторп, — но при моем отношении к вам, при том, как я почитаю вас и преклоняюсь перед вами, я бы не считал возможным говорить о своих чувствах к вашей спутнице.

— А она, — спросил Пеперкорн совсем тихо, — она разделяет и теперь еще эти чувства?

— Я не могу утверждать, — ответил Ганс Касторп, — я не могу утверждать, что она когда-нибудь разделяла их. Это маловероятно. Мы с вами уже касались этого предмета чисто теоретически, когда говорили о том, что женская природа только реагирует на любовь мужчины. Меня, конечно, особенно любить не за что. Какие же у меня масштабы — сами посудите! И если дело могло все-таки дойти до... до двадцать девятого февраля, то это случилось лишь потому, что женщину подкупает, если на нее падает выбор мужчины, причем, должен добавить, я сам себе кажусь пошлым хвастуном, когда называю себя «мужчиной»; но уж Клавдия-то во всяком случае настоящая женщина.

— Она подчинилась чувству, — пробормотал Пеперкорн разорванными губами.

— Вашему чувству она покорилась гораздо охотнее, — вероятно, и прежде покорялась не раз, это должно быть ясно каждому, кто попадает...

— Стойте! — прервал его Пеперкорн, все еще не повертываясь к нему, но предостерегающе подняв руку ладонью к собеседнику. — А это не подлость, что мы так о ней говорим?

— Конечно, нет, мингер Пеперкорн. Нет, в этом смысле я, кажется, могу вас вполне успокоить. Ведь речь идет о вещах очень человеческих, — человеческих в смысле свободы и гениальности, простите за такое, может быть, несколько выспреннее выражение, но я за последнее время стал по необходимости пользоваться им.

— Хорошо, продолжайте! — понизив голос, приказал Пеперкорн.

Теперь заговорил вполголоса и Ганс Касторп — он сидел на краешке стула возле кровати, наклонившись к царственному старику, зажав руки между коленями.

— Ведь она же гениальное создание, — заговорил он опять, — и этот муж в Закавказье, — вы, вероятно, знаете, что у нее есть муж в Закавказье, — так вот, он предоставляет ей быть свободной и гениальной — то ли от глупости, то ли от интеллигентности, — сказать не берусь, я этого типа не знаю. Во всяком случае, правильно делает, что предоставляет, и то и другое ей все равно дает болезнь, гениальный принцип болезни, которому она подвластна, и каждый, кто попал бы в положение ее мужа, правильно сделает, последовав его примеру, и не будет жаловаться и заглядывать в прошлое или в будущее...

— Вы жалуетесь? — спросил Пеперкорн и повернулся к нему лицом... В сумерках оно казалось мертвенным: бледные глаза смотрели устало из-под идольских складок на лбу, крупный разорванный рот был полуоткрыт, словно у трагической маски.

— Я не предполагал, — скромно отозвался Ганс Касторп, — что речь идет обо мне, и все это говорю к тому, чтобы вы, мингер Пеперкорн, не жаловались, и из-за того, что было прежде, не лишали меня своей благосклонности. Сейчас для меня это главное.

— И все-таки я, сам того не зная, должно быть, причинил вам глубокую боль.

— Если вы задаете вопрос мне, — возразил Ганс Касторп, — и если я отвечу утвердительно, то это прежде всего не должно означать, будто я не ценю великого блага быть знакомым с вами, а ведь это преимущество неразрывно связано с огорчением, о котором вы говорите.

— Благодарю вас, молодой человек, благодарю. Весьма ценю учтивость ваших бойких слов. Но, оставив в стороне наше знакомство...

— Наше знакомство трудно оставить в стороне, — возразил Ганс Касторп, — да мне и вовсе незачем оставлять его в стороне, чтобы совершенно чистосердечно ответить на ваш вопрос утвердительно. То, что Клавдия вернулась с человеком ваших масштабов, могло только усилить и осложнить мое огорчение от того, что она вообще вернулась в сопровождении кого-то другого. Это очень меня мучило, мучит и теперь, не отрицаю, и я нарочно опираюсь на положительную сторону всей этой истории, то есть на мое искреннее уважение к вам, мингер Пеперкорн, хотя, сознаюсь, в этом скрыт и некоторый подвох в отношении вашей спутницы; ведь женщинам не очень нравится, если их возлюбленные дружат между собой.

— Вы правы, — отозвался Пеперкорн, незаметно улыбнувшись, и провел ладонью по губам и подбородку, словно боялся, что мадам Шоша может увидеть эту улыбку. Скромно усмехнулся и Ганс Касторп, потом оба кивнули, словно с чем-то втайне соглашаясь.

— Эту маленькую месть, — продолжал Ганс Касторп, — я мог себе в конце концов позволить, ведь если говорить обо мне, то у меня все же есть некоторые основания жаловаться — не на Клавдию, но вообще на свою жизнь, на свою судьбу, а так как я имею честь пользоваться вашим доверием и сейчас такие совершенно необычные минуты сумерек, то я попытаюсь хотя бы приблизительно рассказать о себе.

— Я буду просить вас об этом, — вежливо отозвался Пеперкорн, и Ганс Касторп продолжал:

— Здесь наверху я давным-давно, мингер Пеперкорн, не дни, а годы, точно я не знаю сколько, но многие годы, поэтому-то я и заговорил о «жизни» и «судьбе», и когда будет нужно, я к этому еще вернусь. Я приехал сюда ненадолго, навестить моего кузена, он был военным и полон самых честных и достойных намерений, что, впрочем, ему нисколько не помогло, ибо он успел уже отбыть на тот свет, а я все еще тут живу. Я не военный, у меня была гражданская профессия, как вы, может быть, слышали, почтенная и разумная профессия, говорят, будто она даже способствует сближению между народами, но меня она никогда особенно не увлекала, сознаюсь в этом, о причинах своего равнодушия я могу только сказать, что они скрыты во мраке вместе с корнями моих чувств к вашей спутнице, — я не случайно называю ее так, я хочу этим показать, что у меня и в мыслях не было покуситься на чьи-то установившиеся права или отрицать мои чувства к Клавдии Шоша, и мое обращение к ней на «ты», его я тоже никогда не отрицал, с тех пор как ее глаза впервые взглянули на меня и околдовали меня — околдовали в самом безрассудном смысле этого слова. Ради нее и наперекор господину Сеттембрини я подчинился принципу безрассудства, гениальному принципу болезни, впрочем, я, вероятно, был покорен ему с давних пор, искони, — и вот я остался здесь — уж не знаю точно, сколько времени я нахожусь тут, — я все забыл и со всеми порвал — с моими родными, с моей профессией там, на равнине, со всеми моими надеждами на будущее. И когда Клавдия уехала, я стал ждать ее, ждать, ждать здесь наверху, а теперь совсем отбился от жизни внизу и для тамошних людей все равно, что умер. Вот что я имел в виду, когда говорил о «судьбе» и позволил себе намекнуть на то, что имел бы основания жаловаться на чьи-то установившиеся права. Знаете, я читал одну историю, нет, я видел это на сцене: некий простодушный юноша, — он был, впрочем, военным, как и мой двоюродный брат, связался с пленительной цыганкой — она была пленительна, с цветком за ухом — натура дикая и своевольная, — словом, роковая женщина, и до того околдовала его, что он сбился с пути, всем ради нее пожертвовал, стал дезертиром, ушел вместе с ней к контрабандистам, потерял всякое чувство чести и во всех отношениях опозорил себя. Когда он ей надоел, она сошлась с матадором, неотразимым мужчиной с великолепным баритоном. И кончилось тем, что бедный солдатик, белый как мел и в расстегнутой рубашке, заколол ее ножом перед цирком, впрочем, она сама довела его. Эта история особого отношения к нам не имеет; но почему-то она все-таки вспомнилась мне.

При упоминании о ноже мингер Пеперкорн слегка изменил положение, вдруг отодвинулся и, быстро повернувшись к гостю, испытующе посмотрел ему в глаза. Потом слегка выпрямился, оперся на локоть и начал:

— Молодой человек, я вас выслушал, и теперь мне все ясно. На основе ваших слов разрешите мне честно объясниться с вами! Если бы не мои седины и не коварная лихорадка, сразившая меня, вы нашли бы меня готовым с оружием в руках дать вам как мужчина мужчине удовлетворение за обиду, которую я вам невольно нанес, а также за обиду, нанесенную моей спутницей — ибо за нее я тоже отвечаю. Отлично, сударь, — вы видели, что я готов. Но, при теперешнем положении дела, позвольте мне обратиться к вам с другим предложением, а именно: я вспоминаю некую минуту в самом начале нашего знакомства, когда мы были в особо приподнятом настроении — я очень хорошо ее помню, хотя был основательно выпивши, — минуту, когда под приятным впечатлением некоторых черт вашего характера я чуть не предложил вам перейти на братское «ты», но потом все же понял, что это было бы несколько преждевременно. Так вот, я сейчас напоминаю вам об этой минуте, я возвращаюсь к ней и заявляю, что отсрочка кончилась. Молодой человек, мы братья, заявляю это. Вы говорили о «ты» в полном смысле слова, наше «ты» тоже будет им в полном смысле — в смысле братьев по чувству. То удовлетворение с помощью оружия, которое я не могу дать вам ввиду моего возраста и нездоровья, я предлагаю заменить этой формой, я предлагаю его в форме братского союза, обычно союз заключают против третьих лиц, против людей, — словом, против кого-то, а мы заключим его из чувства любви к кому-то. Берите свой бокал, молодой человек, а я опять возьму свой стакан, он не будет оскорблением для этой шипучки.

И своей слегка дрожащей капитанской рукой он налил вина себе и гостю. Почтительно пораженный, Ганс Касторп помог ему.

— Берите же! — повторил Пеперкорн. — Берите меня под руку, — накрест! И так выпьем! Пейте до дна!.. Отлично, молодой человек. Кончено. Вот вам моя рука. Ты доволен?

— Это, конечно, не то слово, мингер Пеперкорн, — ответил Ганс Касторп, которому было трудновато выпить залпом целый бокал, и вытер носовым платком колено, так как пролил на него немного вина. — Я скорее могу сказать, что очень счастлив, я еще опомниться не могу, как это мне вдруг выпала на долю такая честь... Говоря откровенно, я точно во сне. Ведь это же действительно высокая честь, даже не знаю, чем я заслужил ее, во всяком случае, я тут лицо пассивное, да иным и быть не могу, и нет ничего удивительного, если мне на первых порах такое обращение покажется чересчур необычным; прямо не знаю, как я выговорю это «ты», я, пожалуй, споткнусь — особенно в присутствии Клавдии, ведь ей, по ее женской природе, может быть, не очень понравится наше соглашение...

— Уж это предоставь мне, — отозвался Пеперкорн, — остальное — дело привычки и постоянного упражнения. А теперь уходи, молодой человек! Оставь меня, сын мой! Уже стемнело, наступил вечер, наша возлюбленная может с минуты на минуту вернуться, а встреча между вами была бы, пожалуй, именно сейчас не слишком уместна...

— Прощай, мингер Пеперкорн! — сказал Ганс Касторп и поднялся. — Видите, я стараюсь преодолеть свою вполне понятную робость и уже упражняюсь в столь смелом обращении. А ведь верно, совсем темно. Я представляю себе, что сейчас мог бы вдруг войти Сеттембрини и включить свет, чтобы здесь воцарился разум и дух общественности — есть у него такая слабость. До завтра! Я ухожу отсюда с таким чувством радости и гордости, о котором никогда и мечтать не смел! От души желаю скорейшего выздоровления! Теперь у тебя впереди по крайней мере три дня без лихорадки и ты сможешь быть на высоте всех требований жизни. Я рад за тебя, как будто я — это ты. Спокойной ночи!

## МИНГЕР ПЕПЕРКОРН

(*Окончание*)

Водопад — всегда заманчивая цель для прогулок, и нам даже трудно объяснить, почему Ганс Касторп, который особенно любил падающую воду, еще ни разу не посетил живописный каскад в Флюэлатальском лесу. Во времена его совместной жизни здесь наверху с Иоахимом это еще можно было объяснить строго служебным отношением кузена к пребыванию в санатории, считавшего, что он находится в нем не ради своего удовольствия, и его деловитой и строгой целеустремленностью, в результате которой их кругозор был ограничен ближайшими окрестностями. Но и после его кончины отношение Ганса Касторпа к прогулкам — не считая его походов на лыжах — оставалось неизменным и консервативным, и в этом контрасте с широтой его внутреннего опыта и с обязанностями «правителя» была для молодого человека даже известная прелесть. Все же, когда среди более близких ему людей, в маленьком дружеском кружке, состоявшем из семи человек (считая и его), возник план поездки в экипажах к прославленному водопаду, он поддержал этот план с увлечением.

Уже наступил май, «веселый месяц май», как пелось в простодушных песенках на равнине, — правда, тут наверху он был холодноват и не слишком ласков, — но таковы уж особенности здешнего климата. Однако таянье снегов, видимо, кончилось. Правда, за последние дни не раз начинал валить снег крупными хлопьями, но он сразу же исчезал, оставляя лишь немного воды; огромные зимние сугробы истаяли, испарились, только кое-где лежали белые пятна, все зазеленело, дороги стали проходимыми и как бы звали к далеким прогулкам.

Встречи между членами кружка за последнее время стали редкими из-за болезни его главы, великолепного Питера Пеперкорна, ибо злокачественный дар, полученный им от тропиков, не поддавался ни воздействию столь исключительного климата, ни противоядиям столь выдающегося медика, как гофрат Беренс. Мингер был вынужден проводить долгие часы в постели, и не только в те дни, когда квартана вступала в свои губительные права, у него к тому же были не в порядке печень и селезенка, как намекнул вполголоса гофрат Беренс близким лицам, и с желудком дело обстоит не блестяще; поэтому Беренс не преминул подчеркнуть, что даже для такого могучего организма не исключена опасность хронического истощения.

В эти недели Пеперкорн председательствовал только на вечерних пирушках, были отменены и совместные прогулки, за исключением одной, и то ходили недалеко. Говоря между нами, от того, что близкая к Пеперкорну, привычная компания распалась, Ганс Касторп, в некотором смысле, испытывал даже облегчение, ибо, после того как он выпил со спутником Клавдии Шоша на брудершафт, для молодого человека возникли некоторые трудности; в его разговорах с Пеперкорном, происходивших на людях, появились та скованность, та уклончивость, которые обычно вызываются «дележом двойного ореха», старание избежать чего-то, словом, все то, что бросалось в глаза и при его общении с Клавдией. С помощью всяких ухищрений и описательных форм старался он обойти прямое обращение, — на основании той же, или, вернее, обратной дилеммы, которая чувствовалась в его беседах и с Клавдией при посторонних, а также в присутствии одного только ее повелителя, и которая благодаря данному Пеперкорном удовлетворению тяготила его теперь как беспощадные двойные оковы.

Итак, на очереди встал вопрос о поездке к водопаду, Пеперкорн сам определил место, он, видимо, чувствовал себя достаточно бодрым, чтобы туда добраться. Это было как раз на третий день после очередного приступа квартаны, и мингер оповестил друзей о том, что желает его использовать. Правда, на первые утренние трапезы он не спустился в общую столовую, как повелось за последнее время, — их подали к нему в салон, и он завтракал и обедал вдвоем с мадам Шоша; но уже во время первого завтрака Гансу Касторпу было передано через хромого портье повеление быть через час после обеда готовым к отъезду, кроме того, сообщить это повеление господам Ферге и Везалю, известить Нафту и Сеттембрини, что за ними заедут, и, наконец, позаботиться о том, чтобы к трем часам были поданы два ландо.

В указанный час все эти лица встретились перед главным подъездом санатория — Ганс Касторп, Ферге и Везаль, и стали ожидать там господ из комнат люкс, развлекаясь тем, что поглаживали лошадей и угощали их кусками сахара, а те неловко брали их прямо с ладони черными мокрыми губами. Пеперкорн и его спутница появились на площадке парадной лестницы лишь с небольшим опозданием — он был в длинном потертом пальто, и его царственное лицо казалось осунувшимся; стоя наверху рядом с Клавдией, он приподнял мягкую шляпу с широкими полями, и его губы неслышно произнесли обращенное ко всем приветствие. Затем спустился и пожал руки всем трем мужчинам, которые подошли к самым нижним ступенькам, чтобы встретить его.

— Молодой человек! — обратился он к Гансу Касторпу, положив ему левую руку на плечо, — ну, как дела, сын мой?

— Большое спасибо! Задаю тот же вопрос, — ответил Ганс Касторп...

Солнце сияло, день был отличный, безоблачный, однако все поступили очень благоразумно, надев демисезонные пальто: при езде будет, безусловно, свежо. Мадам Шоша тоже была в теплом пальто с поясом, из ворсистой материи в крупную клетку и даже в меховой горжетке. Поверх фетровой шляпы она накинула оливковую вуаль, завязав ее под подбородком, благодаря чему края шляпы по бокам слегка загнулись книзу, и она выглядела так прелестно, что у большинства присутствующих даже заныло сердце, — кроме Ферге, единственного мужчины, который не был в нее влюблен; благодаря этому равнодушию, при предварительном распределении мест в экипажах, пока не подсели живущие за пределами санатория, он оказался в первом ландо, на заднем сиденье, против мингера и мадам, а Гансу Касторпу пришлось занять вместе с Фердинандом Везалем второе ландо, причем он заметил, что Клавдия по этому поводу насмешливо улыбнулась. Хилый камердинер малаец также оказался участником прогулки. Он вышел из-за спины своих господ, таща огромную корзину, из-под крышки которой торчали горлышки двух винных бутылок, и задвинул ее под заднее сиденье первого ландо; едва он уселся рядом с кучером и скрестил руки, как экипажи тронулись и со включенными тормозами стали спускаться по извилистой подъездной аллее.

Ироническую улыбку мадам Шоша заметил и Везаль; показывая гнилые зубы, он заговорил об этом со своим спутником.

— Вы видели, как она издевалась над вами, — спросил он, — оттого что вам пришлось ехать со мной? Да, да, лежачего всегда бьют. А вам очень неприятно и противно сидеть рядом со мной?

— Возьмите себя в руки, Везаль, и не говорите таких гадостей! — остановил его Ганс Касторп. — Женщины улыбаются по любому случаю, только бы улыбнуться, совершенно незачем всякий раз углубляться в это. И зачем вы всегда так унижаетесь? Как и у каждого, у вас есть свои достоинства и недостатки. Вот вы, например, очень мило играете отрывки из «Сна в летнюю ночь», это может не каждый. Вы бы опять как-нибудь поиграли.

— Да, вот вы утешаете меня, поглядываете сверху вниз и даже не понимаете, какая это наглость так утешать человека. Вы же меня этим еще больше унижаете. Хорошо вам свысока уговаривать да утешать, но ведь если вы сейчас очутились в довольно смешном положении, то все-таки когда-то свое получили и побывали на седьмом небе, Господи Боже мой, и чувствовали, как ее руки обнимают вас за шею, и все прочее, Господи Боже мой... у меня, как подумаю об этом, начинает в горле жечь и под ложечкой... И вы, с полным сознанием всего, что было вам даровано судьбою, свысока взираете на меня, нищего, и на мои муки...

— А выражаетесь вы не слишком красиво, Везаль. И даже в высшей степени отвратительно, мне незачем скрывать от вас, — ведь вы же обвиняете меня в наглости, — что ваши слова все-таки мерзки и вы как будто нарочно стараетесь вызвать отвращение и постоянно пресмыкаетесь. Неужели вы и вправду так отчаянно влюблены?

— Ужасно! — отозвался Везаль, покачав головой. — Нельзя описать, как меня терзает моя страсть, мое вожделение к ней, — я хотел бы от этого умереть, а так ведь и не живешь и не умираешь! Когда она уехала, я начал понемногу успокаиваться и постепенно забывать ее. Но с тех пор как она вернулась и я каждый день ее вижу, я иногда дохожу до того, что руки себе кусаю и просто не знаю, куда мне деться, как мне быть. Трудно поверить, что такая одержимость может существовать на свете, но от нее невозможно освободиться, раз такое приключилось — с ним не развяжешься, тогда пришлось бы развязаться с самой жизнью, с которой оно слилось воедино, а этого как раз и не можешь... Умереть? — что дала бы мне смерть? После — пожалуйста. В ее объятиях — с огромной радостью! Но до этого нелепо, ибо жизнь — это желание, а желание — жизнь, и не может она восстать на самое себя, в том-то и состоит проклятая карусель, роковой круг. Я говорю «проклятая» только так, словно это говорит другой, со стороны, сам я этого не сказал бы. На свете существуют всякие пытки, Касторп, и когда человека подвергают пытке, он жаждет избавиться от нее, он жаждет одного — избавиться, это его единственная цель. Но чтобы освободиться от пытки плотского вожделения, есть только один путь, один способ, — это вожделение нужно утолить — иначе не освободишься никакой ценой! Так уж положено, и кто этого не испытывает, тот и не останавливается на таких ощущениях, а уж если человек одержим, как я, он познает все крестные муки и будет проливать горькие слезы. Боже правый, и зачем только на свете так устроено, что плоть нестерпимо вожделеет к другой плоти и лишь потому, что она не его собственная, а принадлежит другой душе — как это странно и вместе с тем насколько плоть все-таки скромна и стыдлива в своем влечении! Можно было бы сказать: если она, кроме этого, больше ничего не жаждет, так, ради Бога, пусть себе получает! Ведь чего я хочу, Касторп? Разве я хочу убить ее? Хочу пролить ее кровь? Да я только ласкать ее хочу! Касторп, милый Касторп, простите, что я ною, но могла бы она хоть из милости исполнить мое желание! Ведь в этом есть нечто более возвышенное, я же не скотина, на свой лад я ведь тоже человек! Плотское вожделение стремится то к одной, то к другой, тут нет привязанности, нет избранности, потому-то мы его и называем скотским. Но когда оно обращено к человеческому существу с определенным обликом, тогда уста наши говорят о любви. Ведь я желаю не только ее тело, ее физическую оболочку, если бы в ее внешнем облике даже ничтожная черточка была чуть иной, вероятно, меня и не влекло бы ко всему ее телу, поэтому ясно, что я люблю ее душу и что я люблю ее душой. Ибо любовь к внешнему облику есть любовь душевная.

— Что это с вами, Везаль? Вы вне себя и говорите Бог знает как превыспренне...

— В том-то и дело, в том-то и горе, — продолжал бедняга, — что у нее есть душа, что она человек и состоит из души и тела! А душа-то ее знать не желает моей души, значит, и тело ее знать не хочет моего тела! О горе, о несчастье! Из-за этого мое желание проклято и обречено стыду, и моему телу суждено вечно извиваться в огненных муках! Почему она и душой и телом знать меня не хочет, Касторп, и почему мое желание рождает в ней отвращение? Разве я не мужчина? Разве даже отталкивающий мужчина не остается им? А я даже очень мужчина, клянусь вам, я превзошел бы всех, кто был у нее до сих пор, если бы только она раскрыла мне свои объятия и все их блаженство... ее руки так прекрасны, ведь они выражают внутреннюю красоту ее души... Со мною, Касторп, она познала бы все сладострастие мира, если бы дело касалось только наших тел, а не наших внутренних обликов, если бы не было ее треклятой души, а душа эта знать меня не хочет, но опять-таки, если не душа, я бы так не жаждал и ее тела, — вот она дьявольская карусель, и я кружусь во всем этом как белка в колесе!

— Тсс, Везаль! Тише! Ведь кучер понимает. Он нарочно не повертывает головы, но я по спине вижу, что он слушает.

— Понимает и слушает, видите, Касторп! Вот вам опять доказательство того, какое странное, какое особое место занимает в жизни эта сторона. Если бы я говорил об эпохе Возрождения или, ну там о... гидростатике, он бы ничего не понял, ничего не представлял бы себе и не стал бы прислушиваться и интересоваться. Темы непопулярные. Но высший, последний, до жути сокровенный вопрос вместе с тем и самый популярный, каждому он понятен и каждый может издеваться над тем, кто попал в беду, чьи дни полны терзаниями чувственности, а ночи стали целым адом позора! Касторп, милый Касторп, дайте же мне немного поскулить, если бы вы знали, какие ночи я провожу! Каждую ночь я вижу ее во сне, ах, и чего только я не вижу, у меня жжет в глотке и под ложечкой, когда я вспоминаю об этих видениях! И всегда кончается тем, что она бьет меня по щекам, по лицу, а иногда плюет мне в лицо, и когда она плюет, ее душевный облик искажается гримасой отвращения. Тогда я просыпаюсь весь потный от стыда и сладострастия...

— Ну вот, Везаль, а теперь давайте помолчим и решим больше не разговаривать, пока не доедем до бакалеи и кто-нибудь к нам не подсядет. Это мое предложение, и я на нем настаиваю. Не хочу вас оскорблять и допускаю, что вы очень мучитесь, но, знаете, у меня на родине существует сказка об одной особе, которая была наказана тем, что при каждом слове у нее изо рта выскакивала то змея, то жаба. В книжке не упоминалось о том, как она сама относилась к этому, однако я лично всегда считал, что она старалась помалкивать.

— Но ведь у человека есть же потребность, — жалобно возразил Везаль, — есть же потребность, милый Касторп, поговорить и облегчить душу, когда он вот так мучится.

— Не только потребность, это, если хотите, даже его *право*, Везаль. И все же есть, по моему мнению, права, которыми в известных случаях благоразумнее не пользоваться.

Итак, они по настоянию Ганса Касторпа умолкли, да и экипажи быстро домчали всю компанию до обвитой диким виноградом лавки бакалейщика, где им не пришлось задержаться ни на минуту: Нафта и Сеттембрини уже ожидали на улице, один — в своей поношенной меховой куртке, другой — в желтоватом демисезонном пальто с обильной строчкой, придававшем ему щегольской вид. Пока экипажи заворачивали, они обменивались с приехавшими поклонами и приветствиями, потом тоже сели — Нафта четвертым в первое ландо, рядом с Ферге, а Сеттембрини, который был в отличном настроении и сыпал блестящими остротами, присоединился к Гансу Касторпу и Везалю, причем последний уступил ему свое место в глубине экипажа; Сеттембрини тут же уселся и с изысканной небрежностью принял позу светского франта на Корсо.

Он расхваливал приятности езды в экипаже, когда тело движется вперед, а ты сидишь спокойно и удобно на месте и любуешься все новыми ландшафтами; обращался с отеческой лаской к Гансу Касторпу, даже беднягу Везаля похлопал по щеке, убеждая забыть свое несимпатичное «я» и отдаться восхищению сияющим миром природы, указывая при этом на широкую панораму гор плавными движениями правой руки в облезлой кожаной перчатке.

Ехали очень хорошо. Лошади, все четыре с белыми пятнами на лбу, крепкие, сытые и гладкие, дружно отбивали копытами такт по ровному, еще не пылившему шоссе. Обломки скал, в щелях которых пробивались трава и цветы, подступали порой к самой дороге, телеграфные столбы бежали мимо, горные леса поднимались по склонам, все новые повороты шоссе плавно надвигались и уходили назад, поддерживая интерес едущих, а в солнечной дали, казалось, отовсюду видные, проступали смутные очертания еще покрытых снегом горных хребтов. Знакомые долины отодвинулись, иные пейзажи освежали душу. Вскоре экипажи остановились у лесной опушки: отсюда надо было идти уже пешком до цели, связь с которой, на слух, давно уже установилась, ибо она сначала слабым, а потом все нарастающим шумом, громче и громче возвещала о себе приближавшимся путникам. Как только экипажи остановились, все услышали какой-то далекий, прерывистый шелест, еще с трудом различимое шипение, плеск и гул. Люди обращали внимание друг друга на этот гул и, стараясь уловить его, застывали на месте.

— Отсюда, — сказал Сеттембрини, который не раз бывал здесь, — мы слышим еще очень робкий шум. Но у самого водопада в это время года грохот ужасный, — будьте готовы, вы собственных слов не расслышите.

Они вошли в лес и зашагали по дороге, усыпанной иглами хвои; впереди шествовал Питер Пеперкорн, опираясь на руку своей спутницы, надвинув на лоб черную фетровую шляпу и переваливаясь с боку на бок; тут же за ними следовал Ганс Касторп, без шляпы, как и все остальные мужчины, засунув руки в карманы, слегка склонив голову набок, тихонько посвистывая и озираясь вокруг; потом Нафта и Сеттембрини, потом Ферге с Везалем, и шествие завершал малаец. Он шел один, и на руке у него висела корзина с провизией.

Они заговорили о лесе. Лес этот был не такой, как обычные леса; он казался очень живописным, даже не лишенным экзотики, но к этому примешивалось и что-то жуткое. Куда ни посмотришь — всюду мшистый лишайник, деревья им опутаны, обмотаны, обвиты с вершины и до корней. Словно зеленовато-бурые, косматые бороды, свисали пряди этого растения-паразита с затянутых им и обросших, словно пухом, ветвей; хвои почти не было заметно — только сплошные волокна моха; вид этих деревьев угнетающе действовал на душу, в нем было что-то искаженное, что-то колдовское и болезненное. Лесу жилось плохо, он был болен от этого похотливого лишайника, который грозил его задушить; таково было общее мнение небольшой кучки людей, шагавших по усыпанной иглами дороге и слушавших шум той цели, к которой они стремились, к громыханию и шипению, постепенно выраставшему, как и предсказал Сеттембрини, в оглушительный грохот.

За поворотом дороги путникам открылось поросшее лесом скалистое ущелье и мост через него, в это ущелье и низвергался водопад; когда он стал виден, достиг своей высшей силы и его шум — какое-то прямо адское клокотанье. Водяные массы валились отвесно сплошным каскадом, с высоты семи-восьми метров, и очень широким потоком в кипенье белой пены мчались дальше по утесам. Воды низвергались с диким шумом, в котором, казалось, слились все возможные звуки и все их диапазоны — гром и шипенье, вопли и свист, треск, дребезг, грохот, рев труб, звон колоколов — действительно, голова шла кругом. По скользкой скалистой тропе путники подошли к самому краю и остановились, созерцая мощные воды, вдыхая их влагу, осыпанные каплями, окутанные туманом брызг, больше ничего не слыша, словно их уши были до отказа набиты звуками; они обменивались взглядами, испуганно улыбались, покачивали головой, не сводя глаз с этого зрелища, с этой, совершавшейся в пене и грохоте, непрерывной катастрофы. Неистовое беснование вод оглушало их, страшило, рождало слуховые галлюцинации. Зрителям чудилось, будто со всех сторон до них доносятся вопли, окрики, угрозы, звуки труб и грубые мужские голоса.

Столпившись за спиной Пеперкорна, остальные пять мужчин и мадам Шоша, так же как и он, смотрели на водопад. Лица мингера они не видели, но видели, что он обнажил белопламенную голову и подставил грудь свежему воздуху. Они объяснялись взглядами и знаками, ибо их голоса, если бы даже они кричали друг другу в самое ухо, были бы заглушены громом водопада. Напрасно их губы произносили слова изумления и восторга, слова эти оставались беззвучными. Ганс Касторп, Сеттембрини и Ферге, молча кивая друг другу, уговорились подняться до верха ущелья, на дне которого находились, и выйти на верхнюю тропинку, чтобы оттуда полюбоваться водопадом. Подъем был не слишком труден: ряд высеченных в скале узких и крутых ступенек вел как бы в верхний этаж леса; они гуськом взобрались по ним, поднялись на мост, дошли до его середины и, как бы паря над упругим выгибом свергавшейся воды и опершись о перила, приветствовали оставшихся внизу. Затем перебрались на другую сторону, с трудом спустились по склону ущелья, и остальные снова увидели их уже по ту сторону водопада, через который внизу, так же как и наверху, был перекинут мост.

Теперь обмен знаками означал, что следовало бы подкрепиться. Несколько человек предложили отойти подальше от зоны грохота и закусывать с освобожденным слухом, а не так, словно они глухонемые. Однако Пеперкорн энергично этому воспротивился, он был совсем другого мнения. Он покачал головой, несколько раз ткнул вниз указательным пальцем, разорванные губы с трудом раздвинулись и беззвучно произнесли «тут»! Что поделаешь? В таких вопросах решал он, ибо был повелителем и хозяином положения. И столь сильно было влияние его необычайной индивидуальности, что если бы даже не он явился, как обычно, инициатором прогулки и ее главой, все равно все подчинились бы его воле. Люди таких масштабов всегда были и будут тиранами и самодержцами. Мингер пожелал ужинать у самого водопада, под грохот вод, таков был его великодержавный каприз, и тем, кто не хотел остаться в стороне, пришлось покориться. Большинство были недовольны. Сеттембрини, убедившись, что человеческий обмен мнениями и демократически четкая беседа или даже диспут сейчас невозможны, привычным жестом отчаяния и покорности поднял руку и взмахнул ею над головой. Малаец поспешил исполнить приказ своего повелителя. Он поставил у скалистой стены два складных кресла, привезенных из «Берггофа» для мингера и мадам. Затем, расстелив у их ног скатерть, выложил на нее содержимое корзины: кофейные чашки, стаканы, термосы, печенье, вино. Все заторопились получить свою порцию. Потом путешественники уселись на валунах, на перилах, тянувшихся вдоль тропинки, и, держа в руках чашку с горячим кофе, а на коленях — тарелку с печеньем, среди шума водопада молча принялись за еду.

Подняв воротник пальто и положив рядом с собою шляпу, Пеперкорн пил портвейн из серебряного кубка с монограммой и наполнял его не раз. Вдруг он начал говорить. Удивительный человек! Невозможно было допустить, чтобы он слышал собственный голос, а уж остальные, конечно, не уловили ни единого слова из того, что он хоть и провозгласил, но не смог предать гласности. Все же он поднял указательный палец правой руки, в которой держал кубок, и вытянул левую, немного вбок, раскрыв ладонь; все видели, как двигалось царственное лицо, как рот выговаривал слова, остававшиеся беззвучными, словно он произносил их в безвоздушном пространстве. Все были уверены, что Пеперкорн тут же прекратит это нелепое занятие, и смущенно улыбались, но он продолжал говорить, бросая беззвучные слова в пучину все поглощающего грохота, сопровождая их проработанными жестами левой руки, которыми, как обычно, требовал внимания и словно приковывал к себе зрителей; его усталые, бледные, неестественно расширенные глазки под тяжелыми скульптурными складками лба переходили с одного на другого, и тот, к кому он в данную минуту обращался, был вынужден кивать головой и, удивленно подняв брови и приоткрыв рот, подносить руку к уху, точно это могло хоть сколько-нибудь помочь в том безнадежном положении, в котором он очутился. Потом голландец даже встал. В перемятом дорожном пальто, с поднятым воротником, без шляпы, в ореоле белых волос, полыхавших словно пламя надо лбом с идольскими складками, и держа в руке кубок, высился он на фоне скалы, черты его лица оживленно двигались, он назидательно поднял пальцы, увенчанные копьями ногтей, соединив большой и указательный, и словно дополняя этим уточняющим жестом свой немой тост. По его лицу и по движению губ можно было отгадать слова, которые присутствующие привыкли слышать от него: «Превосходно», «Кончено». Но этим дело и ограничилось. Все видели его склоненную набок голову, увидели горечь разорванного рта, весь образ человека-страдальца. Потом снова расцвела на щеке выразительная жизнерадостная ямочка, таившая в себе сибаритское лукавство, почудились подобранные для пляски одежды, священное беспутство языческого жреца. Он поднял кубок, описал им полукруг перед лицами гостей и двумя-тремя глотками осушил его весь, запрокинув голову, так что стало видно дно кубка. Затем величественным жестом протянул его малайцу, а тот, прижав руку к груди, почтительно принял сосуд, — и Пеперкорн дал знаком понять, что пора собираться в обратный путь.

Все поклонились, благодаря его, и поспешили исполнить повеление. Те, кто сидел на корточках, вскочили, примостившиеся на перилах слезли. Хилый малаец, в цилиндре и пальто с меховым воротником, торопливо собрал остатки еды и посуду. Той же узкой колонной, какой путешественники шли сюда, вся компания вернулась по сырой, усыпанной иглами тропинке, через оплетенный космами, изуродованный лес на дорогу, где их ждали экипажи.

Теперь Ганс Касторп сел вместе с хозяином и его спутницей, против них, рядом с добряком Ферге, которому было чуждо все возвышенное. На обратном пути в первом ландо царило почти полное молчание. Мингер сидел, положив ладони на плед, которым были закрыты его колени и колени Клавдии; его нижняя челюсть отвалилась. Перед узкоколейкой и водоспуском Сеттембрини и Нафта вылезли из экипажа и попрощались. Везаля доставили по извилистой подъездной аллее до санатория; тут участники прогулки расстались.

Может быть, в ту ночь сон Ганса Касторпа был особенно легким и чутким из-за какой-то неосознанной настороженности, о которой его душа ничего не знала, но было достаточно малейшего отклонения от привычного ночного спокойствия берггофского дома, едва уловимой тревоги, почти неощутимого сотрясения пола, вызванного далекой беготней, чтобы он тут же проснулся и сел в постели. На самом деле он проснулся гораздо раньше, чем в дверь постучали, а это произошло в самом начале третьего. Он тут же отозвался, отнюдь не сонным голосом, а энергично, с полным присутствием духа. Ганс Касторп узнал высокий ломкий голос одной из сестер, которая передала ему просьбу мадам Шоша немедленно сойти во второй этаж. Он с удвоенной решительностью заявил, что сейчас будет, вскочил, мгновенно оделся, рукой откинул волосы со лба и, не спеша и не ускоряя шаг, спустился вниз, — Ганс Касторп догадывался о том, что случилось, не знал только, *как* это случилось.

Дверь в гостиную Пеперкорна была открыта, а также следующая дверь — в его спальню, там горели все лампы. Он увидел обоих врачей, «старшую» сестру фон Милендонк, мадам Шоша и камердинера малайца. Последний оказался не в своем обычном платье, а в национальной одежде: на нем была куртка в широкую полосу и с широкими рукавами, длинная, как сорочка, и юбка вместо штанов, на голове — островерхая шапка из желтого сукна; на груди висело ожерелье из амулетов. Малаец стоял неподвижно, скрестив руки, слева от изголовья кровати, где Пеперкорн лежал на спине, вытянув руки поверх одеяла. Ганс Касторп, побледнев, окинул взглядом эту сцену. Клавдия Шоша сидела к нему спиной, на низком кресле, в ногах кровати, опираясь локтями на стеганое одеяло, обхватив ладонью подбородок, прижав пальцы к нижней губе, и смотрела в лицо своему спутнику.

— Добрый вечер, мой мальчик, — сказал Беренс, который стоя разговаривал вполголоса с доктором Кроковским и старшей сестрой, и грустно кивнул, вздернув седые усики. Он был в медицинском халате, без воротничка, и в вышитых ночных туфлях. Из грудного кармана торчал стетоскоп. — Ничего не попишешь, — добавил он шепотом. — Чисто сработано. Подойдите. Посмотрите на него взором знатока. Вы должны согласиться, что тут врачебному искусству уже делать нечего.

Ганс Касторп на цыпочках подошел к кровати. Взгляд малайца неотступно следовал за ним, причем он не повертывал головы, так что видны были белки глаз. Покосившись на мадам Шоша, Ганс Касторп констатировал, что она не обращает на него никакого внимания, и встал у кровати в характерной для него позе, опираясь на одну ногу, сложив руки на животе, опустив голову не прямо, а слегка набок, и погрузился в почтительно-задумчивое созерцание. Пеперкорн лежал под красным шелковым одеялом, в шерстяной фуфайке, в которой Ганс Касторп так часто его видел. Руки мингера посинели, местами также и лицо. Это очень искажало его, хотя царственные черты остались те же. Идольские складки на высоком лбу, окруженном белым пламенем волос, — четыре или пять горизонтальных морщин, спускавшихся затем под прямым углом к вискам, глубоко залегли, врезанные привычным напряжением всей жизни, и при опущенных веках резко выделялись даже сейчас, когда наступил покой. Разорванные губы, хранившие выражение горечи, были слегка приоткрыты. Синеватые пятна говорили о внезапном кровоизлиянии, вызванном насильственным затормożением жизненных функций.

Ганс Касторп постоял некоторое время в благоговейном молчании, обдумывая создавшееся положение; он был в нерешительности, ожидая, что «вдова» заговорит с ним. Но так как она этого не сделала, он решил больше не мешать и оглянулся на группу пациентов, стоявших за его спиной. Гофрат, перехватив его взгляд, мотнул головой, приглашая его в гостиную. Ганс Касторп последовал за ним.

— Suicidium?[1] — деловито спросил он вполголоса.

— Ну, еще бы! — ответил Беренс с пренебрежительным жестом и добавил: — В самом чистом виде. Бесспорнее и быть не может. А вот такую игрушку вы видели? — спросил он и вытащил из кармана своего халата неправильной формы футлярчик, вынул из него какой-то небольшой предмет и показал молодому человеку. — Я не видел. А посмотреть стоит. Век живи, век учись. Затейливо и остроумно. Вынул у него из рук. Осторожнее! Если капнет на кожу — пойдут волдыри, как при ожоге.

Ганс Касторп повертел в руках загадочную вещицу. Сталь, слоновая кость, золото, каучук, — и вид престранный. Два изогнутых стальных, блестящих рычажка с необыкновенно острыми зубцами, соединялись со слегка изогнутым основанием из слоновой

[1] Самоубийство? (*лат.*).

кости и золота, зубцы были подвижны и могли слегка сближаться, основание заканчивалось баллончиком из тугой черной резины. Размер вещицы не превышал нескольких дюймов.

— Что это такое? — спросил Ганс Касторп.

— Это, — отозвался Беренс, — самый настоящий шприц для инъекций, или, если подойти с другой стороны, — механизированная копия челюстей очковой змеи. Поняли? Нет, видно, не поняли, — продолжал он, так как Ганс Касторп продолжал растерянно смотреть на странный инструмент. — Вот зубы. Они полые, через них проходит волосяной канал, очень узкий, а его выходное отверстие — вот тут, его отчетливо видно, в зубце. Разумеется, канальчики сообщаются, так сказать, и с корнем зуба и с выводным протоком резиновой железы, который проходит через костяное основание. При укусе зубы слегка пружинят внутрь, это ясно, и надавливают на резервуар, содержимое резиновой железы поступает в каналы, и, в ту минуту, когда зубцы впиваются в тело, яд проникает в кровеносную систему. Кажется, проще простого, когда все устройство у вас перед глазами. Надо только догадаться. Вероятно, эта вещь сделана по его собственным указаниям.

— Наверное! — согласился Ганс Касторп.

— Доза едва ли была очень велика, — снова заговорил гофрат. — Но малое количество, видимо, возмещалось...

— Динамикой, — докончил за него Ганс Касторп.

— Ну вот. Какой яд — это мы, конечно, установим. Факт довольно интересный, тут будет чему поучиться. Держу пари, что этот экзотический тип, который сегодня ночью расфрантился, мог бы дать нам совершенно точные сведения. Может быть — комбинация животных и растительных ядов, — и, вероятно, одна из самых эффективных, ведь действие оказалось молниеносным. Все говорит за то, что сразу же остановилось дыхание, произошел паралич дыхательных центров, знаете ли, и мгновенно наступила смерть от удушья, вероятно, легко и без мучений.

— Дай Бог, чтобы так! — благоговейно сказал Ганс Касторп, вернул гофрату зловещую вещичку и возвратился в спальню Пеперкорна.

Там оказались теперь только малаец и мадам Шоша. Когда молодой человек снова приблизился к кровати, Клавдия на этот раз подняла голову и взглянула на него.

— Вы имели право на то, чтобы я послала за вами, — сказала она.

— Вы были очень добры, — ответил он. — И это справедливо. Мы ведь перешли с ним на «ты». И мне очень больно, что я стыдился называть его так на людях и придумывал всякие обходы. Вы были при нем в его последние минуты?

— Слуга известил меня, когда все уже было кончено.

— Это был человек таких масштабов, — продолжал Ганс Касторп, — что бессилие чувства перед жизнью казалось ему космической катастрофой и посрамлением. Ибо он считал себя, вы должны это знать, как бы орудием бракосочетания божества с миром... Этот вздор был его царственной причудой... — Когда человек потрясен, как был потрясен Ганс Касторп, он имеет мужество употреблять такие выражения, хотя они могут показаться слишком грубыми и кощунственными, но по сути они торжественнее, чем почтительные пошлости.

— C'est une abdication[1], — сказала она. — Он знал о нашем сумасбродстве?

— Я не мог отрицать, Клавдия. Он догадался по моему отказу поцеловать вас в лоб. Его присутствие теперь скорее символично, чем реально, но вы позволите мне исполнить это сейчас?

Она сделала ему навстречу порывистое движение, словно подзывая его, закрыла глаза и подставила свой лоб. Он прижался к нему губами. А малаец наблюдал эту сцену, скосив карие звериные глаза так, что видны были только белки.

## ДЕМОН ТУПОУМИЯ

Еще раз слышим мы голос гофрата Беренса — прислушаемся же к нему внимательно. Быть может, мы слышим его в последний раз! Когда-нибудь кончится и эта повесть; мы рассказывали ее довольно долго, вернее: время ее содержания пришло в движение и катится вперед так стремительно, что его уже не удержать, быть может, уже и случая не представится подслушать спокойную и образную речь Радаманта. Он говорил, обращаясь к Гансу Касторпу:

— Касторп, старик, вижу я, что вы скучаете... совсем нос повесили, я все время наблюдаю за вами, дурное настроение у вас прямо на лбу написано. Вы пресыщенный тип, Касторп, вы избa-

[1] Это отречение (*фр.*).

лованы сенсациями, каждый день вам подавай что-нибудь первоклассное, а не то вы ворчите и брюзжите на застой.

Ганс Касторп молчал, и это показывало, что в душе у него действительно был мрак.

— Я прав, как всегда, — ответил Беренс сам себе. — И прежде чем вы, недовольный гражданин, начнете распространять здесь яд всеимперского брюзжания, я вам докажу, что вовсе вы не покинуты Богом и людьми, а, напротив, начальство бдительно надзирает за вами и неутомимо печется о ваших развлечениях. Да и старик Беренс еще тут. Ну, а теперь без шуток, мой мальчик! Мне кое-что пришло в голову в отношении вас, видит Бог, я бессонными ночами много о вас думал и придумал. Можно сказать — меня прямо осенило — и я действительно жду многого от своей идеи, то есть не больше, не меньше, как вашего полного обеззараживания и победоносного возвращения домой через нежданно короткий срок.

— Глаза раскрыли? — продолжал он после короткой паузы, хотя Ганс Касторп вовсе не раскрыл глаза от удивления, а, напротив, смотрел на Беренса довольно сонливым и рассеянным взглядом, — но вы даже не представляете, что старик Беренс имеет в виду. А имею я в виду следующее: у вас не все в порядке, Касторп, это, вероятно, не ускользнуло от вашего уважаемого внимания. А непорядок состоит в том, что явления интоксикации уже давно не соответствуют бесспорному местному улучшению — я не со вчерашнего дня размышляю над этим. Вот ваш последний снимок... посмотрите-ка эту чарующую картину на свет, видите, самый завзятый ворчун и пессимист, как выражается наш великий кайзер, едва ли найдет, к чему придраться. Несколько очажков совсем рассосались, «гнездо» сократилось, его контуры обозначились резче, что говорит, как вы при вашей учености, вероятно, знаете, об излечении. При таких данных трудно объяснить неустойчивость ваших температурных показателей, и врач вынужден искать новые причины.

Ганс Касторп легким покачиванием головы вежливо выразил подобающее удивление.

— Теперь вы вообразите, Касторп, что старик Беренс признается, будто лечил неправильно. Но тут вы попали бы пальцем в небо, молодой человек, и совершили бы ошибку, оценивая и положение вещей и старика Беренса. Вас лечили правильно, но, может быть, слишком односторонне. Мне представляется, что ваши симптомы не следовало с самого начала приписывать только туберкулезу, я делаю этот вывод на том основании, что ему сейчас их уже никак нельзя приписать. Должен существовать другой источник. По моему мнению, у вас кокки.

— По моему глубочайшему убеждению, — повторил, чтобы усилить свои доводы, гофрат, после того как Ганс Касторп удивленно помотал головой, — у вас стрептококки, хотя вам от этого незачем сразу приходить в ужас.

(Впрочем, об ужасе не могло быть и речи. Лицо Ганса Касторпа скорей выражало не то насмешливое уважение к проницательности Беренса, не то к новому чину, в который его возводила гипотеза гофрата.)

— Никаких оснований для паники! — варьировал тот свои успокоения. — Кокки есть у каждого. Стрептококки имеются у каждого осла. И, пожалуйста, ничего не воображайте. Только совсем недавно стало известно, что у человека могут быть в крови стрептококки и не вызывать никаких особых явлений, свидетельствующих об инфекции. Мы стоим перед фактом, который многим коллегам еще не известен, что и туберкулезные палочки могут оказаться в крови и не вызывать никаких особых последствий. И мы очень близки к тому выводу, что туберкулез, в сущности, болезнь крови.

Ганс Касторп заявил, что все это весьма интересно.

— Значит, если я говорю: «стрептококки», — продолжал Беренс, — то вы отнюдь не должны тут же представлять себе картину определенного тяжелого заболевания. Поселились ли в вас эти малютки, может показать только бактериологическое исследование крови. Но вызвано ли ваше лихорадочное состояние их присутствием, если они у вас окажутся, обнаружит только курс лечения стрептовакциной, которому мы вас подвергнем. Вот правильный путь, милый друг, и я жду от него, как уже говорил, самых неожиданных результатов. Насколько туберкулез — дело затяжное, настолько же быстро в наше время излечиваются подобного рода заболевания, и если вы вообще реагируете на инъекции, то через шесть недель вы будете прыгать от здоровья. Что скажете? Старик Беренс не дремлет, а?

— Да ведь это пока только гипотеза, — вяло отозвался Ганс Касторп.

— Но гипотеза вполне доказуемая и в высшей степени плодотворная, — возразил гофрат. — Вы увидите, насколько она плодотворна, когда на наших культурах вырастут кокки. Завтра, во вторую половину дня, мы вас подколем, Касторп, по всем правилам деревенских цирюльников мы отворим вам кровь. Это замечательная штука и сама по себе может оказать благотворнейшее влияние на тело и душу...

Ганс Касторп заявил, что он готов к этой диверсии, и любезно поблагодарил за оказанное ему внимание. Склонив голову на плечо, смотрел он вслед гофрату, который уходил, загребая руками. Шеф высказался в критическую минуту; Радамант довольно верно расшифровал выражение лица и душевное состояние своего пациента; целью нового мероприятия, совершенно определенной целью, гофрат этого и не скрывал, — было сдвинуть пациента с мертвой точки, на которой тот с недавнего времени находился; его мимика порой напоминала мимику покойного Иоахима в те времена, когда в нем созревали некие своевольные и упрямые решения.

Больше того: Гансу Касторпу казалось, что не только он сам дошел до мертвой точки, но и весь мир в целом постигла та же судьба, вернее в этом случае слишком трудно отделить частное от общего. После того как в его отношениях с некоей индивидуальностью наступил столь эксцентричный конец, после многообразных волнений, которые вызвал в санатории этот конец, и с тех пор как Клавдия Шоша недавно выбыла из общины живущих здесь наверху и состоялось прощание с оставшимся в живых названым братом ее повелителя, омраченное трагизмом великого отречения, но проникнутое духом бережной почтительности к памяти покойного, — после всех этих перипетий молодому человеку начало казаться, будто и в жизни и с людьми творится что-то неладное; будто все пошло теперь особенно скверно, идет все хуже, а потому на душе все тревожнее; будто власть забрал какой-то демон, злой и глупый, он уже давно начал оказывать влияние на людей, но сейчас обнаружил свою необузданную власть столь открыто, что это рождало невольный таинственный страх и наводило на мысль о бегстве; имя этому демону было тупоумие.

Читатель решит, что рассказчик сильно и романтически сгущает краски, соединяя тупоумие с началом демоническим и приписывая ему какое-то жуткое и мистическое воздействие. И все-таки мы не сочиняем и точно воспроизводим личные переживания нашего скромного героя, — знать о них нам, правда, дано не поддающимся исследованию способом, но это знание подтверждает, что тупоумие в иных случаях может приобрести неодолимую силу и внушать такие чувства. Ганс Касторп смотрел вокруг себя... Он видел только страшное и злое и понимал, что он видит: это была жизнь без времени, жизнь без забот и без надежд, загнивающее и суетливое распутство, словом, мертвая жизнь.

Все обитатели санатория были очень заняты, предавались самым разнообразным видам деятельности, но время от времени одно из этих занятий вырождалось, становилось модной одержимостью, и все фанатически начинали предаваться ей. Так, например, любительское фотографирование играло далеко не последнюю роль в развлечениях берггофских пациентов, тот, кто прожил здесь наверху достаточно долго, был свидетелем периодического возврата этой эпидемии; и уже дважды на памяти Ганса Касторпа страсть к фотографированию становилась на многие недели и месяцы каким-то всеобщим помешательством, причем не оставалось ни одного человека, который бы с озабоченным видом не опускал голову над камерой, прижатой к грудной клетке, не щелкал бы затвором; а потом пациенты во время трапез без конца передавали друг другу снимки. Вдруг стало считаться делом чести — проявлять негативы собственноручно. Предоставленной в распоряжение пациентов темной комнаты теперь уже не хватало, и обитатели санатория принялись занавешивать окна и балконные двери в своих комнатах темными шторами; любители до тех пор возились при красном свете с химическими растворами, пока не возник пожар, причем студент болгарин, сидевший за «хорошим» русским столом, едва не сгорел дотла, в результате чего начальство санатория запретило заниматься фотографией в комнатах. Обыкновенные негативы считались уже устаревшими; вошли в моду мгновенные снимки и цветная фотография. И все рассматривали карточки, на которых люди, ошарашенные вспышкой магния, с землистыми, сведенными судорогой лицами бессмысленно смотрели перед собой осоловелым взглядом и напоминали трупы, которых посадили на стулья, не закрыв им глаза. Ганс Касторп тоже хранил один негатив в картонной рамке; если посмотреть его на свет, то можно было увидеть его самого с медным лицом, среди желтоватых, словно жестяных одуванчиков, один цветок сиял у него в петлице. Ганс Касторп сидел на ядовито-зеленой лесной полянке, между мадам Шоша и Леви, лицо которой напоминало слоновую кость, причем первая была в небесно-голубом, вторая — в кроваво-красном свитере.

Второй манией было собирание почтовых марок — отдельные лица всегда занимались им, но по временам эта мания овладевала всеми. Решительно каждый наклеивал, менялся, ловчился. Выписывались филателистические журналы, велась корреспонденция со специальными торговыми фирмами в Швейцарии и за границей, с обществами специалистов и с отдельными любителями, и на покупку редкостных почтовых знаков тратились несуразные суммы даже теми, кому их ограниченные возможности с трудом позволяли жить в течение долгих месяцев, а то и лет в таком роскошном лечебном заведении, как «Берггоф».

Это увлечение продолжалось до тех пор, пока не начиналась новая мода, например, объявлялось хорошим тоном делать запасы и непрерывно поедать шоколад всевозможных марок и сортов. Решительно все пациенты ходили с коричневыми губами, и самые утонченные произведения берггофской кухни встречали ленивых и критикующих потребителей, ибо желудки были набиты всякими Milka-Nut, Chocolat à la crème d'amandes, Marquis-Napolitains[1], кошачьими языками с золотыми крапинками и, конечно, расстроены.

Рисование с закрытыми глазами всяких свинок, введенное в один давний карнавальный вечер высшей инстанцией санатория и с тех пор получившее широкое распространение, привело к рисованию геометрических фигур, требовавших неистощимого терпения; этим фигурам посвящали свои душевные силы все берггофские пациенты, им жертвовали порой даже своей последней энергией и отдавали последние мысли морибундусы. Целыми неделями санаторий жил под знаком сложной фигуры, состоявшей не больше, не меньше, как из восьми больших и маленьких окружностей и нескольких вписанных друг в друга треугольников. Задача состояла в том, чтобы сразу, не отрывая карандаш от бумаги, одним махом изобразить этот планиметрический сложный чертеж, но высшим достижением считалось проделать то же самое с плотно завязанными глазами, что в конечном счете, если пренебречь небольшими погрешностями против красоты, удавалось только прокурору Параванту, главному поклоннику этого хитроумного занятия.

Мы знаем, что он увлекался математикой, знаем от самого гофрата, известна нам также и стыдливая причина этой страсти; мы уже слышали похвалы ее целительному действию: занятия математикой якобы охлаждают жар в крови, притупляют жало чувственности, и если бы эти занятия были широко распространены,

[1] Названия различных сортов шоколада.

кое-какие меры, принятые совсем недавно, вероятно, оказались бы излишними. Они состояли главным образом в том, что теперь проходы между перилами балкона и не доходившими до верху стеклянными стенками были перегорожены дверцами, и массажист на ночь запирал их при всеобщих игривых усмешках. Поэтому начался большой спрос на комнаты второго этажа, находившиеся над верандой, ибо, если перелезть через балюстраду, а потом взобраться на стеклянную крышу, то можно было переходить с одного балкона на другой, минуя эти дверцы. Но вводить столь дисциплинарное новшество пришлось не из-за прокурора. Тяжкое искушение, в которое его поверг приезд египетской Фатьмы, было давно побеждено, оно оказалось последним соблазном, терзавшим его земную природу. С тех пор он с удвоенным пылом бросился в объятия ясноглазой богини математики, об успокаивающем воздействии которой гофрат умел говорить в столь высоконравственных выражениях, и погрузился в решение задачи, которой днем и ночью отдавал все свои помыслы, все свое рвение и то чисто спортивное упорство, с каким он некогда перед своим столько раз продлеваемым отпуском, грозившим перейти в отставку, клеймил и обличал бедных преступников; этой проблемой была не больше не меньше, как квадратура круга.

Упомянутый чиновник, выбитый из привычной служебной колеи, в процессе занятий математикой проникся убеждением, что те доказательства, с помощью которых наука настаивает на мнимой неразрешимости данной задачи, несостоятельны и что мудрое провидение потому изъяло прокурора из мира живых внизу и поместило сюда наверх, что оно избрало именно его, Параванта, для совлечения этой трансцендентной проблемы с неба на землю, чтобы по-земному точно разрешить ее. Вот как обстояло дело. Когда бы и где бы Паравант ни находился, он не выпускал из рук циркуль, непрерывно что-то высчитывал, покрывая стопы бумаги чертежами, буквами, цифрами, алгебраическими символами, и его загорелое лицо, лицо с виду совершенно здорового человека, хранило отсутствующее и упрямое выражение одержимого маниакальной идеей. С угнетающим однообразием говорил он только о числе, выражающем отношение «пи», об этой проклятой дроби, которую низменный гений простого счетчика Захарии Дазе однажды определил с точностью до двухсотого знака десятичной дроби — и, кстати сказать, все зря, ибо при таких малых величинах возможность приближения к недосягаемо точному числу оказалась настолько незначительной, что ее можно было признать по существу такой же, как и до этого. Все бегали от измученного мыслителя, ибо тот, кого ему удавалось припереть к стене, принужден был выдерживать потоки пылкого прокурорского красноречия, целью которого было пробудить в слушателе гуманную чуткость и стыд за осквернение человеческого духа неисцелимым иррационализмом, внесенным в это мистическое соотношение. Бесплодность постоянного умножения на «пи» диаметра, чтобы определить длину окружности, и радиуса в квадрате, чтобы найти площадь круга, вызывала у прокурора приступы горьких сомнений, не по ошибке ли затруднило для себя человечество со времен Архимеда разгадку этой тайны, ведь, может быть, решение ее детски простое? Как, неужели невозможно выпрямить окружность, а следовательно, и согнуть в круг любую прямую? Порой Параванту казалось, что откровение близко. Его видели частенько по вечерам в опустевшей, едва освещенной столовой, он сидел за своим столом и на голых досках, уже без скатерти, аккуратно укладывал кусок бечевки, придавая ей форму круга, затем внезапным движением, словно желая застать что-то врасплох, вытягивал ее по прямой, но тут же, грузно оперев голову на руки, погружался в унылые думы. Гофрат нередко помогал ему во время унылой возни с бечевкой и вообще поддерживал его чудачества. Да и к Гансу Касторпу обращался этот мученик со своей драгоценной заботой, и не раз, ибо встречал со стороны молодого человека дружеское понимание и сочувствие его попыткам разгадать тайну окружности. Он показал молодому человеку наглядное изображение проклятого «пи», тщательнейший и тончайший чертеж, где с великим старанием и предельно возможным приближением между вписанными и описанными многоугольниками со множеством крошечных сторон была кое-как втиснута окружность. Остаток же, знаменитая кривая, которая, словно некая эфирно-духовная неуловимость, ускользала от определений нашего разума путем исчисляемого охвата, — это, сказал Паравант с дрожащей нижней челюстью, и есть знаменитое «пи». Однако Ганс Касторп, при всей своей восприимчивости, был менее взволнован неподатливостью тайны «пи», чем его собеседник, он назвал эту неподатливость каверзой окружности, посоветовал господину прокурору не так уж расстраиваться из-за игры в пятнашки с ее определениями и заговорил о непротяженных поворотных точках, из которых, собственно, и состоит окружность — от своего несуществующего начала до несуществующего конца, а также о веселой меланхолии замкнутой в себе вечности; говорил он об этом с таким спокойным благоговением, что даже на время утихомирил прокурора.

Впрочем, особенности его характера не раз делали доброго Ганса Касторпа доверенным того или иного обитателя санатория, одержимого навязчивой идеей и страдающего от того, что беспечное большинство не интересуется его излияниями. Один бывший скульптор из австрийской провинции, уже пожилой человек, седоусый, голубоглазый, с орлиным носом изобрел некое мероприятие в области финансовой политики, изложил его план каллиграфическим почерком, отметил важнейшие пункты черточками, сделанными сепией. Мероприятие это состояло в том, чтобы обязать всех подписчиков на газеты сдавать первого числа каждого месяца старую газетную бумагу из расчета по 40 граммов в день, что дало бы в год 14 тысяч граммов, в двадцать лет — 288 кило, и если считать кило по 20 пфеннигов, составило бы сумму в 57 марок 60 пфеннигов. При пяти миллионах подписчиков, сообщалось дальше в меморандуме, газетных ценностей будет сдано за двадцать лет на чудовищную сумму в 288 миллионов марок, две трети этой суммы можно будет отнести в счет уплаты за новую подписку, а остальная треть — около 100 миллионов марок — пойдет на гуманные цели, как, например, на финансирование народных туберкулезных лечебниц, поддержку нуждающимся талантам и так далее. План был тщательно разработан — вплоть до графического изображения выраженной в сантиметрах таблицы, по которой соответствующее учреждение будет собирать ежемесячно старую бумагу и исчислять ее стоимость, а также особых списков, по которым должна оплачиваться сданная бумага. План был всесторонне обоснован и разработан. Неразумная трата и уничтожение газетной бумаги, которую невежественные люди сжигают и выбрасывают на помойку, являются государственной изменой по отношению к нашим лесам, нашей экономике. Беречь бумагу, экономить бумагу, значит беречь целлюлозу, лесонасаждения, человеческий материал, который расходуется при выделке целлюлозы и бумаги, да, да, и человеческий материал, и капиталовложения. А так как ценность старой бумаги чрезвычайно повышается, когда ее превращают в оберточную и в картонажные изделия, то эта бумага оказывается важным экономическим фактором и источником значительных государственных и общинных обложений и тем самым должна облегчить налоги читателей газет. Короче говоря, план был хорош, против него нечего было возразить, и если в нем и чувствовалась какая-то жуткая бесцельность и нелепая мрачность, то причиной был именно тот извращенный фанатизм, с каким бывший художник отстаивал экономическую идею и только за нее и ратовал, причем в глубине души относился к ней, видимо, настолько несерьезно, что даже не делал никакой попытки ее осуществить...

Склонив голову набок и кивая, слушал Ганс Касторп, как скульптор с лихорадочным пафосом пропагандирует перед ним свою спасительную экономическую идею, в то же время пытаясь понять причину того презрения и отталкивания, которые мешают ему поддержать изобретателя в его борьбе с людской беззаботностью.

Некоторые обитатели «Бергофа» изучали эсперанто и хвастливо пытались изъясняться за столом с помощью этой выдуманной тарабарщины. Ганс Касторп хмуро поглядывал на них, хотя в душе считал, что эти еще не самые худшие. С недавних пор в санатории появилась группа англичан, которые ввели некую игру, всего-навсего состоявшую в следующем: один из участников спрашивал: «Did you ever see the devil with a night-cap on?»[1] — на что сидевший рядом отвечал: «No, I never saw the devil with a nightcap on»[2], и задавал тот же вопрос следующему, и так непрерывно по кругу. Это было невыносимо. Но еще хуже становилось на душе у бедного Ганса Касторпа при виде любителей раскладывать пасьянсы, — их можно было наблюдать повсюду, в любом углу и в любое время дня. Ибо страсть к этому занятию разгорелась недавно среди пациентов с такой силой, что весь дом превратился буквально в карточный вертеп, и Ганса Касторпа это ужасало, тем более что временами он сам становился жертвой заразы и, пожалуй, увлекался пасьянсом сильнее всех других. Больше всего ему нравился пасьянс «одиннадцать». Карты, отобранные как при игре в вист, раскладываются в три ряда, по три карты в каждом, и еще две карты, составляющие вместе одиннадцать очков, а также три фигуры, если они лежат открытые, и эти три ряда покрываются вновь и вновь, пока, при удаче, не разойдется вся колода. Казалось невероятным, чтобы в таком простом занятии могло таиться очарование, способное прямо-таки приворожить человека. И все же Ганс Касторп, по примеру многих, испробовал на себе эту возможность забыться, но предавался раскладыванью пасьянсов, угрюмо насу-

[1] Вы когда-нибудь видели черта в ночном колпаке? (*англ.*)

[2] Нет, я никогда не видел черта в ночном колпаке (*англ.*).

пившись, ибо распутство никогда не бывает веселым. Но он невольно покорялся прихотям карточного беса и причудницы-удачи, которая, порой в легком мираже шаткого счастья, с самого начала выбрасывала две карты, составляющие одиннадцать очков, а также три фигуры — валета, даму, короля, так что колода расходилась раньше, чем был завершен третий ряд (мимолетная победа, щекотавшая нервы соблазном новых попыток); а потом опять, до девятой и десятой карты, исчезала всякая возможность выложить новую, и верный шанс на успех в последнюю минуту улетучивался; однако Ганс Касторп раскладывал этот пасьянс везде и в любое время дня, ночью под звездами, утром в одной пижаме, за столом и даже во сне. Ему становилось жутко от своей одержимости, но он продолжал раскладывать. И вот однажды ему помешал своим визитом Сеттембрини, такова уж была издавна его миссия.

— Accidente![1] — воскликнул он. — Вы на себя раскладываете карты, инженер?

— Ну, не совсем, — отозвался Ганс Касторп. — Просто раскладываю, сражаюсь с абстрактной случайностью. Меня интригуют ее ветреные измены и фокусы, ее угодливость и тут же непостижимая враждебность. Сегодня утром, когда я встал, пасьянс вышел три раза подряд, один раз — при двух рядах, а уж это рекорд. Верите ли, я раскладываю тридцать второй раз и ни разу не дошел даже до половины колоды.

Сеттембрини взглянул на него грустными черными глазами, как посматривал частенько за эти годики.

— Во всяком случае, я вижу, что вы очень заняты, — сказал он. — И не утешите меня в моих горестях и заботах, не прольете бальзам на мой душевный разлад, который мучит меня.

— Разлад? — переспросил Ганс Касторп и продолжал раскладывать карты...

— Меня очень тревожит международное положение, — вздохнул масон. — Балканский союз состоится, все полученные мною сведения подтверждают это. Россия развивает лихорадочную деятельность, острие всей этой комбинации направлено против Австро-Венгерской монархии, без ее разгрома нельзя осуществить ни одного пункта русской программы. Теперь вам понятны мои сомнения? Всеми силами души я ненавижу Вену, вы это знаете. Но неужели я должен из-за этого оказывать внутреннюю поддержку Сарматской деспотии, которая намерена разжечь пожар войны на нашем

[1] Тьфу! (*ит.*)

благороднейшем континенте? А с другой стороны, хотя бы временное дипломатическое сотрудничество моей страны с Австрией я бы пережил как позор. Это такие вопросы совести, которые...

— Семь и четыре, — пробормотал Ганс Касторп. — Восемь и три, валет, дама, король. Дело идет на лад. Вы приносите мне счастье, господин Сеттембрини.

Итальянец умолк. Ганс Касторп чувствовал на себе взгляд его черных глаз, полный разумной и нравственной силы, он покоился на молодом человеке с глубокой печалью, а тот некоторое время все еще упрямо продолжал раскладывать пасьянс, и только потом, подперев щеку рукой, с видом напускной невинности смущенно поднял глаза на стоявшего перед ним наставника.

— Вы отлично знаете, что с вами происходит, — начал тот, — и ваши глаза напрасно стараются это скрыть.

— Placet experiri, — дерзко ответил Ганс Касторп, и Сеттембрини покинул его — после чего, однако, оставшись в одиночестве, молодой человек еще долго сидел за столом в своей белой комнате, подперев голову рукой, не касаясь карт; потрясенный до глубины души, он размышлял об угрожающем и двусмысленном положении, в котором, по его мнению, оказался мир, и о той отвратительной ухмылке злого духа и обезьяньего бога, чьей слепой, необузданной власти подпали люди и чье имя было «демон тупоумия»!

Дурное, апокалипсическое имя, прямо предназначенное для того, чтобы порождать тревогу. Ганс Касторп сидел и тер себе ладонью лоб и грудь. Его охватил страх. Ему чудилось, что «все это» добром не кончится, завершится катастрофой, восстанием долготерпеливой природы, громом и молнией, очистительным ураганом, который разрушит сковавшее мир колдовство, сорвет жизнь с «мертвой точки» и уготовит всякому застою и мертвечине Страшный суд.

Как мы уже говорили, ему захотелось бежать, и еще счастье, что начальство следило за ним «недремлющим оком», что оно умело читать в его лице и стремилось отвлечь его новыми, плодотворными гипотезами.

Врачи заявили с профессиональной уверенностью, что наконец открыли причину неустойчивости теплового бюджета Ганса Касторпа, причину, добраться до которой, по их ученому суждению, будет настолько не трудно, что излечение и законный отъезд на равнину могут стать фактом ближайшего будущего. Сердце молодого человека, взволнованного самыми противоречивыми чувствами, бурно колотилось, когда он вытянул руку, чтобы у него взяли кровь. Судорожно моргая и слегка побледнев, смотрел он с восхищением на великолепный, дающий ему жизнь рубиновый сок, который быстро наполнял прозрачный сосуд. Эту маленькую, но важную по своему значению операцию совершил сам гофрат, которому ассистировал доктор Кроковский и сестра. Потом прошло несколько дней, в течение которых Ганс Касторп был занят вопросом о том, как поведет себя отданная им кровь уже вдали от него, под надзором науки.

Конечно, еще ничего не могло вырасти, сказал гофрат вначале. К сожалению, все еще ничего не выросло, говорил он позднее. Однако настало утро, когда он подошел к Гансу Касторпу, который к тому времени уже сидел за «хорошим» русским столом, на верхнем конце его, там, где некогда сидел его великий побратим; гофрат с витиеватыми поздравлениями возвестил, что в одной из культур все же бесспорно установлено наличие цепного кокка. Теперь это вопрос, относящийся к теории вероятности — следует ли объяснять интоксикацию организма бесспорно существующим небольшим туберкулезным процессом или стрептококками, которые тоже в небольшом количестве имеются в организме. Он, Беренс, должен попристальнее и подольше изучить этот вопрос. Культура развилась еще недостаточно. Он показал ее Гансу Касторпу в лаборатории: красное кровяное желе, в котором были видны серые точечки. Это и были кокки. (Но кокки, как и туберкулезные палочки, есть у каждого осла, и не появись соответствующие симптомы, этому факту незачем было бы и придавать особое значение.)

И вот, вне его тела, но под надзором науки, вытекшая из него кровь продолжала оправдывать возложенные на нее надежды. Наступило утро, когда гофрат взволнованно и витиевато сообщил: не только на одной культуре, но и на всех остальных все же выросли кокки и большими скоплениями. Трудно сказать — только ли это стрептококки; но теперь более чем вероятно, что от них зависят и явления интоксикации, хотя, конечно, неизвестно, какая доля участия принадлежит имеющемуся налицо туберкулезу, которым он бесспорно болел и не вполне излечился. Какой же из этого следует вывод? Курс стрептовакцины! Прогноз? Исключительно благоприятный — тем более что попытка такого лечения не связана абсолютно ни с каким риском и ни в коем случае не может повредить. Поскольку сыворотка будет изготовлена из крови самого Ганса Касторпа, то при инъекциях в организм не будут вводиться никакие болезнетворные вещества, которых в нем бы уже не содержалось. В худшем случае лечение не принесет пользы, даст нулевой результат — но, поскольку пациент все равно должен оставаться здесь, разве это можно назвать «худшим случаем»?

Конечно нет, упрямиться Касторп не будет. И он согласился пройти курс лечения, хотя считал его смехотворным и унизительным. Эти прививки себя самому себе казались ему каким-то отвратительным и унылым извращением, какой-то кровосмесительной гадостью, сочетанием себя с собой, по существу бесплодным и безнадежным. Так по крайней мере рассуждал этот невежественный ипохондрик; но в том, что касается бесплодности — он в полной мере оказался прав. Лечение продолжалось долгие недели. Порой казалось, что оно даже вредит, это, конечно, было неверно, а порой — что приносит пользу, и это тоже оказывалось потом неверным. Результат свелся к нулю, хотя это не было констатировано и провозглашено во всеуслышание. Новое мероприятие кончилось ничем, и Ганс Касторп продолжал раскладывать пасьянсы — с глазу на глаз с тем демоном, безудержное господство которого предвещало какой-то страшный конец.

## ИЗБЫТОК БЛАГОЗВУЧИЙ

Каково же было то достижение берггофской администрации, та новинка, которая помогла нашему многолетнему другу освободиться от пристрастия к картам и бросила его в объятия другой, по сути, не менее своеобразной страсти? Захваченные таинственным очарованием ее предмета, мы готовы приступить к рассказу, мы просто жаждем поведать об этом читателю.

Вопрос шел об увеличении числа развлекательных аппаратов большой гостиной и был рассмотрен и решен в недрах санаторского управления, которое неустанно пеклось о благе больных, причем мы, не считая себя вправе учитывать расходы высшего руководства этого бесспорно заслуживающего рекомендации лечебного учреждения, все же вынуждены признать его бесспорную щедрость. Значит, речь идет о какой-нибудь игрушке вроде стереоскопа, калейдоскопа с подзорной трубой или кинематографического барабана? Разумеется, — и все же нет. Ибо, во-первых, тот аппарат, который пациенты обнаружили однажды вечером в гостиной, —

причем одни всплеснули руками над головой, другие, согнувшись, сложили их на коленях, — аппарат этот отнюдь не был оптическим, но акустическим; а во-вторых, по классу, рангу и уровню он стоял неизмеримо выше этих легковесных аттракционов и был с ними несравним. Обитатели санатория увидели не ребячью и однообразную игрушку, которая надоедала так скоро, что, прожив здесь хотя бы три недели, человек уже не прикасался к ней: то был своеобразный рог изобилия, из которого можно было черпать и радостные, и скорбные художественные сокровища. То был музыкальный аппарат. То был граммофон.

Мы серьезно обеспокоены, как бы название это не навело читателя на мысль о чем-то недостойном и отсталом, ибо с ним могут быть связаны представления, вызванные устаревшей формой предстоящего нам в мечтах подлинного достижения, которое в неустанных попытках подчинить технику музам должно в своем развитии достигнуть благороднейшего совершенства. Нет, друзья! Это был не тот убогий ящик с ручкой, диском и иглодержателем, казавшийся как бы привеском к бесформенному рупору, похожему на трубу из латуни, и некогда услаждавший с ресторанной стойки гнусавым ревом неприхотливых посетителей. Скорее высокий, матово-черный ящик мореного дерева, соединенный шелковым шнуром с электрической розеткой в стене и стоявший на особом столике, своим скромным изяществом уже ничем не напоминал былой, допотопный и грубый механизм. Вы поднимали изящно сужающуюся крышку, которую внутренняя латунная подпорка автоматически удерживала в наклонном положении; в плоском углублении лежал обтянутый зеленым сукном вращающийся диск с никелевым краем и никелевым штифтом, на который вы надевали каучуковую пластинку с отверстием посредине. Справа находился регулятор скорости с цифрами, напоминавший часы, слева рычажок, с помощью которого вы запускали диск или останавливали его. Слева же и сзади имелся изогнутый никелированный тонарм с плоским кружком мембраны; он был подвижен, особые винтики на мембране зажимали и несли иглу. Спереди были двустворчатые дверцы, которые открывались, а за ними вы видели конструкцию из черного дерева, напоминающую жалюзи и состоящую из косых планок. Вот и все.

— Новинка, — заявил также вошедший в комнату гофрат. — Последнее достижение, дети мои, н-да, первый сорт, лучше не бывает. — Он произнес это невероятно комично, точно малокультурный продавец, расхваливающий свой товар. — Не аппарат и не машина, — продолжал он и при этом извлек из стоявшей на столике пестрой жестяной коробочки иглу и вставил ее. — Это музыкальный инструмент, Страдивариус, Гварнери, тут все решает тончайший организованный резонанс и колебания звуковых волн. Он называется «Полигимния», как вы можете узнать по надписи на внутренней стороне крышки. Немецкого производства, знаете ли. Мы делаем такие вещи лучше всех. Верность музыкальному началу в современной механизированной форме. Немецкая душа up to date[1]. А вот вам и литература! — закончил он, указывая на стенной шкафчик, в котором стояли рядами толстые альбомы. — Я передаю вам это сокровище, наслаждайтесь сколько угодно, но я оставляю его под защитой публики. Хотите попробуем, пусть прогремит какая-нибудь пластинка.

Пациенты принялись умолять его об этом, и он извлек из шкафчика одну из волшебных книг с их безмолвствующим содержанием, полистал тяжелые страницы, снабженные картонными карманчиками, вытащил из такого карманчика с цветным названием пластинку и поставил. Одним движением он запустил ее, помедлил секунды две, пока она завращалась с нужной скоростью, потом бережно поставил конец стального штифтика на край пластинки. Послышался легкий, словно царапающий шорох. Тогда он опустил крышку, и в то же мгновение в открытую двустворчатую дверцу, сквозь щели жалюзи, нет, как будто из всего корпуса этой музыкальной шкатулки, вырвалась шумная многоголосица инструментов, веселая и настойчивая мелодия, первые задорные такты увертюры к одной из оперетт Оффенбаха.

Все замерли и слушали раскрыв рот, улыбаясь. Рулады деревянных духовых инструментов звучали так чисто и естественно, что люди ушам своим не верили. Скрипка, прелюдировавшая совсем одна, показалась чем-то прямо фантастическим. Слышны были удары смычка, тремоло грифа, сладостно-скользящие переходы из одной позиции в другую. И наконец она словно нашла мелодию вальса «Ах, ее я потерял». Оркестр легко поддерживал своими гармониями вкрадчивый мотив, победительно подхваченный затем ансамблем и повторенный как многозвучное tutti. Конечно, все это звучало не совсем так, как если бы в комнате играл настоящий оркестр. Самый звук, в общем, не был искажен, но ослаблен, дан словно в перспективе; примерно так, как если бы —

[1] На сегодняшний день (*англ.*).

да будет мне позволено применить к акустике сравнение, взятое из области зрительных впечатлений, — как будто рассматриваешь картину через перевернутый бинокль и видишь ее удаленной и уменьшенной, причем ни четкость рисунка, ни блеск красок от этого ничуть не страдают. Исполнявшееся музыкальное произведение, яркое и живое, представало перед слушателями со всем своим остроумием и изобретательным легкомыслием. Финал, весьма шаловливый, начавшийся с комически нерешительного галопа, постепенно перешел в откровенный канкан. Казалось, ты в театре, и на сцене размахивают цилиндрами, подкидывают колени, задирают юбки; потом танец с нелепой торжественностью как будто кончался и все же никак не мог кончиться. Вращающийся механизм автоматически щелкнул. Пластинка была доиграна. Все зааплодировали от души.

Публика потребовала еще, и ее желание было исполнено: из шкатулки полился человеческий голос, мужской, бархатный и в то же время мощный, это пел под аккомпанемент оркестра прославленный итальянский баритон — и тут уж не могло быть и речи о какой-либо приглушенности и отдаленности: чудесный голос звучал во всей полноте своего естественного объема и убедительной силы; а если выйти в одну из открытых соседних комнат и не видеть аппарата, то создавалось полное впечатление, будто в гостиной стоит сам артист во плоти и, держа в руках ноты, поет. Он исполнял бравурную оперную арию на родном языке: «Eh, il barbiere. Di qualità, di qualità! Figaro qua, Figaro là, Figaro, Figaro, Figaro!»[1] Слушатели умирали со смеху, слушая его фальцетирующее parlando[2] и контрасты этого мощного голоса с языколомной скороговоркой. А знатоки могли следить за его удивительной фразировкой и за техникой дыхания и восхищаться ими. Мастер покорять публику, виртуоз этой чужеземной манеры «da-capo», так тянул предпоследнюю ноту перед заключительной тоникой, видимо, устремившись к рампе и воздев руку, что все невольно разразились долгими криками «браво» еще до того, как он смолк. Это было замечательно.

Но этим дело не кончилось. Валторна с благородной сдержанностью исполнила вариации на тему народной песни. Сопрано, выводя трели и стаккато и заливаясь соловьем, с прелестной све-

---

[1] Вот он цирюльник. Дела знаток. Фигаро здесь, Фигаро там, Фигаро, Фигаро, Фигаро! (*ит.*)

[2] Речитатив (*ит.*).

жестью спело арию из «Травиаты». Дух скрипача с мировой славой под аккомпанемент рояля, звучавшего сухо, как спинет, сыграл, словно за пеленой тумана, один из романсов Рубинштейна. Из кипевшей звуками волшебной шкатулки вырывался колокольный звон, глиссандо арф, звон труб и дробь барабанов. В заключение были поставлены пластинки с музыкой для танцев. Среди них оказалось даже несколько образцов новейшего импортного типа, во вкусе экзотики портовых кабачков, а также танго, призванное превратить венский вальс в гросфатер. Две пары, уже овладевшие модными «па», продемонстрировали на ковре свое мастерство. Предупредив, что каждой иглой можно пользоваться только один раз и что с пластинками надо обращаться осторожно, как с «сырыми яйцами», Беренс удалился. Ганс Касторп занялся аппаратом.

Почему именно он? Так вышло. Сдержанно и сухо заявил он тем, кто после ухода гофрата хотел бы забрать в свои руки смену игл и пластинок, включение и выключение тока: «Уж предоставьте это мне!» Затем оттеснил их от аппарата, и они равнодушно уступили, во-первых, потому, что он имел такой вид, будто давно уж умеет обращаться с граммофоном, и во-вторых, слишком мало интересовались тем, кто именно управляет источником их удовольствия, и предпочитали, чтобы им доставляли его без всяких хлопот и обязательств, пока оно не надоест.

Ганс Касторп вел себя иначе. В то время как гофрат демонстрировал новое приобретение, молодой человек молча стоял в задних рядах, он не смеялся, шумно не выражал свое восхищение, но взволнованно следил за концертом, по привычке пощипывая бровь двумя пальцами. С каким-то беспокойством переходил он с места на место за спиною публики, удалялся в библиотеку, чтобы послушать оттуда, потом, заложив руки за спину, с замкнутым лицом становился рядом с Беренсом, не спуская глаз со шкатулки и следя за его несложными манипуляциями. Какой-то голос словно говорил ему: «Стой! Внимание! Новая эра!» — «И это пришло ко мне!» — подумал он. Его охватило совершенно ясное предчувствие новой страсти, очарования нового любовного бремени. Примерно то же испытывает юноша с равнины, когда с первого взгляда на девушку в его сердце вонзается зубчатая стрела Амура. И тотчас всеми действиями Ганса Касторпа стала руководить ревность. Общественная собственность? Но вялое любопытство не имеет ни права, ни сил чем-либо владеть. «Предоставьте это мне», — процедил он сквозь зубы, и они спокойно согласились. Они еще потанцевали немножко под легкую музыку, потребовали, чтобы он поставил еще пластинку с сольным пением, потом оперный дуэт, потом «Баркаролу» из «Сказок Гофмана», вещь очень приятную для слуха, и когда он захлопнул крышку шкатулки, они, слегка возбужденные, разошлись, болтая, чтобы полежать на воздухе и предаться покою. А он только и ждал этой минуты. Они оставили после себя полный беспорядок — открытые коробочки с иглами, альбомы, разбросанные пластинки. Они были верны себе. Он сделал вид, будто уходит вместе с ними, но на лестнице украдкой покинул их, возвратился в гостиную, запер все двери и провел там полночи, забыв обо всем на свете.

Он ознакомился с новым приобретением, без помех просмотрел сокровищницу приложенного к нему репертуара, содержавшегося в тяжелых альбомах. Их было двенадцать, двух размеров, по двенадцать пластинок в каждом, на многих из этих дисков, покрытых частой кругообразной нарезкой, имелась двусторонняя запись, не только потому, что некоторые номера занимали обе стороны, но и потому, что на многих пластинках были записаны два различных произведения. И эти черные диски с таившимися в них прекрасными возможностями, которыми надо было овладеть, вначале казались чем-то трудно обозримым, и он в этом разнообразии даже терялся. Правда, он проиграл свыше двух десятков пьес, и чтобы его не услышали в ночной тишине и никому не мешать, пользовался особыми скользящими иглами, смягчавшими звук; но это была едва восьмая часть того, что манило и звало к прослушиванию. На сегодня приходилось ограничиться чтением названий, и лишь время от времени включать волшебную шкатулку, чтобы, вложив в нее один из образчиков этой немой графики кругов, помочь ей воплотиться в звуки. На первый взгляд все эти твердые каучуковые диски отличались только пестрой этикеткой в центре и больше ничем. Они имели совершенно одинаковый вид, каждый был покрыт концентрическими кругами, которые, на некоторых, доходили до самой середины, а на других не доходили; и все же в тонком отпечатке линий таилась самая разнообразная музыка, плоды вдохновенного творчества во всех ее областях и притом в изысканном исполнении.

Здесь было несколько увертюр и отдельных пьес из мира возвышенного симфонического искусства, сыгранных знаменитыми оркестрами, под управлением прославленных дирижеров. Затем множество песен, их пели под аккомпанемент рояля артисты больших оперных театров — и не только песни, которые являлись высокохудожественными созданиями индивидуальной творческой мысли отдельных композиторов, но и скромные народные песни, и, наконец, произведения, которые стояли как бы между этими двумя жанрами, ибо, хотя и были созданиями одухотворенного искусства, автор переживал их и творил на основе подлинного благоговейного проникновения в дух и душу народа; мы разумеем, так сказать, искусственные народные песни, причем слово «искусственные» ни в какой мере не должно умалять их задушевности; одна из них была знакома Гансу Касторпу с детства, теперь же она, по какой-то своей загадочной многозначительности, стала особенно близка его сердцу; об этой песне мы скажем в дальнейшем. Что же там было еще, или, вернее, чего там только не было! Опер — сколько угодно. Интернациональный набор известнейших певцов и певиц, сопровождаемых деликатно отступавшим на задний план оркестром, посвящал тщательно обработанный божественный дар своих голосов исполнению всевозможных арий, дуэтов, целых ансамблей из совершенно различных областей и эпох музыкального театра: тут был и юг, с особой красотой его порывов, полных благородства и вместе с тем беспечности, и Германия, с присущим ее национальному духу лукавством и демонизмом, и французская опера, с ее величественностью и комедийностью. И это все? О нет! Дальше следовала серия произведений камерной музыки, квартеты, трио, сольные номера для скрипки, виолончели, флейты, и вокальные с сопровождением скрипки или флейты, клавирные пьесы — все это, не говоря уже о просто увеселительной музыке, о куплетах, о пластинках с записью по случаю каких-либо торжеств или отдельных выступлений маленьких оркестров, для которых нужна была более грубая игла.

Ганс Касторп, уединившись в музыкальной комнате, ознакомился со всем этим богатством, привел его в порядок и доверил небольшую его часть инструменту, чтобы тот пробудил ее к жизни и звучанию.

Он ушел к себе наверх очень взволнованный, примерно в столь же поздний час, как и после первого пира с блаженной, величественно-братской памяти Питером Пеперкорном, и от двух до семи неустанно грезил о волшебной шкатулке. Он видел во сне диск, беззвучно вращавшийся вокруг штифта и притом так быстро, что терялись его очертания; это было не только вихревое вращение, но и своеобразное боковое покачивание; казалось, будто несущий иглу тонарм, под которым пробегал диск, упруго колеблется и дышит, что, вероятно, очень подходило для передачи vibrato и portamento смычковых инструментов и человеческих голосов. Но и во сне, не меньше чем наяву, оставалось непонятным, почему одно лишь скольжение по тонкой, как волосок, бороздке над акустически полым пространством и колеблющаяся пленка мембраны могут возрождать сложные и многообразные сочетания звуковых тел, заполнявших внутренний слух спящего.

Утром Ганс Касторп рано пришел в гостиную, еще до завтрака, и заставил великолепный баритон спеть из шкатулки под аккомпанемент арфы «Окину ль взором благородных круг», а сам уселся в кресло и сложил руки. Арфа звучала совершенно естественно, со всем своим своеобразием, ничуть не искаженно и неослабленно, ее аккорды лились из шкатулки так же свободно и правдоподобно, как и человеческий голос, который отчетливо выговаривал слова, то усиливаясь, то замирая. Это было просто поразительно. Затем Ганс Касторп поставил дуэт из современной итальянской оперы, и ему показалось, что не может быть на свете ничего нежнее, чем это, полное скромного и горячего чувства, все нараставшее сближение между тенором, пользовавшимся мировой известностью и столь щедро представленным в альбомах, и прозрачным, как хрусталь, чарующим небольшим сопрано, когда тенор произносил слова: «Da mi il braccio, mia piccina»[1], — а она торопливо отвечала ему простодушной, коротенькой фразой, певучей и сладостной...

Ганс Касторп вздрогнул — позади него открылась дверь. Это был гофрат, заглянувший в гостиную; в своем белом медицинском халате, с торчавшим из кармана стетоскопом, он постоял несколько мгновений на пороге, держась за ручку двери, затем кивнул исследователю пластинок. Тот ответил ему тоже кивком через плечо, после чего синещекое лицо шефа, с неровно вздернутыми усиками, исчезло и дверь задвинулась, а Ганс Касторп вернулся к своей незримо поющей парочке.

В течение всего этого дня, после обеда, после ужина, в гостиной, где хозяйничал Ганс Касторп, сменялась самая разнообразная публика, — если считать его самого не слушателем, а тем, кто доставляет слушателям удовольствие. А он был склонен именно так смотреть на дело, и обитатели санатория поддержали его, молчаливо признав с самого начала хранителем и управляющим этим общественным имуществом — должность, на которую он сам себя

[1] Дай руку мне, моя малютка (*ит.*).

назначил. Им такое признание ничего не стоило: ведь когда обожаемый тенор, даря миру счастье, блистал и таял, изливаясь в кантиленах и виртуозно изображая страсть, эти люди, несмотря на свое легковесное восхищение и свой шумно выражаемый восторг, любви к музыке не чувствовали и были готовы уступить заботу о доставляемом им удовольствии кому угодно. Именно Ганс Касторп стал содержать в порядке доверенное ему сокровище пластинок, он записал содержание каждого альбома на его внутренней стороне, так что любая вещь, при первом требовании, оказывалась под рукой, и мудро управлял волшебной шкатулкой, скоро усвоив необходимые для этого ловкие, скупые и нежные движения.

Да и что делали бы другие? Они осквернялн бы пластинки, царапая их использованными иглами, забывали бы их на стульях, издевались бы над аппаратом, заставляя благородное произведение искусства вертеться со скоростью и высотою звука в сто десять оборотов, или ставили бы указатель на ноль, так что слышно было бы только истерическое попискивание или глухое стенание. Ведь он уже знал их. Правда, они были больны, но, кроме того, они были грубы. Поэтому Ганс Касторп вскоре стал носить ключ от шкафчика, где хранились иглы и альбомы, просто в кармане, и, если людям хотелось послушать музыку, приходилось звать его.

Вечером, когда кончалось совместное сидение пациентов в гостиных и все расходились, для молодого человека наступали лучшие часы. Он оставался в музыкальной комнате или тайком возвращался туда и музицировал один до поздней ночи. Вскоре он уже не боялся нарушить покой спящего дома, как это было вначале, ибо оказалось, что эта призрачная музыка слышна лишь на очень недалеком расстоянии. Как ни изумительны были ее звуковые колебания вблизи от их источника, вдали они очень скоро тускнели, становились слабыми и теряли силу реальности, как и все призрачное. Ганс Касторп, в четырех стенах этой комнаты, оставался наедине с чудесами волшебной шкатулки, с шедеврами композиции и исполнительского мастерства, скрытыми в этом усеченном гробике из скрипичного дерева, в этом матово-черном маленьком храме, перед раздвинутой двустворчатой дверцей которого он сидел в кресле, сложив руки, склонив голову на плечо, приоткрыв рот и отдаваясь заливавшему его потоку благозвучий.

Этих певцов и певиц он не видел, ибо их человеческая плоть находилась в Америке, в Милане, в Вене, в Санкт-Петербурге. Ну и пусть себе там находятся, — ведь он получал лучшее, что в них было — их голос; и он ценил эти как бы очищенные, абстрагированные голоса, остававшиеся все же в достаточной мере чувственными, чтобы, поскольку дело касалось хотя бы его соотечественников немцев, дать ему возможность, исключив все невыгоды личной близости, по-настоящему, по-человечески оценить их качества. Он различал выговор певцов, диалект, позволявший точнее определить, из какой они местности, характер голоса, говоривший об эмоциональном уровне каждого из них, а по тому, как они использовали возможности духовного воздействия на слушателей или, наоборот, не использовали, можно было судить о степени их интеллигентности. И Ганс Касторп сердился, когда они пренебрегали этими возможностями. Он страдал от стыда и кусал себе губы, если открывал недостатки в технике исполнения, сидел точно на иголках, когда в особенно популярной песне какая-нибудь нота звучала резко или крикливо, что особенно часто случалось с неустойчивыми женскими голосами. Но он с этим мирился, ибо любви суждено страдать. Иногда он склонялся над вращавшимся и дышавшим механизмом, словно то был куст сирени, опустив голову в облако звуков, или становился перед раскрытой волшебной шкатулкой, разделяя блаженную власть с дирижером, и, подняв руку, в нужный миг подавал знак трубе, что ей пора вступать. В этом собрании музыкальных произведений у него были свои любимцы, и некоторые вокальные и инструментальные номера он готов был слушать без конца. Мы не можем не назвать их.

Небольшая серия пластинок воспроизводила заключительные сцены оперы, пышной, насыщенной гением мелодики; она была написана по заказу некоего восточного государя прославленным соотечественником Сеттембрини, одним из родоначальников драматической музыки юга, во второй половине прошлого века, по столь торжественному случаю, как передача человечеству некоего достижения техники, способствующей сближению между народами. Ганс Касторп, будучи человеком образованным, знал сюжет оперы и в общих чертах был знаком с судьбой Радамеса, Амнерис и Аиды, певших ему по-итальянски из шкатулки; поэтому он более или менее понимал, что они поют — этот несравненный тенор, это царственное контральто с роскошными модуляциями в середине диапазона и серебряное сопрано, — понимал, конечно, не каждое слово, а кое-что, то там, то здесь, благодаря своему знанию фабулы, своим симпатиям к данной ситуации и тайному сочувствию героям, которое, чем чаще он ставил эти четыре-пять пластинок, тем все более росло и постепенно превратилось в настоящую влюбленность.

Сначала происходило объяснение между Радамесом и Амнерис: царская дочь приказывала привести к ней закованного в цепи Радамеса, ибо она любила его и горячо жаждала спасти для себя, хотя он, ради рабыни из варварской страны, пожертвовал родиной и честью; впрочем, по его словам, «в глубинах сердца честь осталась незадетой». Однако эта незатронутость самого сокровенного, при всей тяжести его вины, мало помогла ему, преступление его было столь явным, что он подлежал духовному суду, а этому суду все человеческое чуждо, и, уж конечно, судьи не станут церемониться, если виновный в последнюю минуту не одумается и, отрекшись от рабыни, не бросится в объятия великолепного контральто с роскошными переходами, которое с точки зрения акустической, вполне этого заслужило. Амнерис прилагала самые пылкие старания, чтобы уговорить изливавшего благозвучия, но трагически ослепленного и разочарованного в жизни тенора, твердившего в ответ ей лишь одно: «Не в силах я» и «Напрасно все», — когда она в отчаянии молила его отказаться от рабыни, ибо для него — это вопрос жизни. «Не в силах я»...

«Молю тебя, послушай, откажись».

«Напрасно все».

Самоубийственное ослепление и жгучее страдание любви сливаются в дуэт, необычайно прекрасный, но не оставляющий никакой надежды. И вот Амнерис сопровождает своими скорбными возгласами зловещие ритуальные формулы духовного суда, они глухо звучат откуда-то из глубины, и злосчастный Радамес оставляет их без ответа.

«Радамес, Радамес», — настойчиво взывает опять верховный жрец и с беспощадной суровостью раскрывает его предательство.

«Оправдайся!» — потребовали хором все жрецы.

И так как их глава сослался на то, что Радамес молчит, все единодушно признали его виновным в измене.

«Радамес, Радамес! — снова начинает председательствующий. — Ты смел оставить лагерь перед боем!»

«Оправдайся!» — воскликнули они снова.

«Смотрите, он молчит», — вторично установил сильно предубежденный против него верховный судья, поэтому все судьи во второй раз присоединили свои голоса к его голосу и закричали: «Измена!»

«Радамес, Радамес, — зазвучал в третий раз голос неумолимого обвинителя. — Отечество, царя и честь ты предал!»

«Оправдайся!» — прогремело снова.

«Измена!» — окончательно решили, содрогаясь, жрецы, после того как их внимание было обращено на полное молчание Радамеса. Поэтому неотвратимое неотвратимо свершилось, и хор, попрежнему единогласно, вынес приговор преступнику и заявил: его участь решена, он умрет позорной смертью преданного проклятию, живым сойдет он в могилу под храмом разгневанного божества.

Вообразить себе негодование Амнерис по поводу этой поповской жестокости предоставлялось самому Гансу Касторпу, ибо здесь пластинка кончалась. Надо было ее менять, что он и делал тихими, точными движениями и как бы опустив глаза, а когда снова усаживался в кресло, звучала уже последняя сцена мелодрамы: заключительный дуэт Радамеса и Аиды звучал уже из могилы, из глубин подземелья, а над их головами ханжи-священники совершали в храме обряд и, простирая руки, усердно что-то бормотали. «Tu — in questa tomba?!»[1] — гремел невыразимо обаятельный, сладостный и вместе с тем мужественный голос Радамеса. Да, она проникла сюда, эта возлюбленная, ради которой он пожертвовал жизнью и честью, она здесь ждала его, дала себя вместе с ним запереть, чтобы вместе встретить смерть. Они пели, то обращаясь друг к другу, то сливая свои голоса, а по временам их прерывал глухой гул священной церемонии в верхнем этаже; именно эта пара волновала до глубины души одинокого ночного слушателя — и особенности их истории, и ее музыкальное воплощение. В их ариях говорилось о небе, они сами были божественны и божественно исполняли их. Линия мелодии, которую сначала порознь, а потом вместе неутомимо повторяли их голоса, эта простая и блаженная кривая, построенная на тонике и доминате, протяжно восходила от основного тона к октаве, но за полтона от нее, лишь слегка ее коснувшись, переходила в квинту и казалась одинокому любителю самым просветленным, самым восхитительным из всего, что он когда-либо слышал. Все же он не так влюбился бы в эти звуки, если бы не вызвавшая их к жизни ситуация, делавшая его сердце особенно восприимчивым к ее сладостному очарованию. Ведь как это прекрасно, что Аида пришла к обреченному Радамесу и пожелала навеки разделить с ним в могиле его судьбу! Осужденный правильно сделал, что не хотел принять принесенной в жерт-

[1] Ты — в этой могиле?! (*ит.*)

ву цветущей жизни, но в его ответе, полном нежности и отчаяния: «No, no! troppo sei bella!»[1] — все же чувствовался восторг окончательного соединения с той, которой он уже никогда не надеялся увидеть; и чтобы пережить вместе с ним этот восторг и эту благодарность, воображению Ганса Касторпа не нужно было делать особых усилий. Однако, когда он, сложив руки, смотрел на маленькие черные жалюзи между планками, среди которых все это расцветало, сильнее всего он чувствовал и постигал всепобеждающую идеальность музыки, искусства, человеческой души, и его больше всего радовала их высокая и неотразимая красота, которая облагораживала низменные и отвратительные явления действительности. Ведь достаточно было посмотреть трезвым взглядом на то, что здесь совершалось: двум заживо погребенным созданиям предстояло, задыхаясь в духоте могилы, умереть от мук голода вместе или, что еще хуже, одному за другим, а затем над их телами разложение должно было начать свое невыразимое дело, пока под сводами не останутся два скелета, и каждый из них будет совершенно равнодушен и нечувствителен к тому, лежит ли он один, или вдвоем. Такова была реальная, фактическая сторона событий — особая их сторона, особое свойство, но эту сторону идеализм сердца вообще не принимал в расчет, а дух музыки и красоты победоносно отодвигал в тень. Для оперных душ Радамеса и Аиды реально предстоявшей им участи просто не существовало. Их голоса взлетали в унисон к блаженному звучанию октавы, уверяя, что теперь им открылись небеса и их любовное томление озарено светом вечности. Сила этого приукрашиванья действовала на слушателя крайне благотворно, утешала его и способствовала тому, что этот номер его постоянной программы стал ему особенно дорог.

Обычно он отдыхал от его ужасов и просветления, слушая короткую пьесу, тоже насыщенную прелестью и гораздо более мирную по своему содержанию, чем первая; это была идиллия, но идиллия рафинированная, автор построил ее и живописал с помощью скупых и вместе с тем осложненных приемов новейшего искусства, чисто оркестровая вещь, без пения, симфоническая прелюдия, написанная французом; она исполнялась сравнительно небольшим по теперешним понятиям ансамблем, однако была промыта всеми водами современной техники звука и хитроумно построена так, чтобы окутать душу пеленою грез. И воображением Ганса Касторпа, когда он слушал эту вещь, овладевала всегда одна

[1] Нет, нет, ты слишком прекрасна! (*ит.*)

и та же греза: перед ним — заросшая пестрыми астрами, залитая солнцем лесная полянка; он лежит на спине, под головой небольшой холмик, одну ногу он поставил стоймя и слегка согнул в колене, другую перекинул через нее, — однако ноги у него не человечьи, это ноги фавна. Лишь для собственного удовольствия, ибо полянка совершенно пустынна, перебирает он лады деревянной дудочки, которую держит во рту — не то кларнет, не то свирель, извлекая из нее мирные, чуть гнусавые звуки; они свободно льются один за другим, как им вздумается и все же в приятной последовательности, и эта беззаботная, чуть гнусавая песенка уносится в ярко-синее небо, а под ним блестит в лучах солнца и колеблется в легком ветерке узорная листва берез и ясеней.

Но это задумчивое, безответственное, полупевучее дуденье недолго остается единственным голосом одиночества. Жужжанье насекомых над травою, в горячем летнем воздухе, само сиянье солнца, ветерок, покачивание зеленых крон, блеск листьев — весь этот летний, мирный, чуть зыблемый покой вокруг становится пестрым звучанием, он придает напевам простодушной свирели непрерывно меняющийся, всегда удивительно изысканный гармонический смысл. Симфоническое сопровождение то отступит, то смолкнет совсем; но Ганс с ногами фавна продолжает играть, и наивное однозвучие его песенки снова будит утонченнейшие по колориту, волшебные звучания природы; еще одна пауза — и это звучание сладостно и мощно перерастает самое себя, в него быстро, один за другим, вступают все новые, все более высокие инструментальные голоса, и тогда уже, себя не сдерживая, оно разражается всей своей полнотой — пусть лишь на беглый миг, но эта полнота дает блаженство совершенного удовлетворения, ибо оно несет в себе вечность.

Молодой фавн был очень счастлив на своей летней полянке. Здесь не требовали никакого «оправдайся!», не возлагали никакой ответственности, никакой военно-духовный суд не угрожал тому, кто забыл честь и потерял себя. Здесь царило великое забвение, блаженная неподвижность, невинность безвременности; это была распущенность, но без всяких угрызений совести, полное отрицание западного приказа быть активным, воплощенный в образах, желанный апофеоз этого отрицания, почему исходившее от пластинки успокоение и заставляло ночного музыканта предпочитать ее многим другим.

Имелась еще третья... Собственно говоря, даже несколько, связанных между собой и составлявших одно целое, три или четыре, так как одна ария тенора занимала добрую половину покрытой кругами пластинки. Это была опера, опять-таки произведение французского композитора, Ганс Касторп не раз видел ее в театре, а однажды, в разговоре — притом в решающем разговоре, сослался на нее... Второй акт: сцена в испанском кабачке; перед зрителями — просторная комната с настилом, она в ложномавританском стиле, украшена шалями, это — притон контрабандистов. Звучит теплый, чуть хриплый, но пленяющий своим благородством голос Кармен, она заявляет, что сейчас будет плясать перед сержантом, и уже слышится щелканье ее кастаньет. Но в это же мгновение издали доносятся звуки труб и clairons[1], повторный военный сигнал; паренек встревожен. «Остановись, Кармсн! Хоть на одну минуту», — восклицает он, как боевой конь навострив уши. А так как Кармен спрашивает: «Но зачем?» и «Что случилось?» — он отвечает: «Не слышишь разве ты?» — удивленный, что сигнал не произвел на нее никакого впечатления. Это же звуки труб, они призывают его. «Призыв трубы нам зорю возвещает!» — по-оперному торжественно поет он. Однако цыганке этого не понять, да она и не хочет понимать. Тем лучше, отвечает она глупо и дерзко, не нужно и кастаньет, само небо посылает нам музыку, чтобы танцевать. «Ля-ля-ля-ля!» Он вне себя. Собственная боль и обида отступили на задний план перед необходимостью втолковать ей все значение этого сигнала и того, что никакая влюбленность на свете на может ему противостоять. Сигнал этот — нечто священное, категорическое, как она не может понять?! «Пробили зорю, и должен я в казарму идти на перекличку», — заявляет Хозе в отчаянии от ее легкомыслия, и ему становится вдвое тяжелей. И тут надо было послушать Кармен! Она в ярости, она возмущена до глубины души, в ее голосе звучит обманутая и оскорбленная любовь — или она притворяется? «В казарму? На перекличку?» А ее сердце? Ее доброе нежное сердце? Ведь по слабости своей, да, она сознается, по слабости, она готова была развлечь его пением и пляской? «Тратата!» Она с яростной иронией подносит к губам руку с согнутыми пальцами и, подражая горну, поет: «Тратататa!» Этого достаточно. Дуралей вскочил, он стремится уйти. Ах так, ну и скатертью дорога! Вот его каска, вот его сабля и пояс! Живо, живо, живо, пусть убирается в свою казарму! Он стал молить о пощаде. Но она продолжала яростно насмехаться, изображая, как он, при звуках горнов, теряет свой и без того небольшой умишко. Тратa-тата — игра-

[1] Горнов (*фр.*).

ют зорю! Боже милостивый, вдруг он опоздает! Скорее прочь, в казарму! И он, конечно, переполошился, как дурак, в ту минуту, когда она, Кармен, хотела сплясать перед ним. Вот, вот, вот какова его любовь к ней!

Мучительное положение! Она не понимает. Женщина, цыганка, не могла и не желала его понять. Главное — не желала, ибо, несомненно, в ее ярости, в ее насмешках ощущалось нечто выходившее за пределы данной минуты, за пределы личного, в них ощущалась ненависть, исконная вражда к принципу, который этими французскими clairons или испанскими рожками призывал к покорности влюбленного солдатика и победа над которым была вопросом ее высшего, врожденного и сверхличного честолюбия. И тогда она пустила в ход очень простое средство: она стала уверять, что если он уйдет — значит, он ее не любит, а как раз этого Хозе, певший в шкатулке, не мог вынести. Он заклинал ее, чтобы она дала ему высказаться. Но она не желала его слушать. Тогда он заставил ее — это была дьявольски серьезная минута. В оркестре появилась тема рока, угрюмый, угрожающий мотив; Ганс Касторп знал, что он проходит через всю оперу до катастрофической развязки и служит также вступлением к арии солдатика на новой пластинке, которую следовало поставить.

«Видишь, как свято сохраняю цветок, что ты мне подарила»... — Хозе пел эту арию чудесно; Ганс Касторп нередко слушал ее отдельно, вне привычной связи с другими номерами и всегда внимал ей с благоговейным сочувствием. По содержанию эта ария была не бог весть что, но выраженная в ней трогательная мольба хватала за сердце. Солдат пел о цветке, который ему бросила Кармен в начале их знакомства, и во время сурового заключения в тюрьме, куда он попал из-за нее, этот цветок был для него единственным сокровищем. Глубоко потрясенный, он сознается ей в том, что на миг проклял судьбу, допустившую его увидеть Кармен. Хозе тут же горько раскаялся в своих кощунственных мыслях и на коленях молил Бога о новой встрече: «Ты мой восторг и упоенье», — начал он с той же ноты, как и «Кармен увидеть вновь», но теперь в оркестре зазвучала вся та чарующая полнота инструментовки, с какой только можно было изобразить страдание, тоску, беспредельную нежность и сладостное отчаяние бедного солдатика — любимая предстала перед ним во всей своей роковой прелести, и он ясно и отчетливо почувствовал, что она «его восторг», «его мученье» («мученье» он спел с рыдающим форшлагом перед первым слогом) и что он погиб навсегда. «Ты мой восторг, мое мученье», — пел он в отчаянии ту же музыкальную фразу, которую потом самостоятельно повторил оркестр, она восходила от основной ноты на два интервала и потом, с особым теплом, переходила в более низкую квинту. «Моя Кармен, навек я твой», — заклинал он ее еще раз банальным, но полным нежности восклицанием; пользуясь именно этой фигурой, поднимался до шестого интервала; потом его голос опускался на десять тонов, и он, потрясенный, признавался опять: «Навек я твой», — причем конец фразы сначала мучительно замедлялся переменой гармонии, и уже потом это «твой» сливалось с основным аккордом.

— Да, да, — говорил Ганс Касторп с грустью и благодарностью и ставил еще финал этого акта, когда все поздравляют молодого Хозе, ибо после столкновения с офицером пути назад ему отрезаны, и он вынужден стать дезертиром, как того потребовала, к его ужасу, еще раньше Кармен.

Пойдем с нами в дальние горы,
Где ветер дик и свободен, —

пели контрабандисты хором, обращаясь к нему; можно было легко различить слова:

И что нам всего дороже —
Свобода ждет, свобода ждет.
Нам мир открыт, отчизна без границ,
И нет забот.

— Да, да, — повторял он и переходил к четвертому номеру, воплощавшему в себе что-то очень дорогое и хорошее. Это было опять нечто французское, но мы тут не повинны, и также мало повинны, что в этом произведении опять фигурировал воинский дух. Речь идет о вставном номере, о сольной арии, о «молитве» из оперы Гуно «Фауст». Выступал какой-то удивительно симпатичный юноша, его звали Валентин, но Ганс Касторп про себя называл его иначе, именем родным и овеянным печалью, носителя которого он отождествлял с персонажем, певшим из шкатулки, хотя голос у этого персонажа был гораздо красивее. Арию исполнял сильный, бархатный баритон, она делилась на три части и состояла из двух сходных строф, имевших благочестивый характер, выдержанных почти в стиле протестантских хоралов, и средней строфы, рыцарски-задорной и отважной, воинственной и легкомысленной, но все же благочестивой: в этом и состоял французский и военный элемент этого номера. Незримый певец пел:

Я покинуть принужден
Мой любимый край родной...

По случаю предстоящего отъезда он обращался к Господу Богу с мольбой, чтобы тот в его отсутствие охранял его милую сестру! Ведь он уходил на войну, и ритм вдруг менялся, становился смелым, к черту печаль и заботы, незримый солдат жаждал, там, где битва будет всего беспощадней, опасность всего грозней, — лихо, благочестиво и чисто по-французски ринуться навстречу врагу! Но если Господь призовет его на небо, пел солдат, тогда он, твой защитник, будет оттуда взирать на тебя. Под этим «твой» и «тебя» он разумел сестру; однако все это глубоко трогало Ганса Касторпа, и волнение не покидало его до самого конца, когда честный вояка пел внутри шкатулки под мощные аккорды, подобные аккордам хорала:

Бог Всесильный, бог любви,
Я за сестру тебя молю.

Эта пластинка больше ничем не была примечательна, однако мы решили упомянуть о ней потому, что Гансу Касторпу она очень нравилась, и еще потому, что, позднее, в связи с одним странным случаем, она тоже сыграла особую роль. Теперь нам остается вспомнить еще последнюю, пятую вещь среди более близких Гансу Касторпу пластинок-фавориток — нечто уже отнюдь не французское, а, напротив, произведение явно и подчеркнуто немецкое, и не опера, а песня, одна из тех песен, которые принадлежат народу и вместе с тем являются шедевром большого мастера, благодаря чему мы в них и находим особую одухотворенную и обобщенную картину мира. Но зачем эти намеки? Скажем открыто — это была «Липа» Шуберта, именно всем известная песня «У колодца, у заставы».

Ее пел тенор под аккомпанемент рояля, у парня был, видно, и вкус и такт, ибо он в исполнении этой простодушной и вместе с тем несказанно прекрасной вещи показал тонкий ум, музыкальную чуткость и тщательно проработанную дикцию. Мы отлично знаем, что эта чудесная песня в детском и народном исполнении звучит несколько иначе, чем в ее художественной обработке. В первом случае она поется по большей части упрощенно, строфа за строфой, на ту же мелодию, тогда как в песне Шуберта — народный мотив уже во второй восьмистрочной строфе варьирует в минор, а на пятом стихе, особенно красивом, снова возвращается к мажору, и дальше, где говорится о «степном холодном ветре» и о том, что «с меня сорвал он шляпу», — мелодия драматически разрешается и звучит опять в последних четырех стихах третьей строфы, которые повторяются, чтобы она могла полностью завершиться. Чарующие изменения этой мелодии происходят трижды, два раза в ее модулирующей второй половине, а в третий — при репризе последней полустрофы — «Теперь уж я далеко». Эти волшебные изменения, которые нам не хотелось бы огрублять в погоне за слишком точными определениями, падают на отдельные части фраз — «немало нежных слов» и «ветви зашумели», «брожу в стране чужой». И этот чистый и теплый, в меру рыдающий тенор, этот певец, столь искусно владеющий дыханьем, исполнял ее с такой интеллигентной чуткостью к ее красоте, что описанный переход каждый раз заново волновал слушателя, причем артист умел еще усилить впечатление, пользуясь особенно задушевными головными звуками в таких строках, как «И в радости и в горе я к ней идти готов» и «Ты мог найти покой». А при повторении последнего стиха: «Там ждал тебя покой!» — он пел это «ждал» в первый раз со всей полнотою тоскующей страсти и лишь во второй — нежно, как флажолет.

Вот все относительно этой песни и ее исполнения. Мы льстим себя надеждой, что раньше нам удавалось вызвать в наших читателях известное понимание тех глубоко интимных сопереживаний, которые рождали в Гансе Касторпе излюбленные номера его ночной программы. Но объяснить, что значила для него эта песня, эта старинная песня о липе, — задача весьма деликатная, и, приступая к ее разрешению, необходимо соблюдать величайшую сдержанность в интонации, иначе можно скорее напортить, чем помочь.

Скажем так: духовное, то есть значительное, явление «значительно» именно потому, что оно выходит за свои пределы, служит выражением и символом чего-то духовно более широкого и общего, целого мира чувств и мыслей, которые, с большим или меньшим совершенством, в нем воплотились — этим и определяется степень его значительности. Любовь к такому явлению тоже «значительна». Она говорит нам кое-что и о человеке, испытывающем ее, о его отношении к тому общему, к тому миру, который отражен в данном явлении и который этому человеку, сознательно или бессознательно, тоже дорог.

Может быть, читатель удивится тому, что наш скромный герой после нескольких годиков герметически-педагогической переработки своих внутренних сил настолько углубился в духовную жизнь, что осознал «значительность» своей любви и ее объекта. Но это так, и мы об этом рассказываем. Песня о липе значила для него очень многое, целый мир, и этот мир он не мог не любить, иначе бы так безумно не влюбился в тот образ, который был его подобием. И мы знаем, что говорим, если добавим, — хотя это, может, и покажется несколько туманным, — что его судьба сложилась бы совсем иначе, если бы он не был столь бесконечно восприимчив к очарованию той сферы чувств, того общего духовного строя, которым с такой интимной таинственностью была проникнута эта песня. Однако именно данная судьба привела его к внутреннему росту, к необычным событиям, вызвала минуты самопознания, поставила перед ним проблемы «правления», что, в свою очередь, сделало его зрелым для проникновенной критики этого особого мира и его образа, конечно, достойного беспредельного восхищения, а также своей любви к нему, и побудило все это подвергнуть сомнениям совести.

Однако тот, кто решил бы, что такие сомнения могут умалить любовь, решительно ничего не понимает в любви. Эти сомнения придают ей, наоборот, особую остроту. Они-то и пробуждают жало страсти, почему страсть можно было бы даже определить как «сомневающуюся любовь». В чем же заключались сомнения, тревожившие Ганса Касторпа как «правителя», его совесть и нравственность, и ставившие под вопрос дозволенность его любви к волшебной песне и связанным с нею миром? И что это за мир, который, как подсказывали ему предчувствия совести, должен быть миром запретной любви?

То была смерть.

Но ведь это же явное безумие! Такая великолепная песня! Настоящий шедевр, рожденный из последних и священных глубин народной души; неоценимое сокровище, прообраз душевности, воплощение прелести! Какая недостойная клевета!

Да, да, да, все это чудесно, так сказал бы, вероятно, каждый порядочный человек. И все же за этим прекрасным произведением стояла смерть. Эту связь со смертью можно было любить, но, ощущая себя «правителем», нельзя было не предчувствовать, не отдавать себе отчет в известной недозволенности такой любви. По своей собственной первоначальной сути эта песня могла и не таить в себе симпатии к смерти, а напротив — нечто глубоко народное, полное жизненных сил, но духовная симпатия к ней была симпатией к смерти; чистое благоговение, само простодушие, лежавшее в основе этой песни, — их, конечно, ни в какой мере нельзя было оспаривать; но их результатом, их следствием были явления мрака.

Что он внушает себе? Однако разубедить себя он не мог. Явления мрака. Мрачные явления. Палачество, подхалимство и человеконенавистничество в испанском черном платье с брыжами и похотью вместо любви под личиной лицемерного благочестия!

Разумеется, к литератору Сеттембрини Ганс Касторп не относился с абсолютным доверием, но он помнил некое наставление, которое его ментор, служитель ясного разума, дал ему еще давно, в начале его герметического пути, относительно тяги в прошлое, духовной тяги в прошлое, к некоторым мирам, и он счел полезным осторожно приложить это наставление к соответствующему объекту. Сеттембрини определил тогда эту тягу в прошлое как некую «болезнь». Тот образ мира, та духовная эпоха, к которым тянуло вернуться, должны были представляться его педагогическому уму «болезненными». Как бы не так! Неужели пленительная песня о тоске по родине, душевная область, к которой она относилась, сердечное влечение к этой области — «болезненны»? Ничего подобного! Они — самое душевно здоровое, что только может быть. Однако это такой плод, который, будучи свежим, сочным и здоровым в данную минуту или только что, имел удивительную склонность к распаду и загниванию; и если он в соответствующее мгновение являлся чистейшей усладой сердца, то в следующий, несоответствующий миг начинал распространять среди вкушающего его человечества гниль и гибель. Это был живой плод, но порожденный смертью и несущий в себе смерть. Это было чудо души — может быть, высшее перед лицом красоты, лишенной совести и давшей ему свое благословение; и все же, с точки зрения ответственно правящей любви к жизни и к органическому началу, на это чудо следует смотреть с вполне законным недоверием и в согласии с окончательным приговором совести считать, что в отношении к нему надо преодолеть себя.

Да, преодоление себя, — вероятно, в этом и состояла сущность преодоления этой любви — этого волшебного плена души с мрачными последствиями. Мысли Ганса Касторпа, или, вернее, его полные предчувствий полумысли, взлетали очень высоко, когда он сидел по ночам перед усеченным музыкальным гробом — они поднимались выше тех областей, куда достигал рассудок, это были алхимически пресуществленные мысли. О, как мощно было волшебство этого душевного плена! Все мы чувствовали себя его сынами, все могли совершать великие дела на земле, когда служили ему! Не нужно никакой гениальности, а лишь гораздо больший талант, чем у автора песни о липе, чтобы, будучи магом душевного волшебства, придать этой песне исполинские размеры и покорить ею весь мир. Вероятно, можно было бы создать на ее основе целые царства, земные, слишком земные царства, очень устойчивые и прогрессивные, лишенные всякой тоски по родине, — и где эта песня упала бы до граммофонной пластинки. Но лучшим сыном этого волшебства, вероятно, был бы тот, кто, преодолевая себя, погубил бы свою жизнь и умер бы со словом о новой любви на устах, которое он еще не умел произнести. Разве не стоило умереть за нее, за эту волшебную песню! Но тот, кто умер бы за нее, умер бы уже не за нее и был бы героем лишь потому, что умер бы, в сущности, уже за новое, за жившее в его сердце новое слово любви, за будущее...

Таковы были любимые пластинки Ганса Касторпа.

## ОЧЕНЬ СОМНИТЕЛЬНОЕ

С годами беседы Эдвина Кроковского приняли довольно неожиданный уклон. В его исследованиях, направленных на расчленение души и подсознательную жизнь человека, всегда было что-то от подземелий и катакомб; но за последнее время он очень мягко и почти незаметно для своей аудитории свернул на путь магии, сугубой секретности; и теперь его лекции, происходившие в столовой раз в две недели, — его лекции, гордость проспекта и главный аттракцион заведения, которые он читал в сюртуке и сандалиях, стоя у покрытого скатертью столика и экзотически растягивая слова, перед неподвижно внимающей ему берггофской публикой, теперь касались уже не скрытой любовной жизни души и обратного превращения болезни в осознанный аффект — в них речь шла теперь о неразгаданных странностях сомнамбулизма и гипнотизма, о телепатии, вещих снах, ясновидении, о чудесах истерии; при обсуждении всего этого философские горизонты настолько расширялись, что перед слушателями вдруг вспыхивали такие загадки, как связь между материей и психикой, и даже загадки относительно сущности самой жизни, приблизиться к решению которых, оказывается, можно было скорее дорогами жути и болезни, чем здоровья...

Мы говорим об этом потому, что считаем своим долгом посрамить легковерные умы, утверждавшие, будто доктор Кроковский обратился к области сокровенного лишь по причинам чисто эмоциональным, то есть чтобы избежать в своих лекциях бесплодного однообразия. Так по крайней мере болтали злые языки, которые всюду найдутся. И действительно, на понедельничных лекциях мужчины прислушивались еще внимательнее, а фрейлейн Леви больше чем когда-либо напоминала восковую фигурку с заводным механизмом в груди.

Но эти реакции были не менее законны, чем путь развития, которым вправе идти ум ученого, тем более если его ведет не только логическая последовательность, а сама необходимость. Он и раньше занимался изучением загадочных, неизведанных областей человеческой души, которые называют подсознанием, хотя, может быть, правильнее было бы назвать его сверхсознанием, ибо именно из этих сфер порою возникает знание, неизмеримо превосходящее то, которое содержится в обычном круге сознания отдельной человеческой личности, почему и напрашивается мысль, что, быть может, между глубинными, погруженными во мрак пластами индивидуальной души и обладающей всеведеньем общей душой должны существовать соотношения и связи. Сфера подсознания, «оккультная» в широком значении этого слова, вскоре оказывается оккультной и в более тесном смысле и служит одним из источников для тех феноменов, которые мы так называем за отсутствием лучшего обозначения. Более того: тот, кто видит в физическом симптоме болезни результат изгнания из сознательной душевной жизни истеризированных аффектов, вынужден признать творческую силу психического начала по отношению к материальному, — силу, в которой нельзя не видеть второй источник магических явлений: идеалист патологии, чтобы не сказать — патологический идеалист, поневоле окажется в исходной точке определенной цепи, звенья которой очень скоро приведут его к проблеме бытия, иными словами — к проблеме взаимоотношений между материей и духом. Материалист, опирающийся лишь на философию ядреного здоровья, непременно будет утверждать, что духовное — всего лишь фосфоресцирующий продукт материального. Идеалист же, исходящий из принципа творческой истеричности, будет склоняться к тому, а вскоре и настаивать на том, что вопрос о примате тела или духа следует решить совсем наоборот. В общем, перед нами опять не больше не меньше, как исконный спор о том, что было раньше — курица или яйцо, причем вопрос особенно осложняется тем, что нельзя представить себе яйцо, которое бы не снесла курица, и нельзя представить себе курицу, предварительно не допустив существование яйца, из которого она вылупилась.

Обсуждением этих вопросов и стал с недавних пор заниматься на своих лекциях доктор Кроковский. Он дошел до них органически, вполне законным, логическим путем, мы это усердно подчеркиваем, и только для полноты картины добавим, что занялся он ими еще задолго до того, как появилась Элли Бранд, и дело перешло в эмпирически-экспериментальную стадию.

Кто же она, эта Элли Бранд? Мы едва не забыли, что наши слушатели ее не знают, хотя нам это имя, конечно, очень знакомо. Кто она? Да на первый взгляд — скорее никто. Миленькая девятнадцатилетняя девица с льняными волосами, зовут Нелли, датчанка, но даже не из Копенгагена, а из Оденсе на острове Фюне, где у ее отца была масляная торговля. Сама она уже познала практическую жизнь, просидела несколько лет на вращающейся табуретке в провинциальном отделении столичного банка, надев на правую руку нарукавник и склонившись над толстыми приходо-расходными книгами, где и нагнала себе температуру. Заболела она слегка, врачи только подозревали туберкулез, хотя Элли была созданием хрупким и, видимо, малокровным, но притом бесспорно симпатичным: так и хотелось положить ей руку на светлые льняные волосы, что гофрат делал регулярно, когда заговаривал с ней в столовой. От нее веяло северной свежестью, какой-то целомудренно-хрустальной, детски-девической чистотой, столь же привлекательной, как и прямой, младенчески-ясный взгляд ее голубых глаз, высокий ломкий и нежный голос и даже слегка неправильная немецкая речь с небольшими типичными ошибками в произношении. В чертах ее не было ничего особенно примечательного, подбородок казался слишком маленьким. Она сидела за одним столом с Клеефельд, которая ее опекала.

И вот в этой Браун, в этой девственной Элли, в этой приветливой велосипедисточке и банковской служащей, гнувшей спину над конторскими книгами, оказалось нечто, о присутствии чего никто и подозревать не мог ни при первом, ни при втором взгляде на ничуть не загадочную датчаночку. Однако после двух-трех недель ее пребывания здесь наверху в ней обнаружились некоторые свойства, раскрытие которых, во всей их необычности, стало главной задачей доктора Кроковского.

Совместные развлечения пациентов, собиравшихся после ужина в гостиных, впервые заставили ученого мужа призадуматься. Обитатели санатория упражнялись в отгадывании всяких загадок; кроме того, они под игру на рояле искали спрятанные предметы, и чем ближе ищущий подходил к этому предмету, тем громче звучала музыка, и, наоборот, затихала, когда он искал не там, где следовало; потом стали выпроваживать кого-нибудь одного из комнаты, и пока он созерцал дверь с обратной стороны, сговаривались о том, чтобы он, вернувшись в комнату, выполнил какие-нибудь сложные действия, например: переменил кольца у двух присутствующих; пригласил тремя поклонами кого-нибудь на танец; взял в библиотеке определенную книжку и вручил ее такому-то и многое еще в подобном же роде. Следует отметить, что подобные игры обычно не входили в состав берггофских развлечений. Кто первый предложил их, позднее так и не удалось установить. Уж конечно, не Элли. Однако заниматься ими стали, только когда она уже была здесь.

Иные из участников, почти все наши старые знакомые, — среди них был и Ганс Касторп, — обнаруживали во время этих опытов большие или меньшие способности, а иные оказывались и вовсе бездарными. Однако Элли Бранд обнаружила совершенно необычное дарование, поразительное, неподобающее. Ее уверенность при нахождении спрятанных вещей встречала всеобщее одобрение и веселый смех; но при комбинированных действиях пораженные участники смолкали. Она всегда точно выполняла то, что ей втайне внушали, выполняла, едва войдя в комнату, с мягкой улыбкой, без малейших колебаний и даже без направляющей ее поиски музыки. Так она однажды принесла из столовой щепотку соли и высыпала ее на голову прокурору Параванту, потом взяла его за руку, подвела к роялю и сыграла его указательным пальцем начало песенки «Прилетела птичка». Затем отвела обратно на место, сделала ему книксен, пододвинула скамеечку и в заключение уселась у его ног — именно так, как, долго ломая себе голову, придумали остальные.

Значит, она подслушивала!

Девушка покраснела; а присутствующие, почувствовав истинное облегчение оттого, что ей стало стыдно, хором принялись бранить ее. Но она возразила: да нет же, нет, ничего подобного! Не подслушивала она оттуда, из-за двери, право же, нет!

Не подслушивала из-за двери?

О нет, простите! Она слушает здесь в комнате, когда входит, не может не слушать.

Не может? Слушает в комнате?

Да, ей словно кто-то нашептывает на ухо, говорила Элли. Нашептывает, что надо сделать, — тихо, но вполне ясно и отчетливо.

Это было явное признание. Элли в каком-то смысле чувствовала себя виноватой — она ведь обманывала. Надо было сказать заранее, что она для такой игры не годится, ведь ей всё нашептывают. А любое состязание теряет всякий человеческий смысл, если один из конкурентов обладает сверхъестественными преимуществами. Со спортивной точки зрения, Элли вдруг как бы дисквалифицировалась, но так, что у многих, слышавших ее признание, мороз пробежал по спине. Несколько голосов тут же потребовали доктора Кроковского. За ним пошли, и он явился: коренастый, жизнерадостно улыбающийся, сразу смекнувший, в чем дело, он всем своим существом как бы призывал к бодрому доверию. Ему доложили, захлебываясь, что обнаружилось нечто совершенно ненормальное, появилась всеведущая особа, девушка, которая слышит голоса. Ну и ну! Что же дальше? Спокойствие, друзья мои! Посмотрим! Это была сфера, для всех остальных — вязкая и зыбкая, как болото, — он же двигался в ней с уверенностью и сочувствием. Кроковский стал расспрашивать, просил рассказать подробнее. Ну и ну, подумайте-ка! «Значит, вот вы какая, дитя мое?» И он, как это делал охотно каждый, положил девчурке руку на голову. Есть все основания для интереса, и совершенно не от чего приходить в ужас. Ученый муж погрузил пристальный взор своих карих экзотических глаз в ясные, чистые глаза Элли Бранд и мягко стал проводить рукой от ее макушки к плечу и вдоль руки. Она покорно и все покорнее отвечала на его взгляд, смотрела на него все больше снизу вверх, так как голова ее медленно опускалась на грудь и на плечо. Когда она начала заводить в дремоте глаза, он сделал перед ее личиком небрежное движение, как бы приподнимая что-то, потом заявил, что все в порядке, и рекомендовал всему взволнованному обществу предаться вечернему лежанию, за исключением Элли Бранд, с которой хотел, по его словам, еще немного «поболтать».

Поболтать! Нетрудно себе представить, что это будет за болтовня! Всем стало не по себе от излюбленного словечка веселого коллеги Кроковского. Каждому почудилось, что на него повеяло холодом, не исключая и Ганса Касторпа, когда он с опозданием улегся в своем необычайно удобном шезлонге и вспомнил, как во время недостойной деятельности Элли и ее последовавших затем стыдливых объяснений у него прямо пол закачался под ногами и он почувствовал дурноту, какую-то чисто физическую тоску, даже нечто вроде приступа морской болезни. Ему никогда не приходилось переживать землетрясение, но он решил, что с ним, наверное, связано именно такое же чувство тоскливого страха, хотя инфернальные способности Элли Бранд и вызывали в нем любопытство, — любопытство, таившее в себе предощущение своей полной бесплодности, сознание недоступности той духовной области, которую оно искало ощупью, а отсюда и сомнение — только ли оно праздное, или к тому же еще и греховное; впрочем, это не мешало ему оставаться тем, чем оно было, — а именно любопытством. Гансу Касторпу, как и всякому, не раз приходилось слышать в своей жизни о тайной или сверхъестественной стороне явлений, — мы уже упоминали о двоюродной прабабушке-ясновидящей и о том, что до него дошло меланхолическое предание о ней. Но с этим миром, существование которого Ганс Касторп готов был теоретически и совершенно беспристрастно допустить, он еще никогда так близко не сталкивался, никогда практически не познавал его на опыте и теперь противился такому опыту, не принимал его с точки зрения хорошего вкуса, эстетики, человеческой гордости — если будет дозволено выразиться так высокопарно в отношении нашего скромного героя, и это неприятие было почти столь же сильно, как и волновавшее его любопытство. Он предчувствовал заранее, совершенно ясно и определенно, что этот опыт, как бы он ни развертывался, всегда останется чем-то безвкусным, невнятным и унижающим человеческое достоинство. И все же он жаждал его изведать. Он понимал, что «праздное» или «греховное» — уж само по себе дурно, как альтернатива, да никакой альтернативы и не было, понятия эти, в сущности, одно и то же. И что духовная безнадежность — только внеморальная форма выражения для того, что является запретным. Все же знаменитое placet experiri, привитое Гансу Касторпу тем, кто *такие* попытки осудил бы самым решительным образом, крепко засело в нем; его моралью стало в конце концов любопытство — неудержимое любопытство путешественника, разъезжающего с образовательной целью; и, коснувшись тайны индивидуальности, оно готово было теперь обратиться на открывавшиеся совсем рядом новые области, причем в этом любопытстве было даже что-то военное, ибо оно не отступало перед запретным, если запретное вставало на его пути. Поэтому Ганс Касторп решил быть на своем посту и не отходить в сторону, если с Элли Бранд произойдут еще какие-нибудь приключения.

Доктор Кроковский строго запретил устраивать в дальнейшем любительские эксперименты, связанные с оккультными способностями фрейлейн Бранд. Он как бы конфисковал девушку для научных исследований, проводил с ней сеансы в своем психоаналитическом кабинете, гипнотизировал ее и, как ходили слухи, старался развить дремлющие в ней способности, изучить ее прежнюю душевную жизнь. Впрочем, то же самое делала и Термина Клеефельд, по-матерински опекавшая ее приятельница и патронесса, она многое выведала у Элли под страшным секретом и под таким же страшным секретом распространяла по всему санаторию, вплоть до комнаты консьержа. Она узнала, например, что тот или то, что во время игры подсказывало девушке придуманное остальными задание, называлось Холгер — это был некий юноша Холгер, хорошо знакомый ей spirit[1], существо, ушедшее в иной эфирный мир, что-то вроде духа-хранителя юной Элли. Значит, это он открыл ей то, что остальные задумали относительно щепотки соли и игры на рояле указательным пальцем Параванта?

Да, он шепнул ей это на ухо, касаясь призрачными губами, так что стало щекотно и захотелось улыбнуться.

Вероятно, ей бывало очень приятно, когда она еще училась в школе, и он подсказывал ей ответ, если она не знала урока? Но Элли промолчала. Должно быть, этого Холгеру не разрешалось делать, ответила она потом. В такие серьезные дела ему запрещено вмешиваться, да он и сам, должно быть, хорошенько не знал школьных ответов.

Затем выяснилось, что у Элли с детства, правда с большими перерывами, бывали видения, зримые и незримые.

Как это понимать — незримые видения?

А вот, например, как это случилось. Однажды, — ей было тогда шестнадцать лет, — она сидела одна в гостиной родителей за круглым столом и занималась рукоделием, было еще совсем светло, а

[1] Дух (*англ.*).

рядом на ковре лежала собака ее отца, сука Фрейя из породы догов. Стол был накрыт вместо скатерти пестрой турецкой шалью, ну такие носят, сложив их треугольником, пожилые женщины. Шаль была постелена наискось, а уголки лежали на столе. И вдруг Эллен увидела, как угол скатерти, лежавший против нее, медленно начал свертываться; беззвучно, аккуратно и равномерно свертывался он и дошел почти до середины стола, так что трубка стала уже довольно длинной; и пока это происходило, Фрейя вдруг рванулась с места, шерсть встала дыбом, она уперлась передними лапами в пол, присела, затем с воем бросилась в соседнюю комнату, забилась под диван, и потом целый год ее нельзя было заставить войти в гостиную.

— Что же, это Холгер свернул турецкую шаль? — осведомилась фрейлейн Клеефельд.

Молодая девушка этого не знала.

А как она себе объяснила такое происшествие?

Поскольку это никак нельзя было объяснить, то Элли и не пыталась.

Сообщила она об этом своим родителям?

Нет.

Странно.

Хотя тут решительно ничего дурного не было, у Элли все же возникло такое чувство, что и в этом случае, и в других ему подобных ей следует молчать и хранить память о них, как строгую стыдливую тайну.

Очень ли это ее угнетало?

Нет, не особенно. Да и что может быть такого уж угнетающего, если без причины свертывается скатерть? Но бывало другое, и оно ее угнетало; вот пример.

Год назад в Оденсе, тоже в доме родителей, она как-то рано утром, поднявшись свежая и бодрая, вышла из своей комнаты в нижнем этаже и хотела подняться по лестнице в столовую, чтобы, как обычно, сварить кофе до того, как встанут родители. Она уже почти дошла до площадки на повороте лестницы и вдруг увидела, что на этой площадке, возле самых ступенек, стоит ее старшая сестра Зофи, уехавшая после замужества в Америку, — сестра, какая она есть, совершенно живая. На ней было белое платье, на голове почему-то венок из водяных лилий, из кувшинок, а руки она держала сложенными на плече; и Зофи кивнула Элли. «Как, Зофи, ты разве здесь?» — спросила с радостью и испугом словно приросшая к месту Элли. Тогда Зофи еще раз ей кивнула и начала таять. Она становилась все прозрачнее, а потом стала едва видна, как текучая струя горячего воздуха, и наконец исчезла совсем, и Элли могла идти дальше. Но через некоторое время выяснилось, что в тот же самый утренний час ее сестра Зофи умерла в Нью-Джерси от болезни сердца.

Что ж, заявил Ганс Касторп, когда Клеефельд все ему выложила, вполне возможно, это бывает. Явление сестры здесь, ее смерть там — тут все-таки можно найти какую-то связь, какое-то объяснение. И он согласился участвовать в некоей спиритической игре со стаканом, которую, в обход ревнивого запрещения Кроковского, пациенты решили устроить с участием Элли Бранд.

На интимный сеанс, состоявшийся в комнате Гермины Клеефельд, были допущены всего несколько лиц: кроме самой хозяйки, Ганса Касторпа и маленькой Бранд, присутствовали только дамы Штёр и Леви, господин Альбин, чех Венцель и доктор Тин-фу. Поздно вечером, уже в десять часов, они потихоньку собрались у Клеефельд и, перешептываясь, стали рассматривать то, что Гермина приготовила для сеанса; посреди комнаты на не покрытом скатертью круглом столе был поставлен вверх ножкой винный бокал, а вокруг, по краю стола, на достаточном расстоянии были разложены костяные фишки, попросту игральные марки, и на них нанесены пером и чернилами двадцать пять букв алфавита. Сначала Клеефельд всех угостила чаем, за что гости были очень благодарны, так как дамы Штёр и Леви, несмотря на детскую безобидность всей этой затеи, жаловались, что у них руки и ноги леденеют и ужасно бьется сердце. Насладившись горячим чаем, они уселись вокруг столика, освещенные тускло-розовым светом, ибо хозяйка, чтобы создать настроение, выключила плафон и оставила только закутанную розовым лампочку у кровати; затем каждый слегка приложил один палец правой руки к ножке бокала — так делали обычно на сеансах, — и все стали ждать, когда бокал начнет двигаться.

Это могло произойти очень легко, так как поверхность стола была гладкая, край бокала отлично отшлифован, и давление на него, конечно, было неравномерным, в одном месте — скорее в вертикальном направлении, в другом — больше вбок, поэтому самого слабого нажима дрожащих, едва прикасающихся к нему пальцев было достаточно, чтобы бокал сдвинулся с середины стола. На периферии поля его движения он должен был натолкнуться на буквы, и если из сочетания тех, которые он задевал, возникали бы слова, имеющие какой-то смысл, то запутанность этого явления граничила бы с внутренней нечестностью, ибо оно оказалось бы результатом самого пестрого смешения импульсов — совершенно бессознательных и полуосознанных, вольного и невольного желания отдельных участников подтолкнуть бокал, а также согласия темных пластов всеобщей души на какое-то тайное сотрудничество, как будто ради совершенно чуждых ей целей, — сотрудничество, в котором в той или иной мере участвовали бы неведомые глубины каждой отдельной личности, и, вероятно, больше всего глубины прелестной юной Элли.

Все это было им, в сущности, заранее известно, а Ганс Касторп, по своей обычной манере, даже заявил об этом вслух, еще пока они сидели, вытянув дрожащие пальцы, и ждали. Говоря по правде — и то, что у дам леденели конечности и колотилось сердце, и то, что мужчины держались с натянутой шутливостью, объяснялось только тем, что они это знали и объединились в ночи для заведомо нечистой игры со своей природой, для боязливо-любопытствующего заглядывания в неведомые области своего «я», ибо они жаждали тех полупризрачных или полуматериальных явлений, которые называются магическими. Казалось, что они, почти ради одной проформы, ради соблюдения каких-то условностей, допускают, будто при помощи бокала с собравшимися будут говорить духи умерших. Господин Альбин выразил свою готовность выступать от имени остальных и установить общение с интеллектами духов, так как он и раньше иногда участвовал в спиритических сеансах.

Прошло двадцать минут, даже больше. Поводы для перешептывания иссякли, первое напряжение ослабело. Иные уже подпирали левой рукой локоть правой. Чех Венцель начал дремать. Эллен Бранд, слегка приложив пальчик к бокалу, устремила взгляд больших, по-детски ясных глаз поверх ближайших предметов куда-то вдаль, на свет лампочки на ночном столике.

Внезапно бокал покачнулся, стукнул об стол и стал убегать из-под рук сидящих. Их пальцам было все труднее поспевать за ним. Он съехал на самый край стола, скользил несколько мгновений по краю, потом почти по прямой вернулся на середину, стукнул здесь еще раз и остановился.

Всех охватил испуг — в нем была и радость и тревога. Фрау Штёр захныкала, что лучше уж она не будет участвовать, но ей решительно заявили: надо было думать раньше, а теперь пусть сидит тихо. Дело шло, видимо, на лад. Присутствующие решили, что для ответов «да» и «нет» бокалу незачем подбегать к соответствующим буквам, а достаточно, если он стукнет один раз и два раза.

— Присутствует ли тут чей-нибудь интеллект? — строго осведомился господин Альбин, обращаясь в пространство над головами сидящих. Ответ последовал не сразу. Бокал качнулся и стукнул утвердительно.

— Как твое имя? — почти резко спросил господин Альбин и энергично тряхнул головой, словно подчеркивая решительность своего вопроса.

Бокал сдвинулся с места. Он уверенно начал скользить зигзагами от одной фишки к другой, но то и дело возвращался на середину стола; он подбежал к буквам «х», «о», «л», затем как будто устал или заблудился, не знал, что делать дальше; потом словно опомнился и отыскал буквы «г», «е» и «р». Все так и думали! Это был сам Холгер, дух Холгера, тот, кто знал о щепотке соли и о прочем, но в школьные вопросы не вмешивался. Он был здесь, реял в воздухе, парил над кружком. Что же с ним делать? Сидевшие несколько опешили. Они начали совещаться шепотом и как бы тайком, что бы такое у него спросить. Наконец господин Альбин решился осведомиться, кем был Холгер при жизни и чем он занимался. Вопрос он задал, как и раньше, нахмурившись и словно допрашивая.

Некоторое время бокал хранил молчание. Затем, покачиваясь и спотыкаясь, двинулся к букве «п», отошел и остановился перед «о». Какое же это слово? Все сгорали от любопытства. Доктор Тинфу высказал предположение, что это может быть началом слова «покражи». Фрау Штёр принялась истерически хохотать, что, однако, не помешало бокалу продолжать работать: звякая и ковыляя, он все же скользнул к «э», коснулся «з», потом, видимо, пропустив одну букву, остановился перед «я». Вышло «поэзя».

Вот так штука! Значит, Холгер был поэтом? В добавление к сказанному и, видимо, только из гордости бокал еще раз покачнулся и стукнул «да».

— Лирическим поэтом? — спросила Клеефельд, слегка пискнув на букве «и», что Ганс Касторп отметил с неудовольствием. Однако Холгер, как видно, не был склонен пускаться в такие уточнения. Он не ответил. Он еще раз сложил то же слово — быстро, уверенно и четко, прибавив пропущенное «и».

Хорошо, хорошо, значит — поэтом. Смущение присутствующих росло. Странное смущение, вызванное этими сигналами из не подчиненных контролю областей их внутреннего мира, причем эти сигналы, вследствие своей притворно-материальной, полувещественной данности, опять-таки были обращены к внешней действительности. Кружок пожелал узнать, хорошо ли себя чувствует Холгер в своем теперешнем состоянии и счастлив ли он. Бокал мечтательно набрал по буквам слово «спокойно». Ах так, спокойно. Ну, конечно, сами они никогда бы до этого не додумались, но раз бокал так ответил, все решили, что это вполне вероятно и метко сказано. А какой срок Холгер находится в этом состоянии спокойствия? И тут опять последовал ответ, который никому бы не пришел в голову, слова, как бы рожденные тем же мечтательным самораскрытием. Холгер ответил, что срок этот — «бегущая неподвижность времени». Отлично! Он мог бы с таким же успехом выстукать — «неподвижность бегущего времени». Ганс Касторп нашел, что этот парадокс из области чревовещательной поэзии, произнесенный как бы извне, превосходен. Бегущая неподвижность времени — вот временная стихия Холгера, и, конечно, ему полагалось отделываться парадоксами, ведь он, вероятно, уже разучился пользоваться земными словами и точными мерами. Так что же еще присутствующие хотели бы спросить у него? Леви призналась, что ей интересно знать, как выглядит Холгер, или, вернее, когда-то выглядел. Он был красивым юношей? Пусть сама спросит, повелел господин Альбин, считавший такой вопрос ниже своего достоинства. И она спросила, обращаясь к духу на «ты», были ли у Холгера белокурые локоны.

— Красивые темные, темные кудри, — ответствовал бокал, причем даже два раза набрал слово «темные». Присутствующие развеселились. Дамы стали открыто выказывать свою влюбленность. Они посылали в угол потолка воздушные поцелуи. Доктор Тин-фу, хихикая, заметил, что мистер Холгер, вероятно, очень тщеславен.

Но тут бокал точно взбесился! Он в исступлении бессмысленно забегал по столу, злобно закачался, опрокинулся и скатился на колени к Штёрихе, а та уставилась на него, побелев от ужаса и растопырив руки. С извинениями его бережно водворили на место. А китайца разбранили. Как он мог допустить такую дерзость! А теперь вот что из этого вышло! А вдруг разгневанный Холгер убежит и больше не скажет ни слова? Бокал стали всячески уговаривать.

Может быть, он хочет что-нибудь сочинить? Ведь он же был поэтом, когда еще не парил и не действовал в бегущей неподвижности времени. Ах, как они все мечтают услышать его стихи! Это доставило бы им такую радость!

И что же — добрый бокал стукнул «да». И в том, как он стукнул, было в самом деле какое-то примиряющее добродушие. Потом дух Холгера начал сочинять стихи и сочинял обстоятельно, не спеша и не задумываясь, — это тянулось бог знает как долго, казалось, его никогда уже не удастся остановить! Удивительные это были стихи, которые он оглашал точно чревовещатель, а присутствующие восхищенно повторяли за ним — некая магическая импровизация, расплывчатая, как морская даль, и в стихотворении больше всего говорилось о море: морская сырая дымка клубится вдоль берега узкого, в просторных бухтах острова с крутыми откосами дюн. Смотрите, как даль морская, зеленая, безграничная, теряется, в вечности тая, а меж полосами тумана, в сиянии багровом и млечном, вечернее солнце медлит с летнего неба уйти. Но чьи же уста расскажут, как волн серебристый трепет перешел в перламутровый отблеск — в несказанные бледные блики опаловых переливов, и как море, покрывшись мглою, уподобилось лунному камню... Ах! вот волшебство родилось и вот незаметно исчезло. Море заснуло. Но все же следы заката еще кое-где не погасли. До поздней ночи не будет тьмы. Призрачный полусвет стоит в сосновом лесу на дюнах, и бледный песок белеет как снег. Разве это не зимний лес? Хрустнув ветвями, молчание его нарушит лишь тяжким взмахом крыльев сова. О, будь нам убежищем в поздний час. Как мягки иглы под ногой, как величава ночь и как тепла! И медленно вздыхает море, там, глубоко внизу, протяжно бормоча во сне. Тебе хочется его снова увидеть? Так пойдем же к откосам дюн, похожим на ледники, поднимись по мягкому, покорному песку — прохладной струйкой он потечет к тебе в башмаки. Крут заросший кустами склон над камнями берега, и все еще чуть светлеют на грани тающей дали остатки дня. Сядь же тут наверху на песок! Как он смертельно свеж, рассыпчат, мягок и шелковист. Зажатый в твоей руке, он льется словно тонкий бесцветный луч, и вот уже рядом с тобой вырос крошечный холмик. Узнаешь ли ты это струение? Так же беззвучно бежит песок сквозь узкое горло песочных часов — строгий и хрупкий прибор, украшающий келью отшельника. Раскрыта книга, череп на столе, а на подставке, в легкой раме, двойной пузырь из дутого стекла, в нем горсть песка, он взят у вечности, и он течет, как и ее пугающее тайной святое существо, когда его вперед торопит время...

Так дух Холгера в своих «лирических» импровизациях, следуя странному полету мыслей, перешел от родного моря к келье отшельника, к измерителю его созерцаний, и еще ко многому человеческому и божественному, что вызывало беспредельное изумление присутствующих, когда они ловили слова духа и едва успевали вставлять восклицания одобрения и восторга, так быстро тот импровизировал, — точно зигзагами, — все вперед от одного образа к другому; поэт никак не мог остановить поток своего творчества, — казалось, конца не будет этому стихотворению, в нем говорилось о материнской скорби и о первом поцелуе влюбленных, о терновом венце страданий и о господней отеческой доброте и строгости, оно углублялось в деятельность живых созданий, терялось в далях веков и стран и в звездных просторах неба, однажды поэт упомянул даже о халдеях и знаках зодиака и, наверное, продолжал бы творить всю ночь, но вызвавшие его заклинатели в конце концов все же сняли пальцы с бокала и, выразив Холгеру свою глубочайшую благодарность, заявили, что на сегодня достаточно; однако все это было невыразимо прекрасно и бесконечно жаль, что никто не записывал, поэтому сочиненные Холгером стихи, конечно, забудутся, даже и сейчас уже начали ускользать из памяти, ибо они неустойчивы, как и всякое сновидение. В следующий раз участники безусловно, позаботятся о записи и посмотрят, как будет выглядеть записанное, черное по белому, в определенной последовательности и связи; теперь же, до того как Холгер вернется к покою своей бегущей неподвижности, будет лучше и очень любезно с его стороны, если он ответит на кое-какие вопросы конкретного характера — мы не предрешаем какие, не будет ли он так добр и не выскажет ли свое принципиальное согласие?

— Да, — последовал ответ. И тут все несколько растерялись — о чем же спросить его? Совсем как в сказке, когда фея или колдун разрешают задать вопрос и боишься упустить самое важное. В отношении жизни и будущего многое казалось очень интересным и важным, поэтому выбор вопроса налагал большую ответственность. Однако никто не решался, и Ганс Касторп, касаясь пальцем правой руки бокала и подперев щеку кулаком левой, сказал, что хотел бы узнать, сколько же времени он в целом пробудет здесь, вместо трех недель, намеченных вначале.

Ладно, поскольку ничего лучшего пока не придумали, пусть дух из сокровищницы своих познаний почерпнет ответ хотя бы на такой вопрос. Немного помедлив, бокал сдвинулся с места. Он ответил что-то странное, как будто не имевшее к вопросу никакого отношения, и даже невразумительное. Он набрал сначала слово «иди», потом «поперек» — что уж было ни с чем не сообразно, и еще что-то относительно комнаты Ганса Касторпа, так что весь этот лаконичный ответ сводился к тому, чтобы вопрошающий прошел свою комнату поперек. Поперек? Поперек номера 34? Что это значит? Когда все сидели, совещаясь и покачивая головой, вдруг в дверь словно ударили тяжелым кулаком.

Все оцепенели. Что это? Их накрыли? Не стоит ли там за дверью доктор Кроковский, намереваясь прекратить запрещенный сеанс? Больные с виноватым видом ожидали появления обманутого ими врача. Но тут раздался еще удар, словно опять изо всех сил стукнули кулаком — на этот раз прямо по столу, как будто желали показать, что и в первый раз удар был нанесен не снаружи, а в самой комнате.

Очевидно, это недостойная шутка господина Альбина! Но он клятвенно стал отрицать, да все и без этого были почти уверены, что никто из присутствующих не причастен к удару. Значит, виновник Холгер? Сидевшие вокруг стола посмотрели на Элли. Ее неподвижность и безмолвие всех поразили. Руки девушки повисли, и она как будто держалась за край стола только кончиками пальцев. Откинувшись на спинку стула, сидела она, склонив голову на плечо, подняв брови, сжав губки и слегка опустив углы чуть улыбавшегося маленького рта; в этой едва заметной улыбке было что-то затаенное и вместе с тем простодушное, а по-детски голубые, словно незрячие глаза были устремлены куда-то вверх, в угол комнаты. Ее окликнули, но она не отозвалась, ее сознание отсутствовало. В то же мгновение лампочка на ночном столике погасла.

Погасла? Фрау Штёр, уже не в силах сдерживаться, завопила не своим голосом, она ведь слышала, как щелкнул выключатель. Свет не сам потух, его выключила рука, которую, мягко выражаясь, пришлось назвать «чужой». Рука Холгера? Но до сих пор он был так кроток, корректен, так поэтичен; а теперь позволил себе озорство и злые проделки? Кто мог ручаться, что эта рука, колотившая кулаком в дверь и по столу и погасившая свет, не схватит кого-нибудь за горло? Одни требовали спичек, другие — карманный фонарь. Отчаянно взвизгнула Леви и заявила, что ее дернули за челку. Фрау Штёр в страхе не постыдилась вслух молить Бога:

— Господи, смилуйся хоть еще раз над нами! — Она кричала и ныла, прося о милости взамен справедливого наказания за то, что они искушали преисподнюю. Доктора Тин-фу наконец осенила здравая мысль включить плафон, и через мгновение комнату залил яркий свет. Тогда присутствующие убедились, что лампочка на ночном столике действительно погасла не случайно, но была выключена, и что достаточно человеческой руке повторить движение, совершенное втайне, и лампочка загорится. Что касается Ганса Касторпа, то он сам оказался объектом одного поразившего его беззвучного явления, которое можно было принять за особую благосклонность действовавших в этой комнате примитивных таинственностей. На его коленях вдруг оказался некий предмет, тот самый «сувенир», который некогда так испугал его дядю, когда тот взял его с комода племянника: это был стеклянный диапозитив, «внутренний» портрет Клавдии Шоша, и уж, конечно, не он, Ганс Касторп, доставил его сюда.

Он сунул его в карман, не привлекая внимание остальных. Все хлопотали вокруг Элли Бранд, которая сидела все в той же позе с каким-то неуместно кокетливым выражением лица и все так же смотрела перед собой невидящим взором. Господин Альбин подул на нее и, подражая доктору Кроковскому, взмахнул рукой снизу вверх перед ее личиком; тогда она ожила и, неизвестно почему, всплакнула. Ее погладили, утешили, поцеловали в лоб и отправили спать. Леви заявила, что готова просидеть ночь у фрау Штёр, ибо эта некультурная особа была в полном ужасе и уверяла, что подумать не может о том, чтобы лечь в постель. Ганс Касторп спрятал полученный предмет в боковой карман и выразил готовность вместе с остальными мужчинами завершить этот необычный вечер в комнате господина Альбина за бутылкой коньяка, ибо находил, что все пережитые им сегодня происшествия, хоть и не влияют ни на ум, ни на сердце, но оказывают определенное воздействие на нервы желудка, даже после того как все кончилось, подобно тому как страдающий морской болезнью, уже находясь на суше, еще долгие часы ощущает тошнотворное покачивание.

Его любопытство было пока удовлетворено; стихи Холгера в ту минуту показались ему не такими уж плохими; но, как и следовало ожидать, внутренняя, безнадежная беспомощность и банальность всего стихотворения в целом были настолько явны и очевидны, что он решил пока удовольствоваться теми немногими вспышками адского пламени, которые обожгли его. Когда Ганс Касторп рассказал Сеттембрини о пережитом и о своем намерении в сеансах больше не участвовать, тот, разумеется, изо всех сил постарался укрепить его в этом намерении. «Только этого не хватало! — воскликнул итальянец. — Позор! Позор!» — и решительно заявил, что маленькая Элли — бессовестная обманщица.

Его воспитанник не сказал ни да, ни нет. Что такое реальность, заметил он, пожав плечами, вполне точно и недвусмысленно еще не выяснено, поэтому нельзя определить и что такое обман. Может быть, разделяющая их граница неустойчива. Может быть, между ними есть переходы, и в природе, не ведающей ни терминов, ни ценностей, существуют различные степени реальности, и они не поддаются такому определению, в котором моральный момент должен играть весьма существенную роль. А как относится господин Сеттембрини к выражениям «иллюзия», «отвод глаз»? Они знаменуют сочетание сновидений и реальности, быть может, менее чуждое природе, чем нашему грубому дневному мышлению! Ведь тайна жизни в буквальном смысле слова бездонна, поэтому неудивительно, если оттуда, при случае, на поверхность всплывают разные формы «отвода глаз», которые... и так далее, продолжал наш герой в своей обычной скептической манере, притом готовый любезно соглашаться решительно со всем.

Сеттембрини задал ему основательную головомойку и добился от его совести какой-то, хотя бы временной, стойкости и чего-то вроде обещания больше никогда в таких мерзостях не участвовать.

— Уважайте в себе человека, инженер! — потребовал он. — Доверяйте только ясному человеческому мышлению и бегите от всяких вывихов нашего мозга и засасывающего духовного болота! Отвод глаз? Тайны жизни? Caro mio![1] Если моральное мужество разлагается, пускаясь в определения и разделения таких вещей, как реальность и обман, тогда конец всему — жизни вообще, суждению, ценностям, активному совершенствованию, тогда начинается порожденный скепсисом гнусный процесс морального распада. Человек — мера всех вещей, — добавил он. — Его право составлять себе суждение о добре и зле, реальности и обмане — неотъемлемо, и горе тому, кто осмелится поколебать его веру в это творческое право! Лучше будет, если ему повесят на шею жернов и утопят в глубоком колодце.

[1] Дорогой мой! (*ит.*)

Ганс Касторп кивнул, соглашаясь, и действительно держался первое время в стороне от этих экспериментов. До него дошли слухи, что доктор Кроковский устраивает в своем психоаналитическом подземелье сеансы с Эллен Бранд и на них допускаются только избранные. Но он равнодушно отказался от участия в них, хотя, конечно, узнавал кое-что об успешности опытов и от участников, и от самого доктора Кроковского. Бурное и внезапное обнаружение таинственных сил, как-то: удары по столу и в стену, выключение лампочки и многие более значительные явления, происходившие в комнате Клеефельд, после того как коллега Кроковский по всем правилам искусства подвергал гипнозу маленькую Элли и она впадала в состояние транса, — систематически и тщательно проверялось, и делалось все, чтобы обеспечить подлинность этих явлений. Выяснилось, что музыкальное сопровождение облегчает такого рода занятия, поэтому в вечера сеансов граммофон менял свою обычную стоянку и его забирал себе магический кружок. Но так как чех Венцель, ведавший им в таких случаях, был человеком музыкальным и, конечно, не стал бы портить аппарат или обращаться с ним небрежно, то Ганс Касторп мог со спокойной душой доверить ему драгоценную шкатулку. Отобрав из фонда ряд пластинок, он составил для нужд кружка целый альбом, куда входила только легкая музыка — танцы, небольшие увертюры и прочая чепуха, которая вполне отвечала своему назначению, ибо Элли отнюдь не требовала более возвышенной музыки.

И вот, как рассказывали Гансу Касторпу, под эти звуки носовой платок совершенно самостоятельно, или, вернее, следуя движениям скрытого в его складках когтя, поднимался с полу, докторская корзина для бумаг плавно взлетала к потолку, маятник часов «сам собой» то останавливался, то снова начинал раскачиваться, «кто-то» брал со стола звонок и звонил, — словом, происходило еще много подобных пустяков. Ученый руководитель был в счастливом положении, ибо мог обозначать все эти явления греческими терминами, обладавшими вполне научной благопристойностью. В своих лекциях и частных беседах он называл эти явления «телекинетическими», или случаями действия на расстоянии, и относил их к числу феноменов, которые наука назвала «материализацией», — на них-то, в его опытах с Элли, и были устремлены все его мысли и чувства.

Говоря его языком, тут имела место биопсихическая проекция подсознательных комплексов на объективный мир, происходили процессы, источником которых следует считать особую конституцию медиума и его сомнамбулическое состояние; их можно рассматривать как объективированные сновидения, поскольку в них проявляются идеопластические силы природы и присущая мысли способность притягивать к себе материю, запечатлевая в ней некую эфемерную реальность. Эта материя «истекала» из тела медиума и мимоходом принимала формы его биологически-живых конечностей, хватательных органов, рук, они-то и выполняли те ошеломляющие мелкие действия, свидетелями которых были участники сеансов в лаборатории доктора Кроковского. При известных условиях они становились видимы и осязаемы. Эти конечности и их формы можно было сохранить в парафине и гипсе. Но в дальнейшем дело этим не ограничивалось. Головы, индивидуальные человеческие лица, фантомы во весь рост материализовались на глазах производящих опыты и вступали с ними в ограниченное общение... Однако тут теории Кроковского уходили куда-то в сторону, они начинали косить и становились такими же зыбкими и двусмысленными, как, впрочем, и его рассуждения о «любви». Ибо дальше речь шла уже не об отражениях в мире действительности субъективных переживаний медиума и его пассивных помощников; объяснения Кроковского теряли свою четкость и наукообразность, в них начинали фигурировать, хотя бы отчасти, хотя бы только в некоторых случаях, уже не только присутствующие, а какие-то индивидуальности, введенные извне, из потустороннего мира; может быть, Кроковский не хотел признать в полной мере, что на этих сеансах допускалось появление чего-то неживого, каких-то существ, использующих эту сомнительную, но втайне благоприятную минуту, чтобы возвратиться в материю и подать голос тем, кто призывал их, — словом, имелось в виду спиритическое вызывание умерших.

Оказывается, вот каких результатов добивался в конечном счете коллега Кроковский, работая со своим кружком! Коренастый, улыбающийся, призывающий к бодрому доверию, шел он упорно к своей цели, причем чувствовал себя как дома в этой подозрительно-вязкой трясине, в этой подчеловеческой сфере, и был поэтому надежным руководителем даже для тех, кто робел и сомневался. И, судя по доходившим до Ганса Касторпа слухам, благодаря исключительным способностям Эллен Бранд, о развитии и обработке которых он так хлопотал, ему улыбнулся успех. Некоторые участники сеансов чувствовали прикосновение материализованных рук. Прокурору Параванту дали из трансцендентного мира основательную пощечину, он с чисто научной бодростью констатировал это и даже из любознательности подставил другую щеку — хотя в качестве кавалера, юриста и бывшего корпоранта вынужден был бы вести себя совершенно иначе, если бы пощечина исходила от обычного земного существа. А.К. Ферге, этому скромному страдальцу, которому все возвышенное было чуждо, скромному Ферге довелось однажды вечером держать в своей руке этакую призрачную конечность и установить путем осязания естественность и убедительность ее строения, причем трудно описать как, но она вырвалась, хотя его сердечное пожатие оставалось в строгих границах почтительности. Прошло немало времени, пожалуй, месяца два с половиной, при двух сеансах в неделю, и еще одна такая рука, такого же происхождения, с задворок потустороннего, озаренная багровым светом настольной лампочки, затененной красной бумагой, по общему признанию рука молодого человека, явилась всем присутствующим, она постучала пальцами по столу и оставила их отпечатки в глиняной миске с мукой. А всего через неделю группа сотрудников доктора Кроковского — господин Альбин, Штёриха и чета Магнус — уже около полуночи прибежала на балкон к Гансу Касторпу и с явно карикатурным энтузиазмом и лихорадочным восторгом, перебивая друг друга и захлебываясь, сообщила дремавшему на жгучем морозе молодому человеку, что явился сам Холгер, друг Элли, над плечом сомнамбулы выступила его голова, и у него действительно оказались «темные-претемные кудри», а перед тем как исчезнуть, он улыбнулся с незабвенной мягкостью и меланхолией!

Как связать, подумал Ганс Касторп, эту благородную печаль Холгера с его озорством, с пошлым ребячеством, с неумными мальчишескими проделками и с отнюдь не меланхоличной оплеухой, которую он закатил прокурору? Последовательности и цельности натуры здесь, видимо, ждать нечего. Может быть, мы имеем дело с таким же характером, как у горбатого человека из песенки, который жалобно и ехидно горюет и требует, чтобы за него заступились? Но почитатели Холгера, видимо, не ставили себе этих вопросов. Главное для них было уговорить Ганса Касторпа снова принять участие в деятельности их кружка. Он непременно должен присутствовать на следующем сеансе, ведь сейчас все так великолепно наладилось. Элли в трансе обещала в следующий раз показать любого умершего — кого только пожелают члены кружка.

Любого? Все же Ганс Касторп отказался. Однако то, что вызвать можно любого покойника, настолько его заинтересовало, что за три ближайших дня он принял противоположное решение. Вернее — не в три дня, он изменил свое решение за три минуты. Произошла эта перемена, когда он в часы вечернего одиночества поставил опять ту пластинку, на которой был запечатлен симпатичнейший образ Валентина, и Ганс Касторп, сидя в кресле, снова слушал солдатскую молитву уходящего на войну честного малого. Его влекло на поле чести, и он пел:

А призовет меня Господь —
Тебя я буду охранять,
О Маргарита!

И тут опять, как всегда, когда он слышал эту песню, Ганс Касторп почувствовал себя растроганным, а ввиду некоторых возможностей — на этот раз особенно глубоко; волнение вызвало определенное желание, и он сказал себе: «Пусть это занятие праздное и даже греховное, но такая встреча была бы все же удивительным и необычайно радостным событием. Если он имеет к этому отношение, насколько я его знаю, он не рассердится». И Гансу Касторпу вспомнилось спокойное и снисходительное восклицание кузена «пожалуйста, пожалуйста», раздавшееся во мраке рентгеновского кабинета, когда Ганс Касторп попросил разрешить ему некоторую оптическую нескромность по отношению к грудной клетке Иоахима.

На следующее утро он заявил о своем согласии принять участие в сегодняшнем вечернем сеансе и через полчаса после ужина присоединился к членам кружка, которые, считая себя завсегдатаями потусторонних миров, непринужденно болтали, спускаясь в подвальный этаж. Все, с кем он столкнулся на лестнице в подземелье Кроковского, были коренными обитателями санатория, или старожилами, — доктор Тин-фу и богемец Венцель, а также господа Ферге и Везаль, прокурор Паравант и дамы Леви и Клеефельд, уже не говоря о тех, кто сообщил ему о появлении головы Холгера и о роли посредницы Элли Бранд.

Дитя севера уже находилось под присмотром доктора Кроковского, когда Ганс Касторп открыл дверь, украшенную его визитной карточкой. Стоя рядом с Кроковским, облаченным в свой обычный черный халат и чисто по-отечески обхватившим ее плечи, ожидала она гостей возле ступенек, которые вели в квартиру ассистента, лежавшую еще ниже, чем подземелье, и приветствовала их. Приветствия эти были с обеих сторон словно проникнуты одной только беззаботной сердечностью. Как будто все поставили себе целью не допускать никакой стеснительной торжественности.

Громко и шутливо переговариваясь, пришедшие ободряюще подталкивали друг друга и всячески подчеркивали свою непринужденность. Кроковский, как обычно, улыбался каждому широкой и призывающей к доверию улыбкой, и в его бороде мелькали желтые зубы; он то и дело повторял: «Пьветствую вас!» Улыбка эта стала особенно бодрой, когда он здоровался с Гансом Касторпом, который был молчалив и как-то нерешителен. «Смелее, друг мой!» — казалось, говорил хозяин, опуская и поднимая голову и почти грубо пожимая руку молодому человеку. «Незачем вешать нос! Здесь у нас вы не найдете ни лицемерия, ни ханжества, а только веселую мужественность непредвзятого исследования». Однако от этой пантомимы у того, кому она предназначалась, не стало легче на душе. В ту минуту, когда он принимал решение, мы заставили его восстановить в своей памяти эпизод в рентгеновском кабинете, но этой связи совершенно недостаточно, чтобы охарактеризовать состояние его души. Оно живо напоминало ему самому то странное и незабываемое настроение, смесь задорной нервозности, любопытства, презрения и благоговейного ожидания, которые он испытал много лет назад, когда, слегка подвыпив, впервые решил посетить с товарищами публичный дом в Санкт-Паули.

Так как кружок был в полном составе, доктор Кроковский с двумя ассистентками — сегодня в этот сан были возведены фрау Магнус и фрейлейн Леви с лицом цвета слоновой кости — удалился в соседнюю комнату для контрольного осмотра медиума, а Ганс Касторп с девятью остальными участниками сеанса остались в ординаторском кабинете доктора, ожидая, когда кончится эта регулярно повторявшаяся и всегда ни к чему не приводившая процедура, которой требовала наука. Комната была ему хорошо знакома — когда-то он тайком от Иоахима не раз беседовал здесь с психоаналитиком. Это была обычная приемная врача: как и во многих других, в ней стояли письменный стол, кресло для Кроковского и кресло для больного слева в глубине у окна, полки со справочниками по обе стороны двери в соседнюю комнату, в глубине справа — клеенчатая кушетка, которая отделялась от письменного стола и кресел ширмой с несколькими створками, в ближайшем углу стеклянный шкаф с инструментами, в другом — бюст Гиппократа, а справа на стене, над газовым камином, висела гравюра с «Анатомии» Рембрандта. Все же в ее обстановку были внесены кое-какие изменения — видимо, для данного случая: окруженный креслами круглый стол красного дерева, занимавший обычно середину комнаты под электрической люстрой и стоявший на красном ковре, который покрывал почти весь пол, был задвинут в левый передний угол с гипсовым бюстом, и тоже не в центре, а ближе к горящему, излучающему сухой жар камину, появился накрытый легкой скатертью столик поменьше, с обернутой красным настольной лампочкой, над которой с потолка свешивалась вторая, тоже обернутая — не только красной, но и черной прозрачной материей. На столике и рядом с ним оказалось несколько подозрительных предметов: настольный звонок, или, вернее, два звонка различной конструкции — колокольчик и звонок с кнопкой, которую надо было нажимать, затем тарелка с мукой и корзина для бумаг. Около десятка сборных стульев и кресел были расставлены полукругом, который кончался с одной стороны у изножия кушетки, а с другой, довольно точно — посреди комнаты, под люстрой. Здесь же, около последнего стула, на полпути в соседнюю комнату было отведено место и музыкальной шкатулке. Альбом с легкой музыкой лежал рядом на стуле. Так выглядел сегодня кабинет Кроковского. Красные лампы еще не горели. Плафон заливал комнату почти дневным светом. Окно, возле которого стоял боком письменный стол, закрывала темная занавеска, а перед ней висела еще кремовая ажурная, вроде кружевной, так называемая штора.

Минут через десять доктор и три дамы вернулись из соседней комнаты. Наружность маленькой Элли изменилась. Она была не в обычном платье, а в особом костюме для сеансов, в похожем на халат одеянии из белого крепа, стянутом вокруг талии шнурком; худенькие руки ее были обнажены. Ее девичья грудь выступала под ним так свободно и мягко, что казалось, под этой одеждой на ней почти ничего нет.

Все оживленно здоровались. Алло, Элли! Как она прелестна в белом! Прямо фея! Уж постарайся, мой ангел! Она улыбалась в ответ на эти возгласы, на похвалы ее одежде, ибо, вероятно, знала, что этот халат идет ей.

— Предварительный контроль дал отрицательные результаты, — заявил Кроковский. — Итак, живо за работу, друзья! — добавил он, произнеся букву «р» на экзотический лад, то есть быстро прижав язык к небу; и Ганс Касторп, которого покоробило от этого обращения, уже собирался сесть где-нибудь среди других участников, которые, перекликаясь, болтая и похлопывая друг друга по плечу, начали занимать места возле стола, когда доктор Кроковский обратился лично к нему:

— Вам, мой друг (мой дууг, — произнес он), поскольку вы до известной степени у нас гость и новичок, я хотел бы предоставить на сегодняшний вечер особые, почетные права. Я возлагаю на вас контроль медиума. Делается это следующим образом. — И он пригласил молодого человека пройти к тому концу полукруга, который был ближе к кушетке и ширме. Элли уже сидела тут на обыкновенном плетеном стуле, повернув лицо не к середине комнаты, а к двери со ступеньками; Кроковский опустился на такой же стул напротив, взял ее за руки и зажал ее колени между своими. — Сделайте то же самое! — приказал он и заставил Ганса Касторпа занять его место. — Согласитесь, что при таких условиях ей двигаться нельзя! И вы еще получите подкрепление. Фрейлейн Клеефельд, осмелюсь попросить вас сюда! — После столь экзотически-галантного приглашения Гермина Клеефельд присоединилась к ним и сжала обеими руками хрупкие кисти Элли.

Лицо девушки-вундеркинда, которую как бы приковали к нему, было так близко от лица Ганса Касторпа, что он не мог не взглянуть на него. Их взоры встретились, но глаза Элли забегали вверх и вниз от смущения, что было, впрочем, вполне понятно при данных условиях, и она улыбнулась слегка кокетливо, склонив голову набок и чуть вытянув губы, как улыбалась недавно во время сеанса с бокалом. Впрочем, в голове ее надзирателя при виде этого безмолвного кокетства пронеслось еще одно, более далекое воспоминание. Так же, пожалуй, улыбалась Карен Карстед, когда она вместе с ним и Иоахимом стояла перед возможным местом упокоения на кладбище «Деревни»...

Все уселись полукругом. Присутствовало тринадцать человек, не считая богемца Венцеля, который обычно предоставлял свою особу для служения Полигимнии; приготовив музыкальный аппарат, он опустился возле него на табуретку позади участников сеанса, сидевших лицом к середине комнаты. Была при нем и его гитара. У другого конца полукруга, под люстрой, сел Кроковский, после того как он одним коротким движением руки включил обе красных лампочки, а другим — выключил белый свет плафона. Теперь в комнате воцарилась тускло-багряная мгла, дальние углы и стены совсем погрузились в темноту. Говоря точнее — только поверхность столика и ближайшие к нему предметы были чуть озарены красноватым лучом. В первые минуты каждый едва мог рассмотреть своего соседа. Лишь постепенно глаза привыкли к полумраку и стали пользоваться слабым светом, который чуть усиливало пляшущее в камине пламя.

Доктор Кроковский посвятил несколько слов этому освещению, извинившись за его научные несовершенства. Он вовсе не намерен с его помощью мистифицировать собравшихся или создавать какое-то особое настроение, — избави Боже! — но усилить свет при всем желании пока невозможно. Уж такова природа тех сил, которые должны здесь действовать и изучаться: при обычном белом свете они не могут ни развиться, ни проявить себя.

Это факт, он является необходимым условием сеанса, и с ним придется пока мириться. Гансу Касторпу это освещение было по душе. Темнота действовала на него благотворно. Она как-то смягчала необычность всего происходившего. Кроме того, для оправдания этого чувства он вспомнил мрак рентгеновского кабинета, свою благоговейную сосредоточенность и слова Беренса о том, как «промывают» этим мраком дневное зрение, прежде чем начать «видеть».

Медиум, продолжал доктор Кроковский свое предисловие, видимо, предназначенное главным образом для Ганса Касторпа, уже не нуждается в том, чтобы его усыплял он, врач. Как, вероятно, заметит контролер, она сама впадет в транс, и тогда через нее начнет говорить ее дух-покровитель, всем известный Холгер, к нему-то, а не к ней, следует обращаться и высказывать свои пожелания. Впрочем, не следует думать — это могло бы привести к неудаче, — что надо насильно сосредоточивать свою волю и свои мысли на задаваемом вопросе. Наоборот, рекомендуется в это время разговаривать и даже быть несколько рассеянным. А Гансу Касторпу следует прежде всего неотступно наблюдать за конечностями медиума.

— Образовать цепь! — потребовал в заключение доктор Кроковский, что все и сделали, смеясь, когда в темноте не сразу находили руку соседа. Доктор Тин-фу, сидевший рядом с Герминой Клеефельд, положил ей правую руку на плечо, а левую протянул Везалю, своему соседу с другой стороны. Рядом с доктором сидели супруги Магнус, а за ними А.К. Ферге, он, насколько мог рассмотреть Ганс Касторп, держал руку своей соседки Леви, дамы с лицом цвета слоновой кости, и так далее.

— Музыку! — скомандовал Кроковский; и чех, за спиной доктора и его соседей, пустил граммофон и насадил иглу. — Разговаривать! — снова скомандовал Кроковский в ту минуту, когда зазвучали первые такты увертюры Миллекера; и все послушно задвигались и завели разговор ни о чем — о снеге, выпавшем этой зимой, о последнем меню, о том, что кто-то уехал, то ли с разрешения, то ли без; беседа заглушалась музыкой, обрывалась, снова завязывалась, ибо ее поддерживали искусственно. Так прошло несколько минут.

Пластинка еще вращалась, когда Элли резко вздрогнула. Трепет пробежал по ее телу, она вздохнула, верхней частью тела склонилась вперед, так что ее лоб коснулся лба Ганса Касторпа, и одновременно ее руки начали вместе с державшими их руками контролеров делать странные движения вперед и назад, словно что-то накачивали.

— Транс! — возвестила тоном специалиста Клеефельд. Музыка смолкла. Беседа прервалась. Среди внезапной тишины раздался мягкий, тягучий баритон Кроковского:

— Холгер здесь?

Элли снова задрожала. Она покачнулась на стуле. Потом Ганс Касторп ощутил, как она обеими руками коротко и крепко пожала ему руки.

— Она пожимает мне руки, — сообщил контролер.

— Он, — поправил его Кроковский. — Это он пожал вам руки. Значит, он присутствует. Приветствуем тебя, — продолжал он. — От души — добро пожаловать, приятель! Разреши тебе напомнить: когда ты в последний раз был у нас, ты обещал вызвать и показать нашим смертным очам любого умершего — брата или сестру по человечеству, показать того, кого тебе назовут здесь присутствующие. Согласен ли ты и чувствуешь ли ты себя в силах исполнить сегодня свое обещание?

Снова вздрогнула Элли. Вздыхая, она медлила с ответом. Затем поднесла свои руки вместе с руками контролеров ко лбу, на минуту задержала их там и горячо шепнула Гансу Касторпу: «Да!»

Она дохнула ему прямо в ухо, и наш друг почувствовал, как его мороз подрал по коже, явление, которое в народе именуется также «мурашками» и сущность которого ему некогда открыл гофрат. Мы говорим об этой дрожи, чтобы отделить физическую сторону от душевной, ибо ни о каком «страхе», вероятно, не могло быть и речи. А подумал он примерно следующее: «Ну, она, видно, все-таки очень самонадеянна!» Тем не менее он был растроган, даже потрясен; трепет и волнение были вызваны растерянностью, которая охватила его от обманчивого шепота этого юного создания, чьи руки он держал в своих и которое прошептало ему на ухо «да».

— Он сказал «да», — доложил он, и ему стало стыдно.

— Ну, хорошо, Холгер! — ответствовал доктор Кроковский. — Ловим тебя на слове. Мы верим, что все от тебя зависящее ты честно выполнишь. Сейчас тебе назовут имя дорогого покойника, которого мы хотели бы вызвать. Коллеги, — обратился он к собравшимся, — говорите же! У кого есть определившееся желание? Кого должен нам показать наш друг Холгер?

Наступила пауза. Каждый ждал, что заговорит сосед. Правда, за последние дни тот или иной участник спрашивал себя, куда, к кому устремлены его мысли; и все-таки возврат умерших, то есть желательность такого возврата, был и остается делом темным и щекотливым. Ведь, в сущности и говоря по правде, желательность эта весьма сомнительна; она — заблуждение, она, если призадуматься, так же нереальна, как и само возвращение, что мы и обнаружили бы, если бы природа сделала возвращение возможным: а наша скорбь — быть может, не столько боль от того, что нельзя снова увидеть наших покойников живыми, сколько от того, что мы и желать-то этого не можем.

Все смутно ощущали это, и хотя вопрос шел не о настоящем, фактическом возвращении к жизни, а о чисто сентиментальном и театральном зрелище, при котором предстояло лишь увидеть покойного, и это было для жизни безопасно, все же они страшились облика того, о ком думали, и каждый с удовольствием переуступил бы соседу свое право назвать имя ушедшего. Правда, Ганс Касторп все еще слышал прозвучавшее во мраке добродушное и снисходительное «пожалуйста, пожалуйста», но он молчал, как и все, и в последнюю минуту был тоже не прочь уступить свое первенство другому. Все же пауза тянулась слишком долго, поэтому он повернул голову к руководителю сеанса и хрипло проговорил:

— Мне хотелось бы увидеть моего умершего двоюродного брата Иоахима Цимсена.

Все почувствовали огромное облегчение. Среди собравшихся только доктор Тин-фу, чех Венцель и сам медиум не знали Иоахима. Остальные — Ферге, Везаль, господин Альбин, прокурор, супруги Магнус, Штёр, Леви, Клеефельд громко и радостно выразили свое одобрение, и сам доктор Кроковский кивнул с довольным видом, хотя всегда относился к Иоахиму холодно, так как тот в вопросе о психоанализе воздействию не поддавался.

— Очень хорошо! — сказал Кроковский. — Ты слышишь, Холгер? В жизни ты не встречал названного сейчас человека. Узнаешь ли ты его в мире потустороннем и готов ли ты привести его к нам?

Все ждали с величайшим напряжением. Спящая Элли покачнулась, вздохнула и вздрогнула. Казалось, она что-то ищет, с чем-то борется и, покачиваясь из стороны в сторону, шептала то на ухо Гансу Касторпу, то фрейлейн Клеефельд какие-то непонятные слова. Наконец Ганс Касторп ощутил пожатие ее рук, означавшее «да». Он доложил об этом и...

— Ну, хорошо! — воскликнул доктор Кроковский. — Так за работу, Холгер! Музыку! — воскликнул он. — Разговаривать! — И опять внушительно повторил, что делу может помочь не судорожная напряженность мысли и не насильственное представление ожидаемого, а только непринужденное и бережное внимание.

Затем последовали самые необычайные часы, когда-либо пережитые нашим молодым героем; и хотя его дальнейшая судьба нам не вполне ясна и мы в определенной точке нашего повествования потеряем его из виду, мы все же склонны утверждать, что эти часы так и остались навсегда самыми необычайными часами в его жизни.

Таковы были эти часы — скажем сразу — два часа с лишним, считая короткий перерыв в «работе» Холгера, вернее юной девицы Элли, работы столь нестерпимо затянувшейся, что в конце концов все готовы были усомниться в достижении каких-либо результатов и, кроме того, чувствовали не раз искушение из одного сострадания прервать ее и от всего отказаться; ибо «работа» эта, видимо, была действительно мучительно тяжелой, и нельзя было не пожалеть хрупкой девочки, на которую ее возложили. Мы, мужчины, если только не уклоняемся от чисто человеческих чувств, хорошо знаем из опыта, что в жизни есть определенные случаи, когда возникает именно такая вот нестерпимая жалость, хотя ее, по каким-то нелепым причинам, никто не признает, да она, вероятно, и неуместна, знаем это возмущенное «прекратите!», готовое сорваться с наших уст, хотя «это» не может прекратиться, да и не должно, и его надо, так или иначе, довести до конца. Читателю уже ясно, что мы имеем в виду наши чувства как отцов и супругов во время акта рождения, а усилия Элли фактически так убедительно, так недвусмысленно напоминали родовые схватки, что об этом не мог не догадаться даже тот, кто еще никогда с ними не сталкивался, как, например, молодой Ганс Касторп; но и он отдал дань жизни и узнал этот акт, полный мистики органической жизни, узнал в данном образе — да еще в каком! И ради какой задачи! В какой обстановке! Невозможно было не назвать скандальными некоторые частности и детали этого полного оживленных людей, погруженного в красный сумрак родильного отделения, а также действия самой роженицы — этой юной девицы, в струящемся халате, с голыми плечиками, и все, что происходило вокруг нее: несмолкающую легкую музыку, непрерывную, искусственно поддерживаемую болтовню, которую, следуя приказу, пытался вести полукруг участников, и веселые подбадривающие восклицания, которыми они неутомимо поддерживали извивавшуюся Элли. «Так, Холгер! Смелей! Дело идет на лад! Не отступай, Холгер! Действуй решительнее! Справимся!» Из всего этого мы не можем исключить и особу «супруга», — если рассматривать Ганса Касторпа как «супруга» — он же согласился на такую роль. Ведь это его колени сжимали колени «матери» и он держал в своих руках ее руки: а ручки у Элли были совершенно мокрые от испарины, как некогда ладони маленькой Лейлы, и ему то и дело приходилось заново схватывать их, оттого что они выскальзывали из его рук.

От камина за спиной сидящих шел сильный жар.

Мистика и благоговение? О нет, в красном сумраке, к которому глаза настолько привыкли, что могли разглядеть эту комнату почти во всех подробностях, стоял шум и царила пошлость. Музыка и громкие возгласы напоминали кликушеские приемы Армии спасения, напоминали даже Гансу Касторпу, который никогда не присутствовал на бдении этих неистовствующих фанатиков. Эта сцена не вызывала в душе ничего мистического и таинственного, не будила в зрителе благоговейных чувств, Ганс Касторп не ждал ничего потустороннего; благодаря более интимным и сходным с родами явлениям, о которых мы уже упоминали, все происходившее говорило лишь о природном, об органическом начале. Усилия Элли, как потуги, чередовались с минутами покоя, во время которых она, обессилев, свешивалась со стула то в одну сторону, то в другую, в состоянии полной отрешенности от действительности, — Кроковский называл это «глубоким трансом». Потом она, снова вздрогнув, выпрямлялась, стонала, металась, толкала своих контролеров, боролась с ними, горячо шептала им на ухо какую-то бессмыслицу, резко бросаясь в сторону, словно что-то выталкивала из себя, скрипела зубами и один раз даже вцепилась ими в рукав Ганса Касторпа.

Так продолжалось целый час, а то и дольше. Затем руководитель сеанса счел нужным в интересах всех присутствующих объявить перерыв. Чех Венцель, ради отдыха и смены впечатлений решивший пощадить граммофон и взявшийся за гитару, которая весьма мелодично ныла и звенела под его пальцами, отложил инструмент. Вздохнув с облегчением, присутствующие разомкнули руки. Доктор Кроковский подошел к стене и включил плафон. Ослепительно вспыхнул белый свет, и все, растерявшись, зажмурились, так как их глаза уже привыкли к темноте. Элли дремала, низко склонившись вперед, почти касаясь лицом своих колен. Она предавалась странному занятию, совершенно погрузилась в него; для всех остальных оно, видимо, не было новостью, но Ганс Касторп удивленно и внимательно наблюдал за ней: в течение нескольких минут Элли водила рукою взад и вперед вдоль своего бедра, то отставляя ее, то придвигая черпающим, сгребающим жестом, как будто собирала и притягивала к себе что-то. Потом несколько раз вздрогнув, очнулась и тоже замигала, глядя сонным растерянным взглядом на свет.

Очнувшись, Элли улыбнулась кокетливо и довольно сдержанно. Сострадание к ее тяжелому труду в самом деле казалось необоснованным. Вид у нее был вовсе не такой уж утомленный. Может быть, девушка и не помнила ни о чем. Она пересела в кресло для посетителей, стоявшее у задней стороны письменного стола возле окна, между ним и ширмой, заслонявшей кушетку, предварительно поставив кресло так, чтобы можно было опереться локтем о стол и повернуться лицом к комнате. И вот она сидела там, а остальные скользили по ней растроганным взглядом и порой ободряюще кивали ей, но Элли молчала весь перерыв, то есть целых пятнадцать минут.

Это был настоящий отдохновительный перерыв, — полный непринужденности и кроткого удовлетворения от сознания уже проделанной работы. Мужчины захлопали крышками портсигаров. Курили не торопясь, собирались то там, то здесь небольшими группами и обсуждали особенности этого сеанса. Еще рано отчаиваться и думать, будто ничего не выйдет. Есть целый ряд признаков, показывающих, что малодушничать преждевременно. Сидевшие на том конце полукруга, рядом с доктором, в один голос уверяли, будто несколько раз совершенно ясно чувствовали то холодное дуновение, которое идет от медиума в определенную сторону, перед тем как начинаются феномены. Другие будто бы видели на фоне ширмы световые явления, белые пятна, блуждающие скопления силы. Короче говоря — не отступать! Не предаваться унынию! Холгер дал слово, и никто не имеет права сомневаться в том, что он сдержит его.

Доктор Кроковский подал знак, и сеанс возобновился. Он сам проводил Элли к креслу пыток, причем погладил ее по голове. Остальные тоже вернулись на свои места. Все пошло, как и раньше; правда, Ганс Касторп просил сменить его, пусть другой будет главным контролером, но руководитель отказал ему. Очень важно, заявил он, чтобы тот, кто согласился быть контролером, убедился самым осязаемым образом в том, что никакие манипуляции медиума, которыми он мог бы ввести присутствующих в заблуждение, практически невозможны. И Ганс Касторп сел опять против Элли, заняв прежнее, странное положение. Свет погас, уступив место багровому сумраку.

Снова зазвучала музыка. Через несколько минут Элли опять начала судорожно вздрагивать и делать руками накачивающие движения, и на этот раз уже Ганс Касторп возвестил о том, что наступил «транс». Скандальные роды продолжались.

Как тяжело и мучительно протекали они! Казалось, они никак не могут завершиться, — и разве это было возможно? Какое безумие! Откуда тут взяться материнству? Разрешение от бремени? И как? От какого? «Помогите! Помогите!» — стонала бедняжка, а схватки грозили перейти в ту опасную затяжную судорогу, которую ученые акушеры называют эклампсией. Она то и дело звала Кроковского, чтобы он возложил на нее руки. И он возлагал, бодро успокаивая ее. Гипноз, если это действительно был гипноз, укреплял ее для дальнейшей борьбы.

И вот истек второй час, в течение которого то звенела гитара, то граммофон посылал легкие мелодии в эту комнату, к полумраку которой присутствующие опять кое-как приноровились. Но тут случилось некое происшествие, виновником которого оказался Ганс Касторп. Он высказал пожелание, подал мысль — и это послужило как бы толчком, — в сущности, он лелеял ее с самого начала, и ему, может быть, следовало выступить с ней раньше. Элли была как раз погружена в «глубочайший транс» и сидела, опустив лицо на руки, которые держали контролеры, а Везаль собирался переменить пластинку или перевернуть ее, когда наш друг решился и заявил, что у него есть предложение... впрочем, несущественное, но если его примут, оно, может быть, окажется полезным. У него есть... вернее — в собрании пластинок есть одна ария из «Фауста» Гуно, молитва Валентина, исполняет баритон в сопровождении оркестра, очень хорошая вещь. И вот он, лично, предлагает сейчас поставить эту пластинку...

— А собственно, почему ее? — раздался из багрового полумрака голос Кроковского.

— Ну, это вопрос настроения, чувства, — ответил молодой человек. Дух этой арии очень своеобразный, специфический. Почему не попробовать? Он считает, что этот дух, может быть, и сократит тот процесс, который здесь происходит.

— А пластинка здесь? — осведомился доктор.

Нет, пластинки здесь нет. Но Ганс Касторп может сейчас же принести ее.

— Что вы! Разве можно! — Кроковский категорически отклонил предложение. Как? Ганс Касторп воображает, будто можно уйти и вернуться, что-то принести и потом продолжать прерванную работу? В нем говорит просто неопытность. Нет, это совершенно невозможно. Все труды пошли бы насмарку, пришлось бы начинать сначала. Да и научная точность эксперимента не допускает даже мысли о таких уходах и приходах. Дверь заперта. Ключ в кармане у него, у Кроковского. Словом, если пластинки нет под рукой, то придется... Он не успел договорить, так как сидевший у патефона чех прервал его:

— Пластинка здесь.

— Здесь? — удивился Ганс Касторп.

— Да, здесь. «Фауст», молитва Валентина. Вот, прошу.

Она, как исключение, оказалась в альбоме с легкой музыкой, а не в зеленом альбоме с ариями, номер II, где ей согласно установленному порядку надлежало быть. Случайно, по чьей-то небрежности она удивительным образом и очень удачно попала к веселым номерам, и ее остается только поставить.

Что же сказал на это Ганс Касторп? Ничего он не сказал. А Кроковский сказал «тем лучше», и несколько человек повторили эти слова. Игла тихо зашипела, крышка опустилась. И мужественный голос запел арию, похожую на хорал: «Я покинуть принужден...» Никто не произнес ни слова. Все слушали. Как только ария началась, Элли возобновила свои усилия. Она выпрямлялась, вздрагивала, стонала, что-то накачивала и снова подносила ко лбу скользкие от пота руки. Пластинка вращалась. Вот зазвучала средняя часть, там, где Валентин поет о битвах и опасностях, ритм изменился, песня звучала задорно, благоговейно, в чисто французском стиле. Потом эта часть кончилась, последовал финал, оркестр повторил начало, усиливая его голосами всех инструментов: «Бог всесильный, бог любви, ты услышь мою мольбу...»

Ганс Касторп напряженно следил за Элли. Ее тело выгнулось, с трудом вдохнула она воздух сжатым спазмой горлом, затем медленно выдохнула его, поникла и больше не двигалась. Озабоченно склонился он над ней и вдруг услышал пискливый, повизгивающий голос Штёрихи. Она сказала:

— Цим-сен!

Ганс Касторп не поднял головы. Во рту была горечь. Он услышал чей-то другой басовитый голос, который холодно ответил:

— Я уже давно его вижу.

Пластинка кончилась, последний аккорд духовых инструментов отзвучал. Но никто не останавливал граммофон. Бесцельно царапая диск, бегала в наступившей тишине игла посередине круга. Наконец Ганс Касторп поднял голову, и его взгляд без труда сразу нашел верное направление.

В комнате одним присутствующим стало больше. Там, вдали от остальных, в глубине кабинета, где багровый полусвет терялся и переходил почти в ночь, так что глаза с трудом могли что-либо рассмотреть, между длинной стороной письменного стола и ширмой, лицом к комнате, на кресле для посетителей Кроковского, на котором во время перерыва отдыхала Элли, сидел Иоахим. У этого Иоахима были осунувшиеся щеки, темневшие впадинами, и военная борода его последних дней, над которой так гордо изгибались полные губы. Он сидел, откинувшись на спинку кресла, положив ногу на ногу. На исхудавшем лице, хотя оно и было в тени, падавшей от головного убора, лежала печать страдания и строгости, которые придавали ему столь мужественную красоту. Две вертикальные складки залегли на лбу между запавшими глазами, словно провалившимися в ямы глазниц; но взгляд остался таким же кротким, а глаза — прекрасными, и он безмолвно и ласково вопрошающе смотрел на Ганса Касторпа, только на него. Торчащие уши, всегда причинявшие Иоахиму в его былой жизни некоторое огорчение, выступали и сейчас, несмотря на головной убор — странный убор, трудно было определить, что это такое. Иоахим был не в штатском, его сабля стояла тут же, как бы прислоненная к перекинутой ноге, он держал руки на ее рукоятке, а у пояса висело нечто, напоминавшее кобуру от пистолета. Но одежда не была и настоящим военным мундиром. В ней не замечалось ничего блестящего, цветного. Воротник — как у тужурки, на груди — карманы; довольно низко висел железный крест. Ступни Иоахима почему-то казались огромными, а ноги очень тощими; они были в тугих обмотках — скорее как у спортсмена, чем у военного. Но что же это все-таки за головной убор? Казалось, Иоахим нахлобучил себе на голову походный котелок, который держался, как шлем на ремешке, проходившем под подбородком. Но, как ни странно, этот убор напоминал о старине, о ландскнехтах и почему-то очень шел ему.

Ганс Касторп чувствовал дыхание Элли Бранд на своих руках. Рядом с ним учащенно дышала Клеефельд. И больше — ни звука, кроме скрежета иглы по давно отзвучавшей, но все еще вращающейся пластинке, которую никто не останавливал. Он не смотрел на своих сподвижников, не хотел их видеть и знать. Наклонившись вперед всем корпусом, поверх лежавшей у него на коленях головы Элли, поверх ее рук, смотрел он не отрываясь сквозь багровый сумрак на гостя, сидевшего в кресле, наискось от него, и вдруг почувствовал мгновенный приступ тошноты. Его горло сжала спазма, из груди неудержимо рвались рыдания. «Прости меня!» — шепнул он про себя; потом его взор затопили слезы, он уже ничего не видел.

Ганс Касторп услышал шепот многих голосов: «Заговорите с ним!» — услышал, как баритон доктора Кроковского торжественно и бодро назвал его имя и повторил приглашение. Но он не последовал ему, он вытащил руки из-под головы Элли и встал.

Снова доктор Кроковский назвал его по имени, теперь уже строгим и предостерегающим тоном. Но Ганс Касторп стремительно шагнул к ступенькам, которые вели к выходу, и коротким движением включил белый свет.

Девица Бранд лежала в тяжелом шоке на руках у Клеефельд. А *то* кресло было пусто.

Кроковский, стоя, выражал ему свое возмущение; Ганс Касторп подошел к нему вплотную, попытался что-то сказать, но не мог произнести ни слова. Тогда он резко и настойчиво мотнул головой и протянул руку. Получив ключ, он несколько раз угрожающе кивнул, глядя доктору прямо в лицо, круто повернулся и вышел из комнаты.

## ССОРЫ И ОБИДЫ

Так шел годик за годиком, и в санатории «Берггоф» повеяло неким душком, о происхождении которого от демона, чье зловещее имя мы уже называли, Ганс Касторп догадывался. С безответственным любопытством путешествующего в целях самообразования он этого демона изучил и даже открыл в себе неблаговидные возможности некоторого соучастия в служении ему, ибо все его ближние теперь ему служили. Стать рабом тех настроений, которые распространялись все шире — хотя их зачатки, так же как и зачатки прежних, всегда существовали то там, то здесь, — он, по своей природе, был неспособен; однако с испугом замечал, что стоит ему немного распуститься, как в его словах, мимике и поведении сказывается та же инфекция, которой не избежал никто из окружающих.

В чем же дело? Что носилось в воздухе? Жажда раздоров, придирчивость и раздражительность, возмутительная нетерпимость. Какая-то общая склонность к ядовитым пререканиям, к вспышкам ярости, даже дракам. Ожесточенные споры, крикливые перебранки вспыхивали каждый день между отдельными людьми и целыми группами, причем характерно было то, что состояние людей, поддавшихся этим приступам, отнюдь не отталкивало лиц, явно незаинтересованных, они не только не выступали в роли посредников, а с азартом вмешивались в перепалку, и их души заражались тем же угаром. Они бледнели и вздрагивали. Они таращили сверкающие глаза, их рты судорожно кривились. Иные завидовали тем, кто активно отстаивал свое право на крик и свои основания для ссор, их терзала жажда подражать крикунам, она мучила их души и тела, и тот, кто не имел сил бежать в одиночество, неминуемо втягивался в этот водоворот. Эти вздорные конфликты, взаимные обвинения, свары, разгоравшиеся в присутствии начальства, которое старалось всех утихомирить, но с пугающей легкостью само переходило к рычанию и грубостям, — эти инциденты все учащались в санатории «Берггоф», и тот, кто покидал его на некоторое время в сравнительно здоровом душевном состоянии, не знал, в каком он вернется. Одна дама, сидевшая за «хорошим» русским столом, очень элегантная провинциалка из Минска, еще молодая и с легким заболеванием — ей предписали пробыть здесь три месяца, не больше — отправилась однажды вниз, в курорт, во французский магазин мод. И так разругалась с продавщицей, что возвратилась домой страшно взволнованная, у нее хлынула горлом кровь, и с тех пор болезнь перешла в стадию неизлечимости. Вызвали мужа и заявили ему, что ей придется остаться здесь навсегда.

Вот пример того, что происходило. С большой неохотой приводим мы и другие случаи. Кое-кто из читателей, наверно, помнит школьника в очках, вернее бывшего школьника, сидевшего за столом фрау Заломон, этого хилого подростка, который имел привычку устраивать на своей тарелке мешанину из всех кушаний, мелко изрезав их, и, облокотясь на стол, поглощать ее, то и дело протирая салфеткой толстые стекла очков. Этот школьник, или бывший школьник, так и сидел из года в год за тем же столом, поглощал пищу и протирал очки, и его особа давала повод лишь к самому беглому вниманию. Но вдруг, в одно прекрасное утро, за первым завтраком, совершенно неожиданно, подобно грому с ясного неба, с ним случился припадок такой неистовой ярости, который поднял на ноги всю столовую и всех ужасно взволновал. В том конце зала, где он сидел, вдруг начался шум; юноша был бледен и кричал, обращаясь к стоявшей перед ним карлице.

— Вы врете! — кричал он срывающимся голосом. — Чай холодный! Чай, который вы мне подали, — холодный как лед, я не желаю его пить, сначала попробуйте сами, а уж потом говорите, это чуть теплые помои, порядочный человек не станет пить такую гадость! Как вы смеете подавать мне ледяной чай, да как вам в голову могло прийти, что я буду пить этакое пойло, как вы могли допустить мысль, что я буду его пить? Не буду я пить! Не желаю! — верещал он и начал колотить кулаками по столу, так что вся посуда зазвенела и запрыгала. — Подать мне горячего чаю! Как кипяток! Это мое право перед Богом и людьми! Не желаю я такого чаю, хочу кипяток, я сейчас же умру на месте, если выпью хоть глоток вот этой дряни... Проклятая калека... — завопил он вдруг, словно сбросив последнюю узду и с восторгом прорвавшись на простор безграничного исступления. При этом он занес кулаки над Эмеренцией и в буквальном смысле слова показал ей зубы, покрытые пеной. Потом продолжал колотить кулаками, топать и реветь: «Желаю!», «Не желаю!» — а в зале происходило то, что всегда происходит в таких случаях. Бушующий школьник вызвал какое-то звериное судорожное сочувствие. Одни вскочили и смотрели на него, тоже сжимая кулаки, стиснув зубы и сверкая глазами. Другие сидели, побелев, опустив взгляд, охваченные дрожью. И они все еще дрожали, когда школьник уже в изнеможении сидел перед другой чашкой чая, не прикасаясь к ней.

Что же это было?

К берггофскому обществу присоединился некий больной, бывший коммерсант, лет тридцати; его уже лихорадило, и он уже много лет переходил из одного лечебного заведения в другое. Этот человек был врагом евреев, антисемитом, и принципиально и из спортивного интереса он исповедовал избранные им взгляды с каким-то веселым исступлением, это отрицание являлось гордостью и содержанием его жизни. Когда-то он был коммерсантом, теперь он уже не был им, он был ничем, но ненавистником евреев остался. Человек этот был очень серьезно болен, его то и дело сотрясал хриплый кашель, а иногда он как будто чихал легкими — один раз, визгливо, отрывисто, зловеще. А все-таки он не был евреем — и в этом состояла его единственная гордость. Он носил фамилию Видеман, христианская фамилия, не какая-нибудь нечистая, он выписывал журнал под названием «Арийский светоч» и вел, например, такого рода разговоры:

— Приезжаю я в санаторий Икс в А..., только собираюсь устроиться в галерее для лежания — и кого же я вижу слева от себя на шезлонге? Господина Гирша! А кто справа? Господин Вольф! Само собой разумеется, я сейчас же уехал... — и так далее.

«Так тебе и надо!» — с отвращением подумал Ганс Касторп.

У Видемана был уклончивый подстерегающий взгляд. Возникало буквально такое впечатление, как будто перед самым его носом висит его «пунктик». Видеман злобно на него косится и из-за него ничего не видит. Владеющая им навязчивая идея постепенно довела его до какого-то зудящего недоверия, до маниакальной жажды преследовать, и как только ему казалось, будто подле него таится или прячется под личиной что-то нечистое, он сейчас же выволакивал это на свет и поносил. Где только мог, он язвил, порочил, злопыхательствовал. Словом, единственным содержанием его жизни стало клеймить всех тех, кто не обладал его единственным преимуществом.

Эти внутренние причины, о которых мы только что говорили, чрезвычайно ухудшали его болезнь; и так как он, конечно, и здесь сталкивался с живыми существами, обладавшими тем же недостатком, которого он, Видеман, был лишен, то в результате дело дошло до отвратительной сцены, при которой Ганс Касторп присутствовал и которая послужит и в дальнейшем одним из примеров того, что мы намерены описать.

Ибо здесь находился еще один больной — но разоблачать тут было нечего, все и так было ясно. Он носил фамилию Зонненшейн, и так как трудно было найти фамилию менее удачную, то особа Зонненшейна с первого же дня стала тем пунктиком, который болтался перед носом Видемана; он то и дело злобно покашивался на него и бил по нему рукой, пожалуй, не столько чтобы отогнать, но чтобы заставить раскачиваться, так как это еще больше раздражало его.

Зонненшейн, коммерсант, как и Видеман, тоже был очень серьезно болен и не в меру самолюбив. По натуре он оказался человеком приветливым, неглупым и даже склонным пошутить, но Видемана вскоре возненавидел за его колкости и за его пунктик почти до боли, и однажды днем все сбежались в холл, ибо Видеман и Зонненшейн самым самозабвенным и зверским образом вцепились друг другу в волосы.

Зрелище это было жестокое и жалкое. Они колотили друг друга как мальчишки, но с отчаянием взрослых, которые дошли до драки. Они царапали друг другу лицо, нанося удары, хватали друг друга за нос или за горло, обнявшись, со свирепой серьезностью катались по полу, плевались, пинали, толкали, лупили друг друга и кипели бешенством. Сбежавшийся персонал с трудом разнял врагов, вцепившихся один в другого зубами и ногтями. Видеман плевался слюной и кровью, его лицо от ярости казалось одуревшим, и волосы в самом деле стояли дыбом. Ганс Касторп этого еще не видел и не верил, что так бывает. Но волосы Видемана, жесткие и негнущиеся, продолжали стоять дыбом, в таком виде он и бросился прочь, а Зонненщейна, у которого подбитый глаз закрылся, а на плеши, в кольце кудрявых черных волос зияла кровоточащая рана, отвели в контору, где он упал на стул и, закрыв лицо руками, горько расплакался.

Таковы были отношения между Видеманом и Зонненшейном. Все, кто оказался свидетелем их драки, содрогались еще несколько часов спустя. В противовес этой печальной истории даже приятно рассказать про подлинное дело чести, имевшее место в тот же период и до смешного соответствующее этому определению благодаря той торжественной форме, в какой оно велось. Ганс Касторп не присутствовал при его отдельных перипетиях, но знакомился с его запутанным и драматическим развитием лишь по документам, разъяснениям и протоколам, копии которых распространялись не только в санатории «Берггоф», но и по всему кантону, по всей

Швейцарии, за границей, даже в Америке, причем их направляли для изучения и таким лицам, относительно которых можно было с уверенностью сказать, что они не могут уделить и не уделят этой истории ни капли внимания.

Дело касалось поляков, конфликт чести возник в недрах польской группы, образовавшейся в «Бергхофе» совсем недавно; это была целая небольшая колония, она занимала все места за «хорошим» русским столом (заметим кстати, что Ганс Касторп уже не сидел там, а перекочевал за стол Гермины Клеефельд, потом за стол Заломон и наконец оказался соседом фрейлейн Леви). Компания поляков была до того элегантна и так по-рыцарски вылощена, что можно было только удивляться и ждать чего угодно. Группа эта состояла из супружеской четы, некоей барышни, дружившей с одним из мужчин, остальные — одни кавалеры. Их звали — фон Жутавский, Чишинский, фон Розинский, Михаил Лодыговский, Лео фон Азарапетьян и ряд других. И вот в санаторском ресторане, за шампанским, некий Яполь в присутствии двух кавалеров позволил себе сказать нечто недопустимое по адресу супруги господина Жутавского, а также приятельницы господина Лодыговского, девицы Крыловой. Это и вызвало те шаги, действия и формальности, которые составили содержание ходивших по рукам и рассылаемых документов. Ганс Касторп читал:

*«Заявление,*
*перевод с польского оригинала:*

*27 марта 19... года г-н Станислав фон Жутавский обратился к гг. доктору Антону Чишинскому и Стефану фон Розинскому с просьбой явиться от его имени к г-ну Казимиру Яполю и согласно установленному кодексу чести потребовать у него удовлетворения за клевету и тяжелое оскорбление, нанесенное его супруге Ядвиге фон Жутавской г-ном Казимиром Яполем в разговоре с гг. Янушем-Теофилем Ленартом и Лео фон Азарапетьяном.*

*Когда г-н фон Жутавский узнал от третьих лиц о происходившем в конце ноября вышеупомянутом разговоре, г-н фон Жутавский тотчас предпринял необходимые шаги, чтобы получить полную уверенность относительно фактической стороны и сущности нанесенного оскорбления. Вчера, 27 марта 19... года, со слов г-на Лео Азарапетьяна, бывшего прямым свидетелем упомянутого разговора, во время которого были произнесены оскорбительные слова и допущены инсинуации, установлен факт кле-*

*веты и оскорбления; это побудило г-на Станислава фон Жутавского безотлагательно обратиться к нижеподписавшимся и уполномочить их потребовать от г-на Казимира Яполя удовлетворения согласно кодексу чести.*

*Нижеподписавшиеся заявляют следующее:*

*1) На основании протокола одной из сторон от 9 апреля 19... года, составленного во Львове гг. Здиславом Жигульским и Тадеушем Кодыем по делу г-на Казимира Яполя, а также на основании заключения суда чести от 18 июня 19... г., вынесенного там же, во Львове, по тому же делу, каковые документы в полном соответствии друг с другом устанавливают, что г-н Казимир Яполь вследствие своих неоднократных действий, противных понятию чести, не может считаться джентльменом.*

*2) Нижеподписавшиеся делают из вышеизложенного соответствующие выводы в их полном объеме и констатируют, что г-н Казимир Яполь ни в какой мере не принадлежит к числу лиц, могущих дать удовлетворение.*

*3) Они же считают для себя невозможным вести дело чести против лица, стоящего вне понятия чести, а также выступать в нем посредниками.*

*Ввиду создавшегося положения нижеподписавшиеся обращают внимание г-на Станислава фон Жутавского на то, что бесцельно требовать от г-на Казимира Яполя удовлетворения, предусмотренного кодексом чести, и советуют обратиться в суд, чтобы воспрепятствовать личности, не способной дать удовлетворение, каковой является г-н Яполь, и впредь наносить оскорбления чести. (Следует дата и подписи):*

доктор Антон Чишинский,<br>Стефан фон Розинский».

Ганс Касторп читал дальше:

«Протокол

*свидетелей инцидента между г-ном Станиславом Жутавским и г-ном Михаилом Лодыговским, с одной стороны, и гг. Казимиром Яполем и Янушем-Теофилем Ленартом — с другой, имевшего место в баре курзала в Д., 2 апреля 19... между 7.30 и 7.45 вечера.*

*Так как г-н Станислав фон Жутавский, на основе заявлений его представителей гг. доктора Антона Чишинского и Стефана Розинского относительно инцидента с г-ном Казимиром Яполем,*

*28 марта 19... года по зрелом размышлении пришел к выводу, что судебное преследование г-на Казимира Яполя за «тяжелое оскорбление» его супруги Жутавской Ядвиги и «клевету» на нее не даст должного удовлетворения, ибо:*

*1) Существует обоснованное подозрение, что г-н Казимир Яполь в соответствующее время не явится на суд, и его дальнейшее преследование по суду, ввиду того что он австрийский подданный, будет не только затруднительным, но просто невозможным;*

*2) Судебное наказание г-на Яполя за оскорбление и клевету, с помощью которых г-н Яполь хотел очернить и опозорить доброе имя и супружество г-на Станислава фон Жутавского и его супруги Ядвиги, не может смыть нанесенного им оскорбления — г-н Станислав фон Жутавский, узнав от третьих лиц, что г-н Казимир Яполь намерен на следующий же день покинуть здешние места, избрал, по его убеждению, самый прямой и соответствующий данным обстоятельствам путь и 2 апреля 19... года между 7.30 и 7.45 вечера в присутствии своей супруги Ядвиги и гг. Михаила Лодыговского и Игнатия фон Меллина дал г-ну Казимиру Яполю, пившему алкогольные напитки в баре здешнего курзала в обществе г-на Януша-Теофиля Ленарта и двух незнакомых девиц, несколько пощечин.*

*Сейчас же вслед за этим пощечину г-ну Казимиру Яполю дал г-н Михаил Лодыговский, пояснив, что сделал это за нанесенное девице Крыловой и ему тяжелое оскорбление.*

*Затем г-н Михаил Лодыговский немедленно дал пощечину г-ну Янушу-Теофилю за причиненную г-ну и г-же Жутавским нестерпимую обиду, после чего г-н Станислав Жутавский, не теряя ни минуты, вторично и несколько раз подряд отхлестал по щекам г-на Теофиля Ленарта за то, что тот очернил и оклеветал его супругу, а также девицу Крылову.*

*Гг. Казимир Яполь и Януш-Теофиль Ленарт вели себя во время указанных действий вполне пассивно. (Следует дата и подписи):*

*Михаил Лодыговский,*
*Игн. фон Меллин».*

Раньше Ганс Касторп посмеялся бы над этим беглым огнем официальных пощечин, но сейчас внутренние причины помешали ему. Узнав о безупречном соблюдении кодекса чести, с одной стороны, и о позорной и вялой реакции на бесчестие, с другой, — а это становилось совершенно ясным из чтения протоколов, — он был глубоко взволнован хоть и далекой от жизни, но поразительной противоположностью в поведении противников. То же самое испытывали и остальные. Повсюду читались материалы об этом деле чести, и люди страстно и упрямо спорили о нем. Несколько отрезвляюще подействовала контрлистовка Казимира Яполя о том, будто бы фон Жутавскому было известно совершенно точно, что некогда во Львове несколько пресыщенных фатов объявили Яполя неспособным давать удовлетворение, и все незамедлительные и энергичные действия Жутавского — сплошная комедия, так как он знал заранее, что драться на дуэли ему не придется. И в суд Жутавский не подал только потому, что и всем и ему было отлично известно, какой коллекцией рогов его супруга Ядвига украсила голову супруга, чему он, Яполь, мог бы без труда представить неопровержимые доказательства, да и все поведение девицы Крыловой, в случае судебного разбирательства, не украсило бы ее чести. Кроме того, подтвердилась только неспособность его, Яполя, дать удовлетворение, а не его приятеля Ленарта, и фон Жутавский спрятался за первое, лишь бы не подвергать себя опасности дуэли. О роли Азарапетьяна во всей этой истории он не желает говорить. Что касается столкновения в баре, то он, Яполь, хоть и склонен к шуткам и остер на язык, но здоровье у него плохое; друзья Жутавского, а также необычайно сильный Жутавский имели над ним большое физическое преимущество, а обе дамочки, сидевшие с Яполем и Ленартом, — веселые особы, но пугливы, как куры; поэтому он, во избежание безобразной драки и публичного скандала, уговорил Ленарта, который намерен был обороняться, сохранять спокойствие и терпеть во имя Божье легкие светские похлопывания господ Жутавского и Лодыговского, не причинившие никакой боли и воспринятые ими как дружеская шутка.

Таковы были оправдания Яполя, который, конечно, оказался в весьма сомнительном положении. Его поправки могли лишь незначительно нарушить столь картинный контраст между честью и бесчестием, возникавший из утверждения противной стороны, тем более что Яполь не располагал той техникой распространения соответствующих документов, как Жутавский и его партия, и смог отпечатать на машинке лишь несколько экземпляров своих возражений. А выше приведенные протоколы, как мы уже отмечали, получили все, даже совершенно посторонние люди. Так, например, они оказались у Нафты и Сеттембрини, — Ганс Касторп сам видел эти документы у них в руках и с изумлением заметил, что и его наставники с ожесточенным и странным волнением изучают их. А он-то ждал от Сеттембрини хотя бы веселой насмешки, на которую сам, по своему душевному состоянию, не был способен. Но и на ясный ум масона, видимо, повлияла наблюдаемая Гансом Касторпом всеобщая зараза, она мешала ему рассмеяться и пробуждала в нем интерес к душевной сенсации, вызванной этой историей с пощечинами; кроме того, Сеттембрини, как человека, живо связанного с действительностью, угнетало сознание, что, несмотря на временно наступавшее обманчивое улучшение его здоровья, ему, в общем, становилось все хуже; он проклинал болезнь, угрюмо стыдился ее и презирал себя, и все же она вынуждала его за последнее время через каждые два-три дня прибегать к постельному режиму.

Не лучше чувствовал себя и Нафта, его сосед и противник. И в его организме прогрессировала болезнь, послужившая физической причиной, или, вернее, поводом, для того, чтобы его карьера, как члена иезуитского ордена, столь преждевременно оборвалась; даже в условиях горного разреженного воздуха, в которых он жил, нельзя было предотвратить развитие недуга. Он тоже проводил нередко целые дни в постели, и когда говорил, его надтреснутый голос все чаще срывался, а говорил он при повышавшейся температуре еще больше, становился все многословнее, резче и язвительнее. Но та борьба против болезни и смерти, которую вел с помощью идей Сеттембрини, и его горе оттого, что презренная природа побеждает, видимо, были чужды недомерку Нафте, и ухудшение его физического состояния вызывало в нем не печаль, а насмешливую воинственность и неудержимую страсть к спорам, жажду все ставить под сомнение, все опровергать и отрицать, сбивая собеседника с толку, а это непрестанно усиливало и без того тяжелую меланхолию итальянца. Со дня на день обострялись их теоретические схватки. Конечно, даже Ганс Касторп мог судить только о тех, которые происходили при нем. Но он был почти уверен, что не пропустил ни одной, ибо его присутствие как педагогического объекта, казалось, было необходимо для столь важных коллоквиумов. И если он не мог не огорчать Сеттембрини, считая речи Нафты достойными того, чтобы их послушать, все же он вынужден был признать, что Нафта уже не знает меры и подчас переходит все границы здравого смысла.

У этого больного не хватало сил или доброй воли подняться над болезнью, для него весь мир стоял под ее знаком, он видел все в ее мрачном свете. К глубокому негодованию Сеттембрини, который охотно выгнал бы своего, жадно внимавшего их спорам воспитанника из комнаты или заткнул бы ему уши, Нафта заявил, что материя — слишком плохой материал, чтобы в нем воплощался дух. Желать этого — чудовищная глупость. Ведь что мы видим в результате? Гримасу! Что дало воплощение в жизнь идей хваленой французской революции? Капиталистическое буржуазное государство — хорош подарок! А исправить это надеются тем, что стараются сделать такую гадость универсальной. Всемирная республика? Вот уж, можно сказать, счастье! Прогресс? Ах, это все тот же знаменитый больной, который то и дело перевертывается с боку на бок, надеясь, что от этого ему станет легче. Результатом же является никем не высказываемое вслух, но тайно живущее во всех желание, чтобы началась война. И она разразится, эта война, и это хорошо, хотя она повлечет за собой совсем не то, о чем мечтают ее зачинщики. Нафта презирал буржуазное государство с его гарантиями безопасности. Он воспользовался случаем и высказался на этот счет однажды осенью, когда пациенты гуляли по главной улице местечка; вдруг начал накрапывать дождь, и все сразу, точно по команде, подняли над головой раскрытые зонты. Нафта усмотрел в этом символ трусости и пошлой изнеженности, порождаемых цивилизацией. Такое событие, как гибель парохода «Титаник», является, конечно, грозным предостережением, и оно в силу нашего атавизма нас страшит, но в нем есть что-то подлинно освежающее, заявил он. А потом поднимают крик о необходимости сделать «пути сообщения» более безопасными. И вообще, как только эта самая «безопасность» оказывается под угрозой, все начинают возмущаться. Все это очень убого, и в своей гуманистической дряблости отлично сочетается с волчьей свирепостью и низостью, царящих на том экономическом поле битвы, каким является буржуазное государство. Война! Он согласен на нее, и всеобщая жажда войны кажется ему, в сравнении с этим, даже достойной уважения.

Но едва Сеттембрини упомянул, возражая ему, слово «справедливость» и рекомендовал этот высокий принцип в виде предохранительного средства против внутренних и внешних политических катастроф, как Нафта, который перед тем утверждал, что дух слишком высок и его земное выражение не может и не должно удаться,

Нафта поставил под сомнение само это духовное начало и попытался оклеветать его. Справедливость? Разве это понятие, достойное преклонения? Разве оно божественное? Разве оно высочайшее? Да, Бог и природа несправедливы, у них есть свои любимцы, они расточают свои милости только по выбору, одного выделяют опасной отмеченностью, другому даруют легкую, обычную судьбу. А для человека с настойчивой волей справедливость — это, с одной стороны, парализующая его слабость, обессиливающее сомнение, с другой — фанфара, призывающая к решительным действиям. И так как человеку, чтобы не нарушать морали, неизменно приходится подменять «справедливость» в одном смысле «справедливостью» в другом смысле, где же тогда безусловность и радикальность этого понятия? Да ведь и люди бывают обычно «справедливы» в отношении либо одной точки зрения, либо другой. А все прочее — либерализм, и в наши дни никого на эту удочку не поймаешь. Справедливость — это, конечно, только словесная шелуха, обычная для буржуазной риторики, и, чтобы действовать, нужно прежде всего знать, какую справедливость имеешь в виду: ту, которая хочет отдать каждому принадлежащее ему, или ту, которая хочет дать всем одно и то же.

Из бесчисленных споров, когда Нафта старался сбить собеседника с толку, мы привели для примера только один. Но еще хуже обстояло дело, едва он начинал говорить о науке, в которую не верил. Нет, он не верит в нее, заявлял Нафта, ибо человек совершенно свободен верить в нее или не верить. Наука — такая же вера, как и всякая другая, только хуже и глупее всякой другой, и самый термин «наука» — это выражение глупейшего реализма, который не стыдится выдавать более чем сомнительные отражения объектов в человеческом интеллекте за чистую монету и строить на их основе самую унылую, лишенную духа и утешения, самую догматическую систему из всех когда-либо созданных человечеством. Разве понятие самостоятельно существующего чувственного мира не является наиболее смехотворным из всех внутренне противоречивых понятий? Ведь современное догматическое естествознание существует благодаря одной-единственной метафизической предпосылке, будто формы человеческого познания — пространство, время и причинность, в которых протекают чувственные явления нашего мира, — это реальные условия, существующие независимо от нашего познания. Такой монизм — самое бессовестное утверждение, которым когда-либо оскорбляли дух. Пространство, время, причинность на языке монистов заменяются словом развитие, и оно служит основным догматом вольнодумной атеистической лжерелигии, с помощью которой пытаются опровергнуть первую книгу Бытия и противопоставить якобы оглупляющей библейской басне просветительное знание, точно Геккель присутствовал при возникновении Земли. Эмпиризм! Разве вопрос о мировом эфире — вопрос решенный? И существование атома — этой изящной математической шутки, этой «крошечной неделимой частицы» доказано? А учение о бесконечности пространства и времени, разумеется, основано на опыте? Если допустить хоть немного логики, то с этим догматом о бесконечности и реальности пространства и времени можно прийти к весьма занятным выводам и открытиям — а именно к открытию пустого «ничто», к выводу, что реализм и есть подлинный нигилизм. Почему? Да по той простой причине, что отношение любой величины к бесконечности равно нулю. В бесконечном не существует величин, а в вечности нет ни продолжительности, ни изменений. В пространственной бесконечности, где любое расстояние математически равно нулю, не может быть двух смежных точек, уже не говоря о телах, а тем более о движении. Он, Нафта, это констатирует в противовес той наглости, с какой материалистическая наука выдает свои астрономические бредни, свою пустую болтовню о «Вселенной» за абсолютное знание. Несчастное человечество! Оно достойно сожаления, ибо позволило, чтобы ему с помощью хвастливого перечня бессмысленных цифр внушили ощущение своего ничтожества и лишили патетического сознания своей значительности. Все это еще можно было бы допустить, если бы человеческий разум и познание, оставаясь в пределах земного, считали только в этой сфере свои переживания субъективно-объективного реальностью. Но когда они выходят за эти границы в область вечных загадок и создают так называемые космологии и космогонии, то шуткам конец и самомнение становится просто чудовищным. Какая это, в сущности, кощунственная нелепость — исчислять в триллионах километров или световых лет «расстояние» какой-нибудь звезды от Земли и мнить, будто эта цифровая белиберда может открыть человеческому духу доступ к существу бесконечности и вечности, — тогда как бесконечность вообще не имеет ничего общего с величиной, а вечность — с продолжительностью и временными измерениями; они не только не являются понятиями естествознания, а скорее, наоборот, упраздняют то, что мы называем природой. И, право же, наивность ребенка, уверенного, что звезды — это дырки в небесном своде, через которые сияет вечный небесный свет, ему, Нафте, в тысячу раз ближе, чем вся эта пустая, бессмысленная и самоуверенная болтовня о том, что монистическая наука называет «Вселенной»!

Сеттембрини осведомился: как? он сам тоже верит в это — насчет звезд? Нафта же ответил, что оставляет за собой полную свободу смиренного скептицизма. Это еще раз показывало, каково его понимание «свободы» и куда такое понимание может привести. Но все бы ничего, если бы только Сеттембрини не боялся, что Гансу Касторпу будет интересно послушать весь этот бред!

Коварный Нафта так и хватался за каждую возможность подстеречь слабые места в истории покорения природы прогрессом и уличить его носителей и пионеров в чисто человеческих возвратах вспять, в сферу иррационального. Авиаторы, летчики, по уверениям Нафты, это все плохие и подозрительные люди, прежде всего они очень суеверны. Они берут с собой в самолет всякие талисманы, изображения свинки, ворону, трижды плюют через одно плечо и через другое, надевают перчатки удачливых пилотов. Как примирить столь примитивную нелепость с мировоззрением, лежащим в основе их профессии? Найденное им противоречие радовало его, давало внутреннее удовлетворение, и он долго распространялся на этот счет... Однако мы увлеклись вылавливанием бесконечных примеров враждебности Нафты, тогда как нам предстоит рассказать кое о чем весьма реальном.

Однажды, в феврале, после обеда наши знакомцы решили отправиться в Монштейн, селение, находившееся в полутора часах санного пути от санатория. Компания состояла из Нафты и Сеттембрини, Ганса Касторпа, Ферге и Везаля. От дома, где жили противники, они отбыли в три часа, тепло одетые, в двух одноконных санях, — Ганс Касторп сидел с гуманистом, Нафта — с Ферге и Везалем, и под приветливый перезвон бубенчиков, разносившийся среди тишины укрытого снегом ландшафта, покатили вдоль правого горного склона, мимо Франценкирха и Глариса к югу. Оттуда быстро надвигалась снежная туча, и вскоре только над Ретийским хребтом еще оставалась полоска бледно-голубого неба. Стоял сильный мороз, горы были задернуты мглой. Дорога, по которой они ехали, проложенная между скалистой стеной и пропастью, была узкая, без ограды, она круто поднималась и вела в чащу елового леса. Лошади шли шагом. Навстречу им то и дело попадались съезжавшие на санках спортсмены, которым приходилось вылезать, чтобы обойти их. Иногда за поворотом нежно и предостерегающе звенели чьи-то чужие бубенчики, мимо наших путешественников проезжали сани, две лошади были запряжены гуськом, и объезжать друг друга нужно было с большой осторожностью. Когда они были уже недалеко от цели своей поездки, открылся чудесный вид на скалистую часть Цюгенштрассе. Добравшись до Монштейна, они остановились перед маленькой гостиницей, именовавшейся «Курзалом», отстегнули полости, вылезли из саней и прошли немного дальше, чтобы взглянуть на «Штульзерграт», высившийся на юго-восточной стороне. Исполинская стена в три тысячи метров была скрыта туманом. Только где-то вдали возносился в небо отдельный зубец, недосягаемо высокий, нездешний, словно Валгалла, недоступно святой. Ганс Касторп очень восхищался им и призывал к этому остальных. Именно он произнес с невольным смирением слово «недоступный» и тем дал повод Сеттембрини подчеркнуть, что, конечно, на ту скалу отличнейшим образом уже не раз поднимались. Да и вообще: едва ли есть сейчас такие недоступные места, куда еще не ступала нога человека. Ну, это, пожалуй, хвастовство и некоторое преувеличение, возразил Нафта. И он назвал Эверест, который до сих пор встречает нескромное любопытство человека ледяным отказом и, видимо, еще долго намерен сохранять свою замкнутость. Гуманист рассердился. Они вернулись к «Курзалу», перед которым рядом с их санями стояли еще чьи-то, распряженные.

Тут можно было остановиться. В верхнем этаже находились номера для приезжающих. Там же была и столовая, имевшая деревенский вид и жарко натопленная. Путешественники заказали любезной хозяйке кофе, мед, белые булки и «грушевый хлеб», которым славилась эта местность. Кучерам послали красного вина. Группа швейцарцев и голландцев, также приехавших сюда, сидела за другими столами.

Нам очень хотелось бы отметить, что за столом пятерых друзей настроение было подогрето горячим и превосходным кофе, и скоро возник разговор на высокие темы. Однако мы выразились бы неточно, ибо это был отнюдь не разговор, а сплошной монолог Нафты; после нескольких слов, сказанных остальными, он настойчиво и не смолкая ораторствовал один, причем форма этого монолога была весьма странная и в обществе не принятая: дело в том, что экс-иезуит с любезной назидательностью обращался исключительно к Гансу Касторпу, притом повернувшись спиной к сидевшему рядом с ним Сеттембрини и не обращая ни малейшего внимания на остальных двух собеседников.

Трудно было бы определить словами тему этой ораторской импровизации, слушая которую Ганс Касторп неуверенно кивал головой. В сущности, она не имела определенной темы, мысль Нафты плавала в сфере духа, касаясь то одного, то другого вопроса: в основном он старался подчеркнуть всю двусмысленность явлений духовной жизни, обманчивость и непригодность для борьбы выведенных из этих явлений возвышенных понятий и указать на то, под каким обманчиво блистающим покровом предстает на Земле абсолютное начало.

Во всяком случае, его лекцию скорее всего можно было назвать рассуждением о проблеме свободы, которую он толковал как смешение понятий. Между прочим, коснулся он и романтизма, завораживающей двусмысленности этого течения, возникшего в Европе в начале XIX века: перед ним понятия реакции и революции теряют свой смысл, поскольку они не объединяются во что-то высшее. Конечно же, просто смешно связывать понятие революционности только с прогрессом и с победоносно штурмующим общество просвещением. Европейский романтизм был прежде всего движением освободительным, антиакадемическим, направленным против классицизма, против старофранцузских представлений о хорошем вкусе, против старой школы разума, чьих защитников романтизм высмеивал, как напудренных болванов.

Затем Нафта напал на освободительные войны, на фихтевское «воодушевление», на восстание захмелевшего народа против невыносимой тирании, хотя, увы, хе-хе, она-то и воплощала в себе свободу, то есть идеи революции. Очень смешно! Замахнулись-то, громко распевая, на революционную тиранию, а привело это к реакционному гнету немецких князей, и все это сделали во имя свободы!

Молодой слушатель, конечно, увидит разницу и даже противоречие между внешней и внутренней свободой, а также ответит себе на щекотливый вопрос о том, какое же отсутствие свободы более всего, хе-хе, или менее всего совместимо с честью нации!

Дело в том, что по существу свобода — понятие скорее романтическое, чем просветительное, ибо его сближает с романтизмом неразрешимое противоречие между жаждой человека к расширению вовне и страстным суживающим подчеркиванием своего «я».

Индивидуалистическое стремление к свободе породило исторический и романтический культ национализма, а он полон воинственности, и гуманитарный либерализм называет его «мрачным», хотя он тоже учит индивидуализму, но несколько иначе. Индивидуализм, с его верой в бесконечную космическую ценность каждой отдельной личности, — явление романтически-средневековое, из него вытекает учение о бессмертии души, геоцентризм и астрология. С другой стороны — об индивидуализме твердит и гуманизм, заигрывающий с либерализмом, он близок к анархии и, во всяком случае, жаждет защитить драгоценный индивид, чтобы его не принесли в жертву всеобщему. Это тоже индивидуализм, часто слово обозначает и одно и многое другое.

Однако нельзя не признать, что пафос освобождения создал в борьбе с лишенным благоговения разлагающим прогрессом самых блистательных врагов свободы, самых остроумных защитников прошлого. И Нафта назвал Арндта, проклинавшего индустриализацию и славившего дворянство, назвал Герреса, написавшего книгу о христианской мистике. И разве мистике чужда свобода? Разве мистика не была против схоластики и догматизма, против священников? Нельзя не видеть освобождающей силы и в иерархизме, ибо именно он поставил пределы безграничной монархии. Мистика же позднего средневековья сохранила свою освободительную сущность, которая была предвестницей Реформации, — Реформации, оказавшейся, хе-хе, неразрешимым сплетением свободы и возврата к средневековью...

Деяние Лютера... Ну что ж, у него то преимущество, что он с самой грубой очевидностью показал сомнительную сущность этого деяния, деяния вообще. А знают ли слушатели Нафты, что такое деяние? Это, например, убийство государственного советника Коцебу студентом-корпорантом Зандом. Что, говоря на языке криминалистов, «вложило оружие в руки» юноши Занда? Порыв к свободе, разумеется. Но если взглянуть повнимательнее, то окажется, что вовсе не этот порыв, а скорее моральный фанатизм и ненависть к антинародной фривольности. А с другой стороны — Коцебу состоял на русской службе, вернее, на службе Священного союза; поэтому Занд действовал все же во имя свободы, что опять-таки является неправдоподобным, ввиду того что в числе его ближайших друзей были иезуиты. Короче говоря, чем бы ни было деяние, оно является плохим способом отстаивать свои взгляды и очищению духовных проблем тоже мало способствует.

— Осмелюсь спросить, скоро ли вы закончите ваши *непристойные* рассуждения?

Вопрос задал Сеттембрини и притом очень резко. Он сидел и слушал, барабаня пальцами по столу и покручивая ус. Наконец он не выдержал. Его терпение лопнуло. Он выпрямился, даже больше чем выпрямился: очень бледный, он, сидя, как бы приподнялся на носки, лишь слегка касаясь стула, и в такой позе, сверкая черными глазами, встретил врага, который повернулся к нему с лицемерным изумлением.

— *Как* вы изволили выразиться? — спросил в ответ Нафта.

— Я изволил... — сказал итальянец и судорожно глотнул, — я изволил так выразиться потому, что не позволю вам больше просвещать беззащитную молодежь вашими двусмысленностями!

— Милостивый государь, советую вам осторожнее выбирать ваши выражения!

— В таком совете, милостивый государь, я не нуждаюсь. Я привык выбирать свои слова, и они будут в точном соответствии с фактами, если я скажу, что ваш способ вносить смуту в душу и без того неустойчивой молодежи, совращать ее и обессиливать — это *низость*, и ее мало карать одними словами...

При слове «низость» Сеттембрини ударил ладонью по столу и окончательно встал, отодвинув стул, что послужило сигналом и для остальных, которые тоже вскочили. Сидевшие за другими столами смотрели на них насторожившись — собственно, сидевшие только за одним столом, так как швейцарцы уже уехали и лишь голландцы с растерянным видом прислушивались к разгоравшейся словесной перепалке.

Итак, все наши друзья стояли, выпрямившись, вокруг своего стола: с одной стороны Ганс Касторп и оба противника, с другой — Ферге и Везаль. Все пятеро были бледны, их глаза широко раскрыты, губы дрожали. Но разве не могли трое остальных попытаться успокоить спорщиков, разрядить шуткой напряженную атмосферу, примиряющим словом все уладить? Однако они не сделали ее, этой попытки. Мешали внутренние причины. Они просто стояли у стола, содрогаясь и невольно сжимая кулаки. Даже А.К. Ферге, которому заведомо было чуждо все возвышенное и который с самого начала не хотел ни вникнуть в этот спор, ни понять все его значение, даже Ферге теперь убедился, что дело дошло до крайности, и хотя остальные тоже были вовлечены в эту схватку, они тоже ничего не смогут сделать, и надо предоставить события их течению. Его верхняя губа с добродушно торчавшими усами то вздергивалась, то опускалась.

Наступила тишина, и все услышали, как Нафта заскрежетал зубами. Этот скрежет был для Ганса Касторпа такой же неожиданностью, как и вставшие дыбом волосы Видемана: он воображал, что так только говорится, а в действительности не бывает. Но теперь Нафта в самом деле заскрежетал зубами среди тишины, — ужасно неприятный, зверский и непривычный звук, все же явившийся результатом какого-то невообразимого самообладания, ибо иезуит не закричал, а проговорил вполголоса, не то задыхаясь, не то смеясь.

— Низость? Покарать? Добродетельные ослы начинают брыкаться? Или мы довели педагогическую полицию цивилизации до того, что она хватается за оружие? Вот это успех, для начала достигнуть его было весьма нетрудно, могу добавить это с презрением, ибо довольно легкого поддразнивания — и стоящая на страже добродетель вышла из себя. Дальнейшее придет. И «кара» тоже. Надеюсь, ваши штатские убеждения не помешают вам понять, чего я вправе от вас потребовать, иначе мне пришлось бы подвергнуть эти убеждения такой проверке, которая...

Сеттембрини сделал резкое движение, и Нафта продолжал:

— О, я вижу, что это не понадобится. Я стою вам поперек дороги, а вы мне, — хорошо, тогда доведем наше небольшое столкновение до конца в соответствующем месте. А сейчас добавлю только одно: ваш ханжеский страх за схоластическое понятие государства, созданного якобинской революцией, заставляет вас видеть в моем желании пробудить в молодежи сомнения, выбросить на свалку все ваши категории и лишить идеи их академической добродетели какое-то педагогическое преступление. Страх этот больше чем оправдан, ибо вашему гуманизму пришел конец, можете быть в этом уверены, с ним покончено без возврата. В наши дни это только пережиток, псевдоклассическая безвкусица, духовное ennui[1], она вызывает зевоту, и новая, наша революция с ней намерена покончить, вот что, милостивый государь! Если мы как воспитатели пробуждаем сомнения более глубокие, чем это когда-либо снилось вашему скромному просветительству, то мы знаем, что делаем. Только из радикального скепсиса, из морального хаоса рождается безусловное, тот священный террор, который необходим нашему времени. Это я говорю себе в оправдание, а вам — в назидание. Дальнейшее — уже другой вопрос. Вы обо мне услышите.

---

[1] Докука (*фр.*).

— Я к вашим услугам, милостивый государь! — крикнул ему вслед Сеттембрини, выскочил из-за стола, бросился к вешалке, снял свою шубу. Потом вольный каменщик тяжело опустился на стул и схватился обеими руками за сердце.

— Distruttore! Cane arrabbiato! Bisogna ammazzarlo![1] — восклицал он, задыхаясь.

Остальные все еще стояли возле стола. Усы Ферге продолжали вздрагивать. Везаль скривил нижнюю челюсть. Ганс Касторп, подражая деду, уперся подбородком в воротничок, так как у него тряслась голова. Все думали о том, что, отправляясь на прогулку, никто и не помышлял о таком столкновении. И все, включая и Сеттембрини, искренне обрадовались, сообразив, что они приехали в двух санях, а не в одних. Это прежде всего облегчало возвращение домой. А что потом?

— Он вызвал вас на дуэль, — с тревогой сказал Ганс Касторп.

— Безусловно, — отозвался Сеттембрини и взглянул снизу вверх на стоявшего рядом с ним молодого человека, но тут же отвернулся и оперся головой на руку.

— Вы принимаете вызов? — осведомился Везаль.

— И вы спрашиваете? — ответил Сеттембрини, тоже посмотрев на него. — Господа, — продолжал он, вставая и уже вполне овладев собой, — я очень сожалею, что наша прогулка этим кончилась, но в жизни надо быть всегда готовым к таким случаям. В теории я не одобряю дуэли, и прав закон, что он против нее. Но на практике — дело другое, существуют положения, когда... Противоречия, которые... словом, я к услугам этого господина. Хорошо, что я в молодости немного занимался фехтованием. Несколько часов поупражняюсь, и моя кисть опять станет подвижной. О дальнейшем договоримся. Вероятно, этот господин уже приказал запрягать.

По пути домой и даже дома у Ганса Касторпа минутами начинала голова кружиться от чудовищности предстоящего, особенно когда выяснилось, что Нафта и слышать не хочет ни о каких шпагах, а настаивает на пистолетах и что он действительно имеет право выбирать оружие, ибо согласно кодексу чести он — оскорбленный. Минутами, как мы уже сказали, когда Гансу Касторпу удавалось до известной степени вырваться из всех этих сложностей и туманностей и его мысль прояснялась, он говорил себе, что это же безумие и он должен ему помешать.

---

[1] Разрушитель! Бешеная собака! Смерть ему! (*ит.*)

— Если бы еще было нанесено настоящее оскорбление! — воскликнул он в разговоре с Сеттембрини, Ферге и Везалем, которому Нафта по пути домой уже поручил передать вызов, и тот взялся быть посредником между обеими сторонами. — Если бы одному из вас было нанесено в обществе оскорбление как гражданину. Если бы один замарал честное имя другого, если бы вопрос шел о женщине или о какой-нибудь конкретной житейской коллизии, когда примирение невозможно... Пусть в таких случаях дуэль является единственным выходом, честь получает удовлетворение, все кончается более или менее благополучно, и заявляют: противники разошлись, помирившись; я даже готов допустить, что дуэль — хороший обычай, благотворный и приемлемый в известных сложных случаях. Но что Нафта совершил? Я не собираюсь защищать его, я только спрашиваю — чем он оскорбил вас? Он сказал, что категории пора выбросить на свалку? Отнял, по его выражению, у понятий их академическое достоинство? Вас это оскорбило, допустим...

— «Допустим»? — повторил Сеттембрини и посмотрел на него...

— Согласен, согласен! Пусть он этим оскорбил вас. Но он же вас не опорочил. И тут есть разница, разрешите сказать вам! Ведь речь идет об абстрактных, о духовных проблемах. Можно своими взглядами на эти проблемы оскорбить человека, но не опорочить. Это аксиома, со мной согласился бы любой суд чести, могу вам в этом поклясться. Потому и вашим ответом относительно «низости» и «строгой кары» вы его не порочите, ведь вы и это сказали в духовном, смысле, все это остается с сфере духа и не имеет никакого отношения к области личного, где только и возможно опорочивание. А духовное никогда не может носить личный характер, это поясняет и дополняет приведенную мной аксиому, а потому...

— Вы ошибаетесь, мой друг, — возразил Сеттембрини, закрыв глаза. — Вы ошибаетесь, во-первых, в том, что духовное не может приобрести личный характер, вам не следовало бы придерживаться таких взглядов, — продолжал он с тонкой и страдальческой усмешкой. — Вы прежде всего ошибаетесь в вашей оценке духовной сферы вообще, которую, видимо, считаете слишком слабой и неспособной вызывать конфликты и страсти, не менее жестокие, чем те, которые порождает реальная жизнь и при которых нет иного выхода, как взяться за оружие. All'incontro![1] Ведь абстрактное,

[1] Совсем наоборот! (*ит.*)

очищенное, идеальное и есть абсолютное, то есть строжайшее, и в нем таятся гораздо более глубокие и действенные возможности для ненависти и непримиримой вражды, чем в жизни общественной. И как бы вы ни удивлялись, но оно даже прямее и беспощаднее, чем эта жизнь, ведет к такой ситуации, когда ставится вопрос: либо я, либо ты, к подлинно радикальной ситуации, к ситуации дуэли, физической борьбы. Дуэль, мой друг, не такой «обычай», как все остальные. Дуэль — это последнее средство, возврат к первобытному состоянию, лишь слегка смягченному некоторыми правилами рыцарства, но смягченному очень поверхностно. Основным остается в ней момент первобытного, физическая борьба, и каждый мужчина, как бы он ни был далек от природного начала, если дело дойдет до этого, должен оказаться на высоте. А он может в любой день попасть в такое положение. Тот, кто не способен отстаивать свой идеал силой своей личности, своей рукой, своей кровью, тот недостоин его; главное в том, чтобы при всей одухотворенности оставаться смелым и мужественным.

Итак, Ганс Касторп получил выговор. Что он мог возразить? Он молчал, задумчивый, подавленный. В сказанном Сеттембрини была и сдержанность и логика, и все же эти слова в его устах звучали чуждо и неестественно. Эти мысли не были его мыслями, и идея дуэли не ему пришла в голову, он заимствовал ее у террориста Нафты, у этого фанатичного недомерка; это были результаты того, вызванного внутренними импульсами всеобщего плена, в который попал светлый разум Сеттембрини, став их прислужником и орудием. Как, неужели духовное начало, только потому что оно строго, должно неотвратимо приводить к звериности, к тому, чтобы решать спор путем физической борьбы? Ганс Касторп противился такой точке зрения, или делал попытки противиться ей, но с испугом обнаружил, что и он не в силах это сделать. Они тоже в нем жили, эти внутренние импульсы, и обладали большой силой, и он тоже не мог от них освободиться. Угрозой и безысходностью повеяло на него, когда он вспомнил, как Видеман и Зонненшейн катались по полу в бессмысленной зверской схватке, и он с ужасом понял, что в конце концов остается только физическое начало, когти, зубы. Да, да, видимо, нужно драться на дуэли, так можно благодаря рыцарским правилам борьбы сберечь хоть некоторую смягченность первобытных инстинктов. И Ганс Касторп предложил Сеттембрини быть его секундантом.

Но тот отклонил его предложение. Нет, это не годится, это неудобно, ответили ему сначала Сеттембрини, со своей страдальческой и тонкой усмешкой, затем, после короткого раздумья, Ферге и Везаль; они тоже без особых доказательств утверждали, что неудобно Гансу Касторпу быть в этой дуэли секундантом. Но в качестве лица нейтрального — присутствие такого лица на дуэли тоже предусматривалось рыцарскими правилами, смягчающими звериное начало, — он может находиться на поле боя. Даже Нафта через своего представителя в этом деле чести выразил такое пожелание, и Ганс Касторп удовольствовался этим. Кем бы он ни был — лицом нейтральным или свидетелем, он получил возможность влиять на условия, которые будут установлены для поединка, а это было совершенно необходимо.

Ибо требования Нафты показывали, что он потерял всякую власть над собой. Он настаивал на дистанции в пять шагов и на трех выстрелах, если понадобится. Эти сумасшедшие требования он передал в тот же вечер после ссоры через Везаля, который стал только представителем и защитником его интересов и, отчасти по его поручению, а отчасти, конечно, и по собственной инициативе упорно настаивал именно на этих условиях. Сеттембрини, конечно, не стал возражать, но Ферге в качестве его секунданта и Ганс Касторп, как лицо нейтральное, были возмущены, и молодой человек даже нагрубил убогому Везалю. Неужели ему не стыдно, спросил Ганс Касторп, выдвигать такие дикие условия, когда дело идет о совершенно абстрактной дуэли, ведь в ее основе не лежит никакого реального оскорбления! Мало им этих отвратительных пистолетов, теперь нужны еще такие смертоубийственные детали! Тут уж ни о каком рыцарстве не может быть и речи, и не проще ли сразу стреляться через носовой платок! Ведь не в него, Везаля, будут стрелять с пяти шагов, поэтому он с такой легкостью и поддерживает эту кровожадность, и так далее. Везаль только плечами пожал, безмолвно давая понять, что ситуация все же создалась весьма критическая, и этим как бы до некоторой степени обезоружил противную сторону, видимо, склонную забыть об этом. Все же ему удалось на следующий день путем упорных переговоров свести троекратные выстрелы к одному, а также установить дистанцию между дуэлянтами не в пять шагов, а в пятнадцать. Но и это было достигнуто лишь ценой обещания, что никакие попытки к примирению предприниматься не будут. Впрочем, пистолетов ни у кого не оказалось.

Их достали у господина Альбина. Кроме блестящего маленького револьвера, которым он любил пугать дам, у него нашлась еще пара одинаковых, покоившихся рядом на бархате футляра, офицерских пистолетов бельгийской марки. Это были автоматические браунинги с деревянными рукоятками, где находились обоймы, голубовато-стальные механизмы с блестящими стволами и точно пригнанными прицелами. Ганс Касторп уже видел как-то пистолеты у этого хвастуна и, вопреки своим убеждениям, лишь желая выказать беспристрастие, предложил их взять у него. Господин Альбин даже научил его заряжать и сделал в саду несколько пробных выстрелов из обоих.

На все это понадобилось известное время, и до встречи дуэлянтов прошло два дня и три ночи. Ганс Касторп решил, что для дуэли больше всего подойдет одно из его любимых мест — живописная лужайка, вся покрытая летом синевой цветущего водосбора, где он уединялся для своих переживаний «правителя». Лишь накануне вечером, уже довольно поздно, Ганс Касторп, который очень волновался, наконец сообразил, что ведь на место поединка нужно взять с собой и врача.

Он тут же обсудил это с Ферге, но решить вопрос относительно врача оказалось очень трудно. Правда, Радамант был в свое время корпорантом, но невозможно просить главного врача лечебного заведения присутствовать при столь незаконном деле, тем более что в нем участвовали его же пациенты. Да и вообще — едва ли можно надеяться, что здесь найдется врач, который согласился бы содействовать дуэли на пистолетах двух тяжелобольных. Что касается Кроковского, то у них не было даже уверенности, что этот спиритуалист умеет перевязывать раны.

Везаль, которого они также привлекли, сообщил, что Нафта уже высказался на этот счет — он не желает врача. Он идет туда не для того, чтобы его мазали мазями и бинтовали, он идет сражаться, к тому же весьма серьезно. Что будет потом — ему все равно, как-нибудь обойдутся без врача. Этот ответ прозвучал зловеще, но Ганс Касторп постарался истолковать его иначе: вероятно, Нафта втайне считает, что врач и не понадобится. Разве и Сеттембрини не передал через посланного к нему Ферге, чтобы они не хлопотали, его этот вопрос не интересует? И не так уж неразумно надеяться на то, что противники в душе решили не доводить дело до кровопролития. Вот они уже поспали две ночи после той словесной стычки, поспят еще и третью. А сон, как известно, освежает и проясняет мысли, с бегом часов определенное состояние духа не может не меняться. Завтра рано утром ни один из противников, когда они возьмут в руки оружие, уже не будет таким, каким был в день ссоры. Они будут действовать самое большее машинально, желая соблюсти свою честь, а не так, как они поступили бы сейчас, следуя своей свободной воле, и как они поступали в тот вечер, подчиняясь своим порывам и убеждениям; а ведь от такого отрицания своего сегодняшнего «я» в угоду тому, чем они были два дня назад, их можно будет и уберечь!

В этих своих рассуждениях Ганс Касторп был до известной степени прав, но, к сожалению, в таком смысле, в каком ему не могло и присниться. Он даже был совершенно прав, поскольку дело касалось Сеттембрини. Но если бы только он мог подозревать, в какую сторону еще до решающей минуты изменились намерения Лео Нафты или изменились в ту самую минуту, то даже те внутренние импульсы и причины, из которых все это возникло, не удержали бы его и он не допустил бы того, что произошло.

Было семь часов утра, и солнцу предстояло еще не скоро взойти над своей горой, но сквозь мутную мглу уже пробивался рассвет, когда Ганс Касторп после тревожной ночи вышел из «Берггофа» и направился к месту встречи. Горничные, убиравшие в холле, с удивлением посмотрели на него. Однако главный подъезд уже был отперт, Ферге и Везаль, порознь или вдвоем, как видно, уже ушли, один — чтобы проводить на место дуэли Сеттембрини, другой — Нафту. Он же, Ганс Касторп, направился туда в одиночестве, ибо его положение как лица нейтрального не позволяло ему присоединиться к той или другой стороне.

Он двинулся к месту дуэли как-то автоматически, вынужденный к этому правилами чести, под давлением обстоятельств. Его присутствие на дуэли само собой разумелось и было необходимо. Невозможно было выключиться из событий и, лежа в постели, ожидать их исхода, во-первых, потому... но это «во-первых» он не стал уточнять и тут же перешел к «во-вторых»: во-вторых, нельзя предоставлять события их собственному течению. Пока что, слава Богу, еще не случилось ничего плохого, да, нужно надеяться, и не случится, это даже маловероятно. Пришлось встать при электричестве и, не позавтракав, в морозную рань тащиться к месту встречи под открытым небом, как они условились. Но потом благодаря его, Ганса Касторпа, присутствию и воздействию, все, без сомнения, уладится мирно и хорошо, а каким способом — лучше не стараться предугадать, опыт показывает, что даже самые незначительные события протекают иначе, чем их рисуешь себе заранее.

И все-таки, насколько он помнил, это было самое неприятное утро в его жизни. Вялый и невыспавшийся, Ганс Касторп от нервозности чуть не стучал зубами и, даже особенно не углубляясь, испытывал сильное искушение не очень-то доверять своей самоуспокоенности. Время сейчас какое-то странное... Погубившая себя скандалом дама из Минска, буйствующий школьник, Видеман и Зонненшейн, ссора поляков с пощечинами — все это беспорядочно пронеслось в его памяти. Он никак не мог себе представить, что у него на глазах, в его присутствии два человека будут стреляться, может быть, до крови изувечат друг друга. Но, вспомнив о том, что произошло все же у него на глазах между Видеманом и Зонненшейном, он стал сомневаться и в себе, и в этом мире и задрожал в своей меховой куртке, хотя сознание необычайности и патетики всей этой истории, а также живительный утренний воздух бодрили его и возбуждали.

Охваченный противоречивыми, сменяющимися чувствами и мыслями, в медленно светлеющих утренних сумерках поднимался он над «деревней» по узкой тропинке, которая вела вверх от конца бобслейного спуска, достиг леса с глубокими сугробами, перешел по деревянному мосту, под которым вился санный путь, и продолжал с трудом пробираться между стволами деревьев по дорожке, проложенной не столько лопатой, сколько людскими следами.

Так как он ускорил шаг, то вскоре нагнал Сеттембрини и Ферге, поддерживавшего рукой ящик с пистолетами, который он нес под плащом. Не задумываясь, Ганс Касторп присоединился к ним, и едва с ними поравнялся, как увидел Нафту и Везаля, слегка опередивших их.

— Какое холодное утро, по крайней мере восемнадцать градусов, — сказал он с самыми лучшими намерениями, но сам испугался столь легкомысленного замечания и тут же добавил: — Господа, я убежден...

Однако его спутники молчали. Добродушные усы Ферге вздрагивали. Через несколько минут Сеттембрини остановился, взял руку Ганса Касторпа одной рукой, накрыл ее ладонью другой и сказал:

— Друг мой, убивать я не буду. Не буду. Я подставлю себя под его пулю — это все, что мне может приказать моя честь. Но убивать я не буду, можете быть в этом уверены!

Он выпустил его руку и двинулся дальше. Ганс Касторп был глубоко взволнован; сделав несколько шагов, он сказал:

— Это замечательное решение, господин Сеттембрини, хотя... Если он со своей стороны...

Сеттембрини покачал головой. А Ганс Касторп, сообразив, что когда один откажется стрелять, то и другой будет вынужден ответить тем же, пришел к выводу, что все кончится благополучно и его надежды начинают оправдываться. И на душе у него стало легче.

Они прошли по мостику, перекинутому через ущелье, где теперь безмолвствовал оцепеневший водопад, который придавал летом этому месту такую живописность. Нафта и Везаль ходили перед обложенной пухлыми снеговыми подушками скамьей, на которой некогда Ганс Касторп, взволнованный необычайно живыми воспоминаниями, был вынужден ждать, когда у него перестанет идти носом кровь. Нафта курил сигарету, и Ганс Касторп спросил себя, не хочется ли закурить и ему. Однако не обнаружил в себе ни малейшей тяги к табаку и решил, что, наверное, и Нафта это делает, только чтобы притвориться спокойным. С тем удовольствием, которое всегда здесь испытывал, окинул он взглядом место своих отважно-интимных переживаний: в ледяной неподвижности оно было не менее прекрасно, чем в дни синего цветения. На стволах и ветках перечеркнувшей пейзаж косой сосны тяжело лежал снег.

— Доброе утро! — сказал он бодрым голосом, надеясь своим пожеланием сразу внести в эту встречу естественность и рассеять злые помыслы, однако потерпел неудачу, так как никто ему не ответил. Взаимные приветствия свелись к безмолвным поклонам, натянутость которых была искусно скрыта. Однако это не изменило его решимости все то, с чем он пришел сюда — сердечность взволнованного дыхания, тепло, вызванное в это зимнее утро быстрой ходьбой, — немедленно использовать ради благой цели; и он начал опять:

— Господа, я убежден...

— Расскажете о своих убеждениях в другой раз, — холодно оборвал его Нафта. — Разрешите попросить у вас пистолеты, — добавил он с той же надменностью.

И растерявшемуся Гансу Касторпу пришлось быть свидетелем того, как Ферге извлек из-под плаща роковой футляр, вручил подошедшему Везалю один из пистолетов, а тот передал его Нафте. Сеттембрини взял у Ферге второй. Затем он вынужден был отойти, Ферге вполголоса попросил его посторониться и начал измерять шагами дистанцию и отмечать внешнюю границу, проводя каблуками в снегу короткие линии, а внутренние барьеры обозначив двумя тросточками — собственной и принадлежавшей Сеттембрини.

И этим занимался добродушный страдалец Ферге! Ганс Касторп просто глазам своим не верил. У Ферге были длинные ноги, да он еще шагал широко, так что пятнадцать шагов все же превратились в довольно значительное расстояние, хотя дело портили проклятые барьеры, которые находились действительно недалеко один от другого. Конечно, Ферге хотел быть честным. И все-таки — под влиянием какого душевного затемнения действовал он, принимая все эти меры, смысл которых был так чудовищен? Нафта сбросил шубу на снег, норковым мехом наружу, встал, держа в руке пистолет, на одну из внешних линий, едва Ферге провел ее каблуком и перешел к другим отметкам. Когда он изготовился, занял свою позицию и Сеттембрини, расстегнув потертую меховую куртку. Ганс Касторп стряхнул с себя сковывающее его оцепенение и поспешно еще раз выступил вперед.

— Господа, — сказал он с тоской, — не надо действовать опрометчиво. Несмотря на все, я считаю своим долгом...

— Замолчите! — резко прикрикнул на него Нафта. — Пусть подают знак!

Но никто не подал знака. На этот счет как-то не договорились. Вероятно, надо было возвестить «сходитесь!». Однако о том, что это грозное приглашение должно прозвучать из уст лица нейтрального, не вспомнили или, во всяком случае, не упомянули. Ганс Касторп молчал, и никто не намерен был его заменить.

— Начинаем! — заявил Нафта. — Вперед, милостивый государь, стреляйте! — крикнул он своему противнику и сам пошел на него, держа пистолет в вытянутой руке и целясь в грудь Сеттембрини, — зрелище совершенно неправдоподобное. То же сделал и Сеттембрини. При третьем шаге Нафта, все еще не стреляя, был уже у барьера; Сеттембрини поднял пистолет очень высоко и спустил курок. Резкий выстрел разбудил многократное эхо. Горы перебрасывались звуками и отзвуками, вся долина наполнилась ими, и Ганс Касторп решил, что вот-вот сбегутся люди.

— Вы стреляли в воздух, — с полным самообладанием сказал Нафта и опустил пистолет.

— Я стреляю куда мне угодно.

— Вы будете стрелять еще раз!

— И не подумаю. Теперь ваша очередь.

И Сеттембрини, подняв голову и глядя в небо, стал не совсем прямо перед противником, а немного боком к нему, и это было даже трогательно. Он, видимо, слышал от кого-то, что не следует подставлять противнику свое тело во всю его ширину, и действовал в соответствии с этим указанием.

— Трус! — крикнул Нафта, этим слишком человеческим возгласом как бы признаваясь, что, когда стреляешь сам, для этого нужно больше мужества, чем когда предоставляешь стрелять в себя другому, и, подняв пистолет так, как его не поднимают при поединке, выстрелил себе в голову.

Горестное, незабываемое зрелище!

И пока горы играли в мяч резкими отзвуками его злодеяния, Нафта, не то шатаясь, не то падая, попятился, сделал несколько шагов, высоко поднимая ноги, круто повернулся всем телом направо и, описав дугу, рухнул лицом в снег.

Все на миг оцепенели. Сеттембрини, отшвырнув пистолет, первый бросился к нему.

— Infelice! — воскликнул он. — Che cosa fai per l'amor di Dio![1]

Ганс Касторп помог ему перевернуть тело. Все увидели багрово-черное отверстие у виска. Они взглянули на это лицо, но лучше всего было как можно скорее закрыть его платком, кончик которого торчал из грудного кармана Нафты.

## УДАР ГРОМА

Семь лет провел Ганс Касторп у живших здесь наверху — для сторонников десятичной системы это недостаточно круглое число и все же хорошее, по-своему удобное число, можно сказать — некое мифически-живописное временное тело, более приятное для души, чем, например, сухая шестерка. За всеми семью столами посидел он в столовой, за каждым около года. Под конец он оказался за «плохим» русским столом, вместе с двумя армянами, двумя финнами, одним бухарцем и одним курдом. Он сидел там, уже обросший небольшой бородкой, которую за это время отпустил, она

[1] Несчастный! — *воскликнул он.* — Что ты делаешь, Господи Боже мой! (*ит.*)

была соломенного цвета и довольно неопределенной формы, в чем мы вынуждены видеть некоторое философское равнодушие к своей наружности. И мы должны пойти дальше и признать, что эта склонность пренебрегать собой была связана с подобной же тенденцией внешнего мира пренебрегать им. Начальство перестало изобретать для него лечебные диверсии. Помимо утреннего вопроса «хорошо» ли он спал, скорее риторического и задаваемого всем, гофрат теперь лишь изредка заговаривал с ним, да и Адриатика Милендонк (в ту пору, о которой мы говорим, у нее на глазу сидел вполне созревший ячмень) обращалась к нему далеко не каждый день. А если присмотреться повнимательнее — то даже очень редко, вернее — никогда. Его оставляли в покое — вроде того как оставляют в покое ученика, который пользуется своего рода приятным преимуществом: его уже незачем спрашивать, ему уже ничего не надо делать, так как он остается на второй год, это вопрос решенный; он идет не в счет и наслаждается некоей оргиастической формой свободы, добавим мы, причем возникает вопрос, может ли свобода быть иной и иметь иную форму. Во всяком случае, начальству уже незачем было следить за ним бдительным оком — все убедились, что он не будет вынашивать в душе какие-то своевольные и упрямые решения, это пациент надежный и окончательный, он уже давно не представляет себе, где же можно жить еще, кроме «Берггофа», ему чужда самая мысль о возможном возвращении на родину... И не признаком ли известной беззаботности в отношении его особы было то, что его посадили за «плохой» русский стол? Мы этим вовсе не хотим сказать решительно ничего унизительного про «плохой» русский стол! Ни у одного из всех семи столов не было никаких явных преимуществ или недостатков. Смело выражаясь, в санаторской столовой царила демократия почетных столов. Сидящим за ним, как и за остальными, подавались такие же сверхобильные трапезы, сам Радамант в порядке очереди садился за него, складывая перед тарелкой свои ручищи; а представленные здесь народности были заслуживающими всякого уважения сочленами человечества, хоть они и не знали латыни и не жеманничали за едой.

Время — не такое, как на вокзальных часах, где большая стрелка рывком отмечает сразу протекшие пять минут, а скорее такое, как на крошечных часиках, когда движение стрелки остается неуловимым, или такое, когда незримо для глаз растет трава, хотя втайне она все же вырастает, и в один прекрасный день это становится совершенно очевидным; время, эта линия, состоящая сплошь из непротяженных точек (неправедно окончивший жизнь Нафта, вероятно, спросил бы, как могут сплошные непротяженности образовать линию), — итак, время продолжало, крадучись и незримо, сокровенно и все же деятельно вынашивать перемены. Так, для примера, мальчик Тедди в один прекрасный день, — но, конечно, не «в один день», а неизвестно, с какого именно дня, перестал быть мальчиком. Дамам уже было неудобно сажать его на колени, когда он временами вставал с постели, вместо пижамы надевал спортивный костюм и спускался вниз. Незаметно дело приняло другой оборот, и он сам в таких случаях сажал их на колени, что доставляло обеим сторонам такое же удовольствие, а может быть, и большее. Он стал юношей, не скажем — он расцвел, но вытянулся: Ганс Касторп долго не замечал этого, а потом вдруг заметил. Впрочем, ни время, ни быстрый рост не пошли на пользу юноше Тедди, он не был для этого предназначен. Время не благословило его — на двадцать первом году он умер от болезни, к которой оказался слишком восприимчивым, и в его комнате, как обычно, произвели уборку. Мы рассказываем об этом таким спокойным тоном оттого, что между его прежним и новым состоянием не было особой разницы.

Но бывали и более серьезные смертные случаи, происходившие внизу на равнине. Они ближе затрагивали нашего героя, вернее затронули бы раньше. Мы имеем в виду только что наступившую кончину старика консула Тинапеля, померкшей памяти двоюродного деда и воспитателя Ганса. Консул тщательно избегал вредного для него атмосферного давления и предоставил осрамиться дяде Джемсу, когда тот попал в горы; но в конце концов дед все же не избежал удара, и краткая телеграмма, составленная, однако, бережно и деликатно, скорее из внимания к усопшему, чем к адресату, однажды пришла наверх и была вручена внуку, когда он лежал в своем превосходном шезлонге; после чего Ганс Касторп купил почтовую бумагу с черной каймой и написал своим двоюродным дядям, что он, сирота, потерявший отца и мать, теперь осиротел в третий раз и огорчен тем, что ему запрещено и отказано в возможности прервать свое пребывание здесь и проводить двоюродного деда к месту последнего упокоения.

Говорить о скорби было бы украшательством, все же в глазах Ганса Касторпа появилось в те дни более задумчивое выражение. Смерть деда и раньше не вызвала бы в нем особенно сильных чувств, а после нескольких, весьма фантастических годиков, проведенных вдали от родины, возможность подобных чувств почти совсем иссякла; и все же эта смерть порвала еще одну нить, еще одну связь с областью живущих внизу и придала тому, что Ганс Касторп справедливо называл свободой, завершающую полноту. Действительно, за последнее время, которое мы описываем, общение молодого человека с равниной совершенно прекратилось. Он не писал туда, и ему не писали. Он не получал оттуда даже «Марии Манчини», ибо нашел здесь наверху другую марку, которая ему понравилась, и он стал ей так же верен, как и своей прежней подруге: этот сорт помог бы даже полярникам во льдах перенести самые суровые испытания, и, сделав запас таких сигар, человек словно ложился на берег моря и мог многое выдержать; это была особенно тщательно изготовленная сигара, названная «Клятва на Рютли», — немного плотнее, чем «Мария», мышиного цвета, с голубоватым кольцом; по своему характеру — очень мягкая и податливая, она так равномерно сгорала, превращаясь в устойчивый белоснежный пепел, причем сохранялись даже жилки верхнего листа, что могла заменить Гансу Касторпу песочные часы, да нередко и заменяла — карманных часов он уже не носил. Часы эти не шли, они упали с ночного столика, и он не потрудился их исправить и снова пустить в измеряющий время бег по кругу; в этом сказались те же причины, по каким он давно перестал обзаводиться календарями, ибо не стремился ни отрывать ежедневно календарный листок, ни заглядывать вперед, чтобы узнать, когда будет такой-то день или праздник, и делалось это ради «свободы», во имя «прогулок по берегу моря», в честь всегда и вечно пребывающего, к которому удалившийся от мира Ганс Касторп оказался столь восприимчив, что постижение скрытого в нем герметического волшебства стало главным событием его душевной жизни, и в этой сфере совершались все алхимические превращения скромных душевных сил нашего героя.

И вот он лежал опять на своем балконе, и снова, в разгаре лета, как и тогда, когда он приехал, смыкался год.

Тут грянул...

Но стыд и тревога удерживают нас от многословных описаний того, что грянуло и произошло. Здесь уж недопустимо никакое хвастовство, никакие охотничьи рассказы! Сообщим, сдерживая голос, что грянул тот гром, который мы все предчувствовали, что раздалась оглушительная детонация давно накоплявшегося губительного тупоумия и вражды — исторический удар грома, который, если говорить об этом с весьма умеренным уважением, потряс земные основы; а для нас этот удар грома взорвал Волшебную гору и весьма грубо выбросил нашего сонливца за ворота «Берггофа». Ошеломленный сидит он на траве и протирает себе глаза, ибо, несмотря на все увещания, не удосужился вовремя почитать газеты.

Его средиземный друг и наставник неизменно старался хоть как-то помочь ему и держать это трудновоспитуемое дитя в курсе событий, происходивших внизу, сообщая о них хотя бы в самых общих чертах; но ученик слушал его неохотно, ибо, хотя он, «управляя», и грезил о некиих духовных тенях предметов, но на сами предметы не обращал внимания, — из высокомерной склонности принимать тени за предметы, а в предметах видеть только тени — за что его особенно и винить нельзя, ибо их взаимоотношения до сих пор не выяснены окончательно.

Все уже происходило не так, как раньше, когда Сеттембрини, сидя у постели принявшего горизонтальное положение Ганса Касторпа и установив, что он болен, старался воздействовать на него в решении вопросов о жизни и смерти и исправлять его. Наоборот, зажав руки между коленями, теперь Ганс Касторп сидел у постели гуманиста, в его спаленке, или возле его дневного ложа, в укромной и уютной студии — мансарде, с карбонарскими стульями и графином, развлекал его и вежливо выслушивал его рассуждения по поводу международных событий: уже редко бывал господин Лодовико на ногах. Ужасная смерть Нафты, террористический акт впавшего в отчаянье спорщика явились тяжелым ударом для его чувствительной натуры, он никак не мог от него оправиться и с тех пор ощущал все большую слабость и вялость. Его работа над «Социологией страданий» приостановилась, словарь всех художественных произведений, в которых изображалось человеческое страдание, не двигался, и некая «Лига» тщетно ждала соответствующего тома своей энциклопедии; Сеттембрини был вынужден сильно ограничить свое сотрудничество в организации прогресса и свести его к устным высказываниям, а дружеские посещения Ганса Касторпа давали ему эту возможность, иначе он был бы лишен и ее.

Он говорил слабым голосом, но много, красиво и горячо о самосовершенствовании человека на путях общественной жизни. Речь его, казалось, шла «голубиной поступью», но когда он касался объединения всех освобожденных народов ради всеобщего счастья, то к ней — хотя он, вероятно, не чувствовал и не хотел этого —

примешивалось нечто подобное шуму орлиных крыльев; и это, бесспорно, делала его страсть к политике — наследию деда, которая, в сочетании с гуманистическим наследием отца, породила в нем любовь к изящной словесности, совершенно так же, как гуманизм и политика соединились в высокой и торжественной, как тост, идее цивилизации, полной голубиной кротости и орлиной смелости, ожидавшей своего дня, утра народов, когда принцип косности будет разбит и возникнет священный альянс всей буржуазной демократии... Впрочем, тут чувствовалась некоторая неувязка. Сеттембрини был гуманистом, но вместе с тем и именно потому, — хоть он и неохотно сознавался в этом, — чувствовал в себе воинственность. Во время дуэли с яростным Нафтой он вел себя в полном смысле слова как человек; но если человечность вдохновенно сочеталась с политикой, с идеей победы и господства цивилизации и копье гражданина освящалось на алтаре человечества, — становилось сомнительным, удержит ли он свою руку от пролития крови; а внутренние причины и импульсы все больше содействовали тому, что в возвышенных умонастроениях Сеттембрини элементы орлиной смелости все решительнее оттесняли голубиную кротость.

Его отношение к международным группировкам бывало нередко двойственным, оно затуманивалось сомнениями и неуверенностью. Еще недавно, годика полтора или два тому назад, он высказывал в разговоре с Гансом Касторпом беспокойство по поводу дипломатических совместных действий его отечества и Австрии; они, с одной стороны, воодушевляли его, так как были направлены против некультурной полуазиатской страны, против кнута и Шлиссельбурга, а с другой — мучили, ибо это был недостойный союз с исконным врагом, с принципом косности и порабощения народов. Большие займы, которые прошлой осенью Франция предоставила России для постройки железнодорожной сети в Польше, вызвали в нем столь же противоречивые чувства. Ибо Сеттембрини принадлежал к франкофильской партии в своей стране, и тут нечему удивляться, ведь недаром его дед приравнял дни июльской революции к дням сотворения мира; но соглашение этой просвещенной республики с византийскими скифами морально смущало его, — однако при мысли о стратегическом значении этой железнодорожной сети тягостная тревога сменялась облегчающей сердце надеждой и радостью. Затем произошло убийство эрцгерцога, оно послужило для всех, кроме немецких сонливцев, сигналом тревоги, указанием для понимающих, к которым мы с полным правом можем причислить и Сеттембрини. Ганс Касторп видел, что он как человек содрогается от такого злодейства, но видел также его радостное волнение при мысли о том, что это — деяние народное и освободительное, направленное против ненавистной ему цитадели зла, хотя нельзя было забывать, что акт этот — результат московских усилий. Сеттембрини очень тревожился, что не помешало ему спустя три недели назвать ультимативные требования, предъявленные некоей монархией к Сербии, оскорблением человечества и чудовищным преступлением, — с точки зрения его последствий, в характер которых он был посвящен; но как раз их масон, задыхаясь, приветствовал...

Словом, переживания Сеттембрини были весьма сложными, как и то роковое событие, за быстрым назреванием которого он наблюдал, пытаясь намеками открыть на него глаза своему воспитаннику; однако национальная вежливость и жалость мешали ему высказаться по этому поводу без всяких обиняков. В первые дни мобилизации, в дни первого объявления войны, он взял привычку протягивать гостю обе руки и пожимать ему руки, что глубоко трогало нашего дуралея, но смысл такого отношения к нему не очень доходил до его сознания.

— Друг мой! — восклицал итальянец. — Порох, печатный станок — конечно, именно вы когда-то изобрели их! Но если вы полагаете, что мы выступим против революции... Caro...

В дни тоскливого, мучительного, как пытка, ожидания, когда нервы всей Европы были напряжены до отказа, Ганс Касторп не виделся с Сеттембрини. Беснующиеся газеты проникали теперь из глубин равнины прямо к нему на балкон, пронизывали дрожью весь дом, наполняли удушливым смрадом пороха столовую и даже комнаты тяжелобольных и морибундусов. Это были секунды, когда сонливец, очутившись неведомо как на траве лужайки, еще не понимая, что случилось, медленно приподнялся, потом сел и протер глаза... Но дорисуем эту картину, чтобы верно воспроизвести движения его души. Подобрав ноги, он встал и посмотрел вокруг. Он понял, что расколдован, спасен, освобожден, но не себе обязан этим, как вынужден был со стыдом признаться, а выброшен из прежней жизни внешними силами, для которых его освобождение было делом весьма второстепенным и, так сказать, побочным. Хотя его скромная судьба и исчезала на фоне всеобщих судеб человечества, не выражалась ли и в ней какая-то предназначенная лично ему, а следовательно, божественная доброта и справедливость? Не допустила ли опять к себе жизнь свое грешное и трудное дитя, но без посулов дешевого благополучия, а только так вот — строго и серьезно, через испытание, которое, может быть, означало совсем не жизнь, а три почетных залпа в честь его, грешника? И вот он встал на колени, подняв глаза и руки к небу, — хоть и сернисто-серое, оно уже не было пещерным сводом над Греховной горой.

В этой позе его и застал Сеттембрини, — выражаясь, конечно, образно, ибо в действительности чопорность нашего героя не допустила бы столь театрального зрелища. В чопорной действительности ментор застал его за укладыванием чемоданов, ибо Ганс Касторп с минуты своего пробуждения оказался втянутым в суету и водоворот торопливых отъездов, вызванных все взорвавшим громовым ударом, прогремевшим на низменности. «Отечество» напоминало развороченный муравейник. Колония живших здесь наверху очертя голову ринулась вниз, на глубину пяти тысяч футов, в долину испытаний, повисая на подножках игрушечного поезда, побросав багаж, который лежал штабелями на перроне вокзала, кишевшего людьми, вокзала, до которого как будто уже доносилась удушливая гарь сражений; и Ганс Касторп ринулся вместе со всеми. Среди этой сумятицы его обнял Лодовико, в буквальном смысле слова, и как южанин (или как русский) расцеловал в обе щеки, что очень смутило самовольно уезжавшего ученика. Но он чуть совсем не потерял самообладание, когда Сеттембрини в последнюю минуту назвал его просто по имени, то есть «Джованни», и, пренебрегая принятой на цивилизованном Западе формой обращения, назвал его на «ты»!

— E cosi in giù, — сказал он, — in giù finalmente! Addio, Giovanni mio[1]. Я желал для тебя другого отъезда, ну что ж, боги решили так, а не иначе. Я надеялся, что ты уедешь работать, а теперь тебе предстоит сражаться среди своих. Боже мой, оказалось, что это суждено именно тебе, а не нашему лейтенанту. Как нами играет жизнь... Сражайся храбро там, где близкие тебе по крови! Большего сейчас никто не может сделать. А меня прости, если я остаток своих сил отдам на то, чтобы и мою страну вовлечь в борьбу на той стороне, которую ей укажет ее дух и ее священные интересы! Addio!

[1] — Итак, на равнину, — *сказал он,* — наконец-то на равнину! Прощай, мой Джованни! (*ит.*)

Ганс Касторп просунул голову среди десятка других голов, занявших все окошко, и закивал поверх них. Сеттембрини тоже помахал ему правой рукой, а безымянным пальцем левой слегка коснулся уголка глаза.

Где мы? Что это? Куда забросило нас сновидение? Сумерки, дождь и грязь, багровое зарево на хмуром небе, а небо беспрерывно грохочет тяжким громом, им наполнен сырой воздух, разрываемый ноющим свистом, яростным, дьявольски нарастающим воем, который, взметнув осколки, брызги, треск и пламя, завершается стонами, воплями, оглушительным звоном труб и барабанным боем, подгоняющим людей вперед все быстрее, быстрее... Вон лес, из него льются бесцветные толпы солдат, они бегут, падают, прыгают. Вот цепь холмов на фоне далекого пожарища, его багрянец порой словно сгущается, и из него взлетает пламя. Вокруг нас волнистая пашня, изрытая, истерзанная. По краю леса тянется грязное, покрытое ветками шоссе; от него, изгибаясь дугой, ведет к холмам непроходимый проселок, весь в кочках и рытвинах. В лесу — голые, без ветвей обрубки деревьев!.. Вот дорожный указатель, но бесполезно обращаться к нему, густой сумрак не дал бы нам прочесть надпись на доске, если бы даже она не была выщерблена снарядом. Восток или Запад? Это равнина, это война. А мы, испуганные призрачные тени на дороге, постыдно ищущие призрачной безопасности и отнюдь не склонные к хвастовству и охотничьим рассказам, но приведенные сюда духом нашего повествования, чтобы среди серых, бегущих, падающих и подгоняемых вперед барабаном солдат, которые высыпают из леса, отыскать нашего спутника стольких лет, нашего добродушного грешника, чей голос мы так часто слышали, и еще раз заглянуть в его бесхитростное лицо, перед тем как окончательно потерять его из виду.

Солдат этих доставили сюда, чтобы оказать решительное влияние на исход сражения, продолжавшегося уже целый день и имевшего целью снова овладеть позицией на холмах и расположенными позади них пылающими деревнями, которые два дня назад были захвачены противником. Это полк, состоящий из добровольцев, все молодежь, в большинстве — студенты, они на фронте недавно. Их подняли по тревоге среди ночи, везли до утра поездом, потом они шли полдня пешком под дождем, по ужасным дорогам, — и даже не по дорогам, которые были забиты, а шагать пришлось по болотам и пашням, семь часов подряд, в намокших шинелях, в полном снаряжении, это была отнюдь не увеселительная прогулка; чтобы не потерять сапоги, приходилось чуть не на каждом шагу наклоняться и, засунув палец в ушко, вытаскивать ногу из жидкой грязи. Поэтому им понадобился целый час, чтобы пересечь небольшую луговину. И вот они здесь, их молодость все преодолела, их взволнованные и уже измученные тела, чье напряжение поддерживается глубочайшими резервами жизненных сил, не жаждут отнятого у них сна и не требуют пищи. Их мокрые, забрызганные грязью, обрамленные ремешками лица под обтянутыми серыми, сдвинутыми назад шлемами горят. Они горят от усталости и от потерь, понесенных ими при прохождении через болотистый лес. Ибо враг, узнав о их приближении, с помощью шрапнелей и крупнокалиберных гранат открыл перед ними заградительный огонь; он еще в лесу обрушился на их группы, выбивая людей из строя, и с ревом, брызгами и пламенем хлещет теперь по широкому перелогу.

Они должны пройти перелог, эти три тысячи лихорадочно возбужденных мальчиков, они в качестве пополнения должны решить исход атаки на окопы, вырытые перед холмами и позади них, атаки на горящие деревни и продвинуться до определенного пункта, обозначенного в приказе, который лежит в кармане у командира. Их три тысячи, чтобы могло остаться хоть две, когда они дойдут до холмов и деревень; в этом — смысл их численности. Они — единое тело, рассчитанное на то, чтобы даже при больших потерях оно еще было в силах действовать и побеждать, все еще приветствовать победу тысячеголосым «ура», невзирая на то, что многие отстали, выбыли из строя. Не один выбыл еще во время форсированного марша, для которого они оказались слишком молодыми и хрупкими. Побледнеет, покачнется такой юноша, с ожесточением потребует от себя мужества и все-таки в конце концов отстанет. Плетется некоторое время подле маршевой колонны, рота за ротой обгоняет его, и вот он уже свалился где попало. Начался расщепленный лес. Но из него выходит еще много солдат; три тысячи могут выдержать сильное кровопускание, они и тогда еще — кишащая людьми воинская часть. Вот они уже наводняют исхлестанную непрерывными дождями местность, шоссе, проселок, поля с непролазной грязищей. Мы, зрячие тени, скоро оказываемся посреди них. На опушке они заученными точными движениями примыкают штык, далеким громом гремит барабанная дробь, и они бросаются вперед, кричат срывающимися голосами, с трудом, как в кошмаре, передвигая ноги, ибо комья земли прилипают свинцовой тяжестью к их неуклюжим сапогам.

Они бросаются наземь, когда на них с воем летит снаряд, снова вскакивают и спешат дальше с по-юношески срывающимися криками, радуясь, что в них не попало. Но потом снаряд попадает, и они валятся, взмахивая руками, раненные в лоб, в сердце, в живот. И вот они уже лежат, уткнувшись лицом в грязь, они неподвижны. Лежат, горбатясь ранцами, зарывшись затылком в землю, и судорожно цепляются руками за воздух. А лес высылает новых, и те тоже бросаются наземь, и вскакивают, и с криком или молча, спотыкаясь, спешат вперед между выбывшими из строя.

Молодежь, с ее ранцами и примкнутыми штыками, в облепленных грязью сапогах и шинелях! Можно было бы с гуманистическим прекраснодушием рисовать себе и совсем другие картины. Можно было бы представить себе следующее: вот эти юноши объезжают лошадей и купают их в морской бухте, вот они прогуливаются с возлюбленными по берегу моря, и один из них что-то шепчет на ухо покорной невесте, вот они с радостным дружелюбием обучают друг друга стрельбе из лука. А вместо этого они лежат, уткнувшись носом в грязь и пепел. Они идут на все это с радостной готовностью, хоть и с беспредельным страхом и невыразимой тоской по родному дому; это возвышенно, и, глядя на них, становится стыдно, но это не должно было бы служить оправданием для того, чтобы ставить их в такое положение.

А вот и наш знакомый, вот Ганс Касторп! Мы уже издали узнали его по бородке, которую он отпустил, сидя за «плохим» русским столом. Он, как и все, пылает, как и все, промок. Он бежит, его ноги отяжелели от черноземной грязи, рука сжимает на весу винтовку с примкнутым штыком. Смотрите, выбывшему из строя товарищу он наступил на руку подбитым гвоздями сапогом, он глубоко затаптывает эту руку в покрытую обломками ветвей вязкую землю. И все-таки это он. Что? Он поет? Так поют иногда, ничего не замечая вокруг, так пел вполголоса и он, оцепенев, в волнении, без мыслей, пользуясь своим отрывистым дыханием:

В кору ее я врезал
Немало нежных слов...

Он падает. Нет, он бросается плашмя на землю, оттого что ему навстречу несется адский вой, это крупный бризантный снаряд, мерзкая сахарная головка из преисподней. Он лежит, прижавшись лицом к прохладной грязи, раскинув ноги, вывернув ступни и упираясь каблуками в землю. Тяжелый снаряд, продукт одичавшей науки, начиненный всем, что есть худшего на свете, в тридцати шагах от него, словно сам дьявол, глубоко вонзается в землю, в ней разрывается с гнусной чудовищной силой и выбрасывает высокий, как дом, фонтан земли, огня, железа, свинца и растерзанных на куски людей. Ибо там лежали двое — они были друзьями и легли рядом в минуту опасности; теперь их останки смешались и исчезли.

О, какой позор — эта наша безопасность теней! Прочь! Этого мы рассказывать не будем! Попал ли осколок и в нашего знакомого? На миг ему показалось, что да. Огромный ком земли ударил его по голени, правда, было больно, но это вздор. Он поднимается, хромая бредет дальше отяжелевшими от земли ногами, продолжая напевать:

И ве-е-тви зашуме-е-ли,
При-зы-вно шелестя...

Так, в толчее, под дождем, в сумерках, мы теряем его из виду.

Прощай, Ганс Касторп, простодушное, но трудное дитя нашей жизни! Повесть о тебе окончена. Мы досказали ее; время в ней и не летело и не тянулось, ибо это была повесть герметическая. Мы рассказали ее ради нее самой, не ради тебя, ибо ты был простецом. Но в конце концов это все же повесть о тебе; и так как рассказанное в ней приключилось именно с тобой, вероятно, в тебе все же было что-то, и мы не отрицаем той педагогической привязанности к тебе, которая в нас возникла по мере того, как развивалось повествование, и которая могла бы заставить нас слегка коснуться уголка глаза, при мысли о том, что в дальнейшем мы тебя больше не увидим и не услышим.

Счастливого пути — останешься ли ты жив, или нет! Надежды на жизнь у тебя небольшие: злая свистопляска, в которую ты вовлечен, продлится еще не один грешный годик, и мы не можем биться об заклад, что ты уцелеешь. Говоря по правде, мы с некоторой беззаботностью оставляем этот вопрос открытым. Приключения твоей плоти и духа, углубившие твою простоту, дали тебе возможность пережить в духе то, что тебе едва ли придется пережить в теле. Бывали минуты, когда из смерти и телесного распутства перед тобою, как «правителем», полная предчувствий будущего, возникала греза любви. А из этого всемирного пира смерти, из грозного пожарища войны, родится ли из них когда-нибудь любовь?

## ОГЛАВЛЕНИЕ

## ГЛАВА ЧЕТВЕРТАЯ



## ГЛАВА ПЯТАЯ



## ГЛАВА ШЕСТАЯ



## ГЛАВА СЕДЬМАЯ

Литературно-художественное издание

Манн Томас
**Волшебная гора**
*Роман*

Компьютерная верстка: С.Б. Клещёв
Технический редактор Н.Н. Тихонова

Подписано в печать 25.03.11.
Формат 84x108 1/32. Усл. печ. л. 43,68.
С.: Заруб. классика. Тираж 2500 экз. Заказ № 3266.
С.: Золотая классика. Доп. тираж 1500 экз. Заказ № 3265.

Общероссийский классификатор продукции
ОК-005-93, том 2; 953000 — книги, брошюры

ООО «Издательство АСТ»
141100, Россия, Московская обл., г. Щелково, ул. Заречная, д. 96
Наши электронные адреса: WWW.AST.RU E-mail: astpub@aha.ru



ООО «Издательство «Астрель»
129085, г. Москва, пр-д Ольминского, д. 3а

Отпечатано с готовых файлов заказчика в ОАО «ИПК
«Ульяновский Дом печати». 432980, г. Ульяновск, ул. Гончарова, 14